Chocolat & Himmlische Wunder

## Das Buch

Ist Vianne Rocher eine Magierin? In *Chocolat* lässt sie sich in einem kleinen französischen Ort nieder und gewinnt – vor allem durch ihre raffinierten Schokoladenkreationen und natürlich durch ihren Charme – innerhalb kürzester Zeit den Zugang zu den Herzen ihrer Mitmenschen. Mit einer Ausnahme: Pater Reynaud erklärt ihr, besorgt um das Seelenheil seiner Gemeinde, den Krieg ...

In *Himmlische Wunder* führt Vianne Rocher am Montmartre, im Herzen des alten Paris, mit ihren Töchtern eine kleine Chocolaterie. Sie ist auf der Flucht vor den Behörden, die damit drohen, ihr die Kinder wegzunehmen. Verzweifelt unterdrückt sie ihre wundersamen Kräfte – Zaubersprüche sind verboten, die Tarotkarten weggepackt. Doch als eines Tages plötzlich die schöne und seltsam magische Zozie de l'Alba auftaucht und die Familie bedroht, muss Vianne doch noch einmal auf ihre magischen Fähigkeiten zurückgreifen.

## Die Autorin

Joanne Harris, geboren 1964 in Barnsley, hat eine französische Mutter und einen englischen Vater. Sie studierte in Cambridge und arbeitete 15 Jahre lang als Lehrerin, bevor ihr mit ihrem dritten Roman *Chocolat* der Durchbruch als Bestsellerautorin gelang. Die Oscar-nominierte Verfilmung von *Chocolat* mit Juliette Binoche und Johnny Depp in den Hauptrollen eroberte weltweit die Herzen der Zuschauer.

Von Joanne Harris sind in unserem Hause außerdem erschienen:

*Die blaue Muschel*
*Fünf Viertel einer Orange*
*Das Lächeln des Harlekins*
*Samt und Bittermandel*
*Schlaf, schöne Schwester!*
*Das verbotene Haus*
*Wie wilder Wein*

Joanne Harris

# *Chocolat*
# *& Himmlische Wunder*

Zwei Bestseller in einem Band

Aus dem Englischen von
Charlotte Breuer und Adelheid Zöfel

List Taschenbuch

Besuchen Sie uns im Internet:
www.list-taschenbuch.de

**Mix**
Produktgruppe aus vorbildlich bewirtschafteten
Wäldern und anderen kontrollierten Herkünften
www.fsc.org Zert.-Nr. GFA-COC-001223
© 1996 Forest Stewardship Council

Dieses Taschenbuch wurde auf FSC-zertifiziertem Papier gedruckt.
FSC (Forest Stewardship Council) ist eine nichtstaatliche, gemeinnützige
Organisation, die sich für eine ökologische und sozialverantwortliche
Nutzung der Wälder unserer Erde einsetzt.

Sonderausgabe im List Taschenbuch
List ist ein Verlag der Ullstein Buchverlage GmbH, Berlin.
1. Auflage November 2009
*Chocolat*
© für die deutsche Ausgabe Ullstein Buchverlage GmbH, Berlin 2005
© 2003 für die deutsche Ausgabe by Ullstein Heyne List GmbH & Co. KG
© 2001 für die deutsche Ausgabe by Econ Ullstein List Verlag
GmbH & Co. KG, München
© 1999 für die deutsche Ausgabe by Paul List Verlag im Verlagshaus
Goethestraße München
© 1997 by Joanne Harris
Titel der englischen Originalausgabe: *Chocolat* (Verlag Doubleday,
London 1997)
*Himmlische Wunder*
© für die deutsche Ausgabe Ullstein Buchverlage GmbH,
Berlin 2007/List Verlag
© 2007 by Joanne Harris
Titel der englischen Originalausgabe: *The Lollipop Shoes* (Doubleday,
London 2007)
Konzeption: semper smile Werbeagentur GmbH, München
Umschlaggestaltung: bürosüd° GmbH, München
Titelabbildung: © Adam Woolfitt/CORBIS,
© Robert Holmes/CORBIS
Papier: Munkenprint von Arctic Paper Munkedals AB, Schweden
Druck und Bindearbeiten: CPI – Clausen & Bosse, Leck
Printed in Germany
ISBN 978-3-548-60933-1

*Chocolat*

In Erinnerung an meine Urgroßmutter
MARIE ANDRÉ SORIN (1892-1962)

11. Februar
Fastnacht

Wir kamen zu Karneval an, mit dem warmen Februarwind, der den Duft von am Straßenrand gebratenen Pfannkuchen, Würstchen und süßen Waffeln mit sich trug, während Konfetti von Mantelkragen und Ärmelaufschlägen rieselte und im Rinnstein herumgewirbelt wurde wie ein lächerliches Gegenmittel, mit dem der Winter vertrieben werden sollte. Es herrscht eine fieberhafte Aufregung unter den Menschen, die die enge Hauptstraße säumen und die Hälse recken, um einen Blick auf den mit bunten Girlanden und Papierrosetten geschmückten Wagen zu erhaschen. Einen gelben Luftballon in der einen und eine Spielzeugtrompete in der anderen Hand, steht Anouk neben einem traurig dreinblickenden braunen Hund und schaut mit großen Augen zu. Anouk und ich haben schon viele Karnevalsumzüge gesehen; einen Zug von zweihundertfünfzig geschmückten Wagen letztes Jahr beim Mardi Gras in Paris, einhundertachtzig in New York, zwei Dutzend Blaskapellen in Wien, Clowns auf Stelzen, große Pappmaché-Figuren mit wackelnden Köpfen, Majoretten, die ihre glitzernden Stäbe durch die Luft wirbeln ließen. Aber im Alter von sechs Jahren erscheint einem die Welt noch voller Wunder. Ein hölzerner Wagen, hastig geschmückt mit Goldfolie und buntem Kreppapier, Szenen aus einem Märchen ... Ein Drachenkopf auf einem Schild, Rapunzel mit einer wollenen Perücke, eine Meerjungfrau mit einem Schwanz aus Cellophan, ein Lebkuchenhaus aus mit Goldfolie überzogener Pappe, über und über mit Zuckerguß bedeckt, eine Hexe in der Tür, die ihre langen, grünen Fingernägel nach ein paar stummen Kindern ausstreckt ... Mit sechs nimmt man noch Feinheiten wahr, die einem vielleicht schon ein Jahr später nicht mehr zugänglich sind. Hinter dem Pappmaché, dem Zuckerguß, dem Plastik sieht sie immer noch die echte Hexe, den wahren Zauber. Sie schaut zu mir auf mit leuchtenden Augen, die so blaugrün schimmern wie die Erde aus großer Höhe.

»Bleiben wir hier? Bleiben wir hier?« Ich muß sie daran erinnern, Französisch zu sprechen. »Bleiben wir denn? Ja?« Sie klammert sich an meinen Ärmel. Ihr Haar ist vom Wind zerzauste Zuckerwatte.

Ich überlege. Dieses Dorf ist so gut wie jedes andere. Lansquenet-sous-Tannes mit seinen höchstens zweihundert Seelen ist kaum mehr als ein Klecks an der Autobahn zwischen Toulouse und Bordeaux. Einmal geblinzelt, und schon ist man vorbei. Eine Hauptstraße mit graubraunen, dicht zusammengedrängt stehenden Fachwerkhäusern, ein paar Seitenstraßen, die nebeneinander verlaufen wie die Zinken einer verbogenen Gabel. Eine Kirche, strahlend weiß getüncht, am Dorfplatz einige Läden. Ringsum vereinzelte Bauernhöfe. Obstwiesen, Weinberge, Felder, alle nach den strengen Regeln der Landwirtschaft säuberlich voneinander abgegrenzt: hier Äpfel, dort Kiwis, Melonen, Endivien unter schwarzen Plastikplanen, kahle Weinstöcke, die in der bleichen Februarsonne wie tot wirken, aber in Wirklichkeit nur darauf warten, im März zu neuem Leben zu erwachen ... Jenseits der Felder der Tannes, ein kleiner Nebenfluß der Garonne, der sich durch das sumpfige Weideland schlängelt. Und die Menschen? Wie sie da am Straßenrand stehen, scheinen sie sich nicht von all den anderen Menschen zu unterscheiden, denen wir bisher begegnet sind; vielleicht ein wenig bleich im ungewohnten Sonnenlicht, ein wenig verhärmt. Sie tragen Kopftücher und Baskenmützen passend zur Farbe ihrer Haare, braun, schwarz oder grau. Die Gesichter sind zerfurcht wie Äpfel vom Vorjahr, die tief in ihren Höhlen liegenden Augen erinnern an Glasmurmeln, in alten Teig gedrückt. Ein paar Kinder, die leuchtend bunte Luftschlangen fliegen lassen, wirken wie Angehörige einer anderen Rasse. Eine dicke Frau mit einem breiten, unglücklichen Gesicht zieht ihren karierten Mantel fest um sich und ruft etwas in ihrem kaum verständlichen örtlichen Dialekt. Auf dem von einem Traktor gezogenen, schwerfällig vorbeirumpelnden Wagen steht ein vierschrötiger Weihnachtsmann, der zwischen den Feen und Kobolden und Fabeltieren seltsam fehl am Platze wirkt, und wirft mit kaum verhohlener Aggressivität Süßigkeiten in die Menge. Mit einem entschuldigenden Blick hebt ein kleiner älterer Mann mit einem Filzhut anstelle der in der Region üblichen Baskenmütze auf dem Kopf den traurigen braunen Hund auf, der zwischen Anouk und mir hockt. Ich sehe, wie seine dünnen, eleganten Finger das Fell des Hundes kraulen; der Hund beginnt zu winseln; im Gesicht seines Herrchens spiegeln sich Liebe, Besorgnis, Schuldgefühle. Niemand beachtet uns. Es ist, als wären wir unsichtbar; an unserer Kleidung kann man uns als Fremde, als Durchreisende erkennen. Die Leute sind höflich, ausnehmend höflich; niemand starrt uns an. Die Frau mit den langen Haaren, die sie unter ihre orangefarbene Jacke gesteckt hat, einen langen, bunten Seidenschal um den Hals; das Kind in den gelben Gummistiefeln und dem himmelblauen Regenmantel. Durch ihre Farben fallen sie auf. Ihre Kleider sind exotisch, ihre Gesichter – sind sie zu blaß oder zu dunkel? –, ihre Haare verraten sie als Fremde, als auf undefinierbare Weise anders. Die Menschen von Lansquenet beherrschen die Kunst der verstohlenen Beobachtung. Ich spüre ihre Blicke wie Atem in meinem Nacken, nicht feindselig, aber dennoch kalt. Für sie sind wir eine Attraktion, ein Teil des Karnevals, befremdlich. Ich spüre, wie ihre Blicke uns folgen, als ich an einen der Stände trete, um eine *galette* zu kaufen. Das Papier ist heiß und fettig, die dunkelbraune Waffel außen knusprig und innen weich und köstlich. Ich breche ein Stück ab und reiche es Anouk, wische ihr die geschmolzene Butter vom Kinn. Der Waffelverkäufer ist ein korpulenter Mann mit Halbglatze und dicken Brillengläsern, sein Gesicht vom Dampf der Waffeleisen feucht und gerötet. Er zwinkert Anouk freundlich zu. Mit dem anderen Auge registriert er jede Einzelheit, wohl wissend, daß man ihn später nach uns ausfragen wird.

»Machen Sie Urlaub, Madame?« Die Dorfetikette gestattet ihm, das zu fragen; hinter der neutralen Maske des Geschäftsmannes spüre ich seinen großen Wissensdurst. Wissen ist Gold wert, hier im Dorf; Touristen fahren gewöhnlich in die nahe gelegenen Orte Agen und Montauban und verirren sich nur selten hierher.

»Ja.«

»Sie kommen aus Paris?« Es muß an unserer Kleidung liegen. In diesem farbenfrohen Landstrich tragen die Menschen düstere Farben. Farbe ist Luxus; Buntes ist nicht kleidsam. Die bunten Blumen am Straßenrand sind Unkraut, lästig, unnütz.

»Nein, nein, nicht aus Paris.«

Der Wagen ist fast am Ende der Straße angekommen. Hinter ihm marschiert eine kleine Kapelle – zwei Querpfeifer, zwei Trompeter, ein Posaunist und ein Trommler, die einen undefinierbaren Marsch spielen. Ein Dutzend Kinder folgen ihnen und sammeln die liegengebliebenen Süßigkeiten auf. Einige von ihnen sind verkleidet; ich entdecke ein Rotkäppchen und ein Kind in einem zotteligen Kostüm, das vielleicht einen Wolf darstellen soll, die sich übermütig um eine Handvoll Luftschlangen streiten.

Eine in Schwarz gekleidete Gestalt bildet das Schlußlicht. Zunächst halte ich ihn für einen Teil des Umzugs – den Pestarzt vielleicht –, doch als er näher kommt, erkenne ich die altmodische Soutane des Landpriesters. Er ist etwa Mitte Dreißig, wirkt allerdings von weitem durch seinen steifen Gang älter. Er schaut mich an, und ich sehe, daß auch er ein Fremder ist, ein Mann aus dem Norden mit hohen Wangenknochen und blassen Augen. Seine schmale Pianistenhand liegt auf dem silbernen Kreuz, das an einer Kette um seinen Hals hängt. Vielleicht gibt sein Status als Fremder ihm das Recht, mich anzustarren; doch ich sehe kein Wohlwollen in seinen kalten Augen. Nur den verstohlen abschätzenden Blick eines Menschen, der sich seines Territoriums nicht sicher ist. Ich lächle ihm zu; er wendet sich erschrocken ab, winkt zwei Kinder zu sich. Mit einer beredten Geste verweist er auf den Abfall, der sich mittlerweile am Straßenrand gesammelt hat; widerwillig beginnen die beiden Kinder, die Luftschlangen und Bonbonpapiere einzusammeln und in einen in der Nähe stehenden Mülleimer zu stopfen. Im Weggehen bemerke ich, wie der Priester mich erneut anstarrt, mit einem Blick, den man bei einem anderen Mann als Zeichen von Bewunderung hätte auslegen können.

In Lansquenet-sous-Tannes gibt es keine Polizeistation, und daher auch keine Kriminalität. Ich versuche, es Anouk gleichzutun und die Wahrheit unter der Verkleidung zu erkennen, doch vorerst bleibt alles verschwommen.

»Bleiben wir hier? Bleiben wir, Maman?« Sie zupft ungeduldig an meinem Ärmel. »Mir gefällt es hier. Bleiben wir?«

Ich nehme sie auf den Arm und küsse sie auf die Stirn. Sie riecht nach Rauch und gebackenen Pfannkuchen und warmer Bettwäsche an einem Wintermorgen.

Warum nicht? Dieses Dorf ist so gut wie jedes andere.

»Ja, natürlich«, sage ich, meinen Mund in ihren Haaren. »Natürlich bleiben wir.«

Keine richtige Lüge. Diesmal könnte es tatsächlich wahr werden.

Der Karnevalsumzug ist vorbei. Einmal im Jahr flackert im Dorf eine flüchtige Heiterkeit auf, doch schon ist die Wärme wieder verschwunden, schon hat die Menge sich aufgelöst. Die Straßenhändler packen ihre Stände zusammen, die Kinder ziehen ihre Kostüme aus und geben ihre Süßigkeiten ab. Es wird ein leichtes Gefühl von Verlegenheit spürbar, von Scham über dieses Übermaß an Lärm und Farbenpracht. Es verflüchtigt sich wie Sommerregen, der auf der aufgesprungenen Erde verdampft, in den Ritzen des Kopfsteinpflasters versickert und kaum eine Spur hinterläßt. Zwei Stunden später ist Lansquenet-sous-Tannes wieder unsichtbar wie ein verwunschenes Dorf, das nur einmal im Jahr aus dem Nebel auftaucht. Hätte es den Karnevalsumzug nicht gegeben, hätten wir das Dorf nie entdeckt.

Wir haben Gas, aber bisher noch keinen Strom. An unserem ersten Abend habe ich bei Kerzenlicht für Anouk Pfannkuchen gebacken, und wir haben sie vor dem offenen Kamin von alten Zeitschriften gegessen, die als Teller dienten, da unsere Sachen erst am nächsten Tag kommen. Der Laden war früher einmal eine Bäckerei gewesen, und über der schmalen Eingangstür ist immer noch das Zunftwappen des Bäckers, eine in das Holz des Türrahmens geschnitzte Weizengarbe zu sehen. Der Boden ist dick mit Mehlstaub bedeckt, und als wir den Laden betraten, mußten wir über Berge von Reklame- und Wurfsendungen steigen. Die Miete kommt mir lächerlich niedrig vor, im Vergleich zu dem, was wir an Mietpreisen in der Großstadt gewöhnt sind; trotzdem ist mir das Mißtrauen im Blick der Hausverwalterin nicht entgangen, als ich ihr die Geldscheine vorzählte. Laut Mietvertrag heiße ich Vianne Rocher, und meine Unterschrift ist so unleserlich, daß man jeden Namen daraus lesen könnte. Bei Kerzenlicht erkundeten wir unser neues Zuhause; die alten Öfen, die unter all dem Ruß und Fett noch erstaunlich gut in Schuß sind, die mit Kiefernholz getäfelten Wände, die rußgeschwärzten Tonfliesen. Als wir die alte, zusammengelegte Markise aus einem Hinterzimmer hervorholten, wo Anouk sie entdeckt hatte, flitzten lauter Spinnen aus den Falten des ausgebleichten Segeltuchs hervor. Unsere Wohnung liegt im ersten Stock über dem Laden; zwei Zimmer, ein Bad, ein lächerlich winziger Balkon, ein Terracottakübel mit toten Geranien ... Anouk verzieht das Gesicht.

»Es ist so düster, Maman.« Sie klingt eingeschüchtert, verunsichert angesichts des verwahrlosten Hauses. »Und es riecht so traurig.«

Sie hat recht. Es ist ein Geruch wie von Tageslicht, das jahrelang eingesperrt war, bis es sauer und ranzig wurde, von Mäusedreck und dem Geist vergessener und lieblos weggeworfener Dinge. Es hallt wie in einer Höhle, und die geringe Wärme, die unsere Körper ausstrahlen, läßt jeden Schatten nur noch unheimlicher wirken. Farbe und Sonnenlicht und Seifenwasser werden uns helfen, den Schmutz zu entfernen, aber die traurige Atmosphäre ist etwas anderes, die Freudlosigkeit eines Hauses, in dem seit Jahren niemand gelacht hat... Anouks Gesicht wirkte blaß im Kerzenlicht, als sie mich mit großen Augen anschaute und meine Hand ganz fest hielt.

»Müssen wir hier schlafen?« fragte sie. »Pantoufle gefällt es hier nicht. Er hat Angst.«

Ich lächelte und küßte ihre ernste, goldene Wange.

»Pantoufle wird uns helfen.«

Wir zündeten für jedes Zimmer Kerzen an, goldene, rote, weiße und orangefarbene Kerzen. Gewöhnlich stelle ich Räucherstäbchen selbst her, aber in Krisensituationen reichen auch gekaufte: Lavendel, Zedernholz und Zitronengras. Wir nahmen jede eine Kerze in die Hand, Anouk blies auf ihrer Spielzeugtrompete, während ich mit einem alten Löffel auf eine Kasserolle schlug, und dann stampften wir zehn Minuten lang durch das ganze Haus, durch jeden Raum, schrien und sangen aus voller Kehle – *Raus! Raus! Raus!* –, bis die Wände wackelten und die entsetzten Geister die Flucht ergriffen. Zurück blieben ein schwacher Geruch nach Verbranntem und jede Menge abgefallener Putz. Wenn man hinter die brüchigen, geschwärzten Tapeten schaut, hinter die Traurigkeit der zurückgelassenen Gegenstände, beginnt man, schwache Umrisse zu erkennen, wie das Nachbild einer Wunderkerze – hier eine in glänzendem Gold bemalte Wand, dort ein Ohrensessel, ein bißchen abgewetzt, aber strahlend orangefarben, die alte Markise, die mit einemmal bunt aufleuchtet, wenn man die verschossenen Farben unter der dicken Schmutzschicht entdeckt. *Raus! Raus! Raus!* Anouk und Pantoufle stampften und sangen, und die blassen Bilder schienen deutlicher zu werden – ein roter Hocker neben der Theke, ein paar Glöckchen über der Eingangstür. Natürlich weiß ich, daß es nur ein Spiel ist. Es liegt Arbeit vor uns, harte Arbeit, bis all das Wirklichkeit wird. Doch einen Moment lang genügt es zu wissen, daß das Haus uns willkommen heißt, so wie wir es auch willkommen heißen. Steinsalz und Brot auf der Türschwelle, um die Hausgötter zu besänftigen. Sandelholz auf dem Kopfkissen, um unsere Träume zu versüßen.

Später erklärte Anouk, Pantoufle habe jetzt keine Angst mehr, und dann war es gut.

Wir schliefen gemeinsam in unseren Kleidern auf der mit Mehlstaub bedeckten Matratze, und als wir aufwachten, war es Morgen.

## 12. Februar
### Aschermittwoch

Wir wurden tatsächlich von den Glocken geweckt. Mir war nicht bewußt gewesen, wie nah bei der Kirche wir wohnten, bis ich die Glocken hörte, ein tiefer, schwingender Ton, der sich im Takt mit einem hellen Läuten – *dong da-di-dadi dong* – abwechselte. Ich schaute auf meine Armbanduhr. Es war sechs Uhr früh. Graugoldenes Licht fiel durch die Ritzen in den windschiefen Fensterläden auf das Bett. Ich stand auf und sah hinaus auf den Dorfplatz und das regennasse, glänzende Kopfsteinpflaster. Der eckige, weiße Kirchturm leuchtete im Licht der Morgensonne, während die Schaufenster der Läden rings um den Platz noch dunkel waren. Es gab eine Bäckerei, einen Blumenladen, ein Geschäft für Friedhofsbedarf: Gedenktafeln, steinerne Engel, unvergängliche Rosen aus Emaille ... Zwischen den Häuserfassaden mit den diskret verschlossenen Fensterläden ragt der Kirchturm wie ein Leuchtturm in den Himmel, die römischen Ziffern der Turmuhr leuchten um sechs Uhr zwanzig rotgolden, als wollten sie den Teufel abschrecken, während die Jungfrau Maria von ihrer schwindelerregend hoch gelegenen Nische aus mit einer leicht überdrüssigen Miene auf den Platz herunterschaut. Auf der Spitze des gedrungenen Turms zeigt eine Wetterfahne in Gestalt eines Mannes in Mönchsrobe mit einer Sichel in der Hand die Windrichtung an – West bis Westnordwest. Von meinem Balkon mit den toten Geranien aus konnte ich die ersten Kirchgänger sehen. Ich erkannte die Frau mit dem karierten Mantel, die mir beim Karnevalsumzug aufgefallen war; ich winkte ihr zu, doch sie eilte weiter, ohne meinen Gruß zu erwidern, und zog ihren Mantel fest um sich. Der Mann mit dem Filzhut und dem traurigen braunen Hund, der kurz danach den Platz überquerte, schenkte mir ein zaghaftes Lächeln. Ich wünschte ihm freundlich einen guten Morgen, doch ein solch ungezwungenes Verhalten verstieß offenbar gegen die Dorfetikette, denn er reagierte nicht darauf, sondern ging hastig in die Kirche und nahm den Hund gleich mit. Danach schaute niemand mehr zu meinem Balkon herauf, obwohl ich über sechzig Köpfe zählte – Kopftücher, Baskenmützen, zum Schutz gegen den unsichtbaren Wind tief in die Stirn gezogene Hüte –, doch ich spürte ihre Neugier, die sich unter der einstudierten Gleichgültigkeit verbarg. Wir sind mit wichtigen Dingen beschäftigt, sagten ihre eingezogenen Schultern und gesenkten Köpfe. Wie verdrossene Schulkinder schlurften sie über das Kopfsteinpflaster. Der Mann da hat heute mit dem Rauchen aufgehört, dachte ich; dieser dort hat sich vorgenommen, nicht mehr regelmäßig ins Café zu gehen, jene Frau wird auf ihre Lieblingsspeisen verzichten. Natürlich geht mich das alles nichts an. Aber in diesem Augenblick sagte ich mir, wenn es je ein Dorf gegeben hat, das dringend ein bißchen Verzauberung nötig hatte ... Alte Angewohnheiten brechen immer wieder durch. Und wenn man einmal gemerkt hat, daß man in der Lage ist, Wünsche zu erfüllen, wird man den Impuls nie wieder los. Und außerdem hatte sich der Karnevalswind immer noch nicht gelegt, der schwache Duft von Bratfett und Zuckerwatte und Schießpulver, der scharfe Geruch, der den Jahreszeitenwechsel ankündigt, lag immer noch in der Luft, ließ es einem in den Fingern jucken und das Herz höher schlagen ... Eine Zeitlang werden wir also bleiben. Eine Zeitlang. Bis der Wind sich dreht.

Im Kramladen kauften wir Farbe, Pinsel, Rollen, Seife und Eimer. Wir begannen im ersten Stock und arbeiteten uns nach unten vor, warfen alte Vorhänge und kaputte Möbel auf den wachsenden Haufen in dem kleinen Garten hinter dem Haus, schrubbten Fußböden und ließen ganze Flutwellen über die schmale, schmutzverkrustete Treppe stürzen, bis wir beide vollständig durchnäßt waren. Anouks Wurzelbürste wurde zu einem U-Boot und meine zu einem Panzerkreuzer, der laut polternde Seifentorpedos über die Treppenstufen in den Flur hinunter abfeuerte. Mitten in diesem Spaß hörte ich die Türglocke läuten, und als ich, die Seife in der einen und die Bürste in der anderen Hand, aufblickte, sah ich den Priester in der Tür stehen.

Ich hatte mich schon gefragt, wie lange es dauern würde, bis er uns seine Aufwartung machte.

Er betrachtete uns lächelnd. Ein zurückhaltendes, gnädiges Lächeln; der Gutsherr begrüßt ungelegene Gäste. Ich spürte, wie er mich in meinem schmutzigen Overall musterte, mein mit einem roten Tuch lose zusammengebundenes Haar, meine nackten Füße in den von Putzwasser triefenden Sandalen.

»Guten Morgen.« Ein kleines Rinnsal schmutzigen Wassers lief langsam auf seine blankpolierten Schuhe zu. Ich sah seinen Blick kurz zu dem Rinnsal und dann wieder zu mir schnellen.

»Francis Reynaud«, sagte er, während er diskret zur Seite trat. »Der *Curé* der Gemeinde.«

Ich mußte lachen.

»Ach so«, sagte ich ironisch. »Und ich dachte schon, Sie gehörten zum Karnevalsumzug.«

Höfliches Lachen; *hi hi hi.*

Ich streckte ihm einen gelben Plastikhandschuh entgegen.

»Vianne Rocher. Und der Kanonier da oben ist meine Tochter Anouk.« Geräusche von Seifenexplosionen und ausgelassenem Gerangel zwischen Anouk und Pantoufle. Ich konnte förmlich hören, wie der Priester darauf wartete, von Monsieur Rocher zu hören. Wieviel angenehmer wäre es doch, alles schwarz auf weiß zu haben, auf einem offiziellen Formular, dann könnte man sich dieses lästige *Gespräch* ersparen...

»Ich nehme an, Sie hatten heute morgen viel zu tun.«

Er tat mir plötzlich leid, wie er dastand und krampfhaft versuchte, ins Gespräch zu kommen. Wieder das gezwungene Lächeln.

»Ja, wir müssen dieses Haus so schnell wie möglich in Ordnung bringen. Es gibt noch sehr viel zu tun! Aber wir wären sowieso nicht in die Kirche gekommen, *Monsieur le Curé.* Wir sind keine Kirchgängerinnen, wissen Sie.« Es war nett gemeint, sollte ihm zeigen, wo er uns einzuordnen hatte, ihn beruhigen; doch er wirkte verblüfft, beinahe beleidigt.

»Ach so.«

Es war zu direkt gewesen. Er hätte es vorgezogen, noch ein bißchen mit mir um den heißen Brei herumzustreichen wie zwei mißtrauische Katzen.

»Aber es ist sehr freundlich von Ihnen, uns willkommen zu heißen«, fuhr ich heiter fort. »Vielleicht können Sie uns sogar dabei behilflich sein, hier ein paar neue Freunde zu finden.«

Er hat tatsächlich etwas von einer Katze; die kalten, blassen Augen, die dem Blick nicht standhalten, die nervöse Wachsamkeit, die beherrschte Distanziertheit.

»Ich werde tun, was ich kann.« Das Wissen darum, daß wir keine neuen Schäfchen in seiner Herde sein werden, macht ihn gleichgültig. Doch sein Gewissen treibt ihn dazu, mehr anzubieten, als er zu geben bereit ist. »Brauchen Sie sonst noch etwas?«

»Nun, wir könnten ein bißchen tatkräftige Hilfe gebrauchen«, sage ich. »Ich meine, natürlich nicht von Ihnen«, fahre ich schnell fort, um ihm zuvorzukommen. »Aber vielleicht kennen Sie jemanden, der sich ein bißchen Geld verdienen möchte? Einen Putzer zum Beispiel, jemand, der uns beim Renovieren helfen könnte?«

Das war sicherlich kein heikles Thema.

»Mir fällt niemand ein.« Er ist der vorsichtigste Mensch, dem ich je begegnet bin. »Aber ich werde mich umhören.« Vielleicht wird er es tatsächlich tun. Er kennt seine Pflichten gegenüber Neuankömmlingen. Aber ich weiß, er wird niemanden finden. Wohlwollend Gefälligkeiten zu erweisen liegt nicht in seiner Natur. Sein Blick glitt mißtrauisch zu dem Salz und Brot an der Tür.

»Das bringt Glück.« Ich lächelte, doch sein Gesicht war wie versteinert. Er machte einen Bogen um die kleine Opfergabe, als sei sie eine Beleidigung für ihn.

»Maman?« In der Tür erschien Anouks Kopf, die Haare wild in alle Richtungen abstehend. »Pantoufle will draußen spielen. Dürfen wir?«

Ich nickte.

»Bleibt im Garten.« Ich wischte ihr einen Schmutzfleck von der Nase. »Du siehst aus wie ein richtiger Kobold.« Gerade rechtzeitig bemerkte ich den seltsamen Blick, mit dem sie den Priester musterte. »Das ist Monsieur Reynaud, Anouk. Willst du ihm nicht guten Tag sagen?«

»Hallo!« rief Anouk auf dem Weg zur Tür. »Tschüs!«

Ein verschwommenes Aufblitzen ihres gelben Sweatshirts

und ihrer roten Latzhose, als ihre Füße wie wild über die nassen Fliesen schlitterten, und schon war sie verschwunden. Nicht zum erstenmal war ich mir fast sicher, Pantoufle zu sehen, der ihr auf den Fersen folgte, ein dunklerer Fleck auf dem dunklen Boden.

»Sie ist erst sechs«, erklärte ich.

Reynaud lächelte, die Lippen schmal zusammengepreßt, als hätte der Anblick meiner Tochter jeden Verdacht bestätigt, den er gegen mich hegte.

## Donnerstag, 13. Februar

Gott sei Dank, es ist vorbei. Nach Besuchen bin ich jedesmal völlig erschöpft. Das gilt natürlich nicht für Sie, *mon père*; meine wöchentlichen Besuche bei Ihnen sind ein Luxus, ja, man könnte fast sagen, der einzige Luxus, den ich mir gönne. Ich hoffe, daß Ihnen die Blumen gefallen. Sie sind nichts Besonderes, aber sie duften herrlich. Ich stelle sie hierhin, neben Ihren Stuhl, wo Sie sie sehen können. Von hier aus haben Sie einen schönen Ausblick über die Felder mit dem Tannes, der sich durch das Land schlängelt, und in der Ferne können Sie sogar die Garonne glitzern sehen. Fast könnte man meinen, wir wären ganz allein. Oh, ich will mich nicht beschweren. Wirklich nicht. Aber Sie müssen wissen, wie schwer es für einen Mann ist, die ganze Last allein zu tragen. Ihre nichtigen Sorgen, ihre Klagen, ihre Dummheiten, all ihre trivialen Probleme ... Am Dienstag haben sie einen Karnevalsumzug veranstaltet. Man hätte meinen können, daß es sich um Wilde handelte, so wie sie herumgetollt sind. Louis Perrins Jüngster, Claude, hat mit einer Wasserpistole auf mich geschossen, und sein Vater hatte nicht mehr dazu zu sagen, als daß er doch noch klein sei und nur spielen wolle. Ich will sie doch bloß im rechten Glauben leiten, *mon père*, und sie von ihren Sünden befreien. Aber sie sind so trotzig wie kleine Kinder, die gesunde Kost verweigern und sich statt dessen weiterhin mit Süßigkeiten vollstopfen. Ich weiß, daß Sie mich verstehen. Fünfzig Jahre lang haben Sie all das mit Geduld und Strenge auf Ihren Schultern getragen. Sie haben ihre Liebe gewonnen. Haben die Zeiten sich denn so geändert? Ich werde geachtet und gefürchtet ... aber nicht geliebt. Ihre Gesichter sind mürrisch, voller Groll. Als sie gestern mit Aschenkreuzen auf der Stirn die Kirche verließen, wirkten sie zugleich schuldbewußt und erleichtert. Jetzt können sie sich wieder ihren heimlichen Genüssen, ihren geheimen Lastern hingeben. Begreifen sie denn nichts? Der Herr sieht alles. *Ich* sehe alles. Paul-Marie Muscat prügelt seine Frau. Er kommt jede Woche zur Beichte, betet zehn Ave-Maria und geht dann nach Hause, um so weiterzumachen wie eh und je. Seine Frau stiehlt. Letzte Woche ist sie auf den Markt gegangen und hat an einem Stand Modeschmuck gestohlen. Guillaume Duplessis will wissen, ob Tiere eine Seele haben, und weint, wenn ich ihm erkläre, daß sie keine haben. Charlotte Edouard glaubt, ihr Mann hätte eine Geliebte – ich weiß, daß er drei hat, aber das Beichtgeheimnis zwingt mich zu schweigen. Was sind sie doch für Kinder! Ihre Erwartungen bringen mich zur Verzweiflung. Aber ich kann es mir nicht leisten, Schwäche zu zeigen. Schafe sind gar nicht so fromm und gutmütig wie auf den Hirtenbildern. Das kann einem jeder Bauer bestätigen. Sie sind durchtrieben, manchmal bösartig und absolut einfältig. Ein nachsichtiger Hirte riskiert, daß seine Herde aufsässig und widerspenstig wird. Ich kann es mir nicht leisten, nachsichtig zu sein.

Deswegen gestatte ich mir einmal pro Woche diesen Luxus. Ihre Lippen, *mon père*, sind so fest versiegelt wie die eines Beichtvaters. Sie haben stets ein offenes Ohr, sind stets voller Milde. Für eine Stunde kann ich meine Last ablegen. Eine Stunde lang kann ich zugeben, daß ich fehlbar bin.

Wir haben ein neues Mitglied in unserer Gemeinde. Eine

gewisse Vianne Rocher, eine Witwe, nehme ich an, mit einer kleinen Tochter. Erinnern Sie sich noch an die Bäckerei des alten Blaireau? Er ist vor vier Jahren gestorben, und seitdem verfällt das Haus immer mehr. Nun, sie hat das Haus gemietet und will am Wochenende einen Laden eröffnen. Ich glaube nicht, daß das Geschäft lange bestehen wird. Wir haben ja schon Poitous Bäckerei auf der gegenüberliegenden Seite des Platzes, und außerdem paßt sie einfach nicht zu uns. Sie ist ja ganz nett, aber sie hat nichts mit uns gemein. Ich gebe ihr zwei Monate, dann kehrt sie wieder in die Stadt zurück, wo sie hingehört. Komisch, sie hat mir gar nicht gesagt, woher sie kommt. Wahrscheinlich aus Paris, oder vielleicht sogar aus dem Ausland. Sie spricht völlig akzentfrei, mit harten Vokalen wie im Norden, eigentlich fast zu akzentfrei für eine Französin, und ihre Augen könnten darauf schließen lassen, daß sie italienischer oder portugiesischer Abstammung ist, und ihre Haut... Aber ich habe sie nicht so genau gesehen. Sie hat gestern und heute den ganzen Tag in der Bäckerei gearbeitet. Sie haben eine riesige orangefarbene Plastikplane vor das Schaufenster gehängt, so daß der ganze Laden aussieht wie ein riesiges Geschenkpaket, und ab und zu sieht man sie oder ihre unbändige kleine Tochter vor die Tür treten, um einen Eimer Putzwasser in den Gully zu schütten oder sich schüchtern mit einem Handwerker zu unterhalten... Sie besitzt ein merkwürdiges Talent, Leute dazu zu überreden, daß sie für sie arbeiten. Ich hatte ihr zwar angeboten, sie bei der Suche nach Helfern zu unterstützen, war jedoch davon ausgegangen, daß sich kaum jemand aus dem Dorf finden würde. Aber heute morgen habe ich gesehen, wie Clairmont ihr in aller Frühe Bauholz brachte, und später kam Pourceau mit seiner Leiter. Poitou hat Möbel geliefert; ich habe ihn einen Sessel über den Dorfplatz tragen sehen, im Gesicht den gehetzten Blick eines Mannes, der nicht bemerkt werden will. Selbst dieses nichtsnutzige Lästermaul Narcisse, der sich im vergangenen November glatt geweigert hat, den

Kirchhof umzugraben, ist mit seinem Werkzeug zu ihr gegangen, um ihren Garten in Ordnung zu bringen. Heute morgen gegen zwanzig vor neun hielt ein Lieferwagen vor dem Laden. Duplessis, der wie immer um diese Zeit seinen Hund ausführte, kam gerade vorbei, und sie sprach ihn einfach an und bat ihn, beim Abladen zu helfen. Ich konnte sehen, daß er über ihr Ansinnen ziemlich verblüfft war, die Hand, mit der er gerade seinen Hut ziehen wollte, verharrte in der Luft – einen Moment lang war ich mir fast sicher, daß er ihr die Bitte abschlagen würde. Doch dann sagte sie etwas – ich konnte nicht verstehen, was es war –, und ich hörte ihr Lachen quer über den Platz. Sie lacht überhaupt viel und gestikuliert ausgiebig mit den Händen. Das ist wohl auch typisch für eine Städterin. Hier auf dem Land sind wir es gewohnt, daß die Leute reservierter sind, aber ich nehme an, sie meint es gut. Sie hatte sich ein lilafarbenes Tuch nach Zigeunerart um den Kopf gebunden, aber ihr Haar war zum größten Teil darunter hervorgerutscht und voller weißer Farbe. Das schien sie gar nicht zu stören. Duplessis konnte sich später nicht mehr erinnern, was sie zu ihm gesagt hatte, aber er erzählte auf seine übliche zaghafte Art, der Lieferwagen hätte nichts Besonderes gebracht, nur ein paar Kartons, klein, aber schwer, und einige offene Kisten mit Küchenutensilien. Er hat sich nicht danach erkundigt, was sich in den Kartons befand, aber er meinte, was es auch gewesen sein mochte, mit so geringen Mengen könne man in einer Bäckerei nicht viel anfangen.

Glauben Sie nicht, *mon père*, ich würde den ganzen Tag nichts anderes tun, als beobachten, was in der Bäckerei vor sich geht. Es ist nur so, daß sie sich genau meinem Haus gegenüber befindet, gegenüber dem Haus, in dem Sie früher gewohnt haben, *mon père*, vor Ihrer Erkrankung. Seit anderthalb Tagen wird dort unaufhörlich gehämmert und gestrichen und geweißt und geschrubbt, bis die Neugier mich überkam und ich das Ergebnis all der Plackerei sehen wollte. Und ich bin nicht der einzige, der neugierig geworden ist; ich habe gehört, wie Madame Clairmont vor Poitous Bäckerei ein paar Freundinnen wichtigtuerisch von der Arbeit ihres Mannes berichtete; ich hörte sie von *roten Fensterläden* erzählen, bis sie mich bemerkte und in einem verschwörerischen Flüsterton weiterredete. Als ob mich das alles interessierte. Die Neue sorgt auf jeden Fall für Klatsch. Ich bemerke immer wieder, wie die orangefarbene Plastikplane einem in unerwarteten Augenblicken aufs neue ins Auge sticht. Das verhängte Fenster erinnert an ein riesiges Bonbon, das darauf wartet, ausgewickelt zu werden, wie ein Überbleibsel des Karnevalsumzugs. Die leuchtende Farbe und die Art und Weise, wie die Falten der Plane das Sonnenlicht reflektieren, haben etwas Beunruhigendes; ich bin froh, wenn die Arbeiten beendet sind und der Laden wieder wie eine normale Bäckerei aussieht.

Die Schwester schaut zu mir herüber. Sie glaubt, ich würde Sie ermüden, Vater. Wie können Sie sie nur alle ertragen, mit ihren lauten Stimmen und ihrem Gouvernantenton. *Ich glaube, es ist jetzt Zeit für unser Nickerchen.* Ihre übertrieben neckische Art ist beleidigend, unerträglich. Und doch meint sie es gut, ich kann es an Ihren Augen ablesen, Vater. *Vergib ihnen, denn sie wissen nicht, was sie tun.* Ich bin ein Egoist. Ich komme hierher, um Erleichterung zu finden, nicht, um sie Ihnen zu verschaffen. Und doch habe ich immer den Eindruck, daß meine Besuche Ihnen Freude bereiten, daß Sie froh sind, auf diese Weise den Kontakt zur Wirklichkeit nicht zu verlieren, die für Sie verschwommen und konturlos geworden ist. Eine Stunde pro Abend fernsehen, fünfmal täglich umbetten, künstliche Ernährung ... erdulden müssen, daß man über Sie redet, als seien Sie ein Gegenstand – *Ob er uns hören kann? Glaubst du, er versteht, was wir sagen?* –, niemand, der Sie nach Ihrer Meinung fragt ... Von allem ausgeschlossen zu sein und doch fühlen und denken zu können ... Das ist die wahre Hölle, ohne das mittelalterlich bunte Beiwerk, mit dem man sie gewöhnlich ausschmückt. Es ist der Verlust von menschlichem Kontakt.

Und doch wende ich mich an Sie, um von Ihnen zu lernen, wie man mit den Menschen umgeht. Lehren Sie mich zu hoffen.

## Freitag, 14. Februar
## Valentinstag

Der Mann mit dem Hund heißt Guillaume. Er hat mir gestern geholfen, die Kisten vom Lieferwagen zu laden, und heute morgen war er mein erster Kunde. Er hatte seinen Hund Charly dabei, und er grüßte mich mit einer fast ritterlichen Höflichkeit.

»Es ist wunderschön geworden!« sagte er, als er sich umsah. »Sie müssen die ganze Nacht gearbeitet haben.«

Ich lachte.

»Welch eine Verwandlung«, sagte Guillaume. »Wissen Sie, ich kann nicht sagen, warum, aber ich hatte angenommen, es würde wieder eine Bäckerei werden.«

»Sollte ich etwa dem armen Monsieur Poitou das Geschäft verderben? Da hätte er sich aber bei mir bedankt, wo er doch so sehr mit seinem Hexenschuß zu tun hat und seine Frau so krank ist und so schlecht schläft.«

Guillaume bückte sich, um Charlys Halsband zurechtzurücken, aber ich sah das Funkeln in seinen Augen.

»Sie haben ihn also bereits kennengelernt«, sagte er.

»Ja. Ich habe ihm mein Rezept für einen Schlaftee gegeben.«

»Wenn es wirkt, haben Sie einen Freund fürs Leben gewonnen.«

»Es wirkt«, versicherte ich ihm. Dann holte ich eine kleine rosafarbene Schachtel mit einer silbernen Schleife unter der Theke hervor. »Für Sie. Für meinen ersten Kunden.«

Guillaume schaute mich verblüfft an.

»Wirklich, Madame, ich ...«

»Nennen Sie mich Vianne.« Ich drückte ihm die Schachtel in die Hand. »Ich bestehe darauf. Sie werden Ihnen schmecken. Es ist Ihre Lieblingssorte.«

Darüber mußte er lächeln.

»Woher wollen Sie das wissen?« erkundigte er sich, während er die Schachtel in seine Manteltasche steckte.

»Oh, ich weiß es einfach«, erwiderte ich lächelnd. »Ich sehe es den Leuten an. Vertrauen Sie mir.«

Das Schild wurde erst mittags fertig. Georges Clairmont kam höchstpersönlich, um es aufzuhängen, während er sich wortreich wegen der Verspätung entschuldigte. Die roten Fensterläden sehen auf den frischgeweißten Wänden wunderschön aus, und Narcisse hat mir unter halbherzigem Protest wegen der Frostgefahr selbstgezogene Geranien für meine Blumenkästen mitgebracht. Ich habe beiden zum Valentinstag eine Schachtel Pralinen geschenkt, und sie zogen mit freudig verwirrten Gesichtern ab. Danach kamen bis auf einige Schulkinder kaum noch Kunden. So ist es immer, wenn in einem kleinen Dorf ein neuer Laden eröffnet; für solche Situationen gibt es einen strengen Verhaltenskodex, und die Leute sind reserviert, geben sich uninteressiert, obwohl sie innerlich vor Neugier platzen. Eine alte Dame in der traditionellen schwarzen Witwenkleidung traute sich herein. Ein Mann mit dunklen, stark ausgeprägten Zügen, der drei gleiche Schachteln Pralinen kaufte, ohne sich nach dem Inhalt zu erkundigen. Dann kam vier Stunden lang niemand. Ich hatte es nicht anders erwartet; die Menschen brauchen Zeit, um sich an Veränderungen zu gewöhnen, und obwohl mehrere Leute stehenblieben, um sich die Auslagen in meinem Schaufenster anzusehen, schien niemand geneigt hereinzukommen. Hinter der gezwungenen Gleichgültigkeit jedoch spürte ich eine Art Schmoren, ein argwöhnisches Flüstern, ein Rascheln von Vorhängen, das Bemühen, sich ein Herz zu fassen. Als sie schließlich erschienen, kamen sie alle zusammen; acht Frauen, unter ihnen

Caroline Clairmont, die Frau des Schildermalers. Eine neunte Frau, die etwas später eintraf, blieb draußen vor dem Laden stehen und berührte die Schaufensterscheibe fast mit der Nase, und ich erkannte die Frau mit dem karierten Mantel. Die Damen kicherten wie kleine Schulmädchen und freuten sich über ihre Ungezogenheit.

»Und Sie machen die wirklich alle selbst?« fragte Cécile, der die Apotheke auf der Hauptstraße gehört.

»Während der Fastenzeit dürfte ich eigentlich gar nicht naschen«, sagte Caroline, eine dicke Blonde mit einem Pelzkragen.

»Ich werde es keiner Menschenseele verraten«, versprach ich. Dann, als ich sah, daß die Frau in dem karierten Mantel immer noch draußen vor dem Fenster stand, fragte ich: »Möchte Ihre Freundin nicht auch hereinkommen?«

»Oh, sie gehört nicht zu uns«, erwiderte Joline Drou, eine Frau mit strengen Zügen, die in der Dorfschule unterrichtet. Sie warf einen kurzen Blick auf die Frau vor dem Fenster. »Das ist Joséphine Muscat.« Es lag eine Art mitleidige Verachtung in ihrer Stimme, als sie den Namen aussprach. »Ich glaube kaum, daß sie hereinkommen wird.«

Als hätte sie es gehört, sah ich, wie Joséphine leicht errötete und den Kopf senkte. Sie hielt sich eine Hand vor den Bauch, was wie eine seltsame Schutzgebärde wirkte. Ich konnte erkennen, wie ihre Lippen sich bewegten, so als würde sie ein Gebet sprechen oder einen Fluch ausstoßen.

Nacheinander bediente ich die Damen – eine weiße Schachtel mit goldener Schleife, zwei Spitztüten, eine Rose, eine rosafarbene Valentinsschleife –, die ihre Bestellungen mit kleinen Schreien des Entzückens und freudigem Lachen begleiteten. Draußen murmelte Joséphine Muscat vor sich hin, während sie rhythmisch vor- und zurückschaukelte und sich die Fäuste unbeholfen in die Magengrube preßte. Schließlich, als ich gerade dabei war, die letzte Kundin zu bedienen, hob sie beinahe trotzig den Kopf und kam herein.

Diese letzte Kundin hatte spezielle Wünsche. Madame ließ sich eine erlesene Auswahl an Trüffeln zusammenstellen, in einer runden Schachtel mit weißen Schleifen und Blumen und goldenen Herzchen und dazu eine blanko Grußkarte – worüber die Damen entzückt die Augen verdrehten und zu kichern begannen –, so daß ich es beinahe nicht mitbekommen hätte. Die großen, von Hausarbeit geröteten Hände sind überraschend flink und geschickt. Die eine Hand bleibt in ihre Magengrube gedrückt, die andere macht eine kurze Bewegung wie die eines Revolverhelden, der in Sekundenschnelle seine Waffe zieht, und im nächsten Augenblick verschwindet das kleine, silberne, mit einer Rose verzierte Päckchen zu zehn Francs vom Regal in ihrer Manteltasche. Gute Arbeit.

Bis die Damen den Laden mitsamt ihren Päckchen verlassen hatten, ließ ich mir nichts anmerken. Joséphine, allein an der Theke, tat so, als würde sie sich in Ruhe etwas aussuchen, hob hier und da mit nervösen Händen eine Schachtel hoch, um sie näher zu betrachten. Ich schloß die Augen.

»Kann ich Ihnen helfen, Madame Muscat?« fragte ich freundlich. »Oder möchten Sie sich erst noch ein wenig umsehen?«

Die Gedanken, die sie aussendete, waren verworren und beunruhigend. Lauter Bilder gingen mir durch den Kopf; Rauch, eine Handvoll glitzernder Tand, ein blutiger Knöchel. Und hinter all dem spürte ich tiefen Kummer.

Sie murmelte etwas Unverständliches vor sich hin und wandte sich zum Gehen.

»Ich glaube, ich habe etwas, das Ihnen gefallen wird.« Ich langte unter die Theke und holte ein silbernes Päckchen hervor, das etwas größer war als das, was ich sie hatte stibitzen sehen. Das Päckchen war mit einem weißen, mit gelben Blümchen bestickten Band verschnürt. Sie starrte mich mit offenem Mund an; Panik lag in ihren Augen.

Ich schob das Päckchen über die Theke.

»Ein Geschenk des Hauses, Joséphine«, sagte ich sanft. »Ist schon in Ordnung. Es ist Ihre Lieblingssorte.«
Joséphine Muscat drehte sich um und ergriff die Flucht.

## Samstag, 15. Februar

Ich weiß, heute ist nicht mein üblicher Besuchstag, *mon père*. Aber ich muß unbedingt mit jemandem reden. Die Bäckerei hat gestern eröffnet. Aber es ist keine Bäckerei. Als ich morgens um sechs Uhr aufwachte, war die orangefarbene Plastikplane nicht mehr da, die Markise und die Fensterläden waren angebracht, und die Jalousie im Schaufenster war hochgezogen. Was einst ein gewöhnliches, ziemlich farbloses Haus gewesen ist, das genauso aussah, wie all die anderen Häuser rings um den Dorfplatz, hat sich in ein rotgoldenes Stück Konfekt vor blütenweißem Hintergrund verwandelt. Rote Geranien in den Blumenkästen. Das Balkongeländer mit Girlanden aus rotem Krepp umwickelt. Und über der Tür ein handgemaltes Schild aus schwarzer Eiche:

*La Céleste Praline*
*Chocolaterie Artisanale*

Die himmlische Praline. Das ist natürlich lächerlich. Ein solcher Laden mag vielleicht in Marseille oder Bordeaux auf Begeisterung stoßen – oder auch in Agen, wo es von Jahr zu Jahr mehr Touristen gibt. Aber in Lansquenet-sous-Tannes? Noch dazu zu Beginn der Fastenzeit, in der die Menschen Verzicht üben sollen? Das scheint mir doch pervers zu sein, möglicherweise sogar mit Absicht. Ich habe mir heute morgen die Auslagen im Schaufenster angesehen. Auf einer weißen Marmorplatte sind zahllose Schachteln und

Tüten aus Silber- und Goldpapier ausgestellt, mit Rosetten, Glöckchen, Blumen, Herzchen und bunten, gekringelten Schleifen verziert. Unter Glasglocken liegen Pralinen, Trüffel, Venusbrüstchen, *mendiants*, kandierte Früchte, Haselnußsplitter, Meeresfrüchte aus Schokolade, kandierte Rosenblätter, Veilchenpastillen ... Durch die Markise vor der Sonne geschützt, glänzen sie im Halbschatten wie die versunkenen Schätze in Aladins Höhle. Und in der Mitte hat sie die Hauptattraktion aufgebaut. Ein Lebkuchenhaus, dessen Wände mit Schokolade überzogen sind; Türen und Fenster sind mit silbernem und goldenem Zuckerguß aufgemalt, das Dach ist mit Dachpfannen aus Florentinern gedeckt, an den Giebeln ranken seltsame Kletterpflanzen aus Zuckerguß und Schokolade empor, an denen kandierte Früchte wachsen, neben dem Haus stehen Bäume aus Schokolade, in denen Marzipanvögel zwitschern ... Und dann die Hexe, von ihrem hohen, spitzen Hut bis zum Saum ihres langen Umhangs aus dunkler Schokolade. Sie reitet auf einem Besenstil, der dem Kitsch die Krone aufsetzt, einer von diesen langen, bunten, gezwirbelten Zuckerstangen, wie man sie zu Karneval überall an der Straße kaufen kann ... Von meinem Fenster aus kann ich das Schaufenster sehen, das wie ein halb geschlossenes Auge zu mir herüberstarrt und mir verschwörerisch zuzuzwinkern scheint.

Caroline Clairmont hat wegen der Waren, die in diesem Laden feilgeboten werden, ihr Fastengelübde gebrochen. Gestern im Beichtstuhl hat sie es mir gestanden, in diesem atemlosen, mädchenhaften Ton, der ihre Beteuerungen der Reue so unglaubhaft macht.

»O *mon père*, ich mache mir solche Vorwürfe! Aber was sollte ich tun, wo diese *charmante* Frau so reizend zu mir war? Ich meine, ich habe nicht mal im *Traum* daran gedacht, bis es zu spät war, obwohl ich all das süße Zeug überhaupt nicht anrühren dürfte ... Ich meine, in den letzten zwei Jahren bin ich aufgegangen wie ein *Hefekuchen*, und wenn ich daran denke, möchte ich am liebsten *sterben* ...«

»Zwei Ave-Maria.« Gott, diese Frau. Selbst durch die Gitterstäbe spüre ich ihre lüsternen Augen. Sie gibt sich zerknirscht über meine Schroffheit.

»Selbstverständlich, Vater.«

»Und denken Sie daran, warum wir in der Fastenzeit enthaltsam sind. Nicht aus Eitelkeit. Nicht, um unsere Freunde zu beeindrucken. Nicht, damit wir in die teuren Kleider passen, die im nächsten Sommer in Mode kommen.« Ich bin absichtlich schonungslos. Es ist genau das, was sie braucht.

»Ja, ich *bin* eitel, nicht wahr?« Ein kurzes Schluchzen, eine Träne, die sie vorsichtig mit dem Zipfel eines Batisttaschentuchs abtupft. »Eine dumme, eitle Frau.«

»Denken Sie an unseren Herrn Jesus. An das Opfer, das er für uns gebracht hat. An seine Demut.« Ich rieche ihr Parfüm, irgend etwas Blumiges, zu intensiv in dieser dunklen Enge. Ich frage mich, ob es verführerisch wirken soll. Falls ja, bin ich aus Stein.

»Vier Ave-Maria.«

Es ist eine Art Verzweiflung. Es zerfrißt die Seele, zersetzt sie Stück für Stück, so wie eine Kathedrale über die Jahre von in der Luft fliegenden Staub- und Sandkörnchen allmählich abgetragen wird. Ich spüre, wie es an meiner Entschlossenheit nagt, an meiner Freude, meinem Glauben. Ich möchte ihnen in Leid und Kümmernis beistehen, sie durch die Wildnis geleiten. Und nun das. Diese schleppende Prozession von Lügnern, Schwindlern, Vielfraßen und erbärmlichen Selbstbetrügern. Der Kampf zwischen Gut und Böse personifiziert in einer dicken Frau, die in jämmerlicher Unentschlossenheit vor dem Süßwarenladen steht und sich fragt: *Soll ich? Oder soll ich nicht?* Der Teufel ist ein Feigling; er wagt es nicht, sein Gesicht zu zeigen. Er ist substanzlos, zerfällt in Millionen winziger Teilchen, die das Blut und die Seele mit dem Bösen infiltrieren. Wir beide, Sie und ich, *mon père*, wurden zu spät geboren. Ich sehne mich nach der rauhen, klaren Welt des Alten Testaments. Damals wußten wir noch, wo wir standen. Damals war Satan in Fleisch und Blut unter uns. Wir trafen schwierige Entscheidungen; wir opferten unsere Kinder in Gottes Namen. Wir liebten Gott, aber noch mehr fürchteten wir ihn.

Nicht daß Sie denken, ich würde Vianne Rocher die Schuld geben. Eigentlich denke ich kaum an sie. Sie ist nur einer der schlechten Einflüsse, gegen die ich Tag für Tag kämpfen muß. Aber dieser Laden mit seiner bunten Markise, dieses halbgeschlossene Schaufenster, dieses verführerische Zwinkern, das der Enthaltsamkeit spottet, den Glauben unterhöhlt... Wenn ich aus der Tür trete, um mich der Gemeinde zu widmen, bemerke ich, wie sich im Inneren des Ladens etwas bewegt. *Probier mich. Koste mich. Nasch mich.* In der Stille zwischen zwei Strophen eines Kirchenliedes höre ich das Hupen des Lieferwagens, der vor dem Laden hält. Während der Predigt – während der heiligen Messe, Vater! – fahre ich mitten im Satz zusammen, weil ich sicher bin, das Rascheln von Bonbonpapier zu hören...

Obwohl heute morgen nur wenige Leute an der Messe teilnahmen, habe ich eine besonders strenge Predigt gehalten. Morgen werde ich sie büßen lassen. Morgen, am Sonntag, wenn alle Läden geschlossen sind.

## Samstag, 15. Februar

Heute ist die Schule früher aus. Um zwölf Uhr wimmelt es in der Straße von Cowboys und Indianern in bunten Anoraks und Jeans, mit schweren Schulranzen auf dem Rücken oder in der Hand – die Größeren, mit verbotenen Zigaretten zwischen den Lippen, die Kragen hochgeschlagen, werfen im Vorbeischlendern lässig einen kurzen Blick auf die Auslagen in meinem Fenster. Mir fiel ein Junge in einem tadellos sitzenden grauen Mantel und mit Baskenmütze auf, der allein ging, den Schulranzen korrekt auf den schmalen Rücken geschnallt. Eine ganze Weile blieb er vor dem Schaufenster von *La Céleste Praline* stehen, doch die Sonne spiegelte sich so ungünstig in der Fensterscheibe, daß ich sein Gesicht nicht erkennen konnte. Als ein paar Kinder in Anouks Alter vor dem Laden stehenblieben, ging er weiter. Zwei Nasen wurden kurz an der Fensterscheibe plattgedrückt, dann steckten die vier die Köpfe zusammen und leerten ihre Hosentaschen, um ihr Taschengeld zu zählen. Nach kurzem Zögern bestimmten sie einen, der hineingehen sollte. Ich tat so, als sei ich hinter der Theke mit etwas beschäftigt.

»Madame?« Ein kleines, schmuddeliges Gesicht schaute mißtrauisch zu mir auf. Ich erkannte den Wolf aus dem Karnevalsumzug.

»Du willst bestimmt Makrönchen kaufen, junger Mann.« Ich machte ein ernstes Gesicht, denn der Kauf von Süßigkeiten ist eine ernste Angelegenheit. »Sie sind gesund, leicht zu teilen, schmelzen nicht in der Hosentasche, und du bekommst« – ich hob beide Hände um ihm die Menge anzudeuten – »mindestens soviel für fünf Francs. Stimmt's?«

Kein Lächeln, nur ein Nicken wie zwischen zwei Geschäftsleuten. Die Münze war warm und ein bißchen klebrig. Vorsichtig nahm er die Tüte entgegen.

»Das Lebkuchenhaus gefällt mir«, sagte er feierlich. »Das im Fenster.« Die drei anderen standen in der Tür und nickten scheu, dicht aneinandergedrückt, wie um sich gegenseitig Mut zu machen. »Es ist *cool*.« Der amerikanische Ausdruck kam fast trotzig über die kleinen Lippen, wie der Rauch einer heimlich gerauchten Zigarette. Ich lächelte.

»Sehr cool«, stimmte ich zu. »Wenn ihr wollt, könnt ihr mir helfen, es aufzuessen, wenn ich es aus dem Fenster nehme.«

Große Augen.

»*Cool!*«

»*Megacool!*«

»Wann?«

Ich zuckte die Achseln.

»Ich werde Anouk bitten, euch Bescheid zu sagen«, versprach ich. »Das ist meine Tochter.«

»Das wissen wir. Wir haben sie gesehen. Sie geht nicht zur Schule.« Die letzte Bemerkung klang fast neidisch.

»Ab Montag wird sie in die Schule gehen. Es ist schade, daß sie noch keine Freunde hat, denn ich habe ihr erlaubt, sie mit nach Hause zu bringen. Sie könnten mir nämlich helfen, das Schaufenster zu dekorieren, wißt ihr.«

Füße scharrten, klebrige Hände wurden ausgestreckt, jeder wollte der erste sein, der den Laden betrat.

»Wir können –«

»*Ich* kann –«

»Ich heiße Jeannot –«

»Claudine –«

»Lucie –«

Ich schenkte jedem Kind eine Speckmaus, und im nächsten Augenblick sah ich sie auf dem Dorfplatz ausschwärmen wie Löwenzahnsamen im Wind. Ihre Anoraks blitzten kurz in der Sonne auf – rot-orange-grün-blau –, dann waren sie verschwunden. Im Schatten des Portals von Saint Jérôme sah ich den Priester stehen, der sie neugierig und, wie mir schien, mißbilligend beobachtete. Ich war überrascht. Warum sollte er ihr Verhalten mißbilligen? Seit seinem Pflichtbesuch am ersten Tag ist er nicht mehr bei uns gewesen, aber ich habe viel von ihm gehört. Guillaume spricht respektvoll über ihn, Narcisse entnervt, Caroline in dem koketten Ton, den sie stets anzuschlagen scheint, wenn sie über einen Mann unter Fünfzig spricht ... Es liegt wenig echte Sympathie in der Art, wie sie über ihn reden. Er ist kein Einheimischer, wie ich gehört habe. Ein Seminarist aus Paris, der sein Wissen aus Büchern bezogen hat – er stammt nicht vom Land, kennt nicht dessen Bedürfnisse und Zwänge. Das weiß ich von Narcisse, der mit ihm in Fehde lebt, seit er sich weigerte, während der Erntesaison die Messe zu besuchen. Ein Mann, der Dummköpfe verachtet, sagt Guillaume mit einem traurigen Halblächeln hinter seiner runden Brille, das heißt also, die meisten von uns mit unseren törichten Sitten und eingefahrenen Gewohnheiten. Dabei tätschelt er liebevoll Charlys Kopf, woraufhin der Hund kurz aufbellt, wie um ihn zu bestätigen.

»Er findet es lächerlich, einen Hund zu lieben«, sagt Guillaume wehmütig. »Er ist viel zu höflich, um es auszusprechen, aber er hält es für – *unschicklich*. Ein Mann in meinem Alter…« Bevor er pensioniert wurde, war Guillaume Lehrer an der hiesigen Grundschule. Heute gibt es für die immer geringer werdenden Schülerzahlen nur noch zwei Lehrer, aber viele der älteren Leute sprechen immer noch von Guillaume als dem *maître d'école*. Ich sehe ihm zu, wie er Charly die Ohren krault, und ich bin mir sicher, hinter der sichtbaren Zuneigung noch etwas anderes zu spüren, eine Art Traurigkeit, etwas in seinem Blick, das beinahe schuldbewußt wirkt.

»Jeder hat das Recht, sich seine Freunde auszusuchen, egal, wie alt er ist«, unterbrach ich ihn leicht aufgebracht. »Vielleicht könnte *Monsieur le Curé* selbst etwas von Charly lernen.« Wieder das freundliche, traurige Halblächeln.

»*Monsieur le Curé* tut sein Bestes«, erklärte er mir sanft. »Mehr können wir nicht von ihm erwarten.«

Ich sagte nichts darauf. In meinem Beruf lernt man schnell, daß das Geben keine Grenzen kennt. Guillaume verließ *La Praline* mit einer kleinen Tüte Florentiner in der Tasche; bevor er um die Ecke der *Avenue des Francs Bourgeois* bog, sah ich, wie er einen davon seinem Hund gab. Ein Tätscheln, ein Bellen, ein kurzes Wedeln mit dem Stummelschwanz. Wie ich schon sagte, manche Menschen geben, ohne lange zu überlegen.

Das Dorf wird mir immer vertrauter. Auch seine Einwohner. Ich kenne inzwischen immer mehr Gesichter und Namen; die ersten Stränge von kleinen Geschichten, die sich mit der Zeit zu einer uns alle verbindenden Nabelschnur verflechten werden. Das Dorf ist vielschichtiger, als sein einfacher Grundriß zunächst vermuten läßt. Die *Rue Principale*, von der mehrere Seitenstraßen wie die Finger einer Hand abzweigen: die *Avenue des Poètes*, die *Rue des Francs Bourgeois*, die *Ruelle des Frères de la Revolution* – irgendein Bürgermeister muß eine ausgeprägt republikanische Ader gehabt haben. Der Dorfplatz, die *Place Saint-Jérôme*, ist der Mittelpunkt, auf dem diese Straßen zusammenlaufen und wo die Kirche weiß und stolz in den Himmel aufragt. Um den Platz herum stehen Lindenbäume, in der Mitte eine mit rotem Kies bedeckte Fläche, auf der die alten Männer an lauen Abenden *pétanque* spielen. Hinter der Kirche geht es steil den Hügel hinunter in das Gewirr von engen Gassen, das die Einheimischen nur *Les Marauds*, das Lumpenviertel, nennen. Das ist das Armenviertel von Lansquenet, mit windschiefen Fachwerkhäusern und holprigem Kopfsteinpflaster bis hinunter zum Ufer des Tannes. Die Dorfgrenze jedoch liegt weiter draußen, wo das Sumpfgebiet beginnt. Einige Häuser stehen auf morschen Pfählen über dem Wasser des Flusses, andere schmiegen sich an die steinerne Kaimauer, wo die Feuchtigkeit des brackigen Wassers wie lange, kalte Finger bis zu ihren kleinen, schmalen Fenstern hinaufkriecht. In einer Stadt wie Agen würde ein malerisch verfallenes Viertel wie *Les Marauds* die Touristen anlocken. Aber hier gibt es keine Touristen. Die Einwohner von *Les Marauds* sind Lumpensammler, die von dem leben, was sie aus dem Fluß fischen. Viele Häuser sind baufällig; hier und da sieht man Holundersträucher aus Mauerritzen wachsen. Ich hatte den Laden über die Mittagszeit für zwei Stunden zugemacht und war mit Anouk zum Fluß hinunter spaziert. Ein paar magere Kinder spielen in dem grünlichen Schlamm am Flußufer; selbst im Februar liegt ein leichter Gestank nach Abwasser und Fäulnis in der Luft. Es war kalt und sonnig, und Anouk in ihrem roten Anorak und der roten Mütze rannte über das Kopfsteinpflaster mit Pantoufle auf den Fersen, dem sie immer wieder aufgeregt etwas zurief.

Ich habe mich mittlerweile so sehr an Pantoufle gewöhnt – und an den Rest der seltsamen Menagerie, die sie stets in ihrem Gefolge führt –, daß ich bei solchen Gelegenheiten beinahe meine, ihn zu sehen, Pantoufle, mit seinen Schnurrhaaren und den klugen Augen. In diesen Augenblicken wird die Welt um mich herum plötzlich bunter, und es ist, als sei ich auf wundersame Weise zu Anouk *geworden* und sähe mit ihren Augen, liefe in ihren Fußstapfen. Dann könnte ich vergehen vor Liebe für sie, für meine kleine Fremde; dann schwillt mein Herz gefährlich an, und ich kann mich nur retten, indem ich zu rennen beginne, so daß mein roter Anorak im Wind flattert, als hätte ich Flügel bekommen, und mein Haar wie der Schweif eines Kometen hinter mir herweht.

Eine schwarze Katze lief vor mir über den Weg, und ich begann, um sie herumzutanzen und ein Kinderlied zu singen:

> *Où va-t-i, mistigri?*
> *Passe sans faire de mal ici.*

Anouk stimmte mit ein, und die Katze begann zu schnurren und warf sich auf den Rücken, damit wir sie kraulen konnten. Als ich mich hinunterbeugte, sah ich eine kleine alte Frau an der Ecke eines Hauses stehen, die mich neugierig beobachtete. Schwarzer Rock, schwarze Jacke, graues Haar, zu einem strengen Nackenknoten geflochten. Ihre Augen glänzten so schwarz wie die eines Vogels. Ich nickte ihr zu.

»Sie sind die Frau aus der *chocolaterie*«, sagte sie. Trotz ihres Alters – ich schätzte sie auf mindestens achtzig – hatte sie eine klare, feste Stimme und sprach mit dem rauhen Akzent des Midi.

»Ja, das stimmt«, erwiderte ich und nannte ihr meinen Namen.

»Armande Voizin«, sagte sie. »Ich wohne in dem Haus da drüben.« Mit einem Kopfnicken deutete sie auf eines der

Häuser am Flußufer, das in einem etwas besseren Zustand zu sein schien als der Rest. Es war frisch geweißt, und in den Blumenkästen blühten rote Geranien. Und dann lächelte sie, und ihr Gesicht legte sich in tausend Falten. »Ich habe Ihren Laden gesehen. Er ist sehr hübsch, das muß ich zugeben, aber er taugt nicht für einfache Leute wie uns. Viel zu extravagant.« Es lag kein Mißfallen in ihrem Ton, eher ein amüsierter Fatalismus. »Wie ich höre, hat unser *M'sieur le Curé* Sie bereits aufs Korn genommen«, fügte sie mit einem spitzbübischen Lächeln hinzu. »Ich nehme an, er findet es *unschicklich*, daß sich an seinem Kirchplatz ein Süßwarenladen befindet.« Und wieder schaute sie mich spöttisch herausfordernd an. »Weiß er, daß Sie eine Hexe sind?« fragte sie.

Hexe, Hexe. Es ist nicht das richtige Wort, aber ich wußte, was sie meinte.

»Wie kommen Sie darauf?«

»Oh, es ist nicht zu übersehen. Ich nehme an, man muß selbst eine sein, um eine andere zu erkennen«, sagte sie und stieß ein Lachen aus wie wildes Geigenquietschen. »*M'sieur le Curé* glaubt nicht an Zauberei«, sagte sie. »Ehrlich gesagt, bin ich mir nicht einmal so sicher, daß er an Gott glaubt.« In ihrem Ton schwang nachsichtige Verachtung mit. »Er muß noch viel lernen, dieser Mann, auch wenn er einen Doktortitel in Theologie hat. Und meine dumme Tochter auch. Im Fach *Leben* kann man keinen Doktortitel erwerben, nicht wahr?«

Ich stimmte ihr zu und fragte sie, ob ich ihre Tochter kennen würde.

»Ich nehme es an. Caro Clairmont. Die hirnloseste eitle Gans in ganz Lansquenet. Quatscht den ganzen Tag lang und besitzt nicht den geringsten Funken Verstand.«

Als ich lächelte, nickte sie fröhlich. »Keine Sorge, meine Liebe, in meinem Alter nimmt man sich kaum noch etwas zu Herzen. Sie kommt nach ihrem Vater, wissen Sie. Das ist ein großer Trost.« Sie sah mich seltsam an. »Hier gibt es nicht viel Abwechslung«, meinte sie. »Vor allem für alte Leute.« Sie hielt einen Moment lang inne und schaute mich wieder eindringlich an. »Aber diesmal habe ich das Gefühl, daß wir reichlich Unterhaltung bekommen werden.« Ihre Hand berührte meine wie kühler Atem. Ich versuchte, ihre Gedanken zu lesen, wollte wissen, ob sie sich über mich lustig machte, doch ich spürte nichts als Humor und Freundlichkeit.

»Es ist doch nur eine *chocolaterie*«, sagte ich lächelnd.

Armande Voizin kicherte in sich hinein.

»Sie glauben wohl, ich sei von vorgestern«, sagte sie.

»Wirklich, Madame Voizin –«

»Nennen Sie mich Armande.« Die schwarzen Augen funkelten vor Vergnügen. »Dann fühle ich mich jung.«

»In Ordnung. Aber ich weiß wirklich nicht, warum –«

»Ich weiß, welcher Wind Sie hergetragen hat«, sagte sie eifrig. »Ich habe es genau gespürt. Der Mardi Gras. Der Karneval. In *Les Marauds* gibt es viele Karnevalsnarren; Zigeuner, Spanier, Kesselflicker, *pieds-noirs* und Ausgestoßene. Ich habe Sie sofort erkannt, Sie und Ihre kleine Tochter. – Wie nennen Sie sich diesmal?«

»Vianne Rocher.« Ich lächelte. »Und das ist Anouk.«

»Anouk«, wiederholte Armande leise. »Und der kleine, graue Freund – meine Augen sind nicht mehr so gut wie früher –, was ist es? Eine Katze? Ein Eichhörnchen?«

Anouk schüttelte ihren Lockenkopf. »Er ist ein *Kaninchen*«, erklärte sie heiter. »Er heißt Pantoufle.«

»Oh, ein Kaninchen. Natürlich.« Armande zwinkerte mir verschwörerisch zu. »Sehen Sie, ich weiß, was Sie beide hierhergebracht hat. Ich habe es selbst ein- oder zweimal erlebt. Ich mag vielleicht alt sein, aber niemand kann mir etwas vormachen. Niemand.«

Ich nickte.

»Vielleicht haben Sie recht«, sagte ich. »Kommen Sie doch mal zu uns in den Laden; ich kenne die Lieblingssorte jedes Kunden, der den Laden betritt. Ich werde Ihnen hundert Gramm Ihrer Sorte spendieren.«

Armande lachte.

»Oh, ich darf keine Schokolade essen«, sagte sie. »Caro und dieser idiotische Arzt erlauben es mir nicht. Sie verbieten mir alles, was mir Spaß macht«, fügte sie ironisch hinzu. »Zuerst das Rauchen, dann den Alkohol, und jetzt das...« Sie schnaubte verächtlich. »Weiß Gott, wenn ich aufhörte zu atmen, würde ich wahrscheinlich ewig leben.« In ihrem Lachen klang eine tiefe Müdigkeit mit, und ich sah, wie sie sich die Hand vor die Brust schlug, eine Geste, die mich an Joséphine Muscat erinnerte. »Ich mache ihnen keine Vorwürfe«, fuhr sie fort. »Es ist einfach ihre Art. Sie wollen einen vor allem beschützen. Vor dem Leben. Vor dem Tod.« Sie setzte ein Grinsen auf, das trotz all ihrer Runzeln mädchenhaft wirkte.

»Vielleicht komme ich Sie trotzdem einmal besuchen«, sagte sie nachdenklich. »Und wenn ich es nur mache, um *Monsieur le Curé* zu ärgern.«

Ihre letzte Bemerkung ging mir noch immer durch den Kopf, als sie schon längst hinter ihrem weißgetünchten Haus verschwunden war. Ein Stück entfernt ließ Anouk Steinchen über das seichte, brackige Wasser am Flußufer springen.

*Monsieur le Curé*. Immer wieder tauchte sein Name auf. Eine Weile dachte ich über Francis Reynaud nach.

In einem Ort wie Lansquenet kann es passieren, daß eine Person – der Schullehrer, der Kneipenwirt oder der Priester – zum Dreh- und Angelpunkt der Gemeinde wird. Daß dieser eine Mensch zur Achse des Räderwerks wird, das das Leben des gesamten Dorfes bestimmt, wie die Unruh eines Uhrwerks, die alle Zahnräder und -rädchen antreibt, Pendel schlagen läßt und die Zeiger dazu bringt, die Uhrzeit anzuzeigen. Wenn die Unruh beschädigt wird oder aus dem Takt gerät, bleibt die Uhr stehen. Lansquenet ist wie diese Uhr. Seine Zeiger sind bei einer Minute vor Mitternacht stehengeblieben, während das Räderwerk sinnlos hinter dem blanken Zifferblatt weitertickt. Wenn man den Teufel hereinlegen will, muß man die Kirchturmuhr verstellen, hat meine Mutter immer gesagt. Aber in diesem Fall läßt der Teufel sich nicht täuschen.

Nicht für einen Augenblick.

## Sonntag, 16. Februar

Meine Mutter war eine Hexe. So bezeichnete sie sich jedenfalls, und zwar so oft und so lange, bis sie es selbst glaubte und das Spiel nicht mehr von der Wirklichkeit zu unterscheiden war. In gewisser Weise erinnert Armande Voizin mich an sie; die leuchtenden, spitzbübisch funkelnden Augen, das lange Haar, das in ihrer Jugend sicherlich glänzend schwarz gewesen ist, die Mischung aus Wehmut und Zynismus. Was ich von ihr gelernt habe, hat meinen Charakter geformt. Die Kunst, Pech in Glück zu verwandeln. Das Fingerkreuzen, um Unheil abzuwehren. Das Nähen von Duftkissen, das Brauen von Heilsäften, die Überzeugung, daß eine Spinne vor Mitternacht Glück und nach Mitternacht Unglück bringt ... Vor allem hat sie mir die Lust am Zigeunern vererbt, die Wanderlust, die uns durch ganz Europa und darüber hinaus geführt hat; ein Jahr in Budapest, eins in Prag, sechs Monate in Rom, vier in Athen, dann über die Alpen nach Monaco, dann die Küste entlang; Cannes, Marseille, Barcelona ... Bis ich achtzehn war, konnte ich die Orte nicht mehr zählen, in denen wir gelebt, die Sprachen, die wir gesprochen hatten. Ebenso vielfältig waren ihre Jobs; sie arbeitete als Kellnerin, als Dolmetscherin, als Automechanikerin. Manchmal kletterten wir aus den Fenstern von billigen Hotels und zogen weiter, ohne die Rechnung zu bezahlen. Wir fuhren ohne Fahrkarte mit Zügen, fälschten Arbeitspapiere, überquerten illegal Grenzen. Unzählige Male wurden wir ausgewiesen. Zweimal wurde meine Mutter verhaftet und wieder freigelassen, ohne daß Anklage gegen sie erhoben worden war. Unsere Namen änderten sich in jedem Ort, variierten je nach Sprache; Yanne, Jeanne, Johanna, Giovanna, Anne, Anuschka ... Wie Diebe waren wir ständig auf der Flucht, tauschten den sperrigen Ballast des Lebens in Francs, Pfund, Kronen, Dollar, während wir uns vom Wind treiben ließen. Ich glaube nicht, daß ich gelitten habe; in jenen Jahren war das Leben ein buntes Abenteuer. Wir hatten einander, meine Mutter und ich. Einen Vater habe ich nie vermißt. Ich hatte zahllose Freunde. Und dennoch muß es manchmal an ihr genagt haben, dieser Mangel an Beständigkeit, die Notwendigkeit, sich ständig zu verstellen. Doch über die Jahre zogen wir immer schneller weiter, blieben einen Monat, höchstens zwei, um dann wieder wie Flüchtlinge in den Sonnenuntergang aufzubrechen. Es dauerte Jahre, bis ich begriff, daß wir vor dem Tod davonliefen.

Sie war vierzig. Es war Krebs. Sie hatte es schon eine ganze Weile lang gewußt, aber jetzt ... Nein, kein Krankenhaus. Kein Krankenhaus, hatte ich das verstanden? Sie hatte noch Monate, vielleicht Jahre zu leben, und sie wollte Amerika sehen, New York, Florida, die Everglades ... Wir zogen jetzt fast jeden Tag weiter, und meine Mutter legte sich nachts die Karten, wenn sie glaubte, ich schliefe. In Lissabon gingen wir an Bord eines Kreuzfahrtschiffes, auf dem wir uns als Küchenhilfen verdingt hatten. Wir arbeiteten bis zwei oder drei Uhr früh und standen im Morgengrauen wieder auf. Jede Nacht wurden neben ihr auf der Koje die Karten gelegt, die inzwischen vom vielen Gebrauch klebrig waren. Sie flüsterte ihre Namen vor sich hin, während sie immer tiefer in der Verwirrung versank, die sie schließlich ganz erfassen sollte.

*– Zehn Schwerter, der Tod. Drei Schwerter, der Tod. Zwei Schwerter, der Tod. Der Wagen. Der Tod.*

Der Wagen entpuppte sich als ein New Yorker Taxi, als wir eines Abends mitten in der Hauptverkehrszeit in Chinatown einkaufen gingen. Es war jedenfalls besser als Krebs.

Als meine Tocher neun Monate später geboren wurde, nannte ich sie nach uns beiden. Es schien mir angemessen. Ihr Vater hat sie nie kennengelernt – ja, ich bin mir nicht einmal sicher, welcher von meinen flüchtigen Geliebten es war. Es spielt auch keine Rolle. Ich hätte um Mitternacht einen Apfel schälen und die Schale über meine Schulter werfen können, um seine Initiale zu erfahren, aber es hat mich nie interessiert. Zuviel Ballast, der uns nur behindern würde.

Und doch ... Wehen die Winde nicht sanfter und weniger häufig, seit ich New York verlassen habe? Schnürt es mir nicht jedesmal ein wenig die Kehle zu, wenn wir einen Ort verlassen? Ich glaube schon. Fünfundzwanzig Jahre, und die Antriebsfeder beginnt langsam zu ermüden, so wie meine Mutter immer mehr ermüdete in ihren letzten Jahren. Ich ertappe mich dabei, wie ich in die Sonne schaue und mich frage, wie es wäre, wenn ich sie fünf – oder zehn oder vielleicht sogar zwanzig – Jahre lang über demselben Horizont aufgehen sähe. Der Gedanke verursacht mir einen seltsamen Schwindel, ein Gefühl der Angst und der Sehnsucht. Und Anouk, meine kleine Fremde? Seit ich selbst Mutter bin, sehe ich das verwegene Abenteuer, das wir so viele Jahre lang gelebt haben, mit anderen Augen. Ich sehe mich selbst als kleines braunes Mädchen mit ungekämmtem langem Haar, in abgetragenen Kleidern vom Wohltätigkeitsbasar. Ich mußte Mathematik auf die harte Art lernen, Erdkunde auf die harte Art – *Wieviel Brot für fünf Francs? Wie weit kommen wir mit einer Fahrkarte für fünfzig Mark?* –, und das wünsche ich ihr nicht. Vielleicht sind wir deswegen schon seit fünf Jahren in Frankreich. Zum erstenmal im meinem Leben besitze ich ein Bankkonto. Ich habe einen Beruf.

Meine Mutter hätte all das verachtet. Und doch hätte sie mich vielleicht auch beneidet. *Vergiß dich selbst, wenn du kannst*, sagte sie immer. *Vergiß, wer du bist. Solange du es ertragen kannst. Aber eines Tages, mein Mädchen, eines Tages wird es dich einholen. Ich weiß es.*

Heute habe ich den Laden zur üblichen Zeit geöffnet. Ausnahmsweise nur für den Vormittag – ich gönne mir heute zusammen mit Anouk einen freien Nachmittag –, aber heute ist Messe, und es werden eine Menge Leute auf dem Dorfplatz sein. Der Februar zeigt sich von seiner trübsten Seite, und es regnet. Es ist ein kalter Schneeregen, der eine glitschige Schicht auf dem Kopfsteinpflaster bildet und den Himmel grauschwarz färbt wie angelaufenes Zinn. Anouk sitzt hinter der Theke und liest in einem Buch mit Kinderreimen; sie paßt für mich auf den Laden auf, während ich in der Küche einen neuen Vorrat an *mendiants* herstelle. Das ist mein Lieblingskonfekt: süße Taler aus Vollmilch-, Zartbitter- oder weißer Schokolade bestreut mit Zitronat, Mandeln und Malaga-Rosinen. Anouk mag am liebsten die weißen, während ich die dunklen bevorzuge, hergestellt aus der besten, siebzigprozentigen Kuvertüre ... Bittersüß auf der Zunge mit einem exotisch-geheimnisvollen Beigeschmack. Meine Mutter hätte all das verachtet, und doch liegt auch darin eine Art Zauber.

Am Freitag habe ich vor der Theke von *La Praline* ein paar Barhocker aufgestellt, wunderbar kitschige aus Chrom mit roten Kunstledersitzen. Der Laden erinnert jetzt ein bißchen an die Diners, die wir in New York kennengelernt haben. Die Wände sind narzissengelb. Poitous alter orangegefarbener Sessel steht wie ein bunter Farbklecks in der Ecke. Links vorn auf der Theke steht eine Speisekarte, in Rot- und Orangetönen von Anouk handgemalt:

*Chocolat chaud 10 F*
*Gâteau au chocolat 10 F (la tranche)*

Den Kuchen habe ich gestern abend gebacken, und die Schokolade steht in einer Kanne auf einer heißen Platte bereit. Ich stelle eine zweite Speisekarte ins Fenster und warte auf meine ersten Kunden.

Die Messe ist aus. Ich beobachte die Passanten, die mit

mißmutigen Gesichtern durch den eiskalten Nieselregen eilen. Aus meiner Tür, die einen Spaltbreit offensteht, duftet es süß und verlockend. Ich bemerke hin und wieder sehnsüchtige Blicke, doch dann ein kurzer Blick über die Schulter, ein Achselzucken, ein Verziehen der Mundwinkel, das Entschlossenheit oder auch Unmut bedeuten mag, und dann sind sie auch schon verschwunden, kämpfen mit kläglich eingezogenen Schultern gegen den Wind an, als stünde ein Engel mit flammendem Schwert vor der Tür, der ihnen den Zugang verwehrt.

Zeit, sage ich mir. Solche Dinge brauchen Zeit.

Und dennoch befällt mich Ungeduld, ja, beinahe Ärger. Was ist los mit diesen Leuten? Warum kommen sie nicht? Die Kirchturmuhr schlägt zehn, dann elf. Ich sehe Leute in die Bäckerei gegenüber gehen und kurz darauf wieder herauskommen, einen Laib Brot unter dem Arm. Es hört auf zu regnen, doch der Himmel bleibt grau. Halb zwölf. Die wenigen Leute, die bis jetzt auf dem Dorfplatz herumgetrödelt haben, machen sich auf den Heimweg, zum Mittagessen. Ein Junge mit einem Hund kommt um die Ecke der Kirche, weicht dem Regenwasser aus, das von der Dachrinne tropft. Im Vorbeigehen würdigt er mein Schaufenster kaum eines Blickes.

Verdammt. Und das, wo ich gerade das Gefühl hatte, das Eis sei gebrochen. Warum kommen sie nicht? Können sie nicht sehen, nicht *riechen*? Was muß ich denn noch alles tun?

Anouk, die ein feines Gespür für meine Stimmungen hat, kommt und umarmt mich.

»Nicht weinen, Maman.«

Ich weine nicht. Ich weine nie. Ihre Haare kitzeln mich im Gesicht, und plötzlich überkommt mich eine schreckliche Angst, sie zu verlieren.

»Es ist nicht deine Schuld. Wir haben uns solche Mühe gegeben. Wir haben alles richtig gemacht.«

Das stimmt. Wir haben sogar daran gedacht, die Tür mit roten Schleifen zu schmücken und Duftkissen mit Zedernholz und Lavendel auszulegen, um schlechte Einflüsse abzuwehren. Ich küsse sie auf den Kopf. Mein Gesicht ist feucht. Irgend etwas, vielleicht das bittersüße Aroma der heißen Schokolade, brennt mir in den Augen.

»Ist schon gut, *chérie*. Wir dürfen uns das alles nicht zu Herzen nehmen. Laß uns eine Tasse Schokolade trinken, das wird uns aufmuntern.«

Wie zwei New Yorkerinnen sitzen wir auf unseren Barhockern, jede mit einer Tasse Schokolade vor sich. Anouk trinkt ihre mit Sahne und Schokostreuseln; meine ist heiß und dunkel, stärker als Espresso. Wir schließen genüßlich die Augen über dem köstlichen Duft und sehen sie kommen – zwei, drei, in Gruppen von einem Dutzend, ihre Gesichter beginnen zu leuchten, als sie sich zu uns setzen, ihre harten, gleichgültigen Gesichter werden weich und drücken Wohlwollen und Zufriedenheit aus. Ich reiße die Augen auf, und Anouk steht bei der Tür. Einen Augenblick lang sehe ich Pantoufle mit aufgeregt zitternden Barthaaren auf ihrer Schulter hocken. Das Licht hinter ihr wirkt irgendwie wärmer; verändert. Verführerisch.

Ich springe auf.

»Bitte, tu das nicht.«

Sie wirft mir einen ihrer finsteren Blicke zu.

»Ich wollte doch nur *helfen* –«

»Bitte.« Einen Moment lang schaut sie mich trotzig an. Der Zauber glitzert zwischen uns wie goldener Rauch. Es könnte so leicht sein, sagt sie mir mit ihren Augen, so leicht wie das Streicheln unsichtbarer Finger, wie lautlose Stimmen, die die Leute anlocken ...

»Das geht nicht. Das dürfen wir nicht.« Ich versuche, es ihr zu erklären. Es würde uns zu Außenseitern machen. Wir würden nie dazugehören. Wenn wir hierbleiben wollen, müssen wir uns so weit wie möglich anpassen. Pantoufle sieht mich bittend an, ein pelziges Etwas in dem goldenen Rauch. Ich schließe die Augen, um ihn nicht zu sehen, und als ich sie wieder öffne, ist er verschwunden.

»Es ist in Ordnung«, sage ich in entschiedenem Ton. »Es wird alles gut. Wir können warten.«

Und schließlich, um halb eins, kommt jemand in den Laden.

Anouk sah ihn zuerst – »Maman!« –, aber ich war sofort auf den Beinen. Es war Reynaud, eine Hand erhoben, um sich gegen das Regenwasser zu schützen, das von der Markise tropfte, die andere zögernd am Türknauf. Sein blasses Gesicht wirkte gelassen, aber in seinen Augen lag eine Art heimliche Befriedigung. Irgendwie spürte ich, daß er nicht als Kunde kam.

Die Glocke bimmelte, als er eintrat, doch er kam nicht an die Theke. Statt dessen blieb er in der Tür stehen, so daß der Wind die Falten seiner Soutane wie Rabenflügel in den Raum blies.

»Monsieur.« Ich sah, wie er die roten Schleifen mißtrauisch beäugte. »Kann ich Ihnen helfen? Ich bin sicher, daß ich Ihre Lieblingssorte kenne.« Automatisch sagte ich meinen Spruch auf, aber es stimmte nicht. Ich habe keine Ahnung, welche Art Vorlieben dieser Mann hat. Er ist für mich wie ein völlig unbeschriebenes Blatt, wie ein dunkler Fleck in Menschengestalt. Es gelingt mir nicht, irgendeine Verbindung zu ihm herzustellen, und mein Lächeln brach sich an ihm wie eine Welle an einer Klippe. Er sah mich beinahe verächtlich an.

»Wohl kaum.« Seine Stimme klang leise und angenehm, aber unter dem professionellen Ton spürte ich tiefe Abneigung. Ich erinnerte mich an Armande Voizins Worte – *Wie ich höre, hat unser M'sieur le Curé Sie bereits aufs Korn genommen.* Wieso? Eine instinktive Abneigung gegen Ungläubige? Oder sollte noch mehr dahinterstecken? Hinter der Theke richtete ich heimlich Zeige- und Mittelfinger auf ihn.

»Ich hatte nicht damit gerechnet, daß Sie heute geöffnet haben würden.«

Jetzt, wo er uns zu kennen glaubt, ist er selbstsicherer. Sein schmallippig lächelnder Mund erinnert mich an eine Auster – milchig weiß am Rand und dennoch scharf wie eine Rasierklinge.

»Sie meinen, am Sonntag?« Ich gab mich so arglos wie möglich. »Ich hatte auf einen Ansturm am Ende der Messe gezählt.«

Die kleine Spitze traf ihn nicht.

»Am ersten Sonntag in der Fastenzeit?« Er versuchte, amüsiert zu klingen, doch er konnte seinen Abscheu nicht verhehlen. »Damit dürften Sie schwerlich rechnen. Die Menschen in Lansquenet sind einfache Leute, Madame Rocher«, erklärte er. »*Fromme* Leute.« Er betonte das Wort mit ausgesuchter Höflichkeit.

»*Mademoiselle* Rocher.« Ein kleiner Sieg, aber genug, um ihn aus dem Konzept zu bringen. »Ich bin nicht verheiratet.«

Er warf einen kurzen Blick zu Anouk hinüber, die immer noch mit ihrer großen Tasse an der Theke saß. Ihr Mund war rundherum mit Schokolade beschmiert, und plötzlich spürte ich es wieder wie das Brennen einer verborgenen Nessel – die Panik, die irrationale Angst, sie zu verlieren. Aber an wen? Mit wachsendem Unmut schüttelte ich den Gedanken ab. An *ihn*? Sollte er es ruhig versuchen.

»Selbstverständlich«, erwiderte er ruhig. »Mademoiselle Rocher. Ich bitte um Verzeihung.«

Ich lächelte über sein Mißfallen. Irgendein perverses Bedürfnis in mir brachte mich dazu, darauf herumzureiten; meine Stimme wurde um eine Nuance zu laut, nahm einen vulgär-selbstbewußten Ton an, um meine Angst zu verbergen.

»Es tut gut, hier auf dem Land jemandem zu begegnen, der Verständnis zeigt.« Ich schenkte ihm mein strahlendstes, unerbittlichstes Lächeln. »Ich meine, solange wir in der Großstadt lebten, hat sich niemand darum geschert. Aber hier...« Es gelang mir, zugleich zerknirscht und reuelos zu wirken. »Ich meine, es ist wirklich schön hier, und die Leute haben mir so geholfen ... auf ihre eigenwillige Art. Aber wir sind hier schließlich nicht in Paris, nicht wahr?«

Mit dem Anflug eines sarkastischen Lächelns pflichtete Reynaud mir bei.

»Es stimmt schon, was man sich über das Leben auf dem Dorf erzählt«, fuhr ich fort. »Jeder ist neugierig und will alles von einem wissen. Ich nehme an, das liegt daran, daß es hier auf dem Land so wenig Zerstreuung gibt. Drei Läden und eine Kirche. Ich meine ...« Ich kicherte. »Aber das wissen Sie ja alles.«

Reynaud nickte ernst.

»Vielleicht könnten Sie mir erklären, Mademoiselle ...«

»Nennen Sie mich doch Vianne«, unterbrach ich ihn.

»... warum Sie sich entschlossen haben, sich in Lansquenet niederzulassen.« Sein öliger Ton triefte vor Abscheu, seine schmalen Lippen wirkten austernhafter denn je. »Wie Sie schon sagten, es ist hier nicht ganz so wie in Paris.« Sein Blick ließ keinen Zweifel daran, daß der Vergleich zum Vorteil von Lansquenet ausfiel. »Ein Laden wie dieser ...« Mit einer gelangweilten Geste seiner feingliedrigen Hand deutete er auf die ausgestellten Waren. »Solch ein Spezialitätengeschäft wäre doch in einer Stadt viel erfolgreicher – und *schicklicher*. In Toulouse, zum Beispiel, oder selbst in Agen ...« Jetzt begriff ich, warum am Morgen niemand gewagt hatte, den Laden zu betreten. *Schicklich* – in dem Wort klang die ganze eisige Verdammung des Fluchs des Propheten mit.

Erneut streckte ich grimmig hinter der Theke meine beiden Finger gegen ihn aus. Reynaud schlug sich mit der flachen Hand in den Nacken, als hätte ihn ein Insekt gestochen.

»Ich glaube nicht, daß die großen Städte das Vergnügen gepachtet haben«, sagte ich spitz. »Jeder braucht hin und wieder ein wenig Luxus, ein bißchen Genuß.«

Reynaud erwiderte nichts. Wahrscheinlich teilte er meine Meinung nicht. Ich sprach es für ihn aus.

»Ich nehme an, in Ihrer Predigt heute morgen haben Sie das Gegenteil erklärt«, sagte ich verwegen. Dann, als er immer noch nicht antwortete: »Aber ich denke, in diesem Dorf ist Platz genug für uns beide. Wir haben doch freies Unternehmertum, nicht wahr?«

An seinem Gesichtsausdruck erkannte ich, daß er die Herausforderung verstand. Einen Moment lang starrte ich ihn feindselig lächelnd an. Reynaud zuckte zusammen, als hätte ich ihm ins Gesicht gespuckt.

Leise: »Selbstverständlich.«

Oh, ich kenne seine Sorte. Wir sind genug von ihnen begegnet, meine Mutter und ich, auf unserer Flucht durch Europa. Das immer gleiche höfliche Lächeln, die Verachtung, die Gleichgültigkeit. Eine kleine Münze, die einer Frau in der überfüllten Kathedrale von Reims aus der Hand fällt; strafende Blicke von einer Gruppe Nonnen, als die kleine Vianne herbeispringt, um sie aufzuheben, zu Boden stürzt und sich die nackten Knie aufschürft. Ein Mann im schwarzen Habit, der meine Mutter verärgert zur Rede stellt – während sie mit bleichem Gesicht aus der dunklen Kirche flieht und meine Hand so fest hält, daß es weh tut... Später erfuhr ich, daß sie versucht hatte, bei ihm zu beichten. Was hatte sie dazu veranlaßt? Einsamkeit vielleicht; das Bedürfnis, mit jemandem zu reden, sich jemandem anzuvertrauen, der nicht ihr Liebhaber war... jemandem mit einem verständnisvollen Gesichtsausdruck. Aber konnte sie denn nicht *sehen*? Sein Gesichtsausdruck, jetzt nicht mehr verständnisvoll, sondern vor Wut verzerrt. Es sei Sünde, *Todsünde*... Sie solle das kleine Mädchen zu anständigen Leuten in Obhut geben. Wenn sie die kleine – wie hieß sie noch? Anne? – liebte, falls sie sie liebte, müsse sie dieses Opfer unbedingt bringen. Er kenne ein Kloster, in dem sie gut aufgehoben wäre. Er wisse, was gut für das Kind sei... Er nahm ihre Hand, zerquetschte ihr fast die Finger. Liebte sie ihr Kind denn nicht? Wollte sie denn nicht erlöst werden? Wollte sie das nicht? Nein?

In jener Nacht wiegte meine Mutter mich weinend in den Schlaf.

Am nächsten Morgen verließen wir Reims wie die Diebe. Sie trug mich auf dem Arm, hielt mich fest wie einen gestohlenen Schatz, die Augen voller Angst.

Ich begriff, daß er sie um ein Haar dazu gebracht hätte, mich zurückzulassen. Später fragte sie mich häufig, ob ich glücklich mit ihr sei, ob ich feste Freunde vermißte, ein Zuhause... Aber sooft ich ihr auch antworten mochte, ja, nein, nein, sooft ich sie auch küßte und ihr beteuerte, daß ich nichts, *überhaupt nichts* vermißte, ein wenig von dem Gift blieb immer zurück. Jahrelang liefen wir vor dem Priester, dem Schwarzen Mann, davon, und jedesmal, wenn sein Gesicht in den Karten auftauchte, war es wieder Zeit zu fliehen, dem dunklen Abgrund aus dem Weg zu gehen, den er in ihrem Herzen aufgerissen hatte.

Und jetzt ist er wieder da, gerade als ich geglaubt hatte, Anouk und ich hätten endlich eine Heimat gefunden. Da steht er in der Tür wie der Engel vor dem Tor.

Nun, diesmal werden wir nicht davonlaufen, das schwöre ich. Was immer er tun mag. Und wenn er alle Leute im Dorf gegen uns aufhetzt. Sein Gesicht ist so glatt und zweifelsfrei wie eine böse Karte. Und er hat mir seine Feindschaft so deutlich erklärt – und ich ihm meine –, als hätten wir die Worte laut ausgesprochen.

»Ich bin so froh, daß wir uns verstehen.« Meine Stimme hell und kalt.

»Ich auch.«

Etwas in seinen Augen, ein Funkeln, das vorher noch nicht da war, beunruhigt mich. Erstaunlicherweise *genießt* er es, zwei Feinde, die zum Kampf bereit in die Arena treten; in seiner absoluten Gewißheit ist nicht der geringste Raum für den Gedanken, daß er verlieren könnte.

Er wendet sich zum Gehen, formvollendet korrekt, verabschiedet sich mit der Andeutung eines Nickens. Einfach so. Höfliche Verachtung. Die giftige Waffe der Rechtschaffenen.

»*M'sieur le Curé!*« Als er sich umdreht, drücke ich ihm die kleine, mit einem Schleifchen versehene Tüte in die Hand. »Für Sie. Ein Geschenk des Hauses.« Mein Lächeln duldet keinen Widerspruch, und er starrt peinlich berührt auf das Tütchen. »Machen Sie mir die Freude?«

Er runzelt die Stirn, als ob ihn der Gedanke, daß mir etwas Freude bereitet, ärgert.

»Aber eigentlich mag ich keine –«

»Unsinn.« Mein Ton ist streng, bestimmt. »Ich bin sicher, Sie werden sie mögen. Sie erinnern mich so sehr an Sie.«

Ich habe den Eindruck, daß er trotz seines ruhigen Äußeren verblüfft ist. Und dann, nach einem weiteren höflichen Nicken, entschwindet er, das weiße Tütchen in der Hand, in den grauen Regen. Mir fällt auf, daß er gemessenen Schrittes über den Platz geht, anstatt so schnell wie möglich Schutz vor dem Regen zu suchen, nicht gleichgültig, sondern mit dem Gesichtsausdruck eines Menschen, dem selbst diese kleine Unannehmlichkeit willkommen ist...

Ich stelle mir vor, wie er das Konfekt ißt. Wahrscheinlich wird er es verschenken, aber ich hoffe, daß er das Tütchen wenigstens öffnen wird... Einen neugierigen Blick wird er sich sicherlich erlauben dürfen.

*Sie erinnern mich so sehr an Sie.*

Ein Dutzend meiner besten *huîtres de Saint-Mâlo*, kleine flache Pralinen in der Form von verschlossenen Austern.

## Dienstag, 18. Februar

Fünfzehn Kunden gestern. Heute vierunddreißig. Darunter Guillaume; er kaufte eine Hundert-Gramm-Tüte Florentiner und trank eine Tasse Schokolade. Charly war auch dabei; er hatte sich brav unter einem der Hocker zusammengerollt und starrte mit traurigen Augen zu Guillaume hinauf, der ihm hin und wieder ein Stück braunen Zucker in sein unersättliches Maul stopfte.

Es brauche Zeit, erklärt mir Guillaume, bis jemand, der neu zugezogen sei, von den Leuten in Lansquenet akzeptiert werde. Am vergangenen Sonntag habe Reynaud eine so leidenschaftliche Predigt zum Thema Abstinenz gehalten, daß die Neueröffnung von *La Céleste Praline* wie ein offener Affront gegen die Kirche gewirkt habe. Caroline Clairmont – die gerade wieder eine neue Diät angefangen hat – fand besonders schneidende Worte, als sie ihren Freundinnen in der Gemeinde laut erklärte, es sei *absolut schockierend, wie bei den lasterhaften Römern, meine Lieben, und wenn dieses Weibsbild glaubt, sie könnte sich hier aufführen wie die Königin von Saba – widerlich, wie stolz sie dieses uneheliche Kind vorführt – und die Pralinen und Trüffel? Nichts Besonderes, meine Lieben, und viel zu teuer ...* Die Damen kamen zu dem Schluß, daß »es« – was immer es sein mochte – nicht von Dauer sein könne. In spätestens vierzehn Tagen würde ich aus dem Dorf verschwunden sein. Und dennoch hat sich die Zahl meiner Kunden seit gestern verdoppelt, darunter einige von Madame Clairmonts Busenfreundinnen, die sich gegenseitig mit leuchtenden Augen, wenn auch ein wenig verlegen, erklärten, sie seien aus reiner Neugier gekommen, nur um alles mit eigenen Augen zu sehen.

Ich kenne alle ihre Lieblingssorten. Es ist ein Talent, das zu meinem Beruf gehört wie die Fähigkeit der Wahrsagerin, aus Händen zu lesen. Meine Mutter hätte darüber gelacht, wie ich mein Talent vergeude, aber ich habe kein Verlangen, weiter in das Leben der Menschen einzudringen. Ich interessiere mich nicht für ihre Geheimnisse und ihre innersten Gedanken. Ich möchte weder Angst erwecken, noch Dankbarkeit erfahren. Eine zaghafte Alchimistin hätte sie mich in ihrer liebevoll-spöttischen Art genannt, die sich auf zahme Zauberei beschränkt, wo sie Wunder hätte wirken können. Aber ich mag diese Menschen. Ich mag ihre kleinen, heimlichen Sorgen. Ich lese es aus ihren Augen, sehe es an ihren Lippen – diese Frau mit dem leicht verbitterten Zug um die Augen wird meine würzigen Orangentrüffel mögen; diese süß lächelnde Person die Aprikosenherzen mit dem weichen Inneren; dieses Mädchen mit dem vom Wind zerzausten Haar liebt meine *mendiants*; die lebhafte, gutgelaunte Frau die Mandelsplitter. Für Guillaume die Florentiner, die er in seiner ordentlichen Junggesellenwohnung mit Bedacht über einem Teller verspeisen wird. Narcisse' Vorliebe für Mokkatrüffel verrät das weiche Herz unter der rauhen Schale. Caroline Clairmont wird heute nacht von Champagnertrüffeln träumen und hungrig und schlecht gelaunt aufwachen. Und die Kinder ... Schokoladenkringel, weiße, runde Plätzchen mit bunten Zuckerstreuseln, Pfefferkuchen mit süßem Rand, Marzipanfrüchte in Nestern aus bunter Holzwolle, Makronen, kandierte Früchte, Knusperkekse, gemischte Sorten Konfekt zweiter Wahl in Fünfhundert-Gramm-Schachteln ... Ich verkaufe Träume, kleine Trostspender, harmlose, süße Versuchungen, die all die kleinen Heiligen zwischen Pralinen und Trüffeln schwach werden lassen ...

Ist das so schlimm?

Für Curé Reynaud ist es das offenbar.

»Hier, Charly. Guter Junge.« Guillaumes Stimme klingt liebevoll, wenn er mit seinem Hund spricht, aber auch ein bißchen traurig. Er hat sich den Hund gekauft, nachdem sein Vater gestorben war, erzählt er mir. Aber das Leben eines Hundes ist kürzer als ein Menschenleben, sagt er, und die beiden sind zusammen alt geworden.

»Hier.« Er macht mich auf eine Wucherung unter Charlys Kinn aufmerksam. Sie ist etwa so groß wie ein Hühnerei und zerfurcht wie Eichenrinde. »Sie wächst.« Der Hund reckt sich genüßlich, zappelt mit einem Bein, während er sich von seinem Herrchen den Bauch kraulen läßt. »Der Tierarzt sagt, man kann nichts machen.«

Ich beginne zu begreifen, warum sich in seinem Blick oft Liebe und Schuldgefühle mischen.

»Einen alten *Mann* würde man auch nicht einschläfern«, sagt er ernst. »Nicht, daß er« – er ringt nach Worten –, »daß er nichts mehr vom Leben hätte. Charly leidet nicht. Nicht richtig.« Ich nicke. Ich weiß, er versucht, sich selbst zu überzeugen. »Die Medikamente hemmen das Wachstum der Wucherungen.« *Vorerst.* Das Wort steht unausgesprochen im Raum.

»Wenn die Zeit gekommen ist, werde ich es wissen.« Trauer und Schrecken liegen in seinem Blick. »Ich werde wissen, was ich zu tun habe. Ich werde mich nicht fürchten.« Wortlos fülle ich seine Tasse noch einmal auf und gebe Schokostreusel auf den Schaum, aber Guillaume ist zu sehr mit seinem Hund beschäftigt, um es mitzubekommen. Charly rollt sich träge auf den Rücken.

»*M'sieur le Curé* sagt, Tiere hätten keine Seele«, murmelte Guillaume. »Er sagt, ich soll Charly von seinem Leiden erlösen.«

»Alles hat eine Seele«, erwidere ich. »Das hat meine Mutter mir immer gesagt. Alles.«

Er nickt, allein mit seiner Angst und seinen Schuldgefühlen.

»Was würde ich nur ohne ihn tun?« fragt er, immer noch dem Hund zugewandt, und mir wird klar, daß er mich vergessen hat. »Was würde ich nur ohne dich tun?« Hinter der Theke balle ich vor Wut die Fäuste. Ich kenne diesen Blick – Angst, Schuldgefühle, Verlangen –, ich kenne ihn gut. Es ist der Blick, den ich auf dem Gesicht meiner Mutter gesehen habe, an dem Abend, als der Schwarze Mann auf sie einredete. Guillaumes Worte – *Was würde ich nur ohne dich tun?* – sind dieselben, die sie während jener ganzen schrecklichen Nacht geflüstert hat. Wenn ich abends vor dem Schlafengehen in den Spiegel schaue, wenn ich morgens aufwache, verfolgt von der wachsenden Angst – dem Wissen – der Gewißheit –, daß meine Tochter mir entgleitet, daß ich sie verlieren werde, wenn es mir nicht gelingt, ein Zuhause zu finden... Es ist der Blick, den ich auf meinem eigenen Gesicht sehe.

Ich nehme Guillaume in den Arm. Im ersten Augenblick wird er ganz steif, er ist es nicht gewohnt, von einer Frau berührt zu werden. Dann entspannt er sich. Ich spüre seinen Kummer, der in Wellen durch seinen Körper geht.

»Vianne«, sagt er leise. »Vianne.«

»Es ist in Ordnung, daß Sie solche Gefühle haben«, sage ich bestimmt. »Es ist erlaubt.«

Charly macht sich mit eifersüchtigem Bellen bemerkbar.

Heute haben wir fast dreihundert Francs eingenommen. Zum erstenmal genug, um die Kosten zu decken. Ich erzählte es Anouk, als sie aus der Schule kam, aber sie war abwesend und ungewöhnlich still. Ihre Augen wirkten traurig, so dunkel wie ein heraufziehendes Gewitter.

Ich fragte sie, was los sei.

»Es ist wegen Jeannot«, sagte sie tonlos. »Seine Mutter hat gesagt, er darf nicht mehr mit mir spielen.«

Ich erinnerte mich an Jeannot im Wolfskostüm beim Karnevalsumzug, ein schmaler, siebenjähriger Junge mit struppigem Haar und mißtrauischem Blick. Er und Anouk haben gestern abend zusammen auf dem Dorfplatz gespielt, sind unter lautem Kriegsgeheul herumgerannt, bis es dunkel wurde. Seine Mutter ist Joline Drou, eine der beiden Grundschullehrerinnen und eine Busenfreundin von Caroline Clairmont.

»So?« Neutraler Tonfall. »Was hat sie denn gesagt?«

»Sie sagt, ich habe einen schlechten Einfluß auf ihn.« Sie

warf mir einen grimmigen Blick zu. »Weil wir nicht in die Kirche gehen. Weil du den Laden am Sonntag aufgemacht hast.«

*Du* hast am Sonntag aufgemacht.

Ich schaute sie an. Ich hätte sie gern in die Arme genommen, aber ihre steife, feindselige Haltung ließ mich zögern.

»Und was sagt Jeannot dazu?« fragte ich so ruhig wie möglich.

»Er kann nichts machen. Sie ist immer da und paßt auf ihn auf.« Anouks Stimme wurde schrill, und ich hatte das Gefühl, daß sie den Tränen nahe war. »Warum passiert mir immer so was?« fragte sie. »Warum kann ich nie ...« Ihr Kinn begann zu zittern.

»Du hast doch noch andere Freunde.« Es stimmte; gestern abend waren vier oder fünf Kinder zusammen auf dem Dorfplatz herumgetollt.

»Das sind *Jeannots* Freunde.« Ich verstand, was sie meinte. Louis Clairmont. Lise Poitou. *Seine* Freunde. Ohne Jeannot würde die Gruppe sich schon bald verlieren. Plötzlich überkam mich ein tiefes Mitgefühl für meine Tochter, die sich mit unsichtbaren Freunden umgab, um die Welt um sie herum zu bevölkern. Die Vorstellung, daß eine Mutter diesen leeren Raum würde füllen können, war ziemlich egoistisch. Egoistisch und blind.

»Wir könnten zur Kirche gehen, wenn du willst«, schlug ich sanft vor. »Aber du weißt, daß es nichts ändern würde.«

Vorwurfsvoll: »Und warum nicht? *Die* glauben doch auch nicht an Gott. Die gehen auch einfach nur hin.«

Ich lächelte bitter. Sechs Jahre alt, und immer wieder überrascht sie mich mit ihrer scharfen Beobachtungsgabe.

»Das mag ja stimmen«, sagte ich. »Aber möchtest *du* genauso sein?«

Ein Achselzucken, zynisch und gleichgültig. Sie trat von einem Fuß auf den anderen, als fürchtete sie eine Strafpredigt. Ich suchte nach Worten, um ihr die Situation zu erklären. Aber alles, was mir einfiel, war das verzweifelte

Gesicht meiner Mutter, wie sie mich in ihren Armen wiegte und fast grimmig flüsterte: *Was würde ich nur ohne dich tun? Was würde ich tun?*

Oh, ich habe ihr das alles schon vor langer Zeit erklärt. Die Heuchelei der Kirche, die Hexenverbrennungen, die Verfolgung von Zigeunern und Andersgläubigen. Sie versteht das alles. Aber dieses Wissen hilft einem nicht unbedingt im Alltag, hilft nicht, die Einsamkeit und den Verlust eines Freundes zu ertragen.

»Es ist nicht fair.« Sie war immer noch rebellisch, wenn auch nicht mehr ganz so feindselig.

Die Vertreibung aus dem Paradies war auch nicht fair, auch nicht die Verbrennung der heiligen Johanna von Orleans auf dem Scheiterhaufen und auch nicht die spanische Inquisition. Aber ich hütete mich, es auszusprechen. Ihre Züge waren angespannt, verbissen; ein leises Anzeichen von Schwäche, und sie wäre auf mich losgegangen.

»Du wirst neue Freunde finden.« Eine unbefriedigende Antwort. Anouk sah mich verächtlich an.

»Aber ich will Jeannot.« Ihre Stimme klang seltsam erwachsen, seltsam müde, als sie sich abwandte. Tränen quollen ihr aus den Augen, doch sie machte keine Anstalten, sich von mir trösten zu lassen. Und mit überwältigender Klarheit sah ich sie plötzlich vor mir, das Kind, die Heranwachsende, die Erwachsene, die Fremde, die sie eines Tages werden würde, und beinahe hätte ich vor Angst und Schrecken aufgeschrien, als wären unsere Positionen irgendwie vertauscht worden, als sei sie mit einemmal die Erwachsene und ich das Kind.

*Bitte! Was würde ich nur ohne dich tun?*

Aber ich ließ sie wortlos gehen. Ich sehnte mich danach, sie in die Arme zu nehmen, doch ich spürte die Mauer, die zwischen uns entstanden war. Kinder werden als wilde Kreaturen geboren, ich weiß. Ich kann nicht mehr erwarten als ein wenig Zärtlichkeit, eine scheinbare Fügsamkeit. Doch unter der Oberfläche bleibt die Wildheit, roh, grausam und fremd.

Den ganzen Abend lang sprach sie fast kein Wort. Als ich sie zu Bett brachte, wollte sie keine Gutenachtgeschichte hören, aber sie konnte stundenlang nicht einschlafen und lag immer noch wach, als ich meine Nachttischlampe schon längst ausgeschaltet hatte. Von meinem Bett aus hörte ich sie in ihrem Zimmer hin- und hergehen und mit sich selbst – oder mit Pantoufle – reden, kurze, wütend abgehackte Sätze, zu leise, um etwas zu verstehen. Später, als ich mir sicher war, daß sie schlief, schlich ich hinüber, um das Licht auszumachen. Sie lag zusammengerollt am Fußende ihres Bettes, einen Arm ausgestreckt, den Kopf auf seltsame und zugleich rührende Weise verdreht. Mit einer Hand hielt sie eine kleine Figur aus Knetgummi umklammert. Ich nahm sie ihr aus der Hand, als ich sie zudeckte, und wollte sie in die Spielzeugkiste zurücklegen. Sie war noch warm von ihrer kleinen Hand und roch unverwechselbar nach Grundschule, nach geflüsterten Geheimnissen, Plakafarbe und Druckerschwärze und halbvergessenen Freunden. Sie war kaum zwanzig Zentimeter groß, sorgfältig gearbeitet, Augen und Mund mit einem spitzen Gegenstand eingeritzt, um die Taille einen roten Wollfaden gebunden und mit einem zottigen Haarschopf aus kleinen Stöckchen oder Stroh … In den Körper der Puppe, etwa in der Herzgegend, war ein Buchstabe eingeritzt; ein großes J. Darunter ein großes A, das sich mit dem J überschnitt.

Ich legte die Puppe vorsichtig neben sie auf das Kopfkissen, schaltete das Licht aus und ging zurück in mein Zimmer. Irgendwann kurz vor dem Morgengrauen kam sie in mein Bett gekrochen, so wie sie es früher oft getan hatte, als sie noch kleiner war, und im Halbschlaf hörte ich sie flüstern: »Ist schon gut, Maman, ich bleibe doch immer bei dir.«

Sie duftete nach Salz und Babyseife, als sie sich im Dunkeln an mich kuschelte. Ich wiegte sie, wiegte mich selbst, hielt uns beide so fest in den Armen, daß es beinahe schmerzte.

»Ich hab dich lieb, Maman. Ich will dich immer und ewig liebhaben. Nicht weinen.«

Ich weinte nicht. Ich weine nie.

Ich schlief schlecht, von unruhigen Träumen geplagt; wachte mit der Dämmerung auf, Anouks Arm über meinem Gesicht, und plötzlich überkam mich eine solche Panik, daß ich nur noch wegrennen wollte, Anouk auf den Arm nehmen und weit weg fliehen ... Wie sollten wir hier leben? Wie konnte ich nur so naiv sein anzunehmen, daß er uns hier nicht finden würde? Der Schwarze Mann hat viele Gesichter; sie sind alle gnadenlos, hart und seltsam neidisch ... *Lauf, Vianne, lauf. Lauf, Anouk. Vergiß deinen kleinen süßen Traum und lauf ...*

Aber diesmal nicht. Wir sind schon viel zu weit gelaufen. Anouk und ich, Mutter und ich, haben uns viel zu weit von uns selbst entfernt.

An diesem Traum werde ich festhalten.

## Mittwoch, 19. Februar

Mittwoch ist unser Ruhetag. Heute ist schulfrei, und während Anouk in *Les Marauds* spielt, warte ich auf den Lieferwagen und stelle neues Konfekt für die kommende Woche her.

Diese Kunst kann ich genießen. Kochen ist eine Art Hexerei; das Auswählen der Zutaten, der Prozeß des Anrührens, das Zerkleinern, Schmelzen, Ziehenlassen und Abschmecken, die alten Rezepte, die vertrauten Werkzeuge – der Stößel und der Mörser, von meiner Mutter benutzt, um die Duftstoffe für ihre Räucherstäbchen zu zermahlen, wird zu einem profaneren Zweck eingesetzt, ihre Gewürze und Aromen dienen einem sinnlicheren Zauber. Zum Teil ist es die Flüchtigkeit, die mir besonderes Vergnügen bereitet; so viel liebevolle Arbeit, so viel Kunstfertigkeit und Erfahrung für einen Genuß, der nur einen Augenblick lang währt, und den nur wenige wirklich zu schätzen wissen. Meine Mutter hat meine Leidenschaft immer mit liebevoller Herablassung verfolgt. Essen war für sie kein Vergnügen, sondern eine lästige Notwendigkeit, eine Art Steuer auf den Preis für unsere Freiheit. Ich stahl Speisekarten aus Restaurants und starrte sehnsüchtig in die Schaufenster von Konditoreien. Ich muß etwa zehn Jahre alt gewesen sein – vielleicht auch älter –, als ich zum erstenmal echte Schokolade gekostet habe. Aber die Faszination ist geblieben. Ich bewahre Rezepte in meinem Gedächtnis auf wie Landkarten. Alle möglichen Rezepte; Rezepte, die ich aus in Bahnhöfen liegengelassenen Zeitschriften gerissen hatte, die ich Fremden entlockt hatte, denen wir unterwegs begegnet waren, eigene Kreationen. Mit Hilfe ihrer Karten und Wahrsagereien bestimmte meine Mutter unseren Kurs kreuz und quer durch Europa. Meine Kochkarten markierten unseren Weg, sie waren die Meilensteine auf der trostlosen Landkarte. Paris duftet nach frischgebackenem Brot und Croissants, Marseille nach Bouillabaisse und geröstetem Knoblauch. Berlin war Eisbein mit Sauerkraut und Kartoffelsalat, Rom war das Eis, das ich in dem winzigen Restaurant am Flußufer geschenkt bekam. Meine Mutter hatte keine Zeit, Meilensteine zu setzen. All ihre Landkarten waren in ihrem Kopf, für sie war jeder Ort wie der andere. Schon damals waren wir verschieden. Oh, sie hat mir alles beigebracht, was sie konnte. Wie man zum Kern der Dinge vordringt, wie man Menschen durchschaut, ihre Gedanken und Sehnsüchte errät. Der Autofahrer, der anhielt und uns mitnahm, einen Umweg von zehn Kilometern in Kauf nahm, um uns nach Lyon zu bringen; die Ladenbesitzer, die kein Geld von uns nehmen wollten; der Polizist, der ein Auge zudrückte. Natürlich klappte es nicht jedesmal. Manchmal funktionierte es nicht, ohne daß wir verstanden, warum. Manche Menschen sind undurchschaubar, unerreichbar. Francis Reynaud ist einer von ihnen.

Aber auch wenn es hin und wieder nicht gelang, hat mich dieses Eindringen in das Leben anderer immer irritiert. Es war einfach zu leicht. Aber Schokolade herzustellen ist etwas ganz anderes. Oh, es erfordert einiges Geschick. Eine gewisse Fingerfertigkeit, eine Geduld, die meine Mutter nie hatte. Aber das Rezept bleibt immer gleich. Es ist sicher. Harmlos. Ich brauche nicht in ihre Herzen zu schauen, um zu bekommen, was ich brauche; ich kann ihre Wünsche erfüllen, weil sie mich darum bitten.

Guy, mein Lieferant, kennt mich schon lange. Wir arbeiteten zusammen, als Anouk geboren wurde, und er hat mir geholfen, meinen ersten Laden zu eröffnen, eine winzige *Pâtisserie-Chocolaterie* am Stadtrand von Nizza. Jetzt ist er in Marseille ansässig, wo er die Kakaobutter direkt aus Südamerika importiert und in seiner Fabrik zu verschiedenen Sorten Schokolade verarbeitet. Ich verwende nur die beste. Die Blocks sind etwas größer als die Haushaltspackungen Blockschokolade und Kuvertüre, die man im Supermarkt kaufen kann. Bei jeder Lieferung ist ein Karton von jeder Sorte dabei: Zartbitter, Vollmilch und weiße Schokolade. Man muß sie erhitzen, damit sie die richtige Konsistenz erhält, und sie ganz vorsichtig abkühlen lassen, damit sie hart und glatt und glänzend wird. Manche Konditoren kaufen ihre Schokolade fertig gehärtet, aber ich mache das lieber selbst. Es ist ein unglaublicher Genuß, die rohen, matten Blocks Kuvertüre zu verarbeiten, sie per Hand in große Keramikkasserollen zu raffeln – ich benutze niemals eine elektrische Reibe –, sie zu schmelzen, zu rühren, jeden komplizierten Schritt mit einem Zuckerthermometer zu überwachen, bis genau die richtige Temperatur erreicht ist, die nötig ist, um den gewünschten Geschmack zu erzielen.

Es ist ein alchemistisches Vergnügen, die matte Kuvertüre in das Narrengold zu verwandeln, eine Art laienhafter Zauber, der meiner Mutter gefallen hätte. Bei der Arbeit denke ich an nichts, atme tief und ruhig. Die Fenster stehen offen, doch die Hitze der Öfen, die kupfernen Kasserollen, aus denen der Dampf der schmelzenden Schokolade aufsteigt, halten mich warm. Das Duftgemisch aus Kakao, Vanille, heißem Kupfer und Zimt ist sinnlich und berauschend; es erinnert an den schwülen, erdigen Geruch in den süd- und mittelamerikanischen Regenwäldern. Dies ist heute meine Art zu reisen, nach Art der Azteken mit ihren heiligen Ritualen; Mexiko, Venezuela, Kolumbien. Der Hof von Montezuma. Cortez und Kolumbus. Die Speisen der Götter sieden und blubbern in geweihten Kelchen. Das bittere Elixir des Lebens.

Vielleicht ist es das, was Reynaud instinktiv spürt; einen Rückfall in Zeiten, als die Welt noch weiter und wilder war. Vor Christus – bevor Adonis in Bethlehem geboren wurde oder Osiris zu Ostern geopfert wurde – wurde die Kakaobohne als heilig verehrt. Man schrieb ihr magische Kräfte zu. Ein aus den Bohnen hergestelltes Gebräu wurde auf den Stufen von heiligen Tempeln geschlürft und versetzte diejenigen, die es tranken, in einen ekstatischen Rauschzustand. Ist es das, was er fürchtet? Vergnügen, das ins Verderben führt, die allmähliche Verwandlung des Fleisches in ein Instrument der Ausschweifung? Die Orgien der aztekischen Priesterkaste sind nichts für ihn. Doch in den Dämpfen der schmelzenden Schokolade beginnt etwas Gestalt anzunehmen – eine Vision, hätte meine Mutter gesagt –, ein aus Dampf geformter Finger, der auf etwas deutet...

*Da.* Einen Augenblick lang glaubte ich es zu erkennen. Über der glänzenden Oberfläche kräuselt sich der Dampf. Dann noch einmal, ein bleicher Hauch, halb verdeckend, halb enthüllend... Einen Moment lang konnte ich die Antwort beinahe erkennen, das Geheimnis, das er – sogar vor sich selbst – so ängstlich verbirgt, den Schlüssel, der ihn – und uns alle – in Bewegung setzen wird.

Schokolade als Orakel zu benutzen ist eine schwierige Angelegenheit. Die Visionen sind verschwommen, verschleiert durch die aufsteigenden Dämpfe und Düfte, die den Verstand benebeln. Und ich bin nicht meine Mutter, die bis zu dem Tag, an dem sie starb, wahrsagerische Fähigkeiten besaß, die so stark waren, daß wir von Entsetzen gepackt vor ihnen davonliefen. Doch bevor die Vision sich auflöst, bin ich sicher, etwas zu erkennen – ein Zimmer, ein Bett, einen alten Mann, der in dem Bett liegt, die Augen tief in den Höhlen seines bleichen Gesichts... Und Feuer. Feuer.

Ist es das, was ich hatte sehen sollen?

Ist das das Geheimnis des Schwarzen Mannes?

Ich muß sein Geheimnis herausfinden, wenn wir hierbleiben wollen. Und ich muß bleiben. Was immer es mich kosten mag.

## Mittwoch, 19. Februar

Eine Woche, *mon père*. Mehr nicht. Eine Woche. Aber es kommt mir länger vor. Ich begreife nicht, warum sie mich so irritiert; mir ist klar, was sie ist. Neulich bin ich bei ihr gewesen, um mit ihr über die sonntäglichen Öffnungszeiten zu reden. Der Laden ist wie verwandelt; es duftet verwirrend nach Ingwer und anderen Gewürzen. Ich habe versucht, nicht zu den Regalen hinzusehen, auf denen die Süßigkeiten ausgestellt sind; Schachteln, Schleifen in Pastelltönen, kandierte Mandeln mit Puderzucker bestäubt, Veilchenpastillen und Rosenblätter aus Schokolade. Der Laden hat etwas von einem Boudoir, etwas *Intimes*, er suggeriert eine Art Selbstvergessenheit mit seinem Duft nach Rosen und Vanille. Er erinnert mich an das Zimmer meiner Mutter; all die Schleifen, all der Brokat und das Kristallglas, das in dem gedämpften Licht funkelte, all die Fläschchen und Tiegel auf ihrer Frisierkommode, wie eine Armee von Flaschengeistern, die darauf warteten, losgelassen zu werden. Soviel Süße auf einmal hat etwas Ungesundes. Eine halberfüllte Verheißung des verbotenen Genusses. Ich versuche, nicht hinzusehen, den Duft nicht zu riechen.

Immerhin hat sie mich freundlich empfangen. Diesmal habe ich sie deutlicher gesehen; langes, schwarzes Haar, zu einem Knoten geschlungen, Augen so dunkel, daß sie keine Pupillen zu haben scheinen. Ihre Brauen sind vollkommen gerade, was ihr eine gewissen Strenge verleiht, die jedoch von den spöttisch geschwungenen Lippen Lügen gestraft wird. Breite, kräftige Hände; kurzgeschnittene Fingernägel. Obwohl sie sich nicht schminkt, hat ihr Gesicht etwas Unziemliches. Vielleicht es ist die direkte Art, mit der sie einen ansieht, wie ihre Augen forschend verweilen, der ironische Zug um ihre Mundwinkel. Und sie ist groß, zu groß für eine Frau, etwa so groß wie ich. Sie starrt mir geradewegs in die Augen, mit aufrechter Haltung und trotzig vorgerecktem Kinn. Sie trägt einen langen, weiten, flammenfarbenen Rock und einen engen schwarzen Pullover. Diese Farbzusammenstellung signalisiert Gefahr, wie bei einer Schlange oder einem giftigen Insekt, eine Warnung an alle Feinde.

Sie *ist* meine Feindin. Ich habe es vom ersten Augenblick an gefühlt. Ich spüre ihre Feindseligkeit und ihr Mißtrauen, obwohl sie die ganze Zeit mit ruhiger, freundlicher Stimme spricht. Ich habe das Gefühl, daß sie auf mich lauert, um mich in Versuchung zu führen, daß sie irgendein Geheimnis kennt, das selbst ich ... Aber das ist Unsinn. Was kann sie schon wissen? Was kann sie schon *tun*? Sie stört lediglich meinen Ordnungssinn, so wie es einen Gärtner stören würde, wenn er Pusteblumen in seinem Garten entdecken würde. Der Same der Zwietracht ist überall, Vater, und er verbreitet sich unaufhaltsam.

Ich weiß. Ich übertreibe. Aber wir müssen immer wachsam sein, Sie und ich. Denken Sie nur an *Les Marauds*, wie wir die Zigeuner vom Ufer des Tannes vertrieben haben. Wissen Sie noch, wie lange es gedauert hat, wie viele vergebliche Beschwerden wir eingereicht haben, bis wir die Sache schließlich selbst in die Hand genommen haben? Erinnern Sie sich noch an meine leidenschaftlichen Predigten? Eine Tür nach der anderen wurde ihnen verschlossen. Einige der Ladenbesitzer haben sofort mit uns am selben Strang gezogen. Sie wußten noch, wie es beim letztenmal war, als die Zigeuner da waren, sie erinnerten sich an die Krankheiten, an die Diebstähle und die Hurerei. Sie waren auf unserer Seite. Aber ich weiß noch, daß wir Narcisse gehörig unter Druck setzen mußten, der ihnen, was mal wieder typisch für ihn war, im Sommer Arbeit auf seinen Feldern angeboten hatte. Aber am Ende haben wir sie alle verjagt, die düster dreinblickenden Männer und ihre frechen Schlampen, ihre unverschämten, barfüßigen Kinder, ihre räudigen Hunde. Schließlich sind sie alle abgezogen, und Freiwillige aus dem Dorf haben den Unrat beseitigt, den sie hinterlassen hatten. Ein einziges Samenkorn, *mon père*, würde ausreichen, um sie zurückzubringen. Das wissen Sie so gut wie ich. Und wenn sie dieses Samenkorn ist...

Gestern habe ich mit Joline Drou gesprochen. Anouk Rocher geht jetzt in die Grundschule. Ein vorlautes Kind, schwarzes Haar, wie die Mutter, und ein breites, freches Grinsen. Offenbar hat Joline ihren Sohn Jean erwischt, wie er mit ihr auf dem Schulhof irgendein Spiel spielte. Etwas Verderbliches, nehme ich an, Wahrsagerei oder so ein Unsinn, Knochen und Perlen auf dem Boden ausgebreitet... Ich habe Ihnen ja gesagt, daß ich diese Sorte kenne. Joline hat Jean verboten, noch einmal mit ihr zu spielen, aber der Junge hat eine halsstarrige Ader und schmollt seitdem. In diesem Alter kann man ihnen nur mit strengster Disziplinierung beikommen. Ich habe angeboten, selbst einmal mit dem Jungen zu reden, aber die Mutter wollte nichts davon wissen. So sind sie, *mon père*. Schwach. Schwach. Ich frage mich, wie viele von ihnen bereits ihr Fastengelübde gebrochen haben. Ich frage mich, wie viele von ihnen jemals vorhatten, es einzuhalten. Ich selbst spüre, daß das Fasten mich läutert. Allein der Anblick der Auslagen im Schaufenster des Fleischers stößt mich ab; ich nehme jede Art von Geruch mit einer solchen Intensität wahr, daß mir schwindelt. Plötzlich kann ich den Duft, der jeden Morgen aus Poitous Bäckerei dringt, nicht mehr ertragen; der Geruch von heißem Fett aus der *rôtisserie* an der *Place des Beaux-Arts* kommt mir vor wie Gestank aus der Hölle. Seit über einer Woche habe ich weder Fleisch noch Fisch noch Eier angerührt und mich nur von Brot, Suppe und Salat ernährt, dazu ein einziges Glas Wein am Sonntag, und ich bin geläutert, Vater, geläutert... Ich wünschte nur, ich könnte noch mehr tun. Das ist kein Leiden. Das ist keine Buße. Manchmal denke ich, wenn ich ihnen nur das rechte Beispiel sein könnte, wenn *ich* es sein könnte, der blutend und leidend am Kreuz hängt... Diese Hexe Voizin macht sich über mich lustig, wenn sie mit ihrem Korb voller Einkäufe an mir vorbeigeht. Als einzige aus dieser Familie braver Kirchgänger verabscheut sie die Kirche, grinst mich an, wenn sie an mir vorbeihumpelt, ihren Strohhut mit einem roten Tuch festgebunden, und mit ihrem Stock auf das Kopfsteinpflaster klopft... Nur wegen ihres Alters, *mon père*, und weil die Familie mich darum bittet, lasse ich sie unbehelligt. Stur verweigert sie jede ärztliche Behandlung und jeden geistlichen Beistand. Wahrscheinlich glaubt sie, sie würde ewig leben. Aber eines Tages wird sie zusammenbrechen. Das tun sie alle. Und ich werde ihr demütig die Absolution erteilen; trotz all ihrer Verfehlungen, ihres Stolzes und ihrer Halsstarrigkeit werde ich um sie trauern. Am Ende kriege ich sie, *mon père*. Am Ende werde ich sie alle kriegen, nicht wahr?

## Donnerstag, 20. Februar

Ich hatte sie erwartet. Karierter Mantel, das Haar streng und unvorteilhaft aus dem Gesicht frisiert, die Hände nervös wie die eines Revolverhelden. Joséphine Muscat. Sie wartete, bis meine Stammkunden – Guillaume, Georges und Narcisse – gegangen waren, dann kam sie herein, die Hände tief in den Manteltaschen.

»Eine Tasse Schokolade, bitte.« Sie setzte sich unbeholfen auf einen Hocker und starrte in die leeren Tassen, die ich noch nicht weggeräumt hatte.

»Selbstverständlich.« Ohne mich zu erkundigen, wie sie sie wünschte, brachte ich ihr die Schokolade mit Sahne und Streuseln garniert und dazu zwei Mokkatrüffel. Einen Augenblick lang betrachtete sie die Tasse mit zusammengekniffenen Augen, dann griff sie vorsichtig danach.

»Neulich«, sagte sie mit gezwungener Beiläufigkeit, »habe ich etwas zu bezahlen vergessen.«

Sie hat lange, schmale Finger, an denen die Schwielen wie ein Widerspruch wirken. Jetzt, wo sie entspannt ist, scheint ihr Gesicht etwas von dem gequälten Ausdruck zu verlieren, bekommt etwas Anziehendes. Ihr Haar ist dunkelblond, ihre Augen sind bernsteinfarben. »Es tut mir leid.« Mit einer fast trotzigen Geste warf sie das Zehn-Franc-Stück auf die Theke. Wie automatisch ballten ihre Hände sich zu Fäusten, die Daumen bohrten sich in ihr Brustbein, dieselbe Geste, die ich schon einmal beobachtet hatte.

»Ist schon in Ordnung.« Ich bemühte mich, beiläufig und uninteressiert zu klingen. »So etwas kommt immer mal vor.« Einen Augenblick lang schaute Joséphine mich mißtrauisch an, dann, als sie keine Feindseligkeit spürte, entspannte sie sich ein wenig. »Die schmeckt gut.« Sie nippte an ihrer Schokolade. »Wirklich gut.«

»Ich mache sie selbst«, erklärte ich. »Aus Kakaobutter, bevor das Fett hinzugefügt wird, um die Schokolade zu härten. So haben die Azteken sie schon vor Jahrhunderten getrunken.«

Wieder ein kurzer, mißtrauischer Blick.

»Vielen Dank für Ihr Geschenk«, sagte sie schließlich. »Schokomandeln. Meine Lieblingssorte.« Und dann sprudeln die Worte hastig aus ihr heraus: »Ich habe es nicht mit Absicht mitgenommen. Sie haben bestimmt über mich geredet, ich weiß es genau. Aber ich stehle nicht. Das behaupten die immer« – ihr Ton wird verächtlich, die Mundwinkel verziehen sich vor Abscheu und Selbsthaß –, »dieses Weibsbild Clairmont und ihre Freundinnen. Lügnerinnen.«

Sie schaute mich herausfordernd an.

»Ich habe gehört, Sie gehen nicht zur Kirche.« Ihre Stimme klang gereizt, zu laut für den kleinen Raum, in dem nur wir beide uns befanden.

Ich lächelte. »Stimmt. Ich gehe nicht zur Kirche.«

»Sie werden hier nicht lange überleben, wenn Sie nicht gehen«, sagte Joséphine mit derselben hohen, schneidenden Stimme. »Die werden Sie genauso vertreiben, wie sie jeden vertreiben, der ihnen nicht in den Kram paßt. Sie werden es ja sehen. All das hier« – eine eher angedeutete, kurze Geste, um auf die Regale, die Schachteln, die Auslagen im Fenster hinzuweisen – »wird Ihnen nichts nützen. Ich habe sie reden hören. Ich habe gehört, was sie über Sie sagen.«

»Ich auch.« Ich goß mir aus der silbernen Kanne eine Tasse Schokolade ein. Dunkel und stark wie Espresso, mit einem Löffel aus Schokolade zum Umrühren. Dann sagte ich sanft: »Aber ich brauche ja nicht hinzuhören.« Ich nippte an meiner Schokolade. »Und Sie auch nicht.«

Joséphine lachte.

Wir schwiegen. Fünf Sekunden. Zehn.

»Sie behaupten, Sie seien eine Hexe.« Schon wieder dieses Wort. Herausfordernd hob sie den Kopf. »Sind Sie eine Hexe?«

Ich zuckte die Achseln, trank noch einen Schluck.

»Wer behauptet das?«

»Joline Drou. Caroline Clairmont. Die Betschwestern von Curé Reynaud. Ich hab sie vor der Kirche reden hören. Ihre Tochter hat den anderen Kindern was erzählt. Irgendwas von Geistern.« Neugier lag in ihrer Stimme und eine unterschwellige Feindseligkeit, die ich nicht verstand.

»Geister!« rief sie lachend.

Ich starrte auf die dünne, gewundene Tropfenspur, die vom gelben Rand meiner Tasse herunterlief.

»Ich dachte, Sie würden nicht darauf hören, was diese Leute sagen«, bemerkte ich.

»Ich bin nur neugierig.« Wieder dieser trotzig-herausfordernde Blick, als hätte sie Angst, gemocht zu werden. »Und Sie haben sich neulich mit Armande unterhalten. Niemand redet mit Armande. Außer mir.«

Armande Voizin. Die alte Frau, die in *Les Marauds* wohnt.

»Ich mag sie«, erwiderte ich. »Warum sollte ich nicht mit ihr reden?«

Joséphine ballte die Fäuste. Sie wirkte erregt; ihre Stimme klang plötzlich brüchig wie gesprungenes Glas. »Weil sie verrückt ist, darum!« Zur Unterstreichung ihrer Worte tippte sie sich mit dem Finger an die Schläfe. »Verrückt, verrückt, *verrückt*.« Dann fuhr sie beinahe flüsternd fort: »Ich will Ihnen mal was sagen. Durch Lansquenet verläuft eine Grenze« – sie demonstrierte es auf der Theke mit einem schwieligen Finger –, »und wenn man die überschreitet, wenn man *nicht zur Beichte geht*, wenn man *seinen Ehemann nicht achtet*, wenn man ihm *nicht täglich drei Mahlzeiten kocht* und am Kamin sitzt und sich fromme Gedanken macht, bis er abends nach Hause kommt, wenn man *keine Kinder bekommt* – und wenn man zur Beerdigung seiner Freunde keine Blumen mitbringt, wenn man nicht staubsaugt oder *die Blumenbeete nicht jätet!* ...« Ihr Gesicht war vor Anstrengung rot angelaufen. Sie war außer sich vor Wut. *»Dann ist man verrückt!«* stieß sie hervor. »Dann ist man nicht normal und die Leute reden hinterm Rücken über einen und – und – und –«

Sie brach ab, und der gequälte Ausdruck verschwand von ihrem Gesicht. Ich bemerkte, daß sie an mir vorbei aus dem Fenster starrte, doch wegen der Spiegelung in der Fensterscheibe konnte ich nicht erkennen, was sie sah. Es war, als wäre eine Jalousie vor ihrem Gesicht heruntergelassen worden, ihr Blick war leer und hoffnungslos.

»Tut mir leid. Ich hab mich ein bißchen gehenlassen.« Sie trank den letzten Schluck Schokolade. »Ich sollte überhaupt nicht mit Ihnen reden. Und Sie nicht mit mir. Es ist alles so schon schlimm genug.«

»Hat Armande das gesagt?« fragte ich freundlich.

»Ich muß gehen.« Ihre Daumen bohrten sich wieder in ihr Brustbein, diese selbstanklagende Geste, die so charakteristisch für sie zu sein schien. »Ich muß gehen.« Der gequälte Blick war wieder da, sie öffnete den Mund mit angstvoll nach unten gezogenen Mundwinkeln, so daß sie beinahe debil wirkte... Doch die wütende Frau, die noch einen Augenblick zuvor zu mir gesprochen hatte, war weit davon entfernt, debil zu sein. Was – *wen* – hatte sie gesehen, was hatte diese Reaktion ausgelöst? Als sie den Laden verließ, den Kopf gesenkt, wie um sich vor einem Schneesturm zu schützen, trat ich ans Fenster, um ihr nachzusehen. Niemand sprach sie an. Niemand schien in ihre Richtung zu schauen. In diesem Augenblick bemerkte ich Reynaud, der vor dem Kirchenportal stand. Reynaud und ein Mann mit Halbglatze, den ich nicht kannte. Beide starrten zum Schaufenster von *La Praline* herüber.

*Reynaud?* Sollte er die Ursache ihrer Ängste sein? Ich spürte Ärger in mir aufsteigen bei dem Gedanken, daß er derjenige gewesen sein könnte, der Joséphine vor mir gewarnt hatte. Und dennoch hatte sie verächtlich gewirkt, als sie von ihm sprach, nicht ängstlich. Der zweite Mann war klein und massig; karierte Hemdsärmel über geröteten Unterarmen hochgekrempelt, eine kleine Intellektuellenbrille, die in dem fleischigen Gesicht seltsam fehl am Platze wirkte. Er strahlte eine unbestimmte Feindseligkeit aus, sein Blick war böse und mißtrauisch, und endlich wußte ich, daß ich ihn schon einmal gesehen hatte. Mit weißem Bart und rotem Mantel hatte er Süßigkeiten in die Menge geworfen. Beim Karnevalsumzug. Der Nikolaus, der die Bonbons so wütend in die Menge warf, als hoffte er, ein Auge zu treffen. In diesem Moment traten ein paar Kinder an das Schaufenster, so daß ich ihn nicht mehr sehen konnte, aber nun glaubte ich zu wissen, warum Joséphine so hastig die Flucht ergriffen hatte.

»Lucie, siehst du den Mann da drüben? Den in dem karierten Hemd? Wer ist das?«

Lucie verzieht das Gesicht. Weiße Schokoladenmäuse sind ihre Schwäche; fünf für zehn Francs. Ich stecke ein paar mehr in die Papiertüte.

»Du kennst ihn doch sicher, nicht wahr?«

Sie nickt.

»Monsieur Muscat. Aus dem *café*.« Ich kenne es; ein düsteres kleines Lokal am Ende der *Avenue des Francs Bourgeois*. Ein halbes Dutzend Metalltische vor dem Haus, ein verschossener Orangina-Sonnenschirm. Ein uraltes Schild über dem Eingang: *Café de la République*. Die Kleine nimmt ihre Tüte, wendet sich zum Gehen, zögert, dreht sich noch einmal um. »*Seine* Lieblingssorte kriegen Sie nie raus«, sagt sie. »Er hat nämlich keine.«

»Das kann ich mir nicht vorstellen«, erwidere ich lächelnd. »Jeder hat eine Lieblingssorte. Sogar Monsieur Muscat.«

Lucie überlegt.

»Vielleicht ist seine Lieblingssorte die, die er anderen Leuten wegnimmt«, sagt sie. Und schon ist sie aus der Tür und winkt noch einmal zum Abschied durch das Schaufenster.

»Sag Anouk, wir gehen nach der Schule nach *Les Marauds*!«

»Mach ich.« *Les Marauds*. Ich frage mich, was sie dort so interessant finden. Der Fluß mit seinen braunen, stinkenden Ufern. Die engen Gassen voller Unrat. Eine Oase für Kinder. Höhlen, kleine, flache Steine, die man über das Wasser hüpfen lassen kann. Geflüsterte Geheimnisse, Schwerter aus Stöcken und Schilde aus Rhabarberblättern. Kriegsspiele zwischen dornigen Brombeerranken, Tunnel, Entdecker, streunende Hunde, Gerüchte, erbeutete Schätze... Gestern kam Anouk fröhlich und aufgekratzt aus der Schule und zeigte mir ein Bild, das sie gemalt hatte.

»Das bin ich.« Eine Gestalt in einer roten Latzhose mit wild hingekritzeltem schwarzem Haar. »Pantoufle.« Das Kaninchen sitzt auf ihrer Schulter wie ein Papagei, die Ohren aufgestellt. »Und Jeannot.« Ein Junge in Grün mit ausgestreckter Hand. Beide Kinder lächeln. Mütter – auch Lehrerinnen, die Mütter sind –, scheinen in *Les Marauds* nicht erwünscht zu sein. Die Knetgummipuppe sitzt noch immer neben Anouks Bett, und das Bild hat sie darüber an die Wand geheftet.

»Pantoufle hat mir gesagt, was ich tun soll.« Sie hebt ihn auf und hält ihn lässig im Arm. In diesem Licht kann ich ihn deutlich erkennen, er sieht aus wie ein Kind mit Schnurrhaaren. Manchmal sage ich mir, ich sollte ihr dieses Phantasieren abgewöhnen, doch ich bringe es nicht übers Herz, ihr soviel Einsamkeit zuzumuten. Wenn wir hier bleiben, wird Pantoufle vielleicht eines Tages wirklicheren Spielkameraden weichen.

»Ich freue mich, daß ihr doch Freunde geblieben seid«, sagte ich zu ihr und küßte ihren Lockenkopf. »Frag Jeannot, ob er Lust hat, demnächst mit herzukommen und uns beim Ausräumen des Schaufensters zu helfen. Du kannst auch noch mehr Freunde mitbringen.«

»Das Lebkuchenhaus?« Ihre Augen leuchteten wie Sonnenlicht auf dem Wasser. »Au ja!« Dann rannte sie ausgelassen los, stieß beinahe einen Hocker um, wich mit einem riesigen Satz einem Phantasiehindernis aus und dann ging's die Treppe hinauf, drei Stufen auf einmal nehmend. »Um die Wette, Pantoufle!« Ein Krachen, als die Tür gegen die

Wand flog – *bumm-bumm*! Eine Welle der Liebe zu ihr, die mich plötzlich und unerwartet überwältigt, wie immer. Meine kleine Fremde. Immer sprudelnd, immer in Bewegung.

Während ich mir noch eine Tasse Schokolade einschenkte, hörte ich die Türglocke läuten und drehte mich um. Eine Sekunde lang sah ich sein Gesicht unverstellt, den taxierenden Blick, das vorgereckte Kinn, die gestrafften Schultern, die blauen Venen auf seinen glänzenden Unterarmen. Dann lächelte er, ein dünnes Lächeln ohne Wärme.

»Monsieur Muscat, richtig?« Ich fragte mich, was er wollte. Er wirkte fehl am Platze, beäugte die Auslagen mit gesenktem Kopf. Er sah mich an, schaute mir aber nicht ins Gesicht, sondern ließ seinen Blick kurz zu meinen Brüsten wandern; einmal; noch einmal.

»Was wollte sie?« Er sprach leise, mit starkem Akzent. Ungläubig den Kopf schüttelnd, fuhr er fort: »Was zum Teufel hat sie in einem solchen Laden zu suchen?« Er deutete auf ein Tablett mit Schokomandeln zu fünfzig Francs die Tüte. »Wahrscheinlich so was, wie?« Er breitete die Hände aus. »Hochzeiten und Taufen. Was will sie mit Zeug, das man zu Hochzeiten und Taufen verschenkt?« Dann lächelte er wieder dieses verblüffte, fragende Lächeln, doch seine rotunterlaufenen Augen funkelten eiskalt. »Sagen Sie's mir.« Und dann schmeichelnd, ein vergeblicher Versuch, charmant zu wirken. »Was hat sie gekauft?«

»Ich nehme an, Sie meinen Joséphine.«

»Meine Frau.« Er sprach die Worte mit einem seltsamen Unterton aus, mit einer Art kategorischer Endgültigkeit. »So sind die Weiber. Man arbeitet sich halb tot, um das Geld ranzuschaffen, und was machen sie? Werfen es aus dem Fenster für ...« Er deutete erneut auf die Regale voller Pralinen, Trüffel, Marzipanfrüchte, Silberpapier, Seidenblumen. »Was war es, ein Geschenk?« Mißtrauen lag in seiner Stimme. »Für wen kauft sie Geschenke? Für sich selbst?« Er lachte kurz auf, als sei allein der Gedanke absurd.

Ich wußte nicht, was ihn das anging. Aber in seiner Art lag etwas Aggressives, sein Blick und seine Gesten waren so nervös, daß ich beschloß, mich vorzusehen. Nicht meinetwegen – ich hatte in den Jahren mit meiner Mutter gelernt, auf mich aufzupassen –, sondern ihretwegen. Bevor ich mich dagegen wehren konnte, sah ich ein Bild vor mir; ein blutiger Knöchel, aus Rauch geformt. Ich ballte die Fäuste hinter Theke. Dieser Mann hatte nichts, was ich sehen wollte.

»Ich glaube, Sie haben da etwas mißverstanden«, erklärte ich ihm. »Ich habe Joséphine auf eine Tasse Schokolade eingeladen. Als Freundin.«

»Ach so.« Einen Augenblick lang schien er verblüfft. Dann stieß er erneut sein bellendes Lachen aus. »Als Freundin, wie?« Das Lachen war fast echt, es amüsierte ihn tatsächlich, und gleichzeitig war er voller Verachtung. »*Sie* wollen eine Freundin von Joséphine sein?« Wieder dieser taxierende Blick. Ich spürte, wie er uns miteinander verglich, wie sein geiler Blick erneut zu meinen Brüsten wanderte. Dann erkundigte er sich mit schmalziger, schmeichelnder Stimme, die wohl verführerisch klingen sollte: »Sie sind neu hier, nicht wahr?«

Ich nickte.

»Vielleicht sollten wir mal zusammen ausgehen. Um uns besser kennenzulernen, wissen Sie.«

»Vielleicht«, erwiderte ich gelassen. »Dann könnten Sie ja auch Ihre Frau mitbringen.«

Schweigen. Er starrte mich an, diesmal mißtrauisch, verschlagen.

»Sie hat doch nichts erzählt, oder?«

Ausdruckslos: »Was denn?«

Kurzes Kopfschütteln.

»Nichts, nichts. Sie redet einfach viel, das ist alles. Redet ohne Ende.« Der arrogante Ton war wieder da. »Von morgens bis abends.« Kurzes, freudloses Auflachen. »Aber das werden Sie bald selber merken«, fügte er mit säuerlicher Genugtuung hinzu.

Ich murmelte etwas Unverfängliches. Dann, einer spontanen Eingebung folgend, holte ich eine kleine Tüte Schokomandeln unter der Theke hervor und reichte sie ihm.

»Würden Sie die bitte für Joséphine mitnehmen?« sagte ich beiläufig. »Ich wollte sie ihr heute morgen geben, habe es aber vergessen.«

Er schaute mich an, rührte sich jedoch nicht.

»Sie ihr *geben*?« wiederholte er.

»Ja. Ein Geschenk des Hauses.« Ich schenkte ihm mein gewinnendstes Lächeln.

Grinsend nahm er die hübsche silberne Tüte.

»Ich werde dafür sorgen, daß sie sie bekommt«, sagte er, während er sich die Tüte in die Hosentasche stopfte.

»Es ist ihre Lieblingssorte«, erklärte ich ihm.

»Sie werden es mit Ihrem Laden nicht weit bringen, wenn Sie Ihren Kram verschenken«, sagte er. »Ein Monat, und Sie sind pleite.« Wieder der harte, gierige Blick, als sei ich eine Schokoladenfigur, die er am liebsten gleich auspacken würde.

»Wir werden sehen«, sagte ich höflich und sah ihm nach, als er den Laden verließ und lässig wie James Dean über den Platz davonschlenderte. Er war noch nicht einmal außer Sichtweite, da sah ich ihn schon das Tütchen für Joséphine aus der Tasche ziehen und öffnen. Vielleicht dachte er sich, daß ich ihm nachschaute. Eins; zwei; drei; scheinbar gelangweilt ging seine Hand immer wieder zu seinem Mund, und bevor er am anderen Ende des Platzes angekommen war, hatte er die Schokomandeln aufgegessen und die Tüte in seiner Faust zusammengeknüllt. Er kam mir vor wie ein gieriger Hund, der sich beeilt, sein Futter aufzufressen, um sich dann über den Napf eines anderen Hundes herzumachen. Als er an der Bäckerei vorbeikam, warf er die zerknüllte Tüte in Richtung des Mülleimers neben der Tür, traf jedoch nur den Rand, und die silberne Kugel rollte über das Pflaster. Dann ging er, ohne sich noch einmal umzudrehen, mit lässig schwingenden Armen an der

Kirche vorbei und die *Avenue des Francs Bourgeois* hinunter. Seine schweren Stiefel schlugen bei jedem Schritt über das Kopfsteinpflaster kleine Funken.

## Freitag, 21. Februar

Über Nacht wurde es wieder kälter. Die Wetterfahne auf der Kirchturmspitze drehte sich die ganze Nacht hektisch und unentschlossen hin und her und quietschte in ihrer rostigen Halterung, wie um vor Eindringlingen zu warnen. Im dichten Morgennebel wirkte selbst der Kirchturm in zwanzig Schritten Entfernung schemenhaft und gespenstisch, und das Messeläuten klang wie durch Zuckerwatte gedämpft, als einige Kirchgänger mit hochgeschlagenen Mantelkragen herbeigeschlurft kamen, um sich die Absolution erteilen zu lassen.

Nachdem sie ihre Milch getrunken hatte, packte ich Anouk in ihren warmen roten Anorak und zog ihr trotz ihrer Proteste noch eine wollene Mütze über den Kopf.

»Willst du wirklich nicht frühstücken?«

Sie schüttelte energisch den Kopf und nahm sich einen Apfel aus der Obstschale.

»Wie wär's mit einem Kuß?«

Es ist zu einem morgendlichen Ritual geworden.

Mit einem verschmitzten Lächeln schlingt sie ihre Arme um meinen Hals, leckt mir das Gesicht ab, springt dann kichernd los, wirft mir von der Tür aus einen Kuß zu und rennt auf den Dorfplatz hinaus. Mit gespieltem Entsetzen wische ich mir das Gesicht ab. Sie lacht beglückt auf, streckt mir die kleine Zunge heraus und ruft: »Ich hab dich lieb!«, und dann verschwindet sie, die Schultasche schlenkernd, wie eine rote Luftschlange im Nebel. Ich weiß genau, daß es höchstens eine halbe Minute dauert, bis ihre wollene Mütze in der Schultasche landet, zusammen mit Büchern, Heften und allem, was an die Welt der Erwachsenen erinnert. Einen Moment lang glaube ich fast, Pantoufle hinter ihr herrennen zu sehen, beeile mich jedoch, das unwillkommene Bild gleich wieder zu verscheuchen. Ein plötzliches Gefühl des Verlassenseins überkommt mich – wie soll ich den Tag nur ohne sie überstehen? –, und ich muß mich beherrschen, um sie nicht zurückzurufen.

Sechs Kunden heute morgen. Einer davon ist Guillaume, er kommt gerade vom Fleischer und hat ein in Papier gewickeltes Stück *boudin* in der Hand.

»Charly liebt Blutwurst«, erklärt er mir mit ernster Miene. »Er hat in letzter Zeit keinen rechten Appetit, aber die frißt er bestimmt.«

»Vergessen Sie nicht, selber auch etwas zu essen«, ermahne ich ihn freundlich.

»Bestimmt nicht.« Er lächelt entschuldigend. »Ich esse wie ein Scheunendrescher. Ehrlich.« Plötzlich schaut er mich betroffen an. »Im Moment ist natürlich Fastenzeit«, sagt er. »Aber Tiere sind doch sicherlich nicht an das Fastengebot gebunden, nicht wahr?«

Ich schüttele den Kopf über seinen gequälten Gesichtsausdruck. Sein Gesicht ist klein und feingeschnitten. Er gehört zu der Sorte, die ein Plätzchen in zwei Hälften brechen und eine davon für später aufheben.

»Ich finde, Sie sollten alle beide besser für sich sorgen.«

Guillaume krault Charly hinter den Ohren. Der Hund wirkt teilnahmslos und kaum interessiert an dem Inhalt des Päckchens vom Fleischer, das neben ihm in einem Einkaufskorb liegt.

»Wir kommen ganz gut zurecht.« Sein Lächeln kommt genauso automatisch wie die Lüge. »Wirklich.« Er trinkt seine Tasse *chocolat espresso* aus.

»Köstlich«, sagt er wie immer. »Kompliment, Madame Rocher.« Ihn aufzufordern, mich Vianne zu nennen, habe ich längst aufgegeben. Sein Gefühl für Anstand und Höflichkeit verbietet es ihm. Er legt das Geld auf die Theke, tippt zum Gruß an seinen Hut und öffnet die Tür. Charly rafft sich auf und folgt ihm wankend. Kaum sind sie aus der Tür, sehe ich, wie Guillaume ihn wieder auf den Arm nimmt.

Mittags bekamen wir noch einmal Besuch. Ich erkannte sie sofort, trotz des unförmigen Männermantels, den sie immer trägt; das pfiffige Winterapfelgesicht unter dem schwarzen Strohhut, der lange, schwarze Rock über den schweren Stiefeln.

»Madame Voizin! Sie hatten versprochen, einmal vorbeizuschauen, nicht wahr? Darf ich Ihnen etwas zu trinken anbieten?«

Mit leuchtenden Augen sah sie sich bewundernd im Laden um. Ich spürte, wie sie alles genau betrachtete. Ihr Blick fiel auf Anouks Getränkekarte:

*Chocolat chaud 10 F*
*Chocolat espresso 15 F*
*Chococcino 12 F*
*Mocha 12 F*

Sie nickte anerkennend.

»Es ist schon Jahre her, daß ich so etwas getrunken habe«, sagte sie. »Ich hatte schon fast vergessen, daß es solche Läden überhaupt gibt.« In ihrer Stimme liegt eine Energie, in ihren Bewegungen eine Bestimmtheit, die ihrem Alter zu widersprechen scheinen. Ihre Mundwinkel verraten eine Schalkhaftigkeit, die mich an meine Mutter erinnert. »Früher habe ich mit Vorliebe Schokolade getrunken«, verkündete sie.

Ich schenkte ihr eine große Tasse Mokka ein und gab einen Schuß Cognac hinzu, während sie die Barhocker mißtrauisch beäugte.

»Sie erwarten doch hoffentlich nicht von mir, daß ich da raufklettere, oder?«

Ich lachte.

»Wenn ich gewußt hätte, daß Sie kommen, hätte ich eine Leiter besorgt. Warten Sie einen Moment.« Ich ging in die Küche und holte Poitous alten Sessel.

»Probieren Sie's mal mit dem.«

Armande setzte sich auf die Sesselkante und nahm die Tasse in beide Hände. Sie wirkte begierig wie ein Kind, mit leuchtenden Augen und entzücktem Gesichtsausdruck.

»*Mmmm.*« Es war mehr als Freude. Es war beinahe Ehrfurcht. »*Mmmmmm.*« Mit geschlossenen Augen probierte sie das Getränk. Es war fast beängstigend, wie sehr sie das Vergnügen genoß.

»Unübertrefflich.« Einen Augenblick lang hielt sie inne, die Augen halb geschlossen. »Da ist Sahne drin und – Zimt, würde ich sagen – und was noch? *Tia Maria?*«

»Fast«, sagte ich.

»Was verboten ist, schmeckt sowieso am besten«, erklärte Armande und wischte sich zufrieden den Schaum von den Lippen. »Aber das...« Sie nahm gierig noch einen Schluck. »Das ist besser als alles, an das ich mich erinnern kann, selbst aus meiner Kindheit. Ich wette, in dieser Tasse stecken zehntausend Kalorien. Ach was, noch mehr.«

»Warum sollte es verboten sein?« Ich war neugierig. Klein und rund wie ein Rebhuhn, wie sie war, konnte ich mir kaum vorstellen, daß sie so fanatisch auf ihre Figur achtete wie ihre Tochter.

»Ach, die Ärzte«, sagte sie wegwerfend. »Sie wissen ja, wie die sind. Die verbieten einem alles.« Sie trank noch einen Schluck. »Ah, das ist gut. *Gut.* Caro versucht seit Jahren, mich in irgend so ein Heim abzuschieben. Es gefällt ihr nicht, mich gleich nebenan wohnen zu haben. Sie will nicht daran erinnert werden, woher sie stammt.«

Sie kicherte in sich hinein. »Sie behauptet, ich sei krank. Ich könnte nicht auf mich selbst aufpassen. Schickt mir diesen Quacksalber, der mir vorschreiben will, was ich essen darf und was nicht. Man sollte meinen, sie wollten unbedingt, daß ich ewig lebe.«

Ich lächelte.

»Ich bin sicher, daß Caroline es nur gut mit Ihnen meint«, sagte ich.

Armande warf mir einen spöttischen Blick zu.

»Ach, wirklich?« Sie stieß ein ordinäres Lachen aus. »Verschonen Sie mich damit, meine Liebe. Sie wissen ganz genau, daß meine Tochter einzig und allein an ihr eigenes Wohlergehen denkt. Mir kann man nichts vormachen.« Ihr Blick wurde durchdringend. »Es geht mir nur um den Jungen«, sagte sie.

»Den Jungen?«

Armande nickte und trank noch einen Schluck.

»Er heißt Luc. Mein Enkel. Er wird im April vierzehn. Vielleicht haben Sie ihn schon mal auf dem Dorfplatz gesehen.«

Ich erinnerte mich vage, ihn schon einmal gesehen zu haben; ein farbloser Junge, zu korrekt in seiner frischgebügelten grauen Flanellhose und seiner Tweedjacke, kühle, graugrüne Augen und glattes, aschblondes Haar. Ich nickte.

»Ich habe ihn in meinem Testament zum Alleinerben eingesetzt«, erklärte mir Armande. »Eine halbe Million Francs, die bis zu seinem achtzehnten Geburtstag treuhänderisch verwaltet werden sollen.« Sie zuckte die Achseln. »Ich sehe ihn nie«, fügte sie hinzu. »Caro erlaubt es nicht.«

Ich habe sie zusammen gesehen. Jetzt erinnere ich mich wieder; auf dem Weg zur Kirche, die Mutter am Arm des Jungen. Er ist der einzige unter den Kindern von Lansquenet, der noch nie etwas in meinem Laden gekauft hat, ich meine allerdings, ihn ein- oder zweimal am Fenster stehen gesehen zu haben.

»Er hat mich zum letztenmal besucht, als er zehn Jahre alt war.« Armandes Stimme klang seltsam tonlos. »Es kommt mir so vor, als sei das hundert Jahre her.« Sie trank ihre Tasse aus und stellte sie dann mit Nachdruck auf die Theke. »Es war an seinem Geburtstag. Ich habe ihm ein Buch mit Gedichten von Rimbaud geschenkt. Er war sehr – höflich.« Ihr Ton wurde bitter. »Natürlich bin ich ihm seitdem ein paarmal auf der Straße begegnet«, sagte sie. »Ich kann mich nicht beklagen.«

»Warum besuchen Sie ihn nicht?« fragte ich neugierig. »Gehen mit ihm spazieren, reden mit ihm, versuchen, ihn besser kennenzulernen?«

Armande schüttelte den Kopf.

»Caro und ich haben uns miteinander überworfen.« Plötzlich verfiel sie in einen jammernden Tonfall. Ihr Lächeln war verschwunden, und sie wirkte mit einemmal entsetzlich alt. »Sie schämt sich für mich. Der Himmel weiß, was sie dem Jungen alles erzählt.« Sie schüttelte den Kopf und schaute ins Leere. »Nein. Es ist zu spät. Ich sehe es an seinem Blick – diesem *höflichen* Blick –, an den artigen, nichtssagenden Weihnachtskarten, die er mir schickt. So ein wohlerzogener Junge.« Ihr Lachen war bitter. »So ein höflicher, wohlerzogener Junge.«

Sie wandte sich mir wieder zu und lächelte mich tapfer an.

»Wenn ich nur wüßte, was er tut«, sagte sie. »Wenn ich nur wüßte, was er für Bücher liest, für welchen Sport er sich interessiert, was er für Freunde hat, wie gut er in der Schule ist. Wenn ich das wüßte ...«

»Dann?«

»Dann könnte ich wenigstens so tun –« Sie war den Tränen nah. Dann holte sie tief Luft, gewann ihre Fassung wieder. »Wissen Sie was, ich glaube, ich könnte noch so eine Tasse von Ihrer Spezialität vertragen.« Ihre Tapferkeit war gespielt, und ich bewunderte sie mehr, als ich es sagen konnte. Daß sie es trotz ihres Kummers noch schafft, die Rebellin zu spielen und auftrumpfend die Ellbogen auf die Theke zu stützen, während sie ihren Mokka schlürft.

»Sodom und Gomorrha. *Mmmm*. Ich glaube, ich bin im

Paradies. Oder jedenfalls so dicht dran, wie es mir je vergönnt sein wird.«

»Ich könnte mich für Sie nach Luc erkundigen, wenn Sie wollen.«

Armande dachte schweigend über meinen Vorschlag nach. Ich spürte, wie sie mich unter ihren halbgeschlossenen Lidern prüfend ansah.

»Alle Jungs mögen Süßigkeiten, nicht wahr?« sagte sie schließlich wie beiläufig. Ich stimmte ihr zu. »Und ich nehme an, seine Freunde kommen auch hier in Ihren Laden?« Ich erklärte ihr, ich sei nicht sicher, wer seine Freunde wären, aber daß die meisten Kinder regelmäßig kämen.

»Ich könnte ja auch ab und zu herkommen«, sagte Armande. »Ihr Mokka schmeckt mir sehr gut, auch wenn Ihre Stühle furchtbar sind. Vielleicht werde ich sogar Stammkundin bei Ihnen.«

»Das würde mich freuen«, sagte ich.

Erneutes Schweigen. Ich begriff, daß Armande alles auf ihre Weise tat, in ihrem eigenen Tempo, ohne sich von irgend jemandem antreiben oder mit guten Ratschlägen überschütten zu lassen. Ich ließ ihr Zeit zum Nachdenken.

»Hier. Nehmen Sie das.« Sie hatte ihre Entscheidung getroffen. Energisch knallte sie einen Hundert-Franc-Schein auf die Theke.

»Aber ich –«

»Wenn Sie ihn sehen, geben Sie ihm eine Schachtel von irgendeiner Sorte, die er mag. Sagen Sie ihm nicht, daß das Geschenk von mir kommt.«

Ich nahm den Geldschein.

»Und lassen Sie sich von seiner Mutter nicht einschüchtern. Sie ist garantiert schon eifrig dabei, allen möglichen Klatsch zu verbreiten. Mein einziges Kind, und sie muß ausgerechnet eine von Reynauds Betschwestern werden.« Sie kniff verächtlich die Augen zusammen, so daß sich lauter kleine Fältchen auf ihren Wangen bildeten.

»Es kursieren bereits Gerüchte über Sie«, sagte sie. »Sie

kennen ja diese Sorte. Wenn Sie sich auch noch mit mir einlassen, wird es nur noch schlimmer.«

Ich lachte.

»Ich denke, daß ich das verkraften kann.«

»Das glaube ich auch.« Plötzlich sah sie mich eindringlich an, der ärgerliche Ton war verschwunden. »Es ist irgendwas an Ihnen«, sagte sie leise. »Irgend etwas Vertrautes. Könnte es sein, daß wir uns früher schon mal begegnet sind?«

Lissabon, Paris, Florenz, Rom. So viele Menschen. So viele Lebenswege, die wir auf unserer rastlosen Wanderschaft gekreuzt hatten. Aber ich konnte es mir nicht vorstellen.

»Und dann dieser Geruch. Nach Feuer. Es riecht wie kurz nach einem sommerlichen Blitzschlag. Es duftet nach Augustgewittern und Maisfeldern im Regen.« Ihr Gesichtsausdruck war angespannt, ihr Blick forschend. »Es stimmt, nicht wahr? Was ich gesagt habe. Was Sie sind.«

Schon wieder dieses Wort.

Sie lachte entzückt und nahm meine Hand. Ihre Haut fühlte sich kühl an, wie Laub. Sie drehte meine Hand um und betrachtete meine Handfläche.

»Ich wußte es!« Sie fuhr mit dem Finger an meiner Lebenslinie, der Herzlinie entlang. »Ich wußte es in dem Augenblick, als ich Sie zum erstenmal gesehen habe!« Und dann zu sich selbst, mit gesenktem Kopf, so leise, daß es kaum mehr war als ihr Atem auf meiner Haut: »Ich wußte es. Ich wußte es. Aber ich hatte nie erwartet, Ihnen hier in diesem Ort zu begegnen.«

Ein scharfer, mißtrauischer Blick nach oben.

»Weiß Reynaud es?«

»Ich bin mir nicht sicher.« Es stimmte. Ich hatte keine Ahnung, wovon sie redete. Aber ich roch es auch; den Geruch, den der Wind mitbringt, wenn das Wetter umschlägt, einen Enthüllung verheißenden Luftstrom. Ein vager Geruch nach Feuer und Ozon. Das Quietschen eines Getriebes, das lange nicht in Gebrauch war, die Höllenmaschine der Synchronizität. Oder vielleicht hatte Joséphine recht, und Armande war doch verrückt. Immerhin hatte sie Pantoufle gesehen.

»Lassen Sie es Reynaud nicht wissen«, sagte sie mit verrückt leuchtenden, ernsten Augen. »Sie wissen doch, wer *er* ist, nicht wahr?«

Ich starrte sie an. Ich muß geahnt haben, was sie meinte. Oder vielleicht waren wir uns einmal kurz im Traum begegnet, in einer unserer Nächte auf der Flucht.

*»Er ist der Schwarze Mann.«*

Reynaud. Wie eine Unheil verheißende Tarot-Karte. Immer und immer wieder. Gelächter auf den Rängen.

Lange nachdem ich Anouk zu Bett gebracht hatte, holte ich die Karten meiner Mutter hervor, zum erstenmal seit ihrem Tod. Ich bewahre sie in einer Schachtel aus Sandelholz auf; sie sind vom vielen Benutzen ganz weich, und ihr Duft ist voller Erinnerungen an sie. Beinahe hätte ich sie gleich wieder weggepackt, verwirrt durch die Flut der Erinnerungen, die Gerüche mit sich bringen. New York. Von Dampf umhüllte Würstchenstände. Das *Café de la Paix* mit seinen tadellosen Kellnern. Eine Nonne, die vor Notre-Dame ein Eis leckt. Billige Hotelzimmer, mürrische Portiers, mißtrauische *gendarmes*, neugierige Touristen. Und über allem der Schatten der namenlosen, unerbittlichen Bedrohung, vor der wir ständig auf der Flucht waren.

Ich bin nicht meine Mutter. Ich bin kein Flüchtling. Und doch ist das Bedürfnis zu sehen, zu *wissen*, so stark, daß ich die Karten aus ihrer Schachtel nehme und auslege, genauso wie sie es damals auf ihrem Bett getan hat. Ein Blick über meine Schulter, um sicherzugehen, daß Anouk schläft, ich möchte nicht, daß sie meine Unruhe spürt, dann mische ich, hebe ab, mische erneut, hebe ab, bis ich vier Karten habe.

*Zehn Schwerter, der Tod. Drei Schwerter, der Tod. Zwei Schwerter, der Tod. Der Wagen. Der Tod.*

Der Eremit. Der Turm. Der Wagen. Der Tod.

Es sind die Karten meiner Mutter. Das hat nichts mit mir zu tun, sage ich mir, obwohl der Eremit leicht zu deuten ist. Aber der Turm? Der Wagen?

Der Tod?

Die Karte des Todes, sagt die Stimme meiner Mutter in mir, muß nicht immer den physischen Tod bedeuten, sie kann auch für das Ende eines Lebensabschnitts stehen. Für sich drehende Winde. Könnte es das sein, was sie mir sagt?

Ich glaube nicht an Wahrsagerei. Nicht so, wie sie es tat, als eine Möglichkeit, die zufälligen Muster unseres Lebensweges zu erklären. Nicht als Vorwand für Untätigkeit, als Krücke in schwierigen Situationen, als Rationalisierung des inneren Chaos. Ich höre ihre Stimme, und sie klingt genauso wie damals auf dem Schiff, als ihre Stärke in Sturheit umschlug, ihr Humor in übermütige Verzweiflung.

*Wie wär's mit Disneyland? Was meinst du? Die Florida Keys? Die Everglades? Es gibt so vieles zu sehen in der Neuen Welt, so vieles, von dem wir bisher nicht einmal zu träumen gewagt haben. Ist es das? Was meinst du? Ist es das, was die Karten uns sagen wollen?*

Inzwischen war der Tod auf jeder Karte, der Tod und der Schwarze Mann, der mit der Zeit dieselbe Bedeutung angenommen hatte. Wir flohen vor ihm, und er verfolgte uns, in Sandelholz verpackt.

Um mich dagegen zu schützen, las ich Jung und Hermann Hesse und lernte etwas über das kollektive Unbewußte. Wahrsagerei ist eine Methode, uns einzugestehen, was wir bereits wissen. Wovor wir uns fürchten. Es gibt keine Dämonen, sondern verschiedene Archetypen, die in jeder Kultur gleich sind. Die Angst vor Verlust – der Tod. Die Furcht vor Vertreibung – der Turm. Die Angst vor der Vergänglichkeit – der Wagen.

Und dennoch ist meine Mutter gestorben.

Ich legte die Karten liebevoll zurück in ihre duftende

Schachtel. Adieu, Mutter. Hier hört unsere Reise auf. Hier werden wir bleiben, um uns dem zu stellen, was der Wind uns bringt. Ich werde die Karten nicht noch einmal befragen.

## Sonntag, 23. Februar

Vergib mir, Vater, denn ich habe gesündigt. Ich weiß, daß Sie mich hören können, Vater, und es gibt niemand anderen, bei dem ich zu beichten wagen würde. Auf keinen Fall würde ich den Bischof von Bordeaux zu meinem Beichtvater wählen, der so weit weg und sicher auf seinem Bischofsstuhl sitzt. Und die Kirche wirkt so leer. Ich komme mir vor wie ein Narr, wenn ich vor dem Altar knie und zu unserem Herrn in seinem Blattgold und seiner Dornenkrone aufblicke – das Gold ist durch den Kerzenrauch geschwärzt, was Ihm einen verschlagenen, heimlichtuerischen Blick verleiht –, und die Gebete, die früher so segensreich und beglückend für mich waren, sind nun eine Last, ein Schrei am Fuß eines kahlen Berges, von dem jeden Augenblick eine Lawine auf mich herabzustürzen droht.

Ist das der Zweifel, *mon père*? Diese Stille in meinem Innern, diese Unfähigkeit zu beten, geläutert zu werden, Demut zu empfinden ... ist das meine Schuld? Ich schaue mich in der Kirche um, die mein Lebensinhalt ist, und möchte Liebe für sie empfinden. Liebe, wie Sie sie empfunden haben, für die Heiligenfiguren – der heilige Hieronymus mit seiner abgeschlagenen Nase, die lächelnde Madonna, Johanna von Orleans mit ihrem Banner, der heilige Franziskus mit seinen gemalten Tauben. Ich selbst mag Vögel nicht. Vielleicht ist das eine Sünde gegen meinen Namenspatron, aber ich kann mir nicht helfen. Der Dreck, den sie verursachen – selbst am Kirchenportal, die getünchten Wände sind mit ihren grünlichen Exkrementen besudelt –, und der Lärm, den sie machen – das Gegurre während der Messe... Ich lege Gift aus für die Ratten, die in die Sakristei eindringen und die Gewänder anfressen. Sollte ich nicht ebenso die Tauben vergiften, die meinen Gottesdienst stören? Ich habe es versucht, Vater, aber ohne Erfolg. Vielleicht beschützt sie der heilige Franziskus.

Wenn ich nur nicht so unwürdig wäre. Meine Unwürdigkeit quält mich, und meine Intelligenz – die der meiner Anbefohlenen weit überlegen ist – dient nur dazu, meine Schwäche zu verstärken, die Unzulänglichkeit des Werkzeugs, das Gott ausersehen hat, ihm zu dienen. Ist das meine Bestimmung? Ich habe von höheren Dingen geträumt, von Opfer und Martyrium. Statt dessen vergeude ich meine Zeit mit beklemmenden Ängsten, die meiner und Ihrer unwürdig sind.

Meine Sünde ist die Kleinlichkeit, Vater. Deswegen schweigt Gott in Seinem Haus. Ich weiß das, aber ich weiß nicht, wie ich das Übel überwinden kann. Ich habe mir noch größere Strenge für die Fastenzeit auferlegt und übe mich auch an den Tagen im Fasten, an denen Erleichterung gestattet ist. Heute zum Beispiel habe ich meinen Sonntagswein an die Hortensien gegossen und fühlte mich gleich gestärkt. Von nun an werde ich mir nichts als Kaffee und Wasser zu den Mahlzeiten gestatten, und den Kaffee werde ich schwarz und ohne Zucker trinken, um den bittern Geschmack zu verstärken. Heute habe ich Karottensalat mit Oliven gegessen – Wurzeln und Beeren, wie es sich für das Leben in der Wildnis geziemt. Zugegeben, ich verspüre jetzt einen leichten Schwindel, aber das Gefühl ist nicht unangenehm. Gleichzeitig habe ich Schuldgefühle, weil selbst meine Entsagung mir Genuß bereitet, und ich habe beschlossen, mich der Versuchung auszusetzen. Ich werde fünf Minuten lang vor dem Schaufenster der *rôtisserie* verweilen und zusehen, wie sich die Brathähnchen am Spieß drehen. Sollte Arnaud mich verspotten, um so besser. Eigentlich müßte er sowieso während der Fastenzeit geschlossen haben.

Und was Vianne Rocher angeht ... Ich habe während der vergangenen Tage kaum an sie gedacht. Wenn ich an ihrem Laden vorübergehe, wende ich meinen Blick ab. Ihr Geschäft geht gut, obwohl Fastenzeit ist und die Rechtschaffenen unter den Bürgern von Lansquenet ihre Anwesenheit mißbilligen, aber das liegt sicherlich allein daran, daß solch ein Laden etwas völlig Neues für unser Dorf ist. Das wird sich mit der Zeit geben. Unsere Gemeindemitglieder haben kaum genug Geld, um ihre täglichen Bedürfnisse zu befriedigen, ohne daß sie zusätzlich noch einen Laden subventionieren, der besser in eine Großstadt paßt.

*La Céleste Praline.* Allein der Name ist ein bewußter Affront. Ich werde mit dem Bus nach Agen fahren und mich bei der Vermieterin beschweren. Sie hätte nie einen Mietvertrag bekommen dürfen. Die zentrale Lage des Ladens garantiert einen gewissen Erfolg, leistet der Versuchung Vorschub. Man sollte den Bischof informieren. Er besitzt größeren Einfluß als ich, den er vielleicht geltend machen kann. Ich werde ihm heute noch schreiben.

Ich sehe sie manchmal auf der Straße. Sie trägt einen gelben Regenmantel mit grünen Gänseblümchen drauf, ein Kleidungsstück, das für ein Kind passend wäre, aber an einer erwachsenen Frau unziemlich wirkt. Nie bedeckt sie ihr Haar, nicht einmal bei Regen, wenn es glänzt wie ein Robbenfell. Wenn sie unter ihre Markise tritt, wringt sie es aus wie ein langes Seil. Häufig stehen Leute unter der Markise, wo sie Schutz vor dem endlosen Regen suchen, und betrachten die Auslagen im Schaufenster. Sie hat inzwischen einen elektrischen Heizofen aufgestellt, nahe genug an der Theke, um angenehme Wärme zu verbreiten, aber weit genug entfernt, um ihre Waren nicht zu verderben. Und seit sie die Hocker angeschafft hat, wirkt der Laden mit all seinen Torten und Kuchen unter gläsernen Hauben und den Pralinen und Trüffeln in Kristallschalen eher wie ein Café. An manchen Tagen sehe ich zehn und mehr Leute da drinnen, die herumstehen oder sich an die Theke lehnen und plaudern. Sonntags und mittwochs nachmittags duftet es auf dem ganzen Dorfplatz nach Bäckerei; dann steht sie in der Tür, die Arme bis zu den Ellbogen weiß vom Mehl, und spricht einfach irgendwelche Passanten an. Ich kann mich nur wundern, wie viele Leute sie bereits mit Namen kennt – ich selbst habe ein halbes Jahr gebraucht, bis ich alle Mitglieder meiner Gemeinde kannte –, und sie scheint stets irgendeine Frage oder eine Bemerkung zu ihren Sorgen und Problemen parat zu haben. Blaireaus Arthritis. Lamberts Sohn, der beim Militär ist. Narcisse und seine preisgekrönten Orchideen. Sie kennt sogar den Hund von Duplessis mit Namen. Oh, sie ist verschlagen. Man kann sie unmöglich übersehen. Man muß schon regelrecht flegelhaft sein, um nicht zu reagieren. Selbst ich – selbst ich muß lächeln und nicken, obwohl ich innerlich koche. Ihre Tochter ist genauso, treibt sich mit einer Bande älterer Jungs und Mädchen in *Les Marauds* herum. Die meisten sind acht oder neun Jahre alt; sie sind immer nett zu ihr, behandeln sie wie eine kleine Schwester, wie ein Maskottchen. Ständig sind sie zusammen, rennen und schreien herum; sie breiten die Arme aus und tun so, als seien sie Jagdbomber, die sich gegenseitig verfolgen und abschießen. Jean Drou ist auch immer dabei, obwohl seine Mutter es mißbilligt. Ein- oder zweimal hat sie ihm den Umgang mit ihnen verboten, aber er wird von Tag zu Tag aufsässiger und klettert aus dem Fenster seines Zimmers, wenn sie ihm Stubenarrest erteilt.

Aber ich habe noch ernstere Sorgen, *mon père*, als das ungehörige Benehmen von ein paar ungezogenen Gören. Als ich heute vor der Messe durch *Les Marauds* ging, habe ich am Ufer des Tannes ein Hausboot gesehen, eins von der Sorte, die Ihnen und mir wohlbekannt ist. Ein heruntergekommener Kahn, dessen grüne Farbe überall abblättert, mit einem blechernen Schornstein, aus dem giftiger, schwarzer Rauch quoll, einem Dach, so rostig wie die Dächer auf den

Wellblechhütten in den *bidonvilles* von Marseille. Und ich weiß genau, was das zu bedeuten hat. Was auf uns zukommt. Der erste Löwenzahn, der im Frühling aus der feuchten Erde am Straßenrand sprießt. Jedes Jahr versuchen sie es wieder, kommen flußaufwärts aus den Vorstädten und Barackensiedlungen, aus Algerien und Marokko. Auf der Suche nach Arbeit. Auf der Suche nach einem Lagerplatz, einem Ort, an dem sie sich vermehren können ... In meiner Predigt heute morgen habe ich gegen sie gewettert, aber ich weiß, daß einige Gemeindemitglieder – unter anderen Narcisse – sie trotz meiner Warnungen willkommen heißen werden. Sie sind Vagabunden, vulgäre Menschen ohne moralische Werte. Sie sind Zigeuner, Verbreiter von Krankheiten, Diebe, Lügner, Mörder, wenn man sie nicht aufhält. Wenn wir es zulassen, daß sie bleiben, werden sie alles zerstören, wofür wir gearbeitet haben, Vater. All unsere Erziehung. Ihre Kinder werden mit den unsrigen spielen, bis alles verdorben, beschmutzt, ruiniert ist. Sie werden die Seelen unserer Kinder stehlen. Sie lehren, die Kirche zu mißachten und zu hassen. Sie werden zu Müßiggang und Verantwortungslosigkeit anstiften. Sie zu Verbrechen und Drogenmißbrauch verführen. Haben sie etwa schon vergessen, was in jenem Sommer geschah? Sind sie dumm genug anzunehmen, daß so etwas nicht wieder passieren kann?

Heute nachmittag bin ich zu dem Hausboot hinuntergegangen. Es waren bereits zwei weitere dazugekommen, ein rotes und ein schwarzes. Es hatte aufgehört zu regnen, und zwischen den beiden neuen Booten war eine Wäscheleine gespannt, an der Kinderwäsche hing. An Deck des schwarzen Bootes saß ein Mann mit dem Rücken zu mir und angelte. Langes, rotes Haar, mit einem Halstuch zusammengebunden, die nackten Arme und Schultern über und über mit Henna bemalt. Eine ganze Weile habe ich dagestanden und mir ihre erbärmlichen Behausungen angesehen, ihre provozierende Armut. Was versprechen diese Leute sich davon, daß sie so leben? Wir sind ein reiches

Land. Eine europäische Großmacht. Diese Leute könnten sich Arbeit suchen, nützliche Arbeit, anständige Wohnungen ... Warum ziehen sie es vor, dem Müßiggang zu frönen und in einem solchen Elend zu leben? Sind sie zu faul? Zu dumm?

Der rothaarige Mann mit der Angel drehte sich zu mir um, streckte mir abwehrend zwei gespreizte Finger entgegen und widmete sich dann wieder dem Angeln.

»Hier können Sie nicht bleiben«, rief ich über das Wasser. »Das ist Privatbesitz. Sie müssen weiterziehen.«

Höhnisches Gelächter von den Booten. Meine Schläfen pochten vor Wut, doch äußerlich blieb ich ruhig.

»Mit mir können Sie reden«, rief ich. »Ich bin Priester. Vielleicht finden wir gemeinsam eine Lösung.«

In den Fenstern und Türen der Boote waren mehrere Gesichter aufgetaucht. Ich sah vier Kinder, eine junge Frau mit einem Baby und drei oder vier ältere Leute, in die typischen grauen, farblosen Kleider gehüllt, ihre Blicke herausfordernd und feindselig. Sie warteten darauf, wie der Rothaarige reagieren würde. Ich wandte mich erneut an ihn.

»He, Sie!«

Er nahm eine ironisch-ehrerbietige Haltung an.

»Kommen Sie doch her und reden Sie mit mir. Ich kann Ihnen alles besser erklären, wenn ich nicht über das Wasser hinweg brüllen muß«, rief ich.

»Erklären Sie nur«, sagte er. Er sprach mit einem so starken Marseiller Akzent, daß ich ihn kaum verstand. »Ich höre Sie gut genug.« Seine Leute auf den anderen Booten stießen sich gegenseitig an und kicherten. Ich wartete geduldig, bis Ruhe einkehrte.

»Das hier ist ein Privatgrundstück«, wiederholte ich. »Ich fürchte, hier können Sie nicht bleiben. Hier wohnen Leute.« Ich deutete auf die Häuser an der *Avenue des Marais*. Zugegeben, viele dieser Häuser stehen leer und sind halb verfallen, aber einige sind immer noch bewohnt.

Der Rothaarige warf mir einen verächtlichen Blick zu.

»Hier wohnen auch Leute«, sagte er und deutete auf die Boote.

»Das ist mir klar, aber trotzdem –« Er fiel mir ins Wort. »Keine Sorge. Wir bleiben nicht lange.« Sein Ton war bestimmt. »Wir müssen die Boote reparieren, unsere Vorräte aufstocken. Das können wir nicht draußen in der freien Landschaft. Wir bleiben zwei Wochen, höchstens drei. Damit werden Sie ja wohl leben können, oder?«

»In einem größeren Dorf...« Seine Unverschämtheit machte mich rasend, doch ich blieb ruhig. »Oder vielleicht in einer Stadt wie Agen könnten Sie...«

Knapp: »Zwecklos. Von da kommen wir gerade.«

Das konnte ich mir vorstellen. In Agen machen sie mit Vagabunden kurzen Prozeß. Wenn wir nur hier in Lansquenet unsere eigene Polizei hätten.

»Ich habe Probleme mit meinem Motor. Seit einigen Kilometern verliere ich Öl. Ich kann erst weiterfahren, wenn ich ihn repariert hab.«

Ich straffte die Schultern.

»Ich glaube kaum, daß Sie hier finden werden, was Sie suchen«, erklärte ich.

»Jeder hat das Recht, zu glauben, was er will«, sagte er wegwerfend, beinahe belustigt. Eine der alten Frauen begann zu kichern. »Selbst ein Priester.« Noch mehr Gelächter. Ich wahrte meine Würde. Diese Leute sind es nicht wert, daß ich mich über sie ärgere.

Ich wandte mich zum Gehen.

»Sieh mal einer an, *Monsieur le Curé*!« sagte eine Stimme hinter mir, und unwillkürlich zuckte ich zusammen. Armande Voizin stieß ein gackerndes Lachen aus. »Nervös, was?« sagte sie boshaft. »Und zu Recht. Das hier ist nicht Ihr Revier, nicht wahr? In welcher Mission sind Sie denn diesmal unterwegs? Wollen Sie etwa die Heiden bekehren?«

»Madame.« Trotz ihrer Frechheit grüßte ich sie höflich. »Ich hoffe, Sie erfreuen sich guter Gesundheit.«

»Ach, tatsächlich?« Ihre schwarzen Augen funkelten spöttisch. »Und ich dachte, Sie könnten es nicht erwarten, mir die letzte Ölung zu geben.«

»Keineswegs, Madame«, erwiderte ich kühl.

»Das ist gut. Weil dieses alte Lämmchen nämlich niemals zur Herde zurückkehren wird«, erklärte sie. »Für Sie bin ich sowieso zu zäh. Ich weiß noch gut, wie Ihre Mutter gesagt hat –«

Ich unterbrach sie schärfer, als ich beabsichtigt hatte.

»Ich fürchte, ich habe heute keine Zeit zum Plaudern, Madame. Ich muß mich um diese Leute« – ich deutete auf die Zigeuner – »kümmern, bevor die Situation außer Kontrolle gerät. Ich muß die Interessen meiner Gemeinde schützen.«

»Was sind Sie doch für ein Schwätzer«, bemerkte Armande gelangweilt. »*Die Interessen meiner Gemeinde*. Ich erinnere mich noch an die Zeit, als Sie ein kleiner Junge waren und in *Les Marauds* Indianer gespielt haben. Was haben Sie in der Stadt gelernt, außer sich wichtig zu tun?«

Ich starrte sie wütend an. Sie ist die einzige in Lansquenet, die sich einen Spaß daraus macht, mich an Dinge zu erinnern, die längst vergessen sein sollten. Wenn sie stirbt, wird sie diese Erinnerungen mit ins Grab nehmen, und ich wäre gewiß nicht traurig darüber.

»*Ihnen* mag die Vorstellung, daß die Zigeuner *Les Marauds* eines Tages übernehmen könnten, vielleicht Vergnügen bereiten«, sagte ich scharf, »aber andere Leute – unter ihnen Ihre Tochter – wissen ganz genau, daß sie, wenn sie erst einmal den Fuß in der Tür haben...«

Armande schnaubte verächtlich.

»Sie redet sogar schon wie Sie«, sagte sie. »Kanzel-Klischees und nationalistische Platitüden. Ich habe nicht den Eindruck, daß diese Leute irgendwelchen Schaden anrichten. Warum sind Sie so versessen darauf, einen Kreuzzug gegen sie zu unternehmen, wenn sie sowieso bald wieder weiterziehen?«

Ich zuckte die Achseln.

»Offenbar wollen Sie nicht verstehen«, sagte ich knapp.

»Nun, ich habe Roux da drüben gesagt« – sie deutete verschmitzt auf den Mann auf dem schwarzen Hausboot –, »ich habe ihm gesagt, daß er und seine Freunde hierbleiben können, bis sie ihren Motor repariert und ihre Vorräte aufgestockt haben.« Sie schaute mich triumphierend an. »Sie können sie also kaum wegen unbefugten Betretens von Privatbesitz belangen. Sie haben vor meinem Haus angelegt, und zwar mit meinem Segen.« Das letzte Wort sprach sie mit besonderer Betonung aus, wie um mich zu verspotten.

»Dasselbe gilt für ihre Freunde«, fügte sie hinzu, »sobald sie eintreffen.« Sie warf mir noch einen unverschämten Blick zu. »*Alle* ihre Freunde.«

Nun, ich hätte damit rechnen müssen. Es war zu erwarten, daß sie sich so verhalten würde, und wenn sie es nur tut, um mich zu provozieren. Sie genießt den Ruf, den ihr Verhalten ihr einbringt; sie weiß genau, daß sie als älteste Bewohnerin des Dorfes eine gewisse Narrenfreiheit besitzt. Es hat keinen Zweck, sich mit ihr auseinanderzusetzen, *mon père*. Das wissen wir beide. Sie hätte nur ihren Spaß an einem Streit, genauso wie es ihr Spaß macht, mit diesen Leuten zu verkehren, sich ihre Geschichten anzuhören, sich von ihrem Leben erzählen zu lassen. Kein Wunder, daß sie sie alle schon mit Namen kennt. Ich werde ihr nicht die Genugtuung bereiten und diese Leute darum bitten weiterzuziehen. Nein, ich muß die Sache anders lösen.

Eines habe ich zumindest von Armande erfahren. Es werden noch mehr kommen. Wie viele, bleibt abzuwarten. Aber es ist genau so, wie ich befürchtet hatte. Heute sind es drei Boote. Wie viele werden es morgen sein?

Auf dem Weg hierher habe ich Clairmont einen Besuch abgestattet. Er wird dafür sorgen, daß es sich im Dorf herumspricht. Ich rechne mit leichtem Widerstand – Armande hat immer noch Freunde –, bei Narcisse müssen wir vielleicht ein wenig nachhelfen. Aber im großen und ganzen gehe ich davon aus, daß die Leute einsichtig sein werden.

Schließlich genieße ich im Dorf ein gewisses Ansehen. Meine Meinung ist etwas wert. Mit Muscat habe ich auch gesprochen. Er sieht die meisten Leute in seinem Café. Außerdem ist er Vorsitzender des Gemeinderats. Trotz seiner Fehler ein rechtschaffener Mann, ein braver Kirchgänger. Und sollte eine starke Hand gebraucht werden – natürlich verabscheuen wir alle Gewalt, aber bei diesen Leuten muß man mit allem rechnen –, nun, da bin ich sicher, daß Muscat sich nicht lange bitten lassen würde.

Armande hat es einen Kreuzzug genannt. Das war als Beleidigung gemeint, ich weiß, aber dennoch ... Ich spüre, daß der Gedanke an diesen Konflikt eine freudige Erregung in mir auslöst. Sollte das die Aufgabe sein, für die Gott mich ausersehen hat?

Darum bin ich nach Lansquenet gekommen, Vater. Um für meine Leute zu kämpfen. Um sie vor der Versuchung zu bewahren. Und wenn Vianne Rocher die Macht der Kirche erkennt – *meinen* Einfluß auf jede einzelne Seele in dieser Gemeinde –, dann wird sie begreifen, daß sie auf verlorenem Posten steht. Was auch immer sie sich erhoffen, was für Ziele sie auch verfolgen mag. Sie wird einsehen, daß sie hier nicht bleiben kann. Sie hat keine Chance zu gewinnen.

Am Ende werde ich triumphieren.


## Montag, 24. Februar


Caroline Clairmont kam gleich nach der Messe in den Laden. Ihr Sohn war mit dabei, den Ranzen auf dem Rücken, ein großer Junge mit einem blassen, ausdruckslosen Gesicht. Sie hatte ein Bündel gelber, handbeschriebener Karten dabei.

Ich lächelte die beiden an.

Der Laden war noch leer – es war erst halb neun, und die ersten Kunden kommen gewöhnlich nicht vor neun. Nur

Anouk saß an der Theke, vor sich eine halb ausgetrunkene Tasse Milch und ein *pain au chocolat*. Sie schaute den Jungen freundlich an, winkte zum Gruß mit ihrem Schokocroissant und wandte sich wieder ihrem Frühstück zu.

»Was kann ich für Sie tun?«

Caroline sah sich mit einem Ausdruck von Neid und Mißfallen im Laden um. Der Junge starrte vor sich hin, doch ich spürte, daß er sich zusammennehmen mußte, um nicht zu Anouk hinüber zu sehen. Er wirkte verschlossen, das Haar fiel ihm so tief in die Stirn, daß seine Augen fast dahinter verschwanden.

»Sie können mir einen Gefallen tun.« Ihre Stimme klang gewollt locker, voller falscher Freundlichkeit, und ihr aufgesetztes Lächeln war so süß wie Zuckerguß, der an den Zähnen schmerzt. »Ich bin gerade dabei, diese hier zu verteilen« – sie zeigte mir das Bündel Karten –, »und ich dachte, Sie könnten vielleicht eine davon in Ihr Fenster hängen.« Sie reichte mir eine Karte. »Alle anderen haben auch schon eine aufgehängt«, fügte sie hinzu, als könnte mir das die Entscheidung erleichtern.

Ich nahm die Karte entgegen.

Schwarz auf Gelb, in sauberen Großbuchstaben:

KEINE HAUSIERER, VAGABUNDEN ODER BETTLER.
DIE GESCHÄFTSLEITUNG BEHÄLT SICH VOR,
UNERWÜNSCHTEN PERSONEN
DIE BEDIENUNG ZU VERWEIGERN.

»Wozu brauche ich das?« Ich runzelte verblüfft die Stirn. »Warum sollte ich mich weigern, irgend jemanden zu bedienen?«

Caroline sah mich zugleich mitleidig und verächtlich an.

»Sie sind natürlich neu hier«, sagte sie mit einem honigsüßen Lächeln. »Aber wir haben in der Vergangenheit schon häufig Probleme gehabt. Es ist nur eine Vorsichtsmaßnahme. Ich glaube kaum, daß diese Leute es wagen werden, Ihren Laden zu betreten. Aber Vorsicht ist besser als Nachsicht, meinen Sie nicht auch?«

»Ich verstehe nicht recht.«

»Na ja, diese Zigeuner, diese Leute vom Fluß«, erwiderte sie beinahe ungehalten. »Sie sind schon wieder da, und, was immer sie vorhaben, sie werden zumindest« – sie verzog angewidert das Gesicht – »ihre Vorräte aufstocken wollen.«

»Und?« fragte ich freundlich.

»Nun, wir müssen ihnen klipp und klar zeigen, daß sie mit uns nicht rechnen können!« erklärte sie erregt. »Wir müssen ihnen zeigen, daß wir uns alle einig sind und ihnen nichts verkaufen werden. Sie sollen gefälligst dorthin zurückgehen, woher sie gekommen sind.«

»Oh.« Ich ließ mir ihre Worte durch den Kopf gehen. »*Können* wir uns denn überhaupt weigern, ihnen etwas zu verkaufen?« fragte ich. »Wenn sie Geld haben, um zu bezahlen?«

Ungehalten: »Natürlich können wir das. Wer sollte uns denn daran hindern?«

Ich überlegte einen Moment lang, dann gab ich ihr die gelbe Karte zurück. Caroline starrte mich an.

»Sie machen nicht mit?« Ihre Stimme war plötzlich eine Oktave höher und hatte nichts mehr von ihrem gewählten Ton.

Ich zuckte die Achseln.

»Wenn jemand sein Geld in meinem Laden ausgeben will, habe ich wohl kaum das Recht, ihn daran zu hindern«, sagte ich.

»Aber die Gemeinde...« beharrte Caroline. »Sie wollen doch sicherlich nicht, daß solche Leute – Zigeuner, *Wegelagerer*, Araber, Herrgott noch mal...«

Erinnerungsfetzen schießen mir durch den Kopf, finster dreinblickende Hotelportiers in New York, vornehme Damen in Paris, Touristen in Sacré-Cœur, die Kamera in der Hand, das Gesicht abgewandt, um das bettelnde Mädchen in seinem zu kurzen Kleid und mit seinen zu langen Beinen nicht sehen zu müssen... Caroline Clairmont, obwohl sie auf dem Land aufgewachsen ist, weiß genau, wie wichtig es ist, sich beim richtigen *modiste* einzukleiden. Das elegante Tuch, das sie um den Hals trägt, hat ein Etikett von Hermès, und ihr Parfüm ist von Chanel. Meine Antwort klang schärfer als beabsichtigt.

»Ich denke, die Gemeinde sollte sich um ihre eigenen Angelegenheiten kümmern«, sagte ich barsch. »Es steht weder mir – noch *irgend jemandem* – zu, darüber zu befinden, wie diese Leute ihr Leben gestalten.«

Caroline starrte mich giftig an.

»Nun gut, wenn das Ihre Meinung ist« – sie wandte sich zum Gehen –, »dann will ich Sie nicht länger aufhalten.« Sie warf einen herablassenden Blick auf die leeren Barhocker. »Ich hoffe nur, daß Sie Ihre Entscheidung nicht eines Tages bereuen werden, das ist alles.«

»Warum sollte ich?«

Sie zuckte verdrießlich die Achseln.

»Na ja, falls es Schwierigkeiten gibt oder so.« Aus ihrem Ton schloß ich, daß das Gespräch damit beendet war. »Diese Leute bringen nur Probleme, wissen Sie. Drogen, Gewalt...« Ihr säuerliches Lächeln ließ vermuten, daß sie es begrüßen würde, mich als Opfer solcher Probleme zu sehen. Der Junge starrte mich verständnislos an. Ich lächelte.

»Ich habe neulich mit deiner Großmutter gesprochen«, sagte ich zu ihm. »Sie hat mir viel von dir erzählt.« Der Junge errötete und murmelte etwas Unverständliches.

Caroline wurde stocksteif.

»Ich habe gehört, daß sie hier gewesen ist«, sagte sie mit gezwungenem Lächeln. »Sie sollten meine Mutter wirklich nicht unterstützen«, fügte sie mit geheucheltem schelmischem Augenaufschlag hinzu. »Sie ist schon schlimm genug.«

»Oh, ich habe ihre Gesellschaft sehr genossen«, erwiderte ich, ohne meinen Blick von dem Jungen zu wenden. »Richtig erfrischend. Und geistig äußerst fit.«

»Für ihr Alter.«

»Für jedes Alter.«

»Nun, sie mag vielleicht auf Fremde so wirken«, sagte Caroline pikiert. »Aber für ihre Angehörigen...« fuhr sie mit einem kühlen Lächeln fort. »Sie müssen wissen, meine Mutter ist sehr alt. Ihr Verstand ist nicht mehr, was er einmal war. Ihr Sinn für die Realität –« Sie unterbrach sich mit einer nervösen Geste. »Das muß ich Ihnen sicherlich nicht erklären«, sagte sie.

»Nein, das brauchen Sie nicht«, erwiderte ich freundlich. »Es geht mich schließlich nichts an.«

Ihre Augen zogen sich zu Schlitzen zusammen, als sie die Spitze durchschaute. Sie mag vielleicht bigott sein, aber sie ist nicht dumm.

»Ich meine ...« Einen Moment lang geriet sie ins Stocken. Ich glaubte, ein kurzes, belustigtes Funkeln in den Augen des Jungen zu sehen, aber möglicherweise habe ich mir das auch eingebildet. »Ich meine, meine Mutter weiß durchaus nicht immer, was das beste für sie ist.« Sie hatte sich wieder in der Gewalt, ihr Lächeln war so steif wie ihre Frisur. »Dieser Laden zum Beispiel.«

Ich nickte.

»Meine Mutter ist Diabetikerin«, erläuterte Caroline. »Der Arzt erklärt ihr immer wieder, daß sie keinen Zucker essen darf. Aber sie hört nicht auf ihn. Sie lehnt jede Behandlung ab.« Sie warf ihrem Sohn einen triumphierenden Blick zu. »Was meinen Sie, Madame Rocher, ist das *normal*? Ist es *normal*, sich so unvernünftig zu benehmen?« Ihre Stimme wechselte wieder die Tonlage, wurde schrill und gereizt. Peinlich berührt, warf ihr Sohn einen Blick auf seine Armbanduhr.

»Maman, ich komme zu spät«, sagte er höflich. Zu mir: »Verzeihen Sie, Madame, ich muß zur Sch-Schule.«

»Hier, eine Tüte Pralinen für dich. Eine Spezialität. Ein

Geschenk des Hauses.« Ich reichte ihm die Cellophantüte.
»Mein Sohn ißt keine Schokolade«, erklärte Caroline streng. »Er ist hyperaktiv. Kränklich. Er weiß, daß sie ihm nicht bekommt.«

Ich schaute den Jungen an. Er wirkte weder kränklich noch hyperaktiv, höchstens gelangweilt und ein wenig gehemmt.

»Sie hält große Stücke auf dich«, sagte ich. »Deine Großmutter. Vielleicht kommst du einfach mal in den Laden, wenn sie hier ist. Sie ist eine meiner Stammkundinnen.«

Seine Augen leuchteten hinter den Ponyfransen kurz auf.
»Mal sehen.« Es klang nicht enthusiastisch.

»Mein Sohn hat keine Zeit, um in Süßwarenläden herumzulungern«, sagte Caroline hochnäsig. »Mein Sohn ist ein talentierter Junge. Er weiß, was er seinen Eltern schuldig ist.« Ihre Worte enthielten eine Art Drohung, eine selbstgefällige Gewißheit. Sie drehte sich um und ging an Luc vorbei, der bereits an der Tür war.

»Luc«, sagte ich leise. Zögernd drehte er sich um. Unwillkürlich faßte ich ihn am Arm und schaute ihm in die Augen, schaute hinter das ausdruckslos höfliche Gesicht und sah ...

»Hat Rimbaud dir gefallen?« fragte ich, ohne nachzudenken, während mir tausend Bilder durch den Kopf schossen.

Einen Augenblick lang wirkte der Junge beinahe schuldbewußt.

»Was?«

»Rimbaud. Sie hat dir ein Buch mit seinen Gedichten zum Geburtstag geschenkt, stimmt's?«

»J-ja.« Die Antwort war kaum hörbar. Er schaute mich mit graugrünen Augen an und schüttelte leicht den Kopf, wie um mich zu warnen. »Ich ha-hab sie aber nicht gelesen«, sagte er etwas lauter. »Ich m-mag keine G-Gedichte.«

Ein eselsohriges Buch, in der hintersten Ecke eines Kleiderschranks versteckt. Ein Junge, der die wunderbaren Gedichte beinahe inbrünstig vor sich hin murmelt. Bitte, komm, flüstere ich lautlos. Bitte, Armande zuliebe.

In seinen Augen flackerte etwas auf.

»Ich muß jetzt gehen.«

Caroline wartete ungeduldig an der Tür.

»Bitte, nimm das.« Ich reichte ihm ein kleines Päckchen – drei Pralinés in Silberpapier gewickelt. Der Junge hat Geheimnisse. Ich spürte, wie sie aus ihm heraus wollten. Mit schnellem Griff, so daß seine Mutter es nicht sah, nahm er das Päckchen und lächelte. Vielleicht habe ich mir die Worte nur eingebildet, die er mit den Lippen formte:

»Sagen Sie ihr, ich werde kommen. A-am Mittwoch, w-wenn Maman zum F-Friseur geht.«

Und dann war er verschwunden.

Ich erzählte Armande, die später am Tag vorbeischaute, von ihrem Besuch. Sie schüttelte den Kopf und brach in schallendes Gelächter aus, als ich ihr von meinem Gespräch mit Caroline berichtete.

»Hi hi hi!« Sie hatte es sich in dem alten Sessel bequem gemacht und hielt eine Tasse Mokka in den feingliedrigen Händen. »Meine arme Caro. Kann's nicht ertragen, wenn man ihr die Wahrheit sagt, nicht wahr?« Sie nippte genüßlich an ihrer Tasse. »Was hat sie davon, wenn sie so über mich herzieht?« fragte sie leicht gereizt. »Ihnen zu sagen, was ich essen darf und was nicht. Ich bin also Diabetikerin, wie? Das möchte ihr Arzt uns alle glauben machen.« Sie knurrte verächtlich. »Nun, ich lebe noch, oder? Ich bin vorsichtig. Aber das reicht ihnen natürlich nicht, o nein. Sie wollen mich unbedingt unter ihrer Fuchtel haben.« Sie schüttelte den Kopf. »Dieser arme Junge. Er stottert, haben Sie das bemerkt?«

Ich nickte.

»Daran ist seine Mutter schuld«, sagte Armande verächtlich. »Wenn sie ihn bloß in Frieden gelassen hätte – aber nein. Ständig muß sie ihn korrigieren. Immer ist sie hinter ihm her. Und macht alles nur noch schlimmer. Sie gibt ihm das Gefühl, daß irgend etwas an ihm nicht stimmt.« Sie schnaubte. »Der Junge hat nichts, was nicht sofort verschwinden würde, wenn es ihm gestattet wäre, wie ein normales Kind zu leben«, erklärte sie mit Nachdruck. »Er müßte nur mal drauflos rennen, ohne dauernd zu befürchten, er könnte stolpern. Sie müßte ihn loslassen. Ihm nicht länger die Luft zum Atmen nehmen.«

Ich erklärte ihr, es sei normal, wenn eine Mutter ihre Kinder zu beschützen versucht.

Armande schenkte mir einen ihrer ironischen Blicke.

»Ach, *so* nennen Sie das?« sagte sie. »So wie die Mistel einen Apfelbaum beschützt?« Sie lachte in sich hinein. »Ich hatte früher Apfelbäume im Garten«, erzählte sie. »Die Misteln haben einem nach dem anderen den Garaus gemacht. Eine gemeine kleine Pflanze, sieht gar nicht gefährlich aus, mit ihren schönen Beeren, kann allein nicht überleben, aber wehe, wenn sie einen Baum erwischt!« Sie nippte an ihrem Mokka. »Sie ist Gift für alles, was mit ihr in Berührung kommt.« Sie nickte mir vielsagend zu. »Genau wie meine Caro.«

Nach dem Mittagessen habe ich Guillaume kurz gesprochen. Er war unterwegs zum Zeitungsladen. Guillaume ist süchtig nach Filmzeitschriften, obwohl er nie ins Kino geht, und er kauft sich jede Woche einen ganzen Stapel davon. *Vidéo* und *Ciné-Club*, *Télérama* und *Film Express*. Als einziger im Dorf besitzt er eine Satellitenschüssel, und in seinem ansonsten spärlich eingerichteten kleinen Haus hat er einen Breitbildfernseher und einen Videorecorder von Toshiba, beides in eine Regalwand eingebaut, die bis an die Decke mit Videofilmen gefüllt ist. Mir fiel auf, daß er seinen Hund wieder auf dem Arm trug, der mit trüben Augen teilnahmslos dreinblickte. Auf seine übliche liebevolle Art streichelte er immer wieder Charlys Kopf.

»Wie geht es ihm?« fragte ich.

»Oh, er hat seine guten Tage«, sagte Guillaume. »Es steckt

immer noch eine Menge Leben in ihm.« Und dann setzten sie ihren Weg fort, der kleine, elegante Mann und sein trauriger brauner Hund, den er umklammert hielt, als hinge sein Leben von ihm ab.

Joséphine Muscat ging am Laden vorbei, kam aber nicht herein. Ich war ein bißchen enttäuscht, denn ich hatte gehofft, noch einmal mit ihr reden zu können. Doch sie warf mir nur im Vorbeigehen einen ausdruckslosen Blick zu, die Hände tief in den Manteltaschen vergraben. Mir fiel auf, daß ihr Gesicht geschwollen wirkte, die Augen zu Schlitzen verengt, was allerdings am eiskalten Regen gelegen haben kann, die Lippen zusammengepreßt. Sie hatte sich ein dickes, farbloses Kopftuch wie einen Verband um den Kopf gewickelt. Ich rief sie an, doch sie antwortete nicht, sondern beschleunigte ihren Schritt, wie um vor einer Gefahr zu fliehen.

Ich zuckte die Achseln. Diese Dinge brauchen Zeit. Manchmal eine Ewigkeit.

Später, als Anouk mit den Kindern in *Les Marauds* spielte und ich den Laden geschlossen hatte, schlenderte ich über die *Avenue des Francs Bourgeois* auf das *Café de la République* zu. Es ist ein kleines, schäbiges Lokal mit trüben Fensterscheiben, auf denen stets dieselbe *spécialité du jour* steht, und einer schmuddeligen Markise, die den Laden noch düsterer macht. Drinnen sind an einer Wand mehrere Spielautomaten aufgereiht, und in der Mitte stehen ein paar runde Tische, an denen die wenigen griesgrämig dreinblickenden Gäste ihren *café crème* oder ihren *demi* schlürfen und endlos über Nichtigkeiten debattieren. Es riecht nach fettigem Essen und Zigarettenqualm, obwohl niemand zu rauchen scheint. Mir fiel eine von Caroline Clairmonts gelben Karten auf, die an gut sichtbarer Stelle neben der offenen Tür hing. Darüber ein schwarzes Kruzifix.

Nach kurzem Zögern trat ich ein.

Muscat stand hinter der Theke. Er musterte mich abschätzig. Fast unmerklich glitt sein Blick kurz zu meinen Beinen, meinen Brüsten – *zack-zack*, wie die Leuchtanzeigen an den Spielautomaten, die kurz aufblitzen. Mit einer Hand griff er nach dem Zapfhahn und ließ die Muskeln seines Unterarms spielen.

»Was darf's denn sein?«

»Einen *café-cognac*, bitte.«

Er servierte mir den Kaffee in einer kleinen, braunen Tasse, dazu zwei in Papier gewickelte Zuckerwürfel. Ich nahm den Kaffee und trug ihn zu einem Tisch in der Nähe des Fensters. Ein paar alte Männer – einer von ihnen mit dem Abzeichen der *Légion d'Honneur* an seinem ausgefransten Revers – beäugten mich mißtrauisch.

»Soll ich Ihnen Gesellschaft leisten?« fragte Muscat grinsend. »Sie wirken ein bißchen... *verloren*, wie Sie da so allein am Tisch sitzen.«

»Nein, danke«, erwiderte ich höflich. »Ich hatte eigentlich gehofft, Joséphine heute zu treffen. Ist sie da?«

Muscat sah mich säuerlich an, sein Sinn für Humor war verflogen.

»Ach ja, Ihre Busenfreundin«, sagte er trocken. »Tja, Sie haben sie leider verpaßt. Sie ist gerade nach oben gegangen, um sich ein bißchen auszuruhen. Kopfschmerzen.« Er begann mit merkwürdiger Heftigkeit ein Glas zu polieren. »Erst geht sie den ganzen Tag einkaufen, und dann legt sie sich ins Bett, während ich hier die ganze Arbeit mache.«

»Geht es ihr gut?«

Er starrte mich an.

»Klar.« Seine Stimme klang scharf. »Warum sollte es ihr nicht gutgehen? Ich wünschte nur, die gnädige Frau würde ab und zu ihren fetten Arsch hochkriegen, dann würde dieser verdammte Laden auch besser laufen.« Er bohrte seine mit dem Geschirrtuch umwickelte Faust in das Glas und schnaufte vor Anstrengung.

»Ich meine...« Er machte eine ausladende Geste. »Ich meine, sehen Sie sich die Bude doch bloß mal an.« Er schaute mich an, als wollte er noch etwas sagen, doch dann wanderte sein Blick zum Eingang.

»*He!*« Er sprach offenbar jemanden an, den ich von meinem Platz aus nicht sehen konnte. »Seid ihr begriffsstutzig? Wir haben geschlossen!«

Ich hörte eine Männerstimme etwas Unverständliches antworten. Muscat grinste hämisch.

»Könnt ihr Idioten nicht lesen?« Er deutete auf ein Exemplar der gelben Karten, von denen ich schon eine an der Tür gesehen hatte. »Los, haut ab!«

Ich stand auf, um nachzusehen, was sich an der Tür abspielte. Fünf Leute standen unsicher vor dem Café, zwei Männer und drei Frauen. Alle fünf waren mir unbekannt, nicht weiter auffällig, nur daß sie einfach fremd wirkten in ihren geflickten Hosen, den schweren Stiefeln und den verschossenen T-Shirts, die sie zu Außenseitern stempelten. Dieser demütige Blick müßte mir vertraut sein. Ich hatte ihn auch einmal gehabt. Der Mann, den ich hatte sprechen hören, hatte rotes Haar und trug ein grünes Stirnband. Er schaute sich mit vorsichtigem Blick um, sein Tonfall war betont neutral.

»Wir wollen nichts verkaufen«, erklärte er. »Wir möchten nur ein Bier und Kaffee trinken. Wir werden Ihnen keine Unannehmlichkeiten bereiten.«

Muscat sah ihn verächtlich an.

»Ich hab doch gesagt, wir haben geschlossen.«

Eine der Frauen, eine unscheinbare, magere Gestalt mit einem Ring in der Augenbraue, zupfte ihn am Ärmel.

»Es hat keinen Zweck, Roux. Laß uns lieber –«

»Laß mich.« Roux schüttelte sie ungehalten ab. »Ich verstehe nicht recht. Die Dame, die eben noch hier war … Ihre Frau … sie wollte uns –«

»Meine Frau kann mich mal!« schrie Muscat. »Die Alte ist doch dümmer als die Polizei erlaubt! Es ist *mein* Name, der über der Tür steht, und ich sage wir haben *geschlossen*!« Er war hinter der Theke hervorgekommen und stand jetzt, die Fäuste in die Hüften gestemmt, in der Tür wie ein übergewichtiger Revolverheld aus einem drittklassigen Western. Ich sah seine gelblich glänzenden Knöchel und hörte seinen pfeifenden Atem. Seine Züge waren wutverzerrt.

»Verstehe«, sagte Roux mit ausdruckslosem Gesicht. Bedächtig betrachtete er die Gäste, die an den Tischen saßen. »Geschlossen.« Noch einmal blickte er in die Runde. Unsere Augen trafen sich kurz. »Für *uns* geschlossen«, sagte er ruhig.

»Ihr seid ja gar nicht so blöd, wie ihr ausseht«, sagte Muscat hämisch. »Das letzte Mal haben wir schon genug Ärger mit eurer Sorte gehabt. Diesmal lassen wir uns das nicht mehr bieten.«

»Okay.« Roux wandte sich zum Gehen. Muscat trat noch zwei Schritte vor, steifbeinig wie ein Hund, der einen Kampf wittert.

Ich ließ meinen halb ausgetrunkenen Kaffee auf dem Tisch stehen und ging wortlos an ihm vorbei. Ich hoffe, er erwartete kein Trinkgeld.

Auf halbem Weg die *Avenue des Francs Bourgeois* hinunter holte ich die kleine Gruppe ein. Es hatte wieder angefangen zu nieseln, und die fünf wirkten verfroren und niedergeschlagen. Jetzt sah ich ihre Boote unten am Ufer in *Les Marauds*, etwa zwei Dutzend... eine kleine Flotte grüner, gelber, blauer, weißer, roter Hausboote, einige mit Leinen voller feuchter Wäsche, andere mit bunten Szenen aus *Tausendundeiner Nacht*, mit Bildern von fliegenden Teppichen und Einhörnern bemalt, die sich in dem trüben grünen Wasser spiegelten.

»Es tut mir leid, daß man Sie so behandelt«, sagte ich. »Die Leute in Lansquenet-sous-Tannes sind nicht besonders gastfreundlich.«

Roux musterte mich eindringlich.

»Ich heiße Vianne«, sagte ich. »Ich habe eine *chocolaterie* gegenüber der Kirche. *La Céleste Praline.*« Er schaute mich stumm an. Ich erkannte mich selbst in seinem betont ausdrucklosen Gesicht. Ich hätte ihm – ihnen allen – gern gesagt, daß mir ihre Wut und ihre Demütigung vertraut waren, daß ich sie am eigenen Leib erfahren hatte, daß sie nicht allein waren. Aber ich wußte auch um ihren Stolz, ihren sinnlosen Trotz, der übrigbleibt, wenn einem alles andere ausgetrieben wurde. Ich wußte, daß Mitgefühl das letzte war, was sie wollten.

»Kommen Sie doch morgen zu mir in den Laden«, sagte ich freundlich. »Bei mir gibt es zwar kein Bier, aber dafür sehr guten Kaffee.«

Er sah mich an, als fürchtete er, ich wollte mich über ihn lustig machen.

»Sie würden mir eine Freude bereiten«, sagte ich. »Ich würde Ihnen gern einen Kaffee und ein Stück Kuchen ausgeben. Ihnen allen.« Die magere Frau sah ihre Freunde an und hob die Schultern, was Roux mit einem Achselzucken erwiderte.

»Mal sehen.« Sein Ton war unverbindlich.

»Wir haben viel zu tun«, sagte die junge Frau keck.

Ich lächelte. »Legen Sie eine Pause ein«, schlug ich vor.

Wieder dieser musternde, mißtrauische Blick.

»Mal sehen.«

Während ich ihnen nachschaute, kam Anouk den Hügel heraufgerannt. Ihr roter Anorak flatterte im Wind wie die Flügel eines exotischen Vogels.

»Maman, Maman! Schau mal die Boote!«

Eine Weile blieben wir stehen und betrachteten die Boote, die flachen Lastkähne, die Hausboote mit den rostigen Dächern, den Ofenrohren, den Gemälden an den Bootswänden, den bunten Flaggen, die aufgemalten Zeichen, die gegen Unfälle und Schiffbruch schützen sollten, die kleinen Beiboote, die ausgelegten Angelschnüre, Reusen zum Fangen von Flußkrebsen, die für die Nacht aus dem Wasser gezogen worden waren, ausgefranste Schirme, die als Sichtschutz dienten, am Ufer riesige Blechtonnen, in denen Feuer angezündet worden waren, um die Mücken von den Booten fernzuhalten. Es roch nach Holzfeuer und Benzin und gebratenem Fisch, und vom Fluß her wurde leise Musik zu uns herübergetragen, die unheimlichen, fast menschlich klagenden Töne eines Saxophons. In der Dämmerung konnte ich die Gestalt des rothaarigen Mannes erkennen, der allein an Deck eines schwarzen Hausbootes stand. Als er mich sah, hob er die Hand. Ich winkte zurück.

Es war schon fast dunkel, als wir den Heimweg antraten. Unten in *Les Marauds* hatte sich ein Trommler zu dem Saxophon gesellt, und der Klang seines Instruments wurde gedämpft vom Wasser zurückgeworfen. Ich ging am *Café de la République* vorbei, ohne hineinzusehen.

Kurz vor dem Ende der steilen Straße spürte ich, daß jemand in der Nähe war. Ich drehte mich um und sah Joséphine Muscat, ohne Mantel, aber mit einem Tuch um den Kopf, das ihr Gesicht zur Hälfte bedeckte. Im Halbdunkel wirkte sie bleich, wie ein Schattenwesen.

»Lauf schon nach Hause, Anouk. Ich komme gleich.«

Anouk schaute mich verblüfft an, dann rannte sie folgsam los.

»Ich habe gehört, was Sie getan haben«, sagte Joséphine leise. »Sie sind gegangen wegen dieser Sache mit den Leuten vom Fluß.«

Ich nickte. »Genau.«

»Paul-Marie war wütend.« Sie sagte das mit einer Strenge, die fast einen bewundernden Unterton hatte. »Sie hätten mal hören sollen, was er alles über Sie gesagt hat.«

Ich lachte.

»Glücklicherweise brauche ich mir nicht anzuhören, was Paul-Marie zu sagen hat«, erwiderte ich trocken.

»Jetzt darf ich nicht mehr mit Ihnen reden«, fuhr sie fort. »Er meint, Sie hätten einen schlechten Einfluß auf mich.« Sie sah mich nervös und erwartungsvoll an. »Er will nicht, daß ich Freundinnen habe«, fügte sie hinzu.

»Sie erzählen mir nur, was Paul-Marie will«, sagte ich freundlich. »Er interessiert mich eigentlich überhaupt nicht.

Aber Sie –« Ich berührte flüchtig ihren Arm. »Sie interessieren mich sehr.«

Sie errötete und schaute sich um, als fürchtete sie, jemand könnte hinter ihr stehen.

»Sie verstehen das nicht«, murmelte sie.

»Ich glaube doch.« Ich fuhr mit den Fingerspitzen über ihr Kopftuch.

»Warum tragen Sie das?« fragte ich unvermittelt. »Wollen Sie es mir erzählen?«

Sie schaute mich zugleich ängstlich und hoffnungsvoll an und schüttelte den Kopf. Vorsichtig löste ich das Kopftuch.

»Sie sind hübsch«, sagte ich, als ich ihr das Tuch abnahm. »Sie könnten eine Schönheit sein.«

Unterhalb ihrer Unterlippe war ein frischer blauer Fleck zu sehen. Sie öffnete den Mund, um mir automatisch eine Lüge aufzutischen. Ich fiel ihr ins Wort.

»Das stimmt nicht«, sagte ich.

»Woher wollen Sie das wissen?« fragte sie gereizt. »Ich hab ja noch gar nichts gesagt...«

»Das brauchten Sie auch nicht.«

Schweigen. Vom Fluß her waren jetzt helle Flötentöne zu hören, die die Trommel begleiteten. Als sie endlich zu sprechen begann, war es voller Selbstverachtung.

»Es ist idiotisch, nicht wahr?« Ihre Augen hatten sich zu Schlitzen verengt. »Ich gebe ihm nie die Schuld. Nicht so richtig. Manchmal vergesse ich sogar, was wirklich passiert ist.« Sie holte tief Luft wie eine Taucherin, bevor sie unter Wasser geht. »Ich renne durch geschlossene Türen, falle die Treppe hinunter, trete auf R-Rechen.« Sie schien einem Lachanfall nahe. Ich spürte die Hysterie hinter ihren Worten. »Ich neige zu Unfällen, sagt er jedesmal. Unfälle.«

»Weswegen ist es denn diesmal passiert?« fragte ich sanft. »Wegen der Leute am Fluß?«

Sie nickte.

»Sie hatten nichts Böses im Sinn. Ich wollte sie einfach nur bedienen.« Einen Moment lang nahm ihre Stimme einen schrillen Ton an. »Ich sehe überhaupt nicht ein, warum ich dieser Clairmont, dieser Giftschlange, dauernd nach der Pfeife tanzen soll!« Sie begann, Caroline nachzuäffen. »Also, wir müssen *unbedingt* zusammenhalten«, sagte sie mit gespielter Ereiferung. »Um der Gemeinde willen. Denken Sie doch an unsere *Kinder*, Madame Muscat...« Dann holte sie kurz Luft und fuhr in ihrer normalen Stimme fort. »Gewöhnlich grüßt sie mich noch nicht mal auf der Straße, sondern tut, als wäre ich Luft!« Sie atmete tief durch, um ihre Fassung zu wahren.

»Dauernd heißt es, Caro hier, Caro da«, zischte sie wütend. »Ich hab genau gesehen, wie er sie in der Kirche anstarrt. Wieso bist du nicht wie Caroline Clairmont?« Jetzt ahmte sie die vom Suff heisere Stimme ihres Mannes nach. Sie brachte es sogar fertig, seine Haltung zu parodieren, das vorgereckte Kinn, die aggressive Art, wie er sich in Positur warf. »Neben ihr siehst du aus wie eine fette Kuh. Diese Frau hat *Stil*, sie hat *Klasse*. Sie hat einen prächtigen *Sohn*, der nicht nur wohlerzogen, sondern auch noch ein guter *Schüler* ist. Und *du*, was hast *du*, hä? Was zum Teufel hast *du* zu bieten?«

»Joséphine.« Sie starrte mich entgeistert an.

»Tut mir leid. Einen Moment lang hab ich ganz vergessen, wo...«

»Ich weiß.«

Meine Nackenhaare begannen sich vor Wut zu sträuben.

»Sie müssen mich für unglaublich dumm halten, daß ich all die Jahre bei ihm geblieben bin«, sagte sie tonlos, ihre Augen dunkel und haßerfüllt.

»Nein, das tue ich nicht.«

Sie ignorierte meine Antwort.

»Das bin ich tatsächlich«, sagte sie. »Dumm und schwach. Ich liebe ihn nicht – kann mich kaum erinnern, ihn je geliebt zu haben –, aber die Vorstellung, ihn zu verlassen...« Sie hielt verwirrt inne. »Ihn wirklich zu *verlassen*...«, wiederholte sie leise.

»Nein, es hat keinen Zweck.« Sie schaute mich an, und ihre Miene war entschlossen. »Deswegen kann ich nicht mehr mit Ihnen reden«, erklärte sie mir gefaßt. »Ich könnte Ihnen nichts vormachen – das haben Sie nicht verdient. Aber es geht nicht anders.«

»Doch«, widersprach ich. »Es geht anders.«

»Nein.« Sie wehrte sich verzweifelt und voller Bitterkeit gegen die Aussicht, Trost zu finden. »Verstehen Sie denn nicht? Ich bin nichts wert. Ich stehle. Ich habe Sie schon einmal belogen. Ich stehle immer wieder!«

»Ja. Ich weiß.«

Die Erkenntnis drehte sich lautlos zwischen uns wie eine Christbaumkugel.

»Dinge können sich ändern«, sagte ich schließlich. »Paul-Marie ist nicht allmächtig.«

»So kommt er mir aber vor«, erwiderte Joséphine trotzig.

Ich lächelte. Was könnte sie nicht alles erreichen, wenn sie diesen Trotz nicht nach innen, sondern nach außen richten würde. Ich könnte ihr helfen. Ich spürte ihre Gedanken, sie war mir so nah, sie war so offen. Es wäre so leicht, die Sache in die Hand zu nehmen. Ungehalten wehrte ich den Gedanken ab. Es stand mir nicht zu, sie zu einer Entscheidung zu zwingen.

»Bisher hatten Sie niemanden, an den Sie sich wenden konnten«, sagte ich. »Jetzt haben Sie jemanden.«

»Wirklich?« Aus ihrem Mund hörte es sich beinahe an wie das Eingeständnis, verloren zu haben.

Ich sagte nichts. Ich ließ sie ihre Frage selbst beantworten.

Eine Zeitlang schaute sie mich schweigend an. Die Lichter von *Les Marauds* spiegelten sich in ihren Augen. Erneut fiel mir auf, daß es kaum eines Aufwands bedurfte, und sie wäre eine Schönheit.

»Gute Nacht, Joséphine.«

Ich wandte mich nicht nach ihr um, aber ich wußte, daß sie mir nachschaute, als ich den Hügel hinaufging, und ich bin mir sicher, daß sie noch lange dort gestanden und hinter mir hergeschaut hat, als ich schon längst um die Ecke gebogen und aus ihrem Blickfeld verschwunden war.

## Mittwoch, 26. Februar

Der Regen scheint nicht enden zu wollen. Es ist, als würde ein Teil des Himmels ausgeleert, um die Erde mit Trübsal zu übergießen und in ein Aquarium zu verwandeln. Die Kinder, in ihren Regenjacken und Gummistiefeln wie bunte Plastikenten, watscheln lärmend durch die Pfützen auf dem Dorfplatz, wo ihr Geschrei von den niedrig hängenden Wolken widerhallt. Ich beobachte sie mit halbem Auge, während ich in der Küche arbeite. Heute morgen habe ich die Schaufensterdekoration abgebaut, die Hexe, das Lebkuchenhaus und all die Schokoladentiere, die die Szenerie bevölkerten, und Anouk und ihre Freunde machten sich zwischen ihren Ausflügen in die verregneten Gassen von *Les Marauds* gierig über die Süßigkeiten her. Mit leuchtenden Augen, ein Stück Lebkuchenhaus in jeder Hand, sah Jeannot Drou mir in der Küche bei der Arbeit zu. Hinter ihm stand Anouk, dahinter die anderen, lauter neugierige Augen und aufgeregtes Flüstern.

»Und jetzt?« fragt er mit einer für sein Alter tiefen Stimme, ein kleiner Maulheld mit Schokolade am Kinn. »Was kommt als nächstes ins Schaufenster?«

Ich zucke die Achseln.

»Das ist ein Geheimnis«, antworte ich, während ich *crème de cacao* in eine Emailschüssel mit geschmolzener Kuvertüre rühre.

»Och nee.« Er läßt nicht locker. »Es wird bestimmt was für Ostern. Eier und so 'n Zeugs. Schokoladenhühner, Osterhasen und so. Wie in den Läden in Agen.«

Erinnerungen aus meiner Kindheit; die Schaufenster der *chocolateries* in Paris mit Körben voller in bunte Folie gewickelter Ostereier, mit Armeen von Osterhasen, Hühnern, Glocken, Marzipanfrüchten, *marrons glacés* und *amourettes* und filigranen Nestern, gefüllt mit *petits fours* und Sahnebonbons, und tausendundeine Epiphanie aus Zuckerwattewolken, die eher an einen orientalischen Harem erinnerten als an die ernste Feierlichkeit der Fastenzeit.

»Meine Mutter hat mir früher die Geschichte von den Osterleckereien erzählt.« Wir hatten nie genug Geld, um diese erlesenen Sachen zu kaufen, aber ich bekam jedes Jahr ein *cornet surprise*, eine spitze Papiertüte mit Ostergeschenken: Münzen, Papierblumen, buntgefärbte hartgekochte Eier, eine Muschel aus Pappmaché – jedes Jahr dieselbe, bemalt mit Hühnchen, Osterhasen, lächelnden Kindern zwischen Butterblumen, die dann wieder sorgfältig verpackt und für das nächste Osterfest aufbewahrt wurde –, darin eine kleine Tüte mit Schokolade umhüllter Rosinen, die ich mir, wenn ich auf unserer Reise von Stadt zu Stadt nachts in fremden Hotelzimmern wach lag, genüßlich im Mund zergehen ließ, während die Neonreklame des Hotels durch die Ritzen in den Fensterläden blinkte und in der dunklen Stille nichts zu hören war als das regelmäßige Atmen meiner Mutter, die neben mir schlief.

»Sie hat mir erzählt, daß in der Nacht zum Karfreitag die Glocken ihre Kirchtürme verlassen und mit Zauberflügeln nach Rom fliegen.« Er nickte mit dem für Heranwachsende typischen zweifelnden Blick.

»Sie reihen sich vor dem Papst in seinem weiß-goldenen Gewand, der Mitra und dem goldenen Hirtenstab auf, große Glocken und kleine Glöckchen, *clochettes* und schwere *bourdons*, *carillons* und Glockenspiele, und warten geduldig auf ihren Segen.«

Meine Mutter verfügte über einen unerschöpflichen Schatz an solchen Kindergeschichten, an deren Absurdität sie sich immer wieder von neuem ergötzte. Sie liebte

Geschichten – von Jesus und Eostra und Ali Baba, wobei sie Märchenstoff und biblische Geschichte und Aberglaube untrennbar miteinander verwob. Geschichten von Wahrsagerei aus Kristallkugeln, Astralreisen, Entführungen durch Außerirdische und Selbstentzündungen – meine Mutter glaubte sie alle, oder tat jedenfalls so.

»Und der Papst segnet sie, jede einzelne, bis spät in die Nacht, während die leeren Kirchtürme in ganz Frankreich auf ihre Rückkehr warten und bis zum Ostermorgen schweigen.« Und ich, ihre Tochter, ließ mich von ihren Worten bezaubern, lauschte mit leuchtenden Augen ihren Erzählungen von Mithras und Baldur dem Strahlenden, von Osiris und Quetzalcoatl, unentwirrbar verwoben mit Geschichten von fliegenden Süßigkeiten, fliegenden Teppichen, von der Dreifaltigen Göttin und Aladins Schatzhöhle, von dem Grab, aus dem Jesus nach drei Tagen auferstand, amen, Abrakadabra, amen.

»Und der Segen verwandelt sich in lauter bunte Süßigkeiten, und die Glocken stellen sich auf den Kopf, fangen sie auf und nehmen sie mit nach Hause. Sie fliegen die ganze Nacht, und wenn sie am Ostersonntag in ihren Türmen ankommen, drehen sie sich um und läuten freudig das Osterfest ein ...«

Die Glocken von Paris, Rom, Köln, Prag. Morgenläuten, Trauerläuten, die immer wiederkehrende Begleitmusik in unseren Jahren des Exils. Das Osterläuten so laut in meiner Erinnerung, daß es beinahe schmerzt.

»Und die Süßigkeiten fliegen hinaus über die Felder und die Städte. Sie regnen vom Himmel, während die Glocken läuten. Manche zerbrechen, wenn sie auf den Boden fallen. Aber die Kinder bauen weiche Nester, um die herabfallenden Ostereier und Pralinen, die Hasen und Küken aus Schokolade, die *guimauves* und Mandeln aufzufangen ...«

Jeannot starrt mich mit leuchtenden Augen an.

»*Cool*!« sagt er grinsend.

»Und darum gibt's zu Ostern Süßigkeiten.«

Seine Stimme ist voller Begeisterung, die plötzliche Gewißheit läßt ihn lauter werden.

»Au ja, *bitte*, machen Sie das!«

Ich wende mich ab und rolle eine Trüffel in Kakaopulver.

»Was soll ich machen?«

»*Das*! Die Ostergeschichte. Das wär echt cool ... mit den Glocken und dem Papst und alles ... und dann könnten wir ein Schokoladenfest veranstalten, eine ganze Woche lang, und wir könnten Nester bauen – und Ostereier suchen und –« Aufgeregt zupft er an meinem Ärmel. »Madame Rocher – *bitte*.«

Anouk steht immer noch hinter ihm und schaut mich erwartungsvoll an. Ein Dutzend mit Schokolade beschmierter Gesichter im Hintergrund nicken eifrig.

»Ein *Grand Festival du Chocolat*.« Ich denke über den Vorschlag nach. In einem Monat wird der Flieder blühen. Ich mache jedes Jahr ein Nest für Anouk, mit einem großen Ei, auf dem in Zuckerguß ihr Name steht. Es könnte unser eigenes Karnevalsfest sein, ein Fest, mit dem wir unsere Entscheidung, hierzubleiben, feiern würden. Die Idee ist mir schon früher gekommen, aber den Vorschlag von diesem Kind zu hören, erscheint mir schon fast wie ihre Verwirklichung.

»Wir bräuchten ein paar Plakate.« Ich gebe mich zögernd.

»Die machen *wir*!« ruft Anouk aufgeregt.

»Und Girlanden –«

»Und Luftschlangen –«

»Den Papst aus weißer Schokolade –«

»Ein Schokoladenosterlamm –«

»Eierlaufen, eine Schatzsuche –«

»Wir laden alle ein, es wird –«

»*Cool!*«

»Megacool –«

Ich hebe lachend die Arme, um sie zum Schweigen zu bringen und wirble eine Wolke aus bitterem Kakaopulver auf.

»Ihr macht die Plakate«, sage ich. »Den Rest überlaßt ihr mir.«

Anouk fliegt mir stürmisch um den Hals. Sie riecht nach Salz und Wind, nach Erde und brackigem Wasser. Ihr zerzaustes Haar ist naß vom Regen.

»Kommt alle mit rauf in mein Zimmer!« ruft sie dicht an meinem Ohr. »Sie dürfen doch, nicht wahr, Maman, sag, daß sie dürfen. Wir können sofort anfangen, ich hab Papier und Stifte und –«

»Sie dürfen«, erwidere ich.

Eine Stunde später hängt ein großes Plakat im Schaufenster – Anouks Entwurf, ausgeführt von Jeannot. Der Text, in großen, unbeholfenen grünen Buchstaben, lautete:

GROSSES SCHOKOLADENFEST BEI
**LA CÉLESTE PRALINE**
BEGINN: OSTERSONNTAG
ALLE SIND EINGELADEN
KAUFEN SIE, SOLANGE DER VORRAT REICHT!!!

Der Text ist eingerahmt von verschiedenen phantasievoll gezeichneten Figuren. Eine Gestalt in einem langen Gewand und mit einer hohen Krone soll wohl den Papst darstellen. Zu seinen Füßen sind aus Buntpapier ausgeschnittene Glocken aufgeklebt. Alle Glocken lachen.

Ich verbrachte fast den ganzen Nachmittag damit, die Kuvertüre zu bearbeiten und das Fenster neu zu dekorieren. Mehrere Lagen grünes Seidenpapier sollten das Gras andeuten. Links und rechts heftete ich Papierblumen an den Fensterrahmen – Osterglocken und Margeriten, von Anouk gebastelt. Aus aufeinandergestapelten leeren Blechdosen, die einmal Kakaopulver enthalten hatten, wurde mit Hilfe von dunkelgrünem Seidenpapier ein zerklüfteter Berg. Obenauf kam zerknittertes Cellophanpapier als glitzernde Eisschicht.

Am Fuß des Berges entlang schlängelt sich ein Bach aus blauem Seidenband, auf dem ein paar bunte Hausboote in das Tal dümpeln. Im Vordergrund eine bunte Schar von Schokoladentieren: Katzen, Hunde, Hasen, einige mit Augen aus Rosinen, Ohren aus rosa Marzipan, Schwänzen aus Lakritz und Zuckerblumen zwischen den Zähnen... Und Mäuse. Auf jeder verfügbaren Fläche Mäuse. Auf dem Berghang, in dunklen Ecken, sogar auf den Booten. Rosafarbene und weiße Speckmäuse, Schokoladenmäuse in allen Farben, mit Maraschinocreme marmorierte Nougatmäuse, buntgescheckte Fondantmäuse, Marzipanmäuse in zarten Frühlingsfarben. Und in der Mitte der Rattenfänger in seinem leuchtend rot und gelb gemusterten Wams, in der einen Hand eine Zuckerstange als Flöte und in der anderen seinen Hut. In meiner Küche habe ich Hunderte von Formen, leichte aus Plastik für die Ostereier und Schokoladenfiguren, schwere aus Keramik für die Kameen und die gefüllten Pralinen. Mit Hilfe dieser Formen kann ich jeden Gesichtsausdruck gestalten und ihn dann auf einen Kopf aus Hohlschokolade kleben, dazu Haare aus durch eine feine Presse gedrücktem Marzipan. Körper und Gliedmaßen werden extra hergestellt und die Einzelteile zum Schluß mit Draht und geschmolzener Schokolade miteinander verbunden... Darüber ein roter Umhang aus dünn ausgerolltem Marzipan. Dazu eine Tunika, ein Hut in derselben Farbe mit einer Feder, die den Boden neben seinen Stiefeln streift. Mit seinem roten Haar und seinem bunten Kostüm erinnert mein Rattenfänger ein bißchen an Roux.

Ich kann nicht widerstehen; das Fenster wirkt einladend genug, aber ich komme nicht gegen die Versuchung an, es noch ein wenig zu verschönern. Ich schließe die Augen und überziehe es mit einem goldenen Glanz, stelle ein unsichtbares Schild auf, das wie ein Leuchtturm strahlt – *KOMMT ALLE HER*. Ich möchte den Menschen etwas geben, möchte sie glücklich machen; damit kann ich doch keinen Schaden anrichten. Mir ist bewußt, daß dies eine Reaktion auf

Carolines Feindseligkeit gegenüber dem fahrenden Volk ist, aber in meiner momentanen Begeisterung kann ich darin nichts Schlechtes sehen. Ich *möchte*, daß sie kommen.

Seit meiner letzten Begegnung mit ihnen habe ich sie hin und wieder gesehen, doch sie scheinen mißtrauisch und scheu, wie Stadtfüchse, die nach Abfällen suchen, aber jeden Kontakt mit den Menschen meiden. Meistens sehe ich Roux, ihren Botschafter – mit Einkäufen in Kartons oder Plastiktüten unter dem Arm –, manchmal Zézette, die magere junge Frau mit dem Ring in der Augenbraue. Gestern abend haben zwei Kinder versucht, vor der Kirche Lavendel zu verkaufen, aber Reynaud hat sie fortgeschickt. Ich rief sie zurück, doch sie waren zu sehr auf der Hut und warfen mir feindselige Blicke zu, ehe sie den Hügel hinunterrannten.

Ich war so sehr in meine Vorbereitungen und die Gestaltung meines Schaufensters vertieft, daß ich die Zeit vergaß. Anouk machte in der Küche Butterbrote für ihre Freunde, dann zogen sie wieder in Richtung Flußufer ab. Ich schaltete das Radio ein und sang vor mich hin, während ich die Pralinen und Trüffel sorgsam zu Pyramiden stapelte. Der Zauberberg hat eine Öffnung, eine mit Schätzen gefüllte Höhle; lauter bunte Süßigkeiten glänzen und glitzern wie Edelsteine. Dahinter, durch die verkleideten Regale vor dem Licht geschützt, liegen die zum Verkauf vorgesehenen Waren. Ich muß eigentlich sofort mit der Herstellung des Ostersortiments beginnen, da ich in der Osterzeit mit mehr Kundschaft rechne. Zum Glück bietet der kühle Keller genug Lagerraum. Ich muß Geschenkkartons, Schleifen, Cellophantüten und anderen Osterschmuck bestellen. Ich war so beschäftigt, daß ich beinahe nicht gehört hätte, wie Armande durch die halb offenstehende Tür eintrat.

»Guten Tag«, sagte sie in ihrem üblichen brüsken Ton. »Ich wollte mir eigentlich noch eine Tasse von Ihrer Schokoladenspezialität gönnen, aber wie ich sehe, haben Sie zu tun.«

Vorsichtig kletterte ich aus dem Fenster.

»Nein, nein«, erwiderte ich. »Ich hatte Sie schon erwartet. Außerdem bin ich fast fertig, und mein Rücken bringt mich um.«

»Also, wenn ich Sie nicht störe...« Sie war irgendwie anders als sonst. In ihrer Stimme lag eine gewisse Schärfe, eine gewollte Beiläufigkeit, mit der sie ihre gewaltige Anspannung zu überspielen suchte. Sie trug einen schwarzen Strohhut mit einem bunten Hutband und einen ebenfalls schwarzen Mantel, der nagelneu aussah.

»Sie sind aber schick heute«, bemerkte ich.

Sie lachte kurz auf.

»Das hat schon lange niemand mehr zu mir gesagt«, erwiderte sie, während sie mit dem ausgestreckten Zeigefinger auf einen der Barhocker deutete. »Glauben Sie, es würde mir gelingen, auf einen von diesen Hockern hier zu klettern?«

»Ich hole Ihnen einen Stuhl aus der Küche«, schlug ich vor, doch die alte Dame hielt mich mit einer herrischen Geste zurück.

»Unsinn!« Sie beäugte den Hocker. »In meiner Jugend war ich sehr geschickt im Klettern.« Sie raffte ihren langen Rock hoch, so daß ihre robusten Schnürstiefel und dicke, graue Strümpfe zum Vorschein kamen. »Meistens bin ich auf Bäume geklettert und habe die Passanten mit kleinen Zweigen beworfen. Ha!« Sie stieß ein zufriedenes Grunzen aus, als sie sich, mit einer Hand auf die Theke gestützt, auf den Hocker schwang. Unter ihrem Rock blitzte kurz etwas leuchtend Rotes auf.

Stolz und mit sich selbst zufrieden thronte Armande auf dem Hocker und glättete sorgfältig ihren Rock über dem roten Unterkleid.

»Rote Seidenunterwäsche«, sagte sie grinsend, als sie meinen Blick bemerkte. »Wahrscheinlich halten Sie mich für eine alte Närrin, aber mir gefällt sie. Ich trage schon seit so vielen Jahren Trauer – jedesmal, wenn es soweit ist, daß ich wieder mit Anstand bunte Farben tragen könnte, fällt der nächste tot um –, daß ich es inzwischen aufgegeben habe, etwas anderes als Schwarz zu tragen.« Sie sah mich strahlend an. »Aber *Unterwäsche* – das ist etwas ganz anderes.« Sie senkte verschwörerisch die Stimme. »Ich bestelle sie per Katalog aus Paris«, sagte sie. »Kostet mich ein Vermögen.« Sie lachte lautlos in sich hinein. »So, wie wär's mit einer Tasse Schokolade?«

Ich machte sie stark und dunkel und wegen ihres Diabetes mit so wenig Zucker wie möglich. Armande hatte mich jedoch beobachtet und zeigte vorwurfsvoll mit dem Finger auf die Tasse.

»Hier wird nichts rationiert!« befahl sie. »Geben Sie mir alles, was dazugehört. Schokostreusel, einen von diesen Schokoladenrührlöffeln, alles. Fangen Sie bloß nicht auch noch an wie die anderen, die alle glauben, ich könnte nicht selbst auf mich aufpassen. Sehe ich etwa so aus, als wäre ich senil?«

Ich gab zu, daß das nicht der Fall war.

»Na also.« Mit sichtbarer Genugtuung nippte sie an dem süßen Getränk. »Gut. Hmmm. Sehr gut. Es heißt, so was bringt Energie, nicht wahr? Das ist ein, wie heißt es gleich, ein Aufputschmittel, stimmt's?«

Ich nickte.

»Und außerdem ein *Aphrodisiakum*, wie ich gehört habe«, fügte sie verwegen hinzu, während sie über den Tassenrand lugte. »Diese alten Knacker aus dem Café da drüben sollten sich in acht nehmen. Man ist nie zu alt, um sich zu amüsieren!« Sie brach in schrilles Gelächter aus. Schrill und aufgekratzt, die knorrigen Hände unruhig. Mehrmals faßte sie an ihre Hutkrempe, wie um den Hut zurechtzurücken.

Hinter der Theke schaute ich heimlich auf die Uhr, aber sie bemerkte es trotzdem.

»Er wird nicht kommen«, sagte sie trocken. »Mein Enkelsohn. Jedenfalls rechne ich nicht damit.« Jede ihrer

Gesten strafte ihre Worte Lügen. Die Sehnen an ihrem Hals zeichneten sich ab wie bei einer alten Tänzerin.

Eine Weile plauderten wir über dieses und jenes; über die Dinge, die die Kinder sich für das Fest ausgedacht hatten – Armande bog sich vor Lachen, als ich ihr von dem Jesus und dem Papst aus Schokolade erzählte –, über die fahrenden Leute. Anscheinend hatte Armande Lebensmittel für die Leute am Fluß auf ihren Namen bestellt, sehr zum Unwillen von Reynaud. Roux wollte ihr das Geld erstatten, doch sie möchte lieber, daß er ihr dafür ihr undichtes Dach repariert. Georges Clairmont wird einen Tobsuchtsanfall bekommen, wenn er davon erfährt, wie sie mir spitzbübisch grinsend erklärte.

»Er bildet sich ein, er sei der einzige, der mir helfen kann«, sagte sie zufrieden. »Er und Caro stehen sich in nichts nach, sie versuchen dauernd, mir einzureden, mein Haus sei feucht und ungesund. In Wirklichkeit wollen sie mich nur da raushaben. Ich soll mein schönes Haus aufgeben und in so ein lausiges Altenheim ziehen, wo man um Erlaubnis bitten muß, wenn man zum Klo will!« sagte sie empört. Ihre schwarzen Augen funkelten erbost.

»Denen werd ich's zeigen«, fuhr sie fort. »Roux hat auf dem Bau gearbeitet, bevor er unter die fahrenden Leute gegangen ist. Er und seine Freunde werden mein Dach schon richten. Und lieber bezahle ich diese Leute für ihre ehrliche Arbeit, als mir mein Dach von diesem Schwachkopf umsonst reparieren zu lassen.«

Mit zitternden Händen rückte sie ihren Hut zurecht.

»Ich rechne nicht mit ihm, wissen Sie.« Ihre Stimme klang wieder so gereizt wie anfangs.

Ich wußte, daß sie nicht mehr von derselben Person redete. Ich warf einen Blick auf meine Uhr. Zwanzig nach vier. Es begann bereits dunkel zu werden. Und ich war mir so *sicher* gewesen ... Das kommt davon, wenn man sich einmischt, sagte ich mir entnervt. Wie leicht fügt man sich selbst und anderen ungewollt Leid zu.

»Ich habe nie geglaubt, daß er kommen würde«, fuhr sie in demselben scharfen Ton fort. »Dafür wird *sie* schon gesorgt haben. Sie hat ihn gut erzogen.« Mühsam begann sie von ihrem Hocker zu klettern. »Ich habe schon zuviel von Ihrer Zeit in Anspruch genommen«, sagte sie knapp. »Ich muß –«

»M-*Mémée*.«

Sie fährt so abrupt herum, daß ich fürchte, sie stürzt. Der Junge steht still in der Tür. Er trägt Jeans und ein Matrosenhemd und auf dem Kopf eine Baseballmütze. In der Hand hält er ein kleines, zerlesenes Buch. Er spricht leise und unsicher.

»Ich mußte w-warten, bis meine M-Mutter weg war. Sie ist beim Frisör. Sie k-kommt erst um sechs wieder n-nach Hause.«

Armande schaut ihn an. Sie berühren sich nicht, aber ich spüre, daß sich zwischen ihnen etwas abspielt wie eine elektrische Entladung. Es ist zu komplex, als daß ich es benennen könnte, aber ich spüre Wärme und Wut, Verlegenheit und Schuldgefühle – und über allem die Freude über das Wiedersehen.

»Du bist ja völlig durchnäßt. Ich mache dir etwas Heißes zu trinken«, sage ich und gehe in die Küche. Beim Weggehen höre ich den Jungen etwas sagen, leise und zögernd.

»Danke für das B-Buch«, sagt er. »Ich habe es mitgebracht.« Er hält es hoch wie eine weiße Fahne. Es ist nicht mehr neu, sondern so abgegriffen wie ein Buch, das immer wieder gelesen wurde. Als Armande es registriert, verschwindet der angespannte Ausdruck aus ihrem Gesicht.

»Lies mir dein Lieblingsgedicht vor«, sagt sie.

Während ich in der Küche Schokolade in zwei große Tassen gieße, Sahne und Cognac hineinrühre, während ich mit Töpfen und Tellern klappere, um ihnen das Gefühl zu geben, daß sie ungestört sind, höre ich den Jungen das Gedicht vortragen, anfangs steif und gestelzt, doch dann gewinnt er Selbstvertrauen und findet seinen Rhythmus. Ich kann die Worte nicht verstehen, aber es klingt fast wie ein Gebet.

Mir fällt auf, daß der Junge beim Vorlesen nicht stottert.

Vorsichtig stellte ich die beiden Tassen auf die Theke. Als er mich durch die Tür treten sah, brach der Junge mitten im Satz ab und schaute mich zugleich höflich und mißtrauisch an. Sein Haar fiel ihm in die Stirn wie die Mähne eines scheuen Ponys. Er bedankte sich mit ausgesuchter Höflichkeit und nippte eher argwöhnisch als genüßlich an seiner Schokolade.

»Eigentlich d-darf ich so was n-nicht trinken«, sagte er. »Meine Mutter sagt, von Sch-Schokolade kriegt man P-Pickel.«

»Und ich riskiere, daß ich tot umfalle«, sagte Armande keck.

Sie lachte, als sie sein Gesicht sah.

»Komm schon, mein Junge, zweifelst du denn *niemals* an dem, was deine Mutter sagt? Oder hat sie dir das bißchen Verstand, das du von mir geerbt haben könntest, schon restlos ausgetrieben?«

Luc starrte sie verdattert an.

»D-das sagt sie j-jedenfalls immer«, erwiderte er lahm.

Armande schüttelte den Kopf.

»Also, wenn ich hören will, was Caro zu sagen hat, dann verabrede ich mich mit ihr«, sagte sie. »Was hast *du* denn zu sagen? Du bist doch ein aufgewecktes Kerlchen, oder zumindest warst du das früher. Also, was meinst du?«

Luc trank einen kleinen Schluck.

»Ich meine, daß sie vielleicht ein bißchen übertreibt«, sagte er zaghaft lächelnd. »Ich finde, du siehst ziemlich fit aus.«

»Und ich hab keine Pickel«, sagte Armande.

Er lachte verblüfft. So gefiel er mir schon besser, seine Augen leuchteten heller, und sein schelmisches Lächeln ähnelte dem seiner Großmutter. Er war immer noch auf der Hut, aber hinter seiner Reserviertheit schien ein kluger Kopf mit einem ausgeprägten Sinn für Humor verborgen. Er trank seine Schokolade aus, lehnte jedoch ein Stück Kuchen ab, obwohl Armande zwei aß. Sie redeten eine halbe Stunde lang ausgiebig miteinander, während ich so tat, als ginge ich meiner Arbeit nach. Ein- oder zweimal bemerkte ich, wie der Junge mich neugierig ansah, doch sobald ich auf ihn aufmerksam wurde, wandte er sich ab. Ich beließ es dabei.

Um halb sechs machte Luc sich auf den Heimweg. Es wurde kein weiteres Treffen vereinbart, aber die selbstverständliche Art, mit der sie sich voneinander verabschiedeten, ließ darauf schließen, daß sie beide dasselbe dachten. Es überraschte mich, wie sehr sie sich ähnelten, wie sie sich aufeinander zu tasteten wie alte Freunde, die sich nach Jahren wiedersehen. Sie haben die gleiche Gestik, dieselbe direkte Art, einen anzusehen, die hohen Wangenknochen, das kantige Kinn. Wenn er reserviert ist, ist die Ähnlichkeit nicht so deutlich zu sehen, aber wenn er munter wird, verschwindet die einstudierte Höflichkeit, die Armande so sehr mißfällt.

Armandes Augen leuchten unter ihrer dunklen Hutkrempe. Luc ist entspannt, sein Stottern wirkt nur noch wie ein leichtes Zögern, fällt kaum noch auf. Ich sehe, wie er in der Tür stehenbleibt, vielleicht weil er überlegt, ob er sie zum Abschied küssen soll. Vorerst jedoch gewinnt die für sein Alter typische Abneigung gegen jede Art Körperkontakt die Oberhand. Er hebt die Hand zu einem scheuen Gruß, dann ist er verschwunden.

Armande dreht sich mit glühenden Wangen zu mir um. Einen Augenblick lang ist ihr Gesicht ungeschützt. Liebe, Hoffnung und Stolz liegen in ihrem Blick. Dann kehrt die Reserviertheit zurück, die sie mit ihrem Enkel gemeinsam hat, und sie klingt gewollt locker, als sie mit einem ruppigen Unterton sagt: »Das war schön, Vianne. Vielleicht komme ich Sie noch mal besuchen.« Dann schaut sie mich auf ihre direkte Art an und berührt meinen Arm. »Sie haben es geschafft, daß er hergekommen ist«, sagte sie. »Allein hätte ich das nie zuwege gebracht.«

Ich zuckte die Achseln.

»Irgendwann früher oder später wäre es passiert«, sagte ich. »Luc ist kein Kind mehr. Er muß lernen, selbst Entscheidungen zu treffen.«

Armande schüttelte den Kopf.

»Nein, es liegt an Ihnen«, sagte sie trotzig. Sie stand so dicht bei mir, daß ich ihr Maiglöckchen-Parfüm riechen konnte. »Es weht ein anderer Wind im Dorf, seit Sie hier sind. Ich spüre es genau. Jeder spürt es. Alles kommt in Bewegung. *Huii!*« rief sie amüsiert aus.

»Aber ich mache doch gar nichts«, widersprach ich und mußte mitlachen. »Ich kümmere mich nur um meine eigenen Angelegenheiten. Ich führe meinen Laden. Ich bin einfach ich selbst.« Obschon ich lachen mußte, war mir plötzlich beklommen zumute.

»Egal«, sagte Armande. »Es liegt trotzdem an Ihnen. Sehen Sie sich doch nur an, was sich alles verändert hat; ich, Luc, Caro, die Leute unten am Fluß« – sie machte eine Kopfbewegung in Richtung *Les Marauds* –, »und selbst er dort drüben in seinem Elfenbeinturm. Wir alle sind dabei, uns zu verändern. Wir kommen auf Trab. Wie eine alte Uhr, die man wieder aufgezogen hat.«

Es erinnerte mich zu sehr an meine eigenen Gedanken, die mir in der vergangenen Woche durch den Kopf gegangen waren. Ich schüttelte heftig den Kopf.

»Es liegt nicht an mir«, sagte ich. »Es ist Reynaud. Nicht ich.«

Plötzlich tauchte in meinem Kopf ein Bild auf, als hätte ich eine Karte umgedreht. Der Schwarze Mann in seinem Turm mit der großen Uhr, der das Uhrwerk immer schneller laufen läßt, der die Veränderung einläutet, vor Gefahren warnt, uns alle aus der Stadt läutet... Und dann sah ich plötzlich einen alten Mann im Bett, mit Schläuchen in Nase und Armen, und der Schwarze Mann stand trauernd oder triumphierend über ihn gebeugt, während hinter ihm die Flammen loderten ...

»Ist er sein Vater?« Ich sprach die ersten Worte aus, die mir in den Sinn kamen. »Ich meine – der alte Mann, den er besucht. Im Krankenhaus. Wer ist er?«

Armande schaute mich verblüfft an.

»Woher wissen Sie davon?«

»Manchmal habe ich – so eine Ahnung.« Aus irgendeinem Grund scheute ich mich, ihr von meiner Wahrsagerei mit der Schokolade zu erzählen, scheute mich davor, die Worte auszusprechen, die mir von meiner Mutter so vertraut waren.

»Eine Ahnung.« Armande wirkte neugierig, stellte jedoch keine weiteren Fragen.

»Es gibt also tatsächlich einen alten Mann?« Ich konnte mich des Eindrucks nicht erwehren, daß ich auf etwas Wichtiges gestoßen war. Vielleicht eine Waffe in meinem heimlichen Kampf mit Reynaud.

»Wer ist er?« beharrte ich.

Armande zuckte die Achseln.

»Ein Priester«, sagte sie verächtlich. Mehr bekam ich nicht aus ihr heraus.

## Donnerstag, 27. Februar

Als ich heute morgen den Laden aufschloß, stand Roux vor der Tür. Er trug einen Jeans-Overall und hatte sein Haar im Nacken zusammengebunden. Er schien schon eine Weile gewartet zu haben, denn in seinem Haar und auf seinen Schultern hatten sich durch den Morgennebel kleine Tröpfchen gebildet. Er schenkte mir ein angedeutetes Lächeln, dann schaute er an mir vorbei in den Laden, wo Anouk gerade frühstückte.

»Hallo, kleine Fremde«, sagte er. Diesmal war das Lächeln, das sein Gesicht kurz erhellte, echt.

»Kommen Sie rein. Sie hätten klopfen sollen. Ich habe Sie da draußen nicht gesehen.«

Roux murmelte etwas in seinem starken Marseiller Dialekt und trat zögernd ein. Er bewegt sich seltsam geschmeidig und unbeholfen zugleich, als fühle er sich in geschlossenen Räumen nicht wohl.

Ich schenkte ihm eine große Tasse mit einem Schuß Cognac ein.

»Sie hätten Ihre Freunde mitbringen sollen«, sagte ich beiläufig.

Er zuckte die Schultern. Ich bemerkte, wie er sich im Laden umsah und alles um sich herum interessiert, fast mißtrauisch betrachtete.

»Nehmen Sie doch Platz«, sagte ich und deutete auf die Hocker vor der Theke. Roux schüttelte den Kopf.

»Danke.« Er trank einen Schluck. »Ich wollte Sie eigentlich fragen, ob Sie mir vielleicht helfen können. Uns.« Er klang zugleich verlegen und ärgerlich. »Es geht nicht um Geld«, fügte er eilig hinzu, wie um einer möglichen Absage zuvorzukommen. »Wir würden natürlich dafür bezahlen. Wir haben einfach Schwierigkeiten mit ... der *Organisation*.«

Ich bemerkte den Groll in seinem Blick.

»Armande ... Madame Voizin ... hat gesagt, Sie würden uns helfen«, sagte er.

Er erläuterte mir die Situation, während ich schweigend zuhörte und hin und wieder aufmunternd nickte. Ich begriff allmählich, daß er keineswegs unfähig war, sich klar und deutlich auszudrücken, sondern daß es ihm zutiefst widerstrebte, um Hilfe bitten zu müssen. Trotz seines starken Dialekts sprach Roux wie ein intelligenter Mann. Er habe Armande versprochen, ihr Dach zu reparieren, erklärte er. Es sei nicht besonders schwierig und würde nur ein paar Tage in Anspruch nehmen. Leider gehöre der einzige Laden im Ort, wo man Holz, Farbe und alle sonstigen Utensilien erstehen könne, Georges Clairmont, und der weigere sich kategorisch, ihm oder Armande das nötige Material zu verkaufen. Wenn seine Schwiegermutter ihr Dach reparieren lassen wolle, hatte er ihm beschieden, dann solle sie sich gefälligst an ihn wenden und nicht an irgendwelche dahergelaufenen Zigeuner. Er habe ihr schließlich seit Jahren angeboten, das Dach in Ordnung zu bringen, und zwar umsonst. Es sei nicht auszudenken, was passieren könne, wenn sie die Zigeuner erst einmal in ihr Haus ließe. Wertsachen, Geld, sie würden garantiert alles mitgehen lassen, was nicht niet- und nagelfest sei... Es wäre nicht das erstemal, daß eine alte Frau um ihrer bescheidenen Habe willen mißhandelt oder erschlagen würde... Nein, es sei ein absurdes Ansinnen, und er könne beim besten Willen nicht...

»Dieser scheinheilige Bastard«, zischte Roux. »Er glaubt, über uns Bescheid zu wissen – er hat keine Ahnung. Wenn man ihm glaubt, sind wir alle Diebe und Mörder. Ich habe immer für alles bezahlt. Ich habe noch nie gebettelt, habe immer gearbeitet.«

»Trinken Sie noch eine Tasse Schokolade«, sagte ich sanft und schenkte ihm nach. »Nicht jeder denkt wie Georges und Caroline Clairmont.«

»Das weiß ich.« Seine Haltung war immer noch abweisend, die Arme vor der Brust verschränkt.

»Clairmont hat mir schon einmal Baumaterial geliefert«, fuhr ich fort. »Ich werde ihm sagen, ich würde noch ein paar Dinge im Haus renovieren. Wenn Sie mir eine Liste geben, werde ich das Material für Sie bestellen.«

»Ich werde für alles bezahlen«, wiederholte er noch einmal, als könne er mir seine Absicht nicht oft genug beteuern. »Das Geld ist wirklich nicht das Problem.«

»Selbstverständlich nicht.«

Er entspannte sich ein wenig und trank noch einen Schluck Schokolade. Zum erstenmal schien er zu bemerken, wie gut sie schmeckte, denn er lächelte mich plötzlich beglückt an.

»Armande ist gut zu uns«, sagte er. »Sie besorgt uns Lebensmittel und Medikamente für Zézettes Baby. Und sie hat sich für uns eingesetzt, als euer Priester, dieser Pfaffe mit dem Pokergesicht, wieder auftauchte.«

»Er ist nicht mein Priester«, unterbrach ich ihn. »In seinen Augen bin ich genauso ein Eindringling hier in Lansquenet wie Sie.« Roux sah mich verblüfft an. »Ich glaube, er sieht in mir einen verderblichen Einfluß auf die Gemeinde. Jede Nacht Schokoladenorgien. Fleischliche Exzesse, wenn anständige Leute längst brav im Bett liegen, und zwar allein.«

Seine Augen sind so verhangen wie der Regenhimmel über der Stadt. Wenn er lacht, funkeln sie schalkhaft. Anouk, die während seines Berichts ungewöhnlich still dagesessen hatte, ließ sich von seinem Lachen anstecken.

»Willst du denn nicht frühstücken?« krähte sie. »Wir haben *pains au chocolat*. Und Croissants. Aber die *pains au chocolat* sind besser.«

Er schüttelte den Kopf.

»Ich glaube nicht«, sagte er. »Danke.«

Ich legte ein Schokocroissant auf einen Teller und stellte ihn neben seine Tasse.

»Gratis«, sagte ich. »Probieren Sie, ich mache sie selbst.«

Irgendwie hatte ich etwas Falsches gesagt. Ich sah, wie das Funkeln aus seinen Augen verschwand und sein Gesicht sich wieder verfinsterte.

»Ich kann bezahlen«, sagte er fast trotzig. »Ich habe Geld.« Er holte eine Handvoll Münzen aus seiner Hosentasche. Ein paar davon rollten über die Theke.

»Stecken Sie das weg«, sagte ich.

»Ich hab gesagt, ich kann bezahlen.« Seine einstudierte Gleichgültigkeit schlug in Unmut um. »Ich muß mir nicht –«

Ich legte meine Hand auf seine. Einen Augenblick lang spürte ich seinen Widerstand, bis unsere Blicke sich trafen.

»Niemand *muß* irgend etwas tun«, sagte ich freundlich.

Ich begriff, daß ich mit meiner freundschaftlichen Geste seinen Stolz verletzt hatte. »Ich habe Sie eingeladen.« Er starrte mich unverändert feindselig an. »Ich habe jeden eingeladen, der zum erstenmal in meinen Laden kam«, fuhr ich fort. »Caro Clairmont. Guillaume Duplessis. Sogar Paul-Marie Muscat, den Mann, der Sie aus dem Café geworfen hat.« Ich machte eine kleine Pause, um meine Worte sinken zu lassen. »Wieso meinen Sie, meine Einladung ausschlagen zu können?«

Er senkte verlegen den Blick und murmelte etwas Unverständliches in seinen Bart. Dann schaute er mich an und lächelte.

»Tut mir leid«, sagte er. »Ich hatte Sie mißverstanden.« Er zögerte unbeholfen, bevor er nach dem Croissant griff. »Aber nächstesmal lade ich Sie zu mir nach Hause ein«, sagte er in entschiedenem Ton. »Und falls Sie ablehnen, werde ich das als große Beleidigung auffassen.«

Von da an war das Eis gebrochen, und er wurde zusehends ungezwungener. Nachdem wir eine Weile über belanglose Dinge geplaudert hatten, begann er von sich zu erzählen. Ich erfuhr, daß Roux seit sechs Jahren mit dem Hausboot unterwegs war, anfangs allein, später hatte er sich seinen Gefährten angeschlossen. Er hatte früher als Handwerker auf dem Bau gearbeitet und verdiente sein Geld immer noch mit Reparatur- und Renovierungsarbeiten oder im Sommer und Herbst als Erntehelfer. Aus seinen Erzählungen schloß ich, daß es Probleme gegeben hatte, durch die er zu dem unsteten Leben gezwungen worden war, unterließ es jedoch wohlweislich, mich nach Einzelheiten zu erkundigen.

Als meine ersten Stammkunden erschienen, verabschiedete er sich. Guillaume, wie immer mit Charly auf dem Arm, grüßte ihn höflich, und Narcisse nickte ihm freundlich zu, doch es gelang mir nicht, Roux zum Bleiben zu überreden. Er stopfte sich den Rest seines *pain au chocolat* in den Mund und wandte sich mit jenem Ausdruck stolzer Unnahbarkeit, mit dem er sich von Fremden distanzamt, zum Gehen. An der Tür drehte er sich abrupt um.

»Vergessen Sie nicht, daß Sie eingeladen sind«, sagte er. »Samstag abend um sieben. Und bringen Sie die kleine Fremde mit.«

Noch bevor ich ihm danken konnte, war er verschwunden.

Guillaume blieb länger als gewöhnlich. Narcisse machte seinen Platz für Georges frei, dann kam Arnauld und kaufte drei Champagner-Trüffel – jedesmal das gleiche: drei Champagner-Trüffel und im Gesicht ein Ausdruck schuldbewußter Vorfreude –, und Guillaume saß immer noch auf seinem Stammplatz, das schmale Gesicht von Kummer getrübt. Ich versuchte mehrmals, ihn aufzumuntern, doch er blieb einsilbig, mit den Gedanken woanders. Charly lag träge und reglos unter seinem Hocker.

»Ich habe gestern mit Reynaud gesprochen«, sagte er schließlich so unvermittelt, daß ich zusammenfuhr. »Ich habe ihn gefragt, was ich mit Charly tun soll.«

Ich sah ihn fragend an.

»Es ist so schwer, ihm das zu erklären«, fuhr er leise fort. »Er findet es egoistisch von mir, nicht auf den Tierarzt zu hören. Schlimmer noch, er hält mich für verrückt. Charly ist schließlich kein Mensch.« Er hielt inne, und ich spürte, wie schwer es ihm fiel, die Fassung zu wahren.

»Ist es wirklich so schlimm?«

Aber ich kannte die Antwort. Guillaume schaute mich mit traurigen Augen an.

»Ich glaube schon.«

»Verstehe.«

Er beugte sich zu Charly hinunter, um ihn hinter den Ohren zu kraulen. Der Hund schlug mechanisch mit dem Schwanz und begann leise zu winseln.

»Guter Hund.« Guillaume lächelte mich schüchtern an.

»Curé Reynaud ist kein schlechter Mensch. Er meint es

nicht so brutal, wie es klingt. Aber so etwas zu sagen – auf so eine schonungslose Art ...«

»Was hat er denn gesagt?«

Guillaume zuckte die Achseln. »Er hat gesagt, ich würde mich schon seit Jahren zum Narren machen mit dem Hund. Er meinte, ihm wäre es ja egal, aber es wäre einfach lächerlich, ein Tier so zu verhätscheln, als wäre es ein Mensch, oder Geld für eine sinnlose Behandlung beim Tierarzt zu verschwenden.«

Ich spürte Ärger in mir aufsteigen.

»Das war gemein von ihm, so etwas zu sagen.«

Guillaume schüttelte den Kopf.

»Er versteht das nicht«, sagte er noch einmal. »Er mag einfach keine Tiere. Aber Charly und ich sind schon so lange zusammen ...« Ihm standen Tränen in den Augen, und er wandte sich ab, um sie zu verbergen.

»Sobald ich ausgetrunken habe, gehe ich zum Tierarzt.« Seine Tasse stand seit zwanzig Minuten leer auf der Theke. »Es muß ja noch nicht heute sein, nicht wahr?« Es lag fast so etwas wie Verzweiflung in seiner Stimme. »Er ist doch noch ganz munter. Neuerdings frißt er auch wieder besser. Niemand kann mich dazu zwingen.« Jetzt klang er wie ein störrisches Kind. »Wenn es soweit ist, werde ich es wissen. Da bin ich mir ganz sicher.«

Es gab nichts, was ich zu seinem Trost hätte sagen können. Ich versuchte es trotzdem. Ich beugte mich hinab, um Charly zu streicheln, spürte seine Knochen unter dem dünnen Fell. Manche Dinge können geheilt werden. Wärme strömte aus meinen Fingern, während ich vorsichtig das Ausmaß des Tumors zu erspüren versuchte. Der Knoten war größer geworden. Ich wußte, es war hoffnungslos.

»Es ist Ihr Hund, Guillaume«, sagte ich. »Sie wissen am besten, was gut für ihn ist.«

»Das stimmt.« Einen Augenblick lang wirkte er erleichtert. »Die Medikamente nehmen ihm die Schmerzen. Er winselt nicht mehr die ganze Nacht.«

Ich mußte daran denken, wie es meiner Mutter in ihren letzten Monaten gegangen war. Wie bleich sie gewesen war, wie ihr Fleisch von den Knochen zu schmelzen schien, bis sie schließlich wie ein zartes, zerbrechliches Skelett wirkte. Ihre großen, fiebrigen Augen – *Florida, Liebes, New York, Chicago, der Grand Canyon, es gibt so viel zu sehen!* –, ihr leises Wimmern in der Nacht.

»Irgendwann muß man einfach aufhören«, sagte ich. »Es ist zwecklos. Man versteckt sich hinter Rechtfertigungen, setzt sich nur noch kurzfristige Ziele, um die Woche zu überstehen. Irgendwann ist der Verlust der Würde schlimmer als alles andere. Irgendwann braucht man einfach Ruhe.«

In New York eingeäschert, die Asche im Hafen verstreut. Komisch, daß man sich immer vorstellt, man würde im Bett sterben, umgeben von seinen Lieben. Statt dessen, viel zu häufig, die kurze, verwirrende Begegnung, die plötzliche Erkenntnis, die zeitlupenartige, panische Flucht vor dem Hintergrund der aufgehenden Sonne, die wie ein Pendel auf einen zuschwingt, egal wie schnell man versucht, vor ihr davonzurennen.

»Wenn ich die Wahl hätte, wüßte ich, wie ich mich entscheiden würde. Die schmerzlose Spritze. Die freundliche Hand. Besser so, als mitten in der Nacht auf der Straße unter die Räder eines Taxis zu geraten, wo keiner stehenbleibt und sich darum kümmert.« Plötzlich wurde mir bewußt, daß ich laut gesprochen hatte. »Verzeihen Sie, Guillaume«, sagte ich, als ich sein entsetztes Gesicht sah. »Ich habe an jemand anderen gedacht.«

»Ist schon in Ordnung«, sagte er ruhig, während er ein paar Münzen auf die Theke legte. »Ich wollte sowieso gerade gehen.«

Dann hob er Charly auf, nahm seinen Hut und ging, ein wenig gebeugter als gewöhnlich, eine kleine, unscheinbare Gestalt mit einem Bündel unter dem Arm, das genausogut eine Tüte mit Einkäufen, ein alter Regenmantel oder etwas ganz anderes hätte sein können.

## Samstag, 1. März

Ich beobachte ihren Laden. Ich gebe zu, daß ich das tue, seit sie im Dorf angekommen ist; ich sehe, wer ein- und ausgeht, wer sich Zeit nimmt, um mit ihr zu plaudern. Ich beobachte das Treiben in ihrem Laden, so wie ich als Junge das Gewimmel in einem Wespennest verfolgt habe, fasziniert und abgestoßen zugleich. Anfangs gingen sie klammheimlich hin, in der Abenddämmerung oder früh am Morgen. Taten so, als seien sie ganz normale Kunden. Hier eine Tasse Kaffee, dort eine Tüte Süßigkeiten für die Kinder. Aber jetzt ist die Heimlichtuerei vorbei. Die Zigeuner gehen inzwischen ganz selbstverständlich in ihren Laden, starren im Vorbeigehen herausfordernd in mein Fenster; der Rothaarige mit dem arroganten Blick, die magere junge Frau und das junge Mädchen mit den gebleichten Haaren und der Araber mit dem kahlgeschorenen Schädel. Sie kennt sogar ihre Namen; Roux und Zézette und Blanche und Mamhed. Gestern hat der Lieferwagen von Clairmont Baumaterial bei ihr abgeladen; Holz und Farbe und Dachpappe. Der Fahrer hat das Material wortlos vor ihre Tür gestapelt. Sie hat ihm einen Scheck ausgestellt. Und dann mußte ich zusehen, wie ihre Freunde die Kisten und Kartons und Eimer grinsend auf ihre Schultern packten und sie nach *Les Marauds* abtransportierten. Das Ganze war ein abgekartetes Spiel. Ein perfides, abgekartetes Spiel. Aus irgendeinem Grund ist sie entschlossen, sie zu unterstützen. Das macht sie natürlich nur, um mir eins auszuwischen. Und mir bleibt nichts anderes übrig, als würdevoll zu schweigen und dafür zu beten, daß sie scheitert. Aber sie macht meine Aufgabe so viel schwerer! Schlimm genug, daß ich mich um Armande Voizin kümmern muß, die ihnen auf ihre Rechnung Lebensmittel kauft. Leider bin ich zu spät eingeschritten. Die Zigeuner haben sich inzwischen mit genug Vorräten für mindestens zwei Wochen eingedeckt. Was sie für den täglichen Bedarf an frischen Lebensmitteln brauchen – Brot und Milch –, besorgen sie sich flußaufwärts in Agen. Bei dem Gedanken, daß sie noch länger bleiben könnten, kommt mir die Galle hoch. Aber was soll ich tun, wenn diese Leute sich auch noch mit ihnen anfreunden? Sie könnten mir sagen, was ich tun soll, Vater, wenn Sie nur sprechen könnten. Und ich weiß, Sie würden ohne zu zögern Ihre Pflicht tun, wie unangenehm sie auch sein möchte. Wenn Sie mir nur sagen könnten, was ich tun soll. Ein leichter Händedruck würde mir genügen. Ein Zucken mit den Augenlidern. Irgend etwas, das mir zeigte, daß mir vergeben wird.

Nein? Sie rühren sich nicht. Nur das schwerfällige Zischen der Maschine, die Sie am Leben hält, indem sie Sauerstoff in Ihre geschundenen Lungen pumpt. Ich weiß, daß Sie schon bald aufwachen werden, geheilt und geläutert, und daß mein Name das erste Wort sein wird, das Sie aussprechen. Sehen Sie, ich glaube an Wunder. Ich, der ich durch das Feuer gegangen bin. Ich glaube.

Ich hatte mir vorgenommen, heute mit ihr zu sprechen. Ganz sachlich, ohne ihr Vorwürfe zu machen, wie von Vater zu Tochter. Ich war mir sicher, daß sie mich verstehen würde. Unsere erste Begegnung hatte unter schlechten Vorzeichen gestanden. Aber ich dachte, wir könnten noch einmal von vorne anfangen. Sie sehen, Vater, ich war bereit, ihr entgegenzukommen. Bereit, Verständnis zu zeigen. Aber als ich auf den Laden zuging, sah ich, daß dieser Roux bei ihr war. Er fixierte mich mit seinen harten Augen und dem für seinesgleichen typischen spöttisch-arroganten Blick. In der Hand hielt er eine Tasse mit irgendeinem Getränk. Er wirkte gefährlich, regelrecht gewalttätig, in seinem schmutzigen Overall und mit seinen langen, ungepflegten Haaren, und einen Augenblick lang war ich um das Wohl der Frau besorgt. Ist ihr denn gar nicht klar, auf welche Gefahr sie sich einläßt, wenn sie mit diesen Leuten verkehrt? Sorgt sie sich denn nicht um sich und um ihr Kind? Ich wollte gerade kehrtmachen, als mir ein Plakat im Fenster auffiel. Eine Weile lang tat ich so, als würde ich es studieren, während ich sie – die beiden – heimlich beobachtete. Sie hatte ein weinrotes Kleid an, und sie trug ihr Haar offen. Ich hörte sie lachen.

Dann las ich, was auf dem Plakat stand. Es war in einer ungelenken Kinderschrift geschrieben.

GROSSES SCHOKOLADENFEST BEI
**LA CÉLESTE PRALINE**
BEGINN: OSTERSONNTAG
ALLE SIND EINGELADEN

Mit wachsendem Unwillen las ich es noch einmal. Drinnen war immer noch ihr Lachen und das Klappern von Geschirr zu hören. Sie war so in ihr Gespräch vertieft, daß sie mich noch gar nicht bemerkt hatte. Sie stand mit dem Rücken zur Tür, einen Fuß abgewinkelt wie eine Ballettänzerin. Sie trug flache Ballerinaschuhe mit kleinen Schleifen und keine Strümpfe.

BEGINN: OSTERSONNTAG

Jetzt wird mir alles klar.

Ihre Bosheit, ihre Gehässigkeit. Sie muß es von Anfang an geplant haben, dieses Schokoladenfest, und zwar ausgerechnet am höchsten kirchlichen Festtag. Seit dem Tag ihrer Ankunft zu Karneval muß sie es im Schilde geführt haben, um meine Autorität zu untergraben, um meine Lehre zu verspotten. Sie und ihre Freunde mit den Hausbooten.

Ich hätte mich auf dem Absatz umdrehen und gehen sollen, doch ich war zu aufgebracht und betrat den Laden. Ein höhnisches Geklingel ertönte, als ich die Tür öffnete, und sie drehte sich lächelnd zu mir um. Hätte ich nicht gerade erst mit eigenen Augen den unwiderlegbaren Beweis für ihre Niedertracht gesehen, ich hätte schwören können, daß das Lächeln echt war.

»Monsieur Reynaud.«

Im ganzen Laden duftet es nach Schokolade. Es riecht ganz anders als der lösliche Kakao, den ich als Junge getrunken habe, es ist ein schweres Aroma, so betörend wie von den frisch gerösteten Kaffeebohnen auf dem Markt, vermischt mit dem Duft von Amaretto und Tiramisu, ein kräftiger, rauchiger Wohlgeruch, der mir das Wasser im Mund zusammenlaufen läßt. Auf der Theke steht eine silberne, mit dem Gebräu gefüllte Kanne, aus der heißer Dampf aufsteigt. Mir wird bewußt, daß ich noch nicht gefrühstückt habe.

»Mademoiselle.« Ich wünschte, meine Stimme würde mehr Strenge ausdrücken. Aber die Wut schnürt mir die Kehle zu, und statt der Worte gerechten Zorns, die ich loslassen wollte, bringe ich nur ein empörtes Krächzen hervor, wie ein höflicher Frosch. »Mademoiselle Rocher.« Sie schaut mich fragend an. »Ich habe Ihr Plakat gesehen!«

»Das freut mich«, erwidert sie. »Darf ich Ihnen etwas zu trinken anbieten?«

»Nein!«

»Mein *chococcino* tut gut, wenn man einen rauhen Hals hat.«

»Ich habe keinen rauhen Hals!«

»Wirklich nicht?« fragt sie mit gespielter Besorgnis. »Ich hatte den Eindruck, Sie seien ein bißchen heiser. Möchten Sie vielleicht lieber einen *grand crème*? Oder einen Mokka?«

Mit Mühe gewinne ich die Fassung wieder.

»Danke, ich möchte Ihnen keine Umstände machen.«

Der Rothaarige neben ihr lacht leise in sich hinein und murmelt irgend etwas in seiner Gossensprache. Mir fallen Farbspuren an seinen Händen auf, feine, weiße Linien an den Knöcheln und Handflächen. Hat er irgendwo Arbeit gefunden? frage ich mich beunruhigt. Und falls ja, bei wem? Wenn wir in Marseille wären, würde er wegen Schwarzarbeit verhaftet werden. Eine Hausdurchsuchung auf seinem Boot würde genug Beweise zutage fördern – Drogen, Diebesgut, Pornographie, Waffen –, um ihn für den Rest seines

Lebens hinter Gitter zu bringen. Aber wir sind in Lansquenet. Hierher würde sich die Polizei nur bemühen, wenn ein Gewaltverbrechen stattgefunden hätte.

»Ich habe Ihr Plakat gesehen.« Mit soviel Würde, wie ich aufbringen kann, versuche ich es noch einmal. Sie schaut mich höflich fragend an, ein Funkeln in den Augen. »Ich muß sagen« – hier muß ich mich räuspern, weil mir die Galle schon wieder in den Hals gestiegen ist –, »ich muß sagen, daß ich den Zeitpunkt, den Sie für Ihr ... für Ihre *Veranstaltung* ... gewählt haben, äußerst unpassend finde.«

»Den Zeitpunkt?« fragt sie unschuldig. »Sie meinen das Osterfest?« Sie lächelt mich schelmisch an. »Ich dachte, das wäre Ihr Gebiet«, sagt sie trocken. »Sie sollten sich mit dem Papst auseinandersetzen.«

Ich starre sie eiskalt an.

»Ich glaube, Sie wissen genau, was ich meine.«

Schon wieder dieser höflich fragende Blick.

»Schokoladenfest. Alle sind eingeladen.« Meine Wut steigt auf wie überkochende Milch, unkontrollierbar. In diesem Augenblick fühle ich mich stark, meine Wut verleiht mir Kraft. Ich zeige mit dem Finger auf sie. »Glauben Sie ja nicht, ich würde nicht durchschauen, was Sie vorhaben.«

»Lassen Sie mich raten.« Ihre Stimme ist sanft, sie klingt interessiert. »Es ist ein persönlicher Angriff auf Sie. Ein Versuch, die Fundamente der katholischen Kirche zu unterminieren.« Sie lacht so schrill auf, daß sie sich selbst verrät. »Gott bewahre uns davor, daß ein Schokoladengeschäft zu Ostern Ostereier verkauft.« Ihre Stimme klingt unsicher, beinahe ängstlich, obwohl ich mir nicht sicher bin, wovor sie sich fürchtet. Der Rothaarige starrt mich feindselig an. Dann faßt sie sich mit Mühe, und die Furcht, die ich zuvor in ihren Augen gesehen hatte, ist verschwunden.

»Ich bin mir sicher, daß in diesem Ort genug Platz für uns beide ist«, sagt sie ruhig. »Wollen Sie wirklich keine Tasse Schokolade? Ich könnte Ihnen erklären, was ich –«

Ich schüttele heftig den Kopf, wie ein Hund, der von einem

Schwarm Wespen attackiert wird. Ihre Ruhe macht mich rasend, in meinem Kopf beginnt es zu summen, und es kommt mir so vor, als würde sich der ganze Raum um mich herum drehen. Der süße Schokoladenduft raubt mir den Verstand. Meine Sinne sind plötzlich auf unnatürliche Weise geschärft; ich rieche ihr Parfüm, einen Hauch von Lavendel, den Duft ihrer Haut. Hinter ihr schwebt eine andere Duftwolke, der Geruch nach Sumpf, nach Maschinenöl und Schweiß und Farbe, den der Rothaarige ausdünstet.

»Ich... nein... ich...« Es ist wie ein Alptraum, ich habe vergessen, was ich sagen wollte. Irgend etwas über Respekt, glaube ich, über Verantwortung der Gemeinde gegenüber. Über die Pflicht, an einem Strang zu ziehen, über Rechtschaffenheit, Anstand und Moral. Statt dessen ringe ich nach Luft, und alles schwimmt in meinem Kopf.

»Ich... ich...« Ich bin mir sicher, daß *sie* das alles bewirkt, daß sie mir den Verstand vernebelt... Sie beugt sich mit gespielter Besorgnis vor, und erneut überwältigt mich ihr Duft.

»Geht es Ihnen nicht gut?« Ich höre ihre Stimme wie aus weiter Ferne. »Monsieur Reynaud, geht es Ihnen nicht gut?«

Mit zitternden Händen stoße ich sie fort.

»Es ist nichts.« Endlich finde ich meine Sprache wieder. »Eine... leichte Unpäßlichkeit. Nichts weiter. Guten Tag.« Und dann stürze ich blindlings auf die Tür zu. Mein Gesicht streift ein rotes Säckchen, das im Türrahmen baumelt – ein weiterer Beweis für ihren Aberglauben –, und ich kann mich des absurden Eindrucks nicht erwehren, daß dieses lächerliche Ding mein Unbehagen ausgelöst hat, ein Säckchen voller Kräuter und Knochen, das dort aufgehängt wurde, um mir meinen Seelenfrieden zu rauben. Nach Luft ringend stürze ich auf die Straße.

Kaum bin ich in den Regen hinausgetreten, bin ich wieder bei klarem Verstand. Aber ich gehe weiter und weiter.

Ich bin immer weitergegangen, bis zu Ihnen, Vater. Mein Herz klopfte wie wild, und der Schweiß lief mir in Strömen über den Rücken, aber endlich fühlte ich mich von ihrer Gegenwart gereinigt. Ist es das, was Sie gefühlt haben, *mon père*, damals in der alten Kanzlei? Ist das das Gesicht der Versuchung?

Der Löwenzahn breitet sich aus, seine bittern Blätter durchbrechen die schwarze Erde, seine weißen Wurzeln fressen sich tief ins Erdreich hinein. Bald wird er blühen. Auf dem Heimweg werde ich am Fluß entlanggehen, Vater, und mir das schwimmende Dorf ansehen, das immer größer wird, das sich immer weiter auf dem Tannes ausbreitet. Seit meinem letzten Besuch sind noch mehr Boote eingetroffen, und der Fluß ist regelrecht mit ihnen gepflastert. Man könnte trockenen Fußes von einem Ufer zum anderen gehen.

ALLE SIND EINGELADEN.

Ist es das, was sie beabsichtigt? Will sie diese Leute anlocken, der Ausschweifung Vorschub leisten? Wie hart haben wir gekämpft, um diese heidnischen Traditionen auszumerzen, Vater, wie leidenschaftlich haben wir gepredigt. Das Osterei, den Osterhasen, diese immer noch lebendigen Symbole des Heidentums entlarvt. Eine Zeitlang waren wir makellos. Aber sie zwingt uns, von neuem mit der Säuberung zu beginnen. Diesmal sind sie stärker, bieten uns einmal mehr die Stirn. Und meine Herde, meine dumme, vertrauensselige Herde, wendet sich ihr zu, hört auf ihre Worte ... Armande Voizin. Michel Narcisse. Guillaume Duplessis. Joséphine Muscat. Georges Clairmont. Morgen in der Predigt werde ich die Namen aller nennen, die auf sie hören. Ich werde ihnen sagen, daß das Schokoladenfest nur ein Teil des sündigen Ganzen ist. Ihre Freundschaft mit den Zigeunern. Ihre Verachtung für unsere Sitten und Bräuche. Ihr Einfluß auf unsere Kinder. All dies sind Anzeichen für die verderblichen Auswirkungen ihrer Anwesenheit.

Ihr Fest wird nicht stattfinden. Lächerlich, anzunehmen, daß sie damit durchkommen kann, wenn sie mit so viel Widerstand rechnen muß. Ich werde jeden Sonntag in meiner Predigt gegen das Fest wettern. Ich werde die Namen der Kollaborateure laut vorlesen und für ihre Erlösung beten. Die Zigeuner haben jetzt schon Unruhe in die Gemeinde gebracht. Muscat beschwert sich, daß sie ihm die Kunden vergraulen. Der Lärm von ihren Booten, die Musik, die Feuer haben *Les Marauds* in eine schwimmende Holzbudenstadt verwandelt, der Tannes ist mit einem glänzenden Ölfilm überzogen, und lauter Abfall treibt den Fluß hinunter. Und seine Frau wollte sie tatsächlich in ihrem Café freundlich bedienen, wie ich höre. Zum Glück läßt Muscat sich von diesen Leuten nicht einschüchtern. Clairmont hat mir erzählt, er hat sie sofort rausgeworfen, als sie es letzte Woche gewagt haben, sein Café zu betreten. Sie sehen also, *mon père*, sie sind Feiglinge, auch wenn sie noch so großspurig auftreten. Muscat hat den Weg, der nach *Les Marauds* hinunterführt, blockiert, damit sie nicht mehr ins Dorf kommen. Im Moment sind sie noch vorsichtig, legen eine Verschlagenheit an den Tag, die für diese Leute typisch ist, jederzeit bereit, die geringste Schwäche auszunutzen. Aber wie alle Aasfresser sind sie nur mutig, solange sie sich auf ihrem eigenen Territorium bewegen. Vier von ihnen haben die Flucht ergriffen – unter ihnen Roux –, anstatt sich einem offenen Kampf mit Muscat zu stellen. Ich verabscheue Gewalt, Vater, aber im Moment würde ich sie begrüßen. Dann hätte ich einen Vorwand, die Polizei aus Agen kommen zu lassen. Ich werde noch einmal mit Muscat reden. Er wird wissen, was zu tun ist.

## Samstag, 1. März

Roux' Boot gehört zu den unmittelbar am Flußufer liegenden, etwas abseits von den anderen Booten und ist direkt Armandes Haus gegenüber vertäut. Heute war es mit Papierlampions geschmückt, die wie leuchtende Früchte am Bug aufgehängt waren, und auf unserem Weg die steile Straße nach *Les Marauds* hinunter stieg uns schon von weitem der scharfe Duft von gegrilltem Fleisch in die Nase. Armandes Fenster standen weit offen, und das Licht aus dem Haus warf unregelmäßige Muster auf das Wasser. Mir fiel auf, daß keinerlei Müll herumlag, wie sorgfältig selbst der kleinste Abfall eingesammelt und zum Verbrennen in die großen Blechtonnen geworfen wurde. Von einem der Boote weiter flußabwärts war Gitarrenmusik zu hören. Roux saß auf der kleinen Mole und schaute ins Wasser. Ein paar von seinen Freunden hatten sich bereits zu ihm gesellt, unter ihnen Zézette, eine junge Frau namens Blanche und Mamhed, der Nordafrikaner. Neben ihnen brutzelte etwas auf einem tragbaren Kohlegrill.

Anouk rannte sofort auf das Feuer zu. Ich hörte, wie Zézette sie mit sanfter Stimme warnte: »Vorsichtig, Liebes, das ist heiß.«

Blanche reichte mir eine mit Glühwein gefüllte Henkeltasse, die ich lächelnd entgegennahm.

»Probieren Sie mal.«

Der Wein war süß und kräftig, mit Zitrone und Muskat gewürzt, und so stark, daß er in der Kehle brannte. Zum erstenmal seit Wochen herrschte klares Wetter, und unser Atem bildete weiße Wölkchen in der stillen Abendluft. Über dem Fluß lag eine dünne Nebelschicht, die hier und da von den Lichtern auf den Booten erleuchtet wurde.

»Pantoufle will auch was davon«, sagte Anouk und deutete auf den Topf mit dem Glühwein. Roux grinste.

»Pantoufle?«

»Anouks Kaninchen«, erkläre ich ihm. »Ihr ... imaginärer kleiner Freund.«

»Ich weiß nicht recht, ob Pantoufle das schmecken würde«, sagte er. »Sollen wir ihm vielleicht lieber etwas Apfelsaft geben?«

»Ich frag ihn mal«, erwiderte Anouk.

Roux wirkte hier ganz anders, wesentlich ungezwungener, wie er da im Feuerschein stand und seinen Grill überwachte. Es gab Flußkrebse, Sardinen, frische Maiskolben, Süßkartoffeln, Äpfel in Zucker gewälzt und in heißer Butter karamelisiert, dicke Pfannkuchen mit Honig. Wir aßen mit den Fingern von Blechtellern und tranken Cidre und Glühwein. Ein paar Kinder spielten mit Anouk am Flußufer. Später gesellte sich Armande zu uns und wärmte sich die Hände über dem Grill.

»Wenn ich nur ein bißchen jünger wäre«, seufzte sie. »So etwas würde ich mir jeden Abend gefallen lassen.« Sie fischte eine Kartoffel aus der Glut und jonglierte damit zwischen beiden Händen, um sie abkühlen zu lassen. »Als Kind hab ich immer von so einem Leben geträumt. Ein Hausboot, lauter gute Freunde, jeden Abend eine Party ...« Sie schaute Roux spitzbübisch an. »Ich glaube, ich werde einfach mit Ihnen durchbrennen«, sagte sie. »Ich hab schon immer eine Schwäche für rothaarige Männer gehabt. Ich mag zwar alt sein, aber ich wette, ich könnte Ihnen immer noch das eine oder andere beibringen.«

Roux grinste. Heute abend war nicht die geringste Spur von Befangenheit an ihm zu entdecken. Gut gelaunt schenkte er Cidre und Glühwein aus, auf rührende Weise glücklich in seiner Rolle als Gastgeber. Er flirtete mit Armande, machte ihr die ausgefallensten Komplimente, bis sie schallend lachte. Er brachte Anouk bei, wie man flache Steine über das Wasser hüpfen läßt. Und schließlich zeigte er uns sein Boot, die kleine Küche, den Lagerraum mit dem Wassertank und den Vorratsregalen, die Schlafkabine mit dem Plexiglasdach.

»Es war das reinste Wrack, als ich es gekauft habe«, erzählte er. »Ich hab es wieder in Ordnung gebracht, und jetzt ist es genausogut wie ein Haus an Land.« Er lächelte fast verlegen, als hätte er gerade ein kindisches Hobby eingestanden. »All die Arbeit, nur damit ich nachts im Bett das Wasser plätschern hören und die Sterne beobachten kann.«

Anouk war begeistert.

»Mir gefällt es«, erklärte sie. »Ich find es ganz toll! Und es ist überhaupt kein Schrott-, kein Schrott-, überhaupt nicht das, was Jeannots Mutter immer sagt.«

»Ein Schrotthaufen«, sagte Roux sanft. Ich schaute erschrocken zu ihm auf, aber er lachte. »Nein, nein, wir sind gar nicht so schlecht, wie manche Leute glauben.«

»Wir glauben überhaupt nicht, daß ihr schlecht seid!« rief Anouk empört.

Roux zuckte die Achseln.

Später wurde Musik gemacht, eine Flöte, eine Geige und ein paar aus leeren Konservendosen und Mülleimern improvisierte Trommeln. Anouk blies auf ihrer Plastiktrompete, und die Kinder tanzten so wild und so dicht am Flußufer, daß wir sie ermahnen mußten, nicht so nah am Wasser herumzutoben. Es war schon fast Mitternacht, als wir uns verabschiedeten, und obwohl ihr fast die Augen zufielen, protestierte Anouk heftig.

»Keine Sorge«, sagte Roux. »Du kannst jederzeit wiederkommen.«

Ich bedankte mich und nahm Anouk auf den Arm.

»Es wäre mir eine Ehre.« Einen Augenblick lang meinte ich, Besorgnis in seinem Blick zu sehen, als er an mir vorbei den Hügel hinaufschaute. Eine Falte erschien zwischen seinen Augenbrauen.

»Was ist los?«

»Ich bin mir nicht sicher. Wahrscheinlich ist es nichts.«

Es gibt nur wenige Straßenlaternen in *Les Marauds*. Eine gelbe Laterne vor dem *Café de la République* ist die einzige Beleuchtung in der schmalen Gasse, die den Hügel hinaufführt. Dahinter weitet sich die *Avenue des Francs Bourgeois* zu einer hell erleuchteten Allee aus. Noch einmal starrte er mit zusammengezogenen Augen angestrengt in die Dunkelheit.

»Ich dachte nur, ich hätte jemanden den Hügel herunterkommen sehen, das ist alles. Aber ich habe mich wohl getäuscht.«

Ich trug Anouk den Hügel hinauf. Hinter uns sanfte Musik. Zézette tanzte auf der Mole, und ihr Schatten huschte im Schein des nur noch schwach flackernden Feuers um sie herum. Als wir am *Café de la République* vorbeikamen, fiel mir auf, daß die Tür einen Spalt weit offenstand, obwohl im Café kein Licht brannte. Dann wurde sie leise geschlossen, wie wenn jemand eben noch die Straße beobachtet hätte. Es hätte aber auch der Wind gewesen sein können.

## Sonntag, 2. März

Der März hat dem Regen ein Ende gemacht. Der Himmel ist jetzt klar, ein leuchtendes Blau zwischen schnell dahintreibenden Wolken, und über Nacht ist ein kräftiger Wind aufgekommen, der in den Ecken pfeift und an den Fenstern rüttelt. Die Kirchenglocken läuten wie wild, als hätten auch sie die plötzliche Veränderung bemerkt. Die Wetterfahne dreht sich hektisch hin und her, ihr rostiges Scharnier quietscht unablässig. In ihrem Zimmer singt Anouk beim Spielen ein Lied vom Wind.

> *V'là l'bon vent, v'là l'joli vent*
> *V'là l'bon vent, ma mie m'appelle*
> *V'là l'bon vent, v'là l'joli vent*
> *V'là l'bon vent, ma mie m'attend.*

Märzwinde sind schlechte Winde, pflegte meine Mutter zu sagen. Aber der Wind tut gut, er riecht nach Frühling und Ozon und Meersalz. Der März ist ein guter Monat, er treibt den Februar durch die Hintertür hinaus, während vor dem Haus schon der Frühling wartet. Ein guter Monat für Veränderungen.

Fünf Minuten lang stehe ich mit ausgebreiteten Armen allein auf dem Dorfplatz und lasse mir den Wind durch die Haare gehen. Ich habe vergessen, mir eine Jacke anzuziehen, und der Wind bauscht meinen roten Rock. Ich bin ein Drache, spüre den Wind, lasse mich von ihm über den Kirchturm hinweg, über mich selbst hinaus tragen. Ich verliere kurz die Orientierung, sehe die rote Gestalt dort unten auf dem Dorfplatz, zugleich *hier* und *dort* – dann bin ich wieder ganz bei mir. Außer Atem entdecke ich Reynauds Gesicht ganz oben an einem Fenster, seine dunklen Augen, die mich voller Abscheu anstarren. Er wirkt bleich, trotz des hellen Sonnenscheins. Seine Hände umklammern den Fenstersims, und seine Knöchel sind ebenso weiß wie sein Gesicht.

Der Wind ist mir in den Kopf gestiegen. Ich winke Reynaud freundlich zu und gehe zurück in meinen Laden. Ich weiß, er wird es als eine herausfordernde Geste auffassen, aber heute morgen ist mir das egal. Der Wind hat meine Ängste fortgeweht. Ich winke dem Schwarzen Mann in seinem Turm zu, und der Wind zupft spielerisch an meinem Rock. Ich bin in Hochstimmung. Voller freudiger Erwartung.

Die Stimmung scheint auch die Einwohner von Lansquenet erfaßt zu haben. Ich beobachte sie auf ihrem Weg zur Kirche – die Kinder rennen mit ausgebreiteten Armen durch den Wind, die Hunde bellen aus Übermut, und selbst die Gesichter der Erwachsenen wirken trotz der vom Wind tränenden Augen fröhlich. Caroline Clairmont am Arm ihres Sohnes mit neuem Hut und Mantel. Luc schaut kurz zu mir herüber, lächelt mir verstohlen hinter vorgehaltener Hand zu. Joséphine und Paul-Marie Muscat Arm in Arm wie ein Liebespaar, obwohl ihr Gesicht unter der braunen Baskenmütze verkniffen und trotzig wirkt. Ihr Mann starrt mich durch das Schaufenster wütend an und beschleunigt seinen Schritt. Ich entdecke Guillaume, heute ohne Charly, die bunte Plastikleine baumelt sinnlos an seinem Arm, und er wirkt seltsam verloren ohne seinen Hund. Anouk schaut mich an und nickt. Narcisse bleibt stehen, um die Geranien vor dem Laden zu begutachten, reibt ein Blatt zwischen den Fingern, schnuppert an dem grünen Saft. Trotz seiner ruppigen Art ist er ein Leckermaul, und ich bin mir sicher, daß er nach der Messe auf eine Tasse Mokka und ein paar Trüffel hereinkommen wird.

Der Klang der Glocken geht in ein tiefes, eindringliches Döhnen über – *dong! dong!* –, während die Leute auf die offene Kirchentür zuströmen. Vor dem Portal steht Reynaud in einer weißen Soutane, die Hände gefaltet, mit eifriger Miene, um sie zu begrüßen. Ich habe den Eindruck, daß er zu mir herüberschaut, ein kurzer Blick über den Dorfplatz, ein leichtes Straffen der Schultern unter der Soutane – aber ich bin mir nicht sicher.

Mit einer Tasse Schokolade in der Hand, mache ich es mir hinter der Theke gemütlich und warte auf das Ende der Messe.

Der Gottesdienst hat diesmal länger gedauert als gewöhnlich. Ich nehme an, daß Reynauds Erwartungen an seine Gemeinde in der vorösterlichen Zeit besonders groß sind. Erst nach mehr als anderthalb Stunden kamen die ersten Leute aus der Kirche, die Köpfe gegen den Wind gesenkt, der frech an Tüchern und Sonntagsmänteln zerrte, mit plötzlicher Unverschämtheit unter Röcke fuhr und die kleine Herde über den Dorfplatz scheuchte.

Arnauld grinste mich im Vorbeigehen verlegen an; keine Champagnertrüffel heute morgen. Narcisse kam wie immer in den Laden, doch er war noch wortkarger als sonst, zog eine Zeitung aus seinem Tweedjackett und beugte sich lesend über seine Tasse. Eine Viertelstunde später war die Hälfte der Gemeinde immer noch in der Kirche, und ich nahm an, daß sie auf die Beichte warteten. Ich schenkte mir noch eine Tasse Schokolade ein und wartete. Sonntags kommt das Geschäft nur langsam in Gang. Da braucht man Geduld.

Plötzlich sah ich eine vertraute Gestalt in einem karierten Mantel durch die halboffene Kirchentür schlüpfen. Joséphine schaute sich nach allen Seiten um, und als sie sich vergewissert hatte, daß niemand auf dem Dorfplatz war, kam sie auf den Laden zugelaufen. Als sie Narcisse auf seinem Hocker sitzen sah, zögerte sie einen Moment. Dann trat sie ein, die Fäuste schützend in die Magengegend gedrückt.

»Ich kann nicht bleiben«, sagte sie ohne zu grüßen. »Paul ist gerade bei der Beichte. Ich hab nur zwei Minuten.« Ihre Stimme klang gehetzt, die Worte purzelten aus ihrem Mund wie Dominosteine.

»Sie müssen sich von diesen Leuten fernhalten«, sagte sie. »Von diesen Zigeunern. Sie müssen ihnen sagen, sie sollen weiterziehen. Sie müssen sie *warnen*.« Ihr Gesicht war angespannt, und sie rang nervös die Hände.

Ich schaute sie an.

»Joséphine, bitte, nehmen Sie Platz. Ich mache Ihnen eine Schokolade.«

»Nein, das geht nicht!« Sie schüttelte heftig den Kopf, und ihr vom Wind zerzaustes Haar fiel ihr ins Gesicht. »Ich hab Ihnen doch gesagt, ich hab keine Zeit. Tun Sie einfach, was ich Ihnen sage. Bitte.« Sie klang gehetzt und erschöpft und schaute immer wieder zur Kirche hinüber, als fürchtete sie, bei mir gesehen zu werden.

»Er hat in seiner Predigt gegen diese Leute gewettert«, sagte sie hastig und leise. »Und gegen Sie. Er spricht über Sie. Verbreitet Gerüchte über Sie.«

Ich zuckte gleichgültig die Achseln.

»Na und? Was kümmert mich das?«

Joséphine drückte sich frustriert die Fäuste an die Schläfen.

»Sie müssen sie warnen«, wiederholte sie. »Sagen Sie

ihnen, sie sollen weggehen. Und Sie müssen Armande warnen. Sagen Sie ihr, er hat heute in der Kirche ihren Namen vorgelesen. Und Ihren auch. Und meinen wird er auch vorlesen, wenn er mich hier sieht, und Paul –«

»Ich verstehe nicht recht, Joséphine. Was kann er denn tun? Und warum sollten wir uns um sein Gerede kümmern?«

»Sagen Sie es ihnen einfach, ja?« Ihr Blick schoß wieder ängstlich zur Kirche hinüber. Ein paar Leute traten gerade aus der Tür. »Ich kann nicht länger bleiben«, sagte sie. »Ich muß weg.« Sie wandte sich zum Gehen.

»Joséphine, warten Sie –«

Als sie sich umdrehte, war ihr Gesicht ein Abbild des Grams. Ich sah, daß sie den Tränen nahe war.

»Das passiert jedesmal«, sagte sie mit rauher, unglücklicher Stimme. »Wenn ich mal ein Freundin finde, macht er mir alles kaputt. Es wird so kommen wie immer. Und dann werden Sie längst fort sein, aber ich ...«

Ich trat einen Schritt auf sie zu, wollte sie in den Arm nehmen. Aber Joséphine wich mit einer unbeholfenen Abwehrgeste zurück.

»Nein! Ich kann nicht! Ich weiß, Sie meinen es gut, aber ich *kann einfach nicht*!« Sie riß sich mit Mühe zusammen. »Sie müssen das verstehen. Ich lebe hier. Ich *muß* hier leben. Sie sind frei, Sie können gehen, wohin Sie wollen –«

»Sie auch«, unterbrach ich sie sanft.

Sie schaute mich an und berührte meine Schulter ganz leicht mit den Fingerspitzen.

»Das verstehen Sie nicht«, sagte sie ohne Vorwurf. »Sie sind anders. Eine Zeitlang dachte ich, ich könnte auch lernen, anders zu sein.«

Die Erregung war mit einemmal von ihr gewichen, und sie starrte geistesabwesend ins Leere, die Hände tief in den Manteltaschen vergraben.

»Es tut mir leid, Vianne«, sagte sie. »Ich hab's wirklich versucht. Ich weiß, es ist nicht Ihre Schuld.« Einen Augenblick lang verrieten ihre Züge wieder ängstliche Erregung.

»Reden Sie mit den Leuten vom Fluß«, sagte sie eindringlich. »Sagen Sie ihnen, sie müssen verschwinden. Es ist nicht ihre Schuld, aber ich will nicht, daß jemandem etwas zustößt«, schloß Joséphine leise. »In Ordnung?«

Ich zuckte die Achseln.

»Es wird niemandem etwas zustoßen«, sagte ich.

»Gut.« Ihr gezwungenes Lächeln versetzte mir einen Stich. »Und machen Sie sich keine Sorgen um mich. Ich komme schon zurecht. Ganz bestimmt.« Wieder dieses gequälte Lächeln. Als sie an mir vorbei zur Tür ging, sah ich etwas Glänzendes in ihrer Hand und bemerkte, daß ihre Manteltaschen mit Modeschmuck gefüllt waren. Armreifen, Halsketten, Ringe, alles ineinander verheddert.

»Hier, das ist für Sie«, sagte sie leichthin und hielt mir eine Handvoll ihrer kostbaren Beute hin. »Nehmen Sie es ruhig. Ich hab noch mehr davon.« Dann drehte sie sich mit einem strahlenden Lächeln um und ließ mich mit den Ketten und Ohrringen und bunten Plastikperlen stehen, die zwischen meinen Fingern hervorquollen.

Später am Nachmittag machte ich mit Anouk einen Spaziergang zum Flußufer hinunter. Die kleine Flotte der fahrenden Leute wirkte fröhlich im hellen Sonnenlicht, Wäsche flatterte an zwischen den Booten gespannten Leinen, und die Sonne spiegelte sich in den Fenstern und den bunt angestrichenen Wänden. Armande saß in ihrem umzäunten Vorgarten in einem Schaukelstuhl und schaute auf den Fluß hinaus. Roux und Mamhed kraxelten auf dem steilen Dach herum und befestigten lose Dachpfannen. Ich bemerkte, daß die verrotteten Dachsimse und Giebelwände ersetzt und leuchtend gelb gestrichen worden waren. Ich winkte den beiden Männern zu und setzte mich auf die Gartenmauer zu Armande, während Anouk zum Ufer hinunterrannte, um ihre neuen Freunde zu besuchen.

Die alte Frau wirkte müde, und ihr Gesicht unter der breiten Hutkrempe war leicht aufgedunsen. Ihre Handarbeit lag unberührt auf ihrem Schoß. Sie nickte mir zu, sagte jedoch nichts. Ihr Stuhl schaukelte fast unmerklich, *tick-tick-tick*, auf dem Gartenweg. Ihre Katze schlief zusammengerollt zu ihren Füßen.

»Caro war heute morgen hier«, sagte sie schließlich. »Ich nehme an, ich müßte mich eigentlich geehrt fühlen.« Eine unwillige Kopfbewegung.

Schaukeln.

*Tick-tick-tick-tick.*

»Für wen hält die sich eigentlich?« raunzte sie unvermittelt. »Marie-Antoinette?« Eine Weile versank sie in wütendes Grübeln, ihr Schaukeln wurde heftiger. »Bildet sich ein, sie könnte mir Vorschriften machen. Schleppt mir ihren *Arzt* ins Haus –« Sie unterbrach sich und starrte mich durchdringend wie ein Raubvogel an. »Mischt sich in meine Angelegenheiten ein. Das hat sie schon immer versucht, wissen Sie. Ihrem Vater hat sie sonstwas erzählt.« Sie lachte kurz auf. »Jedenfalls hat sie das nicht von mir«, erklärte sie nachdrücklich. »Da können Sie Gift drauf nehmen. Ich hab in meinem ganzen Leben keinen Arzt gebraucht – und auch keinen Priester –, der mir gesagt hat, was ich tun und lassen soll.«

Armande reckte ihr Kinn vor und schaukelte noch energischer.

»Ist Luc hiergewesen?« fragte ich.

»Nein.« Sie schüttelte den Kopf. »Er ist zu einem Schachturnier in Agen gefahren.« Ihr starrer Blick wurde weicher. »Sie weiß nicht, daß er neulich im Laden war«, sagte sie zufrieden. »Und sie wird es auch nicht erfahren.« Sie lächelte. »Er ist ein guter Junge, mein Enkel. Er weiß, wann er den Mund halten muß.«

»Wie ich höre, wurden heute morgen in der Kirche unsere Namen genannt«, sagte ich. »Es heißt, man wirft uns vor, mit unerwünschten Elementen zu verkehren.«

Armande schnaubte verächtlich.

»Was ich in meinem eigenen Haus tue, geht niemanden

etwas an«, sagte sie knapp. »Das hab ich Reynaud gesagt, und das hab ich damals auch Père Antoine gesagt. Aber die kapieren das einfach nicht. Kommen einem dauernd mit demselben Geschwätz. Gemeinschaftssinn. Traditionelle Werte. Ewig dieselbe Moralpredigt.«

»Sie haben das also schon mal erlebt?« Ich wurde neugierig.

»Allerdings.« Sie nickte nachdrücklich. »Vor Jahren. Reynaud muß damals etwa in Lucs Alter gewesen sein. Natürlich sind danach noch mehrmals fahrende Leute hiergewesen, aber sie sind nie geblieben. Jedenfalls bis jetzt nicht.« Sie schaute zu ihrem halb fertiggestrichenen Haus auf. »Es wird richtig schön, nicht wahr?« sagte sie zufrieden. »Roux sagt, bis heute abend werden sie es geschafft haben.« Plötzlich runzelte sie die Stirn. »Es geht keinen etwas an, ob ich ihn für mich arbeiten lasse«, erklärte sie gereizt. »Er ist ein ehrlicher Mann und ein guter Handwerker. Georges hat kein Recht, mir da reinzureden. Absolut kein Recht.«

Sie nahm ihre Handarbeit auf, legte sie jedoch wieder weg, ohne einen einzigen Stich getan zu haben.

»Ich kann mich nicht konzentrieren«, sagte sie verstimmt. »Schlimm genug, daß man in aller Herrgottsfrühe von diesem Glockengebimmel geweckt wird, da fehlt es mir gerade noch, daß ich mir als erstes Caros scheinheiliges Gesicht ansehen muß. *Wir beten jeden Tag für dich, Mutter*«, äffte sie Caroline nach. »*Wir möchten, daß du verstehst, warum wir uns solche Sorgen um dich machen.* In Wirklichkeit sind sie um ihren guten Ruf im Dorf besorgt. Es ist einfach peinlich, eine Mutter wie mich zu haben, die einen immer wieder daran erinnert, woher man kommt.«

Sie lächelte zugleich zufrieden und verbittert vor sich hin.

»Solange ich lebe, wissen sie, daß es jemanden gibt, der sich an alles erinnert«, sagte sie. »Die Schwierigkeiten, die sie bekam, nachdem sie sich mit diesem Jungen eingelassen hatte. Wer hat denn dafür bezahlt, hä? Und er – Reynaud, der Mann mit der blütenweißen Weste...« Ihre Augen funkelten boshaft. »Ich wette, ich bin die einzige, die sich noch an *diese* alte Geschichte erinnert. Es hat sowieso kaum jemand gewußt, damals. Es hätte der größte Skandal im Land werden können, wenn ich meinen Mund nicht gehalten hätte.« Sie warf mir einen verschmitzten Blick zu. »Und schauen Sie mich bloß nicht so an, junge Frau. Ich kann immer noch ein Geheimnis für mich behalten. Was glauben Sie, warum er mich in Ruhe läßt? Er könnte eine Menge unternehmen, wenn er wollte. Caro hat's schon probiert.« Armande kicherte schadenfroh in sich hinein.

»Ich dachte, Reynaud sei nicht von hier«, sagte ich neugierig.

Armande schüttelte den Kopf.

»Kaum jemand erinnert sich daran«, sagte sie. »Er ist aus Lansquenet weggegangen, als er noch ein Junge war. Es war für alle Beteiligten besser so.« Einen Moment lang hing sie ihren Erinnerungen nach. »Aber diesmal soll er sich in acht nehmen«, fuhr sie düster fort. »Er soll es nicht wagen, etwas gegen Roux oder seine Freunde zu unternehmen.« Der Humor war verschwunden; sie wirkte mit einemmal älter, zänkisch, krank. »Ich *freue* mich, daß sie hier sind«, erklärte sie mit zittriger Stimme. »In ihrer Gegenwart fühle ich mich wieder jung.« Die knochigen kleinen Hände zupften nervös an der Stickerei in ihrem Schoß herum. Die Katze wachte durch die Bewegung auf und sprang schnurrend auf ihren Schoß. Als Armande ihr den Kopf kraulte, langte sie verspielt mit der Pfote nach ihrem Kinn.

»Lariflete«, sagte Armande. Nach einer Weile wurde mir klar, daß das der Name der Katze war. »Ich habe sie schon neunzehn Jahre. In Katzenjahren ist sie also fast genauso alt wie ich.« Sie schnalzte mit der Zunge, und die Katze schnurrte noch lauter. »Angeblich habe ich eine Allergie«, sagte Armande. »Asthma oder so was. Ich hab ihnen gesagt, daß ich lieber ersticken würde, als mich von meinen Katzen zu trennen. Allerdings gibt es einige *Menschen*, auf die ich gut und gerne verzichten könnte.« Lariflete rollte sich zufrieden auf Armandes Schoß zusammen. Ich schaute zum Fluß hinunter und sah Anouk mit zwei schwarzhaarigen Kindern an der Mole spielen. Anouk, die jüngste von den dreien, schien das Kommando übernommen zu haben.

»Bleiben Sie doch zum Kaffee«, schlug Armande vor. »Ich wollte sowieso welchen aufsetzen. Ich hab auch Limonade für Anouk.«

Ich ging in Armandes kleine, niedrige Küche mit dem gußeisernen Herd und setzte den Kaffee selbst auf. Alles ist blitzblank, doch durch das einzige winzige Fenster, das zum Fluß hinausgeht, fällt grünliches Licht herein, so daß eine Atmosphäre entsteht wie unter Wasser. Von den dunklen Deckenbalken baumeln Baumwollsäckchen mit getrockneten Kräutern. An den weißgetünchten Wänden hängen kupferne Pfannen und Töpfe an eisernen Haken. In die Tür ist – wie in alle Türen im Haus – am unteren Rand ein Loch gesägt, damit die Katzen sich überall frei bewegen können. Eine Katze saß auf dem Küchenschrank und beobachtete mich, während ich in einer emaillierten Blechkanne den Kaffee aufbrühte. Mir fiel auf, daß die Limonade zuckerfrei war, und in der Zuckerdose befand sich Süßstoff. Trotz ihrer gespielten Tapferkeit scheint sie doch gewisse Vorsichtsmaßnahmen zu treffen.

»Ekliges Zeug«, kommentierte sie ohne Groll, während sie ihren Kaffee aus einer ihrer handbemalten Tassen schlürfte. »Es heißt, man schmecke den Unterschied nicht. Aber man schmeckt es doch.« Sie zog eine Grimasse. »Caro bringt es immer mit, wenn sie kommt. Sie kontrolliert meinen Küchenschrank. Wahrscheinlich meint sie es gut. Sie ist eben eine dumme Gans.«

Ich riet ihr, besser auf ihre Gesundheit zu achten.

Armande schnaubte verächtlich.

»Wenn man erst mal in meinem Alter ist«, sagte sie, »geht es los mit den Zipperlein. Dauernd hat man irgendwas anderes. So ist das nun mal im Leben.« Sie nahm noch einen

Schluck von dem bitteren Kaffee. »Mit sechzehn Jahren hat Rimbaud erklärt, er wolle soviel wie möglich so intensiv wie möglich erleben. Nun, ich gehe auf die Achtzig zu, und langsam komme ich zu dem Schluß, daß er recht hatte.« Sie grinste, und ich war überrascht, wie jugendlich ihr Gesicht wirkte. Eine Jugendlichkeit, die weniger mit der Hautfarbe oder den Konturen zu tun hat, als vielmehr mit einer inneren Lebensfreude; es war der Blick einer Frau, die gerade erst dabei ist, zu entdecken, was das Leben zu bieten hat.

»Ich schätze, Sie sind zu alt, um in die Fremdenlegion einzutreten«, sagte ich lächelnd. »Und hat Rimbaud damals nicht auch zu Exzessen geneigt?«

Armande grinste mich spitzbübisch an.

»Richtig«, erwiderte sie. »Ein paar Exzesse könnte ich auch gebrauchen. Von jetzt an werde ich unmäßig sein – und launenhaft –, ich werde laute Musik hören und schauerliche Gedichte lesen. Ich werde *zügellos* sein«, erklärte sie selbstzufrieden.

Ich mußte lachen.

»Sie sind wirklich unglaublich«, sagte ich mit gespieltem Ernst. »Kein Wunder, daß Sie Ihre Angehörigen zur Verzweiflung bringen.«

Aber obwohl sie mit mir lachte und ausgelassen in ihrem Schaukelstuhl wippte, erinnere ich mich heute weniger an ihr Lachen, als an das, was hinter dem Lachen durchschimmerte, diesen Anflug von Leichtsinn und Übermut.

Und erst später, als ich mitten in der Nacht aus einem Alptraum erwachte, an den ich mich kaum erinnern konnte, wußte ich, wo ich diesen Blick schon einmal gesehen hatte.

*Wie wär's mir Florida, Liebes? Die Everglades? Die Keys? Was hältst du von Disneyland, chérie, oder New York, Chicago, dem Grand Canyon, Chinatown, New Mexico, den Rocky Mountains?*

Aber Armande fehlte die Angst, von der meine Mutter getrieben wurde, das verzweifelte Ringen mit dem Tod, die

Flucht in immmer wieder neue Phantasiereisen. Bei Armande spürte ich nur den Hunger, die Gier, das schreckliche Bewußtsein der Vergänglichkeit.

Ich fragte mich, was der Arzt ihr an diesem Morgen tatsächlich gesagt hatte, und wieviel sie wirklich begriff. Noch lange lag ich wach und grübelte über alles nach, und als ich endlich einschlief, träumte ich, ich sei mit Armande in Disneyland, wo Reynaud und Caro uns Hand in Hand entgegenkamen, sie als die Rote Königin und er als der Weiße Hase aus *Alice im Wunderland* verkleidet, beide mit großen weißen Handschuhen wie die Hände von Comicfiguren. Caro trug eine rote Krone auf ihrem riesigen Kopf, und Armande hatte in jeder Hand einen Stiel mit Zuckerwatte.

Von irgendwo aus der Ferne hörte ich die New Yorker Verkehrsgeräusche näher kommen, das laute Hupen der Taxis.

»*Um Gottes willen, iß das nicht, das ist giftig*«, kreischte Reynaud, aber Armande stopfte sich mit beiden Händen gierig die Zuckerwatte in den Mund. Ich versuchte, sie vor dem Taxi zu warnen, doch sie schaute mich nur an und sagte mit der Stimme meiner Mutter: »Das Leben ist ein Fest, *chérie*, jedes Jahr sterben mehr Menschen im Straßenverkehr, das ist statistisch erwiesen.« Dann machte sie sich wieder auf diese schreckliche, gefräßige Art über die Zuckerwatte her, und Reynaud wandte sich mir zu und kreischte mit einer Stimme, die wegen ihrer schrillen Höhe um so bedrohlicher klang:

»*Das ist alles deine Schuld! Du mit deinem Schokoladenfest! Alles war in Ordnung, bis du aufgetaucht bist, und jetzt sterben alle – sie STERBEN STERBEN STERBEN ...*« Ich streckte abwehrend die Hände aus.

»Es ist nicht meine Schuld«, flüsterte ich, »sondern *deine*. Du bist der Schwarze Mann, du bist –« Und dann stürzte ich rückwärts durch den Spiegel, und die Karten flogen in alle Richtungen um mich herum – *Neun Schwerter, DER*

*TOD. Drei Schwerter, DER TOD. Der Turm, DER TOD. Der Wagen, DER TOD.*

Ich wachte schreiend auf. Anouk stand über mir, das Gesicht schlafverquollen und angsterfüllt.

»Maman, was ist los?«

Ihre Arme legen sich warm um meinen Hals. Sie riecht nach Schokolade und Vanille und friedlichem Schlaf.

»Nichts. Ich hab nur geträumt. Weiter nichts.«

Sie tröstet mich mit ihrer sanften Kinderstimme, und ich komme mir vor wie in einer verkehrten Welt, als würde ich in ihr versinken wie eine Meeresschnecke in ihrem Gehäuse, als würde ich mich um mich selbst drehen, während ihre Hand kühl auf meiner Stirn liegt, ihr Mund in meinem Haar.

»*Fort-fort-fort*«, murmelt sie mechanisch. »*Böser Geist, mach dich davon*. Jetzt ist es gut, Maman. Es ist alles fort.« Ich weiß nicht, wo sie diese Dinge aufschnappt. Meine Mutter sagte solche Dinge, aber ich kann mich nicht erinnern, sie Anouk je beigebracht zu haben. Und doch benutzt sie sie wie vertraute Formeln. Einen Moment lang klammere ich mich an sie, vor Liebe wie gelähmt.

»Es wird alles gut, nicht wahr, Anouk?«

»Na klar.« Ihre Stimme klingt klar und erwachsen und selbstsicher. »Klar wird alles gut.« Sie legt ihren Kopf an meine Schulter und kuschelt sich an mich. »Ich hab dich lieb, Maman.«

Draußen zeigen sich die ersten Streifen der Dämmerung am Horizont. Ich halte meine Tochter fest in den Armen, während sie wieder einschläft, und ihr Locken kitzeln mich im Gesicht. Ist es das, wovor meine Mutter sich immer fürchtete? Ich frage mich, während ich dem Zwitschern der Vögel lausche – zuerst ein einzelnes *Krah-krah*, dann ein ganzes Konzert –, ist es das, wovor sie flüchtete? Nicht ihr eigener Tod, sondern die zahllosen Begegnungen mit anderen Menschen, die abgebrochenen Kontakte, die ungewollt entstehenden Bindungen, die *Verantwortung*? Sind wir all die Jahre vor unseren Gefühlen davongelaufen, vor unseren

Freundschaften, den beiläufig ausgesprochenen Worten, die ein Leben verändern können?

Ich versuche, mich an meinen Traum zu erinnern, an Reynauds Blick – den verzweifelten Ausdruck in seinem Gesicht, *ich komme zu spät, ich komme zu spät* –, auch er auf der Flucht vor einem unvorstellbaren Schicksal, zu dessen Teil ich unabsichtlich geworden bin. Aber der Traum hat sich aufgelöst, seine Teile haben sich wie Karten im Wind zerstreut. Schwer zu sagen, ob der Schwarze Mann der Verfolger oder der Verfolgte ist. Schwer zu sagen, ob er wirklich der Schwarze Mann ist. Statt dessen sehe ich wieder das Gesicht des weißen Kaninchens vor mir – wie das Gesicht eines ängstlichen Kindes auf einem Karussell, das verzweifelt versucht auszusteigen.

»Wer läutet die Veränderungen ein?«

In meiner Verwirrung halte ich die Stimme für die eines anderen; eine Sekunde später begreife ich, daß ich laut gesprochen habe. Aber als ich wieder in den Schlaf sinke, bin ich mir fast sicher, daß ich eine andere Stimme antworten höre, eine Stimme, die mich sowohl an Armande als auch an meine Mutter erinnert.

*Du, Vianne*, sagt sie sanft.

*Du.*

## Dienstag, 4. März

Das erste Grün auf den Feldern macht die Landschaft lieblicher, als wir beide es gewohnt sind. Von weitem wirkt es üppig und saftig – ein paar frühe Bienen sticheln die Luft über den zarten Halmen, so daß die Felder wie schlaftrunken wirken. Aber wir wissen, daß in zwei Monaten nur noch Stoppeln übrig sein werden, verbrannt von der Sonne, die Erde ausgedörrt und aufgesprungen, eine rote Kruste, auf der nur noch Disteln wachsen. Ein heißer Wind fegt alles weg, was an fruchtbarem Boden noch übrig ist, und bringt Dürre ins Land, und darauf folgt eine stickige Windstille, in der Krankheiten gedeihen. Ich erinnere mich noch an den Sommer 1975, *mon père*, an die glühende Hitze und den heißen weißen Himmel. In jenem Sommer folgte Plage auf Plage. Zuerst die Zigeuner, die in ihren schmuddeligen Booten über den halb ausgetrockneten Fluß angekrochen kamen und in *Les Marauds* im Schlamm auf Grund liefen. Und dann die Krankheit, die erst ihre Tiere und dann die unsrigen befiel; eine Art Wahnsinn. Zuerst verdrehten sie die Augen, zuckten hilflos mit den Beinen, weigerten sich trotz ihrer aufgedunsenen Körper zu trinken, schließlich begannen sie zu schwitzen und zu zittern und verendeten unter Wolken von schwarzen Fliegen, o Gott, es lag ein Gestank in der Luft, durchdringend und süßlich wie von verfaulendem Obst. Erinnern Sie sich? Das war der Sommer, als Sie hierherkamen, Vater. So heiß, daß die wilden Tiere aus dem ausgetrockneten Sumpf bis an den Fluß kamen. Füchse, Iltisse, Wiesel, Hunde. Die meisten tollwütig, vom Hunger und Durst aus ihren angestammten Revieren getrieben. Wir schossen sie ab, wenn sie auf das Ufer zuwankten, schossen sie ab oder töteten sie mit Steinen. Die Kinder bewarfen auch die Zigeuner mit Steinen, aber sie waren genauso gefangen und verzweifelt wie die Tiere und kamen immer wieder zurück. Die Luft war schwarz vor Fliegen und verpestet von dem Gestank der Feuer, mit denen sie versuchten, die Krankheit abzuwehren. Zuerst gingen die Pferde ein, dann die Kühe, Ziegen und Hunde. Wir versuchten, sie in Schach zu halten, weigerten uns, ihnen Lebensmittel oder Wasser oder Medikamente zu verkaufen. Im Schlamm des Tannes auf Grund gelaufen, tranken sie Flaschenbier und Flußwasser. Ich erinnere mich noch, wie ich sie von *Les Marauds* aus beobachtete, gebeugte Gestalten, die abends still um ihre Lagerfeuer hockten, und wie ich jemanden – eine Frau oder ein Kind – vom dunklen Wasser her schluchzen hörte.

Einige Leute, Schwächlinge – unter ihnen Narcisse –, fingen an, von Nächstenliebe zu faseln. Von Mitleid. Aber Sie sind hart geblieben. Sie wußten, was Sie zu tun hatten.

In der Messe haben Sie die Namen derjenigen verlesen, die sich weigerten mitzumachen. Muscat – der alte Muscat, Pauls Vater – hat sie so lange vor dem Café verscheucht, bis sie Vernunft angenommen haben. Nachts gab es Prügeleien zwischen den Zigeunern und den Dorfbewohnern. Die Kirche wurde geschändet. Aber Sie sind standhaft geblieben.

Eines Tages sahen wir, wie sie versuchten, ihre Boote in tieferes Wasser zu ziehen. An manchen Stellen versanken sie bis an die Hüften in dem nassen Schlamm, versuchten, auf den schleimigen Steinen Halt zu finden. Einige hatten sich Taue wie Geschirr umgelegt und zogen die Boote, andere schoben von hinten. Als sie bemerkten, daß wir sie beobachteten, verfluchten sie uns mit ihren harten, heiseren Stimmen. Aber es dauerte noch weitere zwei Wochen, bis sie endlich abzogen und ihre ruinierten Boote zurückließen. Ein Feuer, haben Sie gesagt, Vater, ein Feuer, das der Säufer und die Schlampe, denen das Boot gehörte, unbeaufsichtigt gelassen hatten. Es breitete sich in der trockenen, elektrisierten Luft rasend schnell aus, bis der ganze Fluß in Flammen zu stehen schien. Ein Unfall.

Es gab Gerede; wie immer. Es hieß, Sie hätten das Unglück mit Ihren Predigten herausgefordert; Sie hätten dem alten Muscat und seinem Sohn, den beiden, die stets so fromm in der ersten Bank saßen und alles sahen und hörten, freundlich zugenickt, den beiden, die in jener Nacht nichts gesehen und gehört hatten. Vor allem jedoch war man erleichtert. Und als der Winter kam und der Tannes wieder mehr Wasser führte, versanken sogar die Wracks.

Ich bin heute morgen noch einmal hingegangen, Vater. Dieser Ort geht mir nicht aus dem Sinn. Es ist fast genauso wie vor zwanzig Jahren. Heimtückische Stille liegt über dem Fluß, eine Stimmung, die nichts Gutes ahnen läßt. Im Vorbeigehen sehe ich, wie hinter schmutzigen Fensterscheiben Vorhänge bewegt werden. Dann meine ich, leises, anhaltendes Gelächter aus den Booten zu hören. Werde ich stark genug sein, Vater? Werde ich trotz meines guten Willens versagen?

Drei Wochen. Ich habe jetzt drei Wochen in der Wüste verbracht. Mittlerweile müßte ich von allen Schwächen und Unsicherheiten geläutert sein. Aber die Angst ist immer noch da. Letzte Nacht habe ich von ihr geträumt. Oh, es war kein wollüstiger Traum, vielmehr fühlte ich mich auf unbegreifliche Weise bedroht. Die Unruhe, die sie ins Dorf bringt, ist es, was mich so umtreibt. Diese Wildheit.

Joline Drou sagt, ihre Tochter sei auch schlecht. Sie treibe sich in *Les Marauds* herum, praktiziere heidnische Riten, verbreite Aberglauben. Joline sagt, das Kind sei noch nie in der Kirche gewesen, habe nie zu beten gelernt. Wenn sie der Kleinen von Ostern und der Auferstehung erzählt, plappere sie irgendwelchen heidnischen Unsinn. Und dann dieses Fest; in jedem Schaufenster hängt inzwischen eins von ihren Plakaten. Die Kinder sind jetzt schon vor Aufregung ganz aus dem Häuschen.

»Lassen Sie sie doch, Vater, man ist nur einmal jung«, sagt Georges Clairmont verständnisvoll, während seine Frau ihre gezupften Brauen hebt und mich neckisch anschaut.

»Es kann doch wirklich nichts schaden«, sagt sie mit einem affektierten Lächeln. Ich habe den Verdacht, daß sie nur deswegen so nachsichtig sind, weil ihr Sohn für das Fest Interesse zeigt. »Und alles, was die Osterbotschaft bekräftigt ...«

Ich versuche erst gar nicht, ihnen begreiflich zu machen, worum es mir geht. Gegen ein Kinderfest zu Felde zu ziehen bedeutet, sich der Lächerlichkeit preiszugeben. Narcisse macht sich bereits lustig über meinen *Anti-Schokoladen-Kreuzzug*, begleitet von hämischem Gekicher. Aber es wurmt mich. Daß sie sich eines Kirchenfestes bedient, um die Kirche zu unterminieren – um meine Autorität zu unterminieren... Meine Würde ist bereits in Frage gestellt. Ich wage nicht, noch weiter zu gehen. Und mit jedem Tag wächst ihr Einfluß. Teilweise liegt es an dem Laden. Halb Café, halb *confiserie*, hat er etwas Einladendes, etwas Gemütliches. Die Kinder sind ganz verrückt nach den Schokoladenfiguren, die sie sich von ihrem Taschengeld leisten können. Die Erwachsenen genießen die leicht verruchte Atmosphäre, in der man sich Geheimnisse zuflüstert und gegenseitig das Herz ausschüttet. Mehrere Familien haben angefangen, für den Sonntagskaffee Kuchen bei ihr zu bestellen; ich sehe genau, wenn sie nach der Messe die mit Schleifen zugebundenen Schachteln abholen. Noch nie haben die Einwohner von Lansquenet-sous-Tannes soviel Schokolade gegessen. Gestern hat Toinette Arnauld sogar im Beichtstuhl genascht! Ihr Atem roch nach Schokolade, aber als Beichtvater war ich gezwungen, die Anonymität zu respektieren.

»*Schegnen Sie misch, Vater, denn isch habe geschündigt.*« Ich hörte sie kauen, hörte das saugende Geräusch zwischen ihren Zähnen. Blanke Wut stieg in mir auf, als sie eine lange Reihe von läßlichen Sünden beichtete, die ich kaum hörte, während der Duft von Schokolade und Karamel in dem engen Raum immer intensiver wurde. Sie sprach mit vollem Mund, und ich spürte, wie mir das Wasser auf der Zunge zusammenlief. Schließlich konnte ich es nicht mehr aushalten.

»Essen Sie etwa gerade etwas?« fuhr ich sie an.

»Nein, Vater«, erwiderte sie beinahe empört. »Essen? Warum sollte ich –«

»Ich bin *sicher*, daß ich Sie essen höre.« Ich machte mir nicht die Mühe, leise zu sprechen, sondern erhob mich von meinem Stuhl und umklammerte den Sims mit beiden Händen. »Für was halten Sie mich eigentlich, für einen Trottel?« Schon wieder hörte ich ein schmatzendes Geräusch, und die Wut übermannte mich vollends. »Ich *höre* Sie essen, Madame«, sagte ich scharf. »Oder glauben Sie etwa, Sie seien weder zu sehen noch zu hören?«

»*Mon père*, ich versichere Ihnen –«

»Schweigen Sie, Madame Arnauld, bevor Sie sich in weitere Lügen verstricken!« donnerte ich, und plötzlich war der Schokoladenduft verschwunden, es war kein Schmatzen mehr zu hören, sondern nur ein unterdrücktes Schluchzen und panisches Rascheln, als sie aus dem Beichtstuhl flüchtete. Mit ihren hohen Absätzen wäre sie beinahe ausgerutscht, als sie aus der Kirche rannte.

Allein im Beichtstuhl, versuchte ich, mich an den Duft, die Geräusche zu erinnern, an die Empörung, die ich empfunden hatte, meinen gerechten Zorn. Doch als die Dunkelheit mich umfing, als die Luft anstatt nach Schokolade nur noch nach Weihrauch und Kerzen duftete, kamen mir Zweifel. Und dann wurde mir das Absurde an der ganzen Situation bewußt, und ich bekam fast einen Lachkrampf, der mich zugleich verblüffte und ängstigte. Am Ende war ich verwirrt und naßgeschwitzt, mein Magen rebellierte. Der plötzliche Gedanke, daß *sie* die einzige wäre, die das Komische an der Situation erkennen würde, reichte aus, um mir den Magen von neuem umzudrehen, und ich war gezwungen, mich wegen leichter Übelkeit zu entschuldigen und die Beichte abzubrechen. Mit unsicheren Schritten ging ich zurück in die Sakristei, und ich bemerkte, wie mehrere Leute mich merkwürdig ansahen. Ich muß vorsichtiger sein. In Lansquenet wird zuviel geklatscht.

Seitdem herrscht einigermaßen Ruhe. Ich führe meinen Ausbruch im Beichtstuhl auf ein leichtes Fieber zurück, das mich während der Nacht schüttelte. Auf jeden Fall ist es nicht wieder vorgekommen. Als Vorsichtsmaßnahme habe ich meine Abendmahlzeiten noch weiter reduziert, um die Verdauungsstörungen zu vermeiden, die den Vorfall möglicherweise verursacht haben. Dennoch spüre ich um mich herum eine gewisse Unsicherheit – beinahe so etwas wie gespannte Erwartung. Der Wind macht die Kinder ausgelassen, sie rennen mit ausgestreckten Armen auf dem Dorfplatz herum und kreischen wie Vögel. Auch die Erwachsenen wirken flatterhaft, fallen von einem Extrem ins andere. Die Frauen reden zu laut, nur um verlegen zu schweigen, sobald ich auftauche; manche sind dauernd den Tränen nahe, andere aggressiv. Heute morgen sprach ich Joséphine Muscat vor dem *Café de la République* an, und diese sonst so stille, einsilbige Frau starrte mich wütend an und begann mich mit zitternder Stimme zu beschimpfen und zu beleidigen.

»Lassen Sie mich in Ruhe«, zischte sie. »Haben Sie nicht schon genug angerichtet?«

Ich bewahrte meine Würde und ließ mich nicht dazu herab, ihr zu antworten, aus Furcht, in einen hitzigen Disput verwickelt zu werden. Aber sie hat sich verändert; sie ist härter geworden, ihr ehemals unbeteiligter Blick ist nun konzentriert und haßerfüllt. Auch sie ist ins Lager des Feindes übergelaufen.

Warum begreifen sie einfach nicht, *mon père*? Warum sehen sie nicht, was diese Frau uns antut? Sie zerstört unseren Gemeinschaftssinn, unseren Zusammenhalt. Sie nutzt die Fehler und Schwächen der Menschen aus. Und erntet damit Zuneigung und Loyalität, die ich – Gott steh mir bei! – in meiner Schwäche für mich selbst begehre. Es ist ein Hohn, wie sie von Wohlwollen und Toleranz, von Mitleid für die armen Heimatlosen vom Fluß predigt, während in Wirklichkeit die Verderbtheit um sich greift.

Der Teufel tut sein Werk nicht durch das Böse, sondern durch Schwäche, Vater. Sie wissen das am allerbesten. Wo wären wir ohne die Kraft und Reinheit unserer Überzeugungen? Wie sicher können wir sein? Wie lange wird es dauern, bis das Geschwür bis in die Kirche vordringt? Wir haben gesehen, wie schnell die Fäulnis sich ausbreitet. Schon bald werden sie »*interkonfessionelle Gottesdienste*« fordern, um »*alternative Glaubensbekenntnisse zu integrieren*«, die Beichte als »*nutzloses Unterdrückungsinstrument*« verdammen und die »*inneren Werte*« verherrlichen, und ehe sie sich's versehen, werden sie sich mit all ihrem scheinbar fortschrittlichen Denken und ihren harmlos liberalen Ansichten auf dem direkten Weg in die Hölle befinden.

Es ist doch ironisch, nicht wahr? Noch vor einer Woche habe ich meinen eigenen Glauben in Frage gestellt. Ich war zu sehr mit mir selbst beschäftigt, um die Zeichen zu erkennen. Zu schwach, um meine Pflicht zu tun. Doch die Bibel sagt uns unmißverständlich, was wir zu tun haben. Unkraut und Weizen können nun einmal nicht auf demselben Feld friedlich nebeneinander gedeihen. Das kann einem jeder Gärtner sagen.

## Mittwoch, 5. März

Luc ist heute wieder dagewesen, um mit Armande zu reden. Er wirkt jetzt etwas selbstbewußter, obwohl er immer noch ziemlich schlimm stottert. Aber er ist so weit aufgetaut, daß er hier und da eine scherzhafte Bemerkung macht, über die er dann selbst grinst, als sei er die Rolle des Spaßmachers nicht gewohnt. Armande war in Hochform und trug statt des schwarzen Strohhuts ein buntes Seidentuch um den Kopf. Ihre Wangen leuchteten rosig – obwohl ich annahm, daß dies, ebenso wie ihre ungewöhnlich roten Lippen, eher ihren Schminkkünsten als allein ihrer guten Laune zu verdanken war. In dieser kurzen Zeit haben sie und ihr Enkel entdeckt, daß sie mehr Gemeinsamkeiten haben, als sie vermutet hatten; ohne die hemmende Gegenwart von Caro gehen die beiden erstaunlich zwanglos miteinander um. Schwer vorstellbar, daß sie noch bis vor einer Woche kaum Kontakt hatten. Man spürt eine tiefe Vertrautheit zwischen ihnen, wenn sie sich mit gedämpfter Stimme unterhalten. Politik, Musik, Schach, Religion, Rugby, Lyrik – sie schweifen von einem Thema zum nächsten, wie Gourmets an einem Buffet, die unbedingt von jedem Gericht probieren wollen. Armande konzentriert all ihren Charme und ihre volle Aufmerksamkeit auf ihn – mal ordinär, mal gelehrt, mal gewinnend, mädchenhaft, ernst, weise.

Kein Zweifel, das ist die Kunst der Verführung.

Diesmal war es Armande, die auf die Zeit achtete.

»Es wird spät, mein Junge«, sagte sie barsch. »Zeit für dich, nach Hause zu gehen.«

Luc hielt mitten im Satz inne und schaute sie betroffen an.

»I-i-ich habe gar nicht gemerkt«, sagte er und blickte auf seine Uhr, »d-daß es schon so spät ist.« Er schaute sich ziellos um, als sträubte er sich zu gehen. »D-dann werd ich wohl mal«, sagte er ohne Begeisterung. »Wenn ich zu spät komme, d-dreht meine M-mutter durch. D-du weißt ja, wie sie ist.«

Klugerweise versucht Armande nicht, den Jungen gegen seine Mutter einzunehmen und enthält sich weitgehend jeglichen abschätzigen Kommentars über Caro. Auf diese eindeutige Kritik hin jedoch lächelte sie spitzbübisch.

»Das kann man wohl sagen«, erwiderte sie. »Sag mal, Luc, ist dir denn niemals danach, ein bißchen zu rebellieren?« Ihre Augen leuchteten schelmisch. »In deinem Alter gehört das doch eigentlich dazu – da läßt man sich die Haare wachsen, hört Rockmusik, flirtet mit den Mädchen und all so was. Sonst sieht man mit achtzig ganz schön alt aus.«

Luc schüttelte den Kopf.

»Zu gefährlich«, sagte er knapp. »Ich will sch-schließlich überleben.«

Armande lachte.

»Also dann, bis nächste Woche?« Diesmal drückte er ihr einen Kuß auf die Wange. »Um dieselbe Zeit?«

»Ich glaube, das werde ich einrichten können«, sagte sie lächelnd. »Morgen gebe ich eine Einweihungsparty«, sagte sie unvermittelt. »Um mich bei allen zu bedanken, die mein

Dach repariert haben. Du bist auch herzlich eingeladen, wenn du Lust hast.«

Luc wirkte unentschlossen.

»Aber wenn Caro was dagegen hat«, meinte sie ironisch und schaute ihn herausfordernd an.

»M-mir fällt bestimmt eine Ausrede ein«, sagte Luc, von ihrem amüsierten Blick aufgemuntert. »Das k-könnte lustig werden.«

»Darauf kannst du dich verlassen«, sagte Armande energisch. »Es werden alle dasein. Außer natürlich Reynaud und seine Bibel-Groupies.« Sie lächelte ihn verschmitzt an. »Was ich allerdings sehr begrüße.«

Ein verlegenes Grinsen huscht über sein Gesicht.

»B-Bibel-Groupies«, wiederholt er. »Das ist echt c-cool, *Mémée*.«

»Ich bin *immer* cool«, erwidert Armande würdevoll.

»M-Mal sehen, was sich machen läßt.«

Armande hatte ihre Tasse ausgetrunken, und ich wollte gerade den Laden schließen, als Guillaume eintrat. Ich hatte ihn in dieser Woche kaum gesehen, und er wirkte irgendwie zerknautscht, sein Gesicht traurig und farblos unter der schmalen Hutkrempe. Förmlich wie immer, grüßte er uns mit ausgesuchter Höflichkeit, doch ich sah, daß er bedrückt war. Seine Kleider hingen an seinen schmalen Schultern, als würde kein Körper darunter stecken. Seine Augen waren rot gerändert, seine Wangen eingefallen. Charly war nicht dabei, doch ich bemerkte, daß er die Leine wieder um das Handgelenk gewickelt hatte. Anouk lugte neugierig aus der Küche.

»Ich weiß, Sie machen Feierabend.« Er sprach beherrscht und akzentuiert, wie die tapferen Soldatenbräute in den britischen Kriegsfilmen, die er so liebte. »Ich werde Sie nicht lange aufhalten.«

Ich schenkte ihm eine halbe Tasse meines besten *chocolat espresso* ein und legte ein paar seiner geliebten Florentiner auf die Untertasse. Anouk kletterte auf einen Hocker und beäugte sie neidisch.

»Ich habe keine Eile«, sagte ich.

»Ich auch nicht«, erklärte Armande in ihrer direkten Art. »Aber ich kann auch gehen, wenn Ihnen das lieber ist.«

Guillaume schüttelte den Kopf.

»Nein, natürlich nicht.« Er schenkte ihr ein wenig überzeugendes Lächeln. »Es ist nichts Weltbewegendes.«

Obwohl ich ahnte, was geschehen war, wartete ich, bis er soweit war, uns von seinem Kummer zu erzählen. Guillaume nahm einen Florentiner und biß lustlos hinein, während er eine Hand darunterhielt, um die Krümel aufzufangen.

»Ich habe gerade Charly begraben«, sagte er mit brüchiger Stimme. »Unter dem Rosenstrauch in meinem Garten. Das hätte ihm gefallen.«

Ich nickte.

»Ganz bestimmt.«

Ich konnte seine Trauer riechen, einen scharfen, sauren Geruch wie nach Erde und Mehltau. Er hatte schwarze Erde unter den Fingernägeln der Hand, mit der er den Florentiner hielt. Anouk schaute ihn mit ernster Miene an.

»Armer Charly«, sagte sie. Guillaume schien sie kaum zu hören.

»Es mußte schließlich sein«, fuhr er fort. »Er konnte nicht mehr laufen, und er winselte jedesmal, wenn ich ihn hochnahm. Gestern abend hörte er überhaupt nicht mehr auf zu winseln. Ich habe die ganze Nacht bei ihm gesessen, aber ich wußte Bescheid.« Guillaume wirkte beinahe schuldbewußt, von einer Trauer überwältigt, für die er keine Worte fand. »Ich weiß, es ist albern«, sagte er. »Er war nur ein Hund, wie *Monsieur le curé* sagt. Albern, so ein Theater zu machen.«

»Unsinn«, mischte Armande sich ein. »Ein Freund ist ein Freund. Und Charly war ein guter Freund. Von diesen Dingen versteht Reynaud eben nichts.«

Guillaume schaute sie dankbar an.

»Nett, daß Sie das sagen.« Er wandte sich an mich. »Und Ihnen danke ich auch, Madame Rocher. Sie haben letzte Woche versucht, mich zu warnen, aber ich wollte nicht auf Sie hören. Wahrscheinlich hab ich mir eingebildet, Charly würde ewig leben, wenn ich die Wahrheit einfach ignorierte.«

Armande beobachtete ihn mit einem seltsamen Ausdruck in den schwarzen Augen.

»Manchmal ist Weiterleben die schlechtere Alternative«, sagte sie sanft.

Guillaume nickte.

»Ich hätte ihn früher gehen lassen sollen«, sagte er. »Ihm ein bißchen Würde lassen sollen.« Sein Gesicht verzog sich zu einem Lächeln, das fast schmerzhaft wirkte. »Zumindest hätte ich uns die vergangene Nacht ersparen sollen.«

Ich wußte nicht, was ich ihm sagen sollte. Irgendwie hatte ich das Gefühl, daß ich gar nichts zu sagen brauchte. Er wollte einfach nur reden. Ich verzichtete auf die üblichen Klischees und sagte nichts. Guillaume aß seinen Florentiner auf und lächelte matt.

»Es ist schrecklich«, sagte er geistesabwesend, »aber ich habe einen solchen Appetit. Es ist, als hätte ich seit Wochen nichts gegessen. Gerade habe ich meinen Hund begraben, und jetzt könnte ich essen wie –« Er brach verwirrt ab. »Irgendwie kommt es mir so unrecht vor«, sagte er schuldbewußt. »Als würde ich am Karfreitag Fleisch essen.«

Armande mußte lachen und legte Guillaume eine Hand auf die Schulter. Neben ihm wirkte sie regelrecht fit und gesund.

»Sie kommen jetzt mit zu mir!« befahl sie. »Ich habe Brot und *rillettes* und einen guten, reifen Camembert. Oh, und Vianne« – mit einer gebieterischen Geste an mich gewandt –, »ich nehme noch eine Schachtel von diesen Schokoladenkeksen. Wie heißen die gleich? Florentiner? Eine schöne, große Schachtel.«

Wenigstens das kann ich ihm geben. Auch wenn es für einen Mann, der gerade seinen besten Freund verloren hat, ein schwacher Trost ist. Heimlich machte ich mit der Fingerspitze ein Zeichen auf die Schachtel. Es sollte ihm Glück bringen.

Guillaume wollte protestieren, aber Armande schnitt ihm das Wort ab.

»Quatsch!« sagte sie kategorisch. Unwillkürlich übertrug sich ihre Energie auf den kleinen müden Mann. »Was wollen Sie denn sonst tun? Zu Hause rumsitzen und Trübsal blasen?« Sie schüttelte heftig den Kopf. »Nein. Ich habe schon lange keinen Herrenbesuch mehr gehabt. Ich werde es genießen. Außerdem«, fügte sie nachdenklich hinzu, »gibt es etwas, worüber ich gern mit Ihnen reden würde.«

Armande bekommt ihren Willen. Es ist beinahe ein Gesetz. Ich beobachtete die beiden, während ich die Schachtel Florentiner einwickelte und mit einer silbernen Schleife zuband. Guillaume war von ihrer Herzlichkeit überwältigt, er war verwirrt und dankbar zugleich.

»Madame Voizin –«

»Armande«, unterbrach sie ihn bestimmt. »Wenn Sie mich *Madame* nennen, komme ich mir so alt vor.«

»Armande.«

Es ist ein kleiner Sieg.

»Und *das* können Sie auch gleich hierlassen.« Vorsichtig nestelte sie die Hundeleine von Guillaumes Handgelenk. Sie ist auf eine ruppige Art mitfühlend, ohne gönnerhaft zu werden. »Es bringt nichts, unnötigen Ballast mit sich herumzuschleppen. Das ändert auch nichts.«

Ich sehe zu, wie sie Guillaume aus der Tür bugsiert. Beim Hinausgehen dreht sie sich noch einmal um und zwinkert mir zu. Eine Welle der Zuneigung für die beiden steigt in mir auf.

Dann verschwinden sie in der Nacht.

Stunden später liegen Anouk und ich im Bett und schauen in den Sternenhimmel über unserem Dachfenster. Nach Guillaumes Besuch war Anouk den ganzen Abend sehr ernst, ohne ihre übliche Ausgelassenheit. Sie hat die Tür zwischen unseren Zimmern offengelassen, und ich warte bedrückt auf die unvermeidliche Frage; ich habe sie mir selbst oft gestellt, in den Nächten, nachdem meine Mutter gestorben war, und habe keine Antwort gefunden. Doch die Frage kommt nicht. Statt dessen krabbelt sie, obwohl ich dachte, sie schliefe schon lange, unter meine Decke und schiebt ihre kleine kalte Hand in meine.

»Maman?« Sie weiß, ich bin noch wach. »Nicht wahr, *du* stirbst nicht?«

Ich lache leise in der Dunkelheit.

»Das kann niemand versprechen«, sage ich sanft.

»Aber du stirbst noch lange nicht«, beharrt sie. »Noch ganz, ganz lange nicht.«

»Das hoffe ich.«

»Hm.« Das muß sie erst einmal verdauen. Sie kuschelt sich noch dichter an mich. »Menschen leben länger als Hunde, nicht wahr?«

Ich bestätige, daß das stimmt. Wieder Schweigen.

»Was glaubst du, wo Charly jetzt ist, Maman?«

Ich könnte ihr Lügenmärchen erzählen; tröstliche Lügenmärchen. Aber ich bringe es nicht fertig.

»Ich weiß es nicht, Nanou. Ich stelle mir gern vor, daß wir wiedergeboren werden. In einem neuen, gesunden Körper. Oder als Vogel oder als Baum. Aber niemand weiß das genau.«

»Hm.« Zweifel klingt in ihrer Stimme mit. »Hunde auch?«

»Warum nicht.«

Es ist eine angenehme Vorstellung. Manchmal verliere ich mich in ihr wie ein Kind in seinen Phantasiegeschichten; dann sehe ich meine Mutter in den lebhaften Zügen meiner kleinen Fremden ...

Eifrig: »Dann können wir Guillaumes Hund doch suchen. Morgen. Dann wäre er doch bestimmt wieder glücklich, nicht wahr?«

Ich versuche, ihr zu erklären, daß das nicht ganz so einfach ist, aber sie läßt nicht locker.

»Wir könnten zu den Bauernhöfen gehen und rausfinden, welcher Hund gerade Junge bekommen hat. Glaubst du, wir würden Charly erkennen?«

Ich seufze. Eigentlich müßte ich mich inzwischen an ihre gewundenen Gedankengänge gewöhnt haben. Ihre Überzeugung erinnert mich so sehr an meine Mutter, daß ich den Tränen nahe bin.

»Ich weiß nicht.«

Dickköpfig: »*Pantoufle* würde ihn auf jeden Fall erkennen.«

»Schlaf jetzt, Anouk. Morgen ist Schule.«

»Er würde ihn erkennen, das weiß ich ganz genau. Pantoufle sieht *alles*.«

»Schsch.«

Schließlich wird ihr Atem regelmäßig. Ihr Gesicht ist dem Fenster zugewandt, und ich sehe Sternenlicht auf ihren nassen Wimpern. Wenn ich nur *Gewißheit* hätte, um ihretwillen... Aber es gibt keine Gewißheit. Die Magie, an die meine Mutter so unerschütterlich glaubte, hat sie am Ende auch nicht gerettet; alles, was wir erlebten, hätte auch durch Zufall geschehen sein können. Nichts ist leichter als das, sage ich mir; die Karten, die Kerzen, die Räucherstäbchen, die Zaubersprüche – alles nur Kindertricks, um die Dunkelheit zu bannen. Und doch schmerzt mich Anouks Enttäuschung. Im Schlaf wirkt ihr Gesicht gelassen, vertrauensvoll. Ich stelle mir vor, wie wir uns morgen auf eine sinnlose Suche machen, wie wir alle möglichen Welpen begutachten, und es zerreißt mir das Herz. Ich hätte ihr nichts erzählen sollen, was ich nicht *beweisen* kann...

Vorsichtig, um sie nicht zu wecken, schlüpfe ich aus dem Bett. Die Dielen fühlen sich glatt und kühl unter meinen

Füßen an. Als die Tür beim Öffnen ein bißchen quietscht, murmelt Anouk im Schlaf, wacht jedoch nicht auf. Ich habe eine Verantwortung ihr gegenüber, sage ich mir. Ohne es zu wollen, habe ich ihr etwas versprochen.

Die Sachen meiner Mutter sind immer noch in ihrer Kiste, sie duften nach Sandelholz und Lavendel. Ihre Karten, ihre Kräuter, ihre Bücher, ihre Öle, die duftende Tinte, die sie für ihre Wahrsagerei benutzte, Runen, Amulette, Kristallkugeln, Kerzen in vielen Farben. Wenn die Kerzen nicht wären, würde ich die Kiste kaum jemals öffnen. Zu sehr riecht sie nach verlorener Hoffnung. Aber um Anouks willen – Anouk, die mich so sehr an sie erinnert – muß ich es wohl versuchen. Ich komme mir ein bißchen lächerlich vor. Eigentlich müßte ich jetzt schlafen und mich für den morgigen Tag stärken. Aber Guillaumes Gesicht verfolgt mich. Anouks Worte rauben mir den Schlaf. Es ist gefährlich, sage ich mir verzweifelt; indem ich auf diese beinahe vergessenen Fähigkeiten zurückgreife, setze ich mich noch mehr von ihnen ab und mache es um so schwerer für uns, hierzubleiben ...

Das vertraute Ritual, das ich vor so langer Zeit aufgegeben habe, geht mir erstaunlich leicht von der Hand. Den Kreis auf dem Boden zu ziehen, in die Mitte ein mit Wasser gefülltes Glas, ein Schälchen mit Salz und eine brennende Kerze – es hat fast etwas Tröstliches, es ist wie die Rückkehr in eine Zeit, als es noch für alles eine einfache Erklärung gab. Ich setze mich im Schneidersitz auf den Boden, schließe die Augen, lasse meinen Atem fließen.

Meine Mutter liebte Rituale und Zaubersprüche. Ich war weniger willig. Ich sei gehemmt, pflegte sie dann zu kichern. Jetzt, mit geschlossenen Augen und ihrem Duft an den Fingerspitzen, fühle ich mich ihr sehr nahe. Vielleicht fällt mir das alles deswegen heute nacht so leicht. Menschen, die nichts von echter Zauberei verstehen, stellen sich vor, der Vorgang erfordere eine Menge Brimborium. Ich nehme an, daß meine Mutter, die eine ausgeprägte theatralische Ader besaß, deswegen immer so einen Hokuspokus darum gemacht hat. In Wirklichkeit ist das Ganze äußerst undramatisch; es geht lediglich darum, sich mit allen Sinnen auf das gewünschte Ziel zu konzentrieren. Es gibt keine Wunder, keine plötzlichen Erscheinungen. Ich sehe Guillaumes Hund deutlich vor meinem geistigen Auge, umgeben von jenem einladenden Glanz, aber es erscheint kein Hund in meinem Kreis. Vielleicht morgen oder übermorgen, ein scheinbarer Zufall wie der orangefarbene Sessel oder die roten Barhocker, die wir uns am ersten Tag vorgestellt hatten. Vielleicht wird aber auch gar nichts geschehen.

Ein Blick auf meine Armbanduhr, die ich auf den Boden gelegt habe, sagt mir, daß es bereits kurz vor halb vier ist. Ich muß schon länger hier sitzen, als ich angenommen habe, denn die Kerze ist fast heruntergebrannt, und meine Glieder sind kalt und steif. Dennoch ist das ungute Gefühl verschwunden, ich fühle mich seltsam ausgeruht und zufrieden, ohne daß ich mir das erklären könnte.

Ich schlüpfe wieder in mein Bett – Anouk hat sich inzwischen breitgemacht, ihre Arme auf den Kissen ausgestreckt – und kuschele mich unter die warme Decke. Meine anspruchsvolle kleine Fremde wird zufrieden sein. Beim Einschlafen meine ich einen Moment lang, die Stimme meiner Mutter zu hören, die ganz dicht bei meinem Ohr etwas flüstert.

## Freitag, 7. März

Die Zigeuner ziehen ab. Ich bin heute morgen am Ufer entlanggegangen und habe sie bei ihren Vorkehrungen beobachtet, wie sie ihre Fischreusen einholten und ihre endlosen Wäscheleinen abnahmen. Einige sind gestern abend in der Dunkelheit abgefahren – ich habe gehört, wie sie ihre Signalpfeifen und Nebelhörner wie eine letzte Geste des Hohns ertönen ließen –, doch die meisten sind so abergläubisch, daß sie es nicht wagen, vor der Dämmerung aufzubrechen. Es war kurz nach sieben, als ich vorbeiging. Kalter Nebel lag über dem Fluß. Im fahlen, graugrünen Licht der Morgendämmerung wirkten sie bleich und mürrisch, wie Flüchtlinge, als sie die letzten Reste ihres schwimmenden Zirkus zusammenpackten. Was am Abend zuvor noch zauberhaft funkelte und glitzerte, war allen scheinbaren Prunks beraubt und wirkte nur noch trist und heruntergekommen. In der feuchtkalten Luft liegt ein Geruch von Maschinenöl und Verbranntem. Man hört das Knattern von Segeltuch, das Wummern der Schiffsmotoren. Mit finsterer Miene versehen sie ihre Arbeit, und kaum einer schaut zu mir herüber. Keiner sagt ein Wort. Roux ist nicht unter den Nachzüglern. Vielleicht ist er schon mit den anderen abgefahren. Es sind noch etwa dreißig Boote übrig, sie liegen tief im Wasser, belastet mit all den Vorräten, die sie sich beschafft haben. Ich sehe Zézette am Rand der schrottreifen Flotte, wie sie irgendwelche unidentifizierbaren verkohlten Gegenstände auf ihr Boot hievt. Auf einer versengten Matratze und einer Kiste voller Zeitschriften steht gefährlich wackelig ein Käfig mit Hühnern. Sie wirft mir einen haßerfüllten Blick zu, sagt jedoch nichts.

Glauben Sie nicht, ich hätte kein Mitgefühl mit diesen Leuten, *mon père*. Ich empfinde keinen persönlichen *Groll*, aber ich muß an meine Gemeinde denken. Ich kann meine Zeit nicht mit unerbetenen Predigten für Fremde vergeuden, die mich nur verhöhnen und beleidigen würden. Und dennoch bin ich nicht unnahbar. Jeder von ihnen wäre in meiner Kirche willkommen, wenn er ernste Reue zeigte. Wenn sie geistlichen Beistand brauchen, wissen sie, daß sie sich an mich wenden können.

Ich habe letzte Nacht schlecht geschlafen. Seit dem Beginn der Fastenzeit leide ich an Schlafstörungen. Oft stehe ich vor dem Morgengrauen auf in der Hoffnung, in einem Buch, auf den stillen, dunklen Straßen von Lansquenet oder am Ufer des Tannes Schlaf zu finden. Letzte Nacht war ich noch ruheloser als gewöhnlich, und da ich wußte, daß ich sowieso nicht würde schlafen können, bin ich gegen elf aus dem Haus gegangen und eine Stunde lang am Fluß entlanggewandert. Ich ging an *Les Marauds* und dem schwimmenden Lager der Zigeuner vorbei flußaufwärts hinaus in die Felder, doch ich konnte die Geräusche ihres emsigen Treibens deutlich hören. Flußabwärts sah ich ihre Lagerfeuer am Ufer flackern und tanzende Gestalten im gelben Schein der Flammen. Als ich einen Blick auf meine Uhr warf, stellte ich fest, daß ich schon seit fast einer Stunde unterwegs war, und machte mich auf den Heimweg. Ich hatte nicht vorgehabt, durch *Les Marauds* zu gehen, sondern wollte denselben Weg zurück durch die Felder nehmen, was meinen Heimweg jedoch um eine halbe Stunde verlängert hätte, und mir war vor Müdigkeit flau und schwindlig. Noch schlimmer jedoch war, daß ich durch die Kombination aus frischer Luft und Übermüdung einen Hunger entwickelt hatte, der mit meinem morgendlichen Imbiß aus Brot und Kaffee kaum zu stillen sein würde. Aus diesem Grund schlug ich doch den Weg durch *Les Marauds* ein, Vater. Meine Stiefel sanken tief in den Schlamm am Ufer des Tannes, und mein Atem schimmerte weiß im Licht ihrer Feuer. Schon bald war ich nah genug, um zu erkennen, was dort vor sich ging. Sie feierten eine Art Party. Ich sah Laternen, Kerzen, die sie an den Relings befestigt hatten, was der ganzen Szene einen beinahe sakralen Charakter verlieh. Es roch nach Holzkohlenfeuer und duftete verlockend nach gegrillten Sardinen; und darunter mischte sich der scharfe, bittere Duft von Vianne Rochers Schokolade. Ich hätte mir denken können, daß sie dort war. Wenn sie nicht wäre, hätten die Zigeuner sich längst davongemacht. Ich sah sie auf dem Steg vor Armande Voizins Haus. In ihrem langen, roten Mantel und mit ihrem offenen Haar sah sie aus wie eine heidnische Priesterin. Als sie sich kurz in meine Richtung wandte, sah ich bläuliche Flammen in ihren ausgestreckten Händen, irgend etwas Brennendes zwischen ihren Fingern, das die Gesichter der anderen bleich erleuchtete ...

Einen Augenblick lang war ich starr vor Entsetzen. Irrationale Ängste überfielen mich – geheimnisvolle Opferriten, Teufelsanbetung, Brandopfer für irgendwelche primitiven Götzen –, und ich begann zu fliehen, stolperte in dem tiefen Schlamm hinter den Schlehenbüschen entlang, die mich vor ihren Blicken schützten. Dann die Erleichterung. Verblüffung und tiefe Scham über meine eigenen absurden Gedanken, als sie sich noch einmal in meine Richtung umdrehte und ich sah, wie die Flammen verloschen.

»*Mutter Gottes!*«

Meine Erleichterung war so groß, daß meine Beine beinahe unter mir nachgaben.

»Pfannkuchen. *Flambierte Pfannkuchen.* Das ist alles.«

Ich begann hysterisch und lautlos zu lachen. Mein Magen verkrampfte sich, und ich bohrte meine Fäuste in die Magengrube, um das Lachen zu unterdrücken. Ich beobachtete, wie sie noch einen Berg Pfannkuchen flambierte, mit der Bratpfanne herumging und die Pfannkuchen beherzt austeilte, und die Flammen hüpften von Teller zu Teller wie Elmsfeuer.

Pfannkuchen.

Was haben sie mir angetan, Vater! Sie haben mich so weit gebracht, daß ich Dinge höre – und Dinge sehe –, die gar nicht da sind. Das hat sie mir angetan, sie und ihre Freunde vom Fluß.

Und dennoch wirkt sie so unschuldig. Ihr Gesicht ist offen, freundlich. Der Klang ihrer Stimme, der vom Fluß her an meine Ohren dringt – ihr Lachen, das ich aus dem der anderen heraushöre –, ist verführerisch, voller Humor und Wohlwollen. Unwillkürlich frage ich mich, wie meine eigene Stimme unter den Stimmen dieser Leute klingen würde, mein Lachen vermischt mit ihrem, und mit einemmal fühle ich mich einsam, plötzlich ist die Nacht kalt und leer.

Wenn ich nur könnte, dachte ich. Aus meinem Versteck kommen und mich zu ihnen gesellen. Essen, trinken – und plötzlich machte der Gedanke an Essen mich rasend, lief mir das Wasser im Mund zusammen. Wenn ich mich nur an diesen Pfannkuchen laben, mich nur an dem Feuer und dem Licht auf ihrer goldenen Haut wärmen könnte...

Ist das die Versuchung, Vater? Ich sage mir, ich habe ihr widerstanden, meine innere Kraft hat sie besiegt, mein Gebet – *bitte, o bitte, bitte, bitte* – war ein Flehen um Erlösung, nicht Ausdruck des Verlangens.

Haben Sie ebenso gefühlt? Haben Sie auch gebetet? Und als Sie der Versuchung damals in der Sakristei erlagen, war der Genuß hell und warm wie die Lagerfeuer der Zigeuner, oder war es ein erschöpftes Aufschluchzen, ein letzter lautloser Aufschrei in der Dunkelheit?

Ich hätte Ihnen keinen Vorwurf machen dürfen. Ein Mann – selbst ein Priester – kann das Verlangen nicht ewig unterdrücken. Und ich war zu jung, um die Einsamkeit der Versuchung zu kennen, den bittern Geschmack des Neids. Ich war sehr jung, *mon père*. Ich habe zu Ihnen aufgeblickt. Es war weniger der Akt selbst – oder die Person, mit der Sie ihn vollzogen –, sondern die simple Tatsache, daß Sie fähig waren zu sündigen. Selbst Sie, Vater. Und in diesem Augenblick wurde mir klar, daß es keine Sicherheit gibt. Für niemanden. Nicht einmal für mich selbst.

Ich weiß nicht, wie lange ich zugesehen habe, Vater. Zu lange, denn als ich schließlich ging, waren meine Hände und Füße taub. Ich sah Roux in der Gruppe, die beiden Frauen Blanche und Zézette, Armande Voizin, Luc Clairmont, Narcisse, den Araber, Guillaume Duplessis, die junge Frau mit den Tätowierungen, die dicke Frau mit dem grünen Kopftuch. Sogar die Kinder waren da – hauptsächlich Zigeunerkinder, aber auch Jeannot Drou und natürlich Anouk Rocher –, einige schliefen schon fast, andere tollten am Flußufer herum, aßen in Pfannkuchen eingewickelte Würstchen oder tranken heißen, mit Ingwer gewürzten Zitronensaft. Mein Geruchssinn schien unnatürlich geschärft, so daß ich die einzelnen Gerichte beinahe schmecken konnte – den gegrillten Fisch, den gerösteten Ziegenkäse, die dunklen Pfannkuchen und den leichten, warmen Schokoladenkuchen, den *confit de canard* und die scharf gewürzten *merguez*-Würstchen... Ich konnte Armandes Stimme aus den anderen heraushören; ihr Lachen war ungewöhnlich schrill, wie das eines übermüdeten Kindes. Die Laternen und Kerzen, die überall am Ufer brannten, leuchteten wie Weihnachtsschmuck.

Anfangs hielt ich den Alarmruf für einen Freudenschrei. Ein kurzer, heller Ton, ein Auflachen vielleicht oder ein hysterisches Kreischen. Einen Augenblick lang dachte ich, eines der Kinder sei ins Wasser gefallen. Dann sah ich das Feuer.

Es war auf einem der Boote ausgebrochen, die in einiger Entfernung von den Nachtschwärmern dicht am Ufer lagen. Eine umgefallene Laterne vielleicht, eine achtlos weggeworfene Zigarette, brennendes Kerzenwachs, das auf einen Ballen trockenen Segeltuchs getropft war. Was immer es war, es breitete sich in Windeseile aus. Schon war es auf dem Dach des Bootes, und gleich darauf griff es auf das Deck über. Anfangs waren die Flammen genauso blaßblau wie auf den flambierten Pfannkuchen, aber je mehr sie sich ausbreiteten, um so höher schlugen sie, bis sie schließlich so hell orangefarben leuchteten wie ein brennender Heuhaufen in einer Augustnacht. Der Rothaarige, Roux, war der erste, der reagierte. Ich nahm an, daß es sich um sein Boot handelte. Die Flammen hatten kaum Zeit gehabt, die Farbe zu wechseln, da war er auch schon auf den Füßen, sprang von Boot zu Boot um das Feuer zu erreichen. Eine der Frauen rief ihm nach, ein hoher, spitzer Schrei voller Angst und Sorge. Aber er kümmerte sich nicht darum. Er ist überraschend leichtfüßig. Innerhalb von dreißig Sekunden hatte er zwei Boote überquert, riß die Taue los, mit denen sie verbunden waren, trat im Weiterhasten eine losgelöste Barke nach der anderen auf das Wasser hinaus. Ich sah Vianne Rocher mit wie flehend ausgestreckten Armen hinter ihm herstarren; die anderen standen stumm auf dem Steg herum. Die Barken, die von ihrer Vertäuung gelöst waren, trieben langsam stromabwärts, und das Wasser wurde von ihrem Schaukeln aufgewühlt. Roux' Boot war nicht mehr zu retten, verkohlte Teile brachen ab und drifteten auf den Wellen dahin. Ich sah, wie er trotzdem einen halb verbrannten Ballen Segeltuch ergriff und auf die Flammen einschlug, aber die Hitze war zu groß. Seine Hose und sein Hemd fingen Feuer, und er ließ das Segeltuch fallen und schlug die Flammen an seinem Körper mit den Händen aus. Einen Arm schützend vor das Gesicht gehalten, versuchte er noch einmal, die Kajüte zu erreichen; ich hörte ihn in seinem Dialekt laut fluchen. Armande rief ihm etwas zu, ihre Stimme schrill vor Sorge. Ich hörte sie etwas von Benzin und Schiffstank schreien.

Angst und Hochstimmung zugleich nagten an meinen Eingeweiden, Erinnerungen stiegen in mir auf, süß und warm. Es war fast genauso wie damals, der Gestank nach brennenden Reifen, das dumpfe Tosen des Feuers, das zuckende Licht ... Es kam mir fast so vor, als wäre ich wieder ein kleiner Junge, als wären Sie der *curé*, und als seien wir beide wie durch ein Wunder von aller Verantwortung befreit.

Zehn Sekunden später sprang Roux von dem brennenden Boot ins Wasser. Ich sah ihn auf das Ufer zuschwimmen, doch der Schiffstank explodierte erst ein paar Minuten später, und es war nur ein dumpfer Knall, nicht das Feuerwerk, das ich erwartet hatte. Einen Moment lang war er nicht mehr zu sehen, verdeckt von den Flammen, die über die Wasseroberfläche rasten. Ich stand auf, denn jetzt fürchtete ich nicht mehr, gesehen zu werden, und reckte den Hals, um nach ihm Ausschau zu halten. Ich glaube, ich betete.

Sie sehen also, Vater, ich bin nicht ohne Mitgefühl. Ich *fürchtete* um sein Leben.

Vianne Rocher war bereits im Wasser, bis zu den Hüften in den braunen Fluten des Tannes, ihr roter Mantel bis unter die Arme durchnäßt. Eine Hand über den Augen suchte sie den Fluß ab. Neben ihr stand Armande und schrie; ihre Stimme klang schrill und alt. Und als sie ihn schließlich triefnaß auf den Steg zerrten, war ich so erleichtert, daß meine Beine nachgaben und ich wie zum Gebet auf den Boden sank. Aber dieses Hochgefühl, als ich ihr Lager brennen sah – es war herrlich, wie eine Kindheitserinnerung, die Lust, heimlich zu beobachten, zu *wissen*... In der Dunkelheit fühlte ich mich mächtig, Vater, es war, als hätte ich das alles irgendwie verursacht – das Feuer, die Verwirrung, die Flucht des Mannes –, als hätte meine heimliche Gegenwart eine Wiederholung der Ereignisse jenes fernen Sommers verursacht. Kein Wunder. So naiv bin ich nicht. Aber ein Zeichen. Bestimmt, ein Zeichen.

Im Schutz der Dunkelheit schlich ich nach Hause. Bei den vielen Menschen, die am Flußufer standen, den weinenden Kindern, den zornigen Erwachsenen, die sich stumm an den Händen hielten und das lodernde Feuer betrachteten wie verwirrte Kinder in einem bösen Märchen, war es leicht, unbemerkt davonzukommen.

Nicht nur für mich.

Ich sah ihn, als ich die Hügelkuppe erreichte. Schwitzend und grinsend, das Gesicht vor Anstrengung gerötet und rußverschmiert, die Brille verdreckt. Er hatte die Ärmel seines karierten Hemdes bis über die Ellbogen aufgekrempelt, und im geisterhaften Licht des Feuers wirkte seine Haut glatt und rot wie poliertes Zedernholz. Er zeigte sich über meine Anwesenheit nicht überrascht, sondern grinste nur. Ein dummes, verschlagenes Grinsen wie das eines Kindes, das von einem nachsichtigen Vater bei einer Dummheit erwischt wird. Mir fiel auf, daß er stark nach Benzin roch.

»n'Abend, Vater.«

Ich wagte nicht, seinen Gruß zu erwidern, als könnte ich mich durch mein Schweigen einer Verantwortung entledigen. Statt dessen neigte ich den Kopf wie ein stiller Mitverschwörer und eilte weiter. Ich spürte, wie Muscat mir nachschaute, das Gesicht glänzend vor Schweiß, aber als ich mich schließlich umdrehte, war er fort.

Eine Kerze, tropfendes Wachs. Eine Zigarette, die, achtlos fortgeworfen, auf einem Stapel Brennholz landet. Ein Lampion, dessen buntes Papier Feuer gefangen hat und kleine Funken auf das Deck regnet. Alles mögliche hätte das Feuer auslösen können.
Alles mögliche.

## Samstag, 8. März

Heute morgen war ich wieder bei Armande. Sie saß in ihrem niedrigen Wohnzimmer in ihrem Schaukelstuhl, eine ihrer Katzen auf dem Schoß. Seit dem Brand in *Les Marauds* wirkt sie zugleich zerbrechlich und verbittert, ihr rundes Gesicht eingefallen, Augen und Lippen in Runzeln versunken. Sie trug ein graues Hauskleid und dicke, schwarze Strümpfe, und ihr offenes Haar hing matt und stumpf über ihre Schultern.

»Sie sind fort.« Ihre Stimme klang tonlos, beinahe teilnahmslos. »Kein einziges Boot ist übriggeblieben.«

»Ich weiß.«

Wenn ich nach *Les Marauds* hinuntergehe, ist der Anblick immer noch ein Schock, wie der häßliche gelbe Fleck auf dem Feld, wo einmal ein Zirkuszelt gestanden hat. Nur das Wrack von Roux' Boot ist noch da, ein untergegangenes Skelett, schwarz schimmernd im Schlamm unter der Wasseroberfläche.

»Blanche und Zézette haben ein Stück weiter flußabwärts festgemacht. Sie haben gesagt, sie wollen heute noch einmal herkommen, um nach dem Rechten zu sehen.«

Sie begann, ihr langes, graues Haar zu einem Zopf zu flechten. Ihre Finger wirkten so steif und unbeholfen wie kleine Stöckchen.

»Was ist mit Roux? Wie geht es ihm?«

»Er ist wütend.«

Und das zu Recht. Er weiß, daß das Feuer kein Zufall war, er weiß, daß er nichts beweisen kann, er weiß, daß es ihm auch nichts nützen würde, wenn er Beweise hätte. Blanche und Zézette haben ihm angeboten, zu ihnen in ihr bereits überfülltes Hausboot zu ziehen, aber er hat abgelehnt. Die Arbeiten an Armandes Haus seien noch nicht abgeschlossen, hat er erklärt. Das muß er zuerst noch erledigen. Ich selbst habe seit dem Brand nicht mehr mit ihm gesprochen. Ich habe ihn einmal kurz am Ufer gesehen, wo er dabei war, den Abfall zu verbrennen, den seine Gefährten hinterlassen hatten. Er wirkte mürrisch und verschlossen, die Augen vom Rauch gerötet. Als ich ihn grüßte, reagierte er nicht. Sein Haar war im Feuer teilweise verbrannt, und den Rest hatte er zu kurzen Stoppeln geschnitten, so daß er jetzt aussieht wie ein brennendes Streichholz.

»Was hat er jetzt vor?«

Armande zuckte die Achseln.

»Ich weiß nicht. Ich glaube, er schläft in einem der verfallenen Häuser hier in der Straße. Gestern abend hab ich ihm was zu essen vor die Tür gestellt, und heute morgen war es weg. Ich hab ihm auch Geld angeboten, aber er wollte es nicht annehmen.« Sie zupfte nervös an ihrem fertigen Zopf. »Sturer Bengel. Was nützt mir das ganze Geld in meinem Alter? Ich würde viel lieber ihm einen Teil davon geben, anstatt es alles dem Clairmont-Clan in den Rachen zu werfen. Wie ich die kenne, landet es sowieso nur in Reynauds Klingelbeutel.«

Sie schnaubte verächtlich.

»Der Kerl ist ein Dickkopf. Gott bewahre uns vor rothaarigen Männern. Die lassen sich einfach nichts sagen.« Sie schüttelte verdrießlich den Kopf. »Gestern ist er wutschnaubend abgezogen, und seitdem hab ich ihn nicht mehr gesehen.«

Ich mußte unwillkürlich lächeln.

»Sie beide sind vielleicht ein Paar«, sagte ich. »Einer so stur wie der andere.«

Armande sah mich empört an.

»*Ich?*« rief sie aus. »Wollen Sie mich etwa mit diesem fuchshaarigen, dickschädeligen –«

Lachend nahm ich meine Bemerkung zurück.

»Ich will mal sehen, ob ich ihn finde«, sagte ich.

Ich fand ihn nicht, obwohl ich eine Stunde lang an den Ufern des Tannes nach ihm suchte. Selbst die Methoden meiner Mutter halfen nicht. Ich entdeckte jedoch seinen Schlafplatz. In einem Haus nicht weit von Armandes entfernt, einem der weniger verfallenen unter den heruntergekommenen Häusern in der Straße. Die Wände glänzen vor Feuchtigkeit, aber die obere Etage scheint noch einigermaßen in Schuß zu sein, und in mehreren Fenstern sind die Scheiben erhalten. Im Vorbeigehen fiel mir auf, daß die Tür aufgebrochen worden war, und als ich einen Blick hinein warf, bemerkte ich, daß im Kamin im Wohnzimmer erst kürzlich ein Feuer gebrannt haben mußte. Es gab noch weitere Anzeichen, die darauf hindeuteten, daß das Haus bewohnt war; ein Ballen angesengten, aus dem Feuer geretteten Segeltuchs, ein Stapel Treibholz, mehrere Möbelstücke, wahrscheinlich von den ehemaligen Bewohnern als wertlos im Haus zurückgelassen. Ich rief seinen Namen, bekam jedoch keine Antwort.

Da ich um halb neun den Laden öffnen mußte, gab ich die Suche schließlich auf. Roux würde schon von allein auftauchen, wenn er soweit war. Als ich am Laden ankam, wartete Guillaume schon draußen, obwohl die Tür unverschlossen war.

»Sie hätten ruhig drinnen auf mich warten können«, sagte ich.

»O nein«, erwiderte er ernst. »Das wäre ungehörig gewesen.«

»Man muß im Leben auch mal was riskieren«, sagte ich lachend. »Kommen Sie rein, Sie müssen unbedingt meine frischgebackenen Windbeutel probieren.«

Seit Charlys Tod wirkt er eingefallen, als sei er auf die Hälfte seiner ursprünglichen Größe zusammengeschrumpft, sein junges-altes Gesicht wirkt zugleich verschmitzt und weise vor Gram. Aber er hat seinen Sinn für Humor nicht verloren, seine wehmütig spöttische Art, die ihn vor Selbstmitleid bewahrt. Heute morgen war er ganz mit dem Unglück beschäftigt, das den Leuten am Fluß widerfahren war.

»Reynaud hat heute in der Messe kein Wort darüber verloren«, sagte er, während er sich aus dem silbernen Kännchen Schokolade einschenkte. »Weder gestern noch heute. Nicht ein einziges Wort.«

Ich bestätigte, daß dies ziemlich ungewöhnlich sei angesichts des Interesses, das der *curé* bis dahin an den fahrenden Leuten gezeigt hatte.

»Vielleicht weiß er etwas, über das er nicht sprechen darf«, meinte Guillaume. »Sie wissen schon. Beichtgeheimnis.«

Er erzählt mir, daß er Roux gesehen hat, der sich mit Narcisse vor dessen Gewächshäusern unterhielt. Vielleicht hat Narcisse Arbeit für Roux. Ich hoffe es zumindest.

»Er stellt häufig Gelegenheitsarbeiter ein, wissen Sie«, sagte Guillaume. »Er ist verwitwet. Hat nie Kinder gehabt. Außer einem Neffen in Marseille gibt es niemanden, der den Betrieb übernehmen könnte. Und Narcisse ist es egal, wer im Sommer für ihn arbeitet, wenn er alle Hände voll zu tun hat. Solange einer zuverlässig ist, interessiert es ihn nicht, ob er zur Kirche geht.« Guillaume lächelte entschuldigend, wie immer, wenn er etwas sagt, was er als gewagt empfindet. »Manchmal frage ich mich«, fuhr er nachdenklich fort, »ob Narcisse nicht ein besserer Christ im eigentlichen Sinne ist als ich oder Georges Clairmont – oder sogar *curé* Reynaud.« Er trank einen Schluck. »Ich meine, Narcisse hilft, wo er kann«, sagte er ernst. »Er gibt Leuten, die Geld brauchen, Arbeit. Er läßt Zigeuner auf seinem Land kampieren. Alle wissen, daß er die ganzen Jahre mit seiner Haushälterin geschlafen hat, und er geht nie in die Kirche, außer um seine Kunden zu treffen, aber er ist immer hilfsbereit.«

Ich nahm den Deckel von dem Tablett mit den Windbeuteln und legte ihm einen auf den Teller.

»Ich glaube nicht, daß es so etwas gibt wie gute und schlechte Christen«, sagte ich. »Nur gute und schlechte Menschen.«

Er nickte und nahm das kleine runde Gebäck zwischen Daumen und Zeigefinger.

»Vielleicht.«

Schweigend schenkte ich mir eine Tasse Schokolade ein, mit Noisette-Likör und Haselnußblättchen. Es duftete warm und betörend wie ein Stapel Holz in der späten Herbstsonne. Guillaume aß seinen Windbeutel mit stillem Genuß und sammelte die Krümel mit einem befeuchteten Finger von seinem Teller.

»Das heißt also, Sie würden sagen, daß alles, woran ich mein Leben lang geglaubt habe – Sünde und Erlösung und Auferstehung des Fleisches –, daß das alles keine Bedeutung hat, nicht wahr?«

Ich lächelte über seine Ernsthaftigkeit.

»Ich würde sagen, Sie haben sich mit Armande unterhalten«, sagte ich freundlich. »Und ich würde sagen, daß Sie und Armande das Recht haben, zu glauben, was Sie wollen. Solange es Sie glücklich macht.«

»Oh.« Er schaute mich mißtrauisch an, als erwartete er, daß mir jeden Augenblick Hörner sprießen würden. »Und an was – wenn ich mir die Frage erlauben darf –, an was glauben Sie?«

An Reisen mit fliegenden Teppichen, Runenzauber, Ali

Baba und Mutter-Gottes-Erscheinungen, Astralreisen und das Deuten der Zukunft aus dem Satz in einem Rotweinglas ...

*Florida? Disneyland? Die Everglades? Wie wär's damit, chérie? Na, wie wär's?*

Buddha. Frodos Reise nach Mordor. Das Sakrament der heiligen Wandlung. Dorothy und Toto. Der Osterhase. Marsmenschen. Das Gespenst im Schrank. Die Auferstehung und das Leben, das die Karten verheißen ... Irgendwann in meinem Leben habe ich an all das geglaubt. Oder es zumindest vorgegeben. Oder vorgegeben, nicht daran zu glauben.

*Was immer du willst, Mutter. Was immer dich glücklich macht.*

Und jetzt? An was glaube ich jetzt?

»Ich glaube, das einzige, was zählt, ist, daß man glücklich und zufrieden ist«, sagte ich schließlich.

Glück. So simpel wie eine Tasse Schokolade oder so kompliziert wie das Herz. Bitter. Süß. Lebendig.

Am Nachmittag kam Joséphine. Anouk war nach der Schule sofort losgerannt, um in *Les Marauds* zu spielen, warm eingepackt in ihren roten Anorak und mit der strengen Anweisung, nach Hause zu kommen, falls es anfangen sollte zu regnen. Die Luft ist schwer und riecht scharf wie frisch geschlagenes Holz. Joséphine trug ihren karierten Mantel, den sie bis zum Hals zugeknöpft hatte, die rote Baskenmütze und ein neues rotes Halstuch, das ihr ins Gesicht flatterte. Sie betrat den Laden mit einem trotzig-selbstsicheren Blick, und einen Augenblick lang stand eine strahlend schöne Frau vor mir, mit vom Wind geröteten Wangen und funkelnden Augen. Dann löste sich das Trugbild auf, und sie war wieder sie selbst, die Hände tief in den Taschen vergraben, den Kopf gesenkt, als müßte sie sich gegen einen unsichtbaren Angreifer verteidigen. Als sie ihre Mütze abnahm, kamen ihr zerzaustes Haar und eine frische Strieme an ihrer Stirn zum Vorschein. Sie wirkte zugleich verängstigt und euphorisch.

»Ich hab's geschafft«, verkündete sie. »Vianne, ich hab's geschafft.«

Eine Schrecksekunde lang dachte ich, sie würde mir gestehen, daß sie ihren Mann ermordet hatte. Sie hatte diesen Blick – einen wilden, leidenschaftlichen Blick –, und sie zeigte ihre Zähne, als hätte sie gerade in eine Zitrone gebissen. Ich spürte ihre Angst wie abwechselnd heiße und kalte Wellen von ihr ausgehen.

»Ich habe Paul verlassen«, sagte sie. »Endlich habe ich es geschafft.«

Ihr Blick war messerscharf. Zum erstenmal, seit ich sie kennengelernt hatte, sah ich Joséphine, wie sie zehn Jahre zuvor gewesen sein mußte, bevor sie durch Paul-Marie Muscat farblos und unscheinbar geworden war. Halb wahnsinnig vor Angst, aber unter dem Wahnsinn lag ein gesunder Verstand, der einem das Herz stocken ließ.

»Weiß er es schon?« fragte ich, während ich ihr den Mantel abnahm. Die Manteltaschen waren schwer, aber anscheinend nicht mit Schmuck gefüllt.

Joséphine schüttelte den Kopf.

»Er glaubt, ich sei einkaufen gegangen«, sagte sie atemlos. »Uns war die Tiefkühlpizza ausgegangen. Er hat mich losgeschickt, um neue zu besorgen.« Sie lächelte beinahe kindlich verschmitzt. »Und ich hab einen Teil der Haushaltskasse mitgenommen«, fuhr sie fort. »Er bewahrt das Geld in einer Keksdose unter der Theke auf. Neunhundert Francs.« Unter dem Mantel trug sie einen roten Pullover und einen schwarzen Faltenrock. Zum erstenmal sah ich sie nicht in Jeans. Sie warf einen Blick auf ihre Uhr.

»Einen *chocolat espresso*, bitte«, sagte sie. »Und eine große Tüte Mandeln.« Sie legte das Geld auf den Tisch. »Ich habe gerade noch genug Zeit, bevor mein Bus fährt.«

»Ihr Bus?« Ich war verblüfft. »Wohin?«

»Agen.« Sie schaute mich trotzig an. »Wohin es anschließend geht, weiß ich noch nicht. Vielleicht nach Marseille. So weit weg von ihm wie möglich.« Sie sah mich zugleich mißtrauisch und überrascht an. »Sagen Sie bloß nicht, ich soll es nicht tun, Vianne. Sie haben mich schließlich dazu ermutigt. Von allein wäre ich nie auf die Idee gekommen.«

»Ich weiß, aber –«

Ihre Worte klangen wie ein Vorwurf.

»Sie haben mir gesagt, ich sei frei.«

Das stimmte. Frei, davonzulaufen, frei, auf das Wort einer Fremden hin aufzubrechen, abzuheben wie ein losgebundener Luftballon, der mit dem Wind davontreibt. Die Angst schnürte mir plötzlich das Herz zusammen. War das der Preis dafür, daß ich bleiben durfte? Daß sie an meiner Stelle in die Welt hinaus ging? Welche Möglichkeiten hatte ich ihr eigentlich eröffnet?

»Aber Sie fühlten sich doch in Sicherheit.« Ich brachte die Worte kaum heraus, denn ich sah das Gesicht meiner Mutter in ihrem. Ihre Sicherheit aufzugeben für ein paar neue Erfahrungen, für einen flüchtigen Blick auf das Meer ... und dann? Der Wind wirft uns immer wieder zurück an dieselbe Wand. Ein Taxi in New York. Eine dunkle Gasse. Ein strenger Frost.

»Sie können nicht einfach vor allem davonlaufen«, sagte ich. »Ich weiß es. Ich habe es versucht.«

»Also, in Lansquenet kann ich jedenfalls nicht bleiben«, sagte sie schnippisch, und ich sah, daß sie den Tränen nahe war. »Nicht, solange er hier ist.«

»Ich erinnere mich noch gut, wie es war, als wir ein solches Leben geführt haben. Immer unterwegs. Immer auf der Flucht.«

Sie hat ihren eigenen Schwarzen Mann. Ich sehe es an ihren Augen. Er besitzt die Stimme der Autorität, die keinen Widerspruch duldet, eine trügerische Logik, die einen starr, gehorsam und ängstlich macht. Sich von dieser Angst zu befreien, voller Hoffnung und Verzweiflung davonzulaufen, nur um irgendwann festzustellen, daß man den Schwarzen Mann in seinem Innern mit sich trägt wie ein bösartiges Kind... Am Ende wußte meine Mutter es. Sie sah ihn an jeder Straßenecke, im Bodensatz jeder Tasse. Er grinste sie von Plakatwänden an, beobachtete sie aus jedem Auto heraus, und wenn es noch so schnell vorüber fuhr. Und mit jedem Herzschlag kam er näher.

»Wenn Sie davonlaufen, werden Sie Ihr Leben lang auf der Flucht sein«, sagte ich eindringlich. »Bleiben Sie lieber bei mir. Bleiben Sie und kämpfen Sie mit mir gemeinsam.«

Joséphine schaute mich an.

»Bei Ihnen?« Ihre Verblüffung war beinahe komisch.

»Warum nicht? Ich habe noch ein Zimmer, ein Klappbett...« Sie schüttelte bereits den Kopf, und ich widerstand dem Impuls, sie an den Armen zu packen und zum Bleiben zu *zwingen*. Ich hätte es gekonnt. »Nur eine Zeitlang, bis Sie etwas anderes finden, bis Sie einen Job finden –«

Sie begann beinahe hysterisch zu lachen.

»Einen Job? Ich kann doch nichts. Außer putzen – und kochen – und Aschenbecher leeren und – B-Bier zapfen und den G-Garten umgraben und mich jeden F-Freitagabend von m-meinem Mann ficken lassen...« Sie lachte immer lauter, hielt sich den Bauch mit beiden Händen.

Ich versuchte, ihren Arm zu nehmen.

»Joséphine. Ich meine es ernst. Sie werden etwas finden. Sie brauchen nicht zu –«

»Sie müßten ihn mal sehen.« Sie lachte immer noch, jedes Wort schoß aus ihrem Mund wie eine bittere Kugel, ihre Stimme war voller Selbstverachtung. »Dieses geile Schwein. Dieses fette, haarige Schwein.« Und plötzlich weinte sie ebenso heftig, wie sie gelacht hatte, die Augen fest zugekniffen und die Hände an die Wangen gepreßt, als versuchte sie, eine innere Explosion zu verhindern.

Ich wartete.

»Und wenn er fertig ist, dreht er sich um und fängt an zu schnarchen. Und am nächsten Morgen versuche ich«, fuhr sie mit vor Ekel verzerrtem Gesicht fort, mühsam die Worte formend, »versuche ich, seinen *Gestank* aus den Laken zu schütteln, und jedesmal habe ich mich gefragt: *Was ist mit mir geschehen?* Mit Joséphine Bonnet, d-die so gut in der Schule war und einmal davon geträumt hat, T-Tänzerin zu werden...«

Plötzlich sah sie mich wütend und zugleich ruhig an.

»Es klingt vielleicht albern, aber ich habe immer gedacht, daß das alles ein Irrtum sein müsse, daß eines Tages jemand kommen und mir sagen würde, das alles sei nicht wahr, das alles sei der Alptraum einer anderen Frau, und daß *mir* das niemals zustoßen würde...«

Ich nahm ihre Hand. Sie war kalt und zitterte. Ein Fingernagel war tief eingerissen, und ihre Handfläche war blutverschmiert.

»Ich versuche immer wieder, mich zu erinnern, wie es war, als ich ihn noch geliebt habe. Aber da ist nichts. Ein großes schwarzes Loch. An alles andere erinnere ich mich – an das erste Mal, als er mich geschlagen hat, das weiß ich noch ganz genau –, aber man sollte meinen, daß es selbst bei Paul-Marie etwas geben müßte, an das ich mich gern erinnere. Irgend etwas, das alles rechtfertigen würde. Aber es ist alles nur Zeitverschwendung gewesen.«

Sie brach abrupt ab und schaute auf ihre Uhr.

»Ich hab viel zuviel geredet«, sagte sie überrascht. »Wenn ich den Bus kriegen will, hab ich keine Zeit mehr für eine Schokolade.«

Ich schaute sie an.

»Trinken Sie, und lassen Sie den Bus fahren«, sagte ich. »Ich spendiere Ihnen einen *chocolat espresso*. Ich wünschte nur, es wäre Champagner.«

»Ich muß gehen«, sagte sie störrisch. Ihre Fäuste bohrten sich wieder in ihre Magengrube. Sie senkte den Kopf wie ein angriffslustiger Stier.

»Nein.« Ich sah sie an. »Sie müssen bleiben. Sie müssen ihm offen die Stirn bieten. Sonst hätten Sie auch gleich bei ihm bleiben können.«

Einen Moment lang hielt sie meinem Blick trotzig stand.

»Das kann ich nicht.« In ihrer Stimme lag ein verzweifelter Unterton. »Das stehe ich nicht durch. Er wird mich beschimpfen, mir jedes Wort im Mund herumdrehen –«

»Sie haben Freunde hier im Dorf«, erwiderte ich sanft. »Und Sie sind stark, auch wenn Sie es noch nicht wissen.«

Und dann setzte Joséphine sich auf einen meiner roten Barhocker, legte ihren Kopf auf die Theke und begann leise zu weinen.

Ich ließ sie gewähren. Ich sagte ihr nicht, daß alles gut werden würde. Ich versuchte nicht, sie zu trösten. Manchmal ist es besser, die Dinge nicht zu beeinflussen, Trauer und Leid ihren Lauf nehmen zu lassen. Statt dessen ging ich in die Küche und bereitete in aller Ruhe *chocolat espresso* für uns beide zu. Bis ich die Tassen gefüllt, Cognac und Schokostreusel hinzugefügt, einen Zuckerwürfel auf jede Untertasse gelegt hatte und die beiden Tassen auf einem gelben Tablett hinaustrug, hatte sie sich beruhigt. Ich weiß, es ist ein schwacher Zauber, aber manchmal wirkt er.

»Warum haben Sie es sich anders überlegt?« fragte ich, als sie ihre Tasse halb ausgetrunken hatte. »Als wir uns das letzte Mal unterhielten, hatte ich nicht den Eindruck, daß Sie vorhatten, Paul zu verlassen.«

Sie zuckte die Achseln und wich meinem Blick aus.

»Hat er Sie wieder geschlagen?«

Diesmal wirkte sie überrascht. Sie fuhr sich mit der Hand an die Stirn und befühlte die feuerrote Strieme.

»Nein.«

»Warum dann?«

Sie wandte den Blick wieder ab. Mit den Fingerspitzen berührte sie die Tasse, wie um sich zu vergewissern, daß sie wirklich existierte.

»Ich weiß nicht.«

Es ist eine offensichtliche Lüge. Automatisch versuche ich, ihre Gedanken zu erreichen, die gerade noch so offen vor mir gelegen hatten. Ich muß wissen, ob ich sie dazu *gebracht* habe, ob ich sie entgegen meiner guten Vorsätze dazu gezwungen habe. Doch im Moment sind ihre Gedanken formlos, vernebelt. Ich sehe nichts als Dunkelheit.

Es hat keinen Zweck, sie zu bedrängen. Joséphine ist starrköpfig. Und sie ist eine schlechte Lügnerin. Aber etwas in ihr sträubt sich dagegen, sich hetzen zu lassen. Irgendwann wird sie es mir sagen. Wenn sie will.

Es wurde Abend, bis Muscat sie suchen kam. Inzwischen hatten wir Anouks Bett für sie bezogen – Anouk wird vorerst in meinem Zimmer auf dem Klappbett schlafen. Sie nimmt Joséphines Anwesenheit so gelassen hin wie so vieles andere auch. Ich wußte, daß es meiner Tochter einen Moment lang schwerfiel, ihr erstes eigenes Zimmer zu opfern, doch ich versprach ihr, daß es nur für kurze Zeit sein würde.

»Ich habe mir etwas überlegt«, sagte ich ihr. »Wir könnten den Dachboden für dich herrichten, mit einer Leiter zum Hinaufklettern und einer Falltür und kleinen, runden Dachfenstern. Was hältst du davon?«

Die Vorstellung ist zugleich verlockend und gefährlich. Sie bedeutet, daß wir noch lange hierbleiben werden.

»Kann ich von dort oben aus die Sterne sehen?« fragte Anouk begierig.

»Natürlich.«

»In Ordnung!« sagte Anouk und lief zusammen mit Pantoufle die Treppe hinauf.

Gemeinsam aßen wir in der überfüllten Küche zu Abend. Der Küchentisch stammt noch aus den Zeiten, als der Laden eine Bäckerei war, ein massiver, schwerer Tisch aus Kiefernholz, übersät mit einem Netzwerk von feinen, weißen Linien, Messerritzen, gefüllt mit uralten, zementharten Teigresten, die der Tischplatte eine glatte, marmorartige Oberfläche verleihen. Die Teller sind kunterbunt zusammengewürfelt; einer ist grün, einer weiß, Anouks geblümt. Auch die Gläser sind alle verschieden; ein hohes, schlankes, ein schweres, breites und eines, das immer noch den Aufdruck *Moutarde Amora* trägt. Und dennoch ist es das erste Mal, daß wir solche Dinge tatsächlich *besitzen*. Bisher haben wir Hotelgeschirr benutzt, Plastikbecher und Plastikbesteck. Selbst in Nizza, wo wir über ein Jahr gelebt haben, waren Geschirr und Mobiliar gemietet, gehörten zur Einrichtung des Ladens. Besitz ist immer noch etwas Neues für uns, etwas Kostbares, Berauschendes. Ich beneide den Tisch um seine Narben, die Brandflecken, die von den heißen Backformen herrühren. Ich beneide ihn um sein ruhiges Zeitgefühl, und ich wünschte, ich könnte sagen: Das habe ich vor fünf Jahren getan. Diesen Fleck habe ich gemacht, diesen Ring dort, der von einer nassen Kaffeetasse stammt, diese kleine, von einer Zigarette verursachte Brandstelle, diese Kerben an der Tischkante. Dort hat Anouk ihre Initialen in das Tischbein geritzt, als sie sechs Jahre alt war. Das da hab ich vor sieben Jahren an einem warmen Sommertag mit einem Schnitzmesser gemacht. Weißt du noch? Erinnerst du dich noch an den Sommer, als der Fluß ausgetrocknet war? Weißt du noch?

 Ich beneide den Tisch um seine Ruhe. Er ist schon lange an diesem Ort. Er gehört hierher.

Joséphine half mir beim Zubereiten des Abendessens; einen Salat aus grünen Bohnen und Tomaten, rote und schwarze Oliven vom Wochenmarkt, Walnußbrot, frisches Basilikum von Narcisse, Ziegenkäse, Rotwein aus Bordeaux. Wir unterhielten uns beim Essen, sprachen jedoch nicht über Paul-Marie Muscat. Ich erzählte ihr von uns, von Anouk und mir, von den Orten, in denen wir gelebt hatten, von der *chocolaterie* in Nizza, von der Zeit in New York, kurz nach Anouks Geburt, und von der Zeit davor, von Paris und Neapel, von all den provisorischen Quartieren, in denen meine Mutter und ich uns auf unserer endlosen Flucht kreuz und quer durch die Welt häuslich eingerichtet hatten. Heute abend will ich mich nur an die guten Dinge erinnern, an all die guten, lustigen Erlebnisse. Es liegen schon genug traurigen Gedanken in der Luft. Ich stelle eine weiße Kerze auf den Tisch, um schlechte Einflüsse abzuwehren. Ihr Duft hat etwas Romantisches, etwas Tröstliches. Ich erzähle Joséphine von dem kleinen Kanal in Ourcq, vom Pantheon, von der *Place des Artistes*, der Prachtstraße Unter den Linden, von der Fähre nach Jersey, von knusprigen Wiener Pasteten, die wir noch warm auf der Straße aus dem Papier aßen, von der Strandpromenade in Juan-les-Pins und von San Pedro, wo wir auf der Straße getanzt haben. Ich sah, wie ihre Züge sich langsam entspannten. Ich erzählte ihr davon, wie meine Mutter einmal einen Esel an einen Bauern in einem Dorf in der Nähe von Rivoli verkaufte, und wie das Tier immer wieder zu uns zurückfand, uns fast bis nach Mailand nachlief. Und dann die Geschichte von den Blumenverkäufern in Lissabon, und wie wir diese Stadt im Kühlwagen eines Blumenhändlers verließen, der uns vier Stunden später halb erfroren im Hafen von Porto ablieferte. Sie begann zu lächeln, und schließlich lachte sie. Es gab Zeiten, da hatten meine Mutter und ich Geld, und Europa erschien uns sonnig und verheißungsvoll. Von diesen Zeiten erzählte ich Joséphine; von dem vornehmen Araber in der weißen Limousine, der meiner Mutter an dem Abend in San Remo ein Ständchen brachte, wie wir lachten und wie glücklich sie war und wie lange wir nachher von dem Geld lebten, das er uns gegeben hatte.

»Sie haben so viel erlebt«, sagte sie mit einem Unterton von Neid und Bewunderung. »Und dabei sind Sie noch so jung.«

»Ich bin fast genauso alt wie Sie.«

Sie schüttelte den Kopf.

»Ich bin tausend Jahre alt.« Sie lächelte wehmütig. »Ich wäre gern eine Abenteurerin«, sagte sie. »Dann würde ich der Sonne folgen mit nichts als einem Koffer in der Hand, ohne zu wissen, wo ich am nächsten Tag sein würde...«

»Glauben Sie mir«, sagte ich sanft, »das ist mit der Zeit sehr ermüdend. Nach einer Weile sieht es überall gleich aus.«
Sie schaute mich zweifelnd an.
»Glauben Sie mir«, sagte ich, »ich weiß, wovon ich rede.«
Es stimmt nicht ganz. Jeder Ort hat seinen Charakter, und an einen Ort zurückzukehren, an dem man einmal gelebt hat, ist wie einen alten Freund nach langer Zeit wiederzusehen. Aber die *Menschen* fangen an, überall gleich auszusehen; dieselben Gesichter tauchen in Städten auf, die Tausende von Kilometern voneinander entfernt liegen, dieselben Gesichtsausdrücke. Das kühle, feindselige Starren des Beamten. Der neugierige Blick der Bauern. Die trägen, gelangweilten Gesichter der Touristen. Dieselben Liebhaber, Mütter, Bettler, Krüppel, fliegenden Händler, Jogger, Kinder, Polizisten, Taxifahrer, Zuhälter. Nach einer Weile wird man regelrecht paranoid, es ist, als würden diese Menschen einen heimlich von Stadt zu Stadt verfolgen, die Kleider und Gesichter wechseln, aber im Grunde unverändert bleiben, ihren eintönigen Beschäftigungen nachgehen, während sie uns, die Eindringlinge, ständig halb im Auge behalten. Zu Anfang kommt man sich irgendwie überlegen vor. Wir sind ein besonderer Schlag, wir Unsteten. Wir haben so viel mehr gesehen, so viel mehr erlebt als die anderen. Die anderen, die es zufrieden sind, ihr erbärmliches Leben in einer endlosen Abfolge von Schlafen-Arbeiten-Schlafen dahinplätschern zu lassen. Wir blicken verächtlich herab auf ihre gepflegten Gärten, ihre eintönigen Reihenhäuser in den Vorstädten, ihre bescheidenen Träume. Dann, nach einer Weile, kommt der Neid. Beim erstenmal ist es beinahe komisch; ein plötzlicher Stich, der beinahe augenblicklich vergessen ist. Eine Frau im Park, die sich über ein Baby im Kinderwagen beugt, beider Gesichter strahlen, aber nicht vom Sonnenschein. Dann kommt das zweite Mal, dann das dritte; zwei junge Leute Arm in Arm am Strand; eine Gruppe von jungen Sekretärinnen in ihrer Mittagspause, die bei Kaffee und Croissants miteinander scherzen und

lachen ... Mit der Zeit wird es zu einem Schmerz, der einen überall begleitet. Nein, *Orte* verlieren ihre Identität nicht, egal, wie weit man herumkommt. Es ist das Herz, das mit der Zeit verkümmert. Manchmal wirkt das Gesicht morgens im Spiegel des Hotelzimmers verschwommen, wie verblaßt durch die vielen flüchtigen Blicke. Bis zehn sind die Betten gemacht, die Teppiche gesaugt. Die Namen auf den Hotelanmeldungen ändern sich von Ort zu Ort. Wir hinterlassen keine Spur auf unserer Reise. Wie Geister haben wir keinen Schatten.

Ein gebieterisches Klopfen an der Tür riß mich aus meinen Gedanken. Joséphine sprang auf, die Augen angstvoll geweitet, die Fäuste gegen die Rippen gepreßt. Wir hatten es die ganze Zeit erwartet; das Abendessen, die Unterhaltung waren ein Versuch gewesen, Normalität vorzutäuschen. Ich stand auf.

»Keine Sorge«, sagte ich zu Joséphine. »Ich werde ihn nicht reinlassen.«

In ihren Augen lag Panik.

»Ich will nicht mit ihm reden«, sagte sie leise. »Ich kann nicht.«

»Vielleicht werden Sie es müssen«, erwiderte ich. »Aber machen Sie sich keine Sorgen. Er kann nicht durch Wände gehen.«

Sie lächelte schwach.

»Ich will noch nicht mal seine Stimme hören«, sagte sie. »Sie wissen nicht, wie er ist. Er wird sagen –«

Ich ging in den unbeleuchteten Laden.

»Ich weiß genau, wie er ist«, sagte ich in entschlossenem Ton. »Und was immer Sie denken mögen, er ist nicht einzigartig. Das Gute am Reisen ist, daß man nach einer Weile feststellt, daß die Menschen gar nicht so unterschiedlich sind, wo immer man auch hinkommt.«

»Ich hasse diese Szenen«, murmelte Joséphine, als ich das Licht im Laden einschaltete. »Ich hasse Geschrei.«

»Es wird bald vorbei sein«, sagte ich, als das ungeduldige Klopfen wieder anfing. »Anouk soll Ihnen eine Tasse Schokolade machen.«

Die Tür hat eine Kette. An die Sicherheitsvorkehrungen in der Stadt gewöhnt, habe ich sie angebracht, als wir hierherzogen, doch bis jetzt haben wir sie nicht gebraucht. Im Türspalt sehe ich Muscats wutverzerrtes Gesicht.
»Ist meine Frau hier?« Seine Stimme klingt belegt.
»Ja.« Ich sehe keinen Grund, mich auf Ausflüchte zu verlegen. Es ist besser, ihn gleich in seine Schranken zu verweisen. »Ich fürchte, sie hat Sie verlassen, Monsieur Muscat. Ich habe ihr angeboten, bei mir zu wohnen, bis alles geregelt ist. Es schien mir das Beste.«
Ich bemühe mich um einen neutralen, höflichen Ton. Ich kenne seine Sorte. Wir sind ihnen tausendmal begegnet, meine Mutter und ich, an tausend verschiedenen Orten. Er starrt mich verblüfft an. Dann gewinnt seine Schläue die Oberhand, er fixiert mich mit seinem Blick, hält mir seine offenen Hände entgegen, um mir zu zeigen, daß er harmlos ist, eher verwirrt und amüsiert. Einen Augenblick lang wirkt er beinahe charmant. Dann tritt er einen Schritt näher an die Tür. Ich rieche seinen ranzigen Atem, der nach Bier und Rauch stinkt.
»Madame Rocher.« Seine Stimme klingt weich, beinahe bittend. »Ich möchte, daß Sie dieser fetten Kuh sagen, sie soll ihren Arsch bewegen und sofort rauskommen, sonst bekommt sie es mit mir zu tun. Und wenn *Sie* sich einbilden, Sie könnten sich mir in den Weg stellen, Sie Emanzenhexe –«
Er rüttelt an der Tür.
»Machen Sie die Kette los.« Er lächelt, versucht mir zu schmeicheln, während seine Wut wie ein übler Gestank aus ihm herausströmt. »Ich hab gesagt, Sie sollen die verdammte Kette losmachen, bevor ich die Tür eintrete!« Seine Stimme ist schrill vor Rage, sie klingt wie das Quieken eines wütenden Schweins.

Ich versuche, ihm in aller Ruhe die Situation zu erklären. Er flucht und kreischt seinen Frust heraus. Mehrmals tritt er gegen die Tür, so daß die Scharniere quietschen.

»Wenn Sie in mein Haus eindringen, Monsieur Muscat«, erkläre ich ihm ruhig, »bin ich gezwungen, Sie wie einen Einbrecher zu behandeln. In meiner Küche habe ich eine Dose *Contre-Attaq'*, die ich immer bei mir trug, als ich in Paris lebte. Ich habe das Gas ein- oder zweimal ausprobiert. Es ist äußerst effektiv.«

Die Drohung läßt ihn innehalten. Wahrscheinlich glaubt er, er sei der einzige, der das Recht hat, Drohungen auszusprechen.

»Sie verstehen das nicht«, jammert er. »Sie ist doch meine Frau. Ich liebe sie. Ich weiß nicht, was sie Ihnen erzählt hat, aber –«

»Was sie mir erzählt hat, spielt keine Rolle, Monsieur. Sie allein trifft die Entscheidung. Wenn ich Sie wäre, würde ich aufhören, mich lächerlich zu machen, und nach Hause gehen.«

»Sie können mich mal!« Sein Gesicht ist so dicht an der Tür, daß seine Spucke mich trifft wie heiße, eklige Schrotkugeln. »Das habe ich Ihnen zu verdanken, Sie Schlampe. *Sie* haben ihr diese Flausen von Emanzipation und all dem Scheiß in den Kopf gesetzt.« Er ahmt Joséphines Stimme mit einem wütenden Falsett nach. »Dauernd heißt es *Vianne sagt dies, Vianne sagt das.* Lassen Sie mich nur eine Minute mit ihr reden, dann werden wir ja sehen, was sie selbst dazu zu sagen hat.«

»Ich glaube kaum, daß –«

»Ist schon gut.« Joséphine ist lautlos hinter mich getreten, eine Tasse Schokolade in beiden Händen, als wollte sie sich wärmen. »Ich muß mit ihm reden, sonst verschwindet er nie.«

Ich schaue sie an. Sie ist ruhiger geworden, ihr Blick klar. Ich nicke.

»In Ordnung.«

Ich trete zur Seite, und Joséphine geht an die Tür. Muscat beginnt zu reden, doch sie fällt ihm ins Wort, ihre Stimme überraschend scharf und ruhig.

»Paul. Hör mir zu.«

Ihr Ton bringt ihn mitten im Satz zum Schweigen.

»Geh. Ich habe dir nichts mehr zu sagen. Kapiert?«

Sie zittert am ganzen Leib, aber ihre Stimme klingt gefaßt. Ich bin plötzlich richtig stolz auf sie und drücke ihr ermutigend den Arm. Einen Augenblick lang schweigt Muscat. Dann verlegt er sich wieder aufs Schmeicheln, doch ich höre die Wut in seiner Stimme wie das Rauschen in einem von weit her kommenden Funksignal.

»José –«, sagt er sanft. »Das ist doch alles Blödsinn. Komm mit, dann können wir in Ruhe über alles reden. Du bist meine *Frau*, José. Hab ich nicht wenigstens eine letzte Chance verdient?«

Sie schüttelt den Kopf.

»Zu spät, Paul«, sagt sie in einem Ton, der Endgültigkeit ausdrückt. »Tut mir leid.«

Dann machte sie ganz langsam, ganz bestimmt die Tür zu, und obwohl er noch minutenlang dagegenhämmerte, abwechselnd fluchte, lockte, drohte und schließlich, als er anfing, an seine eigene Version der Realität zu glauben, rührselig wurde und weinte, machten wir nicht wieder auf.

Gegen Mitternacht hörte ich ihn vor dem Haus brüllen, dann flog ein Erdklumpen gegen das Fenster, der eine schmierige Lehmspur auf der Scheibe hinterließ. Ich stand auf, um nachzusehen, was sich da draußen abspielte, und sah Muscat wie einen vierschrötigen, bösen Kobold mitten auf dem Dorfplatz stehen, die Hände tief in den Hosentaschen, so daß ich seinen Bauch sehen konnte, der ihm über den Gürtel hing. Er wirkte betrunken.

»Ihr könnt nicht ewig da drin bleiben!« Seine Stimme klang gehässig und schrill. Ich sah, wie in einem der Fenster hinter ihm das Licht anging. »Irgendwann müßt ihr da wieder rauskommen! Und dann, ihr Schlampen, dann krieg ich euch!«

Automatisch streckte ich ihm meine ausgestreckten Zeige- und Mittelfinger entgegen, um seine Flüche auf ihn zurückzuwerfen.

*Fort! Böser Geist, mach dich fort.*

Einer der Reflexe, die ich von meiner Mutter geerbt habe. Und dennoch bin ich überrascht darüber, wieviel sicherer ich mich jetzt fühle. Danach lag ich noch lange ruhig und wach im Bett, lauschte dem regelmäßigen Atem meiner Tochter und beobachtete die ständig wechselnden Muster, die das Laub im Mondlicht formte. Ich glaube, ich versuchte wieder, die Zukunft zu lesen, hoffte, in den Mustern ein Zeichen zu finden, ein Wort der Ermutigung... Nachts ist es leichter, an solche Dinge zu glauben, wenn der Schwarze Mann draußen Wache hält und die Wetterfahne auf dem Kirchturm quietscht. Aber ich sah nichts, fühlte nichts und schlief schließlich wieder ein. Ich träumte von Reynaud, der im Krankenhaus am Bett eines alten Mannes stand, ein Kruzifix in der einen und eine Schachtel Streichhölzer in der anderen Hand.


## Sonntag, 9. März


Armande kam heute am frühen Morgen in den Laden, um zu plaudern und eine Tasse Schokolade zu trinken. Sie trug einen neuen hellen Strohhut mit einem roten Band und wirkte frischer und vitaler als gestern. Den Spazierstock nimmt sie wohl nur aus Affektiertheit mit; mit dem leuchtend roten Taschentuch, das sie stets darum bindet, sieht er aus wie eine kleine Rebellenflagge. Sie bestellte *chocolat viennois* und ein Stück von meinem schwarzweißen Schichtkuchen und machte es sich auf einem Hocker bequem. Joséphine, die mir im Laden aushilft, bis sie etwas anderes gefunden hat, verfolgte das Geschehen von der Küche aus mit leicht besorgter Miene.

»Ich hab gehört, es hat letzte Nacht einen ziemlichen Wirbel gegeben«, sagte Armande in ihrer direkten Art. Ihre freundlichen dunklen Augen machen ihr betont forsches Auftreten immer wieder wett. »Muscat, dieser Rüpel, hat sich anscheinend mal wieder von seiner besten Seite gezeigt.«

Ich erklärte ihr die Sachlage so knapp wie möglich. Armande hörte aufmerksam zu.

»Ich frage mich bloß, warum sie ihm nicht schon vor Jahren den Laufpaß gegeben hat«, meinte sie, als ich geendet hatte. »Sein Vater war keinen Deut besser. Der konnte seine Meinung auch nicht für sich behalten. Und seine Hände genausowenig.« Sie nickte Joséphine freundlich zu, die mit einer Kanne heißer Milch in der Hand in der Tür erschien. »Ich hab schon immer gewußt, daß Sie eines Tages zur Besinnung kommen würden, meine Liebe«, fuhr sie fort. »Lassen Sie sich bloß nichts anderes einreden.«

Joséphine lächelte.

»Keine Sorge«, sagte sie. »Das werde ich nicht.«

Am Mittag kam Guillaume zusammen mit Anouk. In der Aufregung der letzten Tage hatte ich ein paarmal mit ihm gesprochen, doch als er hereinkam, war ich verblüfft, wie sehr er sich verändert hatte. Er wirkte nicht mehr so eingefallen und gesunken. Auf einmal bewegte er sich mit federnden Schritten und trug einen leuchtend roten Schal um den Hals, der ihm etwas Verwegenes verlieh. Mir fiel auf, daß immer noch Charlys Leine um sein Handgelenk gewickelt war. Aus dem Augenwinkel sah ich etwas Dunkles zu seinen Füßen. Anouk rannte an Guillaume vorbei, tauchte unter der Theke hindurch und gab mir einen Kuß.

»Maman!« trompetete sie mir ins Ohr. »Guillaume hat seinen *Hund* gefunden.«

Ich drehte mich um, Anouk immer noch in den Armen.

Guillaume stand neben der Tür, mit freudig geröteten Wangen. Zu seinen Füßen wuselte ein Welpe, ein braunweißer Mischling.

»Schsch, Anouk, das ist nicht mein Hund.« Guillaumes Gesichtsausdruck war eine Mischung aus Freude und Verlegenheit. »Er war unten am Fluß, in *Les Marauds*. Wahrscheinlich wollte ihn jemand loswerden.«

Anouk fütterte den Hund mit Zuckerwürfeln.

»Roux hat ihn gefunden«, rief sie. »Hat ihn unten am Fluß weinen hören. Das hat er mir selber erzählt.«

»Ach, du hast mit Roux gesprochen?«

Anouk nickte geistesabwesend, während sie den Hund kraulte, der sich genüßlich über den Boden wälzte.

»Ist der süß«, sagte Anouk. »Werden Sie ihn behalten?«

Guillaume lächelte traurig.

»Ich glaube nicht, Liebes. Weißt du, nachdem Charly –«

»Aber er ist ganz allein, er hat gar kein Zuhause –«

»Es gibt bestimmt Leute im Dorf, die so einem netten kleinen Hund ein Zuhause geben wollen.« Guillaume beugte sich hinunter und zog den Hund zärtlich an den Ohren. »Er ist ein freundlicher kleiner Kerl, und so lebhaft.«

Hartnäckig: »Wie soll er denn heißen?«

Guillaume schüttelte den Kopf.

»Ich glaube nicht, daß ich ihn lange genug behalten werde, um ihm einen Namen zu geben, *ma mie*.«

Anouk warf mir einen seltsamen Blick zu, und ich schüttelte den Kopf.

»Ich dachte, Sie könnten vielleicht einen Zettel ins Schaufenster hängen«, sagte Guillaume und setzte sich an die Theke. »Vielleicht meldet sich sein Besitzer ja doch.«

Ich schenkte ihm eine Tasse Mokka ein und stellte sie zusammen mit ein paar Florentinern vor ihn hin.

»Natürlich.« Ich lächelte.

Als ich kurz darauf wieder zu Guillaume hinübersah, saß der Hund auf seinem Schoß und ließ sich Florentiner füttern. Anouk schaute mich an und zwinkerte mir zu.

Seit Anouk und ich hier eingezogen sind, haben wir noch an keinem Sonntag so viele Kunden gehabt wie heute. Unsere Stammkunden – Guillaume, Narcisse, Arnauld und die anderen – sagten wenig, nickten Joséphine freundlich zu und benahmen sich wie immer. Narcisse hatte mir einen Korb voll Endiviensalat aus seinem Gewächshaus mitgebracht, und als er Joséphine sah, reichte er ihr ein kleines Sträußchen Anemonen, das er aus seiner Jackentasche zog. »Die bringen ein bißchen Farbe in den Laden«, murmelte er dazu.

Joséphine errötete, schien jedoch erfreut und wollte sich bei ihm bedanken. Doch Narcisse winkte verlegen ab und schlurfte davon.

Dann kamen die Neugierigen. Während der Messe hatte es sich herumgesprochen, daß Joséphine Muscat bei mir eingezogen war, und den ganzen Vormittag über riß der Strom der Kunden nicht ab. Joline Drou und Caro Clairmont kamen in Frühlingskostümen und bunten Kopftüchern und überbrachten eine Einladung zu einem Wohltätigkeitstee am Palmsonntag. Armande mußte über ihren Anblick lachen.

»Sieh mal einer an, die sonntägliche Modenschau!« rief sie amüsiert aus.

Caro wirkte entnervt.

»Du dürftest eigentlich gar nicht hier sein, Maman«, sagte sie mit einem leicht vorwurfsvollen Unterton. »Du weißt doch, was der Doktor gesagt hat, nicht wahr?«

»Allerdings weiß ich das«, erwiderte Armande. »Was ist los, sterbe ich dir nicht schnell genug? Schickst du mir deswegen diesen wandelnden Totenkopf ins Haus, um mir den Vormittag zu verderben?«

Auf Caros gepuderten Wangen erschien ein Anflug von Röte.

»Wirklich, Maman, wie kannst du so etwas –«

»Ich halte den Mund, sobald du dich um deine eigenen Angelegenheiten kümmerst«, raunzte Armande schlagfertig, und Caro kerbte fast die Bodenfliesen mit ihren Pfennigabsätzen, so eilig hatte sie es plötzlich, den Laden zu verlassen.

Dann kam Denise Arnauld, um sich zu erkundigen, ob wir heute mehr Brot bräuchten.

»Nur für alle Fälle«, sagte sie mit neugierig funkelnden Augen. »Wo Sie doch jetzt einen Gast haben und so.« Ich versicherte ihr, wenn uns das Brot ausginge, würden wir uns an sie wenden.

Dann Charlotte Edouard, Lydie Perrin, Georges Demoulin; eine kaufte vorzeitig ein Geburtstagsgeschenk, eine andere erkundigte sich nach den Einzelheiten des Schokoladenfests – *so* ein origineller Einfall, Madame –, der nächste hatte vor der Kirche sein Portemonnaie verloren und dachte, ich könnte es vielleicht gefunden haben. Ich ließ Joséphine hinter der Theke bedienen. Sie trug eine meiner gelben Schürzen, um ihre Kleider vor Schokoladenflecken zu schützen, und sie machte ihre Sache überraschend gut. Sie hat sich heute besonders sorgfältig zurechtgemacht. Der rote Pullover und der schwarze Faltenrock sind adrett und geschäftsmäßig, das dunkle Haar wird von einem Tuch aus der Stirn gehalten. Ihr Lächeln ist professionell, ihre Haltung aufrecht, und obwohl ihr Blick hin und wieder ängstlich zur Tür wandert, wirkt sie kaum wie eine Frau, die um sich und ihren Ruf bangt.

»Sie ist schamlos«, zischte Joline Drou, als sie mit Caro Clairmont noch einmal am Laden vorbeiging, »einfach schamlos. Wenn man sich überlegt, was dieser arme Mann alles mitgemacht hat –«

Joséphine stand mit dem Rücken zu ihnen, aber ich sah, wie ihre Schultern sich strafften. Da das allgemeine Gespräch gerade abgeebbt war, hatten alle die Worte verstanden, und obwohl Guillaume einen Hustenanfall vortäuschte, um Joline zu übertönen, wußte ich, daß Joséphine es gehört hatte.

Es entstand betretenes Schweigen.

Dann ergriff Armande das Wort.

»Tja, meine Liebe, wenn die beiden anfangen, über Sie herzuziehen, wissen Sie, daß Sie es geschafft haben«, sagte sie keck. »Willkommen auf der anderen Seite!«

Joséphine warf ihr einen mißtrauischen Blick zu. Dann, als sie merkte, daß der Scherz nicht gegen sie gerichtet war, lachte sie. Ein offenes, unbefangenes Lachen. Verblüfft fuhr sie mit der Hand an ihren Mund, wie um sich zu vergewissern, daß das Lachen von ihr stammte. Darüber mußte sie noch mehr lachen, und die anderen lachten mit ihr. Wir lachten immer noch, als die Türglocke läutete und Francis Reynaud den Laden betrat.

»*Monsieur le Curé*!« Ich bemerkte die Veränderung in ihrem Gesicht, noch bevor ich ihn sah; ihre Miene wurde feindselig und verschlossen, ihre Fäuste drückten sich in alter Gewohnheit in ihre Magengrube.

Reynaud nickte ernst.

»*Madame* Muscat.« Das erste Wort sprach er mit besonderer Betonung aus. »Ich war bestürzt, Sie heute morgen nicht in der Kirche zu sehen.«

Joséphine murmelte etwas Unverständliches. Als Reynaud auf die Theke zutrat, drehte sie sich halb um, wie um in die Küche zu flüchten, überlegte es sich jedoch anders und wandte sich ihm zu.

»Gut so, meine Liebe«, sagte Armande anerkennend. »Lassen Sie sich von diesem Schwätzer bloß nicht einschüchtern.« Dann wandte sie sich an Reynaud und gestikulierte streng mit einem Stück Croissant. »Lassen Sie diese Frau in Frieden, Francis. Wenn überhaupt, sollten Sie ihr Ihren Segen geben.«

Reynaud ignorierte sie.

»Hören Sie, *ma fille*«, sagte er ernst. »Wir müssen miteinander reden.« Sein Blick wanderte verächtlich zu dem roten Säckchen, dem Glücksbringer, der über der Tür baumelte. »Aber nicht hier.«

Joséphine schüttelte den Kopf.

»Tut mir leid, ich habe zu arbeiten. Und ich möchte mir nicht anhören, was Sie zu sagen haben.«

Reynaud schob trotzig das Kinn vor.

»Noch nie haben Sie die Kirche so dringend gebraucht wie jetzt.« Ein kurzer, kalter Blick in meine Richtung. »Sie sind schwach geworden. Sie haben es zugelassen, daß andere Sie auf Abwege leiten. Das Sakrament der Ehe –«

Mit einem verächtlichen Aufschrei fiel Armande ihm erneut ins Wort.

»Das Sakrament der Ehe? Wo haben Sie das denn ausgegraben? Ich hätte gedacht, daß ausgerechnet Sie –«

»Bitte, Madame Voizin ...« Endlich eine Spur von Emotion in seiner Stimme. Seine Augen waren frostig. »Ich würde es sehr begrüßen, wenn Sie –«

»Reden Sie doch nicht so geschwollen«, fauchte Armande. »Ihre Mutter hat Ihnen nicht beigebracht zu sprechen, als hätten Sie eine Kartoffel im Mund, oder?« Sie kicherte in sich hinein. »Wir halten uns wohl für was Besseres, wie? Auf dieser vornehmen Schule haben wir ganz vergessen, wo wir herkommen, was?«

Reynaud wurde stocksteif. Ich spürte deutlich seine Anspannung. Er hat in den letzten Wochen deutlich abgenommen, seine Haut spannt sich über seinen hohlen Schläfen wie die Membran eines Tamburins, die Bewegungen seines Unterkiefers sind unter dem mageren Fleisch gut zu verfolgen. Eine Haarsträhne, die ihm schräg in die Stirn hängt, läßt ihn auf trügerische Weise arglos wirken; der Rest ist schneidige Effizienz.

»Joséphine.« Seine Stimme war sanft, beschwörend. Durch seinen Ton schloß er die anderen Anwesenden aus, als wäre er mit Joséphine allein. »Ich weiß, daß Sie meine Hilfe wünschen. Ich habe mit Paul-Marie gesprochen. Er sagt, Sie seien in letzter Zeit sehr unter Druck gewesen. Er sagt –«

Joséphine schüttelte den Kopf.

»*Mon père.*« Der ausdruckslose Blick in ihren Augen

war verschwunden, sie war ruhig und gelassen. »Ich weiß, daß Sie es gut meinen. Aber ich bleibe bei meinen Entschluß.«

»Aber das Sakrament der Ehe –« Er war jetzt deutlich erregt, beugte sich vor, das Gesicht gramverzerrt. Seine Hände umklammerten die gepolsterte Theke. Noch ein verstohlener Blick in Richtung des roten Säckchens. »Ich weiß, Sie sind verwirrt. Sie haben sich von anderen beeinflussen lassen.« Dann, bedeutungsvoll: »Wenn wir doch nur unter vier Augen miteinander reden könnten –«

»Nein«, erwiderte sie mit fester Stimme. »Ich bleibe hier bei Vianne.«

»Aber wie lange?« Er versucht, ungläubig zu klingen, doch ich höre das Entsetzen in seiner Stimme. »Madame Rocher mag zwar Ihre Freundin sein, aber sie ist eine Geschäftsfrau, sie muß ihren Laden führen, sich um ihr Kind kümmern. Wie lange wird sie eine Fremde in ihrem Haus dulden?« Das hatte gesessen. Ich sah, wie Joséphine zögerte, sah wieder die Unsicherheit in ihren Augen. Ich habe diesen Blick zu oft bei meiner Mutter gesehen, um mich zu täuschen, diesen Ausdruck des Zweifels, der Angst.

*Wir brauchen nur einander, und sonst niemanden.* Ein eindringliches Flüstern in der schwülen Dunkelheit eines anonymen Hotelzimmers. *Warum, zum Teufel, sollten wir die Hilfe von anderen in Anspruch nehmen?* Tapfere Worte, und sollte sie Tränen vergossen haben, waren sie in der Dunkelheit nicht zu sehen. Doch ich spürte, wie sie fast unmerklich zitterte, während sie mich unter der Decke in den Armen hielt, als würde sie von Fieber geschüttelt. Vielleicht war das der Grund, warum sie vor ihnen davonlief, vor den freundlichen Männern und Frauen, die sich mit ihr anfreunden, sie lieben, sie verstehen wollten. Wir waren wie Aussätzige, von Mißtrauen getrieben; der Stolz, den wir vor uns hertrugen, die letzte Zuflucht der Ausgestoßenen.

»Ich habe Joséphine angeboten, für mich zu arbeiten«, sagte ich freundlich, aber bestimmt. »Ich brauche dringend

Hilfe bei den Vorbereitungen für das Schokoladenfest an Ostern.«

Sein Blick, endlich entlarvt, war voller Haß.

»Ich werde sie in der Herstellung von Schokolade unterweisen«, fuhr ich fort. »Außerdem kann sie mich im Laden vertreten, wenn ich in der Küche zu tun habe.« Joséphine beobachtete mich mit erstaunten Augen. Ich zwinkerte ihr zu.

»Sie tut mir einen Gefallen, und ich bin sicher, daß sie das Geld gut gebrauchen kann«, sagte ich ruhig. »Und was ihre Wohnsituation angeht...« Ich schaute ihr direkt in die Augen. »Joséphine, Sie können so lange bei mir wohnen, wie Sie wollen. Es ist uns ein Vergnügen, Sie bei uns zu haben.«

Armande kicherte in sich hinein.

»Sie sehen also, *mon père*«, sagte sie schadenfroh, »Sie verschwenden nur Ihre Zeit. Es sieht so aus, als würde sich alles auch ohne Sie wunderbar fügen.« Sie nippte provozierend genüßlich an ihrer Schokolade. »So ein Täßchen Schokolade würde Ihnen auch guttun«, sagte sie. »Sie wirken ein bißchen spitz um die Nase, Francis. Haben Sie wieder am Meßwein genascht?«

Er lächelte sie mit stechenden Augen an.

»Sehr witzig, Madame. Wie schön, daß Sie Ihren Sinn für Humor noch nicht verloren haben.« Dann drehte er sich auf dem Absatz um, und mit einem pikierten »*Monsieur-Dames*« an die restlichen Kunden verließ er den Laden.

## Montag, 10. März

Ihr Gelächter folgte mir bis auf die Straße wie ein Vogelschwarm. Mein Unmut und der Schokoladenduft machten mich schwindlig, ich fühlte mich beinahe euphorisch vor Wut. Wir haben die ganze Zeit recht gehabt, Vater. Damit hat sie uns vollkommen bestätigt. Indem sie die drei Bereiche angreift, die uns am wichtigsten sind – die Gemeinde, die kirchlichen Feiertage und nun das Sakrament der Ehe –, hat sie sich schließlich selbst entlarvt. Ihr Einfluß ist verderblich, und er wird immer größer, der Samen ist bereits in ein oder zwei Dutzend Köpfen auf fruchtbaren Boden gefallen. Heute morgen habe ich auf dem Friedhof den ersten Löwenzahn gesehen, der sich hinter einem Grabstein aus einer Ritze zwängte. Die Wurzel ist bereits fingerdick und hat sich so tief in den Boden gegraben, daß ich nicht mehr drankomme, wühlt sich in die Dunkelheit unter den Stein. In einer Woche wird die Pflanze wieder nachgewachsen und noch zäher sein als zuvor.

Ich habe Muscat heute morgen bei der Kommunion gesehen, obwohl er vorher nicht gebeichtet hat. Er wirkt abgespannt und mürrisch, unbehaglich in seinem Sonntagsanzug. Es hat ihn sehr mitgenommen, daß seine Frau ihn verlassen hat.

Als ich die *chocolaterie* verließ, stand er rauchend neben dem Hauptportal und wartete auf mich.

»Nun, *mon père*?«

»Ich habe mit Ihrer Frau gesprochen.«

»Wann kommt sie nach Hause?«

Ich schüttelte den Kopf.

»Ich möchte Ihnen keine falschen Hoffnungen machen«, sagte ich freundlich.

»Diese sture Kuh«, sagte er, warf seinen Zigarettenstummel auf den Boden und zertrat ihn mit dem Absatz. »Verzeihen Sie meine Ausdrucksweise, Vater, aber so ist es nun mal. Wenn ich mir überlege, was ich alles für diese Schlampe aufgegeben habe – das *Geld*, das sie mich gekostet hat –«

»Sie hat es auch nicht leicht gehabt«, entgegnete ich mit einem bedeutungsvollen Blick, denn ich mußte an alles denken, worüber ich mit seiner Frau in all den Jahren im Beichtstuhl gesprochen habe.

Muscat zuckte die Achseln.

»Ich bin kein Engel«, sagte er. »Ich kenne meine Schwächen. Aber sagen Sie mir eins, Vater« – er hob bittend die Hände –, »habe ich nicht meine Gründe gehabt? Jeden Morgen neben ihrem dämlichen Gesicht aufzuwachen. Sie immer wieder mit prallvollen Taschen zu erwischen, vollgestopft mit Zeug, das sie auf dem Markt geklaut hat, mit Lippenstiften und Parfümflaschen und billigem Modeschmuck. Und in der Kirche haben mich alle angestarrt und über mich gelacht.« Er schaute mich Zustimmung heischend an. »Was meinen Sie, Vater? Habe ich nicht auch mein Kreuz zu tragen gehabt?«

Das alles hörte ich nicht zum erstenmal. Seine Beschwerden über ihre Schlampigkeit, ihre Dummheit, ihren Hang zum Stehlen, ihre Faulheit. Ich bin nicht verpflichtet, eine Meinung zu solchen Dingen zu haben. Meine Aufgabe ist es, Rat und Beistand zu geben. Aber er widert mich an mit seinen Ausreden, seiner Überzeugung, er hätte es im Leben zu etwas Großem bringen können, wenn sie nicht gewesen wäre.

»Wir sind nicht hier, um Schuld zuzuweisen«, sagte ich mit einem tadelnden Unterton. »Wir sollten lieber nach Möglichkeiten suchen, wie wir Ihre Ehe retten können.«

Er lenkte sofort ein.

»Tut mir leid, Vater. Ich – ich hätte das alles nicht sagen dürfen.« Er bemühte sich, sich ernsthaft geben, zeigte mir seine Zähne, die so gelb waren wie uraltes Elfenbein. »Glauben Sie nicht, ich würde sie nicht lieben, Vater. Ich meine, ich will sie schließlich zurückhaben, oder?«

O ja. Damit sie ihm sein Essen kocht. Und seine Kleider bügelt. Im Café bedient. Und um seinen Freunden zu zeigen, daß niemand Paul-Marie Muscat zum Narren hält, niemand. Ich verachte diese Heuchelei. Er muß sie tatsächlich zurückgewinnen, in diesem Punkt zumindest stimme ich ihm zu. Aber aus anderen Gründen.

»Wenn Sie sie wiederhaben wollen, Muscat«, sagte ich spitz, »dann haben Sie sich bisher allerdings erstaunlich dumm angestellt.«

Er warf verächtlich den Kopf in den Nacken.

»Das sehe ich aber gar nicht –«

»Geben Sie sich nicht für dümmer aus, als Sie sind.«

Mein Gott, *mon père*, wie haben Sie es bloß geschafft, soviel Geduld mit diesen Leuten zu haben?

»Drohungen, Beschimpfungen, Ihr Auftritt letzte Nacht? Glauben Sie wirklich, daß Sie damit zum Ziel kommen?«

Verdrossen: »Ich konnte ihr das doch nicht einfach durchgehen lassen, Vater. Im ganzen Dorf heißt es schon, meine Frau hätte mich sitzenlassen. Und diese Schlampe Rocher...« Seine bösen Augen zogen sich hinter den Brillengläsern zu Schlitzen zusammen. »Es geschähe ihr recht, wenn mit diesem Luxusladen etwas passieren würde«, sagte er geradeheraus. »Dann wären wir die Hexe ein für allemal los.«

Ich sah ihn streng an.

»Ach ja?«

Es war zu nah an dem, was mir auch schon durch den Kopf gegangen ist, Vater. Gott steh mir bei, aber als ich das Boot brennen sah... Es ist ein primitives Vergnügen, unter meiner Würde als Priester, ein heidnisches Gelüst, das ich eigentlich gar nicht empfinden dürfte. Ich habe mit mir gerungen, Vater, am frühen Morgen. Ich habe es in mir unterdrückt, aber wie der Löwenzahn wächst es immer wieder nach, schlägt heimtückisch immer wieder neue Wurzeln. Vielleicht klang meine Stimme härter als gewollt, als ich ihm antwortete, weil ich wußte, was er meinte.

»An was hatten Sie denn gedacht, Muscat?«

Er murmelte etwas Unverständliches.

»Ein Feuer vielleicht? Einen praktischen Hausbrand?« Ich spürte die Wut in mir wachsen. Mein Mund füllte sich mit einem Geschmack, der zugleich metallisch und süßlich faul war. »Wie das Feuer, das die Zigeuner vertrieben hat?«

Er grinste.

»Möglich. Diese alten Häuser sind gräßliche Feuerfallen.«

»Hören Sie mir gut zu.« Plötzlich empfand ich Abscheu bei dem Gedanken, er könnte mein Schweigen in jener Nacht als Komplizenschaft aufgefaßt haben. »Wenn ich außerhalb des Beichtstuhls auch nur den leisesten Verdacht schöpfe, daß Sie so etwas vorhaben – wenn mit diesem Laden irgend etwas passiert –« Ich hatte ihn bei den Schultern gepackt, meine Finger gruben sich tief in sein weiches Fleisch.

Muscat starrte mich gekränkt an.

»Aber Vater, Sie haben doch selbst gesagt –«

»*Ich habe überhaupt nichts gesagt!*« Ich hörte meine Stimme auf dem Platz widerhallen und beeilte mich, leiser zu sprechen. »Ich habe niemals gewollt, daß Sie –« Ich hatte plötzlich einen Kloß im Hals und mußte mich räuspern. »Wir leben nicht im Mittelalter, Muscat«, sagte ich dann knapp. »Wir legen Gottes Gesetze nicht nach eigenem Gutdünken aus. Oder die Gesetze dieses Landes«, fügte ich mühsam hinzu, während ich ihm in die Augen sah. Seine Augäpfel waren ebenso gelb wie seine Zähne. »Haben wir uns verstanden?«

»Ja, *mon père*«, brummte er verstimmt.

»Wenn nämlich irgend etwas geschieht, Muscat, *irgend etwas*, eine eingeschlagene Fensterscheibe, ein kleines Feuer, egal was...« Ich bin einen Kopf größer als er. Ich bin jünger, kräftiger als er. Instinktiv reagiert er auf die physische Bedrohung. Ich versetze ihm einen Stoß, der ihn gegen die Steinmauer hinter sich torkeln läßt. Mittlerweile bin ich kaum noch in der Lage, meine Wut zu beherrschen. Daß er es wagt – daß er es *wagt*! –, meine Rolle zu übernehmen,

Vater. Ausgerechnet er, dieser erbärmliche, verblendete Säufer. Daß er mich in diese Situation bringt; mich zwingt, diese Frau zu beschützen, die meine Feindin ist. Mühsam gewinne ich die Fassung wieder.

»Halten Sie sich von dem Laden fern, Muscat.«
Etwas bescheidener, kleinlauter: »Ja, Vater.«
»Und überlassen Sie die Sache mir.«
»Ja, Vater.«

Ich bin nicht verantwortlich für die Verblendung meiner Gemeindemitglieder. Ich habe ihn zu nichts angestiftet. Es besteht keine Seelenverwandtschaft zwischen mir, der seine niederen Instinkte beherrscht, und ihm, der sich in ihnen suhlt. Und dennoch geht mir die Sache nicht mehr aus dem Kopf. Ein Unglücksfall – ein achtlos fortgeworfenes Streichholz, eine unbeachtete Kerze, ein Kurzschluß – auch solche Dinge können Gottes Werk tun. Aber ich habe meinen Standpunkt deutlich gemacht. Ich muß Vianne Rocher beschützen. Es liegt eine bittere Ironie darin, Vater, etwas, das mir den Magen versäuert und den Mund austrocknet. Jedesmal, wenn ich über den Platz hinweg zu der rot-goldenen Markise hinüberschaue, die in der Sonne glitzert, spüre ich ihr Lachen. Irgendwie hat sie es geschafft, mich auszumanövrieren, Vater. Sie hat Muscat und seine Frau benutzt, um mich zu ihrem Werkzeug zu machen. Sie hat es geschafft, uns machtlos zu machen und daran zu hindern, zu tun, was wir tun müssen, die Sache bei der Wurzel zu packen, bevor sie uns übermannt.

Noch drei Wochen bis zu ihrem großen Fest. Mehr bleibt mir nicht. Drei Wochen, um mir zu überlegen, wie ich sie aufhalten kann. Ich habe in der Kirche gegen sie gepredigt, mit dem einzigen Erfolg, mich selbst lächerlich gemacht zu haben. Schokolade, hat man mir erklärt, habe nichts mit Moral zu tun. Selbst die Clairmonts finden meine Unerbittlichkeit eher merkwürdig; sie überschlägt sich vor gespielter

Sorge, ich sei überarbeitet, während er offen über mich grinst. Vianne Rocher selbst kümmert sich überhaupt nicht um meine Einwände. Anstatt sich anzupassen, trägt sie ihr Anderssein zur Schau, grüßt mich frech quer über den Platz hinweg, fördert die Schrullen von Leuten wie Armande und hat dauernd alle Kinder um sich herum, die unter ihrem Einfluß immer ausgelassener werden. Selbst in einer großen Menschenmenge fällt sie sofort auf. Andere gehen die Straße entlang – sie rennt. Ihr Haar, ihre Kleidung; immer zerzaust, immer bunt – orange und gelb und gepunktet und geblümt. Wenn sich ein Wellensittich in der Wildnis unter die Spatzen mischte, würde er schon bald wegen seines bunten Federkleids zerrissen. Aber hier wird sie mit Wohlwollen akzeptiert, ja, man hat sogar Vergnügen an ihr. Was anderswo Empörung auslösen würde, wird hier toleriert, denn es ist ja nur Vianne. Selbst Clairmont erliegt ihrem Charme, und seiner Frau ist sie nicht etwa ein Dorn im Auge, weil sie sich moralisch überlegen fühlt, nein, Caro ist eifersüchtig, was nicht gerade für sie spricht. Zumindest ist Vianne Rocher keine Heuchlerin, die Gottes Wort mißbraucht, um ihren sozialen Status zu erhöhen. Aber auch dieser Gedanke bedeutet eine weitere Gefahr, denn er beinhaltet eine gewisse Sympathie meinerseits, die sich ein Mann in meiner Position kaum leisten kann. Ich darf keine Sympathie empfinden. Zuneigung ist ebenso unangemessen wie Haß. Um der Gemeinde und der Kirche willen muß ich unvoreingenommen sein. Nur der Kirche und der Gemeinde bin ich zu Loyalität verpflichtet.

## Mittwoch, 12. März

Seit Tagen haben wir nicht mehr mit Muscat gesprochen. Nachdem Joséphine sich anfangs weigerte, das Haus zu verlassen, traut sie sich inzwischen, allein zum Bäcker am Ende der Straße oder zum Blumenladen auf der gegenüberliegenden Seite des Dorfplatzes zu gehen. Da sie es nicht wagt, das *Café de la République* zu betreten, habe ich ihr ein paar von meinen Kleidern geliehen. Sie sieht hübsch aus in dem blauen Pullover und dem geblümten langen Rock, die Farben verleihen ihr eine jugendliche Frische. In den wenigen Tagen hat sie sich völlig verändert; der stumpfe, feindselige Blick ist verschwunden, ebenso die abwehrend geballten Fäuste. Sie wirkt größer, geschmeidiger, nicht mehr so unförmig wie zuvor, als sie ständig mit eingezogenen Schultern herumlief und mehrere Lagen Kleider übereinandertrug. Sie bedient im Laden, während ich in der Küche arbeite, und ich habe ihr bereits beigebracht, wie man die verschiedenen Schokoladensorten mischt und anrührt und einfache Pralinen herstellt. Ihre Hände sind flink und geübt. Lachend erinnere ich sie daran, mit welcher Geschicklichkeit sie damals am ersten Tag die Mandeln hatte in ihrer Tasche verschwinden lassen. Sie errötet.

»Ich würde Sie nie bestehlen!« Ihre Empörung ist echt. »Vianne, Sie glauben doch nicht etwa, ich –«

»Natürlich nicht.«

»Sie wissen doch, ich –«

»Natürlich.«

Sie und Armande, die sich bisher kaum kannten, sind gute Freundinnen geworden. Die alte Dame kommt jetzt jeden Tag in den Laden, manchmal zum Plaudern, manchmal, um sich eine Tüte von ihren Lieblingstrüffeln zu kaufen. Häufig ist sie in Begleitung von Guillaume, der sie inzwischen regelmäßig besucht. Heute war Luc auch hier, und die drei saßen zusammen in einer Ecke mit einer großen Kanne Schokolade und einem Teller voll Eclairs. Es waren immer wieder Gelächter und freudige Ausrufe von der kleinen Runde zu hören.

Kurz vor Ladenschluß kam Roux herein. Er wirkte schüchtern und verhalten. Zum erstenmal seit dem Brand sah ich ihn von nahem, und ich war bestürzt darüber, wie sehr er sich verändert hatte. Er wirkt schlanker, sein Haar ist mit Pomade streng aus dem mürrischen Gesicht frisiert. An einer Hand trägt er einen schmutzigen Verband. Die Spuren der Verbrennungen in seinem Gesicht wirken jetzt wie ein schlimmer Sonnenbrand.

Er zuckte zusammen, als er Joséphine hinter der Theke sah.

»Verzeihung. Ich dachte, Vianne wäre –« Er wandte sich abrupt zum Gehen.

»Nein, bitte. Sie ist in der Küche.« Sie ist wesentlich lockerer geworden, seit sie im Laden arbeitet, doch diesmal wirkte sie verlegen. Vielleicht hatte seine Erscheinung sie eingeschüchtert.

Roux zögerte.

»Sie sind die Frau aus dem Café«, sagte er schließlich. »Sie sind ...«

»Joséphine Bonnet«, unterbrach sie ihn. »Ich wohne jetzt hier.«

»Ach.«

Als ich aus der Küche trat, sah ich, wie er sie mißtrauisch betrachtete. Doch er verfolgte das Thema nicht weiter, und Joséphine zog sich erleichtert in die Küche zurück.

»Schön, Sie zu sehen, Roux«, sagte ich. »Ich wollte Sie um einen Gefallen bitten.«

»So?«

Er schafft es immer wieder, eine einzige Silbe bedeutungsvoll klingen zu lassen. Diesmal war es höfliche Verblüffung, Mißtrauen. Er wirkte wie eine nervöse Katze, die jederzeit zum Angriff bereit ist.

»Es müssen ein paar Umbauarbeiten am Haus durchgeführt werden, und ich dachte, Sie könnten vielleicht...«

Ich finde es schwierig, die richtigen Worte zu finden, denn ich weiß, daß er alles ablehnen wird, was er als Almosen betrachtet.

»Hat das vielleicht etwas mit unserer Freundin Armande zu tun?« Sein Ton war zugleich beiläufig und hart. Er schaute zu dem Tisch in der Ecke hinüber, an dem Armande, Luc und Guillaume saßen. »Wir versuchen wohl wieder, heimlich Gutes zu tun, wie?« sagte er sarkastisch.

Als er sich mir wieder zuwandte, war sein Gesicht ausdruckslos.

»Ich bin nicht hergekommen, um Sie um Arbeit zu bitten. Ich wollte Sie fragen, ob Sie an dem Abend jemanden um mein Boot haben schleichen sehen.«

Ich schüttelte den Kopf.

»Tut mir leid, Roux. Ich habe niemanden gesehen.«

»Okay.« Er wandte sich erneut zum Gehen. »Vielen Dank.«

»Moment, warten Sie –« rief ich. »Wollen Sie nicht wenigstens eine Tasse Schokolade mit mir trinken?«

»Ein andermal.« Sein Ton war schroff, beinahe grob. Ich spürte, daß seine Wut eine Angriffsfläche suchte.

»Wir sind immer noch Ihre Freunde«, sagte ich, als er die Tür erreichte. »Armande und Luc und ich. Seien Sie doch nicht so abweisend. Wir wollen Ihnen helfen.«

Roux drehte sich mit einem Ruck um. Er starrte mich mit wütend zusammengekniffenen Augen an.

»Das gilt für alle hier.« Er sprach mit leiser, haßerfüllter Stimme, sein Akzent war so stark, daß seine Worte kaum zu verstehen waren. »Ich brauche keine Hilfe. Ich hätte mich überhaupt nie mit Ihnen einlassen sollen. Ich bin nur deswegen immer noch hier, weil ich rausfinden will, wer mein Boot abgefackelt hat. Und *Sie* sind *nicht* meine Freunde.«

Und dann war er verschwunden, wie ein wütender Bär hinausgestapft, begleitet vom hellen Klingeln der Türglocke.

Als er weg war, sahen wir einander an.

»Rothaarige Männer«, sagte Armande mitfühlend. »Stur wie die Esel.«

Joséphine wirkte erschüttert.

»Was für ein ungehobelter Kerl«, sagte sie schließlich. »*Sie* haben sein Boot doch nicht angezündet. Welches Recht hat er, seine Wut an Ihnen auszulassen?«

Ich zuckte die Achseln.

»Er ist hilflos und wütend, und er weiß nicht, wer der Schuldige ist«, sagte ich. »Das ist eine natürliche Reaktion. Und er glaubt, wir würden ihm unsere Hilfe bloß anbieten, weil wir Mitleid mit ihm haben.«

»Ich hasse Szenen«, sagte Joséphine, und ich wußte, daß sie an ihren Mann dachte. »Ich bin froh, daß er weg ist. Glauben Sie, er wird jetzt aus Lansquenet fortgehen?«

Ich schüttelte den Kopf.

»Das glaube ich nicht«, erwiderte ich. »Wo sollte er denn auch hingehen?«


## Donnerstag, 13. März


Gestern nachmittag bin ich nach *Les Marauds* hinuntergegangen, um mit Roux zu reden, hatte aber ebensowenig Erfolg wie beim letztenmal. Das verfallene Haus ist von innen mit einem Vorhängeschloß gesichert, und die Fensterläden sind geschlossen. Ich stelle mir vor, wie er sich mit seiner Wut im Dunkeln verkriecht wie ein argwöhnisches Tier. Ich rief seinen Namen, und ich wußte, daß er mich hörte, aber er antwortete nicht. Ich wollte ihm eine Nachricht an der Tür hinterlassen, überlegte es mir jedoch anders. Wenn er mich sprechen will, dann muß er das von sich aus tun. Anouk war mitgekommen; sie hatte ein Papierschiff dabei, das ich ihr aus dem Umschlag einer Zeitschrift gebastelt hatte. Während ich vor Roux' Tür stand, ließ sie es im Fluß schwimmen und hielt es mit einem langen, biegsamen Zweig davon ab, zu weit vom Ufer abzutreiben. Als Roux nicht auftauchte, überließ ich Anouk ihrem Spiel, um zum Laden zurückzugehen, wo Joséphine dabei war, den Nachschub an Schokolade für diese Woche zuzubereiten.

»Nimm dich vor den Krokodilen in acht«, sagte ich ihr mit ernster Miene.

Anouk grinste mich an. Ihre Spielzeugtrompete in der einen und den langen Zweig in der anderen Hand, begann sie, laut Alarm zu blasen, während sie aufgeregt von einem Fuß auf den anderen hüpfte.

»Krokodile! Die Krokodile greifen an!« krähte sie. »Macht die Kanonen klar!«

»Vorsicht«, sagte ich. »Fall nicht ins Wasser.«

Mit theatralischer Geste warf sie mir einen Kuß zu und konzentrierte sich wieder auf ihr Spiel. Als ich mich am oberen Ende der steilen Straße noch einmal umdrehte, war sie gerade dabei, die Krokodile mit Erdklumpen zu bombardieren, und ich konnte immer noch das dünne Schmettern ihrer Trompete und andere Schlachtgeräusche hören.

Komisch, daß das plötzliche Aufwallen von zärtlichen Gefühlen mich immer wieder überrascht. Wenn ich angestrengt gegen die Abendsonne blinzele, kann ich die Krokodile fast ausmachen, die langen, weitaufgerissenen Mäuler im Wasser, das Aufblitzen der Kanonen. Wie sie so zwischen den Häusern herumläuft und das Rot und Gelb ihres Anoraks und ihrer Mütze immer wieder aus den Schatten auftauchen, kann ich beinahe die ganze Menagerie erkennen, die sie um sich versammelt hat. Als sie bemerkt, daß ich ihr zusehe, winkt sie mir zu, ruft: *Ich hab dich lieb!* und wendet sich wieder der ernsten Angelegenheit ihres Spiels zu.

Am Nachmittag hatten wir geschlossen, und Joséphine und ich arbeiteten hart, um genug Pralinen und Trüffel für den Rest der Woche herzustellen. Ich habe bereits angefangen, die Osterleckereien herzustellen, und Joséphine hat gelernt, die Tierfiguren zu dekorieren und vorsichtig in Schachteln zu verpacken, die sie mit bunten Schleifen zubindet. Der Keller ist der ideale Lagerraum. Kühl, aber nicht so kalt, daß die Schokolade den weißen Film bekommt, der entsteht, wenn man sie im Kühlschrank aufbewahrt, dunkel und trocken. In Kartons verpackt, können wir alle unsere Waren hier lagern und haben dabei immer noch Platz für Küchenvorräte. Der Boden ist mit alten Feldsteinen gefliest, glatt und braun wie Eichenholz und an den Füßen angenehm kühl. Von der Decke baumelt eine nackte Glühbirne. Die Kellertür besteht aus rohem Kiefernholz, mit einem Loch am unteren Rand für die längst verschwundene Katze. Selbst Anouk mag den Keller, der nach Gemäuer und altem Wein duftet, und sie hat mit bunter Kreide Figuren auf die Steine und die geweißten Wände gemalt; Tiere und Schlösser und Vögel und Sterne.

Heute morgen kamen Armande und Luc kurz nacheinander in den Laden, um ein bißchen zu plaudern, dann gingen sie gemeinsam fort. Sie treffen sich jetzt häufiger, nicht nur in meinem Laden. Luc hat mir erzählt, daß er Armande letzte Woche zweimal besucht und jedesmal eine Stunde in ihrem Garten gearbeitet hat.

»Die B-Beete müssen hergerichtet werden, jetzt, w-wo das Dach fertig ist«, erklärte er mir ernst. »Sie schafft die G-Gartenarbeit nicht mehr so wie f-früher, aber sie sagt, sie will dieses Jahr ein paar B-Blumen haben und nicht n-nur Unkraut.«

Gestern hat er eine Kiste mit Pflanzen aus Narcisse' Gewächshaus mitgenommen und sie in die frisch umgegrabene Erde entlang Armandes Gartenmauer gepflanzt.

»L-Lavendel und Pfingstrosen und Tulpen und Osterglocken«, sagte er. »Am liebsten hat sie die bunten und die, d-die besonders schön duften. S-Sie sieht nicht mehr so gut, deswegen hab ich F-Flieder und Ginster und Stockrosen und s-solche Blumen genommen, die nicht zu übersehen sind.«

Er lächelte schüchtern. »Ich m-möchte alles vor ihrem Geburtstag f-fertig haben«, erklärte er.

Ich fragte ihn, wann Armandes Geburtstag sei.

»Am achtundzwanzigsten März«, sagte er. »Dann wird sie einundachtzig. Ich hab mir schon ein G-Geschenk überlegt.«

»So?«

Er nickte.

»Ich kaufe ihr einen seidenen Schlüpfer«, sagte er leicht verlegen. »S-Sie mag Unterwäsche.«

Ich bemühte mich, ein Lächeln zu unterdrücken, und sagte ihm, das sei eine gute Idee.

»Ich muß nach Agen fahren«, sagte er. »Und ich m-muß aufpassen, daß meine Mutter nichts merkt, s-sonst bekommt sie einen Anfall.« Plötzlich mußte er grinsen. »Vielleicht könnten wir eine Geburtstagsparty für sie organisieren, w-wissen Sie, um ihren Eintritt ins n-nächste Jahrzehnt zu feiern.«

»Wir können sie ja mal fragen, was sie davon hält«, schlug ich vor.

Um vier kam Anouk müde und glücklich und von Kopf bis Fuß mit Schlamm bedeckt nach Hause, und Joséphine machte Zitronentee, während ich das Badewasser einließ. Ich befreite Anouk von ihren schmutzigen Kleidern und steckte sie in das warme, nach Honig duftende Wasser. Anschließend setzten wir uns gemeinsam an den Tisch und aßen *pains au chocolat* und *brioche* mit Himbeermarmelade und dicke, süße Aprikosen aus Narcisse' Gewächshaus. Nachdenklich rollte Joséphine eine Aprikose in ihrer Handfläche hin und her.

»Ich muß immer wieder an diesen Mann denken«, sagte sie schließlich. »An den, der heute früh im Laden war, wissen Sie.«

»Roux.«

Sie nickte.

»Daß sein Boot abgebrannt ist –« sagte sie zögernd. »Sie glauben nicht, daß das ein Unfall war, nicht wahr?«

»Er glaubt es nicht. Er sagt, es habe nach Benzin gerochen.«

»Was denken Sie, würde er tun, wenn er herausfinden würde« – sie holte tief Luft –, »wer es getan hat?«

Ich zuckte die Achseln.

»Ich weiß es wirklich nicht. Warum fragen Sie, Joséphine? Können Sie sich vorstellen, wer das getan haben könnte?«

Hastig: »Nein. Aber wenn es jemand wüßte – und nicht sagen würde –« Sie unterbrach sich gequält. »Würde er … ich meine … was würde –«

Ich schaute sie an. Sie wich meinem Blick aus, rollte immer noch die Aprikose in ihrer Hand. In ihren Gedanken sah ich plötzlich Rauchwolken schimmern.

»Sie wissen, wer es war, nicht wahr?«

»Nein.«

»Hören Sie, Joséphine, wenn Sie etwas wissen –«

»Ich weiß überhaupt nichts«, sagte sie tonlos. »Ich wünschte, es wäre anders.«

»Ist schon gut. Niemand macht Ihnen einen Vorwurf«, sagte ich sanft.

»Ich weiß überhaupt nichts!« wiederholte sie mit schriller Stimme. »Wirklich nicht. Außerdem hat er doch gesagt, er würde von hier fortgehen, er ist nicht von hier, und er hätte nie herkommen sollen und –« Sie schnitt den Satz mit einem hörbaren Zähnezusammenbeißen ab.

»Ich hab ihn heute nachmittag gesehen«, sagte Anouk mit vollem Mund. »Er hat mir sein Haus gezeigt.«

Ich schaute sie neugierig an.

»Er hat mir dir gesprochen?«

Sie nickte eifrig.

»Na klar. Er hat gesagt, nächstesmal baut er mir ein Boot, ein richtiges aus Holz, eins, das nicht untergeht. Das heißt, wenn die Bastarde es nicht auch abfackeln.« Sie gibt seine

Sprache treffend wieder. Seine Worte knurren und springen in ihrem Mund. Ich wende mich ab, um mein Grinsen zu verbergen.

»Sein Haus ist cool«, fuhr Anouk fort. »Er hat ein Lagerfeuer mitten auf dem Teppich. Er hat gesagt, ich darf kommen, wann ich will. Oh.« Erschrocken hielt sie sich die Hand vor den Mund. »Er hat gesagt, solange ich dir nichts davon erzähle.« Sie seufzte theatralisch. »Und jetzt hab ich's dir *doch* erzählt, stimmt's, Maman?«

Ich nahm sie lachend in den Arm.

»Stimmt.«

Ich bemerkte, daß Joséphine höchst beunruhigt war.

»Ich finde, du solltest nicht in dieses Haus gehen, Anouk«, sagte sie. »Du kennst diesen Mann doch gar nicht richtig. Vielleicht ist er ja böse.«

»Ich glaube, sie kann ruhig zu ihm gehen«, sagte ich und zwinkerte Anouk zu. »Solange sie es mir erzählt.«

Anouk zwinkerte zurück.

Heute war eine Beerdigung – jemand aus dem Altenheim *Les Mimosas* ein Stück flußabwärts war gestorben –, und aus Angst oder Respekt blieben die meisten Kunden weg. Die alte Dame war vierundneunzig, erzählt Clothilde mir im Blumenladen, eine Verwandte von Narcisse' verstorbener Frau. Ich sah Narcisse, der als Zugeständnis an den Anlaß eine schwarze Krawatte zu seinem alten Tweedjackett trug, am Eingang der Kirche stehen. Neben ihm Reynaud in seinem schwarzweißen Gewand, in der einen Hand ein silbernes Kreuz, die andere gütig ausgestreckt, um die Trauergäste zu begrüßen. Es kamen nur wenige. Vielleicht ein Dutzend alte Frauen, von denen ich keine kannte; eine wurde von einer blonden Krankenschwester in einem Rollstuhl geschoben, einige waren so rundlich wie Armande, andere hager mit der für sehr alte Menschen typischen, beinahe durchsichtigen Haut, alle in Schwarz – schwarze Strümpfe und Mäntel und Häubchen und Kopftücher –, manche mit Handschuhen, andere hielten die bleichen, gefalteten Händen vor die Brust gepreßt wie die Jungfrauen auf den Gemälden von Grünewald. Ich sah vor allem ihre Köpfe, als sie, dicht zusammengedrängt und leise raunend, auf die Kirche zugingen; hin und wieder ein kurzer, mißtrauischer Blick aus schwarzen funkelnden Augen, aus der Sicherheit der Gruppe riskiert, während die resolute, gutgelaunte Schwester am Schluß der kleinen Prozession den Rollstuhl schob. Sie schienen nicht von Trauer überwältigt. Die Frau im Rollstuhl hielt ein Gebetbuch in einer Hand und begann mit hoher, zittriger Stimme zu singen, als sie die Kirche betraten. Die anderen nickten Reynaud stumm zu, und ein paar Frauen reichten ihm, bevor sie in der Dunkelheit verschwanden, eine schwarz umrandete Karte, die er während der Totenmesse vorlesen sollte. Der einzige Leichenwagen des Dorfes kam ein bißchen zu spät. Durch die Seitenfenster des Wagens konnte ich den Sarg sehen, der mit einem schwarzen Tuch bedeckt und mit einem Blumengebinde geschmückt war. Die dumpfen Töne der Totenglocke hallten über den Dorfplatz. Dann begann die Orgel zu spielen, traurige, lustlose Töne, wie Kiesel, die in einen Brunnen fallen.

Joséphine, die gerade ein Blech mit Schokoladenbaisers aus dem Ofen genommen hatte, trat in den Laden und schüttelte sich.

»Das ist ja schauerlich«, sagte sie.

Ich muß an das Krematorium denken, an die Orgelmusik – die *Toccata* von Bach –, den billigen, glänzenden Sarg, den Duft nach Bohnerwachs und Blumen. Der Pfarrer sprach den Namen meiner Mutter falsch aus – *Jean Roacher*. Nach zehn Minuten war alles vorbei.

*Der Tod sollte ein Fest sein*, hatte sie gesagt. *Wie ein Geburtstagsfest. Wenn meine Zeit gekommen ist, will ich in die Luft gehen wie eine Rakete und wie eine Sternenwolke vom Himmel regnen und hören, wie alle sagen: Aaah!*

Am Abend des vierten Juli verstreute ich ihre Asche im Hafen. Auf dem Pier gab es ein Feuerwerk und Zuckerwatte für die Kinder, Chinaböller wurden abgefeuert, und die Luft war erfüllt von dem scharfen Geruch nach Kordit, dem Duft von Grillwürstchen und fritierten Zwiebeln und dem fauligen Gestank der Abfälle, die im Hafenwasser trieben. Es war das Amerika, von dem sie immer geträumt hatte, ein Riesenrummel mit zuckendem Neonlicht, lauter Musik und ausgelassen singenden und sich drängelnden Menschenmengen, die ganze glitzernde, sentimentale Geschmacklosigkeit, die sie so geliebt hatte. Ich wartete bis zum Höhepunkt des Feuerwerks, und als der Himmel ein einziges Meer aus Licht und Farbe war, ließ ich die Asche langsam in den Luftstrom rieseln. Sie fiel in einem blau-weiß-roten Farbenspiel. Ich hätte gern etwas gesagt, aber anscheinend gab es nichts mehr zu sagen.

»Schauerlich«, wiederholte Joséphine. »Ich hasse Begräbnisse. Ich gehe nie hin, wenn jemand beerdigt wird.«

Ich sagte nichts, sondern schaute still auf den leeren Platz hinaus und lauschte der Orgelmusik. Zumindest spielten sie nicht die *Toccata*. Jetzt wurde der Sarg in die Kirche getragen. Er wirkte sehr leicht, die Männer gingen zügig und wenig ehrfurchtsvoll über die Pflastersteine.

»Ich wünschte, wir wären nicht so nah bei der Kirche«, sagte Joséphine unruhig. »Was sich dort abspielt, macht mich ganz nervös.«

»In China gehen die Leute in Weiß zu Beerdigungen«, sagte ich. »Sie verteilen in leuchtend rotes Papier gewickelte Geschenke, das soll Glück bringen. Sie zünden Feuerwerkskörper an. Sie plaudern und lachen und tanzen und weinen. Und am Ende springen alle nacheinander über die Glut des Scheiterhaufens, um den aufsteigenden Rauch zu segnen.«

Sie schaute mich neugierig an.

»Haben Sie auch schon mal in China gelebt?«

Ich schüttelte den Kopf.

»Nein. Aber wir haben in New York viele Chinesen kennengelernt. Für sie war eine Beerdigung ein Fest, bei dem das Leben des Verstorbenen gefeiert wurde.«

Joséphine wirkte skeptisch.

»Ich kann mir nicht vorstellen, wie man den Tod *feiern* kann«, sagte sie schließlich.

»Man feiert nicht den Tod«, erklärte ich ihr. »Man feiert das *Leben*. Das ganze Leben. Selbst sein Ende.«

Ich nahm die Kanne mit der Schokolade von der Warmhalteplatte und füllte zwei Tassen.

Nach einer Weile ging ich in die Küche, um zwei Baisers zu holen, die noch warm und innen weich waren, und servierte sie mit Sahne und gehackten Haselnüssen.

»Irgendwie ist es nicht recht, ausgerechnet jetzt«, sagte Joséphine, doch sie aß trotzdem.

Es war schon fast Mittag, als die Trauergäste benommen und in der Sonne blinzelnd die Kirche verließen. Die Pralinen und Baisers waren alle fertig, die dunklen hatten wir etwas länger im Backofen gelassen. Ich sah Reynaud wieder am Portal stehen. Dann fuhren die alten Damen in ihrem Minibus ab – auf der Seite stand in leuchtend gelben Buchstaben *Les Mimosas* –, und auf dem Dorfplatz kehrte der Alltag wieder ein. Nachdem er die Trauergäste verabschiedet hatte, kam Narcisse in den Laden, völlig verschwitzt in seinem engen Hemdkragen. Als ich ihm mein Beileid aussprach, zuckte er die Schultern.

»Ich hab sie eigentlich gar nicht gekannt«, sagte er gleichgültig. »Eine Großtante von meiner verstorbenen Frau. Sie war schon seit zwanzig Jahren in dem Sterbehaus. Sie war geistig verwirrt.«

Das Sterbehaus. Ich sah, wie Joséphine das Gesicht verzog, als das Wort ausgesprochen wurde. Im Grunde genommen ist es das, was sich hinter dem lieblich klingenden Namen *Les Mimosas* verbirgt. Ein Haus, in dem man auf den Tod wartet. Narcisse hält sich an die im Volksmund gebräuchliche Bezeichnung. Die Frau war schon seit langem tot.

Ich schenkte Schokolade ein, dunkel und bittersüß.

»Möchten Sie ein Stück Kuchen?«

Er überlegte einen Moment lang.

»Lieber nicht, solange ich Trauer trage«, sagte er unsicher. »Was für ein Kuchen ist es denn?«

»*Bavaroise* mit Caramelguß.«

»Vielleicht ein kleines Stück.«

Joséphine starrte aus dem Fenster auf den leeren Dorfplatz.

»Da ist dieser Mann schon wieder«, murmelte sie. »Der aus *Les Marauds*. Er geht in die Kirche.«

Ich schaute aus der Tür. Roux stand direkt im Eingang von St. Jérôme. Er wirkte erregt, trat nervös von einem Fuß auf den anderen, die Arme fest um den Körper geschlungen, als sei ihm kalt.

Irgend etwas stimmte nicht, dessen war ich mir plötzlich ganz sicher. Irgend etwas Schlimmes war passiert. Dann sah ich, wie Roux sich abrupt umdrehte und wieder auf meinen Laden zukam. Er blieb kurz stehen, rieb sich den Nacken, sah sich noch einmal nach allen Seiten um und kam dann fast auf die Tür zugerannt, wo er mit gesenktem Kopf und unglücklich schuldbewußtem Blick stehenblieb.

»Armande«, sagte er. »Ich glaube, ich habe sie getötet.«

Einen Moment lang starrten wir ihn alle an. Er machte eine hilflose Geste mit den Händen, wie um schlimme Gedanken zu verscheuchen.

»Ich wollte den Priester holen. Sie hat kein Telefon, und ich dachte, er könnte vielleicht –« Er brach ab. Vor lauter Streß sprach er so starken Dialekt, daß seine Worte kaum zu verstehen waren, die kehligen Laute hätten genausogut Arabisch oder Spanisch oder *verlan* oder eine Mischung aus allen dreien sein können.

»Ich konnte sehen, daß sie – sie hat mir gesagt, ich soll an den Kühlschrank gehen – da hat sie ihre Medikamente drin –« Die Aufregung ließ ihn erneut mitten im Satz abbrechen. »Ich hab sie nicht angerührt. Ich hab sie noch nie angerührt. Ich würde *niemals* –« Er spuckte die Worte mühsam aus, wie abgebrochene Zähne. »Sie werden behaupten, ich hätte sie überfallen, ich hätte sie berauben wollen. Aber das stimmt nicht. Ich hab ihr einen Schluck Brandy gegeben, und da ist sie einfach –«

Er verstummte. Ich sah, daß er Mühe hatte, die Fassung zu wahren.

»Ist schon in Ordnung«, sagte ich ruhig. »Sie können mir alles unterwegs erzählen. Joséphine kann hier im Laden bleiben. Narcisse soll vom Blumenladen aus den Arzt rufen.«

Trotzig: »Ich gehe da nicht noch mal hin. Ich hab getan, was ich konnte. Ich will nicht –«

Ich packte ihn am Arm und zog ihn mit mir.

»Dafür haben wir jetzt keine Zeit. Ich brauche Ihre Hilfe.«

»Sie werden behaupten, es war meine Schuld. Die Polizei –«

»Armande braucht Sie. Los, kommen Sie schon!«

Auf dem Weg nach *Les Marauds* erfuhr ich den Rest der Geschichte. Roux, der sich wegen seines Wutausbruchs am vorangegangenen Tag in meinem Laden schämte, hatte Armandes Tür offenstehen sehen und sich spontan entschlossen, sie zu besuchen. Er fand sie halb bewußtlos in ihrem Schaukelstuhl vor. Es gelang ihm, sie soweit wachzurütteln, daß sie ein paar Worte flüstern konnte. *Medizin ... Kühlschrank ...* Auf dem Kühlschrank stand eine Flasche Brandy. Er füllte ein Glas und flößte ihr etwas von dem Brandy ein.

»Da ist sie einfach ... in sich zusammengesunken. Ich konnte sie nicht mehr wach bekommen.« Die Verzweiflung drang ihm aus allen Poren. »Dann ist mir eingefallen, daß sie zuckerkrank ist. Wahrscheinlich hab ich sie umgebracht, weil ich versucht hab, ihr zu helfen.«

»Sie haben sie nicht umgebracht.« Ich war vom Laufen außer Atem und hatte Seitenstiche. »Es wird alles gut werden. Schließlich haben Sie rechtzeitig Hilfe geholt.«

»Was ist, wenn sie stirbt? Wer wird mir dann noch glauben?« Panik machte seine Stimme heiser.
»Beruhigen Sie sich. Der Arzt wird gleich hiersein.«

Armandes Tür steht immer noch offen, eine Katze hat sich im Türspalt zusammengerollt. Im Haus ist es still. Aus einem losen Stück Dachrinne tropft Regenwasser. Ich sehe, wie Roux einen kurzen, prüfenden Blick nach oben wirft: *Das muß ich reparieren*. Er bleibt an der Tür stehen, als wartete er darauf, hereingebeten zu werden.
Armande liegt auf dem Teppich vor dem Kamin, das Gesicht matt und dunkel wie Waldpilze, die Lippen bläulich verfärbt. Zumindest hat er sie in Seitenlage gebracht, ein Arm stützt Kopf und Hals, um die Atemwege frei zu halten. Sie rührt sich nicht, doch an einem leichten Beben ihrer Lippen sehe ich, daß sie atmet. Ihre Stickarbeit liegt neben ihr, ihre Kaffeetasse ist zu Boden gefallen, und der Kaffee hat einen kommaförmigen Fleck auf dem Teppich gebildet. Die Szene ist seltsam profan, wie ein Standbild aus einem Stummfilm. Ihre Haut fühlt sich kalt und fischig an, ihre dunklen Augäpfel sind durch die Augenlider, die so dünn sind wie eine Crêpe, deutlich zu erkennen. Unter ihrem schwarzen Rock, der bis über die Knie hochgerutscht ist, schauen rote Rüschen hervor. Eine Welle des Mitgefühls überkommt mich beim Anblick ihrer arthritischen Knie in den schwarzen Strümpfen und dem bunten Seidenunterrock unter ihrem farblosen Hauskleid.
»Und?« Die Angst läßt seine Stimme gereizt klingen.
»Ich denke, sie wird sich wieder erholen.«
In seinen dunklen Augen liegen Zweifel und Mißtrauen.
»Sie muß Insulin im Kühlschrank haben«, sage ich ihm. »Das wird es sein, was sie gemeint hat. Holen Sie es, schnell!«
Sie bewahrt es bei den Eiern auf. Die Tupperdose enthält sechs Ampullen Insulin und einige Einmalspritzen. Auf der anderen Seite eine Schachtel Trüffel mit der Aufschrift *La*

*Céleste Praline*. Ansonsten hat sie kaum etwas Eßbares im Haus; eine offene Dose Sardinen, ein Stück Pergamentpapier mit einem Rest *rillettes*, ein paar Tomaten. Ich injiziere ihr das Insulin in die Ellbogenvene. Ich beherrsche die Technik gut. Während des letzten Stadiums der Krankheit, für die meine Mutter so viele verschiedene Heilmethoden ausprobiert hatte – Akupunktur, Homöopathie, Kreative Visualisierung –, griffen wir schließlich auf das gute alte Morphium zurück, kauften es auf dem Schwarzmarkt, wenn wir kein Rezept bekommen konnten. Obwohl meine Mutter Drogen verabscheute, war sie zu einem Zeitpunkt, als ihr Körper zu einem schweißtriefenden Tempel für den Schwarzen Mann geworden war und die Wolkenkratzer von New York wie eine Fata Morgana vor ihren Augen verschwammen, dankbar für die erlösenden Spritzen.

Sie wiegt fast nichts in meinem Arm, ihr Kopf rollt willenlos hin und her. Eine Spur Rouge auf ihren Wangen verleiht ihrem Gesicht etwas Clownhaftes. Ich halte ihre kalten, steifen Hände in den meinen, massiere ihre Finger.

»Armande. Wachen Sie auf. *Armande*.«

Roux beobachtet mich unruhig, sein Ausdruck eine Mischung aus Hoffnung und Verwirrung. Ihre Finger fühlen sich in meiner Hand an wie Schlüssel an einem Ring.

»Armande«, wiederhole ich etwas schärfer, befehlend. »Sie dürfen jetzt nicht schlafen! Sie müssen aufwachen!«

Da. Ein kaum wahrnehmbares Zittern.

»*Vianne*.«

Augenblicklich war Roux auf den Knien neben uns. Sein Gesicht war aschfahl, aber seine Augen leuchteten.

»Sag's noch einmal, du störrisches altes Weib!« Seine Erleichterung war so groß, daß sie schmerzte. »Ich weiß, daß du da bist, Armande. Ich weiß, daß du mich hören kannst!« Er sah mich erwartungsvoll, beinahe lächelnd, an. »Sie hat doch was gesagt, oder? Ich hab mir das nicht eingebildet, nicht wahr?«

Ich schüttelte den Kopf.

»Sie ist zäh«, sagte ich. »Und Sie haben sie rechtzeitig gefunden, bevor sie ins Koma gefallen ist. Lassen Sie dem Insulin Zeit zu wirken. Reden Sie weiter mit ihr.«

»Okay.« Dann fing er an zu reden, ein bißchen durcheinander, atemlos, während er ihr Gesicht nach Anzeichen dafür absuchte, daß sie das Bewußtsein wiedererlangte. Ich fuhr fort, ihre Hände zu massieren, die ganz allmählich wärmer wurden.

»Du machst uns nichts vor, Armande, du alte Hexe. Du bist so stark wie ein Pferd. Du könntest ewig leben. Außerdem hab ich gerade erst dein Dach repariert. Du glaubst doch nicht etwa, ich hätte das alles getan, damit deine Tochter ein anständiges Haus erbt, oder? Ich weiß, daß du mir zuhörst, Armande. Ich weiß, daß du mich hören kannst. Worauf wartest du noch? Willst du, daß ich mich entschuldige? Okay. Ich entschuldige mich.« Die letzten Worte hatte er fast geschrien, Tränen liefen ihm über die Wangen. »Hast du gehört? Ich habe mich entschuldigt. Ich bin ein undankbarer Bastard, und es tut mir leid. Und jetzt wach endlich auf und –«

»... und ein lauter Bastard ...«

Er brach mitten im Satz ab. Armande lachte kaum merklich in sich hinein. Ihre Lippen bewegten sich lautlos. Ihr Blick war wach und klar. Roux hielt ihr Gesicht sanft in beiden Händen.

»Ich hab euch einen Schrecken eingejagt, was?« sagte sie mit dünner, brüchiger Stimme.

»Nein.«

»Hab ich doch«, beharrte sie mit einem Ausdruck von Genugtuung und Übermut.

Roux wischte sich mit dem Handrücken über die Augen.

»Sie hatten mir meine Arbeit noch nicht bezahlt«, sagte er mit zitternder Stimme. »Ich hatte bloß Angst, ich würde mein Geld nie kriegen.«

Armande gluckste vergnügt. Sie kam allmählich wieder zu Kräften, und gemeinsam hoben wir sie in ihren Schaukelstuhl. Sie war immer noch sehr blaß, ihr Gesicht eingesunken wie ein fauler Apfel, aber ihre Augen waren klar. Roux schaute mich an; zum erstenmal seit dem Brand lag keine mißtrauische Wachsamkeit in seinem Blick. Unsere Hände berührten sich. Einen Augenblick lang sah ich sein Gesicht im Mondlicht vor mir, seine nackte Schulter im Gras, zarter Fliederduft stieg mir in die Nase ... Meine Augen weiteten sich vor Erstaunen. Roux muß auch etwas gespürt haben, denn er wich verlegen zurück. Hinter uns hörte ich Armande leise kichern.

»Ich habe Narcisse gebeten, den Arzt zu rufen«, sagte ich. »Er wird jeden Augenblick hiersein.«

Armande schaute mich an. Ihr Blick war eindringlich, und nicht zum erstenmal fragte ich mich, wie hellsichtig sie sein mochte.

»Dieser Totengräber kommt mir nicht ins Haus«, sagte sie. »Sie können ihn gleich wieder dorthin zurückschicken, wo er hergekommen ist. Ich hab es nicht nötig, mir von ihm Vorschriften machen zu lassen.«

»Aber Sie sind krank«, protestierte ich. »Wenn Roux nicht zufällig gekommen wäre, hätten Sie sterben können.«

Sie warf mir einen spöttischen Blick zu.

»Vianne«, sagte sie geduldig. »So ist das nun mal mit alten Leuten. Sie sterben. So ist das Leben. Es passiert jeden Tag.«

»Ja, aber –«

»Und ich gehe nicht in dieses Sterbehaus«, fuhr sie fort. »Das können Sie denen von mir ausrichten. Niemand kann mich zwingen, dorthin zu gehen. Ich lebe seit sechzig Jahren in diesem Haus, und hier werde ich auch sterben.«

»Niemand wird Sie zu irgend etwas zwingen«, sagte Roux bestimmt. »Sie haben Ihre Medizin nicht rechtzeitig genommen, das ist alles. Nächstes Mal werden Sie schlauer sein.«

Armande lächelte.

»So einfach ist das nicht«, sagte sie.

Störrisch: »Warum nicht?«

Sie zuckte die Achseln.

»Guillaume weiß Bescheid«, erklärte sie ihm. »Ich habe mich viel und lange mit ihm unterhalten. Er versteht das.« Sie klang jetzt fast wieder normal, obwohl sie immer noch schwach war. »Ich *will* diese Medizin nicht jeden Tag nehmen müssen«, sagte sie ruhig. »Ich habe keine Lust, mich an tausend Diätvorschriften zu halten. Ich will nicht von netten Schwestern versorgt werden, die mit mir reden, als wäre ich im Kindergarten. Ich bin achtzig Jahre alt, verdammt noch mal, und wenn ich in meinem Alter nicht weiß, was ich will –«

Sie unterbrach sich abrupt.

»Wer ist das?«

Ihr Gehör funktioniert tadellos. Ich hatte es auch vernommen – das Geräusch eines Wagens, der auf dem holprigen Weg vorfuhr. Der Arzt.

»Wenn das dieser scheinheilige Quacksalber ist, sagen Sie ihm, er verschwendet seine Zeit«, giftete Armande. »Sagen Sie ihm, es geht mir gut. Sagen Sie ihm, er soll sich jemand anders zum Behandeln suchen. Ich will ihn nicht sehen.«

Ich schaute nach draußen.

»Es sieht so aus, als hätte er halb Lansquenet mitgebracht«, sagte ich ruhig. Das Auto, ein blauer Citroën, platzte fast aus den Nähten. Außer dem Arzt, einem bleichen Mann in einem anthrazitfarbenen Anzug, sah ich Caroline Clairmont, ihre Freundin Joline und Reynaud, die sich alle drei auf den Rücksitz quetschten. Auf dem Beifahrersitz saß Georges Clairmont, der schüchtern und verlegen dreinblickte, ein Ausdruck stillen Protests. Ich hörte, wie die Wagentüren zugeschlagen wurden, und über dem plötzlich einsetzenden Lärm vernahm ich Carolines hysterisch-schrille Stimme.

»*Ich hab's ihr tausendmal gesagt! Stimmt's George, ich hab's ihr gesagt! Keiner kann mir vorwerfen, ich hätte meine Pflichten als Tochter vernachlässigt, ich tue alles für diese Frau, und seht euch bloß an, was sie* –«

Knirschen von Schritten auf den Pflastersteinen, dann eine Kakophonie von Stimmen, als die ungebetenen Gäste die Haustür öffnen.

»Maman? *Maman?* Halt durch, meine Liebe, ich bin's! Ich komme! Hier entlang, Monsieur Cussonnet, hier geht's ins... ach so, ja, Sie kennen sich ja aus, nicht wahr? Meine Güte, wie oft habe ich ihr ins Gewissen geredet – ich habe *gewußt*, daß so etwas passieren würde –«

Georges, der einen schwachen Protest versucht:

»Glaubst du wirklich, wir sollten uns einmischen, Caro, Liebling? Ich meine, laß das doch den Doktor machen, oder?«

Joline, kühl und herablassend:

»Ich frage mich sowieso, was *er* hier zu suchen hatte –«

Reynaud, kaum hörbar:

»... hätte zu mir kommen sollen...«

Ich spürte, wie Roux ganz steif wurde, noch bevor sie den Raum betraten. Er sah sich nervös nach einem Fluchtweg um. Doch es war zu spät. Zuerst kamen Caroline und Joline mit ihren perfekten *chignons*, ihren Twinsets und Hermès-Halstüchern, dicht gefolgt von Clairmont – dunkler Anzug und Krawatte, ungewöhnlich für einen Arbeitstag in der Holzhandlung, oder sollte sie ihn überredet haben, sich für den Anlaß umzuziehen? –, dann der Arzt, der Priester. Wie in einer Szene in einem Melodram blieben sie alle wie versteinert in der Tür stehen, die Gesichter schockiert, ausdruckslos, schuldbewußt, kummervoll, wütend... Roux starrte sie hochmütig an, eine Hand verbunden, das feuchtklebrige Haar in den Augen, ich stand bei der Tür, der Saum meines orangefarbenen Rocks schlammbespritzt, und Armande, bleich, aber gefaßt, saß vergnügt in ihrem Schaukelstuhl, ein gefährliches Funkeln in den schwarzen Augen und einen Finger gekrümmt wie eine Hexe...

»Aha. Die Geier sind eingetroffen.« Ihre Stimme klang zugleich leutselig und bedrohlich. »Ihr habt es ziemlich eilig gehabt, was?« Ein scharfer Blick zu Reynaud, der im Hintergrund stand. »Sie hatten wohl gedacht, Sie würden endlich Ihre Chance bekommen, wie?« sagte sie giftig. »Sie haben wohl geglaubt, Sie könnten mir schnell Ihren Segen erteilen, solange ich nicht bei Sinnen war, hä?« Sie stieß ein ordinäres Lachen aus. »Pech gehabt, Francis. Ich bin noch nicht reif für die letzte Ölung.«

Reynaud schaute verdrießlich drein.

»Das ist nicht zu übersehen«, sagte er. Ein kurzer Blick in meine Richtung. »Ein Glück, daß Mademoiselle Rocher so... geschickt ist... im Umgang mit Spritzen.« Seine Worte trieften vor Häme.

Caroline war stocksteif, ihr Gesicht eine gequält grinsende Fratze.

»Maman, *chérie*, du siehst doch, was geschieht, wenn wir dich dir selbst überlassen. Du hast uns alle zu Tode geängstigt.«

Armande wirkte gelangweilt.

»Die Zeit, die uns das alles kostet! Du hast uns völlig aus der Fassung gebracht –« Lariflete sprang auf Armandes Knie, während Caro redete, und die alte Frau streichelte die Katze gedankenverloren. »Verstehst du jetzt, warum wir dir immer wieder sagen –«

»Daß ich in diesem Sterbehaus besser aufgehoben wäre?« beendete Armande den Satz trocken. »Wirklich, Caro. Du gibst wohl niemals auf, was? Du bist genau wie dein Vater, weißt du das? Dumm, aber hartnäckig. Das war eine seiner liebenswürdigsten Charaktereigenschaften.«

Caroline wirkte verdrossen.

»*Les Mimosas* ist kein Sterbehaus, sondern ein Altenheim, und wenn du es dir nur einmal *ansehen* würdest –«

»Sie flößen einem die Nahrung mit Schläuchen ein, und wenn man mal zum Klo muß, wird man begleitet, damit man nicht reinfällt...«

»Das ist doch lächerlich.«

Armande lachte.

»Meine Liebe, in meinem Alter kann ich mich lächerlich

machen, soviel es mir gefällt. Ich bin so alt, daß ich mir *alles* leisten kann.«

»Du führst dich auf wie ein Kleinkind«, sagte Caro eingeschnappt. »*Les Mimosas* ist ein *sehr* gutes, sehr *exklusives* Seniorenheim. Du könntest dich dort mit Leuten in deinem Alter unterhalten, an Ausflügen teilnehmen, alles würde für dich geregelt –«

»Klingt ja phantastisch.« Armande schaukelte weiterhin gemächlich in ihrem Stuhl. Caro wandte sich an den Arzt, der den Disput verlegen verfolgt hatte. Dem hageren, nervösen Mann schien es peinlich zu sein, Zeuge dieses Familienzwists zu werden. Er wirkte wie ein schüchterner Mann, der zufällig in eine Orgie geraten war.

»Simon, sagen *Sie* es ihr!«

»Nun ja, ich weiß nicht, ob es mir zusteht –«

»Simon ist ganz meiner Meinung«, schnitt Caro ihm das Wort ab. »In deinem Zustand und in deinem Alter *kannst* du einfach nicht weiter allein leben. Stell dir das bloß mal vor, du könntest jederzeit –«

»Ja, Madame Voizin.« Jolines Stimme klang freundlich und vernünftig. »Sie sollten sich einmal überlegen, was Caro sagt... ich meine, natürlich ist es *verständlich*, daß Sie Ihre Unabhängigkeit nicht verlieren wollen, aber zu Ihrem eigenen Nutzen und Frommen...«

Armandes Augen funkelten gereizt. Einen Moment lang starrte sie Joline schweigend an. Joline wirkte zunächst entrüstet, dann errötete sie und wich Armandes Blick aus.

»Raus hier«, sagte Armande leise. »Alle.«

»Aber Maman –«

»Alle«, wiederholte Armande kategorisch. »Dem Quacksalber hier gebe ich zwei Minuten unter vier Augen – es scheint, als müßte ich Sie noch mal an Ihren hippokratischen Eid erinnern, Monsieur Cussonnet –, und bis ich mit ihm fertig bin, erwarte ich, daß der Rest von euch Geiern verschwunden ist.« Mühsam versuchte sie, sich aus ihrem Schaukelstuhl zu erheben. Ich stützte sie am Arm, und sie schenkte mir ein gequältes, spitzbübisches Lächeln.

»Danke, Vianne«, sagte sie sanft. »Ihnen auch –« Das war an Roux gerichtet, der immer noch am anderen Ende des Zimmers stand und ein gleichgültiges Gesicht machte. »Ich möchte mit Ihnen reden, wenn der Doktor weg ist. Gehen Sie nicht fort.«

»Mit mir?« Roux war nervös. Caro warf ihm einen unverhohlen verächtlichen Blick zu.

»Maman, in einer solchen Situation, denke ich, sollte deine Familie –«

»Wenn ich dich brauche, weiß ich, wo ich dich erreichen kann«, sagte Armande spitz. »Ich werde jetzt ein paar Vorkehrungen treffen.«

Caro sah Roux an.

»Ach so?« In ihrem Ton lag blanker Abscheu. »Vorkehrungen?« Sie musterte ihn von Kopf bis Fuß, und ich sah, wie er leicht zusammenzuckte. Es war derselbe Reflex, den ich bei Joséphine beobachtet hatte; ein leichtes Verkrampfen, ein Einziehen der Schultern, die Fäuste tief in den Hosentaschen, wie um eine kleinere Angriffsfläche zu bieten. Unter diesem durchdringend prüfenden Blick wird jeder Makel sichtbar. Einen Augenblick lang sieht er sich mit ihren Augen – schmutzig, ungehobelt. Wie in einem perversen Reflex spielt er die Rolle, die sie ihm zugedacht hat: »Was zum Teufel glotzen Sie so blöd?«

Sie schaut ihn verblüfft an und weicht zurück. Armande grinst.

»Wir sehen uns später«, sagt sie zu mir. »Und vielen Dank noch mal.«

Caro folgte mir sichtlich verärgert. Hin- und hergerissen zwischen Neugier und ihrem Widerwillen, mit mir zu reden, gab sie sich schroff und herablassend. In knapper Form schilderte ich ihr, was vorgefallen war. Reynaud stand daneben und hörte zu, sein Gesicht so ausdruckslos wie das der Heiligenfiguren in seiner Kirche. Georges, um Diplomatie bemüht, lächelte verlegen, gab hin und wieder Platitüden von sich.

Niemand bot mir an, mich nach Hause zu fahren.

## Samstag, 15. März

Heute morgen bin ich noch einmal bei Armande Voizin gewesen, um mit ihr zu reden. Aber sie hat sich wieder geweigert, mich ins Haus zu lassen. Ihr rothaariger Wachhund öffnete die Tür, knurrte mich in seinem ungehobelten *patois* an und stellte sich breit in den Türrahmen, um mich am Eintreten zu hindern. Es gehe Armande gut, sagt er mir. Ein bißchen Ruhe, und sie werde sich wieder vollständig erholen. Ihr Enkel sei bei ihr, und ihre Freunde besuchen sie jeden Tag. Letzteres sagt er mir mit einem Sarkasmus, der mir das Mark in den Knochen gefrieren läßt. Armande will nicht gestört werden. Es widerstrebt mir zutiefst, diesen Mann um etwas zu bitten, *mon père*, aber ich kenne meine Pflicht. Egal, welche primitiven Individuen sie ihre Freunde nennt, egal, wieviel Spott und Hohn sie mir entgegenschleudert, meine Pflicht bleibt dieselbe. Zu trösten – sogar dort, wo Trost abgelehnt wird – und auf den richtigen Weg zu führen. Aber es ist unmöglich, mit diesem Mann über die Seele zu reden – seine Augen sind so ausdruckslos und gleichgültig wie die eines Tieres. Die zarte Seele, die heilige Flamme im Innern des unwürdigen Fleisches, die durch ein Leben in Sünde zerstört wird ... Das ist unsere heiligste Pflicht, Vater. Die Rettung der Seele ist das einzige, worum es uns geht. Ich versuche, es ihm zu erklären. Armande ist alt, sage ich ihm. Alt und störrisch. Es bleibt nur noch so wenig Zeit. Kann er das denn nicht einsehen? Will er zusehen, wie sie sich durch ihre Arroganz und Nachlässigkeit umbringt?

Er zuckt die Achseln.

»Es geht ihr gut«, sagt er mit einem Blick, der voller Abscheu ist. »Niemand vernachlässigt sie. Sie wird sich wieder ganz erholen.«

»Das stimmt nicht«, erwidere ich betont schroff. »Sie spielt Russisches Roulette mit ihren Medikamenten. Sie weigert sich, auf den Arzt zu hören. Sie ißt *Schokolade*, Herrgott noch mal! Haben Sie sich überhaupt schon mal überlegt, was das in ihrem Zustand bedeutet? Warum –« Sein Gesichtsausdruck ist plötzlich feindselig.

»Sie will Sie nicht sehen.«

»Ist Ihnen das denn gleichgültig? Macht es Ihnen nichts aus, daß sie sich mit ihrer Völlerei umbringt?«

Er zuckt mit den Schultern. Ich spüre seinen Haß hinter der dünnen Fassade scheinbarer Gleichgültigkeit. Es ist zwecklos, an seinen guten Kern zu appellieren – er hält einfach nur Wache, so wie es ihm aufgetragen wurde. Armande hat ihm Geld angeboten, sagt Muscat. Vielleicht möchte er, daß sie stirbt. Ich kenne ihren perversen Charakter. Ihre Familie zu enterben und ihr Geld statt dessen einem dahergelaufenen Fremden zu vermachen, das würde zu ihr passen.

»Ich warte«, sagte ich ihm. »Wenn es sein muß, den ganzen Tag.«

Zwei Stunden lang wartete ich draußen im Garten. Dann fing es an zu regnen. Ich hatte keinen Schirm, und meine Soutane wurde immer schwerer, je mehr sie sich mit Feuchtigkeit vollsaugte. Mir war schwindelig, und ich fühlte mich benommen. Nach einer Weile wurde ein Fenster geöffnet, und der Duft nach frischem Brot und Kaffee, der aus der Küche kam, machte mich fast wahnsinnig. Ich sah, wie der Wachhund mich verächtlich betrachtete, und ich wußte, selbst wenn ich ohnmächtig zusammenbräche, würde er keinen Finger rühren, um mir zu helfen. Als ich langsam den Hügel hinaufging, spürte ich seinen Blick in meinem Rücken. Von irgendwoher jenseits des Flusses meinte ich, jemanden lachen zu hören.

Auch bei Joséphine Muscat habe ich versagt. Obwohl sie sich weigert, zur Messe zu gehen, habe ich mehrmals mit ihr gesprochen, aber ohne Erfolg. Sie hat einen harten, widerspenstigen Kern entwickelt, eine Art Trotz, obwohl ihr Ton immer respektvoll und sanft bleibt, wenn wir miteinander reden. Sie wagt sich nie weit weg von dem Laden, *La Céleste Praline*, und heute traf ich sie direkt vor der Ladentür. Sie war gerade dabei, den Gehweg zu fegen, und sie hatte ihr Haar mit einem gelben Tuch zusammengebunden. Während ich auf sie zuging, hörte ich sie leise vor sich hin singen.

»Guten Morgen, Madame Muscat«, grüßte ich sie höflich. Ich weiß, wenn ich sie zurückgewinnen will, dann nur mit Vernunft und Freundlichkeit. Später, wenn unsere Arbeit getan ist, kann sie immer noch bereuen.

Sie schenkte mir ein schmallippiges Lächeln. Sie wirkt jetzt wesentlich selbstbewußter, ihre Haltung ist aufrecht, sie trägt den Kopf hoch, wie sie es von Vianne Rocher abgeschaut hat.

»Ich heiße jetzt Joséphine Bonnet, Vater.«

»Nicht nach dem Gesetz, Madame.«

»Ach, das Gesetz.« Sie zuckte die Achseln.

»*Gottes* Gesetz«, sagte ich nachdrücklich und vorwurfsvoll. »Ich habe für Sie gebetet, *ma fille*. Ich habe um Ihre Erlösung gebetet.«

Darüber mußte sie lachen, wenn auch nicht boshaft.

»Dann sind Ihre Gebete erhört worden, Vater. Ich bin noch nie in meinem Leben so glücklich gewesen.«

Sie scheint unerreichbar. Seit einer knappen Woche steht sie unter dem Einfluß dieser Frau, und schon höre ich deren Stimme aus Joséphines Worten. Das Lachen der beiden ist unerträglich. Ihr Spott, ebenso wie Armandes, ein Stachel, der mich rasend macht. Ich spüre bereits, wie etwas in mir darauf reagiert, Vater, eine Schwäche, gegen die ich mich gefeit glaubte. Wenn ich die *chocolaterie* auf der anderen Seite des Platzes betrachte, das hell erleuchtete Schaufenster, die Kübel mit den rosa- und orangefarbenen und roten Geranien auf den Balkonen und links und rechts über der Tür, fühle ich, wie der Zweifel sich in mein Herz schleicht, und mein Mund füllt sich mit der Erinnerung des Dufts von Sahne und Caramel und dem berauschenden Aroma von Cognac und frisch gemahlenen Kakaobohnen. Es ist der Duft von Frauenhaar, von zartem Flaum im Nacken einer Frau, von reifen Aprikosen, von warmen *brioches* und Zimtschnecken, von Zitronentee und Maiglöckchen. Es ist der Duft von Räucherstäbchen, der sich im Wind entfaltet wie das Banner des Aufruhrs. Der Stachel des Teufels stinkt nicht nach Schwefel, so wie wir es als Kinder gelernt haben, sondern wie ein betörendes Parfüm, vermischt mit dem Duft von tausend Gewürzen, der einem den Kopf verdreht und die Sinne benebelt. Manchmal stehe ich vor der Kirche und halte meinen Kopf in den Wind, um einen Hauch von diesem Duft zu erhaschen. Er verfolgt mich bis in meine Träume, bis ich verschwitzt und ausgehungert aus dem Schlaf fahre. In meinen Träumen esse ich bergeweise Schokolade, wälze mich in Pralinen, und sie fühlen sich weich an wie menschliches Fleisch, wie tausend Münder auf meinem Körper, die mich mit tausend winzigen Bissen verschlingen. Unter ihrer zärtlichen Gier zu sterben ist der Gipfel der Versuchung, und in solchen Augenblicken kann ich beinahe verstehen, warum Armande Voizin mit jedem Bissen ihr Leben riskiert...

Ich sagte *beinahe*.

Ich kenne meine Pflicht. Ich schlafe nur noch sehr wenig, denn auch für diese Augenblicke der Zügellosigkeit habe ich mir Buße auferlegt. Meine Gelenke schmerzen, aber ich begrüße den Schmerz, der mich ablenkt. Körperliche Freuden sind die Risse, in die der Teufel seine Wurzeln schlägt. Ich hüte mich vor lieblichen Düften. Ich esse nur noch eine Mahlzeit am Tag, die nur aus den einfachsten, fast geschmacklosen Zutaten besteht. Wenn ich nicht gerade meinen Pflichten in der Gemeinde nachgehe, arbeite ich auf dem Friedhof, grabe die Beete um und jäte das Unkraut auf den Gräbern. Der Friedhof ist in den letzten beiden Jahren ziemlich vernachlässigt worden, und es schmerzt mich zu sehen, was für ein Chaos sich in dem ehemals gepflegten Garten ausgebreitet hat. Lavendel, Majoran, Goldrute und Salbei wuchern zwischen Gräsern und blauen Disteln. Außerdem irritieren mich so viele verschiedene Gerüche. Ich möchte gepflegte Beete mit ordentlichen Reihen von Blumen und Sträuchern, vielleicht eine Buchsbaumhecke um den Friedhof herum. Der üppige Pflanzenwuchs scheint mir unpassend, respektlos, ein wilder Überlebenskrieg, in dem die eine Pflanze die andere erstickt, in einem vergeblichen Kampf um die Vorherrschaft. In der Bibel steht, wir sollen uns die Erde untertan machen. Doch ich fühle mich nicht stark genug. Was ich empfinde, ist Hilflosigkeit, denn soviel ich auch umgrabe und jäte und beschneide, das Unkraut ist immer schneller als ich, die grüne Armee füllt die Lücken hinter meinem Rücken, noch während ich arbeite, streckt ihre lange, grüne Zunge heraus zum Spott über meine Bemühungen. Narcisse beobachtet mich mit amüsierter Verachtung.

»Sie sollten lieber anfangen zu pflanzen, Vater«, sagt er. »Füllen Sie die Lücken mit etwas, das Ihnen gefällt, sonst wird das Unkraut es für Sie tun.«

Natürlich hat er recht. Ich habe hundert Pflanzen bei ihm bestellt, bescheidene Gewächse, die ich in Reihen anordnen werde. Ich mag die weißen Begonien und die Zwerglilien und die blaßgelben Dahlien und die Osterglocken, die nicht duften, aber so schöne, gekräuselte Blüten haben. Sie sind hübsch, aber sie wuchern nicht, hat Narcisse mir versichert. Von Menschenhand gezähmte Natur.

Vianne Rocher kommt herüber, um meine Arbeit zu begutachten. Ich beachte sie nicht. Sie trägt einen türkisfarbenen Pullover und Jeans und kurze, weinrote Wildlederstiefel. Ihr Haar flattert im Wind wie eine Piratenflagge.

»Sie haben einen schönen Garten«, sagt sie. Mit einer

Hand fährt sie über die Pflanzen; dann macht sie eine Faust und bringt den geballten Duft an ihre Nase.

»So viele Kräuter«, sagt sie. »Zitronenmelisse und Minze und Salbei –«

»Ich kenne ihre Namen nicht«, erwidere ich schroff. »Ich bin kein Gärtner. Außerdem ist das alles nur Unkraut.«

»Ich mag Unkraut.«

Natürlich. Der Unmut ließ meinen Puls schneller gehen – oder lag es am Duft? Als ich mich inmitten von kniehohem Gras aufrichtete, knackten meine Lendenwirbel infolge der ruckartigen Bewegung.

»Sagen Sie mir eins, Mademoiselle.«

Sie schaute mich lächelnd an.

»Sagen Sie mir, was Sie damit bezwecken, daß Sie meine Gemeindemitglieder dazu anstacheln, ihr Leben zu entwurzeln, ihre Sicherheit aufzugeben –«

Sie sah mich verblüfft an.

»Entwurzeln?« Sie warf einen Blick auf den Berg Unkraut am Wegrand.

»Ich spreche von Joséphine Muscat«, raunzte ich.

»Ach so.« Sie pflückte einen Zweig Lavendel. »Sie war unglücklich.«

Sie schien anzunehmen, das würde alles erklären.

»Und jetzt, wo sie ihr Ehegelübde gebrochen, alles zurückgelassen hat, was sie besaß, jetzt, wo sie ihr altes Leben aufgegeben hat, glauben Sie, wird sie glücklicher sein?«

»Natürlich.«

»Eine feine Philosophie«, höhnte ich, »falls Sie *nicht* an die Sünde glauben.«

Sie lachte.

»Das tue ich nicht«, erwiderte sie. »Ich glaube überhaupt nicht daran.«

»Dann bedaure ich Ihr armes Kind«, sagte ich beißend. »Ohne Gott und ohne Moral aufzuwachsen.«

Sie schaute mich nachdenklich mit zusammengekniffenen Augen an.

»Anouk weiß, was Gut und Böse ist«, entgegnete sie, und da wußte ich, daß ich endlich zu ihr vorgedrungen war. Ein kleiner Punkt für mich. »Was Gott betrifft –« Sie brach den Satz ab. »Ich glaube nicht, daß dieser weiße Kragen Ihnen das Alleinrecht auf den Zugang zu Gott gibt«, sagte sie etwas freundlicher. »Ich denke, es ist Platz genug da für uns beide, meinen Sie nicht?«

Ich ließ mich zu keiner Antwort herab. Ihre gespielte Toleranz ist allzu fadenscheinig.

»Wenn Sie wirklich die Absicht haben, Gutes zu tun«, erklärte ich ihr würdevoll, »sollten Sie Madame Muscat zureden, sich ihre voreilige Entscheidung noch einmal zu überlegen. Und Armande Voizin zur Vernunft bringen.«

»Vernunft?« Sie tat so, als verstünde sie nicht, aber sie wußte genau, was ich meinte.

Ich wiederholte noch einmal, was ich bereits diesem Wachhund gesagt hatte. Armande sei alt, erklärte ich ihr. Eigensinnig und störrisch. Aber Menschen ihrer Generation seien wenig aufgeklärt in medizinischen Dingen. Armande begreife nicht, wie wichtig es ist, eine Diät einzuhalten und Medikamente regelmäßig einzunehmen – sie weigere sich hartnäckig, den Tatsachen ins Auge zu sehen –

»Aber Armande ist glücklich und zufrieden.« Ihre Stimme klang beinahe vernünftig. »Sie will ihr Haus nicht aufgeben und in ein Altenheim ziehen. Sie will in ihren eigenen vier Wänden sterben.«

»Dazu hat sie kein Recht!« Ich hörte meine Stimme wie eine Peitsche über den Platz knallen. »Diese Entscheidung steht ihr nicht zu. Wer weiß, wie lange sie noch lebt, womöglich noch zehn Jahre –«

»Das kann gut sein«, sagte sie mit ironischem Unterton. »Sie ist immer noch sehr agil, geistig fit, unabhängig –«

»*Unabhängig!*« Es gelang mir kaum noch, meine Verachtung zu verbergen. »Und wenn sie in einem halben Jahr stockblind ist? Was macht sie dann?«

Zum erstenmal wirkte sie verwirrt.

»Ich verstehe nicht, was Sie meinen«, sagte sie schließlich. »Armandes Augen sind doch in Ordnung, oder? Ich meine, sie trägt ja noch nicht mal eine Brille –«

Ich sah sie durchdringend an. Sie wußte es nicht. »Sie haben sich noch nicht mit dem Arzt unterhalten, nicht wahr?«

»Warum sollte ich? Armande –«

Ich fiel ihr ins Wort. »Armande hat ein Problem«, erklärte ich ihr. »Eines, das sie systematisch ignoriert. Da sehen Sie, wie eigensinnig sie tatsächlich ist. Sie weigert sich, ihrer Familie und sogar sich selbst gegenüber einzugestehen –«

»Bitte, sagen Sie's mir.« Ihre Augen waren hart wie Achate.

Ich sagte es ihr.

## Sonntag, 16. März

Armande tat zunächst so, als verstünde sie nicht. Dann verlangte sie in einem selbstherrlichen Ton zu wissen, wer »geplappert« habe, während sie mir gleichzeitig vorwarf, ich mischte mich in Angelegenheiten ein, die mich nichts angingen, und ich hätte außerdem sowieso keine Ahnung, wovon ich sprach.

»Armande«, sagte ich, als sie schließlich eine Atempause machte. »Reden Sie mit mir. Erklären Sie mir, was es bedeutet. Diabetische Erkrankung der Netzhaut –«

Sie zuckte die Achseln. »Wenn dieser verdammte Doktor es schon im ganzen Dorf rumerzählt, kann ich's Ihnen auch sagen.« Sie wirkte gereizt. »Er behandelt mich, als könnte ich nichts mehr für mich selbst entscheiden.« Sie sah mich durchdringend an. »Und Sie sind auch nicht besser, Madame«, sagte sie. »Bemuttern mich, mischen sich in meine Angelegenheiten ein ... Ich bin kein Kind, Vianne.«

»Das weiß ich.«

»Also gut.« Sie langte nach ihrer Teetasse. Ich sah, wie vorsichtig sie sie anfaßte, sich vergewisserte, daß sie sicher zwischen ihren Fingern lag, bevor sie sie anhob. Nicht sie, sondern ich bin blind gewesen. Der Spazierstock mit der roten Schleife, die vorsichtigen Schritte, die unfertige Stickarbeit, die Augen stets durch die verschiedensten Hüte geschützt ...

»Man kann mir sowieso nicht helfen«, sagte Armande etwas freundlicher. »Soweit ich es verstanden habe, ist es unheilbar, also geht es außer mir niemanden etwas an.« Sie trank einen Schluck von ihrem Tee und verzog das Gesicht.

»Kamille«, sagte sie trocken. »Soll entgiftend wirken. Schmeckt wie Katzenpisse.« Mit derselben Vorsicht stellte sie die Tasse wieder ab.

»Das Lesen fehlt mir«, sagte sie. »Ich kann die Buchstaben nicht mehr erkennen. Aber Luc liest mir manchmal was vor. Wissen Sie noch, wie er mir an dem ersten Mittwoch ein Gedicht von Rimbaud vorgelesen hat?«

Ich nickte.

»Sie sagen es so, als sei es Jahre her«, bemerkte ich.

»Ist es auch.« Ihre Stimme klang schwach, fast tonlos. »Ich habe bekommen, was ich nie zu hoffen gewagt hatte. Mein Enkel besucht mich jeden Tag. Wir reden miteinander wie Erwachsene. Er ist ein guter Junge und so liebenswürdig, daß er sich ein wenig um mich grämt.«

»Er liebt Sie, Armande«, unterbrach ich sie. »Wir alle lieben Sie.«

Sie lachte in sich hinein.

»Na ja, vielleicht nicht alle«, sagte sie. »Aber das ist nicht so wichtig. Ich habe alles, was ich mir je gewünscht habe. Mein Haus, meine Freunde, Luc ...« Sie sah mich trotzig an. »Ich werde mir nichts davon wegnehmen lassen«, erklärte sie herausfordernd.

»Ich verstehe nicht recht. Es kann Sie doch niemand zwingen –«

»Ich rede nicht von irgend *jemandem*«, unterbrach sie mich scharf. »Cussonnet kann mir erzählen, was er will, über Retinatransplantation und Lasertechnik und was weiß ich –« Ihre Verachtung für solche Dinge war nicht zu überhören. »Aber das ändert nichts an den Tatsachen. Die Wahrheit ist, daß ich blind werde, und da ist wohl nichts dran zu machen.« Sie verschränkte die Arme, wie um die Endgültigkeit ihrer Worte zu unterstreichen.

»Ich hätte früher zu ihm gehen sollen«, sagte sie ohne Bitterkeit. »Jetzt ist es nicht mehr heilbar und wird immer schlimmer. Ein halbes Jahr gibt er mir höchstens, bis ich völlig erblindet bin, dann kommt das Sterbehaus, ob's mir gefällt oder nicht, bis ich die Augen zumache.« Sie machte eine Pause. »Womöglich lebe ich noch zehn Jahre«, sinnierte sie, als würde sie wiederholen, was ich zu Reynaud gesagt hatte.

Ich öffnete den Mund, um sie zu beruhigen, um ihr zu sagen, daß es vielleicht nicht so schlimm werden würde, wie sie es sich vorstellte, schloß ihn jedoch wieder.

»Schauen Sie mich nicht so an.« Armande knuffte mich aufmunternd mit dem Ellbogen. »Nach einem fünfgängigen Menü will man Kaffee und Likör, stimmt's? Da hat man doch keine Lust, das Festmahl mit einer Schüssel Haferschleim zu krönen, oder? Nur damit man noch einen Gang kriegt.«

»Armande –«

»Unterbrechen Sie mich nicht.« Ihre Augen leuchteten. »Was ich sagen will, ist, man muß wissen, wann man aufzuhören hat, Vianne. Man muß wissen, wann man den Teller wegschieben und den Likör bestellen muß. In vierzehn Tagen werde ich einundachtzig –«

»Das ist doch kein Alter«, platzte ich heraus. »Ich kann es nicht fassen, daß Sie einfach so aufgeben wollen!«

Sie sah mich an.

»Dabei sind Sie es doch gewesen, nicht wahr, die Guillaume gesagt hat, er soll Charly seine Würde lassen.«

»Sie sind doch kein Hund!« erwiderte ich ärgerlich.

»Nein«, sagte Armande leise. »Und ich kann selbst für mich entscheiden.«

New York ist eine unwirtliche Stadt, trotz all ihrer glitzernden Verlockungen; bitterkalt im Winter und drückend heiß im Sommer. Nach drei Monaten hat sogar der Lärm etwas Vertrautes, man nimmt ihn nicht mehr wahr; Motorengedröhn, menschliche Stimmen, Taxihupen verschmelzen zu einer Geräuschkulisse, die wie Nieselregen über der Stadt liegt. Sie kam aus einem Deli mit unserem Mittagessen in einer braunen Papiertüte in den vor der Brust verschränkten Armen; ich lief ihr entgegen, unsere Blicke begegneten sich über die stark befahrene Straße hinweg, hinter ihr ein Plakat mit einer Marlboro-Reklame; ein Mann vor rötlichen Felsen im Hintergrund... Ich sah es kommen. Öffnete meinen Mund, um ihr etwas zuzurufen, sie zu warnen... Erstarrte. Eine Sekunde lang, mehr nicht, eine einzige Sekunde. War es die Angst, die mir die Zunge lähmte? War es einfach die Trägheit des Körpers, der sich mit einer plötzlichen Gefahr konfrontiert sieht, die Ewigkeit, die der Körper braucht, um zu reagieren, nachdem der Gedanke das Gehirn erreicht hat? Oder war es Hoffnung, die Art von Hoffnung, die entsteht, wenn alle Träume zerplatzt sind und nichts geblieben ist als die Anstrengung, die es kostet, den Anschein zu wahren?

*Natürlich, Maman, natürlich fahren wir nach Florida. Ganz bestimmt.*

Ihr Gesicht, zu einem Lächeln erstarrt, in ihren Augen ein viel zu helles Leuchten, so hell wie das Feuerwerk am vierten Juli.

*Was würde ich tun? Was würde ich bloß tun, wenn ich dich nicht hätte?*

*Ist schon gut, Maman. Wir schaffen es. Ich verspreche es dir. Verlaß dich auf mich.*

Der Schwarze Mann steht da und schaut ruhig zu, seine zuckenden Mundwinkel zu einem Lächeln verzogen, und während dieser endlosen Sekunde begreife ich, daß es Schlimmeres gibt, *viel* Schlimmeres als den Tod. Dann ist die Lähmung vorbei, und ich beginne zu schreien, aber der

Warnruf kommt zu spät. Sie wendet sich mir zu, ein Lächeln bildet sich auf ihren bleichen Lippen – *Was gibt's, Liebes?* –, und der Schrei wird vom Kreischen der Bremsen verschluckt ...

»*Florida!*« Es klingt wie ein Frauenname, der über die Straße hallt, die junge Frau rennt quer durch den Verkehr, läßt ihre Tüten mit den Einkaufen fallen – ein paar Lebensmittel, eine Tüte Milch –, ihr Gesicht verzerrt. Es klingt wie ein Name, als hieße die ältere Frau, die da auf der Straße stirbt, *Florida*, und sie ist tot, bevor ich sie erreiche, ganz still und undramatisch, so daß es mir beinahe peinlich ist, daß ich so ein Aufhebens darum mache. Eine dicke Frau in einem rosafarbenen Trainingsanzug legt ihre fleischigen Arme um mich, und was ich vor allem empfinde ist Erleichterung, wie aus einer aufgeschnittenen Eiterbeule laufen mir Tränen der Erleichterung über die Wangen, bittere Erleichterung darüber, daß ich endlich am Ende angekommen bin. Unversehrt am Ende angekommen, oder zumindest beinahe unversehrt.

»Weinen Sie nicht«, sagte Armande sanft. »Sie sind es doch, nicht wahr, die immer sagt, Glück ist das einzige, was zählt?«

Verblüfft stellte ich fest, daß mein Gesicht naß war.

»Außerdem brauche ich Ihre Hilfe.« Pragmatisch wie immer, reichte sie mir ein Taschentuch. Es duftete nach Lavendel. »Ich werde an meinem Geburtstag eine Party geben«, verkündete sie. »Lucs Idee. Kosten spielen keine Rolle. Ich möchte, daß Sie für das Buffet sorgen.«

»Was?« Ich war verwirrt von diesem Wechselbad zwischen Tod, Festessen und wieder Tod.

»Der letzte Gang meines Menüs«, erklärte Armande. »Bis dahin werde ich wie ein braves Mädchen regelmäßig meine Medizin nehmen. Ich werde sogar diesen scheußlichen Tee trinken. Ich möchte meinen einundachtzigsten Geburtstag zusammen mit allen meinen Freunden feiern, Vianne. Vielleicht lade ich sogar meine bescheuerte Tochter ein. Wir werden Ihr Schokoladenfest richtig stilvoll begehen. Und dann...« Ein kurzes, gleichgültiges Achselzucken. »Nicht jeder hat das Glück«, bemerkte sie. »Die Chance, alles genau zu planen, alle Ecken auszufegen. Und noch was –« sie schaute mich durchdringend an. »Kein Wort zu irgend jemandem«, sagte sie. »Niemand darf etwas davon erfahren. Ich werde keine Einmischung dulden. Es ist meine Entscheidung, Vianne. Meine Party. Ich will nicht, daß irgend jemand auf meiner Party anfängt zu weinen oder herumzujammern. Verstanden?«

Ich nickte.

»Versprochen?« Sie sprach mit mir wie mit einem aufsässigen Kind.

»Versprochen.«

Zufriedenheit breitete sich auf ihrem Gesicht aus, wie immer, wenn sie von gutem Essen redete. Sie rieb sich die Hände.

»Dann werden wir jetzt das Menü planen.«

## Dienstag, 18. März

Joséphine fiel auf, wie still ich war, während wir gemeinsam in der Küche arbeiteten. Wir haben schon dreihundert Osterschachteln fertig, sauber im Keller gestapelt und mit bunten Schleifen versehen, aber ich möchte doppelt so viele machen. Wenn wir sie alle verkaufen, werden wir einen guten Gewinn erzielen, vielleicht genug, um uns endgültig hier niederzulassen. Wenn nicht – über diese Möglichkeit denke ich nicht nach, obwohl die Wetterfahne mich von ihrem Turm aus laut auslacht. Roux hat bereits mit der Arbeit an Anouks Dachzimmer begonnen. Das Fest ist ein Risiko, aber unser Leben ist schon immer von solchen Dingen bestimmt gewesen. Und wir scheuen keine Mühe, um dem Fest zu einem Erfolg zu verhelfen. Überall in den Nachbarorten, sogar in Agen habe ich Plakate aufhängen lassen. In der Osterwoche wird täglich im Radio für das Fest geworben. Es wird Musik geben – ein paar alte Freunde von Narcisse haben eine Kapelle gegründet –, Blumen und Spiele. Ich habe mit einigen der Händler gesprochen, die donnerstags immer auf dem Markt stehen, und es wird ein paar Stände auf dem Dorfplatz geben, wo man Modeschmuck und Andenken kaufen kann. Wir werden eine Ostereiersuche für die Kinder veranstalten, angeführt von Anouk und ihren Freunden, und es gibt *cornets surprise* für jeden Teilnehmer. Und im Schaufenster von *La Céleste Praline* wird eine riesige Schokoladenstatue von Eostra stehen, in der einen Hand einen Maiskolben und in der anderen einen Korb mit Ostereiern, die an alle, die mit uns feiern, verteilt werden. Nur noch zwei Wochen. Von den zarten Likörpralinen, den Rosenblättern aus Schokolade, den in Goldfolie verpackten Münzen, den kandierten Veilchen, den Kirschpralinen und den Mandelsplittern machen wir jeweils fünfzig Stück und legen sie dann zum Auskühlen auf gefettete Bleche. Große Eier und Tierfiguren aus Hohlschokolade werden vorsichtig geöffnet und mit kleinen Pralinen und Trüffeln gefüllt. Es gibt Nester aus gesponnenen Karamelfäden mit Zuckereiern, auf denen eine dicke Schokoladenhenne thront; gescheckte Hasen, mit gebrannten Mandeln gefüllt, stehen in Reih und Glied bereit, um eingewickelt und in Schachteln verpackt zu werden; ganze Herden von Marzipantieren marschieren über die Regalbretter. Das gesamte Haus ist erfüllt vom Duft nach Vanille und Cognac und karamelisierten Äpfeln und Bitterschokolade.

Und nun muß auch noch Armandes Party vorbereitet werden. Das Festessen wird am Karsamstagabend um neun Uhr beginnen, dem Vorabend des Schokoladenfests, und um Mitternacht will sie ihren Geburtstag feiern. Ich habe eine Liste mit allem, was sie aus Agen bestellen will – *foie gras*, Champagner, Trüffel und frische *chantrelles* aus Bordeaux, Meeresfrüchte vom Fischhändler in Agen. Für Kuchen und Pralinen werde ich selbst sorgen.

»Das wird bestimmt eine tolle Party«, meint Joséphine begeistert, als ich ihr von Armandes Vorhaben erzähle. Ich darf das Versprechen nicht vergessen, das ich Armande gegeben habe.

»Sie sind eingeladen«, erkläre ich ihr. »Das hat sie mir ausdrücklich gesagt.«

»Das ist aber nett«, sagt Joséphine hocherfreut. »Alle sind so nett zu mir.«

Erstaunlicherweise ist sie überhaupt nicht verbittert, sondern stets bereit, die Freundlichkeit anderer anzunehmen. Selbst Paul-Marie hat ihren Optimismus nicht zerstören können. Wie er sich aufführt, sagt sie, sei teilweise ihre Schuld. Er habe einen schwachen Charakter; sie hätte sich viel früher gegen ihn zur Wehr setzen müssen. Für Caro Clairmont und ihre Freundinnen hat sie nur ein mitleidiges Lächeln übrig.

»Das sind doch dumme Gänse«, sagt sie bloß.

Welch schlichtes Gemüt. Sie ist jetzt vollkommen gelassen, im Frieden mit sich und der Welt. Gleichzeitig stelle ich fest, daß ich selbst immer weniger gelassen bin, wie aus einem perversen Widerspruchsgeist heraus. Und dennoch beneide ich sie. Es hat so wenig gebraucht, um sie so zufrieden werden zu lassen. Ein bißchen Wärme, ein paar geliehene Kleider und die Sicherheit eines eigenen Zimmers... Wie eine Blume wächst sie auf das Licht zu, ohne nachzudenken oder den Prozeß ihrer Veränderung zu analysieren. Ich wünschte, ich könnte das auch.

Mir fällt das Gespräch wieder ein, das ich am Sonntag mit Reynaud geführt habe. Was ihn antreibt, ist mir nach wie vor ein Rätsel. Neuerdings wirkt er beinahe verzweifelt, wenn er auf dem Friedhof arbeitet, wenn er wie ein Wilder gräbt und hackt – manchmal reißt er zusammen mit dem Unkraut die Blumen und Sträucher gleich mit aus –, wenn ihm der Schweiß den Rücken hinunterläuft, und ein dunkles Dreieck auf seiner Soutane entsteht. Die harte Arbeit macht ihm keine Freude. Sein Gesicht ist vor Anstrengung verzerrt. Es ist, als würde er die Erde hassen, die er umgräbt, die Pflanzen, durch die er sich kämpft. Er wirkt wie ein Geizhals, der gezwungen ist, Berge von Geldscheinen in einen Ofen zu schaufeln; Gier, Abscheu und unterdrückte Faszination liegen in seinem Blick. Und dennoch gibt er nicht auf. Während ich ihn beobachte, flackert ein vertrautes Gefühl der Angst in mir auf, doch ich bin mir nicht sicher, wovor ich mich fürchte. Er ist wie eine Maschine, dieser Mann, mein Feind. Wenn ich ihn ansehe, fühle ich mich seinen prüfenden Blicken auf seltsame Weise ausgesetzt. Ich muß meinen ganzen Mut aufbringen, um ihm in die Augen zu schauen, ihn anzulächeln, mich unbefangen zu geben... doch etwas in meinem Innern schreit und sträubt sich und versucht zu fliehen. Es ist nicht nur einfach das Schokoladenfest, das ihn so in Rage versetzt. Das spüre ich so deutlich, als könnte ich seine Gedanken lesen. Es ist meine Anwesenheit hier im Dorf, die ihn aus der Fassung bringt. Für ihn bin ich eine lebende Schande. Er beobachtet mich unauffällig während der Arbeit auf dem Friedhof; sein Blick wandert immer wieder zu meinem Fenster und dann wieder zurück, voll verstohlener Genugtuung. Seit Sonntag haben wir nicht wieder miteinander gesprochen, und er nimmt an, er hätte einen Pluspunkt gegen mich gewonnen. Armande ist nicht wieder im Laden gewesen, und an seinen Augen erkenne ich, daß er glaubt, er sei der Grund dafür. Soll er es ruhig annehmen, wenn es ihn glücklich macht.

Anouk hat mir erzählt, daß er gestern in der Schule war. Er hat den Kindern von der Bedeutung des Osterfests erzählt – harmloses Zeug, und doch läuft mir bei der Vorstellung, daß meine Tochter seinem Einfluß ausgesetzt ist, ein Schauer über den Rücken –, hat ihnen eine Geschichte vorgelesen, ihnen versprochen, wiederzukommen. Ich fragte Anouk, ob er mit ihr gesprochen hätte.

»Na klar«, erwiderte sie vergnügt. »Er ist nett. Er hat

gesagt, ich darf ihn besuchen und mir die Kirche ansehen, wenn ich Lust hab. Dann zeigt er mir den heiligen Franziskus und all die Tiere.«

»Und, möchtest du hingehen?«

Anouk zuckte die Achseln.

»Mal sehen«, sagte sie.

Ich sage mir – in den frühen Morgenstunden, wenn alles möglich scheint und meine Nerven kreischen wie die rostigen Scharniere der Wetterfahne –, daß meine Ängste völlig irrational sind. Was kann er uns schon anhaben? Wie könnte er uns weh tun, wenn das in seiner Absicht liegt? Er weiß nichts. Er kann nichts über uns wissen. Er hat keine Macht über uns.

*Natürlich hat er das*, sagt die Stimme meiner Mutter in mir. *Er ist der Schwarze Mann.*

Anouk wälzt sich unruhig im Schlaf hin und her. Feinfühlig, wie sie ist, spürt sie, daß ich wach bin, und versucht, sich durch einen Morast von Träumen zu kämpfen und auch aufzuwachen. Ich atme ganz ruhig, bis sie wieder in Tiefschlaf versinkt.

Der Schwarze Mann ist nichts als Einbildung, sage ich mir nachdrücklich. Eine Verkörperung von Ängsten, die sich hinter einer Karnevalsmaske verbergen. Ein Schauermärchen. Ein Schatten in einem fremden Zimmer.

Statt einer Antwort entsteht das Bild erneut vor mir, hell und leuchtend wie ein Transparent: Reynaud am Bett eines alten Mannes, seine Lippen bewegen sich, als betete er, hinter ihm lodern Flammen wie Sonnenlicht in einem Kirchenfenster. Es ist kein beruhigendes Bild. In der Haltung des Priesters liegt etwas Raubtierhaftes, die beiden geröteten Gesichter haben eine gewisse Ähnlichkeit, das dunkel glühende Licht der Flammen wirkt bedrohlich. Ich versuche, meine psychologischen Kenntnisse zu Hilfe zu nehmen. Der Schwarze Mann symbolisiert den Tod, ein Archetyp, der meine Angst vor dem Unbekannten widerspiegelt. Es überzeugt mich nicht. Der Teil in mir, der immer noch zu meiner Mutter gehört, spricht deutlicher zu mir.

*Du bist meine Tochter, Vianne*, sagt sie mir unerbittlich. *Du weißt, was es bedeutet.*

Es bedeutet, daß wir weiterziehen müssen, wenn der Wind sich dreht, daß wir die Zukunft aus den Karten lesen, daß unser Leben eine permanente Flucht ist ...

»Ich bin nichts Besonderes.« Unwillkürlich habe ich laut gesprochen.

»Maman?« Anouks verschlafene Stimme.

»Schsch«, sage ich. »Es ist noch nicht Morgen. Schlaf noch ein bißchen.«

»Sing mir was vor, Maman«, murmelt sie und streckt in der Dunkelheit einen Arm nach mir aus. »Sing noch mal das Lied vom Wind.«

Also singe ich, lausche meiner eigenen Stimme, die von dem leisen Quietschen der Wetterfahne begleitet wird;

*V'là l'bon vent, v'là l'joli vent,*
*V'là l'bon vent, ma mie m'appelle,*
*V'là l'bon vent, v'là l'joli vent,*
*V'là l'bon vent, ma mie m'attend.*

Nach einer Weile höre ich Anouk wieder regelmäßig atmen, und ich weiß, sie ist wieder eingeschlafen. Ihre Hand liegt immer noch in meiner, weich und schwer. Wenn Roux mit der Arbeit am Dach fertig ist, wird sie wieder ihr eigenes Zimmer haben, dann werden wir beide wieder ruhiger schlafen. Heute nacht fühle ich mich allzusehr an all die Hotelzimmer erinnert, in denen meine Mutter und ich geschlafen haben, umhüllt von der Feuchtigkeit unseres eigenen Atems, die beschlagenen Fenster, und draußen der stete Lärm des Straßenverkehrs.

*V'là l'bon vent, v'là l'joli vent ...*

Diesmal nicht, verspreche ich mir im stillen. Diesmal bleiben wir. Egal, was passiert. Aber noch während ich einschlafe, fange ich unwillkürlich an, zu überlegen, wie es wäre. Sehnsüchtig und voller Ungläubigkeit.

## Mittwoch, 19. März

Neuerdings scheint im Laden von dieser Rocher weniger los zu sein. Armande Voizin ist nicht mehr dagewesen, obwohl ich sie mehrmals im Dorf gesehen habe. Sie hat sich wieder recht gut erholt, bewegt sich mit forschen Schritten und ist kaum auf ihren Stock angewiesen. Ich sehe sie häufig zusammen mit Guillaume Duplessis, der diesen mickrigen Welpen überallhin mitnimmt, und Luc geht sie jeden Tag besuchen. Als sie erfuhr, daß ihr Sohn Armande seit einiger Zeit heimlich besucht, lächelte Caroline Clairmont gequält.

»Ich habe keinen Einfluß mehr auf ihn, Vater«, jammerte sie. »Er war immer *so* ein guter Junge, so ein *folgsames* Kind, aber jetzt –«

Mit theatralischer Geste schlug sie sich mit den maniküren Händen vor die Brust.

»Ich habe ihm – auf die *allersanfteste* Art – erklärt, er hätte mir sagen müssen, daß er seine Großmutter besucht –« Sie seufzte. »Als hätte er annehmen müssen, ich hätte etwas *dagegen* gehabt, der dumme Junge. Ich habe natürlich nichts dagegen, habe ich ihm gesagt. Ich *freue* mich, daß ihr beiden euch so gut versteht – schließlich wirst du eines Tages eine Menge von ihr erben ... Und plötzlich schreit er mich an, das Geld würde ihn nicht im geringsten interessieren, und er hätte mir nichts davon gesagt, weil er genau gewußt hätte, daß ich ihm alles verderben würde, ich sei eine heuchlerische Betschwester ... Das sind *ihre* Worte, Vater, darauf würde ich mein Leben verwetten –« Sie betupfte sich vorsichtig die Augen, ängstlich darauf bedacht, ihr tadelloses Make-up nicht zu verschmieren.

»Was habe ich nur falsch gemacht?« jammerte sie. »Ich habe *alles* für diesen Jungen getan, er hat alles von mir bekommen. Daß er sich jetzt so von mir abwendet, mir alles vor die Füße wirft wegen *dieser Frau* ...« Trotz der Tränen war ihre Stimme hart. »Sie ist schlimmer als eine Giftschlange«, lamentierte sie. »Sie können sich nicht vorstellen, was das für eine Mutter bedeutet, Vater.«

»Oh, Sie sind nicht die einzige, die darunter leidet, daß Madame Rocher sich überall mit gutgemeinten Ratschlägen einmischt«, sagte ich. »Sehen Sie sich doch bloß einmal an, was sie alles in wenigen Wochen ausgelöst hat.«

Caroline schniefte.

»Gut gemeint! Sie sind wirklich zu liebenswürdig, Vater«, höhnte sie. »Sie ist bösartig, lassen Sie sich das von mir gesagt sein. Sie hätte meine Mutter beinahe umgebracht, sie hat meinen Sohn gegen mich aufgehetzt...«

Ich nickte zustimmend.

»Ganz zu schweigen davon, daß sie die Ehe der Muscats zerstört hat«, fuhr sie fort. »Ich kann mich nur wundern, wieviel Geduld Sie immer wieder aufbringen, Vater.« Ihre Augen funkelten haßerfüllt. »Es wundert mich, daß Sie Ihren Einfluß noch nicht genutzt haben.«

Ich zuckte die Achseln.

»Ach, ich bin nur ein Dorfpfarrer«, erwiderte ich. »Ich besitze keinen nennenswerten Einfluß. Ich kann etwas mißbilligen, aber –«

»Sie können wesentlich mehr tun, als etwas zu mißbilligen«, fauchte Caroline. »Wir hätten von Anfang an auf Sie hören sollen, Vater. Wir hätten sie nie im Dorf dulden sollen.«

Ich hob die Schultern.

»Im nachhinein ist man immer schlauer«, sagte ich. »Wenn ich mich recht erinnere, sind Sie anfangs auch gern in ihren Laden gegangen.«

Sie errötete.

»Nun, wir könnten Sie unterstützen«, schlug sie vor. »Paul Muscat, Georges, die Arnaulds, die Drous, die Prudhommes... Wir könnten uns zusammentun. Noch mehr Verbündete suchen. Wir könnten dafür sorgen, daß sich schließlich alle gegen sie verschwören.«

»Aus welchem Grund? Die Frau hat kein Gesetz gebrochen. Es wäre nichts als üble Nachrede, und am Ende hätten Sie nichts gewonnen.«

Caroline lächelte böse.

»Auf jeden Fall können wir ihr großartiges Fest ruinieren«, sagte sie.

»Ach ja?«

»Natürlich.« Die Wut machte sie häßlich. »Georges kommt mit vielen Leuten zusammen. Er ist sehr wohlhabend. Auch Muscat hat einen gewissen Einfluß. Er hat mit vielen Leuten zu tun, und er besitzt Überzeugungskraft. Im Gemeinderat zum Beispiel...«

Das stimmt. Ich muß an seinen Vater denken, den Sommer, als die Zigeuner schon einmal hier waren.

»Wenn sie bei dem Fest Verluste macht – und wie ich höre, hat sie bereits ziemlich viel in die Vorbereitungen investiert –, dann wird sie vielleicht genötigt sein –«

»Vielleicht«, erwiderte ich freundlich. »Ich kann mich natürlich nicht offiziell daran beteiligen. Es könnte einen... unchristlichen Eindruck machen.«

An ihrem Gesichtsausdruck erkannte ich, daß sie mich genau verstanden hatte.

»Selbstverständlich, Vater.« Ihre Stimme klingt eifrig und gehässig. Einen Augenblick lang empfinde ich tiefe Verachtung für sie, wie sie schnauft und schwitzt wie eine läufige Hündin, aber mit Hilfe von solchen verabscheuungswürdigen Werkzeugen gelingt es uns doch immer wieder, unser Werk zu tun.

Sie, *mon père*, müßten das am besten wissen.

## Freitag, 21. März

Das Dach ist fast fertig. Der Putz ist hier und da noch feucht, aber das neue Fenster, rund und mit Messingbeschlägen wie ein Bullauge, ist eingebaut. Morgen will Roux die Dielen verlegen, und wenn sie abgezogen und versiegelt sind, können wir Anouks Bett in ihr neues Zimmer räumen. Es gibt keine Tür, nur die Falltür und eine Leiter, die mit einem Dutzend Sprossen zu ihr hinaufführt. Anouk ist schon ganz aufgeregt. Immer wieder steigt sie auf die Leiter, steckt ihren Kopf durch die Falltür, beobachtet Roux bei der Arbeit und gibt ihm Anweisungen. Meistens jedoch ist sie bei mir in der Küche und sieht bei den Ostervorbereitungen zu. Jeannot ist auch oft da. Dann sitzen sie zusammen am Küchentisch und reden an einem Stück. Ich muß sie bestechen, damit sie mich ab und zu in Ruhe lassen. Roux ist seit Armandes Kollaps wieder ganz der alte, er pfeift vergnügt vor sich hin, während er Anouks Zimmer den letzten Schliff verpaßt. Er hat seine Arbeit sehr gut gemacht, bedauert allerdings, daß er sein Werkzeug verloren hat. Das von Clairmont gemietete sei minderwertig, sagt er. Er will sich so bald wie möglich wieder eigenes Werkzeug besorgen.

»In Agen gibt es eine Werft, wo man gebrauchte Hausboote bekommen kann«, erzählte er mir heute bei heißer Schokolade und Eclairs. »Ich könnte mir einen alten Kahn kaufen und ihn während der Wintermonate in Schuß bringen.«

»Wieviel Geld würden Sie denn dafür brauchen?«

Er zuckte mit den Schultern.

»Erst mal vier- oder fünftausend Francs. Kommt drauf an.«

»Armande würde Ihnen das Geld bestimmt leihen.«

»Nein.« In dieser Frage ist er unerbittlich. »Sie hat schon genug für mich getan.« Mit dem Zeigefinger fuhr er um den Rand seiner Tasse. »Außerdem hat Narcisse mir einen Job angeboten«, sagte er. »Vorerst im Gewächshaus, und später bei der Weinlese, dann kommen die Kartoffeln, die Bohnen, Gurken, Auberginen ... Genug Arbeit, um mich bis November zu beschäftigen.«

»Gut.« Ich freue mich, daß er seinen Enthusiasmus und seine Zuversicht wiedergefunden hat. Er sieht auch wieder besser aus, wirkt entspannter, ohne diesen feindseligen, mißtrauischen Blick, der sein Gesicht wie ein verwunschenes Haus überschattete. Die letzten Nächte hat er auf Armandes Bitte hin in ihrem Haus verbracht.

»Für den Fall, daß ich noch mal so einen Anfall habe«, sagt sie ernst und wirft mir dabei hinter seinem Rücken einen seltsamen Blick zu. Ob die Gefahr nur eingebildet ist, oder nicht, ich bin froh, zu wissen, daß er bei ihr ist.

Ganz im Gegensatz zu Caro Clairmont. Sie kam am Mittwoch morgen zusammen mit Joline Drou in den Laden, angeblich, um über Anouk zu reden. Roux saß an der Theke und schlürfte seinen Mokka. Joséphine, die sich immer noch vor Roux zu fürchten scheint, war in der Küche dabei, Pralinen zu verpacken. Anouk war noch beim Frühstücken und saß an der Theke, eine gelbe Tasse *chocolat au lait* und ein halbes Croissant vor sich. Die beiden Frauen schenkten Anouk ein honigsüßes Lächeln und bedachten Roux mit einem verächtlichen Blick. Roux starrte sie hochmütig an.

»Ich hoffe, wir kommen nicht ungelegen.« Jolines weiche, geübte Stimme trieft vor Sorge und Mitgefühl. Dahinter verbirgt sich jedoch nichts als Gleichgültigkeit.

»Überhaupt nicht. Wir sind gerade beim Frühstücken. Kann ich Ihnen etwas anbieten?«

»Nein, nein. Ich frühstücke nie.«

Ein verschämter Blick zu Anouk hinüber, die jedoch mit ihrer Schokolade beschäftigt war.

»Ich würde mich gern mit Ihnen unterhalten«, sagte Joline betont freundlich. »Unter vier Augen.«

»Nun, das wäre sicherlich kein Problem«, erwiderte ich,

»aber ich bin sicher, daß das nicht nötig ist. Können Sie mir hier nicht sagen, was Sie auf dem Herzen haben? Roux macht das bestimmt nichts aus.«

Roux grinste, und Joline verzog das Gesicht.

»Na ja, es ist ein bißchen *delikat*«, sagte sie.

»Sind Sie denn sicher, daß ich die Richtige bin, um darüber zu reden? Ich hätte gedacht, daß Reynaud in solchen Dingen viel –«

»Nein, ich möchte mich mit Ihnen unterhalten«, sagte Joline steif.

»Ach so.« Höflich: »Worüber?«

»Es handelt sich um Ihre Tochter.« Sie lächelte gekünstelt. »Wie Sie wissen, bin ich ihre Klassenlehrerin.«

»Das weiß ich.« Ich schenkte Roux noch eine Tasse Mokka ein. »Was ist denn los? Kommt sie nicht mit? Hat sie Probleme?«

Ich weiß ganz genau, daß Anouk keine Probleme hat. Seit sie viereinhalb ist, liest sie ein Buch nach dem anderen. Ihr Französisch ist tadellos, und seit unserer Zeit in New York spricht sie auch fließend Englisch.

»Nein, nein«, versichert Joline mir eilig. »Sie ist ein sehr gescheites Mädchen.« Sie schaut kurz zu Anouk hinüber, aber meine Tochter ist mit ihrem Croissant beschäftigt. Weil sie sich unbeobachtet glaubt, stibitzt sie eine Schokoladenmaus und stopft sie in ihr Croissant, um ein *pain au chocolat* daraus zu machen.

»Dann geht es wohl um ihr Betragen?« frage ich ohne übertriebene Sorge. »Stört sie den Unterricht? Ist sie nicht folgsam? Ist sie unhöflich?«

»Nein, nein. *Natürlich* nicht. Es ist nichts dergleichen.«

»Was ist es dann?«

Caro schaut mich säuerlich an.

»*Curé* Reynaud ist in dieser Woche mehrmals in der Schule gewesen«, unterrichtet sie mich. »Er hat mit den Kindern über die Bedeutung des christlichen Osterfests gesprochen und so weiter.«

Ich nickte ermunternd. Joline schenkte mir ein mitfühlendes Lächeln.

»Nun, Anouk scheint« – ein erneuter Blick in Anouks Richtung –, »nun ja, sie *stört* nicht gerade, aber sie hat ihm einige äußerst seltsame Fragen gestellt.« Ihr Lächeln drückte tiefes Mißfallen aus.

»*Sehr* seltsame Fragen«, wiederholte sie.

»Ach ja«, sagte ich leichthin. »Sie ist schon immer sehr neugierig gewesen. Ich bin sicher, daß Sie es begrüßen, wenn Schüler wißbegierig sind. Außerdem«, fügte ich schelmisch hinzu, »wollen Sie mir doch wohl nicht erzählen, es gäbe irgendein Thema, zu dem Monsieur Reynaud nicht fast jede Frage beantworten könnte.«

Joline lächelte affektiert.

»Es irritiert die anderen Kinder, Madame«, sagte sie knapp.

»So?«

»Anscheinend hat Anouk ihnen erzählt, Ostern sei eigentlich gar kein christliches Fest, und die Lehre von unserem Herrn« – sie unterbrach sich verlegen – »und seiner Auferstehung stelle einen Rückgriff dar auf eine Art Gott des Getreides, auf eine Fruchtbarkeitsgöttin aus heidnischen Zeiten.« Sie lachte gezwungen, aber ihre Stimme war kalt.

»Ja.« Ich streichelte Anouks Locken. »Sie ist ein sehr belesenes Mädchen, nicht wahr, Nanou?«

»Ich hab ihn bloß nach Eostra gefragt«, sagte Anouk tapfer. »*Curé* Reynaud sagt, keiner feiert heute mehr ihr Fest, aber ich hab gesagt, *wir* schon.«

Ich verbarg mein Lächeln hinter einer Hand.

»Wahrscheinlich kann er das nicht verstehen, Liebes«, sagte ich. »Am besten, du stellst ihm nicht mehr so viele Fragen, wenn ihn das irritiert.«

»Es irritiert die *Kinder*, Madame«, sagte Joline.

»Nein, das stimmt gar nicht«, konterte Anouk. »Jeannot sagt, wir sollen ein Feuer anzünden, wenn das Fest kommt, und rote und weiße Kerzen und alles. Jeannot sagt –«

Caroline unterbrach sie.

»Jeannot scheint ja eine Menge gesagt zu haben«, bemerkte sie.

»Anscheinend kommt er ganz nach seiner Mutter«, sagte ich.

Joline wirkte beleidigt.

»Sie scheinen das alles nicht besonders ernst zu nehmen«, sagte sie, wobei ihr das Lächeln verrutschte.

Ich zuckte die Achseln.

»Ich sehe das Problem nicht«, erwiderte ich freundlich. »Meine Tochter beteiligt sich an der Klassendiskussion. Das ist es doch, was Sie mir erzählen, nicht wahr?«

»Es gibt Themen, die dürften eigentlich gar nicht *zur Diskussion* stehen«, fauchte Caro, und einen Moment lang sah ich unter der pastellfarbenen Maske ihre Mutter in ihr, herrisch und tyrannisch. Daß sie mal etwas Temperament zeigte, machte sie mir sympathischer. »Manche Dinge sind eine Frage des *Glaubens*, und wenn dieses Kind *eine anständige Erziehung genießen und die grundlegenden moralischen Werte erlernen soll* –« Verwirrt brach sie den Satz ab.

»Aber es liegt mir fern, *Ihnen* erzählen zu wollen, wie man ein Kind großzieht«, fuhr sie tonlos fort.

»Gut«, sagte ich lächelnd. »Es würde mir widerstreben, mich mit Ihnen zu streiten.«

Beide Frauen starrten mich verblüfft und angewidert an.

»Wollen Sie wirklich keine heiße Schokolade?«

Caros Blick wanderte sehnsüchtig über die Auslagen, die Pralinen, Trüffel, Mandelsplitter und Nougatherzen, die Eclairs, Florentiner, Likörkirschen und gebrannten Mandeln.

»Ein Wunder, daß dieses Kind keine faulen Zähne hat«, sagte sie spitz.

Anouk grinste und zeigte ihre Zähne. Daß sie makellos weiß waren, schien Caros Mißmut noch zu vergrößern.

»Wir verschwenden hier nur unsere Zeit«, sagte Caro

kühl zu Joline. Ich sagte nichts, und Roux kicherte in sich hinein. In der Küche hörte ich Joséphines kleines Kofferradio dudeln. Ein paar Sekunden lang war nichts zu hören als die Musik, die blechern von den Fliesen widerhallte.

»Komm, wir gehen«, forderte Caro ihre Freundin auf. Joline wirkte unsicher, zögerte.

»Ich hab gesagt, *wir gehen*!« Mit einer ungehaltenen Geste rauschte sie von dannen, Joline auf den Fersen. »Ich glaube nicht, daß Sie sich darüber im klaren sind, was auf Sie zukommt«, giftete sie zum Abschied, dann waren sie verschwunden. Ihre spitzen Absätze klapperten auf den Pflastersteinen, als sie den Platz überquerten.

Am nächsten Tag fanden wir das erste Flugblatt. Jemand hatte es zusammengeknüllt auf die Straße geworfen, und Joséphine hob es auf, als sie den Gehweg fegte, und brachte es mit in den Laden. Eine maschinengeschriebene Seite, eine Fotokopie auf rosafarbenem Papier, in der Mitte einmal gefaltet. Es war ohne Angabe des Verfassers, doch der Stil verriet, von wem der Text stammte.

Der Titel: OSTERN UND DIE RÜCKKEHR ZUM GLAUBEN.

Ich überflog die Zeilen. Der Inhalt entsprach weitgehend dem, was die Überschrift nahelegte. Es ging um die Osterbotschaft, um Läuterung, Sünde und die Bedeutung von Absolution und Gebet. Doch etwa in der Mitte des Blattes war eine fettgedruckte zweite Überschrift, die meine Aufmerksamkeit erregte.

*Die neuen Erweckungsprediger: Wie sie den Osterglauben verfälschen.*

Es wird immer eine kleine Minderheit geben, die versucht, *unsere heiligen Traditionen zum persönlichen Vorteil auszunutzen*. Die Grußkartenindustrie. Die Supermarktketten. Viel *gefährlicher* jedoch sind jene Elemente, die versuchen, *längst vergessene Traditionen* wiederzubeleben und unseren *Kindern* unter dem Deckmantel harmloser Spiele *heidnische*

*Praktiken* beibringen. Zu viele unter uns betrachten diese Dinge als unschädlich und begegnen ihnen mit Toleranz. Warum sonst hätte unsere Gemeinde es hinnehmen sollen, daß ausgerechnet am Ostersonntag außerhalb unserer Kirche ein sogenanntes *Schokoladenfest* stattfinden soll? Es ist ein *Hohn* auf alles, was Ostern bedeutet. Wir fordern Sie auf, um unserer unschuldigen Kinder willen dieses sogenannte Fest und alle ähnlichen Veranstaltungen zu *boykottieren*.

*KIRCHE statt SCHOKOLADE, das ist die WAHRE OSTERBOTSCHAFT!!*

»Kirche statt Schokolade.« Ich mußte laut lachen. »Das ist gar kein schlechter Slogan, was?«

Joséphine schaute mich besorgt an.

»Ich verstehe Sie nicht«, sagte sie. »Das scheint Sie überhaupt nicht zu beunruhigen.«

»Warum sollte ich mich beunruhigen lassen?« fragte ich achselzuckend. »Es ist doch nur ein Flugblatt. Ich bin mir beinahe sicher, daß ich weiß, von wem das stammt.«

Sie nickte.

»Caro«, sagte sie nachdrücklich. »Caro und Joline. Das ist genau ihr Stil. Dieses Gefasel über unschuldige Kinder.« Sie schnaubte verächtlich. »Aber die Leute hören auf sie, Vianne. Da werden es sich einige noch einmal überlegen, ob sie kommen sollen oder nicht. Joline ist Lehrerin hier im Dorf. Und Caro ist Mitglied des Gemeinderats.«

»Wirklich?« Ich hatte gar nicht gewußt, daß es einen Gemeinderat gab. Wichtigtuerische Frömmler mit einer Vorliebe für jede Art von Klatsch. »Was können sie denn schon tun? Alle Leute verhaften lassen?«

Joséphine schüttelte den Kopf.

»Paul ist auch im Gemeinderat«, sagte sie leise.

»Und?«

»Sie wissen ja, was er tun kann«, sagte Joséphine verzweifelt. Mir fiel auf, daß sie unter Streß wieder in ihre alten Angewohnheiten zurückfiel. Sie drückte ihre Daumen in ihr

Brustbein wie sie es anfangs getan hatte. »Er ist verrückt, das wissen Sie doch. Er ist einfach –«

Gequält brach sie den Satz ab, die Fäuste vor der Brust geballt. Wieder hatte ich den Eindruck, daß sie mir etwas erzählen wollte, daß sie etwas *wußte*. Ich berührte ihre Hand, versuchte, ihre Gedanken zu erreichen, konnte aber nicht mehr erkennen als zuvor; Rauch, grau und fettig, vor einem roten Himmel.

*Rauch!* Meine Hand klammerte sich um ihre. Rauch! Jetzt wußte ich, was ich sah, konnte Einzelheiten erkennen; sein Gesicht bleich und verschwommen in der Dunkelheit, sein gehässiges, triumphierendes Grinsen. Sie schaute mich schweigend an.

»Warum haben Sie es mir nicht gesagt?« fragte ich schließlich.

»Sie können es nicht beweisen«, sagte Joséphine. »Und außerdem habe ich Ihnen überhaupt nichts gesagt.«

»Das brauchten Sie nicht. Ist das der Grund, warum Sie sich vor Roux fürchten? Wegen dem, was Paul-Marie getan hat?«

Sie reckte trotzig das Kinn vor.

»Ich fürchte mich nicht vor ihm.«

»Aber Sie weigern sich, mit ihm zu reden. Sie trauen sich nicht einmal, sich im selben Raum aufzuhalten wie er. Sie können ihm nicht in die Augen sehen.«

Joséphine verschränkte die Arme vor der Brust wie eine Frau, die nichts mehr zu sagen hat.

»Joséphine?« Ich drehte ihr Gesicht zu mir, zwang sie, mich anzusehen. »*Joséphine?*«

»Na gut.« Ihre Stimme klingt schroff. »Ich hab's gewußt, okay? Ich wußte, was Paul vorhatte. Ich hab ihm gesagt, ich würde ihn verraten, wenn er irgendwas versuchte, und ich hätte sie gewarnt. Da hat er mich verprügelt.« Sie warf mir einen giftigen Blick zu, ihr Gesicht verzerrt von unvergossenen Tränen. »Ich bin also ein Feigling«, sagte sie tonlos. »Jetzt wissen Sie, was ich für eine bin, ich bin nicht so mutig wie Sie, ich bin eine Lügnerin und ein Feigling, und ich hab ihn nicht aufgehalten. Jemand hätte dabei umkommen können, Roux hätte sterben können, oder Zézette oder ihr Baby, und es wäre alles *meine Schuld* gewesen!« Sie holte tief und mühsam Luft.

»Sagen Sie es ihm nicht«, bat sie. »Ich könnte es nicht ertragen.«

»*Ich* werde es ihm nicht sagen«, erwiderte ich sanft. »Das werden *Sie* tun.«

Sie schüttelte heftig den Kopf.

»Nein, das mach ich nicht. Das kann ich nicht.«

»Ist schon gut, Joséphine«, beruhigte ich sie. »Es war nicht Ihre Schuld. Und es ist niemand umgekommen, oder?«

Trotzig: »Das kann ich nicht.«

»Roux ist nicht wie Paul«, sagte ich. »Er ist Ihnen ähnlicher, als Sie glauben.«

»Was soll ich ihm denn sagen?« Sie rang verzweifelt die Hände. »Ich wünschte, er würde einfach verschwinden«, sagte sie wütend. »Ich wünschte, er würde sein Geld nehmen und woanders hingehen.«

»Nein, das stimmt nicht«, sagte ich. »Außerdem wird er sowieso nicht gehen.« Ich erzählte ihr, was Roux mir über den Job bei Narcisse und das Boot in Agen berichtet hatte. »Er hat es wenigstens verdient zu erfahren, wer ihm das angetan hat«, beharrte ich. »Dann wird er begreifen, daß allein Muscat schuldig ist und daß niemand sonst im Dorf ihn haßt. Das müßten Sie doch verstehen, Joséphine. Sie wissen doch selbst, wie man sich in einer solchen Situation fühlt.«

Joséphine seufzte.

»Aber nicht heute«, sagte sie. »Ich werd's ihm sagen, aber ein andermal. In Ordnung?«

»Es wird nicht leichter, wenn Sie es vor sich herschieben«, warnte ich sie. »Möchten Sie, daß ich mit Ihnen komme?«

Sie starrte mich an.

»Nun, er wird bald eine Pause einlegen müssen«, erklärte ich. »Sie könnten ihm eine Tasse Schokolade bringen.«

Schweigen. Ihr Gesicht war bleich und ausdruckslos. Ihre Hände zitterten. Ich nahm einen Trüffel aus einer Schale und steckte ihn in ihren halboffenen Mund, bevor sie Zeit hatte, etwas zu sagen.

»Das wird Ihnen Mut machen«, sagte ich und drehte mich um, um eine große Tasse mit Schokolade zu füllen. »Also los, beißen Sie zu.« Ich hörte ein winziges Geräusch, wie ein halbes Lachen. Ich reichte ihr die Tasse. »Sind Sie bereit?«

»Ich glaub schon«, sagte sie mit vollem Mund. »Ich werd's versuchen.«

Ich las noch einmal das Flugblatt, das Joséphine auf der Straße gefunden hatte. *Kirche statt Schokolade*. Eigentlich ziemlich lustig. Der Schwarze Mann hat endlich seinen Sinn für Humor entdeckt.

Obwohl ein kräftiger Wind wehte, war es warm draußen. Die Dächer in *Les Marauds* schimmerten im Sonnenlicht. Langsam spazierte ich zum Tannes hinunter und genoß die Sonne auf meinem Rücken. Die Vorboten des Frühlings sind da, und in den Gärten und an den Straßenrändern blühen mit einemmal Narzissen, Iris und Tulpen. Selbst die windschiefen Häuser von *Les Marauds* sind mit lustigen Farbtupfern gesprenkelt, allerdings sind die ehemals gepflegten Gärten alle verwildert; auf einem Balkon, der über den Fluß hinausragt, blüht ein Holunderstrauch, ein Dach ist über und über mit gelbem Löwenzahn bedeckt, aus Mauerritzen lugen kleine Veilchen. Veredelte Gartengewächse haben sich in ihre Wildformen zurückentwickelt; kleine, feinstielige Geranien wuchern zwischen Schierlingsdolden, überall haben sich Mohnblumen ausgesät und durch Kreuzungen ihr ursprüngliches Rot über Orange in eine ganz blasse Malvenfarbe verwandelt. Nur wenige Tage Sonnenschein reichen aus, um sie aus ihrem Winterschlaf zu wecken; nach dem Regen richten sie sich auf und recken die Köpfe dem Licht entgegen. Man braucht nur eine Handvoll von diesem angeblichen Unkraut auszurupfen, und man findet Salbei und Iris, Nelken und Lavendel zwischen Rüben und Kreuzkraut. Ich ging lange genug am Ufer spazieren, um Joséphine und Roux Zeit zu lassen, miteinander ins reine zu kommen, dann wanderte ich langsam durch die kleinen Gassen zurück, die *Ruelle des Frères de la Révolution* hinauf, und dann die *Avenue des Poètes*, eine enge, düstere Gasse zwischen beinahe fensterlosen Fassaden, aufgelockert nur von den von Balkon zu Balkon gespannten Wäscheleinen und hier und da einem Blumenkasten mit wildwuchernden Wicken.

Ich traf sie gemeinsam im Laden an, eine halbleere Kanne Schokolade zwischen sich auf der Theke. Joséphine hatte verweinte Augen, wirkte jedoch erleichtert, beinahe glücklich. Roux lachte gerade über etwas, das sie gesagt hatte, sein Lachen klang seltsam und ungewohnt, fremdartig, weil es so selten zu hören ist. Einen Augenblick lang war ich beinahe eifersüchtig, dachte: *Die beiden gehören zusammen.*

Später, als Joséphine fortgegangen war, um ein paar Besorgungen zu machen, sprach ich mit Roux. Er achtet sorgfältig darauf, nichts Indiskretes über sie zu sagen, doch seine Augen funkeln, als wollte jeden Augenblick ein Lächeln hervorbrechen. Anscheinend hatte er Muscat bereits im Verdacht gehabt.

»Es war gut, daß sie diesen Bastard sitzengelassen hat«, sagt er mit unverhohlener Verachtung. »Was dieser Kerl ihr angetan hat –« Einen Augenblick lang wird er verlegen, schiebt seine Tasse auf der Theke hin und her. »So ein Mann hat es nicht verdient, eine Frau zu haben«, brummt er. »Der hat keine Ahnung, was für ein Glück er hat.«

»Was werden Sie tun?« frage ich ihn.

Er zuckt die Achseln.

»Es gibt nichts zu tun«, erwidert er trocken. »Er wird alles leugnen. Die Polizei interessiert sich nicht für den Fall. Außerdem bin ich sowieso nicht darauf erpicht, mit denen zu tun zu haben.«

Er geht nicht weiter auf das Thema ein. Ich nehme an, daß es in seiner Vergangenheit Dinge gibt, die besser nicht ans Licht kommen.

Seitdem haben Joséphine und er viele lange Gespräche geführt. Sie bringt ihm Schokolade und Kuchen, wenn er Pause macht, und oft höre ich sie zusammen lachen. Ihr furchtsamer, abwesender Blick ist verschwunden. Mir fällt auf, daß sie sich sorgfältiger kleidet. Heute morgen verkündete sie sogar, sie wolle ins Café gehen, um ein paar Sachen abzuholen.

»Ich komme mit«, schlug ich vor.

Joséphine schüttelte den Kopf.

»Ich schaff das schon allein.« Sie wirkte glücklich, beinahe hochgestimmt über ihre Entscheidung. »Außerdem sagt Roux, wenn ich mich Paul nicht stelle –« Sie brach verlegen ab. »Ich wollte einfach noch mal rübergehen, das ist alles«, sagte sie störrisch. Ihre Wangen waren gerötet. »Ich hab noch Bücher, Kleider ... Ich will meine Sachen holen, bevor Paul auf die Idee kommt, alles wegzuschmeißen.«

Ich nickte.

»Wann wollen Sie denn rübergehen?«

Ohne zu zögern: »Am Sonntag. Dann ist er in der Kirche. Wenn ich Glück hab, bin ich wieder weg, bevor er zurückkommt. Ich brauche nicht lange.«

Ich sah sie an.

»Sind Sie sicher, daß Sie allein gehen wollen?«

Sie nickte.

»Es wäre irgendwie nicht richtig.«

Ich mußte über ihren entschlossenen Gesichtsausdruck lächeln, aber ich wußte, was sie meinte. Es war sein Territorium – *ihr* Territorium –, auf unsichtbare Weise markiert mit den Spuren ihres gemeinsamen Lebens. Ich hatte dort nichts zu suchen.

»Ich schaff das schon.« Sie lächelte. »Ich weiß, wie ich mit ihm umgehen muß, Vianne. Ich hab das schon öfter überstanden.«

»Ich hoffe, daß es dazu nicht kommen wird.«
»Das wird es nicht.« Sie nahm meine Hand, wie um mich zu beruhigen. »Ich verspreche es.«


## Sonntag, 23. März
## Palmsonntag


Das Läuten der Glocken hallt dumpf von den geweißten Wänden der Häuser und Läden wider. Selbst die Pflastersteine vibrieren; ich spüre das leichte Beben durch meine Schuhsohlen. Narcisse hat die *rameaux* geliefert, die Palmsträußchen, die ich nach der Messe verteilen werde, und die die Leute für den Rest der Karwoche an ihren Kragen tragen oder an ihre Kruzifixe über dem Kamin oder dem Bett stecken werden. Ich werde Ihnen auch eins mitbringen, *mon père*, und eine Kerze für Ihren Nachttisch; warum sollen Sie leer ausgehen? Die Schwestern beäugen mich mit kaum verhohlener Belustigung. Nur die Angst und ihr Respekt vor meiner Soutane hält sie davon ab, laut über mich zu lachen. Ihre rosigen Schwesterngesichter glänzen vom heimlichen Kichern. Auf dem Korridor höre ich sie tuscheln:
*Er glaubt, der Alte könnte ihn hören ... er meint, der würde noch mal aufwachen ... nein, wirklich? ... o nein! ... er redet die ganze Zeit mit ihm ... einmal hab ich ihn beten hören* – und dann mädchenhaftes Gekicher – *hihihihi!* – wie Perlen, die über den Boden kullern.

Natürlich wagen sie es nicht, mir ins Gesicht zu lachen. In ihren makellos weißen Kitteln, das Haar unter gestärkten Hauben verborgen, den Blick gesenkt, könnte man sie für Nonnen halten. Klosterschülerinnen, die respektvoll ihre Floskeln murmeln – *oui, mon père, non, mon père* –, während sie sich heimlich amüsieren. Auch die Mitglieder meiner Gemeinde sind nicht mit dem rechten Ernst bei der

Sache – während der Messe sind sie unkonzentriert und können es hinterher kaum erwarten, in die *chocolaterie* zu eilen –, doch heute ist alles, wie es sein soll. Sie grüßen mich mit Respekt, beinahe furchtsam. Narcisse entschuldigt sich dafür, daß die Palmsträußchen diesmal nur aus Zedernzweigen bestehen.

»Das ist kein einheimischer Baum, Vater«, erklärt er mit seiner mürrischen Stimme. »Der gedeiht hier nicht. Der Frost macht ihn kaputt.«

Ich klopfe ihm väterlich auf die Schulter.

»Kein Problem, *mon fils*.« Seine Rückkehr in den Schoß der Gemeinde stimmt mich milde und gütig.

Caroline Clairmont nimmt meine Hand zwischen ihre behandschuhten Finger.

»Eine schöne Messe.« Ihre Stimme klingt warm.

»So eine schöne Messe«, plappert Georges ihr nach. Luc steht neben ihr und macht ein verdrießliches Gesicht. Dahinter die Drous mit ihrem Sohn, der in seinem Matrosenhemd verlegen dreinblickt. Ich sehe Muscat nicht unter den Leuten, die die Kirche verlassen, nehme jedoch an, daß er auch da ist.

Caroline Clairmont lächelt mich spitzbübisch an.

»Sieht so aus, als hätten wir es geschafft«, sagt sie mit Genugtuung. »Wir haben schon mehr als hundert Unterschriften gesammelt –«

»Das Schokoladenfest.« Unwirsch unterbreche ich sie mit leiser Stimme. Ich kann mir nicht leisten, das Thema in der Öffentlichkeit zu diskutieren. Sie versteht den Wink nicht.

»Genau!« ruft sie aufgeregt aus. »Wir haben zweihundert Flugblätter verteilt, und die Hälfte der Einwohner von Lansquenet hat bereits unterschrieben. Wir sind in jedem Haus gewesen... na ja, in *fast* jedem Haus.« Sie grinst. »Mit einigen Ausnahmen, natürlich.«

»Verstehe«, erwidere ich betont kühl. »Vielleicht können wir ein andermal darüber reden.«

Sie registriert den Rüffel und errötet.

»Selbstverständlich, Vater.«

Sie hat natürlich recht. Die Aktion hat einen deutlichen Erfolg gezeigt. Der Pralinenladen ist seit Tagen so gut wie leer. In so einer kleinen Gemeinde hat die offene Mißbilligung durch den Gemeinderat schließlich ein größeres Gewicht als die stillschweigende Kritik der Kirche. Wer wagt es noch, unter den mißbilligenden Augen des Gemeinderats in diesem Laden zu kaufen, zu naschen und zu schlemmen ... Dazu braucht es mehr Mut und mehr Widerspruchsgeist, als diese Hexe Rocher es ihnen wert ist. Wie lange wohnt sie überhaupt schon hier? Das verirrte Lamm findet stets zur Herde zurück, Vater. Ganz instinktiv. Sie ist nichts weiter als eine kurzlebige Abwechslung für die Leute im Dorf. Aber am Ende kommen sie alle wieder zur Besinnung. Ich gebe mich nicht der Illusion hin, daß sie es aus Reue oder Einsicht tun – Schafe sind von Natur aus dumm –, aber sie besitzen einen gesunden Instinkt. Ihre Füße tragen sie nach Hause, auch wenn ihre Gedanken in die Irre gehen. Mit einemmal verspüre ich eine tiefe Zuneigung zu ihnen, zu meiner Gemeinde, meiner Herde. Ich möchte ihre Hände in meinen fühlen, ihr warmes, dummes Fleisch berühren, mich in ihrer Bewunderung und in ihrem Vertrauen aalen.

Ist das die Antwort auf meine Gebete, Vater? Ist das die Lektion, die ich lernen mußte? Auf der Suche nach Muscat lasse ich meinen Blick noch einmal über die Menge schweifen. Er kommt jeden Sonntag in die Kirche, er kann doch unmöglich an diesem besonderen Sonntag die Messe versäumt haben ... Doch die Kirche leert sich, und ich kann ihn immer noch nicht entdecken. Ich erinnere mich auch nicht, daß er die Kommunion empfangen hat. Er wird doch sicherlich nicht gegangen sein, ohne ein paar Worte mit mir zu wechseln. Vielleicht wartet er noch im Innern der Kirche, sage ich mir. Die Sache mit seiner Frau hat ihn sehr mitgenommen. Vielleicht braucht er meinen geistlichen Beistand.

Der Korb mit den Palmsträußchen wird immer leerer. Jedes einzelne wird in Weihwasser getaucht und gesegnet. Jeder wird mit einem Handauflegen verabschiedet. Luc Clairmont weicht vor meiner Berührung zurück und murmelt wütend irgend etwas vor sich hin. Seiner Mutter ist das offenbar peinlich, und sie lächelt mir über die gebeugten Köpfe hinweg entschuldigend zu. Immer noch keine Spur von Muscat. Ich werfe einen Blick in die Kirche: sie ist leer, bis auf ein paar ältere Leute, die immer noch vor dem Altar knien. Der heilige Franziskus steht neben dem Eingang; umringt von Gipstauben wirkt er seltsam vergnügt für einen Heiligen, sein strahlendes Gesicht würde eher zu einem Verrückten oder einem Betrunkenen passen. Es ärgert mich plötzlich, daß jemand die Statue ausgerechnet hier am Eingang aufgestellt hat. Ich finde, mein Namenspatron müßte würdevoller sein, mehr Eindruck machen. Statt dessen scheint dieser grinsende Narr mich zu verspotten, eine Hand zaghaft zum Segen ausgestreckt, mit der anderen wiegt er eine Taube vor seinem dicken Bauch, als träumte er von Taubenpastete. Ich versuche mich zu erinnern, ob die Statue schon dort gestanden hat, als wir beide aus Lansquenet fortgegangen sind, *mon père*. Wissen Sie es noch? Oder ist sie vielleicht verrückt worden, womöglich von Leuten, die mich verhöhnen wollen? Der heilige Hieronymus, dem diese Kirche geweiht ist, hat keinen solchen Ehrenplatz: in der düsteren Nische, wo er vor einem dunklen Ölgemälde steht, ist er kaum zu sehen, der Marmor, aus dem die Figur gemeißelt wurde, ist vom Rauch Tausender Kerzen verfärbt. Der heilige Franziskus dagegen nach wie vor so weiß wie frische Champignons, trotz der Feuchtigkeit, die den guten Franz unter der unbekümmerten Mißachtung seines Kollegen langsam und vergnügt zerbröckeln läßt. Ich nehme mir vor, ihn so bald wie möglich an einen ihm angemesseneren Platz versetzen zu lassen.

Muscat ist nicht in der Kirche. Ich suche alles ab, immer noch in der Annahme, daß er womöglich auf mich wartet, aber er ist nicht zu finden. Vielleicht ist er krank, überlege ich. Nur eine ernste Krankheit würde einen so eifrigen Kirchgänger wie ihn davon abhalten, am Palmsonntag die Messe zu besuchen. In der Sakristei lege ich mein Meßgewand ab und schlüpfe in meine Soutane. Den Kelch und die Patene schließe ich sicherheitshalber ein. Zu Ihrer Zeit wäre das nicht nötig gewesen, Vater, aber heutzutage muß man sich vorsehen. Landstreicher und Zigeuner – von einigen Elementen in unserem Dorf ganz zu schweigen – würden sich durch die Aussicht auf ewige Verdammnis nicht davon abhalten lassen, mit solchen Wertgegenständen ein schnelles Geschäft zu machen.

Mit zügigen Schritten gehe ich nach *Les Marauds* hinunter. Muscat ist seit letzter Woche ziemlich wortkarg, und ich bin ihm nur ein paarmal flüchtig begegnet. Aber er wirkt teigig und krank, gebeugt wie ein verdrossener Büßer, die Augen halb verborgen unter den geschwollenen Lidern. In letzter Zeit besuchen nur noch wenige Leute sein Café; vielleicht aus Furcht vor Muscats Jähzorn und seinem verhärmten Gesichtsausdruck. Am Freitag war ich selbst dort; das Café war so gut wie leer. Seit Joséphine ausgezogen ist, ist der Boden nicht mehr gefegt worden und mit Zigarettenkippen und Bonbonpapieren übersät. Überall auf den Tischen und der Theke standen leere Gläser. In der Vitrine lagen ein paar alte Sandwiches und etwas Rotes, Zusammengerolltes, das aussah wie eine vertrocknete Pizza. Daneben ein Stapel von Carolines Flugblättern, mit einem schmutzigen Bierglas beschwert. Neben dem schalen Gestank nach kalter Zigarettenasche roch es nach Schimmel und nach Erbrochenem.

Muscat war betrunken.

»Ach, Sie sind's.« Sein Ton war mürrisch, beinahe aggressiv. »Sie sind wohl gekommen, um mir zu sagen, ich soll auch noch die andere Wange hinhalten, was?« Er nahm einen tiefen Zug an der Zigarette, die halb aufgeweicht zwischen seinen Zähnen klemmte. »Sie können zufrieden mit mir sein. Ich halte mich seit Tagen von der Schlampe fern.«

Ich schüttelte den Kopf.

»Sie dürfen nicht verbittert sein«, sagte ich.

»In meinem eigenen Café kann ich sein, was ich will«, erwiderte Muscat feindselig. »Das ist doch *mein* Café, nicht wahr, Vater? Ich meine, Sie wollen ihr doch wohl nicht auch noch den Laden auf einem silbernen Tablett servieren, oder?«

Ich erklärte ihm, ich könne seine Gefühle verstehen. Er zog noch einmal an seiner Zigarette und hustete mir höhnisch lachend seinen fauligen Atem ins Gesicht.

»Das ist gut, Vater.« Er stank wie ein Tier. »Das ist phantastisch. *Natürlich* verstehen Sie mich. Gar keine Frage. Als Sie Ihr Gelübde abgelegt haben, oder was auch immer, hat die Kirche Ihnen die Eier abgeschnitten. Da kann ich mir vorstellen, daß Sie nicht wollen, daß ich meine behalte.«

»Sie sind betrunken, Muscat«, fauchte ich.

»Scharf beobachtet, Vater«, höhnte er. »Ihnen entgeht doch wirklich nichts, was?« Er machte eine weit ausholende Geste mit der Hand, in der er die Zigarette hielt. »Sie braucht sich nur anzusehen, wie der Laden jetzt aussieht«, sagte er heiser. »Mehr braucht sie nicht, um glücklich zu sein. Zu sehen, daß sie mich ruiniert hat« – er war den Tränen nahe, überwältigt von dem typischen Selbstmitleid des Säufers –, »zu wissen, daß sie unsere Ehe zum Gespött des Dorfes gemacht hat –« Er stieß einen obszönen Laut aus, halb Schluchzen, halb Rülpsen. »Zu wissen, daß sie mir das verdammte Herz gebrochen hat.«

Er wischte sich mit dem Handrücken über die triefende Nase.

»Glauben Sie ja nicht, ich wüßte nicht, was sich da drüben abspielt«, sagte er leise. »Diese Schlampe und ihre lesbischen Freundinnen. Ich weiß genau, was die treiben.« Er wurde wieder lauter, und ich schaute mich verlegen nach seinen drei oder vier verbliebenen Gästen um, die ihn neugierig anstarrten. Warnend legte ich eine Hand auf seinen Arm.

»Geben Sie die Hoffnung nicht auf, Muscat«, sagte ich, meinen Ekel überwindend. »Auf diese Weise können Sie sie nicht zurückgewinnen. Sie dürfen nicht vergessen, daß es in jeder Ehe Krisen gibt, aber –«

Er schnaubte verächtlich.

»Eine Krise? Das ist es also?« Er lachte in sich hinein. »Wissen Sie was, Vater? Geben Sie mir fünf Minuten allein mit dieser Schlampe, dann werd ich ihr die Krise schon austreiben. Ich hole sie mir zurück, da können Sie Gift drauf nehmen.«

Er wirkte dumm und bösartig, kaum in der Lage, seine Worte bei dem Haifischgrinsen zu artikulieren. Ich packte ihn an den Schultern und sprach jedes Wort deutlich aus, in der Hoffnung, daß wenigstens ein Teil von dem, was ich sagte, zu ihm vordringen würde.

»Das werden Sie *nicht*«, sagte ich ihm ins Gesicht, ohne mich um die stumm glotzenden Säufer hinter mir zu kümmern. »Sie werden sich *anständig* verhalten, Muscat, Sie werden *korrekt* vorgehen, wenn Sie etwas unternehmen wollen, und Sie werden die beiden Frauen *nicht anrühren*! Kapiert?«

Meine Finger bohrten sich in seine Schultern. Muscat protestierte und warf mir Obszönitäten an den Kopf.

»Ich warne Sie, Muscat«, sagte ich. »Ich habe Ihnen eine Menge durchgehen lassen, aber ich werde es *nicht* hinnehmen, wenn Sie sich in aller Öffentlichkeit wie ein *Schläger* aufführen. Haben Sie mich verstanden?«

Er brummte etwas in seinen Bart; ob es eine Drohung oder eine Entschuldigung war, konnte ich nicht verstehen. Anfangs dachte ich, er hätte gesagt, *Es tut mir leid*, aber im nachhinein bin ich mir nicht sicher, ob er nicht sagte, *Es wird Ihnen noch leid tun*. Seine Augen funkelten böse durch seine halbvergossenen Tränen.

*Leid tun.* Aber *wem* wird es leid tun? Und *was*?

Als ich nach *Les Marauds* hinuntereilte, fragte ich mich erneut, ob ich die Zeichen falsch gedeutet hatte. War es ihm zuzutrauen, daß er sich selbst Gewalt antat? Sollte ich, in meinem Bemühen, weiteres Unheil zu verhindern, nicht gesehen haben, daß der Mann am Rande der Verzweiflung war? Als ich vor dem *Café de la République* ankam, war es geschlossen, doch ein paar Leute standen vor dem Haus und schauten zu einem der Fenster im ersten Stock hinauf. Ich sah Caroline Clairmont und Joline Drou unter ihnen. Auch Duplessis war da, eine kleine, würdige Gestalt in seinem Filzhut und mit dem Hund, der um ihn herumtollte. Über dem allgemeinen Gemurmel meinte ich eine höhere, schrillere Stimme zu hören, die lauter und leiser wurde, hin und wieder Worte zu formulieren schien, Sätze, dann ein Schrei ...

»Vater.« Caro klang atemlos, sie wirkte erhitzt. Ihr Gesichtsausdruck erinnerte mich an die rehäugigen, ewig japsenden Schönheiten auf den Titelseiten gewisser Hochglanzmagazine auf den oberen Regalen, und der Gedanke ließ mich erröten.

»Was ist los?« fragte ich knapp. »Muscat?«

»Es ist Joséphine«, sagte Caro aufgeregt. »Muscat hat sie oben in dem Zimmer eingesperrt, Vater, sie schreit um Hilfe.«

Noch während sie sprach, drangen erneut Geräusche aus dem Fenster – Schreie, Flüche und lautes Poltern –, und gleich darauf wurden Gegenstände hinausgeworfen, die auf dem Pflaster zerschellten. Eine Frauenstimme kreischte in Tönen, die Glas hätten zum Zerbersten bringen können – jedoch nicht vor Angst, wie mir schien, sondern vor wilder, unbändiger Wut –, gefolgt von einem weiteren Bombardement mit Hausratutensilien. Bücher, Kleider, Schallplatten, Bilderrahmen ... die profane Artillerie häuslicher Gemütlichkeit.

Ich rief zum Fenster hinauf.

»Muscat? Können Sie mich hören? *Muscat!*«

Ein leerer Vogelkäfig kam durch die Luft geflogen.

»*Muscat!*«

Es kam keine Antwort aus dem Haus. Die Stimmen der beiden Kontrahenten klingen beinahe unmenschlich – wie die eines Trolls und einer Harpyie –, und einen Moment lang fühle ich mich unwohl in meiner Haut, als wäre die Welt noch ein Stück weiter in den Schatten gerückt und die Dunkelheit, die uns vom Licht trennt, größer geworden. Was würde ich zu sehen bekommen, wenn ich die Tür öffnete?

Eine schreckliche Sekunde lang kehrt die Erinnerung zurück, und ich bin wieder dreizehn und öffne die Tür zu dem alten Kirchenanbau, den einige heute immer noch die Kanzlei nennen, trete von dem dämmrigen Zwielicht der Kirche in tiefere Düsternis, meine Füße fast lautlos auf dem Parkett, und in meinen Ohren das seltsame Stöhnen eines unsichtbaren Ungeheuers im Nebenraum. Ich öffne die Tür mit wild pochendem Herzen, die Fäuste geballt, die Augen aufgerissen ... und plötzlich sehe ich vor mir das bleiche, sich krümmende Untier, seine Umrisse irgendwie vertraut, aber auf groteske Weise verdoppelt, zwei Gesichter, die mich voller Wut und Entsetzen anstarren –

Maman! – *Père*!

Absurd, ich weiß. Unmöglich, daß es einen Zusammenhang gibt. Und dennoch frage ich mich, als ich in Caro Clairmonts erhitztes, aufgeregtes Gesicht sehe, ob sie es auch spürt, den erotischen Kitzel der Gewalt, den Augenblick der Macht, wenn das Streichholz angerissen wird, der Schlag fällt, das Benzin Feuer fängt ...

Es war nicht nur Ihr Verrat, Vater, der mir das Mark in den Knochen gefrieren ließ und die Haut an den Schläfen straffte wie das Fell auf einer Trommel. Die Sünde – die Sünde des Fleisches – war für mich etwas Abstraktes und zutiefst Verabscheuungswürdiges gewesen, widerwärtig, wie die Vereinigung mit Tieren. Daß sie auch *Genuß* bereiten konnte, war für mich unfaßbar. Und doch sah ich Sie und meine Mutter, erregt und verschwitzt einander *bearbeiten*, mechanisch wie die Kolben einer Maschine, nicht ganz nackt, nein, gerade die in der Hast nur halb heruntergerissenen Kleider gaben der Szene etwas besonders Obszönes – die Bluse offen, der Rock und die Soutane hochgeschoben ... Nein, es war nicht das Fleisch, das mich abstieß, denn ich betrachtete das Geschehen mit distanziertem Ekel. Es war, weil ich mich erst zwei Wochen zuvor für Sie *kompromittiert* hatte, Vater, meine Seele für Sie beschmutzt hatte – die Ölflasche glitschig in meiner Hand, das erregende Gefühl der Macht, der Seufzer der Verzückung, als die Flasche durch die Luft fliegt und sich entzündet, das brennende Öl sich verteilt und die Flammen sich auf dem erbärmlichen Hausboot hungrig ausbreiten, an dem trockenen Segeltuch lecken, das alte, trockene Holz verschlingen, wollüstig und schadenfroh über das Deck züngeln ... Man vermutete Brandstiftung, Vater, aber niemand kam auf die Idee, Reynauds guten, stillen Jungen zu verdächtigen, der im Kirchenchor sang und während der Messe stets so blaß und brav in der Bank saß. Nicht den scheuen Francis, der noch nie ein Fenster eingeworfen hatte. Muscat, vielleicht. Der alte Muscat und sein draufgängerischer Sohn, ja, die konnten es getan haben. Eine Zeitlang wurden sie im Dorf geschnitten, man tuschelte hinter ihrem Rücken. Diesmal waren sie zu weit gegangen. Aber sie leugneten standhaft, und schließlich gab es keine Beweise. Die Opfer waren keine von uns. Niemand sah den Zusammenhang zwischen dem Brand und den Veränderungen im Hause Reynaud – die Eltern ließen sich scheiden, und der Junge wurde auf eine Eliteschule im Norden geschickt ... Ich tat es für Sie, Vater. Aus Liebe zu Ihnen. Das brennende Boot in dem ausgetrockneten Flußbett erleuchtet die braune Nacht, Menschen rennen heraus, schreien, stolpern über die ausgedörrte Erde am Ufer des Tannes, einige machen den hoffnungslosen Versuch, den letzten verbliebenen Schlamm mit Eimern aus dem Fluß zu schöpfen und damit das Feuer zu löschen, während ich aus meinem Versteck hinter den Büschen zuschaue, mein Mund trocken, mein Bauch heiß vor Freude.

Ich konnte nicht wissen, daß in dem Boot noch Leute schliefen, sage ich mir. Sturzbetrunken, so daß selbst das Feuer sie nicht weckt. Später habe ich von ihnen geträumt, verkohlte Gestalten, miteinander verschmolzen wie Liebende ... Monatelang fuhr ich nachts schreiend aus dem Schlaf, sah ihre flehend nach mir ausgestreckten Arme, hörte ihre Stimmen – ein aus der Asche gehauchtes Atmen –, sah bleiche Lippen, die lautlos meinen Namen formten.

Aber Sie haben mir die Absolution erteilt, Vater. Es waren nur ein Säufer und seine Schlampe, sagten Sie mir. Wertloses Treibgut auf dem schmutzigen Fluß. Zwanzig Vaterunser und ebenso viele Ave-Maria reichten als Bezahlung für ihr Leben. Diebe, die unsere Kirche entweiht und unseren Priester beleidigt hatten, sie hatten nicht mehr verdient. Ich war ein junger Mensch mit einer großen Zukunft vor mir, mit liebevollen Eltern, die sich grämen würden, die schrecklich unglücklich wären, wenn sie wüßten ... Außerdem, sagten Sie, hätte es auch ein Unglücksfall sein können. Man konnte nie wissen, sagten Sie. Vielleicht hatte Gott es so *gewollt*.

Ich glaubte Ihnen. Oder tat jedenfalls so. Und ich bin Ihnen immer noch dankbar.

Jemand berührt meinen Arm. Ich fahre erschrocken zusammen. Der Blick in den Abgrund meiner Erinnerung hat mich die Wirklichkeit vergessen lassen. Armande Voizin steht hinter mir, ihre klugen schwarzen Augen fixieren mich. Neben ihr steht Duplessis.

»Werden Sie nun endlich etwas unternehmen, Francis, oder wollen Sie es zulassen, daß dieses Untier Muscat einen Mord begeht?«

Sie spricht mit klarer, kalter Stimme. Mit einer Klaue hält sie ihren Stock umklammert, mit der anderen deutet sie wie eine Hexe auf die geschlossene Tür.

»Es ist nicht –« Meine Stimme klingt nicht wie meine eigene, sondern wie die eines Kindes. »Es ist nicht meine Aufgabe, einzu –«

»Blödsinn!« Sie berührt meine Hand mit ihrem Stock. »Ich werde diesem Wahnsinn ein Ende bereiten, Francis. Kommen Sie mit mir, oder wollen Sie den ganzen Tag hier stehenbleiben und glotzen?«

Ohne auf eine Antwort zu warten, geht sie auf die Tür des Cafés zu.

»Sie ist abgeschlossen«, sage ich zaghaft.

Sie zuckt die Achseln. Mit ihrem Stock schlägt sie die Scheibe in der Tür ein.

»Der Schlüssel steckt im Schloß«, sagt sie unwirsch. »Drehen Sie ihn für mich um, Guillaume.« Sobald der Schlüssel sich im Schloß dreht, schwingt die Tür auf. Ich folge Armande die Treppe hinauf. Das Geschrei und das Gepolter sind hier lauter zu vernehmen, verstärkt durch den Hohlraum des Treppenhauses. Muscat steht vor der Tür des oberen Zimmers, sein massiger Körper füllt den halben Treppenabsatz aus. Das Zimmer ist von innen verbarrikadiert; durch einen kleinen Spalt zwischen Tür und Rahmen fällt ein heller Lichtstreifen auf die Stufen. Ich sehe, wie Muscat sich gegen die blockierte Tür wirft; man hört etwas poltern, und zufrieden grunzend schiebt er sich in das Zimmer.

Eine Frau schreit.

Sie drückt sich ängstlich an die gegenüberliegende Wand. Mehrere Möbelstücke sind vor der Tür gestapelt – eine Kommode, ein Schrank, Stühle –, aber Muscat hat es endlich doch geschafft, in den Raum einzudringen. Das schwere, schmiedeeiserne Bett hatte sie nicht verrücken können, aber sie benutzt die Matratze als Schutzschild, hinter den sie sich kauert, einen Berg Wurfgeschosse griffbereit neben sich. Seit die Messe begonnen hat, hält sie schon durch, geht es mir voller Erstaunen durch den Kopf. Ich sehe die Spuren ihrer Flucht; Glasscherben auf der Treppe, die Kerben in der Tür, den Wohnzimmertisch, den er als Rammbock benutzt hat. Als er sich zu mir umdreht, sehe ich in seinem Gesicht die Spuren ihrer Fingernägel, eine blutige Schramme an seiner Schläfe, die Nase ist geschwollen, das Hemd zerrissen. Ich entdecke Blutflecken auf den Treppenstufen, eine kleine Lache, eine Rutschspur, vereinzelte Tröpfchen. Blutige Fingerabdrücke auf der Tür.

»Muscat!«

Meine Stimme klingt schrill, zitternd.

»*Muscat!*«

Er starrt mich ausdruckslos an. Seine Augen sehen aus wie winzige Löcher in einem Hefeteig.

Armande steht neben mir, ihren Stock wie ein Schwert erhoben. Sie sieht aus wie der älteste Haudegen der Welt. Sie ruft Joséphine an.

»Alles in Ordnung, meine Liebe?«

»Schaffen Sie ihn hier *raus*! Sagen Sie ihm, er soll *abhauen*!«

Muscat zeigt mir seine blutigen Hände. Er wirkt wütend und zugleich verwirrt und erschöpft, wie ein Kind, das in einen Streit zwischen zwei größeren Jungs geraten ist.

»Sehen Sie, was ich meine, Vater?« lamentiert er. »Was hab ich Ihnen gesagt? Sehen Sie, was ich meine?«

Armande schiebt sich an mir vorbei.

»Sie haben keine Chance, Muscat.« Sie klingt jünger und stärker als ich, und ich muß mich daran erinnern, daß sie alt und krank ist. »Sie können die Zeit nicht zurückdrehen, Sie können nichts erzwingen. Kommen Sie raus, und lassen Sie sie gehen.«

Muscat spuckt sie an und zuckt verblüfft zurück, als Armande schnell und gezielt wie eine Kobra zurückspuckt. Wütend wischt er sich das Gesicht ab.

»Du verdammte alte –«

Guillaume stellt sich vor sie, eine schützende Geste, die auf absurde Weise sinnlos wirkt. Sein Hund beginnt, wild zu kläffen.

»Versuchen Sie bloß nicht, mich einzuschüchtern, Paul-Marie Muscat«, faucht Armande. »Ich kann mich noch gut an die Zeit erinnern, als Sie noch ein rotznäsiger Lümmel waren, der sich in *Les Marauds* vor seinem versoffenen Vater versteckte. Außer daß Sie fetter und häßlicher geworden sind, haben Sie sich kaum verändert. Und jetzt lassen Sie mich vorbei!«

Verwirrt tritt er zur Seite. Einen Augenblick lang scheint er mich um Hilfe bitten zu wollen.

»Vater. Sagen Sie's ihr.« Seine Augen sehen aus, als hätte ihm jemand Salz hineingestreut. »Sie wissen doch, was ich meine. Oder?«

Ich tue so, als ob ich ihn nicht höre. Es gibt nichts, was uns verbindet, diesen Mann und mich. Wir haben nichts gemein. Ich kann ihn riechen, den schalen Gestank seines verschwitzten, ungewaschenen Hemdes, den fauligen Bieratem. Er packt mich am Arm.

»Sie verstehen schon, Vater«, wiederholt er verzweifelt. »Ich hab Ihnen die Zigeuner vom Hals geschafft. Erinnern Sie sich? Ich hab Ihnen auch geholfen.«

Sie mag vielleicht halb blind sein, aber sie sieht alles, verdammt. *Alles.* Ich sehe ihren Blick zu mir herüberschnellen.

»Ach so ist das?« Sie stößt ein vulgäres Lachen aus. »Zwei von einer Sorte, was, *Curé*?«

»Ich weiß nicht, wovon Sie reden, Muscat«, sage ich trocken. »Sie sind sinnlos betrunken.«

»Aber Vater –« Er ringt nach Worten, sein verzerrtes Gesicht ist puterrot. »Vater, Sie haben doch selbst gesagt –«

Eisig: »Ich habe überhaupt nichts gesagt.«

Er öffnet den Mund wie ein Fisch auf einer Sandbank.

»*Überhaupt nichts!*«

Armande und Guillaume haben Joséphine zwischen sich genommen und begleiten sie hinaus. Joséphine wirft mir einen seltsam durchdringenden Blick zu, der mich fast erschreckt. Ihr Gesicht ist schmutzig, ihre Hände sind blutverschmiert, und doch ist sie in diesem Augenblick auf beunruhigende Weise schön. Sie sieht mich an, als könnte sie bis in mein Innerstes blicken. Ich möchte sie bitten, mich nicht verantwortlich zu machen, möchte ihr sagen, daß ich nicht so bin wie er; ich bin kein *Mann*, sondern ein *Priester*, ich gehöre einer anderen Art an ... doch der Gedanke ist absurd, beinahe blasphemisch.

Dann führt Armande sie die Treppe hinunter, und ich bleibe allein mit Muscat zurück. Seine Tränen benetzen meinen Hals, seine heißen Arme halten mich umklammert. Einen Augenblick verliere ich die Orientierung, versinke zusammen mit ihm im Nebel meiner Erinnerungen. Ich mache mich los, zunächst vorsichtig, dann mit zunehmender Gewalt, schiebe seinen schwabbeligen Bauch mit den Händen von mir, bearbeite ihn mit den Fäusten, den Ellbogen... Und dabei schreie ich gegen sein Flehen an, mit einer Stimme, die nicht meine eigene ist, einer hohen, zornigen Stimme:

»Lassen Sie mich, Sie Bastard, Sie haben alles verdorben –«

*Francis, es tut mir leid, ich –*

»*Père* –«

»Alles ist verdorben – *alles* –, lassen Sie mich *los*!« Schnaufend vor Anstrengung gelingt es mir endlich, mich aus seiner Umklammerung zu befreien. Von Erleichterung überwältigt renne ich die Treppe hinunter, verstauche mir den Knöchel, als ich über einen Teppich stolpere, während er hinter mir her jammert und greint wie ein verlassenes Kind...

Später fand ich Zeit, mit Caro und Georges zu sprechen. Mit Muscat werde ich nicht mehr reden. Außerdem geht das Gerücht, er hätte alles, was er in der Eile zusammenraffen konnte, in seinen alten Wagen gepackt und sich davongemacht. Das Café ist jetzt geschlossen, nur die eingeschlagene Scheibe in der Eingangstür erinnert noch an das, was sich heute vormittag dort abgespielt hat. Als es dunkel wurde, bin ich noch einmal hingegangen und habe lange vor dem Fenster gestanden. Der Himmel über *Les Marauds* war kühl und schimmerte grünlich, nur über den Horizont zog sich ein milchiger Streifen. Der Fluß war dunkel und still.

Ich habe Caro erklärt, daß die Kirche ihre Kampagne gegen das Schokoladenfest nicht unterstützen wird. Daß *ich* sie nicht unterstützen werde. Begreift sie es denn nicht? Nach dem, was Muscat getan hat, hat der Gemeinderat seine Glaubwürdigkeit verloren. Diesmal hat er sich zu weit in die Öffentlichkeit gewagt, diesmal war er zu brutal. Genau wie ich müssen auch sie sein Gesicht gesehen haben, seinen wahnsinnigen, haßerfüllten Blick. Zu wissen, daß ein Mann seine Frau prügelt – es insgeheim zu wissen –, ist eine Sache. Aber die Brutalität in all ihrer Häßlichkeit hautnah mitzuerleben... Nein. Er wird es nicht überleben. Caro erzählt bereits jedem, der es hören will, *sie* hätte ihn schon immer durchschaut, *sie* hätte es von Anfang an gewußt. Sie distanziert sich, so gut sie kann – *Wie schrecklich, diese arme, betrogene Frau!* –, ebenso, wie ich es tue. Wir haben uns zu sehr mit ihm eingelassen, erkläre ich ihr. Wir haben ihn benutzt, wenn es uns zupaß kam. Diesen Eindruck müssen wir schnellstens korrigieren. Zu unserem eigenen Schutz müssen wir uns zurückziehen. Die andere Sache, den Vorfall mit den Zigeunern, erwähne ich ihr gegenüber nicht, doch auch daran muß ich denken. Armande hat Verdacht geschöpft. Sie könnte anfangen zu reden, und sei es nur aus Gehässigkeit. Und dann diese *andere* Sache, die längst vergessen ist und einzig in ihrem Kopf noch herumspukt... Nein. Ich fühle mich hilflos. Schlimmer noch, ich bin gezwungen, mich nach außen hin nachsichtig zu geben und so zu tun, als hätte ich nichts gegen das Fest. Andernfalls wird es Gerede geben, und wer weiß, was dabei alles ans Tageslicht kommt? Morgen werde ich in meiner Predigt Toleranz fordern, die Flut, die ich ins Rollen gebracht habe, aufhalten und dafür sorgen, daß sie ihre Meinung ändern. Die verbliebenen Flugblätter werde ich verbrennen. Die Plakate, die von Lansquenet bis Montauban geklebt werden sollten, müssen ebenfalls vernichtet werden. Es bricht mir das Herz, Vater, aber was bleibt mir übrig? Der Skandal würde mich umbringen.

Es ist Karwoche. Nur noch eine Woche bis zum Fest. Und sie hat gewonnen, *mon père*. Sie hat gewonnen. Nur ein Wunder kann uns jetzt noch retten.

## Mittwoch, 26. März

Immer noch keine Spur von Muscat. Am Montag hat Joséphine sich fast den ganzen Tag nicht aus dem Laden getraut, aber gestern früh beschloß sie, noch einmal zum Café zu gehen. Diesmal hat Roux sie begleitet, doch sie fanden nichts anderes vor als das Chaos von Sonntag. Anscheinend stimmt das Gerücht. Muscat ist verschwunden.

Roux ist inzwischen fertig mit Anouks Zimmer unter dem Dach und hat bereits mit der Arbeit am Café angefangen. Er hat ein neues Schloß in die Haustür eingebaut, den alten Linoleumboden herausgerissen und die vergilbten Gardinen von den Fenstern genommen. Mit ein bißchen Mühe, meint er – frisches Weiß an den Wänden, ein bißchen Farbe für die alten, abgewetzten Möbel, jede Menge Wasser und Seife –, könne man das Café wieder in eine helle, freundliche Gaststube verwandeln. Er hat Joséphine angeboten, kostenlos für sie zu arbeiten, aber davon will sie nichts wissen. Muscat hat natürlich ihr gemeinsames Konto leergeräumt, aber sie hat noch ein bißchen eigenes Geld, und sie ist davon überzeugt, daß das neue Café ein Erfolg werden wird. Das alte, verblaßte Schild mit der Aufschrift *Café de la République* hat sie von Roux entfernen und an seiner Stelle ein handgemaltes Schild mit dem neuen Namen *Café des Marauds* und eine rot-weiß-gestreifte Markise – die gleiche wie an meinem Laden – anbringen lassen. Narcisse hat die schmiedeeisernen Blumenkästen mit Hängegeranien bepflanzt, deren leuchtend rote Knospen sich in der warmen Sonne bereits geöffnet haben. Von ihrem Garten am Fuß des Hügels aus betrachtet Armande die Veränderungen mit Wohlwollen.

»Sie ist eine tüchtige Frau«, erklärt sie mir auf ihre brüske Art. »Sie wird es schaffen, jetzt, wo sie endlich diesen versoffenen Ehemann losgeworden ist.«

Roux wohnt vorübergehend in Joséphines Gästezimmer,

und Luc ist, sehr zum Verdruß seiner Mutter, zu Armande gezogen.

»Das ist kein Zuhause für dich«, giftet sie mit schriller Stimme. Ich stehe gerade auf dem Dorfplatz, als die beiden aus der Kirche kommen, Luc in seinem Sonntagsanzug und Caro in einem ihrer zahllosen pastellfarbenen Kostüme und einem seidenen Kopftuch.

Seine Antwort ist höflich, aber unumstößlich.

»N-nur bis zu ihrer P-Party«, sagt er. »Es ist n-niemand da, der sich um sie kümmert. S-Sie könnte schließlich noch mal so einen A-Anfall bekommen.«

»Blödsinn!« erwidert sie wegwerfend. »Ich kann dir sagen, was sie will. Sie versucht, einen Keil zwischen uns beide zu treiben. Ich verbiete dir, diese Woche bei ihr zu bleiben. Und was diese lächerliche Party angeht –«

»D-Das kannst du mir nicht verbieten, M-Maman.«

»Und warum nicht? Du bist mein *Sohn*, verflixt noch mal, wie kommst du dazu, mir ins Gesicht zu sagen, daß du lieber auf diese verrückte Alte hörst als auf mich?« Tränen der Wut schießen ihr in die Augen. Ihre Stimme zittert.

»Ist schon gut, Maman.« Ohne sich von ihrem Theater beeindrucken zu lassen, legt er ihr einen Arm um die Schultern. »Es ist ja nicht für lange. Nur bis zur Party. Ich v-versprech's dir. Du bist übrigens auch eingeladen. Sie würde sich freuen, w-wenn du kämst.«

»Ich *will* aber nicht hingehen!« Ihre Stimme klingt nun trotzig und weinerlich wie die eines Kindes. Er zuckt die Achseln.

»Dann eben nicht. Aber dann erwarte auch nicht, daß sie h-hinterher auf das hört, was *du* willst.«

Sie schaut ihn an.

»Was meinst du damit?«

»Ich meine, ich k-könnte mit ihr reden. S-Sie überzeugen.« Er kennt seine Mutter. Er versteht sie besser, als sie ahnt. »Ich könnte sie zur V-Vernunft bringen«, sagt er. »Aber w-wenn du nicht willst –«

»Das hab ich nicht gesagt.« Einem plötzlichen Impuls folgend, nimmt sie ihn in den Arm. »Du bist ein kluger Junge«, sagt sie, wieder gefaßt. »Du könntest es schaffen, nicht wahr?« Sie drückt ihm einen schmatzenden Kuß auf die Wange, was er geduldig über sich ergehen läßt. »Mein *guter*, *kluger* Junge«, wiederholt sie liebevoll, und dann machen sie sich Arm in Arm auf den Heimweg. Luc ist bereits größer als seine Mutter und sieht sie an wie ein toleranter Vater sein übermütiges Kind.

Oh, er kennt sie genau.

Seit Joséphine mit ihrem Café beschäftigt ist, habe ich kaum noch Hilfe bei meinen Ostervorbereitungen; glücklicherweise ist das meiste erledigt, es müssen nur noch ein paar Dutzend Schachteln verpackt werden. Ich arbeite abends in der Küche und mache die Kekse, die Trüffel, die Lebkuchenglocken und die mit Zuckerguß überzogenen *pains d'épices*. Ich vermisse Joséphines Geschick im Verpacken und Dekorieren, aber Anouk hilft mir, so gut sie kann, bastelt bunte Papierkrausen und steckt Seidenrosen auf zahllose Cellophantüten.

Ich habe das Schaufenster für die Zeit, in der ich an der Dekoration für Sonntag arbeite, mit Silberpapier verhängt, und der Laden sieht fast wieder so aus wie zu Anfang, als wir hierherkamen. Anouk hat die Fensterscheibe mit Ostereiern und lauter Tieren geschmückt, die sie aus buntem Papier ausgeschnitten hat, und in der Mitte hängt ein riesiges Plakat mit der Aufschrift:

GRAND FESTIVAL DU CHOCOLAT
*Sonntag, Place St. Jérôme*

Seit die Osterferien angefangen haben, wimmelt es auf dem Platz von Kindern, die sich immer wieder die Nase am Fenster platt drücken in der Hoffnung, einen Blick auf die Vorbereitungen zu erhaschen. Es sind bereits Bestellungen im Wert von über achttausend Franc eingegangen – einige aus

Montauban und sogar aus Agen –, und es kommen immer mehr Kunden, so daß der Laden kaum jemals leer ist. Caros Flugblattkampagne scheint im Sande verlaufen zu sein. Guillaume erzählt mir, Reynaud habe seiner Gemeinde versichert, daß das Schokoladenfest im Gegensatz zu allem, was böse Zungen behaupten, seine volle Unterstützung hat. Dennoch sehe ich ihn manchmal von seinem kleinen Fenster aus herüberstarren, und dann erblicke ich in seinen Augen nur Gier und Haß. Ich weiß, daß er mir übel will, aber irgendwas hat ihm den Giftstachel genommen. Ich versuche, etwas aus Armande herauszubekommen. Sie weiß mehr, als sie preisgibt, aber sie schüttelt nur den Kopf.

»Das ist alles so lange her«, sagt sie ausweichend. »Mein Gedächtnis ist nicht mehr das beste.« Statt dessen will sie jede Einzelheit über das Menü wissen, das ich für ihre Party geplant habe. Sie ist ganz aufgeregt vor Vorfreude und sprudelt über vor Ideen. *Brandade truffée, vol-au-vents aux trois champignons* in Wein und Sahne gekocht und mit *chantrelles* garniert, gegrillte *langoustines* mit Krautsalat, fünf verschiedene Sorten Schokoladenkuchen – all ihre Lieblingssorten –, selbstgemachtes Schokoladeneis ... Ihre Augen funkeln schelmisch und erwartungsvoll.

»Als junges Mädchen habe ich nie ein Geburtstagsfest gehabt«, erklärt sie. »Nicht ein einziges Mal. Einmal bin ich zu einem Ball gegangen, drüben in Montauban, mit einem Jungen von der Küste. *Hui!*« Sie machte eine eindeutige Geste. »Er war so dunkel wie Sirup und genauso süß. Es gab Champagner und Erdbeer-Sorbet, und wir haben getanzt ...« Sie seufzte. »Damals hätten Sie mich mal sehen sollen, Vianne. Das können Sie sich heute gar nicht mehr vorstellen. Er hat gesagt, ich sähe aus wie Greta Garbo, dieser Charmeur, und wir taten beide so, als hätte er es ernst gemeint.« Sie lachte in sich hinein. »Natürlich war er kein Mann zum Heiraten«, sinnierte sie. »Damit haben solche Männer nichts im Sinn.«

Ich liege fast jeden Abend noch lange wach, während Trüffel und Pralinen vor meinen Augen tanzen. Anouk schläft in ihrem neuen Zimmer unter dem Dach, und ich träume mit offenen Augen, nicke ein, wache träumend auf, döse vor mich hin, bis meine Augenlider schmerzen und das Zimmer um mich herum schwankt wie ein Schiff auf hoher See. Nur noch ein Tag, sage ich mir, nur noch ein Tag.

Letzte Nacht bin ich noch einmal aufgestanden und habe die Karten aus der Schachtel genommen, obwohl ich mir eigentlich fest vorgenommen hatte, sie nicht mehr anzurühren. Sie fühlten sich kühl an, kühl und glatt wie Elfenbein, zeigten sich in ihren bunten Farben, als ich sie auffächerte, und die vertrauten Bilder leuchteten nacheinander auf wie zwischen Glasscheiben gepreßte Blumen. *Der Turm. Der Tod. Die Liebenden. Der Tod. Sechs Schwerter. Der Tod. Der Eremit. Der Tod.* Ich sage mir, es hat nichts zu bedeuten. Meine Mutter glaubte an die Karten, aber was hat es ihr gebracht? Flucht, immer wieder Flucht. Die Wetterfahne auf dem Kirchturm schweigt, es herrscht eine fast unheimliche Stille. Der Wind hat sich gelegt. Die Stille beunruhigt mich mehr als das Quietschen des alten Eisens. Die Luft ist warm und duftet süß nach dem herannahenden Sommer. Der Sommer kommt schnell nach Lansquenet, folgt dem Märzwind auf dem Fuß, und er riecht nach Zirkus; nach Sägemehl und in heißem Fett brutzelndem Teig und frisch geschlagenem Holz und Pferdeäpfeln. Die Stimme meiner Mutter flüstert: *Zeit zum Aufbruch.* Bei Armande brennt noch Licht; ich kann das kleine gelbe Viereck ihres Fensters, das sich im Tannes widerspiegelt, von hier aus sehen. Ich frage mich, was sie gerade tut. Seit jenem ersten Mal hat sie nicht mehr mit mir über ihre Pläne gesprochen. Sie redet nur noch von Rezepten, erklärt mir, wie man einen Bisquitkuchen flambiert und welches für in Brandy eingelegte Kirschen das beste Verhältnis von Zucker zu Alkohol ist. Ich habe in meinem medizinischen Wörterbuch nachgelesen, was dort über Diabetes steht. Der Fachjargon ist auch eine Art Fluchtweg, dunkel und hypothetisch wie die Karten. Unvorstellbar, daß diese Sprache sich auf menschliche Körper beziehen soll. Ihr Augenlicht läßt immer mehr nach, schwarze Flecken treiben über ihr Gesichtsfeld, so daß alles, was sie sieht, gescheckt und gesprenkelt und schließlich nicht mehr zu erkennen ist. Dann kommt die Dunkelheit.

Ich verstehe ihre Situation. Warum sollte sie weiter um ein Leben kämpfen, das unweigerlich in der Dunkelheit endet? Ihr Vorhaben *Verschwendung* zu nennen – ein Begriff, den meine Mutter nach Jahren der Einschränkung und der Ungewißheit häufig benutzte –, ist hier sicherlich unangebracht, sage ich mir. Eine letzte verschwenderische Geste, ein riesiges Gelage, ein Feuerwerk und dann die totale Finsternis. Und doch schreit irgend etwas in mir: *unfair!*, die kindische Hoffnung auf ein Wunder. Auch das die Stimme meiner Mutter. Armande weiß es besser.

Während der letzten Wochen – das Morphium beherrschte sie inzwischen Tag und Nacht, und ihre Augen waren nur noch glasig – verlor sie stundenlang den Bezug zur Wirklichkeit, flatterte von Hirngespinst zu Hirngespinst wie ein Schmetterling von einer Blume zur anderen. Manche waren lieblich, Träume von Schwerelosigkeit, von bunten Lichtern, von ätherischen Begegnungen mit längst verstorbenen Filmstars und Wesen von fernen Planeten. Manche waren schrecklich, düstere Angstträume. In denen war der Schwarze Mann immer präsent, lauerte an Straßenecken, saß in einem Diner am Fenster, hinter der Theke in einem Kramladen. Manchmal war er ein Taxifahrer; eine Baseballmütze tief in die Augen gezogen, saß er am Steuer in einem schwarzen Londoner Taxi, das aussah wie ein Leichenwagen. Auf die Mütze war das Wort DODGERS, Drückeberger, aufgestickt, sagte sie, und deswegen suche er nach ihr, nach uns, nach allen, die ihm schon einmal entwischt waren, aber man konnte ihm nicht für immer entkommen, sagte sie und schüttelte wissend den Kopf, niemals für immer. Einmal, während sie unter dem Bann eines solchen Verfolgungswahns stand, kramte sie eine gelbe Plastikmappe hervor und zeigte sie mir. Sie war gefüllt mit Zeitungsausschnitten, überwiegend aus den späten sechziger und frühen siebziger Jahren. Die meisten waren auf französisch, andere auf italienisch, deutsch oder griechisch. In allen ging es um Entführungen, um verschwundene oder mißhandelte Kinder.

»Es passiert so leicht«, sagte sie mir mit weit aufgerissenen Augen. »In großen Städten. Es passiert so leicht, daß man ein Kind wie dich verliert.« Sie zwinkerte mir erschöpft zu. Ich streichelte ihre Hand.

»Ist schon in Ordnung, Maman«, sagte ich. »Du hast ja immer gut auf mich aufgepaßt. Mir ist nie etwas passiert.«

Sie zwinkerte noch einmal.

»Oh, aber du bist *verlorengegangen*«, sagte sie lächelnd. »Ver-lo-ren.« Dann starrte sie eine Zeitlang ins Leere, das Gesicht grinsend verzerrt, ihre Finger in meiner Hand wie ein Bündel Reisig. »*Ver-looo-ren*«, wiederholte sie abwesend und begann zu weinen. Ich tröstete sie, so gut ich konnte, und steckte die Zeitungsartikel zurück in die Mappe. Dabei fiel mir auf, daß in mehreren Artikeln über denselben Fall berichtet wurde, über das Verschwinden der achtzehn Monate alten Sylviane Caillou in Paris. Ihre Mutter hatte sie zwei Minuten lang im Auto allein gelassen, während sie etwas aus der Apotheke besorgte, und als sie zurückkam, war das Baby nicht mehr da. Mit dem Kind verschwunden waren die Tasche mit den Windeln und die Spielsachen, ein roter Plüschelefant und ein brauner Teddybär.

Als meine Mutter sah, wie ich den Artikel las, begann sie wieder zu lächeln.

»Ich glaube, damals warst du zwei«, sagte sie in einem verschwörerischen Ton. »Oder beinahe zwei. Und sie hatte viel helleres Haar als du. Du konntest es also nicht gewesen sein, nicht wahr? Außerdem war ich eine bessere Mutter als sie.«

»Bestimmt«, sagte ich. »Du warst eine gute Mutter, eine

wunderbare Mutter. Mach dir keine Sorgen. Du hättest mich nie in Gefahr gebracht.«

Meine Mutter wiegte sich hin und her und lächelte.

»Leichtsinnig«, sagte sie leise. »Einfach leichtsinnig. Die hat so ein nettes kleines Mädchen gar nicht verdient, nicht wahr?«

Ich schüttelte den Kopf. Plötzlich war mir kalt.

»Ich war keine schlechte Mutter, nicht wahr, Vianne?« fragte sie wie ein Kind.

Mir lief ein Schauer über den Rücken. Das Zeitungspapier fühlte sich rauh an.

»Nein«, versicherte ich ihr. »Du warst keine schlechte Mutter.«

»Ich hab mich gut um dich gekümmert, stimmt's? Ich hab dich nie weggegeben. Noch nicht mal, als dieser Priester gesagt hat ... was er gesagt hat. Nie.«

»Nein, Maman, nie.«

Vor Kälte fühlte ich mich wie gelähmt, konnte kaum noch denken. Das einzige, was mir durch den Kopf ging, war der *Name*, dem meinen so ähnlich, die *Daten* ... Und erinnerte ich mich nicht auch an diesen Bären, diesen Elefanten, dessen Plüschfell so abgewetzt war, daß der rote Stoff überall durchschimmerte, den wir unermüdlich von Paris nach Rom, von Rom nach Wien mitschleppten?

Natürlich konnte es sich um eine ihrer Angstphantasien handeln. Ebenso wie die Schlange im Bett und die Frau im Spiegel. Es konnte eine Selbsttäuschung sein. So vieles im Leben meiner Mutter basierte auf Selbsttäuschung. Und was spielte es für eine Rolle ... nach so langer Zeit?

Um drei stand ich auf. Das Bett war verschwitzt und zerwühlt; an Schlaf war nicht mehr zu denken. Ich zündete eine Kerze an und ging damit in Joséphines leeres Zimmer. Die Karten waren an ihrem alten Platz in der Schachtel meiner Mutter; sie fühlten sich glatt und kühl an, als ich sie herausnahm. *Die Liebenden. Der Turm. Der Eremit. Der Tod.* Ich setzte mich im Schneidersitz auf den Holzboden und mischte die Karten. Den Turm mit den herabstürzenden Menschen, den bröckelnden Mauern, konnte ich deuten. Es ist meine ständige Angst vor der Vertreibung, die Angst vor der Straße, vor Verlust. Der Eremit mit seiner Kapuze und der Laterne erinnert mich an Reynaud, das blasse, verschlagene Gesicht halb versteckt im Schatten. Den Tod kenne ich sehr gut, und ich streckte automatisch Zeige- und Mittelfinger über der Karte aus ... *Sei gebannt!* Aber die Liebenden? Ich dachte an Roux und Joséphine, die sich so ähnlich waren, ohne es zu wissen, und verspürte einen kurzen Stich der Eifersucht. Doch mit einemmal war ich davon überzeugt, daß die Karte noch nicht alle ihre Geheimnisse preisgegeben hatte. Im Zimmer duftete es nach Flieder. Vielleicht war eines von den Parfümfläschchen meiner Mutter nicht richtig verschlossen. Trotz der morgendlichen Kühle wurde mir ganz heiß. *Roux?* Roux.

Hastig und mit zitternden Fingern drehte ich die Karte um.

Noch ein Tag. Was immer es sein mag, kann noch einen Tag warten. Ich mischte die Karten erneut, aber ich bin nicht so versiert wie meine Mutter, und die Karten glitten mir aus den Händen und fielen auf den Boden. Der Eremit lag aufgedeckt. Im flackernden Kerzenlicht erinnerte er mich mehr denn je an Reynaud. Im Halbdunkel schien er boshaft zu grinsen. *Ich werde einen Weg finden*, versprach er mir hinterhältig. *Du glaubst, du hättest gewonnen, aber ich werde dich kriegen.* Ich spürte seine Bosheit in den Fingerspitzen.

Meine Mutter hätte es als ein Zeichen gedeutet.

Plötzlich, einer spontanen Eingebung folgend, die ich nur halb begriff, nahm ich die Karte und hielt sie in die Kerzenflamme. Einen Moment lang umspielte die Flamme das harte Papier, dann begann es Blasen zu werfen. Das bleiche Gesicht verzog sich zu einer Grimasse, dann wurde es schwarz.

»Ich werd's dir zeigen«, flüsterte ich. »Wag es, mir was anzutun, und ich –«

Plötzlich loderten die Flammen bedrohlich auf, und ich ließ die Karte fallen. Das Feuer verlosch, und Funken und Asche stoben über die Dielen.

Ich war in Hochstimmung.

*Wer wird jetzt die Veränderungen einläuten, Mutter?*

Und dennoch kann ich mich nicht gegen das Gefühl wehren, daß ich manipuliert wurde, daß ich mich habe drängen lassen, etwas zu offenbaren, was besser unberührt geblieben wäre. Ich habe doch nichts getan, sage ich mir. Ich hatte keine böse Absicht.

Trotzdem will es mir nicht gelingen, den Gedanken zu verscheuchen. Ich fühle mich ganz leicht, körperlos wie Löwenzahnsamen. Bereit, mich mit dem Wind davontreiben zu lassen.


## Freitag, 28. März
## Karfreitag

Ich müßte eigentlich bei meiner Herde sein, Vater. Ich weiß es. Die Luft in der Kirche ist schwer vom Weihrauch, es herrscht Grabesstimmung, alles ist mit schwarzen und violetten Tüchern verhängt, nicht eine einzige Blume ist geblieben. Ich müßte dort sein. Heute ist mein größter Tag, Vater, die Feierlichkeit, die Ehrfurcht, die Orgel, die wie eine Unterwasserglocke dröhnt – die Glocken selbst schweigen natürlich, aus Trauer über Christi Tod am Kreuz. Ich selbst in Schwarz und Violett, zur Begleitung der Orgel die Choräle anstimmend. Sie schauen mich mit großen, dunklen Augen an. Selbst die Abtrünnigen sind heute gekommen, ganz in Schwarz gekleidet und mit Pomade im Haar. Ihre *Bedürftigkeit*, ihre *Erwartungen* füllen die Leere in mir. Einen Augenblick lang empfinde ich echte Liebe; ich liebe sie wegen ihrer Sünden, wegen ihrer Erlösung, ihrer nichtigen

Sorgen, ihrer Bedeutungslosigkeit. Ich weiß, daß Sie mich verstehen, denn Sie sind auch ihr Vater gewesen. In gewissem Sinne sind Sie genauso für sie gestorben wie unser Herr Jesus. Um sie vor Ihren und ihren eigenen Sünden zu bewahren. Sie haben es nie erfahren, nicht wahr, Vater? Von mir jedenfalls nicht. Aber als ich Sie mit meiner Mutter in der Kanzlei entdeckt habe... Ein schwerer Schlaganfall, sagte der Arzt. Der Schock muß zu groß gewesen sein. Sie haben sich zurückgezogen. Sie haben sich in sich selbst zurückgezogen, doch ich weiß, daß Sie mich hören können, ich weiß, daß Sie klarer sehen als je zuvor. Und ich weiß, daß Sie eines Tages zu uns zurückkehren werden. Ich habe gefastet und gebetet, Vater. Ich habe mich in Demut geübt. Und dennoch fühle ich mich unwürdig. Es gibt immer noch eine Sache, die ich noch nicht erledigt habe.

Nach der Messe kam ein Kind auf mich zu, Mathilde Arnauld. Sie nahm meine Hand und flüsterte:

»Werden Sie Ihnen auch Schokoladeneier bringen, *Monsieur le Curé*?«

»Wer soll mir Schokoladeneier bringen?« fragte ich verblüfft.

»Die *Glocken* natürlich!« Sie kicherte. »Die fliegenden Glocken!«

»Ach so. Die Glocken. Natürlich.«

Einen Augenblick lang war ich verwirrt und wußte nicht, was ich sagen sollte. Sie zupfte ungeduldig an meiner Soutane.

»Sie wissen doch, die *Glocken*. Sie fliegen nach Rom zum Papst und wenn sie zurückkommen, bringen sie *Schokoladenostereier* –«

Es ist zu einer fixen Idee geworden. Ein Refrain, ein geflüsterter Kehrreim, der jedem Gedanken folgt. Ich konnte meine Wut nicht beherrschen, und ihr erwartungsvolles Gesicht war plötzlich angstverzerrt. Ich brüllte: »*Wieso kann plötzlich niemand mehr an etwas anderes als Schokolade denken?*«, und das Kind rannte weinend über den Platz davon, während der kleine Laden mit seinem verlockend verhangenen Fenster mich triumphierend angrinste. Zu spät rief ich ihr nach.

Heute abend werden Kinder aus der Gemeinde die letzten Augenblicke im Leben unseres Herrn Jesus nachspielen, eine symbolische Grablegung vollziehen und Kerzen anzünden, wenn es dunkel wird. Gewöhnlich ist dies für mich eines der wichtigsten Ereignisse des Jahres, der Augenblick, in dem sie ganz mir gehören, *meine* Kinder, ganz ernst und ganz in Schwarz gekleidet. Aber werden sie auch in diesem Jahr an die Leidensgeschichte denken, an die Feierlichkeit der Eucharistie, oder wird ihnen vor lauter Vorfreude schon das Wasser im Mund zusammenlaufen? Ihre Geschichten – fliegende Glocken und rauschende Feste – sind überzeugend und verführerisch. Ich bemühe mich, unsere eigenen Verführungskünste in die Messe einfließen zu lassen, aber die dunkle Herrlichkeit der Kirche kommt gegen abenteuerliche Reisen auf fliegenden Teppichen nicht an.

Heute nachmittag habe ich Armande Voizin einen Besuch abgestattet. Sie hat heute Geburtstag, und in ihrem Haus herrschte reges Treiben. Ich wußte natürlich, daß eine Party geplant ist, aber so etwas hätte ich nie erwartet. Caro hat es mir gegenüber ein- oder zweimal erwähnt – sie hat eigentlich keine Lust hinzugehen, aber sie hofft, die Gelegenheit nutzen zu können, um ein für allemal Frieden mit ihrer Mutter zu schließen –, doch ich fürchte, auch sie hat keine Ahnung, welche Ausmaße diese Party offenbar annimmt. Vianne Rocher war in der Küche und schon den ganzen Tag dabei, das Essen zuzubereiten. Joséphine Muscat hat die Küche des Cafés zusätzlich zur Verfügung gestellt, denn in Armandes Haus ist nicht genug Platz für so aufwendige Vorbereitungen, und als ich ankam, war eine ganze Phalanx von Helfern dabei, Platten, Töpfe und Terrinen vom Café zu Armande zu tragen. Aus dem offenen Fenster duftete es köstlich nach gutem Wein, und gegen meinen Willen lief mir das Wasser im Mund zusammen. Im Garten war Narcisse dabei, eine Art Pergola, die er zwischen dem Haus und dem Gartentor errichtet hatte, mit Blumen zu schmücken. Der Effekt ist verblüffend: Clematis, Purpurwinde, Flieder und Wicken scheinen an dem hölzernen Gitterwerk herunterzuranken und bilden ein buntes Blumendach, das das Sonnenlicht auf sanfte Weise filtert. Armande war nirgendwo zu sehen.

Aufgewühlt vom Anblick dieser Üppigkeit, wandte ich mich ab. Typisch für sie, ausgerechnet am Karfreitag so ein opulentes Fest zu veranstalten. All dieser Überfluß – Blumen, exotische Speisen, kistenweise Champagner, der in Eis gepackt bis vor die Tür geliefert wurde – ist eine Blasphemie, ein Hohn angesichts Christi Opfertod. Morgen muß ich unbedingt mit ihr darüber reden. Als ich gerade gehen wollte, entdeckte ich Guillaume Duplessis neben dem Haus, der eine von Armandes Katzen streichelte. Er zog höflich seinen Hut.

»Sie helfen also auch?« fragte ich.

Guillaume nickte.

»Ich hab versprochen, mit anzupacken«, gab er zu. »Es gibt immer noch eine Menge zu tun bis heute abend.«

»Es wundert mich, daß Sie sich für so etwas einspannen lassen«, sagte ich in scharfem Ton. »Ausgerechnet am Karfreitag! Ich finde wirklich, daß Armande es diesmal übertreibt. Diese Verschwendung – ganz abgesehen von der Respektlosigkeit gegenüber der Kirche –«

Guillaume zuckte die Achseln.

»Sie hat ein Recht auf eine kleine Feier«, erwiderte er sanft.

»Ich fürchte eher, daß sie sich mit dieser Völlerei umbringt!« raunzte ich.

»Ich denke, sie ist alt genug, um zu tun, was ihr gefällt«, sagte Guillaume.

Ich schaute ihn mißbilligend an. Er hat sich verändert, seit er mit dieser Rocher verkehrt. Sein demütiger Blick ist verschwunden, und jetzt liegt statt dessen etwas Eigensinniges, beinahe Trotziges in seinem Gesichtsaudruck.

»Es gefällt mir nicht, wie Armandes Familie sich dauernd in ihr Leben einmischt«, fuhr er dickköpfig fort. Ich zuckte mit den Schultern.

»Es wundert mich, daß ausgerechnet Sie sich auf ihre Seite schlagen«, sagte ich.

»Es geschehen noch Zeichen und Wunder«, sagte Guillaume.

Ich wünschte, er hätte recht.


Freitag, 28. März
Karfreitag


Irgendwann vergaß ich, was die Party zu bedeuten hatte, und begann mich zu freuen. Während Anouk unten in *Les Marauds* spielte, traf ich die letzten Vorkehrungen für das größte und üppigste Essen, das ich je zubereitet hatte, und war nur noch mit den Einzelheiten des Festmahls beschäftigt. Ich hatte drei Küchen zur Verfügung; meine eigenen geräumigen Öfen im Laden, wo ich die Kuchen backte, die Küche des *Café des Marauds* für die Meeresfrüchte und Armandes winzige Küche für die Suppen, Beilagen, Soßen und Garnierungen. Joséphine bot Armande an, ihr Geschirr und Besteck zu leihen, aber Armande schüttelte lächelnd den Kopf.

»Dafür ist bereits gesorgt«, erwiderte sie. Und so war es auch; am frühen Donnerstagmorgen kam ein Lieferwagen mit dem Namen einer Firma in Limoges und brachte zwei Kisten mit Gläsern und Besteck und eine mit Porzellan, alles in Holzwolle verpackt. Der Fahrer des Wagens grinste, als Armande die Quittung unterschrieb.

»Eine Ihrer Enkelinnen feiert wohl Hochzeit, was?« fragte er vergnügt. Armande lachte.

»Gut möglich«, erwiderte sie. »Gut möglich.«

Den ganzen Freitag über war sie bester Laune, wollte alles überwachen, war dabei jedoch meistens im Weg. Wie ein ungezogenes Kind steckte sie die Finger in jede Soße, hob jeden Deckel hoch, bis ich schließlich Guillaume anflehte, sie für ein paar Stunden zum Friseur in Agen zu entführen, damit ich in Ruhe arbeiten konnte. Als sie zurückkehrte, war sie wie verwandelt: das Haar modisch kurz geschnitten, einen verwegenen neuen Hut auf dem Kopf, neue Handschuhe, neue Schuhe. Schuhe, Handschuhe und Hut waren allesamt kirschrot, Armandes Lieblingsfarbe.

»Ich werde immer mutiger«, erklärte sie mir voller Genugtuung, als sie sich in ihren Schaukelstuhl setzte, um das Geschehen zu verfolgen. »Bis zum Wochenende bin ich vielleicht soweit, daß ich mich traue, mir ein rotes Kleid zu kaufen. Stellen Sie sich bloß vor, wie ich damit in die Kirche gehe!«

»Ruhen Sie sich ein bißchen aus«, sagte ich streng. »Sie müssen heute abend eine Party überstehen. Ich möchte nicht, daß Sie mitten beim Dessert einschlafen.«

»Keine Sorge«, erwiderte sie, willigte jedoch ein, in der späten Nachmittagssonne ein Nickerchen zu machen, während ich den Tisch deckte und die anderen nach Hause gingen, um sich auszuruhen und für den Abend umzuziehen. Der Eßtisch ist groß, eigentlich zu groß für Armandes kleines Zimmer, und wenn ich es geschickt anstelle, müßten wir alle Platz daran finden. Wir mußten zu viert anfassen, um das schwere Möbel aus massivem Eichenholz hinauszutragen und unter das Dach aus Blumen und Blättern zu stellen, das Narcisse errichtet hat. Die Tischdecke ist aus Damast mit einer Bordüre aus feiner Spitze und duftet nach dem Lavendel, auf den Armande sie nach ihrer Hochzeit gelegt hat – ein Geschenk ihrer Großmutter, das sie noch nie benutzt hat. Die Teller aus Limoges sind weiß mit kleinen, gelben Blüten auf dem Rand; die Gläser – drei verschiedene Sorten – sind aus Kristall, kleine Nester voller Sonnenlicht, die bunte Regenbogensprenkel auf das weiße

Tischtuch werfen. In die Mitte des Tischs kommt eine Vase mit Frühlingsblumen von Narcisse, neben jeden Teller eine säuberlich gefaltete Serviette. Auf den Servietten Tischkarten mit den Namen der Gäste:

*Armande Voizin, Vianne Rocher, Anouk Rocher, Caroline Clairmont, Georges Clairmont, Luc Clairmont, Guillaume Duplessis, Joséphine Bonnet, Julien Narcisse, Michel Roux, Blanche Dumand, Cerisette Plançon.*

Im ersten Augenblick konnte ich mit den letzten beiden Namen nichts anfangen, doch dann erinnerte ich mich an Blanche und Zézette, die immer noch flußabwärts mit ihrem Boot warteten. Mir fiel auf, daß ich bisher Roux' Namen gar nicht gekannt hatte, daß ich davon ausgegangen war, es sei ein Spitzname, vielleicht wegen seiner roten Haare.

Die Gäste kamen gegen acht. Um sieben war ich kurz nach Hause gelaufen, um zu duschen und mich umzuziehen, und als ich zurückkam, war das Boot bereits vor dem Haus festgemacht, und Blanche, Zézette und Roux stiegen gerade aus. Blanche in einem roten Dirndl und einer Schürze aus Spitze, Zézette in einem alten schwarzen Abendkleid, die Arme mit Henna bemalt und einen Rubin in der Augenbraue, Roux in sauberen Jeans und einem weißen T-Shirt. Jeder von ihnen hatte ein Geschenk dabei, bunt verpackt in Geschenkpapier oder Tapeten- und Stoffresten. Dann kam Narcisse in seinem Sonntagsanzug, dann Guillaume mit einer gelben Blume im Knopfloch, dann die Clairmonts, sehr bemüht, gut gelaunt zu wirken. Caro beäugte die fahrenden Leute mit mißtrauischen Blicken, schien jedoch entschlossen, sich zu amüsieren, da nun mal ein solches Opfer von ihr verlangt wurde ... Bei Apéritifs, gesalzenen Pinienkernen und kleinen Plätzchen sahen wir Armande beim Auspacken ihrer Geschenke zu: von Anouk ein roter Umschlag mit einem selbstgemalten Bild von einer Katze darin, von Blanche ein Glas Honig, von Zézette mit dem Buchstaben »B« bestickte Säckchen mit Lavendel – »Ich bin nicht mehr dazu gekommen, neue Säckchen mit Ihren Initialen zu besticken«, erklärte sie heiter, »aber bis zum nächsten Jahr schaffe ich es« –, von Roux ein geschnitztes Eichenblatt, so zart, als sei es echt, mit ein paar am Stiel befestigten Eicheln, von Narcisse ein Korb mit Früchten und Blumen. Auch die Clairmonts haben Geschenke mitgebracht; ein Halstuch – *nicht* von Hèrmes, fiel mir auf, aber trotzdem aus Seide – und eine silberne Blumenvase; von Luc etwas Rotes, Glänzendes in einem Umschlag aus Kreppapier, das er so gut er kann vor den Blicken seiner Mutter verbirgt, indem er es unter einen Stapel Geschenkpapier schiebt... Armande grinst und wirft mir einen verschmitzten Blick zu. Mit einem entschuldigenden Lächeln überreicht Joséphine ihr ein kleines goldenes Medaillon.

»Es ist nicht neu«, sagt sie.

Armande hängt es sich um den Hals, drückt Joséphine kurz ans Herz und schenkt großzügig Champagner aus. Ich höre die Gespräche von der Küche aus; soviel Essen zuzubereiten ist eine knifflige Angelegenheit und erfordert große Konzentration, aber ich bekomme trotzdem einiges mit von dem, was draußen vor sich geht. Caro gibt sich freundlich, aufgeschlossen; Joséphine ist still; Roux und Narcisse haben ihr gemeinsames Interesse an exotischen Obstbäumen entdeckt. Zézette singt ein Volkslied mit ihrer hohen Stimme, während sie das Baby lässig in einem Arm wiegt. Mir fällt auf, daß sogar das Baby zur Feier des Tages mit Henna bemalt ist, so daß es mit seiner marmorierten, goldenen Haut aussieht wie eine dicke, kleine Netzmelone.

Inzwischen haben alle am Tisch Platz genommen. Armande ist in Hochstimmung und bestreitet den größten Teil des Tischgesprächs. Ich höre Luc in seiner angenehmen, leisen Stimme etwas von einem Buch erzählen, das er gerade liest. Caros Stimme wird ein bißchen schärfer – ich vermute, daß Armande sich gerade ein weiteres Glas St. Raphaël eingeschenkt hat.

»Maman, du weißt doch, daß du das nicht –« höre ich sie sagen, aber Armande lacht einfach nur.

»Das ist mein Geburtstagsfest«, verkündet sie fröhlich. »Und ich will nicht, daß auf meinem Fest irgend jemand unglücklich ist, am allerwenigsten ich selbst.«

Damit ist das Thema vorerst erledigt. Ich höre Zézette mit Georges flirten. Roux und Narcisse fachsimpeln über Pflaumen.

»*Belle du Languedoc*«, erklärt Narcisse ernst. »Das ist meiner Meinung nach die beste. Süß und klein, mit Blüten wie Schmetterlingsflügel –« Aber Roux läßt sich nicht beirren.

»Mirabellen«, sagt er bestimmt. »Das sind die einzigen gelben Pflaumen, die anzubauen sich lohnt. Mirabellen.«

Ich wende mich wieder dem Ofen zu, und eine Zeitlang höre ich nichts mehr.

Kochen ist eine Leidenschaft von mir, und ich habe es mir selbst beigebracht. Niemand hat es mir gezeigt. Meine Mutter braute Wundermittel und Zaubertränke, und ich habe ihre Kunst zu einer süßeren Alchimie veredelt. Wir sind uns nie sehr ähnlich gewesen, meine Mutter und ich. Sie träumte vom Fliegen, von Sternenwanderungen und geheimen Essenzen; ich brütete über Rezepten und Speisekarten, die ich aus teuren Restaurants geklaut hatte, wo zu essen wir uns nie leisten konnten. Immer wieder spöttelte sie liebevoll über meine fleischlichen Gelüste.

»Zum Glück haben wir kein Geld«, sagte sie zu mir. »Sonst würdest du noch so fett werden wie ein Schwein.« Arme Mutter. Als der Krebs sie schon halb zerfressen hatte, konnte sie sich immer noch über jedes Pfund freuen, das sie abnahm. Und während sie ihre Karten deutete und vor sich hin murmelte, studierte ich meine Sammlung Rezeptkarten und sagte die Namen der exotischen Gerichte auf wie Mantras, wie eine geheime Formel, die ewiges Leben verspricht. *Bœuf en Daube. Champignons farcis à la grèque. Escalopes à la Reine. Crème Caramel. Schokoladentorte. Tiramisu.* In der geheimen Küche meiner Phantasie bereitete ich sie alle zu, probierte sie aus, kostete sie, erweiterte meine Rezeptsammlung an jedem Ort, in den wir kamen, klebte sie in mein Heft wie Fotos von alten Freunden. Sie verliehen unserer Wanderschaft Bedeutung; die glänzenden Bilder, die aus den zerfledderten Seiten meiner Kladde hervorlugten, waren wie Meilensteine auf unserem ziellosen Weg.

Jetzt trage ich die Gerichte auf wie lange vermißte Freunde. *Soupe de tomates à la gasconne*, mit frischem Basilikum serviert, dazu *tartelettes méridonales* mit einem hauchdünnen Boden aus *pâte brisée*, gewürzt mit Olivenöl und belegt mit Anchovis und saftigen, einheimischen Tomaten, die zuvor zusammen mit Oliven langsam weich gedünstet wurden und dadurch einen fast unvorstellbar köstlichen Geschmack ergeben. Ich fülle lange, schlanke Gläser mit 85er Chablis. Mit betont gezierter Geste trinkt Anouk aus ihrem Glas Limonade. Narcisse interessiert sich für die Zutaten der *tartelettes* und preist die Qualitäten der weniger gleichmäßig geformten Roussette-Tomate im Vergleich zu den nach nichts schmeckenden europäischen Standardtomaten. Roux zündet die Holzkohlengrills zu beiden Seiten des Tisches an und besprenkelt sie mit Zitronellöl, um die Insekten fernzuhalten. Ich bemerke, daß Caro Armande mit mißbilligendem Blick beobachtet. Ich esse nur wenig. Die Küchendüfte, die mich den ganzen Tag umgeben haben, sind mir in den Kopf gestiegen, ich fühle mich aufgekratzt und ungewöhnlich empfindlich, so daß ich, als Joséphines Hand mich während des Essens streift, zusammenfahre und beinahe aufschreie. Der Chablis ist kühl und trocken, und ich trinke mehr, als ich sollte. Farben werden greller, Geräusche schriller. Ich höre Armande das Essen loben. Ich trage den Kräutersalat auf, um den Gaumen wieder freizumachen, dann *foie gras* auf warmem Toast. Mir fällt auf, daß Guillaume seinen Hund mitgebracht hat und ihn heimlich unter dem Tisch mit kleinen Leckerbissen füttert. Wir kommen von der Politik zum Problem mit den baskischen Separatisten, von der ETA über die neueste Damenmode zur Frage, wie man Rauke am besten anpflanzt, und zu den Vorzügen von wildem Salat. Dazu fließt reichlich Chablis. Dann kommt der *vol-aux-vents* auf den Tisch, so leicht wie eine Sommerbrise, dann Holunderblütensorbet gefolgt von einer großen Platte *fruits de mer* – gegrillte Langusten, blaue Krabben, Garnelen, Austern, *berniques*, Spinnenkrebse und die größeren Taschenkrebse, die einem mit derselben Leichtigkeit, mit der ich einen Stiel Rosmarin pflücke, einen Finger abschneiden können, Strandschnecken, *palourdes* und obenauf ein riesiger schwarzer Hummer, königlich auf seinem Bett aus Seetang. Die riesige Platte glänzt farbenprächtig in Rot- und Rosatönen, hellen und dunklen Schattierungen von Meeresgrün, dazwischen Perlmuttfarben und Violett, Köstlichkeiten wie aus der Schatzkammer einer Meerjungfrau, die romantisch nach Salzwasser duften wie Erinnerungen an Kindertage am Meer. Wir verteilen Zangen für die Krebsscheren, kleine Gabeln für die Muscheln, Schüsselchen mit Zitronenscheiben und Mayonnaise. Unmöglich, sich angesichts solcher Delikatessen zurückzuhalten; solche Dinge erfordern Aufmerksamkeit, Ungezwungenheit. Gläser und Besteck glitzern im Licht der Lampions, die an dem Gitterwerk über unseren Köpfen hängen. Die Nacht duftet nach Blumen und Flußwasser. Armandes Finger sind so geschickt wie die einer Spitzenklöpplerin; der Teller mit den leeren Schalen vor ihr füllt sich mühelos. Ich hole Nachschub an Chablis; Augen leuchten, Gesichter glänzen rosig beim Pulen der Schalentiere. Diese Leckerbissen muß man sich erarbeiten, das erfordert Zeit. Joséphine wird langsam entspannter, unterhält sich sogar mit Caro, während sie mit einer Krebsschere kämpft. Caros Hand rutscht aus, ein feiner Strahl Salzwasser schießt ihr ins Auge. Joséphine lacht. Einen Augenblick später lacht Caro mit. Auch ich unterhalte mich. Der Wein ist hell und trügerisch, seine berauschende Wirkung wegen seiner Weichheit kaum wahrnehmbar. Caro ist bereits leicht beschwipst, ihre Wangen sind gerötet, kleine Löckchen lösen sich aus ihrer strengen

Frisur. Georges streichelt mein Knie unter dem Tisch und zwinkert mir lüstern zu. Blanche erzählt vom Leben der fahrenden Leute; es gibt nicht wenige Orte, die wir beide schon gesehen haben, sie und ich. Nizza, Wien, Turin. Zézettes Baby fängt an zu weinen; sie taucht einen Finger in den Chablis und läßt das Baby daran saugen. Armande diskutiert mit Luc, der um so weniger stottert, je mehr Wein er trinkt, über de Musset. Schließlich räume ich die leergegessene Platte und die Teller mit den perlmuttfarbenen Abfällen ab. Es gibt Schalen mit Zitronenwasser für die Finger und Minzesalat für den Gaumen. Ich sammle die Gläser ein und verteile die *coupes à champagne*. Caro wirkt wieder besorgt. Auf dem Weg in die Küche höre ich sie leise und eindringlich auf Armande einreden.

Armande wimmelt sie ab.

»Darüber können wir später reden. Heute abend will ich *feiern*.«

Sie begrüßt den Champagner mit einem zufriedenen Jauchzer.

Zum Dessert gibt es Schokoladenfondue. Der klare Tag ist wie geschaffen dafür – feuchtes Wetter macht die geschmolzene Schokolade stumpf –, mit siebzig Prozent Bitterschokolade, Butter, ein wenig Mandelöl, im allerletzten Augenblick ein Schuß Sahne dazu und sanft über einem Rechaud erhitzt. Dann werden kleine Stücke Kuchen oder Obst aufgespießt und in die Schokoladenmischung getaucht. Ich habe jedem Gast seine Lieblingssorte Kuchen mitgebracht, allerdings ist nur der *gâteau de savoie* zum Tunken gedacht. Caro erklärt, sie würde keinen Bissen mehr herunterbringen, nimmt aber dann doch zwei Stücke von der schwarzweißen Schokoladenbisquitrolle. Armande probiert von allem, ihre Wangen glühen, und sie wird immer aufgekratzter. Joséphine erklärt Blanche gerade, warum sie ihren Mann verlassen hat. Hinter vorgehaltener Hand und mit Schokolade an den Fingern grinst Georges mir lüstern zu. Luc zieht Anouk auf, die auf ihrem Stuhl beinahe einschläft.

Der Hund beißt spielerisch in ein Tischbein. Zézette beginnt völlig unbefangen ihr Baby zu stillen. Caro scheint eine Bemerkung dazu machen zu wollen, zuckt jedoch dann die Achseln und verkneift es sich. Ich öffne noch eine Flasche Champagner.

»Geht es dir wirklich gut?« erkundigt Luc sich ruhig bei Armande. »Ich meine, ist dir wirklich nicht schlecht oder so? Du hast doch deine Medizin genommen, oder?«

Armande lacht.

»Du machst dir viel zu viele Gedanken für dein Alter«, sagt sie. »Du solltest mal Dampf machen und deine Mutter die Wände hochtreiben, anstatt einen alten Hund das Bellen lehren zu wollen.« Sie ist immer noch in Stimmung, wirkt aber mittlerweile leicht erschöpft. Wir sitzen schon seit fast vier Stunden am Tisch. Es ist zehn vor zwölf.

»Ich weiß«, erwidert er lächelnd. »Aber ich möchte noch nicht so bald mein Erbe antreten.« Sie tätschelt ihm die Hand und schenkt ihm noch ein Glas Champagner ein. Ihre Hand zittert ein wenig, und sie verschüttet etwas auf die Tischdecke.

»Keine Sorge«, sagt sie fröhlich. »Es ist noch genug da.«

Wir runden das Mahl ab mit Schokoladeneis, Trüffeln und Espresso in winzigen Tassen, dazu Calvados aus heißen Gläsern. Anouk verlangt ihren *canard*, einen Zuckerwürfel mit ein paar Tropfen Calvados, und dann noch einen für Pantoufle. Tassen und Teller sind schnell geleert. Die Holzkohlenfeuer sind fast heruntergebrannt. Ich beobachte Armande, die immer noch redet und lacht, wenn auch weniger aufgekratzt als zuvor. Ihre Augenlider sind schwer geworden, unter dem Tisch hält sie Lucs Hand.

»Wie spät ist es?« fragt sie kurz darauf.

»Fast eins«, sagt Guillaume.

Sie seufzt.

»Zeit für mich, ins Bett zu gehen«, verkündet sie. »Ich bin schließlich nicht mehr die Jüngste.« Sie erhebt sich mühsam und sammelt die Geschenke ein, die unter ihrem Stuhl liegen. Ich sehe, wie Guillaume sie aufmerksam beobachtet. Er weiß Bescheid. Sie wirft ihm einen seltsam liebevollen Blick zu.

»Glaubt ja nicht, ich würde jetzt eine Rede halten«, sagt sie gespielt schroff. »Ich kann Reden nicht ausstehen. Ich möchte euch nur allen danken – euch allen – und euch sagen, daß ich mich wunderbar amüsiert habe. Das war mein schönstes Geburtstagsfest. Die Leute meinen immer, man hat keinen Spaß mehr, wenn man alt wird. Aber das ist alles Quatsch.« Hochrufe von Roux, Georges und Zézette. Armande nickt weise. »Aber weckt mich morgen nicht zu früh«, sagt sie und verzieht das Gesicht. »Ich glaube, seit ich zwanzig war, hab ich nicht mehr so viel getrunken, und ich brauche meinen Schlaf.« Sie wirft mir einen kurzen Blick zu, fast wie eine Warnung. »Ich brauche meinen Schlaf«, wiederholt sie wie abwesend und macht sich auf den Weg ins Haus.

Caro stand auf, um sie zu stützen, aber Armande schüttelte sie unwirsch ab.

»Mach nicht so einen Zirkus, Mädel«, sagte sie. »Das ist schon immer deine Art gewesen. Dauernd meinst du, du müßtest mich bemuttern.« Sie schaute mich an. »Vianne kann mir helfen«, erklärte sie. »Ihr anderen könnt bis morgen warten.«

Ich brachte sie in ihr Zimmer, während die Gäste sich langsam auf den Heimweg machten, immer noch lachend und schwatzend. Caro hatte sich bei Georges eingehakt; Luc stützte sie auf der anderen Seite. Ihre Frisur hatte sich mittlerweile völlig aufgelöst, so daß sie jünger und weicher wirkte. Als ich die Tür zu Armandes Zimmer öffnete, hörte ich sie sagen:

»... regelrecht *versprochen*, daß sie in das Heim ziehen wird... ich bin ja so erleichtert...« Armande hörte es auch und kicherte in sich hinein.

»Es muß ein Kreuz sein, so eine aufmüpfige Mutter zu haben«, sagte sie. »Bringen Sie mich ins Bett, Vianne. Bevor ich umfalle.« Ich half ihr beim Ausziehen. Auf dem Kopfkissen lag ein leinenes Nachthemd bereit. Ich faltete ihre Kleider zusammen, während sie sich das Nachthemd überzog.

»Geschenke«, sagte Armande. »Legen Sie sie dort hin, wo ich sie sehen kann.« Eine vage Geste in Richtung Kommode. »Hmm. Das tut gut.«

Fast wie in Trance führte ich ihre Anweisungen aus. Vielleicht hatte ich auch mehr getrunken, als mir bewußt war, denn ich war vollkommen ruhig. An der Anzahl der noch im Kühlschrank vorhandenen Insulinampullen hatte ich festgestellt, daß sie vor einigen Tagen aufgehört hatte, das Medikament zu nehmen. Ich hätte sie gern gefragt, ob sie sich ganz sicher war, ob sie wirklich genau wußte, was sie tat. Statt dessen hängte ich Lucs Geschenk – ein seidener Schlüpfer in verwegen leuchtendem Rot – über die Stuhllehne, so daß sie es gut sehen konnte. Kichernd streckte sie eine Hand aus, um die Seide zu befühlen.

»Sie können jetzt gehen, Vianne.« Ihre Stimme klang sanft, aber bestimmt. »Es war wunderbar.« Ich zögerte. Einen Augenblick lang sah ich uns beide im Spiegel über der Frisierkommode. Mit ihrer neuen Frisur sah sie aus wie die alte Frau in meiner Vision, aber ihre Hände waren leuchtend rot, und sie lächelte. Sie hatte die Augen geschlossen.

»Lassen Sie das Licht an, Vianne.« Es war eine endgültige Aufforderung zu gehen. »Gute Nacht.«

Ich gab ihr einen Kuß auf die Wange. Sie duftete nach Lavendel und Schokolade. Ich ging in die Küche, um den Abwasch zu erledigen.

Roux war noch geblieben, um mir zu helfen. Die anderen Gäste waren gegangen. Anouk schlief auf dem Sofa, einen Daumen im Mund. Schweigend spülten wir das Geschirr, und ich stellte die neuen Teller und Gläser in Armandes Schrank. Ein- oder zweimal versuchte Roux, ein Gespräch anzufangen, aber ich konnte nicht mit ihm reden; nur das Klappern des Geschirrs durchbrach die Stille.

»Geht es Ihnen gut?« fragte er schließlich und legte zärtlich eine Hand auf meine Schulter. Seine Haare leuchteten wie Ringelblumen. Ich sprach aus, was mir als erstes in den Sinn kam.

»Ich hab gerade an meine Mutter gedacht.« Seltsamerweise stimmte das. »Das Fest hätte ihr gefallen. Sie liebte ... Feuerwerke.«

Er schaute mich an. Seine seltsamen blauen Augen wirkten in dem schwachen gelben Küchenlicht beinahe violett. Ich wünschte, ich hätte ihm von Armande erzählen können.

»Ich wußte gar nicht, daß Sie Michel heißen«, sagte ich schließlich.

Er zuckte die Achseln.

»Namen spielen keine Rolle.«

»Sie verlieren Ihren Dialekt«, sagte ich verwundert. »Anfangs hatten Sie so einen starken Marseiller Dialekt, aber jetzt ...« Er lächelte sanft.

»Akzente spielen auch keine Rolle.«

Seine Hände umschlossen mein Gesicht. Weich für einen Handwerker, blaß und weich wie Frauenhände. Ich fragte mich, ob all das, was er mir über sich erzählt hatte, stimmte. In dem Augenblick war es mir egal. Ich küßte ihn. Er roch nach Farbe und Seife und Schokolade. Ich schmeckte Schokolade in seinem Mund und dachte an Armande. Ich hatte angenommen, er würde Joséphine lieben. Und auch während ich ihn küßte, wußte ich, daß er sie liebte, aber dies war der einzige Zauber, mit dem wir die Nacht bekämpfen konnten. Der primitivste Zauber, das Feuer, das wir in Beltane vom Berg mitbringen, in diesem Jahr ein bißchen früh. Ein kleiner Trost zum Trotz gegen die Dunkelheit. Seine Hände tasteten unter meinem Pullover nach meinen Brüsten.

Einen Moment lang zögerte ich. Es hat schon zu viele Männer in meinem Leben gegeben, Männer wie er, gute Männer, die ich gemocht, aber nicht geliebt habe. Wenn ich recht hatte und er und Joséphine zusammengehörten, was würde es ihnen antun? Was würde es mir antun? Sein Mund war sanft, seine Berührungen unbefangen. Von draußen drang Fliederduft durch das offene Fenster, von der warmen Luft der Holzkohlenglut hereingetragen.

»Draußen«, flüsterte ich. »Im Garten.«

Er schaute zu Anouk hinüber, die noch immer auf dem Sofa schlief, und nickte. Gemeinsam gingen wir hinaus unter den klaren Sternenhimmel.

Die Holzkohlengrills verbreiteten immer noch eine sanfte Wärme. Die Blumen an Narcisse' Pergola umhüllten uns mit ihrem Duft. Wir lagen im Gras wie Kinder. Wir versprachen uns nichts, er flüsterte mir keine Liebesschwüre ins Ohr, obwohl er sehr zärtlich war; beinahe leidenschaftslos liebkoste er mich mit sanften Händen, erkundete meinen Körper mit seiner Zunge. Der Himmel über seinem Kopf war so violett wie seine Augen, und ich sah das breite Band der Milchstraße, das wie ein Pfad um die Welt herumzuführen schien. Ich wußte, es würde das einzige Mal zwischen uns sein, doch der Gedanke verursachte nur einen Hauch von Melancholie. Statt dessen überkam mich ein Gefühl der Unmittelbarkeit, der Erfüllung, das stärker war als meine Einsamkeit und mich sogar meinen Kummer über Armande vergessen ließ. Später würde noch genug Zeit zum Trauern bleiben. Für den Augenblick simples Erstaunen; über mich selbst, wie ich da so nackt im Gras lag; über den stillen Mann neben mir, über die Unermeßlichkeit über mir und die Unermeßlichkeit in mir. Wir lagen noch lange dort, Roux und ich, bis unser Schweiß abkühlte und kleine Insekten über unsere Körper krabbelten. Das Blumenbeet zu unseren Füßen duftete nach Lavendel und Thymian. Wir hielten uns an den Händen und betrachteten die unerträglich langsamen Bewegung der Himmelskörper.

Ich hörte Roux ganz leise ein Lied singen:

> *V'là l'bon vent, v'là l'joli vent,*
> *V'là l'bon vent, ma mie m'appelle ...*

Der Wind war jetzt in meinem Inneren, zerrte an mir mit seiner alten Unnachgiebigkeit. Und im Zentrum vollkommene, auf wundersame Weise ungetrübte Stille, und das beinahe vertraute Gefühl von Veränderung ... Auch das ist eine Art Zauber, etwas, das meine Mutter nie begreifen konnte, und dennoch gibt mir diese neue, wundersame, lebendige Wärme in mir eine Gewißheit, die ich noch nie zuvor empfunden habe. Und endlich verstand ich, warum ich die Liebenden gezogen hatte. Mit diesem Wissen im Herzen schloß ich die Augen und versuchte, von ihr zu träumen, so wie damals während der Monate vor Anouks Geburt, träumte von einer kleinen Fremden mit leuchtend roten Wangen und funkelnden schwarzen Augen.

Als ich aufwachte, war Roux fort, und der Wind hatte sich wieder gedreht.

## Samstag, 29. März
## Die Nacht zu Ostersonntag

Helfen Sie mir, Vater. Habe ich nicht genug gebetet? Nicht genug für unsere Sünden gelitten? Ich habe auf beispielhafte Weise Buße getan. Vom vielen Fasten und vom Schlafmangel ist mir ständig schwindelig. Ist die Karwoche nicht die Zeit der Erlösung, in der alle Sünden vergeben werden? Die silbernen Leuchter stehen wieder auf dem Altar, die Kerzen brennen in Erwartung der Auferstehung. Zum erstenmal seit Beginn der Fastenzeit schmücken Blumen die Kirche. Selbst der verrückte Franziskus ist mit Lilien gekrönt, die nach nacktem Fleisch duften. Wir haben so lange gewartet, Sie und ich. Sechs Jahre sind seit Ihrem ersten Schlaganfall vergangen. Schon damals haben Sie nicht mit mir gesprochen, sondern nur mit anderen. Dann, letztes Jahr, der zweite Schlaganfall. Man sagt mir, Sie seien unerreichbar, aber ich weiß, daß das nur Täuschung ist, ein Wartespiel. Wenn Sie bereit sind, werden Sie aufwachen.

Heute morgen hat man Armande Voizin gefunden, Vater. Steif und immer noch lächelnd in ihrem Bett; noch eine, die uns verlorengegangen ist. Ich habe ihr die Letzte Ölung gegeben, obwohl sie es mir nicht gedankt hätte. Vielleicht bin ich der einzige, der in solchen Dingen noch Trost findet.

Sie *wollte* sterben, sie hatte für den gestrigen Abend alles minutiös geplant, das Essen, die Getränke, die Gäste. Sie hatte ihre Familie um sich versammelt und hat sie mit dem Versprechen, sich zu bessern, hinters Licht geführt. Ihre vermaledeite Arroganz! Caro hat versprochen, für zwanzig, dreißig Messen zu bezahlen. Um für sie zu beten. Für uns zu beten. Ich zittere immer noch vor Wut. Ich kann ihr nicht mit Mäßigung begegnen. Am Dienstag ist die Beerdigung. Ich stelle mir vor, wie sie daliegt, in der Krankenhauskapelle aufgebahrt, von Pfingstrosen umgeben, das Lächeln immer noch auf den bleichen Lippen. Aber der Gedanke erfüllt mich weder mit Mitleid noch mit Befriedigung, sondern mit schrecklicher, hilfloser Wut.

Wir wissen natürlich, wer dahintersteckt. Diese Hexe Rocher. Oh, Caro hat mir alles erzählt. Sie ist der böse Einfluß, *mon père*, der Parasit, der in unseren Garten eingedrungen ist. Ich hätte auf meinen Instinkt hören sollen. Hätte sie vertreiben sollen, als ich sie das erstemal zu Gesicht bekam. Diese Frau, die mir Knüppel zwischen die Beine wirft, wo sie nur kann, die hinter ihrem verhängten Fenster über mich lacht und alle möglichen Trottel dazu anstiftet, die Gemeinde zu unterwandern. Ich bin ein Narr gewesen, Vater. Armande Voizin ist wegen meiner Dummheit gestorben. Das Übel lebt unter uns. Das Übel trägt ein gewinnendes Lächeln und grellbunte Farben. Als Kind lauschte ich mit Entsetzen dem Märchen von dem Lebkuchenhaus, von der Hexe, die kleine Kinder hereinlockte und sie aufaß. Wenn ich ihren Laden sehe, mit buntem Papier verhüllt wie ein Geschenk, das darauf wartet, ausgewickelt zu werden, dann frage ich mich, wie viele Leute, wie viele Seelen sie bereits soweit verdorben hat, daß sie nicht mehr erlöst werden können. Armande Voizin. Joséphine Muscat. Paul-Marie Muscat. Julien Narcisse. Luc Clairmont. Sie muß verjagt werden. Und ihr Gör ebenfalls. Egal wie. Für Nettigkeiten ist es zu spät, Vater. Meine Seele ist schon gezeichnet. Ich wünschte, ich wäre wieder zwölf. Ich versuche, mich an meine kindliche Grausamkeit zu erinnern, an den phantasievollen Jungen, der ich einmal war. Der Junge, der die Flasche geworfen und das Übel aus der Welt geschafft hat. Aber diese Zeiten sind vorbei. Ich muß klug vorgehen. Ich darf mein Amt nicht in Verruf bringen. Und doch, wenn ich versagen sollte ...

Was würde Muscat tun? Oh, er ist so brutal, so verabscheuungswürdig. Dennoch hat er die Gefahr lange vor mir erkannt. Was würde er tun? Ich muß mir Muscat zum Vorbild nehmen, Muscat, das Schwein. Er ist brutal, aber gerissen wie ein Schwein.

Was würde er tun?

Morgen ist das Schokoladenfest. Morgen wird sich zeigen, ob wir siegen oder unterliegen. Zu spät, die öffentliche Meinung gegen sie aufzubringen. Ich darf mir nicht das geringste zuschulden kommen lassen. Hinter dem verhängten Fenster warten Tausende von Süßigkeiten darauf, verkauft zu werden. Zuckereier, Schokoladenfiguren, Osternester in Geschenkschachteln und mit Schleifen geschmückt, Osterhasen in glitzerndem Cellophan ... Morgen werden hundert Kinder vom Läuten der Glocken geweckt werden, doch ihr erster Gedanke wird nicht sein *Er ist auferstanden!*, sondern *Schokolade! Ostereier!* Aber was wäre, wenn es gar keine Schokolade und keine Ostereier mehr gäbe?

Der Gedanke durchzuckt mich wie ein Blitz. Einen Augenblick lang bin ich von Freude überwältigt. Das schlaue Schwein in mir grinst und tanzt. Ich könnte in ihr Haus einbrechen, sagt es zu mir. Die Hintertür ist alt und morsch. Ich könnte sie aufhebeln. Mich mit einem Knüppel in den

Laden schleichen. Schokolade ist zerbrechlich, leicht zu zerstören. Fünf Minuten würden ausreichen. Sie schläft in der oberen Etage. Vielleicht würde sie es noch nicht einmal hören. Außerdem würde ich schnell sein. Und ich würde mir eine Maske überziehen, so daß sie, selbst wenn sie mich sieht... Alle würden Muscat für den Täter halten – ein Racheakt. Der Mann ist nicht mehr hier, um die Tat abzustreiten, und außerdem...

Vater, haben Sie sich bewegt? Einen Moment lang war ich mir sicher, daß Ihre Hand sich bewegt hätte, die ersten beiden Finger sich gekrümmt hätten wie zum Segen. Wieder dieses Zucken, wie bei einem Schützen, der von vergangenem Kampfgetümmel träumt. Ein Zeichen.

Der Herr sei gelobt. Ein Zeichen.

## Sonntag, 30. März
## Ostersonntag, 4.00 Uhr morgens

Ich habe kaum geschlafen. Ihr Fenster war bis gegen zwei Uhr erleuchtet, und selbst nachdem es dunkel geworden war, wagte ich noch nicht loszuschlagen, aus Angst, sie könnte noch wach liegen. Ich blieb in meinem Sessel sitzen und döste noch zwei Stunden vor mich hin, hatte jedoch den Wecker gestellt, um nicht zu verschlafen. Ich hätte mir keine Sorgen zu machen brauchen. Ich träumte so unruhig, daß ich immer wieder aus dem Schlaf fuhr. Ich glaube, ich sah Armande im Traum – die *junge* Armande, obwohl ich sie damals gar nicht gekannt habe –, sah sie in einem roten Kleid über die Felder jenseits von *Les Marauds* laufen, das lange, schwarze Haar flog wie ein Banner im Wind. Oder vielleicht war es auch Vianne, und ich verwechsle die beiden. Dann träumte ich von dem Feuer in *Les Marauds*, von der Schlampe und ihrem Kerl, von den roten, ausgetrockneten Ufern des

Tannes und von Ihnen, Vater, von Ihnen und meiner Mutter in der Kanzlei ... Die ganze bittere Ernte jenes Sommers drang in meine Träume ein, und ich wühlte genüßlich darin wie ein Schwein, das mit seiner gierigen Schnauze nach Trüffeln sucht.

Um vier erhebe ich mich aus meinem Sessel. Ich habe in meinen Kleidern geschlafen und lege Soutane und Kragen ab. Die Kirche hat mit dieser Sache nichts zu tun. Ich mache Kaffee, sehr starken Kaffee, aber ohne Zucker, obwohl die Fastenzeit eigentlich beendet ist. Ich sage eigentlich. In meinem Herzen weiß ich, daß Ostern noch nicht da ist. Er ist noch nicht auferstanden. Wenn ich heute erfolgreich bin, *dann* wird er auferstehen.

Ich zittere. Ich esse trockenes Brot, um mir Mut zu machen. Der Kaffee ist heiß und bitter. Wenn ich mein Werk vollendet habe, verspreche ich mir, werde ich ein gutes Frühstück zu mir nehmen; Eier, Schinken und Brötchen von Arnauld. Bei dem Gedanken läuft mir das Wasser im Mund zusammen. Ich schalte das Radio ein und suche einen Sender, der klassische Musik spielt. *Sheep May Safely Graze*. Mein Mund verzieht sich zu einem harten, verächtlichen Grinsen. Dies ist nicht die Zeit für Schäferspiele. Dies ist die Stunde des Schweins, des schlauen Schweins. Ich drehe die Musik ab.

Es ist fünf vor fünf. Wenn ich aus dem Fenster schaue, sehe ich den ersten hellen Streifen der Dämmerung am Horizont. Ich habe reichlich Zeit. Der Küster wird um sechs kommen, die Osterglocken zu läuten; mir bleibt mehr als genug Zeit, um meine heimliche Mission zu erfüllen. Ich ziehe die wollene Skimaske über, die ich mir für den Zweck zurechtgelegt habe; im Spiegel sehe ich verändert aus, gefährlich. Ein Saboteur. Darüber muß ich wieder grinsen. Mein Mund wirkt hart und zynisch. Fast hoffe ich, daß sie mich sieht.

5.10 Uhr.

Die Tür ist unverschlossen. Ich kann mein Glück kaum

fassen. Es zeigt, wie sicher sie sich fühlt, wie sehr sie davon überzeugt ist, niemand könne ihr etwas zuleide tun. Ich lege den großen Schraubenschlüssel weg, mit dem ich die Tür hatte aufbrechen wollen, und nehme das schwere Kantholz – es ist Teil eines Fenstersturzes, Vater, der während des Krieges abgebrochen ist – in beide Hände. Die Tür öffnet sich geräuschlos. Eins von ihren roten Beutelchen baumelt über mir im Türrahmen; ich nehme es herunter und werfe es verächtlich auf den Boden. Zunächst fehlt mir die Orientierung. Das Haus hat sich verändert, seit es keine Bäckerei mehr ist, und im übrigen kannte ich mich mit den hinteren Räumlichkeiten sowieso nicht so gut aus. Nur ein ganz schwaches Licht spiegelt sich in den gefliesten Wänden, und ich bin froh, daß ich mir eine Taschenlampe mitgebracht habe. Ich schalte sie ein, und einen Moment lang werde ich regelrecht geblendet von all dem weißen Email – die Arbeitsflächen, die Spülbecken, die alten Backöfen, alles glänzt und schimmert im schmalen Lichtkegel der Taschenlampe. Es ist keine Schokolade zu sehen. Natürlich. Das ist nur die Küche, wo die Pralinen und Trüffel hergestellt werden. Ich bin mir nicht sicher, warum ich mich wundere, daß es hier so sauber ist; ich hatte sie für eine Schlampe gehalten, die Pfannen und Töpfe ungespült herumstehen läßt, gebrauchte Teller turmhoch im Spülbecken stapelt, lange schwarze Haare in den Essensresten. Aber alles ist makellos sauber und ordentlich; die Kasserollen stehen nach Größe geordnet in den Regalen, Kupfer neben Kupfer, Email neben Email, Porzellanschüsseln stehen griffbereit, und diverse Utensilien – große Kellen, Pfannen – hängen an den geweißten Wänden. Auf dem mit Gebrauchsspuren übersäten alten Tisch stehen mehrere Brotformen aus Keramik. In der Mitte eine Vase mit einem Strauß halb verwelkter Dahlien, die einen unheimlichen Schatten werfen. Aus irgendeinem Grund machen die Blumen mich wütend. Welches Recht hat sie auf Blumen, wenn Armande Voizin tot in der Kapelle liegt? Das Schwein in mir wirft die Blumenvase um und grinst. Ich lasse ihm seinen Willen. Ich brauche seine Grausamkeit, um die Aufgabe zu erfüllen, die vor mir liegt.

5.20 Uhr.

Die Schokolade muß im Laden sein. Leise schleiche ich durch die Küche und öffne die schwere Kiefernholztür, die in den vorderen Teil des Hauses führt. Zu meiner Linken führt eine Treppe zu den im oberen Stockwerk gelegenen Wohnräumen. Zu meiner Rechten die Theke, die Regale, die Auslagen, die Schachteln... Ich bin erschrocken über den intensiven Duft von Schokolade, obwohl ich mit ihm gerechnet habe. Die Dunkelheit scheint ihn noch zu verstärken, so daß es mir einen Moment lang so vorkommt, als *sei* der Duft die Dunkelheit, die sich wie dichter, brauner Staub über mich legt und mir die Sinne vernebelt. Im Schein meiner Taschenlampe entstehen kleine Inseln des Lichts, buntes Papier, Schleifen, glitzerndes Cellophan leuchten abwechselnd auf. Ich bin mitten in der Schatzhöhle. Ein Schauer der Erregung läuft mir über den Rücken. Hier zu sein, im Haus der Hexe, ein Eindringling, unbemerkt. Heimlich, während sie schläft, ihre Sachen zu berühren... Ich verspüre den unwiderstehlichen Drang, mir das Schaufenster anzusehen, das Papier, das die Auslagen verbirgt, herunterzureißen und der erste zu sein – ein absurder Wunsch, da ich sowieso vorhabe, alles zu zerschlagen. Aber ich komme nicht dagegen an. Auf meinen Gummisohlen tappe ich leise auf das Fenster zu, das schwere Kantholz locker in der Hand. Ich habe reichlich Zeit. Zeit genug, um meine Neugier zu befriedigen, wenn mir danach ist. Außerdem ist der Augenblick zu kostbar, um ihn zu vergeuden. Ich will ihn vollkommen genießen.

5.30 Uhr.

Ganz vorsichtig ziehe ich das Papier weg, das das Fenster verhüllt. Es löst sich mit einem leisen Rascheln, und ich lege es beiseite, während ich angestrengt nach Geräuschen im ersten Stock lausche. Alles ist still. Mit meiner Taschenlampe beleuchte ich die Auslagen, und einen Moment lang vergesse ich fast, warum ich hier bin. Mit Staunen betrachte ich die Köstlichkeiten, die sich vor mir auftürmen, glasierte Früchte und Marzipanblumen, Berge von Pralinen in allen Formen und Farben, Hasen, Enten, Hühner, Küken und Lämmer aus Schokolade schauen mich mit ihren Schokoladenaugen an wie die Terracotta-Armeen aus den chinesischen Königsgräbern, und in der Mitte eine Frauenfigur mit wallendem Haar, deren wohlgeformte braune Arme eine Weizengarbe aus Schokolade halten. Die Details sind kunstvoll ausgearbeitet, die Haare aus dunklerer Schokolade, die Augen mit weißer Kuvertüre aufgemalt. Der Schokoladenduft ist überwältigend, füllt Gaumen und Rachen mit köstlicher Süße. Die Frau mit der Weizengarbe lächelt kaum merklich, als sinnierte sie über irgendwelche Geheimnisse.

*Probier mich. Koste mich. Nasch mich.*

Der Gesang ist lauter denn je, hier an der Quelle der Versuchung. Ich bräuchte nur die Hand auszustrecken, dann könnte ich eine dieser verbotenen Früchte nehmen und ihr geheimes Fleisch kosten. Der Gedanke läßt mich nicht mehr los.

*Probier mich. Koste mich. Nasch mich.*

Niemand würde je davon erfahren.

*Probier mich. Koste mich. Nasch –*

Warum eigentlich nicht?

5.40 Uhr.

Ich werde wahllos irgend etwas herausgreifen. Ich darf mich nicht von meinem Vorhaben ablenken lassen. Eine einzige Praline – das ist kein Diebstahl, sondern *Rettung*; sie ist die einzige unter all ihren Brüdern und Schwestern, die der Zerstörung entgehen wird. Gegen meinen Willen zögert meine Hand; wie eine Libelle schwebt sie über diesem Berg von Leckerbissen. Sie liegen in Glasschalen, von Deckeln aus Plexiglas geschützt. Auf den Deckeln kleine Schilder mit den Namen der einzelnen Köstlichkeiten in feiner Schrift. Allein die Namen klingen verlockend. *Bitterorangen-Krokant. Aprikosenmarzipan-Kugeln. Pariser Konfekt. Weiße Rum-*

*trüffel. Champagnertrüffel. Venusbrüstchen.* Meine Wangen werden ganz heiß unter meiner Maske. Wie soll man solche Namen aussprechen, wenn man so etwas kaufen will? Aber sie sehen so wundervoll aus im Schein meiner Taschenlampe, weiße Halbkugeln mit einem Tupfer dunkler Schokolade. Ich nehme eine davon mit Daumen und Zeigefinger. Ich halte sie mir unter die Nase; sie riecht nach Sahne und Vanille. Niemand wird es je erfahren. Mir wird bewußt, daß ich seit meiner Kindheit keine Schokolade mehr gegessen habe, ich weiß kaum, wie viele Jahre das her ist. Und damals war es billige Schokolade mit einem Nachgeschmack nach Zucker und Fett. Ein- oder zweimal habe ich mir im Supermarkt eine bessere Tafel Schokolade gekauft, aber sie war fünfmal so teuer wie die billige Sorte, und ich konnte mir diesen Luxus nur selten leisten. Dies hier ist etwas ganz anderes; die zarte Schokoladenhülle, die sahnige Trüffelmasse im Inneren ... Die Praline verströmt ein Aroma wie das Bouquet eines guten Weins, ein Hauch von Zartbitter, von frischgemahlenem Kaffee, Aroma, das sich durch die Wärme voll entfaltet und mir verführerisch in die Nase steigt; sie zergeht mir auf der Zunge wie ein Geschmackssukkubus, der mich aufstöhnen läßt.

5.45 Uhr.

Ich sage mir, daß es auf eine weitere Praline nicht ankommt, und probiere noch eine. Auch diesmal verweile ich zunächst bei den Namen. *Crème-de-Cassis-Trüffel. Nußsplitter.* Ich wähle eine dunkle Praline aus einer Schale mit der Aufschrift *Jamaikasplitter*. Kandierter Ingwer in einer harten Zuckerhülle, gefüllt mit Kräuterlikör, der ein Aroma ausströmt, in dem Sandelholz und Zimt mit Limone wetteifern ... Ich nehme noch eine Praline, diesmal aus einer Schale mit der Aufschrift *Pêche au miel millefleurs*. Ein Stück Pfirsich, in Honig und Eau-de-Vie getränkt, mit einem Stückchen kandiertem Pfirsich auf der Schokoladenhülle. Ich schaue auf meine Uhr. Es bleibt immer noch Zeit.

Ich weiß, ich müßte jetzt eigentlich damit beginnen, mein

gerechtes Werk zu tun. Die Auslagen im Laden, so vielfältig und verwirrend sie sein mögen, reichen nicht aus, um die Hunderte von Bestellungen zu erfüllen, die bei ihr eingegangen sind. Es muß noch einen anderen Ort geben, wo sie ihre Präsentschachteln, ihre Vorräte aufbewahrt. Dies hier dient vor allem Ausstellungszwecken. Ich nehme eine Schokomandel, stecke sie in den Mund, um besser denken zu können. Dann ein Caramelfondant. Dann eine Champagnertrüffel mit einer zarten Hülle aus weißer Schokolade. Die Zeit ist zu kurz, um jede Sorte zu probieren... Ich bräuchte fünf Minuten, um meine Arbeit zu erledigen, vielleicht weniger. Hauptsache, ich finde heraus, wo sie ihre Vorräte aufbewahrt. Ich nehme noch eine Praline, bevor ich mich auf die Suche mache. Nur noch eine.

5.55 Uhr.

Es ist wie in meinem Traum. Ich wälze mich in Pralinen. Ich komme mir vor wie in einem Schokoladenfeld, an einem Schokoladenstrand, ich aale mich in Schokolade, wühle in Schokolade, verschlinge alles, was in meiner Reichweite ist. Ich habe keine Zeit, die Schilder zu lesen; wahllos stecke ich mir eine Praline nach der anderen in den Mund. Angesichts all dieser Köstlichkeiten verliert das Schwein seine Schläue, wird wieder zum Schwein, und obwohl etwas in mir schreit, ich soll aufhören, kann ich nicht mehr an mich halten. Nachdem ich einmal angefangen habe, kann ich nicht mehr aufhören. Das hat nichts mit Hunger zu tun; ich zwinge alles hinunter, mit vollen Backen und vollen Händen. Einen schrecklichen Augenblick lang bilde ich mir ein, Armande sei zurückgekehrt, um mich heimzusuchen, um mich mit ihrem seltsamen Schicksal zu verfluchen; Tod durch Völlerei. Ich höre die Geräusche, die ich beim Essen mache, ein verzweifeltes, ekstatisches Stöhnen, als hätte das Schwein in mir endlich eine Stimme gefunden.

6.00 Uhr.

*Er ist auferstanden*! Das Läuten der Glocken reißt mich aus meiner Verzückung. Ich sitze auf dem Boden, inmitten von Pralinen, als hätte ich mich tatsächlich in ihnen gewälzt. Der Knüppel liegt neben mir, ich habe ihn vergessen. Die hinderliche Maske habe ich abgenommen. Das erste Morgenlicht fällt durch das enthüllte Schaufenster.

*Er ist auferstanden*! Trunken richte ich mich auf. In fünf Minuten werden die ersten Gläubigen zur Messe kommen. Sie müssen mich bereits vermißt haben. Mit schokoladeverschmierten Fingern greife ich nach dem Knüppel. Plötzlich weiß ich, wo sie ihre Vorräte aufbewahrt. Der alte Keller, der kühle, trockene Keller, wo früher die Mehlsäcke gelagert wurden. Dorthin kann ich es schaffen. Ich weiß es.

*Er ist auferstanden!*

Den Knüppel in der Hand drehe ich mich um, ich habe keine Zeit mehr, keine Zeit...

Sie steht hinter dem Perlenvorhang und erwartet mich bereits. Ich habe keine Ahnung, wie lange sie mich schon beobachtet hat. Ein kaum wahrnehmbares Lächeln umspielt ihre Lippen. Ganz vorsichtig nimmt sie mir den Knüppel aus der Hand. Zwischen den Fingern hält sie etwas, das aussieht wie ein verbranntes Stück buntes Papier. Vielleicht eine Karte.

...Und so haben sie mich gesehen, Vater, auf den Knien in der zerstörten Auslage ihres Fensters, das Gesicht mit Schokolade verschmiert, die Augen gerötet. Wie aus dem Nichts schienen die Leute herbeizueilen, um ihr beizustehen. Duplessis mit seiner Hundeleine in der Hand hielt bei der Tür Wache. Die Hexe Rocher an der Hintertür mit meinem Knüppel im Arm. Arnauld von gegenüber, der schon früh in seiner Backstube gearbeitet hatte, rief die Neugierigen herbei, damit sie es alle sehen konnten. Die Clairmonts starrten mich an wie gestrandete Karpfen. Narcisse schüttelte seine Faust. Und das Gelächter. Mein Gott! Das Gelächter. Und die ganze Zeit läuteten die Glocken über dem Platz.

*Er ist auferstanden.*

## Montag, 31. März
## Ostermontag

Als die Glocken verstummten, schickte ich Reynauld fort. Die Messe las er nicht. Statt dessen rannte er ohne ein Wort nach *Les Marauds* hinunter. Kaum jemand hat ihm eine Träne nachgeweint. Wir begannen einfach ein bißchen früher mit dem Fest, es gab heiße Schokolade und Kuchen vor dem Laden, während ich in aller Eile den Schlamassel beseitigte. Zum Glück war es nicht so schlimm; ein paar Hundert Pralinen und Trüffel auf dem Boden, aber keine Präsentschachteln beschädigt. Nach ein paar Handgriffen sah das Schaufenster wieder aus wie neu.

Das Fest war ein voller Erfolg. Es gab Verkaufsstände für Kunsthandwerk, Fanfaren, Narcisse' Kapelle – ich war überrascht, wie virtuos er Saxophon spielt –, Jongleure, Feuerschlucker. Die Leute vom Fluß waren zurückgekommen – zumindest für den Tag –, und ihre bunten Gestalten belebten das Straßenbild. Einige bauten ihre eigenen Stände auf, flochten Perlen in die Haare der Mädchen, verkauften Marmelade und Honig, bemalten Hände mit Henna oder betätigten sich als Wahrsager. Roux verkaufte Puppen, die er aus Treibholz geschnitzt hatte. Nur die Clairmonts fehlten, aber ich meinte immer wieder, Armande unter den Leuten zu sehen, so als könne sie bei einer solchen Gelegenheit einfach nicht fehlen. Eine Frau mit einem roten Halstuch, ein gebeugter Rücken unter einer grauen Kittelschürze, ein mit Kirschen dekorierter Stohhut, der sich zwischen den Köpfen auf und ab bewegte. Sie schien überall zu sein. Seltsamerweise empfand ich keine Trauer. Nur die wachsende Überzeugung, daß sie jeden Augenblick auftauchen und die Deckel von den Schachteln heben würde, um nachzusehen, was sich darin befand, sich genüßlich die Finger lecken und vor Freude über all den Spaß laut jauchzen würde. Einmal meinte ich sogar, ihre Stimme zu hören, ganz dicht neben mir, als ich mich vorbeugte, um eine Tüte Rumrosinen aus einem Korb zu nehmen, doch als ich mich umsah, war niemand da. Meine Mutter hätte es verstanden.

Alle Bestellungen wurden abgeholt, und um Viertel nach vier verkaufte ich meine letzte Schachtel Pralinen. Lucie Prudhomme gewann die Ostereiersuche, aber jeder Teilnehmer erhielt ein *cornet-surprise*, gefüllt mit Schokoladeneiern, Spielzeugtrompeten und Luftschlangen. Ein mit echten Blumen geschmückter Wagen machte Reklame für Narcisse' Gärtnerei. Ein paar junge Leute trauten sich sogar, unter den strengen Augen des heiligen Hieronymus zu tanzen, und den ganzen Tag lang schien die Sonne.

Und dennoch fühle ich mich unwohl, als ich mich in unserem stillen Haus mit Anouk hinsetze, um ihr aus einem Märchenbuch vorzulesen. Ich sage mir, daß es nichts weiter ist als die plötzliche Leere, die unvermeidlich auf ein langersehntes Ereignis folgt. Erschöpfung vielleicht, der Schreck über Reynauds Einbruch im allerletzten Moment, die Sonnenhitze, die vielen Leute ... Und auch Trauer um Armande, die mich nun überkommt, da die fröhlichen Klänge verstummt sind, Kummer, vermischt mit so vielen anderen widersprüchlichen Gefühlen, Einsamkeit, Verlust, Zweifel und ein seltsam ruhiges Bewußtsein, daß alles seine Richtigkeit hat ... Meine liebe Armande. Es hätte dir so viel Spaß gemacht. Aber du hast dein eigenes Feuerwerk gehabt, nicht wahr?

Am späten Abend kam Guillaume zu Besuch, lange nachdem wir alle Spuren des Festes beseitigt hatten. Anouk wollte gerade zu Bett gehen, in ihren Augen immer noch ein glückliches Leuchten.

»Darf ich reinkommen?« Sein Hund hat gelernt, auf Befehl Platz zu machen, und wartet brav vor der Tür. Guillaume hält etwas in der Hand. Einen Brief. »Armande hat mich gebeten, Ihnen das zu geben. Nach dem Fest.«

Ich nehme den Brief. In dem Umschlag fühle ich etwas Kleines, Hartes.

»Danke.«

»Ich werde nicht bleiben.« Er schaut mich einen Augenblick lang an, dann streckt er die Hand aus, eine steife, seltsam rührende Geste. Sein Händedruck ist fest und kühl. Ich spüre ein Brennen in den Augen; etwas Glitzerndes fällt auf den Ärmel des alten Mannes – seine oder meine Träne, ich weiß es nicht.

»Gute Nacht, Vianne.«

»Gute Nacht, Guillaume.«

Der Umschlag enthält ein einziges Blatt Papier. Als ich es herausziehe, fällt etwas auf den Tisch ... Münzen, denke ich. Die Schrift ist groß und markant.

*Liebe Vianne,*
*danke für alles. Ich weiß, wie Sie sich fühlen müssen. Reden Sie mit Guillaume, wenn Sie mögen – er versteht mich besser als jeder andere. Es tut mir leid, daß ich nicht an Ihrem Fest teilnehmen konnte, aber ich habe es so oft in meiner Phantasie erlebt, daß es nicht mehr so wichtig war. Geben Sie Anouk einen Kuß von mir und eine von den Münzen – die andere ist für das nächste, ich glaube, Sie wissen, was ich meine.*

*Ich bin müde, und ich spüre, daß der Wind sich dreht. Ich glaube, Schlaf wird mir guttun. Und wer weiß, vielleicht sehen wir uns eines Tages wieder.*
*Ihre Armande Voizin.*
*P.S. Gehen Sie lieber nicht zur Beerdigung, alle beide. Das ist Caros Party, und ich nehme an, sie hat ein Recht darauf, wenn ihr so etwas wichtig ist. Laden Sie lieber alle Ihre Freunde auf eine Tasse Schokolade ein. Ich liebe euch alle.*
*A.*

Nachdem ich den Brief gelesen habe, lege ich ihn weg und suche die Münzen. Eine liegt auf dem Tisch, die andere auf einem Stuhl; zwei Louisdors, die golden in meiner Hand glänzen. Einer für Anouk – und der andere? Instinktiv lege ich eine Hand auf die warme, dunkle Stelle in mir, auf das Geheimnis, das ich bisher noch nicht einmal mir selbst wirklich eingestanden habe.

Anouks Kopf lehnt sanft an meiner Schulter. Schläfrig summt sie ein Lied für Pantoufle, während ich ihr vorlese. In den letzten Wochen haben wir Pantoufle wenig gesehen; er wurde von greifbareren Spielkameraden verdrängt. Es scheint bedeutsam, daß er jetzt zurückkehrt, wo der Wind sich gedreht hat. Etwas in mir spürt die Unausweichlichkeit der Veränderung. Mein liebevoll konstruiertes Bild von einem seßhaften Leben ist wie die Sandburgen, die wir früher am Strand bauten und die von der Flut fortgespült wurden. Selbst wenn das Meer sie nicht erreicht, werden sie von der Sonne ausgehöhlt, und am nächsten Tag sind sie fast verschwunden. Trotzdem empfinde ich Unmut, fühle ich mich gekränkt. Und dennoch lockt mich der Karnevalswind, der warme Wind aus ... woher? Aus dem Süden? Dem Osten? Amerika? England? Es ist nur eine Frage der Zeit. Lansquenet und alles, was dazugehört, erscheint mir mit einemmal ein wenig unwirklich, fängt bereits an, in der Erinnerung zu verblassen. Das Räderwerk kommt zum Stillstand; sein Geräusch verstummt. Vielleicht ist es das, was ich von Anfang an vermutet hatte, daß Reynaud und ich miteinander verkettet sind, daß wir einander Gegengewicht sind, daß ich ohne ihn hier keine Aufgabe habe. Was immer es sein mag, der Ort hat seine *Bedürftigkeit* verloren; statt dessen ist Zufriedenheit eingekehrt, ein Gefühl der Sättigung, das mich nicht mehr braucht. Überall in den Häusern von Lansquenet lieben sich die Ehepaare, spielen die Kinder, bellen die Hunde, plärren die Fernseher ... Ohne uns. Guillaume streichelt seinen Hund und schaut sich *Casablanca* an. Luc, allein in seinem Zimmer, liest laut und ohne zu stottern Gedichte von Rimbaud. Roux und Joséphine sind dabei, sich in ihrem frischgestrichenen Haus gegenseitig zu entdecken. Radio-Gascogne hat heute abend einen Beitrag über das Schokoladenfest gebracht und stolz über das *Festival de Lansquenet-sous-Tannes* berichtet. Von nun an werden die Touristen nicht mehr an Lansquenet vorbeifahren. Ich habe das unsichtbare Dorf auf der Landkarte eingetragen.

Der Wind riecht nach Meer, nach Ozon und gegrilltem Fisch, nach der Küste vor Juan-les-Pins, nach Pfannkuchen und Kokosöl und Holzkohle und Schweiß. So viele Orte, die darauf warten, daß der Wind sich dreht. So viele bedürftige Menschen. Wie lange wird es diesmal dauern? Ein halbes Jahr? Ein Jahr? Anouk kuschelt sich an meine Schulter, und ich halte sie in meinem Arm, zu fest, denn sie wacht halb auf und murmelt irgend etwas Vorwurfsvolles. *La Céleste Praline* wird wieder eine Bäckerei werden. Vielleicht auch eine *Confiserie-Pâtisserie* mit Kitsch an den Wänden und in den Regalen Lebkuchen in Präsentschachteln mit der Aufschrift *Souvenir de Lansquenet-sous-Tannes*. Zumindest haben wir Geld, mehr als genug, um irgendwo neu anzufangen. In Nizza vielleicht, oder Cannes, London oder Paris. Anouk murmelt im Schlaf. Sie spürt es auch.

Und doch haben wir Fortschritte gemacht. Keine anonymen Hotelzimmer mehr, kein flackerndes Neonreklameschild, keine Flucht von Norden nach Süden auf Geheiß einer Tarotkarte. Endlich haben wir uns dem Schwarzen Mann gestellt, Anouk und ich, ihn endlich als den erkannt, der er ist; einer, der sich selbst zum Narren hält, eine Karnevalsmaske. Wir können nicht für immer hierbleiben. Aber vielleicht hat er uns den Weg bereitet zu einem anderen Ort, an dem wir bleiben können. Eine Küstenstadt vielleicht. Oder ein Dorf an einem Fluß, umgeben von Maisfeldern und Weinbergen. Unsere Namen werden sich ändern. Und auch der Laden wird einen anderen Namen haben. *Truffe Enchantée*, vielleicht. Oder *Tentations Divines*, in Erinnerung an Reynaud. Und diesmal können wir soviel von Lansquenet mitnehmen. Ich halte Armandes Geschenk in der

Hand. Die Münzen sind schwer. Das Gold schimmert rötlich, beinahe wie Roux' Haar. Erneut frage ich mich, woher sie es wußte – wie hellsichtig sie gewesen ist. Noch ein Kind – diesmal nicht vaterlos, sondern das Kind eines guten Mannes, auch wenn er nie davon erfahren wird. Ich wüßte gern, ob sie seine Haarfarbe haben wird, seine rauchgrauen Augen. Ich bin mir beinahe sicher, daß es ein Mädchen sein wird. Ich weiß sogar schon ihren Namen.

Andere Dinge werden wir zurücklassen. Der Schwarze Mann ist fort. Meine Stimme klingt jetzt anders, mutiger. Sie hat einen Ton, den ich, wenn ich genau hinhöre, wiedererkenne. Eine Spur Trotz, ja beinahe Schadenfreude. Meine Ängste sind verschwunden. Auch du bist verschwunden, Maman, auch wenn ich deine Stimme immer hören werde. Ich brauche mich nicht mehr vor meinem Gesicht im Spiegel zu fürchten. Anouk lächelt im Schlaf. Ich könnte hier bleiben, Maman. Wir haben ein Zuhause, wir haben Freunde. Die Wetterfahne vor meinem Fenster dreht sich unermüdlich. Stell dir vor, wir würden sie jede Woche hören, in jeder Jahreszeit. Stell dir vor, du würdest an einem Wintermorgen aus meinem Fenster schauen. Die neue Stimme in mir lacht, und es klingt fast wie Nachhausekommen. Das neue Leben in mir bewegt sich zart. Anouk spricht im Schlaf, unverständliches Zeug. Ihre kleinen Hände klammern sich an meinen Arm.

»Bitte.« Ihre Stimme ist durch meinen Pullover gedämpft. »Maman, sing mir ein Lied.« Sie öffnet die Augen. Aus sehr weiter Entfernung gesehen, hat die Erde dieselbe blaugrüne Farbe.

»In Ordnung.«

Sie macht die Augen wieder zu, und ich beginne leise zu singen:

*V'là l'bon vent, v'là l'joli vent,*
*V'là l'bon vent, ma mie m'appelle...*

Ich hoffe, daß es diesmal nur ein Schlaflied ist. Daß der Wind es diesmal nicht hört. Daß er diesmal – *bitte, nur dieses eine Mal* – ohne uns weiterziehen wird.

## Danksagung

Mein Dank gilt allen, die zur Entstehung dieses Buchs beigetragen haben: meiner Familie für die moralische Unterstützung, die Kinderbetreuung und die etwas verdutzte Ermutigung; Kevin für all die mühevolle Schreibarbeit; Anouchka für das Ausleihen von Pantoufle. Außerdem danke ich meiner unbezähmbaren Agentin Serafina Clarke, meiner Verlegerin Francesca Liversidge, Jennifer Luithlen und Lora Fountain, und allen Mitarbeitern von Bantam Press, die mich so freundlich aufgenommen haben. Und schließlich meinen besonderen Dank an meinen Schriftstellerkollegen Christopher Fowler, der mir den Anstoß zu dieser Geschichte gegeben hat.

*Himmlische Wunder*

Für A. F. H.

Eins

# I

Mittwoch, 31. Oktober
*Día de los Muertos*

Kaum jemand weiß, dass im Verlauf eines einzigen Jahres mehr als zwanzig Millionen Briefe an Tote verschickt werden. Die trauernden Witwen und künftigen Erben vergessen, die Post abzubestellen, Zeitschriftenabonnements werden nicht gekündigt, entfernte Bekannte nicht informiert, die Mahngebühren für die Bibliothek nicht bezahlt. Das bedeutet: Zwanzig Millionen Prospekte, Bankauszüge, Kreditkarten, Postwurfsendungen, Grußpostkarten, Briefe und Rechnungen landen tagtäglich auf Schuhabstreifern und Parkettfußböden, werden durch Balkongeländer gesteckt, in Briefkästen gestopft, sammeln sich auf Treppenstufen, liegen auf Terrassen herum – ohne je ihren Adressaten zu erreichen. Den Toten ist das egal. Den Lebenden auch – und genau das ist der entscheidende Punkt. Die Lebenden sind so mit ihren kleinen Sorgen beschäftigt, dass sie nicht merken, wie ganz in ihrer Nähe ein Wunder geschieht. Die Toten kehren zurück.

Es ist gar nicht so schwierig, sie aufzuwecken. Ein paar Rechnungen, ein Name, eine Postleitzahl – Dinge, die man in jedem zerrissenen Müllsack findet, der irgendwo auf den Stufen zurückbleibt, wie ein Geschenk (vielleicht waren die Füchse am Werk). Aus der weggeworfenen Post kann man alle möglichen Informationen gewinnen: Namen, Kontonummern, Passwörter, E-Mail-Adressen, Sicherheitskodes. Mit der richtigen Kombination dieser Daten kann man ein Bankkonto eröffnen, ein Auto mieten und sogar einen neuen Pass beantragen. Die Toten brauchen das alles nicht mehr. Wie gesagt: ein Geschenk, das nur darauf wartet, dass man es abholt.

Manchmal bringt das Schicksal dieses Geschenk höchstpersönlich vorbei. Deshalb lohnt es sich immer, gut aufzupassen. *Carpe diem* – und nach mir die Sintflut. Das ist der Grund, warum ich immer aufmerksam die Todesanzeigen und Nachrufe durchlese, und gelegentlich schaffe ich es sogar, noch vor der Beerdigung in eine neue Identität zu schlüpfen. Und aus diesem Grund habe ich auch, als ich das Schild und darunter den Briefkasten voller Briefe sah, sofort zugegriffen und das Geschenk lächelnd eingesteckt.

Nein, mein Briefkasten war das selbstverständlich nicht. Die Post funktioniert hier besser als anderswo, und es werden ganz selten Sendungen falsch zugestellt. Schon deswegen ziehe ich Paris allen anderen Städten vor – und natürlich wegen des Weins, wegen der Theater, der Geschäfte und der fast unbegrenzten Möglichkeiten. Aber Paris ist teuer – die Lebenshaltungskosten sind astronomisch –, und außerdem juckt es mich schon eine ganze Weile, mich mal wieder neu zu erfinden. Fast zwei Monate lang war ich brav und habe an einem Lycée im 11. Bezirk unterrichtet, aber weil es dort in letzter Zeit Probleme gab, habe ich beschlossen, mich lieber abzusetzen (samt den fünfundzwanzigtausend Euro vom Département, die man auf ein im Namen einer ehemaligen Kollegin eingerichtetes Konto überwiesen hat und die in den nächsten beiden Wochen diskret abgehoben werden müssen) und mir eine neue Wohnung zu suchen.

Zuerst versuchte ich mein Glück an der *Rive gauche*. Die Mieten dort übersteigen zwar meine Mittel bei Weitem, aber das konnte die junge Frau vom Maklerbüro natürlich nicht ahnen. Gemeinsam mit ihr unternahm ich am Vormittag eine sehr angenehme Besichtigungstour. Ich stattete mich mit einem britischen Akzent und dem Namen Emma Windsor aus, meine Mulberry-Handtasche hatte ich lässig unter den Arm geklemmt, und der Rock meines Prada-Kostüms wisperte dezent um meine seidenbestrumpften Waden.

Ich hatte die junge Frau gebeten, mir nur leere Wohnungen zu zeigen. Davon gibt es an der *Rive gauche* mehr als genug, Apartments mit großen Räumen und mit Blick auf den Fluss, Maisonettes mit Dachgarten, Penthousewohnungen mit Parkett.

Leise bedauernd lehnte ich sie alle ab, doch ich konnte der Versuchung nicht widerstehen, unterwegs ein paar nützliche Gegenstände einzusammeln. Eine Zeitschrift in einem Umschlag, auf dem die Kundennummer des Empfängers vermerkt war, verschiedene Werbekataloge – und in einer Wohnung fand ich sogar pures Gold: eine Bankkarte auf den Namen Amélie Deauxville, für deren Aktivierung ich nur ein einziges Telefongespräch zu führen brauche.

Ich gab der jungen Frau meine Handynummer. Die Handyrechnung geht an Noëlle Marcelin, deren Identität ich vor ein paar Monaten angenommen habe. Sie ist mit ihren Zahlungen auf dem Laufenden – die arme Frau starb letztes Jahr mit vierundneunzig –, aber es bedeutet, dass jeder, der meine Gespräche zu orten versucht, auf Probleme stößt. Auch mein Internetkonto läuft unter ihrem Namen und ist ausgeglichen. Noëlle ist ein kostbarer Schatz, den ich keinesfalls aufgeben will. Aber sie wird nie meine Hauptidentität werden. Schon allein deswegen, weil ich keine vierundneunzig sein möchte. Und ich habe es satt, ständig Werbung für Treppenlifte geschickt zu bekommen.

Meine letzte öffentliche Persona war Françoise Lavery, Englischlehrerin am Lycée Rousseau im 11. Bezirk. Zweiunddreißig Jahre alt, in Nantes geboren, verheiratet, aber schon nach einem Jahr verwitwet, weil Raoul Lavery am Abend vor unserem ersten Hochzeitstag bei einem Autounfall ums Leben kam – eine traurig romantische Note, fand ich, die Françoise' etwas melancholische Aura erklärt. Sie lebt strikt vegetarisch, ist schüchtern und sehr fleißig, aber eben nicht talentiert genug, um für irgendjemanden eine Bedrohung darzustellen. Insgesamt eine sympathische junge Frau – was wieder einmal beweist, dass man Menschen nicht nach ihrem Äußeren beurteilen sollte.

Heute bin ich allerdings jemand anderes. Fünfundzwanzigtausend Euro sind kein Pappenstiel, und bei solchen Summen besteht immer die Möglichkeit, dass jemand Verdacht schöpft. Die meisten Leute sind arglos – sie würden ein Verbrechen nicht einmal bemerken, wenn es direkt vor ihren Augen passiert –, aber ich hätte es nie so weit gebracht, wenn ich zu viele Risiken eingegangen wäre. Und ich habe gelernt, dass es sicherer ist, in Bewegung zu bleiben.

Deshalb reise ich mit leichtem Gepäck – nur mit einem alten, abgewetzten Lederkoffer und einem Laptop von Sony, in dem die zentralen Merkmale von über hundert Identitäten gespeichert sind. Ich kann in Windeseile all meine Habseligkeiten packen und auf Nimmerwiedersehen verschwinden. Um alle Spuren zu löschen, brauche ich nicht mal einen Nachmittag.

Auf diese Weise ist Françoise verschwunden. Ich habe alle ihre Papiere verbrannt: Korrespondenz, Bankunterlagen, Notizen. Ich habe sämtliche Konten in ihrem Namen aufgelöst. Bücher, Kleider, Möbel und den übrigen Kram habe ich dem Roten Kreuz vermacht. Es ist nicht gut, wenn man Moos ansetzt.

Danach musste ich mich erst mal wieder erfinden. Ich nahm mir ein billiges Hotelzimmer, das ich mit Amélies Kreditkarte bezahlte, zog Emmas Kleider aus und ging einkaufen.

Françoise war in puncto Mode eher langweilig: flache Schuhe und die Haare zu einem ordentlichen Knoten frisiert. Meine neue Persona ist da schon ein bisschen anders. Sie heißt Zozie de l'Alba und ist irgendwie Ausländerin, aber man kann nicht so leicht sagen, woher sie stammt. Im Gegensatz zu Françoise ist sie extravagant – sie trägt Glitzerschmuck in den Haaren, liebt grelle Farben und frivole Klamotten, am liebsten kauft sie auf Flohmärkten und in Secondhandläden ein, und man würde sie niemals in flachen Schuhen antreffen.

Die Verwandlung war ein klarer Schnitt. Als Françoise Lavery betrat ich das Geschäft, in einem grauen Twinset und mit falscher Perlenkette. Zehn Minuten später verließ ich es als eine völlig neue Frau.

Ein Problem bleibt: wohin? Die *Rive gauche* ist zwar verlockend, kommt aber leider nicht infrage, obwohl ich glaube, dass Amélie Deauxville noch ein paar Tausender beschaffen kann, ehe ich sie fallen lasse. Ich habe natürlich noch andere Quellen – meine neueste Errungenschaft, Madame Beauchamp, noch gar nicht mitgerechnet. Madame Beauchamp ist zuständig für die Finanzen des *Départements*, meines früheren Arbeitsplatzes.

Es ist kinderleicht, ein Konto zu eröffnen. Ein paar bezahlte Stromrechnungen oder ein alter Führerschein – unter Umständen genügt das schon. Und weil man immer mehr online kaufen kann, tun sich sowieso jeden Tag ungeahnte Möglichkeiten auf.

Aber ich brauche sehr viel mehr als nur eine Einkommensquelle. Langeweile kann ich nicht ausstehen. Ich brauche ein Betätigungsfeld für meine Fähigkeiten, ich brauche Abenteuer, eine Herausforderung, Veränderungen.

*Ein Leben.*

Und das hat mir jetzt, an diesem windigen Morgen Ende Oktober in Montmartre, wie durch Zufall das Schicksal geliefert, als ich in ein Schaufenster blickte und in der Tür des Ladens ein kleines Schild entdeckte, auf dem in säuberlicher Schrift stand:

*Fermé pour cause de décès.*

Es ist schon eine ganze Weile her, dass ich das letzte Mal hier war. Ich hatte ganz vergessen, wie gut es mir hier gefällt. Montmartre ist das letzte Dorf in Paris, heißt es immer, und dieser Teil der *Butte* ist so etwas wie eine Parodie des ländlichen Frankreichs, mit den vielen Cafés und den kleinen Crêperien, mit den rosarot oder pistaziengrün gestrichenen Häusern, mit den falschen Fensterläden und den Geranien auf jedem Fenstersims, alles betont pittoresk, eine Filmszenerie mit vorgetäuschtem Charme, unter dem man das Herz aus Stein durchschimmern sieht.

Vielleicht gefällt es mir genau deswegen hier so gut. Montmartre ist die perfekte Umgebung für Zozie de l'Alba. Und ich bin fast hier gelandet, ich habe an einem Platz hinter Sacré Cœur eine Pause eingelegt, mir in einer Bar namens *Le P'tit Pinson* einen Kaffee und ein Croissant bestellt und mich an eins der Tischchen draußen vor der Tür gesetzt.

Ein blaues Metallschild oben an der Hausecke gab den Namen des Platzes an: Place des Faux-Monnayeurs. Klein und rechteckig, wie ein ordentlich gemachtes Bett. Ein Café, eine Crêperie, ein paar Geschäfte. Sonst nichts. Nicht einmal ein Baum, um die Ecken abzumildern. Aber aus irgendeinem Grund fiel mein Blick sofort auf einen kleinen Laden – eine Art Confiserie, dachte ich, obwohl auf dem Schild in der Tür gar nichts stand. Die Jalousie war halb heruntergelassen, aber von meinem Tisch aus konnte ich sehen, was im Schaufenster ausgestellt war, und die hellblaue Tür sah aus wie ein Stück Himmel. Leises Geklingel wehte über den Platz – ein Windspiel, das über der Tür hing und seine Zufallstöne wie Signale in die Luft sendete.

Warum fesselte mich dieser Laden? Ich konnte es selbst nicht sagen. Im Wirrwarr der Straßen, die zur *Butte de Montmartre* führen, gibt es viele solcher Läden, krumm und schief wie arme Sünder auf dem Kopfsteinpflaster. Eine schmale Fassade, ein müder Rücken, und oft ist das Erdgeschoss ganz feucht. Die Mieten sind exorbitant, und eigentlich können die Geschäfte nur dank der Dummheit der Touristen überleben.

Die Zimmer über den Läden sind selten besser. Winzig klein und unpraktisch. Nachts, wenn die Straßen und die Stadt unter ihnen zum Leben erwachen, ist es dort extrem laut; kalt im Winter und im Sommer wahrscheinlich unerträglich heiß, wenn die Sonne auf die Schieferdächer niederbrennt und das einzige Fenster, eine Luke, keine zwanzig Zentimeter breit, nur drückende Hitze hereinlässt.

Aber irgendetwas weckte mein Interesse. Vielleicht die Briefe, die aus der Öffnung des Metallbriefkastens herausragten wie eine vorwitzige Zunge aus einem breiten Mund. Vielleicht der Geruch von Muskat und Vanille (oder war es nur die Feuchtigkeit?), der unter der blauen Tür durchdrang. Vielleicht der Wind, der mit meinem Rocksaum flirtete und die Klimperstäbe über der Tür bewegte. Oder vielleicht der Zettel – ordentlich von Hand geschrieben – mit seiner verheißungsvollen Mitteilung.

*Wegen Todesfall geschlossen.*

Ich hatte inzwischen meinen Kaffee ausgetrunken, mein Croissant gegessen. Also bezahlte ich und ging hinüber zu dem Laden, um ihn aus der Nähe zu betrachten. Es war eine *Chocolaterie*, das winzige Schaufenster war dekoriert mit Kartons und Dosen, hinter denen man im Halbdunkel Tabletts mit Pralinenpyramiden ausmachen konnte, jede unter einer runden Glasglocke, die an Hochzeitssträuße aus dem letzten Jahrhundert erinnerten.

Hinter mir, im *Le P'tit Pinson*, aßen zwei Männer weiche Eier und *Tartines au beurre*, während der *Patron* mit der Schürze lautstark über einen Kerl namens Paupaul schimpfte, der ihm offenbar Geld schuldete.

Abgesehen davon war der Platz fast menschenleer: Eine Frau fegte den Gehweg, zwei Maler mit Staffeleien unter dem Arm strebten zur Place du Terre.

Einer von ihnen, ein junger Mann, begegnete meinem Blick und rief: »Na, so was – Sie sind das!«

Der Jagdruf eines Porträtmalers. Ich kenne diesen Satz – aus eigener Erfahrung –, und ich kenne auch den entzückten Blick des Wiedererkennens, der ausdrücken soll, dass der Künstler endlich seine Muse gefunden hat, nach der er schon so viele Jahre gesucht hat, und dass der rasante Preis, den er für sein Werk verlangt, der unglaublichen Perfektion seines *Œuvres* in keiner Weise gerecht werden kann.

»Nein, ich bin's nicht«, erwiderte ich trocken. »Suchen Sie sich ein anderes Opfer, das Sie unsterblich machen können.«

Er zuckte die Achseln, zog eine Grimasse und eilte hinter seinem Freund her. Die *Chocolaterie* gehörte jetzt mir, nur mir.

Ich warf einen kurzen Blick auf die Briefe, die so aufdringlich aus dem Briefkasten herausschauten. Es gab eigentlich keinen Grund, das Risiko einzugehen. Aber der kleine Laden lockte mich, wie ein Glitzern zwischen den Pflastersteinen, das sich als Münze, als Ring oder auch nur als ein Fitzelchen Silberpapier herausstellen kann. Ein vielversprechendes Flüstern lag in der Luft. Außerdem war Halloween, der *Día de los Muertos*, für mich schon immer ein Glückstag, ein Tag der Schlussstriche und der Neuanfänge, ein Tag der ungünstigen Winde und der verstohlenen Gefälligkeiten und der Feuer in der Nacht. Eine Zeit der Geheimnisse, der Wunder – und natürlich der Toten.

Ich blickte mich kurz um. Niemand beobachtete mich. Ich war mir sicher, dass keiner mitkriegte, wie ich mit einem schnellen Griff die Briefe in die Tasche steckte.

Der Herbstwind frischte auf, ließ den Staub über den Platz tanzen. Es roch nach Rauch, nicht nach Pariser Rauch, sondern nach dem Rauch meiner Kindheit, an den ich nicht oft denke – es ist der Duft von Weihrauch und Mandelgebäck und Herbstlaub. Auf der *Butte de Montmartre* gibt es keine Bäume, nur Stein, und die Hochzeitskuchenglasur überdeckt nur knapp den fehlenden Geschmack. Doch der Morgenhimmel wirkte noch spröde und fragil, markiert mit einem komplexen Muster aus Kondensstreifen, wie mystische Symbole im blassen Blau.

Unter diesen Symbolen entdeckte ich den Maiskolben, das Zeichen des Geschundenen – ein Opfer, ein Geschenk.

Ich lächelte. Konnte das ein Zufall sein?

Der Tod – und ein Geschenk. Alles an einem Tag?

Als ich noch klein war, fuhr meine Mutter mit mir nach Mexiko-Stadt, um die aztekischen Ruinen zu besichtigen und den *Día de los Muertos* zu feiern. Mir gefiel der theatralische Aspekt, die Blumen und das *Pan de muerto*, die Lieder und die Totenköpfe aus Zucker. Am allerliebsten mochte ich allerdings die *Piñata*, diese bunte Tierfigur aus Pappmaschee, die mit Feuerwerkskörpern behängt ist und gefüllt mit Süßigkeiten, Münzen und eingewickelten kleinen Geschenken.

Man hängt die *Piñata* in den Türrahmen und traktiert sie mit Stöcken und Steinen, bis sie aufplatzt und die Geschenke herausplumpsen.

Der Tod und ein Geschenk – alles auf einmal.

Nein, das konnte kein Zufall sein. Dieser Tag, dieser Laden, dieses Himmelszeichen – es war so, als hätte Mictecacihuatl selbst sie mir geschickt. Meine ganz persönliche *Piñata*.

Als ich mich lächelnd abwandte, sah ich, dass mich jemand beobachtete. Ein paar Schritte von mir entfernt stand reglos ein Kind. Ein elf- oder zwölfjähriges Mädchen, in einem knallroten Mantel, mit ausgetretenen braunen Schuhen und strähnigen schwarzen Haaren, die an eine byzantinische Ikone erinnerten. Die Kleine schaute mich mit ausdrucksloser Miene an, den Kopf leicht zur Seite geneigt.

Hatte sie gesehen, wie ich die Briefe einsteckte? Ich konnte nicht genau sagen, wie lange sie schon da stand, deshalb schenkte ich ihr einfach mein charmantestes Lächeln und schob das Bündel noch tiefer in meine Manteltasche.

»Hallo«, sagte ich. »Wie heißt du denn?«

»Annie«, antwortete sie, ohne mein Lächeln zu erwidern. Ihre Augen hatten eine ganz eigenartige Farbe, irgendwie blau-grün-grau, und ihre Lippen waren so rot, als wären sie geschminkt. Ein verblüffender Anblick im kühlen Morgenlicht; und während ich sie musterte, schien sich das Leuchten in ihren Augen noch zu verstärken, bis sie die Farbe des Herbsthimmels annahmen.

»Du bist nicht von hier, Annie, stimmt's?«

Sie blinzelte kurz. Vielleicht war sie verdutzt, weil ich so etwas merkte. Kinder in Paris reden nicht mit Fremden; das anerzogene Misstrauen sitzt tief. Aber dieses Mädchen war anders – schon sehr vorsichtig, aber nicht abweisend und keineswegs immun gegen eine Charmeoffensive.

»Woher wissen Sie das?«, fragte sie.

Erster Treffer. Ich grinste. »Ich höre es an der Art, wie du redest. Woher kommst du? Aus dem *Midi*?«

»Nicht ganz«, sagte sie. Aber jetzt lächelte sie.

Man erfährt viel, wenn man sich mit Kindern unterhält. Namen, Berufe, die kleinen Details, die für die Verkörperung einer Person unerlässlich sind, weil sie ihr einen authentischen Touch verleihen. Die meisten Leute nehmen als Passwort im Internet den Namen eines Kindes, ihres Ehepartners oder auch eines Haustiers.

»Müsstest du nicht in der Schule sein, Annie?«

»Heute nicht.« Sie schaute auf die Tür mit der handgeschriebenen Mitteilung.

»Wegen Todesfall geschlossen«, sagte ich.

Sie nickte.

»Wer ist gestorben?« Der knallrote Mantel passte nicht recht zu so einem Ereignis, und auf ihrem Gesicht war keine Spur von Trauer zu sehen.

Eine Weile schwieg Annie, aber ich sah das Glitzern in ihren blaugrauen Augen, die jetzt fast überheblich blickten, als würde sie sich überlegen, ob meine Frage indiskret war oder ob sie echtes Mitgefühl ausdrückte.

Ich ließ sie mich anstarren. Das bin ich gewohnt. Sogar in Paris passiert das manchmal, wo es hier doch jede Menge schöne Frauen gibt. Ich sage schön – aber das ist eine Illusion, der simpelste aller Zaubertricks, hinter dem sich allerdings gar nicht besonders viel Magie verbirgt. Eine Neigung des Kopfs, ein gewisser Gang, geschickte Kleidung, die dem Anlass entspricht, und schon schafft es jede.

Na ja, fast jede.

Ich fixierte das Mädchen mit meinem Strahlelächeln, süß, kokett und ein klein wenig traurig. Eine Sekunde lang wurde ich die wilde ältere Schwester, die das Mädchen nie gehabt hat, die glamouröse Rebellin, die Gauloises raucht, enge Röcke trägt, am liebsten in schrillen Neonfarben, und in deren unpraktischen Schuhen sie selbst gern herumspazieren würde.

»Willst du's mir nicht sagen?«

Sie schaute mich schweigend an. Ein erstgeborenes Kind, ganz typisch. Es hängt ihr zum Hals heraus, immer brav sein zu müssen, und sie ist gefährlich nah an dem Alter, in dem sie aufbegehren wird. Ihre Farben sind ungewöhnlich klar, in ihnen sehe ich einen gewissen Eigenwillen, ein bisschen Trauer, ein Hauch von Wut und eine helle Spur von irgendetwas, was ich nicht genau identifizieren konnte.

»Komm schon, Annie. Sag's mir. Wer ist gestorben?«

»Meine Mutter«, antwortete sie. »Vianne Rocher.«

# 2

Mittwoch, 31. Oktober

Vianne Rocher. Es ist lange her, dass ich den Namen hatte. Ich habe fast vergessen, wie gut er sich anfühlte, so wunderbar warm und bequem, wie ein Mantel, den man sehr mochte, aber längst abgelegt hat. Wie oft habe ich den Namen gewechselt, haben wir beide den Namen gewechselt, während wir von Dorf zu Dorf zogen, immer dem Wind folgend. Eigentlich müsste ich diesen Wunsch inzwischen überwunden haben. Vianne ist schon lange tot. Und doch …

Ja, es war schön, Vianne Rocher zu sein. Mir gefiel es immer, wie die Leute den Mund formen, wenn sie den Namen aussprechen. *Vianne*, wie ein Lächeln. Wie ein Wort, das einen willkommen heißt.

Ich habe jetzt natürlich einen neuen Namen, der sich gar nicht so stark von meinem alten unterscheidet. Ich habe ein Leben, ein besseres Leben, würden manche Leute sagen. Aber es ist nicht das gleiche. Wegen Rosette, wegen Anouk, wegen allem, was wir in Lansquenet-sous-Tannes zurückgelassen haben, an jenem Osterfest, als der Wind drehte.

Dieser Wind. Ich sehe, dass er wieder weht. Ohne dass man es merkt, bestimmt er jede unserer Bewegungen. Meine Mutter hat ihn gespürt, und ich spüre ihn ebenfalls, selbst hier, selbst jetzt, ich spüre, wie er uns herumwirbelt, als wären wir Blätter auf dem Kopfsteinpflaster in diesem entlegenen Winkel, und tanzend zerreibt er uns.

*V'là l'bon vent, v'là l'joli vent* –

Ich dachte, wir hätten ihn für immer zum Schweigen gebracht. Aber die kleinste Kleinigkeit kann den Wind wecken: ein Wort, ein Zeichen, sogar ein Todesfall. Nichts ist zu banal. Alles kostet etwas, es summiert sich, bis schließlich das Gleichgewicht kippt und wir wieder weg sind, wieder unterwegs, und uns sagen: *Na ja, vielleicht nächstes Mal* –

Aber diesmal wird es kein nächstes Mal geben. Diesmal laufe ich nicht weg. Ich will nicht wieder von vorn anfangen, wie so oft, vor und seit Lansquenet. Egal, was passiert. Egal, was es uns kostet: Wir bleiben.

Im ersten Dorf, das keine Kirche hatte, machten wir halt. Wir blieben sechs Wochen, dann zogen wir weiter. Drei Monate, danach eine Woche, einen Monat, wieder eine Woche, und ständig änderten wir unsere Namen, bis man sehen konnte, dass ein Baby unterwegs war.

Anouk war damals fast sieben. Sie war begeistert von dem Gedanken, dass sie bald eine kleine Schwester bekommen würde. Aber ich war so müde, und ich hatte alles so satt, immer wieder ein neues Dorf an einem Fluss, die kleinen Häuschen und die Geranien in den Blumenkästen. Ich hatte es satt, wie die Leute uns, vor allem Anouk, anschauten und immer wieder die gleichen Fragen stellten.

*Kommen Sie von weit? Wohnen Sie hier bei Verwandten? Wird Monsieur Rocher auch bald nachkommen?*

Und wenn wir antworteten, dann kam dieser Blick, dieser geringschätzige Blick, mit dem sie unsere abgetragenen Kleider registrierten und unseren einzigen Koffer und die Flüchtlingsaura, die einen umgibt, wenn man sich auf zu vielen Bahnhöfen aufhält und in zu vielen Hotelzimmern schläft, die man ohne eine Spur wieder verlassen hat.

Ach, wie habe ich mich danach gesehnt, endlich frei zu sein! So frei wie nie zuvor. Und die Möglichkeit zu haben, an einem Ort zu bleiben, den Wind zu spüren und seinen Ruf zu ignorieren.

Aber sosehr wir uns bemühten, die Gerüchte holten uns immer

wieder ein. Es habe irgendeinen Skandal gegeben, wurde geflüstert. Ein Priester sei beteiligt gewesen, hatte jemand gehört. Und die Frau? Eine Zigeunerin, die sich mit den Leuten vom Fluss eingelassen hat und behauptet, eine Heilerin zu sein und sich mit Kräutern auszukennen. Und jemand sei gestorben, hieß es – vergiftet, vielleicht, oder einfach nur so.

Aber das war sowieso egal. Die Gerüchte verbreiteten sich wie ein Lauffeuer, sie ließen uns stolpern, sie attackierten uns, schnappten nach unseren Fersen, und langsam begann ich zu begreifen.

Irgendetwas war unterwegs geschehen. Etwas, das uns verändert hatte. Vielleicht waren wir einen Tag oder eine Woche zu lange in einem dieser Dörfer geblieben. Etwas war anders. Die Schatten waren länger geworden. Wir rannten los.

Wovor rannten wir davon? Ich wusste es damals nicht, aber ich konnte es an meinem Abbild sehen, in den Hotelzimmerspiegeln und in den Schaufensterscheiben. Ich hatte immer rote Schuhe getragen; indische Röcke mit Glöckchen am Saum, Secondhandmäntel mit Gänseblümchen auf den Taschen, Jeans, die mit Blumen und Blättern bestickt waren. Jetzt versuchte ich, mich anzupassen, nicht mehr aufzufallen. Schwarze Mäntel, schwarze Schuhe, eine schwarze Baskenmütze auf meinen schwarzen Haaren.

Anouk verstand gar nichts mehr. »Warum sind wir diesmal nicht geblieben?«

Der ewig gleiche Refrain. Ich fürchtete mich schließlich sogar vor dem Namen des Ortes, vor den Erinnerungen, die wie Kletten an unseren Reisekleidern hingen. Immer zogen wir weiter, mit dem Wind. Und abends lagen wir nebeneinander in irgendeinem Zimmer über einem Café, oder wir kochten Schokolade auf einem Campingkocher, oder wir zündeten Kerzen an, machten Schattenbilder an der Wand und erzählten tolle Geschichten voller Magie, Geschichten von Hexen und Lebkuchenhäuschen und von dunklen Männern, die sich in Wölfe verwandelten und manchmal nicht zurückkehrten.

Aber inzwischen waren das nur noch Geschichten. Die wahre Magie – die Magie, die wir unser ganzes Leben lang gelebt hatten, der Zauber meiner Mutter mit den Sprüchen und Formeln, mit dem Salz auf der Türschwelle, das die kleinen Götter gnädig stimmen soll –, diese Magie hatte sich in diesem Sommer irgendwie abgenutzt, sich verwandelt, wie eine Spinne, die Schlag Mitternacht vom Glücksbringer zum Unglücksboten wird und ihre Netze spinnt, um unsere Träume zu fangen. Und bei jedem kleinen Zauberspruch oder Fluch, bei jeder Karte, die wir legten, bei jeder Rune, die geworfen wurde, und bei jedem Zeichen, das man in eine Tür ritzte, um dem Unheil zu wehren, blies der Wind nur noch stärker, zerrte an unseren Kleidern, schnupperte an uns wie ein hungriger Hund, trieb uns hierhin, trieb uns dorthin.

Wir rannten vor ihm weg: Wir pflückten Kirschen, wenn sie reif waren, und Äpfel, wenn sie reif waren, wir arbeiteten den Rest der Zeit in Cafés und Restaurants, sparten unser Geld und gaben uns in jeder Stadt einen anderen Namen. Wir wurden vorsichtig. Uns blieb nichts anderes übrig. Wir fielen nicht auf. Wir versteckten uns, wie Moorhühner im Schilf. Wir flogen nicht, wir sangen nicht.

Und nach und nach wurden die Tarotkarten beiseite gelegt, die Kräuter wurden nicht mehr verwendet, die besonderen Tage gingen ohne Feierlichkeiten vorüber, der Mond nahm unbemerkt zu und wieder ab, und die Zeichen, die wir als Glücksbringer in unsere Handflächen gemalt hatten, verblassten und wurden weggewaschen.

Es war eine recht friedliche Zeit. Wir blieben in der Stadt, ich fand eine Unterkunft für uns, ich schaute mir Schulen und Krankenhäuser an. Auf dem Flohmarkt kaufte ich einen billigen Ehering und nannte mich Madame Rocher.

Und dann kam im Dezember Rosette zur Welt, in einem Krankenhaus am Stadtrand von Rennes. Wir hatten einen Ort gefunden, wo wir eine Weile bleiben konnten, Les Laveuses, ein Dorf an der Loire. Wir mieteten eine Wohnung über einer Crêperie. Es gefiel uns dort. Fast wären wir geblieben.

Aber der Dezemberwind hatte andere Pläne.

*V'là l'bon vent, v'là l'joli vent*
*V'là l'bon vent, ma mie m'appelle* –

Dieses Wiegenlied hat mir meine Mutter beigebracht, es ist ein altes Lied, ein Liebeslied, ein Zaubergesang, und ich sang es damals, um den Wind zu besänftigen, um ihn zu überreden, er solle uns dableiben lassen; ich sang es, um das wimmernde Wesen, das ich aus dem Krankenhaus mit nach Hause gebracht hatte, zum Einschlafen zu bringen, dieses winzig kleine Kind, das weder trank noch schlief, sondern Nacht für Nacht maunzte wie eine Katze, während um uns herum der Wind heulte und schimpfte, wie eine wütende Frau, und jeden Abend sang ich ihn in den Schlaf, nannte ihn *guter Wind, schöner Wind*, mit den Worten meines Liedes, so wie die einfachen Leute früher die Furien als die *Eumeniden* und als *die Wohlwollenden* bezeichneten, in der Hoffnung, so ihrer Rache zu entkommen.

Verfolgen die Wohlwollenden die Toten?

Sie fanden uns am Ufer der Loire, und wieder flohen wir. Diesmal nach Paris. Paris, die Stadt meiner Mutter und mein Geburtsort, der einzige Ort, von dem ich mir geschworen hatte, dass wir nie wieder dorthin zurückkehren würden. Aber eine Großstadt schenkt denjenigen, die sie suchen, eine Art Unsichtbarkeit. Wir sind nicht mehr die Papageien unter den Spatzen, nein, jetzt tragen wir die Farben der heimischen Vögel: zu durchschnittlich, zu langweilig, um ein zweites Mal hinzuschauen, falls es überhaupt ein erstes Mal gegeben hat. Meine Mutter war nach New York geflohen, um zu sterben; ich floh nach Paris, um wiedergeboren zu werden. Krank oder gesund? Glücklich oder traurig? Der Stadt ist das egal. Die Stadt muss sich um andere Dinge kümmern. Ohne Fragen zu stellen, geht sie vorbei; geht ihrer Wege und zuckt nicht einmal die Achseln.

Trotzdem war es ein schweres Jahr. Es war eisig. Das Baby weinte. Wir wohnten in einem kleinen Zimmer, in einer Seitenstraße des Boulevard de la Chapelle, und nachts blinkten die Neonlichter rot und grün, bis man fast verrückt wurde. Ich hätte das regeln können. Ich weiß einen Zauberspruch, um so etwas einfach abzustellen, so wie man das Licht ausmacht, aber ich hatte uns versprochen, *Schluss mit der Magie*, und deshalb schliefen wir nur sporadisch, zwischen Rot und Grün, und Rosette weinte und schrie ohne Pause bis zum Dreikönigstag (so kam es mir jedenfalls vor), und zum ersten Mal war unser *Galette des Rois* nicht selbst gemacht, sondern gekauft, und außerdem hatte sowieso niemand Lust zu feiern.

Wie ich Paris in diesem Jahr hasste! Ich hasste die Kälte, den Dreck und den Gestank; ich hasste die Unhöflichkeit der Pariser, die lauten Züge, die Gewalt, die Aggressivität. Ich begriff schnell, dass Paris gar keine Stadt war, sondern eine Ansammlung von Dörfern: russische Puppen, eine in der anderen, jede mit ihren eigenen Sitten und Vorurteilen, jede mit ihrer Kirche, Moschee, Synagoge, jede voller Heuchelei und Tratsch, mit Einheimischen, Sündenböcken, Versagern, Liebhabern, Angebern und Lachnummern.

Manche Leute waren nett; zum Beispiel die indische Familie, die sich um Rosette kümmerte, während Anouk und ich auf den Markt gingen, oder der Händler, der uns das angeschlagene Obst und Gemüse von seinem Stand schenkte. Andere waren nicht nett. Die bärtigen Männer, die den Blick abwandten, wenn ich mit Anouk an der Moschee in der Rue Myrrha vorbeiging; die Frauen vor der Église St. Bernard, die mich musterten, als wäre ich Abschaum.

Seither hat sich vieles verändert. Wir haben endlich den richtigen Ort für uns gefunden. Zu Fuß nicht mal eine halbe Stunde vom Boulevard de la Chapelle entfernt, ist die Place des Faux-Monnayeurs eine ganz andere Welt.

Montmartre ist ein Dorf, hat meine Mutter immer gesagt, eine Insel, die sich aus dem Pariser Nebel erhebt. Montmartre ist natürlich nicht wie Lansquenet, aber trotzdem ein guter Ort. Wir haben eine kleine Wohnung über dem Laden und eine Küche hinten, ein Zimmer für Rosette und eins für Anouk, unter den Balken mit den Vogelnestern.

Unsere *Chocolaterie* war früher ein winziges Café. Es gehörte einer Dame namens Marie-Louise Poussin, die neben uns wohnte. Madame lebte schon zwanzig Jahre hier; sie hatte den Tod ihres Mannes und ihres Sohnes überlebt und war jetzt schon über sechzig und nicht sehr gesund, weigerte sich aber hartnäckig, in den Ruhestand zu gehen. Sie brauchte Hilfe; ich brauchte einen Job. Ich erklärte mich bereit, für ein bisschen Geld und für die Wohnung ihr Café zu führen, und während es Madame immer schlechter ging, verwandelten wir das Café in eine *Chocolaterie*.

Ich bestellte die Ware, führte die Bücher, organisierte die Lieferungen, kümmerte mich um den Verkauf. Ich kümmerte mich auch um die Reparaturen und um die Bauarbeiten. Dieses Arrangement dauerte über drei Jahre, und wir haben uns daran gewöhnt. Wir haben keinen Garten, und wir haben auch nicht viel Platz, aber vom Fenster aus können wir Sacré Cœur sehen, die Kirche, die wie ein Luftschiff über den Straßen schwebt. Anouk geht schon in die Oberschule, ins Lycée Jules Renard, ganz in der Nähe des Boulevard des Batignolles; sie ist klug und fleißig, und ich bin sehr stolz auf sie.

Rosette ist fast vier, aber sie geht natürlich noch nicht in die Schule. Sie ist immer bei mir im Laden, legt auf dem Fußboden Muster aus Knöpfen und Süßigkeiten, ordnet sie nach Farbe und Form, oder sie malt ihre Hefte mit Tierbildern voll, eine Seite nach der anderen. Sie lernt Zeichensprache und beherrscht schon ein ganz beachtliches Vokabular, zum Beispiel kann sie die Zeichen für *gut, mehr, noch mal, Affe, Ente* und seit Neuestem – und zu Anouks großem Entzücken – auch das Zeichen für *Quatsch*.

Und wenn wir Mittagspause machen und den Laden schließen, gehen wir in den Parc de la Turlure, wo Rosette mit Begeisterung die Vögel füttert, oder wir gehen ein bisschen weiter, zum Friedhof Montmartre, den Anouk besonders liebt, weil es dort so feierlich und düster ist und weil es viele Katzen gibt; oder ich unterhalte mich mit den anderen Ladenbesitzern im Viertel: mit Laurent Pinson, dem das verrauchte kleine Café auf der anderen Seite des Platzes gehört; mit seinen Gästen, die größtenteils jeden Tag schon zum Frühstück kommen und bis zum Mittagessen bleiben; mit Madame Pinot, die im Laden an der Ecke Postkarten und religiösen Krimskrams verkauft; mit den Malern, die auf der Place du Tertre sitzen und hoffen, irgendwie die Touristen anzulocken.

Die Bewohner der *Butte* unterscheiden sich sehr stark von denen des restlichen Montmartre. Die *Butte* ist in jeder Hinsicht überlegen – jedenfalls finden das meine Nachbarn an der Place des Faux-Monnayeurs. Sie ist der letzte Außenposten wahrer Authentizität in einer Stadt, die von Ausländern überschwemmt wird.

Die Leute hier kaufen nie Pralinen. Die ungeschriebenen Gesetze werden streng befolgt: Gewisse Geschäfte sind nur für Außenstehende; etwa die *Boulangerie-Pâtisserie* an der Place de la Galette, mit ihren Jugendstilspiegeln, den Buntglasfenstern und den barocken Makronentürmen. Die Einheimischen gehen in die Rue des Trois Frères, in die billigere, schlichtere Bäckerei, in der es besseres Brot gibt und wo die Croissants jeden Tag frisch gebacken werden. Die Einheimischen essen auch im *Le P'tit Pinson*, an den Plastiktischen wählen sie das Tagesgericht, während Außenseiter wie wir insgeheim das *La Bohème* vorziehen oder, schlimmer noch, das *La Maison Rose*, in das kein echter Bürger der *Butte* je einen Fuß setzen würde, genauso wenig wie er auf der Terrasse eines Cafés an der Place du Tertre für einen der Maler Modell sitzen oder zur Messe in Sacré Cœur gehen würde.

Nein, unsere Kunden kommen größtenteils von anderswo. Wir haben ein paar Stammkunden: Madame Luzeron, die jeden Donnerstag auf dem Weg zum Friedhof bei uns vorbeischaut und immer das Gleiche kauft. Drei Rumtrüffel, nicht mehr, nicht weniger, in einer Geschenkpackung mit Schleife. Das kleine blonde Mädchen mit den abgeknabberten Fingernägeln besucht uns, um ihre Selbstbeherrschung zu testen. Und Nico von dem italienischen Restaurant in der Rue de Caulaincourt ist fast jeden Tag da. Seine überschwängliche Leidenschaft für Pralinen – und überhaupt für alles – erinnert mich an jemanden, den ich früher kannte.

Und dann gibt es die Gelegenheitskundschaft, die Leute, die einfach nur hereinkommen, weil sie sich umsehen und ein Geschenk kaufen wollen oder weil sie sich selbst etwas Gutes kaufen möchten, eine Zuckerschnecke, eine Schachtel mit Veilchenpralinen, Marzipankartoffeln oder ein *Pain d'épices*, Rosentrüffel oder kandierte Ananas, in Rum getunkt und mit Nelken gespickt.

Ich kenne ihre Vorlieben. Ich weiß bei allen immer sofort, was sie wollen, aber ich würde es nie laut sagen. Das wäre zu gefährlich. Anouk ist jetzt elf, und an manchen Tagen kann ich es fast spüren, dieses schreckliche Wissen, das in ihrem Inneren rumort, wie ein Tier in einem Käfig. Anouk, mein Sommerkind, das mich früher unmöglich anlügen konnte, so wenig wie sie vergessen hätte zu lächeln. Anouk, die mir früher in aller Öffentlichkeit das Gesicht abküsste und laut zwitscherte: *Ich hab dich so lieb!* Anouk, meine kleine Fremde, die mir jetzt noch fremder ist, mit ihren Launen und ihren seltsamen Anfällen von Schweigsamkeit, mit ihren extravaganten Geschichten und ihrer Art, mich manchmal mit zusammengekniffenen Augen zu mustern, als würde sie versuchen, in der Luft hinter meinem Kopf etwas Halbvergessenes zu erkennen.

Ich musste natürlich ihren Namen ändern. Ich heiße jetzt Yanne Charbonneau, und sie heißt Annie. Aber für mich bleibt sie Anouk. Es sind ja nicht die Namen an sich, die mir Sorgen machen. Wir haben sie schon so oft geändert. Aber etwas anderes ist uns entglitten, ist verschwunden. Ich weiß nicht genau, was es ist, aber ich weiß, dass es mir fehlt.

Sie wird erwachsen, sage ich mir. Sie entfernt sich von mir, wie ein Kind, das man in einem Spiegelsaal erspäht. Anouk mit neun, immer noch mehr Sonnenschein als Schatten, Anouk mit sieben, Anouk mit sechs, wie sie in ihren gelben Gummistiefeln wie eine Ente durch die Gegend watschelt, und Pantoufle hüpft verschwommen hinter ihr her. Anouk mit Zuckerwatte in der kleinen rosaroten Faust – alle diese Anouks sind fort, weit weg, sie reihen sich ein hinter den zukünftigen Anouks: Anouk mit dreizehn, die anfängt, sich für Jungs zu interessieren, Anouk mit vierzehn, Anouk, unvorstellbar, mit zwanzig, wie sie schneller, immer schneller neuen Ufern entgegenstrebt.

Ich wüsste gern, an wie viel sie sich erinnert. Vier Jahre sind für ein Kind eine lange Zeit, und sie redet nicht mehr über Lansquenet oder über Magie oder, was noch schlimmer wäre, über Les Laveuses, obwohl ihr manchmal etwas herausrutscht, ein Name, eine Erinnerung, was mir mehr mitteilt, als sie ahnt.

Ich habe hoffentlich ganze Arbeit geleistet, gründlich genug, um das Tier in seinem Käfig zu lassen und um den Wind zu besänftigen und dafür zu sorgen, dass das Dorf an der Loire nichts anderes ist als eine verblasste Postkarte von einer Insel der Träume.

Und so wache ich über die Wahrheit, und die Welt dreht sich weiter, im Guten und wie im Schlechten. Wir behalten unseren Zauber für uns, wir greifen nie ein, nicht einmal einem Freund zuliebe, nicht einmal mit einem Runenzeichen, das als Glücksbringer in den Deckel einer Schachtel geritzt wird.

Es ist ein kleiner Preis, den wir dafür bezahlt haben, dass wir vier Jahre in Ruhe gelassen wurden. Aber manchmal frage ich mich, wie viel wir eigentlich schon abbezahlt haben und wie viel noch nachkommt.

Meine Mutter hat oft eine Geschichte erzählt, eine alte Geschichte, von einem Jungen, der einem Straßenhändler seinen Schatten verkauft, im Tausch gegen das ewige Leben. Sein Wunsch geht in Erfüllung, und der Junge zieht zufrieden weiter, weil er denkt, er hat ein gutes Geschäft gemacht. Denn wozu ist ein Schatten gut? denkt der Junge, warum soll er ihn nicht loswerden?

Doch die Monate vergehen und dann die Jahre, und nach und nach begreift er. Er zieht durch die Lande, und er wirft keinen Schatten, in keinem Spiegel sieht er sein Gesicht; kein Teich, auch wenn die Wasseroberfläche noch so glatt ist, zeigt ihm sein Ebenbild. Er fragt sich, ob er unsichtbar ist, er bleibt zu Hause, wenn die Sonne scheint, er meidet die mondhellen Nächte, er zertrümmert jeden Spiegel in seinem Haus und lässt jedes Fenster von innen mit Jalousien verdunkeln, doch auch das genügt ihm nicht. Seine Liebste verlässt ihn, seine Freunde werden alt und sterben. Und er lebt immer noch im Dämmerlicht, bis zu dem Tag, an dem er in seiner Verzweiflung einen Priester aufsucht und ihm beichtet, was er getan hat.

Und der Priester, der noch jung war, als der Junge seinen Handel geschlossen hat, ist jetzt gelb und zerbrechlich wie ein alter Knochen. Er schüttelt den Kopf und sagt zu dem Jungen: »Das war kein Händler, dem du da auf der Straße begegnet bist. Das war der Teufel, mit dem du ein Geschäft gemacht hast, mein Sohn, und ein Geschäft mit dem Teufel endet in der Regel damit, dass jemand seine Seele verliert.«

»Aber es war nur ein Schatten«, protestiert der Junge.

Wieder schüttelt der alte Priester den Kopf. »Ein Mensch, der keinen Schatten wirft, ist nicht wirklich ein Mensch«, sagt er, wendet ihm den Rücken zu und schweigt.

Und der Junge geht nach Hause. Am nächsten Tag findet man ihn, wie er an einem Baum hängt. Die Morgensonne bescheint sein Gesicht, und sein langer, schmaler Schatten fällt auf das Gras zu seinen Füßen.

Es ist nur eine Geschichte, ich weiß. Aber sie fällt mir immer wieder ein, spät in der Nacht, wenn ich nicht schlafen kann und das Windspiel warnend klimpert, und dann richte ich mich im Bett auf und hebe die Arme, um zu sehen, ob ich einen Schatten auf die Wand werfe.

Und ich überprüfe jetzt auch immer häufiger Anouks Schatten.

# 3

Mittwoch, 31. Oktober

Oh, Mann. Vianne Rocher. Wie kann ich nur so was Blödes sagen? Manchmal verstehe ich mich selbst nicht. Vielleicht habe ich es gesagt, weil sie gelauscht hat und weil ich sauer war. In letzter Zeit bin ich ziemlich oft sauer.

Vielleicht war es auch wegen der Schuhe. Wegen dieser tollen, leuchtenden Schuhe mit den hohen Absätzen, knallig rot, lippenstiftrot, bonbonrot. Wie Edelsteine funkeln sie auf den Pflastersteinen. Solche Schuhe sieht man in Paris sonst nicht. Jedenfalls nicht an normalen Menschen. Und wir sind normale Menschen, das sagt jedenfalls Maman. Obwohl man es manchmal nicht denken würde, so wie sie sich aufführt.

Diese Schuhe –

Klack-klack-klack machten die Bonbonschuhe und blieben direkt vor der *Chocolaterie* stehen, weil ihre Besitzerin ins Schaufenster guckte.

Von hinten dachte ich zuerst, ich würde sie kennen. Der knallrote Mantel, passend zu ihren Schuhen. Schwarze Haare, mit einem Tuch zurückgebunden. Hatte sie Glöckchen an ihrem bunt gemusterten Kleid, trug sie ein klimperndes Armband mit Glücksbringern? Und was war das? Dieses seltsame Leuchten hinter ihr, das aussah wie ein Hitzeflirren?

Der Laden war wegen der Beerdigung geschlossen. Gleich würde die Frau weitergehen. Aber ich wollte unbedingt, dass sie bleibt, und deshalb tat ich etwas, was ich eigentlich nicht tun sollte. Maman denkt ja, ich habe es längst vergessen. Ich habe es auch wirklich schon ewig lang nicht mehr getan. Ich spreizte die Finger hinter ihrem Rücken und machte ein Zeichen in die Luft.

*Ein Hauch von Vanille, Muskatmilch, Kakaobohnen, über schwachem Feuer dunkel geröstet.*

Es ist keine Magie. Wirklich nicht. Es ist nur ein Trick. Ein Spiel, das ich spiele. Richtige Zauberei gibt es nicht, und trotzdem funktioniert es. Jedenfalls manchmal.

*Kannst du mich hören?*, sagte ich. Nicht mit meiner eigenen Stimme, sondern mit der Schattenstimme, ganz leise und leicht, wie Lichttupfer.

Sie hat es gespürt. Ich weiß es. Als sie sich umdrehte, erstarrte sie; ich ließ die Tür ein bisschen aufleuchten, ganz minimal, hellblau wie der Himmel. Spielte damit, sehr hübsch, als würde die Tür die Sonne spiegeln und ihr Gesicht anstrahlen.

*Rauchiger Duft in einer Tasse, ein Spritzer Sahne, eine Prise Zucker. Bitterorange, die du so magst, dunkle Schokolade, siebzig Prozent, und grob geschnittene Orangen aus Sevilla. Nimm mich. Iss mich. Genieß mich.*

Sie drehte sich um. Ich wusste es schon vorher. Schien sich zu wundern, als sie mich sah, lächelte aber trotzdem. Ich sah ihr Gesicht – blaue Augen, ein breites Lächeln, Sommersprossen auf dem Nasenrücken –, und ich mochte sie sofort, ich mochte sie sehr, so wie ich Roux gleich mochte, als ich ihn das erste Mal gesehen habe.

Und dann fragte sie mich, wer gestorben sei.

Ich konnte nicht anders. Vielleicht war es wegen der Schuhe; vielleicht, weil ich wusste, dass Maman hinter der Tür stand. Auf jeden Fall kam es einfach aus mir heraus, wie das Licht auf der Tür und der Rauchduft.

Ich sagte »Vianne Rocher«, ein bisschen zu laut, und kaum hatte ich es gesagt, da erschien auch schon Maman, in ihrem schwarzen Mantel, mit Rosette auf dem Arm und mit diesem vorwurfsvollen Gesichtsausdruck, so wie sie immer guckt, wenn ich mich danebenbenehme oder wenn Rosette einen ihrer Unfälle hat.

»Annie!«

Die Dame mit den roten Schuhen blickte von ihr zu mir und dann wieder zu meiner Mutter.

»Madame ... Rocher?«

Maman erholte sich schnell. »Das war mein ... Mädchenname«, sagte sie. »Jetzt heiße ich Madame Charbonneau. Yanne Charbonneau.« Sie warf mir wieder diesen typischen Blick zu. »Meine Tochter macht manchmal Witze«, sagte sie zu der Dame. »Ich hoffe, sie hat Sie nicht belästigt?«

Die Dame lachte laut und herzlich, bis in die Sohlen ihrer roten Schuhe. »Nein, überhaupt nicht«, sagte sie. »Ich habe gerade Ihren wunderschönen Laden bewundert.«

»Es ist nicht mein Laden«, sagte Maman. »Ich arbeite nur hier.«

Die Dame lachte wieder. »Das würde mir auch gefallen, glaube ich. Ich muss mir eigentlich einen Job suchen, und jetzt stehe ich hier und schiele nach Pralinen.«

Maman entspannte sich und setzte Rosette kurz auf den Boden, um die Tür abzuschließen. Mit ernster Miene musterte Rosette die Dame mit den roten Schuhen. Diese lächelte ihr zu, aber Rosette erwiderte das Lächeln nicht. Bei Fremden lächelt sie eigentlich nie. Irgendwie fand ich das gut. Ich habe sie gefunden, dachte ich. Ich habe sie hier festgehalten. Sie gehört mir, jedenfalls erst mal.

»Sie suchen einen Job?«, wiederholte Maman.

Die Dame nickte. »Meine Mitbewohnerin ist letzten Monat ausgezogen, und von meinem Verdienst als Kellnerin kann ich unmöglich die ganze Miete für die Wohnung bezahlen. Ich heiße Zozie ... Zozie de l'Alba, und ich liebe Schokolade, nebenbei bemerkt.«

Man muss sie einfach gern haben, dachte ich. Ihre Augen waren so blau, und wenn sie lächelte, sah ihr Mund aus wie eine Wassermelonenscheibe im Sommer. Sie wurde ein bisschen ernster, als ihr Blick wieder auf die Tür fiel.

»Mein Beileid«, murmelte sie. »Kein besonders passender Zeitpunkt, stimmt's? Ich hoffe, es war keine nahe Verwandte.«

Maman schüttelte den Kopf. »Madame Poussin. Sie hat hier gewohnt. Sie hätte sicher gesagt, dass sie den Laden führt, aber besonders viel hat sie nicht mehr gemacht, ehrlich gesagt.«

Ich dachte an Madame Poussin mit ihrem Mäusespeckgesicht und den blau karierten Schürzen. Rosenpralinen mochte sie am liebsten, und sie aß viel mehr Rosenpralinen, als ihr guttat, aber Maman sagte nie etwas.

Es war ein Schlag, sagte Maman. Ich finde, das klingt komisch, wie bei einem Spiel, wie bei Schlagball. Aber dann habe ich kapiert, dass wir Madame Poussin nie wiedersehen werden, und mir wurde ganz schwindelig, als würde ich nach unten schauen, und vor mir würde sich plötzlich ein riesiges Loch auftun.

Ich sagte: »Doch, sie hat viel gemacht«, und fing an zu weinen. Und ehe ich mich's versah, nahm sie mich in den Arm, und sie roch nach Lavendel und nach kostbarer Seide. Sie flüsterte mir etwas ins Ohr, einen Zauberspruch, dachte ich überrascht, wie früher, wie in Lansquenet, aber dann schaute ich auf, und es war gar nicht Maman. Es war Zozie. Ihre langen Haare berührten mein Gesicht, und ihr roter Mantel leuchtete in der Sonne.

Hinter ihr stand Maman, in ihrem Beerdigungsmantel und mit den mitternachtsdunklen Augen, so dunkel, dass niemand, niemand sagen kann, was sie gerade denkt. Sie machte einen Schritt auf uns zu, jetzt hatte sie wieder Rosette auf dem Arm, und ich wusste, wenn ich mich nicht losmache, umarmt sie uns beide, und dann kann ich nicht mehr aufhören zu weinen, obwohl ich ihr unmöglich erklären könnte, warum, jetzt nicht und auch später nicht und schon gar nicht vor der Dame mit den Bonbonschuhen.

Also rannte ich los, die kahle weiße Gasse hinunter, so dass ich einen Moment frei war wie der Himmel. Es tut so gut, wenn man rennt, man macht Riesenschritte, mit ausgestreckten Armen kann man ein Drachen sein, man spürt den Wind, man spürt, wie die Sonne vorausrast, und manchmal kann man sie alle fast überholen, den Wind, die Sonne und den Schatten, der einem auf den Fersen folgt.

Mein Schatten hat einen Namen, muss man wissen. Er heißt Pantoufle. Ich hatte früher mal ein Kaninchen namens Pantoufle, sagt Maman, aber ich kann mich nicht richtig erinnern und weiß nicht mehr, ob es ein lebendiges Kaninchen war oder nur ein Spielzeug. *Dein unsichtbarer Freund*, nennt sie ihn manchmal, aber ich bin mir fast sicher, dass Pantoufle wirklich da war, ein weicher grauer Schatten an meinen Fersen, der sich nachts zu mir ins Bett kuschelte. Ich denke immer noch gern an ihn, ich denke mir aus, dass er auf mich aufpasst, wenn ich schlafe, oder dass er mit mir rennt, um den Wind zu überholen. Manchmal spüre ich ihn, und manchmal sehe ich ihn auch jetzt noch, aber Maman sagt, das bilde ich mir nur ein, und sie mag es nicht, wenn ich über ihn rede, nicht mal im Spaß.

In letzter Zeit macht Maman sowieso selten Witze, und sie lacht auch nicht mehr so wie früher. Vielleicht macht sie sich immer noch Sorgen wegen Rosette. Ich weiß, dass sie sich meinetwegen sorgt. Ich nehme das Leben nicht ernst genug, sagt sie. Ich habe nicht die richtige Einstellung.

Nimmt Zozie das Leben ernst? Oh, Mann. Bestimmt nicht, würde ich wetten. Ein Mensch, der das Leben ernst nimmt, würde keine solchen Schuhe anziehen. Ich bin mir sicher, dass ich sie genau deswegen gleich so nett fand. Ihre roten Schuhe und die Art, wie sie vor dem Schaufenster stehen blieb – da wusste ich sofort, dass sie Pantoufle sehen kann und nicht nur einen Schatten an meinen Fersen.

# 4

Mittwoch, 31. Oktober

Ich bilde mir ein, dass ich gut mit Kindern umgehen kann. Mit Eltern ebenfalls. Das gehört zu meinem Charme, zu meinem Zauber. Ohne ein gewisses Maß an Charme kann man nicht im Geschäft bleiben, das muss man wissen, und bei meinem Beruf ist das erstrebte Ziel wesentlich persönlicher als der konkret greifbare Besitz, und deshalb ist es entscheidend, dass man zu dem Leben, das man übernimmt, direkten Kontakt findet.

Nicht, dass mich das Leben dieser Frau besonders interessiert hätte. Anfangs jedenfalls nicht – obwohl ich zugeben muss, dass ich gleich neugierig wurde. Nicht wegen der Verstorbenen. Auch nicht wegen des Ladens – er ist zwar sehr hübsch, allerdings viel zu klein, und für jemanden mit meinen ehrgeizigen Plänen eher einengend. Aber die Frau selbst faszinierte mich – und das Mädchen.

Glauben Sie an die Liebe auf den ersten Blick?

Dachte ich mir's doch, dass Sie nicht dran glauben. Ich auch nicht. Und trotzdem –

Die Farben, die durch die halb offene Tür schimmerten! Diese irritierenden Hinweise auf gewisse Dinge, die man halb sieht und halb ahnt. Der Klang des Windspiels über dem Eingang. All das weckte zuerst mein Interesse und dann meinen Sammeltrieb.

Ich bin keine Diebin, muss man wissen. Zuerst und vor allem bin ich Sammlerin. Ich sammle seit meinem neunten Lebensjahr, ich sammelte Glücksbringer für mein Armband, aber jetzt sammle ich Individuen, ihre Namen, ihre Geheimnisse, ihre Geschichten, ihr Leben. Manchmal tue ich es aus Profitgründen, klar. Aber am meisten Spaß macht mir die Jagd. Ich liebe die Spannung der Verführung, des Kampfes. Und den Moment, in dem die *Piñata* aufplatzt.

Den Moment liebe ich am allermeisten.

»Kinder«, sagte ich mit einem verständnisvollen Lächeln.

Die Frau seufzte. »Sie wachsen so schnell. Ein Wimpernschlag, und schon sind sie weg.« Das Mädchen rannte immer noch die Gasse hinunter. »Nicht so weit!«, rief Yanne.

»Sie wird nicht zu weit gehen.«

Yanne sieht aus wie eine zahmere Version ihrer Tochter. Schwarze Haare, mit Pony, gerade Brauen, Augen wie zartbittere Schokolade. Die gleichen roten, trotzigen, vollen Lippen und Mundwinkel, die leicht nach oben gehen. Das gleiche irgendwie exotische Äußere, obwohl ich außer dem ersten Farbleuchten hinter der halb offenen Tür nichts sehen konnte, was diesen Eindruck bestätigt hätte. Sie hat keinen Akzent, trägt abgetragene Sachen von *La Redoute*, eine schlichte schwarze Baskenmütze, ein bisschen schief auf dem Kopf, bequeme Schuhe.

An den Schuhen kann man sehr viel über einen Menschen ablesen. Ihre waren sorgfältig ausgewählt, ohne jeden Firlefanz, schwarz, vorne rund und betont unauffällig, wie die Schuhe, die ihre Tochter in der Schule trägt. Überhaupt war ihre ganze Erscheinung ein bisschen bieder, eine Spur zu farblos, ohne jeden Schmuck, außer einem schlichten Goldring; gerade genug Makeup, damit es nicht so wirkt, als wolle sie ein Statement abgeben, indem sie sich gar nicht schminkt.

Das Kind auf ihrem Arm ist höchstens drei, würde ich schätzen. Die gleichen wachsamen Augen wie die Mutter, aber ihre Haare sind so orangerot wie ein frischer Kürbis, und ihr kleines Gesichtchen, nicht größer als ein Gänseei, besteht hauptsächlich aus apricotfarbenen Sommersprossen. Eine ganz normale kleine Familie, zumindest an der Oberfläche, und doch werde ich das Gefühl nicht los, dass da etwas ist, was ich nicht richtig sehen kann, eine subtile Illumination, ähnlich wie bei mir.

Ja, dann würde sich die Mühe natürlich lohnen.

Die Frau schaute auf die Uhr. »Annie!«, rief sie.

Am Ende der Straße fuchtelte Annie mit den Armen. Eine Geste, die sowohl Übermut als auch Rebellion signalisieren konnte. Der schmetterlingsblaue Schimmerglanz, der ihr folgt, bestärkt mich in meiner Annahme, dass sie etwas verbirgt. Die Kleine hat jedenfalls mehr als nur einen Hauch von Illumination, und was die Mutter betrifft –

»Sie sind verheiratet?«, fragte ich.

»Ich bin verwitwet«, antwortete sie. »Seit drei Jahren. Bevor ich hierhergezogen bin.«

»Tatsächlich«, sagte ich.

Ich glaube ihr nicht. Um Witwe zu sein, braucht man mehr als einen schwarzen Mantel und einen Ehering, und Yanne Charbonneau (wenn sie wirklich so heißt) sieht für mich nicht aus wie eine Witwe. Für andere vielleicht, aber ich sehe mehr.

Warum also die Lüge? Wir sind in Paris, du meine Güte; hier werden die Leute doch nicht danach beurteilt, ob sie einen Ehering tragen oder nicht. Was für ein kleines Geheimnis verbirgt sie? Lohnt es sich, dahinterzukommen?

»Es ist sicher nicht einfach, einen Laden zu führen. Vor allem hier.« Montmartre, diese merkwürdige kleine Insel aus Stein, mit ihren Touristen und Malern, den offenen Gullys und den Bettlern, den Stripklubs und den nächtlichen Messerstechereien unten in den hübschen Straßen.

Sie lächelte. »So schlimm ist es nicht.«

»Tatsächlich?«, sagte ich wieder. »Aber jetzt, nachdem Madame Poussin nicht mehr da ist –«

Sie wandte den Blick ab. »Der Hausbesitzer ist ein guter Freund. Er wirft uns nicht raus.« Ich hatte den Eindruck, dass sie rot wurde.

»Läuft das Geschäft gut?«

»Könnte schlechter sein.«

Touristen, immer auf der Suche nach überteuerten Leckereien.

»Klar, ein Vermögen werden wir hier bestimmt nie verdienen –«

Genauso habe ich es mir gedacht. Kaum der Rede wert. Sie will sich nichts anmerken lassen, aber ich sehe den billigen Rock, den ausgefransten Saum an dem warmen Mantel des Kindes, das verblasste, unleserliche Holzschild über der Tür der *Chocolaterie*.

Und doch besitzt das vollgestellte Schaufenster eine seltsame Anziehungskraft, mit seinen Schachteln und Dosen, mit den *Hallowe'en*-Hexen aus dunkler Schokolade und bunten Strohhalmen, mit den kugeligen Marzipankürbissen und den Totenköpfen aus Ahornzucker, die man unter der halb geschlossenen Jalousie gerade noch ahnen kann.

Außerdem ist da dieser Geruch – ein rauchiger Geruch aus Apfel und karamellisiertem Zucker, aus Vanille, Rum, Kardamom und Kakao. Ich mag Schokolade eigentlich nicht so besonders, doch da läuft selbst mir das Wasser im Mund zusammen.

*Nimm mich. Iss mich.*

Mit den Fingern machte ich das Zeichen des Rauchenden Spiegels – auch als Auge des schwarzen Tezcatlipoca bekannt –, und das Schaufenster schien kurz aufzuleuchten.

Mit einem gewissen Unbehagen schien die Frau das Leuchten zu bemerken, und das Kind auf ihrem Arm maunzte leise lachend und streckte die Hand aus –

Eigenartig, dachte ich.

»Machen Sie die Pralinen selbst?«, fragte ich.

»Früher, ja, da habe ich alles selbst gemacht. Aber jetzt nicht mehr.«

»Es ist bestimmt nicht leicht.«

»Ich schaff das schon«, sagte sie.

Hm. Interessant.

Aber schafft sie es wirklich? Vor allem jetzt, da die alte Frau gestorben ist? Irgendwie habe ich meine Zweifel. Klar, sie wirkt kompetent und energisch, mit ihrem trotzigen Mund und dem festen Blick. Aber in ihrem Inneren lauert eine Schwäche, eine Müdigkeit, trotz allem. Eine Schwäche – oder vielleicht eine Stärke?

Man muss stark sein, um so zu leben wie sie. Um in Paris zwei Kinder allein großzuziehen, um ständig in einem Laden zu arbeiten, der ihr, wenn sie Glück hat, gerade genug Geld für die Miete einbringt. Aber ihre Schwäche – diese Schwäche ist etwas anderes. Zum Beispiel dieses Kind. Sie hat Angst um die Kleine. Angst um beide Kinder, sie klammert sich an sie, als könnte der Wind sie wegpusten.

Ich weiß, was Sie jetzt denken. Sie denken: Was geht mich das an?

Tja, von mir aus können Sie sagen, ich sei zu neugierig. Aber ich lebe schließlich von Geheimnissen. Von Geheimnissen, von Verrat, von Diebstahl im kleinen und großen Maßstab, von Lügen, Halbwahrheiten, Verdrehungen, verborgenen Untiefen, stillen Wassern, Mänteln und Degen, Geheimtüren, verstohlenen Begegnungen, Nischen und Ecken, verdeckten Operationen und unberechtigtem Besitz, von Informationen und mehr.

Ist das so falsch? So schlecht?

Wahrscheinlich schon.

Aber Yanne Charbonneau (oder Vianne Rocher) versteckt etwas vor der Welt. Ich rieche die Heimlichtuerei an ihr, wie die Feuerwerkskörper an einer *Piñata*. Ein gut gezielter Stein wird die Geheimnisse aufdecken, und dann werden wir wissen, ob es Geheimnisse sind, mit denen jemand wie ich etwas anfangen kann.

Ich will es herausfinden, das ist alles. Neugier charakterisiert alle, die das Glück haben, im Zeichen von Eins-Jaguar geboren zu sein. Außerdem lügt sie, stimmt's? Und wenn es etwas gibt, was wir Jaguare noch mehr hassen als Schwäche, dann sind das Lügen.

# 5

Donnerstag, 1. November
*Allerheiligen*

Anouk war heute wieder so unruhig. Vielleicht von dem Begräbnis gestern, vielleicht vom Wind. Er packt sie manchmal, wirbelt sie herum, lässt sie eigensinnig sein, und rücksichtslos und weinerlich und fremd. Meine kleine Fremde.

So habe ich sie immer genannt, als sie klein war und wir noch zu zweit. Kleine Fremde, als wäre sie eine Leihgabe von irgendwoher, und eines Tages würden sie kommen und sie wieder abholen. Das war schon immer so bei ihr, sie hatte schon immer etwas anderes, diese Augen, die viel zu weit sehen können, und Gedanken, die bis ans Ende der Welt reichen.

*Ein begabtes Kind*, sagt ihre neue Lehrerin. *Eine unglaublich lebhafte Fantasie, ein sehr differenzierter Wortschatz für ihr Alter* – aber sie hat auch schon diesen Blick, diesen geringschätzigen Blick, als wäre *eine lebhafte Fantasie* an sich schon verdächtig, vielleicht ein Hinweis auf eine dunklere Wahrheit.

Es ist meine Schuld, das weiß ich. Früher fand ich es ganz natürlich, Anouk nach den Glaubensregeln meiner Mutter zu erziehen. Auf diese Weise hatten wir ein gemeinsames Ziel, unsere eigene Tradition, einen Zauberkreis, in den die Welt nicht eindringen konnte. Aber wenn die Welt nicht hereinkommen kann, können wir nicht heraus. Eingesperrt in einem Kokon, den wir selbst gesponnen haben, so leben wir getrennt von den anderen, ewig fremd.

Jedenfalls bis vor vier Jahren.

Seither leben wir eine tröstliche Lüge.

Machen Sie kein so überraschtes Gesicht. Zeigen Sie mir eine Mutter, und ich zeige Ihnen eine Lügnerin. Wir sagen den Kindern, wie die Welt sein sollte – wir sagen, dass es so etwas wie Monster oder Gespenster gar nicht gibt, dass die Menschen gut zu dir sind, wenn du gut zu ihnen bist; dass die Mutter immer da ist, um dich zu beschützen. Natürlich geben wir nie zu, dass das Lügen sind. Wir meinen es gut, es ist alles nur zu ihrem Besten, aber gelogen ist es trotzdem.

Aber nach Les Laveuses hatte ich keine andere Wahl. Jede Mutter hätte so gehandelt wie ich.

»Was war das?«, fragte Anouk immer wieder. »Haben wir das gemacht, Maman?«

»Nein, es war ein Unfall.«

»Aber der Wind, du hast gesagt –«

»Mach die Augen zu und schlaf.«

»Können wir es nicht besserzaubern?«

»Nein, das können wir nicht. Es ist nur ein Spiel. Zauberei gibt es nicht, Nanou.«

Sie schaute mich mit ernsten Augen an. »Doch«, sagte sie. »Pantoufle sagt, so was gibt's.«

»Schätzchen, Pantoufle ist auch nicht real.«

Es ist nicht leicht, die Tochter einer Hexe zu sein. Aber noch schwerer ist es, die Mutter einer Hexe zu sein. Und nach dem, was in Les Laveuses geschehen ist, stand ich vor einer schwierigen Entscheidung. Ich konnte entweder die Wahrheit sagen und dadurch meine Kinder zu einem Leben verurteilen, wie ich es immer geführt hatte. Zu einem Leben, in dem man immer von einem Ort zum andern zieht, in dem es keine Stabilität gibt und keine Sicherheit. Man lebt nur aus Koffern und rennt davon, man flieht vor dem Wind.

Oder ich konnte lügen und wie alle anderen sein.

Und deshalb habe ich gelogen. Ich habe Anouk angelogen. Ich habe zu ihr gesagt: Das ist alles nicht real. Es gibt keine Zauberei, außer im Märchen. Es gibt keine Kräfte, die man anzapfen und ausprobieren kann, keine Hausgötter, keine Hexen, keine Runen, keine Zaubersprüche, keine Totems, keine Kreise im Sand. Alles, was nicht erklärt werden kann, wird zu einem Zufall oder zu einem Unfall: unerwartete Glückstreffer, gerade noch mal gut gegangen, Geschenke der Götter. Und Pantoufle – er wurde herabgestuft auf die Ebene eines »imaginären Freundes« und wird inzwischen ganz ignoriert, obwohl ich ihn immer noch manchmal sehe, wenn auch nur aus dem Augenwinkel.

Heutzutage wende ich mich ab. Ich schließe die Augen, bis die Farben verschwunden sind.

Nach Les Laveuses habe ich das alles weggeschoben, obwohl ich wusste, dass Nanou mir vielleicht Vorwürfe macht, mich vielleicht sogar eine Weile hasst, aber ich hoffe, dass sie mich eines Tages versteht.

»Du musst erwachsen werden, Anouk. Du musst lernen zu unterscheiden, was real ist und was nicht.«

»Warum?«

»Weil es besser ist, wenn man das kann«, sagte ich. »Diese Dinge, sie trennen uns von den anderen. Sie machen uns anders. Willst du anders sein? Möchtest du nicht dazugehören? Du möchtest doch Freunde haben und –«

»Ich habe Freunde gehabt. Paul und Framboise –«

»Wir konnten nicht bleiben. Nicht nach allem, was war.«

»Und Zézette und Blanche –«

»Fahrendes Volk, Nanou. Menschen vom Fluss. Man kann nicht immer auf einem Boot leben, nicht, wenn man in die Schule gehen möchte –«

»Und Pantoufle –«

»Imaginäre Freunde zählen nicht, Nanou.«

»Und Roux, Maman. Roux war unser Freund.«

Schweigen.

»Warum sind wir nicht bei Roux geblieben, Maman? Warum hast du ihm nicht gesagt, wo wir sind?«

Ich seufzte. »Das ist kompliziert.«

»Ich vermisse ihn.«

»Ich weiß.«

Für Roux ist immer alles einfach. Tu, was du willst. Nimm dir, was du brauchst. Gehe, wohin der Wind dich trägt. Für Roux funktioniert das. Ihn macht es glücklich. Aber ich weiß, wohin diese Straße führt. Und es wird so schwer, Nanou. Ach, so schwer.

Roux würde jetzt sagen: *Du machst dir zu viele Sorgen.* Roux mit seinen widerspenstigen Haaren und dem scheuen Lächeln und seinem geliebten Boot unter den wandernden Sternen. Ich mache mir Sorgen, weil Anouk in ihrer neuen Schule keine Freunde hat. Ich mache mir Sorgen, weil Rosette fast vier ist und hellwach, aber sie spricht kein Wort, als läge auf ihr ein böser Zauber, als wäre sie eine Prinzessin, die vor lauter Angst, sie könnte etwas verraten, was sie nicht sagen darf, vollkommen verstummt.

Wie soll ich das Roux erklären, der sich vor nichts fürchtet und sich um niemanden sorgt? Mutter zu sein heißt, in Angst zu leben. Angst vor dem Tod, Angst vor Krankheit, vor Verlust, vor Unfällen, vor Fremden, vor dem Schwarzen Mann oder einfach vor den Alltagsdingen, die uns am allermeisten verletzen können, vor dem Blick voller Ungeduld, vor dem bösen Wort, vor der verpassten Gutenachtgeschichte, vor dem vergessenen Kuss, vor dem schrecklichen Augenblick, wenn eine Mutter aufhört, in der Welt ihrer Tochter der Mittelpunkt zu sein, und zu einem Satelliten unter vielen anderen wird, der irgendeine Sonne umkreist.

Es ist nichts passiert, jedenfalls noch nicht. Aber ich sehe es bei den anderen Kindern, bei den jungen Mädchen mit den Schmollmündern und den Handys und dem verächtlichen Blick auf die Welt im Allgemeinen. Ich habe Anouk enttäuscht. Das weiß ich. Ich bin nicht die Mutter, die sie sich wünscht. Und mit elf ist sie, auch wenn sie noch so klug ist, viel zu klein, um zu verstehen, was ich geopfert habe und warum.

*Du machst dir zu viele Sorgen.*

Ach, wenn es doch so einfach wäre.

*Es ist ganz einfach*, antwortet seine Stimme in meinem Herzen.

Früher vielleicht, Roux. Jetzt nicht mehr.

Ich wüsste gern, ob er sich verändert hat. Und was mich betrifft – ich glaube, er würde mich gar nicht wiedererkennen. Ab und zu schreibt er mir. Er hat meine Adresse von Blanche und Zézette, aber immer nur ganz kurz, an Weihnachten und zu Anouks Geburtstag. Ich schreibe ihm postlagernd an das Postamt von Lansquenet, weil ich weiß, dass er da gelegentlich vorbeikommt. Rosette habe ich in meinen Briefen noch nie erwähnt. Und Thierry genauso wenig. Thierry, meinen Vermieter, der so lieb und so großzügig ist und dessen Geduld ich unsagbar bewundere.

Thierry Le Tresset, einundfünfzig, geschieden, Kirchgänger, Fels in der Brandung.

Lachen Sie nicht. Ich mag ihn sehr gern.

Ich frage mich, was er in mir sieht.

Wenn ich in den Spiegel schaue, blickt mir nicht mein Ebenbild entgegen, sondern das langweilige Gesicht einer Frau mit Mitte dreißig. Nichts Außergewöhnliches, eine ganz normale Frau, weder besonders schön noch besonders charismatisch. Eine Frau wie alle anderen. Genau das will ich ja sein, aber heute deprimiert es mich doch. Vielleicht wegen der Beerdigung. Die triste, schlecht beleuchtete Friedhofskapelle mit den Blumen, die noch vom vorherigen Toten stammten, der leere Raum, der absurde Riesenkranz von Thierry, der unbeteiligte Pfarrer mit der Schnupfennase, die blecherne Musik (Elgars *Nimrod*) aus den knisternden Lautsprechern.

Der Tod ist banal, wie meine Mutter in den Wochen vor ihrem Tod zu sagen pflegte. Bevor sie in einer belebten Straße mitten in New York starb. Das Leben ist etwas Besonderes. Wir sind etwas Besonderes. Das Besondere anzunehmen heißt, das Leben zu feiern.

Tja, Mutter – wie sich alles verändert! In der guten alten Zeit (na ja, so gut und alt ist sie auch nicht, sage ich mir) hätte es gestern Abend eine Feier gegeben. Am Abend vor Allerheiligen, *Hallowe'en*, das ist eine magische Zeit, eine Zeit der Geheimnisse und Mysterien, dazu die aus roter Seide genähten Duftsäckchen, die überall im Haus aufgehängt werden, um Unheil abzuwehren, und das verstreute Salz, der gewürzte Wein und die Honigkuchen, die man auf den Fenstersims legt; Kürbisse, Äpfel, Feuerwerkskörper und der Geruch von Fichtennadeln und Holzrauch, wenn der Herbst abtritt und der Winter die Bühne übernimmt. Die Leute hätten gesungen und wären ums Feuer getanzt. Ach, und Anouk früher, bunt geschminkt und mit schwarzen Federn, wie sie von Tür zu Tür flitzt, und Pantoufle folgt ihr auf den Fersen.

Nein, Schluss damit. Es tut weh, an diese Zeit zu denken. Und es ist nicht ungefährlich. Meine Mutter wusste es. Sie ist zwanzig Jahre lang vor dem Schwarzen Mann geflohen, und obwohl ich eine Zeit lang dachte, ich hätte ihn besiegt, ich hätte meinen Platz gefunden und die Schlacht gewonnen, merkte ich bald, dass dieser Sieg nur eine Illusion war. Der Schwarze Mann hat viele Gesichter und eine große Gefolgschaft, und er trägt nicht immer den Kragen eines Klerikers.

Ich dachte immer, ich hätte Angst vor ihrem Gott. Erst Jahre später habe ich gemerkt, dass ich mich vor ihrem Wohlwollen fürchte. Vor ihrer gut gemeinten Anteilnahme. Vor ihrem Mitgefühl. Ich habe in den letzten vier Jahren immer gespürt, dass sie uns auf der Spur sind, dass sie hinter uns her schnüffeln. Und seit Les Laveuses sind sie viel näher gekommen. Sie meinen es so gut, die Wohlwollenden, die Eumeniden; sie wollen nur das Allerbeste für meine schönen Kinder. Und sie werden nicht aufgeben, bis sie uns auseinandergerissen haben. Bis sie uns alle in Stücke zerfetzt haben.

Vielleicht ist das der Grund, weshalb ich mich Thierry nie richtig anvertraut habe. Der zuverlässige, anständige Thierry, mein guter Freund, mit dem bedächtigen Lächeln und der fröhlichen Stimme und seinem rührenden Glauben, dass man mit Geld alle Probleme lösen kann. Er will helfen, und er hat uns dieses Jahr schon so viel geholfen. Ein Wort von mir, und er wäre sofort zur Stelle. Alle unsere Sorgen wären weg. Ich frage mich, wieso ich zögere. Ich frage mich, warum ich es so schwer finde, jemandem zu vertrauen. Warum ich nicht endlich zugebe, dass ich Hilfe brauche.

Jetzt, kurz nach Mitternacht an *Hallowe'en*, merke ich, dass meine Gedanken, wie so oft in solchen Augenblicken, wandern: Sie wandern zu meiner Mutter, zu den Karten und zu den Wohlwollenden. Anouk und Rosette schlafen schon. Der Wind hat sich gelegt. Unter uns glimmert Paris wie im Nebel. Aber die *Butte de Montmartre* scheint über den Straßen zu schweben, wie eine Zauberstadt aus Rauch und Sternenlicht. Anouk glaubt, ich hätte die Karten verbrannt; ich habe sie schon mehr als drei Jahre nicht angerührt. Aber sie sind noch da, die Karten meiner Mutter, die nach Schokolade riechen und so oft gemischt wurden, dass sie glänzen.

Die Kiste ist ganz hinten im Schrank versteckt. Sie riecht nach einer verlorenen Zeit, nach der Zeit der Nebelschleier. Ich öffne sie, und da sind die alten Bilder, vor Jahrzehnten in Marseille in Holz geschnitzt: *Der Tod. Die Liebenden. Der Turm. Der Narr. Der Magus. Der Erhängte. Die Veränderung.*

Ich lege sie eigentlich gar nicht richtig, sage ich mir. Ich wähle die Karten beliebig aus, ohne an die Konsequenzen zu denken. Und trotzdem werde ich das Gefühl nicht los, dass sich mir irgendetwas enthüllen will, dass in den Karten eine Botschaft liegt.

Ich lege sie wieder weg. Es war ein Fehler. Früher hätte ich meine nächtlichen Dämonen mit einem Zauberspruch verbannt – *tsk, tsk, verschwindet!* – und mit einem heilenden Trank, mit Räucherstäbchen und ein bisschen Salz auf der Schwelle. Heute bin ich zivilisiert, ich braue mir höchstens einen Kamillentee. Der hilft mir beim Einschlafen.

Aber in der Nacht träume ich zum ersten Mal seit Monaten von den Wohlwollenden, wie sie durch die engen Straßen von Montmartre schlurfen, schleichen und schnüffeln. In diesem Traum wünsche ich mir, ich hätte wenigstens eine Prise Salz auf die Stufen gestreut oder ein Medizinsäckchen über die Tür gehängt, denn ohne diesen Schutz kann die Nacht ungehindert eindringen, angelockt vom Schokoladengeruch.

## Zwei

### Eins-Jaguar

# I

Montag, 5. November

Ich bin mit dem Bus in die Schule gefahren, wie meistens. Man würde nicht denken, dass hier eine Schule ist, wenn nicht am Eingang ein Schild hinge. Die Schule versteckt sich hinter hohen Mauern, die auch zu einem Bürogebäude oder zu einem privaten Park oder zu etwas ganz anderem gehören könnten. Das Lycée Jules Renard ist nicht besonders groß nach Pariser Maßstäben, aber für mich ist es praktisch wie eine Stadt.

Meine Schule in Lansquenet hatte vierzig Schüler. Hier sind es achthundert Mädchen und Jungen, samt Schultaschen, iPods, Handys, Deos, Schulbüchern, Lipgloss, Computerspielen, Geheimnissen, Tratsch und Lügen. Ich habe nur eine einzige Freundin hier, na ja, fast eine Freundin. Suzanne Prudhomme, die auf der Friedhofseite der Rue Ganneron wohnt und die manchmal zu uns in die Chocolaterie kommt.

Suzanne – sie will, dass man sie Suze nennt, wie den Aperitif – hat rote Haare, die sie hasst, und ein rundes rosarotes Gesicht, und sie fängt immer gerade eine neue Diät an. Mir gefallen ihre Haare, weil sie mich an meinen Freund Roux erinnern, und ich finde Suze überhaupt nicht dick, aber sie beschwert sich dauernd. Wir waren früher richtig gute Freundinnen, doch in letzter Zeit ist sie oft launisch und sagt ganz gemeine Dinge, ohne jeden Grund, oder sie redet gar nicht mehr mit mir, weil ich nicht genau das mache, was sie will.

Heute hat sie mich wieder mal geschnitten. Weil ich gestern Abend nicht mit ihr ins Kino gegangen bin. Aber schon der Eintritt ist so teuer, und dann muss man auch noch Popcorn und eine Cola holen. Wenn ich mir nichts kaufe, merkt Suzanne das natürlich und macht sich später in der Schule über mich lustig, weil ich nie genug Geld habe, außerdem wusste ich, dass Chantal auch mitkommt, und Suzanne ist total anders, wenn Chantal dabei ist.

Chantal ist Suzannes neue beste Freundin. Sie hat immer Geld, und ihre Haare sind jeden Tag perfekt frisiert. Sie trägt ein Kreuz mit Diamanten, und als die Lehrerin in der Schule einmal zu ihr sagte, sie soll es abnehmen, schrieb Chantals Vater einen Leserbrief an die Zeitung, in dem stand, es sei eine Schande, dass seine Tochter angegriffen wird, weil sie das Symbol des katholischen Glaubens trägt, während muslimische Mädchen immer noch ihre Kopftücher tragen dürfen. Das hat ziemlich viel Wirbel gemacht, und danach wurden sowohl Kreuze als auch Kopftücher in der Schule verboten. Aber Chantal hat ihr Kreuz immer noch um. Ich weiß es, weil ich es im Turnen gesehen habe. Die Lehrerin tut so, als würde sie es nicht merken. So tyrannisiert Chantals Vater die Leute.

*Ignorier sie einfach*, sagt Maman. *Du kannst dich doch mit anderen Mädchen anfreunden.*

Als hätte ich das nicht versucht! Aber immer, wenn ich eine neue Freundin gefunden habe, kommt Suze und zieht sie auf ihre Seite. Das ist schon so oft passiert. Man kann es nicht genau beschreiben, aber es ist die ganze Zeit da, wie ein Parfümgeruch in der Luft. Und plötzlich gehen dir alle, die du für Freundinnen gehalten hast, aus dem Weg und sind mit Suze zusammen, und ehe du dich's versiehst, sind sie ihre Freundinnen und nicht mehr deine, und du bist allein.

Also gut – Suze hat den ganzen Tag nicht mit mir geredet und saß im Unterricht immer neben Chantal und stellte ihre Tasche auf den anderen Stuhl neben ihr, damit ich mich nicht zu ihnen setzen konnte, und jedes Mal, wenn ich mich zu ihnen umdrehte, schienen sie über mich zu kichern.

Mir ist das völlig egal. Wer will schon wie die beiden sein?

Aber dann sehe ich, wie sie die Köpfe zusammenstecken, und an der Art, wie sie mich ganz betont nicht anschauen, merke ich, dass sie wieder über mich lachen. Warum? Was habe ich denn? Früher wusste ich wenigstens immer, was mich anders macht. Aber jetzt?

Liegt es an meinen Haaren? Liegt es daran, dass wir nie bei Galeries Lafayette einkaufen? Ist es, weil wir nie zum Skifahren nach Val d'Isère reisen und im Sommer auch nicht nach Cannes? Habe ich irgendein Etikett, so wie ein billiges Paar Turnschuhe, das sie warnt und ihnen zeigt, dass ich zweite Wahl bin?

Maman gibt sich solche Mühe, mir zu helfen. Nichts an mir ist anders, man merkt mir nicht an, dass wir kein Geld haben. Ich habe die gleichen Klamotten wie alle anderen auch. Ich habe die gleiche Schultasche wie sie. Ich sehe die richtigen Filme, lese die richtigen Bücher, höre die richtige Musik. Ich müsste eigentlich dazugehören. Aber irgendwie klappt es trotzdem nicht.

Das Problem bin ich. Ich passe einfach nicht zu ihnen. Ich habe irgendwie die falsche Form, die falsche Farbe. Ich mag die falschen Bücher. Ich sehe mir heimlich die falschen Filme an. Ich bin anders, ob es ihnen passt oder nicht, und ich sehe nicht ein, weshalb ich mich verstellen soll.

Aber es ist schwierig, wenn alle anderen Freundinnen und Freunde haben. Und es ist furchtbar, wenn einen die Leute nur mögen, wenn man jemand anderes ist.

Als ich heute Morgen ins Klassenzimmer kam, spielten die anderen mit einem Tennisball. Suze warf ihn zu Chantal, die warf ihn zu Lucie, dann weiter zu Sandrine und quer hinüber zu Sophie. Niemand sagte ein Wort. Sie spielten einfach immer weiter, aber keine warf ihn zu mir, und als ich *Hierher!* rief, schienen sie mich gar nicht zu hören. Es war so, als hätte das Spiel plötzlich ganz neue Regeln. Ohne dass jemand es vorher ankündigen musste, ging es jetzt darum, den Ball von mir fernzuhalten, als würden sie rufen *Annie ist Es!*, und als wollten sie mich zwingen hochzuhüpfen, indem sie den Ball über mich weg warfen.

Ich weiß, es ist blöd. Schließlich ist es nur ein Spiel. Aber so geht das in der Schule jeden Tag. In einer Klasse mit dreiundzwanzig Schülern bin ich immer diejenige, die übrig bleibt, die allein sitzen muss, die den Computer mit zwei anderen Schülern teilen muss (meistens Chantal und Suze) statt mit einem, die in der Pause isoliert herumsteht oder allein in der Bibliothek oder auf einer Bank sitzt, während die anderen in Grüppchen herumschlendern, lachen, reden und Spiele spielen. Ich hätte nichts dagegen, wenn mal jemand anderes *Es* wäre. Aber das passiert nie. Immer muss ich *Es* sein.

Dabei bin ich nicht schüchtern. Ich mag Menschen. Ich komme gut mit ihnen aus. Ich rede gern, ich spiele gern Fangen auf dem Schulhof; ich bin nicht wie Claude, der zu scheu ist, um den Mund aufzumachen, und der stottert, wenn ein Lehrer ihm eine Frage stellt. Ich bin weder so empfindlich wie Suze noch so arrogant wie Chantal. Ich bin immer da, um zuzuhören, wenn jemand sich aufregt – wenn Suze sich mit Lucie oder Danielle streitet, dann kommt sie zuerst zu mir gelaufen, nicht zu Chantal –, aber immer, wenn ich mir einbilde, dass alles gut wird, verschwindet sie wieder und lässt sich etwas Neues einfallen, macht zum Beispiel in der Umkleidekabine mit ihrem Handy Fotos von mir und zeigt sie dann überall herum. Wenn ich dann sage: *Suze, bitte, tu das nicht*, schaut sie mich bitterböse an und behauptet, es ist doch nur ein Witz, und das heißt, ich bin verpflichtet zu lachen, auch wenn ich keine Lust dazu habe, sonst gelte ich als humorlos und als Spielverderberin. Aber für mich ist es nicht komisch. Wie das Spiel mit dem Tennisball – es macht nur Spaß, wenn man nicht ausgeschlossen wird.

Darüber habe ich nachgedacht, als ich wieder im Bus saß. Chantal und Suze kicherten auf der Bank ganz hinten. Ich drehte mich nicht zu ihnen um, sondern tat so, als würde ich mein Buch lesen, obwohl der Bus hoppelte und die Seiten vor meinen Augen verschwammen. Meine Augen waren tatsächlich feucht – deshalb schaute ich dann einfach aus dem Fenster, obwohl es regnete. Es war schon fast dunkel, und alles wirkte sehr parisgrau, als wir gleich nach der Metrostation bei der Rue Caulaincourt an meine Haltestelle kamen.

Vielleicht nehme ich von jetzt an die Metro. Die Metrostation ist nicht so nah bei der Schule, aber ich mag sie lieber als den Bus: Ich mag den süßlichen Geruch der Rolltreppen, das Brausen in der Luft, wenn die Züge einfahren, ich mag die Menschen, das Gewühle. In der Metro sieht man seltsame Gestalten. Menschen mit verschiedenen Hautfarben, Touristen, Musliminnen mit Schleier, afrikanische Händler, deren Taschen vollgestopft sind mit gefälschten Uhren, Ebenholzschnitzereien, Muschelketten und Perlen. Da sind Männer, die sich wie Frauen kleiden, und Frauen, die sich wie Filmstars anziehen. Und Leute, die aus braunen Papiertüten komische Sachen essen, Leute mit Punkfrisuren, mit Tatoos und mit Ringen in den Augenbrauen. Und Bettler und Musiker und Taschendiebe und Betrunkene.

Maman will lieber, dass ich den Bus nehme.

Klar. Das passt.

Suzanne kicherte, und ich wusste, dass sie wieder über mich geredet hatten. Ich stand auf, ohne sie eines Blickes zu würdigen, und ging in den vorderen Teil des Busses.

Und da sah ich Zozie im Gang stehen. Heute trug sie keine Bonbonschuhe, sondern violette Plateaustiefel mit Schnallen bis zum Knie. Dazu ein kurzes schwarzes Kleid über einem knallgrünen Rollkragenpullover. Ihre Haare hatten grell pinkfarbene Strähnchen, und überhaupt sah sie supertoll aus.

Ich konnte nicht anders, ich musste es ihr sagen.

Eigentlich dachte ich, sie hätte mich längst vergessen, aber sie erinnerte sich an mich. »Annie! Du hier!« Sie gab mir einen Kuss. »Das ist meine Haltestelle. Steigst du auch aus?«

Ich drehte mich um und sah, dass Suzanne und Chantal uns neugierig beobachteten und vor lauter Staunen zu kichern vergaßen. Niemand kichert über Zozie. Und außerdem wäre ihr das sowieso egal. Suzanne blieb der Mund offenstehen (nicht sehr vorteilhaft), und Chantal neben ihr war fast so grün wie Zozies Pullover.

»Sind das deine Freundinnen?«, fragte Zozie, als wir ausstiegen.

»Nicht richtig«, sagte ich und verdrehte die Augen.

Zozie lachte. Sie lacht oft und ziemlich laut, muss ich sagen, und es scheint ihr nichts auszumachen, wenn die Leute glotzen. Sie war sehr groß in ihren Plateaustiefeln. Ich hätte auch gern welche.

»Und warum kaufst du dir keine?«, sagte Zozie.

Ich zuckte die Achseln.

»Ich finde, dein Stil ist eher – konventionell.« Es gefällt mir, wie sie das Wort konventionell ausspricht, mit diesem Blitzen in den Augen, das ganz anders ist, als wenn sich jemand lustig macht. »Ich hätte dich ein bisschen origineller und eigenwilliger eingeschätzt – wenn du weißt, was ich meine.«

»Maman möchte nicht, dass wir anders sind als die anderen.«

Sie zog die Augenbrauen hoch. »Tatsächlich?«

Wieder zuckte ich die Achseln.

»Na ja, jeder soll's machen, wie er möchte. Hör zu, ein Stück die Straße runter ist ein Café, in dem es die besten *Saint-Honorés* jenseits des Paradieses gibt – hättest du Lust, hinzugehen und zu feiern?«

»Was gibt's zu feiern?«, fragte ich.

»Ich werde eure Nachbarin!«

Klar, ich weiß, dass ich nicht mit fremden Leuten mitgehen darf. Maman hat mir das schon oft genug gesagt, und man kann nicht in Paris leben, ohne auf sich aufzupassen. Aber das hier war anders, und außerdem gingen wir in ein Café, oder genauer gesagt, in einen englischen Tea-Shop, den ich vorher noch nie gesehen hatte und in dem es, wie Zozie schon angekündigt hatte, ganz tolle Kuchen gab.

Allein wäre ich nie dorthin gegangen. Solche Cafés machen mich nervös – Glastische und Damen in Pelzmänteln, die aus feinen Porzellantassen erlesene Tees trinken, und Kellnerinnen in schwarzen Röckchen, die mich und Zozie misstrauisch musterten, mich in meiner Schuluniform und meinen zerzausten Haaren und Zozie in ihren violetten Plateaustiefeln, als könnten sie es nicht fassen, dass es Leute wie uns gibt.

»Ich finde dieses Café großartig«, flüsterte Zozie. »Es ist absolut schräg. Und dabei nimmt es sich selbst total ernst!«

Es nahm auch seine Preise ernst. Viel zu teuer für mich – zehn Euro für ein Kännchen Tee, zwölf für eine Tasse Schokolade.

»Ist schon gut. Ich lade dich ein«, sagte Zozie, als ich das Thema ansprach. Wir setzten uns an einen Ecktisch. Eine mürrisch dreinschauende Bedienung, die aussah wie Jeanne Moreau, brachte uns die Speisekarten und machte dazu ein Gesicht, als hätte sie schlimme Schmerzen.

»Du kennst Jeanne Moreau?«, fragte Zozie erstaunt.

Ich nickte, immer noch ein wenig nervös. »Sie war wunderbar in *Jules und Jim*.«

»Ja, nicht wie diese Arschtüte hier«, sagte Zozie mit einem Blick zu unserer Kellnerin, die gerade mit süßem Lächeln zwei stinkreich aussehende Damen mit identischen Blondfrisuren bediente.

Ich prustete los. Die Damen schauten erst mich an, danach Zozies violette Schuhe. Dann steckten sie tuschelnd die Köpfe zusammen, und ich musste sofort an Suze und Chantal denken und bekam einen ganz trockenen Mund.

Zozie musste etwas bemerkt haben, denn sie hörte auf zu lachen und musterte mich besorgt. »Was ist los?«, fragte sie.

»Ich weiß nicht. Irgendwie hatte ich auf einmal das Gefühl, die Leute da drüben lachen über uns.« Chantal geht immer mit ihrer Mutter in solche Cafés, versuchte ich zu erklären. In Cafés, in denen extrem dünne Damen in pastellfarbenen Kaschmirkostümen Zitronentee trinken und keinen Kuchen essen.

Zozie schlug die Beine übereinander. »Das liegt daran, dass du kein Klon bist. Klone passen sich an. Freaks fallen auf. Soll ich dir sagen, was ich besser finde?«

Wieder zuckte ich die Achseln. »Ich kann's mir denken.«

»Aber du bist nicht ganz überzeugt.« Sie grinste mich spitzbübisch an. »Schau her.« Und sie schnippte mit den Fingern in Richtung der Kellnerin, die aussah wie Jeanne Moreau, und exakt in dem Moment stolperte diese über ihre Stöckelschuhe, so dass das Kännchen mit Zitronentee auf den Tisch vor ihr knallte und die Tischdecke nass wurde und die heiße Flüssigkeit in die Handtaschen der Damen und auf ihre teuren Schuhe lief.

Ich schaute Zozie an.

Sie grinste immer noch. »Hübscher Trick, was?«

Und dann lachte ich auch, weil es natürlich reiner Zufall gewesen war. Niemand hätte vorhersehen können, dass das passieren würde, aber für mich hatte es so ausgesehen, als hätte Zozie gemacht, dass das Teekännchen umfiel. Die Kellnerin wischte jetzt mühsam alles auf, und die pastellfarbenen Damen waren so mit ihren nassen Schuhen beschäftigt, dass sie keine Zeit mehr hatten, uns zu beobachten oder über Zozies alberne Stiefel zu lachen.

Also bestellten wir Kuchen von der Karte und Kaffee an einer speziellen Kaffeetheke. Zozie aß ein *Saint-Honoré* – für sie gab es keine Diätvorschriften –, und ich nahm ein *Pâté d'amande*, und wir tranken beide *Vanilla latte*. Wir redeten viel länger, als ich gedacht hatte: über Suze und die Schule, über Bücher und Maman und Thierry und die Chocolaterie.

»Das ist doch bestimmt klasse, wenn man in einem Pralinenladen wohnt«, sagte Zozie und begann ihren *Saint-Honoré* zu essen.

»Nicht so schön wie in Lansquenet.«

Zozie schaute mich fragend an. »Was ist Lansquenet?«

»Da haben wir früher gewohnt. Richtung Süden. Da war es cool.«

»Cooler als in Paris?« Sie schien erstaunt.

Also erzählte ich ihr von Lansquenet und von Les Marauds, wo wir immer am Flussufer gespielt haben, Jeannot und ich, und dann erzählte ich ihr von Armande und von den Leuten am Fluss und von Roux' Boot mit dem Glasdach und der kleinen Kombüse mit den alten Emailletöpfen. Und wie wir immer Pralinen gemacht haben, Maman und ich, spätabends und ganz früh am Morgen, und wie alles nach Schokolade roch, sogar der Staub.

Danach war ich selbst verblüfft, dass ich so viel geredet hatte. Ich soll eigentlich nicht von Lansquenet erzählen, auch nicht von den anderen Städten, in denen wir gewohnt haben. Aber bei Zozie ist das anders. Bei ihr fühle ich mich gut aufgehoben.

»Wer hilft denn deiner Mutter jetzt, nach Madame Poussins Tod?«, fragte Zozie und löffelte den Schaum von ihrem Latte.

»Wir schaffen es schon«, sagte ich.

»Geht Rosette in den Kindergarten?«

»Noch nicht.« Aus irgendeinem Grund wollte ich nicht mit ihr über Rosette reden. »Aber sie ist sehr begabt. Sie kann zum Beispiel unheimlich gut zeichnen. Und sie folgt den Wörtern in ihren Bilderbüchern mit dem Finger.«

»Sie sieht dir nicht besonders ähnlich«, sagte Zozie.

Ich sagte nichts und zuckte die Achseln.

Zozie musterte mich mit blitzenden Augen, als wollte sie noch etwas sagen, aber sie schwieg. Als sie ihren Latte ausgetrunken hatte, sagte sie: »Es ist bestimmt nicht leicht, so ohne Vater.«

Ich zuckte wieder nur die Achseln. Selbstverständlich habe ich einen Vater – wir wissen nur nicht, wer er ist –, aber das wollte ich Zozie auf keinen Fall sagen.

»Deine Mutter und du, ihr versteht euch gut, stimmt's?«

»Mhm.« Ich nickte.

»Ihr seht euch sehr ähnlich –« Sie verstummte und lächelte mit gerunzelter Stirn, als würde sie versuchen, ein Problem zu lösen, das sie verwirrte. »Und du hast irgendetwas Besonderes, Annie. Ich kann es nicht genau beschreiben –«

Darauf ging ich natürlich nicht ein. Schweigen ist weniger gefährlich, sagt Maman, denn wenn du etwas sagst, kann das immer gegen dich verwendet werden.

»Auf jeden Fall bist du kein Klon, so viel ist sicher. Ich wette, du weißt ein paar Tricks –«

»Tricks?« Ich dachte an die Kellnerin und an den verschütteten Zitronentee. Ich schaute weg, weil ich mich auf einmal wieder komisch fühlte. Am liebsten wäre es mir gewesen, wenn die Rechnung gekommen wäre, dann hätte ich mich verabschieden und ganz schnell nach Hause laufen können.

Aber die Bedienung übersah uns geflissentlich und redete lieber mit dem Mann an der Kaffeetheke, lachte und warf ihre Haare zurück, so wie Suze, wenn Jean-Loup Rimbault (so heißt der Junge, den sie gut findet) in der Nähe ist. Außerdem habe ich bei Kellnerinnen schon öfter beobachtet, dass sie einen zwar schnell bedienen, aber nie die Rechnung bringen wollen.

Da machte Zozie eine kleine Teufelsgabel mit den Fingern, ganz unauffällig, so dass ich es fast nicht gemerkt hätte. Ein Miniteufelszeichen, als würde sie einen Schalter anknipsen, und die Kellnerin, die aussah wie Jeanne Moreau, drehte sich um, als hätte jemand sie gepikst, und brachte uns sofort auf einem kleinen Tablett die Rechnung.

Zozie lächelte und holte ihren Geldbeutel heraus. Jeanne Moreau wartete, mit gelangweilter, leicht beleidigter Miene. Ich erwartete eigentlich, dass Zozie etwas sagen würde – eine Frau, die es fertigbringt, in einem englischen Tea-Shop das Wort Arschtüte zu verwenden, hat bestimmt auch sonst keine Hemmungen, ihre Meinung zu sagen.

Aber sie hielt sich zurück. »Hier sind fünfzig. Stimmt so.« Und sie legte einen Fünf-Euro-Schein auf das Tablett.

Ich konnte genau sehen, dass es nur fünf Euro waren. Aber irgendwie schien die Kellnerin es nicht zu bemerken.

Sie sagte nur: »*Merci, bonne journée.*« Zozie machte ein Zeichen mit der Hand und steckte ihren Geldbeutel wieder ein, als wäre nichts passiert.

Und dann schaute sie mich an und zwinkerte mir zu.

Eine Sekunde lang war ich mir nicht mehr sicher, ob ich richtig gesehen hatte. Vielleicht war es nur ein ganz normaler Zufall gewesen. Schließlich war das Café sehr voll, die Kellnerin war beschäftigt, und manchmal machen die Leute Fehler.

Aber nach der Sache mit dem Tee –

Zozie lächelte mich an, wie eine Katze, die dich gleich kratzen könnte, auch wenn sie noch schnurrend auf deinem Schoß sitzt.

Tricks, hatte sie gesagt.

Zufälle, dachte ich. Unfälle.

Ich schaute auf die Uhr. »Ich muss los.« Auf einmal wünschte ich mir, ich wäre gar nicht mitgegangen. Ach, und ich hätte sie vor der *Chocolaterie* nicht ansprechen sollen. Klar, es ist nur ein Spiel – es ist nicht mal *real* –, und trotzdem kommt es mir so gefährlich vor, als wäre da etwas, das schläft und das man nicht allzu oft anstoßen darf, weil es sonst aufwacht.

Ich schaute auf meine Uhr. »Ich muss los.«

»Annie. Entspann dich. Es ist erst halb fünf.«

»Maman macht sich Sorgen, wenn ich zu spät komme.«
»Fünf Minuten machen doch nichts.«
»Ich muss gehen.«

Ich glaube, irgendwie habe ich erwartet, sie würde mich aufhalten und mich dazu bringen, wieder umzudrehen, wie die Kellnerin. Aber Zozie lächelte nur, und ich kam mir blöd vor, weil ich gleich so in Panik geraten war. Manche Leute sind leicht zu manipulieren. Die Kellnerin gehörte wahrscheinlich in diese Kategorie. Oder sie hatten sich beide geirrt. Oder vielleicht hatte ich mich geirrt.

Aber ich wusste, was ich gesehen hatte. Und sie wusste es auch. Das merkte ich an ihren Farben. Und an der Art, wie sie mich anschaute, mit diesem Lächeln, als hätten wir mehr getan, als nur Kuchen gegessen.

Ich weiß, es ist gefährlich. Aber ich mag sie. Ich mag sie sogar sehr. Ich wollte etwas sagen, um mich ihr verständlich zu machen.

Einer spontanen Eingebung folgend drehte ich mich um und sah, dass sie immer noch lächelte.

»Tschüs, Zozie«, sagte ich. »Heißen Sie wirklich so?«

»Tschüs, Annie«, ahmte sie mich nach. »Heißt du so?«

»Na ja, ich –« Ich war so verdutzt, dass ich es ihr fast erzählt hätte. »Meine richtigen Freunde sagen Nanou zu mir.«

»Und hast du viele Freunde?«, fragte sie mit einem Lächeln.

Ich lachte und hob einen einzigen Finger.

# 2

Dienstag, 6. November

Was für ein interessantes Kind. In mancher Hinsicht jünger als ihre Altersgenossinnen, aber dann auch wieder sehr viel älter. Es fällt ihr leicht, sich mit Erwachsenen zu unterhalten, aber anderen Kindern gegenüber wirkt sie befangen und ungeschickt, als wollte sie erst herausfinden, wie kompetent sie sind. Mir gegenüber war sie mitteilsam, lustig, unterhaltsam, nachdenklich, eigenwillig, doch sie reagierte mit instinktiver Abwehr, als ich – ganz behutsam – das Thema Andersartigkeit ansprach.

Klar, kein Kind will anders sein als die anderen. Aber bei Annie geht die Zurückhaltung tiefer. Es ist, als würde sie etwas vor der Welt verbergen, eine Eigenschaft, die Risiken birgt, wenn sie entdeckt wird.

Andere Leute merken das vielleicht gar nicht. Aber ich bin nicht wie die anderen, und ich fühle mich zu diesem Mädchen unwiderstehlich hingezogen. Ich frage mich, ob sie weiß, was sie ist, ob sie es versteht – ob sie überhaupt eine Ahnung davon hat, welches Potenzial in ihrem kleinen Trotzkopf schlummert.

Ich habe sie heute wieder gesehen, auf ihrem Heimweg von der Schule. Sie war – na ja, nicht gerade abweisend, aber doch wesentlich weniger zutraulich als gestern. Als hätte sie gemerkt, dass eine gewisse Grenze überschritten wurde. Wie gesagt, ein hochinteressantes Kind. Vor allem, weil sie für mich eine echte Herausforderung darstellt. Ich spüre, dass sie durchaus empfänglich ist für Verführungen, aber sie ist misstrauisch, extrem misstrauisch, und ich muss langsam vorgehen, wenn ich sie nicht vertreiben will.

Also unterhielten wir uns nur eine Weile – ich erwähnte diesmal ihre Andersartigkeit nicht, auch nicht den Ort, den sie Lansquenet nennt, oder den Pralinenladen –, und dann gingen wir wieder auseinander, aber ich sagte ihr vorher noch, wo ich wohne und wo ich jetzt arbeite.

Wo ich arbeite? Na ja, jeder braucht einen Job. Für mich ist die Arbeit ein guter Vorwand, um ein bisschen zu spielen: Ich kann unter Leute gehen, sie beobachten und ihre kleinen Geheimnisse erfahren. Geld brauche ich natürlich nicht, deshalb kann ich es mir leisten, den erstbesten Job anzunehmen. Einen Job, wie ihn jede junge Frau in einem Stadtteil wie Montmartre ohne Schwierigkeiten findet.

Nein, nicht das. Kellnerin natürlich.

Es ist schon sehr, sehr lange her, dass ich das letzte Mal in einem Café gearbeitet habe. Zurzeit habe ich es eigentlich nicht nötig – man wird miserabel bezahlt, und die Arbeitszeiten sind noch miserabler –, aber ich finde, Kellnern passt zu Zozie de l'Alba. Und außerdem habe ich so die Chance, genau zu studieren, was sich im Viertel abspielt.

Das *Le P'tit Pinson*, in einer Ecke der Rue des Faux-Monnayeurs, ist ein Café alten Stils, das aus der etwas schmuddeligen, anrüchigeren Zeit des Montmartre stammt, dunkel und verraucht – überall sind Spuren von Fett und Nikotin. Der Besitzer heißt Laurent Pinson, ein fünfundsechzigjähriger Pariser, der einen aggressiven Schnurrbart trägt und seine Körperpflege vernachlässigt. Genau wie Laurent ist auch das Café eigentlich nur für die ältere Generation attraktiv, die zu schätzen weiß, dass die Preise moderat sind und dass es immer ein Tagesgericht gibt – und für etwas verrückte Menschen wie mich, die sich über die spektakuläre Unhöflichkeit des Besitzers und über die extremen politischen Ansichten der älteren Gäste amüsieren.

Die Touristen bevorzugen die Place du Tertre, mit dem Kopfsteinpflaster, den hübschen kleinen Cafés und den Tischchen mit Stoffdecken. Oder die Jugendstil-Pâtisserie in der unteren *Butte*, mit ihrer köstlichen Auswahl an Törtchen und Konfekt. Oder den englischen Tea-Shop in der Rue Ramey. Aber die Touristen sind mir egal. Ich interessiere mich für die *Chocolaterie* auf der anderen Seite des Platzes, die ich von hier aus gut im Blick habe. Ich kriege mit, wer kommt und geht, ich kann die Kunden zählen, die Lieferungen überwachen und mir generell einen Eindruck vom Alltagsrhythmus verschaffen.

Die Briefe, die ich am ersten Tag gestohlen habe, waren in praktischer Hinsicht nicht besonders aufschlussreich. Eine Quittung vom 20. Oktober, auf der *Barzahlung* stand, von einem Konditoreilieferanten namens *Sogar Fils*. Aber wer bezahlt heute noch bar? So eine unpraktische Zahlweise – hat diese Frau denn kein Konto? Das heißt, diesem Brief konnte ich nichts entnehmen.

Im zweiten Umschlag befand sich eine Beileidskarte wegen Madame Poussin, unterschrieben mit *Gruß und Kuss, Thierry*. Abgestempelt in London. Und noch lässig hinzugefügt: *Bis bald, und mach dir bitte keine Sorgen.*

Abheften für später.

Drittens eine verblasste Postkarte von der Rhône, die noch weniger aussagte:

*Es geht nach Norden. Ich komme vorbei, wenn's klappt.*

Gezeichnet mit R. Nur an Y und A adressiert, aber die Schrift war ziemlich schlampig, und das Y sah eher aus wie ein V.

Als Viertes eine Werbebroschüre, die irgendwelche Finanzdienstleistungen anpries.

Egal, sagte ich mir. Ich habe Zeit.

»Hallo! Sie sind's!« Wieder dieser Maler. Ich kenne ihn inzwischen. Er heißt Jean-Louis, sein Freund mit der Baskenmütze heißt Paupaul. Ich sehe die beiden oft im *Le P'tit Pinson*, wo sie Bier trinken und die Frauen anbaggern. Fünfzig Euro für eine Bleistiftskizze – genauer gesagt, zehn für die Skizze und vierzig für die Schmeichelei. Sie haben ihre Strategie bis ins letzte Detail ausgetüftelt: Jean-Louis ist der Charmeur – unscheinbare Frauen sind dafür besonders anfällig –, und seine Beharrlichkeit, nicht sein Talent ist das Geheimnis seines Erfolgs.

»Ich kaufe nichts, also verplempern Sie nicht Ihre Zeit«, sagte ich zu ihm, als er seinen Zeichenblock aufklappte.

»Dann verkaufe ich Laurent das Bild«, sagte er mit einem Augenzwinkern. »Oder ich behalte es selbst.«

Paupaul tut so, als ginge ihn das alles nichts an. Er ist älter als sein Freund und längst nicht so leutselig. Das heißt, eigentlich sagt er fast gar nichts, sondern steht an seiner Staffelei in der Ecke des Platzes, schaut mit grimmiger Miene auf das Papier und kritzelt gelegentlich etwas. Dabei wirkt er so konzentriert, dass man schon fast Angst bekommt. Er hat einen einschüchternden Schnurrbart und lässt seine Kunden sehr lange sitzen, während er mürrisch immer weiter zeichnet und dabei wild vor sich hin murmelt, bis er ein Werk vorlegt, dessen Proportionen so bizarr sind, dass seine Kunden es schon aus lauter Respekt kaufen.

Jean-Louis skizzierte mich immer noch, als ich zwischen den Tischen durchging. »Ich warne Sie. Für so was verlange ich Geld.«

»Sehet die Lilien auf dem Felde«, entgegnete Jean-Louis unbeeindruckt. »Sie arbeiten nicht, und sie verlangen auch keine Modellgebühren.«

»Lilien müssen auch keine Rechnungen bezahlen.«

Am Morgen war ich nämlich auf der Bank. Wie jeden Tag diese Woche. Fünfundzwanzigtausend Euro bar abzuheben würde zu viel Aufmerksamkeit erregen, aber mehrere kleine Summen – tausend hier, zweihundert da – sind am nächsten Tag schon wieder vergessen.

Trotzdem sollte man sich nie in Sicherheit wiegen.

Also ging ich nicht als Zozie auf die Bank, sondern als die Kollegin, in deren Namen ich das Konto eröffnet hatte – als Barbara Beauchamp, eine Sekretärin mit makellosem Führungszeugnis. Ich zog mich für diesen Anlass betont dezent an. Zwar ist es nicht möglich, sich vollständig unsichtbar zu machen (außerdem würde das viel zu viel Unruhe auslösen), aber unscheinbar kann jeder sein, und eine durchschnittliche Frau mit Wollmütze und Handschuhen kommt fast überall unbemerkt durch.

Und genau das ist der Grund, weshalb ich es sofort gespürt

habe. Ich hatte dieses komische Gefühl, beobachtet zu werden, als ich am Schalter stand, die Farben wurden greller – und dann die Bitte, einen Moment zu warten, während der Vorgang bearbeitet werde –, das roch und klang sehr danach, dass irgendetwas nicht stimmte.

Ich wartete lieber nicht ab, ob sich mein Verdacht bestätigen würde. Ich verließ die Bank, sobald der Kassierer außer Sichtweite war. Draußen steckte ich das Scheckbuch und die Karte in einen Umschlag, den ich in den nächstbesten Briefkasten warf. Der Adressat war frei erfunden. Die verräterischen Indizien werden die nächsten drei Monate von einem Postamt zum nächsten wandern, bis sie in dem Depot für unzustellbare Briefe landen, wo niemand sie je finden wird. Falls ich mal eine Leiche loswerden muss, werde ich genauso vorgehen: Ich werde Hände und Füße und kleine Leichenstücke in Päckchen packen und an undeutlich geschriebene Adressen überall in Europa schicken, während die Polizei vergeblich nach einem verscharrten Toten sucht.

Wobei Mord noch nie nach meinem Geschmack war. Trotzdem darf man keine Möglichkeit vollständig ausschließen.

Ich fand ein praktisches Kleidergeschäft, in dem ich mich von Madame Beauchamp wieder in Zozie de l'Alba verwandeln konnte. Dabei passte ich die ganze Zeit scharf auf, ob um mich herum irgendetwas Ungewöhnliches passierte, ging über Umwege zurück in meine Pension im unteren Montmartre und dachte über die Zukunft nach.

Verdammt.

Zweiundzwanzigtausend Euro waren noch auf Madame Beauchamps falschem Konto – es hatte mich viel Zeit und Mühe gekostet, dieses Geld zu beschaffen: sechs Monate Planung, Recherchen, Einübung einer neuen Identität. Und jetzt kam ich nicht mehr an dieses Geld ran. Zwar würde mich auf dem verschwommenen Überwachungsvideo sicher niemand erkennen, aber höchstwahrscheinlich war das Konto eingefroren worden und wurde jetzt von der Polizei überwacht. Ich musste es wohl oder übel einsehen – das Geld war futsch. Mir blieb nichts außer dem zusätzlichen Glücksbringer an meinem Armband – eine Maus, passend zu der armen Françoise.

Die traurige Wahrheit ist, so sage ich mir selbst, dass handwerkliches Können keine Zukunft mehr hat. Sechs vergeudete Monate. Ich bin wieder bei Null angekommen. Kein Geld, kein Leben.

Na ja, das kann sich schnell ändern. Ich brauche nur eine Inspiration. Fangen wir mit der *Chocolaterie* an, einverstanden? Mit Vianne Rocher aus Lansquenet, die sich aus bisher unersichtlichen Gründen in Yanne Charbonneau verwandelt hat, Mutter von zwei Kindern, angesehene Witwe in Montmartre.

Spüre ich eine verwandte Seele? Nein. Aber ich erkenne eine Herausforderung. Zwar ist aus der *Chocolaterie* im Moment nicht viel herauszuholen, aber Yannes Leben ist nicht ohne Reiz. Und außerdem hat sie dieses Kind. Dieses hochinteressante Kind.

Ich wohne in einem Haus ganz in der Nähe des Boulevard de Clichy, zu Fuß zehn Minuten von der Place des Faux-Monnayeurs entfernt. Zwei Zimmer, jedes so groß wie eine Briefmarke, oben im vierten Stock, enges Treppenhaus, aber sehr billig, also meiner momentanen Situation entsprechend, und diskret genug, um meine Anonymität zu schützen. Von hier habe ich die Straßen im Blick, ich kann mein Kommen und Gehen planen und Teil der Szenerie werden.

Es ist nicht die *Butte*, denn die übersteigt meine Möglichkeiten. Und es ist ein ziemlicher Abstieg nach Françoise' hübscher kleiner Wohnung im 11. Bezirk. Aber Zozie de l'Alba gehört nicht dazu, und es passt zu ihr, unter ihrem Niveau zu wohnen. Hier leben ganz unterschiedliche Menschen, Studenten, Ladenbesitzer, Immigranten, Masseurinnen mit und ohne Lizenz. Es gibt allein in diesem kleinen Viertel ein halbes Dutzend Kirchen (Wollust und Religion, die siamesischen Zwillinge), in den Straßen liegen mehr Abfälle herum als Blätter, es riecht immer nach Gully und nach Hundedreck. Auf dieser Seite der *Butte* sind die hübschen kleinen Cafés längst billigen Supermärkten und Schnapsläden gewichen, vor denen sich abends die Obdachlosen versammeln und Rotwein aus Plastikflaschen trinken, bevor sie sich vor den vergitterten Eingängen zur Ruhe legen.

Wahrscheinlich wird es mir bald langweilig hier, aber ich brauche eine Wohnung, in der ich mich unauffällig bewegen kann, bis sich die Aufregung wegen Madame Beauchamp – und wegen Françoise Lavery – wieder gelegt hat. Außerdem kann es nie schaden, wenn man ein bisschen vorsichtig ist. Wie meine Mutter immer sagte: Man muss sich Zeit nehmen, um die Kirschen zu pflücken.

# 3

Donnerstag, 8. November

Während ich darauf warte, dass die Kirschen reifen, sammle ich Informationen über die Einwohner der Place des Faux-Monnayeurs. Madame Pinot, dieses kleine Sumpfhuhn, führt einen Zeitungsladen mit Souvenirs und anderem Krimskrams und ist ein Plappermaul. Sie hat mich mit dem Viertel vertraut gemacht.

Durch sie weiß ich, dass Laurent Pinson gern in Single-Bars geht, dass der dicke junge Mann vom italienischen Restaurant über hundertfünfzig Kilo wiegt, aber trotzdem mindestens zwei Mal in der Woche in die *Chocolaterie* geht und dass die Frau mit dem Hund, die jeden Donnerstag um zehn Uhr vorbeikommt, Madame Luzeron ist, deren Mann letztes Jahr einen Schlaganfall hatte und deren Sohn mit dreizehn gestorben ist. Jeden Donnerstag geht sie auf den Friedhof, sagt Madame Pinot, den albernen kleinen Hund im Schlepptau. Woche für Woche. Die arme Frau.

»Was ist mit der *Chocolaterie*?«, fragte ich sie und nahm mir aus dem kleinen Zeitschriftenregal eine *Paris-Match* (ich hasse *Paris-Match*). Über und unter den Zeitschriften steht das bunte religiöse Zeug, Madonnen aus Gips, billige Keramikfiguren, Schneekugeln mit Sacré Cœur, Medaillons, Kruzifixe, Rosenkränze, Weihrauch für alle Gelegenheiten. Ich würde mal vermuten, dass Madame eher prüde ist. Sie hat auf den Titel meiner Zeitschrift geschaut (auf der Prinzessin Stephanie von Monaco zu sehen war, wie sie sich im Bikini irgendwo am Strand räkelt) und eine Grimasse gezogen, so dass sie aussah wie das Hinterteil eines Truthahns.

»Da gibt's nicht viel zu sagen«, antwortete sie. »Der Ehemann ist irgendwo im Süden gestorben. Aber sie ist insgesamt auf die Füße gefallen.« Das geschäftige Plappermaul spitzte wieder die Lippen. »Ich vermute, über kurz oder lang wird's da eine Hochzeit geben.«

»Tatsächlich?«

Sie nickte. »Thierry Le Tresset. Ihm gehört das Haus. Er hat den Laden sehr günstig an Madame Poussin vermietet, weil sie irgendwie eine Freundin der Familie war. Durch sie hat er Madame Charbonneau kennengelernt. Und wenn ich je einen Mann gesehen habe, der bis über beide Ohren –« Sie tippte die Zeitschrift in die Kasse. »Trotzdem, ich frage mich, ob ihm klar ist, worauf er sich da einlässt. Sie ist mindestens zwanzig Jahre jünger als er – und er ist immer auf Geschäftsreisen. Außerdem hat sie zwei Kinder, von denen eins irgendwie anders ist –«

»Anders?«, wiederholte ich.

»Ach, haben Sie das noch gar nicht gehört? Das arme Ding. So was ist für jeden Menschen eine schwere Last – und das wäre ja schon schlimm genug –«, sagte sie, »aber – na ja, mir soll doch keiner erzählen, dass der Laden Profit abwirft, bei den hohen laufenden Kosten, und dann die Heizung und die Miete –«

Ich ließ sie noch eine Weile reden. Tratsch ist für Leute wie Madame Pinot eine wichtige Währung im Umgang mit anderen, und ich spüre, dass ich ihr eine Menge Material zum Nachdenken geliefert habe. Mit meinen pinkfarbenen Strähnchen und den knallroten Schuhen muss ich in ihren Augen wie eine vielversprechende Geschichtenquelle aussehen. Mit einem freundlichen *Au revoir* und dem Gefühl, einen guten Einstieg gefunden zu haben, verließ ich den Laden und begab mich an meine neue Arbeitsstelle.

Das Café ist wirklich der beste Beobachtungsposten, den ich mir wünschen konnte. Von hier aus kann ich, wie gesagt, alle Kunden sehen, das Kommen und Gehen verfolgen, die Lieferungen bewachen und die Kinder im Auge behalten.

Die Kleine scheint ganz schön anstrengend zu sein. Nicht laut, aber frech. Sie ist winzig, allerdings ein ganzes Stück älter, als ich anfangs dachte. Madame Pinot sagt, sie sei schon fast vier und man warte immer noch auf ihr erstes Wort. Allerdings kenne sie die Zeichen für »ja« und »nein«. Ein Kind, das anders ist als die anderen, sagt Madame, mit dem vielsagenden Lächeln, das sie sich sonst für Schwarze, Juden und für das fahrende Volk vorbehält.

Ein Kind, das anders ist? Zweifellos. Wie anders, wird sich noch herausstellen.

Und dann ist da natürlich noch Annie. Ich sehe sie vom Le P'tit Pinson – jeden Morgen kurz vor acht und nachmittags um halb fünf –, und sie unterhält sich sehr nett mit mir, erzählt mir von der Schule und ihren Freundinnen, von ihren Lehrern und den Leuten, die sie im Bus sieht. Das ist immerhin ein Anfang, aber ich merke doch, dass sie sich bremst. In gewisser Weise freut mich das. Ich kann diese Kraft sinnvoll nutzen – mit der richtigen Ausbildung könnte dieses Mädchen es weit bringen, da bin ich mir sicher. Und außerdem liegt ja, wie wir wissen, der schönste Teil einer Verführung in der Jagd.

Aber eigentlich habe ich schon genug vom Le P'tit Pinson. Das Geld, das ich in der ersten Woche verdient habe, deckt kaum meine Unkosten, und Laurent ist nur schwer zufriedenzustellen. Was allerdings noch schlimmer ist: Er fängt an, sich für mich zu interessieren. Ich merke das an seinen Farben und an der Art, wie er seine Haare kämmt und überhaupt plötzlich auf sein Äußeres achtet.

Dieses Risiko besteht natürlich immer, ich weiß. Françoise Lavery hätte er nicht bemerkt. Aber Zozie de l'Alba hat eine völlig andere Ausstrahlung. Er versteht es ja selbst nicht, denn eigentlich mag er keine Ausländer, und diese Frau hat so etwas – na ja, so etwas Zigeunerhaftes, das bei ihm instinktiv Misstrauen weckt –

Und doch fängt er an, sich zu überlegen, was er anziehen soll – zum ersten Mal seit Jahren. Er sortiert bestimmte Krawatten aus (zu schrill, zu breit), er prüft, welcher Anzug ihm am besten steht, probiert sein altes Rasierwasser, das er zum letzten Mal bei einer Hochzeitsfeier verwendet hat – aber leider hat es sich inzwischen in Essig verwandelt und hinterlässt auf dem frischen weißen Hemd braune Flecken.

Normalerweise würde ich solche Gefühle sogar noch anheizen; ich würde der Eitelkeit des alten Mannes schmeicheln, in der Hoffnung, dass dabei etwas für mich herausspringt, eine Kreditkarte oder ein bisschen Geld, und vielleicht hat er ja irgendwo eine Spardose versteckt – so einen kleinen Diebstahl würde Laurent bestimmt nie melden.

Unter normalen Umständen würde ich mich so verhalten. Aber Männer wie Laurent gibt es wie Sand am Meer. Frauen wie Yanne hingegen –

Vor ein paar Jahren, als ich jemand anderes war, ging ich ins Kino, um mir einen Film über die alten Römer anzusehen. Der Film war in vieler Hinsicht eine Enttäuschung, zu routiniert gemacht, zu viel Pseudoblut und ein typisches Hollywood-Ende. Besonders unrealistisch fand ich die Gladiatorenkämpfe, vor allem das computergenerierte Publikum im Hintergrund, lauter Leute, die schreien und lachen und die Arme hochreißen, sehr säuberlich, wie eine lebendige Tapete. Ich habe mich damals gefragt, ob die Filmemacher je eine richtige Menschenmenge beobachtet haben. Ich mache das nämlich oft – meistens finde ich die Zuschauer spannender als das Spektakel selbst –, und auch wenn die Leute auf der Leinwand schon irgendwie überzeugend wirkten, fehlten ihnen doch die Farben, und ihre Bewegungen hatten mit der Wirklichkeit nichts zu tun.

Tja, und an diese Menschenmenge erinnert mich Yanne Charbonneau. Sie ist eine künstliche Gestalt im Hintergrund, einigermaßen glaubwürdig, wenn man sie nur im Vorübergehen sieht, aber ihr Verhalten folgt vorhersagbaren Regeln. Sie hat keine Farben – oder wenn sie welche hat, dann hat sie gelernt, diese sehr gut hinter einer Mauer der Belanglosigkeit zu verbergen.

Die Kinder hingegen sind hell illuminiert. In der Regel haben Kinder sowieso kräftigere Farben als Erwachsene, aber Annie fällt trotzdem auf, und ihre Farbschleppe aus strahlendem Schmetterlingsblau flattert trotzig vor dem Blau des Himmels.

Aber da ist noch etwas, glaube ich – eine Art Schatten, der ihr folgt. Ich habe ihn gesehen, als sie mit Rosette vor der *Chocolaterie* spielte. Annie mit dieser byzantinischen Haarwolke, die in der Nachmittagssonne golden glühte, während sie ihre kleine Schwester an der Hand hielt, die in ihren primelgelben Gummistiefeln über das Kopfsteinpflaster hüpfte und stampfte.

Irgendein Schatten. Ein Hund, eine Katze?

Gut – ich werde es herausfinden. Das weiß ich. Lass mir Zeit, Nanou. Lass mir nur ein klein bisschen Zeit.

# 4

Donnerstag, 8. November

Thierry ist heute aus London zurückgekommen, mit einem Armvoll Geschenke für Anouk und Rosette und mit einem Dutzend gelber Rosen für mich.

Es war Viertel nach zwölf, und in zehn Minuten wollte ich die *Chocolaterie* über Mittag schließen. Ich war gerade dabei, für eine Kundin eine Schachtel mit Makrönchen als Geschenk zu verpacken, und freute mich auf eine ruhige Stunde mit den Kindern (Donnerstag ist Anouks freier Nachmittag). Ich schlang ein pinkfarbenes Band um die Schachtel – eine Bewegung, die ich schon tausendmal ausgeführt hatte –, band eine Schleife und zog dann das Band an der Klinge der Schere entlang, damit es sich ringelt.

»Yanne!«

Die Schere rutschte mir weg, aus dem Kringel wurde nichts.

»Thierry! Du kommst einen Tag früher!«

Thierry ist ein großer, kräftiger Mann. In seinem Kaschmirmantel füllte er den gesamten Türrahmen des kleinen Ladens. Ein offenes Gesicht, blaue Augen, dichtes Haar, fast noch ganz braun. Geldhände, die aber auch noch das Arbeiten gewohnt sind, rissige Handflächen und polierte Fingernägel. Der Geruch von Gipsstaub und Leder, von Schweiß und der gelegentlichen dicken Zigarre, die er allerdings immer mit schlechtem Gewissen pafft.

»Ihr habt mir gefehlt«, murmelte er und küsste mich auf die Wange. »Tut mir leid, dass ich nicht rechtzeitig zur Beerdigung hier sein konnte. War es schlimm?«

»Nein. Nur traurig. Niemand ist gekommen.«

»Du bist wunderbar, Yanne. Ich weiß nicht, wie du es machst. Wie läuft das Geschäft?«

»Gut.« In Wirklichkeit lief es gar nicht gut. Die Kundin war erst meine zweite heute; diejenigen, die nur hierher kommen, um zu gucken, nicht mitgezählt. Aber ich war froh, dass sie jetzt bei Thierrys Ankunft da war – eine junge Chinesin in einem gelben Mantel. Die Makrönchen werden ihr zweifellos schmecken, aber mit einer Schachtel Schokoerdbeeren wäre sie wesentlich besser bedient. Aber das geht mich nichts an. Jedenfalls nicht mehr.

»Wo sind die Mädchen?«

»Oben, in ihren Zimmern«, sagte ich. »Wie war's in London?«

»Toll. Du musst unbedingt mal mitkommen.«

Ich kenne London gut. Meine Mutter und ich haben fast ein Jahr dort gelebt. Ich weiß nicht, warum ich es ihm nicht erzähle oder warum ich ihn in dem Glauben lasse, dass ich in Frankreich geboren wurde und auch hier aufgewachsen bin. Vielleicht ist es meine Sehnsucht nach Normalität, die mich daran hindert. Vielleicht habe ich aber auch Angst, dass er mich, wenn ich meine Mutter erwähne, anders anschaut.

Thierry ist ein anständiger Bürger. Sohn eines Bauarbeiters, der es durch Immobiliengeschäfte zu Geld gebracht hat. Alles Ungewöhnliche, Ungewisse ist ihm fremd. Sein Geschmack ist konventionell. Er mag ein gutes Steak, trinkt Rotwein, liebt Kinder, blöde Wortspiele und alberne Reime, er hat es lieber, wenn Frauen Röcke tragen, er geht zur Messe, der Macht der Gewohnheit folgend, hat keine Vorurteile gegen Ausländer, würde aber lieber nicht ganz so viele hier in der Stadt sehen. Ich habe ihn gern, aber der Gedanke, mich ihm oder überhaupt irgendjemandem anzuvertrauen, ist trotzdem ...

Aber ich muss ja nicht. Ich habe noch nie einen Vertrauten gebraucht. Ich habe Anouk. Ich habe Rosette. Wann habe ich sonst jemanden gebraucht?

»Du siehst traurig aus.« Die junge Chinesin war gegangen. »Wie wär's mit einem Mittagessen?«

Ich lächelte. In Thierrys Welt ist Essen ein Mittel gegen Trauer. Ich hatte keinen Hunger. Aber wenn wir nicht essen gehen, bleibt er den ganzen Nachmittag hier im Laden. Also rief ich Anouk, überredete Rosette mit viel Geschick dazu, sich ihren Mantel anziehen zu lassen, und dann gingen wir rüber zum *Le P'tit Pinson*, das Thierry wegen seines versifften Charmes und wegen des fettigen Essens gern mag und das ich aus genau denselben Gründen nicht ausstehen kann.

Anouk war irgendwie nervös, und Rosette hätte jetzt eigentlich einen Mittagsschlaf halten müssen, aber Thierry war ganz erfüllt von seiner Londonreise, von den vielen Menschen, den Gebäuden, Theatern, Geschäften. Sein Unternehmen renoviert verschiedene Bürogebäude in der Nähe von King's Cross, und er arbeitet selbst gern auf der anderen Seite des Kanals, fährt montags mit dem Zug hin und kommt am Wochenende zurück. Seine Exfrau Sarah lebt in London, aber Thierry versichert mir immer wieder, dass es zwischen ihm und Sarah seit Jahren aus ist (als müsste er mich beruhigen).

Ich zweifle nicht daran. Thierry kennt keine Tricks, keine Schwindeleien. Am liebsten isst er einfache Milchschokolade, die man in jedem Supermarkt kaufen kann. Dreißig Prozent Kakaomasse, bei allem, was ein bisschen stärker ist, streckt er die Zunge raus wie ein kleiner Junge. Aber ich liebe seine Begeisterungsfähigkeit. Und ich beneide ihn um seine Schlichtheit und seinen Mangel an Berechnung. Vielleicht ist mein Neid größer als meine Liebe, aber ist das wichtig?

Wir haben ihn letztes Jahr kennengelernt, als das Dach kaputt war. Die meisten Vermieter hätten einen Handwerker geschickt, aber Thierry kannte Madame Poussin schon seit Jahren (sie war eine alte Freundin seiner Mutter), und er reparierte das Dach selbst, blieb noch auf eine Tasse Schokolade da und spielte mit Rosette.

Unsere Freundschaft dauert also schon zwölf Monate, und wir sind wie ein altes Paar, mit unseren Lieblingskneipen und unseren eingespielten Gewohnheiten. Allerdings hat Thierry bis jetzt noch keine Nacht mit mir verbracht. Er glaubt, ich bin verwitwet, und will mir rührenderweise »Zeit lassen«. Aber was er sich wünscht, ist klar, wenn auch noch nicht offiziell ausgesprochen – und wäre es denn wirklich so schlimm?

Er hat das Thema nur einmal kurz gestreift: eine Anspielung auf seine große Wohnung in der Rue de la Croix, in die wir schon oft eingeladen waren und die, wie er sich ausdrückt, dringend »eine weibliche Hand« bräuchte.

Eine weibliche Hand. Was für eine altmodische Redensart. Thierry ist überhaupt ein altmodischer Typ. Trotz seiner Liebe zur Elektronik, trotz Handy und Dolby-Surround-Stereoanlage, bleibt er seinen alten Idealen treu, seiner Sehnsucht nach einer Zeit, als alles einfacher war.

Einfach. Das ist es. Ein Leben mit Thierry wäre einfach. Es wäre immer Geld da für die notwendigen Anschaffungen. Die Miete für die *Chocolaterie* wäre bezahlt. Anouk und Rosette wären versorgt. Und genügt es denn nicht, dass er die Kinder und mich liebt?

*Genügt das, Vianne?* Das ist die Stimme meiner Mutter, die neuerdings ganz ähnlich klingt wie Roux. *Ich erinnere mich an eine Zeit, da hast du dir mehr gewünscht.*

*So wie du, Mutter?*, entgegne ich stumm. Du hast dein Kind von einer Stadt in die andere geschleppt, ständig auf der Flucht. Du hast unter Mühen immer nur von der Hand in den Mund gelebt, du hast gestohlen, gelogen, gezaubert, sechs Wochen, drei Wochen, vier Tage an einem Ort, und dann weiter. Kein Zuhause, keine Schule, nur Träume und Karten, die gelegt wurden, um unsere Reisen auszutüfteln, in geerbten Kleidern mit herausgelassenen Säumen, wie Schneider, die zu beschäftigt sind, um die eigene Kleidung zu flicken.

*Wenigstens haben wir gewusst, wer wir sind, Vianne.*

Das ist eine ziemlich billige Antwort. Genauso, wie ich es von ihr erwartet hätte. Außerdem weiß ich, wer ich bin. Oder?

Wir bestellten Nudeln für Rosette und für uns das Tagesgericht. Das Café war ziemlich leer, sogar für einen Wochentag, aber die Luft war stickig vom Bier und von den Gitanes. Laurent Pinson ist selbst sein bester Kunde. Energisches Kinn, unrasiert und stets schlecht gelaunt. Seine Gäste betrachtet er als Eindringlinge, die ihm seine Freizeit stehlen, und er macht keinen Hehl daraus, dass er sie alle verachtet, bis auf die paar Stammgäste, die auch seine Freunde sind.

Er toleriert Thierry, der entsprechend den lauten Pariser spielt und schon beim Eintreten ruft: *Hé, Laurent, ça va, mon pote!*, und einen dicken Geldschein auf den Tisch knallt. Laurent kennt ihn als Immobilienhändler. Er hat ihn schon gefragt, wie viel das Café bringen könnte, wenn es umgebaut und renoviert würde, und jetzt nennt er ihn *M'sieur Thierry* und begegnet ihm mit einer Unterwürfigkeit, bei der man nicht weiß, ob sie ein Ausdruck von Respekt ist oder nur die Hoffnung auf ein potenzielles Geschäft.

Mir fiel auf, dass er heute gepflegter und präsentabler aussah als sonst. Er trug einen sauberen Anzug und roch nach Rasierwasser, hatte den Hemdkragen zugeknöpft und eine Krawatte umgebunden, die irgendwann in den späten siebziger Jahren das Licht der Welt erblickt hatte. Thierrys Einfluss, dachte ich. Später sah ich es allerdings anders.

Ich überließ die beiden ihrem Schicksal und setzte mich an einen Tisch, bestellte Kaffee für mich und eine Cola für Anouk. Früher hätten wir eine Schokolade getrunken, mit Sahne und Marshmallows, und wir hätten sie mit einem winzigen Löffelchen gelöffelt, aber jetzt nimmt Anouk immer eine Cola. Zurzeit trinkt sie keine Schokolade. Irgendeine Diät, dachte ich zuerst und war irgendwie gekränkt, was sich völlig absurd anfühlte, so ähnlich wie damals, als sie das erste Mal keine Gutenachtgeschichte mehr hören wollte. Sie ist immer noch so ein sonniges kleines Mädchen und trotzdem spüre ich die Schatten in ihr, jeden Tag ein bisschen stärker, diese Orte, zu denen ich nicht eingeladen werde. Ich verstehe sie gut, schließlich war ich auch so. Und ist nicht gerade das ein Teil meiner Angst, dass ich in ihrem Alter genau das machen wollte? Ich wollte ausreißen, um nur möglichst weit weg von meiner Mutter zu sein.

Die Kellnerin war neu, kam mir aber irgendwie bekannt vor. Lange Beine, enger Rock, die Haare zu einem Pferdeschwanz gebunden. Als ich ihre Schuhe sah, wusste ich gleich, wer sie ist.

»Zoë, stimmt's?«, sagte ich.

»Zozie.« Sie grinste. »Tolles Café, was?« Sie machte eine komische kleine Geste, als wollte sie uns hereinbitten. »Aber trotzdem«, sie senkte die Stimme und wisperte: »Ich glaube, der Besitzer hat es auf mich abgesehen.«

Thierry lachte laut, als er das hörte, und Anouk reagierte wie so oft mit einem schiefen Lächeln.

»Der Job hier ist nur auf Zeit«, fügte Zozie noch hinzu. »Bis ich etwas Besseres finde.«

Als Tagesgericht gab es *Choucroute garnie* – ein Gericht, das mich irgendwie an unsere Zeit in Berlin erinnert. Erstaunlich gut für das *Le P'tit Pinson*, was ich Zozie zuschrieb und nicht einem wiedererwachten kulinarischen Ehrgeiz bei Laurent.

»Jetzt ist doch bald Weihnachten, brauchen Sie da nicht ein bisschen Hilfe in Ihrem Laden?«, fragte Zozie, während sie die Würstchen vom Grill nahm. »Wenn ja, dann würde ich mich gern anbieten.« Sie schaute sich nach Laurent um, der mit gespieltem Desinteresse in seiner Ecke stand. »Klar – ich würde natürlich nur ungern von hier weggehen, aber –«

Laurent gab ein lautes Geräusch von sich, bei dem man nicht recht sagen konnte, ob es ein Niesen war oder ob er einfach nur Aufmerksamkeit auf sich lenken wollte – Mmuh! –, und Zozie zog belustigt die Augenbrauen hoch.

»Denken Sie doch mal darüber nach!«, sagte sie grinsend, und mit einer Geschicklichkeit, die man nur erwirbt, wenn man jahrelang in einer Bar gearbeitet hat, nahm sie vier Glas Bier und trug sie zum Tisch.

Danach redete sie nicht mehr viel mit uns. Das Café füllte sich, und wie immer war ich ziemlich mit Rosette beschäftigt. Nicht, dass sie so ein schwieriges Kind wäre. Sie isst jetzt viel besser als früher, obwohl sie nach wie vor viel mehr sabbert als ein normales Kind und am liebsten die Finger nimmt, aber manchmal benimmt sie sich einfach seltsam, fixiert irgendwelche Dinge, die gar nicht da sind, zuckt bei Geräuschen zusammen, die sie sich nur einbildet, oder lacht plötzlich ohne jeden Grund. Ich hoffe, dass sie diese Phase bald überwindet. Seit ihrem letzten Unfall sind schon mehrere Wochen vergangen. Nachts wacht sie immer noch drei oder vier Mal auf, aber ich komme mit ein paar Stunden Schlaf ganz gut aus. Trotzdem hoffe ich, dass auch die unruhigen Nächte bald vorbei sind.

Thierry findet, dass ich sie verwöhne; und erst neulich hat er wieder gesagt, ich solle mit ihr zum Arzt gehen.

»Das ist nicht nötig. Sie wird schon anfangen zu sprechen, wenn sie so weit ist«, habe ich geantwortet.

Jetzt schaute ich zu, wie Rosette ihre Nudeln aß. Sie hält die Gabel immer in der falschen Hand, obwohl es sonst keine Anzeichen dafür gibt, dass sie Linkshänderin ist. Eigentlich ist sie sogar sehr geschickt mit den Händen, und sie malt gern, kleine Strichmännchen und -frauen, Affen – ihre Lieblingstiere –, Häuser, Pferde, Schmetterlinge. Alles noch ein bisschen ungeschickt, aber deutlich zu erkennen und in ganz verschiedenen Farben.

»Iss ordentlich, Rosette«, sagte Thierry. »Nimm deinen Löffel.«

Rosette aß weiter, als hätte sie nichts gehört. Eine Zeit lang dachte ich schon, sie sei taub, aber inzwischen weiß ich, dass sie alles ignoriert, was ihrer Meinung nach unwichtig ist. Schade, dass sie nicht auf Thierry hört. Sie lacht oder lächelt auch fast nie, wenn er da ist, zeigt selten ihre sonnige Seite und verständigt sich nicht einmal über Zeichen.

Zu Hause, mit Anouk, lacht und spielt sie sehr vergnügt, stundenlang sitzt sie da und studiert ein Buch, hört Radio oder tanzt wie ein Derwisch durch die Wohnung. Zu Hause ist sie lieb, mal abgesehen von den Unfällen. Beim Mittagsschlaf legen wir uns zusammen hin, so wie ich es früher mit Anouk getan habe. Ich singe für sie und erzähle ihr Geschichten, sie passt ganz genau auf, und ihre Augen leuchten. Ihre Augen sind heller als die von Anouk, grün und klug wie die einer Katze. Sie singt mit – auf ihre Art –, wenn ich das Schlaflied singe, das meine Mutter mir beigebracht hat. Sie kann die Melodie, beim Text verlässt sie sich auf mich.

*V'là l'bon vent, v'là l'joli vent,*
*V'là l'bon vent, ma mie m'appelle*
*V'là l'bon vent, v'là l'joli vent,*
*V'là l'bon vent, ma mie m'attend.*

Thierry sagt öfter, sie sei »ein bisschen langsam«, »eine Spätentwicklerin«, und schlägt vor, ich solle sie »mal testen lassen«. Das Wort Autismus ist noch nicht gefallen, aber das wird bald kommen. Wie viele Männer seines Alters liest er *Le Point* und glaubt deshalb, dass er auf allen Gebieten ein Experte ist. Ich hingegen bin nur eine Frau und außerdem noch die Mutter, wodurch mein Urteilsvermögen getrübt ist.

»Sag Löffel, Rosette.«

Rosette nimmt den Löffel und betrachtet ihn.

»Komm schon, Rosette. Sag Löffel.«

Rosette schreit wie eine Eule und lässt den Löffel einen frechen kleinen Tanz auf dem Tischtuch aufführen. Anouk denkt sicher, dass sie sich über Thierry lustig macht. Schnell nehme ich ihr den Löffel weg. Anouk presst die Lippen aufeinander, um nicht laut loszulachen.

Rosette sieht sie an und grinst.

*Hör auf*, sagt Anouk in der Zeichensprache.

*Quatsch*, antwortet Rosette.

Ich lächle Thierry an. »Sie ist doch erst drei –«

»Fast vier. Das ist alt genug.« Er macht ein betont neutrales Gesicht, wie immer, wenn er findet, dass ich mich unkooperativ verhalte. Dadurch sieht er älter aus, weniger vertraut, und ich ärgere mich plötzlich. Das ist unfair von mir, ich weiß, aber ich kann nichts machen. Einmischung mag ich nicht.

Ich bin schockiert, als ich merke, dass ich diesen Gedanken fast laut ausgesprochen hätte. Dann sehe ich, dass die Bedienung – Zozie – mich mit einem amüsierten Stirnrunzeln beobachtet. Ich beiße mir auf die Zunge und schweige.

Ich sage mir, dass Thierry viele gute Seiten hat, für die ich dankbar sein muss. Es ist ja nicht nur der Laden oder seine Hilfsbereitschaft im vergangenen Jahr. Es sind auch nicht die Geschenke, die er mir und den Kindern macht. Nein, ich muss vor allem dankbar dafür sein, dass Thierry so überlebensgroß ist. Sein Schatten bedeckt uns alle drei, und in diesem Schatten sind wir wirklich unsichtbar.

Aber er wirkt ungewöhnlich unruhig heute und kramt immer in seiner Tasche herum. Über sein Bier hinweg schaut er mich fragend an. »Ist irgendwas?«

»Ich bin nur müde.«

»Du musst dringend mal Ferien machen.«

»Ferien?« Fast hätte ich gelacht. »Bald haben die anderen Ferien, weil Weihnachten ist. Und da verkaufe ich Pralinen.«

»Heißt das, du willst den Laden weiterführen?«

»Ja, klar. Wieso nicht? Bis zu den Feiertagen sind es keine zwei Monate mehr, und –«

»Yanne«, unterbrach er mich. »Wenn ich dir irgendwie helfen kann, in finanzieller Hinsicht oder sonst irgendwie –« Er legte seine Hand auf meine.

»Ich schaff das schon«, sagte ich.

»Ja, natürlich. Natürlich.« Seine Hand verschwand wieder in der Jackentasche. Er meint es gut, sagte ich mir. Und doch wehrt sich etwas in mir gegen jede Art von Einmischung, selbst wenn sie noch so lieb gemeint ist. Ich schlage mich schon so lange alleine durch, dass mir jede Art von Hilfsbedürftigkeit wie eine gefährliche Schwäche vorkommt.

»Aber du kannst den Laden doch nicht allein führen. Was wird dann mit den Kindern?«, sagte er.

»Ich schaff das schon«, wiederholte ich. »Ich bin –«

»Du kannst nicht alles allein machen.« Er wirkte jetzt leicht verärgert. Die Schultern hochgezogen, die Hände in den Taschen vergraben.

Ich schaute wieder zu Zozie, die zwei Teller in den Händen hielt und mit den *Pélote*-Spielern hinten im Raum scherzte. Sie sieht so unbeschwert aus, so unabhängig, so ganz sie selbst, während sie die Gerichte serviert, die Gläser einsammelt, die streunenden Hände mit einer schlagfertigen Bemerkung oder einer spielerischen Handbewegung abwehrt.

*Tja, so war ich auch mal*, sagte ich mir. *So war ich vor zehn Jahren.*

Ach, so lange ist es gar nicht her, denn Zozie ist garantiert nicht viel jünger als ich, aber sie fühlte sich wohler in ihrer Haut, sie ist viel mehr Zozie, als ich damals Vianne war.

Wer ist Zozie? frage ich mich. Diese Augen sehen weiter als bis zu dem Geschirr, das gespült werden muss, oder den gefalteten Geldscheinen unter dem Tellerrand. Blaue Augen sind leichter zu entschlüsseln, aber meine Tricks, die mir in all den Jahren schon oft genützt haben (wenn auch nicht immer zum Guten), versagen aus irgendeinem Grund bei ihr. Bei manchen Leuten ist das eben so, sage ich mir. Aber dunkel oder hell, mit weicher Füllung oder hart, Bitterorange, *Manon blanc* oder Vanilletrüffel, ich weiß nicht mal, ob sie Schokolade mag, und auch habe ich keine Ahnung, welche Pralinen ihre Lieblingssorte sind.

Aber warum denke ich dann, dass sie weiß, welche ich mag?

Ich schaute Thierry an und sah, dass er sie ebenfalls beobachtete.

»Du kannst es dir nicht leisten, jemanden einzustellen. Das Geld reicht ja schon so kaum.«

Wieder spüre ich Ärger in mir hochsteigen. Für wen hält er sich eigentlich? Als hätte ich noch nie etwas geschafft, als wäre ich ein kleines Mädchen, das mit seinen Freundinnen Kaufladen spielt. Klar, die *Chocolaterie* lief in den letzten Monaten nicht so berauschend gut. Aber die Miete ist bis Jahresende bezahlt, und wir werden das schon hinkriegen. Weihnachten steht vor der Tür, und mit ein bisschen Glück ...

»Yanne, ich glaube, wir sollten uns mal unterhalten.« Das Lächeln ist verschwunden, und jetzt sehe ich den Geschäftsmann in seinem Gesicht, den Mann, der mit vierzehn Jahren angefangen hat, gemeinsam mit seinem Vater eine heruntergekommene Wohnung in der Nähe des Gare du Nord zu renovieren und der sich inzwischen zu einem der erfolgreichsten Immobilienmakler in Paris hochgearbeitet hat. »Ich weiß, es ist schwer. Aber ehrlich gesagt, so schwer müsste es gar nicht sein. Es gibt für alles eine Lösung. Ich weiß, dass du Madame Poussin immer treu zur Seite gestanden bist. Du hast ihr viel geholfen, und dafür bin ich dir sehr dankbar.«

Er glaubt, dass das, was er da sagt, tatsächlich stimmt. Vielleicht war es so, aber ich weiß auch, dass ich Madame Poussin ausgenützt habe, so wie ich meine angebliche Witwenschaft ausgenützt habe, weil ich eine Ausrede brauchte, um das Unvermeidliche hinauszuschieben, den schrecklichen Punkt ohne Wiederkehr.

»Aber vielleicht geht es ja auch von nun an bergauf.«

»Bergauf?«, wiederholte ich.

Er lächelte mich wieder an. »Ich sehe in den Ereignissen eine Chance für dich. Wir sind natürlich alle sehr traurig wegen Madame Poussin, aber in gewisser Weise bist du dadurch viel freier. Du kannst tun, was du willst, Yanne – und ich glaube, dass ich etwas für dich gefunden habe, was dir gefallen wird.«

»Willst du sagen, ich soll die *Chocolaterie* aufgeben?« Für einen Moment hatte ich das Gefühl, als würde er eine Fremdsprache sprechen.

»Komm schon, Yanne. Ich habe deine Buchführung gesehen. Ich weiß, was Sache ist. Es liegt nicht an dir, du arbeitest hart, und die Geschäfte laufen überall schlecht, aber –«

»Thierry, bitte! Ich will das jetzt nicht.«

»Aber was willst du eigentlich?« Thierry klang genervt. »Der Himmel weiß, ich bemühe mich schon so lange um dich. Warum merkst du denn gar nicht, dass ich dir helfen will? Wieso lässt du mich nicht für dich tun, was ich kann?«

»Entschuldige, Thierry. Ich weiß ja, du meinst es gut. Aber –«

Und dann sah ich etwas vor meinem inneren Auge. Das passiert manchmal, in unvorsichtigen Momenten – ein Lichtreflex in der Kaffeetasse, ein Blick in den Spiegel, etwas, das wie eine Wolke über die schimmernde Oberfläche gerade abgekühlter Pralinen huscht.

*Eine Schachtel. Eine kleine himmelblaue Schachtel.*

Was war in dieser Schachtel? Ich konnte es nicht sagen. Aber mich ergriff eine Art Panik, meine Kehle wurde trocken, ich konnte den Wind draußen in der kleinen Straße hören, und plötzlich hatte ich nur noch einen Wunsch: Ich wollte die Kinder nehmen und rennen und rennen –

*Reiß dich zusammen, Vianne.*

Ich redete, so sanft ich konnte. »Kann das nicht warten, bis sich alles ein bisschen sortiert hat?«

Aber Thierry ist ein Jagdhund, munter, entschlossen und unzugänglich für Argumente.

»Ich will dir doch gerade helfen, alles zu sortieren. Begreifst du das denn nicht? Ich möchte nicht, dass du dich totarbeitest. Das lohnt sich doch nicht, für ein paar jämmerliche Pralinenschachteln. Für Madame Poussin war das vielleicht richtig, aber du bist jung, du bist intelligent und das Leben liegt noch vor dir.«

Jetzt wusste ich, was ich gesehen hatte. Ganz eindeutig: eine kleine blaue Schachtel, von einem Juwelier in London, ein erlesener Diamant, ausgewählt mit Hilfe einer Verkäuferin, nicht sehr groß, aber dafür perfekt geschliffen, in blauem Samt ...

*Oh, bitte, Thierry. Nicht hier. Nicht jetzt.*

»Ich brauche im Moment keine Hilfe.« Ich schenkte ihm mein strahlendstes Lächeln. »Und jetzt iss bitte dein Sauerkraut. Es schmeckt lecker.«

»Du hast es ja selbst kaum angerührt.«

Ich nahm einen Mund voll. »Siehst du?«

Thierry lächelte. »Mach die Augen zu.«

»Was – hier?«

»Mach die Augen zu und streck die Hand aus.«

»Thierry, bitte.« Ich versuchte zu lachen. Aber mein Lachen klang unsicher, wie eine Erbse, die in einem Kürbis rasselt.

»Mach die Augen zu und zähle bis zehn. Es wird dir gefallen. Ich versprech's dir. Es ist eine Überraschung.«

Was konnte ich jetzt noch machen? Ich tat, was er mir sagte. Streckte die Hand aus wie ein kleines Mädchen, spürte, dass er etwas – klein, wie eine eingewickelte Praline – in meine Hand legte.

Als ich die Augen öffnete, war Thierry weg. Und die Schachtel lag in meiner Hand, genau wie ich es vor meinem inneren Auge gesehen hatte, mit dem Ring, einem eisigen Solitär, der mir aus einem mitternachtsblauen Samtbett entgegenblitzte.

# 5

Freitag, 9. November

Ich sag's ja – genau wie ich es erwartet hatte. Ich beobachtete sie die ganze Zeit, während ihrer verkrampften kleinen Mahlzeit: Annie mit ihrem Leuchtschweif aus Schmetterlingsblau, das andere Mädchen, rotgolden, noch zu klein für meine Zwecke, aber nicht weniger faszinierend. Der Mann – laut und nicht besonders einflussreich – und dann die Mutter, still und vorsichtig, ihre Farben so gedämpft, dass sie fast keine zu sein scheinen, sondern nur der Abglanz der Straßen und des Himmels in einer Wasseroberfläche, die so unruhig ist, dass sie nichts widerspiegelt.

Eindeutig eine Schwäche. Etwas, was mir den Zugang zu ihr ermöglicht. Das sagt mir der Jagdinstinkt, den ich im Lauf der Jahre entwickelt habe. Ich besitze die Fähigkeit, eine lahme Gazelle auszumachen, ohne die Augen auch nur halb zu öffnen. Sie ist misstrauisch. Aber manche Menschen wollen an so viel glauben – an Zauberei, an die Liebe, an zündende Geschäftsideen, die ihre Investitionen unter Garantie verdreifachen –, und das macht sie aufgeschlossen gegenüber Leuten wie mir. Sie fallen immer wieder rein – aber ist das meine Schuld?

Ich war elf, als ich anfing, Farben zu sehen. Zuerst nur ein schwaches Leuchten, ein Goldglitzern aus dem Augenwinkel, einen Silberstreif, wo keine Wolke war, etwas Komplexes, Buntes, verschwommen in einer Menschenmenge. Mein Interesse wuchs und mit ihm meine Begabung, die Farben zu erkennen und eine Aura zu lesen. Ich begriff, dass jeder Mensch eine Signatur hat, ein Zeichen seines inneren Selbst, das allerdings nur wenige erwählte Menschen sehen können, und zwar mithilfe von ein paar Fingerübungen.

Meistens gibt es gar nicht viel zu sehen. Die Mehrheit der Leute ist so langweilig wie ihre Schuhe. Aber gelegentlich entdeckt man etwas, das lohnend erscheint. Ein zorniges Aufflammen auf einem ausdruckslosen Gesicht. Ein rosenrotes Banner über einem Liebespaar. Der graugrüne Schleier der Heimlichtuerei. Das hilft beim Umgang mit Menschen, klar. Und es hilft beim Kartenspiel, wenn das Geld knapp wird.

Es gibt das Fingerzeichen, das manche als das Auge des Schwarzen Tezcatlipoca bezeichnen, andere als den Rauchenden Spiegel. Dieses Zeichen hilft mir, mich auf die Farben zu konzentrieren. Gelernt habe ich es in Mexiko, und mit ein bisschen Übung und der entsprechenden Fingerfertigkeit konnte ich sehen, wer log, wer Angst hatte, wer seine Frau betrog, wen Geldsorgen quälten.

Und nach und nach lernte ich, die Farben, die ich sah, auch zu manipulieren, mir selbst diesen rosigen Glanz zu verleihen, dieses besondere Leuchten – oder wenn Diskretion erforderlich war, dann konnte ich auch genau das Gegenteil bewirken und den Mantel der Unbedeutsamkeit um mich legen, der mir erlaubte, ungesehen durchzukommen und keine Spuren zu hinterlassen.

Bis mir allerdings klar war, dass es sich dabei um Magie handelt, das dauerte eine Weile. Wie alle Kinder hatte ich viele Märchen gehört und erwartete deswegen ein Feuerwerk, Zauberstäbe und Ritte auf dem Besenstiel. Und die reale Zauberei in den Büchern meiner Mutter schien so langweilig, so verstaubt und akademisch, mit ihren albernen Sprüchen und den aufgeplusterten alten Männern, dass sie mir überhaupt nicht magisch vorkam.

Aber meine Mutter besaß tatsächlich keinen Zauber. Trotz all ihrer Studien, trotz der Sprüche und Kerzen, trotz der Kristallkugeln und Karten – ich habe nie erlebt, dass sie auch nur einen banalen Trick hinkriegte. Bei manchen Menschen ist das eben so. Ich hatte es in ihren Farben gesehen, lange bevor ich es ihr sagte. Gewisse Personen haben einfach nicht das Talent, das man braucht, um eine Hexe zu sein.

Meine Mutter verfügte allerdings über sehr viel Wissen, auch wenn ihr die Begabung fehlte, dieses Wissen umzusetzen. Sie führte in einem Londoner Vorort einen okkulten Buchladen, in dem alle möglichen Leute aus und ein gingen. Hohe Magier, Odinisten, Wiccaner und gelegentlich auch der eine oder andere Möchtegernsatanist (alle mit schlimmer Akne, als ginge die Pubertät für sie nie zu Ende).

Von meiner Mutter – und ihren Kunden – lernte ich, was ich wissen musste. Meine Mutter glaubte, wenn sie mir die Türen zu allen möglichen Formen des Okkultismus öffnete, würde ich letztlich meinen eigenen Weg finden. Sie selbst war Anhängerin einer obskuren Sekte, die in Delfinen die erleuchteten Wesen sah und die eine Art »Erdzauber« praktizierte, der nicht nur harmlos, sondern absolut ineffektiv war.

Aber alles ist zu irgendwas nützlich, fand ich, und im Lauf der Jahre lernte ich, wenn auch quälend langsam, die Krümel der praktischen Magie von den nutzlosen, lächerlichen Mogelpackungen zu unterscheiden. Ich entdeckte, dass Magie – wenn sie überhaupt vorhanden ist – sich meistens unter einer erstickenden Decke aus Riten, Theatralik, Fasterei und zeitaufwändigen Übungen verbirgt. Das alles dient nur dazu, eine mysteriöse Aura zu schaffen, obwohl es doch im Grunde nur darum geht, herauszufinden, was funktioniert. Meine Mutter liebte die Rituale – und ich wollte das Rezeptbuch.

Also beschäftigte ich mich mit Runen, mit Karten, Kristallkugeln, Pendeln und mit Kräuterkunde. Ich vertiefte mich in das *I Ching*, ich suchte mir aus dem *Golden Dawn* ein paar Juwelen heraus, distanzierte mich von Aleister Crowley (allerdings nicht von seinen Tarotkarten, die wirklich sehr schön sind), setzte mich intensiv mit meiner *Inneren Göttin* auseinander und lachte mich schief über den *Liber Null* und das *Necronomicon*.

Am intensivsten aber studierte ich die Religionen Mittelamerikas, die Kulturen der Maya und Inka und ganz besonders die der Azteken. Aus irgendeinem Grund fand ich diese immer besonders faszinierend, und von den Azteken lernte ich, was Opfer bedeuten, ich erfuhr etwas über den Dualismus der Gottheiten und die Bosheit des Universums, über die Sprache der Farben und den Schrecken des Todes. Und darüber, dass man in dieser Welt nur überleben kann, wenn man sich so entschlossen und so rücksichtslos wie möglich wehrt –

Das Ergebnis war mein eigenes System, das ich in vielen Jahren des praktischen Herumprobierens bis ins Detail ausarbeitete. Die Bestandteile dieses Systems sind: eine solide Kräutermedizin (darunter verschiedene nützliche Gifte und Halluzinogene), ein paar Fingerzeichen und magische Namen, mehrere Atem- und Dehnübungen, alle möglichen stimmungsaufhellenden Tränke und Tinkturen, ein wenig Astralprojektion und Selbsthypnose, eine Handvoll Zaubersprüche (ich mag gesprochene Magie nicht besonders, aber gelegentlich tut sie gute Dienste). Dazu gehört außerdem ein besseres Verständnis der Sprache der Farben, samt der Fähigkeit, sie noch umfassender zu manipulieren; so kann ich, wenn ich will, genau das werden, was andere von mir erwarten, ich kann Glanz auf mich und andere werfen und die Welt nach meinem Willen verändern.

Ich habe mich nie einer Gruppe angeschlossen – sehr zum Kummer meiner Mutter. Sie protestierte, sie fand es irgendwie unmoralisch, dass ich mir von so vielen minderwertigen und fehlerhaften Glaubensrichtungen nahm, was mir gefiel. Ihr wäre es lieber gewesen, wenn ich mich einem netten gemischten Zirkel angeschlossen hätte – dort wäre ich mit anderen Menschen in Kontakt gekommen und hätte ungefährliche junge Männer kennengelernt. Oder ich hätte mich ihrer aquatischen Denkschule anschließen und wie sie den Delfinen folgen sollen.

»Aber woran glaubst du eigentlich?«, fragte sie mich immer wieder und tastete mit langen, nervösen Fingern an ihrer Perlenkette herum. »Ich meine – wo ist die Seele deines Denkens, wo ist der *Avatar*?«

Ich zuckte die Achseln. »Warum muss unbedingt eine Seele dabei sein? Für mich ist wichtig, dass es funktioniert, und nicht, wie viele Engel auf einer Nadelspitze tanzen können oder welche

Farbe eine Kerze für den Liebeszauber haben muss.« (Ich hatte schon längst herausgefunden, dass bei einer Verführung farbige Kerzen völlig überschätzt werden, vor allem im Vergleich zu Oralsex.)

Meine Mutter seufzte nur, süß und lieb wie immer, und sagte wieder mal etwas in der Art, dass ich ja meinem eigenen Weg folgen müsse. Das tat ich auch, und ich tue es immer noch. Mein Weg hat mich an viele interessante Orte geführt – hierher, zum Beispiel –, aber ich habe nie Beweise dafür gefunden, dass ich nicht einmalig bin.

Bis jetzt, vielleicht.

Yanne Charbonneau. Das klingt viel zu harmlos, um wirklich plausibel zu sein. Und sie hat etwas in ihren Farben, das auf Täuschung hinweist – wobei ich allerdings vermute, dass sie wirksame Methoden entwickelt hat, um sich zu verstecken, so dass ich die Wahrheit nur herausfinden kann, wenn sie nicht aufpasst.

*Maman will nicht, dass wir anders sind.*

Interessant.

Und wie hieß noch mal das Dorf? Lansquenet? Ich muss der Sache nachgehen; vielleicht liegt da ja der Schlüssel – vielleicht gab es einen Skandal, oder es ist sonst irgendetwas mit einer Mutter und einem Kind passiert, was ein Licht auf dieses schattenhafte Paar werfen würde.

Als ich in meinem Laptop die entsprechenden Internetseiten abrief, fand ich nur zwei Verweise auf diesen Ort – beide bezogen sich auf Folklore und Festlichkeiten im Südwesten, und der Name Lansquenet-sous-Tannes fiel im Zusammenhang mit einem bekannten und beliebten Osterfest, das vor gut vier Jahren das erste Mal gefeiert wurde.

Ein Schokoladenfest. Na, so eine Überraschung!

Also gut. Fand sie das Dorfleben mit der Zeit langweilig? Hatte sie sich mit jemandem verfeindet? Weshalb ist sie weggegangen?

Ihr Laden war heute Morgen ganz leer. Ich beobachtete ihn vom *Le P'tit Pinson* aus, und bis halb eins hatte sie keinen einzigen Kunden. Freitag! Und niemand kam, nicht der fette Mann, der ohne

Pause quasselt, auch nicht die Nachbarin, obwohl ich weiß, dass Madame Pinot für ihr Leben gern Pralinen isst. Nicht einmal ein Tourist im Vorübergehen.

Was stimmt hier nicht? Der Laden müsste eigentlich brummen. Stattdessen ist er quasi unsichtbar, verkriecht sich in der Ecke. Sehr schlecht fürs Geschäft. Dabei wäre es gar nicht so schwierig, ihn ein bisschen zu vergolden, ihn aufzupeppen, damit er leuchtet wie neulich – aber sie unternimmt nichts. Wieso nicht? frage ich mich. Meine Mutter hat ihr Leben lang vergeblich versucht, etwas Besonderes zu sein. Warum bemüht sich Yanne so verzweifelt, genau das Gegenteil zu erreichen?

# 6

Freitag, 9. November

Thierry kam gegen zwölf. Natürlich hatte ich ihn erwartet, und ich hatte wieder mal eine schlaflose Nacht hinter mir, weil ich darüber nachdenken musste, wie ich mich bei unserer nächsten Begegnung verhalten soll. Ach, wenn ich doch nie die Karten gelegt hätte. *Der Tod. Die Liebenden. Der Turm. Die Veränderung.* Denn jetzt fühlt es sich fast schicksalhaft an, als wäre es unvermeidlich, und die Tage und Monate meines Lebens sind aufgestellt wie eine lange Reihe von Dominosteinen, die gleich umkippen werden …

Natürlich ist es absurd. Ich glaube nicht an das Schicksal. Ich glaube, dass wir frei entscheiden können: Der Wind kann zum Schweigen gebracht werden, der Schwarze Mann kann getäuscht werden, die Wohlwollenden können beschwichtigt werden.

Aber um welchen Preis? Genau das ist es, was mich nachts nicht schlafen lässt und was jetzt die innere Spannung hervorrief, sobald ich das Windspiel hörte, das warnend klingelte, als Thierry hereinkam. Er hatte diesen sturen Blick, den ich an ihm kenne und der ausdrückt, dass für ihn irgendetwas noch nicht abgeschlossen ist.

Ich versuchte, Zeit zu gewinnen. Ich bot ihm eine Tasse Schokolade an, die er ohne große Begeisterung annahm (eigentlich trinkt er lieber Kaffee), aber auf diese Weise hatte ich wenigstens etwas zu tun. Rosette spielte auf dem Fußboden, und Thierry schaute ihr zu, wie sie mit den Knöpfen aus der Knopfkiste auf den Terrakottafliesen konzentrische Kreise legte.

An einem normalen Tag hätte er etwas gesagt, er hätte irgendeine Bemerkung zum Thema Hygiene gemacht oder die Befürchtung geäußert, Rosette könnte einen Knopf verschlucken. Heute sagte er nichts. Das war ein Alarmzeichen, das ich aber zu ignorieren versuchte, während ich die Schokolade zubereitete.

Milch in den Topf, Kuvertüre, Zucker, Muskat, Chili. Dazu eine Kokosmakrone. Tröstlich, wie alle Rituale. Gesten, die von meiner Mutter an mich weitergegeben wurden und die ich an Anouk weitergebe, die sie vielleicht später an ihre eigene Tochter weitergeben wird, in einer fernen Zukunft, die wir uns noch gar nicht vorstellen können.

»Sehr leckere Schokolade«, sagte er, um mir ein Kompliment zu machen. Mit seinen Händen, die eigentlich am besten für eine Baustelle geeignet sind, umschloss er die zarte kleine Mokkatasse.

Ich trank auch einen Schluck von meiner Schokolade. Sie schmeckte nach Herbst und süßem Rauch, nach Laubfeuer und Tempeln, nach Kummer und Schmerz. Ich hätte ein bisschen Vanille dazugeben sollen, sagte ich mir. Vanille, wie Vanilleeis, wie Kindheit.

»Nur ein bisschen bitter«, fügte er hinzu und nahm sich einen Zuckerwürfel. »Also, wie wär's mit einem freien Nachmittag? Ein bisschen flanieren auf den Champs-Élysées – Kaffee, irgendwo etwas essen, einkaufen gehen –«

»Thierry –«, sagte ich. »Das ist lieb von dir, aber ich kann nicht einfach nachmittags den Laden zumachen.«

»Warum nicht? Ich sehe keine Kundschaft.«

Gerade noch rechtzeitig verkniff ich mir eine scharfe Erwiderung. »Du hast deine Schokolade noch gar nicht ausgetrunken«, sagte ich.

»Und du hast meine Frage noch nicht beantwortet, Yanne.« Sein Blick fiel auf meine nackte Hand. »Ich sehe, du trägst den Ring nicht. Heißt das, die Antwort ist nein?«

Ich lachte, obwohl ich gar nicht wollte. Seine Direktheit bringt mich öfter zum Lachen, und Thierry hat keine Ahnung, wieso. »Du hast mich überrascht, das ist alles.«

Er musterte mich über seine Tasse hinweg. Seine Augen waren müde, als hätte er nicht geschlafen, und er hatte Falten um den

Mund, die mir vorher noch gar nicht aufgefallen waren, Zeichen einer Verletzlichkeit, über die ich mich wunderte. Ich redete mir schon so lange ein, dass ich ihn nicht brauchte, dass ich noch gar nicht auf den Gedanken gekommen war, er könnte mich brauchen.

»Also«, sagte er wieder. »Hast du ein bisschen Zeit für mich? Eine Stunde?«

»Gib mir ein paar Minuten, damit ich mich umziehen kann«, erwiderte ich.

Thierrys Augen leuchteten. »Braves Mädchen! Ich hab's doch gewusst.«

Er war wieder er selbst, der kurze Moment der Unsicherheit war verflogen. Er stand auf, steckte sich die Makrone in den Mund (ich sah, dass er die Schokolade stehen ließ) und grinste Rosette an, die immer noch auf dem Boden spielte.

»Na, *jeune fille*, was meinst du? Wir könnten in die Jardins du Luxembourg gehen und mit den Booten auf dem See spielen.«

Rosette blickte auf und ihre Augen funkelten. Sie liebt diese Boote. Und auch den Mann, der sie verleiht. Wenn sie könnte, würde sie den ganzen Sommer dort verbringen ...

Mich überkam plötzlich eine tiefe Zuneigung zu Thierry, weil er so enthusiastisch ist, so gutmütig. Ich weiß, er findet Rosette schwierig – ihr Schweigen, ihre Weigerung zu lächeln –, und ich bin ihm dankbar, dass er sich trotzdem solche Mühe gibt.

Oben legte ich meine schokoladenverschmierte Schürze ab und zog mein rotes Flanellkleid an. Rot hatte ich seit Jahren nicht mehr getragen, aber ich brauchte etwas Farbe als Gegengewicht zum kalten Novemberwind, und außerdem würde ich sowieso einen Mantel drüberziehen. Mit viel Geschick schaffte ich es, Rosette den Anorak und die Handschuhe anzuziehen (Handschuhe mag sie aus irgendeinem Grund überhaupt nicht), und dann fuhren wir alle mit der Metro zu den Jardins du Luxembourg.

Es ist so komisch, hier immer noch Touristin zu sein – in meiner Geburtsstadt. Aber Thierry denkt, ich bin nicht von hier, und es macht ihm solches Vergnügen, mir seine Welt zu zeigen, dass ich ihn nicht enttäuschen kann. Im Park ist es kühl, die Luft ist klar, das Sonnenlicht wirft kaleidoskopartige Muster durch das Herbstlaub. Rosette liebt die bunten Blätter, kickt sie hoch, so dass wirbelnde Farbbogen entstehen. Und sie liebt den kleinen See, beobachtet die Spielzeugboote mit entzücktem Ernst.

»Sag Boot, Rosette.«

»Bam«, sagt sie und mustert ihn mit ihrem Katzenblick.

»Nein, Rosette – Boot«, sagt er. »Komm schon, du kannst doch Boot sagen.«

»Bam«, sagt Rosette und macht mit der Hand das Zeichen für *Affe*.

»Das reicht.« Ich lächle ihr zu, aber mein Herz schlägt viel zu schnell. Sie ist heute die ganze Zeit schon so lieb, rennt in ihrem limonengrünen Anorak und ihrer roten Mütze herum wie ein wild gewordener Christbaumschmuck, und zwischendurch ruft sie immer wieder – *Bam-bam-bam* –, als würde sie irgendwelche unsichtbaren Feinde abknallen. Sie lacht immer noch nicht (das tut sie sowieso selten), sondern wirkt hochkonzentriert, schiebt die Lippen vor, zieht die Brauen zusammen, als wäre schon das Herumrennen eine Herausforderung, die man nicht zu leicht nehmen darf.

Aber jetzt liegt Gefahr in der Luft. Der Wind hat gedreht, aus dem Augenwinkel sehe ich ein Goldglitzern und denke sofort: Es ist Zeit.

»Nur ein Eis«, sagt Thierry.

Das Boot macht eine tollkühne Drehung im Wasser, neunzig Grad nach Steuerbord, und fährt jetzt zur Mitte des Sees. Rosette wirft mir einen verschmitzten Blick zu.

»Nein, Rosette.«

Das Boot dreht wieder und deutet jetzt auf den Eiskiosk.

»Na gut, aber nur eins.«

Wir küssten uns, während Rosette am Seeufer ihr Eis aß. Thierry war warm und roch ein bisschen nach Tabak, wie Väter es tun, und sein Kaschmirarm legte sich bärig um mein viel zu dünnes rotes Kleid und meinen Herbstmantel.

Es waren gute Küsse, die bei meinen kalten Fingern begannen und sehr clever und ernsthaft den Weg zu meiner Kehle und schließlich zu meinem Mund fanden. Sie tauten auf, was der Wind hatte erfrieren lassen, nach und nach, wie ein warmes Feuer, und immer wieder sagte er: *Ich liebe dich, ich liebe dich* (das sagt er oft), aber er flüsterte es nur, wie ein Ave-Maria, viel zu hastig vorgetragen von einem Kind, das unbedingt die Absolution möchte.

Thierry musste irgendetwas auf meinem Gesicht gesehen haben. »Was ist los?«, fragte er, wieder ganz ernst.

Wie soll ich es ihm sagen? Wie kann ich es erklären? Er musterte mich plötzlich sehr aufmerksam, und seine blauen Augen tränten von der Kälte. Er wirkte so arglos und aufrichtig, so normal, denn trotz aller geschäftlichen Gerissenheit ist er vollkommen unfähig, unsere Art von Täuschung zu verstehen.

Was sieht er in Yanne Charbonneau? Ich versuche schon die ganze Zeit, das irgendwie zu verstehen. Und was würde er in Vianne Rocher sehen? Würde er ihrer unkonventionellen Art misstrauen? Würde er sich lustig machen über ihre Denkweise? Ihre Entscheidungen verurteilen? Würde es ihn vielleicht erschrecken, dass sie gelogen hat?

Langsam küsste er meine Fingerspitzen, führte meine Finger an die Lippen, einen nach dem anderen. Er grinste. »Du schmeckst nach Schokolade.«

Aber der Wind sauste immer noch in meinen Ohren, und das Rauschen der Bäume um uns herum verstärkte dieses Wehen, es klang wie ein Ozean, wie ein Monsun, der Wind pustete die toten Blätter himmelwärts wie Konfetti, und da war der Geruch jenes Flusses, jenes Winters, jenes Windes.

In dem Moment schoss mir ein seltsamer Gedanke durch den Kopf –

*Was, wenn ich Thierry die Wahrheit sage? Soll ich ihm einfach alles erzählen?*

Die Chance, erkannt zu werden, geliebt zu werden, verstanden zu werden. Mir stockte der Atem.

*Ach, wenn ich es doch wagen könnte …*

Der Wind stellt seltsame Dinge mit den Menschen an, er wirbelt sie herum, er bringt sie zum Tanzen. Gerade jetzt verwandelte er Thierry wieder in einen kleinen Jungen mit zerzausten Haaren und leuchtenden Augen, voller Hoffnung. Der Wind kann sehr verführerisch sein, er weckt wilde Gedanken und noch wildere Träume. Aber ich konnte trotzdem die ganze Zeit die Warnung hören, auch in diesem Augenblick wusste ich, dass Thierry Le Tresset, trotz all seiner Wärme, trotz all seiner Liebe, dem Wind nicht gewachsen war.

»Ich möchte die *Chocolaterie* nicht verlieren«, sagte ich zu ihm (oder vielleicht auch zum Wind). »Ich muss sie behalten. Ich brauche sie, sie muss mir gehören.«

Thierry lachte. »Ist das alles?«, fragte er. »Dann heirate mich, Yanne.« Er grinste begeistert. »Du kannst so viele *Chocolaterien* haben, wie du willst, und auch so viel Schokolade, wie du nur möchtest. Du wirst immer nach Schokolade schmecken. Du wirst sogar danach riechen – und ich auch –«

Ich musste wieder lachen. Da nahm Thierry meine Hände und wirbelte mich auf dem trockenen Kies herum, und Rosette gluckste vor Vergnügen.

Vielleicht habe ich es deswegen gesagt. Ein Augenblick ängstlicher Spontaneität, und ich hatte immer noch den Wind in den Ohren und die Haare im Gesicht, und Thierry hielt mich fest, flüsterte *Ich liebe dich, Yanne* in meine Haare, und seine Stimme klang beinahe so, als hätte er Angst.

*Er hat Angst, mich zu verlieren*, dachte ich plötzlich, und das war der Moment, als ich es sagte, und ich wusste genau, dass es kein Zurück mehr gab. Ich hatte Tränen in den Augen, meine Nase war rot und lief wegen der winterlichen Kälte.

»Gut«, sagte ich. »Aber in aller Stille.«

Seine Augen wurden groß, weil es so unerwartet kam.

»Bist du dir sicher?«, fragte er atemlos. »Ich dachte, du willst – du weißt schon.« Er grinste wieder. »Das Kleid. Die Kirche. Der Chor. Die Brautjungfern. Glocken. Die ganze Zeremonie.«

Ich schüttelte den Kopf. »Nein. Keine Umstände«, sagte ich.

Er küsste mich wieder. »Solange die Antwort ein Ja ist.«

Und für einen Moment war alles so wunderschön, der süße Traum in meiner Hand. Thierry ist ein guter Mann, dachte ich. Ein Mann mit Wurzeln, mit Prinzipien.

*Und mit Geld, Vianne, vergiss das nicht*, sagte die boshafte Stimme in meinem Kopf, aber sie war leise und wurde immer leiser, während ich mich dem kleinen, süßen Traum hingab. Sie soll bleiben, wo sie ist, dachte ich. Und der Wind genauso. Diesmal wird er uns nicht wegpusten.

# 7

Freitag, 9. November

Heute habe ich mich wieder mit Suze gestritten. Keine Ahnung, warum das so oft passiert. Eigentlich möchte ich ja gut mit ihr auskommen, aber je mehr ich mich bemühe, desto schwerer wird es. Diesmal ging's um meine Haare. Oh, Mann. Suze findet, ich soll sie glätten lassen.

Ich fragte sie, wieso.

Sie zuckte die Achseln. Es war in der großen Pause, wir waren allein in der Bibliothek – die anderen rannten draußen herum und kauften sich irgendwelche Süßigkeiten. Ich wollte ein paar Geografienotizen abschreiben, aber Suze hatte Lust zu quasseln, und wenn sie so drauf ist, kann niemand sie bremsen.

»Weil deine Haare komisch aussehen«, sagte sie. »So afromäßig.«

Mir ist das egal, und genau das sagte ich auch.

Suze zog einen Fischmund, wie immer, wenn ihr jemand widerspricht. »Dein Vater war doch nicht schwarz, oder?«

Ich schüttelte den Kopf und kam mir vor wie eine Lügnerin. Suzanne denkt, mein Vater ist tot. Aber es könnte gut sein, dass er schwarz ist. Ich habe keine Ahnung. Vielleicht war er auch Pirat oder ein Serienmörder oder ein König.

»Die Leute könnten nämlich denken –«

»Wenn du mit ›die Leute‹ Chantal meinst –«

»Nein, überhaupt nicht«, sagte Suzanne ärgerlich, aber ihr rosarotes Gesicht lief noch ein bisschen röter an, und sie konnte mir nicht in die Augen sehen. »Weißt du, du bist neu hier an der

Schule«, fuhr sie fort und legte mir den Arm um die Schulter. »Wir kennen dich noch nicht so richtig. Wir sind alle zusammen in die Grundschule gegangen und haben gelernt, wie man sich einfügt.«

*Wie man sich einfügt.* Ich hatte mal eine Lehrerin, Madame Drou, damals, in Lansquenet, und die hat das auch immer gesagt.

»Aber du bist irgendwie anders«, sagte Suze. »Ich will dir ja nur helfen –«

»Wie willst du mir helfen?«, blaffte ich sie an. Ich dachte an meine Geografienotizen und dass ich nie, nie machen kann, was ich will, wenn Suze in der Nähe ist. Immer sind es ihre Spiele, ihre Probleme. Und dann immer dieses *Annie, lauf gefälligst nicht dauernd hinter mir her,* sobald jemand Besseres um die Ecke kommt. Sie wusste, dass ich sie nicht anfahren wollte, machte aber trotzdem ein beleidigtes Gesicht, strich ihre (geglätteten) Haare zurück, mit so einer Bewegung, die sie für total erwachsen hält, und sagte: »Na ja, wenn du mir nicht mal zuhören möchtest –«

»Gut«, sagte ich. »Was mache ich falsch? Was stimmt nicht mit mir?«

Sie musterte mich eingehend. Dann klingelte es. Auf einmal lächelte Suze strahlend und gab mir einen zusammengefalteten Zettel.

»Ich habe eine Liste gemacht.«

Ich las die Liste in der Geografiestunde. Monsieur Gestin redete über Budapest. Wir haben eine Weile dort gelebt, aber ich kann mich kaum noch erinnern. Nur an den Fluss, an den Schnee und die Altstadt, die für mich ähnlich aussah wie Montmartre, mit den verschlungenen Straßen und den steilen Treppen und dem alten Schloss auf dem kleinen Hügel. Die Liste hatte Suze in ihrer ordentlichen, plumpen Handschrift auf eine halbe Schulheftseite geschrieben. Es waren Tipps zur Körperpflege (Haare glätten, Nägel feilen, Beine rasieren, immer ein Deo benutzen); Kleidung (keine Socken zu Röcken, lieber Pink als Orange); Literatur (Mädchenbücher gut, Jungenbücher schlecht); Filme und Musik (immer nur das Neueste); Fernseh- und Internethinweise (als hätte ich einen

Computer); Ratschläge, wie ich meine Freizeit verbringen soll und was für ein Handy ich brauche.

Zuerst dachte ich, das Ganze soll ein Witz sein, aber als wir nach der Schule auf den Bus warteten, merkte ich, dass sie die Liste total ernst meinte. »Du musst dich ein bisschen anstrengen«, sagte sie. »Sonst sagen die Leute, du bist komisch –«

»Ich bin nicht komisch«, sagte ich. »Ich bin nur –«

»Anders.«

»Und was ist so schlimm daran, wenn man anders ist?«

»Also, wenn du Freunde willst –«

»Echte Freunde finden so was nicht wichtig.«

Jetzt wurde Suze knallrot. Das passiert oft, wenn sie sauer ist, und dann beißt sich ihre Gesichtsfarbe mit ihrer Haarfarbe. »Aber ich finde es wichtig«, zischte sie, und ihr Blick wanderte zum Anfang der Warteschlange.

Es gibt einen genauen Kodex, in welcher Reihenfolge man auf den Bus warten muss, so ähnlich, wie es einen Kodex gibt, der vorschreibt, wie man ins Klassenzimmer geht oder wen man bei Ballspielen für eine Mannschaft auswählt. Suze und ich stehen etwa in der Mitte; vor uns sind die Toppleute, die Mädchen, die im Schulteam Basketball spielen, die älteren, die sich die Lippen schminken, ihre Röcke an der Taille hochrollen und außerhalb des Schulgeländes Gitanes rauchen. Danach die gut aussehenden Jungs, die Mitglieder der Schulmannschaften, die Typen, die den Kragen hochklappen und sich Gel in die Haare schmieren.

Und dann ist da ein neuer Schüler, Jean-Loup Rimbault. Suze ist in ihn verknallt. Chantal findet ihn auch toll – aber er scheint die beiden gar nicht zu bemerken und macht nie bei ihren Spielen mit. Ich wusste gleich, was Suze durch den Kopf ging.

Die Freaks und Versager stehen hinten. Zuerst die schwarzen Kinder von der anderen Seite der *Butte*, die eine Gruppe für sich bilden und nicht mit uns anderen reden. Dann Claude Meunier, der Stotterer; Mathilde Chagrin, das dicke Mädchen, und schließlich die Musliminnen, vielleicht ein Dutzend, alle auf einem Haufen. Sie haben am Anfang des Halbjahrs mit ihren Kopftüchern einen

Aufstand ausgelöst. Sie tragen sie auch jetzt. Sie binden sie um, sobald sie das Schulgelände verlassen, aber in der Schule dürfen sie keine Kopftücher tragen. Suze findet das alles blöd, sie sagt, die Mädchen sollen so sein wie wir, wenn sie in unserem Land leben wollen – aber da plappert sie nur nach, was Chantal sagt. Ich verstehe nicht recht, warum ein Kopftuch so wichtig sein soll. Es ist doch ihre Sache, was sie anziehen.

Suze schaute immer noch zu Jean-Loup. Er ist groß, sieht gut aus, vermute ich, und hat schwarze Haare, die fast sein ganzes Gesicht verdecken. Er ist zwölf, also ein Jahr älter als wir. Eigentlich müsste er in der Klasse über uns sein. Suze sagt, er sei letztes Jahr hängen geblieben, aber er ist wirklich intelligent, immer einer der Besten. Viele Mädchen mögen ihn. Heute versuchte er, supercool zu sein, er lehnte sich an die Bushaltestelle und schaute durch den Sucher seiner kleinen Digitalkamera, ohne die er anscheinend nie aus dem Haus geht.

»Oh, mein Gott!«, flüsterte Suze.

»Warum redest du nicht einfach mal mit ihm?«

Suze fauchte mich wütend an, ich solle still sein. Jean-Loup blickte kurz auf, als er das Zischen hörte, dann widmete er sich wieder seiner Kamera. Suze wurde noch röter. »Er hat mich angeschaut!«, quiekte sie, verkroch sich in der Kapuze ihres Anoraks und verdrehte die Augen. »Ich lasse mir Strähnchen machen. Beim gleichen Friseur wie Chantal.« Sie packte mich so fest am Arm, dass es wehtat. »Ich hab eine Idee!«, rief sie. »Wir gehen zusammen. Ich lasse mir Strähnchen machen, und du lässt dir die Haare glätten.«

»Hör endlich auf mit meinen Haaren!«, sagte ich.

»Ach, komm schon, Annie! Das wird echt gut. Und –«

»Ich habe gesagt: Hör auf!« So langsam wurde ich wütend. »Lass mich endlich damit in Ruhe!«

»Ach, du bist ein hoffnungsloser Fall«, sagte Suze, die jetzt die Geduld verlor. »Du siehst aus wie ein Freak, und es ist dir egal?«

Das macht sie auch die ganze Zeit. Sie bildet Sätze und spricht sie aus wie eine Frage, auch wenn sie gar keine sind.

»Warum soll es mir nicht egal sein?«, sagte ich. Jetzt spürte ich richtig, wie die Wut in mir hochstieg – so wie man merkt, dass man gleich niesen muss, ob man will oder nicht. Und dann erinnerte ich mich an das, was Zozie im Tea-Shop gesagt hatte, und ich hätte gern etwas unternommen, um das arrogante Grinsen von Suzannes Gesicht zu wischen. Nichts Schlimmes – das würde ich nie tun –, nur etwas, damit sie es ein für alle Mal kapiert.

Ich machte hinter meinem Rücken mit den Fingern eine Gabel und sagte mit meiner Schattenstimme zu ihr:

*Mal sehen, wie dir das gefällt, zur Abwechslung.*

Und eine Sekunde lang bildete ich mir ein, ich würde etwas sehen: Ein Schatten huschte über ihr Gesicht, war aber schon wieder verschwunden, ehe ich ihn richtig wahrgenommen hatte.

»Ich bin lieber ein Freak als ein Klon«, sagte ich.

Dann drehte ich mich weg und ging zum Ende der Schlange. Alle starrten mir nach, und Suze sah richtig hässlich aus mit ihren weitaufgerissenen Augen und ihren roten Haaren und ihrem roten Gesicht und ihrem Mund, den sie vor Staunen gar nicht mehr zukriegte, während ich hinten auf den Bus wartete.

Habe ich gedacht, dass sie mir folgen würde? Vielleicht. Aber sie kam nicht. Und als der Bus endlich vorfuhr, setzte sie sich neben Sandrine und würdigte mich keines Blickes.

Ich wollte Maman die Geschichte erzählen, als ich heimkam, aber sie war gerade sehr beschäftigt: Sie redete mit Nico, verpackte eine Schachtel Rumtrüffel und machte Rosette etwas zu essen, alles gleichzeitig, und ich fand irgendwie nicht die richtigen Worte, um ihr zu beschreiben, was mit mir los war.

»Ignorier sie einfach«, sagte sie schließlich und goss Milch in einen Kupfertopf. »Hier, kannst du bitte kurz für mich aufpassen, Nanou? Vorsichtig umrühren, während ich die Schachtel verpacke –«

Sie bewahrt die Zutaten für die Schokolade in einem Schrank hinten in der Küche auf. Vorne hat sie verschiedene Kupfertöpfe, dazu glänzende Formen für Schokoladenformen und die Granitplatte zum Abkühlen. Aber sie benutzt das alles nicht mehr; die meisten Sachen sind im Keller, und schon bevor Madame Poussin starb, hatten wir kaum Zeit, um unsere eigenen Spezialitäten zu machen.

Aber Zeit für Schokolade bleibt immer, mit Milch und geriebenem Muskat, mit Vanille, Chili, braunem Zucker, Kardamom und siebzigprozentiger Kochschokolade – die einzige Schokolade, die sich zu kaufen lohnt. Sie schmeckt kräftig und ist nur leicht bitter, hinten auf der Zunge, wie Karamell, das gerade kippt. Durch das Chili wird sie ein bisschen scharf – nicht zu viel, nur eine Spur –, und die Gewürze verleihen ihr diesen Kirchenduft, der mich irgendwie an Lansquenet erinnert und an die Nächte über der *Chocolaterie*: nur Maman und ich, und Pantoufle hockt in der Ecke, und auf der Orangenkiste, die unser Tisch ist, brennen Kerzen.

Hier gibt es natürlich keine Orangenkisten. Letztes Jahr hat uns Thierry eine komplette neue Küche eingebaut. Das passt, stimmt's? Er ist schließlich der Hausbesitzer. Er hat jede Menge Geld, und außerdem muss er das Haus in Stand halten. Aber Maman macht immer so ein Getue und kocht ihm was ganz Besonderes in der neuen Küche. Oh, Mann. Als hätten wir noch nie eine Küche gehabt. Selbst die Becher sind neu. *Chocolat* steht darauf, in vornehmen Buchstaben. Thierry hat die Becher gekauft – einen für jeden von uns und einen für Madame Poussin. Dabei mag er selbst eigentlich gar keine Schokolade. (Ich merke das daran, dass er immer zu viel Zucker nimmt.)

Ich hatte früher auch meinen eigenen Becher, einen großen, roten, den Roux mir gegeben hat. Er war schon ein bisschen angeschlagen und hatte den Buchstaben A, für Anouk. Ich habe ihn nicht mehr, aber ich weiß gar nicht, was mit ihm passiert ist. Vielleicht ist er kaputtgegangen, oder wir haben ihn irgendwo vergessen. Aber das ist nicht mehr wichtig. Ich trinke sowieso keine Schokolade mehr.

»Suzanne sagt, ich bin komisch«, sagte ich, als Maman wieder in die Küche kam.

»Bist du nicht«, sagte sie und kratzte eine Vanilleschote aus. Die

Schokolade war fast fertig und köchelte leise im Topf. »Willst du was davon? Sie wird lecker.«

»Nein, danke.«

»Gut.«

Sie goss Rosette eine Tasse ein, gab Schokostreusel oben drauf und einen Löffel Schlagsahne. Die Schokolade sah sehr gut aus und roch sogar noch besser, aber ich wollte mir nichts anmerken lassen. Ich schaute in den Schrank und fand ein halbes Croissant vom Frühstück und ein bisschen Marmelade.

»Beachte sie am besten gar nicht«, sagte Maman und goss sich Schokolade in eine Espressotasse. Ich merkte, dass weder sie noch Rosette Thierrys *Chocolat*-Becher verwendeten. »Ich kenne solche Mädchen. Such dir lieber eine andere Freundin.«

Das ist leichter gesagt als getan, dachte ich. Außerdem, was würde das bringen? Sie wollen alle miteinander nicht meine Freundinnen sein. Ich habe die falschen Haare, die falschen Klamotten, das falsche Ich.

»Wen zum Beispiel?«, fragte ich.

»Das weiß ich doch nicht.« Sie klang ungeduldig, während sie die Gewürze in den Schrank zurückstellte. »Es muss doch irgendjemanden geben, mit dem du dich verstehst.«

Es ist nicht meine Schuld, wollte ich sagen. Warum denkt sie, ich bin diejenige, die Schwierigkeiten macht? Das Problem ist, dass Maman selbst nie richtig in die Schule gegangen ist – sie hat durch praktische Erfahrung gelernt, sagt sie immer –, und alles, was sie über die Schule weiß, stammt aus Kinderbüchern, oder sie hat es von der anderen Seite des Schulhofzauns beobachtet. Aber wenn man drin steckt, ist nicht alles nur ein lustiges Hockeyspiel.

»Also?« Immer noch die Ungeduld, dieser Ton, der so viel heißt wie, *Du solltest dankbar sein, ich habe hart gearbeitet, um mit dir hierher zu kommen und dich auf eine ordentliche Schule zu schicken, weil ich dich vor dem Leben bewahren will, das ich hatte.*

»Kann ich dich etwas fragen?«

»Natürlich, Nanou. Was gibt's?«

»War mein Vater schwarz?«

Sie zuckte zusammen, aber nur ein kleines bisschen, und es wäre mir sicher nicht aufgefallen, wenn ich es nicht in ihren Farben gesehen hätte.

»Das sagt Chantal.«

»Wirklich?«, sagte Maman und schnitt für Rosette eine Scheibe Brot ab. Brot, Messer, Schokoladencreme. Mit ihren kleinen Affenfingern drehte Rosette die Brotscheibe hin und her. Maman schaute unglaublich konzentriert. Ich konnte nicht sehen, was sie dachte. Ihre Augen waren so dunkel wie die Nacht.

»Ist das wichtig?«, fragte sie schließlich.

»Keine Ahnung.« Ich zuckte die Achseln.

Da schaute sie mich an, und eine Sekunde lang sah sie fast aus wie die alte Maman, die Maman, der es völlig egal war, was andere Leute dachten.

»Weißt du was, Anouk?«, sagte sie bedächtig. »Ich habe lange geglaubt, du brauchst gar keinen Vater. Ich dachte, es reicht, wenn wir zwei zusammen sind, so wie meine Mutter und ich. Und dann kam Rosette, und ich habe gedacht, tja, vielleicht –« Sie unterbrach sich, lächelte und wechselte dann so schnell das Thema, dass ich zuerst gar nicht begriff, dass sie es in Wirklichkeit gar nicht gewechselt hatte, wie bei diesem Jahrmarkttrick mit den drei Hütchen und dem Würfel. »Du magst Thierry, stimmt's?«, sagte sie.

Ich zuckte wieder die Achseln. »Er ist okay.«

»Er mag dich nämlich auch –«

Ich biss das Ende meines Croissants ab. Rosette in ihrem Kinderstuhl verwandelte ihr Brot in ein Flugzeug.

»Ich meine, wenn eine von euch beiden ihn nicht mögen würde –«

Eigentlich mag ich ihn nicht besonders. Er ist zu laut, und er riecht nach Zigarren. Und er unterbricht Maman immer, wenn sie redet, und mich nennt er *jeune fille*, als wäre das ein Witz, und Rosette versteht er überhaupt nicht, er kapiert nie, was sie will, wenn sie ihm ein Zeichen macht, und er benützt immer lange Wörter und erklärt sie mir dann, als hätte ich sie noch nie gehört.

»Er ist okay«, sagte ich noch einmal.

»Also, Thierry will mich heiraten.«

»Seit wann?«, fragte ich.

»Das erste Mal hat er letztes Jahr davon gesprochen. Ich habe ihm geantwortet, dass ich im Moment keine Beziehung möchte – ich musste mich um Rosette kümmern und um Madame Poussin – und er meinte dann, er ist gern bereit zu warten. Aber jetzt sind wir allein –«

»Du hast doch nicht etwa Ja gesagt, oder?«, sagte ich, vielleicht etwas zu laut, denn Rosette hielt sich sofort die Ohren zu.

»Es ist kompliziert.« Sie klang müde.

»Das sagst du immer.«

»Weil auch immer alles kompliziert ist.«

Ich verstehe das nicht. Für mich sieht es ganz einfach aus. Sie war noch nie verheiratet, oder? Warum will sie dann ausgerechnet jetzt heiraten?

»Die Situation hat sich verändert, Nanou«, sagte sie.

»Welche Situation?«, wollte ich wissen.

»Na ja, angefangen mit der *Chocolaterie*. Die Miete ist bis zum Jahresende bezahlt, aber danach –« Sie seufzte. »Es wird nicht leicht sein, mit dem Laden genug Geld zu verdienen. Und ich kann doch kein Geld von Thierry annehmen. Er bietet es mir zwar immer wieder an, aber das wäre nicht fair. Und da dachte ich –«

Klar, ich hatte es geahnt, dass irgendetwas nicht stimmt. Aber ich hatte gedacht, sie ist traurig wegen Madame. Jetzt konnte ich sehen, dass es an Thierry lag und dass sie sich Sorgen machte, ich könnte nicht in ihren Plan passen.

In diesen supertollen Plan. Ich sehe alles vor mir: Maman, Papa und die beiden kleinen Mädchen, wie aus einer Geschichte der Comtesse de Ségur. Wir gehen in die Kirche, wir essen jeden Tag Fleisch mit Pommes, ziehen Sachen von Galeries Lafayette an. Thierry hat ein Foto von uns auf seinem Schreibtisch stehen, aufgenommen von einem professionellen Fotografen, und Rosette und ich tragen ähnliche Kleider.

Damit mich niemand falsch versteht. Ich habe gesagt, er ist okay. Aber –

»Und?«, sagte Maman. »Hast du deine Zunge verschluckt?«

Ich biss noch mal in mein Croissant. »Wir brauchen ihn nicht«, antwortete ich schließlich.

»Aber wir brauchen irgendjemanden, so viel ist sicher. Ich habe gedacht, du würdest das verstehen. Du musst in die Schule gehen, Anouk. Du brauchst ein richtiges Zuhause – einen Vater –«

Dass ich nicht lache! Einen Vater. Als wäre das wichtig. *Man sucht sich seine Familie selbst aus*, sagt sie immer, aber welche Wahlmöglichkeiten lässt sie mir?

»Anouk«, sagte sie. »Ich tue es für dich –«

»Wie du meinst«, sagte ich, nahm mein Croissant und ging hinaus auf die Straße.

# 8

Samstag, 10. November

Ich schaute heute Morgen in der *Chocolaterie* vorbei und kaufte eine Schachtel Likörkirschen. Yanne war da, mit der Kleinen. Obwohl im Laden nichts los war, wirkte sie gehetzt, fast so, als wäre es ihr nicht recht, mich zu sehen. Und die Pralinen waren auch nichts Besonderes.

»Ich habe sie früher immer selbst gemacht«, sagte sie und reichte mir die Pralinen in einer Papiertüte. »Aber Likörsachen sind so umständlich, und ich habe nie genug Zeit. Hoffentlich schmecken sie Ihnen.«

Ich steckte mir eine in den Mund, mit gut gespieltem Heißhunger. »Fabelhaft«, murmelte ich durch die säuerliche Füllung aus eingelegten Kirschen. Auf dem Fußboden hinter der Theke lag Rosette, umgeben von Stiften und Buntpapier, und sang leise vor sich hin.

»Geht sie nicht in den Kindergarten?«

Yanne schüttelte den Kopf. »Ich möchte sie gern im Auge behalten.«

Ja, das sehe ich. Ich sehe noch mehr, jetzt, da ich danach suche. Hinter der himmelblauen Tür verbergen sich alle möglichen Dinge, die normale Kunden nicht wahrnehmen. Erstens ist der Laden alt und nicht besonders gut in Schuss. Das Schaufenster ist ganz schön, mit seinen hübschen kleinen Dosen und Schachteln, und die Wände sind fröhlich gelb gestrichen, aber trotzdem lauert überall die Feuchtigkeit, in den Ecken und unter dem Fußboden, ein Zeichen für Geld- und Zeitmangel. Es wurden einige Anstrengungen unternommen, das zu kaschieren, ein goldenes Spinnennetz über einem Nest aus Rissen, ein willkommenheißender Schimmer auf der Tür, ein üppiger Duft in der Luft, der mehr verspricht als nur diese zweitklassigen Pralinen.

*Nimm mich. Iss mich.*

Diskret formte ich mit meiner linken Hand das Auge des Schwarzen Tezcatlipoca. Um mich herum leuchteten die Farben auf und bestätigten meinen Verdacht vom ersten Tag: Hier hat sich jemand betätigt, aber ich glaube nicht, dass es Yanne Charbonneau war. Dieser Zauber hat etwas Kindliches, Naives, Übermütiges – typisch für einen ungeübten Geist.

Annie? Wer sonst? Und die Mutter? Tja. Sie hat etwas, was mich irritiert, etwas, was ich bisher erst einmal gesehen habe – am ersten Tag, als sie die Tür öffnete, weil sie ihren Namen hörte. Ihre Aura war damals heller. Und wie hell! Und irgendetwas sagt mir, dass sie diese Aura noch hat, obwohl sie alles tut, um sie zu verbergen.

Rosette saß auf dem Boden, malte und sang immer noch ihr kleines Lied ohne Text vor sich hin. *Bam-bam-bammm … bam-badda-bammmm …*

»Komm, Rosette. Es ist Zeit für deinen Mittagsschlaf.«

Rosette blickte nicht von ihrer Zeichnung auf. Ihr Gesang wurde ein bisschen lauter, begleitet von rhythmischem Klopfen mit dem Fuß. *Bam-bam-bamm*

»Auf geht's, Rosette«, sagte Yanne sanft. »Wir räumen deine Stifte weg.«

Immer noch keine Reaktion.

»*Bam-bam-bamm … Bam-badda-bammm –*« Gleichzeitig gingen ihre Farben von einem Chrysanthemengelb in ein strahlendes Orangerot über. Sie lachte und streckte die Hand aus, als wollte sie fallende Blütenblätter fangen. »*Bam-bam-bamm … Bam-badda-bamm …*«

»Pssst, Rosette!«

Und jetzt spürte ich die Spannung in Yanne. Es war mehr als die Verlegenheit einer Mutter, deren Kind nicht gehorcht – eher das Gefühl, als drohe eine Gefahr. Sie hob Rosette hoch, die immer noch vor sich hin brabbelte, warf mir einen etwas ratlosen Blick zu und zog eine Grimasse.

»Sie müssen entschuldigen«, sagte sie. »So benimmt sie sich immer, wenn sie übermüdet ist.«

»Kein Problem. Sie ist entzückend«, sagte ich.

Ein Becher mit Bleistiften kippte von der Theke. Die Stifte rollten über den Fußboden.

»Bam!«, rief Rosette und deutete auf die heruntergefallenen Stifte.

»Ich muss sie ins Bett bringen«, sagte Yanne. »Sie wird völlig überdreht, wenn sie keinen Mittagsschlaf macht.«

Ich schaute mir Rosette noch einmal an. Sie sah überhaupt nicht müde aus, fand ich. Ihre Mutter hingegen wirkte erschöpft, bleich und ausgelaugt mit ihrer viel zu strengen Frisur und dem billigen schwarzen Pullover, der sie noch blasser machte.

»Ist alles in Ordnung?«, fragte ich besorgt.

Sie nickte.

Die Glühbirne über ihr begann zu flackern. Diese alten Häuser, dachte ich. Immer sind die Leitungen halb kaputt.

»Wirklich? Sie sehen blass aus.«

»Ach, ich habe nur Kopfschmerzen. Ich schaff das schon.«

Den Satz kenne ich. Aber ich glaube ihr nicht; sie klammert sich an das Kind, als könnte ich es ihr wegnehmen.

Könnte ich das? Ich war zweimal verheiratet (allerdings in beiden Fällen nicht unter meinem richtigen Namen), und ich habe noch nie den Wunsch verspürt, ein Kind zu bekommen. Es gibt endlose Komplikationen, habe ich gehört, und außerdem kann ich mir bei meinem Beruf keine zusätzlichen Belastungen aufbürden.

Und doch –

Ich malte das Kaktuszeichen des Xochipilli in die Luft, achtete aber darauf, dass Yanne meine Hand nicht sehen konnte. Xochipilli ist der Prinz der Blumen, der Gott der Prophezeiung und des Traums. Nicht, dass ich mich besonders für Wahrsagerei interessiere. Aber unvorsichtiges Reden kann von Nutzen sein, habe ich gemerkt, und für Menschen wie mich sind Informationen jeder Art die Währung, in der sie bezahlen.

Das Symbol leuchtete und schwebte ein paar Sekunden in der Luft, bevor es sich wie ein silberner Rauchring in Luft auflöste.

Zuerst passierte gar nichts.

Ich hatte, ehrlich gesagt, auch keine besondere Wirkung erwartet. Aber ich war neugierig. Und schuldete Yanne mir nicht einen kleinen Gefallen, nachdem ich mich so um sie bemüht hatte?

Also machte ich das Zeichen noch einmal. Xochipilli der Flüsterer, der Enthüller von Geheimnissen, der Überbringer von Geständnissen. Und diesmal übertraf die Wirkung alle meine Erwartungen.

Zuerst sah ich, wie ihre Farben wieder aufflammten. Nur kurz, aber dafür extrem hell, wie eine Flamme, der man plötzlich Sauerstoff zuführt. Fast gleichzeitig schlug ganz abrupt Rosettes Laune um. Sie war nicht mehr sonnig und süß, sondern warf sich in den Armen ihrer Mutter nach hinten und stieß lautes Protestgewimmer aus.

Mit einem zischenden Plopp erlosch die flackernde Glühbirne über uns, und gleichzeitig kippte im Schaufenster eine Pyramide aus Keksdosen um – das Geklapper hätte selbst die Toten wieder zum Leben erweckt.

Yanne Charbonneau verlor fast das Gleichgewicht und machte einen Schritt zur Seite, so dass sie mit der Hüfte gegen die Theke stieß.

Auf der Theke befand sich ein offenes kleines Regal, in dem verschiedene hübsche Glasschälchen standen, gefüllt mit Zuckermandeln, in Rosa, Gold, Silber und Weiß. Dieses Regal begann zu wackeln – instinktiv streckte Yanne die Hand aus, um es zu halten, aber eins der Schälchen landete auf dem Fußboden.

»Rosette!« Yanne war den Tränen nahe.

Ich hörte, wie die Glasschale in tausend Scherben zersprang und die Mandeln über die Terrakottafliesen hüpften.

Ich hörte den Aufprall, aber ich schaute nicht hin. Stattdessen beobachtete ich Rosette und Yanne – das Kind mit leuchtenden Farben, die Mutter so reglos wie eine Statue aus Stein.

»Ich helfe Ihnen«, sagte ich und bückte mich, um die Scherben aufzuheben.

»Nein, bitte –«

»Ich mach das schon«, sagte ich.

Ich spürte, dass ihre Nerven jetzt zum Zerreißen gespannt waren. Sie versuchte, sich zu beherrschen, war aber kurz davor zu explodieren. Das lag bestimmt nicht an der kaputten Schale – Frauen wie Yanne verlieren wegen so etwas nicht die Fassung, das weiß ich. Aber andererseits können die seltsamsten Dinge eine Explosion provozieren – ein schlechter Tag, Kopfschmerzen, die Freundlichkeit von Fremden.

Und dann sah ich aus dem Augenwinkel, dass da etwas unter der Theke hockte.

Es leuchtete orangegolden, die Form nicht besonders klar umrissen, aber an dem langen, geschwungenen Schwanz und an den funkelnden kleinen Augen konnte man erkennen, dass es eine Art Affe sein musste. Ich drehte mich blitzschnell um, weil ich ihm ins Gesicht sehen wollte, und der Affe entblößte seine spitzen Zähne für mich, bevor er in der leeren Luft verschwand.

»Bam«, sagte Rosette.

Dann war alles still. Lange, lange.

Ich hob die Schale auf – sie war aus Muranoglas, mit einem fein geriffelten Rand. Ich hatte genau gehört, wie sie zersplitterte, das reinste Feuerwerk, als würden Granatsplitter über die Fliesen sausen. Und jetzt hielt ich sie in der Hand. Vollkommen unbeschädigt. Nichts passiert.

*Bam*, dachte ich.

Unter meinen Schuhen fühlte ich die verstreuten Zuckermandeln, die wie Zähne knirschten. Und nun schaute mich Yanne Charbonneau stumm und verängstigt an, und das Schweigen spann sich immer enger um uns, wie ein Seidenkokon.

Ich hätte sagen können: *Na, da haben wir ja noch mal Glück gehabt.* Oder ich hätte die Glasschale wortlos zurückstellen können, aber ich sagte mir, jetzt oder nie. *Sofort zuschlagen, solange der Widerstand gering ist. Eine zweite Chance gibt es vermutlich nicht.*

Deshalb erhob ich mich, schaute Yanne direkt in die Augen und richtete meinen ganzen Charme auf sie.

»Es ist in Ordnung«, sagte ich. »Ich weiß, was Sie brauchen.«

Für einen Moment stand sie nur da, stumm und starr. Trotzig und hochmütig erwiderte sie meinen Blick, als würde sie mich nicht verstehen.

Dann nahm ich ihren Arm und lächelte.

»Schokolade«, sagte ich sanft. »Schokolade, nach meinem Spezialrezept. Chili und Muskat, mit Armagnac und einer Prise schwarzem Pfeffer. Kommen Sie. Ich dulde keinen Widerspruch. Nehmen Sie die Kleine mit.«

Schweigend folgte sie mir in die Küche.

Ich hatte es geschafft. Ich war drin.

## Drei

## Zwei-Hase

# I

Mittwoch, 14. November

Ich wollte nie eine Hexe sein. Nicht mal im Traum – obwohl meine Mutter schwor, sie habe mich schon Monate, bevor ich erschien, rufen hören. Daran kann ich mich selbstverständlich nicht erinnern, und meine frühe Kindheit ist eine endlose Abfolge von Orten, Gerüchen und Menschen, die verschwommen an mir vorbeisausten, schneller als Züge; wir überquerten Grenzen ohne Papiere, reisten unter verschiedenen Namen, verließen mitten in der Nacht unsere billigen Hotelzimmer, begrüßten die Morgendämmerung jeden Tag anderswo, wir rannten, wir rannten die ganze Zeit, schon damals – als wäre es die einzig mögliche Überlebensform, durch die Arterien, Venen und Kapillargefäße auf der Landkarte zu rennen und nie etwas zurückzulassen, nicht einmal unseren Schatten.

*Man sucht sich seine Familie selbst aus*, sagte meine Mutter. Mein Vater war offenbar nicht ausgesucht worden.

»Wozu brauchen wir ihn, Vianne? Väter zählen nicht. Nur du und ich.«

Ganz ehrlich: Ich vermisste ihn nie. Wie hätte er mir auch fehlen sollen? Es gab nichts, woran ich seine Abwesenheit messen konnte. Ich stellte ihn mir dunkel und ein bisschen finster vor, vielleicht ein Verwandter des Schwarzen Mannes, vor dem wir flohen. Und ich liebte meine Mutter, ich liebte die Welt, die wir uns geschaffen hatten, eine Welt, die wir überallhin mitnahmen und zu der die Durchschnittsmenschen keinen Zugang hatten.

*Weil wir etwas Besonderes sind*, sagte sie immer. Wir sahen Dinge, die sonst niemand sah, wir kannten Tricks, die keiner kannte. Man sucht sich seine Familie selbst aus, und das taten wir auch. Eine Schwester hier, eine Großmutter da, vertraute Gesichter, eine verstreute Großfamilie. Aber soweit ich weiß, gab es keine Männer im Leben meiner Mutter.

Außer dem Schwarzen Mann, versteht sich.

*War mein Vater der Schwarze Mann?* Mir blieb fast das Herz stehen, als Anouk mir jetzt eine ganz ähnliche Frage stellte. Ich hatte selbst diesen Gedanken gehabt, als wir immer flohen, mit fliegenden Fahnen, in karnevalbunten Farben und zerzaust vom Wind. Der Schwarze Mann war selbstverständlich nicht real. Mit der Zeit dachte ich, dass es sich mit meinem Vater genauso verhielt.

Trotzdem war ich neugierig, und gelegentlich ließ ich meinen Blick über die Menschen schweifen, in New York oder Berlin, in Venedig oder Prag. Ich hoffte, ich könnte ihn vielleicht doch irgendwo entdecken, einen Mann, allein, mit meinen dunklen Augen.

In der Zwischenzeit rannten wir, meine Mutter und ich. Zuerst schien es einfach die Freude am Rennen zu sein, die sie antrieb, dann wurde es zur Gewohnheit, wie alles im Leben, und danach eine Qual. Am Schluss glaubte ich, dass nur die Bewegung sie noch am Leben hielt, während der Krebs sich durch sie hindurch fraß, durch ihr Blut, durch ihr Gehirn, durch ihre Knochen.

Damals erwähnte sie zum ersten Mal das Mädchen. Hirngespinste, dachte ich, von den vielen Schmerzmitteln, die sie einnimmt. Und sie redete wirklich oft wirres Zeug, als das Ende näher kam. Sie erzählte Geschichten, die völlig unlogisch und abstrus klangen, sie sprach von dem Schwarzen Mann, unterhielt sich mit Leuten, die gar nicht da waren.

Das kleine Mädchen mit dem Namen, der ganz ähnlich klang wie meiner, hätte auch ein Produkt dieser unsicheren Zeiten sein können – ein Archetyp, eine Anima, eine Zeitungsmeldung, irgendeine verlorene Seele mit dunklen Haaren und dunklen Augen, an einem verregneten Tag in Paris vor einem Zigarettenkiosk gestohlen.

Sylviane Caillou. Verschwunden, wie so viele. Mit achtzehn Monaten aus dem Kindersitz im Auto entwendet, vor einer Apotheke nicht weit von La Villette. Entführt, samt ihren Windeln zum Wechseln und ihren Spielsachen, ums Handgelenk ein billiges Silberkettchen mit einem Glücksbringer, einer kleinen Katze.

Das war nicht ich. Völlig unmöglich! Und selbst wenn, nach all der Zeit!

*Man sucht sich seine Familie selbst aus*, sagte Mutter. So wie ich dich ausgesucht habe und du mich. Das Mädchen, sie hätte sich gar nicht richtig um dich kümmern können. Sie hätte nicht gewusst, wie das geht. Wie man einen Apfel der Breite nach durchschneidet, damit man den Stern in der Mitte sehen kann, wie man Medizinsäckchen bindet, wie man Dämonen bannt, indem man auf einen Blechtopf schlägt, wie man den Wind in den Schlaf singt. All das hätte sie dir nie beigebracht.

*Und wir haben es doch gut hingekriegt, Vianne. Habe ich dir nicht versprochen, dass wir es hinkriegen?*

Ich habe ihn noch, den Talisman. Die kleine Katze. Ich erinnere mich nicht mehr an das Armkettchen. Vermutlich hat sie es irgendwann verkauft oder verschenkt, aber ich erinnere mich vage an die Spielsachen, an den roten Plüschelefanten und an den kleinen braunen Bären, heiß geliebt und mit nur einem Auge. Und der Glückbringer ist immer noch in der Kiste meiner Mutter, ein billiges Ding, wie Kinder es gern haben, mit einem roten Band. Die Katze ist bei ihren Karten, bei dem Foto von uns, das aufgenommen wurde, als ich sechs war. Außerdem befinden sich in dieser Kiste: ein bisschen Sandelholz, ein paar Zeitungsartikel, ein Ring, ein Bild, das ich in meiner ersten und einzigen Schule gemalt habe, als wir noch vorhatten, uns eines Tages irgendwo niederzulassen.

Selbstverständlich trage ich ihn nie. Ich fasse ihn nicht einmal mehr gern an; er birgt zu viele Geheimnisse und kommt mir vor wie ein Geruch, der menschliche Wärme braucht, um aktiviert zu werden. Überhaupt berühre ich eigentlich die ganzen Sachen nicht mehr, die in der Kiste sind. Doch ich wage es nicht, sie wegzuwerfen. Zu viel Ballast hemmt einen, aber mit zu wenig Ballast kann man weggepustet werden wie Löwenzahnsamen, für immer dem Wind ausgeliefert.

Zozie ist jetzt vier Tage da, und ihre Persönlichkeit spiegelt sich in allem wider, was sie anfasst. Ich weiß nicht, wie das passiert ist, vermutlich ein flüchtiger Moment der Schwäche. Ich hatte nicht vorgehabt, ihr einen Job anzubieten. Schon allein, weil ich es mir gar nicht leisten kann, ihr Geld zu bezahlen, aber sie ist bereit, zu warten, bis ich es kann. Und es kommt mir völlig natürlich vor, dass sie hier ist, als wäre sie schon immer bei mir gewesen, mein ganzes Leben.

Es begann an dem Tag des Unfalls. An dem Tag, als sie Schokolade kochte und sie mit mir in der Küche trank, heiß und süß, mit frischem Chili und mit Schokostreusel. Rosette trank auch etwas davon, aus ihrem kleinen Becher, dann spielte sie wieder auf dem Fußboden, während ich schweigend dasaß. Und Zozie musterte mich mit diesem Lächeln, ihre Augen schmal wie Katzenaugen.

Es war der absolute Ausnahmezustand. An jedem anderen Tag, zu jedem anderen Zeitpunkt, wäre ich besser gewappnet gewesen. Aber an dem Tag ... Ich hatte immer noch Thierrys Ring in der Tasche, und Rosette war schlimmer denn je, und Anouk redete nicht mehr mit mir, seit sie es wusste, und vor mir lag ein langer, leerer Nachmittag.

Zu jedem anderen Zeitpunkt hätte ich mich gesperrt. Aber an dem Tag ...

*Es ist in Ordnung. Ich weiß, was Sie brauchen.*

Was soll das heißen? Was weiß sie? Dass eine zersplitterte Glasschale plötzlich wieder ganz war? Es ist so absurd, niemand würde es glauben. Erst recht würde niemand glauben, dass diesen Trick ein vierjähriges Mädchen ausgeführt hat, noch dazu eins, das nicht mal reden kann.

»Sie sehen müde aus, Yanne«, sagte Zozie. »Es ist bestimmt nicht leicht, wenn man sich um alles kümmern muss.«

Ich nickte stumm.

Rosettes Unfall stand zwischen uns, wie das letzte Stück Torte bei einem Geburtstagskaffee.

*Sag's nicht,* bat ich sie, ohne es auszusprechen. So wie ich schon Thierry angefleht hatte. *Bitte, sag's nicht. Fass es nicht in Worte.*

Ich glaubte ihre Antwort zu spüren: ein Seufzen, ein Lächeln, ein Blick auf etwas, das man im Schatten nur flüchtig wahrnimmt. Ein leises Mischen der nach Sandelholz duftenden Karten.

Schweigen.

»Ich möchte nicht darüber reden«, sagte ich.

Zozie zuckte die Achseln. »Dann trinken Sie doch einfach Ihre Schokolade.«

»Aber Sie haben es gesehen.«

»Ich sehe alles Mögliche.«

»Zum Beispiel?«

»Ich sehe, dass Sie müde sind.«

»Ich schlafe nicht gut.«

Eine ganze Weile musterte sie mich schweigend. Ihre Augen leuchteten wie Sommerlicht, mit goldenen Sonnenflecken. *Ich müsste eigentlich deine Lieblingspralinen wissen*, dachte ich fast wie im Traum. *Aber vielleicht beherrsche ich die einfachsten Tricks nicht mehr ...*

»Ich mache jetzt mal einen Vorschlag«, sagte sie schließlich. »Erlauben Sie mir, dass ich mich um den Verkauf kümmere. Ich bin in einem Laden aufgewachsen – ich weiß, wie das geht. Sie nehmen Rosette und legen sich eine Weile hin. Falls ich Hilfe brauche, schreie ich. Nun gehen Sie schon! Ich mache das gern.«

Das ist vier Tage her. Wir haben beide nicht darüber geredet. Rosette versteht natürlich noch nicht, dass in der wirklichen Welt eine kaputte Glasschale kaputt bleiben muss, auch wenn wir uns noch so sehr wünschen, sie wäre wieder heil. Und Zozie hat keine Anstalten gemacht, das Thema noch einmal anzusprechen. Dafür bin ich ihr dankbar. Sie weiß natürlich, dass irgendetwas passiert ist; aber sie scheint damit einverstanden zu sein, dass wir es auf sich beruhen lassen.

»In was für einem Laden bist du aufgewachsen, Zozie?«

»In einer Buchhandlung. In einer mit New-Age-Büchern und so.«

»Ehrlich?«

»Ja, meine Mutter fand so was gut. Magie, die man an der Kasse kaufen kann. Tarotkarten. Sie hat Räucherstäbchen und Kerzen verkauft, an glückliche Hippies ohne Geld und mit schrecklichen Frisuren.«

Ich lächelte, aber ganz wohl fühlte ich mich nicht.

»Na ja, das ist lange her«, sagte sie. »Ich erinnere mich nicht an besonders viel.«

»Aber du, du glaubst immer noch?«

Sie lächelte. »Ich glaube, dass wir etwas bewirken können.«

Schweigen.

»Und du?«

»Ich habe früher mal geglaubt«, sagte ich. »Aber jetzt nicht mehr.«

»Darf ich fragen, warum nicht?«

Ich schüttelte den Kopf. »Später vielleicht.«

»Einverstanden.«

Ich weiß, ich weiß. Es ist gefährlich. Keine Handlung bleibt ohne Folgen. Magie hat ihren Preis. Ich habe lange gebraucht, um das zu begreifen, aber jetzt – nach Lansquenet, nach Les Laveuses – ist es mir sonnenklar, und die Konsequenzen unseres Reisens ziehen immer weitere Kreise, wie die Kreise in der Wasseroberfläche eines Sees nach einem Steinwurf.

Zum Beispiel meine Mutter: Sie ging so großzügig mit ihrer Begabung um, sie schenkte Glück und Zuversicht, während in ihr der Krebs wuchs, wie Zinsen auf einem Sparbuch, von dem sie gar nicht wusste, dass sie es hatte. Das Universum gleicht seine Bilanzen aus. Sogar für so kleine Dinge wie für einen Talisman, einen Zauberspruch, einen Kreis im Sand, für alles muss man bezahlen. Ohne Ausnahme. Mit Blut.

Es gibt das Gesetz der Symmetrie, muss man wissen. Für jeden Glücksfall gibt es ein Leid, für jeden Menschen, dem wir geholfen haben, eine Kränkung. Ein rotes Seidensäckchen über unserer Tür – und anderswo fällt ein Schatten. Eine Kerze, angezündet, um Unheil abzuwehren – und das Haus auf der anderen Straßenseite fängt Feuer und brennt ab bis auf die Grundfesten.

Einfach nur Pech.

Ein Unfall.

Deshalb kann ich mich Zozie nicht anvertrauen. Ich mag sie sehr und will ihre Zuneigung nicht verlieren. So wie's aussieht, mögen die Kinder sie ebenfalls. Sie hat etwas sehr Junges, etwas, das näher an Anouks Altersgruppe dran ist als an meiner, und dadurch wirkt sie wesentlich zugänglicher.

Vielleicht liegt es an ihren Haaren. Sie trägt sie offen und hat sie mit pinkfarbenen Strähnen gefärbt. Oder es liegt an ihren schrillen Secondhandklamotten, bunt zusammengewürfelt wie Sachen aus einer Verkleidekiste, aber bei ihr passt komischerweise immer alles zusammen. Heute hat sie ein tailliertes hellblaues Kleid aus den fünfziger Jahren an, mit einem Segelschiffmuster, dazu gelbe Ballettschuhe, nicht gerade ideal für November, aber ihr ist das sowieso gleichgültig. Zozie ist eigentlich alles gleichgültig.

Ich weiß, dass ich früher auch so war. Ich erinnere mich an den Trotz, an die Freiheit. Aber wenn man Mutter wird, ändert sich alles. Das Muttersein macht Feiglinge aus uns allen. Feiglinge, Lügerinnen – und manchmal noch Schlimmeres.

Vier Tage! Und ich staune immer wieder, wie ich mich auf Zozie verlasse, sie passt nicht nur auf Rosette auf, wie Madame Poussin früher, sondern kümmert sich auch um den ganzen Kleinkram im Laden. Verpacken, aufräumen, putzen, bestellen. Sie sagt, sie macht es gern, denn sie habe immer davon geträumt, in einer *Chocolaterie* zu arbeiten, dabei bedient sie sich nicht einmal an den Pralinen, wie Madame Poussin es immer getan hat, und sie nutzt ihre Position auch nicht dazu aus, alles zu probieren.

Thierry gegenüber habe ich ihre Anwesenheit noch gar nicht erwähnt. Ich weiß auch nicht genau, wieso; aber ich spüre instinktiv, dass er nicht einverstanden wäre. Vielleicht, weil ich ihn nicht vorher um Rat gefragt habe, vielleicht auch wegen Zozie selbst, die so weit entfernt von der gesetzten Madame Poussin ist wie nur irgend möglich.

Den Kunden gegenüber benimmt sie sich völlig ungezwungen. Das ist sehr erfrischend, aber manchmal irritiert es mich schon fast. Sie redet ohne Pause, während sie die Schachteln einpackt, die Pralinen abwiegt, neue Spezialitäten anpreist. Und sie hat eine Gabe, die Leute zum Reden zu bringen; sie erkundigt sich nach Madame Pinots Rückenschmerzen, unterhält sich mit dem Postboten über seine Runde. Sie weiß, welche Pralinen der dicke Nico am liebsten mag, flirtet wie wild mit Jean-Louis und Paupaul, den Möchtegernmalern, die um das *Le P'tit Pinson* herum nach Kundschaft fahnden, und plaudert angeregt mit Richard und Mathurin, den beiden alten Männern, die sie »die Patrioten« nennt und die manchmal schon um acht Uhr morgens ins Café kommen und selten vor dem Abendessen wieder aufbrechen.

Sie weiß, wie Anouks Schulfreundinnen heißen, erkundigt sich nach ihren Lehrern, redet mit ihr über Klamotten. Trotzdem fühle ich mich von ihr nie überfordert, und sie stellt auch nie die Fragen, die jeder andere Mensch stellen würde.

So ähnlich ging es mir mit Armande Voizin, damals in Lansquenet. Widerspenstig, frech, respektlos, ich sehe immer noch ihre feuerroten Kleider aus dem Augenwinkel oder höre ihre Stimme, wenn ich die Straßen entlanggehe, diese Stimme, die ein bisschen unwirklich war, wie die meiner Mutter, und es kann passieren, dass ich mich umdrehe und sie suche.

Zozie ist natürlich ganz anders. Armande war achtzig, ausgelaugt, streitsüchtig und krank. Und doch kann ich sie in Zozie sehen: ihr quecksilbriges Auftreten, ihren unersättlichen Lebenshunger. Und wenn Armande einen Funken von dem hatte, was meine Mutter Zauber nannte …

Aber über solche Dinge reden wir nicht. Wir haben stillschweigend einen Pakt geschlossen. Die kleinste Indiskretion – und sei es auch nur ein Streichholz – und wieder einmal könnte unser kleines Kartenhaus in Flammen aufgehen. Das ist in Lansquenet passiert, in Les Laveuses und an hundert anderen Orten. Aber jetzt nicht mehr. Nein, diesmal bleiben wir.

Sie kam heute sehr früh. Anouk machte sich gerade auf den Schulweg. Ich ließ Zozie eine knappe Stunde allein, um mit Rosette ein Stück spazieren zu gehen, und als ich zurückkam, wirkte der Laden irgendwie heller, weniger vollgestopft und viel attraktiver. Sie hatte die Dekoration im Schaufenster verändert, hatte einen Stoffrest aus dunkelblauem Samt auf die Dosenpyramide gebreitet und darauf ein Paar knallrote, glänzende Highheels gestellt, umgeben von lauter rot und golden eingewickelten Pralinen.

Das ist gewöhnungsbedürftig, aber total faszinierend. Die Schuhe – es ist das Paar, das sie am ersten Tag anhatte – scheinen in dem dunklen Schaufenster zu leuchten, und die Süßigkeiten wirken auf dem Samt wie Schätze aus einer Wunderkiste, Würfel und Fragmente aus buntem Licht.

»Ich hoffe, du hast nichts dagegen«, sagte Zozie, als ich hereinkam. »Das Schaufenster kann ein bisschen Farbe vertragen, habe ich gedacht.«

»Es gefällt mir«, sagte ich. »Schuhe und Schokolade.«

Zozie grinste. »Meine Zwillingsleidenschaft.«

»Was magst du am liebsten?«, fragte ich sie. Ich wollte es eigentlich gar nicht wissen, aber aus professioneller Wissbegier fragte ich sie trotzdem. Vier Tage, und ich bin mit meinen Vermutungen noch nicht weiter als am ersten Tag.

Sie zuckte die Achseln. »Ich mag alle Pralinen. Aber die gekauften sind nicht das Gleiche, oder? Du hast früher selbst welche gemacht, sagtest du neulich –«

»Stimmt. Aber damals hatte ich mehr Zeit.«

Sie schaute mich an. »Du hast jede Menge Zeit. Ich könnte vorne im Laden arbeiten, und du kannst hinten in der Küche herumzaubern.«

»Herumzaubern?«

Aber Zozie entwickelte ihre Pläne schon weiter. Sie schien gar nicht zu merken, welchen Effekt dieses beiläufig in die Debatte geworfene Wort auf mich hatte. Sie plante verschiedene selbst gemachte Trüffel, die Pralinensorte, die man am einfachsten selbst machen kann, und dann vielleicht noch *Mendiants* – mein Lieblingskonfekt – mit Mandeln bestreut, dazu Sauerkirschen und dicke gelbe Rosinen.

Ich könnte das mit geschlossenen Augen. Jedes Kind kann

*Mendiants* machen, und Anouk hat mir damals in Lansquenet oft geholfen, hat die dicksten Rosinen ausgewählt, die süßesten Preiselbeeren (und dabei sich selbst immer eine großzügige Portion genommen) und die Scheiben aus geschmolzener heller und dunkler Schokolade mit komplizierten Mustern belegt.

Seit damals habe ich keine *Mendiants* mehr gemacht. Sie erinnern mich zu stark an diese Zeit, an die kleine Bäckerei mit der geschnitzten Weizengarbe über der Tür, an Armande und Joséphine, an Roux ...

»Du kannst für selbst gemachte Pralinen verlangen, was du willst«, sagte Zozie, offenbar ohne zu ahnen, was in mir vorging. »Und wenn du ein paar Stühle aufstellst und eine Art Sitzmöglichkeit schaffst«, sie zeigte mir die Stelle, die sie meinte, »dann können sich die Kunden eine Weile ausruhen, eine Tasse Schokolade trinken oder ein Stück Kuchen essen. Das wäre doch toll, findest du nicht? Einladend, meine ich. Auf die Weise lockt man Kundschaft in den Laden.«

»Hm.«

Ganz sicher war ich mir nicht. Es klang viel zu sehr nach Lansquenet. Eine *Chocolaterie* ist ein Laden, und die Leute, die kommen, sind Kunden und keine Freunde. Sonst passiert eines Tages das Unvermeidliche, und wenn die Barrieren erst einmal niedergerissen sind, kann man sie nicht mehr aufbauen. Außerdem wusste ich, was Thierry sagen würde.

»Ich glaube, lieber nicht«, sagte ich.

Zozie sagte nichts, musterte mich aber mit einem komischen Blick. Ich hatte das Gefühl, sie irgendwie enttäuscht zu haben. Eigentlich absurd – und dennoch –

Wann bin ich nur so ängstlich geworden? Wann habe ich angefangen, mir ständig so viele Gedanken zu machen? Meine Stimme klingt trocken und ein bisschen spröde, fast schon puritanisch. Ob Anouk das auch auffällt?

»Na gut. War ja nur so eine Idee.«

Aber was sollte denn passieren? überlegte ich mir. Es sind doch nur Pralinen, ein Dutzend Trüffel oder so, damit ich in Übung bleibe. Thierry denkt bestimmt, ich verplempere meine Zeit, aber warum sollte mich das zurückhalten? Was geht es mich an?

»Na ja, für Weihnachten könnte ich vielleicht ein paar Schachteln machen.«

Ich habe immer noch meine Töpfe, aus Kupfer und aus Emaille, alle säuberlich verpackt und im Keller verstaut. Ich habe sogar die Granitplatte behalten, auf der ich die geschmolzene Schokolade immer abkühlen lasse, ebenso die Zuckerthermometer, die Formen aus Plastik und Keramik, die Schöpflöffel, die Schaumlöffel und die Schaber. Alles ist da, gut gelagert und einsatzbereit. Die Mädchen hätten garantiert ihren Spaß.

»Super!«, freute sich Zozie. »Dann kannst du es mir ja auch beibringen.«

Warum nicht? Was kann es schon schaden?

»Einverstanden. Ich werd's versuchen«, sagte ich.

Das war's. Und jetzt bin ich endlich wieder im Geschäft. Einfach so. Und wenn ich noch irgendwelche Zweifel habe –

Eine Portion Trüffel kann nichts Schlimmes anrichten. Oder ein Tablett mit *Mendiants*. Oder ein, zwei Kuchen. Die Wohlwollenden geben sich nicht mit so banalen Dingen wie Pralinen ab.

Hoffe ich jedenfalls. Und jeden Tag treten Vianne Rocher, Sylvie Caillou und sogar Yanne Charbonneau immer weiter in den Hintergrund, werden ungefährlich, ein Teil der Vergangenheit, eine Fußnote der Geschichte, Namen auf einer verblassten Liste.

Der Ring an meiner rechten Hand fühlt sich komisch an, weil meine Finger es seit ewig gewohnt sind, nackt zu sein. Der Name – Le Tresset – kommt mir allerdings noch komischer vor. Ich probiere ihn aus, als wollte ich bei einem Kleid die Größe ausprobieren, und lande irgendwo auf halber Strecke zwischen Lächeln und Nicht-Lächeln.

Yanne Le Tresset.

Es ist nur ein Name.

Unsinn, sagt Roux, dieser erfahrene Namensveränderer und Formenverschieber, dieser Zigeuner und Vertreter elementarer Wahrheiten. *Es ist nicht nur ein Name. Es ist ein Satz.*

## 2

Donnerstag, 15. November

Jetzt ist es also so weit. Sie trägt seinen Ring. Thierry, ausgerechnet Thierry, der ihre Schokolade nicht mag, der überhaupt nichts an ihr mag, nicht einmal ihren richtigen Namen. Sie sagt, sie macht keine Pläne. Sie sagt, sie muss sich erst daran gewöhnen. Sie trägt den Ring wie ein Paar Schuhe, die man erst einlaufen muss, damit sie richtig passen.

Eine schlichte Hochzeit, sagt Maman. Nur auf dem Standesamt. Kein Pfarrer, keine Kirche. Aber wir wissen es besser. Er wird sich schon durchsetzen. Mit dem ganzen Trara. Rosette und ich in gleichen Kleidchen. Es wird grauenhaft.

Ich sagte das zu Zozie, und sie schnitt eine Grimasse und sagte *Jeder nach seiner Fasson*, was absolut lächerlich ist, wirklich. Niemand, der einigermaßen bei Verstand ist, kann sich vorstellen, dass diese beiden sich je richtig lieben werden.

Na ja, vielleicht liebt er sie. Aber was weiß er schon? Gestern Abend ist er vorbeigekommen und ist mit uns ausgegangen. Nicht ins *Le P'tit Pinson* diesmal, sondern in ein teures Restaurant am Fluss, wo wir die Boote vorbeifahren sehen konnten. Ich hatte ein Kleid an, und er sagte, ich würde sehr hübsch aussehen, aber ich hätte mir noch die Haare frisieren sollen. Zozie passte auf Rosette auf, zu Hause im Laden, weil Thierry fand, dass das Restaurant nichts für ein kleines Kind ist (aber wir kannten alle den eigentlichen Grund).

Maman trug den Ring, den er ihr gegeben hat. Ein riesiger, fetter, hasserfüllter Diamant, der wie ein dicker, blitzender Käfer auf ihrer

Hand sitzt. Im Laden trägt sie ihn nie (er stört sie nur), und gestern Abend hat sie dauernd daran herumgespielt und ihn hin und her gedreht, als wäre er ihr lästig.

*Hast du dich schon dran gewöhnt?*, fragt Thierry. Als könnten wir uns je daran gewöhnen – an den Ring und an ihn und an seine Art, mit uns umzugehen. Er tut immer so, als wären wir verwöhnte Kinder, die man mit Geld und Geschenken bestechen kann. Und er hat Maman ein Handy gegeben, damit sie *immer mit ihm in Kontakt* sein kann, sagte er, *ich kann's nicht fassen, dass du noch nie eins hattest.* Danach tranken wir Champagner (was ich nicht ausstehen kann) und aßen Austern (was ich ebenfalls nicht ausstehen kann) und ein Schokoladenmousse-Eis, das ziemlich gut schmeckte, aber längst nicht so gut wie das, das Maman immer gemacht hat, und außerdem war es auch noch eine ganz, ganz kleine Portion.

Und Thierry lachte dauernd (jedenfalls am Anfang), nannte mich *jeune fille* und redete über die *Chocolaterie*. Wie sich herausstellt, fährt er bald wieder nach London, und diesmal wollte er, dass Maman mitkommt, aber sie sagte, sie hat zu viel zu tun, vielleicht nach dem Weihnachtsgeschäft.

»Wirklich?«, fragte er. »Ich dachte, du hättest gesagt, der Laden läuft schlecht.«

»Ich probiere etwas anderes aus«, sagte Maman und erzählte ihm von den neuen Trüffelsorten, die sie plant, und dass Zozie ihr eine Weile hilft und dass sie ihre alten Sachen aus dem Keller holt. Darüber redete sie ganz lange, ihr Gesicht lief rosarot an, und je mehr sie redete, desto stiller wurde Thierry, und desto weniger lachte er, so dass sie schließlich aufhörte und ein bisschen verlegen dreinschaute.

»Entschuldige«, sagte sie. »Du willst das gar nicht so ausführlich hören.«

»Doch, doch, schon gut«, sagte Thierry. »Und das war Zozies Idee, oder?« Er klang nicht besonders erfreut.

Maman lächelte. »Wir haben sie sehr gern. Stimmt's, Annie?«

Ich sagte, ja, das stimmt.

»Aber glaubst du denn, sie hat das Zeug zum Unternehmer? Ich meine, sie ist ja vielleicht ganz nett, aber auf lange Sicht brauchst du, ehrlich gesagt, ein bisschen was Besseres als eine Kellnerin, die du bei Laurent Pinson abgestaubt hast.«

»Das Zeug zum Unternehmer?«, wiederholte Maman.

»Also, ich dachte, wenn wir verheiratet sind, dann willst du vielleicht, dass jemand anderes den Laden führt.«

*Wenn wir verheiratet sind.* Oh, Mann.

Maman schaute ihn an, mit gerunzelter Stirn.

»Also, ich weiß ja, dass du den Laden selbst führen willst, aber du musst doch nicht die ganze Zeit da sein«, fuhr er fort. »Es gibt noch genug anderes zu tun. Wir können reisen, die Welt sehen.«

»Ich habe die Welt schon gesehen«, sagte sie – ein bisschen zu schnell, und Thierry schaute sie verdutzt an.

»Also, ich hoffe, du erwartest nicht von mir, dass ich in die Wohnung über der *Chocolaterie* ziehe«, sagte er grinsend, als würde er einen Witz machen. Aber es war kein Witz, das hörte ich an seiner Stimme.

Maman sagte nichts und schaute weg.

»Tja, und was ist mit dir, Annie?«, sagte er. »Ich wette, du würdest gern die Welt sehen. Wie wär's zum Beispiel mit Amerika? Fändest du das nicht cool?«

Ich hasse es, wenn er »cool« sagt. Ich meine – Thierry ist alt, mindestens fünfzig, und ich weiß, er gibt sich Mühe, aber so was ist doch einfach nur peinlich, oder?

Wenn Zozie »cool« sagt, hat man das Gefühl, sie meint es auch. Es ist, als hätte sie das Wort erfunden. Amerika *wäre* cool, aber nur mit Zozie. Sogar die *Chocolaterie* ist jetzt viel cooler als vorher, mit dem goldgerahmten Spiegel vor dem alten Glasschrank und mit ihren Bonbonschuhen im Schaufenster, die aussehen wie mit Schätzen gefüllte Zauberschuhe.

*Wenn Zozie hier wäre, würde sie ihm sagen, was Sache ist*, dachte ich, so wie sie es bei der Jeanne-Moreau-Bedienung im Tea-Shop gemacht hatte. Aber gleich bekam ich ein schlechtes Gewissen – fast so, als hätte ich etwas Schlechtes getan. Als könnte man einen Unfall auslösen, wenn man nur daran denkt.

*Zozie wäre das egal*, sagte die Schattenstimme in meinem Kopf. Zozie würde machen, was ihr passt. Und wäre das so schlimm? dachte ich. Na ja. Schon irgendwie. Aber trotzdem –

Als ich heute Morgen in die Schule gehen wollte, sah ich zufällig, wie Suze in unser neues Schaufenster glotzte, die Nase an die Scheibe gedrückt. Sie rannte sofort weg, als sie mich sah – wir reden immer noch nicht miteinander –, aber eine Weile fühlte ich mich so hundeelend, dass ich mich in einen der alten Sessel setzen musste, die Zozie von irgendwoher angeschleppt hat. Ich stellte mir Pantoufle vor, wie er dasitzt und zuhört und wie in seinem Gesicht mit den Schnurrbarthaaren die schwarzen Augen blitzen.

Es ist ja nicht einmal so, dass ich Suze besonders mag. Aber sie war sehr nett zu mir, als ich neu war; sie kam in die *Chocolaterie*, und wir haben uns unterhalten oder ferngesehen, oder wir sind zur Place du Tertre gelaufen und haben den Malern zugeschaut, und einmal hat sie mir an einem der Stände dort einen rosaroten Emailleanhänger gekauft, einen kleinen Hund, auf dem *Meine beste Freundin* stand.

Es war nur ein billiger kleiner Anhänger, und die Farbe Pink konnte ich noch nie leiden, aber ich hatte auch noch nie eine beste Freundin gehabt – jedenfalls nicht so richtig. Es war toll, und ich freute mich sehr, aber ich habe den Anhänger seit einer Ewigkeit nicht mehr getragen.

Denn dann kam Chantal daher.

Die perfekte, bei allen beliebte Chantal mit den perfekt frisierten blonden Haaren und den perfekten Klamotten und ihrer gehässigen Art, über alles herzuziehen. Jetzt will Suze genauso sein wie sie, und ich bin nur noch die Lückenbüßerin, wenn Chantal etwas Besseres vorhat. Das heißt, meistens bin ich der nützliche Trottel.

Es ist nicht fair. Wer entscheidet eigentlich solche Sachen? Wer hat beschlossen, dass Chantal es verdient hat, die Beliebte zu sein, obwohl sie noch nie für irgendjemanden einen Finger krumm gemacht hat und sich überhaupt für keinen einzigen Menschen interessiert, außer für sich selbst? Warum ist Jean-Loup Rimbault beliebter als Claude Meunier? Und was ist mit den anderen? Mit Mathilde Chagrin? Oder mit den Mädchen, die schwarze Kopftücher tragen? Was haben sie gemacht, dass sie zu Freaks werden? Was ist mit mir?

Ich redete mit meiner Schattenstimme und merkte gar nicht, dass Zozie hereinkam. Sie ist manchmal sehr leise, muss man wissen, sogar noch leiser als ich, was heute besonders komisch war, weil sie nämlich diese klackenden Clogs anhatte, mit denen man ziemlichen Lärm macht, ob man will oder nicht. Außer dass ihre so pink waren wie Fuchsien, weshalb sie irgendwie toll aussahen.

»Mit wem hast du gerade geredet?«

Ich hatte gar nicht gemerkt, dass ich laut rede.

»Mit keinem. Nur mit mir.«

»Auch nicht schlecht.«

»Stimmt.« Ich kam mir ziemlich blöd vor; ich spürte genau, wie Pantoufle uns beobachtete, mit seiner gestreiften Nase, die sich zuckend auf und ab bewegte, wie bei einem richtigen Kaninchen, wenn es schnuppert. Ich sehe ihn deutlicher, wenn ich mich ärgere, deshalb sollte ich keine Selbstgespräche führen. Außerdem sagt Maman immer, es ist wichtig, den Unterschied zwischen real und nicht real zu erkennen. Wenn man diesen Unterschied nicht beachtet, dann passieren Unfälle.

Zozie lächelte und machte ein Zeichen, so ähnlich wie ein »Okay«-Zeichen: Ihr Daumen und ihr Zeigefinger berührten sich, so dass sie einen Kreis bildeten. Durch diesen Kreis hindurch schaute sie mich an, dann ließ sie die Hand wieder sinken. »Weißt du, ich habe als Mädchen auch oft mit mir selbst geredet. Oder genauer gesagt, mit meiner unsichtbaren Freundin. Eigentlich habe ich die ganze Zeit mit ihr geredet.«

Ich weiß nicht, weshalb ich so überrascht war. »Du?«

»Sie hieß Mindy«, sagte Zozie. »Meine Mutter sagte, sie ist eine Geistführerin. Sie hat nämlich an solche Sachen geglaubt. Das heißt, eigentlich hat sie so ziemlich an alles geglaubt: an Kristallkugeln, Delfinzauber, Entführungen durch Außerirdische, an den Yeti. Was man sich nur vorstellen kann, sie hat dran geglaubt.«

Sie grinste. »Aber manche Sachen funktionieren tatsächlich – stimmt's, Nanou?«

Ich wusste nicht, was ich sagen sollte. Manche Sachen funktionieren – was heißt das? Ich fühlte mich extrem unwohl. Aber irgendwie fand ich es auch klasse. Weil es dann nämlich nicht einfach nur ein Zufall oder ein Unfall war, was da im Tea-Shop passiert ist. Zozie redete über echte Magie, und sie redete ganz offen darüber, als wäre das alles wahr und kein Kinderkram, aus dem ich herauswachsen muss.

Zozie glaubt daran.

»Ich muss los.« Ich nahm meine Schultasche und ging zur Tür.

»Das sagst du oft. Was ist es? Eine Katze?« Sie kniff ein Auge zusammen und musterte mich noch einmal durch den Kreis zwischen Daumen und Zeigefinger.

»Ich weiß nicht, was du meinst«, sagte ich.

»Klein, mit großen Ohren.«

Ich schaute sie an. Sie lächelte immer noch.

Ich wusste, ich darf eigentlich nicht darüber reden. Wenn man darüber redet, wird alles nur noch schlimmer – aber ich wollte Zozie nicht anlügen. Zozie belügt mich ja auch nie.

Ich seufzte. »Ein Kaninchen. Es heißt Pantoufle.«

»Cool«, sagte Zozie.

Das war's.

# 3

Freitag, 16. November

Der zweite Streich. Und ich hab's wieder geschafft. Man muss nur gezielt zuschlagen, und die *Piñata* platzt. Die Mutter ist das schwache Glied, und wenn ich Yanne auf meine Seite bringe, kommt Annie ganz von allein, wie der Sommer dem Frühling folgt.

Dieses fantastische Kind. So jung, so klug. Mit so einem Kind könnte ich tolle Sachen machen – wenn nur die Mutter nicht im Weg stünde. Aber immer schön eins nach dem andern, stimmt's? Es wäre ein Fehler, wenn ich jetzt mein Blatt ausreizen würde. Das Mädchen ist immer noch sehr zurückhaltend, und wenn ich zu viel Druck mache, zieht sie sich womöglich wieder in ihr Schneckenhaus zurück. Deshalb werde ich warten und in der Zwischenzeit Yanne bearbeiten. Das macht mir Spaß, ehrlich gesagt. Eine alleinerziehende Mutter, die einen Laden führen muss und ständig ein kleines Kind am Bändel hat – es ist gar nicht so schwer, ihre Vertraute zu werden, ihre Freundin. Sie braucht mich. Rosette mit ihrer unstillbaren Neugier und ihrer Begabung, immer am falschen Platz zu sein, liefert mir den nötigen Vorwand.

Rosette fasziniert mich zunehmend. Sie ist klein für ihr Alter, hat ein spitzes Gesicht mit weit auseinanderliegenden Augen – fast wie eine Katze. Auf allen vieren krabbelt sie über den Fußboden (so bewegt sie sich am liebsten vorwärts, aufrecht gehen will sie nicht), sie steckt die Finger in Löcher der Wandverkleidung, macht immer wieder die Küchentür auf und zu oder legt auf dem Boden mit kleinen Gegenständen komplizierte Muster. Man muss sie ständig im Auge behalten – normalerweise ist sie ja ziemlich brav, aber sie hat kein Gespür für Gefahren, und wenn sie sich ärgert oder frustriert ist, bekommt sie manchmal schlimme Wutanfälle (oft, ohne dabei einen Ton von sich zu geben). Dann wirft sie sich wild hin und her und knallt sogar mit dem Kopf auf den Boden.

»Was fehlt ihr?«, fragte ich Annie.

Sie musterte mich prüfend, als würde sie abzuschätzen versuchen, ob sie mir antworten konnte, ohne in Gefahr zu geraten. »Das weiß niemand so richtig«, sagte sie. »Einmal war sie beim Arzt, als sie noch ganz klein war. Er hat gesagt, sie hat wahrscheinlich etwas, was man *Cri du chat* nennt, aber ganz sicher war er sich auch nicht, und wir sind nie wieder hingegangen.«

»*Cri du chat?*« Das klang wie ein mittelalterliches Leiden, etwas, das durch den Schrei einer Katze ausgelöst wird.

»Sie hat immer solche Geräusche gemacht. Ganz ähnlich wie eine Katze. Ich hab sie nur Katzenbaby genannt.«

Annie lachte und senkte dann fast schuldbewusst den Blick, als wäre es riskant, darüber zu reden. »Eigentlich ist alles in Ordnung«, sagte sie. »Sie ist nur ein bisschen anders als die anderen.«

Anders. Wieder dieses Wort. Genau wie »Unfall« scheint es für Annie eine besondere Bedeutung zu haben, die über das Offensichtliche hinausgeht. Auf jeden Fall neigt Rosette zu Unfällen. Aber ich spüre, dass damit nicht nur gemeint ist, dass sie sich Malwasser über die Gummistiefel kippt oder Toastscheiben in den Videorekorder steckt oder die Finger in den Käse bohrt, um Löcher für unsichtbare Mäuse zu schaffen.

Unfälle passieren, wenn sie da ist. Wie die Glasschale aus Murano, bei der ich geschworen hätte, dass sie zersplittert ist, obwohl ich mir nicht mehr ganz sicher bin. Oder die Glühbirnen, die manchmal an- und ausgehen, obwohl niemand den Schalter bedient. Klar, das kann natürlich auch daran liegen, dass in einem alten Haus die Stromversorgung etwas eigenwillig ist. Den Rest kann ich mir eingebildet haben. Aber andererseits, *Was einmal falsch war, bleibt immer falsch*, wie meine Mutter immer sagte, und ich neige gewöhnlich nicht dazu, mir Sachen einzubilden.

In den letzten Tagen hatten wir extrem viel zu tun. Putzen, das

Sortiment neu planen und Zutaten bestellen, Yannes Kupferpfannen, Formen und Keramiktöpfe aus dem Keller holen – obwohl sie alles sorgfältig verpackt hatte, waren viele Sachen fleckig und trübe und mit Grünspan überzogen, und während ich mich um den Laden kümmerte, schrubbte und scheuerte Yanne stundenlang in der Küche, bis auch der letzte Topf wie neu glänzte.

»Es ist nur zum Spaß«, sagt sie immer wieder, als wäre es ihr peinlich, dass sie das so gern macht – als wäre es eine Marotte aus ihrer Kindheit, die sie eigentlich ablegen müsste. »So ganz ernst nehme ich das nicht, weißt du.«

Na ja, aus meiner Perspektive sieht es sehr ernst aus.

Sie kauft nur die beste Kuvertüre, von einem Fairtrade-Lieferanten in der Nähe von Marseille, und sie bezahlt alles bar. Ein Dutzend Blöcke von jeder Sorte – für den Anfang, sagt sie; aber ich merke an ihrer begeisterten Reaktion, dass es nicht bei einem Dutzend bleiben wird. Früher hat sie ihre gesamte Ware selbst hergestellt, erzählt sie mir. Ich muss zugeben, dass ich das zuerst nicht recht geglaubt habe, aber nachdem ich jetzt erlebt habe, wie sie sich in die Arbeit stürzt, weiß ich, dass sie nicht übertrieben hat.

Sie macht das unglaublich geschickt, und es wirkt verblüffend therapeutisch, ihr dabei zuzuschauen. Die Kuvertüre wird zuerst zum Schmelzen gebracht und dann wieder abgekühlt, ein Vorgang, durch den sie ihre kristalline Konsistenz verliert und die schimmernd formbare Gestalt annimmt, die man zur Herstellung von Schokoladentrüffeln braucht. Yanne verwendet dafür eine Granitplatte: Sie streicht die seidig geschmolzene Schokolade aus und holt sie dann mit einem Spachtel wieder zu sich. Dann wandert die Masse zurück in den warmen Kupfertopf, und der Prozess wird so oft wiederholt werden, bis Yanne ihn für abgeschlossen erklärt.

Das Zuckerthermometer benutzt sie fast nie. Sie macht schon so lange Pralinen, erklärt sie mir, dass sie spürt, wann die Masse die richtige Temperatur erreicht hat. Ich glaube ihr. In den letzten drei Tagen hat sie jedenfalls nur makellose Ware produziert, und ich habe beim Zuschauen gelernt, worauf man achten muss und woran man beim endgültigen Produkt die Spitzenqualität erkennt: Streifen und die wenig attraktiven hellen Schlieren sind ein Zeichen für die falsche Temperatur, während strahlender Glanz und ein kurzes, klares Knacken auf Perfektion hinweisen.

Trüffel sind am einfachsten herzustellen, versichert sie. Annie konnte das schon mit vier, und jetzt ist Rosette an der Reihe: Mit feierlicher Miene rollt sie die Trüffelkugeln auf dem mit Kakaopulver bestreuten Blech hin und her, das Gesicht braun verschmiert, ein kleiner Waschbär mit Strahleaugen.

Zum ersten Mal höre ich Yanne laut lachen.

Oh, Yanne. Diese Schwäche.

In die Zwischenzeit wende ich ein paar Tricks an. Es ist ja in meinem eigenen Interesse, dass der Laden hier gut läuft, und ich gebe mir große Mühe, ihn anziehender zu gestalten. Angesichts von Yannes Sensibilität muss ich allerdings diskret vorgehen, aber wenn man verschiedene Symbole – für Cinteotl den Mais und die Kakaobohne für die Herrin des Blutmondes – in den Oberbalken der Tür und in die Eingangsstufe ritzt, müsste das eigentlich ausreichen, um dafür zu sorgen, dass unser kleines Geschäft floriert.

Ich weiß, welche Pralinen welche Kunden am liebsten mögen, Vianne. Ich kann ihre Aura lesen. Und ich weiß, dass das Blumenmädchen Angst hat, ich weiß, dass die Frau mit dem kleinen Hund sich ständig Selbstvorwürfe macht und dass der pausenlos quasselnde fette junge Mann vor seinem fünfunddreißigsten Geburtstag sterben wird, wenn er nicht ein bisschen abnimmt.

Es ist eine Gabe, muss man wissen. Ich kann sagen, was sie brauchen; ich kann sagen, wovor sie sich fürchten; ich kann sie zum Tanzen bringen.

Hätte meine Mutter das auch versucht, dann hätte sie sich nicht so abstrampeln müssen; aber sie misstraute meiner praktischen Magie, sie fand sie »interventionistisch« und meinte, dieser Missbrauch meiner Talente sei bestenfalls egoistisch und im schlimmsten Fall schädlich für uns beide.

»Denke an den Delfinglauben«, sagte sie. »*Greife nicht ein, sonst vergisst du den Weg.«* Natürlich gab es im Delfinglauben lauter solche Leitsätze – aber zu der Zeit war mein eigenes System schon weit entwickelt, und ich hatte längst entschieden, dass ich den Delfinglauben ablegen wollte, und nicht nur das: Ich wusste, dass ich dazu geschaffen war, mich einzumischen.

Die Frage ist nur: Mit wem will ich anfangen? Mit Yanne oder mit Annie? Mit Laurent Pinson oder Madame Pinot? Es gibt hier so viele Leben, die alle ineinander verwoben sind, und jedes hat seine eigenen Geheimnisse und Träume, seine ehrgeizigen Pläne und verborgenen Zweifel, seine finsteren Gedanken, seine vergessenen Leidenschaften und die unausgesprochenen Wünsche. So viele Leben, die sich anbieten und die jemand wie ich ausprobieren kann.

Heute Morgen kam das Mädchen aus dem Blumenladen in die *Chocolaterie*. »Ich habe mir das Schaufenster angesehen«, murmelte sie leise. »Es ist so hübsch – ich konnte nicht anders, ich musste einfach hereinkommen.«

»Sie heißen Alice, stimmt's?«, sagte ich.

Sie nickte und blickte sich um, studierte die neue Ausstattung so neugierig wie ein kleines Tierchen.

Alice, das wissen wir, ist schrecklich schüchtern. Ihre Stimme ist nur ein Säuseln, und ihre Haare sind wie ein Leichentuch. Ihre mit Kajal umrandeten Augen, die eigentlich sehr hübsch sind, blicken scheu unter dem Vorhang aus gebleichten Strähnen hervor, und ihre Arme und Beine ragen staksig aus dem blauen Kleid, das vorher bestimmt einer Zehnjährigen gehört hat.

Sie trägt hohe Plateaustiefel, die für ihre dürren Beine viel zu wuchtig sind. Am liebsten isst sie *Fudge* mit Milchschokolade, aber sie kauft immer nur die einfachen dunklen Tafeln, weil die nur halb so viel Kalorien haben. Ihre Farben sind von Nervosität und Angst geprägt.

Sie schnupperte. »Hier riecht es gut.«

»Yanne macht Pralinen«, erklärte ich ihr.

»Sie macht Pralinen? Kann sie so was?«

Ich sorgte dafür, dass sie auf dem alten Sessel Platz nahm, den ich beim Sperrmüll in der Rue de Clichy gefunden hatte. Er ist ziemlich abgewetzt, aber dafür bequem, und ich habe vor, ihn in den nächsten paar Tagen etwas aufzumotzen, genau wie den ganzen Laden.

»Probieren Sie eine«, schlug ich vor. »Ein Geschenk des Hauses.«

Ihre Augen begannen zu leuchten. »Eigentlich darf ich das nicht, wissen Sie.«

»Ich halbiere sie. Wir teilen sie uns einfach«, sagte ich und setzte mich auf die Armlehne des Sessels. Es ist ganz einfach, mit dem Fingernagel das verführerische Zeichen der Kakaobohne einzuritzen, und doppelt einfach, sie durch den Rauchenden Spiegel anzuschauen, während sie an ihrer Trüffel knabberte wie ein Vögelchen.

Ich kenne sie gut. Frauen wie sie habe ich schon oft gesehen. Ein ängstliches Kind, das sich immer der Tatsache bewusst ist, dass es nie gut genug sein kann, weil es nicht so ist wie die anderen. Ihre Eltern sind gute Menschen, aber sie sind ehrgeizig, sie stellen hohe Ansprüche, sie geben klar und deutlich zu verstehen, dass Versagen unerwünscht ist und dass für sie und ihr kleines Mädchen nur Höchstleistungen zählen. Eines Tages isst sie nichts zum Abendessen. Sie fühlt sich großartig – als wäre sie auf einmal alle Ängste los, die sie belastet haben. Sie lässt auch das Frühstück aus, und ihr ist ganz schwindelig von diesem neuen, befreienden Gefühl der Kontrolle. Sie testet sich selbst und befindet, dass sie zu viele Mängel hat. Sie belohnt sich selbst dafür, dass sie so brav ist. Und da ist sie jetzt – ein braves Mädchen, das sich solche Mühe gibt –, einundzwanzig, aber sie sieht aus wie dreizehn, und sie ist immer noch nicht gut genug, immer noch nicht ganz angekommen.

Sie aß die ganze Trüffel. »Mmmm«, machte sie.

Ich sorgte dafür, dass sie mitbekam, wie ich auch eine aß.

»Es ist bestimmt nicht leicht, hier zu arbeiten.«

»Inwiefern nicht leicht?«

»Ich meine, es ist gefährlich.« Sie wurde rot. »Ich weiß, das klingt dumm, aber für mich wäre es sehr schwer, wenn ich den ganzen Tag Pralinen sehen müsste – wenn ich sie anfassen müsste –, und dann riecht es auch noch immer nach Schokolade –«

Ihre Schüchternheit legte sich ein wenig. »Wie machen Sie das? Warum essen Sie nicht den ganzen Tag Pralinen?«

Ich grinste. »Wieso denken Sie, dass ich nicht dauernd Pralinen esse?«

»Sie sind so schlank«, sagte Alice (in Wirklichkeit wiege ich sicher zwanzig Kilo mehr als sie).

Ich musste lachen. »Verbotene Früchte«, sagte ich. »Viel verführerischer als alles andere. Hier, nehmen Sie noch eine.«

Sie schüttelte den Kopf.

»Schokolade«, sagte ich. »*Theobroma Cacao*, die Speise der Götter. Man macht sie mit gemahlenen Kakaobohnen, Chili, Zimt und gerade genug Zucker, um die Bitterkeit zu übertönen. So haben schon die Maya Schokolade gemacht, vor mehr als zweitausend Jahren. Sie verwendeten sie bei Zeremonien, um Mut zu schöpfen. Sie gaben ihren Opfern Schokolade zu essen, ehe sie ihnen das Herz aus der Brust rissen. Und sie aßen sie bei ihren Orgien, die viele Stunden dauerten.«

Alice staunte mich mit großen Augen an.

»Sie sehen – Schokolade kann gefährlich sein.« Ich lächelte. »Man sollte besser nicht zu viel davon essen.«

Ich lächelte immer noch, als sie mit einer Schachtel mit zwölf Trüffeln den Laden verließ.

Und dann eine Mitteilung aus einem anderen Leben:

Françoise Lavery kam in der Zeitung. Anscheinend habe ich mich geirrt, was die Qualität der Überwachungskameras in der Bank betrifft; die Polizei konnte nämlich ein paar relativ gute Fotos von meinem letzten Besuch vorlegen, und der eine oder andere Kollege erkannte Françoise. Selbstverständlich ergaben die weiteren Nachforschungen, dass gar keine Françoise existierte und dass ihre Geschichte von Anfang bis Ende erfunden war. Die Fortsetzung ist einigermaßen vorhersehbar. In der Abendzeitung wurde ein körniges Passfoto der Verdächtigen veröffentlicht, gefolgt von mehreren Artikeln, die nahelegten, dass Françoise für ihr Rollenspiel womöglich viel verwerflichere Motive hatte als nur

Geld. Es könnte sogar sein, so schrieb der *Paris-Soir*, dass sie eine Nymphomanin war, die es auf Schuljungen abgesehen hatte.

Und wenn schon, aber so was gibt gute Schlagzeilen, und ich gehe davon aus, dass ich das Foto noch ein paar Mal zu sehen bekomme, bis sich der Nachrichtenwert der Geschichte abgenutzt hat. Nein, beunruhigt bin ich nicht. Niemand würde in dieser grauen Maus Zozie de l'Alba erkennen. Die meisten meiner ehemaligen Kollegen hätten wahrscheinlich sogar Schwierigkeiten, Françoise zu erkennen – Zauber kommt auf Zelluloid nicht gut rüber, was auch der Grund ist, weshalb ich nie versucht habe, im Filmgeschäft Karriere zu machen, und das Foto sieht weniger aus wie Françoise als wie ein Mädchen, das ich früher einmal kannte, das Mädchen, das in St.-Michael's-on-the-Green immer *Es* sein musste.

Ich denke nicht mehr oft an dieses Mädchen. Armes Kind, mit seiner schlechten Haut und mit der verrückten Mutter, die Federn in den Haaren trug. Hatte dieses Mädchen überhaupt eine Chance?

Na ja, sie hatte genauso eine Chance wie alle anderen auch, die Chance, die man am Tag seiner Geburt zugeteilt bekommt, die einzige, die es gibt – aber manche Leute verbringen ihr ganzes Leben damit, sich zu beklagen, sie schieben alles auf die Karten, die ihnen zugeteilt wurden, und wünschen sich, sie hätten ein besseres Blatt bekommen, während wir anderen mit den Karten spielen, die wir auf der Hand haben, indem wir den Einsatz ständig steigern, jeden nur denkbaren Trick anwenden und betrügen, wo wir nur können –

Und gewinnen. Und gewinnen. Und nur darauf kommt es an. Ich gewinne sehr gern. Ich bin eine ausgezeichnete Spielerin.

Womit wir wieder bei der Frage wären: Wo anfangen? Annie könnte ein bisschen Hilfe vertragen – etwas, um ihr Selbstvertrauen zu stärken und sie auf die richtige Bahn zu bringen.

Die Namen und Symbole von Eins-Jaguar und Hasenmond, mit einem Marker unten auf die Schultasche geschrieben, dürften ihre Wirkung auf Annies soziale Fähigkeiten nicht verfehlen; aber ich glaube, sie braucht noch ein bisschen mehr. Und deshalb gebe ich ihr auch den Hurakan mit, den Rächer, um all das wettzumachen, was sie aushalten muss, wenn sie *Es* ist.

Nicht, dass Annie das so sehen würde. Natürlich nicht. Bei diesem Mädchen ist ein betrüblicher Mangel an Bosheit zu beobachten: Eigentlich will sie nur, dass alle Leute sich gut verstehen und Freunde sind. Aber ich bin mir sicher, dass ich sie davon heilen kann. Rache ist eine Droge, die süchtig macht, und wenn man sie erst einmal gekostet hat, lässt sie einen nie mehr los. Ich muss es schließlich wissen.

Es ist normalerweise nicht meine Art, Wünsche zu erfüllen. Bei mir heißt es: Jede Hexe für sich. Aber Annie ist etwas ganz Besonderes – eine Pflanze, die, wenn sie gepflegt wird, spektakuläre Blüten treiben kann. Bei meiner Arbeit bietet sich selten die Gelegenheit, kreativ zu sein. Die meisten Fälle sind leicht zu knacken; man braucht nicht viel Geschick, weil schon ein kleiner Zauberspruch genügt.

Außerdem kann ich zur Abwechslung mitfühlen. Ich weiß noch genau, wie es war, jeden Tag *Es* zu sein. Und ich erinnere mich daran, wie schön es ist, Rechnungen zu begleichen.

Das wird ein Spaß.

# 4

Samstag, 17. November

Der fette junge Mann, der pausenlos redet, heißt Nico. Das hat er mir heute Nachmittag gesagt, als er in den Laden kam, um zu sehen, was es Neues gibt. Yanne hatte gerade eine Portion Kokostrüffel gemacht, und die ganze Luft duftete danach – dieser würzige, erdige Geruch, der sich in der Kehle verfängt. Ich glaube, ich sagte schon, dass ich Schokolade eigentlich nicht mag – aber dieser Duft erinnert mich an das Aroma der Räucherstäbchen im Laden meiner Mutter, er ist süß, sinnlich und aufregend und wirkt auf mich wie eine Droge, er macht mich übermütig, rücksichtslos, impulsiv – mit dem Effekt, dass ich eingreifen will.

»Hallo, Mademoiselle! Ihre Schuhe gefallen mir. Tolle Schuhe. Fabelhafte Schuhe.« So begrüßte mich der fette Nico. Er ist noch keine zwanzig, würde ich schätzen, und wiegt sicher hundertfünfzig Kilo, hat lockige Haare, die bis zu den Schultern gehen, und ein aufgedunsenes, verquollenes Gesicht, wie ein Riesenbaby, das immer so aussieht, als würde es gleich loslachen oder – in Tränen ausbrechen.

»Oh – vielen Dank«, sagte ich. Die Schuhe gehören zu meinen Favoriten: hochhackige Pumps aus den fünfziger Jahren, grünes Veloursleder, schon etwas verblasst, mit Schleifchen und schimmernden Schnallen ...

Man kann den Charakter eines Menschen oft an den Schuhen erkennen. Nicos Schuhe waren zweifarbig, schwarz und weiß, gute Qualität, aber an den Fersen heruntergetreten wie Slipper, als wäre es ihm zu viel Mühe, sie richtig anzuziehen. Ich vermute, dass er noch zu Hause wohnt – typischer Fall von Muttersöhnchen – und durch den Umgang mit seinen Schuhen stumm rebelliert.

»Wonach riecht es hier?« Endlich hatte er es gemerkt! Sein molliges Gesicht drehte sich zur Duftquelle. In der Küche hinter mir hörte man Yanne singen. Ein rhythmisches Klopfen – jemand schlug mit einem Holzlöffel auf einen Topf – ließ vermuten, dass Rosette sich musikalisch beteiligte. »Riecht, als würde jemand kochen. Geben Sie mir einen Tipp, Schuh-Königin! Was gibt's zum Mittagessen?«

»Kokostrüffel«, antwortete ich mit einem Lächeln.

Es dauerte keine Minute, und er hatte sie alle gekauft.

Ach, nein, in diesem Fall bilde ich mir nicht ein, dass es irgendetwas mit mir zu tun hatte. Leute wie Nico sind leicht zu verführen. Jedes Kind hätte das geschafft. Er bezahlte mit Kreditkarte, was mir ermöglichte, sofort seine Nummer zu kopieren (schließlich muss ich in Übung bleiben), auch wenn ich noch nicht vorhabe, sie zu verwenden. Man könnte den Vorgang schnell zur *Chocolaterie* zurückverfolgen, und mir gefällt es hier viel zu gut, um in dieser Phase meinen Job aufs Spiel zu setzen. Später vielleicht. Wenn ich weiß, wieso ich hier bin.

Nico ist nicht der Einzige, der einen Unterschied in der Luft bemerkt. Allein heute Vormittag habe ich acht Schachteln mit Yannes Spezialtrüffeln verkauft – manche an Stammkunden, andere an Fremde, die der elementar verführerische Duft angelockt hat.

Am Nachmittag war es Thierry Le Tresset. Kaschmirmantel, dunkler Anzug, pinkfarbene Seidenkrawatte und maßgefertigte Schuhe. Mmmm. Ich liebe maßgefertigte Schuhe: Sie schimmern wie die Flanke eines gut gestriegelten Pferdes, und aus jedem der perfekten Stiche wispert einem das Wörtchen Geld entgegen. Vielleicht war es ein Fehler, Thierry zu übersehen. Er mag in intellektueller Hinsicht nicht viel zu bieten haben, aber ein Mann mit Geld hat es immer verdient, dass man ihn sich genauer anschaut.

Er ging zu Yanne in die Küche. Rosette und ihre Mutter lachten sich gerade wegen irgendetwas kringelig. Thierry schien leicht verstimmt, dass Yanne arbeiten musste – immerhin war er extra aus London gekommen, um sie zu sehen. Aber er erklärte sich bereit, nach fünf wieder vorbeizukommen.

»Warum gehst du nie ans Telefon?«, hörte ich ihn in der Küchentür sagen.

»Entschuldige«, erwiderte Yanne (halb lachend, glaube ich). »Ich kapiere nicht so ganz, wie das Ding funktioniert. Wahrscheinlich habe ich vergessen, es anzustellen. Außerdem, Thierry –«

»Du lieber Gott«, sagte er. »Ich heirate eine Steinzeitfrau.«

Sie lachte wieder. »Du könntest auch zu mir sagen, ich bin technophob.«

»Wie soll ich irgendetwas zu dir sagen, wenn du nie ans Telefon gehst?«

Er verabschiedete sich von Yanne und Rosette und kam nach vorn in den Laden, um mit mir zu reden. Er traut mir nicht, das spüre ich. Ich bin nicht sein Typ. Er denkt vielleicht sogar, dass ich einen schlechten Einfluss auf Yanne ausübe, und wie die meisten Männer registriert auch er nur die Äußerlichkeiten: die rosaroten Haare, die exzentrischen Schuhe, den Kleidungsstil einer Bohemienne, den ich mit viel Mühe kultiviere –

»Sie helfen Yanne – das ist sehr nett von Ihnen«, sagte er. Er grinste – im Grunde ist er nämlich einigermaßen charmant, muss man wissen –, aber ich sah das Misstrauen in seinen Farben. »Was ist mit dem *P'tit Pinson*?«

»Ach, abends arbeite ich immer noch dort«, antwortete ich. »Aber Laurent braucht mich nicht den ganzen Tag – und außerdem ist er nicht gerade einfach als Chef.«

»Aber Yanne ist einfach?«

Ich lächelte ihn an. »Sagen wir mal, Yanne hat nicht so unbeherrschte Hände.«

Er schien etwas konsterniert. Darauf hatte ich es angelegt. »Oh, pardon. Ich dachte –«

»Ich weiß, was Sie dachten. Und ich weiß auch, dass ich nicht so aussehe – aber ich versuche wirklich nur, Yanne zu helfen. Sie hat ein bisschen Ruhe verdient – finden Sie nicht auch?«

Er nickte.

»Hören Sie, Thierry – ich weiß, was Sie jetzt brauchen. Einen Café crème und Milchschokolade.«

Er grinste. »Sie wissen tatsächlich, was mir am besten schmeckt.«

»Ja, klar«, sagte ich. »So was weiß ich.«

Später kam Laurent Pinson – zum ersten Mal seit drei Jahren, sagte Yanne. Steif, verkrampft und feierlich, in billig glänzenden braunen Schuhen. Er machte viel zu lange Ooh und Aah und warf mir zwischendurch immer wieder über die Glastheke hinweg eifersüchtige Blicke zu, bis er sich dann für die billigsten Pralinen, die er finden konnte, entschied und mich auch noch bat, sie als Geschenk zu verpacken.

Ich ließ mir Zeit mit Schere und Band, strich das blassblaue Geschenkpapier mit den Fingerspitzen glatt, machte mit silbernem Band eine Doppelschleife und steckte noch eine Papierrose hinein.

»Hat jemand Geburtstag?«, fragte ich.

Laurent knurrte wie üblich – grrmpf! – und klaubte das nötige Kleingeld zusammen. Er hat mich noch gar nicht darauf angesprochen, dass ich jetzt hier arbeite, aber ich weiß natürlich, dass er sich ärgert. Als ich ihm die Pralinenschachtel überreichte, bedankte er sich mit übertriebener Höflichkeit.

Mir ist sonnenklar, was Laurents plötzliches Interesse an als Geschenk verpackten Pralinen bedeutet. Mit dieser trotzigen Geste will er demonstrieren, dass an Laurent Pinson mehr dran ist, als das Auge sieht, und er möchte mich warnend darauf hinweisen, dass über kurz oder lang eine andere meinen Platz einnehmen wird, wenn ich so dumm bin, seine Avancen zu ignorieren.

Meinetwegen kann gern eine andere davon profitieren. Ich entließ ihn mit einem fröhlichen Lächeln – und mit dem Spiralzeichen des Hurakan, das ich mit dem Fingernagel in den Deckel seiner Pralinenschachtel ritzte. Es ist nicht so, dass ich Laurent irgendwie Schaden zufügen will – obwohl ich zugeben muss, dass ich nicht besonders traurig wäre, wenn ein Blitz in das Café einschlagen würde oder ein paar Gäste eine Lebensmittelvergiftung bekämen und die Restaurantleitung anzeigen würden. Ich habe keine Zeit, mich vernünftig mit ihm auseinanderzusetzen, und dass mir ein verliebter Siebzigjähriger nachsteigt und mich bei meiner Arbeit stört, ist im Moment so ziemlich das Letzte, was ich brauchen kann.

Ich drehte mich um, als er gegangen war, und sah, dass Yanne die Szene verfolgt hatte.

»Laurent Pinson kauft Pralinen?«

Ich grinste. »Ich habe dir doch gesagt, dass er hinter mir her ist.«

Yanne lachte, dann wurde sie verlegen. Rosette lugte hinter ihrem Knie hervor, in der einen Hand einen Holzlöffel, in der anderen irgendetwas Geschmolzenes. Sie machte mit ihren Schokoladenfingern ein Zeichen.

Yanne gab ihr eine Makrone.

Ich sagte: »Die selbst gemachten Pralinen sind ausverkauft.«

»Ich weiß.« Jetzt grinste sie vergnügt. »Das heißt, ich muss noch mehr machen, oder?«

»Ich helfe dir gern, wenn du willst. Dann kannst du dich mal ausruhen.«

Sie überlegte, als ginge es um etwas sehr viel Komplexeres als um das Herstellen von Pralinen.

»Ich verspreche dir, dass ich schnell lerne.«


Das stimmt. Ich lerne schnell. Schließlich hatte ich keine Wahl – wenn man eine Mutter wie meine hat, muss man entweder sehr schnell lernen, oder man geht unter. Eine Schule in der Londoner Innenstadt, geprägt von den verheerenden Auswirkungen des britischen Gesamtschulsystems, mit lauter Schlägern, Immigrantenkindern und anderen Verdammten dieser Erde. Das war mein Übungsplatz – und ich besaß eine fixe Auffassungsgabe.

Meine Mutter hatte versucht, mich zu Hause zu unterrichten. Mit zehn konnte ich lesen, schreiben und den doppelten Lotus.

Doch dann mischte sich das Jugendamt ein, verwies auf die fehlenden Qualifikationen meiner Mutter, und ich wurde auf eine Schule namens St. Michael's-on-the-Green geschickt, ein dunkles Loch mit ungefähr zweitausend Seelen, das mich blitzschnell verschlang.

Mein System steckte damals noch in den Kinderschuhen. Ich hatte keine Abwehrstrategien, ich trug grüne Samtlatzhosen mit aufgenähten Delfinen auf den Taschen, dazu ein türkisfarbenes Stirnband, um meine Chakren zu harmonisieren. Meine Mutter holte mich an der Schultür ab; am ersten Tag versammelten sich gleich ein paar Schüler und starrten uns nach. Am zweiten warf jemand einen Stein.

So etwas ist heute schwer vorstellbar. Aber es kommt vor – wenn auch seltener. Zum Beispiel passiert es hier, an Annies Schule – wegen ein paar albernen Kopftüchern. Wildvögel töten exotische Vögel; die Wellensittiche, die Rosenpapageien und die gelben Kanarienvögel, die ihren Käfigen entfliehen, weil sie hoffen, ein Stückchen Himmel zu sehen zu bekommen, landen meistens wieder auf dem Boden, kahl gerupft von ihren konformistischeren Verwandten.

Es war unvermeidlich. Während der ersten sechs Monate weinte ich mich jeden Abend in den Schlaf. Ich flehte meine Mutter an, mich in eine andere Schule zu schicken. Ich lief weg; ich wurde zurückgebracht; ich betete inbrünstig zu Jesus, Osiris und Quetzalcoatl, mich vor den Dämonen von St. Michael's-on-the-Green zu schützen.

Es half alles nichts. Was ja eigentlich nicht weiter überrascht. Ich versuchte also, mich anzupassen, tauschte meine Latzhosen gegen Jeans und T-Shirt, fing an zu rauchen, hing mit den richtigen Leuten rum, aber es war bereits zu spät. Das Urteil war gefällt. Jede Schule braucht ihren Freak; und während der nächsten fünf Jahre oder so hatte ich diese Rolle.

Damals hätte ich jemanden wie Zozie de l'Alba gut gebrauchen können. Was nützte mir meine Mutter, diese zweitklassige, nach Patschuli riechende Möchtegernhexe, mit ihren Kristallkugeln, ihren Traumfängern und dem ganzen Karmageschwätz? Karmische Vergeltung interessierte mich nicht. Ich wollte echte Strafmanöver, ich wollte, dass es meinen Peinigern schlecht erging, aber nicht später, nicht in irgendeinem zukünftigen Leben, sondern jetzt gleich.

Also lernte ich, und ich lernte viel. Mithilfe der Bücher und Schriften aus dem Laden meiner Mutter entwarf ich mir ein Curriculum. Das Ergebnis war mein eigenes System, bei dem jedes einzelne Element sorgfältigst ausgearbeitet war, fein geschliffen, gespeichert und eingeübt und nur auf *ein* Ziel ausgerichtet.

Rache.

Ich nehme nicht an, dass Sie sich an den Fall erinnern. Er kam damals in den Nachrichten, aber es gibt inzwischen so viele ähnliche Geschichten, Geschichten von ewigen Verlierern, die sich mit Pumpguns in die Geschichte ihrer Schule schießen, mit einem einzigen blutigen, gloriosen, selbstmörderischen Rundumschlag.

Bei mir war das natürlich anders. Meine Helden waren nicht Butch Cassidy und Sundance Kid. Ich war eine Überlebende, eine verwundete Veteranin, mit fünf Jahren Foltererfahrung: Gechubse, Beschimpfungen, Prügel, Erniedrigungen, Spott, Quälereien aller Art, Vandalismus, kleine Diebstähle. Ich war die Zielscheibe gehässiger Kritzeleien an den Wänden der Umkleidekabine, ich war überhaupt der Schuhabstreifer für alle.

Kurz gesagt: Ich war *Es*.

Aber ich wartete auf den richtigen Augenblick. Ich las und lernte. Mein Lehrplan war unorthodox, manche Leute würden sogar sagen, profan, aber ich war immer die Beste in meiner Klasse. Meine Mutter wusste so gut wie nichts von meinen Forschungsarbeiten. Wenn sie etwas herausgefunden hätte, wäre sie schockiert gewesen. Interventionistische Magie, hätte sie geklagt, und das widersprach diametral ihren eigenen Überzeugungen. Für sie war völlig klar, dass den Menschen, die in ihrem eigenen Interesse zu handeln wagten, kosmische Vergeltung drohte.

Tja. Ich habe es gewagt. Als ich schließlich so weit war, fegte ich durch St. Michael's-on-the-Green wie der Dezemberwind. Meine Mutter ahnte nichts, und das war gut so, denn sie wäre nicht einverstanden gewesen, da bin ich mir sicher. Aber ich habe es geschafft. Ich war erst sechzehn, und ich hatte das einzige Examen, das wirklich wichtig war, mit Bravour bestanden.

Annie hat noch einen weiten Weg vor sich. Aber im Lauf der Zeit werde ich hoffentlich etwas ganz Besonderes aus ihr machen.

Also, Annie. Wir kommen zum Thema Rache.

# 5

Montag, 19. November

Heute kam Suze mit Kopftuch in die Schule. Anscheinend hatte ihr Friseurbesuch zur Folge, dass ihr die Haare büschelweise ausfielen. Eine Glatze statt schicker Strähnchen. Das sei eine Reaktion auf das Wasserstoffsuperoxyd, meinte ihre Friseurin. Suze hatte ihr gesagt, sie habe schon früher Strähnchen gehabt, aber das war gelogen, und jetzt sagt die Friseurin, es ist nicht ihre Schuld, denn Suzannes Haare waren schon vorher kaputt, weil Suze sie immer gebügelt und geglättet hat, und wenn Suzanne ihr gleich die Wahrheit gesagt hätte, dann hätte sie eine andere Tinktur verwendet, und dann wäre das alles nicht passiert.

Suzanne sagt, ihre Mutter will das Friseurgeschäft verklagen, wegen seelischer Grausamkeit.

Ich finde das doof.

Ich weiß, ich sollte es nicht doof finden – Suzanne ist schließlich meine Freundin. Aber sie ist ja nicht richtig meine Freundin. Eine Freundin setzt sich für einen ein, wenn man Probleme hat, und sie unterstützt nicht die Leute, die gemein zu einem sind. *Freunde geben etwas*, sagt Zozie. Bei echten Freunden ist man nie *Es*.

In letzter Zeit habe ich viel mit Zozie geredet. Sie weiß, wie es ist, wenn man so alt ist wie ich und wenn man anders ist. Ihre Mutter hatte einen Laden, sagt sie. Manche Leute aus ihrer Schule hatten etwas gegen diesen Laden, und einmal hat sogar jemand versucht, ihn in Brand zu setzen.

»So was Ähnliches ist uns auch passiert«, sagte ich, und dann musste ich ihr natürlich auch den Rest erzählen – wie wir nach

Lansquenet-sous-Tannes kamen, am Anfang der Fastenzeit, und wie wir direkt bei der Kirche unsere *Chocolaterie* eröffnet haben, und von dem Priester, der uns hasste, und von allen unseren Freunden und von den Menschen am Fluss, von Roux und Armande, die genauso gestorben ist, wie sie gelebt hat, ohne Bedauern und ohne Abschied und mit dem Geschmack von Schokolade im Mund.

Ich glaube, ich hätte ihr das alles gar nicht erzählen dürfen, aber bei Zozie fällt es mir ganz schwer, *nicht* zu reden. Und außerdem arbeitet sie ja für uns. Sie ist auf unserer Seite. Sie versteht, was ich sage.

»Ich habe die Schule gehasst«, hat sie mir gestern erzählt. »Ich habe die anderen Kinder gehasst. Und die Lehrer habe ich auch gehasst. Diese ganzen Leute, die dachten, ich bin ein Freak, und die nicht neben mir sitzen wollten, wegen der Kräuter und dem Zeug, das mir meine Mutter immer in die Taschen gesteckt hat. Asafoetida – meine Güte, wie das stinkt! – und Patschuli, weil das angeblich spirituell ist, und Drachenblut, das überall rote Flecken hinterlässt. Die anderen Kinder haben mich natürlich ausgelacht und gesagt, ich hätte Nissen und würde stinken. Und die Lehrer ließen sich auch hineinziehen, und eine Frau – sie hieß Mrs Fuller – hat mir sogar einen Vortrag über Körperpflege gehalten –«

»Das ist gemein!«

Zozie grinste. »Ich hab's ihnen heimgezahlt.«

»Wie?«

»Das erzähle ich dir ein andermal. Die Sache ist die, Nanou – ich habe lange gedacht, es ist meine Schuld. Weil ich tatsächlich ein Freak bin. Das habe ich gedacht – und dass es nie besser wird.«

»Aber du bist doch so klug – und du siehst toll aus –«

»Damals hätte ich nicht im Traum gedacht, dass ich klug bin oder toll aussehe. Ich dachte, ich bin nicht gut genug für die andern, nicht ordentlich genug, nicht nett genug. Ich habe nie meine Hausaufgaben gemacht. Ich dachte immer, es sind sowieso alle besser als ich. Die ganze Zeit habe ich mit Mindy geredet –«

»Mit deiner unsichtbaren Freundin –«

»Ja, und die anderen haben natürlich darüber gelacht. Aber zu dem Zeitpunkt spielte es fast schon keine Rolle mehr, was ich mache. Sie hätten mich bei allem ausgelacht.«

Sie schwieg. Ich schaute sie an und versuchte sie mir vorzustellen, wie sie damals war. Ohne dieses Selbstvertrauen, ohne ihre Schönheit und ihren eleganten Stil.

»Das Problem bei der Schönheit ist, dass sie in Wirklichkeit mit dem Aussehen gar nicht viel zu tun hat«, fuhr Zozie fort. »Sie ist hier drin –« Sie tippte sich an den Kopf. »Es ist die Art, wie man geht, wie man redet, wie man denkt – es kommt darauf an, ob du so herumläufst –«

Und dann tat sie etwas, was mich richtig erschreckte. Sie veränderte ihr Äußeres. Sie zog keine Grimasse oder so was, nein, sie ließ die Schultern sacken und wandte den Blick ab, ihre Mundwinkel gingen nach unten, und sie machte, dass ihre Haare wie ein schlaffer Vorhang herunterhingen, und auf einmal war sie eine völlig andere Frau, in Zozies Kleidern, nicht hässlich, jedenfalls nicht richtig, aber eine Frau, nach der man sich bestimmt nicht umdrehen würde und die man vergessen hatte, sobald sie außer Sichtweite war.

»– oder *so*.« Sie schüttelte die Haare und straffte sich, und schon war sie wieder Zozie, die geniale Zozie mit dem klimpernden Armband und dem schwarz-gelben Bauernrock, den Haaren mit den pinkfarbenen Strähnchen und den knallgelben Plateauschuhen aus Lackleder, die bei jeder anderen Frau komisch ausgesehen hätten, aber bei ihr sehen sie toll aus, weil sie Zozie ist und ihr einfach alles steht.

»Wahnsinn«, sagte ich. »Kannst du mir zeigen, wie das geht?«

Sie lachte. »Hab ich doch gerade getan.«

»Es hat ausgesehen wie – Zauberei«, sagte ich und wurde rot.

»Zaubern ist meistens ganz einfach«, sagte Zozie nüchtern. Wenn irgendjemand anderes das gesagt hätte, dann hätte ich gedacht, sie oder er macht sich über mich lustig. Aber bei Zozie ist das nicht so.

»Zauberei gibt es nicht«, sagte ich.

»Dann nimm ein anderes Wort dafür.« Sie zuckte die Achseln.

»Nenn es Haltung, wenn du willst. Oder Charisma oder Chuzpe oder Glamour oder Charme. Eigentlich geht es nur darum, dass man aufrecht steht, den Menschen in die Augen schaut, ihnen ein Killerlächeln schenkt und sagt: Verpiss dich, ich bin super.«

Ich musste lachen – nicht nur über Zozies Wortwahl. »Ich würde das auch gern können«, sagte ich.

»Versuch's doch mal. Du wirst dich wundern.«

Natürlich hatte ich Glück. Heute war echt ein Ausnahmetag. Nicht mal Zozie konnte das vorher wissen. Aber ich fühlte mich irgendwie anders. Lebendiger. Als hätte der Wind gedreht.

Zuerst konzentrierte ich mich auf Zozies Haltungsding. Ich hatte ihr versprochen, es auszuprobieren, und das habe ich getan. Ein paar Hemmungen hatte ich schon, als ich mich heute Morgen, mit frisch gewaschenen Haaren und eingehüllt in einen Hauch von Zozies Rosenparfüm, im Badezimmerspiegel anschaute und mein Killerlächeln übte.

Ich muss sagen, so übel sah es gar nicht aus. Selbstverständlich nicht perfekt, aber es macht wirklich einen Riesenunterschied, wenn man sich aufrecht hinstellt und sagt, was man denkt (auch wenn es nur im Kopf ist).

Ich sah auch anders aus, eher wie Zozie – eben wie eine Frau, die im Tea-Shop flucht und sich um nichts schert.

*Es ist keine Zauberei*, sagte ich mit meiner Schattenstimme. Aus dem Augenwinkel sah ich Pantoufle, der ein bisschen vorwurfsvoll dreinschaute, fand ich. Seine Nase zuckte.

»Ist schon gut, Pantoufle«, murmelte ich leise. »Es ist keine Zauberei. Es ist erlaubt.«

Und dann kam Suze mit dem Kopftuch. Ich habe gehört, dass sie es tragen will, bis ihre Haare nachgewachsen sind. Aber dieses Tuch steht ihr überhaupt nicht. Sie sieht aus wie eine muffige Bowlingkugel. Und die anderen sagen *Allah Akhbar*, wenn sie vorbeikommt. Sogar Chantal hat gelacht, und Suze war sauer, und jetzt sind die beiden total verkracht.

Und dann war Chantal in der Mittagspause mit ihren anderen Freundinnen zusammen. Suze wollte sich bei mir ausheulen, aber ich glaube, ich hatte einfach nicht genug Mitleid mit ihr, und außerdem habe ich mich sowieso mit jemand anderem unterhalten.

Das bringt mich zum dritten Punkt.

Es passierte heute Morgen, in der Pause. Die anderen spielten das übliche Tennisballspiel, alle außer Jean-Loup Rimbault, der wie immer las, und den anderen Außenseitern (hauptsächlich die Muslimmädchen), die nie bei irgendetwas mitmachen.

Chantal warf den Ball gerade zu Lucie, als ich hereinkam, und sofort rief sie – Annie ist *Es*! Alle lachten, warfen den Ball quer durchs Klassenzimmer und schrien: Hopp! Hopp!

An jedem anderen Tag wäre ich darauf eingegangen. Es ist ja nur ein Spiel, und da ist es besser, *Es* zu sein, als gar nicht mitmachen zu dürfen. Aber heute übte ich ja Zozies Haltung.

Ich überlegte: *Was würde sie tun?* Und mir war sofort klar, dass Zozie lieber tot umfallen würde, als *Es* zu sein.

Chantal rief immer noch: »Hopp, hopp, Annie, hopp!«, als wäre ich ein Hund. Für einen Moment schaute ich sie an, als hätte ich sie noch nie gesehen.

Ich hatte sie immer irgendwie hübsch gefunden, muss man wissen. Sie müsste eigentlich hübsch sein, denn schließlich beschäftigt sie sich die ganze Zeit mit ihrem Äußeren. Aber heute konnte ich ihre Farben sehen. Und die Farben von Suzanne. Es ist lange her, dass ich sie das letzte Mal gesehen habe, deshalb starrte ich die beiden an, ich konnte gar nicht anders – und ich wunderte mich, wie hässlich sie waren, wie abgrundtief hässlich.

Die anderen müssen etwas gemerkt haben, denn Suze ließ den Ball fallen, und niemand hob ihn auf. Stattdessen bildeten alle einen Kreis, als läge Streit in der Luft oder als gäbe es etwas Besonderes zu sehen.

Chantal ärgerte sich, weil ich sie so anstarrte. »Was ist denn mit dir los?«, sagte sie. »Weißt du nicht, dass es unhöflich ist, Leute anzuglotzen?«

Ich lächelte und hörte nicht auf zu starren.

Da sah ich, wie Jean-Loup hinter ihr von seinem Buch aufblickte. Mathilde schaute auch zu uns, mit offenem Mund; Faridah und Sabine hatten aufgehört, sich in ihrer Ecke zu unterhalten, und Claude lächelte, wenigstens ein kleines bisschen – so wie man lächelt, wenn es regnet und die Sonne unerwartet eine Sekunde herauskommt.

Chantal warf mir einen ihrer typischen Verachtungsblicke zu. »Nicht alle Leute können es sich leisten, ein richtiges Leben zu führen. Ich nehme an, du musst irgendwie selbst für deine Unterhaltung sorgen.«

Tja – ich wusste, was Zozie darauf erwidert hätte. Nur bin ich leider nicht Zozie; ich hasse Szenen, und eigentlich wollte ich mich nur an meinen Platz setzen und mich hinter einem Buch verstecken. Aber ich hatte versprochen, es zu versuchen, also straffte ich mich, schaute ihr in die Augen und beschoss sie alle mit meinem Killerlächeln.

»Verpisst euch«, sagte ich. »Ich bin super.« Und dann hob ich den Tennisball auf, der direkt vor meinen Füßen gelandet war, und warf ihn – peng! – Chantal an den Kopf.

»Du bist *Es*«, sagte ich.

Dann ging ich nach hinten zu meinem Platz, blieb aber unterwegs vor Jean-Loup stehen. Er tat nicht mehr so, als würde er lesen, sondern musterte mich jetzt ganz unverhohlen, und vor Staunen stand sein Mund halb offen.

»Willst du spielen?«, fragte ich.

Ich gab die Richtung vor.

Wir redeten ziemlich lange. Wie sich herausstellte, haben wir viele gemeinsame Interessen: alte Schwarz-Weiß-Filme, Fotografie, Jules Verne, Chagall, Jeanne Moreau, der Friedhof …

Ich fand ihn immer ein bisschen arrogant. Er spielt nie mit – vielleicht weil er ein Jahr älter ist; außerdem macht er mit seiner kleinen Kamera immer Fotos von den komischsten Dingen, und ich habe bisher immer nur mit ihm gesprochen, weil ich wusste, dass es Chantal und Suze ärgert.

Aber im Grunde ist er okay. Er grinste über meine Geschichte von Suze und der Liste, und als ich ihm erzählte, wo ich wohne, sagte er: »Du wohnst in einer *Chocolaterie*? Wie toll ist das denn?«

Ich zuckte die Achseln. »Es ist okay.«

»Darfst du Pralinen essen?«

»Immer.«

Er verdrehte die Augen, was mich zum Lachen brachte. Dann –

»Wart mal kurz«, sagte er, holte seine kleine Kamera heraus – silbern und nicht viel größer als eine Schachtel Küchenstreichhölzer – und richtete sie auf mich. »Geschafft«, sagte er.

»He, hör auf«, sagte ich und drehte mich weg. Ich mag es nicht, wenn man mich fotografiert.

Aber Jean-Loup schaute grinsend auf das Minidisplay. »Sieh mal.« Er zeigte es mir.

Ich sehe nicht oft ein Foto von mir. Die wenigen Bilder, die ich habe, sind irgendwelche offiziellen Aufnahmen, die bei einem Passbildfotografen gemacht wurden, mit weißem Hintergrund und ohne Lächeln. Aber auf diesem Bild lachte ich, und Jean-Loup hatte mich aus einem verrückten Winkel fotografiert, als ich mich gerade zur Kamera drehte, die Haare verwischt, mein Gesicht strahlend –

Jean-Loup grinste wieder. »Komm schon, gib's zu – das ist doch gar nicht so schlecht.«

Ich zuckte die Achseln. »Es ist okay. Fotografierst du schon lange?«

»Seit ich das erste Mal im Krankenhaus war. Ich habe drei Kameras. Am liebsten mag ich die alte mechanische Yashica, aber die nehme ich nur für Schwarz-Weiß-Aufnahmen. Die Digitalkamera ist auch nicht übel, schon weil ich sie überallhin mitnehmen kann.«

»Weshalb warst du im Krankenhaus?«

»Ich habe einen Herzfehler«, sagte er. »Deshalb musste ich eine Klasse zurück. Ich bin zwei Mal operiert worden und konnte vier Monate nicht in die Schule. Es war total lasch.« (*Lasch* ist Jean-Loups Lieblingswort.)

»Ist es was Ernstes?«, erkundigte ich mich.

Jetzt zuckte Jean-Loup die Achseln. »Ich bin sogar gestorben. Auf dem Operationstisch. Neunundfünfzig Sekunden war ich klinisch tot.«

»Wahnsinn«, sagte ich. »Hast du eine Narbe?«

»Ich habe jede Menge Narben«, sagte Jean-Loup. »Im Grunde bin ich ein Freak.«

Und dann, bevor es mir so ganz bewusst wurde, unterhielten wir uns richtig; ich erzählte ihm von Maman und Thierry, und er erzählte mir, dass sich seine Eltern scheiden ließen, als er neun war, und dass sein Vater letztes Jahr wieder geheiratet hat und dass es gar keine Rolle spielt, wie nett die Frau ist, denn –

»Wenn sie nett sind, hasst man sie am meisten«, beendete ich seinen Satz mit einem Grinsen, und er lachte, und plötzlich waren wir Freunde, einfach so. Ohne großes Tamtam. Und irgendwie war es jetzt egal, dass Suze Chantal mir vorzog und dass ich immer *Es* sein musste, wenn wir das Tennisballspiel spielten.

Und als wir auf den Bus warteten, stand ich mit Jean-Loup ganz vorn in der Schlange. Chantal und Suze beobachteten uns mit bösen Blicken von ihrem Platz in der Mitte, sagten aber kein Wort.

# 6

Montag, 19. November

Anouk kam heute ungewöhnlich beschwingt von der Schule nach Hause. Sie zog ihre normalen Sachen an, küsste mich gut gelaunt, zum ersten Mal seit Wochen, und verkündete, sie treffe sich gleich noch mit jemandem aus ihrer Klasse.

Ich fragte nicht weiter nach. Anouk war in letzter Zeit so gereizt, dass ich ihre Stimmung nicht dämpfen wollte, aber ich hielt trotzdem die Augen offen. Seit dem Streit mit Suzanne Prudhomme hat sie nicht mehr über das Thema Freundschaft gesprochen. Ich weiß zwar, dass ich mich nicht einmischen soll, weil es sich ja wahrscheinlich nur um die typischen Auseinandersetzungen unter Kindern handelt, aber es macht mich trotzdem traurig, wenn ich denke, dass Anouk ausgeschlossen wird.

Ich bemühe mich so, dafür zu sorgen, dass sie sich anpassen kann. Immer wieder habe ich Suzanne eingeladen, ich habe Kinobesuche arrangiert, aber nichts scheint zu helfen. Es ist, als würde eine Mauer Anouk von den anderen Kindern trennen, eine Mauer, die von Tag zu Tag unüberwindbarer wird.

Aber heute war es irgendwie anders, und als sie ging (mit raschen Schritten, wie immer), hatte ich das Gefühl, ich sehe die alte Anouk, wie sie in ihrem roten Mantel über den Platz rennt, mit wehenden Haaren, die aussehen wie eine Piratenflagge, während ihr ein hüpfender Schatten auf den Fersen folgt.

Ich wüsste schon gern, mit wem sie sich trifft. Nicht mit Suzanne, so viel ist sicher. Aber heute liegt etwas in der Luft, ein neuer Optimismus, der meine Sorgen leichter macht. Vielleicht ist es die Sonne, die endlich wieder scheint, nach einer Woche voller Wolken. Vielleicht liegt es aber auch daran, dass wir, zum ersten Mal seit drei Jahren, alle Geschenkpackungen verkauft haben. Oder es ist der Schokoladenduft und die wunderbare Erfahrung, wieder zu arbeiten, mit den Töpfen und Keramikformen zu hantieren und zu spüren, wie die Granitplatte unter meinen Händen warm wird, und diese einfachen kleinen Schätze herzustellen, die den Menschen solche Freude machen …

Warum habe ich mich so lange dagegen gesperrt? Könnte es sein, dass es mich immer noch zu stark an Lansquenet erinnert – an Lansquenet und Roux, an Armande und Joséphine und sogar an den Priester Francis Reynaud – an all diese Menschen, deren Leben sich verändert hat, nur weil ich zufällig vorbeigekommen bin.

*Alles kommt wieder zu einem zurück*, sagte meine Mutter immer. Jedes Wort, das man spricht, jeder Schatten, den man wirft, jede Fußspur im Sand. Daran kann man nichts ändern, es gehört zu uns, zu uns Menschen. Warum sollte ich jetzt davor Angst haben? Warum sollte ich überhaupt vor irgendetwas Angst haben?

Wir haben uns in den letzten drei Jahren sehr bemüht. Wir haben durchgehalten. Wir haben den Erfolg verdient. Endlich spüre ich, dass der Wind dreht. Und das haben wir bewirkt. Ohne Zaubertricks, ohne Magie – einfach nur durch harte Arbeit.

Thierry ist diese Woche wieder in London, um sein Bauprojekt in King's Cross zu beaufsichtigen. Heute Morgen hat er Blumen geschickt; einen riesigen Strauß gemischte Rosen, mit Raffiahbast umwickelt und dazu eine Karte, auf der stand:

*Für meine Lieblingstechnophobikerin – in Liebe, Thierry.*

Was für eine niedliche Geste – altmodisch und nur ein klein wenig kindlich, genau wie die Milchschokolade, die er mag. Ich hatte Schuldgefühle, als mir auffiel, dass ich in der Hektik der letzten beiden Tage kaum an ihn gedacht habe. Und sein Ring liegt seit Samstagabend in der Schublade, er ist so unpraktisch, wenn man Pralinen macht.

Aber Thierry wird sich freuen, wenn er den Laden sieht und merkt, wie gut wir vorankommen. Er versteht nichts von Pralinen, seiner Meinung nach ist Schokolade etwas für Frauen und Kinder. Und er hat auch noch nicht mitbekommen, dass hochwertige Schokolade in den letzten Jahren enorm an Beliebtheit gewonnen hat. Deshalb fällt es ihm schwer, die *Chocolaterie* als ernsthaftes Projekt zu betrachten.

Klar, wir stehen noch ganz am Anfang. Aber Thierry, ich verspreche dir eins: Du wirst ganz schön staunen, wenn du kommst.

Gestern haben wir angefangen, die Ladenräume zu renovieren. Das war auch wieder Zozies Idee, nicht meine, und zuerst jagte mir die ganze Aktion Angst ein, Angst vor der Unordnung – aber mit Zozies Hilfe und weil auch Anouk und Rosette sich beteiligten, wurde aus etwas, das eine fürchterliche Quälerei hätte sein können, ein verrücktes Spiel. Zozie stand oben auf der Leiter und strich die Decke, die Haare mit einem grünen Schal zurückgebunden, das halbe Gesicht mit gelber Farbe verschmiert; Rosette attackierte mit ihrem kleinen Pinsel die Möbel, während Anouk mit einer Malerschablone blaue Blumen, Spiralen und Tierformen auf die Wand malte. Die Stühle standen, mit Tüchern bedeckt und mit Farbe bekleckert, draußen in der Sonne.

»Das macht nichts, die streichen wir auch noch«, sagte Zozie, als wir auf einem der alten weißen Küchenstühle Farbspuren von Rosettes kleinen Händen entdeckten. Und so kam es, dass Rosette und Anouk sich einen Spaß daraus machten, die Hände in Schalen mit Plakafarbe zu tunken und den Stuhl zu betatschen, und als sie damit fertig waren, sah der Stuhl so lustig aus, dass wir es mit den anderen Stühlen und mit dem kleinen Secondhandtisch, den Zozie für den Laden mitgebracht hat, genauso machten.

»Was ist los? Machen Sie etwa zu?«

Das war Alice, das blonde Mädchen, das fast jede Woche vorbeikommt, aber nie etwas kauft. Sonst sagt sie kein Wort, aber die gestapelten Möbel, die Tücher und die bunten Stühle auf der Straße brachten sie zum Sprechen.

Als ich lachte, schien sie kurz zu erschrecken, aber sie blieb trotzdem da und studierte Rosettes Handarbeit (und nahm zur Feier des Tages sogar eine selbst gemachte Trüffel an, ein Geschenk des

Hauses). Ich glaube, sie mag Zozie, die schon ein paar Mal mit ihr im Laden geredet hat, aber vor allem liebt sie Rosette. Sie kniete neben ihr auf dem Fußboden nieder, um ihre kleinen Hände an Rosettes noch kleinere, mit Farbe verschmierten Hände zu halten.

Dann kamen Jean-Louis und Paupaul, die ebenfalls erfahren wollten, was bei uns los war. Die nächsten waren Richard und Mathurin vom *Le P'tit Pinson*. Dann erschien Madame Pinot, die um die Ecke wohnt; sie tat zwar so, als müsste sie irgendwohin, warf aber sehr neugierige Blicke auf das bunte Chaos vor der *Chocolaterie*.

Schließlich kam auch der fette Nico und kommentierte mit seinem üblichen Überschwang das neue Aussehen des Ladens. »Hallo – Gelb und Blau! Meine absoluten Lieblingsfarben! War das Ihre Idee, Schuhkönigin?«

Zozie lächelte. »Wir haben es alle zusammen gemacht.«

Heute war sie barfuß und stand mit ihren langen, wohlgeformten Füßen auf der wackeligen Leiter. Unter dem Schal lugten ein paar Haarsträhnen hervor, ihre nackten Arme waren so mit Farbe verschmiert, dass man denken konnte, sie trüge extravagante Handschuhe.

»Sieht aus, als hätte es Spaß gemacht«, murmelte Nico fast traurig. »Die kleinen Babypfötchen.« Er bog seine großen, blassen Patschhände zurück, und seine Augen glänzten. »Das würde ich auch gern mal ausprobieren, aber ich glaube, der Stuhl ist schon fertig, oder?«

»Sie können gleich loslegen«, sagte ich und zeigte auf die Schalen mit Plakafarben.

Er streckte die Hand aus. Da war diese Schale mit roter Farbe, die inzwischen allerdings schon ein bisschen getrübt war. Nach kurzem Zögern tunkte er schnell die Fingerspitzen hinein.

»Fühlt sich gut an«, verkündete er mit einem fröhlichen Grinsen. »Wie wenn man Tomatensoße ohne Löffel mischt.« Beim zweiten Anlauf bedeckte die Farbe schon seine Handfläche.

»Hier«, sagte Anouk und deutete auf einen der Stühle. »Rosette hat eine Stelle übersehen.«

Tja, wie sich herausstellte, hatte Rosette ganz viele Stellen übersehen, und danach blieb Nico noch eine Weile da, um Anouk mit den Schablonen zu helfen, und Alice blieb ebenfalls da und schaute zu. Ich kochte Schokolade für alle, und wir tranken sie wie die Zigeuner, draußen auf den Stufen, und als eine Gruppe japanischer Touristen vorbeikam und uns alle fotografierte, wie wir da hockten, konnten wir uns nicht mehr halten vor Lachen.

Wie Nico gesagt hatte: Es fühlte sich gut an.

»Weißt du was?«, sagte Zozie, als wir die Farben wegräumten und den Laden für den nächsten Morgen vorbereiteten. »Der Laden braucht einen Namen. Da oben hängt ein Schild –«, sie zeigte auf die schmale Holztafel über dem Eingang, »– aber es sieht nicht so aus, als hätte in den letzten Jahren etwas daraufgestanden. Was meinst du, Yanne?«

Ich zuckte die Achseln. »Du meinst, falls die Leute nicht kapieren, was für ein Laden das hier ist?« Natürlich wusste ich genau, worauf sie hinauswollte. Aber ein Name ist nie nur ein Name. Wenn man eine Sache benennt, heißt das, dass man ihr Macht verleiht und ihr eine emotionale Bedeutung zuweist, die mein kleiner Laden bis jetzt noch nicht hatte.

Zozie hörte mir gar nicht zu. »Ich glaube, ich kriege das hin. Soll ich?«

Ich zuckte wieder die Achseln. Irgendwie fühlte ich mich nicht wohl bei der Sache. Aber Zozies Augen leuchteten vor Eifer, und überhaupt war sie so nett gewesen, dass ich nachgab. »Meinetwegen«, sagte ich. »Aber nichts Ausgefallenes. Einfach nur *Chocolaterie*. Nichts irgendwie Kitschiges.«

Im Grunde meinte ich natürlich *Nichts wie in Lansquenet*. Keine Namen, keine Sprüche. Es reichte schon, dass meine diskreten Renovierungspläne sich irgendwie in eine psychedelische Malaktion verwandelt hatten.

»Ja, klar«, sagte Zozie.

Also holten wir das verwitterte Schild herunter (bei näherem Hinsehen konnte man die geisterhafte Inschrift entziffern, *Frères Payen* stand da, vielleicht der Name eines Cafés – oder ganz etwas anderes). Das Holz selbst war nicht beschädigt, befand Zozie, und wenn man es ein bisschen abschliff und frisch lackierte, könnte man es sicher wieder auf Vordermann bringen.

Dann trennten wir uns; Nico ging nach Hause in die Rue Caulaincourt und Zozie in ihr Miniapartment auf der anderen Seite der *Butte*, wo sie an dem Schild arbeiten wollte.

Ich konnte nur hoffen, dass es nichts Verrücktes wurde. Zozie liebt extravagante Farben, und ich sah schon ein Schild in Limettengrün vor mir, mit roten und grellvioletten Ornamenten, und ich musste dieses Schild dann wohl oder übel aufhängen, um sie nicht zu kränken.

Und so kam es, dass ich ihr heute Morgen ängstlich folgte – ich musste mir die Hände vor die Augen halten, weil sie es so wollte –, als sie mich aus dem Laden führte, um mir das Ergebnis anzusehen.

»Na?«, fragte sie. »Was sagst du?«

Zuerst brachte ich keinen Ton heraus. Da hing das Schild über der Tür, als wäre es schon immer da gewesen, rechteckig und gelb und der Name des Ladens in ganz normalen blauen Buchstaben.

»Es ist nicht zu kitschig, oder?« Zozie klang fast besorgt. »Ich weiß, du hast gesagt, ich soll etwas Einfaches schreiben, aber auf einmal ist mir das da eingefallen und – also – was sagst du?«

Es vergingen mehrere Sekunden. Ich konnte den Blick gar nicht von dem Schild abwenden, von den zauberhaften blauen Buchstaben, von dem Namen. Von meinem Namen. Natürlich war es Zufall. Was sollte es sonst sein? Ich lächelte sie so strahlend an, wie ich nur konnte. »Es ist wunderbar«, sagte ich.

Sie seufzte erleichtert. »Weißt du, ich habe mir schon Sorgen gemacht.«

Lächelnd drehte sie sich weg und stolperte über die Schwelle, die, durch den Einfall des Lichts oder wegen der neuen Farben, jetzt fast durchsichtig schimmerte. Ich blieb allein draußen stehen und schaute mit schiefem Kopf zu dem Schild hinauf, auf dem in Zozies schöner Handschrift stand:

*Le Rocher de Montmartre*
*Chocolat*

# Vier

## Veränderung

# I

Dienstag, 20. November

Jetzt bin ich also offiziell mit Jean-Loup befreundet. Suzanne war heute nicht da, deshalb konnte ich ihr Gesicht nicht sehen, aber Chantal reichte mir völlig – sie sah den ganzen Tag ganz schön hässlich aus und tat so, als würde sie mich keines Blickes würdigen, während alle ihre Freundinnen glotzten und flüsterten.

»Heißt das, du gehst jetzt mit ihm?«, fragte mich Sandrine in Chemie. Ich fand Sandrine immer nett – na ja, einigermaßen nett jedenfalls –, bevor sie sich mit Chantal und den anderen zusammentat. Ihre Augen waren rund wie Murmeln, und ich konnte an ihren Farben ablesen, dass sie vor Neugier fast platzte. »Hast du ihn schon geküsst?«

Wenn ich vorgehabt hätte, wirklich beliebt zu werden, hätte ich auf diese Frage wahrscheinlich Ja sagen müssen. Aber ich muss nicht beliebt sein. Ich bin lieber ein Freak als ein Klon. Und Jean-Loup, für den alle Mädchen schwärmen, hat fast so viele Freakseiten wie ich, mit seinen Filmen und seinen Büchern und seinen Fotoapparaten.

»Nein, wir sind nur Freunde«, sagte ich zu Sandrine.

Sie musterte mich skeptisch. »Na ja, mir kannst du viel erzählen.« Und sie stapfte beleidigt zu Chantal. Den ganzen Tag flüsterten und kicherten sie und beobachteten uns, während Jean-Loup und ich über alles Mögliche redeten und die anderen dabei fotografierten, wie sie uns anstarrten.

Ich glaube, man nennt dein Verhalten infantil, Sandrine. Wir sind nur Freunde, wie ich gesagt habe, und Chantal, Sandrine,

Suze und die anderen können einfach verduften – wir sind super.

Heute nach der Schule gingen wir auf den Friedhof. Der Friedhof Montmartre ist einer meiner Lieblingsplätze in Paris, und Jean-Loup sagt, seiner auch. Wir mögen die kleinen Häuschen und Monumente, die spitzgiebeligen Kapellen und dünnen Obelisken, die Straßen, Plätze und Gassen und die Steinplatten für die Toten.

Dafür gibt es ein Wort: *Nekropolis*. Stadt der Toten. Und der Friedhof ist tatsächlich eine Stadt; diese Gräber könnten Häuser sein, finde ich, wie sie da nebeneinander stehen, die Türen ordentlich geschlossen, die Kieswege säuberlich gerecht, und in den Fenstern stehen Blumenkästen. Richtige kleine Wohnhäuser, eine Minivorstadt für die Toten. Bei dem Gedanken lief es mir kalt über den Rücken, und gleichzeitig musste ich lachen. Jean-Loup blickte von seiner Kamera auf und fragte mich, warum ich lache.

»Man könnte fast hier wohnen«, sagte ich. »Ein Schlafsack, ein Kissen, eine Feuerstelle und etwas zu essen. Man könnte sich in einem dieser Grabsteine verstecken. Niemand würde es merken. Tür zu – und es ist wärmer als unter einer Brücke.«

Er grinste. »Hast du schon mal unter einer Brücke geschlafen?«

Ja, natürlich – sogar schon öfter –, aber das wollte ich ihm nicht sagen. »Nein, aber ich habe eine lebhafte Fantasie.«

»Hättest du keine Angst?«

»Wieso sollte ich?«

»Die Geister.«

Ich zuckte die Achseln. »Geister sind doch nur Geister.«

Eine streunende Katze kam aus einer der schmalen Steinstraßen geschlichen. Jean-Loup knipste sie. Die Katze fauchte und verschwand blitzschnell wieder zwischen den Grabsteinen. Wahrscheinlich hat sie Pantoufle gesehen, dachte ich; Katzen und Hunde fürchten sich oft vor ihm, als wüssten sie, dass er nicht da sein sollte.

»Irgendwann läuft mir bestimmt ein Geist über den Weg. Deshalb nehme ich immer meine Kamera mit hierher.«

Ich schaute ihn an. Seine Augen leuchteten. Er glaubt an etwas, und die Sachen sind ihm wichtig, und genau das ist es, was ich so an ihm mag. Ich kann es nicht leiden, wenn die Leute durchs Leben gehen, ohne an etwas zu glauben und ohne etwas wichtig zu finden.

»Du hast echt keine Angst vor Geistern«, sagte er.

Na ja, wenn man wie ich schon so oft welche gesehen hat, dann muss man nicht mehr groß über sie nachdenken, aber das wollte ich Jean-Loup auch nicht sagen. Seine Mutter ist wahnsinnig katholisch. Sie glaubt an den Heiligen Geist. Und an Exorzismus. Und dass sich beim Abendmahl der Wein in Blut verwandelt – ich meine, wie eklig ist das denn? Und freitags gibt es immer Fisch. Oh, Mann. Manchmal glaube ich, dass ich selbst ein Geist bin. Ein Geist, der herumläuft, redet und atmet.

»Die Toten tun gar nichts. Deshalb sind sie hier. Deshalb haben die kleinen Türen bei diesen Monumenten innen keine Türklinken.«

»Und sterben?«, fragte er. »Hast du Angst vor dem Sterben?«

Ich zuckte wieder die Achsel. »Ich glaube, ja. Aber haben davor nicht alle Leute Angst?«

Er kickte einen Stein weg. »Nicht alle Leute wissen, wie es ist«, sagte er.

Ich wurde neugierig. »Wie ist es denn?«

»Das Sterben?« Er überlegte kurz. »Also, da ist dieser Tunnel. Und du siehst deine toten Freunde und Verwandten, die auf dich warten. Sie lächeln alle. Und am Ende des Tunnels ist ein ganz, ganz helles Licht, wirklich extrem hell und – heilig, glaube ich, und es redet mit dir und sagt, du musst ins Leben zurück, aber du sollst dich nicht ärgern, denn eines Tages wirst du wiederkommen, und dann darfst du in das Licht hineingehen, zu allen deinen Freunden und –« Er unterbrach sich. »Das glaubt jedenfalls meine Maman. Ich habe ihr erzählt, das hätte ich gesehen.«

Ich schaute ihn an. »Und in Wirklichkeit – was hast du gesehen?«

»Nichts«, sagte er. »Überhaupt gar nichts.«

Wir schwiegen beide, und Jean-Loup schaute durch seinen Bildsucher auf die Friedhofsalleen mit all ihren Toten. Pling, machte die Kamera, als er den Auslöser drückte.

»Wäre es nicht ein Witz, wenn das alles umsonst wäre?«, sagte er. (Pling.) »Was ist, wenn es überhaupt keinen Himmel gibt?« – Pling. »Wenn diese Menschen hier einfach nur vermodern?«

Seine Stimme wurde immer lauter, und ein paar Vögel, die sich auf einem der Grabsteine niedergelassen hatten, flatterten mit heftigem Flügelschlag davon.

»Sie sagen immer, sie wissen alles«, sagte er. »Aber eigentlich wissen sie gar nichts. Sie lügen. Sie lügen die ganze Zeit.«

»Nicht die ganze Zeit«, sagte ich. »Maman lügt nicht.«

Er schaute mich komisch an, als wäre er viel, viel älter als ich und besäße eine Weisheit, die auf Jahren voll Leid und Enttäuschung beruht.

»Sie wird auch lügen«, sagte er. »Sie lügen alle. Immer.«

# 2

Dienstag, 20. November

Anouk brachte heute ihren neuen Freund mit: Jean-Loup Rimbault. Ein hübscher Junge, etwas älter als sie, und er hat so eine altmodische Höflichkeit, die ihn anders sein lässt als die anderen Kinder. Er kam direkt nach der Schule – er wohnt auf der anderen Seite der *Butte* –, und ging nicht gleich wieder weg, nein, er saß eine halbe Stunde im Laden und redete mit Anouk, bei Keksen und Schokolade.

Es tut gut, Anouk mit einem Freund zu sehen, obwohl es mir irgendwie einen Stich versetzt – völlig irrational, aber das macht es nicht leichter. Seiten aus einem verlorenen Buch. *Anouk mit dreizehn*, flüstert die stumme Stimme. *Anouk mit sechzehn, wie ein Drachen im Wind ... Anouk mit zwanzig, mit dreißig und älter ...*

»Eine Praline, Jean-Loup? Ein Geschenk des Hauses.«

Jean-Loup. Nicht gerade ein Durchschnittsname. Auch kein ganz durchschnittlicher Junge. Er begegnet der Welt mit dunklen, prüfenden Augen. Seine Eltern sind geschieden, höre ich, er wohnt bei seiner Mutter und sieht seinen Vater nur dreimal im Jahr. Seine Lieblingspralinen sind Bittermandelsplitter, das ist ein ziemlich erwachsener Geschmack. Aber er ist überhaupt ein verblüffend erwachsener und selbstbewusster junger Mann. Seine Angewohnheit, alles durch den Sucher seiner Kamera zu betrachten, irritiert mich etwas. Es scheint, als wollte er sich von der Außenwelt distanzieren, um auf dem winzigen Display eine einfachere, schönere Wirklichkeit zu suchen.

»Was hast du gerade geknipst?«

Gehorsam zeigte er es mir. Auf den ersten Blick sah es abstrakt aus, ein Wirbel aus Farben und geometrischen Formen. Aber dann erkannte ich es: Zozies Schuhe, auf Augenhöhe fotografiert, absichtlich unscharf, in einem Kaleidoskop von in Folie verpackten Pralinen.

»Gefällt mir«, sagte ich. »Was ist das da in der Ecke?« Es sah aus, als würde etwas von außerhalb des Bildrahmens einen Schatten auf das Foto werfen.

Er zuckte die Achseln. »Vielleicht stand jemand zu dicht daneben.« Er richtete seine Kamera auf Zozie, die hinter der Theke arbeitete, ein Büschel bunter Bänder in der Hand. »Das sieht klasse aus«, sagte er.

»Ich möchte das nicht.« Sie blickte nicht auf, aber ihr Tonfall war scharf.

Jean-Loup ließ die Kamera sinken. »Ich wollte nur –«

»Ich weiß.« Sie lächelte ihm jetzt zu, und er entspannte sich. »Ich lasse mich nicht gern fotografieren. Ich finde, auf Fotos sehe ich nie aus wie ich selbst.«

Das konnte ich gut verstehen. Aber warum wirkte sie plötzlich so unsicher? Ausgerechnet Zozie, die alles immer so frisch und unbefangen angeht, dass einem jede Aufgabe leicht erscheint. Irgendwie hatte ich ein komisches Gefühl und fragte mich, ob ich nicht ein bisschen zu viel von meiner Freundin erwartete, die doch auch ihre Probleme und Sorgen haben musste, wie alle Leute.

Aber wenn sie Probleme hat, versteckt sie diese gut; sie lernt schnell und mit einer Leichtigkeit, die uns beide überrascht. Sie kommt jeden Morgen um acht, also wenn Anouk gerade in die Schule geht, und in den paar Stunden, bevor wir den Laden aufmachen, schaut sie mir zu, und ich zeige ihr die verschiedenen Techniken beim Pralinenmachen.

Sie weiß, wie man Kuvertüre auf die richtige Temperatur bringt, wie man die Temperatur bestimmt und sie konstant hält, wie man die beste Art von Glanz erzielt, wie man Verzierungen auf eine geformte Figur spritzt, wie man mit dem Kartoffelschäler Schokoladenspäne macht.

Sie hat Talent, wie meine Mutter gesagt hätte. Aber ihre wahre Berufung liegt im Umgang mit den Kunden. Ich habe das gleich am Anfang gemerkt, dass sie unheimlich geschickt mit Leuten umgeht und sich sofort alle Namen merkt. Und dann dieses ansteckende Lächeln! Irgendwie schafft sie es, jedem das Gefühl zu vermitteln, dass er etwas Besonderes ist, egal, wie voll der Laden ist.

Ich habe mich schon ein paar Mal bei ihr bedankt, aber sie lacht immer nur, als wäre es für sie eine Art Spiel, hier zu arbeiten, etwas, was sie macht, weil es ihr Freude bereitet, nicht wegen des Geldes. Ich habe ihr ein ordentliches Gehalt angeboten, aber bis jetzt hat sie das Geld abgelehnt, obwohl das *Le P'tit Pinson* inzwischen schließen musste und sie wieder mal ohne Job dasteht.

Heute habe ich das Thema wieder angesprochen.

»Ich finde, du solltest ein richtiges Einkommen bekommen, Zozie«, sagte ich. »Du bist doch für mich viel mehr als eine gelegentliche Aushilfe.«

Sie zuckte die Achseln. »Zurzeit kannst du kein volles Gehalt auszahlen.«

»Aber jetzt mal im Ernst –«

»Ja, jetzt mal im Ernst.« Sie zog eine Augenbraue hoch. »Madame Charbonneau, du solltest endlich aufhören, dir den Kopf von anderen Leuten zu zerbrechen. Du solltest dich zur Abwechslung um dich selbst kümmern.«

Ich musste lachen. »Zozie, du bist ein Engel.«

»Ja, klar.« Sie grinste. »Können wir jetzt mit den Pralinen weitermachen?«

# 3

Mittwoch, 21. November

Komisch, was so ein Zeichen bewirken kann. Klar, meines war eher eine Art Leuchtfeuer, das in die Straßen von Paris hinausstrahlt.
*Nimm mich. Iss mich. Genieß mich.*
Es funktioniert; heute kamen sowohl neue Leute als auch Stammkunden, und keiner ging wieder, ohne etwas gekauft zu haben – eine Geschenkpackung mit Schleife oder eine kleine Leckerei. Eine Zuckermaus, eine Brandypflaume, ein paar *Mendiants* oder ein Kilo unserer bittersten Trüffel, locker in Kakaopulver gewälzt, wie Schokoladenbomben, die demnächst explodieren.

Natürlich ist es noch zu früh, um von Erfolg zu sprechen. Vor allem bei den Einheimischen braucht es länger, sie zu verführen. Aber ich spüre, wie die Atmosphäre umschlägt. Spätestens an Weihnachten haben wir sie alle auf unserer Seite.

Und ich habe am Anfang gedacht, hier gibt es nichts für mich zu holen! Dieser Laden ist ein Geschenk. Er fasziniert mich total. Wenn ich mir überlege, was wir hier alles sammeln können – nicht nur Geld, sondern Geschichten, Menschen, ganz verschiedene Leben –

Wir? Ja, natürlich. Ich bin bereit, alles zu teilen. Wir drei – oder vier, wenn wir Rosette mitzählen – haben alle unsere spezifischen Talente. Wir könnten etwas ganz Fantastisches auf die Beine stellen. Sie hat das ja schon einmal gemacht, in Lansquenet. Ja, sie hat ihre Spuren verwischt, aber nicht gründlich genug. Der Name – Vianne Rocher – und die Details, die ich von Annie erfahren habe, reichten aus, um ihren Pfad zu rekonstruieren. Der Rest war simpel, ein paar Ferngespräche, ein paar alte Lokalzeitungen aus der Zeit vor vier Jahren – in einer der Zeitungen ist ein körniges, vergilbtes Foto von Vianne, wie sie energisch in der Tür eines Schokoladengeschäfts steht, und unter ihrem ausgestreckten Arm schaut ein zerzaustes kleines Wesen hervor – Annie natürlich.

*La Céleste Praline*. Interessanter Name. Vianne Rocher war früher durchaus lustig und eigenwillig, obwohl man das nicht denken würde, wenn man sie heute sieht. Damals hatte sie keine Angst; sie trug rote Schuhe und klimpernde Armreifen und hatte lange, wilde Haare wie eine Zigeunerin aus einem Comicheft. Nicht unbedingt eine Schönheit – ihr Mund ist zu breit, ihre Augen sind nicht groß genug –, aber jede Hexe, die ihr Buch mit Zaubersprüchen verdient, kann sehen, dass sie voller Magie steckte. Magie, mit der sie es schaffte, ein Leben zu beeinflussen, andere zu verzaubern, zu heilen, sich zu verbergen.

Und – was ist passiert?

Hexen hängen doch nicht einfach ihren Job an den Nagel, Vianne! Eine Begabung wie die unsere will angewandt werden.

Ich beobachte sie, wie sie hinten in der Küche arbeitet. Sie macht ihre Trüffel, ihre Likörpralinen. Ihre Aura ist inzwischen heller als bei unserer ersten Begegnung, und jetzt, da ich weiß, wo ich hinsehen muss, entdecke ich in allem, was sie tut, ihren Zauber. Sie scheint sich dessen überhaupt nicht bewusst zu sein; es ist, als könnte sie sich blind stellen, als könnte sie verleugnen, wer sie ist, indem sie es lange genug ignoriert, so wie sie die Totems ihrer Kinder ignoriert. Vianne ist doch nicht dumm – weshalb verhält sie sich dann so? Und was muss man tun, um ihr die Augen zu öffnen?

Sie verbrachte den ganzen Vormittag hinten. Kuchenduft wehte nach vorn. In weniger als einer Woche hat sich der Laden komplett verändert, man erkennt ihn kaum wieder. Unser Tisch und unsere Stühle, von den Kindern mit den Händen angemalt, verleihen ihm so ein Flair von Urlaub. Irgendwie erinnern die kräftigen Primärfarben an einen Schulhof, und egal, wie ordentlich alles aufgeräumt ist, es wirkt immer leicht chaotisch. An der Wand hängen Bilder, gerahmte, umhäkelte Quadrate aus Saristoff, in Neonpink und Zitronengelb. Wir haben auch zwei alte Polstersessel, die ich aus dem Sperrmüll geangelt habe; die Federn sind kaputt und die Beine krumm, aber ich habe sie frisch bezogen, plüschigen Stoff mit einem fuchsienroten Leopardenmuster habe ich genommen, dazu ein bisschen Goldgeklimper von der Heilsarmee, und jetzt sehen sie richtig gemütlich aus.

Annie liebt diese Sessel. Ich auch. Bis auf die Größe des Ladens sieht unsere *Chocolaterie* aus wie ein Café in einem der angesagten Viertel von Paris – und der Zeitpunkt könnte nicht günstiger für uns sein.

Vor zwei Tagen hat das *Le P'tit Pinson* zugemacht (nicht *vollkommen* unerwartet), weil es einen unglücklichen Fall von Lebensmittelvergiftung gab und einen Kontrollbesuch der zuständigen Behörde. Ich habe gehört, dass Laurent mindestens einen Monat lang putzen und renovieren muss, ehe er sein Café wieder aufmachen darf; das heißt, er verpasst das Weihnachtsgeschäft.

Dann hat er die Pralinen also doch gegessen. Armer Laurent. Der Hurakan wirkt auf mysteriöse Weise. Und manche Menschen ziehen diese Dinge einfach auf sich, so wie der Blitzableiter den Blitz.

Umso besser für uns, sage ich. Wir haben zwar keine Schanklizenz, aber dafür gibt es bei uns Trinkschokolade, Kuchen, Kekse, Makronen – und natürlich den Sirenenruf der zartbitteren Trüffel, der Mokkalikör-Pralinen, der in Schokolade getunkten Erdbeeren, der Walnusspralinen, des Aprikosenkonfekts.

Bis jetzt bleiben die hiesigen Ladenbesitzer noch weg, weil sie den Veränderungen nicht ganz trauen. Sie sind es gewohnt, die *Chocolaterie* als Touristenfalle zu betrachten, und eine Touristenfalle würden die Einheimischen niemals betreten. Das heißt, ich werde meine gesamte Überredungskunst aufwenden müssen, um sie durch unsere Tür zu locken.

Da hilft es natürlich, dass Laurent schon hier gesichtet wurde. Laurent, der jede Art von Veränderung hasst und in einem Paris lebt, das nur in seiner Vorstellungswelt existiert: In seinem Paris sind nur Leute zugelassen, die hier geboren wurden. Wie alle Alkoholiker liebt er Süßigkeiten – und außerdem, wo soll er hingehen, nachdem sein Café geschlossen wurde? Wo findet er Zuhörer für sein endloses Lamento?

Gestern kam er um die Mittagszeit; mürrisch, aber neugierig. Er hatte den Laden noch nicht gesehen, seit wir ihn renoviert haben, und mit säuerlicher Miene registrierte er die Verbesserungen. Glücklicherweise hatten wir gerade Kundschaft: Richard und Mathurin, die auf dem Weg zu ihrem üblichen *Pétanque*-Spiel bei uns vorbeischauten. Sie wurden ganz verlegen, als sie Laurent sahen – und dazu hatten sie auch allen Grund, weil sie ja seit Ewigkeiten Stammgäste im *Le P'tit Pinson* waren.

Laurent musterte sie vorwurfsvoll. »Ich glaube, hier geht's jemandem gut«, sagte er. »Was soll das sein – ein Café oder was?«

Ich lächelte. »Gefällt es Ihnen?«

Laurent machte sein Lieblingsgeräusch. »Grrmpf! Jeder denkt, er hat ein Café. Jeder denkt, er kann das Gleiche machen wie ich.«

»Auf die Idee wäre ich nie gekommen«, entgegnete ich bescheiden. »Es ist gar nicht so leicht, heutzutage eine authentische Atmosphäre zu schaffen.«

Laurent schnaubte. »Kommen Sie mir bloß nicht damit! Die Straße runter ist das *Café des Artistes* – der Besitzer ist ein Türke, man glaubt es nicht – und daneben ein italienisches Café und dann dieser englische Tea-Shop und jede Menge Costas und Starbucks – diese bekloppten Amis denken, sie hätten den Kaffee erfunden –« Er funkelte mich böse an, als hätte ich womöglich amerikanische Vorfahren. »Ich meine – wie wär's mit ein bisschen Loyalität?«, dröhnte er. »Wie wär's mit unserem guten, altmodischen französischen Patriotismus?«

Mathurin ist schwerhörig und hatte ihn deswegen vielleicht wirklich nicht verstanden, aber dass Richard sich verstellte, da war ich mir ziemlich sicher.

»War nett hier, Yanne. Wir müssen los.«

Sie ließen das Geld auf dem Tisch liegen und flohen, ohne sich noch einmal umzudrehen. Laurents Gesicht wurde noch röter, und seine Augen traten aus den Höhlen, was ziemlich übel aussah.

»Diese blöden Schwuchteln!«, legte er los. »Sie waren dauernd da, haben Bier gesoffen und Karten gespielt – und kaum geht irgendwas schief –«

Ich schenkte ihm mein einfühlsamstes Lächeln. »Ich weiß, Laurent. Aber Pralinenläden sind etwas ganz Herkömmliches, wissen Sie. Ich glaube, historisch betrachtet, sind sie sogar älter als Cafés, das heißt, sie sind absolut traditionell und gehören zu Paris –« Ich führte ihn zu dem Tisch, den die anderen gerade verlassen hatten. Laurent kochte immer noch vor Wut. »Nehmen Sie doch Platz und trinken Sie etwas«, versuchte ich ihn zu beruhigen. »Selbstverständlich auf Kosten des Hauses.«

Tja, und das war erst der Anfang. Laurent Pinson brauchte nur ein kostenloses Getränk und eine Praline – und jetzt ist er auf unserer Seite. Als Kunde bringt er nichts, so viel ist sicher, er ist ein Parasit, stopft sich die Taschen mit Zuckerstückchen voll, sitzt stundenlang herum und trinkt nur eine kleine Tasse – aber er ist die Schwachstelle hier im Viertel, und wenn Laurent irgendwo hingeht, folgen die anderen früher oder später.

Madame Pinot kam heute Morgen vorbei – sie kaufte nichts, schaute sich aber alles genau an und ging erst wieder, nachdem sie eine Praline auf Kosten des Hauses verspeist hatte. Jean-Louis und Paupaul machten es genauso, und ich weiß, dass das Mädchen, das heute Morgen bei mir Trüffel gekauft hat, in der Bäckerei in der Rue des Trois Frères arbeitet und ihren Kunden alles erzählen wird.

*Es ist nicht nur der Geschmack*, wird sie sagen. Die cremig dunkle Trüffel mit Rumgeschmack, eine Prise Chili in der Mischung, das butterweiche Innere, das auf der Zunge zergeht, und der bittere Geschmack der Kakaopulverschicht – aber all das erklärt nicht die seltsame Wirkung von Yanne Charbonneaus Schokoladentrüffel.

Vielleicht ist es das Gefühl, das diese Trüffel einem geben: Man fühlt sich stärker, lebendiger, nimmt Geräusche und Gerüche intensiver wahr, sieht Farben und Formen viel deutlicher und spürt sich selbst besser, man spürt seinen ganzen Körper, die Haut, den Mund, die Kehle, die empfindliche Zunge.

*Nur eine,* sage ich.

Sie essen. Sie kaufen.

Sie kaufen so viele, dass Vianne heute den ganzen Tag hinten arbeiten musste und den Laden mir überließ. Ich musste auch für die Leute, die hereinkamen, Schokolade kochen. Mit ein bisschen gutem Willen finden sechs Personen Platz – die Atmosphäre ist wohltuend: ruhig und entspannend, aber durchaus fröhlich. Die Leute können hierher kommen und ihre Sorgen vergessen, sie können herumsitzen, Schokolade trinken und reden.

Reden? Und wie! Vianne ist die einzige Ausnahme. Sie redet nicht. Aber noch ist ja Zeit. Bescheiden anfangen, sage ich. Na ja, manchmal geht's auch üppig zu. Wie im Fall des fetten Nico.

»Hey, Schuhkönigin! Was gibt's zum Mittagessen?«

»Was hättest du denn gern?«, fragte ich. »Rosenpralinen, Chiliecken, Kokosmakrooooonen ...« Ich dehnte das Wort vielsagend, weil ich weiß, dass er eine Schwäche für Kokosnuss hat.

»Auweia! Aber eigentlich darf ich ja nicht.«

Es ist nur Theater. Er tut gern so, als würde er Widerstand leisten, grinst dämlich und weiß doch genau, dass er mir nichts vormachen kann.

»Nimm eine«, sagte ich.

»Nur eine halbe.«

Halbe Pralinen zählen nicht. Genauso wenig wie eine kleine Tasse Schokolade, mit vier Makronen dazu, oder der Kaffeekuchen, den Vianne hereinbringt, oder der Zuckerguss, den er aus der Rührschüssel schleckt.

»Meine Mama hat immer extra Zuckerguss gemacht«, erzählte er. »Damit ich noch mehr ausschlecken kann. Manchmal hat sie so viel Guss gemacht, dass nicht mal ich alles geschafft habe –« Er verstummte plötzlich.

»Deine Mama?«

»Sie ist gestorben.« Sein Babygesicht wurde ganz traurig.

»Sie fehlt dir, stimmt's?«, sagte ich.

Er nickte. »Ich glaub schon.«

»Wann ist sie gestorben?«

»Vor drei Jahren. Sie ist die Treppe hinuntergefallen. Ich glaube, sie hatte ein bisschen Übergewicht.«

»Das ist sicher nicht leicht für dich.« Ich konnte nur mit Mühe ein Grinsen unterdrücken. Ein bisschen Übergewicht hieß bei ihm wahrscheinlich hundertfünfzig Kilo. Sein Gesicht ist jetzt ganz leer – seine Farben wechseln ins Spektrum stumpfer Grüntöne und silberner Grautöne, die ich mit negativen Emotionen in Verbindung bringe.

Er denkt, er ist schuld, das weiß ich. Vielleicht war der Teppich auf der Treppe locker, vielleicht ist er zu spät von der Arbeit nach Hause gekommen, hat in der Boulangerie eine kleine Pause eingelegt, tödliche zehn Minuten lang, oder er hat sich auf eine Bank gesetzt, um den Mädchen nachzuschauen –

»Du bist nicht der Einzige«, sagte ich. »So geht es allen Leuten, weißt du. Ich habe mich auch schuldig gefühlt, als meine Mutter gestorben ist.«

Ich nahm seine Hand. Unter der patschigen Fettschicht fühlten sich seine Knochen fein und zart an, wie bei einem Kind.

»Es ist passiert, als ich sechzehn war. Ich denke die ganze Zeit, es ist meine Schuld.« Ich schaute ihn ganz ernst an, machte aber mit den Fingern eine Teufelsgabel hinter meinem Rücken, um nicht loszuprusten. Natürlich glaubte ich das – und aus gutem Grund.

Aber Nicos Gesicht hellte sich augenblicklich auf. »Stimmt das?«

Ich nickte.

Ich hörte ihn seufzen. Er klang wie ein Heißluftballon.

Ich drehte mich weg, um mein Grinsen zu verbergen, und beschäftigte mich mit den Pralinen, die auf der Theke seitlich von mir abkühlten. Sie rochen so unschuldig, wie Vanille und Kindheit. Leute wie Nico schließen selten Freundschaften. Immer der fette Junge, der mit seiner noch fetteren Maman allein zusammenlebt; der immer breiter wird, während sie ängstlich und aufmunternd zuschaut, wie er isst.

*Du bist nicht fett, Nico. Nur grobknochig. Komm schon, Nico. So ist's gut, mein Junge.*

»Vielleicht sollte ich aufhören«, sagte er schließlich. »Mein Arzt sagt, ich muss mich ein bisschen einschränken.«

Ich zog eine Augenbraue hoch. »Was weiß der denn?«

Nico zuckte die Achseln, eine Bewegung, die wellenförmig seine Arme hinunterwabbelte.

»Du fühlst dich gut, oder?«, fragte ich.

Dieses dämliche Lächeln. »Ich glaub schon. Die Sache ist nur –«

»Was?«

»Na ja – die Mädchen.« Er wurde rot. »Ich meine, wie finden die das? Sie sehen ja nur so einen großen, dicken, fetten Kerl. Ich habe gedacht, wenn ich ein bisschen abnehme – wenn ich ein bisschen besser in Form bin –, dann würde vielleicht – wer weiß –«

»Du bist nicht fett, Nico. Du musst dich nicht verändern. Du wirst schon jemanden finden. Wart's nur ab.«

Wieder seufzte er.

»Also dann. Was darf's sein?«

»Ich nehme eine Schachtel Makronen.«

Ich war gerade dabei, die Schachtel einzupacken, als Alice den Laden betrat. Ich bin mir nicht sicher, warum er unbedingt eine Schleife braucht – wir wissen schließlich beide, dass die Schachtel schon lange bevor er heimkommt, geöffnet werden wird –, aber aus irgendeinem Grund wollte er eine gelbe Schleife, die doch gar nicht zu seinen dicken Händen passt.

»Hallo, Alice«, sagte ich. »Nimm Platz. Ich bin gleich bei dir – eine Minute.«

In Wirklichkeit waren es natürlich fünf. Alice braucht Zeit. Sie starrt Nico verängstigt an. Neben ihr wirkt er wie ein Koloss – ein hungriger Koloss –, aber plötzlich ist er ganz stumm. Er baut sich vor ihr auf – hundertfünfzig Kilo –, und Röte kriecht über sein breites Gesicht.

»Darf ich vorstellen – Nico, das ist Alice.«

Sie flüstert ein Hallo.

Es ist kinderleicht. Man muss nur mit dem Fingernagel ein Zeichen in die Pralinenschachtel ritzen. Vielleicht ist es ja Zufall, aber andererseits kann es auch der Anfang von irgendetwas sein, eine Biegung in der Straße, der Weg in ein anderes Leben –

*Jede Veränderung* –

Wieder flüstert sie etwas. Schaut auf ihre Stiefel hinunter – und sieht die Schachtel mit Makronen.

»Ich liebe diese Dinger«, murmelt Nico. »Wollen wir zusammen eine essen?«

Alice will eigentlich den Kopf schütteln. Aber er sieht so lieb aus, denkt sie. Er hat etwas, trotz seiner Körpermasse, etwas beruhigend Kindliches, irgendwie Verletzliches. Und dann seine Augen – irgendetwas an ihm gibt ihr das Gefühl, dass er sie vielleicht versteht.

»Nur eine«, sagt er.

Und das in den Deckel der Pralinenschachtel geritzte Symbol beginnt matt zu leuchten – es ist ein Hasenmond, für Liebe und Fruchtbarkeit –, und Alice kauft nicht wie sonst nur einfache *Fudge-Carrés*, sondern akzeptiert schüchtern eine Tasse Mokka mit aufgeschäumter Milch und dazu eine Makrone, und die beiden verlassen gleichzeitig den Laden (wenn auch noch nicht gemeinsam), sie mit ihrem kleinen Päckchen, er mit seiner großen Schachtel, und so gehen sie hinaus in den Novemberregen.

Und ich sehe, wie Nico seinen riesengroßen roten Regenschirm aufklappt, auf dem *Merde, il pleut!* steht, und ihn über die zarte kleine Alice hält. Ihr Lachen klingt hell und klar, wie eine Erinnerung, nicht wie etwas, was man tatsächlich hört. Und ich blicke ihnen nach, während sie über das Kopfsteinpflaster gehen – Alice patscht in ihren großen Stiefeln durch die Pfützen, Nico hält mit feierlicher Miene den absurden Schirm über sie beide, und sie sind wie ein Bär aus einem Comic und ein hässliches junges Entlein aus einem Märchen, unterwegs zu großen Abenteuern.

# 4

Donnerstag, 22. November

Drei Anrufe von Thierry, die ich alle verpasst habe. Und ein Foto vom Museum für Naturgeschichte, mit einer SMS: *Höhlenfrau! Stell dein Telefon an!* Ich musste lachen, aber so gefiel es mir nicht. Thierrys Technikbegeisterung ist mir eher fremd, und nachdem ich vergeblich versucht hatte, ihm eine Antwort zu schreiben, verstaute ich das Telefon in der Küchenschublade.

Später rief er an. Offenbar schafft er es nicht, am Wochenende zu kommen, aber er verspricht, dass es nächste Woche bestimmt klappt. In gewisser Weise bin ich erleichtert. So habe ich mehr Zeit, alles zu organisieren, Ware zu bestellen, mich an meinen neuen Laden zu gewöhnen, an die Sachzwänge und die Kunden.

Nico und Alice waren heute wieder da. Alice kaufte eine kleine Schachtel mit *Fudge-Carrés* – eine winzig kleine Schachtel, aber sie aß alle selbst – und Nico ein Kilo Makronen.

»Ich kann nicht genug kriegen von diesen kleinen Monstern«, sagte er. »Da brauche ich immer Nachschub, Yanne, kann ich mich darauf verlassen?«

Ich konnte mir ein Lächeln nicht verkneifen, einfach, weil er immer so überschwänglich ist. Die beiden setzten sich an den Tisch vorne im Laden, Alice trank einen Mocca und Nico eine Schokolade mit Sahne und Marshmallows, während Zozie und ich uns diskret in die Küche zurückzogen, wo wir aufpassten, ob noch mehr Kundschaft kam. Rosette holte ihren Zeichenblock und fing an, Affen zu zeichnen, Affen mit langen Schwänzen und breiten Grinsgesichtern, in allen Farben aus ihrer Farbenschachtel.

»Hallo, das ist gut!«, rief Nico, als Rosette ihm ein Bild von einem fetten violetten Affen überreichte, der gerade eine Kokosnuss aß. »Ich glaube, du magst Affen, stimmt's?«

Er zog eine Affengrimasse für Rosette, die heiser lachte und ein Zeichen machte, das *Noch mal!* bedeutet. Sie lacht jetzt öfter. Das ist mir aufgefallen. Bei Nico, bei mir, bei Anouk, bei Zozie – vielleicht reagiert sie ja auch ein wenig aufgeschlossener, wenn Thierry das nächste Mal kommt.

Alice lachte ebenfalls. Rosette mag sie am allerliebsten, vielleicht, weil sie so klein ist. In ihrem kurzen, bunt gemusterten Kleid und dem blassblauen Mantel wirkt sie fast wie ein Kind. Oder weil sie auch kaum redet, nicht mal zu Nico sagt sie viel, aber der quasselt ja genug für zwei.

»Der Affe sieht aus wie Nico«, sagte sie jetzt. Wenn sie mit Erwachsenen spricht, ist ihre Stimme leise und gehemmt. Aber im Umgang mit Rosette ist das ganz anders: Da wird ihre Stimme kräftig und munter, und Rosette reagiert mit einem strahlenden Lächeln.

Also malte Rosette Affen für uns alle. Zozies Affe trägt knallrote Fausthandschuhe an allen vier Pfoten. Alices Affe ist neonblau und hat einen winzigen Körper, dafür aber einen superlangen, verschlungenen Schwanz. Meiner ist irgendwie verlegen und versteckt sein haariges Gesicht hinter seinen Händen. Rosette ist begabt, daran gibt es keinen Zweifel, ihre Zeichnungen sind natürlich nicht hochkünstlerisch, aber verblüffend lebendig; und sie kann mit wenigen Bleistiftstrichen einen sehr treffenden Gesichtsausdruck einfangen.

Wir lachten immer noch, als Madame Luzeron mit ihrem flauschigen Apricothündchen eintrat. Madame Luzeron kleidet sich immer extrem gepflegt, sie trägt graue Twinsets, die ihre breiter werdende Taille kaschieren, darüber gut geschnittene Jacken in Anthrazit oder Schwarz. Sie lebt in einem der großen Häuser mit Stuckfassade, hinter dem Park, geht jeden Tag zur Messe, jeden zweiten Tag zum Friseur – außer donnerstags, weil sie da immer auf den Friedhof muss und unterwegs bei uns im Laden vorbeischaut.

Wahrscheinlich ist sie kaum älter als fünfundsechzig, aber ihre Hände sind ganz krumm und knorrig von ihrer Arthritis, und ihr dünnes Gesicht ist kreideweiß gepudert.

»Drei Rumtrüffel, in einer Schachtel.«

Madame Luzeron sagt nie »bitte«. Dafür ist sie einfach zu bourgeois. Sie starrte den fetten Nico und Alice an, ebenso die leeren Tassen und die Affen. Kritisch zog sie die übertrieben gezupften Augenbrauen hoch.

»Ich sehe, Sie haben alles ... renoviert.« Die kurze Pause vor dem letzten Wort suggerierte, dass sie Zweifel am Gelingen dieser Aktion anmelden wollte.

»Fabelhaft, nicht wahr?« Das war Zozie. Sie kennt Madames Allüren noch nicht, und diese durchbohrte sie mit den Augen, registrierte den überlangen Rock, die mit einer Plastikrose zurückgesteckten Haare, die klimpernden Armreifen und die Keilabsatzschuhe mit dem Kirschenmuster, zu denen sie heute pink-schwarzgeringelte Strümpfe trägt.

»Wir haben die Stühle selbst hergerichtet«, sagte sie und griff in die Glasschale, um die Pralinen zu holen. »Wir fanden, es wäre nicht schlecht, den Laden ein bisschen bunter zu gestalten.«

Madame lächelte wie eine Balletttänzerin, die ihre Schuhe drücken.

Zozie plauderte weiter, als würde sie nichts merken. »Hier, Ihre Rumtrüffel. Was für eine Farbe für die Schleife? Pink sieht immer hübsch aus. Oder vielleicht lieber rot? Was meinen Sie?«

Madame sagte nichts, und Zozie schien auch keine Antwort zu erwarten. Sie packte die Pralinen ein, band eine hübsche Schleife darum und gab noch eine Papierblume dazu. Dann stellte sie die Schachtel auf die Theke zwischen ihnen.

»Diese Trüffel sehen anders aus«, sagte Madame, während sie misstrauisch durch das Glas schaute.

»Sie sind auch anders«, erklärte Zozie. »Yanne macht sie selbst.«

»Schade«, seufzte Madame. »Ich mochte die anderen.«

»Die hier werden Ihnen bestimmt noch viel besser schmecken«, versicherte ihr Zozie. »Versuchen Sie eine. Ein Geschenk des Hauses.«

Ich hätte ihr gleich sagen können, dass sie ihre Zeit vergeudete. Stadtmenschen sind immer misstrauisch, wenn sie etwas geschenkt bekommen. Sie sagen automatisch Nein, als wären sie nicht willens, irgendjemandem dankbar sein zu müssen, nicht einmal für eine einzige Praline. Madame schniefte kurz, eine wohlerzogene Version von Laurents Grrmpf, und legte das Geld auf die Theke.

In dem Moment glaubte ich, etwas zu sehen. Ein fast unmerkliches Fingerschnippen, als ihre Hand die von Zozie berührte. Ein kurzes Aufleuchten in der grauen Novemberluft. Vielleicht war es ja auch nur das flackernde Neonschild auf der anderen Seite des Platzes, aber das *Le P'tit Pinson* ist geschlossen, und bis die Straßenlaternen angehen, sind es bestimmt noch zwei Stunden. Ich kenne dieses Leuchten. Diesen Funken, der wie ein Stromstoß von einer Person auf die andere überspringt ...

»Ach, kommen Sie«, sagte Zozie. »Es ist schon so lange her, dass Sie sich etwas gegönnt haben.«

Madame hatte es genauso gespürt wie ich. Ich sah, wie sich plötzlich ihr Gesichtsausdruck veränderte. Unter der Schutzschicht aus Puder und Make-up sah ich Verwirrung, Sehnsucht, Einsamkeit, Trauer. Gefühle, die wie Wolken über ihre blassen Gesichtszüge huschten.

Hastig wandte ich den Blick ab. *Ich will deine Geheimnisse nicht erfahren*, dachte ich. *Ich will nicht wissen, was du denkst. Nimm deinen albernen kleinen Hund und deine Pralinen und geh nach Hause, sonst ist es ...*

Zu spät. Ich hatte es gesehen.

Der Friedhof. Ein großer Grabstein aus hellgrauem Marmor, geschwungen wie eine Meereswelle. Ich sah das Bild, das in den Stein eingelassen ist: ein etwa dreizehnjähriger Junge, der frech und mit schiefen Zähnen in die Kamera grinst. Ein Schulfoto vielleicht, das letzte, das vor seinem Tod aufgenommen wurde, eine Schwarzweißaufnahme, mit Aquarellfarben koloriert. Und darunter die Pralinen, eine endlose Reihe kleiner Schachteln, vom Regen aufgeweicht. Eine für jeden Donnerstag. Unberührt stehen sie da, mit gelben, rosaroten und grünen Schleifen.

Ich schaute auf. Madames Blick ist starr, aber er gilt nicht mir. Ihre verängstigten, müden blassblauen Augen sind weit aufgerissen und leuchten verblüffend hoffnungsvoll.

»Ich bin spät dran«, murmelt sie leise.

»Sie haben noch Zeit«, sagt Zozie sanft. »Setzen Sie sich doch ein bisschen. Ruhen Sie Ihre Füße aus. Nico und Alice wollten gerade gehen. Kommen Sie«, beharrt sie, als Madame protestieren will. »Nehmen Sie Platz und trinken Sie eine Schokolade. Es regnet, und Ihr Junge kann warten.«

Und zu meiner großen Verwunderung gehorcht Madame.

»Danke«, sagt sie und setzt sich in den Sessel. Sie wirkt völlig deplatziert vor dem schrillen pinkfarbenen Leopardenmuster, während sie mit geschlossenen Augen ihre Praline isst, den Kopf an das wuschelige Kunstfell gelehnt.

Und sie sieht so friedlich und so glücklich aus.

Draußen rüttelt der Wind an dem neu bemalten Schild, der Regen pladdert auf das Kopfsteinpflaster, und der Dezember ist nur noch einen Herzschlag entfernt. Und ich fühle mich hier so sicher und geborgen, dass ich fast vergesse, dass die Wände aus Papier sind und unser Leben aus Glas, dass ein Windstoß uns vernichten, dass ein Wintersturm uns davontragen kann.

# 5

Freitag, 23. November

Ich hätte wissen müssen, dass sie nachhilft. Genau das Gleiche habe ich ja auch getan, damals, in Lansquenet. Zuerst Alice und Nico, die sich so seltsam ähnlich sind; und ich weiß zufällig, dass er schon vorher ein Auge auf sie geworfen hatte und einmal in der Woche im Blumenladen vorbeischaut, um Tulpen zu kaufen (ihre Lieblingsblumen), aber bisher hat er nie den Mut gefunden, sie anzusprechen oder sie zu irgendetwas einzuladen.

Aber nun auf einmal, bei einer Praline ...

Zufall, sage ich mir.

Und jetzt Madame Luzeron, die immer so spröde und beherrscht ist, und plötzlich gibt sie ihre Geheimnisse preis, als würden aus einer Flasche, von der jeder dachte, sie sei längst ausgetrocknet, süße Düfte aufsteigen.

Und dann dieser Sonnenglanz, der unsere Tür umgibt, auch wenn es regnet. Womöglich leistet Zozie schon die ganze Zeit ein wenig Schützenhilfe, und der Kundenstrom, den wir in den letzten Tagen begrüßen durften, hat nicht nur mit unserem Warenangebot zu tun.

Ich weiß, was meine Mutter sagen würde.

*Wem schadet es? Niemand leidet darunter. Haben sie es nicht verdient, Vianne?*

*Und wir? Haben wir es nicht verdient?*

Ich hatte mir gestern vorgenommen, Zozie zu warnen. Ihr zu erklären, warum sie sich nicht einmischen darf. Aber ich habe es nicht über mich gebracht. Die Büchse mit all den Geheimnissen kann man vielleicht nie wieder schließen, wenn man sie erst einmal aufgemacht hat. Und Zozie findet mich sowieso bescheuert, das spüre ich. Sie denkt, ich bin so knickerig mit meinen Gaben wie sie großzügig ist, ich bin wie der geizige Bäcker aus dem Märchen, der für den Duft beim Brotbacken Geld verlangte.

*Wem schadet es?* Ich weiß, das würde sie sagen. *Was haben wir zu verlieren, wenn wir ihnen helfen?*

Ich war kurz davor, ihr alles zu erzählen. Aber jedes Mal, wenn ich den Mund aufmachte, habe ich wieder einen Rückzieher gemacht. Außerdem ist es ja vielleicht doch nur Zufall.

Aber heute ist wieder etwas passiert. Etwas, das meine Zweifel bestätigt. Ein eher unwahrscheinlicher Katalysator – Laurent Pinson. Ich habe ihn diese Woche schon mehrmals im *Rocher de Montmartre* gesehen. Das ist keine besonders interessante Neuigkeit, und wenn ich mich nicht irre, kommt er nicht wegen unserer Schokolade.

Heute Morgen war er also wieder da. Er studierte die Pralinen in ihren Glasbehältern, schnupperte an den Preisschildern, registrierte jede einzelne Verbesserung mit säuerlicher Miene und mit einem gelegentlichen Knurren, das recht unverhohlen seine Missbilligung ausdrückte.

»Grrmpf.«

Es war einer dieser sonnigen Novembertage, die umso wertvoller erscheinen, weil sie so rar sind. Ruhig wie ein Mittsommertag, der Himmel hoch und klar und die Kondensstreifen wie Kratzer im strahlenden Blau.

»Schöner Tag heute«, sagte ich.

»Grrmpf.«

»Wollten Sie sich nur umsehen, oder darf ich Ihnen etwas zu trinken bringen?«

»Bei den Preisen?«

»Auf Kosten des Hauses.«

Manche Menschen bringen es nicht über sich, ein kostenloses Getränk abzulehnen. Widerstrebend nahm Laurent Platz, akzeptierte eine Tasse Kaffee und eine Praline und begann dann mit seiner üblichen Litanei.

»Dass sie mein Café zugemacht haben, ausgerechnet jetzt, um diese Jahreszeit, das ist reine Schikane, sonst nichts. Jemand hat es darauf angelegt, mich zu ruinieren.«

»Was ist passiert?«, erkundigte ich mich.

Er breitete sein Leid vor mir aus. Jemand hatte sich darüber beschwert, dass er Reste in der Mikrowelle aufwärmt, irgendein Idiot wurde krank, sie hetzten ihm die Behörde auf den Hals, einen Inspektor, der nicht mal richtig Französisch konnte, und obwohl Laurent sehr höflich zu ihm war, fühlte dieser sich durch irgendetwas, was Laurent gesagt hatte, beleidigt und –

»Peng! Geschlossen! Einfach so! Ich meine, wie tief ist dieses Land gesunken, wenn ein absolut anständiges Café, ein Café, das es seit Jahrzehnten gibt, von einem dahergelaufenen *Pied noir* mir nichts, dir nichts geschlossen werden kann!«

Ich tat so, als würde ich zuhören, während ich im Kopf nachrechnete, welche Pralinen sich am besten verkauft haben und für welche die Zutaten knapp gewesen sind. Außerdem tat ich so, als würde ich nicht merken, wie Laurent sich unaufgefordert noch eine meiner Pralinen nahm. Ich kann es mir leisten. Und er muss reden.

Nach einer Weile kam Zozie aus der Küche, wo sie mir beim Schokoladenkuchen geholfen hatte. Abrupt unterbrach er sein Klagelied und lief feuerrot an, bis zu den Ohren.

»Zozie, guten Tag«, sagte er übertrieben würdevoll.

Sie grinste. Es ist kein Geheimnis, dass er sie toll findet – wer tut das nicht? –, und heute sah sie besonders gut aus, in einem bodenlangen Samtkleid und Stiefeletten, beides in zartem Kornblumenblau.

Auf einmal hatte ich Mitleid mit ihm, ob ich wollte oder nicht. Zozie ist eine attraktive Frau, und Laurent ist in einem Alter, in dem sich Männer leicht den Kopf verdrehen lassen. Aber mir war plötzlich klar, dass wir ihn zwischen jetzt und Weihnachten jeden Tag hier sehen werden: Er wird immer auf ein kostenloses Getränk spekulieren, die anderen Kunden nerven, Zuckerstücke klauen, sich darüber beschweren, dass das Viertel vor die Hunde geht, und –

Ich hätte es fast nicht gesehen, aber als ich mich gerade umdrehte, machte sie hinter ihrem Rücken ein Zeichen. Das Zeichen, mit dem meine Mutter Unheil abwehrte.

*Tsk-tsk, verschwinde!*

Ich sah, wie Laurent sich auf den Nacken schlug, als hätte ihn ein Insekt gestochen. Ich holte tief Luft – zu spät. Es war schon passiert. Ganz natürlich, so wie ich es früher auch gemacht hätte, wenn die letzten vier Jahre nicht gewesen wären.

»Laurent?«, sagte ich.

»Ich muss los«, sagte er. »Es gibt viel zu tun, ich hab keine Zeit mehr.« Und er rieb sich immer noch den Nacken, als er sich aus dem Sessel wuchtete, in dem er fast eine halbe Stunde gesessen hatte, und rannte aus dem Laden.

Zozie grinste. »Endlich«, sagte sie.

Ich ließ mich in den Sessel fallen.

»Ist was?«

Ich musterte sie nachdenklich. So fängt es immer an, mit den kleinen Dingen. Mit den Dingen, die nicht zählen. Aber ein kleines Ding führt zum nächsten und das dann zum dritten, und eh man sich's versieht, geht es wieder los, und der Wind dreht, und die Wohlwollenden haben die Spur aufgenommen und –

Und einen Moment lang gab ich Zozie die Schuld. Schließlich war sie diejenige, die meine kleine *Chocolaterie* in diese Piratenhöhle verwandelt hat. Bevor sie kam, war ich damit zufrieden, Yanne Charbonneau zu sein, einen Laden wie alle anderen zu führen, Thierrys Ring zu tragen und es hinzunehmen, dass die Welt sich einfach immer weiter dreht, ohne dass ich eingreife.

Aber jetzt ist alles anders. Mit einem einzigen Fingerschnippen sind vier ganze Jahre wie weggeblasen, und eine Frau, die schon längst tot sein müsste, schlägt die Augen auf und scheint wieder zu atmen …

»Vianne –«, sagte Zozie leise.

»So heiße ich nicht.«

»Aber früher, oder? Vianne Rocher.«

Ich nickte. »In einem anderen Leben.«

»Es muss nicht Vergangenheit sein.«

Tatsächlich? Was für ein gefährlicher Gedanke. Und wie verlockend. Wieder Vianne zu sein, mit Wundern zu handeln, den Menschen zu zeigen, welchen Zauber sie in sich tragen ...

Ich muss es ihr sagen. So kann es nicht weitergehen. Klar, es ist nicht ihre Schuld, aber ich muss einen Riegel vorschieben. Die Wohlwollenden sind uns immer noch auf den Fersen, immer noch geblendet, aber grausam in ihrer Beharrlichkeit. Ich spüre sie kommen, durch den Nebel, ich ahne, wie sie mit ihren langen Fingern die Luft durchkämmen und auf einen Zauberfunken lauern, und sei er auch noch so klein.

»Ich weiß, du willst mir helfen«, sagte ich. »Aber wir schaffen das schon.«

Sie hob die Augenbrauen.

»Du weißt, was ich meine.« Ich brachte es nicht über die Lippen. Stattdessen nahm ich eine Pralinenschachtel und ritzte eine mystische Spirale in den Deckel.

»Oh, ich verstehe. Diese Art von Hilfe.« Sie betrachtete mich neugierig. »Warum? Was spricht dagegen?«

»Du würdest es nicht verstehen.«

»Wieso würde ich es nicht verstehen?«, fragte sie. »Wir sind gleich, du und ich.«

»Nein, wir sind überhaupt nicht gleich!« Meine Stimme war viel zu laut, und ich zitterte. »Ich mache so was nicht mehr. Ich bin normal. Ich bin langweilig. Du kannst alle Leute fragen.«

»Na, egal.« Das ist zurzeit Anouks Lieblingsredensart – sie unterstreicht es immer mit diesem ganzkörperlichen Schulterzucken, mit dem junge Mädchen ihre Missbilligung ausdrücken. Bei Zozie sollte es witzig sein, aber mir war nicht zum Lachen.

»Es tut mir leid«, sagte ich. »Ich weiß, du meinst es gut. Aber die Kinder – Kinder schnappen so etwas sehr schnell auf. Am Anfang ist es ein Spiel, aber dann gerät es außer Kontrolle.«

»Liegt da das Problem? Ist es außer Kontrolle geraten?«

»Ich möchte nicht darüber sprechen, Zozie.«

Sie setzte sich neben mich. »Komm schon, Vianne. So schlimm kann es doch gar nicht sein. Mir kannst du es erzählen.«

Und jetzt sah ich die Wohlwollenden, ihre Gesichter, ihre tastenden Hände. Ich sah sie hinter Zozies Gesicht, hörte ihre Stimmen, einschmeichelnd, vernünftig und, oh, so unglaublich gütig!

»Ich schaffe es schon«, sagte ich. »Ich schaffe es immer.«

*Ach, du Lügnerin!*

Wieder Roux' Stimme. So klar und deutlich, dass ich mich beinahe nach ihm umdrehte. Es gibt zu viele Geister in diesem Haus, dachte ich. Zu viele Flüstergeschichten aus anderen Zeiten, von anderen Orten und, schlimmer noch, zu viele Geschichten von dem, was hätte sein können.

*Geh weg*, sagte ich stumm. *Ich bin jetzt eine andere. Lass mich in Ruhe.*

»Ich schaffe es schon«, wiederholte ich, mit einem verzagten Lächeln.

»Na ja, falls du mich brauchen solltest –«

Ich nickte. »Dann wende ich mich an dich.«

# 6

Montag, 26. November

Suzanne war heute wieder nicht in der Schule. Es heißt, sie hat die Grippe, aber Chantal sagt, es ist wegen ihrer Haare. Nicht, dass Chantal viel mit mir reden würde, im Gegenteil, seit ich mit Jean-Loup befreundet bin, ist sie noch gemeiner zu mir als sonst, falls das überhaupt möglich ist.

Sie redet ständig über mich. Über meine Haare, meine Klamotten, mein Verhalten. Heute hatte ich meine neuen Schuhe an (schlicht, ziemlich hübsch, aber nicht Zozie), und sie laberte den ganzen Tag darüber, fragte mich, wo ich sie gekauft habe und wie viel sie gekostet haben. Sie kicherte (ihre Schuhe sind aus einem Geschäft an den Champs-Élysées, aber ich glaube, nicht mal ihre Mutter würde so viel bezahlen). Dann wollte sie wissen, wo ich mir die Haare schneiden lasse und wie viel ich dafür hingelegt habe, und wieder kicherte sie.

Also ehrlich – was soll das? Ich fragte Jean-Loup, und er sagte, im Grunde sei sie einfach nur unsicher. Vielleicht stimmt das ja. Aber seit letzter Woche gibt es nur noch Probleme. Bücher verschwinden aus meinem Tisch, meine Schultasche kippt um, und »zufällig« liegen meine Sachen überall auf dem Fußboden herum. Leute, die ich eigentlich immer ganz nett fand, wollen auf einmal nicht mehr neben mir sitzen. Und gestern habe ich beobachtet, wie Sophie und Lucie ein ganz blödes Getue um meinen Stuhl gemacht haben: Sie haben sich aufgespielt, als wären irgendwelche Käfer darauf, und sich möglichst weit weggesetzt, als würden sie sich ekeln.

Und dann hatten wir Basketball, und ich ließ meine Klamotten im Umkleideraum wie immer, und als ich zurückkam, hatte jemand meine neuen Schuhe versteckt. Ich suchte sie überall, bis Faridah mir zeigte, wo sie waren: hinter dem Heizkörper, dreckig und zerkratzt, und obwohl ich nicht beweisen konnte, dass es Chantal war, wusste ich es trotzdem ganz genau.

Ich wusste es einfach.

Und dann fing sie mit der *Chocolaterie* an.

»Ich hab gehört, der Laden ist so süß«, sagte sie und kicherte. Dieses Gekicher, als ob süß ein Geheimcode wäre, den nur sie und ihre Freundinnen verstehen. »Wie heißt er eigentlich?«

Ich wollte es ihr nicht sagen, sagte es aber trotzdem.

»Ooooooh – wie süß!«, zirpte Chantal, und wieder kicherten alle, die ganze Clique, Lucie und Danielle und ihre Anhängsel, wie zum Beispiel Sandrine, die sonst immer nett zu mir war, aber jetzt redet sie nur noch mit mir, wenn Chantal nicht da ist.

Alle sehen inzwischen aus wie Chantal. Als wäre ihr Äußeres ansteckend, so eine Art glamouröse Masern. Alle haben gebügelte Haare, stufig geschnitten, mit einem kleinen Schwung ganz unten. Sie verwenden alle das gleiche Parfüm (diese Woche ist es »Angel«) und den gleichen pinkfarbenen Perlmuttlippenstift. Ich falle tot um, wenn sie im Laden auftauchen. Das weiß ich. Auf der Stelle werde ich tot umfallen, wenn sie kommen, überall herumschnüffeln, kichern – über mich, über Rosette und über Maman, deren Arme bis zum Ellbogen in Schokolade getunkt sind und die so hoffnungsvoll dreinschaut – *sind das deine Freundinnen?*

Gestern habe ich Zozie davon erzählt.

»Tja, du weißt, was du tun musst. Es ist der einzige Weg, Nanou – du musst ihnen die Stirn bieten. Du musst dich wehren.«

Ich hatte genau gewusst, dass sie das sagen würde. Zozie ist eine Kämpferin. Aber es gibt ein paar Dinge, die man nur mit der richtigen Haltung nicht schafft. Mir ist klar, dass ich viel besser aussehe, seit ich mit ihr geredet habe. Zum großen Teil liegt es am aufrechten Gang und daran, dass ich dieses Killerlächeln übe. Und ich ziehe jetzt an, was mir gefällt, und nicht mehr das, was ich Mamans Meinung nach tragen soll, und obwohl ich mich dadurch noch stärker von den anderen unterscheide, fühle ich mich viel, viel besser, viel mehr wie ich selbst.

»Ja, das ist gut, aber es hilft nur bis zu einem gewissen Punkt. Manchmal reicht es nicht, Nanou. Ich habe das in der Schule gelernt. Du musst es ihnen zeigen, ein für alle Mal. Wenn sie schmutzige Tricks anwenden, dann – dann musst du es ihnen mit gleicher Münze heimzahlen.«

Wenn ich das nur könnte! »Willst du damit sagen, ich soll auch ihre Schuhe verstecken?«

Zozie warf mir einen ihrer vielsagenden Blicke zu. »Nein, ich meine nicht, dass du ihre Schuhe verstecken sollst!«

»Was dann?«

»Du weißt es ganz genau, Annie. Du hast es doch schon getan.«

Ich dachte an den Vorfall in der Schlange an der Bushaltestelle, an Suze und ihre Haare und was ich da gesagt hatte.

*Das war nicht ich. Das habe nicht ich gemacht.*

Aber dann fiel mir Lansquenet ein und die Spiele, die wir dort gespielt haben. Rosettes Unfälle. Pantoufle. Ich dachte daran, was Zozie im Tea-Shop gemacht hatte, ich dachte an die Farben und an das Dorf an der Loire, mit der kleinen Schule und dem Kriegerdenkmal, mit den Sandbänken im Fluss und den Anglern, ich dachte an das Café mit dem netten alten Paar und an – *wie* hieß es noch mal?

*Les Laveuses*, flüsterte die Schattenstimme in meinem Kopf.

»Les Laveuses«, sagte ich.

»Nanou, was ist los?«

Mir war auf einmal ganz schwindelig. Ich setzte mich auf einen Stuhl, den Rosette und Nico bemalt hatten, sie mit ihren kleinen Händen und er mit seinen großen.

Zozie musterte mich mit zusammengekniffenen Augen. Ihre Augen leuchteten ganz hell.

»Es gibt keine Magie«, sagte ich.

»Doch, gibt es, Nanou.«

Ich schüttelte den Kopf.

»Du weißt es genau«, sagte sie.

Und dann – nur einen Moment lang – wusste ich es. Es war aufregend, spannend – aber irgendwie war es auch beängstigend, wie wenn man an einer stürmischen Klippe einen schmalen Vorsprung entlanggeht, während unter einem der Ozean rauscht und tobt, und dazwischen ist nichts als der Abgrund.

Ich schaute sie an. »Ich kann nicht.«

»Warum nicht?«

Ich schrie: »Es war ein Unfall!« Meine Augen brannten, mein Herz hämmerte, und dann die ganze Zeit der Wind, der Wind –

»Okay, Nanou. Ist schon gut.« Sie nahm mich in die Arme, und ich schmiegte mein erhitztes Gesicht an ihre Schulter. »Du musst nichts tun, was du nicht tun willst. Ich kümmere mich um dich. Es wird cool.«

Und es tat so gut, mich mit geschlossenen Augen an ihre Schulter zu kuscheln, eingehüllt von süßem Schokoladenduft, und eine Weile glaubte ich ihr wirklich – dass es cool wird, dass Chantal und Co. mich in Ruhe lassen und dass überhaupt nichts Schlimmes passieren kann, wenn Zozie da ist.

Aber ich glaube, ich wusste, dass sie eines Tages auftauchen würden. Vielleicht hat Suze ihnen verraten, wo sie mich finden können – oder vielleicht habe ich es ihnen ja selbst erzählt, als ich noch gedacht habe, dann finde ich Freundinnen. Aber trotzdem war es ein Schock, als ich sie alle da stehen sah – sie hatten die Metro genommen und waren bestimmt die *Butte* hinaufgerannt, um vor mir da zu sein –

»Hallo, Annie.« Das war Nico, der gerade wegging, in Begleitung von Alice. »Da drin ist schwer was los – ich glaube, es sind ein paar von deinen Schulfreundinnen –«

Ich merkte, dass er ganz rot im Gesicht war. Er ist dick, klar, und wenn er sich zu viel bewegt, gerät er außer Atem, aber trotzdem wurde mir plötzlich ganz komisch, als ich ihn sah. Die Röte in seinen Farben und in seinem Gesicht sagte mir, dass etwas Schlimmes passieren würde.

Am liebsten hätte ich kehrtgemacht und wäre geflohen. Es war sowieso ein blöder Tag: Jean-Loup musste in der Mittagspause heimgehen, wegen irgendeinem Arzttermin, glaube ich. Außerdem hatte Chantal ständig auf mir herumgehackt, hatte gegrinst wie bekloppt und gesagt: *Na, wo ist dein Freund?*, und über Geld geredet und über die ganzen Geschenke, die sie zu Weihnachten bekommt.

Garantiert war es ihre Idee. Jedenfalls war sie auch da und wartete auf mich. Sie waren alle mit von der Partie: Lucie, Danielle, Chantal und Sandrine. Sie saßen mit vier Colagläsern um den Tisch herum und kicherten wie die Irren.

Ich musste hinein. Ich konnte mich nirgends verstecken, und außerdem – wer läuft schon davon? Ich murmelte leise *Ich bin toll*, aber ehrlich gesagt, ich fühlte mich alles andere als toll. Ich war müde, mein Mund war trocken, und mir war übel. Ich wollte mich vor den Fernseher hauen und mit Rosette irgendeine alberne Kindersendung gucken oder vielleicht ein Buch lesen.

Als ich eintrat, sagte Chantal gerade mit lauter Stimme: »Hast du gesehen, wie der aussieht? Wie ein Lastwagen –«

Sie tat ganz überrascht, als sie mich sah. Na, super.

»Ooooh, Annie! Wo ist denn dein Schatz?«

Die anderen gackerten begeistert.

»Oooh, wie nett.«

Ich zuckte die Achseln. »Wir sind befreundet.«

Zozie saß hinter der Theke und tat so, als würde sie gar nicht zuhören. Sie warf nur einen kurzen Blick auf Chantal, dann schaute sie mich fragend an – *Ist sie das?*

Ich nickte erleichtert. Keine Ahnung, was ich von ihr erwartete – vielleicht hoffte ich, sie würde die Besucherinnen einfach wegschicken oder dafür sorgen, dass sie ihre Getränke verschütteten, so wie bei der Kellnerin im Tea-Shop.

Deshalb war ich verblüfft, als sie, statt zu bleiben und mir zu helfen, aufstand und sagte: »Setz dich doch zu deinen Freundinnen. Ich bin hinten, falls du mich brauchst. Amüsiert euch gut. Okay?«

Und dann ging sie und zwinkerte mir noch zu, als würde sie denken, ich könnte mich tatsächlich amüsieren, wenn ich den Wölfen zum Fraß vorgeworfen wurde.

# 7

Dienstag, 27. November

Komisch, dass es ihr so schwerfällt, ihre Fähigkeiten zu akzeptieren. Man sollte doch denken, ein Kind von Vianne würde alles dafür geben, um das zu sein, was sie ist. Und die Verwendung des Wortes Unfall –

Vianne sagt das auch immer, wenn sie von unerwünschten oder unerklärlichen Dingen spricht. Als gäbe es so etwas wie Unfälle in unserer Welt, in der alles miteinander verbunden ist und sich alles auf mystische Weise berührt, wie die Seidenstränge eines Gobelins. Nichts ist je ein Unfall oder ein Zufall; niemand geht verloren. Und wir, die wir besonders sind – wir, die wir sehen können –, wir gehen durchs Leben und heben die Fäden auf, fügen sie zusammen, weben unsere eigenen kleinen Muster, am Rand des großen Bildes –

Wie toll ist das denn, Nanou? Wie fabelhaft und wie subversiv, wie schön, wie grandios? Möchtest du daran nicht teilhaben? Deine eigene Bestimmung finden in diesem Fadengewirr – es gestalten –, nicht zufällig, sondern planvoll?

Fünf Minuten später kam sie zu mir in die Küche. Sie war bleich vor unterdrücktem Zorn. Ich weiß, wie sich das anfühlt; ich kenne diese Übelkeit im Magen, diese Übelkeit in der Seele, dieses quälende Gefühl der Hoffnungslosigkeit.

»Du musst machen, dass sie gehen«, sagte sie. »Ich will nicht, dass sie noch hier sind, wenn Maman kommt.«

Was sie sagen wollte, war: *Ich will ihnen nicht noch mehr Munition liefern.*

Ich betrachtete sie voll Mitgefühl. »Sie sind Kunden. Was kann ich tun?«

Sie schaute mich an.

»Ich meine es ernst«, sagte ich. »Sie sind deine Freundinnen –«

»Sind sie nicht!«

»Ach so. Na, dann –« Ich tat so, als würde ich zögern. »Dann wäre es nicht unbedingt ein Unfall, wenn du und ich – ein bisschen eingreifen würden.«

Bei dem Gedanken flackerten ihre Farben auf. »Maman sagt, das ist gefährlich –«

»Maman hat wahrscheinlich ihre Gründe.«

»Was für Gründe?«

Ich zuckte die Achseln. »Tja, Nanou, Erwachsene halten manchmal Informationen vor ihren Kindern zurück, um sie zu beschützen. Und manchmal beschützen sie weniger das Kind als sich selbst vor den Konsequenzen dieses Wissens …«

Sie schien verdutzt. »Willst du sagen, sie hat mich angelogen?«

Es war riskant, das wusste ich. Aber ich bin im Lauf der Zeit schon einige Risiken eingegangen – und außerdem will sie verführt werden. Es gibt eine rebellische Seite in der Seele jedes braven Kindes, der Wunsch, selbst Autorität zu gewinnen und die kleinen Götter, die sich Eltern nennen, zu stürzen.

Annie seufzte. »Du verstehst das nicht.«

»Oh, doch, ich verstehe. Du hast Angst«, sagte ich. »Du hast Angst davor, anders zu sein. Du denkst, dadurch fällst du auf.«

Sie überlegte kurz.

»Das ist es nicht«, entgegnete sie schließlich.

»Was ist es dann?«, fragte ich.

Sie sah mich an. Hinter der Tür zum Laden hörte ich die schrillen Quietschstimmen von kleinen Mädchen, die nichts Gutes im Schilde führen.

Ich lächelte ihr so verständnisvoll zu, wie ich nur konnte. »Du weißt, sie werden dich niemals in Ruhe lassen. Sie wissen jetzt, wo du wohnst. Sie können jederzeit zurückkommen. Sie haben sich schon auf Nico gestürzt –«

Sie zuckte zusammen. Ich weiß, wie gern sie ihn hat.

»Möchtest du, dass sie jeden Nachmittag hierher kommen? Dass sie hier herumlungern, über dich lachen –«

»Maman würde dafür sorgen, dass sie gehen«, sagte sie, klang aber nicht gerade überzeugt.

»Und dann?«, sagte ich. »Ich kenne das. Bei meiner Mutter und mir war es genauso. Erst die kleinen Dinge, die Dinge, bei denen wir dachten, dass wir mit ihnen fertig würden – die Gemeinheiten, die Quälereien, die Diebstähle, das Graffiti auf den Fensterläden nachts. Mit so etwas kann man leben, wenn man muss. Es ist nicht angenehm, doch man kann damit leben. Aber es endet nie an diesem Punkt. Sie hören nicht auf. Hundekacke auf der Türschwelle, fiese Telefonanrufe mitten in der Nacht, Steine, die durch die Fensterscheibe geworfen werden, und dann gießt eines Tages jemand Benzin durch den Briefkastenschlitz in der Wohnungstür, und alles geht in Flammen auf ...«

Ich kenne mich aus. Schließlich wäre es fast passiert. Ein spiritueller Buchladen zieht Aufmerksamkeit auf sich, vor allem, wenn er sich nicht im Stadtzentrum befindet. Briefe an die lokale Zeitung, Flugblätter, die *Hallowe'en* verdammen, sogar eine kleine Demonstration direkt vor dem Laden, mit handgeschriebenen Plakaten und einer Handvoll Mitglieder der Kirchengemeinde, die, rechtschaffen wie sie sind, nur ein Ziel vor Augen haben: Sie wollen die Schließung unseres Ladens bewirken.

»Ist nicht genau das in Lansquenet passiert?«

»Lansquenet war etwas anderes.«

Ihr Blick wanderte unruhig zur Tür. Ich merkte, wie es in ihrem Inneren rumorte. Es würde nicht mehr lange dauern, das spürte ich an der elektrischen Spannung in der Luft.

»Tu's«, sagte ich.

Sie schaute mich an.

»Tu's. Ich verspreche dir, es gibt nichts, wovor du Angst haben müsstest.«

Ihre Augen leuchteten. »Maman sagt –«

»Eltern wissen auch nicht alles. Und früher oder später musst du sowieso lernen, für dich selbst die Verantwortung zu übernehmen. Komm. Sei kein Opfer, Nanou. Erlaube ihnen nicht, dich in die Flucht zu schlagen.«

Sie überlegte eine Weile, aber ich merkte, dass ich noch nicht ganz zu ihr durchgedrungen war.

»Es gibt Schlimmeres als weglaufen«, sagte sie.

»Sagt das deine Mutter? Hat sie deshalb ihren Namen geändert? Impft sie dir deshalb solche Angst ein? Warum erzählst du mir nicht, was in Les Laveuses passiert ist?«

Damit hatte ich schon eher ins Schwarze getroffen. Aber auch noch nicht ganz. Ihr Gesicht wurde trotzig, verschlossen, wie das bei jungen Mädchen gern geschieht – diese Miene, die sagt: *Red du nur, red du nur* –

Ich gab ihr einen Schubs. Einen minikleinen Schubs. Ließ meine Farben schillern, streckte die Hand nach dem Geheimnis aus – was immer es sein mochte –

Und dann sah ich, aber nur kurz, eine Abfolge von Bildern, wie Rauch über dem Wasser.

*Wasser. Genau, das ist es. Ein Fluss,* dachte ich. *Und eine silberne Katze, ein kleiner silberner Katzenanhänger* – beides beleuchtet von einer Halloween-Laterne. Ich griff noch einmal zu, bekam es beinah zu fassen – aber dann –

*BAM!*

Es war, als hätte ich mich an einen elektrischen Zaun gelehnt. Ein Stromstoß durchzuckte mich, warf mich zurück. Der Rauch lichtete sich, das Bild zersplitterte, jeder Nerv in meinem Körper schien aufgeladen. Ich spürte, dass es gänzlich ungeplant war – eine Entladung aufgestauter Energie, wie bei einem Kind, das mit dem Fuß aufstampft –, aber wenn ich in ihrem Alter auch nur die Hälfte dieser Kraft besessen hätte –

Annie schaute mich an, mit geballten Fäusten.

Ich lächelte ihr zu. »Du bist gut«, sagte ich.

Sie schüttelte den Kopf.

»Oh, doch. Du bist sogar sehr gut. Vielleicht besser als ich. Eine Gabe –«

»Ja, klar.« Sie sprach leise, angespannt. »Tolle Gabe. Mir wär's lieber, ich könnte tanzen. Oder malen.« In dem Moment fiel ihr etwas ein, der Schreck fuhr ihr sichtlich in die Glieder. »Aber du verrätst Maman nichts, versprochen?«

»Wieso sollte ich ihr etwas verraten?«, entgegnete ich. »Denkst du, du bist die Einzige, die ein Geheimnis für sich behalten kann?«

Sie studierte mein Gesicht.

Draußen hörte ich das Windspiel klimpern.

»Sie sind weg«, sagte Annie.

Sie hatte recht. Als ich in den Laden schaute, waren die Mädchen verschwunden. Zurück blieben nur die kreuz und quer stehenden Stühle, die halbleeren Coladosen und in der Luft ein Hauch von Kaugummi, Haarspray und dem süßlichen Duft von Jungmädchenschweiß.

»Sie kommen wieder«, murmelte ich.

»Vielleicht auch nicht«, entgegnete Annie.

»Falls du Hilfe brauchst –«

»Dann wende ich mich an dich«, sagte sie.

Ich wende mich an dich, ich wende mich an dich! Was bin ich, eine gute Fee?

Ich suchte natürlich nach Les Laveuses. Zuerst im Internet. Ich fand nichts, nicht einmal eine Informationsseite für Touristen. Nirgends ein Hinweis auf ein Fest oder eine *Chocolaterie*. Weitere Nachforschungen führten mich zu einer Crêperie, aber auch sie wurde nur ein einziges Mal erwähnt, und zwar in einer Food-Zeitschrift. Die Besitzerin: eine Witwe namens Françoise Simon.

Könnte es sein, dass sie Vianne war, unter anderem Namen? Die Möglichkeit konnte ich nicht ausschließen. Allerdings wurde die Frau im Artikel selbst überhaupt nicht erwähnt. Aber nach einem einzigen Anruf hatte die Spur sich erledigt. Françoise war selbst am Apparat. Sie klang brüchig und misstrauisch, die Stimme einer Frau von mindestens siebzig. Ich gab mich als Journalistin aus. Sie sagte, sie habe noch nie von einer Vianne Rocher gehört. Yanne Charbonneau? Auch nicht. Auf Wiederhören.

Les Laveuses ist eine winzige Ortschaft, nicht mal ein richtiges Dorf, wenn ich es korrekt sehe. Eine Kirche, ein paar Läden, die Crêperie, das Café, das Kriegerdenkmal. Die Umgebung besteht aus Feldern und Wiesen. Sonnenblumen, Mais, Obstbäume. Der Fluss fließt nebenher, wie ein langer brauner Hund. Ein Nirgendwo, jedenfalls denkt man das – aber da in meinem Hinterkopf meldet sich etwas. Irgendein Erinnerungsleuchten – eine kurze Meldung in den Nachrichten –

Ich ging in die Bibliothek, fragte nach dem Archiv. Sie haben sämtliche Exemplare der Zeitschrift *Ouest-France*, auf CD und Mikrofilm. Ich habe gestern Abend um sechs angefangen. Zwei Stunden lang habe ich gesucht. Morgen mache ich das wieder – und wieder, immer wieder –, bis ich etwas finde. Dieser Ort ist der Schlüssel – Les Laveuses an der Loire. Und wer weiß, welche Türen ich aufschließen kann, wenn ich erst den Schlüssel habe.

Meine Gedanken wandern oft zu Annie. Ich wende mich an dich, hat sie gestern gesagt. Aber damit man sich an jemanden wendet und ihn um Hilfe bittet, muss man den Leidensdruck erst einmal spüren – und dafür braucht es mehr als die kleinen Sticheleien in der Schule. Etwas, das sie alle Vorsichtsmaßnahmen beiseite schieben lässt, so dass sie beide bei ihrer Freundin Zozie Zuflucht suchen.

Ich weiß, wovor sie Angst haben.

Aber was brauchen sie?

Als ich heute Nachmittag allein im Laden war, während Vianne mit Rosette einen Spaziergang machte, ging ich nach oben, um ihre Sachen zu durchsuchen. Ich wollte nichts stehlen, nein, was ich tat, ging viel weiter. Wie sich zeigte, hat sie nicht viel; eine Garderobe, die noch elementarer ist als meine eigene, ein gerahmtes Bild an der Wand (vermutlich von einem Flohmarkt), ein Quilt als Bettdecke (selbst gemacht, würde ich denken), drei Paar Schuhe, alle schwarz – wie langweilig ist das denn? Doch schließlich, ganz hinten im Schrank, der Volltreffer: eine Holzkiste, so groß wie ein Schuhkarton, mit allem möglichen Krimskrams.

Nicht, dass Vianne Rocher das so sehen würde. Ich bin auch daran gewöhnt, aus Kisten und Taschen leben zu müssen, und ich weiß, dass solche Menschen kein Moos ansetzen wollen. Die Sachen in Viannes Holzkiste sind die Puzzleteile ihres Lebens, Dinge, die sie nicht zurücklassen konnte: ihre Vergangenheit, ihr Leben, die Geheimnisse ihres Herzens.

Ich öffnete die Kiste. Sehr, sehr vorsichtig. Vianne ist eine Geheimniskrämerin, und das macht sie misstrauisch. Sie weiß bestimmt genau, wo und wie alles darin geordnet ist, alles hat seinen festen Platz, jeder Zettel, jeder Gegenstand, jeder Faden, jeder Schnipsel, jede Staubfluse. Sie merkt sofort, wenn etwas berührt wurde, aber ich habe ein erstklassiges visuelles Gedächtnis und werde nichts durcheinanderbringen.

Die Geheimnisse kommen ans Tageslicht, eins nach dem anderen. Vianne Rocher in Kurzversion. Zuerst die Tarotkarten – nichts Besonderes, einfach die Marseille-Version, aber häufig benutzt und vergilbt vom Alter.

Darunter befinden sich die Dokumente – Pässe auf den Namen Vianne Rocher, eine Geburtsurkunde für Anouk, mit demselben Nachnamen. Also ist aus Anouk Annie geworden, dachte ich, so wie Vianne zu Yanne wurde. Keine Papiere für Rosette, was seltsam ist, dafür ein abgelaufener Pass mit dem Namen Jeanne Rocher, der vermutlich Viannes Mutter gehörte. An dem Foto kann man erkennen, dass sie Vianne nicht besonders ähnlich sieht – aber Anouk sieht ja auch nicht aus wie Rosette. Ein verblasstes Band, an dem ein Glücksbringer in Form einer Katze hängt. Dann kommen verschiedene Fotos – insgesamt nicht mal ein Dutzend. Auf ihnen erkenne ich eine jüngere Anouk, eine jüngere Vianne, eine jüngere Jeanne in Schwarzweiß. Alle sorgfältig mit einer Schleife zusammengebunden, samt ein paar alten Briefen und mehreren Zeitungsartikeln. Behutsam blättere ich die Sachen durch, achte auf die vergilbten Ränder und Knicke – ah, da ist ein Bericht aus einer Lokalzeitung über das Schokoladenfest in Lansquenet-sous-Tannes, ähnlich wie die Artikel, die ich schon gelesen habe, nur das Foto ist größer, man sieht Vianne mit zwei anderen Personen – mit einem Mann und einer Frau. Die Frau hat lange Haare und trägt eine Art Umhang mit Schottenkaros, der Mann lächelt unbehaglich in die Kamera. Freunde vielleicht? Im Artikel werden keine Namen genannt.

Dann ein Ausschnitt aus einer Pariser Zeitung, mürbe und braun wie ein totes Blatt. Ich habe Angst, ihn zu entfalten, aber ich kann sehen, dass es darin um ein kleines Kind geht, das verschwunden ist, um eine gewisse Sylviane Caillou – sie wurde vor gut dreißig Jahren aus ihrem Buggy gestohlen. Als Nächstes ein etwas neuerer Zeitungsausschnitt, ein Bericht über einen seltsamen Tornado in Les Laveuses, dem winzigen Dorf an der Loire. Ziemlich trivial alles, würde man denken, aber für Vianne Rocher offenbar so wichtig, dass sie diese Artikel die ganze Zeit mit sich herumschleppt, bis hierher, und sie jetzt in dieser kleinen Kiste aufbewahrt – die sie schon länger nicht mehr hervorgeholt hat, wie ich aus der Staubschicht schließen kann.

Das sind also deine Geister, Vianne Rocher. Komisch – sie wirken so bescheiden. Meine eigenen Geister sind da schon eindrücklicher, aber ich halte Bescheidenheit sowieso für eine sehr zweitklassige Tugend. Du hättest viel mehr erreichen können, Vianne. Aber mit meiner Hilfe gelingt dir das vielleicht noch.

Gestern Abend habe ich mich dann an meinen Laptop gesetzt, mir einen Kaffee gemacht, in die Neonlichter draußen gestarrt und immer und immer wieder die Fragen in meinem Kopf herumgedreht. Nichts Neues über Les Laveuses, nichts Neues über Lansquenet. Allmählich komme ich fast zu der Überzeugung, dass Vianne Rocher eine so wenig greifbare Person ist wie ich selbst, eine Schiffbrüchige, die am Felsen von Montmartre gestrandet ist, ohne Vergangenheit, unergründlich.

Was natürlich absurd ist. Nichts und niemand ist unergründlich. Aber nachdem nun alle direkten Mittel der Nachforschung ausgeschöpft waren, blieb mir nur noch ein Weg, und der Gedanke daran hielt mich lange wach.

Es ist nicht so, dass ich Angst habe. Aber diese Methoden sind oft unzuverlässig und werfen mehr Fragen auf, als sie Antworten bringen – und wenn Vianne Verdacht schöpft, sind sämtliche Chancen, näher an sie heranzukommen, verspielt.

Trotzdem – Risiken einzugehen gehört dazu. Es ist lange her, dass ich es das letzte Mal mit Hellseherei versucht habe – mein System basiert auf praktischen Verfahren und nicht auf Glocke, Buch und Kerze, und in neun von zehn Fällen finde ich im Internet die Antwort wesentlich schneller. Aber jetzt ist ein wenig Kreativität gefragt.

Eine Prise Kaktuswurzel, getrocknet, pulverisiert und in heißes Wasser geschüttet, hilft, um in den richtigen Gemütszustand zu kommen. Das ist *Pulque*, das göttliche Rauschmittel der Azteken, etwas abgewandelt für meine privaten Zwecke. Dann kommt das Zeichen des Rauchenden Spiegels, vor mir in den Staub auf dem Fußboden gezeichnet. Ich setze mich im Schneidersitz hin, den Laptop vor mir, stelle den Bildschirmschoner auf ein entsprechend abstraktes Bild und warte auf Erleuchtung.

Meine Mutter hätte das niemals gebilligt. Um die Zukunft zu sehen, fand sie die traditionelle Kristallkugel wesentlich besser, obwohl sie zur Not auch mit den billigeren Alternativen vorlieb genommen hätte – mit magischen Spiegeln oder Tarotkarten. Was nicht weiter verwunderlich ist, weil sie diese Sachen ja in ihrem Laden hatte – und falls ihr irgendeins dieser Mittel je eine echte Offenbarung schenkte, dann habe ich davon jedenfalls nie etwas erfahren.

Es gibt zum Thema Hellsehen mehrere Populärmythen. Erstens, dass man dafür spezielle Gegenstände braucht. Stimmt nicht. Es kann genügen, dass man die Augen schließt; wobei ich allerdings die fragmentierten Muster meines Bildschirmschoners vorziehe. Es ist nur ein System unter anderen, ein Mittel, um die analytische linke Hälfte des Gehirns mit trivialem Kram beschäftigt zu halten, während die kreative rechte Seite nach Hinweisen sucht.

Dann –

Sich einfach treiben lassen.

Das ist ein ziemlich angenehmer Zustand, der sich noch steigert, wenn die Wirkung der Droge einsetzt. Am Anfang ist es ein leise entrücktes Gefühl, die Luft um mich herum öffnet sich, und obwohl ich die Augen nicht vom Bildschirm nehme, merke ich, dass sich der Raum viel größer anfühlt als sonst, dass die Wände zurückweichen, sich wölben, sich aufblähen –

Ich atme tief und regelmäßig und denke an Vianne.

Ihr Gesicht auf dem Bildschirm vor mir, sepiabraun, wie ein altes Zeitungsfoto. Um mich herum ein Kreis aus Lichtern, die ich aus dem Augenwinkel sehe. Sie ziehen mich an, wie Leuchtkäfer.

*Was ist dein Geheimnis, Vianne?*
*Was ist dein Geheimnis, Anouk?*
*Was braucht ihr?*

Der rauchende Spiegel beginnt zu schimmern. Vielleicht kommt das von der Droge. Eine visuelle Metapher, die Wirklichkeit wird. Ein Gesicht erscheint auf dem Bildschirm vor mir. Anouk, klar und deutlich wie eine Fotografie. Dann Rosette, mit einem Pinsel in der Hand. Eine verblasste Ansichtskarte der Rhône. Ein silbernes Armkettchen, viel zu klein für einen Erwachsenen, ein Kettchen, an dem ein Glücksbringer in Form einer Katze hängt.

Jetzt kommt ein Windstoß, Beifall schwillt auf, das Rauschen unsichtbarer Flügel. Ich spüre, dass ich mich etwas Wichtigem nähere. Und nun kann ich es sehen – es ist der Rumpf eines Bootes. Eines langen, langsamen Bootes. Langsamer geht's kaum. Und eine handschriftliche Zeile, schnell hingekritzelt –

*Wer?*, frage ich. *Wer, verdammt noch mal?*

Der Bildschirm gibt keine Antwort. Nur Rauschen, das Zischen und Brummen der Motoren unter der Wasseroberfläche, und dann gehen die Geräusche allmählich wieder über in das leise, dumpfe Surren des Laptops, in das Flirren des Bildschirmschoners, in die beginnenden Kopfschmerzen.

*Wirrwarr. Wirrwarr.*

Wie gesagt, diese Methode ist oft nicht besonders produktiv.

Trotzdem habe ich etwas erfahren, glaube ich. Jemand ist unterwegs hierher. Kommt immer näher. Jemand aus der Vergangenheit. Jemand, der Schwierigkeiten mit sich bringt.

Noch ein Schlag dürfte reichen, Vianne. Noch eine Schwachstelle muss ich finden. Dann wird die *Piñata* ihren Inhalt freigeben, ihre Schätze und Geheimnisse. Und Vianne Rochers Leben wird endlich mir gehören – und natürlich auch ihr hochbegabtes Kind.

# 8

Mittwoch, 28. November

Das erste Leben, das ich gestohlen habe, gehörte meiner Mutter. Man vergisst nie den ersten Diebstahl, auch wenn er noch so mühselig und ungeschickt war. Natürlich habe ich das, was ich getan habe, damals nicht als Diebstahl betrachtet; aber ich musste weg, der Pass meiner Mutter lag unbenutzt herum, ihre Ersparnisse vermoderten auf der Bank, und außerdem war sie so gut wie tot –

Ich war noch nicht mal siebzehn. Ich konnte älter aussehen – was ich oft tat – oder auch jünger, wenn nötig. Die Leute sehen selten, was sie zu sehen glauben. Sie sehen nur, was wir wollen, dass sie sehen – Schönheit, Alter, Jugend, Intelligenz, sogar Vergesslichkeit, wenn es sein muss –, und diese Kunst beherrschte ich fast bis zur Perfektion.

Ich nahm die Fähre nach Frankreich. Die Beamten warfen kaum einen Blick auf meinen gestohlenen Pass. So hatte ich es geplant. Ein bisschen Make-up, eine andere Frisur und der Mantel meiner Mutter vollendeten die Illusion. Der Rest spielte sich nur in den Köpfen ab, wie man so schön sagt.

Natürlich waren die Sicherheitskontrollen damals noch ziemlich locker. Ich überquerte den Kanal mit nichts als mit einem Sarg und einem Paar Schuhe – die ersten beiden Glücksbringer an meinem Armband –, und schon war ich drüben auf der anderen Seite. Ich sprach so gut wie kein Französisch und hatte kein Geld, außer den sechstausend Pfund, die ich vom Konto meiner Mutter abgehoben hatte.

Ich betrachtete das Ganze als Herausforderung. Ich fand einen

Job in einer kleinen Textilfabrik am Rand von Paris und teilte mir ein Zimmer mit einer Arbeitskollegin, mit Martine Matthieu aus Ghana. Sie war vierundzwanzig und wartete auf ihre sechsmonatige Arbeitserlaubnis. Ich sagte, ich sei zweiundzwanzig und Portugiesin. Sie glaubte mir – oder jedenfalls dachte ich das. Sie war nett; ich war allein. Ich vertraute ihr und wurde leichtsinnig. Das war ein Fehler. Martine war neugierig, sie durchwühlte meine Sachen und entdeckte die Papiere meiner Mutter, die ich in der untersten Schublade versteckt hatte. Ich weiß nicht, warum ich sie überhaupt behalten habe. Fahrlässigkeit, vielleicht. Oder einfach Faulheit. Oder völlig unangebrachte Nostalgie? Ich hatte nicht vorgehabt, diese Identität noch einmal zu verwenden. Sie war zu eng mit St. Michael's-on-the-Green verbunden – und es war wirklich großes Pech, dass Martine sich an den Fall erinnerte, weil sie in irgendeiner Zeitung darüber gelesen hatte, und das Foto mit mir in Verbindung brachte.

Ich war noch jung, das darf man nicht vergessen. Schon der Gedanke, die Polizei könnte kommen, genügte, um mich in Panik zu versetzen. Martine wusste das genau und nützte es aus. Sie verlangte mein halbes Wochengehalt. Das war Erpressung, nichts anderes. Ich ließ mich darauf ein – was blieb mir anderes übrig?

Klar, ich hätte weglaufen können. Aber schon damals war ich stur. Und vor allem wollte ich mich rächen. Also gab ich Martine jede Woche das Geld, war zahm und unterwürfig, ertrug geduldig ihre Launen, machte ihr Bett, kochte für sie und wartete auf den richtigen Augenblick. Als dann endlich ihre Arbeitserlaubnis kam, meldete ich mich krank und räumte in ihrer Abwesenheit alles aus der Wohnung, was ich irgendwie brauchen konnte (inklusive Geld und Pass), bevor ich sie, die Fabrik (und meine Kollegen) bei den Behörden verpfiff.

Martine verschaffte mir den dritten Glücksbringer, den ich an mein Armband hängen konnte. Einen silbernen Anhänger in Form einer Sonnenscheibe. Das war der Anfang einer Sammlung, und für jedes Leben, das ich seither übernommen habe, fügte ich einen neuen Klunker hinzu. Diese kleine Eitelkeit gestatte ich mir – zur Erinnerung daran, wie weit ich es schon gebracht habe.

Selbstverständlich verbrannte ich den Pass meiner Mutter. Ganz abgesehen von den unerfreulichen Erinnerungen, die ich mit ihm verband, wäre es viel zu gefährlich gewesen, ihn zu behalten. Aber insgesamt war es mein erster richtiger Erfolg, und wenn ich irgendetwas daraus gelernt habe, dann Folgendes: Für Nostalgie ist kein Platz, wenn Leben auf dem Spiel stehen.

Seither haben ihre Geister mich vergeblich verfolgt. Geister können sich nur in geraden Linien fortbewegen (jedenfalls glauben das die Chinesen), und schon deshalb ist die *Butte de Montmartre* der ideale Zufluchtsort, mit ihren Stufen und Treppen und den engen, gewundenen Straßen, in denen sich kein Phantom zurechtfindet.

Das hoffe ich wenigstens. Gestern Abend war wieder einmal ein Foto von Françoise Lavery in der Zeitung. Das Bild war irgendwie bearbeitet worden, denn es war weniger körnig, aber mit Zozie de l'Alba hatte es trotzdem nicht die geringste Ähnlichkeit.

Die Untersuchungen haben allerdings inzwischen ergeben, dass die »richtige« Françoise irgendwann vergangenes Jahr gestorben ist, unter etwas zweifelhaften Umständen. Nach dem Tod ihres Ehemannes war sie klinisch depressiv und starb an einer Überdosis, die man für ein Versehen hielt, aber es konnte natürlich auch etwas anderes dahinterstecken. Ihre Nachbarin, eine junge Frau namens Paulette Yatoff, verschwand gleich nach Françoise' Tod und war längst weg, als man herausfand, dass die beiden Frauen sich gut gekannt hatten.

Tja, so ist es eben. Manchen Menschen ist einfach nicht zu helfen. Und ehrlich gesagt, ich hätte mehr von ihr erwartet. Diese mausgrauen Typen besitzen oft eine enorme innere Stärke – was in ihrem Fall leider nicht zutraf. Arme Françoise.

Sie fehlt mir nicht. Ich bin gern Zozie. Alle mögen Zozie – sie ist so ganz sie selbst, und es ist ihr egal, was die anderen denken. Und wenn man in der Metro direkt neben ihr sitzt, käme man niemals auf die Idee, dass sie Ähnlichkeit mit Françoise Lavery hat.

Trotzdem habe ich mir die Haare gefärbt, um auf Nummer sicher zu gehen. Schwarz steht mir sowieso. Mit schwarzen Haaren sehe ich französisch aus – oder vielleicht auch italienisch –, mein Teint bekommt diesen Perlmuttglanz, und meine Augenfarbe wird betont. Das passt gut zu der Person, die ich jetzt bin – und es schadet auch nichts, dass es den Männern gefällt.

Als ich an einem regnerischen Tag an den Malern vorbeiging, die sich auf der Place du Tertre unter ihren Regenschirmen verkrochen hatten, winkte ich Jean-Louis zu, der mich auf seine übliche Art begrüßte.

»Hallo, du bist es!«

»Du gibst nie auf, was?«, antwortete ich.

Er grinste. »Du etwa? Du siehst hinreißend aus heute. Wie wär's mit 'nem schnellen Profil? Es würde sich auf der Wand von deiner *Chocolaterie* gut machen.«

»Erstens ist es nicht *meine Chocolaterie*«, erwiderte ich lachend. »Und zweitens – vielleicht lasse ich mich ja wirklich mal von dir zeichnen – aber nur, wenn du meine Schokolade versuchst.«

Tja, das war das, wie Anouk sagen würde. Noch ein Sieg für die *Chocolaterie*. Jean-Louis und Paupaul kamen beide, bestellten sich eine Schokolade und blieben eine Stunde. Jean-Louis porträtierte in dieser Zeit nicht nur mich, sondern noch zwei andere junge Damen – eine Kundin, die hereinkam, um Trüffel zu kaufen, und die sofort seinen Schmeicheleien erlag, und dann noch Alice, weil Nico spontan ein Bild von ihr in Auftrag gab, als er seine übliche Ration Makronen erstand.

»Habt ihr hier noch irgendwo ein Zimmer für einen Maler?«, fragte Jean-Louis, als er sich verabschiedete. »Dieser Laden ist der Wahnsinn. Er ist völlig anders als vorher –«

Ich lächelte ihm zu. »Freut mich, dass es dir gefällt, Jean-Louis. Hoffentlich geht es allen Leuten so.«

Selbstverständlich habe ich nicht vergessen, dass Thierry am Samstag zurückkommt. Ich befürchte, er wird auf sehr grundlegende Veränderungen stoßen – der arme, romantische Thierry, mit seinem Geld und seinem rührend veralteten Frauenbild.

Es ist das Waisenkind in Vianne, das ihn anzieht, muss man wissen. Die tapfere junge Witwe, die ganz alleine kämpft. Die kämpft –

aber ohne Erfolg. Die eigensinnig ist, aber im Grunde doch extrem verletzlich. Aschenputtel, die auf den Prinzen wartet.

Diese Eigenschaften sind es, die er an ihr liebt. Er bildet sich ein, dass er sie retten muss – wovor eigentlich? Weiß er das überhaupt? Er selbst würde das natürlich nicht so formulieren, er würde es auch niemals zugeben, nicht einmal sich selbst gegenüber. Aber es ist in seinen Farben: ein enormes Selbstvertrauen, ein gutmütiger, unerschütterlicher Glaube an die geballte Kraft seines Geldes und seines Charmes – und Vianne deutet das irrtümlicherweise als Bescheidenheit.

Ich bin gespannt auf seine Reaktion, wenn er sieht, dass die *Chocolaterie* ein Erfolg ist.

Hoffentlich ist er nicht enttäuscht.

# 9

Samstag, 1. Dezember

SMS von Thierry, gestern Abend.
*Habe 100 Kamine gesehen, keiner wärmt mein Herz.*
*Kann es sein, dass ich dich vermisse?*
*Bis morgen,*
*in Liebe Txx*

Heute regnet es. Ein feiner, gespenstischer Regen, der sich am Rand der *Butte* in diesigen Nebel verwandelt. *Le Rocher de Montmartre* sieht aus wie aus einem Märchen und wirft einen hellen Schein in die stillen, nassen Straßen hinaus. Der Umsatz heute übertraf alle Erwartungen, mehr als ein Dutzend Kunden an einem einzigen Vormittag, die meisten Gelegenheitskunden, aber auch ein paar unserer Stammgäste.

Es ging alles so schnell, es sind noch nicht mal zwei Wochen, aber die Veränderung ist überwältigend. Vielleicht ist es ja nur die neue Aufmachung des Ladens. Oder der Geruch schmelzender Schokolade. Oder das Schaufenster, das alle Blicke auf sich zieht.

Auf jeden Fall hat sich unsere Kundschaft vervielfacht, zu uns kommen Leute aus der Gegend genauso wie Touristen, und was für mich zuerst nur eine Ablenkung war, um in Übung zu bleiben, ist jetzt eine ernsthafte Arbeit geworden. Zozie und ich haben alle Hände voll zu tun, um die wachsende Nachfrage nach meinen selbst gemachten Pralinen zu befriedigen.

Heute haben wir fast vierzig Schachteln gefüllt. Fünfzehn mit Trüffeln (die immer noch sehr gut gehen), aber auch Kokosecken,

Sauerkirsch-*Bâtons*, Bitterorangeat, Veilchenpralinen und mindestens hundert *Lunes de miel*, diese kleinen Schokotaler, auf denen das Gesicht des zunehmenden Mondes in Weiß auf die dunkle Oberfläche gespritzt wird.

Es macht so viel Spaß, eine Schachtel zu packen; die Pralinen gewissenhaft auszuwählen, zu sehen, wie sie zwischen den Falten des knisternden maulbeerfarbenen Papiers liegen, sich über die Form der Schachtel Gedanken zu machen – herzförmig oder rund oder quadratisch? –, die verschiedenen Aromen von Sahne, Karamell, Vanille und dunklem Rum einzuatmen, das Band und die Schleife auszuwählen, sich für eine Verpackung zu entscheiden, Papierblumen oder -herzen dazuzugeben, dem seidigen Rascheln des Reispapiers nachzulauschen …

Das alles hat mir seit Rosettes Geburt so gefehlt. Die Hitze der Kupfertöpfe auf dem Herd. Der Geruch der schmelzenden Kuvertüre. Die Keramikformen, die mir so vertraut sind wie der Weihnachtsschmuck, der in einer Familie von Generation zu Generation weitergereicht wird. Stern, Viereck, Kreis. Jeder Gegenstand hat seine Bedeutung, jede Bewegung, so oft wiederholt, birgt eine Welt voller Erinnerungen.

Ich besitze keine Fotos. Keine Alben, keine Andenken, außer den paar Dingen in der Kiste meiner Mutter: die Karten, die Zeitungsartikel, der kleine Katzen-Glücksbringer. Meine Erinnerungen werden anderswo aufbewahrt. Ich kenne jeden Riss, jeden Kratzer an den Holzlöffeln oder an den Kupfertöpfen. Den Löffel mit der flachen Seite mag ich am liebsten, Roux hat ihn aus einem Stück Holz geschnitzt, und er passt genau in meine Hand. Und der rote Spachtel, er ist aus Plastik, aber ich habe ihn seit meiner Kindheit, war ein Geschenk von einem Gemüsehändler in Prag. In dem kleinen Emailletopf mit dem abgestoßenen Rand habe ich immer für Anouk die Schokolade zubereitet, als wir dieses Ritual noch zweimal am Tag vollführten und es genauso wenig vergessen durften wie Priester Reynaud seine Messe.

Die Platte, die ich fürs Abkühlen verwende, hat überall kleine Macken. Ich kann sie besser deuten als die Linien in meiner eigenen Hand, aber ich lasse es lieber bleiben. Ich möchte die Zukunft nicht sehen. Die Gegenwart ist mehr als genug.

»Ist die *Chocolatière* zu Hause?«

Thierrys Stimme ist unverkennbar. Laut und gutmütig. Ich hörte ihn in der Küche (ich machte gerade Likörpralinen, die kompliziertste meiner Spezialitäten). Das Windspiel klimperte, energische Schritte, ... dann Stille, während er sich umschaute.

Ich kam aus der Küche, wischte mir die mit geschmolzener Schokolade verschmierten Finger an der Schürze ab.

»Thierry!«, rief ich und umarmte ihn, streckte dabei aber die Hände möglichst weit weg, um seinen Anzug nicht zu beschmutzen.

Er grinste. »Mein Gott! Du hast ja komplett renoviert.«

»Gefällt es dir?«

»Es ist so anders.« Vielleicht habe ich es mir ja nur eingebildet, aber ich glaubte, einen missbilligenden Unterton in seiner Stimme zu hören. Er betrachtete die hellen Wände, die mit Schablonen aufgetragenen Muster, die mit den Händen bemalten Möbel, die alten Sessel, die Schokoladenkanne und die Tassen auf dem dreibeinigen Tisch und die Schaufensterdekoration mit Zozies roten Schuhen zwischen den Bergen aus Schokoschätzen. »Es sieht aus wie –« Er unterbrach sich, und ich folgte der Bewegung seiner Augen: ein kurzer Kontrollblick zu meiner Hand. Sein Mund wurde ein bisschen verkniffen, so wie immer, wenn ihm etwas nicht passt. Aber seine Stimme war freundlich, als er sagte: »Es sieht großartig aus. Du hast wirklich ein Wunder vollbracht.«

»Schokolade?«, fragte Zozie und goss eine Tasse ein.

»Ich, nein danke, ach, eine Tasse.«

Sie reichte ihm eine Espressotasse, mit einer Trüffel. »Das ist eins unserer Sonderangebote«, erklärte sie lächelnd.

Er schaute sich noch einmal um: die gestapelten Kartons, die Glasschälchen, Fondants, Bänder, Röschen, Knusperkekse, Veilchenpralinen, die weißen Mokkataler, dunklen Rumtrüffel, Chiliecken. Zitronenparfait und Kaffeekuchen auf der Theke. Man konnte ihm seine Fassungslosigkeit ansehen.

»Hast du das alles gemacht?«, fragte er schließlich.

»Tu nicht so verwundert«, sagte ich.

»Na ja, für Weihnachten, nehme ich an.« Er runzelte die Stirn, als er auf das Preisschild auf einer Schachtel mit Chiliecken sah. »Heißt das, die Leute kaufen die Sachen tatsächlich?«

»Jeden Tag«, verkündete ich mit einem Lächeln.

»Das hat dich bestimmt ein Vermögen gekostet«, sagte er. »Die ganzen Renovierungsarbeiten –«

»Wir haben alles selbst gemacht. Alle miteinander.«

»Na, das ist ja toll. Ihr habt hart gearbeitet.« Er nippte an seiner Schokolade, und wieder sah ich, dass er den Mund verzog.

»Du musst die Schokolade nicht trinken, wenn sie dir nicht schmeckt«, sagte ich, bemüht, nicht ungeduldig zu klingen. »Ich mache dir gern einen Kaffee, wenn dir das lieber ist.«

»Nein, die Schokolade schmeckt ausgezeichnet.« Er trank noch ein Minischlückchen. Er ist ein miserabler Lügner. Eigentlich müsste ich mich über seine Ehrlichkeit freuen, ich weiß, aber irgendwie fühlte ich einen unangenehmen Stich. Er ist so verletzlich unter seiner Selbstsicherheit, und er hat keine Ahnung, was der Wind alles kann.

»Ich bin nur überrascht, mehr nicht«, sagte er. »Irgendwie ist alles ganz anders als vorher, so plötzlich, quasi über Nacht.«

»Nicht alles«, sagte ich und lächelte wieder.

Mir fiel auf, dass Thierry mein Lächeln nicht erwiderte.

»Wie war London? Was hast du gemacht?«

»Ich habe mich mit Sarah getroffen und ihr von der Hochzeit erzählt. Und ich habe dich wie verrückt vermisst.«

Ich lächelte. »Und Alan, dein Sohn?«

Jetzt lächelte er endlich auch. Er lächelt immer, wenn ich seinen Sohn erwähne, obwohl er von sich aus selten über ihn spricht. Ich frage mich oft, wie gut sie tatsächlich miteinander auskommen. Thierrys Lächeln gerät immer ein bisschen zu breit. Aber wenn Alan auch nur ein bisschen nach seinem Vater kommt, dann kann es ja sein, dass sie sich zu ähnlich sind und deswegen keine Freunde sein können.

Ich merkte, dass er seine Trüffel nicht aß.

Als ich ihn darauf aufmerksam machte, wurde er verlegen. »Du kennst mich doch, Yanne. Süßigkeiten sind nicht mein Ding.« Und er schenkte mir wieder dieses breite, dynamische Lächeln, das gleiche, das er aufsetzt, wenn er von seinem Sohn spricht. Eigentlich ist es sehr lustig – Thierry isst nämlich wahnsinnig gern Süßigkeiten, aber er schämt sich deswegen, als würde es an seiner Männlichkeit kratzen, wenn er zugibt, dass er Milchschokolade liebt. Meine Trüffel sind zu dunkel, zu sahnig, und der bittere Geschmack ist ihm fremd.

Ich gab ihm Milchschokolade.

»Nimm schon«, sagte ich. »Ich kann Gedanken lesen.«

Genau in dem Moment kam Anouk herein, aus dem Regen, zerzaust und nach feuchtem Laub riechend, eine Papiertüte mit heißen Kastanien in der Hand. In den letzten Tagen steht vor Sacré Cœur ein Maronenverkäufer, und immer, wenn sie dort vorbeikommt, kauft sich Anouk eine Portion. Sie war strahlender Laune. In ihrem roten Mantel und der grünen Hose sah sie aus wie eine Christbaumdekoration, und in ihren Locken glitzerten Regentropfen.

»Hallo, *jeune fille*!«, rief Thierry. »Wo hast du dich denn herumgetrieben? Du bist ja völlig durchnässt!«

Anouk musterte ihn mit einem ihrer Erwachsenenblicke. »Ich war mit Jean-Loup auf dem Friedhof. Und ich bin nicht völlig durchnässt. Das hier ist ein Anorak. Er schützt gegen den Regen.«

Thierry lachte. »Die Nekropolis. Du weißt, was Nekropolis bedeutet, Annie?«

»Ja, klar. Stadt der Toten.« Anouks Wortschatz, der schon immer sehr differenziert war, hat sich durch den Kontakt mit Jean-Loup Rimbault noch verbessert.

Thierry machte ein komisches Gesicht. »Ist ein Friedhof nicht ein bisschen makaber? Wie kann man da mit Freunden herumhängen?«

»Jean-Loup hat die Friedhofskatzen fotografiert.«

»Tatsächlich?«, sagte er und fügte dann, an mich gewandt, hinzu: »Na ja, falls du dich losreißen kannst – ich habe im *La Maison Rose* einen Tisch reserviert, fürs Mittagessen –«

»Mittagessen? Aber der Laden –«

»Ich werde die Stellung halten«, verkündete Zozie. »Macht euch einen schönen Nachmittag.«

»Annie? Bist du so weit?«, fragte Thierry.

Ich sah, wie Anouk ihn anschaute. Nicht direkt verächtlich, aber doch ziemlich ablehnend. Das überrascht mich nicht besonders. Thierry meint es gut, aber er hat eine etwas altmodische Vorstellung von Kindern, und Anouk spürt bestimmt, dass er manches an ihr nicht so recht billigen kann. Zum Beispiel, wenn sie mit Jean-Loup im Regen herumrennt, sich stundenlang mit ihm auf dem alten Friedhof herumtreibt (wo sich die Stadtstreicher und andere zwielichtige Gestalten versammeln) oder mit Rosette laute Spiele veranstaltet.

»Vielleicht könntest du ein Kleid anziehen«, sagte er.

Anouks Widerstand wurde stärker. »Ich mag das, was ich jetzt anhabe.«

Ich auch, ehrlich gesagt. In einer Stadt, in der elegante Konformität der Maßstab ist, wagt es Anouk, sich fantasievoll zu kleiden. Vielleicht ist das Zozies Einfluss; aber die grellen Farben, die sie trägt und die sich oft beißen, und ihre neueste Angewohnheit, die Sachen individuell zu gestalten – mit einer Schleife, einer Brosche, einem Stück Borte –, verleiht allem etwas Übermütiges, was ich seit Lansquenet nicht mehr an ihr gesehen habe.

Vielleicht versucht sie ja, diese Zeit wiederzubeleben, eine Zeit, als alles einfacher war. In Lansquenet konnte Anouk ungehindert herumstromern, sie spielte den ganzen Tag unten am Fluss, redete immer mit Pantoufle, organisierte Piraten- und Krokodilspiele und hatte immer Probleme in der Schule.

Aber das war eine andere Welt. Außer den Flusszigeunern, die vielleicht einen schlechten Ruf hatten und manchmal auch betrogen, doch garantiert nicht gefährlich waren, gab es keine Fremden in Lansquenet. Niemand machte sich die Mühe, seine Haustür abzuschließen. Selbst die Hunde kannte jeder.

»Ich möchte kein Kleid anziehen«, sagte sie.

Thierry stand neben mir, und ich spürte seine stummen Einwände. In Thierrys Welt tragen Mädchen Kleider. Im letzten halben Jahr hat er für Anouk und Rosette mehrere Kleider gekauft, in der Hoffnung, dass ich den Wink mit dem Zaunpfahl verstehe.

Jetzt musterte er mich mit verkniffener Miene.

»Weißt du, ich bin nicht besonders hungrig«, sagte ich. »Wir könnten doch einfach einen Spaziergang machen und uns in irgendeinem Café unterwegs etwas zu essen holen. Zum Beispiel im Parc de la Turlure oder im –«

»Aber ich habe reserviert«, entgegnete Thierry.

Ich musste lachen, als ich sein Gesicht sah. Bei ihm muss alles nach Plan laufen. Für jede Eventualität gibt es eine Regel, Zeitpläne müssen eingehalten, Richtlinien befolgt werden. Einen fürs Mittagessen reservierten Tisch kann man nicht absagen, und obwohl wir beide genau wissen, dass er sich in Kneipen wie dem *Le P'tit Pinson* am wohlsten fühlt, hat er sich für das *La Maison Rose* entschieden, in dem Anouk ein Kleid tragen muss. So ist er eben – ein Fels in der Brandung, berechenbar, immer Herr der Lage –, aber manchmal wünsche ich mir, er wäre nicht ganz so unflexibel und könnte ein bisschen Spontaneität entwickeln.

»Du trägst deinen Ring ja gar nicht«, sagte er.

Instinktiv schaute ich auf meine Hände. »Es ist wegen der Schokolade«, erklärte ich. »Sie geht überall dazwischen.«

»Du und deine Schokolade«, brummte Thierry.

Es war nicht gerade eine unserer gelungensten Unternehmungen. Vielleicht lag es am trüben Wetter oder an den vielen Leuten oder an Anouks Appetitmangel oder an Rosettes hartnäckiger Weigerung, einen Löffel zu benutzen. Thierrys Lippen wurden immer schmaler, als er sah, wie sie auf dem Teller mit den Fingern ein Spiralmuster aus Erbsen legte.

»Benimm dich, Rosette«, ermahnte er sie schließlich.

Rosette ignorierte ihn und widmete sich hingebungsvoll ihren Erbsen.

»Rosette!« Sein Ton wurde schärfer.

Sie beachtete ihn immer noch nicht, aber eine Frau am Nachbartisch drehte sich irritiert um.

»Ist schon gut, Thierry. Du weißt doch, wie sie ist. Lass sie einfach in Ruhe und –«

Thierry knurrte frustriert. »Mein Gott, wie alt ist sie jetzt – fast vier?« Er schaute mich mit funkelnden Augen an. »Es ist nicht normal, Yanne«, sagte er. »Du musst endlich den Tatsachen ins Auge sehen. Sie braucht Hilfe. Ich meine, schau sie dir doch an.« Verärgert musterte er Rosette, die sich jetzt mit konzentrierter Miene eine Erbse nach der anderen in den Mund steckte.

Er griff nach ihrer Hand. Sie schaute ihn erschrocken an. »Hier. Nimm den Löffel. Nimm ihn in die Hand, Rosette.« Er drückte ihr den Löffel in die Hand. Sie ließ ihn fallen. Er hob ihn wieder auf.

»Thierry –«

»Nein, Yanne, sie muss es lernen.«

Noch einmal versuchte er, Rosette den Löffel in die Hand zu zwingen. Sie ballte die kleinen Finger zu einer trotzigen Faust.

»Hör zu, Thierry.« Ich wurde allmählich wütend. »Lass bitte mich entscheiden, was Rosette –«

»Au!« Er zog abrupt seine Hand zurück. »Sie hat mich gebissen. Dieses kleine Miststück! Sie hat mich gebissen!«, zeterte er.

Am Rand meines Gesichtsfeldes glaubte ich einen goldenen Schimmer zu sehen, ein glänzendes Auge, einen geschwungenen Schwanz.

Rosette machte mit den Fingern das Zeichen *Komm her*.

»Rosette, bitte lass das –«

»Bam«, sagte Rosette.

*Oh, nein. Nicht jetzt!*

Ich stand auf. »Anouk, Rosette –« Ich schaute Thierry an. An seinem Handgelenk konnte man kleine Bissspuren erkennen. Panik stieg in mir hoch. Ein Unfall in unserem Laden, das geht ja noch. Aber hier, in aller Öffentlichkeit, vor so vielen Leuten!

»Tut mir leid«, sagte ich. »Wir müssen gehen.«

»Aber du hast noch nicht aufgegessen«, protestierte Thierry.

Ich sah, wie er zwischen Ärger, Wut und dem überwältigenden Bedürfnis, uns festzuhalten, hin und her gerissen wurde – er wollte sich selbst beweisen, dass alles in Ordnung war, dass die Situation geregelt und der ursprüngliche Plan eingehalten werden konnte.

»Ich kann nicht«, sagte ich und hob Rosette hoch. »Entschuldige, ich muss hier raus.«

»Yanne –«, rief Thierry und fasste mich am Arm. Meine Wut, dass er es gewagt hatte, sich in die Erziehung meines Kindes, in mein Leben einzumischen, verpuffte sofort, als ich den Blick in seinen Augen sah.

»Ich will doch nur, dass alles perfekt ist«, murmelte er.

»Es ist schon gut«, beruhigte ich ihn. »Du bist nicht schuld.«

Er bezahlte die Rechnung und begleitete uns nach Hause. Es war erst vier Uhr, aber es wurde schon dunkel, und die Straßenlaternen spiegelten sich in den feuchten Pflastersteinen. Wir redeten kaum. Thierry blieb stumm, sein Gesicht war erstarrt, und die Hände hatte er tief in den Taschen vergraben.

»Bitte, Thierry. Sei nicht so. Rosette konnte keinen Mittagsschlaf machen, und du weißt, wie sie dann ist.« Weiß er das wirklich? Sein Sohn ist schon über zwanzig, glaube ich, und vielleicht hat er vergessen, wie es ist, wenn man kleine Kinder hat. Die Wutanfälle, die Tränen, der Krach, das Chaos. Oder vielleicht hat Sarah das alles mühelos gemeistert und ihm die Rolle des Großzügigen überlassen: das Fußballtraining, die Spaziergänge im Park, die Kissenschlachten, die Spiele.

»Du hast vergessen, wie es ist«, sagte ich. »Für mich ist das oft wirklich nicht leicht. Aber du machst alles nur noch schlimmer, wenn du dich einmischst.«

Er wandte sich mir zu, sein Gesicht bleich und angespannt. »Ich habe nicht so viel vergessen, wie du denkst. Als Alan auf die Welt kam –« Er unterbrach sich, und ich merkte, dass er kurz davor war, die Fassung zu verlieren.

Ich legte ihm die Hand auf den Arm. »Was ist?«

Er schüttelte den Kopf. »Später«, antwortete er mit belegter Stimme. »Ich erzähl's dir später.«

Wir kamen zur Place des Faux-Monnayeurs, und ich blieb auf der Schwelle des *Rocher de Montmartre* stehen. Das neue Schild quietschte. Ich holte tief Luft.

»Es tut mir leid, Thierry«, wiederholte ich.

Er zuckte die Achseln, ein Bär in einem Kaschmirmantel, aber ich hatte den Eindruck, dass sein Gesicht ein bisschen weicher war.

»Ich mach's wieder gut«, sagte ich. »Ich koche dir etwas zum Abendessen, und dann bringen wir Rosette ins Bett und können über alles reden.«

Er seufzte. »Abgemacht.«

Ich öffnete die Tür.

Und da sah ich einen Mann stehen, einen Mann in Schwarz. Reglos stand er da, und sein Gesicht war mir vertrauter als mein eigenes, und das Lächeln, wunderbar und hell wie ein Blitz im Sommer, verschwand von seinen Lippen …

»Vianne«, sagte er.

Es war Roux.

# Fünf

## Advent

# I

Samstag, 1. Dezember

Als er den Laden betrat, wusste ich sofort Bescheid: Dieser Mann ist ein Problem. Ein Problem nach meinem Geschmack. Es gibt Menschen, die irgendwie elektrisch aufgeladen sind – man sieht es an ihren Farben, und seine flackerten gelblich und blassblau, wie eine Gasflamme, die heruntergedreht ist, aber jederzeit explodieren kann.

Man merkt es allerdings nicht gleich, wenn er vor einem steht. Nichts Besonderes, denkt man eher. Paris verschluckt jedes Jahr eine Million Menschen wie ihn. Männer in Jeans und Arbeitsstiefeln, Männer, die in der Großstadt nicht zurechtzukommen scheinen, Männer, die ihren Lohn bar ausbezahlt kriegen. Ich habe das selbst oft genug erlebt, daher weiß ich Bescheid. Und wenn dieser Typ hier ist, um Pralinen zu kaufen, dann will ich die Madonna von Lourdes sein!

Ich stand gerade auf einem Stuhl und hängte ein Bild auf. Genauer gesagt, mein Porträt, die Skizze von Jean-Louis. Ich hörte ihn hereinkommen. Leises Geklimper, Stiefelschritte auf dem Holzfußboden.

Dann sagte er *Vianne* – und in seiner Stimme schwang ein viel sagender Unterton mit, weshalb ich mich sofort umdrehte. Ich schaute ihn an. Ein Mann in Jeans und schwarzem T-Shirt. Rote Haare, zu einem Pferdeschwanz gebunden. Wie gesagt: nichts Besonderes.

Trotzdem kam er mir irgendwie bekannt vor. Und sein Lächeln strahlte so hell wie die Champs-Élysées an Heiligabend. Das verlieh ihm die Aura des Außergewöhnlichen – aber nur einen Moment lang, denn das Lächeln erlosch sofort und verwandelte sich in verdattertes Staunen, als er merkte, dass er sich geirrt hatte.

»Entschuldigung«, murmelte er. »Ich dachte, Sie wären –« Er unterbrach sich. »Sind Sie die Chefin hier?« Er sprach ganz ruhig, mit dem rollenden R und den harten Vokalen des Südens.

»Nein, ich arbeite nur hier«, antwortete ich mit einem Lächeln. »Die Chefin ist Madame Charbonneau. Kennen Sie sie?«

Er stutzte.

»Yanne Charbonneau«, wiederholte ich.

»Ja. Ich kenne sie.«

»Im Augenblick ist sie leider nicht da. Aber sie kommt sicher bald zurück.«

»Gut. Ich warte.« Er setzte sich an einen Tisch und schaute sich alles an, den Ladenraum, die Bilder, die Pralinen – genüsslich, wie mir schien, aber auch mit einem gewissen Unbehagen, als wüsste er nicht genau, ob er willkommen war.

»Und Sie sind …?«, fragte ich.

»Ach, nur ein Freund.«

Ich lächelte ihm zu. »Ich meinte: Wie heißen Sie?«

»Oh.« Jetzt fand er die Situation eindeutig ungemütlich. Er vergrub die Hände in den Hosentaschen, um seine Anspannung zu kaschieren, als hätte meine Gegenwart einen Plan vereitelt, der zu kompliziert war, um ihn zu ändern.

»Roux«, antwortete er.

Ich dachte an die mit R. unterschriebene Postkarte. Name oder Spitzname? Vermutlich Letzteres. *Es geht nach Norden. Ich komme vorbei, wenn's klappt.*

Und auf einmal wusste ich, weshalb er mir bekannt vorkam. Ich hatte ihn an Vianne Rochers Seite gesehen, auf dem Zeitungsfoto von Lansquenet-sous-Tannes.

»Roux?«, wiederholte ich. »Aus Lansquenet?«

Er nickte.

»Annie redet oft von ihnen.«

Bei dieser Mitteilung leuchteten seine Farben auf wie ein Weihnachtsbaum, und ich begann zu begreifen, was Vianne an ihm fand. Thierry leuchtet nie – höchstens seine Zigarre. Andererseits hat Thierry Geld, und Geld gleicht vieles aus.

»Machen Sie sich's doch einfach bequem, und ich koche Ihnen eine Tasse Schokolade.«

Er grinste. »Sehr freundlich.«

Ich machte die Schokolade sehr stark, mit braunem Zucker und Rum. Er trank die Tasse leer, dann wurde er unruhig, ging von einem Raum in den anderen, inspizierte Töpfe, Gläser, Schüsseln und Löffel: Yannes Pralinenwerkzeug.

»Sie sehen ihr sehr ähnlich«, sagte er schließlich.

»Tatsächlich?«

In Wirklichkeit habe ich überhaupt keine Ähnlichkeit mit Yanne, aber ich bin zu der Erkenntnis gekommen, dass Männer selten wahrnehmen, wer real vor ihnen steht. Ein Hauch Parfüm, lange, offene Haare, ein knallroter Rock und hochhackige Schuhe, Zaubertricks, so simpel, dass jedes Kind sie durchschaut, aber ein Mann lässt sich dadurch immer täuschen.

»Wann haben Sie Yanne das letzte Mal gesehen?«

Er zuckte die Achseln. »Schon viel zu lange her.«

»Ich weiß, wie es ist. Hier. Nehmen Sie sich eine Praline.«

Ich legte eine Trüffel auf die Untertasse, in Kakaopulver gewälzt, zubereitet nach meinem eigenen Spezialrezept und markiert mit dem Kaktuszeichen des Xochipilli. Er ist der Prinz der Blumen und der Gott des Rauschs, und sein Symbol hilft, die Zunge zu lösen.

Roux aß die Praline nicht, sondern rollte sie nur auf der Untertasse hin und her. Irgendwoher kannte ich diese Geste, aber ich konnte sie nicht richtig einordnen. Ich dachte eigentlich, er würde gleich etwas sagen – normalerweise reden die Leute mit mir. Aber er wollte offenbar lieber schweigen, während er mit der Trüffel spielte und auf die dunkle Straße hinausschaute.

»Wollen Sie länger in Paris bleiben?«, fragte ich ihn.

Er zuckte die Achseln. »Kommt drauf an.«

Ich musterte ihn fragend, doch er schien die unausgesprochene Frage nicht hören zu wollen. »Worauf?«, erkundigte ich mich dann.

Wieder zuckte er die Achseln. »Mir werden Städte schnell langweilig.«

Ich goss ihm noch eine halbe Tasse ein. Seine Zurückhaltung – die man auch als unhöfliche Sturheit bezeichnen könnte – ärgerte mich allmählich. Er war schon fast eine halbe Stunde hier in der *Chocolaterie*. Hatte ich etwa verlernt, wie es geht? Eigentlich müsste ich inzwischen alles über ihn erfahren haben, was es zu erfahren gab. Und doch, da saß er – ein Mann, der nur Probleme macht und offenbar völlig unempfänglich für meine Annäherungsversuche.

Ich wurde immer ungeduldiger. Mit diesem Mann verband sich etwas, das ich dringend herausfinden musste. Ich spürte das so deutlich, dass sich mir die Nackenhaare sträubten, und trotzdem –

*Denk nach, verdammt noch mal!*

Ein Fluss. Ein Armkettchen. Ein Glücksbringer: eine kleine silberne Katze. Nein, dachte ich. Das ist es nicht. Ein Fluss, ein Boot. Anouk. Rosette –

»Sie haben Ihre Praline nicht gegessen«, sagte ich. »Sie sollten sie wirklich versuchen. Diese Sorte ist eine unserer Spezialitäten.«

»Oh. Tut mir leid.« Er nahm sie zwischen die Finger, führte sie an die Lippen, hielt inne, runzelte die Stirn, vielleicht wegen des herben Kakaodufts, dieses dunklen, betörenden Dufts der Verführung –

*Nimm mich.*

*Iss mich.*

*Genieß* –

Und dann, als ich ihn fast so weit hatte, hörten wir Stimmen an der Tür.

Er legte die Praline wieder weg und stand auf.

Das Windspiel klingelte. Die Tür ging auf.

»Vianne«, sagte Roux.

Und nun war sie diejenige, die fassungslos dastand. Das Blut wich ihr aus dem Gesicht, und sie hob abwehrend die Hände, als wollte sie einen schrecklichen Zusammenstoß verhindern.

Hinter ihr wartete Thierry und schaute ein wenig irritiert. Vielleicht spürte er, dass etwas nicht stimmte, aber er war zu sehr mit sich selbst beschäftigt, um das Offensichtliche zu erfassen. Neben

Vianne standen Rosette und Anouk, Hand in Hand. Rosette betrachtete Roux fasziniert, und Anouks Gesicht leuchtete.

Und Roux –

Er registrierte alles – den Mann, das Kind, den irritierten Gesichtsausdruck, den Ring an ihrem Finger –, und ich sah, wie seine Farben verblassten und wieder in das Gelbblau der niedrig gestellten Gasflamme übergingen.

»Entschuldige«, murmelte er. »Ich bin nur zufällig vorbeigekommen. Du weißt schon. Mein Boot –«

Er hat keine Übung im Lügen, dachte ich. Er wollte beiläufig klingen, wirkte aber total verkrampft, und tief in den Hosentaschen ballte er die Fäuste.

Yanne schaute ihn nur an. Ihr Gesicht zeigte nichts, keine Regung, kein Lächeln, es war eine Maske, hinter der ich die Turbulenz ihrer Farben nur ahnen konnte.

Anouk rettete die Situation. »Roux!«, rief sie laut.

Das brach den Bann des Schweigens. Yanne machte einen Schritt nach vorn, und ein Lächeln erschien auf ihrem Gesicht – teils ängstlich, teils gespielt. Aber da war noch etwas anderes, das ich nicht deuten konnte.

»Thierry, das ist ein alter Freund von mir.« Sie wurde rot, was ihr sehr gut stand, und der helle Klang ihrer Stimme hätte durchaus von der Wiedersehensfreude kommen können (ihre Farben sprachen allerdings eine andere Sprache). Ihre Augen flackerten unruhig. »Roux, aus Marseille – Thierry, mein – äh –«

Das unausgesprochene Wort hing in der Luft, bedrohlich und von ungeheurer Sprengkraft.

»Schön, Sie kennenzulernen, Roux.«

Noch so ein Lügner. Thierry empfindet eine spontane Antipathie gegen diesen Mann. Gegen diesen Eindringling. Eine irrationale, instinktive Reaktion. Er versucht seine Aversion zu kompensieren, indem er sich übertrieben jovial gibt, ähnlich wie bei Laurent Pinson. Seine Stimme dröhnt, als wäre er der Nikolaus, sein Händedruck zerquetscht die Knochen, gleich wird er den Fremden *mon pote* nennen.

»Sie sind also ein Freund von Yanne! Aber Sie arbeiten nicht in derselben Branche, oder?«

Roux schüttelt den Kopf.

»Nein, natürlich nicht.« Thierry grinst. Er lässt die Jugend des Mannes auf sich wirken und wägt sie ab gegen alles, was er selbst zu bieten hat. Der kurze Augenblick der Eifersucht ist schnell überwunden, das sehe ich in seinen Farben: Das blaugraue Element des Neides geht über in das Kupferrot der Selbstzufriedenheit.

»Kommen Sie, trinken Sie etwas mit uns, *mon pote*!«

Da! Hab ich's nicht gesagt?

»Wie wär's mit 'nem Bier? Gleich um die Ecke ist eine kleine Kneipe.«

Roux schüttelt den Kopf. »Nein. Nur Schokolade.«

Thierry zuckt die Achseln, gut gelaunt, aber verächtlich. Schenkt Schokolade ein – ganz der charmante Gastgeber –, wendet dabei aber nie den Blick von dem Besucher.

»In welcher Branche arbeiten Sie dann?«

»In gar keiner.«

»Aber Sie arbeiten doch, oder?«

»Ja, ich arbeite.«

»Und was, wenn ich fragen darf?« Thierry grinst.

»Ich arbeite eben.«

Das amüsiert Thierry ohne Ende. »Und Sie leben auf einem Boot, sagen Sie?«

Roux nickt, und er lächelt Anouk zu – sie ist die Einzige, die sich wirklich freut, ihn zu sehen. Rosette glotzt ihn immer noch fasziniert an.

Und jetzt sehe ich endlich, was mir vorher entgangen ist. Rosettes Gesichtszüge sind zwar noch nicht richtig ausgeprägt, aber sie hat die gleichen Farben wie ihr Vater – seine roten Haare, seine graugrünen Augen. Und auch sein schwieriges Temperament.

Sonst scheint das niemand zu bemerken. Am wenigsten der Betroffene selbst. Ich würde die Vermutung wagen, dass er, weil Rosette körperlich und geistig zurückgeblieben ist, sie für viel jünger hält, als sie in Wirklichkeit ist.

»Sind Sie länger in Paris?«, erkundigt sich Thierry. »Manche Leute würden nämlich sagen, wie haben schon genug Bootsleute hier.« Wieder lacht er. Ein bisschen zu laut.

Roux mustert ihn mit ausdrucksloser Miene.

»Aber wenn Sie einen Job suchen – ich brauche Hilfe bei der Renovierung meiner Wohnung. Rue de la Croix, nicht weit von hier.« Mit einer Kopfbewegung deutet er die Richtung an. »Schöne große Wohnung, aber sie muss grundsaniert werden – Wände, Fußböden, alles –, und ich habe vor, das Ganze in den nächsten drei Wochen zu bewerkstelligen, damit Yanne und die Kinder nicht wieder hier Weihnachten feiern müssen.«

Er legt schützend den Arm um Yanne, die ihn unwirsch abschüttelt, ohne ein Wort zu sagen.

»Sie haben ja sicher schon mitbekommen, dass wir demnächst heiraten.«

»Herzlichen Glückwunsch.«

»Sind Sie verheiratet?«

Roux schüttelt den Kopf. Und lässt sich nichts anmerken, nicht die kleinste Regung. Höchstens ein leichtes Augenzucken. Aber seine Farben lodern mit ungebremster Heftigkeit.

»Na ja, falls Sie Interesse haben, können Sie sich gern an mich wenden«, fährt Thierry fort. »Ich suche Ihnen auch ein Haus. Für eine halbe Million kriegt man schon was ganz Anständiges.«

»Ich fürchte, ich muss jetzt gehen«, sagt Roux.

Anouk protestiert. »Aber du bist doch gerade erst gekommen!« Sie wirft Thierry einen wütenden Blick zu, den dieser aber überhaupt nicht bemerkt. Seine Antipathie gegen Roux kommt von tief innen und hat keinerlei vernünftige Grundlage. Er ahnt nicht einmal, wie die Wahrheit aussieht, aber er hat den Verdacht, dass irgendetwas nicht stimmt – nicht, weil der fremde Mann etwas Bestimmtes getan oder gesagt hat, sondern einfach, weil er so aussieht, wie er aussieht.

Und wie sieht er aus? Na ja, Sie wissen schon. Es sind weder die billigen Klamotten noch die langen Haare, auch nicht die schlechten Umgangsformen. Roux hat irgendetwas an sich, dieser lässig ungehobelte Stil, typisch für einen Mann, der auf der falschen Seite der Bahngleise geboren wurde. Thierry sieht einen Kontrahenten, der zu allem fähig wäre, der Kreditkarten fälschen kann oder ein Konto eröffnet, für das er einen gestohlenen Führerschein vorlegt, oder der sich eine Geburtsurkunde (und vielleicht sogar einen Pass) beschafft von einer Person, die schon lange tot ist, oder der das Kind einer Frau stiehlt und wie der Rattenfänger verschwindet und nichts als Fragen zurücklässt.

Wie ich schon sagte:
Dieser Mann ist ein Problem.
Ganz nach meinem Geschmack.

## 2

SAMSTAG, 1. DEZEMBER

Oh, Mann. Hallo, Fremder! Da steht er mitten in der *Chocolaterie*, als wäre er nur mal schnell nachmittags weggewesen und nicht vier Jahre, ganze vier Jahre mit Geburtstagen und Weihnachtsfesten, und er hat sich so gut wie nie gemeldet, nie hat er uns besucht und jetzt –

»Roux!«

Ich wollte sauer auf ihn sein. Ehrlich. Aber meine Stimme erlaubte es mir irgendwie nicht.

Ich rief seinen Namen viel lauter, als ich eigentlich wollte.

»Nanou«, sagte er. »Du bist ja richtig erwachsen geworden.«

Das klang irgendwie traurig, als fände er es schade, dass ich mich verändert habe. Aber er selbst war immer noch der alte Roux – die Haare länger, die Stiefel sauberer, andere Klamotten, aber sonst genau derselbe, die Hände in den Taschen vergraben, so wie er das immer macht, wenn er irgendwo ist, wo er nicht sein will, aber er grinste mich an, um mir zu zeigen, dass es nicht meine Schuld ist und dass er mich, wenn Thierry nicht da gewesen wäre, einfach hochgehoben und durch die Luft gewirbelt hätte, so wie früher in Lansquenet.

»Noch nicht ganz«, sagte ich. »Ich bin elfeinhalb.«

»Elfeinhalb klingt schon ziemlich erwachsen, finde ich. Und wer ist die kleine Fremde?«

»Das ist Rosette.«

»Rosette«, sagte Roux. Er winkte ihr zu, aber sie winkte nicht zurück und machte auch kein Zeichen. Bei fremden Leuten tut sie das sowieso selten. Sie starrte ihn nur an, mit ihren großen Katzenaugen, so lange, bis Roux wegschauen musste.

Thierry bot ihm Schokolade an. Roux hat früher immer sehr gern Schokolade getrunken. Er trank sie schwarz, mit Zucker und Rum, während Thierry mit ihm über geschäftliche Dinge redete, über London, über die *Chocolaterie* und die Wohnung.

Ach ja. Die Wohnung. Wie sich herausstellt, renoviert Thierry sie und bringt sie in Schuss, damit wir einziehen können. Er hat das erzählt, als Roux dabei war: dass es ein neues Zimmer gibt für mich und Rosette und tollen Komfort und dass alles bis Weihnachten fertig sein soll, damit seine Mädchen es schön haben.

Aber so wie er das sagte, klang es irgendwie gemein. Er lächelte, aber nicht mit den Augen. Genau wie Chantal, wenn sie über ihren neuen iPod redet oder über ihre neuen Klamotten oder ihre neuen Schuhe oder ihr Tiffany-Armband, und ich stehe nur dabei und höre zu –

Roux stand da und sah aus, als hätte ihm jemand einen Kinnhaken verpasst.

»Ich fürchte, ich muss jetzt gehen«, sagte er, als Thierry endlich den Mund hielt. »Ich wollte nur sehen, wie's euch so geht, ich bin auf der Durchreise.«

*Lügner*, dachte ich. *Du hast deine Stiefel geputzt.*

»Wo wohnst du?«

»Auf einem Boot«, sagte er.

Das klingt logisch. Er mag Boote. Schon immer. Ich erinnere mich genau an sein Boot in Lansquenet, das Boot, das verbrannt ist. Ich weiß noch, was für ein Gesicht Roux gemacht hat, als das passiert ist. Er sah aus wie jemand, der sich mit aller Kraft für etwas eingesetzt hat – und dann kommt jemand und nimmt es ihm einfach weg.

»Wo?«, fragte ich.

»Auf dem Fluss«, sagte Roux.

»Na, so was«, sagte ich. Eigentlich hätte er grinsen müssen. Und in dem Moment merkte ich, dass ich ihn gar nicht geküsst hatte – ich hatte ihn nicht mal umarmt zur Begrüßung. Ich bekam ein ganz schlechtes Gewissen. Aber wenn ich es jetzt erst machte, sah es so aus, als wäre es mir gerade eingefallen und käme nicht von Herzen.

Stattdessen nahm ich seine Hand. Sie war rau und kratzig von der Arbeit.

Ich glaube, er war überrascht. Dann lächelte er.

»Ich würde gern dein Boot sehen«, sagte ich.

»Das lässt sich vielleicht arrangieren«, sagte Roux.

»Ist es so schön wie dein letztes?«

»Das musst du selbst entscheiden.«

»Wann?«

Er zuckte die Achseln.

Maman schaute mich so an, wie sie mich immer anschaut, wenn sie sich über mich ärgert, es aber nicht zeigen will, weil andere Leute da sind. »Wie schade, Roux«, sagte sie. »Wenn du vorher Bescheid gesagt hättest ... Ich habe nicht gewusst, dass –«

»Aber ich habe dir geschrieben«, sagte er. »Ich habe dir eine Karte geschickt.«

»Ich habe keine bekommen.«

»Oh.« Ich merkte ihm an, dass er ihr nicht glaubte. Und ich wusste, dass sie ihm nicht glaubte. Roux ist der schlechteste Briefschreiber auf der ganzen Welt. Er nimmt sich fest vor zu schreiben, aber er tut es nie, und er telefoniert auch nicht gern. Stattdessen schickt er kleine Sachen mit der Post – ein geschnitztes Eichenblatt an einem Faden, einen gestreiften Stein vom Strand, ein Buch –, manchmal mit einem Zettel dabei, aber oft ohne ein einziges Wort.

Er schaute Thierry an. »Ich muss los.«

Ja, klar. Als ob er irgendwo einen wichtigen Termin hätte! Roux, der immer nur tut, was er will, der sich von keinem Vorschriften machen lässt. »Ich komme wieder.«

*Ach, du Lügner.*

Ich war plötzlich so sauer auf ihn, dass ich es fast laut rausgeschrien hätte. *Warum bist du hier, Roux? Warum hast du dir überhaupt die Mühe gemacht, zu uns zurückzukommen?*

Ich sagte ihm das alles, aber nur im Kopf, mit meiner Schattenstimme, mit so viel Nachdruck, wie ich nur konnte, so wie ich mit Zozie gesprochen habe, an dem ersten Tag vor der *Chocolaterie*.

*Du Feigling*, sagte ich noch. *Du läufst doch nur wieder weg.*

Zozie hörte es. Sie schaute mich an. Aber Roux vergrub die Hände nur noch tiefer in den Hosentaschen und winkte nicht einmal, als er die Tür aufmachte und hinausging, ohne sich noch einmal umzudrehen. Thierry rannte hinter ihm her – wie ein Hund, der einen Einbrecher verfolgt. Ich glaube nicht, dass Thierry sich je mit Roux prügeln würde – aber schon beim Gedanken daran kamen mir fast die Tränen.

Maman wollte auch raus, aber Zozie hielt sie fest.

»Ich mach das schon«, sagte sie. »Es ist okay. Bleib du hier bei Annie und Rosette.«

Und schon war sie in der Dunkelheit verschwunden.

»Geh schon mal rauf, Anouk«, sagte Maman. »Ich komme gleich nach.«

Also gingen wir hoch und warteten. Rosette schlief ein, und nach einer ganzen Weile hörte ich, wie Zozie nach oben kam und wenig später auch Maman, ganz leise, um uns nicht zu wecken. Und schließlich schlief ich auch ein, aber ein paar Mal wachte ich auf, weil der Boden in Mamans Zimmer so laut knarrte, und ich wusste, sie ist immer noch wach, steht in der Dunkelheit am Fenster, horcht auf den Wind und hofft, dass er uns in Ruhe lässt.

# 3

Sonntag, 2. Dezember

Gestern Abend ging die Weihnachtsbeleuchtung an. Jetzt ist das ganze Viertel illuminiert, nicht bunt, sondern weiß, wie lauter helle Sterne über der Stadt. Auf der Place du Tertre, wo die Maler stehen, wurde die traditionelle Weihnachtskrippe aufgebaut, und das Jesuskind lächelt im Stroh, während Mutter und Vater es froh betrachten und die Könige mit ihren Geschenken dabeistehen. Rosette ist total fasziniert und will sie immer wieder anschauen.

*Baby*, sagt sie mit den Fingern. *Baby anschauen*. Bisher hat sie die Krippe zweimal mit Nico besucht, einmal mit Alice, unzählige Male mit Zozie, mit Jean-Louis und Paupaul und natürlich mit Anouk, die fast genauso begeistert zu sein scheint wie ihre kleine Schwester. Immer wieder erzählt sie Rosette die Geschichte, wie das Baby (das in Anouks Version ein anderes Geschlecht hat als in der Bibel) im Stall geboren wurde, im Schnee, und wie die Tiere kamen, um die Kleine zu begrüßen, und die Heiligen Drei Könige, und wie sogar ein Stern über der Krippe stehen blieb.

»Weil sie nämlich ein besonderes Baby war«, sagt Anouk zu Rosettes Entzücken. »Ein ganz besonderes Baby, so wie du. Und du hast ja jetzt auch bald Geburtstag.«

Advent. Das heißt, dass bald irgendetwas Ungewöhnliches kommt. Der Begriff ist verwandt mit dem französischen Wort für Abenteuer, *aventure*. Derselbe lateinische Stamm. Über diesen Zusammenhang habe ich bisher noch nie nachgedacht, aber ich habe ja auch noch nie den christlichen Kalender befolgt, nie gefastet, nie Buße getan, nie gebeichtet.

Na ja, fast nie.

Aber als Anouk noch klein war, haben wir das Julfest gefeiert, wir haben Feuer angezündet, als Schutz gegen die immer länger werdende Dunkelheit, wir haben Kränze aus Stechpalmen und Mistelzweigen geflochten, haben gewürzten Cidre getrunken und Glühwein und heiße Kastanien vom offenen Rost gegessen.

Dann kam Rosette auf die Welt, und alles wurde anders. Verschwunden waren die Mistelkränze, die Kerzen und die Räucherstäbchen. Jetzt gehen wir in die Kirche und kaufen mehr Geschenke, als wir uns leisten können, und legen sie unter einen Plastikbaum und sehen fern und werden nervös, weil wir etwas Tolles kochen müssen. Die Weihnachtslichter mögen ja aussehen wie Sterne, aber bei näherem Hinsehen merkt man, dass alles gemogelt ist, sie hängen an schweren Drahtgirlanden und an Kabeln quer über die Straßen. Der Zauber ist weg – *und hast du dir nicht genau das gewünscht, Vianne?*, sagt diese spröde Stimme in meinem Kopf, die Stimme, die klingt wie meine Mutter, wie Roux und jetzt auch ein bisschen wie Zozie, die mich an die Vianne von früher erinnert und deren Geduld ich oft als eine Art Vorwurf empfinde.

Aber dieses Jahr wird wieder alles anders. Thierry liebt die bürgerlichen Traditionen. Die Kirche, die Weihnachtsgans, die *Bûche de Noël* – es wird ein Fest, an dem wir nicht nur Weihnachten feiern, sondern auch, dass wir zusammen sind und auch weiterhin zusammenbleiben wollen.

Keine Magie, klar. Aber ist das denn so schlimm? Stattdessen Sicherheit, Geborgenheit, Freundschaft und Liebe. Genügt uns das nicht? Waren wir nicht lange genug unterwegs? Ich bin doch mit Märchen aufgewachsen – weshalb fällt es mir dann so schwer, an ein Happy End zu glauben? Wie kommt es, dass ich, obwohl ich weiß, wohin er geht, immer noch davon träume, dem Rattenfänger zu folgen?

Ich schickte Anouk und Rosette ins Bett. Dann rannte ich hinter Roux und Thierry her. Es waren erst drei Minuten vergangen, höchstens fünf, aber als ich auf die Straße hinaustrat, wusste ich gleich, dass Roux weg war, untergetaucht in den Gassen von Montmartre. Trotzdem musste ich es versuchen. Ich ging zuerst in Richtung Sacré Cœur. Da entdeckte ich zwischen den Besucher- und Touristengruppen Thierrys vertraute Gestalt. Er strebte zur Place Dalida, die Hände in den Taschen, den Kopf vorgestreckt wie ein Kampfhahn.

Ich verlangsamte meinen Schritt, bog links in eine Kopfsteinpflastergasse ein, zur Place du Tertre. Keine Spur von Roux. Er war verschwunden. Klar war er verschwunden – warum hätte er auch auf mich warten sollen? Trotzdem blieb ich am Rand des Platzes stehen. Ich fror und horchte auf die Geräusche des abendlichen Montmartre: Musik aus den Klubs unterhalb der *Butte*, Gelächter, Schritte, Kinderstimmen von der Weihnachtskrippe auf der anderen Seite des Platzes, ein Straßenmusiker, der Saxofon spielte, Gesprächsfetzen, die der Wind mir zutrug –

Weil er sich nicht bewegte, fand ihn mein Blick. Pariser sind wie Fischschwärme – wenn sie auch nur einen Moment innehalten, sterben sie. Aber er stand reglos da, halb verdeckt, aber beleuchtet vom Abglanz eines roten Neonschilds in einem Caféfenster. Stumm blickte er um sich. Er schien auf etwas zu warten. Auf mich.

Ich rannte zu ihm, quer über den Platz, und fiel ihm um den Hals. Eine Sekunde lang hatte ich Angst, er könnte nicht reagieren. Ich spürte die Anspannung in seinem Körper, sah die Falte zwischen seinen Brauen. In der harten Beleuchtung sah er aus wie ein Fremder.

Doch dann schlang er die Arme um mich, zögernd zuerst, aber bald mit einer Heftigkeit, die gar nicht dem entsprach, was er sagte: »Du solltest nicht hier sein, Vianne.«

An seiner linken Schulter ist eine Kuhle, die genau zu meiner Stirn passt. Ich fand sie gleich und schmiegte meinen Kopf hinein. Er roch nach Nacht und Motorenöl, nach Zedernholz und Patschuli, nach Schokolade und Teer und Wolle und nach dem einmaligen Duft, der nur ihm gehört, so wenig greifbar und doch so vertraut wie ein Traum, den man immer wieder träumt.

»Ich weiß«, sagte ich.

Trotzdem konnte ich ihn nicht loslassen. Ein Wort hätte genügt, eine Warnung: *Ich bin jetzt mit Thierry zusammen. Bring bitte nicht alles durcheinander.* Irgendetwas anderes zu sagen war sinnlos und von Anfang an zum Scheitern verurteilt. Aber –

»Es tut so gut, dich zu sehen, Vianne.« Seine Stimme war leise und zärtlich, aber dennoch seltsam durchdringend.

Ich lächelte. »Es tut so gut, dich zu sehen, Roux. Aber warum ausgerechnet jetzt? Nach all der Zeit?«

Wenn Roux mit den Achseln zuckt, drückt das sehr viel aus. Teilnahmslosigkeit, Verachtung, Nichtwissen, Belustigung. Auf jeden Fall rutschte mein Kopf aus seiner schönen Mulde heraus, und ich landete wieder auf dem Boden der Wirklichkeit.

»Würde es was ändern, wenn du wüsstest, warum?«

»Vielleicht.«

Wieder zuckte er die Achseln. »Es gibt keinen speziellen Grund«, sagte er. »Bist du glücklich hier?«

»Ja, natürlich.« Es ist genau das, was ich mir schon immer gewünscht habe. Der Laden, das Haus, Schulen für die Kinder. Der Blick aus meinem Fenster, jeden Tag. Und Thierry.

»Es ist nur so, dass ich mir dich nie hier vorgestellt habe. Ich dachte, es ist bloß eine Frage der Zeit, und eines Tages würdest du –«

»Was? Zur Vernunft kommen? Aufgeben? Wieder nur von Tag zu Tag leben, immer in Bewegung, von einem Ort zum andern ziehen, wie du und die anderen Flussratten?«

»Ich bin lieber eine Ratte als ein Vogel im Käfig.«

Er ärgert sich, dachte ich. Seine Stimme war immer noch leise, aber sein südfranzösischer Akzent wurde stärker, wie immer, wenn er in Rage kommt. Ich merkte, dass ich vielleicht genau das wollte, um ihn in eine Konfrontation zu zwingen, die uns beiden keine Wahl ließe. Der Gedanke tat weh, aber womöglich traf er ins Schwarze. Spürte er das auch? Jedenfalls schaute er mich an und grinste plötzlich breit.

»Was ist, wenn ich dir sage, dass ich mich verändert habe?«, fragte er.

»Du hast dich nicht verändert.«

»Das kannst du doch gar nicht wissen.«

*Oh, doch, ich weiß es.* Und es tut mir in der Seele weh, wenn ich ihn sehe – er ist immer noch derselbe. Aber ich habe mich verändert. Meine Kinder haben mich verändert. Ich kann nicht mehr einfach tun und lassen, was mir gerade einfällt. Und ich will –

»Roux«, sagte ich. »Ich freue mich sehr, dich zu sehen. Es ist schön, dass du gekommen bist. Aber es ist zu spät. Ich bin mit Thierry zusammen, Und er ist wirklich nett, wenn man ihn näher kennenlernt. Er hat so viel für Anouk und Rosette getan.«

»Und du liebst ihn?«

»Roux, bitte –«

»Ich habe dich gefragt, ob du ihn liebst.«

»Ja, natürlich.«

Wieder dieses verächtliche Achselzucken. »Herzlichen Glückwunsch, Vianne.«

Ich ließ ihn gehen. Was hätte ich sonst tun sollen? Er kommt zurück, dachte ich. Er muss zurückkommen. Aber bis jetzt ist er nicht gekommen. Er hat nichts hinterlassen, keine Adresse, keine Telefonnummer – wobei ich mich allerdings sehr wundern würde, wenn er Telefon hätte. Soviel ich weiß, hat er noch nie im Leben auch nur einen Fernseher besessen, er schaut lieber hinauf in den Himmel, sagt er, das ist ein Schauspiel, das ihn nie langweilt, und es gibt keine Wiederholungen.

Wo er jetzt wohnt? Auf einem Boot, hat er zu Anouk gesagt. Auf einem Lastkahn, der die Seine hochfährt, würde ich denken. Das ist das Wahrscheinlichste. Oder vielleicht wieder auf einem Hausboot, vorausgesetzt, er hat ein preiswertes gefunden. Ein altes Wrack vielleicht, an dem er jetzt arbeitet. Zwischen zwei Jobs präpariert er es für seine Zwecke. Mit Booten hat Roux endlos viel Geduld. Aber mit Menschen …

»Kommt Roux heute wieder, Maman?«, wollte Anouk beim Frühstück wissen.

Sie hatte bis zum Morgen gewartet, ehe sie fragte. Aber Anouk spricht selten spontan. Sie brütet und grübelt, und dann erst redet sie, auf diese feierliche, vorsichtige Art, wie eine Fernsehkommissarin, die endlich der Wahrheit auf die Spur gekommen ist.

»Ich weiß es nicht«, antwortete ich. »Das ist seine Entscheidung.«

»Möchtest du gern, dass er kommt?« Hartnäckigkeit war schon immer eine von Anouks hervorstechenden Eigenschaften.

Ich seufzte. »Es ist schwierig.«

»Wieso denn? Hast du ihn nicht mehr gern?« Ich hörte den provokativen Unterton in ihrer Stimme.

»Nein, Anouk. Das ist nicht der Grund.«

»Was dann?«

Fast hätte ich laut gelacht. Bei ihr klingt alles so unkompliziert, als wäre unser Leben kein Kartenhaus, bei dem jede Entscheidung genau abgewogen werden muss gegen eine Unzahl anderer Entscheidungen, Karten, die wackelig aufeinander aufbauen und die bei jedem Atemzug zusammenfallen können.

»Hör zu, Nanou. Ich weiß, du magst Roux. Ich mag ihn auch. Ich mag ihn sogar sehr. Aber du darfst nicht vergessen –« Ich suchte nach Worten. »Roux tut, was er will, schon immer. Er bleibt nie lange an einem Ort. Das ist in Ordnung, weil er allein ist. Aber wir drei brauchen mehr als das.«

»Wenn wir mit Roux zusammenleben würden, dann wäre er nicht allein«, entgegnete Anouk sehr logisch.

Jetzt musste ich lachen, obwohl mir das Herz wehtat. Roux und Anouk sind sich so ähnlich. Beide denken in Prinzipien. Beide sind stur, geheimnistuerisch und schrecklich empfindlich und nachtragend.

Ich versuchte zu erklären. »Er ist gern allein. Er lebt das ganze Jahr auf dem Fluss, er schläft im Freien. In einem normalen Haus fühlt er sich nicht wohl. Wir könnten so nicht leben, Nanou. Das weiß er. Und du weißt es auch.«

Sie musterte mich mit dunklen Augen. »Thierry hasst ihn. Ich habe das genau gemerkt.«

Na ja, gestern Abend ist das vermutlich allen aufgefallen. Diese lärmende, übertriebene Munterkeit, seine offene Verachtung, seine Eifersucht. Aber das ist nicht typisch für Thierry, sage ich mir. Irgendetwas muss ihn aus dem Takt gebracht haben. Die kleine Szene im *La Maison Rose*?

»Thierry kennt ihn nicht, Nou.«

»Thierry kennt uns alle nicht.«

Sie ging wieder nach oben, ein Croissant in jeder Hand und mit einer Miene, die eine Fortsetzung der Diskussion ankündigte. Ich ging in die Küche, machte Schokolade, setzte mich hin und schaute zu, wie sie abkühlte. Ich dachte an den Februar in Lansquenet, an die blühenden Mimosen am Tannes und an die Flusszigeuner in ihren langen, schmalen Booten, so zahlreich und so dicht beieinander, dass man fast ans andere Ufer gehen könnte.

Und da ist ein Mann, der für sich allein sitzt und den Fluss vom Dach seines Bootes beobachtet. Eigentlich gar nicht anders als die anderen, und trotzdem hatte ich es sofort gewusst. Manche Menschen leuchten. Er gehört zu diesen Menschen. Und selbst jetzt, nach all den Jahren, spüre ich, wie ich wieder von dieser Flamme angezogen werde. Wenn Anouk und Rosette nicht wären, dann wäre ich ihm gestern Abend vielleicht gefolgt. Schließlich gibt es Schlimmeres als Armut. Aber ich schulde meinen Kindern etwas. Deshalb bin ich hier. Und ich kann nicht wieder Vianne Rocher sein, ich kann nicht zurück nach Lansquenet. Nicht einmal wegen Roux. Nicht einmal meinetwegen.

Ich saß noch da, als Thierry hereinkam. Es war neun Uhr und immer noch nicht richtig hell; von draußen hörte ich den Straßenlärm, gedämpft in der Ferne, und das Bimmeln der Glocken von der kleinen Kirche an der Place du Tertre.

Er setzte sich mir gegenüber und schwieg. Sein Mantel roch nach Zigarrenrauch und nach dem Pariser Nebel. Eine halbe Minute lang sagte er kein Wort, dann legte er seine Hand auf meine.

»Ich wollte mich entschuldigen – wegen gestern Abend«, sagte er.

Ich nahm meine Tasse und blickte hinein. Offenbar hatte die

Milch gekocht, denn auf der abgekühlten Schokolade hatte sich eine runzlige Haut gebildet. Wie unaufmerksam von mir, dachte ich.

»Yanne«, sagte Thierry.

Ich schaute ihn an.

»Es tut mir wirklich leid«, sagte er. »Aber ich war im Stress. Ich wollte, dass alles für dich perfekt ist. Ich wollte mit euch allen zum Mittagessen gehen und dir dann von der Wohnung erzählen und dass ich es geschafft habe, einen Hochzeitstermin zu bekommen – ob du's glaubst oder nicht, in derselben Kirche, in der schon meine Eltern geheiratet haben.«

»Wie bitte?«

Er drückte meine Hand. »*Notre-Dame des Apôtres*. In sieben Wochen. Jemand hat abgesagt, und ich kenne den Pfarrer – ich habe vor einiger Zeit mal einen Auftrag für ihn erledigt.«

»Wovon redest du?«, fragte ich. »Du blaffst meine Kinder an, du bist unhöflich zu meinem Freund, du verschwindest wortlos, und dann erwartest du von mir, dass ich in Jubel ausbreche, wenn du mir von Wohnungen und Hochzeitsterminen erzählst?«

Thierry grinste kleinlaut. »Entschuldige«, murmelte er. »Ich will mich ja nicht über dich lustig machen, aber du benutzt das Handy immer noch nicht, stimmt's?«

»Wie bitte?«

»Mach es mal an.«

Das tat ich und sah eine SMS, die Thierry mir gestern Abend um halb neun geschickt hatte.

*Ich liebe dich wie verrückt. Meine einzige Ausrede.*

*Bis morgen um 9.*

*T. xx*

»Oh«, sagte ich.

Er nahm meine Hand. »Es tut mir ehrlich leid wegen gestern Abend. Dieser Freund von dir –«

»Roux.«

Er nickte. »Ich weiß, wie lächerlich das klingen muss. Aber als ich ihn mit dir und Annie gesehen habe – und wie er geredet hat, als würde er euch schon jahrelang kennen –, da musste ich daran denken, dass ich gar nicht viel über dich weiß. Die Menschen aus deiner Vergangenheit, die Männer, die du geliebt hast –«

Ich musterte ihn erstaunt. Was mein bisheriges Leben angeht, war Thierry immer auffallend desinteressiert. Das gehört zu den Dingen, die mir an ihm gefallen. Dass er nicht neugierig ist.

»Er ist hinter dir her. Selbst ich habe das gemerkt.«

Ich seufzte. So läuft es immer. Die Fragen, die Nachforschungen, gut gemeint, aber voller Misstrauen.

*Woher kommen Sie? Wohin gehen Sie? Besuchen Sie Verwandte hier?*

Thierry und ich haben ein stillschweigendes Abkommen getroffen, dachte ich. Ich rede nicht über seine Scheidung, er redet nicht über meine Vergangenheit. Bis gestern hat das hervorragend funktioniert.

*Gutes Timing, Roux,* dachte ich bitter. Aber andererseits – so ist er eben. Und jetzt ist seine Stimme in meinem Kopf, wie das Sausen des Windes. *Mach dir nichts vor, Vianne. Du kannst dich hier nicht niederlassen. Du denkst, in deinem kleinen Häuschen bist du sicher. Aber ich weiß es besser, wie der Wolf im Märchen.*

Ich ging in die Küche, um frische Schokolade zu kochen. Thierry folgte mir, schob sich in seinem dicken Mantel unbeholfen zwischen Zozies kleinen Tischen und Stühlen durch.

»Möchtest du etwas über Roux hören?«, fragte ich, während ich die Schokolade in den Topf rieb. »Also, ich kannte ihn, als ich im Süden gelebt habe. Eine Zeit lang hatte ich eine *Chocolaterie* in einem Dorf nicht weit von der Garonne. Er wohnte in einem Hausboot, fuhr zwischen den Ortschaften hin und her und erledigte Gelegenheitsjobs. Schreinerarbeiten, Dachdeckerarbeiten, Obstlese. Für mich hat er auch ein paar Sachen gemacht. Ich habe ihn seit über vier Jahren nicht mehr gesehen. Zufrieden?«

Er grinste verlegen. »Entschuldige, Yanne. Ich benehme mich idiotisch. Und ich wollte dich auf keinen Fall verhören. Das mache ich nie wieder – versprochen.«

»Ich hätte nie erwartet, dass du mal eifersüchtig wirst«, sagte ich und gab eine Vanilleschote und eine Prise Muskat in die Schokolade.

»Bin ich ja auch gar nicht«, sagte Thierry. »Und um es dir zu beweisen –« Er legte mir die Hände auf die Schultern und zwang mich, ihn anzusehen. »Hör zu, Yanne. Er ist ein Freund von dir. Und er braucht offensichtlich Geld. Ich meinerseits will die Wohnung unbedingt bis Weihnachten fertig haben – und du weißt ja, wie schwierig es um diese Jahreszeit ist, Leute zu finden –, und deshalb habe ich gedacht, ich biete ihm einen Job an.«

Ich starrte ihn an. »Ehrlich? Du hast ihm einen Job angeboten?«

Er grinste wieder. »Du kannst es gern als Bußaktion bezeichnen«, sagte er. »Es ist meine Art, dir zu beweisen, dass der eifersüchtige Mann, den du gestern Abend gesehen hast, nicht mein wahres Ich ist. Und dann ist da noch was.« Er griff in seine Manteltasche. »Ich habe hier etwas für dich. Eigentlich sollte es ein Verlobungsgeschenk werden, aber –«

Thierrys Kleinigkeiten fallen immer recht üppig aus. Vier Dutzend Rosen, Diamantschmuck aus London, Schals von Hermès. Ein wenig konventionell vielleicht – aber so ist er eben. Vorhersagbar bis zum Gehtnichtmehr.

»Na?«

Es war ein schmales Päckchen, kaum dicker als ein gefütterter Briefumschlag. Ich öffnete es: eine Reisebrieftasche aus Leder, mit vier Erste-Klasse-Flugtickets nach New York, datiert auf den 28. Dezember.

Ich war fassungslos.

»Es wird dir gefallen«, sagte er. »Um das neue Jahr angemessen zu begrüßen, muss man nach New York. Ich habe uns ein tolles Hotel ausgesucht, die Kinder werden begeistert sein – bestimmt liegt Schnee –, und dann gibt's Musik und Feuerwerk.« Er umarmte mich enthusiastisch. »Ach, Yanne, ich kann es kaum erwarten, dir New York zu zeigen!«

Ich kenne New York. Meine Mutter ist dort gestorben, in einer belebten Straße, am Unabhängigkeitstag, vor einem italienischen

Deli. Es war heiß, die Sonne schien. Im Dezember ist es kalt. In New York sterben im Winter viele Menschen an der Kälte.

»Aber ich habe keinen Reisepass«, protestierte ich. »Ich hatte mal einen, aber –«

»Er ist abgelaufen? Ich kümmere mich darum.«

Na ja, in Wirklichkeit ist mein Pass mehr als abgelaufen. In meinem Pass steht ein anderer Name – Vianne Rocher –, und wie soll ich es Thierry beibringen, dass die Frau, die er liebt, eine andere ist?

Aber wie kann ich das jetzt noch verbergen? Die Szene gestern Abend hat mir etwas gezeigt: Thierry ist nicht ganz so kalkulierbar, wie ich immer dachte. Lügen sind wie wucherndes Unkraut, und wenn man sich nicht früh genug darum kümmert, zwängen sich ihre Blätter und Triebe überall dazwischen, breiten sich aus und legen alles andere lahm, bis nur noch das Lügennetz übrig bleibt.

Er stand dicht vor mir, seine blauen Augen waren hell – vor Angst, dachte ich, vielleicht aber auch von etwas anderem. Er roch irgendwie tröstlich, nach frisch geschnittenem Gras oder nach alten Büchern oder Pinienharz oder Brot. Er kam noch näher, schloss mich in die Arme, ich lehnte den Kopf an seine Schulter (aber da war keine Kuhle, die nur für mich geschaffen schien). Es fühlte sich vertraut an, und doch spürte ich eine Spannung. Als würden sich zwei stromführende Leitungen gleich berühren.

Seine Lippen suchten meine. Wieder dieses elektrische Knistern. Halb Lust, halb Abwehr. Ich dachte an Roux. *Verdammt, geh weg – nicht jetzt!* Dann dieser ausgedehnte Kuss. Ich entzog mich ihm.

»Hör zu, Thierry. Ich muss dir etwas erklären.«

Er schaute mich fragend an. »Was musst du mir erklären?«

»Der Name in meinem Pass, der Name, den ich bei der Behörde angeben muss …« Ich holte tief Luft. »Das ist nicht derselbe Name wie der, den ich jetzt verwende. Ich habe meinen Namen geändert. Es ist eine lange Geschichte. Ich hätte dir das schon längst erzählen sollen, aber –«

Thierry unterbrach mich. »Das ist doch nicht wichtig. Du musst nichts erklären. Wir haben alle irgendetwas, worüber wir nicht reden wollen. Was geht es mich an, dass du deinen Namen geändert hast? Mich interessiert nur, wer du bist, und nicht, ob du Francine oder Marie-Claude heißt oder, was der Himmel verhüten möge, womöglich Cunégonde.«

Ich lächelte. »Du findest es nicht schlimm?«

Er schüttelte den Kopf. »Ich habe dir versprochen, dich nicht zu verhören. Die Vergangenheit ist Vergangenheit. Ich muss nicht alles wissen. Es sei denn, du willst mir offenbaren, dass du früher mal ein Mann warst oder so was –«

Jetzt musste ich kichern. »Nein, keine Bange.

»Ich könnte es ja mal überprüfen. Um ganz sicherzugehen.« Seine Hand ruhte auf meinem verlängerten Rücken. Der nächste Kuss war härter, fordernder. Dabei fordert Thierry eigentlich nie etwas. Seine altmodische Höflichkeit gehört zu den Dingen, die mir von Anfang an gefallen haben, aber heute ist er irgendwie anders. Ich spüre eine Spur von Leidenschaft, die er bisher unterdrückt hat. Ungeduld. Hunger nach mehr. Einen Moment lang lasse ich mich mitreißen, seine Hände wandern aufwärts, zu meiner Taille, zu meinen Brüsten. Die Art, wie er mich küsst, ist in ihrer Gier fast kindlich, er küsst meine Lippen, mein Gesicht, als versuchte er, möglichst viel von mir zu besetzen, und dabei flüstert er die ganze Zeit: *Ich liebe dich, Yanne, ich will dich, Yanne.*

Halb lachend schnappte ich nach Luft. »Nicht hier. Es ist schon nach halb zehn!«

Er knurrte wie ein Bär. »Du denkst, ich warte noch sieben Wochen?« Und jetzt wurden seine Arme ebenfalls bärenhaft, er hielt mich fest, presste mich an sich, er roch nach Moschusschweiß und kaltem Zigarrenrauch, und plötzlich – zum ersten Mal in unserer langen Freundschaft – konnte ich mir vorstellen, mit ihm zu schlafen, nackt und verschwitzt zwischen den Laken, aber sofort regte sich Widerstand in mir.

Ich stemmte mich mit den Händen gegen seine Brust. »Thierry, bitte!«

Er bleckte die Zähne.

»Zozie kann jede Minute kommen.«

»Dann gehen wir nach oben, bevor sie kommt.«

Ich war schon ganz außer Atem. Sein Schweißgeruch wurde stärker, vermischt mit dem Geruch von kaltem Kaffee, Wolle und dem Bier von gestern Abend. Das Aroma war nicht mehr so tröstlich, ich musste an überfüllte Bars denken, an Fluchtversuche, die nur mit knapper Not gelangen, an unbekannte Betrunkene in der Nacht. Thierrys Hände sind Riesenpratzen, grapschig, voller Altersflecken und mit vielen kleinen Haarbüscheln.

Ich musste an Roux' Hände denken. An seine geschickten Hände. Die Finger eines Taschendiebs, Maschinenöl unter den Fingernägeln.

»Komm schon, Yanne.«

Er zerrte mich durchs Zimmer. Seine Augen funkelten vor Vorfreude. Ich wollte protestieren, aber es war zu spät. Die Entscheidung war gefallen. Es gab kein Zurück. Ich folgte ihm zur Treppe.

Eine Glühbirne erlosch. Zischend, wie ein Feuerwerkskörper.

Glassplitter fielen auf uns.

Geräusche von oben. Rosette war aufgewacht. Ich zitterte vor Erleichterung.

Thierry fluchte.

»Ich muss nach Rosette sehen«, sagte ich.

Er gab Töne von sich, die nicht wie Gelächter klangen. Ein letzter Kuss, aber der Moment war vorüber. Aus dem Augenwinkel sah ich etwas Goldenes aufleuchten, vielleicht einen Sonnenstrahl, vielleicht eine Spiegelung ...

»Ich muss nach Rosette sehen, Thierry«, wiederholte ich.

»Ich liebe dich«, sagte er.

Ich weiß, ich weiß.

Es war zehn Uhr, und Thierry war gerade gegangen, als Zozie kam, in einem warmen Mantel, dazu trug sie violette Plateaustiefel. Sie schleppte einen klobigen Karton, der ziemlich schwer aussah. Ganz vorsichtig stellte sie ihn auf den Boden. Ihr Gesicht war gerötet von der Anstrengung.

»Entschuldige, dass ich erst so spät komme«, sagte sie. »Aber das Ding hier ist verdammt schwer.«

»Was ist es?«

Sie grinste. Dann ging sie zum Schaufenster und holte die roten Schuhe heraus, die seit ein paar Wochen dort standen.

»Ich dachte, wir müssen mal wieder etwas ändern. Wie wär's mit einer neuen Schaufensterdekoration? Ich meine – wir wollten es ja nicht ewig so lassen, und ehrlich gesagt, ich vermisse meine Schuhe.«

Ich lächelte. »Ja, klar.«

»Also habe ich das da auf dem Flohmarkt gekauft.« Sie deutete auf den Karton. »Ich habe eine Idee, die ich gern ausprobieren würde.«

Ich spähte zuerst in die Schachtel, dann schaute ich Zozie an. Von Thierrys Besuch, von Roux' plötzlichem Erscheinen und von den Komplikationen, die das alles zwangsläufig mit sich brachte, war ich so durcheinander, dass diese liebevolle Überraschungsgeste mich fast zu Tränen rührte.

»Aber das ist doch nicht nötig, Zozie.«

»Sei nicht albern. Es macht mir Spaß.« Sie musterte mich prüfend. »Ist irgendwas?«

»Ach, wegen Thierry.« Ich versuchte zu lächeln. »Er hat sich in den letzten Tagen so komisch verhalten.«

Sie zuckte die Achseln. »Das wundert mich nicht«, sagte sie nüchtern. »Dir geht es gut, das Geschäft läuft hervorragend, endlich geht es bergauf für dich.«

Ich runzelte die Stirn. »Wie meinst du das?«

»Wie ich das meine?«, erwiderte Zozie geduldig. »Thierry will immer noch der Weihnachtsmann und der Märchenprinz und der heilige Wenzeslaus sein, alles in einer Person. Das war okay, als du noch zu kämpfen hattest, er hat dich zum Essen eingeladen, dir schicke Kleider gekauft, dich mit Geschenken überschüttet, aber jetzt bist du anders. Du musst nicht mehr gerettet werden. Jemand hat ihm seine Aschenputtel-Puppe weggenommen und gegen eine lebendige Frau ausgetauscht, und damit kann er nicht umgehen.«

»So ist Thierry doch gar nicht«, sagte ich.

»Wirklich nicht?«

»Na ja –« Ich grinste. »Vielleicht ein bisschen.«

Sie lachte, und ich lachte auch, obwohl ich mich auch schämte. Klar, Zozie ist eine ausgezeichnete Beobachterin. Aber hätte ich da nicht selbst drauf kommen müssen?

Sie öffnete den Karton.

»Vielleicht kannst du dich ja heute ein bisschen ausruhen, dich hinlegen, mit Rosette spielen. Und keine Sorge – wenn er kommt, sage ich dir Bescheid.«

»Wenn wer kommt?«, fragte ich betroffen.

»Also ehrlich, Vianne –«

»Du sollst mich nicht so nennen!«

Sie grinste. »Roux natürlich. Wen soll ich denn sonst meinen – den Papst?«

»Er kommt heute nicht«, sagte ich mit einem matten Lächeln.

»Woher weißt du das so genau?«

Ich erzählte ihr, was Thierry gesagt hatte. Ich erzählte von Thierrys Wohnung und dass er fest entschlossen sei, an Weihnachten mit uns dort einzuziehen, von den Flugkarten nach New York und von seinem Plan, Roux einen Job in der Rue de la Croix anzubieten.

Das verblüffte selbst Zozie. »Ehrlich? Er bietet ihm einen Job an? Na ja, wenn Roux den annimmt, dann braucht er wirklich sehr dringend Geld. Aus Liebe tut er es bestimmt nicht.«

Ich schüttelte verzweifelt den Kopf. »Was für ein Chaos«, sagte ich. »Warum hat er mir denn nicht gesagt, dass er kommt? Ich hätte ganz anders mit der Situation umgehen können. Zumindest wäre ich darauf vorbereitet gewesen.«

Zozie setzte sich an den Küchentisch. »Er ist Rosettes Vater, stimmt's?«

Ich sagte nichts, sondern stellte den Backofen an. Ich wollte Ingwerplätzchen backen, die man an den Weihnachtsbaum hängen kann, mit Goldrand und Zuckerguss und mit einem farbigen Band.

»Klar, es ist deine Sache«, fuhr sie fort. »Weiß Annie Bescheid?«

Ich schüttelte den Kopf.

»Weiß es irgendjemand? Zum Beispiel Roux?«

Plötzlich wurde mir ganz schwummerig, und ich ließ mich schnell in einen der Sessel sinken. Es war ein Gefühl, als wäre ich eine Marionette, und Zozie hätte meine Fäden durchtrennt, und nun geriet alles durcheinander, ich konnte nicht mehr sprechen und war völlig hilflos.

»Ich kann es ihm doch jetzt nicht mehr sagen«, flüsterte ich schließlich.

»Na, er ist ja nicht dumm. Er wird schon dahinterkommen.«

Stumm schüttelte ich den Kopf. Es war das erste Mal, dass ich froh war über Rosettes Anderssein. Sie ist fast vier, sieht aber immer noch aus wie eine Zweieinhalbjährige und benimmt sich auch so, und wer glaubt schon an das Unmögliche?

»Es ist zu spät«, murmelte ich. »Vor vier Jahren vielleicht, aber jetzt nicht mehr.«

»Wieso? Habt ihr euch gestritten?«

Sie klingt wie Anouk. Am liebsten hätte ich auch ihr erklärt, dass die Dinge nicht so einfach sind, dass Häuser aus Stein gebaut werden müssen, denn wenn der Wind heult, dann können nur die Mauern verhindern, dass wir weggepustet werden.

*Warum so tun, als ob?*, sagt er in meinem Kopf. *Was ist der Grund, weshalb du so krampfhaft versuchst, dich anzupassen? Was haben diese Leute, dass du so sein möchtest wie sie?*

»Nein, gestritten haben wir uns nicht«, sagte ich. »Wir haben nur verschiedene Wege eingeschlagen.«

Plötzlich sah ich ein beunruhigendes Bild vor mir: Ich sah den Rattenfänger mit seiner Flöte, und alle Kinder folgen ihm, außer denen, die nicht gehen können und deshalb zurückbleiben, als der Berg sich schließt.

»Und was ist mit Thierry?«, wollte sie wissen.

Gute Frage. Hat er Verdacht geschöpft? Er ist ebenfalls nicht dumm, aber er ist mit einer Art Blindheit geschlagen, die entweder auf Arroganz oder auf Vertrauen beruht oder vielleicht auch auf beidem. Trotzdem ist er Roux gegenüber skeptisch. Ich habe das gestern Abend gesehen, diesen abschätzenden Blick, die instinktive Aversion des sesshaften Stadtmenschen gegenüber dem Wanderer, dem Zigeuner, dem Vagabund.

*Du suchst dir deine Familie selbst aus, Vianne*, dachte ich.

»Na ja, ich denke, du hast dich entschieden.«

»Und die Entscheidung ist richtig. Das weiß ich.«

Aber ich merkte, dass sie mir nicht glaubte. Als könnte sie es sehen – in der Luft, die mich umgab, wie Zuckerwatte, die sich um einen Holzstab spinnt. Aber es gibt so viele Arten von Liebe, und wenn das heiße, egoistische, wütende Begehren längst verglüht ist, dann muss man den Göttern danken für Männer wie Thierry, für diese zuverlässigen, fantasielosen Typen, die Leidenschaft für ein Wort halten, das nur in Büchern vorkommt, ähnlich wie Magie und Abenteuer.

Zozie musterte mich mit einem geduldigen Lächeln, als würde sie erwarten, dass ich weiterrede. Als ich das nicht tat, zuckte sie die Achseln und hielt mir eine Schale mit *Mendiants* hin. Sie macht sie genauso wie ich. Die Schokolade ist so dünn, dass sie brechen kann, aber dick genug, um die Geschmacksknospen zu befriedigen, mit einer großzügigen Schicht aus dicken Rosinen, Walnuss, Mandel, dazu ein Schokoveilchen, eine kandierte Rose.

»Versuch mal«, sagte sie. »Was meinst du?«

Der Geruch von Schokolade stieg aus der kleinen Schale auf, ein Duft von Sommer und verlorener Zeit. Roux hatte nach Schokolade geschmeckt, als ich ihn das erste Mal küsste. Wir lagen nebeneinander, der Boden roch nach feuchtem Gras. Seine Berührungen waren so verblüffend sanft gewesen, und seine Haare hatten im schwindenden Licht geleuchtet wie rotgoldene Ringelblumen im Sommer.

Zozie hielt mir immer noch die Schale mit den *Mendiants* unter die Nase. Die Schale war aus blauem Muranoglas, mit einer kleinen Goldblume an der Seite. Nichts Besonderes, aber ich mag sie sehr. Roux hat sie mir in Lansquenet geschenkt, und seither schleppe ich sie mit mir herum, in meinem Gepäck, in meinen Taschen, wie einen Prüfstein.

Als ich hochschaute, sah ich, dass Zozie mich genau musterte. Ihr Blick schien aber gleichzeitig weit weg, ihre Augen märchenblau, wie im Traum.

»Du sagst es niemandem?«, fragte ich.

»Natürlich nicht.« Sie nahm eine der Pralinen zwischen ihre eleganten Finger und hielt sie mir hin. Zart schmelzende dunkle Schokolade, in Rum getränkte Rosinen, Vanille, Rose und Zimt …

»Nimm, Vianne«, sagte sie mit einem Lächeln. »Ich weiß, es sind deine Lieblingspralinen.«

# 4

Montag, 3. Dezember

Gut gemacht – wenn ich mich mal selbst loben darf. Meine Arbeit hier ist ein Balanceakt, ich muss geschickt jonglieren, um mehrere Bälle, Messer und brennende Fackeln so lange in der Luft zu halten, bis ich am Ziel bin.

Es dauerte eine ganze Weile, bis ich mir bei Roux meiner Sache sicher sein konnte. Er hat einen messerscharfen Verstand, und man muss unglaublich vorsichtig mit ihm umgehen. Ich weiß noch nicht, ob ich es geschafft habe, ihn zum Bleiben zu bewegen. Aber es ist mir immerhin gelungen, ihn am Samstagabend festzunageln, und mithilfe einiger ermunternder Worte konnte ich ihn bisher bei der Stange halten.

Leicht war es nicht, das muss ich zugeben. Sein erster Impuls war, direkt dorthin zurückzugehen, wo er hergekommen war, und sich nie wieder blicken zu lassen. Ich brauchte gar nicht erst seine Farben zu lesen, um das herauszufinden, ich sah es an seinem Gesicht, als er die *Butte* hinuntermarschierte, die Haare wirr in den Augen und die Hände trotzig in den Taschen. Thierry folgte ihm, weshalb ich mich gezwungen sah, mit einem kleinen Zauberspruch den Weg frei zu räumen und ihn stolpern zu lassen, und während er so ein paar Sekunden aufgehalten wurde, holte ich Roux ein und nahm ihn am Arm.

»Roux«, sagte ich. »Sie können nicht einfach so weglaufen. Es gibt vieles, was Sie noch nicht wissen.«

Er schüttelte mich ab, ohne seine Schritte zu verlangsamen. »Wie kommen Sie auf den Gedanken, dass ich es wissen möchte?«

»Weil Sie sie lieben«, sagte ich.

Er ging wortlos weiter.

»Und weil auch sie ihre Zweifel hat. Sie weiß nur nicht, wie sie es Thierry sagen soll.«

Jetzt hörte er mir endlich zu. Er verlangsamte sein Tempo, und ich nutzte die Gelegenheit, um in seinem Rücken das Jaguar-Krallenzeichen zu machen – ein Zauber, der eigentlich hätte bewirken müssen, dass er sofort stehen blieb, aber Roux schüttelte ihn instinktiv ab.

»Ach, hören Sie doch auf!«, rief ich aus reiner Frustration.

Er warf mir einen neugierigen Blick zu.

»Sie müssen ihr Zeit geben.«

»Wozu?«

»Damit sie sich überlegen kann, was sie wirklich will.«

Er blieb stehen und musterte mich mit neuer Intensität. Ich ärgerte mich – ganz offensichtlich hatte er nur Augen für Vianne –, aber dafür war ja später noch Zeit genug, sagte ich mir. Im Moment musste ich nur erreichen, dass er hier blieb. Später konnte ich ihn in aller Ruhe bezahlen lassen.

Inzwischen hatte sich Thierry allerdings wieder hochgerappelt und kam auf uns zu. »Wir haben jetzt keine Zeit«, sagte ich. »Am besten treffen wir uns am Montag, nach der Arbeit.«

»Nach der Arbeit?« Er fing an zu lachen. »Sie glauben, ich arbeite für ihn?«

»Ja, das sollten Sie tun«, sagte ich. »Wenn Sie meine Hilfe wollen.«

Ich schaffte es gerade noch rechtzeitig, zu Thierry zu gelangen, der nur noch wenige Meter entfernt war. In seinem dicken Kaschmirmantel wirkte er wie ein wütender Riese, als er mich jetzt böse anfunkelte, mich und Roux, der ein Stück hinter mir stand. Seine Augen sahen aus wie die Knopfaugen eines gigantischen, wild gewordenen Teddybären.

»Jetzt haben Sie alles vermasselt«, sagte ich leise zu ihm. »Wie konnten Sie sich nur so aufführen? Yanne ist völlig außer sich –«

Er brauste auf. »Was habe ich denn getan? Es war doch –«

»Ganz egal, was Sie getan haben. Ich kann Ihnen helfen, aber Sie müssen nett sein.« Mit den Fingerspitzen machte ich schnell das Zeichen der Herrin des Blutmondes. Das schien ihn einigermaßen zu beruhigen, aber er machte immer noch ein verärgertes Gesicht. Also bearbeitete ich ihn noch einmal, jetzt mit dem mächtigen Jaguar-Symbol, und sah, wie seine Farben sich abmilderten.

Er ist so viel schlichter gestrickt als Roux, dachte ich. Und so viel kooperativer. In kurzen Worten erklärte ich ihm den Plan. »Es ist ganz einfach«, sagte ich. »Sie können dabei nicht verlieren. Was Sie tun, macht einen sehr großzügigen Eindruck. Sie bekommen für die Wohnung die Hilfe, die Sie brauchen. Sie sehen Yanne öfter. Und außerdem –« Ich senkte die Stimme wieder. »Sie können ihn im Auge behalten.«

Das wirkte. Ich hatte es gleich gewusst. Ach, diese niedliche Mischung aus Eitelkeit, Misstrauen und Selbstsicherheit! Ich brauchte kaum meine Zaubertricks einzusetzen, er gehorchte wie von selbst.

Ja, ich schließe Thierry fast schon ins Herz. Angenehm, berechenbar, keine scharfen Kanten, an denen man sich schneiden kann. Das Beste ist allerdings, dass man ihn so mühelos um den Finger wickeln kann – ein Lächeln, ein Wort, und er gehört mir. Ganz im Gegensatz zu Roux mit seinem Schmollmund und dem ewigen Argwohn.

Verdammt noch mal, dachte ich, was ist mit mir los? Ich sehe aus wie Vianne, ich rede wie Vianne – eigentlich hätte er sofort umfallen müssen! Aber manche Menschen sind schwieriger als andere, und ich habe ihn bisher falsch eingeschätzt. Doch ich kann warten – jedenfalls noch ein paar Tage. Und wenn Magie nichts bringt, dann helfen garantiert die bewährten chemischen Substanzen.

Heute wartete ich geduldig bis Ladenschluss, behielt allerdings immer die Zeit im Auge. Der Tag schien sich endlos zu dehnen, obwohl ich ihn eigentlich ganz gemütlich verbrachte. Draußen ging der Regen allmählich in diesigen Nebel über, und die Passanten sahen aus wie Traumgestalten, wenn sie stehen blieben, um mit verschleiertem Blick die halbfertige Dekoration im Schaufenster des *Rocher de Montmartre* zu betrachten, die wie eine Laterna magica ihr Licht in die Straßen hinaus schickte.

Man darf die Anziehungskraft von Schaufenstern nicht unterschätzen. Die Augen sind die Fenster der Seele, heißt es, und genauso sollte ein Schaufenster das Auge eines Ladens sein und verheißungsvoll leuchten. Die alte Deko mit meinen roten Schuhen und den Pralinen war ja schon ziemlich attraktiv gewesen, aber jetzt stand Weihnachten vor der Tür, und um die Kunden in den Laden zu holen, mussten wir uns etwas Verlockenderes einfallen lassen als ein Paar Schuhe.

Deshalb hat sich unser Fenster in einen Adventskalender verwandelt, geschmückt mit Stoffresten aus Seide und von einer einzigen gelben Laterne erhellt. Der Kalender selbst besteht aus einem alten Puppenhaus, das ich auf dem Flohmarkt erstanden habe. Das Haus ist zu alt, um ein Kind ins Schwärmen zu bringen, zu heruntergekommen, um für einen Sammler noch von Interesse zu sein – das Dach ist schlecht geleimt, die Fassade hat einen Riss und wurde mit Klebeband notdürftig repariert. Genau das, wonach ich gesucht habe.

Es ist groß – groß genug, um das Fenster auszufüllen –, hat ein schräges Dach, eine bemalte Vorderseite sowie vier Paneele, die man herausnehmen kann, um ins Innere zu blicken. Im Moment sind alle vier drin, und in die Fenster habe ich Jalousien gehängt, so dass man gerade noch das tröstlich goldene Licht von innen durchschimmern sieht.

»Toll!«, sagte Vianne, als sie mich daran herumbasteln sah. »Was wird das, eine Weihnachtskrippe?«

Ich grinste. »Nicht ganz. Es ist eine Überraschung.«

Heute habe ich so schnell gearbeitet, wie ich nur konnte. Das Schaufenster habe ich vor neugierigen Blicken geschützt, indem ich ein großes Tuch aus rotgoldener Sariseide aufgehängt habe, hinter dem die Verwandlung stattfand.

Ich begann mit der Landschaft. Um das Haus herum schuf ich einen Minigarten, außerdem gibt es einen See aus einem Stück blauer Seide, auf dem kleine Schokoladenenten schwimmen, einen Fluss und einen Weg aus bunten Zuckerkristallen, gesäumt von Bäumen und Büschen aus Papier und Pfeifenreinigern, alles mit Puderzucker bestreut. Und aus dem Adventshaus kommen kleine bunte Zuckermäuse gerannt, wie im Märchen ...

Für die Szenerie brauchte ich fast den ganzen Vormittag. Kurz vor zwölf kamen Nico und Alice – die beiden sind inzwischen unzertrennlich. Er bewunderte das Fenster und kaufte sich sofort eine Schachtel Makronen, während Alice zuschaute, wie ich mit einem feinen Spritzbeutel die Hausfassade ausbesserte.

»Fantastisch«, lobte Alice. »Besser als die Galeries Lafayette.«

Ich muss sagen, es ist wirklich ein Wunderwerk: halb Haus, halb Kuchen, mit Zuckerrahmen um die Fenster, auf dem Dach Wasserspeier aus Zucker, Zuckerstangen an den Türen und eine hübsche kleine Schneeschicht auf jedem Fenstersims und auf den Schornsteinen.

Um die Mittagszeit rief ich Vianne herein.

»Gefällt es dir?«, fragte ich sie. »Es ist noch nicht ganz fertig, aber – was meinst du?«

Zuerst sagte sie gar nichts. Aber ihre Farben hatten mir schon alles mitgeteilt, was ich wissen musste. Sie flammten so hell, dass sie fast den ganzen Raum ausfüllten. Und hatte sie etwa Tränen in den Augen? Ja. Ich glaube schon.

»Sagenhaft«, sagte sie schließlich. »Einfach sagenhaft.«

Ich tat ganz bescheiden. »Ach, du weißt ja –«

»Ich meine es ernst, Zozie. Du hilfst mir so viel.« Sie sah bekümmert aus, fand ich. Dazu hatte sie ja auch allen Grund. Das Symbol des Ehecatl ist sehr mächtig. Es spricht von Reisen, von Veränderungen, vom Wind –, und sie musste es spüren, um sich herum und vielleicht sogar in sich (meine *Mendiants* sind in vieler Hinsicht etwas ganz Spezielles), während sich Ehecatls Chemie mit ihrer eigenen vermischte, sie innerlich veränderte und mit ihr verschmolz –

»Und ich kann dir nicht mal ein anständiges Gehalt geben«, sagte sie.

»Bezahl mich doch einfach in Naturalien«, schlug ich grinsend vor. »So viele Pralinen, wie ich essen kann.«

Vianne schüttelte den Kopf. Dann runzelte sie die Stirn, als würde sie auf etwas lauschen, aber der Nebel verschluckte alle Geräusche. »Ich schulde dir sehr viel«, sagte sie dann. »Und ich habe noch nie etwas für dich getan.«

Sie schwieg, als hätte sie jetzt doch etwas gehört oder als wäre ihr etwas so Verwirrendes eingefallen, dass es ihr die Sprache verschlug. Das sind wieder die *Mendiants*, ihre Lieblingspralinen, Erinnerungen an glücklichere Zeiten –

»Ich habe eine Idee«, sagte sie, und ihre Miene hellte sich auf. »Du könntest doch hier wohnen. Bei uns. Wir haben ja noch Madame Poussins Zimmer. Sie sind nichts Besonderes, aber besser als dein Miniappartement. Du könntest mit uns essen, die Kinder fänden das bestimmt toll, und an Weihnachten, wenn wir ausziehen –«

Ihr Gesicht wurde traurig, aber nur ein bisschen.

Ich schüttelte den Kopf. »Ich wäre euch im Weg.«

»Nein, bestimmt nicht. Wir könnten rund um die Uhr arbeiten. Du würdest uns einen großen Gefallen tun.«

»Und was ist mit Thierry?«

»Was soll mit ihm sein?«, erwiderte Vianne mit einer Spur von Trotz. »Wir tun doch, was er will, oder? Wir ziehen in die Rue de la Croix. Warum sollst du bis dahin nicht bei uns wohnen? Und wenn wir ausziehen, kannst du dich um den Laden kümmern. Dafür sorgen, dass alles gut läuft. Thierry hat das sowieso schon vorgeschlagen. Er sagt, ich brauche eine Geschäftsleiterin.«

Ich tat so, als würde ich darüber nachdenken. Verliert Thierry die Geduld? fragte ich mich. Zeigt er ihr seine ungestümere Seite? Ich muss sagen, dass ich mir das schon fast gedacht habe – und jetzt, da Roux wieder aufgetaucht ist, muss sie alle beide auf Distanz halten, jedenfalls bis sie sich entschieden hat.

Eine Anstandsdame. Genau. Das braucht sie jetzt. Und wer wäre besser dafür geeignet als ihre Freundin Zozie?

»Aber du kennst mich doch noch gar nicht so lange«, wandte ich ein. »Ich könnte doch irgendjemand sein.«

Sie lachte. »Nein, könntest du nicht.«

*Da merkt man wieder, wie ahnungslos du bist*, dachte ich grinsend.

»Gut«, sagte ich. »Dann machen wir's.«

Wieder mal habe ich es geschafft. Ich bin drin.

# 5

Dienstag, 4. Dezember

Endlich! Sie zieht zu uns. *Wie cool ist das denn?*, würde Jean-Loup sagen. Gestern hat sie ihre Sachen gebracht – das bisschen, was sie besitzt. Ich habe noch nie jemanden gesehen, der so wenig Zeug hat, außer vielleicht Maman und ich, als wir noch unterwegs waren. Zwei Koffer – der eine ist für Schuhe, der andere für alles Übrige. In zehn Minuten war alles ausgepackt, und mir kommt es vor, als hätte sie schon immer hier gewohnt.

In ihrem Zimmer stehen noch lauter olle Möbel von Madame Poussin, Krempel für alte Damen, ein schmaler Kleiderschrank, der nach Mottenkugeln stinkt, und eine Kommode mit kratzigen Wolldecken. Die Vorhänge sind braun und beige, mit einem Rosenmuster, und das Bett ist ganz durchgelegen, mit einem Keilkissen aus Rosshaar, und dann gibt es noch einen fleckigen Spiegel, in dem jeder aussieht, als hätte er die Pocken. Das Zimmer einer Großmutter, aber Zozie schafft es bestimmt in null Komma nichts, dass es total cool wird.

Ich habe ihr beim Auspacken geholfen und ihr eins der Sandelholzsäckchen aus meinem Schrank gegeben, als Mittel gegen den Muffelgeruch.

»Das ist alles gar nicht so schlimm«, sagte sie, während sie lächelnd ihre Kleider in den alten Schrank hängte. »Ich habe ein paar Sachen mitgebracht, um das Zimmer aufzupeppen.«

»Was zum Beispiel?«

»Wart's ab. Du wirst schon sehen.«

Allerdings. Während Maman Essen machte und ich mal wieder

mit Rosette zur Weihnachtskrippe spazierte, arbeitete Zozie an dem Zimmer. Sie brauchte keine Stunde, und als ich später hochging, hätte man es kaum wiedererkannt. Die braun gemusterten Vorhänge waren verschwunden, stattdessen hingen in den Fenstern zwei große Stoffbahnen aus Sariseide, eine rot, die andere blau. Ein drittes Tuch (violett, mit Silberfäden durchzogen) hatte sie über die muffige Tagesdecke gebreitet, und über dem Kaminsims hing eine doppelte Lichterkette mit lauter bunten Lämpchen. Auf den Sims hatte sie ihre Schuhe gestellt, ein Paar neben dem anderen, wie Ornamente über dem Feuer.

Außerdem hat sie einen Flickenteppich mitgebracht und eine Lampe, an die sie alle ihre Ohrringe gehängt hatte, wie Troddel unten am Lampenschirm, und einer ihrer Hüte hing an der Wand, wo vorher ein Bild gewesen war. Hinter der Tür hing ein chinesischer Seidenmorgenrock, und um den Pockenspiegel herum hatte sie lauter Schmetterlinge mit Glitzersteinen drapiert, die sie sonst in den Haaren trägt.

»Toll«, sagte ich. »So gefällt mir das Zimmer.«

Und da war auch ein Geruch, der mich irgendwie an Lansquenet erinnerte, süßlich und wie in der Kirche.

»Das ist Weihrauch, Nanou«, sagte sie. »Ich verbrenne immer welchen in meinem Zimmer.«

Es war tatsächlich echter Weihrauch, solcher, den man auf heißen Kohlen verbrennt. Maman und ich haben das früher auch gemacht. Jetzt nicht mehr. Es ist ein bisschen aufwändig, aber es riecht gut, und außerdem finde ich Zozies Art von Chaos besser als die ordentliche Sauberkeit bei anderen Leuten.

Dann beförderte Zozie aus den Tiefen ihres Koffers eine Flasche Grenadine ans Tageslicht, und wir feierten alle gemeinsam unten ihren Einzug, mit Schokoladenkuchen und mit Eis für Rosette, und als ich schließlich ins Bett gehen wollte, war es schon fast Mitternacht, und Rosette war in einem Sitzsack eingeschlafen, und Maman räumte das Geschirr weg. Ich schaute Zozie an, mit ihren langen Haaren und ihrem Armband mit den kleinen Glücksbringern dran und ihren Augen, die leuchteten wie kleine Lämpchen, und da hatte ich auf einmal das Gefühl, als würde ich Maman sehen, Maman in Lansquenet, damals, als sie noch Vianne Rocher war.

»Wie findest du mein Adventshaus?«

Sie meinte die neue Schaufensterdekoration, den Ersatz für die Bonbonschuhe. Es ist ein Haus, und ich dachte zuerst, es soll eine Weihnachtskrippe werden, wie die auf der Place du Tertre, mit einem Jesuskind und den Heiligen Drei Königen und der heiligen Familie und allen Freunden. Aber es ist etwas viel Besseres. Es ist ein Zauberhaus in einem Zauberwald, wie im Märchen. Und jeden Tag wird hinter einem der Türchen oder Fenster eine andere Szene sichtbar. Heute ist es der Rattenfänger. Die Geschichte spielt hauptsächlich außerhalb des Hauses, die Ratten haben sich in rosarote, weiße, grüne und blaue Zuckermäuse verwandelt, und der Fänger besteht aus einer hölzernen Wäscheklammer, mit aufgemalten roten Haaren. Als Flöte hält er ein Streichholz in der Hand, und mit dieser Flöte lockt er die ganzen Zuckermäuse in einen Fluss aus Seide –

Und im Haus steht der Bürgermeister von Hameln, der ihm sein Geld nicht geben wollte. Er blickt aus einem der Schlafzimmerfenster. Er ist auch aus einer Wäscheklammer gebastelt und trägt ein Taschentuch-Nachthemd und eine Nachtmütze aus Papier, und mit Filzstift ist sein Gesicht aufgemalt, der Mund weit offen vor Schreck.

Ich weiß nicht, warum, aber irgendwie erinnert mich der Rattenfänger an Roux, mit seinen roten Haaren und den schäbigen Klamotten, und bei dem habgierigen alten Bürgermeister muss ich an Thierry denken. Für mich ist die Szene mehr als nur eine Schaufensterdekoration, genau wie die Krippe auf der Place du Tertre.

»Ich finde es ganz toll«, sagte ich.

»Das habe ich gehofft.«

Rosette in ihrem Sitzsack gab im Schlaf schniefende Geräusche von sich und tastete nach ihrer Decke, die auf den Fußboden gerutscht war. Zozie deckte sie wieder zu und strich ihr übers Haar.

Da hatte ich plötzlich eine komische Idee. Eigentlich war es mehr als eine Idee – eine Art Inspiration. Ich glaube, schuld daran war das Adventshaus. Jedenfalls dachte ich an die Krippe und daran, wie alle gleichzeitig zum Stall kommen – die Tiere und die Könige und die Hirten und die Engel und der Stern –, sie kommen, obwohl keiner sie eingeladen hat, als würden sie durch eine Art Zauber herbeigerufen.

Fast hätte ich es Zozie erzählt. Aber ich brauche Zeit, um meine Gedanken zu ordnen und um sicher zu sein, dass der Plan nicht völlig bekloppt ist. Mir ist nämlich etwas eingefallen. Etwas, was früher passiert ist, damals, als wir noch anders waren. Vielleicht hat es mit Rosette zu tun. Mit der armen Rosette, die schrie wie eine Katze und nie etwas gegessen hat und die immer wieder aufhörte zu atmen, ohne jeden Grund, sekundenlang, manchmal sogar minutenlang ...

Das Kind. Die Krippe. Die Tiere –

Die Engel und die Heiligen Drei Könige, die Weisen aus dem Morgenland –

Wer sind eigentlich diese Weisen? So wie sie aussehen, könnten sie genauso gut Zauberer oder Magier sein. Und wieso denke ich, dass ich schon mal einem begegnet bin?

# 6

Dienstag, 4. Dezember

In der Zwischenzeit musste ich mich immer wieder um Roux kümmern. Zu meinen Plänen gehört, dass er keinen direkten Kontakt mit Vianne hat, aber ich brauche ihn in der Nähe. Deshalb ging ich wie verabredet nach der Arbeit zur Rue de la Croix und wartete auf ihn.

Es war schon fast sechs, als er aus dem Haus kam. Thierrys Taxi war bereits vorgefahren – er wohnt in einem hübschen Hotel, solange die Wohnung renoviert wird –, aber Thierry selbst war noch nicht erschienen, und ich konnte aus sicherer Entfernung beobachten, wie Roux wartete, die Hände in den Taschen und den Kragen gegen den Regen hochgeklappt.

Thierry behauptet gern von sich, er sei ein Mann ohne Allüren, der keine Angst davor hat, sich die Hände schmutzig zu machen, und der niemals einen anderen Mann demütigen würde, nur weil er weniger Geld hat als er oder gesellschaftlich weniger angesehen ist. Stimmt natürlich alles nicht. Thierry ist ein Angeber der übelsten Sorte – er weiß es nur nicht, das ist alles. Aber in seinem Verhalten schlägt es sich trotzdem nieder, zum Beispiel, wenn er Laurent immer *mon pote* nennt, und ich sah es auch jetzt an der betont gemächlichen Art, wie er die Wohnung abschloss und die Alarmanlage aktivierte und sich dann erst mit überraschter Miene Roux zuwandte, als wollte er sagen: *Ach, Sie habe ich ja ganz vergessen –*

»Wie viel haben wir vereinbart? Hundert?«, fragte er.

Hundert Euro pro Tag, dachte ich. Nicht gerade großzügig. Aber

Roux zuckte wie immer nur die Achseln – eine Geste, die Thierry auf die Palme bringt, er will dann unbedingt eine Reaktion erzwingen. Roux hingegen bleibt cool. Aber mir fiel auf, dass er die ganze Zeit den Blick gesenkt hielt, als hätte er Angst, er könnte etwas offenbaren.

»Wäre ein Scheck okay?«, fragte Thierry.

Kein übler Schachzug, dachte ich. Er weiß selbstverständlich ganz genau, dass Roux kein Konto besitzt, dass er keine Steuern bezahlt und vielleicht ganz anders heißt.

»Oder möchten Sie es lieber in bar?«

Wieder zuckte Roux die Achseln. »Egal«, brummte er. Offenbar ist er eher bereit, den Lohn für einen ganzen Tag in den Wind zu schreiben, als ein Zugeständnis zu machen.

Thierry reagierte mit einem breiten Grinsen. »Gut, dann gebe ich Ihnen einen Scheck. Ich habe heute nicht viel Bargeld bei mir. Sind Sie auch wirklich einverstanden?«

Roux' Farben flammten auf, aber er schwieg verstockt.

»Auf wen soll ich ihn ausstellen?«

»Lassen Sie es offen.«

Immer noch grinsend unterschrieb Thierry den Scheck. Er ließ sich Zeit, dann reichte er ihn Roux mit einem jovialen Zwinkern. »Hier – wir sehen uns dann morgen. Um dieselbe Uhrzeit. Es sei denn, Sie haben schon genug.«

Roux schüttelte den Kopf.

»Also gut. Halb neun. Und kommen Sie bitte nicht zu spät.« Mit diesen Worten stieg er in sein Taxi und ließ Roux mit seinem nutzlosen Scheck stehen.

Roux war zu sehr in Gedanken versunken, um zu merken, dass ich mich ihm näherte.

»Roux«, sagte ich.

»Vianne?« Er drehte sich um, mit einem Lächeln auf dem Gesicht. »Ach, Sie sind's.« Das Lächeln verblasste.

»Ich heiße Zozie.« Ich warf ihm einen tadelnden Blick zu. »Und Sie könnten ruhig versuchen, ein bisschen charmanter zu sein.«

»Wie bitte?«

»Na ja, Sie könnten wenigstens so tun, als würden Sie sich freuen, mich zu sehen.«

»Oh. Verzeihung.« Er schien betroffen zu sein.

»Wie ist der Job?«

»Nicht schlecht.«

Ich lächelte. »Kommen Sie – wir suchen uns einen trockenen Ort, um zu reden. Wo wohnen Sie?«

Er nannte eine Absteige in einer Seitenstraße der Rue de Clichy – so ähnlich hatte ich es mir vorgestellt.

»Dann gehen wir doch dorthin. Ich habe nicht viel Zeit.«

Ich kannte das Hotel – billig und schmuddelig, aber man kann bar bezahlen, was für Leute wie Roux entscheidend ist. Es gibt keinen Schlüssel für die Eingangstür, sondern Tasten und einen Kode. Ich beobachtete, wie er die Zahlenkombination eingab – 825436 –, sein Profil vom grellen Orangegelb der Straßenlaterne hell erleuchtet. Speichern für später. Kodes sind immer nützlich.

Wir traten ein. Sein Zimmer: dunkel, unfreundlich, der Teppich klebrig. Alles in allem eine quadratische Zelle, deren Farbe an alten Kaugummi erinnerte, ein schmales Bett und sonst nicht viel. Kein Fenster, kein Stuhl, nur ein Waschbecken, ein Heizkörper und ein billiger Kunstdruck an der Wand.

»Also?«, fragte Roux.

»Versuchen Sie mal die hier«, sagte ich und holte eine kleine, als Geschenk verpackte Schachtel aus meiner Manteltasche. »Ich habe sie alle selbst gemacht. Ein Geschenk des Hauses.«

»Danke«, erwiderte er säuerlich und legte die Schachtel aufs Bett, ohne sie genauer zu würdigen.

Wieder empfand ich einen empörten Stich.

Eine Trüffel, dachte ich. Ist das zu viel verlangt? Die Symbole auf der Schachtel waren wirkungsvoll (ich hatte den roten Kreis der Herrin des Blutmondes verwendet, den Kreis der Verführerin, der Verschlingerin der Herzen). Wenn er nur eine einzige der Pralinen kosten würde, wäre es so viel einfacher, ihn zu überreden –

»Wann kann ich kommen?«, fragte Roux ungeduldig.

Ich setzte mich ans Fußende des Bettes. »Es ist kompliziert«, begann ich. »Sie haben sie überrumpelt, wissen Sie. Sie können nicht einfach so auftauchen, aus dem Nichts – zumal sie mit einem anderen zusammen ist –«

Er lachte bitter. »Ah, ja, Le Tresset. Monsieur Großkotz.«

»Keine Sorge. Ich kann den Scheck für Sie einlösen.«

»Sie haben das mitgekriegt?« Er musterte mich verdutzt.

»Ich kenne Thierry. Er gehört zu den Männern, die einem anderen Mann nicht die Hand geben, ohne sich zu überlegen, wie viele Knochen sie ihm brechen können. Und er ist eifersüchtig auf Sie.«

»Eifersüchtig?«

»Ja, klar.«

Er grinste. Die Vorstellung schien ihm zu gefallen. »Weil ich alles habe, was? Geld, gutes Aussehen, ein Haus auf dem Land –«

»Sie haben mehr als das«, sagte ich.

»Was?«

»Sie liebt Sie, Roux.«

Einen Moment lang schwieg er. Er schaute mich nicht an, aber ich sah die Spannung in seinem Körper, das Aufleuchten der Farben – vom Blaugelb der Gasflamme zu Neonrot –, und ich wusste, ich hatte einen Volltreffer gelandet.

»Hat sie Ihnen das gesagt?«, fragte er schließlich.

»Nein, nicht direkt. Aber ich weiß, dass es stimmt.«

Neben dem Waschbecken stand ein Pyrexglas. Er füllte es mit Wasser und leerte es in einem Zug, holte tief Luft, füllte es noch einmal. »Wenn es tatsächlich so ist«, sagte er, »weshalb heiratet sie dann Le Tresset?«

Ich lächelte und hielt ihm die kleine Schachtel noch einmal hin. Der rote Kreis der Herrin des Blutmondes warf einen seltsamen Glanz auf sein Gesicht.

»Wollen Sie wirklich keine Praline?«

Er schüttelte ungeduldig den Kopf.

»Na gut«, sagte ich. »Aber sagen Sie mir eins: Als Sie mich das erste Mal gesehen haben, nannten Sie mich Vianne. Wieso?«

»Ich habe es Ihnen doch schon erklärt. Sie hatten von hinten unglaublich viel Ähnlichkeit mit ihr. Das heißt – Sie haben ausgesehen wie Vianne früher.«

»Früher?«

»Sie hat sich verändert«, sagte er. »Ihre Haare, ihre Kleider –«

»Stimmt. Das liegt an Thierry. Er will sie kontrollieren und ist krankhaft eifersüchtig. Alles muss immer so laufen, wie er es sich vorstellt. Am Anfang war er sehr nett. Er hat mit den Kindern geholfen und hat Vianne Geschenke gemacht, teure Geschenke. Aber dann hat er angefangen, sie unter Druck zu setzen. Jetzt schreibt er ihr vor, was sie anziehen soll und wie sie sich verhalten soll, und er mischt sich sogar in die Kindererziehung ein. Dabei ist es natürlich nicht besonders günstig, dass er der Hausbesitzer ist und sie jederzeit auf die Straße setzen kann –«

Roux' Miene verfinsterte sich. Ah, endlich drang ich zu ihm durch! Ich sah den Zweifel in seinen Farben, die ersten Anzeichen von Wut. Das war schon viel verheißungsvoller.

»Aber wieso hat sie mir das nicht gesagt? Warum hat sie mir nicht geschrieben?«

»Vielleicht hatte sie Angst«, sagte ich.

»Angst? Vor ihm?«

»Wer weiß.«

Jetzt konnte ich richtig sehen, wie er grübelte, mit gesenktem Kopf, die Augen vor lauter Konzentration zusammengekniffen. Aus irgendeinem Grund traute er mir nicht, aber ich wusste, dass er trotzdem anbeißen würde. Ihretwegen. Wegen Vianne Rocher.

»Ich gehe zu ihr und rede mit ihr.«

»Das wäre ein kapitaler Fehler.«

»Wieso?«

»Vianne will Sie noch nicht sehen. Sie müssen ihr Zeit lassen. Sie können nicht erwarten, dass sie sich so hopplahopp entscheidet.«

Sein Blick sagte mir, dass er genau das erwartet hatte.

Ich legte ihm die Hand auf den Arm. »Wissen Sie was?«, sagte ich. »Ich rede mit ihr. Ich werde versuchen, sie dazu zu bringen, die Dinge aus Ihrem Blickwinkel zu sehen. Aber Sie sollten sie weder besuchen noch anrufen oder ihr schreiben. Glauben Sie mir –«

»Weshalb sollte ich Ihnen glauben?«

Na ja, ich hatte ja gewusst, dass er ein harter Brocken sein würde, aber so allmählich wurde es mir doch zu dumm. Ich gab meiner Stimme eine gewisse Schärfe. »Weshalb Sie mir glauben sollten? Weil ich Viannes Freundin bin und weil es mir wichtig ist, was mit ihr und den Kindern passiert. Und wenn Sie auch nur eine Minute lang aufhören könnten, immer nur Ihre Wunden zu lecken, dann würden Sie merken, dass sie Zeit braucht, um nachzudenken. Ich meine – wo waren Sie denn die letzten vier Jahre? Und woher soll sie wissen, dass Sie nicht sofort wieder abhauen? Thierry ist nicht perfekt, das stimmt, aber er ist hier, und er ist zuverlässig, was man von Ihnen nicht gerade behaupten kann –«

Manche Leute reagieren eher auf Schroffheit als auf Charme. Roux gehört offensichtlich zu dieser Sorte. Auf einmal klang er wesentlich kooperativer.

»Verstehe«, sagte er. »Es tut mir leid, Zozie.«

»Werden Sie also tun, was ich Ihnen sage? Sonst hat es nämlich überhaupt keinen Sinn, dass ich Ihnen zu helfen versuche.«

Er nickte.

»Versprochen?«

»Ja.«

Ich seufzte. Der schwierigste Teil war geschafft.

Eigentlich schade. Ich finde ihn ja schon ziemlich attraktiv, trotz allem. Aber vor den Erfolg haben die Götter den Schweiß gesetzt. Erst dann sind sie bereit, uns einen Gefallen zu tun, und ich werde sie am Ende des Monats um einen riesigen Gefallen bitten, so viel steht fest.

# 7

Mittwoch, 5. Dezember

Heute war Suze wieder da. Sie hatte eine Mütze auf statt des Tuchs und versuchte, die verpasste Zeit wieder wettzumachen. Beim Mittagessen steckten sie und Chantal wie immer die Köpfe zusammen, und danach ging's los mit den gehässigen Bemerkungen und mit dem ewigen *Wo steckt denn dein Freund?* und den blöden *Annie ist Es*-Spielen.

Jetzt ist wirklich Schluss mit Lustig. Was sie machen, ist nicht mehr nur gemein, sondern total fies. Sandrine und Chantal erzählen allen davon, wie sie letzte Woche in der *Chocolaterie* waren. In ihrer Erzählung ist unser Laden eine Kombination aus Hippiehöhle und Müllhalde. Und sie lachen die ganze Zeit wie bekloppt.

Und außerdem war leider auch noch Jean-Loup krank, und ich war wieder ganz allein. Eigentlich ist mir das egal. Aber es ist nicht fair. Wir haben uns solche Mühe gegeben, Maman, Zozie, Rosette und ich, und dann kommt diese doofe Chantal mit ihren Freundinnen daher und tut so, als wären wir nichts als lauter blöde Versager.

Normalerweise würde mich das nicht weiter interessieren. Aber eigentlich wird doch alles immer besser, seit jetzt auch noch Zozie bei uns eingezogen ist, und das Geschäft läuft sehr gut, der Laden ist immer voll mit Kunden, jeden Tag, und dann ist auch noch Roux wie aus dem Nichts erschienen –

Aber das ist jetzt schon vier Tage her, und er hat sich noch nicht wieder blicken lassen. Ich musste in der Schule die ganze Zeit an ihn denken und habe mir überlegt, wo sein Boot liegt oder ob er uns vielleicht angelogen hat und irgendwo unter einer Brücke schläft oder in einem leer stehenden Haus, so wie in Lansquenet, nachdem Monsieur Muscat sein Boot abgefackelt hat.

Ich konnte mich im Unterricht gar nicht konzentrieren, und Monsieur Gestin schrie mich an und sagte, ich würde nicht aufpassen, sondern träumen, und Chantal und Co. kicherten natürlich sofort los, und ich konnte nicht mal mit Jean-Loup darüber reden.

Und heute wurde alles noch viel schlimmer. Als ich nach der Schule neben Claude Meunier und Mathilde Chagrin in der Schlange stand, kam nämlich Danielle zu mir, mit dieser geheuchelt besorgten Miene, die sie oft aufsetzt, und sie sagte: »Stimmt es eigentlich, dass deine kleine Schwester behindert ist?«

Chantal und Suze standen ganz in unserer Nähe und machten unbeteiligte Pokergesichter. Ich konnte allerdings an ihren Farben sehen, dass sie mich alle miteinander vorführen wollten. Die beiden mussten sich so anstrengen, um nicht zu lachen, dass sie fast platzten.

»Ich weiß nicht, wovon du redest.« Ich machte meine Stimme ganz neutral. Niemand weiß etwas von Rosette – jedenfalls dachte ich das bis heute. Aber dann fiel es mir wieder ein: Als Suze einmal bei uns war, haben wir mit Rosette im Laden gespielt –

»Das hat mir aber jemand erzählt«, sagte Danielle. »Dass deine Schwester behindert ist. Alle wissen das.«

So viel zum Thema beste Freundin, dachte ich. Samt dem pinkfarbenen Emailleanhänger und dem Versprechen, das sie mir gegeben hat, dass sie niemandem etwas erzählt, großes Indianerehrenwort –

Ich funkelte sie böse an, wie sie da stand mit ihrer neonpinken Mütze (Rothaarige dürfen niemals Neonpink tragen).

»Manche Leute sollten sich lieber um ihren eigenen Kram kümmern«, sagte ich so laut, dass alle mich hören konnten.

Danielle grinste hämisch. »Dann stimmt es also«, sagte sie, und ihre Farben leuchteten gierig, wie glühende Kohlen, wenn sie plötzlich Zugluft kriegen.

In mir brodelte es. *Trau dich bloß nicht*, sagte ich böse. *Noch ein Wort* –

»Klar stimmt es«, sagte Suze. »Ich meine – sie ist vier oder was, und sie kann noch nicht mal reden oder richtig essen. Meine Mutter sagt, sie ist ein Mongo. Und sowieso sieht sie auch aus wie ein Mongo.«

»Tut sie nicht«, sagte ich ruhig.

»Tut sie doch. Sie ist hässlich und behindert – genau wie du.«

Suze lachte. Chantal fing auch an zu kichern. Dann riefen sie im Chor – Mongo, Mongo –, und ich sah, wie Mathilde Chagrin mich mit ihren blassen, verängstigten Augen anstarrte, und plötzlich –

BAM!

Ich weiß nicht genau, was passiert ist. Es ging so schnell – wie eine Katze, die gerade noch schläfrig geschnurrt hat, und eine Sekunde später faucht und kratzt sie. Ich weiß, dass ich mit den Fingern eine Teufelsgabel gemacht habe, so wie Zozie im Tea-Shop. Keine Ahnung, was ich damit eigentlich erreichen wollte, aber ich spürte, wie irgendetwas von meiner Hand lossauste, als würde ich tatsächlich etwas werfen, einen kleinen Stein oder eine rotierende Scheibe oder etwas, das brennt.

Jedenfalls kam die Wirkung prompt. Ich hörte, wie Suzanne aufschrie. Dann riss sie sich plötzlich ihre neonpinke Mütze vom Kopf.

»Au! Au!«

»Was ist los?«, wollte Chantal wissen.

»Es juckt so!«, jaulte Suze. Sie kratzte sich wie verrückt am Kopf, ich sah rote Hautstellen unter den spärlichen Haaren. »Meine Güte, wie das juckt!«

Mir wurde auf einmal übel, ich fühlte mich ganz zittrig, so wie neulich abends bei Zozie. Aber das Schlimmste war, dass es mir überhaupt nicht leidtat, im Gegenteil, ich fand es irgendwie aufregend, so, wie wenn etwas Schlimmes passiert, und du bist schuld, aber niemand weiß es.

»Was ist los?«, fragte Chantal noch einmal.

»Keine Ahnung!«, schrie Suzanne.

Danielle machte ihr besorgtes Gesicht, aber es war wieder geheuchelt, so wie vorhin bei mir, bevor sie fragte, ob Rosette behindert ist, und Sandrine gab ganz komische Quiektöne von sich, ob aus Mitleid oder vor Aufregung, konnte ich nicht sagen.

Dann begann Chantal, sich am Kopf zu kratzen.

»Hast du Nissen?«, fragte Claude Meunier.

Die Leute hinten in der Schlange lachten.

Jetzt fing Danielle auch an, sich zu kratzen.

Es war, als hätte jemand eine Tüte Juckpulver auf die vier geworfen. Juckpulver – oder etwas Schlimmeres. Chantal machte erst ein bitterböses Gesicht, dann bekam sie Angst. Suzanne wurde richtig hysterisch. Und einen Moment lang hatte ich ein supertolles Gefühl –

Dann tauchte eine Erinnerung auf. Ich war noch ganz klein. Ein Tag am Meer, ich planschte im Badeanzug herum. Maman mit einem Buch am Strand. Ein Junge, der mich mit Salzwasser anspritzte, so dass meine Augen brannten. Als er vorbeiging, warf ich einen Stein nach ihm, einen kleinen Kiesel. Ich dachte nicht, dass ich ihn treffen würde –

Es war nur ein Unfall –

Der Junge schrie, hielt sich den Kopf. Maman kam zu mir gerannt, wütend, erschrocken. Dieser schreckliche Schock – ein Unfall –

Bilder von Glasscherben, ein aufgeschlagenes Knie, ein streunender Hund, der winselnd unter einem Bus kauert.

*Das sind Unfälle, Nanou.*

Langsam wich ich zurück. Ich wusste nicht, ob ich lachen oder weinen sollte. Es war komisch – so wie etwas Schlimmes manchmal komisch sein kann. Und es fühlte sich immer noch toll an, auf diese schauerliche Art –

»Was ist das bloß, verdammt noch mal?«, schrie Chantal.

Was immer es war, es war ziemlich effektiv. Juckpulver hätte keine so dramatische Wirkung gehabt. Aber ich konnte nicht richtig sehen, was sich eigentlich abspielte. Es standen zu viele Leute herum, und die Schlange hatte sich in ein Knäuel verwandelt, weil natürlich alle wissen wollten, was los war.

Ich wollte es nicht wissen. Ich wusste es schon.

Plötzlich hatte ich nur noch einen Wunsch: Ich wollte zu Zozie. Sie würde wissen, was ich tun musste. Und sie würde mich nicht ausquetschen. Ich hatte keine Lust, auf den Bus zu warten, also nahm ich die Metro und rannte von der Place de Clichy nach Hause. Ich war völlig außer Atem, als ich in den Laden kam. Maman war in der Küche und machte Rosette etwas zu essen. Und ich schwöre, Zozie wusste schon Bescheid, noch bevor ich den Mund aufmachte.

»Was ist los, Nanou?«

Ich schaute sie an. Sie trug Jeans und ihre Bonbonschuhe, die noch röter und höher und strahlender aussahen als sonst, mit diesen glitzernden Absätzen. Als ich die Schuhe sah, ging es mir gleich besser, und mit einem Seufzer der Erleichterung ließ ich mich in einen der rosaroten Leopardensessel plumpsen.

»Wie wär's mit einer Schokolade?«

»Nein, danke.«

Sie goss mir eine Cola ein. »So schlimm?«, fragte sie, während sie zuschaute, wie ich das Glas in einem Zug leerte – so schnell, dass mir Bläschen aus der Nase kamen. »Hier, trink noch ein Glas. Und dann sagst du mir, was los ist.«

Ich erzählte ihr alles, aber leise, damit Maman mich nicht hören konnte. Ich musste meine Geschichte zweimal unterbrechen, einmal, weil Nico mit Alice hereinspazierte, und dann noch einmal, als Laurent kam, um einen Kaffee zu trinken, und fast eine halbe Stunde blieb und sich darüber beschwerte, was im *Le P'tit Pinson* alles gemacht werden musste und wie unmöglich man in dieser Jahreszeit einen Klempner bekommen konnte, und dann natürlich das Immigrantenproblem und überhaupt sämtliche Themen, die zu seiner Litanei gehören.

Als er endlich ging, war es Zeit, den Laden zu schließen, und Maman machte Abendessen. Zozie löschte die Lichter im Laden, so dass man das Adventshaus noch besser sehen konnte. Der Rattenfänger war weg und durch einen Chor von Schokoladenengeln ersetzt worden, die im Zuckerschnee sangen. Es sieht wunderschön aus. Aber das Haus selbst ist immer noch ein Rätsel. Geschlossene Türen, zugezogene Vorhänge und nur ein einziges Licht, das aus der Dachkammer leuchtet.

»Darf ich reingucken?«, fragte ich.

»Vielleicht morgen«, sagte Zozie. »Kommst du mit hoch? Dann können wir in Ruhe weiterreden.«

Langsam folgte ich ihr die Treppe hinauf. Auf den schmalen Stufen machten die Bonbonschuhe mit diesen sagenhaften Absätzen klack, klack, klack, als würde jemand an die Tür klopfen und mich bitten, ja, anflehen, ihn einzulassen.

# 8

Donnerstag, 6. Dezember

Heute Morgen hängt der Nebel wie ein Segel über Montmartre, schon den dritten Tag in Folge. Für morgen oder übermorgen hat man uns Schnee versprochen, aber heute ist die Stille irgendwie unheimlich, die normalen Verkehrsgeräusche und die Schritte der Passanten auf dem Kopfsteinpflaster werden vom Nebel verschluckt. Es ist wie vor hundert Jahren, und aus dem Dunst ragen drohende Geister in langen Mänteln –

Es könnte auch der Morgen meines letzten Schultags sein, der Morgen, an dem ich mich von St. Michael's-on-the-Green emanzipierte und begriffen habe, dass das Leben – dass jedes Leben – nichts weiter ist als ein unnützer Brief im Wind, den man aufheben, mitnehmen, verbrennen oder wegwerfen kann, je nachdem, was die Umstände erfordern.

Du wirst das noch früh genug lernen, Anouk. Ich kenne dich besser als du selbst. Hinter der Fassade des braven Mädchens verbirgt sich ein enormes Potenzial für Wut und Hass, genau wie bei jenem anderen Mädchen, das auch immer *Es* sein musste – bei dem Mädchen, das ich war –, vor vielen, vielen Jahren.

Aber alles braucht einen Katalysator. Manchmal genügt eine Kleinigkeit, ein Lufthauch, ein Fingerschnippen. Manche *Piñatas* sind hartnäckiger als andere. Aber jede hat ihren Schwachpunkt. Und wenn die Büchse einmal geöffnet ist, kann man sie nicht wieder schließen.

Mein Katalysator war ein Junge. Er hieß Scott McKenzie. Er war siebzehn, blond, sportlich, mustergültig. Er war neu in St. Michael's-on-the-Green, sonst hätte er ja von vornherein Bescheid gewusst und wäre dem Mädchen, das *Es* war, aus dem Weg gegangen, um sich passendere Objekte der Begierde zu suchen.

Stattdessen wählte er mich aus – jedenfalls eine Weile. Und so fing alles an. Kein besonders origineller Start, aber am Schluss ging alles in Flammen auf, ganz wie es sein soll. Ich war sechzehn, und mithilfe meines Systems hatte ich das Beste aus mir gemacht. Ich war vielleicht noch ein bisschen mausig – eine Folge davon, dass ich so viele Jahre ein Freak gewesen war. Aber ich hatte schon damals viel Potenzial. Ich war ehrgeizig, wütend und ganz schön gerissen. Meine Methoden waren eher praktischer Natur als okkult. Ich kannte mich mit Giften und Kräutern aus, ich wusste, wie man Leuten, die einen ärgern, böse Bauchschmerzen anhängt, und ich begriff bald, dass eine Prise Juckpulver in den Socken eines Mitschülers oder ein paar Tropfen Chiliöl in der Wimperntusche eine schnellere und wesentlich dramatischere Wirkung haben als alle Zaubersprüche dieser Welt.

Und was Scott anging – er war leichte Beute. Männliche Jugendliche, selbst die Allerklügsten, werden nur zu einem Drittel von ihrem Verstand gesteuert und zu zwei Dritteln von Testosteron. Und mein Rezept – eine Mischung aus Schmeichelei, Glamour, Sex, *Pulque* und einer Minidosis Pilzpulver, das nur ein paar Erwählten unter den Kunden meiner Mutter zugänglich war – machte ihn in null Komma nichts zu meinem Sklaven.

Damit mich niemand falsch versteht: Ich war nie verliebt in Scott. Vielleicht war ich kurz davor – aber es reichte nicht ganz. Anouk braucht das nicht zu wissen, sie muss überhaupt die unerquicklicheren Details der Geschehnisse in St. Michael's-on-the-Green nicht unbedingt erfahren. Ich habe ihr eine geglättete Version aufgetischt und sie zum Lachen gebracht. Scott McKenzie habe ich mit so viel Enthusiasmus geschildert, dass er sogar Michelangelos David in den Schatten gestellt hätte; dann erzählte ich ihr den Rest in einer Sprache, die sie versteht. Graffiti, Tratsch, Gemeinheiten, Schmutz.

Kleine Quälereien – jedenfalls zuerst. Gestohlene Klamotten, zerrissene Bücher, ausgeräumte Schließfächer, fiese Gerüchte. Ich war daran gewöhnt. Irrelevante Belästigungen, bei denen ich mir nicht die Mühe machte, mich zu rächen. Außerdem war ich ja fast verliebt und ziemlich schadenfroh, weil ich wusste, dass die anderen Mädchen mich beneideten – zum ersten Mal. Dass sie mich anschauten und sich fragten, was ein Junge wie Scott McKenzie an dem Mädchen, die *Es* war, finden konnte.

Für Anouk machte ich eine hübsche Geschichte daraus. Ich entwarf eine Serie ungefährlicher kleiner Racheaktionen – gemein genug, um eine gewisse Ähnlichkeit zwischen uns zu konstruieren, aber doch so harmlos, dass ihr zartes Herz nicht angegriffen wurde. Die Wahrheit ist weniger hübsch, aber das ist die Wahrheit ja immer.

»Sie haben es sich selbst zuzuschreiben«, sagte ich zu Anouk. »Du hast ihnen nur gegeben, was sie verdienen. Es ist nicht deine Schuld.«

Sie war immer noch blass. »Wenn Maman das wüsste!«

»Sag's ihr einfach nicht«, riet ich ihr. »Außerdem, was ist denn Schlimmes passiert? Du hast doch niemandem wehgetan«, fügte ich mit nachdenklicher Miene hinzu. »Aber wenn du nicht lernst, diese Fähigkeiten richtig einzusetzen, dann passiert es dir vielleicht eines Tages, ganz aus Versehen –«

»Maman sagt, es ist nur ein Spiel. Es ist nicht real. Sie sagt, dass ich mir das alles nur einbilde.«

Ich schaute sie an. »Glaubst du das auch?«

Sie murmelte etwas vor sich hin, ohne mich anzusehen – ihr Blick ruhte auf meinen Schuhen.

»Nanou«, sagte ich.

»Maman lügt nicht.«

»Alle Menschen lügen.«

»Du auch?«

Ich grinste. »Ich bin nicht alle Menschen. Oder?« Ich machte mit dem Fuß eine kleine Kickbewegung, so dass aus dem mit Strass besetzten roten Absatz Lichtfunken blitzten, und stellte mir das entsprechende Funkeln in ihren Augen vor, eine winzige Reflexion in Rubinrot und Gold.«»Mach dir keine Sorgen, Nanou. Ich weiß, wie du dich fühlst. Was du brauchst, ist ein System, das ist alles.«

»Ein System?«

Und dann erzählte sie mir davon, zuerst zögernd, aber dann mit wachsender Begeisterung, so dass mir ganz warm ums Herz wurde. Sie hatten früher ihr eigenes System gehabt, merkte ich; eine kunterbunte Sammlung von Geschichten, Tricks und Zaubersprüchen, dazu Medizinsäckchen, um die Geister zu bannen, Lieder, um den Winterwind zu besänftigen, damit er sie nicht davonblies.

»Aber warum hätte der Wind euch wegpusten sollen?«

Anouk zuckte die Achseln. »Das tut er eben.«

»Welches Lied habt ihr gesungen?«

Sie sang es für mich. Es ist ein altes Lied, ein Liebeslied, glaube ich, melancholisch, ja, traurig. Vianne singt es immer noch – ich höre sie manchmal, wenn sie es für Rosette singt oder wenn sie in der Küche die Kuvertüre verarbeitet.

*V'là l'bon vent, v'là l'joli vent*
*V'là l'bon vent, ma mie m'appelle –*

»Ich verstehe«, sagte ich. »Und jetzt hast du Angst, du könntest den Wind aufwecken.«

Sie nickte bedächtig. »Es ist dumm. Ich weiß.«

»Nein, es ist nicht dumm«, entgegnete ich. »Die Menschen denken das seit Hunderten von Jahren. In der englischen Sage wecken die Hexen den Wind, indem sie sich die Haare kämmen. Die Aborigines glauben, dass der gute Wind Bara ein halbes Jahr von dem bösen Wind Mamariga gefangen gehalten wird, und jedes Jahr müssen sie ihn mit ihrem Gesang befreien. Und was die Azteken betrifft –« Ich lächelte sie an. »Die Azteken haben die Macht des Windes auch sehr genau verstanden – der Atem des Windes bewegt die Sonne und vertreibt den Regen. Ehecatl heißt dieser Wind, und sie haben ihn mit Schokolade verehrt.«

»Aber – haben sie nicht auch Menschenopfer dargebracht?«

»Tun wir das nicht alle, jeder auf seine Art?«

Menschenopfer. Was für ein bleischwerer Begriff. Aber ist es nicht genau das, was Vianne Rocher getan hat – hat sie nicht ihre Kinder den fetten Göttern der Zufriedenheit geopfert? Wünsche verlangen ein Opfer – das wussten die Azteken besser als wir. Auch die Maya wussten es. Sie kannten die schreckliche Gier der Götter, ihren unstillbaren Hunger nach Blut und Tod. Und sie verstanden die Welt viel besser, könnte man sagen, als die Beter in Sacré Cœur, in diesem riesigen weißen Heißluftballon oben auf der *Butte*. Und wenn man die Glasur von Kuchen kratzt, stößt man auf das gleiche dunkle, bitter schmeckende Innere.

Denn wurde nicht auch Sacré Cœur auf Angst aufgebaut, Stein für Stein? Ist das Fundament der Kirche nicht die Furcht vor dem Tod? Und die Bilder von Christus, der sein Herz bloßlegt – unterscheiden sie sich so grundsätzlich von den Bildern der Herzen, die den dargebrachten Opfern aus der Brust gerissen wurden? Und ist das Ritual des Abendmahls, bei dem man das Blut und den Leib Christi gemeinsam verzehrt, weniger grausam und abstoßend als all die anderen Opferriten?

Anouk mustert mich mit weit aufgerissenen Augen.

»Es war Ehecatl, der den Menschen die Fähigkeit zu lieben schenkte«, fuhr ich fort. »Er war es, der unserer Welt Leben einhauchte. Der Wind war den Azteken sehr wichtig, wichtiger als der Regen, sogar noch wichtiger als die Sonne. Denn Wind bedeutet Veränderung, und ohne Veränderung geht die Welt zugrunde.«

Sie nickte, wie eine kluge Schülerin, und das ist sie ja auch. Mich überschwemmte eine bedenkliche Welle der Zuneigung, eine schon fast zärtliche Anteilnahme – beunruhigend mütterlich –

Oh, nein, ich laufe nicht Gefahr, den Kopf zu verlieren. Aber es macht mir Freude, mit Anouk zusammen zu sein, ihr etwas beizubringen, ihr die alten Geschichten zu erzählen. Ich weiß noch genau, wie hingerissen ich war, als ich das erste Mal nach Mexiko-Stadt gefahren bin: die Farben, die Sonne, die Masken, die Gesänge, dieses Gefühl, endlich nach Hause zu kommen –

»Du kennst doch die Formulierung – *der Wind der Veränderung*?«

Wieder nickte sie.

»Tja, das ist es, was wir sind. Menschen wie wir. Menschen, die den Wind wecken können –«

»Aber ist das nicht falsch?«

»Nicht immer«, erwiderte ich. »Es gibt gute Winde und schlechte Winde. Du musst dich entscheiden, das ist alles. Tu, was du willst. So einfach ist das. Du kannst dich einschüchtern lassen, oder du kannst dich wehren. Du kannst mit dem Wind fliegen wie ein Adler, Nanou – oder du kannst zulassen, dass er dich wegbläst.«

Lange sagte sie gar nichts, sondern saß reglos da, den Blick immer noch auf meine Schuhe gerichtet. Endlich hob sie den Kopf.

»Woher weißt du das alles?«

Ich grinste. »Na ja – ich bin in einem Buchladen aufgewachsen, bei einer Hexe.«

»Und du bringst mir bei, wie man den Wind nutzen kann?«

»Natürlich. Wenn du es willst.«

Wieder schwieg sie und starrte auf meine Schuhe. Eine Lichtperle löste sich von dem Absatz und zerplatzte in tausend Prismen, die funkelnd an der Wand tanzten.

»Möchtest du sie mal anprobieren?«

Sie blickte kurz hoch. »Meinst du, sie passen mir?«

Ich musste ein Lächeln unterdrücken. »Zieh sie an – dann weißt du es.«

»O, là là! Wie cool ist das denn?«

Sie stakste in den Stilettos herum wie eine neugeborene Giraffe, ihre Augen leuchteten, und sie streckte tastend die Hände aus, wie eine Blinde, und lächelte glücklich, ohne zu ahnen, dass ich unten auf die Sohle mit Bleistift das Zeichen der Herrin des Blutmondes gezeichnet hatte.

»Gefallen sie dir?«

Sie nickte und grinste plötzlich verlegen. »Ich finde sie super«, sagte sie. »Richtige Bonbonschuhe.«

Bonbonschuhe. Das Wort entlockte mir ein Lächeln. Irgendwie trifft es genau ins Schwarze. »Es sind deine Lieblingsschuhe, stimmt's?«, sagte ich.

Sie nickte wieder, und ihre Augen blitzten wie Sterne.

»Du kannst sie haben, wenn du willst.«

»Ich kann sie haben? Für immer?«

»Warum nicht?«

Einen Moment lang war sie sprachlos. Sie hob den Fuß, eine Bewegung, die sowohl ungelenk als auch herzzerbrechend graziös war, beides gleichzeitig. Und dazu schenkte sie mir ein Lächeln, bei dem mir fast das Herz stehen blieb.

Aber plötzlich verdunkelte sich ihr Gesicht. »Maman würde nie erlauben, dass ich sie trage.«

»Maman braucht es nicht zu erfahren.«

Anouk schaute immer noch auf ihre Füße, beobachtete, wie das Licht von den roten Absätzen auf den Boden hüpfte. Ich glaube, sie ahnte schon, welchen Preis ich dafür verlangen würde, aber die Verlockung der Schuhe war zu groß, um Widerstand zu leisten. Schuhe können dich überallhin tragen, Schuhe können bewirken, dass du dich verliebst, Schuhe können dich in einen anderen Menschen verwandeln –

»Und es passiert auch wirklich nichts Schlimmes?«, fragte sie.

»Nanou.« Ich lächelte. »Es sind doch nur Schuhe.«

# 9

Donnerstag, 6. Dezember

Thierry arbeitet schon die ganze Woche sehr hart. So hart, dass ich kaum mit ihm gesprochen habe; ich bin immer im Laden, und er renoviert die Wohnung, und dazwischen finden wir kaum eine Minute füreinander. Heute hat er mich angerufen, um mit mir über das Parkett zu reden (finde ich helle oder dunkle Eiche besser?). Er hat mich aber gleich gewarnt, ich solle ja nicht vorbeikommen. Hier herrscht das absolute Chaos, sagte er. Überall Gipsstaub, der halbe Fußboden ist herausgerissen. Außerdem will er sowieso, dass ich die Wohnung erst sehe, wenn alles perfekt ist.

Ich wage es natürlich nicht, nach Roux zu fragen, obwohl ich von Zozie weiß, dass er dort ist. Es sind jetzt fünf Tage, seit er plötzlich aufgetaucht ist, und bisher hat er sich noch nicht wieder gemeldet. Das wundert mich ein bisschen, obwohl ich mich eigentlich nicht wundern sollte. Ich sage mir, es ist besser so. Wenn ich ihn wiedersehen würde, brächte das doch nur Probleme. Aber es ist zu spät, der Schaden ist bereits angerichtet. Ich habe sein Gesicht gesehen. Und draußen höre ich das Windspiel klimpern, weil der Wind wieder auffrischt ...

»Vielleicht sollte ich einfach mal vorbeischauen«, sagte ich so betont beiläufig, dass mir meine Lässigkeit niemand abgenommen hätte. »Ich finde es irgendwie nicht richtig, dass ich ihn nie sehe, und –«

Zozie zuckte die Achseln. »Klar – wenn du möchtest, dass er rausgeschmissen wird.«

»Rausgeschmissen?«

»Also ehrlich!« Sie klang ungeduldig. »Ich weiß nicht, ob es dir entgangen ist, Yanne, aber ich glaube, Thierry ist sowieso schon ein bisschen schiefäugig wegen Roux, und wenn du jetzt auch noch vorbeikommst, gibt es garantiert eine Szene, und eh du dich's versiehst –«

Was sie sagte, leuchtete mir ein, wie immer. Zozie redet nie um den heißen Brei herum. Aber ich muss enttäuscht ausgesehen haben, denn sie grinste und legte mir den Arm um die Schulter. »Hör zu – wenn du willst, kann ich ja mal nach Roux sehen. Ich sage ihm, dass er jederzeit hier vorbeischauen kann, wenn er will. Ich bringe ihm auch ein paar Sandwiches mit, wenn du meinst –«

Ich lachte über ihren Eifer. »Ich glaube nicht, dass das nötig ist.«

»Mach dir keine Sorgen. Es wird schon alles gut werden.«

So langsam fange ich auch an, das zu glauben.

Madame Luzeron kam heute vorbei, auf dem Weg zum Friedhof, in Begleitung ihres flauschigen apricotfarbenen Hündchens. Sie kaufte, wie immer, drei Rumtrüffel, aber sie wirkt inzwischen weniger distanziert als früher, sie ist schon mal bereit, Platz zu nehmen und ein bisschen zu bleiben, eine Tasse Mokka zu trinken und ein Stück von meinem dreischichtigen Schokoladenkuchen zu versuchen. Sie bleibt, aber sie sagt selten etwas. Es macht ihr allerdings großen Spaß, zuzuschauen, wie Rosette unter der Theke sitzt und malt oder ihre Bilderbücher betrachtet.

Heute hat sie das Adventshaus studiert, das jetzt so weit geöffnet ist, dass man ins Innere sehen kann. Die aktuelle Szene spielt im Treppenhaus: Gäste kommen an die Haustür, und die Gastgeberin in ihrem Partykleid steht da, um sie zu begrüßen.

»Das ist eine ausgesprochen originelle Dekoration«, sagte Madame Luzeron und streckte ihr gepudertes Gesicht weiter vor, um besser sehen zu können. »Diese kleinen Schokoladenmäuse! Und die niedlichen Püppchen –«

»Hübsch, nicht wahr? Annie hat sie gebastelt.«

Madame nippte an ihrer Schokolade. »Vielleicht hat sie recht«, murmelte sie schließlich. »Es gibt nichts Traurigeres als ein leeres Haus.«

Die Püppchen sind aus hölzernen Wäscheklammern, sorgfältig angemalt und mit großer Detailgenauigkeit gekleidet. Viel Zeit und Mühe hat Anouk investiert, und in der Dame des Hauses erkenne ich mich selbst. Das heißt, ich erkenne Vianne Rocher. Das rote Kleid ist aus einem Seidenrest, die langen schwarzen Haare sind – auf Anouks Bitte hin – aus einer Strähne von mir, die sie aufgeklebt und mit einer Schleife zusammengebunden hat.

»Wo ist deine Puppe?«, fragte ich Anouk später.

»Ach, mit der bin ich noch nicht ganz fertig. Aber sie kommt noch«, antwortete sie mit so ernster Miene, dass ich mir ein Lächeln nicht verkneifen konnte. »Ich mache für jeden eine Puppe. Und an Heiligabend sind dann alle da, und die Türen im Haus stehen offen, und es gibt ein großes Fest, bei dem alle dabei sind.«

*Aha*, dachte ich. *Der Plan konkretisiert sich.*

Am 20. Dezember hat Rosette Geburtstag. Wir haben noch nie eine Feier für sie gemacht. Ein blöder Termin, schon immer, zu nah am Julfest und nicht weit genug weg von Les Laveuses. Anouk redet jedes Jahr davon, dass wir feiern sollten, aber Rosette macht es nichts aus. Für sie ist jeder Tag magisch, und eine Handvoll Knöpfe oder ein Stück zerknittertes Silberpapier können genauso spannend sein wie die teuersten Spielsachen.

»Könnten wir nicht auch ein Fest machen, Maman?«

»Ach, Anouk. Du weißt doch, das geht nicht.«

»Warum nicht?«, fragte sie trotzig.

»Na ja – es ist so viel los um diese Jahreszeit. Und außerdem ziehen wir doch in die Rue de la Croix.«

»Ja, klar«, brummt Anouk. »Aber genau deswegen, meine ich. Wir können doch nicht einfach umziehen, ohne uns zu verabschieden. Ich finde, wir sollten an Heiligabend ein richtig großes Fest machen. Zu Rosettes Geburtstag. Für unsere Freunde. Du weißt doch auch, dass alles anders wird, wenn wir bei Thierry wohnen. Dann müssen wir alles so machen, wie er es will, und –«

»Das ist nicht fair, Anouk.«

»Aber es stimmt doch, oder?«

»Vielleicht«, sagte ich.

Ein Fest an Heiligabend. Als hätte ich nicht schon genug zu tun! In der *Chocolaterie* ist jetzt so viel Betrieb wie sonst das ganze Jahr nicht.

»Ich würde natürlich helfen«, sagte Anouk. »Ich kann die Einladungen schreiben und das Essen planen und die Dekorationen aufhängen, und ich kann für Rosette einen Kuchen backen. Du weißt, sie isst am liebsten Schokolade-Orangen-Kuchen. Wir könnten einen backen, der aussieht wie ein Affe. Oder wir machen ein Kostümfest, und alle Leute müssen sich als Tiere verkleiden. Wir können Grenadine anbieten und Cola und natürlich Schokolade.«

Ich musste lachen. »Du hast dir alles schon ganz genau ausgedacht, hm?«

»Na ja, ein bisschen was«, antwortete sie und zog eine Grimasse.

Ich seufzte.

*Warum nicht? Vielleicht wird es allmählich Zeit.*

»Okay«, sagte ich. »Du kannst deine Party haben.«

Anouk hüpfte vor Freude. »Cool! Meinst du, es schneit?«

»Wer weiß.«

»Und können die Leute sich verkleiden?«

»Wenn sie wollen, Nanou.«

»Und wir können einladen, wen wir wollen?«

»Ja, klar.«

»Auch Roux?«

Ich hätte es wissen müssen. »Warum nicht?«, sagte ich mit einem erzwungenen Lächeln. »Wenn er noch hier ist.«

Ich habe mit Anouk noch gar nicht richtig über Roux gesprochen. Ich habe ihr nicht erzählt, dass er ein paar Straßen weiter für Thierry arbeitet. Lügen durch Verschweigen zählt zwar nicht ganz, und doch bin ich mir nicht sicher, wie sie reagieren würde, wenn sie es wüsste.

Gestern Abend habe ich wieder die Karten gelegt. Ich weiß nicht, wieso, aber ich holte sie aus der Kiste. Sie duften immer noch nach meiner Mutter. Ich tue das so selten, dass ich es kaum glauben kann.

Und trotzdem mische ich die Karten mit jahrelanger Routine. Lege sie aus im Muster des Lebensbaumes, das meine Mutter am liebsten mochte, sehe die Bilder vorbeihuschen.

Das Windspiel vor dem Laden rührt sich nicht, aber ich kann es trotzdem hören. Ich höre den Nachhall, wie bei einer Stimmgabel. Ich bekomme Kopfschmerzen davon, und die Härchen auf meinen Armen richten sich auf.

Drehe die Karten um, eine nach der anderen.

Die Bilder sind mir mehr als vertraut.

*Der Tod. Die Liebenden. Der Erhängte. Die Veränderung.*
*Der Narr. Der Magus. Der Turm.*

Ich mische die Karten und versuche es noch einmal.

*Die Liebenden. Der Erhängte. Die Veränderung. Der Tod.*

Wieder dieselben Karten, nur in anderer Reihenfolge. Als hätte sich das, was mich verfolgt, auf subtile Weise verändert.

*Der Magus. Der Turm. Der Narr.*

Der Narr hat rote Haare und spielt Flöte. Er erinnert mich irgendwie an den Rattenfänger, mit seinem Federhut und dem Flickenmantel – wie er hinaufschaut zum Himmel, ohne auf den gefährlichen Weg zu achten. Hat er selbst bewirkt, dass sich der Abgrund vor seinen Füßen auftut, eine Falle für jeden, der ihm folgt? Oder wird er unbekümmert über den Rand gehen?

Ich konnte danach kaum schlafen. Der Wind und meine Träume verbündeten sich und weckten mich immer wieder auf, und außerdem rumorte Rosette und war viel weniger ansprechbar als im letzten halben Jahr, und ich versuchte drei Stunden lang, sie zum Schlafen zu bringen. Nichts half, weder die Schokolade in ihrer Spezialtasse noch irgendeins ihrer Lieblingsspielzeuge, auch nicht das Nachtlicht mit dem Affen oder ihre Schmusedecke (eine hellbeige Scheußlichkeit, an der sie sehr hängt). Nicht einmal das Schlaflied meiner Mutter.

Ich hatte allerdings das Gefühl, dass sie eher aufgekratzt war als verängstigt. Sie fing nur an zu jammern, wenn ich gehen wollte. Sonst war sie glücklich und zufrieden damit, dass wir beide wach waren.

*Baby*, sagte sie mit einem Zeichen.

»Es ist mitten in der Nacht, Rosette. Schlaf endlich.«

*Baby sehen*, wiederholte sie.

»Das geht jetzt nicht. Morgen vielleicht.«

Draußen rüttelte der Wind an den Fensterläden. Drinnen hüpften ein paar kleine Gegenstände, ein Dominostein, ein Bleistift, ein Stück Kreide und zwei Plastiktiere vom Kaminsims auf den Fußboden.

»Bitte, Rosette. Nicht jetzt. Geh schlafen, und morgen sehen wir weiter.«

Um halb drei war sie endlich eingeschlafen. Ich schloss die Tür zwischen uns und legte mich auf mein durchhängendes Bett. Es ist kein richtiges Doppelbett, aber zu breit für ein Einzelbett. Es war schon alt, als wir hier einzogen, und die kaputten Federn bereiten mir oft schlaflose Nächte, weil die Unebenheiten nicht berechenbar sind. Heute war es allerdings besonders schlimm. Kurz nach fünf gab ich auf und ging nach unten, um mir einen Kaffee zu kochen.

Draußen regnete es. Dicke, schwere Tropfen. Das Wasser rauschte die kleine Straße hinunter und gluckerte in den Gullys. Ich nahm mir die Wolldecke, die auf der Treppe lag, und ging damit nach vorn in den Laden. Dort setzte ich mich in einen von Zozies Polstersesseln (viel bequemer als die Sessel oben). Aus der Küche fiel warmes Licht durch die halb geöffnete Tür. Ich rollte mich zusammen und wartete auf den Morgen.

Ich muss eingeschlafen sein. Ein Geräusch weckte mich: Es war Anouk, die barfuß in ihrem rotblau karierten Schlafanzug angetapst kam, gefolgt von einem verschwommenen Schatten, bei dem es sich nur um Pantoufle handeln konnte. Mir ist im letzten Jahr aufgefallen, dass Pantoufle zwar tagsüber oft wochenlang verschwindet, manchmal sogar ein paar Monate, aber nachts kommt er immer wieder. Was mir unmittelbar einleuchtet, denn alle Kinder haben Angst vor der Dunkelheit. Anouk schlüpfte zu mir unter die Decke und schmiegte sich an mich, ihre Haare kitzelten mich im Gesicht, und sie presste ihre kalten Füße in meine Kniekehlen, so wie sie es früher immer gemacht hat, als sie noch viel kleiner war, damals, als die Dinge noch einfach waren.

»Ich kann nicht schlafen. Es tropft durch die Decke.«

Das habe ich ganz vergessen. Im Dach ist eine undichte Stelle, die bisher niemand so richtig reparieren konnte. Das ist das Problem bei diesen alten Häusern. Egal, wie viel Arbeit man investiert, es gibt immer etwas Neues, worum man sich kümmern muss, einen vermoderten Fensterrahmen, eine kaputte Dachrinne, Holzwurm in den Balken, eine zerbrochene Schieferplatte. Thierry ist zwar sehr großzügig, aber ich will ihn auch nicht andauernd um Hilfe bitten. Das ist Quatsch, ich weiß, aber ich bitte nun mal nicht gern.

»Ich habe über unser Fest nachgedacht«, sagte Anouk. »Muss Thierry unbedingt kommen? Er würde alles kaputt machen, weißt du.«

Ich seufzte. »Ach, bitte nicht jetzt.« Anouks ungebremste Intensität amüsiert mich meistens, aber nicht um sechs Uhr morgens.

»Komm schon, Maman«, sagte sie. »Wir könnten ihn doch einfach nicht einladen, oder?«

»Das wird schon«, sagte ich. »Du wirst sehen.« Ich wusste natürlich, dass das keine Antwort war, und Anouk ruckelte hin und her und zog sich schließlich die Decke über den Kopf. Sie roch nach Vanille und Lavendel und dem schwachen Schafgeruch ihrer verfilzten Haare, die in den letzten vier Jahren gröber geworden sind, wie wilde Wolle, die noch nicht bearbeitet wurde.

Rosettes Haare sind immer noch fein und weich wie bei einem Baby. Seidenpflanze und Ringelblumen. Vier Jahre wird sie alt, in knapp zwei Wochen, aber sie wirkt so viel jünger, Arme und Beine wie dünne Stängel, die Augen zu groß für das kleine Gesichtchen. Mein Katzenkind, habe ich sie immer genannt, damals, als das noch ein Scherz war.

Mein Katzenkind. Mein Wechselbalg.

Anouk drehte sich wieder um, drückte ihr Gesicht an meine Schulter und schob ihre Hände in meine Armbeuge.

»Ist dir kalt?«, fragte ich sie.

Sie schüttelte den Kopf.

»Wie wär's mit einer Tasse Schokolade?«

Sie schüttelte wieder den Kopf, aber diesmal mit mehr Nachdruck. Ich staunte wieder einmal darüber, wie weh diese kleinen Dinge tun, ... der vergessene Kuss, das aussortierte Spielzeug, die Gutenachtgeschichte, die das Kind nicht mehr hören will, der irritierte Blick, wo früher ein Lächeln die Antwort gewesen wäre ...

*Kinder sind Messer*, hat meine Mutter einmal gesagt. *Sie tun es nicht absichtlich, aber sie schneiden.* Und trotzdem klammern wir uns an sie, stimmt's? Wir halten sie fest, bis Blut fließt. Mein Sommerkind, das mir dieses Jahr immer fremder geworden ist, und da fiel mir auf, wie lange es schon her war, dass sie mir erlaubt hatte, sie so zu umarmen, und ich wünschte mir, wir könnten es noch ein bisschen länger auskosten, aber die Uhr an der Wand zeigte schon Viertel nach sechs.

»Geh in mein Bett, Nanou. Da ist es warm, und es tropft nicht durch die Decke.«

»Was ist mit Thierry?«, fragte sie.

»Darüber reden wir später, Nanou.«

»Rosette will ihn auch nicht dabeihaben.«

»Woher willst du das wissen?«

Anouk zuckte die Achseln. »Ich weiß es eben.«

Ich seufzte und küsste sie auf den Scheitel. Wieder dieser schafartige Vanilleduft, aber da war noch etwas Stärkeres, Erwachseneres, das ich als Weihrauch identifizierte. Zozie verbrennt immer Weihrauch in ihren Zimmern. Ich weiß, dass Anouk oft bei ihr ist, sich mit ihr unterhält und ihre Klamotten anprobiert. Es ist gut, dass sie jemanden wie Zozie hat, eine Erwachsene, die nicht ihre Mutter ist, der sie sich anvertrauen kann.

»Du solltest Thierry eine Chance geben. Ich weiß, er ist nicht perfekt, aber er mag dich sehr.«

»Du willst doch eigentlich auch nicht, dass er kommt«, sagte sie.

»Du vermisst ihn überhaupt nicht, wenn er nicht hier ist. Du bist nicht in ihn verliebt –«

»Bitte, fang jetzt nicht damit an«, sagte ich genervt. »Es gibt viele verschiedene Arten von Liebe. Ich liebe dich, und ich liebe Rosette, und nur weil das, was ich für Thierry empfinde, anders aussieht, heißt das noch lange nicht, dass ich –«

Aber Anouk hörte mir nicht zu. Sie krabbelte unter der Decke hervor, befreite sich aus meinen Armen. Ich ahne ja, was los ist. Sie fand Thierry so weit in Ordnung, bis Roux wieder aufgetaucht ist, und wenn er wieder verschwindet …

»Ich weiß, was am besten ist. Ich tue es für dich, Nanou.«

Anouk zuckte wieder die Achseln und sah aus wie Roux.

»Glaub mir. Es wird alles gut.«

»Wenn du meinst«, sagte sie und ging nach oben.

# 10

Freitag, 7. Dezember

Ach, du meine Güte. Es ist schon betrüblich, wenn die Kommunikation zwischen Mutter und Tochter zusammenbricht. Vor allem, wenn sie sich so nahestehen wie diese beiden. Heute war Vianne sehr müde. Ich sah es ihr gleich an. Ich glaube, sie hat in der vergangenen Nacht nicht viel geschlafen. Auf jeden Fall ist sie zu erschöpft, um die wachsende Frustration in den Augen ihrer Tochter wahrzunehmen. Oder ihre Versuche, bei mir Bestätigung zu finden.

Aber Viannes Verlust ist mein Gewinn, und da ich nun sozusagen mittendrin bin, kann ich ganz unauffällig auf hundert verschiedene Arten meinen Einfluss ausüben. Fangen wir an mit den Fähigkeiten, die Vianne so raffiniert unterwandert hat, mit den wunderbaren Waffen namens Wollen und Wünschen.

Bis jetzt habe ich noch nicht herausgefunden, weshalb Anouk solche Angst hat, diese Waffen einzusetzen. Irgendetwas muss da passiert sein. Etwas, wofür sie sich verantwortlich fühlt. Aber Waffen sind dazu da, dass man sie benutzt, Nanou. Zum Guten oder zum Schlechten. Die Entscheidung darüber triffst du.

Sie hat noch zu wenig Selbstvertrauen, aber ich habe ihr versichert, dass es nichts schadet, wenn man ab und zu einen kleinen Trick ausprobiert. Vielleicht tut sie es ja im Interesse anderer – so ganz gefällt mir das zwar nicht, aber wir können sie ja auch später von ihrer Selbstlosigkeit kurieren, und dann ist das alles nicht mehr so neu für sie, und wir können uns den elementaren Dingen zuwenden.

*Also, was willst du, Anouk?*
*Was willst du wirklich?*

Klar, all die Dinge, die ein Kind sich so wünscht. Sie will gut in der Schule sein, sie will beliebt sein, sie will ihren Feindinnen ein bisschen etwas heimzahlen. Das ist nicht schwer, und wir können also anfangen, mit Menschen zu arbeiten.

Da ist zum Beispiel Madame Luzeron, die große Ähnlichkeit mit einer traurigen alten Porzellanpuppe hat, mit ihrem bleich gepuderten Gesicht und ihren abgehackten Bewegungen. Sie muss mehr Pralinen kaufen; drei Rumtrüffel pro Woche reichen nicht aus, um unsere Zuwendung zu rechtfertigen.

Zweitens Laurent, der jeden Tag kommt und stundenlang herumsitzt, aber nur eine Tasse Kaffee trinkt. Er ist eher ein Störfaktor als sonst etwas. Seine Anwesenheit vertreibt andere Leute – vor allem Richard und Mathurin, die sicher auch jeden Tag vorbeischauen würden –, er stiehlt Zuckerstücke aus der Schale und füllt sich damit die Taschen, mit der selbstgerechten Miene eines Mannes, der findet, er sollte für sein Geld auch etwas bekommen.

Der Nächste ist der fette Nico. Ein erstklassiger Kunde – er kauft bis zu sechs Schachteln pro Woche. Aber Anouk macht sich Sorgen um seinen Gesundheitszustand und ist beunruhigt, weil er schon außer Puste ist, wenn er nur ein paar Stufen hinaufklettert. Er dürfte nicht so dick sein, sagt sie. Gibt es eine Möglichkeit, ihm zu helfen?

Na ja, Sie und ich wissen, dass man nicht weit kommt, indem man Wünsche erfüllt. Der Weg zu Anouks Herz ist mühsam, aber wenn ich mich nicht sehr täusche, wird die Belohnung für meine Anstrengungen mehr als üppig ausfallen. Bis dahin soll sie sich ruhig amüsieren – wie eine junge Katze, die ihre Krallen an einem Wollknäuel trainiert, als Vorbereitung auf ihre erste Maus.

Und nun beginnt der Unterricht. Lektion Nummer eins. Mitleidszauber.

Mit anderen Worten: Puppen.

Wir basteln die Puppen aus hölzernen Wäscheklammern – das macht wesentlich weniger Dreck als Ton. Anouk trägt sie mit sich herum, zwei in jeder Tasche, und wartet auf den richtigen Augenblick, um sie auszuprobieren.

Wäscheklammerpuppe Nummer eins: Madame Luzeron. Groß und steif, in einem Kleid aus einem Stückchen Taft, zusammengebunden mit störrischem Geschenkband. Ihre Haare sind aus Baumwolle. Kleine schwarze Schuhe, dunkler Schal. Das Gesicht ist mit Filzstift aufgemalt – Nanou schneidet immer Grimassen, wenn sie versucht, den Ausdruck treffend hinzubekommen –, und es gibt sogar eine Baumwollversion ihres flauschigen kleinen Hundes, der mit einem Pfeifenreiniger an Madames Gürtel befestigt ist. Das genügt. Und ein Haar von Madame – vorsichtig von ihrem Mantelrücken gezupft – wird die Figur in kürzester Zeit vervollständigen.

Puppe Nummer zwei ist Anouk selbst. Die kleinen Figuren, die sie macht, sind unglaublich lebensecht. Die hier hat Anouks Locken und ein Kleid aus einem gelben Stoffrest. Und Pantoufle, aus grauer Wolle, sitzt auf ihrer Schulter.

Puppe Nummer drei ist Thierry Le Tresset, samt Handy.

Die vierte Puppe ist Vianne Rocher. Sie trägt ein knallrotes Partykleid und nicht ihre üblichen schwarzen Sachen. Ich habe bisher nur einmal erlebt, dass sie etwas Rotes anhatte. Aber in Anouks Vorstellung trägt ihre Mutter Rot, die Farbe des Lebens, der Liebe und der Magie. Sehr interessant. Das kann ich sicher noch mal verwenden. Aber erst später, wenn der richtige Zeitpunkt gekommen ist.

In der Zwischenzeit muss ich mich anderen Aufgaben widmen. Zum Beispiel der *Chocolaterie*. Weihnachten nähert sich mit Riesenschritten, und es ist allerhöchste Eisenbahn, die Kundschaft noch auszubauen, in Erfahrung zu bringen, wer böse war und wer brav, unsere Winterware zu testen, zu kosten – und vielleicht ein paar eigene Spezialitäten zu entwickeln.

Schokolade kann als Medium für sehr vieles dienen. Unsere selbst gemachten Trüffel – immer noch ein Renner – werden in einer Mischung aus Kakaopulver, Puderzucker und verschiedenen anderen Substanzen gewälzt, die meine Mutter garantiert nicht gebilligt hätte, die aber dafür sorgen, dass die Kunden nicht nur zufrieden sind, sondern sich erfrischt und gestärkt fühlen und Nachschub verlangen. Allein heute haben wir sechsunddreißig Schachteln verkauft und Bestellungen für zwölf weitere notiert. Wenn sich der Trend fortsetzt, kommen wir bis Weihnachten auf hundert Schachteln pro Tag.

Thierry kam um fünf vorbei, um über die Fortschritte bei den Renovierungsarbeiten zu berichten. Er schien etwas irritiert, weil im Laden so viel los war. Das ist er nicht gewohnt. Und ich würde vermuten, dass es ihm nicht so ganz gefiel.

»Es geht da drinnen ja zu wie in einer Fabrik«, bemerkte er mit einer Kopfbewegung in Richtung Küche, wo Vianne gerade *Mendiants du roi* machte – dicke Stücke kandierte Orange, in dunkle Schokolade getunkt und mit essbaren Goldblättchen bestreut –, so hübsch, dass es fast schade ist, sie zu essen, und natürlich perfekt für die Jahreszeit. »Macht sie nicht mal 'ne Pause?«

Ich lächelte. »Ach, Sie wissen doch, das Weihnachtsgeschäft.«

»Ich bin froh, wenn das alles endlich rum ist«, knurrte er. »Ich musste mich noch nie mit einem Job so beeilen. Trotzdem lohnt es sich – vorausgesetzt, ich werde rechtzeitig fertig.«

Ich merkte, wie Anouk, die mit Rosette am Tisch saß, ihm einen fragenden Blick zuwarf.

»Keine Bange«, sagte er. »Versprochen ist versprochen. Es wird das beste Weihnachtsfest aller Zeiten. Nur wir vier, in der Rue de la Croix. Wir können in die Mitternachtsmesse in Sacré Cœur gehen. Das wäre doch super, was?«

»Kann sein.« Sie klang betont neutral.

Ich merkte, dass er einen ungeduldigen Seufzer unterdrücken musste. Anouk kann ganz schön nervig sein, und ihr Widerstand gegen Thierry ist mit Händen zu greifen. Vielleicht ist es wegen Roux, der zwar immer noch nicht wieder hier war, aber in ihrem Denken doch sehr präsent ist. Ich sehe ihn natürlich regelmäßig – zweimal habe ich ihn zufällig auf der *Butte* getroffen, einmal, wie er die Place du Tertre überquerte, dann, als er die Stufen bei der Seilbahn hinuntereilte, eine Wollmütze auf dem Kopf, die seine roten Haare verdeckte, als hätte er Angst davor, erkannt zu werden.

Ich habe mich mit ihm auch in seiner Pension verabredet, um zu sehen, wie es ihm geht, um ihm ein paar Lügengeschichten aufzutischen, um seine Schecks auszuzahlen und um mich zu vergewissern, dass er weiterhin brav und folgsam ist. Er wird allmählich ungeduldig, verständlicherweise, und es kränkt ihn, dass Vianne immer noch nicht gesagt hat, er solle kommen. Außerdem arbeitet er die ganze Zeit für Thierry, morgens um acht fängt er an, und oft ist er erst spätabends fertig, und wenn er das Haus in der Rue de la Croix verlässt, ist er manchmal sogar zu müde, um noch etwas zu essen; dann geht er direkt in seine Pension und schläft wie ein Toter.

Was Vianne betrifft – ich spüre, dass sie sich Sorgen macht. Und dass sie enttäuscht ist. Sie war noch nie in der Rue de la Croix. Anouk hat ebenfalls die strikte Anweisung, nicht dort hinzugehen. Wenn Roux sie sehen möchte, wird er kommen, sagt Vianne, Wenn nicht – auch gut. Es ist seine Entscheidung.

Thierry sah noch ungeduldiger aus als sonst. Er ging in die Küche, wo Vianne die *Mendiants* sorgfältig auf ein Stück Backpapier legte. Ich fand, dass die Art, wie er die Tür hinter sich schloss, irgendwie etwas Hinterhältiges hatte. Und seine Farben waren kräftiger als sonst, mit nervösen Rot- und Violetttönen am Rand.

»Ich habe dich diese Woche kaum gesehen.« Weil er eine so tragende Stimme hat, konnte ich vorn im Laden jedes Wort verstehen. Bei Vianne ist es schwieriger. Leises Protestgemurmel vielleicht? Dann Schritte, ein kurzes Gerangel. Lautes Männerlachen. »Komm schon, Vianne. Ein Kuss. Du fehlst mir.«

Wieder Gemurmel, aber dann wird ihre Stimme lauter: »Thierry, pass doch auf! Die Pralinen.«

Ich unterdrückte ein Grinsen. Der alte Bock. So langsam wird er aufdringlich. Na ja, mich wundert das nicht im Geringsten. Die Kavaliersfassade mag Vianne getäuscht haben, aber Männer sind berechenbar, wie Hunde, und Thierry Le Tresset ist noch viel berechenbarer als die meisten anderen. Unter dem zur Schau getragenen Selbstbewusstsein ist er extrem unsicher, und die Tatsache, dass Roux aufgetaucht ist, hat diese Unsicherheit noch verstärkt. Er bewacht jetzt sein Territorium, sowohl in der Rue de la Croix, wo seine Macht über Roux ihm einen eigenartigen Kick gibt, was er sich allerdings nicht eingesteht, als auch hier im *Le Rocher de Montmartre*.

Ich hörte Viannes Stimme leise durch die Tür. »Thierry, bitte! Nicht jetzt.«

Anouk horchte auf. Man konnte ihr nichts ansehen, aber ihre Farben flammten auf. Ich lächelte ihr zu. Sie erwiderte mein Lächeln nicht, sondern schaute zur Tür und machte mit den Fingern eine kleine Lockbewegung. Niemand außer mir würde so etwas registrieren. Vielleicht merkte sie ja selbst nicht einmal, dass sie es machte. Aber im selben Moment packte ein Windstoß die Küchentür, sie ging plötzlich auf und knallte gegen die Wand.

Eine kleine Störung, aber sie genügte. Ich bemerkte in Thierrys Farben ein verärgertes Aufblitzen. Bei Vianne eher Erleichterung. Dieses Drängen ist natürlich neu für sie, sie ist es gewohnt, ihn als eine Art gütigen Onkel zu sehen, zuverlässig, ungefährlich, fast schon ein bisschen langweilig. Von seinen Besitzansprüchen fühlt sie sich überrumpelt, und zum ersten Mal ist sie nicht nur leicht beunruhigt, nein, sie fühlt sich abgestoßen.

Es ist alles wegen Roux, denkt sie. Mit ihm werden auch alle Zweifel verschwinden. Aber die Ungewissheit macht sie gereizt und irrational. Sie küsst Thierry auf den Mund – Schuldgefühle sind in der Sprache der Farben meeresgrün – und schenkt ihm ein übertrieben strahlendes Lächeln.

»Ich mache alles wieder wett«, sagt sie.

Mit zwei Fingern ihrer rechten Hand macht Anouk eine winzige Geste des Wegschickens.

Ihr gegenüber sitzt Rosette auf ihrem kleinen Stuhl und beobachtet alles mit hellen Augen. Sie macht das Zeichen nach – *tsk, tsk, verschwinde!* Thierry schlägt sich mit der Hand auf den Nacken, als hätte ihn ein Insekt gestochen. Das Windspiel klimpert –

»Ich muss los.«

Er geht tatsächlich, unbeholfen in seinem schweren Mantel. Als er die Ladentür öffnet, stolpert er fast über die Schwelle. Anouks Hand ist jetzt in der Tasche, in der sie seine Wäscheklammerpuppe aufbewahrt. Sie holt sie heraus, geht zum Schaufenster und stellt die Puppe vorsichtig vor das Haus.

»Tschüss, Thierry«, sagte Anouk.

Rosette macht mit den Fingern ein Zeichen: *Tschü-hüss*.

Die Tür fällt ins Schloss. Die Kinder lächeln.

Heute zieht es wirklich sehr.

# 11

Samstag, 8. Dezember

Na ja, das ist doch immerhin ein Anfang. Die Gewichte verlagern sich. Anouk merkt es wahrscheinlich gar nicht, aber ich registriere es genau. Kleinigkeiten, lieb und freundlich zuerst, aber in kürzester Zeit werden sie dazu führen, dass sie mir gehört.

Sie war heute fast den ganzen Tag im Laden, spielte mit Rosette, half mit – und wartete auf eine Chance, ihre neuen Wäscheklammerpuppen auszuprobieren. Als am späten Vormittag Madame Luzeron mit ihrem putzigen kleinen Hund hereinkam, obwohl es eigentlich gar nicht ihr Tag war, bot sich wieder eine Gelegenheit.

»Sie kommen schon heute?« Ich lächelte Madame Luzeron zu. »Ich glaube, wir müssen irgendetwas richtig machen.«

Mir fiel auf, dass ihr Gesicht ziemlich verhärmt aussah. Außerdem trug sie ihren Friedhofsmantel, was bedeutete, dass sie wieder dort gewesen war. Vielleicht ein besonderer Tag – ein Geburtstag oder ein Jahrestag –, auf jeden Fall wirkte sie müde und irgendwie zerbrechlich, und ihre behandschuhten Hände zitterten vor Kälte.

»Nehmen Sie doch Platz«, lud ich sie ein. »Ich bringe Ihnen eine Schokolade.«

Madame zögerte.

»Ich glaube, lieber nicht«, sagte sie.

Anouk warf mir einen verstohlenen Blick zu, und ich sah, wie sie Madames Puppe herauszog, die mit dem verführerischen Zeichen der Herrin des Blutmondes markiert war. Ein Stück Modelliermasse diente als Haltefläche, und innerhalb einer Sekunde stand Madame Luzeron – oder wenigstens ihre Doppelgängerin – im Adventshaus und schaute hinaus auf den See mit seinen Schlittschuhläufern und den Schokoladenenten.

Zuerst schien sie es nicht zu merken, doch dann wanderte ihr Blick, vielleicht zu dem Kind mit dem rosig strahlenden Gesicht, vielleicht zu dem Haus im Fenster, das jetzt seltsam schimmerte.

Ihr vorwurfsvoll verkniffener Mund entspannte sich ein wenig.

»Wissen Sie, ich hatte als Kind auch ein Puppenhaus«, sagte sie und spähte ins Schaufenster.

»Wirklich?«, sagte ich und lächelte Anouk zu. Es kommt nicht oft vor, dass Madame freiwillig eine Information preisgibt.

Sie nippte an ihrer Schokolade. »Ja. Es hatte schon meiner Großmutter gehört, und obwohl ich es geerbt habe, als sie gestorben ist, durfte ich nie damit spielen.«

»Warum nicht?«, fragte Anouk und drückte den kleinen Wollhund fest an das Kleid der Puppe.

»Ach, es war zu wertvoll. Ein Antiquitätenhändler hat mir einmal hunderttausend Francs dafür geboten, und außerdem war es ein Erbstück. Kein Spielzeug.«

»Und deshalb konnten Sie nie damit spielen? Das ist nicht fair«, sagte Anouk, die jetzt vorsichtig eine grüne Zuckermaus unter einen Papierbaum platzierte.

»Ich war ja noch klein«, sagte Madame Luzeron. »Vielleicht hätte ich es kaputt gemacht oder –«

Sie unterbrach sich. Ich blickte auf und sah, dass sie erstarrt war.

»Wie eigenartig«, murmelte sie. »Ich habe seit vielen Jahren nicht mehr daran gedacht. Und als Robert damit spielen wollte –«

Mit einer raschen, mechanischen Bewegung stellte sie ihre Tasse ab.

»Es war wirklich nicht fair, stimmt's?«, sagte sie.

»Ist alles in Ordnung, Madame?«, fragte ich. Ihr schmales Gesicht war kreideweiß, die Falten sahen aus wie tiefe, feine Risse im Zuckerguss.

»Ja, alles bestens, danke.« Ihre Stimme war kühl.

»Möchten Sie ein Stück Schokoladenkuchen?« Das war Anouk.

Sie schien ehrlich besorgt, und sie ist ja sowieso immer bereit, etwas zu verschenken. Madame schaute sie mit hungrigen Augen an.

»Danke, mein Kind, sehr gern«, sagte sie.

Anouk schnitt ein großzügiges Stück ab. »Robert – hieß so Ihr Sohn?«, fragte sie.

Madame nickte stumm.

»Wie alt war er, als er gestorben ist?«

»Dreizehn«, antwortete Madame. »Ein bisschen älter als du vielleicht. Sie haben nie herausgefunden, was ihm gefehlt hat. So ein gesunder Junge. Ich habe ihm nie erlaubt, Süßigkeiten zu essen – und dann, auf einmal war er tot. Man würde denken, so etwas gibt es nicht, stimmt's?«

Anouk nickte, mit großen Augen.

»Heute ist der Jahrestag«, fuhr sie fort. »8. Dezember 1979. Lange bevor du auf die Welt gekommen bist. Damals konnte man noch einen Grabplatz auf dem großen Friedhof bekommen – wenn man bereit war, genug Geld hinzublättern. Ich wohne seit einer Ewigkeit hier. Meine Familie hat Geld. Ich hätte ihm erlauben können, mit dem Puppenhaus zu spielen, wenn ich gewollt hätte. Hast du denn ein Puppenhaus?«

Jetzt schüttelte Anouk den Kopf.

»Ich habe es noch, es steht irgendwo oben auf dem Speicher. Sogar die passenden Püppchen habe ich noch und die winzigen Möbelstücke. Alles handgemacht, aus bestem Material. Venezianische Spiegel an den Wänden. Das Haus stammt aus der Zeit vor der Revolution. Ich frage mich, ob je ein Kind mit dem verdammten Ding spielen wird.«

Ihre Wangen röteten sich, als würde die Verwendung eines verbotenen Wortes ihr blutleeres Gesicht beleben.

»Vielleicht würdest du ja gern mal damit spielen.«

Anouks Augen leuchteten. »Das wäre toll!«

»Ich würde mich freuen, mein Kind.« Sie runzelte die Stirn. »Dabei fällt mir ein – ich weiß ja gar nicht, wie ihr alle heißt. Ich heiße Isabelle – und meine kleine Hündin heißt Salambô. Du kannst sie gern mal streicheln, wenn du möchtest. Sie beißt nicht.«

Anouk beugte sich hinunter, um den kleinen Hund zu streicheln, der mit dem Schwanz wedelte und ihr begeistert die Hand ableckte. »Sie ist so niedlich. Ich liebe Hunde.«

»Ich kann es nicht fassen, dass ich seit Jahren hierher komme und nie gefragt habe, wie alle heißen.«

Anouk grinste. »Ich heiße Anouk«, sagte sie. »Und das ist meine Freundin Zozie.« Und sie streichelte immer weiter den kleinen Hund und war so damit beschäftigt, dass sie gar nicht merkte, dass sie Madame den falschen Namen genannt hatte und dass das Zeichen der Herrin des Blutmondes hell aus dem Adventshaus herausleuchtete und das ganze Schaufenster erhellte.

# 12

Sonntag, 9. Dezember

Der Wetterbericht hat gelogen. Es hieß, es würde schneien. Der Typ sagte, es wird kalt, aber bis jetzt hatten wir nur Nebel und Regen. Im Adventshaus ist das Wetter besser – dort ist es echt weihnachtlich, und im Freien ist alles eisig und gefroren, wie man es sich vorstellt: Vom Dach hängen Eiszapfen aus Zuckerguss, und auf dem gefrorenen See liegt eine neue Schicht Puderzuckerschnee. Ein paar Wäscheklammerpuppen fahren Schlittschuh, und drei Kinder (das sollen Rosette, Jean-Loup und ich sein) bauen ein Iglu aus Zuckerwürfeln, während ein Mann (Nico) auf einem Streichholzschachtel-Schlitten einen Weihnachtsbaum zum Haus hinaufzieht.

Ich habe diese Woche jede Menge Puppen gebastelt. Ich verteile sie rund um das Adventshaus, so dass jeder sie sehen kann, ohne wirklich zu merken, wozu sie da sind. Das Basteln macht Spaß, man kann die Gesichter mit Filzstift malen, und Zozie hat mir eine Schachtel mit Stoffresten und Bändern gegeben, aus denen ich Kleider und andere Sachen fabrizieren kann. Bis jetzt habe ich: Nico, Alice, Madame Luzeron, Rosette, Roux, Thierry, Jean-Loup, Maman und mich.

Ein paar sind noch nicht ganz fertig. Dafür braucht man etwas von der Person selbst, ein Haar, einen Fingernagel oder etwas, was die Person berührt oder getragen hat. Das ist gar nicht immer so einfach. Und dann muss man den Puppen einen Namen und ein Symbol geben und ihnen ihr spezielles Geheimnis ins Ohr flüstern.

Bei manchen Leuten ist das kein Problem. Es gibt Geheimnisse, die man leicht erraten kann, wie zum Beispiel bei Madame Luzeron, die immer traurig ist wegen ihres Sohnes, obwohl es schon so lange her ist, dass er gestorben ist; oder bei Nico, der abnehmen möchte und es nicht schafft, und bei Alice, die abnehmen kann, aber nicht soll.

Die Namen und Symbole, die wir nehmen, stammen aus Mexiko, sagt Zozie. Die Namen bedeuten alles Mögliche, glaube ich, aber wir verwenden sie, weil sie interessant klingen, und die entsprechenden Symbole kann man sich ganz gut merken.

Es gibt jede Menge Symbole, und bestimmt dauert es noch eine ganze Weile, bis ich sie alle auswendig kann. Außerdem vergesse ich manchmal, wie sie heißen – die Namen sind so lang und kompliziert, und ich kann ja auch die Sprache nicht. Aber Zozie sagt, das macht nichts, wenn ich nur weiß, was das Symbol bedeutet. Da ist der Maiskolben, der Glück bringt, Zwei-Hase, der Wein aus der Maguey-Agave macht, die Gefiederte Schlange, das Zeichen der Macht, Sieben-Papagei, für Erfolg, Eins-Affe, der Schwindler, dann der Rauchende Spiegel, der einem Dinge zeigt, die andere Leute nicht unbedingt sehen, Die mit dem Jaderock, die für Mütter und Kinder sorgt, Eins-Jaguar, für Mut und als Schutz vor Unheil, und Die mit dem Mondhasen – das ist mein Zeichen –, für Liebe.

Jeder hat ein besonderes Zeichen, sagt Zozie. Ihres ist Eins-Jaguar. Mamans Zeichen ist Ehecatl, der Wind. Ich glaube, sie sind so wie die Totems, die wir früher hatten, bevor Rosette auf die Welt kam. Rosettes Zeichen ist der Rote Tezcatlipoca, der Affe. Er ist ein frecher Gott, aber sehr mächtig, und er kann sich in jedes Tier verwandeln.

Ich mag die alten Geschichten, die Zozie mir erzählt. Aber ich werde trotzdem manchmal nervös, ob ich will oder nicht. Ich weiß, sie sagt, wir schaden niemandem – aber was ist, wenn sie sich irrt? Wenn es doch einen Unfall gibt? Oder wenn ich das falsche Zeichen nehme und etwas Schlimmes passiert, obwohl ich es gar nicht beabsichtigt habe?

*Der Fluss. Der Wind. Die Wohlwollenden.*

Immer wieder fallen mir diese Wörter ein. Und sie haben alle irgendetwas mit der Weihnachtskrippe auf der Place du Tertre zu tun – mit den Engeln, den Tieren und den Weisen aus dem Morgenland –, aber ich weiß immer noch nicht, warum. Manchmal glaube ich, gleich kann ich es sehen, aber sicher bin ich mir nie, es ist wie im Traum, wenn einem alles total logisch vorkommt, bis man aufwacht, und dann löst sich alles in nichts auf.

*Der Fluss. Der Wind. Die Wohlwollenden.*

Was bedeuten diese Wörter? Wörter aus einem Traum. Aber ich habe immer noch Angst und weiß nicht, warum. Wovor fürchte ich mich? Vielleicht sind die Wohlwollenden wie die Heiligen Drei Könige, wie die Magier: weise Männer, die Geschenke bringen. Das klingt einleuchtend, aber die Angst geht nicht weg, und ich denke immer, bald passiert etwas Schlimmes. Und irgendwie bin ich schuld daran.

Zozie sagt, ich soll mir keine Gedanken machen. Wir können keinem wehtun, wenn wir es nicht wollen, sagt sie. Und ich will niemandem wehtun – nicht einmal Chantal, nicht einmal Suze.

Neulich abends habe ich Nicos Puppe gemacht. Ich musste sie ausstopfen, damit sie echt aussieht. Für seine Haare habe ich das braune Zeug genommen, mit dem Zozies alter Lehnsessel ausgestopft ist, der oben in ihrem Zimmer steht. Dann musste ich ihm ein Zeichen geben – ich habe mich für Eins-Jaguar entschieden, das Zeichen für Mut –, und dann musste ich ihm ein Geheimnis ins Ohr flüstern, also sagte ich: *Nico, du sollst dein Schicksal selbst in die Hand nehmen* – und das sollte er ja wirklich, stimmt's? –, und ich werde ihn hinter eine der Türen im Adventshaus stellen und warten, bis er vorbeikommt.

Und dann ist da noch Alice, die genau das Gegenteil von ihm ist: Sie musste ich dicker machen, als sie in Wirklichkeit ist, weil Wäscheklammerpuppen gar nicht so dünn sein können wie sie. Ich habe versucht, an der Seite ein bisschen Holz wegzuschnitzen, was auch ganz gut ging, bis ich mich mit dem Taschenmesser in den Finger geschnitten habe und Zozie mich verbinden musste. Dann machte ich Alice ein hübsches kleines Kleid aus einem alten Stück Spitze und flüsterte: *Alice, du bist nicht hässlich, und du musst mehr essen.* Ich gab ihr das Fischzeichen von Chantico, der Göttin des Herdes und der Vulkane, und stellte sie neben Nico in das Adventshaus.

Der nächste ist Thierry, in grauem Flanell und mit einem eingewickelten Stückchen Zucker, das ich angemalt habe, damit es aussieht wie sein Handy. Ich habe es nicht geschafft, ein Haar von ihm zu erwischen, also habe ich stattdessen ein Blütenblatt von den Rosen genommen, die er Maman geschenkt hat. Hoffentlich funktioniert das. Ich will natürlich auch nicht, dass ihm etwas Schlimmes zustößt. Ich möchte nur, dass er wegbleibt.

Deshalb habe ich ihm das Zeichen von Eins-Affe gegeben und ihn draußen vor das Adventshaus gestellt, mit Mantel und Schal (die ich aus braunem Filz gemacht habe), falls es da draußen kalt ist.

Und dann ist da natürlich noch Roux. Seine Puppe ist noch nicht fertig, weil ich etwas brauche, was ihm gehört, und ich habe nichts – nicht einmal einen Faden. Aber die Puppe sieht genau aus wie er, finde ich, ganz in Schwarz, und als Haare habe ich ihm orangefarbenes Wuschelzeug auf den Kopf geklebt. Ich habe ihm den Mondhasen und den Wind als Zeichen gegeben und habe geflüstert *Roux, geh nicht weg*, aber bis jetzt haben wir ihn immer noch nicht wiedergesehen.

Was nicht so wichtig ist. Ich weiß ja, wo er steckt. Er arbeitet für Thierry in der Rue de la Croix. Ich habe keine Ahnung, wieso er nie hierher kommt und warum Maman ihn nicht sehen will. Ich kann mir noch nicht einmal erklären, warum Thierry ihn so hasst.

Heute habe ich mit Zozie darüber geredet. Wir saßen wie immer bei ihr oben. Rosette war auch dabei, und wir haben ein Spiel gespielt – ein ziemlich lautes, albernes Spiel. Rosette fand es ganz toll und lachte wie verrückt: Zozie war ein wildes Pferd, und Rosette ritt auf ihrem Rücken, und dann sträubten sich plötzlich meine Nackenhaare, ohne jeden Grund, und als ich hochschaute, sah ich einen gelben Affen auf dem Kaminsims sitzen, und ich habe ihn so deutlich gesehen, wie ich manchmal Pantoufle sehe.

»Zozie«, sagte ich.

Sie drehte sich um und schien gar nicht weiter verwundert; wie sich herausstellt, hat sie Bam schon öfter bemerkt.

»Du hast eine sehr clevere kleine Schwester«, sagte sie und lächelte Rosette zu, die inzwischen von ihrem Rücken heruntergeklettert war und mit den Pailletten an einem der Kissen spielte. »Ihr seht euch zwar überhaupt nicht ähnlich, aber ich glaube, das Aussehen ist nicht das Entscheidende.«

Ich nahm Rosette in den Arm und gab ihr einen Kuss. Manchmal erinnert sie mich an eine knuddelige Stoffpuppe oder an einen Hasen mit Schlabberohren, weil sie so weich ist. »Na ja, wir haben ja auch nicht denselben Vater.«

Zozie lächelte. »Das habe ich mir schon fast gedacht.«

»Aber das ist egal«, fügte ich noch hinzu. »Maman sagt, man sucht sich seine Familie selbst aus.«

»Sagt sie das?«

Ich nickte. »Das ist viel besser. Unsere Familie kann jeder sein. Die Geburt ist nicht so wichtig, sagt Maman. Es geht darum, was man für die anderen empfindet.«

»Heißt das, ich könnte auch zur Familie gehören?«

Ich lächelte sie an. »Tust du doch sowieso.«

Sie musste lachen. »Als deine böse Tante. Die dich mit Zauberei und Schuhen verdirbt.«

Das brachte mich erst richtig in Schwung. Und Rosette machte mit. Und über uns tanzte der gelbe Affe und sorgte dafür, dass alles auf dem Kaminsims ebenfalls tanzte – Zozies Schuhe, die sie dort aufgereiht hat, aber sie sind viel cooler als Porzellanfiguren oder so was –, und ich fand das alles so total natürlich, wir drei, wie wir da zusammen herumhüpften, und plötzlich bekam ich ein schlechtes Gewissen, weil Maman allein unten in der Küche war. Wenn wir hier oben sind, kann es leicht passieren, dass wir sie vergessen.

»Hast du dich schon mal gefragt, wer ihr Vater ist?«, fragte Zozie auf einmal und schaute mich an.

Ich zuckte die Achseln. Ich habe nie verstanden, wieso mich das interessieren soll. Wir haben einander. Ich wollte nie noch jemanden dazu.

»Es ist nur so, dass du ihn wahrscheinlich kennst«, sagte sie. »Du warst damals sechs oder sieben, und ich habe mir überlegt –« Sie schaute auf ihr Armband und spielte mit den Glücksbringern, die daran hingen, und ich hatte das Gefühl, dass sie mir etwas sagen wollte, sich aber nicht ganz sicher war, ob sie es nicht lieber für sich behalten soll.

»Was?«, fragte ich.

»Na ja – schau dir ihre Haare an.« Sie legte Rosette die Hand auf den Kopf. Ihre Haarfarbe erinnert an Mangoscheiben, und sie hat ganz weiche Locken. »Schau dir ihre Augen an –« Ihre Augen sind auffallend hellgrün, wie bei einer Katze, und so rund wie Centmünzen.

Ich überlegte.

»Denk doch mal nach, Nanou. Rote Haare, grüne Augen. Kann manchmal eine Nervensäge sein –«

»Aber du meinst doch nicht Roux?« Ich musste lachen, aber auf einmal wurde ich innerlich ganz zittrig und wünschte mir, sie würde nicht weiterreden.

»Warum nicht?«, sagte sie.

»Weil ich weiß, dass er's nicht ist.«

Eigentlich habe ich noch nie viel über Rosettes Vater nachgedacht. In meinem Hinterkopf habe ich immer noch die Vorstellung, dass sie gar keinen hat und dass die Feen sie gebracht haben, so wie die alte Frau immer gesagt hat.

*Feenkind. Wunderkind.*

Ich meine, es ist nicht fair, was die Leute denken – dass sie dumm ist oder behindert oder zurückgeblieben. *Wunderkind*, haben wir immer gesagt. Etwas Besonderes – das heißt: anders. Maman will nicht, dass wir anders sind – aber Rosette ist anders, und ist das denn so schlimm?

Thierry redet dauernd davon, dass sie Hilfe braucht. Eine Therapie, Spracherziehung, lauter Spezialisten – als wüssten diese

Spezialisten, wie man jemanden davon heilen kann, dass er etwas Besonderes ist.

Aber dafür gibt es gar keine Kur. Das hat Zozie mir beigebracht. Und wie könnte Roux Rosettes Vater sein? Ich meine – er hat sie ja vorher noch nie gesehen. Er wusste nicht mal, wie sie heißt.

»Er kann gar nicht Rosettes Vater sein«, sagte ich, obwohl ich mir inzwischen nicht mehr sicher war.

»Wer käme denn sonst infrage?«

»Keine Ahnung. Aber auf keinen Fall Roux.«

»Weshalb nicht?«

»Weil er dann bei uns geblieben wäre, deshalb. Er hätte uns nicht gehen lassen.«

»Vielleicht hat er es gar nicht gewusst«, sagte sie. »Vielleicht hat deine Mutter es ihm nie gesagt. Schließlich hat sie dir ja auch nichts gesagt.«

Da fing ich an zu weinen. Blöd, ich weiß. Ich ärgere mich immer, wenn ich weinen muss, aber ich konnte nichts dagegen machen. Es war wie eine Explosion in mir, und ich wusste nicht, ob ich Roux jetzt hasste oder ob ich ihn sogar noch lieber hatte.

»Sch, sch. Nanou.« Zozie legte den Arm um mich. »Alles ist gut.«

Ich schmiegte mein Gesicht an ihre Schulter. Sie hatte einen ausgebeulten alten Pullover an, und das Strickmuster drückte sich in meine Wange. *Es ist nicht alles gut*, wollte ich schreien. Das sagen die Erwachsenen nämlich immer, wenn sie nicht wollen, dass Kinder die Wahrheit erfahren. Und meistens ist es eine Lüge.

Erwachsene lügen anscheinend immer.

Ich schluchzte so furchtbar, dass es mich richtig schüttelte. Wie kann Roux Rosettes Vater sein? Sie kennt ihn doch gar nicht. Sie weiß nicht einmal, dass er seine Schokolade ohne Sahne trinkt, nur mit Rum und braunem Zucker. Sie hat noch nie gesehen, wie er eine Fischfalle aus Weidenruten baut oder aus einem Stück Bambus eine Flöte schnitzt, und sie weiß auch nicht, dass er alle Vogelstimmen auf dem Fluss unterscheiden kann und sie so gut nachmacht, dass nicht einmal die Vögel den Unterschied merken.

Er ist ihr Vater, und sie hat keine Ahnung.

Das ist nicht fair. Er müsste mein Vater sein.

Aber jetzt spürte ich, wie etwas anderes zurückkam. Eine Erinnerung – ein Klang, den ich genau kannte –, ein Geruch von ganz weit her. Das Bild kam näher, wie der Stern über der Krippe. Und ich konnte mich fast erinnern – aber ich wollte mich nicht erinnern. Ich machte die Augen zu. Ich konnte mich kaum rühren. Auf einmal dachte ich: Wenn ich mich bewege, dann kommt alles aus mir herausgesprudelt, wie ein Getränk mit Kohlensäure, wenn jemand die Flasche geschüttelt hat, und wenn die Flasche erst einmal offen ist, kriegt man sie nie wieder zu –

Ich begann zu zittern.

»Was ist los?«, fragte Zozie.

Ich konnte mich nicht rühren. Ich konnte nicht sprechen.

»Wovor hast du Angst, Nanou?«

Ich hörte, wie die Anhänger an ihrem Armband klimperten. Es klang ganz ähnlich wie das Windspiel über unserer Tür.

»Vor den Wohlwollenden«, flüsterte ich.

»Was heißt das – *vor den Wohlwollenden*?«

Ich hörte den drängenden Unterton in ihrer Stimme. Sie legte mir die Hände auf die Schultern, und ich spürte richtig, dass sie es unbedingt wissen wollte, es bebte richtig in ihr.

»Hab keine Angst, Nanou«, sagte sie. »Sag mir einfach, was es ist, okay?«

Die Wohlwollenden.

Die Magier.

Weise Männer, die Geschenke bringen.

Ich gab einen komischen Ton von mir. So ein Geräusch, wie man es macht, wenn man aus einem Traum aufwachen will, es aber irgendwie nicht schafft. Unzählige Erinnerungen stürzten auf mich ein, umzingelten mich, schubsten mich herum und wollten alle gleichzeitig gesehen werden.

Das kleine Haus am Ufer der Loire.

Sie schienen so nett, so besorgt.

Sie hatten sogar Geschenke gebracht.

Und in dem Moment riss ich plötzlich die Augen ganz weit auf. Ich hatte keine Angst mehr. Endlich konnte ich mich erinnern. Ich begriff. Ich wusste wieder, was passiert war. Weshalb wir uns verändert hatten. Weshalb wir weggelaufen waren, sogar vor Roux. Weshalb wir so taten, als wären wir normale Menschen, während wir doch eigentlich wussten, dass wir das gar nicht sein konnten.

»Was ist, Nanou? Kannst du es mir jetzt sagen?«

»Ich glaube, ja.«

»Dann sag es mir«, sagte Zozie und lächelte. »Sag mir alles.«

# Sechs

## ie Wohlwollenden

# I

Montag, 10. Dezember

Und jetzt kommt er endlich, der Dezemberwind, er fegt durch die engen Straßen und reißt zum Jahresende die letzten Blätter von den Zweigen. *Dezember, Dezember, nimm dich in acht, Er bringt dir Verzweiflung, er bringt dir die Nacht*, wie meine Mutter immer sagte, und wieder einmal hat man das Gefühl, als würde jetzt, da das Jahr zu Ende geht, eine Seite umgeblättert.

Eine Seite – eine Karte – der Wind, vielleicht. Und der Dezember war schon immer eine schlimme Zeit für uns. Der letzte Monat, der Bodensatz des Jahres, so kriecht er dem Weihnachtsfest entgegen, und sein Mantel aus Lametta schleift durch den Matsch. Die Sackgasse des Jahres erwartet uns, die Bäume sind fast kahl, das Licht ist wie verkohltes Zeitungspapier, und alle meine Gespenster kommen hervor, um wie Glühwürmchen am geisterhaften Himmel zu tanzen.

Wir kamen mit dem Karnevalswind. Mit dem Wind der Veränderung, der Verheißung. Mit dem heiteren Wind, dem Zauberwind, der aus allen Menschen Schnapphasen macht, samt Blütenblättern, Frack und Hut, und man eilt in übermütiger Vorfreude dem Sommer entgegen.

Anouk war ein Kind dieses Windes. Ein Sommerkind, ihr Totem war das Kaninchen – munter, mit leuchtenden Augen, vorwitzig.

Meine Mutter glaubte an Totems. Ein Totem ist mehr als nur ein unsichtbarer Freund, es enthüllt die Geheimnisse des Herzens, den Geist, die verborgene Seele. Mein Totem war eine Katze, das behauptete sie jedenfalls – vielleicht im Gedanken an das Babyarmband mit dem kleinen Silberanhänger. Katzen sind von Natur aus heimlichtuerisch. Katzen haben eine gespaltene Persönlichkeit. Katzen rennen beim ersten Windstoß verängstigt davon. Katzen können die Geisterwelt sehen und bewegen sich zwischen Licht und Dunkel.

Der Wind blies stärker, und wir flohen. Nicht zuletzt wegen Rosette. Ich hatte gleich gewusst, dass ich schwanger bin, und wie eine Katze trug ich mein Kind heimlich aus, weit weg von Lansquenet.

Aber dann kam der Dezember, und der Wind hatte gedreht und das Jahr aus dem Licht ins Dunkel geführt. Bei der Schwangerschaft mit Anouk hatte ich keinerlei Probleme gehabt. Mein Sommerkind kam mit der Sonne, um vier Uhr fünfzehn, an einem strahlenden Junimorgen, und gleich als ich sie sah, wusste ich, sie gehört mir, mir allein.

Aber Rosette war anders, von Anfang an. Ein kleines, kraftloses, unruhiges Baby, das nicht gestillt werden wollte und das mich anschaute, als wäre ich eine Fremde. Das Krankenhaus lag ganz am Rand von Rennes, und während ich neben Rosette wartete, kam ein Priester vorbei, um mit mir zu sprechen und um seiner Überraschung darüber, dass ich meine Tochter nicht im Krankenhaus taufen lassen wollte, Ausdruck zu verleihen.

Er war ein ruhiger, freundlicher Mann, aber auch nicht anders als die anderen Vertreter seines Berufsstandes: routinierte Trostesworte und Augen, die nur das Jenseits sehen, aber nicht die Welt hier. Ich tischte ihm meine übliche Geschichte auf: Ich sei Madame Rocher, verwitwet und unterwegs zu Verwandten, bei denen ich wohnen würde. Er glaubte mir nicht, das merkte ich, denn er musterte Anouk misstrauisch und beäugte Rosette mit wachsender Sorge. Vielleicht kommt sie nicht durch, sagte er ernst. Er fragte mich, ob ich es verantworten könne, sie ungetauft sterben zu lassen?

Ich schickte Anouk in eine Pension in der Nähe, während ich mich langsam erholte und auf Rosette aufpasste. Die Pension war in einem winzigen Dorf, einem Ort namens Les Laveuses, an der

Loire. Dorthin floh ich vor dem wohlwollenden alten Priester, denn Rosettes Kräfte schwanden und seine Forderungen wurden immer drängender.

Wohlwollen kann nämlich genauso mörderisch sein wie Grausamkeit. Der Priester, er hieß Père Leblanc, hatte begonnen, Nachforschungen anzustellen, ob ich wirklich Verwandte in der Gegend hatte und wer auf meine ältere Tochter aufpasste und wo sie in die Schule ging und was aus dem imaginären Monsieur Rocher geworden war – und dass seine Nachforschungen ihn irgendwann zur Wahrheit führen würden, daran hatte ich keinen Zweifel.

Also nahm ich eines Morgens Rosette und floh mit ihr in einem Taxi nach Les Laveuses. Die Pension war billig und unpersönlich, ein Zimmer mit Gasheizung und einem Doppelbett, dessen Matratze fast bis zum Boden durchhing. Rosette wollte immer noch nicht trinken, und sie weinte und maunzte jämmerlich. Es klang wie das Echo des heulenden Windes. Noch schlimmer war, dass manchmal ihr Atem aussetzte. Es dauerte oft fünf oder zehn Sekunden, bis er wieder einsetzte, mit einem Glucksen und einem Schniefen, als hätte mein Kind sich doch entschieden, wieder ins Land der Lebenden zurückzukehren, wenigstens vorübergehend.

Wir blieben noch zwei Nächte in der Pension. Das neue Jahr kam immer näher und mit ihm der Schnee, er bestäubte die schwarzen Bäume und die Ufer der Loire mit bitterem Zucker. Ich suchte nach einer anderen Bleibe und fand eine Wohnung über einer kleinen Crêperie, die von einem älteren Paar geführt wurde, von Paul und Framboise.

»Die Wohnung ist nicht sehr groß, aber warm«, sagte Framboise, eine energische kleine Dame mit brombeerschwarzen Augen. »Sie würden mir einen Gefallen tun, wenn Sie ein bisschen auf das Haus aufpassen. Wir haben im Winter geschlossen – hier gibt es keine Touristen –, deshalb brauchen Sie sich keine Sorgen machen, Sie könnten vielleicht jemanden stören.« Sie musterte mich aufmerksam. »Das Baby«, sagte sie schließlich. »Es weint wie eine Katze.«

Ich nickte.

»Hm.« Sie schnaubte. »Sie sollten etwas tun.«

»Was meint sie damit?«, fragte ich Paul, als er uns später die kleine Zweizimmerwohnung zeigte.

Paul, ein sanfter alter Mann, der selten den Mund aufmachte, schaute mich nur an und zuckte die Achseln. »Sie ist abergläubisch«, sagte er. »Wie viele alte Leute hier in der Gegend. Nehmen Sie es sich nicht zu sehr zu Herzen. Sie meint es gut.«

Ich war zu müde, um weiterzuforschen. Aber nachdem wir uns einigermaßen eingerichtet hatten und Rosette angefangen hatte, wenigstens ein bisschen was zu trinken – obwohl sie immer noch sehr unruhig war und kaum schlief –, kam Framboise zu uns, um die sowieso schon makellose Küche zu putzen, und ich fragte sie, was sie mit ihrer Bemerkung gemeint hatte.

»Es heißt, ein Katzenbaby bringt Unglück«, sagte sie.

Ich lächelte. Sie klang genau wie Armande, meine liebe alte Freundin aus Lansquenet.

»Ein Katzenbaby?«, fragte ich.

»Ja. Ich habe schon öfter davon gehört, aber gesehen habe ich noch nie eins. Mein Vater hat immer gesagt, dass die Feen manchmal nachts kommen und ein Baby gegen eine Katze austauschen. Aber das Katzenbaby lässt sich nicht stillen. Das Katzenbaby schreit die ganze Zeit. Und wenn jemand das Katzenbaby ärgert, dann mischen sich sofort die Feen ein –«

Sie kniff drohend die Augen zusammen, dann lächelte sie plötzlich. »Das ist natürlich nur ein Märchen«, sagte sie. »Trotzdem sollten Sie zum Arzt gehen. Das Katzenbaby sieht nicht richtig gesund aus, finde ich.«

Das stimmte. Aber ich hatte schon immer meine Probleme mit Ärzten und Priestern, und deshalb wollte ich den Rat der alten Frau eigentlich nicht befolgen. Es vergingen noch drei Tage, Rosette maunzte und keuchte die ganze Zeit, und schließlich sprang ich über meinen Schatten und ging zu dem Arzt im nahegelegenen Angers.

Der Arzt untersuchte Rosette gründlich. Es seien noch weitere Tests nötig, verkündete er am Schluss. Aber wegen des charakteristischen Schreiens sei er eigentlich überzeugt, dass es sich um eine genetische Veranlagung handle, genannt *Cri-du-chat*, eine Bezeichnung, die von dem eigentümlich miauenden Schreien komme. Nicht tödlich, aber unheilbar, und mit Symptomen, die er als Arzt in diesem frühen Stadium nicht vorherzusagen wage.

»Also ist sie wirklich ein Katzenbaby«, sagte Anouk.

Es schien ihr zu gefallen, dass Rosette anders war. Sie war schon so lange ein Einzelkind gewesen und wirkte mit ihren sieben Jahren manchmal verblüffend erwachsen. Sie kümmerte sich um Rosette, überredete sie, aus der Flasche zu trinken, und schaukelte mit ihr in dem Schaukelstuhl, den Paul uns aus dem alten Bauernhaus gebracht hatte.

»Katzenbaby«, sang sie leise und schaukelte auf und ab. »Schlaf, Katzenbaby, schlaf.« Und Rosette schien darauf zu reagieren. Das Schreien hörte auf – jedenfalls manchmal. Sie nahm zu. Sie schlief nachts drei bis vier Stunden am Stück. Anouk sagte, es sei die Luft von Les Laveuses, und stellte Untertassen mit Milch und Zucker für die Feen auf, falls sie vorbeischauten, um nach dem Katzenbaby zu sehen.

Ich ging nicht mehr zu dem Arzt in Angers. Zusätzliche Tests würden Rosette nichts bringen. Stattdessen passten wir gut auf sie auf, Anouk und ich. Wir badeten sie in Kräutern, wir sangen für sie, wir massierten ihre dünnen Ärmchen und Beinchen mit Lavendel und Tigerbalsam und gaben ihr Milch mit einer Pipette (sie weigerte sich meistens, die Flasche anzunehmen).

*Ein Feenbaby*, sagte Anouk. Auf jeden Fall war sie hübsch, so zart und fein mit ihrem schön geformten Kopf, den weit auseinanderliegenden Augen und dem spitzen Kinn.

»Sie sieht sogar aus wie eine Katze«, sagte Anouk. »Pantoufle findet das auch. Stimmt's, Pantoufle?«

Ach ja, Pantoufle. Zuerst hatte ich gedacht, Pantoufle würde sich vielleicht verabschieden, wenn Anouk eine kleine Schwester hatte, um die sie sich kümmern konnte. Der Wind blies immer noch über die Loire, und wie der Mittsommer ist das Julfest eine Zeit der Veränderungen, eine unbehagliche Zeit für Reisende.

Aber Rosettes Ankunft schien Pantoufles Präsenz eher zu verstärken. Ich merkte, dass ich ihn immer deutlicher sehen konnte. Er saß oft neben dem Bettchen, und er betrachtete die Kleine mit seinen schwarzen Knopfaugen, wenn Anouk sie wiegte und für sie sang, um sie zu beruhigen.

*V'là l'bon vent, v'là l'joli vent –*

»Die arme Rosette hat kein Tier«, sagte Anouk, als wir miteinander am Kamin saßen. »Vielleicht schreit sie deswegen die ganze Zeit. Vielleicht sollten wir ein Tier für sie rufen, das sich um sie kümmern kann, so wie Pantoufle sich um mich kümmert.«

Ich lächelte, als ich das hörte. Aber sie meinte es ernst, und ich wusste, dass sie sich des Problems annehmen würde, wenn ich es nicht tat. Deshalb versprach ich ihr, dass wir es versuchen würden. Nur dieses eine Mal wollte ich das Spiel noch mitmachen. Wir waren in den letzten sechs Monaten so brav gewesen, keine Karten, keine Zaubersprüche, keine Rituale. Mir fehlte das sehr, und Anouk ging es nicht anders. Was konnte so ein einfaches kleines Spiel schon schaden?

Wir wohnten jetzt fast eine Woche in Les Laveuses, und die Situation wurde immer besser. Wir hatten im Dorf sogar schon ein paar Freundschaften geschlossen. Ich mochte Framboise und Paul sehr, und wir fühlten uns wohl in der Wohnung über der Crêperie. Wegen Rosettes Geburt hatten wir Weihnachten mehr oder weniger verpasst, aber jetzt war bald Silvester, und zu Neujahr gehörte ja immer das Versprechen eines Neuanfangs. Die Luft war kalt, aber klar und frostig, und der Himmel hatte ein vibrierendes, grelles Blau. Ich machte mir nach wie vor Sorgen um Rosette, aber so langsam verstanden wir besser, was in ihr vorging, und mithilfe der Pipette konnten wir ihr so viel Nahrung zuführen, wie sie brauchte.

Dann holte uns Père Leblanc ein. Er kam mit einer Frau, von der er behauptete, sie sei Krankenschwester. Aber als Anouk mir erzählte, welche Fragen sie gestellt hatte, kam mir der Verdacht, dass sie eine Sozialarbeiterin sein musste. Ich war nicht da, als sie vorbeischauten. Paul hatte mich nach Angers gefahren, damit ich für Rosette Milch und Windeln kaufen konnte – aber Anouk war zu Hause, und Rosette lag oben in ihrem Bettchen, und die beiden Besucher brachten einen ganzen Korb Lebensmittel mit, und sie waren so wohlwollend und teilnahmsvoll, sie erkundigten sich nach mir, als wären sie meine besten Freunde, und meine zutrauliche kleine Anouk erzählte ihnen in ihrer Unschuld viel mehr, als klug war.

Sie erzählte ihnen von Lansquenet-sous-Tannes und von unseren Reisen auf der Garonne mit den Flusszigeunern. Sie erzählte ihnen von der *Chocolaterie* und von dem Fest, das wir organisiert hatten. Sie erzählte ihnen vom Julfest und von den Saturnalien, vom Eichenkönig und vom Stechpalmenkönig und von den beiden großen Winden, die das Jahr unter sich aufteilen. Als die Gäste sich für die roten Beutelchen über der Tür und für die Untertassen mit Brot und Salz auf der Schwelle interessierten, erzählte Anouk ihnen von Feen und von kleinen Göttern, von Tiertotems und von Kerzenlichtritualen und dass man den Mond zu sich rufen und für den Wind singen kann, sie erzählte von Tarotkarten und Katzenbabys –

*Katzenbabys?*

»Ja, ja, genau«, erwiderte mein Sommerkind. »Rosette ist ein Katzenbaby, und deshalb mag sie Milch. Und deshalb schreit sie die ganze Nacht wie eine Katze. Aber das ist okay. Sie braucht nur ein Totem. Wir warten noch darauf, dass eines kommt.«

Ich kann mir vorstellen, was die beiden gedacht haben. Geheimnisse und Rituale, ein ungetauftes Baby, Kinder, die bei fremden Menschen gelassen werden oder noch Schlimmeres …

Er fragte sie, ob sie mitkommen wolle. Klar, er hatte kein Recht dazu. Er sagte, bei ihm sei sie in Sicherheit und er werde während der ganzen Ermittlungen auf sie aufpassen. Er hätte sie vielleicht sogar überredet, wäre nicht zufällig Framboise vorbeigekommen, um nach Rosette zu schauen. Als sie eintrat, saßen die beiden mit Anouk in der Küche. Das Kind war den Tränen nahe, während der Priester und die Frau sehr ernst auf sie einredeten, sie sagten, sie wüssten, sie habe Angst, aber sie sei ja nicht allein, es gebe Hunderte von Kindern, denen es genauso gehe wie ihr, und sie könne gerettet werden, wenn sie sich ihnen anvertraue.

Tja, Framboise setzte dem Spuk ein Ende. Sie schickte die beiden weg, ohne lange zu fackeln, dann kochte sie Tee für Anouk und Milch für Rosette. Als Paul mich nach Hause brachte, war sie noch da und erzählte mir von dem Besuch.

»Diese Leute sollten erst mal vor ihrer eigenen Tür kehren«, schimpfte sie, während sie ihren Tee trank. »Sie suchen nach Teufeln unterm Bett. Ich habe ihnen gesagt, man muss doch nur ihr Gesicht ansehen –« Mit einer Kopfbewegung zeigte sie auf Anouk, die jetzt stumm mit Pantoufle spielte. »Sieht so ein Kind aus, das in Gefahr ist? Sieht die Kleine aus, als hätte sie Angst?«

Ich war ihr natürlich dankbar. Aber tief in meinem Inneren wusste ich, dass die beiden wiederkommen würden. Und dann womöglich mit offiziellen Papieren, mit irgendeinem Durchsuchungsbefehl oder um mich zu verhören. Ich wusste, dass Père Leblanc nicht aufgeben würde, dass dieser wohlwollende, freundliche, gefährliche Mann mir bis ans Ende der Welt folgen würde, wenn er die Möglichkeit dazu hatte.

»Wir reisen morgen ab«, erklärte ich schließlich.

Anouk protestierte. »Nein! Nicht schon wieder!«, jammerte sie.

»Wir müssen weg, Nanou. Diese Menschen –«

»Warum wir? Warum müssen immer *wir* weggehen? Warum bläst der Wind nicht zur Abwechslung mal die anderen weg?«

Ich schaute zu Rosette, die in ihrem Bettchen schlief. Dann zu Framboise, deren Gesicht so faltig wie ein Winterapfel war, dann zu Paul, der still zugehört hatte und dessen Schweigen mehr sagte als tausend Worte. Und dann sah ich irgendetwas aus dem Augenwinkel – vielleicht war es auch nur Einbildung, ein Funke aus dem Kamin.

»Der Wind nimmt zu«, sagte Paul, der am Kamin stand und horchte. »Es würde mich nicht wundern, wenn's ein Unwetter gibt.«

Jetzt hörte ich es ebenfalls. Die letzte Attacke des Dezemberwinds. Die ganze Nacht hörte ich seine Stimme, klagend, stöhnend, lachend. Rosette war extrem unruhig, also hatte ich sie die ganze Nacht bei mir und nickte nur zwischendurch immer wieder ein, während draußen der Wind tobte und unter die Dachziegel sauste und an den Fensterläden rüttelte.

Um vier hörte ich, dass sich in Anouks Zimmer etwas bewegte. Ich ging zu ihr: Sie saß auf dem Fußboden, in einem schlecht gezogenen gelben Kreidekreis. Eine Kerze brannte neben ihrem Bett, eine zweite bei Rosettes Bettchen, und in dem warmen Licht sah sie rosig und erhitzt aus.

»Wir haben es geschafft, Maman«, sagte sie mit leuchtenden Augen. »Wir haben es geschafft. Wir können bleiben.«

Ich setzte mich zu ihr auf den Fußboden. »Wie hast du das gemacht?«

»Ich habe dem Wind gesagt, dass wir hierbleiben. Er soll jemand anderes mitnehmen, habe ich ihm gesagt.«

»So einfach ist das nicht, Nanou«, sagte ich.

»Doch«, widersprach Anouk. »Und da ist noch etwas.« Sie schenkte mir ein herzzerbrechend süßes Lächeln. »Kannst du ihn sehen?« Sie deutete auf etwas in der Zimmerecke.

Ich runzelte die Stirn. Da war nichts. Oder besser, fast nichts. Ein flüchtiges Flackern – der Abglanz des Kerzenlichts auf der Wand –, ein Schatten, vielleicht Augen, ein Schwanz …

»Ich sehe nichts, Nanou.«

»Er gehört Rosette. Der Wind hat ihn gebracht.«

»Ah, verstehe.« Ich lächelte. Manchmal ist Anouks Fantasie so ansteckend, dass ich mich fast mitreißen lasse und Dinge sehe, die nicht da sein können.

Rosette streckte die Ärmchen aus und maunzte.

»Es ist ein Affe«, sagte Anouk. »Er heißt Bamboozle.«

Ich musste lachen. »Ich weiß nicht, wie du immer auf solche Ideen kommst.« Aber ich fühlte mich nicht ganz wohl bei der Sache. »Du weißt, es ist nur ein Spiel, stimmt's?«

»Nein, nein, er ist wirklich da«, versicherte mir Anouk strahlend. »Sieht du, Maman? Rosette kann ihn auch sehen.«

Am Morgen hatte sich der Wind wieder gelegt. Ein schlimmes Unwetter, sagten die Leute, ein Sturm, der Bäume ausgerissen und Scheunen dem Erdboden gleichgemacht hatte. Die Zeitung schrieb von einer Tragödie und berichtete, dass am Silvesterabend ein Ast auf einen Wagen gestürzt sei, der durchs Dorf fuhr. Fahrer und Beifahrerin waren sofort tot. Einer von beiden war ein Priester aus Rennes.

*Die Hand Gottes*, meinte die Zeitung.

Anouk und ich wussten es besser.

*Es war ein Unfall*, wiederholte ich, als sie in unserer winzigen Wohnung im Boulevard de la Chapelle Nacht für Nacht weinend aufwachte. *Anouk, das gibt es alles doch gar nicht*, sagte ich. *Unfälle passieren eben. Was anderes war es nicht.*

Mit der Zeit glaubte sie mir. Die Albträume hörten auf. Sie wirkte wieder zufrieden und glücklich. Aber da war immer noch etwas in ihren Augen. Etwas, das ich bei meinem Sommerkind vorher nicht gesehen hatte. Es war älter, weiser, fremder. Und Rosette, mein Winterkind, schien immer mehr in ihrer eigenen kleinen Welt gefangen zu sein. Sie weigerte sich, so zu werden wie andere Kinder, sie redete nicht, sie lief nicht und beobachtete alles mit diesen Tieraugen ...

Waren wir schuld daran? Die Logik spricht dagegen. Aber so wie es aussieht, reicht die Logik nur bis zu einem bestimmten Punkt. Und jetzt ist dieser Wind wieder da. Und wenn wir seinem Ruf nicht folgen, wen wird er sich dann an unserer Stelle aussuchen?

Auf der *Butte de Montmartre* gibt es keine Bäume. Dafür bin ich sehr dankbar. Aber der Dezemberwind riecht trotzdem nach Tod. Auch noch so viele Räucherstäbchen können seine dunkel verführerische Kraft nicht mildern. Dezember wird immer die Zeit der Finsternis sein, die Zeit der heiligen und der unheiligen Geister, die Zeit der Feuer, die man gegen das Schwinden des Lichts entzündet. Die Julgötter sind streng und kalt, Persephone ist in der Unterwelt gefangen, und der Frühling ist ein Traum, der noch eine ganze Ewigkeit entfernt ist.

*V'là l'bon vent, v'là l'joli vent –*
*V'là l'bon vent, ma mie m'appelle –*

Und durch die leeren Straßen von Montmartre ziehen noch immer die Wohlwollenden und schreien trotzig ihren Widerstand gegen die Jahreszeit des guten Willens heraus.

# 2

Dienstag, 11. Dezember

Danach war alles ganz einfach. Sie erzählte mir ihre kleine Geschichte von Anfang bis Ende: die *Chocolaterie* in Lansquenet, der Skandal, die Frau, die starb, dann Les Laveuses, Rosettes Geburt und der vergebliche Versuch der Wohlwollenden, sie zu entführen.

Das ist es also, wovor sie Angst hat. Armes Kind. Glauben Sie ja nicht, dass ich vollkommen herzlos bin, nur weil ich immer meinen eigenen Vorteil verfolge. Ich hörte mir ihre wirre Erzählung an, nahm sie in den Arm, wenn es ihr zu viel wurde, strich ihr übers Haar und trocknete ihre Tränen – was wesentlich mehr war als das, was für mich getan wurde, als ich sechzehn war und meine Welt zusammenbrach.

Ich beruhigte sie, so gut ich konnte. Magie, sagte ich ihr, ist ein Instrument des Wandels, der Veränderung, wodurch unsere Welt lebendig bleibt. Alles ist miteinander verbunden, wenn auf einer Seite der Welt ein Leid geschieht, wird es auf der anderen Seite ausgeglichen durch sein Gegenteil. Es gibt kein Licht ohne Dunkel, kein Falsch ohne Richtig, kein Unrecht ohne Rache.

Und was meine eigene Erfahrung betrifft –

Ich habe ihr so viel erzählt, wie sie wissen musste. Genug, um uns zu Verschworenen zu machen, um uns zu verschwistern in Reue und Schuld, um sie von der Welt des Lichts abzuschneiden und sie dann sanft in die Dunkelheit zu ziehen.

Wie ich schon sagte: In meinem Fall begann alles mit einem Jungen. Es endete auch mit einem, rein zufällig; denn wie die Hölle nichts Schlimmeres zu bieten hat als den Zorn einer verschmähten Frau, so gibt es auf der Welt nichts Schlimmeres als eine betrogene Hexe.

Ein, zwei Wochen lief alles gut. Wie eine Königin triumphierte ich über die anderen Mädchen, genoss meine Eroberung und mein plötzliches Ansehen. Scott und ich waren unzertrennlich, aber Scott war schwach und eitel – das war auch der Grund, weshalb es mir keine Schwierigkeiten gemacht hatte, ihn zu versklaven –, und schon bald konnte er der Versuchung nicht mehr widerstehen, seinen Freunden in der Umkleidekabine alles zu erzählen, anzugeben, zu prahlen und sich schließlich über mich lustig zu machen.

Ich spürte sofort, dass das Gleichgewicht gekippt war. Scott hatte ein bisschen zu viel geredet, und die Gerüchte überschlugen sich, wie Herbstblätter jagten sie einander von einer Ecke des Schulhofs zur anderen. Graffiti erschien auf den Wänden der Toilettenkabinen, die anderen Schüler stießen sich an, wenn ich vorbeikam. Meine schlimmste Feindin war ein Mädchen namens Jasmine – intrigant, beliebt und demonstrativ bescheiden. Sie löste die erste Welle der Gerüchte aus. Ich setzte sämtliche Tricks ein, die ich beherrschte, aber es half nichts – einmal ein Opfer, immer ein Opfer. Und schon bald fiel ich in meine alte Rolle zurück, ich war wieder die Zielscheibe gehässiger Bemerkungen und blöder Witze. Da wechselte Scott die Seiten. Nach einer Reihe immer feiger werdenden Ausreden wurde er in der Stadt mit Jasmine und ihren Freundinnen gesehen, und schließlich trieben ihn die Sticheleien und Schmeicheleien zum direkten Angriff, und zwar auf den Laden meiner Mutter, über den die anderen schon lange herzogen, wegen der Kristallkugeln und wegen der Bücher über Sexmagie.

Sie kamen nachts. Eine ganze Gruppe, betrunken und lachend, mit Geschubse und Pssst-Gezische. Noch etwas zu früh für die Nacht der wilden Umtriebe, aber in den Läden gab es schon überall Feuerwerkskörper zu kaufen, und *Hallowe'en* winkte mit langen, dürren Fingern, die nach Rauch rochen. Mein Zimmer ging auf die Straße hinaus. Ich hörte sie kommen, hörte das Gelächter, spürte die Spannung in der Luft, dann eine Stimme – *komm, mach schon!* –, eine gebrummelte Antwort, eine zweite Stimme, drängend – *los, los!* Dann unheilvolle Stille.

Es dauerte fast eine Minute. Ich schaute nach. Dann hörte man eine Explosion, ganz nah, in einem geschlossenen Raum. Zuerst dachte ich, sie hätten Feuerwerkskörper in die Mülltonne gesteckt, aber dann roch ich Rauch. Ich schaute aus dem Fenster und sah sie, zu sechst waren sie, aufgescheucht wie verängstigte Hühner – fünf Jungen und ein Mädchen, die ich an ihrem Gang erkannte …

Und Scott. Klar. Er rannte voraus, seine blonden Haare leuchteten hell im Licht der Straßenlaterne. Er schaute zu mir hoch – und beinahe wären sich unsere Blicke begegnet.

Aber der Feuerschein aus dem Schaufenster muss es verhindert haben, das orangerote Flackern, als die Flammen sich ausbreiteten. Wie boshafte Akrobaten hüpften, purzelten, sprangen sie von einem Ständer mit Seidenschals zu der Dekoration aus Traumfängern und schließlich zu einem Stapel Bücher –

*Mist.* Ich sah, wie sich seine Lippen bewegten. Er blieb stehen – das Mädchen neben ihm zog ihn weiter. Seine Freunde schlossen sich an – er machte kehrt und rannte los. Aber ich hatte sie mir längst alle gemerkt, diese glatten, dummen Gesichter, gerötet vom Widerschein des Feuers und grinsend im Flackern der Flammen.

Es wurde letzten Endes kein schlimmer Brand, wir konnten ihn löschen, noch ehe die Feuerwehr eintraf. Wir schafften es sogar, den größten Teil der Ware zu retten. Allerdings war die Decke rußschwarz, und alles stank nach Rauch. Es sei eine Rakete gewesen, sagten die Feuerwehrleute, eine Standardrakete, durch den Briefkastenschlitz gesteckt und dann angezündet. Der Polizist fragte mich, ob ich etwas gesehen hätte. Ich sagte Nein.

Aber am nächsten Tag begann ich meinen Rachefeldzug. Ich stellte mich krank und blieb zu Hause, plante, bereitete vor. Aus Holzwäscheklammern bastelte ich sechs kleine Puppen. Ich gestaltete sie so realistisch wie möglich, mit handgenähten Kleidern, die Gesichter säuberlich ausgeschnitten aus Klassenfotos und unter die Haare geklebt. Ich gab ihnen Namen und nahm mir vor, sie für den *Día de los Muertos* fertig zu haben.

Von den Mänteln, die an den Haken hingen, zupfte ich einzelne Haare ab. Ich stahl Kleidungsstücke aus der Umkleidekabine. Ich riss Seiten aus Schulheften, entfernte Namensschilder von Taschen, durchwühlte Papierkörbe nach gebrauchten Taschentüchern und ließ abgekaute Kulikappen verschwinden, wenn niemand es merkte. Am Ende der Woche hatte ich genug Material beisammen, um ein ganzes Dutzend Klammerpuppen auszustatten – und an Halloween war es dann so weit.

Es war der Abend der großen Herbstparty. Offiziell wusste ich zwar nichts davon, aber es war allgemein bekannt, dass Scott mit Jasmine hingehen wollte und dass es Probleme geben würde, wenn ich ebenfalls auftauchte. Ich hatte nicht die Absicht hinzugehen, aber trotzdem wollte ich alles aufmischen. Und falls Scott oder sonst irgendjemand sich mir in den Weg stellen sollte, würde es ihn erst recht treffen.

Man darf nicht vergessen: Ich war noch sehr jung. Und in vielerlei Hinsicht auch unglaublich naiv, allerdings nicht ganz so naiv wie Anouk, versteht sich. Ich bekam auch nicht so schnell ein schlechtes Gewissen wie sie. Für meine Zwecke hatte ich eine zweigleisige Rachestrategie ausgetüftelt: Einerseits basierte sie auf meinem System, andererseits sollten wirksame chemische Mittel ein solides Fundament dafür legen, dass meine okkulten Experimente einen durchschlagenden Erfolg erzielten.

Ich war sechzehn. Meine Giftkenntnisse waren nicht besonders hoch entwickelt. Wie auch? Selbstverständlich kannte ich die üblichen Gifte, aber ich hatte bisher noch keine Möglichkeit gehabt, ihre konkrete Wirkung zu überprüfen. Das wollte ich ändern. Deshalb präparierte ich eine Mischung aus den potentesten Substanzen, die ich bekommen konnte. Alraunwurzel, *Morning Glory* und Eibe. Das alles gab es im Laden meiner Mutter zu kaufen, und in einer größeren Menge Wodka aufgelöst, waren all diese Drogen nicht mehr sichtbar. Den Wodka kaufte ich im Laden an der Ecke; die Hälfte verwendete ich für den Trank, dann gab ich noch ein paar Extras hinzu – unter anderem den Saft eines Blätterpilzes, den ich unter einer Hecke auf dem Schulgelände gefunden hatte, was für ein Zufall. Durch ein Sieb goss ich die Flüssigkeit zurück in die Flasche, die ich mit dem Zeichen von Hurakan, dem Zerstörer, markiert hatte und in meiner offenen Schultasche ließ, so dass jeder sie sehen konnte. Für den Rest würde das Karma sorgen, da war ich mir sicher.

Natürlich war die Flasche schon vor der Pause verschwunden: Scott und seine Freunde grinsten zufrieden und geheimnisvoll. Ich ging an dem Abend fast glücklich nach Hause und vervollständigte meine sechs Puppen, indem ich jeder eine lange, spitze Nadel ins Herz steckte und ihr dabei ein kleines Geheimnis zuflüsterte.

*Jasmine – Adam – Luke – Danny – Michael – Scott.*

Ich konnte das selbstverständlich vorher nicht genau wissen, so wenig wie ich es ahnen konnte, dass sie den Wodka nicht selbst trinken würden, sondern damit den Fruchtpunsch bei der Party aufpeppten, wodurch sich das Karmageschenk noch wesentlich weiter ausbreitete, als ich je zu hoffen gewagt hätte.

Die Wirkung war, wie ich hörte, absolut spektakulär. Mein Gebräu sorgte für heftiges Erbrechen, für Halluzinationen, Magenkrämpfe, Lähmungserscheinungen, Nierenfunktionsstörungen und Inkontinenz. Betroffen waren über vierzig Schüler, unter ihnen auch die sechs Übeltäter.

Es hätte schlimmer kommen können. Niemand starb. Jedenfalls nicht direkt. Aber Vergiftungen solchen Ausmaßes gehen nicht unbemerkt vorbei. Es gab eine Untersuchung, jemand petzte, und schließlich beichteten die Schuldigen. Sie gaben sich gegenseitig – und mir – die Schuld, und jeder versuchte, die Verantwortung von sich abzuwälzen. Sie gestanden, dass sie die Rakete durch unseren Briefkastenschlitz gesteckt hatten. Sie gaben zu, dass sie die Flasche aus meiner Schultasche gestohlen hatten. Sie verrieten sogar, dass sie den Fruchtpunsch mit Alkohol versetzt hatten –, leugneten jedoch standhaft, irgendetwas über den wahren Inhalt der Flasche gewusst zu haben.

Wie man sich unschwer denken kann, tanzte die Polizei als Nächstes bei uns zu Hause an. Die Beamten interessierten sich für das Kräuterangebot meiner Mutter und befragten mich ausführlich – ohne Erfolg. Ich war längst eine Expertin in Sachen Sturheit, so dass nichts – weder ihr Wohlwollen noch ihre Drohungen – mich dazu bringen konnte, meine Geschichte zu ändern.

Ja, es gab eine Flasche Wodka, sagte ich. Ich hatte sie gekauft – widerstrebend, aber trotzdem –, auf Scott McKenzies ausdrücklichen Wunsch hin. Scott plante tolle Sachen für die Party am Abend, und deshalb hatte er vorgeschlagen, ich solle doch ein paar Kleinigkeiten beitragen, um die Leute ein bisschen in Schwung zu bringen (wie er sich ausdrückte).

Ja, sagte ich, ich hatte genau gewusst, dass das nicht erlaubt war. Ich hätte gleich widersprechen müssen, aber nach der Sache mit der Rakete hätte ich Angst gehabt und deswegen stillschweigend mitgemacht, weil ich dachte, es könnte sonst schlimme Folgen für mich haben.

Und dann war offensichtlich etwas schiefgelaufen. Scott hatte keine Ahnung von diesen Substanzen, und so wie es aussah, hatte er zu viel genommen. Ich vergoss ein paar Krokodilstränen bei dem Gedanken, hörte mir brav die Moralpredigt des Polizisten an, machte ein erleichtertes Gesicht, weil ich noch einmal davongekommen war, und versprach, mich nie wieder auf so etwas einzulassen, ganz bestimmt nicht.

Es war ein erstklassiger Auftritt, und die Polizisten glaubten mir. Nur meine Mutter hatte ihre Zweifel. Als sie die Wäscheklammerpuppen fand, sah sie sich in ihrem Verdacht bestätigt, und sie wusste ja, welche Wirkung die Drogen hatten, mit denen sie handelte, weshalb sie sich denken konnte, worum es eigentlich gegangen war.

Ich stritt natürlich alles ab. Aber es war sonnenklar, dass sie mir nicht glaubte.

*Es hätte jemand sterben können*, sagte sie immer wieder. Als wäre nicht genau das meine Absicht gewesen! Als hätte mir das etwas ausgemacht, nach allem, was die anderen mir angetan hatten. Und dann redete sie davon, dass ich Hilfe bräuchte – sie sprach von einer Beratungsstelle und von Verhaltenstherapie und von einer Kinderpsychologin, vielleicht –

»Ich hätte dich nie nach Mexiko-Stadt mitnehmen dürfen«,

sagte sie. »Bis dahin war alles okay – du warst so ein liebes kleines Mädchen –«

Der absolute Schwachsinn! Meine Mutter glaubte jeden Quatsch, der ihr irgendwie begegnete, und nun steigerte sie sich immer mehr in diese Wahnvorstellung hinein, dass das brave Mädelchen, das sie zum *Día de los Muertos* nach Mexiko mitgenommen hatte, irgendwie von bösen Mächten ergriffen worden war, die das Kind so verändert hatten, dass es nun zu fürchterlichen Taten fähig war.

»Die schwarze *Piñata* – was war da drin?«, fragte sie immer wieder. »Was war drin?«

Sie war inzwischen schon so hysterisch, dass ich gar nicht mehr richtig verstand, was sie eigentlich meinte.

Ich erinnerte mich gar nicht mehr an eine schwarze *Piñata* – die Reise war schon lange her, und außerdem hatte es so viele *Piñatas* gegeben. Und was den Inhalt betraf – ich vermute mal, es waren Süßigkeiten drin und kleine Spielsachen, Talismane und Totenköpfe aus Zucker und überhaupt der übliche Krimskrams, den man am Tag der Toten in einer *Piñata* findet.

Die Vorstellung, dass etwas anderes dahinterstecken könnte – dass irgendein Geist oder ein kleiner Gott (oder vielleicht sogar *Santa Muerte*, die gierige alte Mictecacihuatl selbst, die Mutter aller Wesen und die Verschlingerin der Toten) während der Mexikoreise von mir Besitz ergriffen hatte –

Na ja, wenn irgendjemand Hilfe brauchte, sagte ich, dann war es die Person, die sich dieses Märchen ausgedacht hatte. Aber sie blieb beharrlich, sie wagte es, mich als labil zu bezeichnen, zitierte wieder einmal ihre Glaubensgrundsätze und sagte schließlich, wenn ich nicht gestehen würde, was ich getan hatte, dann bleibe ihr keine andere Wahl –

Damit war die Entscheidung gefallen. Noch am selben Abend packte ich meine Sachen für eine Reise ohne Rückfahrkarte. Ich nahm ihren Pass mit und meinen eigenen, ein paar Kleidungsstücke, ein bisschen Geld, ihre Kreditkarten, ihr Scheckbuch und die Schlüssel für den Laden. Man mag es sentimental nennen, aber ich steckte auch einen ihrer Ohrringe ein – ein kleines Paar

Schuhe – und hängte ihn später als Talisman an mein Armband. Seither sind noch einige hinzugekommen. Jeder Glücksbringer ist eine Art Trophäe, eine Erinnerung an eins der vielen Leben, die ich gesammelt und mit denen ich mein eigenes bereichert habe. Damals hat es angefangen. Mit einem Paar Silberschuhe.

Dann schlich ich auf Zehenspitzen nach unten, zündete ein paar Feuerwerkskörper an, die ich noch am Nachmittag gekauft hatte, und warf sie zwischen die Bücherstapel, bevor ich lautlos den Laden verließ.

Ich blickte nicht zurück. Das war nicht nötig. Meine Mutter schlief immer sehr tief, und außerdem hätte die Mischung aus Baldrian und Lattich, die ich ihr in den Tee gegeben hatte, selbst den unruhigsten Schläfer ruhiggestellt. Scott und seine Freunde würde man als Erste verdächtigen – auf jeden Fall so lange, bis sich bestätigte, dass ich tatsächlich verschwunden war, aber bis dahin wollte ich längst über alle Berge sein.

Für Anouk milderte ich die Geschichte entsprechend ab, zum Beispiel erwähnte ich weder das Armband noch die schwarze *Piñata* oder meinen flammenreichen Abschied. Ich entwarf ein rührendes Bild von mir selbst, wie ich allein und unverstanden durch die Straßen von Paris irrte, ohne Freunde, gequält von Schuldgefühlen, ohne richtige Unterkunft, ohne jede Unterstützung, nur ausgestattet mit Magie und Intelligenz.

»Ich musste zäh sein. Ich musste tapfer sein. Es ist nicht leicht, wenn man mit sechzehn ganz auf sich selbst gestellt ist, aber ich habe es irgendwie geschafft, mich durchzusetzen, und mit der Zeit habe ich begriffen, dass es zwei Kräfte gibt, die uns antreiben können. Zwei Winde, wenn du so willst, die in entgegengesetzte Richtungen blasen. Der eine Wind trägt dich zu den Dingen, die du willst. Der andere entfernt dich von den Dingen, die du fürchtest. Und Menschen wie wir müssen eine Entscheidung treffen. Ob wir den Wind für unsere Zwecke nutzen oder ob wir uns von ihm herumpusten lassen.«

Und jetzt endlich, da die *Piñata* aufgeplatzt ist und ihren Reichtum über die Gläubigen ausschüttet, kommt die Belohnung, auf die ich so lange gewartet habe, und mit diesem Ticket bekomme ich nicht nur ein Leben, sondern zwei –

»Für welche Alternative möchtest du dich entscheiden, Nanou?«, sagte ich. »Für die Angst oder für die eigenen Ziele? Für den Hurakan oder für Ehecatl? Für den Zerstörer oder für den Wind der Veränderung?«

Sie fixiert mich mit ihren blaugrauen Augen, die mich an eine Gewitterwolke erinnern, die sich demnächst öffnen wird. Durch den Rauchenden Spiegel kann ich sehen, wie ihre Farben in den wildesten Violett- und Blautönen schillern.

Und jetzt sehe ich noch etwas anderes. Ein Bild, eine Ikone, dargeboten mit einer Klarheit, zu der ein elfjähriges Kind eigentlich gar nicht fähig ist. Ich sehe das Bild nicht einmal eine Sekunde lang vor mir, aber das genügt schon. Es ist die Weihnachtskrippe auf der Place du Tertre, die Mutter, der Vater, das Kind im Stall.

Aber in der Version, die ich sehe, trägt die Mutter ein rotes Kleid, und die Haare des Vaters sind ebenfalls rot –

Und endlich dämmert es mir. Deshalb will sie unbedingt dieses Fest feiern, deshalb widmet sie sich mit solcher Hingabe den kleinen Wäscheklammerpüppchen im Adventshaus und stellt sie so sorgfältig und umsichtig auf wie bei einem richtigen Fest.

Man braucht sich nur Thierry anzusehen. Er steht draußen vor dem Haus und spielt in dieser seltsamen Inszenierung keine Rolle. Dann sind da die Besucher: die drei Weisen, die Hirten, die Engel. Nico, Alice, Madame Luzeron, Jean-Louis, Paupaul, Madame Pinot. Sie dienen als der griechische Chor, sie unterstützen die Familie. Dann die zentrale Gruppe. Anouk, Rosette, Roux, Vianne –

Was hat Anouk bei unserer ersten Begegnung zu mir gesagt?
*Wer ist gestorben? Vianne Rocher.*

Ich habe das als Scherz verstanden, als den Versuch eines Kindes, die Erwachsenen zu provozieren. Aber jetzt, da ich Anouk etwas besser kenne, sehe ich, wie ernst diese scheinbar nebenbei dahingesagten Worte gemeint waren. Der alte Priester und die Sozialarbeiterin waren nicht die einzigen Opfer des Dezemberwinds vor vier Jahren. Vianne Rocher und ihre Tochter Anouk sind an jenem Tag ebenfalls gestorben, und jetzt will sie versuchen, sie zurückzuholen –

Wie ähnlich wir uns doch sind, Nanou!

Tja, und ich brauche auch bald ein anderes Leben. Françoise Lavery verfolgt mich nämlich immer noch. Heute war sie wieder in der Lokalzeitung zu sehen, und es wurde erwähnt, dass sie neben vielen anderen Pseudonymen auch die Namen Mercedes Desmoines und Emma Windsor verwendete, und außerdem waren noch zwei neue verschwommene Bilder abgebildet, die von der Videoüberwachungsanlage stammten. Du siehst, Annie, ich habe meine eigenen Wohlwollenden, die zwar nur langsam vorankommen, aber auch sie sind unerbittlich, und die Verfolgung ist mittlerweile mehr als nur eine banale Belästigung, ja, sie rücken mir schon fast zu nah auf die Pelle.

Wie haben sie das mit Mercedes herausgefunden? Und warum sind sie Françoise so schnell auf die Schliche gekommen? Wie lange wird es dauern, bis sie auch Zozie im Visier haben?

Vielleicht ist die Zeit reif, sage ich mir. Mag sein, dass ich Paris ausgeschöpft habe. Zauberei hin oder her, jetzt könnte der richtige Augenblick sein, um neue Wege einzuschlagen. Aber nicht als Zozie. Nicht mehr.

Wenn jemand Ihnen ein nagelneues Leben anböte, dann würden Sie das doch annehmen, oder?

Natürlich würden Sie es annehmen.

Und wenn dieses Leben Ihnen Abenteuer, Reichtum und ein Kind bringen würde – nicht irgendein Kind, sondern dieses wunderschöne, vielversprechende, hochbegabte Kind, noch unberührt von der Hand des Karmas, das einem jeden bösen Gedanken und jede fragwürdige Tat mit dreifacher Stärke zurückschickt –, etwas, das Sie den Wohlwollenden hinwerfen könnten, wenn nichts anderes mehr übrig bliebe –

Würden Sie da nicht zugreifen, wenn Sie die Gelegenheit hätten?

Ja?

Ja, natürlich würden Sie zugreifen.

# 3

Mittwoch, 12. Dezember

Na ja, der Unterricht geht erst eine Woche, aber sie sagt, dass sie jetzt schon eine Veränderung sieht. Ich lerne immer mehr von diesem mexikanischen Zeug – Namen und Geschichten, Symbole und Zeichen. Ich weiß inzwischen, wie man mithilfe von Ehecatl, dem Verändernden, den Wind weckt und wie man Tlaloc um Regen bittet, und ich kann sogar den Hurakan anrufen, um mich an meinen Feinden zu rächen.

Aber eigentlich denke ich gar nicht an Rache. Chantal und Co. sind seit dem Tag an der Bushaltestelle gar nicht mehr in der Schule gewesen. Anscheinend haben sie es jetzt alle. Es ist eine Art Ringelflechte, sagt Monsieur Gestin, aber auf jeden Fall müssen sie zu Hause bleiben, bis sich ihr Zustand bessert, weil sie sonst alle anderen anstecken. Es ist verblüffend, wie anders eine Klasse mit dreißig Schülern wirkt, wenn die vier gemeinsten Schülerinnen fehlen. Ohne Suzanne, Chantal, Sandrine und Danielle macht die Schule echt Spaß. Niemand muss *Es* sein, niemand lacht Mathilde aus und sagt, sie ist fett, und Claude hat in Mathematik sogar eine Frage beantwortet, ohne zu stottern.

Heute habe ich mich nämlich um Claude gekümmert. Er ist richtig nett, wenn man ihn näher kennt, obwohl er meistens so furchtbar stottert, dass er fast mit keinem redet. Aber ich habe es geschafft, ihm einen Zettel in die Tasche zu stecken, den ich mit einem Symbol markiert hatte – mit dem Jaguar-Zeichen, für Mut. Vielleicht liegt es ja auch nur daran, dass die anderen nicht da sind, aber ich kann schon eine Verbesserung erkennen, glaube ich.

Er ist viel lockerer, er sitzt aufrecht und nicht mehr so krumm und schief, und obwohl sein Stottern nicht ganz weg ist, klang es heute irgendwie gar nicht schlimm. Manchmal wird es sonst nämlich so stark, dass seine Wörter sich total verheddern, und dann wird er knallrot im Gesicht und bricht fast in Tränen aus, und alle geraten seinetwegen in Verlegenheit, sogar die Lehrer, und können ihn nicht ansehen (außer Chantal und Co. natürlich). Aber heute redete er mehr als normalerweise, und er hat sich nie richtig verhaspelt, kein einziges Mal.

Ich habe auch mit Mathilde geredet. Sie ist sehr schüchtern und sagt nie viel. Sie trägt immer ganz weite schwarze Pullover, um ihre Figur zu verstecken – eigentlich will sie unsichtbar sein, weil sie hofft, dann lassen die anderen sie in Ruhe. Aber die lassen sie nicht in Ruhe, und sie läuft mit gesenktem Kopf herum, als hätte sie Angst, jemandem in die Augen zu sehen, und dadurch wirkt sie noch mehr wie eine Tonne und noch ungeschickter und trauriger, und keiner sieht, dass sie eine wunderschöne Haut hat – ganz im Gegensatz zu Chantal mit ihren tausend Pickeln – und dass ihre Haare dicht und lockig sind und glänzen und dass sie selbst auch hübsch sein könnte, wenn sie die richtige Haltung hätte –

»Du musst es mal ausprobieren«, sagte ich zu ihr. »Glaub mir, du wirst dich wundern.«

»Was soll ich ausprobieren?«, fragte Mathilde, als wollte sie sagen: *Warum verplemperst du eigentlich deine Zeit mit mir?*

Also sagte ich ihr, was Zozie mir gesagt hatte. Sie hörte mir aufmerksam zu und vergaß dabei ganz, auf den Boden zu gucken.

»Das kann ich doch nicht!«, sagte sie schließlich, aber ich merkte, dass ihre Augen hoffnungsvoll schimmerten, und heute Morgen an der Bushaltestelle dachte ich, sie sieht irgendwie anders aus, aufrechter und selbstbewusster, und zum ersten Mal, seit ich sie kenne, hatte sie etwas an, das nicht schwarz war. Es war ein normaler Pulli, aber er war dunkelrot und nicht übertrieben weit, und ich sagte: »Das sieht gut aus«, und Mathilde machte ein ganz verwirrtes Gesicht, aber sie schien zufrieden, und zum ersten Mal ging sie lächelnd in die Schule.

Trotzdem fühlt es sich komisch an, plötzlich, na ja, nicht direkt beliebt zu sein, aber so was Ähnliches, und von den Leuten anders angeschaut zu werden, ihre Art zu denken beeinflussen zu können –

Wie konnte Maman das je aufgeben? Ich würde sie gern fragen, aber ich weiß, das geht nicht. Ich müsste ihr von Chantal und Co. erzählen, von den Püppchen, von Claude und Mathilde, von Roux, von Jean-Loup.

Jean-Loup war wieder in der Schule. Er sah ein bisschen blass aus, war aber ganz guter Laune. Anscheinend hatte er nur eine Erkältung, aber seine Herzschwäche macht ihn superempfindlich, und sogar eine Erkältung kann gefährlich sein. Aber heute war er also wieder da, machte Fotos und betrachtete die Welt durch seine Kamera.

Jean-Loup fotografiert alle Leute, die Lehrer, den Hausmeister, die Schüler, mich. Er macht das ganz schnell, so dass niemand mehr ändern kann, was er gerade macht, und manchmal bringt ihn das in Schwierigkeiten – vor allem bei den Mädchen, die sich gern in Pose werfen und sich hübsch machen wollen.

»Und damit ruinieren sie das Foto«, sagte Jean-Loup.

»Wieso?«, fragte ich.

»Weil eine Kamera mehr sieht als das bloße Auge.«

»Sieht sie auch Geister?«

»Klar sieht sie auch Geister.«

Das ist komisch, dachte ich, aber er hat total recht. Er redet im Grunde über den Rauchenden Spiegel und wie er einem Dinge zeigen kann, die man normalerweise nicht sieht. Dabei kennt er die alten Symbole gar nicht. Aber vielleicht macht er schon so lange Fotos, dass er Zozies Konzentrationstrick gelernt hat – die Dinge so zu sehen, wie sie wirklich sind, und nicht so, wie die Leute sie gern hätten. Deshalb mag er den Friedhof, er sucht nach Phänomenen, die das Auge nicht wahrnimmt. Nach Geisterlichtern, nach der Wahrheit und solchem Zeug.

»Wie sehe ich deiner Meinung nach aus?«

Er ging seine Bilder durch und zeigte mir eine Aufnahme von

mir, die er in der Pause gemacht hatte, als ich gerade auf den Hof hinaus rannte.

»Es ist ein bisschen verschwommen«, sagte ich – meine Arme und Beine waren von der Bewegung ganz unscharf –, aber mein Gesicht war okay, und ich lachte.

»Das bist du«, sagte Jean-Loup. »Ein sehr schönes Bild.«

Na ja, ich wusste nicht, ob er eingebildet war auf seine Kunst oder ob es ein Kompliment sein sollte, also ging ich nicht weiter darauf ein und schaute mir lieber die anderen Fotos an.

Da war Mathilde, traurig und dick, aber darunter sah sie wirklich sehr hübsch aus, und Claude, der ohne jedes Stottern mit mir redete, und Monsieur Gestin mit einem lustigen, ungewohnten Gesichtsausdruck, als würde er sich bemühen, streng auszusehen, während er innerlich kichern musste; und dann noch ein paar Fotos aus der *Chocolaterie*, die er noch nicht auf den Computer überspielt hatte. Er klickte sie so schnell durch, dass ich sie gar nicht richtig erkennen konnte.

»Halt, Moment mal!«, sagte ich. »War das nicht Maman?«

Es war Maman, mit Rosette. Ich fand, dass sie alt aussah, und Rosette hatte sich bewegt, so dass man ihr Gesicht nicht richtig sehen konnte. Und dann entdeckte ich Zozie neben ihr – aber sie sah gar nicht aus wie Zozie, ihre Mundwinkel hingen nach unten, und mit ihren Augen stimmte auch irgendetwas nicht –

»Komm schon, wir sind spät dran«, sagte Jean-Loup.

Und dann rannten wir zum Bus und fuhren wie immer zum Friedhof, um die Katzen zu füttern und um die Wege unter den Bäumen entlangzuschlendern, mit den braunen Blättern, die durch die Luft segelten, und mit den Geistern überall.

Es wurde schon dunkel, als wir hinkamen, und die Grabsteine zeichneten sich nur noch als düstere Konturen gegen den Himmel ab. Nicht besonders gut zum Fotografieren – es sei denn, man verwendet Blitzlicht, was Jean-Loup immer als »lasch« bezeichnet –, aber es war geheimnisvoll und superschön mit der Weihnachtsbeleuchtung weiter oben in der *Butte*, die an ein Spinnennetz aus Sternen erinnerte.

»Die meisten Leute sehen das alles gar nicht.«

Er machte Bilder vom Himmel, gelb und grau, und von den Gräbern davor, die an Wracks in einer verlassenen Bootswerft erinnerten.

»Deshalb gefällt mir diese Tageszeit«, erklärte er. »Wenn es beinahe dunkel ist und die Leute alle nach Hause gegangen sind, dann kann man richtig sehen, dass es ein Friedhof ist und nicht nur ein Park mit berühmten Personen.«

»Die Tore werden bald geschlossen«, sagte ich.

Das machen sie, damit die Obdachlosen hier nicht übernachten. Es gibt aber welche, die tun es trotzdem. Sie klettern über die Mauer, oder sie verstecken sich irgendwo, damit der Wachmann sie nicht erwischt.

Zuerst dachte ich, er ist einer von ihnen, ein Obdachloser, der sich gerade einen Schlafplatz einrichtet, eine Schattengestalt hinter den Grabsteinen, in einem dicken Mantel und mit einer Wollmütze auf dem Kopf. Ich fasste Jean-Loup am Arm. Er nickte mir zu.

»Wir müssen hier weg.«

Eigentlich hatte ich keine Angst. Ich glaube nämlich nicht, dass von einem Stadtstreicher mehr Gefahr ausgeht als von jemandem mit einem Haus. Aber niemand wusste, wo wir waren, es war schon dunkel, und Jean-Loups Mutter bekam garantiert einen Anfall, wenn sie erfuhr, wo ihr Sohn sich abends herumtrieb.

Sie denkt nämlich, er ist im Schachklub.

Ich glaube, sie kennt ihn gar nicht richtig.

Aber, egal. Wir wollten sofort weglaufen, falls der Mann sich irgendwie in unsere Richtung bewegte. Dann drehte er sich um, und ich sah sein Gesicht –

Roux?

Aber bevor ich seinen Namen rufen konnte, war er zwischen den Grabsteinen verschwunden, behände wie eine Friedhofskatze und lautlos wie ein Geist.

# 4

Donnerstag, 13. Dezember

Madame Luzeron kam heute in den Laden und brachte ein paar Sachen für das Adventsfenster mit. Spielzeugmöbel aus ihrem alten Puppenhaus, sorgfältig in mit dünnem Papier ausgelegten Schuhkartons verpackt: ein Himmelbett mit bestickten Vorhängen, einen Esstisch mit sechs Stühlen, außerdem Lampen, Teppiche, einen winzigen Spiegel mit Goldrahmen und mehrere Püppchen mit Porzellangesichtern.

»Ich kann das nicht annehmen«, sagte ich, als sie alles auf die Theke stellte. »Es sind wertvolle Antiquitäten.«

»Ach, es sind doch nur Spielsachen, und Sie können sie so lange behalten, wie Sie möchten.«

Also habe ich die Möbel in das Haus gestellt, bei dem heute wieder eine Tür geöffnet wurde. Es ist eine rührende Szene: Ein kleines Mädchen mit roten Haaren (eine von Anouks Klammerpuppen) steht da und bewundert einen riesigen Stapel mit Streichholzheftchen, jedes einzelne bunt verpackt und mit einer winzigen Schleife versehen.

Klar, bald ist Rosettes Geburtstag. Das Fest, das Anouk so detailliert plant, soll einerseits dazu dienen, dass wir diesen Geburtstag endlich einmal feiern, und andererseits ist es, glaube ich, ein Versuch, eine (möglicherweise nur imaginäre) Zeit wieder zum Leben zu erwecken, als das Julfest mehr bedeutete als nur Lametta und Geschenke und das wirkliche Leben mehr Ähnlichkeit mit den intimen kleinen Szenen rund um das Adventshaus hatte als die spektakuläre, billige Realität in den Straßen von Paris.

Kinder sind so sentimental. Ich habe mich bemüht, Anouks Erwartungen herunterzuschrauben, ihr zu erklären, dass ein Fest nur ein Fest ist und dass es, auch wenn es noch so schön geplant ist, weder die Vergangenheit zurückbringt noch die Gegenwart verändert. Und dass man sich auch nicht darauf verlassen kann, dass es schneit.

Aber alle meine vorsichtigen Warnungen prallten an Anouk ab. Außerdem bespricht sie alle Partyfragen jetzt mit Zozie und nicht mehr mit mir. Mir fällt auf, dass sie überhaupt den größten Teil ihrer Freizeit bei Zozie verbringt, seit sie hier wohnt. Sie probiert ihre Schuhe an (ich höre öfter das Klacken von hohen Absätzen auf dem Parkett), die beiden lachen und reden endlos über – ja, worüber eigentlich?

Bis zu einem gewissen Grad rührt mich das. Aber ein Teil von mir – der neidische, undankbare Teil – fühlt sich ausgegrenzt. Natürlich ist es fantastisch, dass Zozie hier ist, sie ist eine wunderbare Freundin, sie kümmert sich um die Kinder, sie hat uns geholfen, den Laden neu zu gestalten und endlich etwas damit zu verdienen.

Aber niemand soll denken, dass ich nicht merke, was sich hier abspielt. Wenn ich hinsehe, kann ich hinter die Kulissen blicken: Ich sehe den subtilen Goldglanz im Haus, die Glöckchen im Fenster, den Glücksbringer über der Schwelle, den ich zuerst für Weihnachtsschmuck gehalten habe, und überhaupt die Zeichen, die Symbole, die Figuren im Adventshaus, die ganze Alltagsmagie, von der ich gedacht hatte, sie sei längst verschwunden, und die jetzt an allen Ecken und Enden aufblüht.

Wem schadet es?, frage ich mich. Eigentlich ist es doch gar kein richtiger Zauber, nur ein paar kleine Talismane, ein, zwei Symbole, die angeblich Glück bringen, lauter Dinge, die meine Mutter gar nicht weiter beachtet hätte.

Aber ich kann mir nicht helfen, ich fühle mich nicht wohl dabei. Man bekommt im Leben nichts geschenkt. Wie der Junge im Märchen, der seinen Schatten verkaufte, muss auch ich bald den Preis bezahlen, wenn ich die Augen vor den Verkaufsbedingungen verschließe und von der Welt auf Kredit kaufe.

*Was willst du, Zozie?*
*Welchen Preis verlangst du?*

Im Verlauf des Nachmittags wurde ich immer unruhiger. Irgendetwas lag in der Luft. Vielleicht war es das Winterlicht. Ich merkte, dass ich mich nach jemandem sehnte – aber ich konnte nicht sagen, nach wem. Nach meiner Mutter vielleicht. Nach Armande, nach Framboise. Nach einem unkomplizierten Menschen. Nach jemandem, dem ich vertrauen kann.

Thierry rief zweimal an, aber ich nahm nicht ab. Er würde ohnehin nichts kapieren, nicht einmal ansatzweise. Ich versuchte, mich auf die Arbeit zu konzentrieren, aber aus irgendeinem Grund ging alles schief. Ich erhitzte die Schokolade zu stark oder zu wenig, ließ die Milch aufkochen, gab Pfeffer statt Zimt in die Haselnussplätzchen. Ich bekam Kopfschmerzen. Am späteren Nachmittag übergab ich Zozie die Regie und ging nach draußen, um Luft zu schnappen.

Ich hatte kein bestimmtes Ziel im Sinn. Auf jeden Fall wollte ich nicht in die Rue de la Croix gehen, aber genau dort fand ich mich nach knapp zwanzig Minuten wieder. Der Himmel war spröde und kobaltblau, und die Sonne stand schon viel zu tief, um Wärme zu spenden. Ich war froh, dass ich einen Mantel übergezogen hatte – matschbraun, wie meine Stiefel –, und schlang ihn enger um mich, als ich in die schattigen Straßen der unteren *Butte* kam.

Es war reiner Zufall, sonst nichts. Ich hatte den ganzen Tag nicht an Roux gedacht. Aber da war er, vor der Wohnung, in Arbeitsstiefeln und Overall, eine schwarze Wollmütze auf dem Kopf. Er wandte mir den Rücken zu, aber ich erkannte ihn sofort. Seine schnellen, aber ruhigen Bewegungen, die zähen, schmalen Muskeln in Rücken und Armen, die sich dehnten und beugten, während er Kisten und Kartons mit Bauschutt in einen Container am Straßenrand warf.

Instinktiv trat ich hinter einen Kleinlaster, der ganz in der Nähe parkte. Dass Roux plötzlich vor mir stand und dass ich jetzt hier war, obwohl Zozie mich davor gewarnt hatte, zu der Wohnung zu gehen, irgendwie brachte mich das durcheinander und machte mich vorsichtig. Ich beobachtete Roux von meinem Versteck aus, unsichtbar in meinem langweiligen Mantel. Mein Herz rappelte wie ein Flipperautomat. Soll ich ihn ansprechen? Möchte ich überhaupt mit ihm reden? Was will er eigentlich hier? Ein Mann, der die Großstadt verabscheut, der den Lärm hasst, den Reichtum verachtet und lieber unter freiem Himmel schläft als unter einer Zimmerdecke.

In dem Moment kam Thierry aus dem Haus. Ich spürte sofort die Spannung zwischen den beiden. Thierry wirkte verärgert, sein Gesicht war gerötet, er redete in scharfem Tonfall mit Roux und forderte ihn mit Gesten auf, ins Haus zurückzugehen.

Roux tat so, als würde er nichts hören.

»Sind Sie taub oder bescheuert?«, schimpfte Thierry. »Wir haben einen gottverdammten Terminplan, falls Sie das schon vergessen haben. Und kontrollieren Sie gefälligst mit der Wasserwaage, ob der Boden eben ist, bevor Sie anfangen. Diese Dielen sind aus Eiche, kein dünnes Kiefernholz.«

»Reden Sie so auch mit Vianne?«

Roux' Akzent wechselt stark, je nach Stimmung. Heute klingt er fast exotisch, ein raues, gutturales Schnarren. Thierry, der nur den nasalen Pariser Singsang kennt, hat garantiert Schwierigkeiten, ihn zu verstehen.

»Was war das?«

Roux antwortete unverschämt langsam: »Ich habe gesagt: Reden Sie so auch mit Vianne?«

Ich merkte, wie sich Thierrys Miene verfinsterte. »Yanne ist die Frau, für die ich das alles mache.«

»Ah, jetzt begreife ich, was sie in Ihnen sieht.«

Thierry lachte, aber es war ein unsympathisches Lachen. »Ich werde sie heute Abend fragen, ja? Zufällig treffe ich mich nämlich mit ihr, und ich werde sie zum Essen ausführen. In ein Restaurant, in dem keine Pizzastücke serviert werden.«

Mit diesen Worten wandte er sich ab und eilte die Straße hinauf, während Roux ihm eine obszöne Geste hinterherschickte. Schnell duckte ich mich. Ich kam mir bescheuert vor, aber ich wollte auf keinen Fall, dass einer der beiden mich bemerkte. Thierry ging nur zwei Meter entfernt an mir vorbei, sein Gesicht verzerrt vor Wut, Ablehnung und einer Art hasserfüllter Befriedigung. Dadurch sah er älter aus als sonst, wie ein Mann, den ich gar nicht kannte, und einen Moment lang kam ich mir vor wie ein Kind, das dabei ertappt wird, wie es durch eine verbotene Tür späht. Dann war er verschwunden, und Roux war allein.

Ich wartete noch ein bisschen. Wenn Leute sich unbeobachtet fühlen, zeigen sie oft ganz überraschende Seiten – ich hatte das ja gerade bei Thierry gemerkt. Roux setzte sich an den Straßenrand und blieb einfach sitzen, rührte sich nicht vom Fleck, den Blick vor sich auf den Boden gerichtet. Er sah vor allem müde aus, aber bei Roux kann man das nie so genau sagen.

*Ich muss in den Laden zurück*, sagte ich mir. *Anouk kommt bald heim, in weniger als einer Stunde, Rosette braucht etwas zu essen, wie immer am Nachmittag, und wenn Thierry tatsächlich vorbeikommen will –*

Aber stattdessen trat ich hinter dem Wagen hervor.

»Roux.«

Er sprang auf, eine Sekunde lang ganz ungeschützt, und dieses strahlende Lächeln erschien auf seinem Gesicht. Aber schon wurde er wieder wachsam. »Thierry ist nicht hier, falls du ihn suchst.«

»Ich weiß«, sagte ich.

Das Lächeln kehrte zurück.

»Roux –«, begann ich. Aber er breitete die Arme aus, und ich war sofort bei ihm, genau wie bei unserer letzten Begegnung, ich schmiegte meinen Kopf an seine Schulter, und sein warmer Geruch – dieser Geruch, der noch etwas ganz anderes ist als nur frisch gesägtes Holz, Lack oder Schweiß – legte sich weich wie eine Daunendecke um uns beide.

»Komm rein. Du zitterst ja.«

Ich folgte ihm, und wir gingen nach oben. Die Wohnung war nicht wiederzuerkennen. Mit weißen Laken bedeckt wie mit Schnee, drängten sich die Möbelstücke still und stumm in den Ecken, der Fußboden bestand nur noch aus wohlriechendem

Staub. Befreit von Thierrys Krempel, konnte ich sehen, wie groß die Wohnung in Wirklichkeit war, ich sah die hohen Decken mit ihren Stuckverzierungen, die breiten Türen, die verzierten Balkone zur Seitenstraße hin.

Roux bemerkte meinen Blick. »Sehr hübsch für einen Käfig. Monsieur Großkotz scheut keine Kosten.«

Ich schaute ihn an. »Du kannst Thierry nicht leiden.«

»Aber du kannst ihn leiden?«

Ich überging die kleine Gehässigkeit. »Er ist nicht immer so grob. Normalerweise ist er sogar sehr nett, musst du wissen. Er steht unter Druck, oder vielleicht hast du ihn ja auch in Rage gebracht –«

»Oder er ist nett zu wichtigen Leuten, aber bei denen, die keine Rolle spielen, benimmt er sich so, wie's ihm passt.«

Ich seufzte. »Ich hatte gehofft, dass ihr miteinander auskommt.«

»Was denkst du, warum ich noch nicht gegangen bin? Oder warum ich dem Dreckskerl nicht längst die Fresse poliert habe?«

Ich wandte den Blick ab und schwieg. Das Knistern zwischen uns wurde immer stärker. Ich spürte genau, wie dicht er neben mir stand, ich sah die Farbflecken auf seinem Overall. Darunter trug er ein T-Shirt und ein kleines Stück grünes Flussglas um den Hals.

»Was tust du überhaupt hier?«, fragte er. »Mit einem Hilfsarbeiter?«

*Ach, Roux*, dachte ich. Was soll ich sagen? Dass ich wegen der wunderbaren Kuhle gleich über deinem Schlüsselbein hier bin, wegen dieser Kuhle, die genau richtig ist für meine Stirn? Dass ich hier bin, weil ich nicht nur deine Lieblingspralinen kenne, sondern jeden Winkel deines Herzens? Weil du auf deiner linken Schulter ein Rattentattoo hast, bei dem ich immer so getan habe, als würde ich es nicht mögen? Weil deine Haare die gleiche Farbe haben wie frische Paprika und wie rotgoldene Ringelblumen und weil Rosettes kleine Zeichnungen mich so stark an die Sachen erinnern, die du aus Holz und Stein machst, dass es mir manchmal richtig wehtut, sie anzusehen, weil ich dann denken muss, dass sie dich nie richtig kennen wird?

Wenn ich ihn küsse, wird alles nur noch schlimmer, dachte ich. Und schon küsste ich ihn, ich hauchte kleine Küsse überall auf sein Gesicht. Ich zog seine Mütze weg und schüttelte meinen Mantel ab und suchte mit glühender Hingabe seinen Mund.

Die ersten Minuten war ich blind, ich konnte nichts sehen, nichts denken. Es gab nur noch meinen Mund. Nur noch meine Hände auf seiner Haut. Sonst war ich imaginär, ein Phantom, ich wurde erst unter seiner Berührung wieder lebendig, nach und nach, wie schmelzender Schnee. In Trance versunken, küssten wir uns, während wir in diesem leeren Zimmer standen, eingehüllt von Öl- und Holzgeruch und von den weißen Laken, die aussahen wie die Segel eines Schiffs.

Irgendwo im Hinterkopf wusste ich, dass mein Verhalten nicht dem großen Plan entsprach und dass nun alles sehr viel komplizierter werden würde. Aber ich konnte mich nicht bremsen. So lange hatte ich gewartet! Und jetzt …

Ich erstarrte. *Und was jetzt?* Sind wir wieder zusammen? Was hat das zu bedeuten? Hilft es Anouk und Rosette? Vertreibt es die Wohlwollenden? Wird unsere Liebe auch nur eine einzige Mahlzeit auf den Tisch bringen, wird sie den Wind besänftigen?

*Besser, du hättest weitergeschlafen, Vianne*, sagte die Stimme meiner Mutter in meinem Kopf. *Und wenn er dir wichtig ist …*

»Deshalb bin ich nicht gekommen, Roux.« Mit aller Kraft stieß ich ihn weg. Er versuchte gar nicht, mich festzuhalten, sondern guckte nur zu, wie ich den Mantel anzog und mit zitternden Händen meine Haare wieder in Ordnung brachte.

»Warum bist du überhaupt noch hier?«, fragte ich ihn heftig. »Warum bist du in Paris geblieben, trotz allem?«

»Du hast nicht gesagt, dass ich gehen soll«, erwiderte er. »Außerdem wollte ich herausfinden, wie das mit Thierry ist. Ich musste mich vergewissern, dass es dir gut geht.«

»Ich brauche deine Hilfe nicht«, sagte ich. »Mir geht es gut. Du hast die *Chocolaterie* doch gesehen.«

Roux grinste. »Wieso bist du dann jetzt hier?«

Im Laufe der Jahre habe ich das Lügen gelernt. Ich habe Anouk angelogen, ich habe Thierry angelogen, und jetzt muss ich Roux anlügen. Wenn schon nicht seinetwegen, dann meinetwegen – weil ich weiß, wenn noch mehr von meiner schlafenden Seite aufgeweckt wird, dann sind mir Thierrys Umarmungen nicht nur unwillkommen, nein, dann werden sie mir absolut unerträglich, und dann sind alle meine Pläne der vergangenen vier Jahre null und nichtig und werden davongetragen wie Blätter im Wind.

Ich schaute ihn an. »Aber jetzt sage ich es dir: Ich möchte, dass du gehst. Es ist nicht fair dir gegenüber. Du wartest auf etwas, was unmöglich passieren kann, und ich möchte nicht, dass du leidest.«

»Ich brauche deine Hilfe nicht«, äffte er mich nach. »Mir geht es gut.«

»Bitte, Roux!«

»Du hast gesagt, du liebst ihn. Aber gerade hast du bewiesen, dass es nicht stimmt.«

»So einfach ist das nicht –«

»Warum nicht? Wegen des Ladens? Du wärst bereit, ihn wegen eines Pralinengeschäfts zu heiraten?«

»So wie du das sagst, klingt es lächerlich, das stimmt. Aber wo warst du vor vier Jahren? Und wie kommst du auf die Idee, du könntest jetzt auf einmal zurückkommen – und nichts hat sich verändert?«

»Du hast dich nicht so besonders verändert, Vianne.« Er berührte mein Gesicht. Die prickelnde Spannung zwischen uns war verschwunden, an ihre Stelle war ein dumpfer, süßer Schmerz getreten. »Und wenn du glaubst, dass ich jetzt gehe –«

»Ich muss an meine Kinder denken, Roux. Es geht nicht nur um mich.« Ich nahm seine Hand und drückte sie fest. »Wenn die Situation hier irgendetwas beweist, dann das: Ich kann nicht mehr allein sein mit dir. Ich traue mir selbst nicht über den Weg. Ich fühle mich nicht sicher.«

»Ist Sicherheit denn so furchtbar wichtig?«

»Wenn du Kinder hättest, dann wüsstest du das.«

Na ja, das war die größte Lüge überhaupt. Aber ich musste es sagen. Er muss gehen. Meinem Seelenfrieden zuliebe. Wegen Anouk, wegen Rosette. Sie waren beide mit Zozie im Laden, als ich zurückkam. Anouk erzählte laut und begeistert aus der Schule. Ich war froh, dass ich allein sein konnte. Ich ging eine halbe Stunde in mein Zimmer, um noch mal die Karten meiner Mutter zu legen und um meine gereizten Nerven zu beruhigen.

*Der Magus. Der Turm. Der Erhängte. Der Narr.*
*Der Tod. Die Liebenden. Die Veränderung.*

Veränderung. Auf der Karte ist ein Rad zu sehen, das sich unerbittlich immer weiter dreht. Päpste und Bettler, Untertanen und Könige klammern sich verzweifelt an die Speichen, und trotz der primitiven Darstellung kann ich ihren Gesichtsausdruck sehen, die aufgerissenen Münder, das behäbige Lächeln, das sich in jämmerliches Geheul verwandelt, während das Rad sich dreht.

Ich betrachte die Liebenden. Adam und Eva: Nackt stehen sie da, Hand in Hand. Evas Haare sind schwarz, Adams Haare rot. Dahinter verbirgt sich kein großes Geheimnis. Die Karten sind nur mit drei Farben gedruckt: Gelb, Rot und Schwarz, was, zusammen mit der Hintergrundfarbe Weiß, die Farben der vier Winde ergibt.

Warum habe ich wieder diese Karten gezogen?

Welche Botschaft enthalten sie?

Um sechs rief Thierry an, um mich zum Abendessen einzuladen. Ich sagte, ich hätte Migräne, was zu diesem Zeitpunkt schon fast stimmt, in meinem Kopf pochte es wie ein Eiterzahn, und bei der Vorstellung, etwas zu essen, wurde mir übel. Ich versprach, mich morgen mit ihm zu treffen, und gab mir alle Mühe, Roux aus meinen Gedanken zu vertreiben. Aber jedes Mal, wenn ich einzuschlafen versuchte, spürte ich seine Lippen auf meinem Gesicht, und als Rosette aufwachte und zu weinen begann, hörte ich in ihrem Weinen seine Stimme und sah seinen Schatten in ihren graugrünen Augen …

# 5

Freitag, 14. Dezember

Noch zehn Tage bis Heiligabend. Zehn Tage bis zu dem großen Ereignis, und obwohl ich dachte, dass alles ganz einfach ist, stellt sich jetzt heraus, dass es ziemlich kompliziert wird.

Erstens ist da Thierry. Und dann ist da Roux.

O Mann. Was für ein Chaos.

Seit ich am Sonntag mit Zozie geredet habe, überlege ich mir dauernd, was das Beste wäre. Mein erster Impuls war, sofort zu Roux zu rennen und ihm alles zu sagen, aber Zozie meint, das wäre ein Fehler.

In einer Geschichte wäre die Sache natürlich ganz simpel. Ich würde Roux sagen, dass er Rosettes Vater ist, ich wäre Thierry los, dann könnte alles wieder so sein wie früher, und wir würden alle miteinander Weihnachten feiern. Ende gut, alles gut. Ein Kinderspiel.

Im wirklichen Leben läuft es aber nicht so glatt. Im wirklichen Leben, sagt Zozie, können manche Männer nicht gut damit umgehen, dass sie Väter sind. Vor allem bei einem Kind wie Rosette – was ist, wenn ihn das überfordert? Wenn er sich ihretwegen schämt?

Ich habe heute Nacht kaum geschlafen. Seit ich Roux auf dem Friedhof entdeckt habe, frage ich mich, ob Zozie recht hat. Will er uns wirklich nicht sehen? Aber wieso sollte er dann weiter für Thierry arbeiten? Weiß er Bescheid? Oder doch nicht? Ich habe die Gedanken in meinem Kopf hin und her gedreht, aber irgendwie komme ich zu keinem Schluss. Also habe ich mir heute ein Herz gefasst und bin zu ihm in die Rue de la Croix gefahren.

Um halb vier stand ich vor dem Haus. Ich war ganz aufgeregt und zitterte innerlich. Die letzte Schulstunde hatte ich geschwänzt – es war eine Stillarbeit, und wenn jemand mich morgen fragen sollte, sage ich einfach, dass ich in der Bibliothek war. Jean-Loup hätte gewusst, wo ich bin, aber er war heute wieder krank. Ich malte mir das Affen-Symbol auf die Handfläche und verschwand, ohne dass jemand es merkte.

Ich fuhr mit dem Bus zur Place de Clichy und ging von dort zu Fuß zur Rue de la Croix, eine breite, ruhige Straße, mit Blick zum Friedhof; auf der einen Seite sind lauter große alte Häuser mit Stuckfassaden, die aussehen wie aufgereihte Hochzeitskuchen, und auf der anderen Seite befindet sich eine hohe Backsteinmauer.

Thierrys Wohnung ist im obersten Stock. Ihm gehört das ganze Gebäude, zwei Stockwerke und die Erdgeschosswohnung. Es ist die gigantischste Wohnung, die ich je gesehen habe, aber Thierry findet sie nicht groß genug und beschwert sich darüber, dass die Zimmer zu klein sind.

Als ich hinkam, war niemand zu sehen. Auf einer Seite des Hauses ist ein Gerüst angebracht, und über den Türen hängen Plastikplanen. Ein Mann mit einem Schutzhelm saß draußen und rauchte, aber ich wusste gleich, dass es nicht Roux war.

Ich ging hinein und die Treppe hinauf. Schon im ersten Stock hörte ich irgendwelche Maschinen und roch den süßlichen und irgendwie pferdestallartigen Geruch von frisch gesägtem Holz. Dann hörte ich auch Stimmen – na ja, eine Stimme, Thierrys Stimme, die den Lärm übertönte. Ich ging die letzten Stufen hinauf, die mit Holzstaub bedeckt waren wie mit Schnee. Ich teilte die Plastikplane und trat ein.

Roux trug einen Gesichtsschutz und bearbeitete mit der Schleifmaschine die Dielen. Es roch überall nach Holz. Thierry stand vor ihm, in einem grauen Anzug und einem gelben Plastikhelm und mit diesem Gesichtsausdruck, den ich von ihm kenne: So ein Gesicht macht er immer, wenn Rosette sich weigert, den Löffel zu nehmen, oder wenn sie ihr Essen auf den Tisch spuckt. Roux stellte jetzt die Maschine ab und zog die Maske vom Gesicht. Er sah müde aus und nicht besonders glücklich.

Thierry schaute auf die Dielen und sagte: »Saugen Sie den Staub weg und holen Sie den Versiegelungslack. Ich wünsche, dass Sie heute noch mindestens eine Schicht auftragen, bevor Sie gehen.«

»Das meinen Sie doch nicht ernst, oder? Dann bin ich ja um Mitternacht noch hier.«

»Das interessiert mich nicht«, sagte Thierry. »Ich will nicht noch einen Tag vergeuden. An Heiligabend müssen wir fertig sein.«

Und dann stapfte er an mir vorbei und die Stufen hinunter zum ersten Stock. Ich stand hinter einem Abdecktuch, deshalb war ich für ihn unsichtbar. Aber ich konnte ihn aus nächster Nähe sehen, und er machte ein Gesicht, das mir überhaupt nicht gefiel. Er sah so arrogant und selbstgefällig aus, und sein Lächeln war kein richtiges Lächeln, sondern ein Grinsen mit viel zu vielen Zähnen. Als hätte der Weihnachtsmann beschlossen, dieses Jahr die Geschenke nicht an die Kinder zu verteilen, sondern sie lieber selbst zu behalten. In dem Moment hasste ich ihn. Nicht nur, weil er Roux angeschrien hatte, sondern weil er sich für etwas Besseres hielt als Roux. Man merkte das schon an der Art, wie er ihn anschaute und sich vor ihm aufbaute, als würde er von ihm erwarten, dass er ihm die Stiefel putzt. Aber in seinen Farben war noch etwas – etwas, das aussah wie Neid oder noch schlimmer.

Roux hockte im Schneidersitz auf dem Boden, die Maske um den Hals und eine Wasserflasche in der Hand.

»Anouk!« Er grinste. »Ist Vianne auch da?«

Ich schüttelte den Kopf. Er war sichtlich enttäuscht.

»Warum bist du nie gekommen? Du hast gesagt, du kommst.«

»Ich habe so viel zu tun, das ist der einzige Grund.« Mit einer Kinnbewegung zeigte er auf das Zimmer, geschenkverpackt in Plastikplanen. »Gefällt es dir?«

»Na ja.«

»Nie mehr umziehen. Ein eigenes Zimmer. Nicht weit von der Schule und alles.«

Manchmal frage ich mich, warum die Erwachsenen die Schulbildung so in den Vordergrund stellen, wenn sie doch merken müssten, dass Kinder viel mehr über das Leben wissen als sie selbst. Wieso machen sie alles so kompliziert? Warum können sie nicht mal zur Abwechslung eine Sache einfach so lassen, wie sie ist?

»Ich habe gehört, was Thierry zu dir gesagt hat. Aber er darf nicht so mit dir reden! Er denkt, er ist was Besseres als du. Warum sagst du nicht zu ihm, er soll die Klappe halten?«

Roux zuckte die Achseln. »Ich werde bezahlt. Außerdem –« Ich sah ein Funkeln in seinen Augen. »Vielleicht werde ich mich schon bald revanchieren.«

Ich setzte mich zu ihm auf den Fußboden. Er roch nach Schweiß und nach Holzspänen, seine Arme und Haare waren ganz staubig. Aber irgendetwas an ihm war anders. Ich konnte nicht recht sagen, was. Er sah lustiger, fröhlicher, hoffnungsvoller aus als an dem Tag in der *Chocolaterie*.

»Also, was kann ich für dich tun, Anouk?«

Sag Roux, dass er ein Kind hat. Ja, klar. Klingt ganz einfach, wie viele Sachen. Aber in der konkreten Situation –

Ich befeuchtete eine Fingerspitze und malte das Zeichen des Mondhasen in den Staub auf dem Fußboden. Das ist mein Zeichen, sagt Zozie. Eigentlich heißt es *Die mit dem Mondhasen*. Ein Kreis und im Kreis ein Hase. Es soll aussehen wie der Neumond und ist das Zeichen der Liebe und des Neubeginns, und ich dachte, weil es mein Zeichen ist, funktioniert es vielleicht auch bei Roux.

»Was ist los?« Er lächelte mich an. »Hast du deine Zunge verschluckt?«

Ich konnte noch nie besonders gut lügen. Und plötzlich sprudelte es aus mir heraus. Die Frage, die mich seit meinem Gespräch mit Zozie umtrieb:

»Weißt du, dass du Rosettes Vater bist?«

Er starrte mich an. »Wie bitte?« Der Schock stand ihm ins Gesicht geschrieben. Er hatte es also tatsächlich nicht gewusst, aber seiner Reaktion nach zu urteilen, war er auch nicht unbedingt entzückt.

Ich schaute auf das Symbol des Mondhasen und zeichnete daneben das des Roten Affen Tezcatlipoca auf den staubigen Boden.

»Ich weiß, was du denkst. Sie ist ziemlich klein für vier Jahre. Sie sabbert manchmal und wacht nachts oft auf. Und bei bestimmten Sachen ist sie ein bisschen langsam, zum Beispiel beim Sprechen und beim Essen mit dem Löffel. Aber sie ist lustig und unglaublich süß – und wenn du ihr eine Chance gibst –«

Jetzt hatte sein Gesicht dieselbe Farbe wie der Holzstaub. Er schüttelte den Kopf, als wäre das Ganze ein böser Traum oder sonst irgendetwas, das er abschütteln konnte.

»Vier?«, fragte er.

»Nächste Woche hat sie Geburtstag.« Ich lächelte ihn an. »Ich habe gewusst, dass du keine Ahnung hast. Ich habe mir nämlich gesagt: Roux hätte uns nie verlassen, wenn er von Rosette gewusst hätte.« Und dann erzählte ich ihm, wie es war, als sie auf die Welt kam, ich erzählte von der Crêperie in Les Laveuses und dass Rosette am Anfang immer krank war und dass wir sie mit einer Pipette aufpäppeln mussten, ich erzählte von unserem Umzug nach Paris und überhaupt alles, was hier so passiert war.

»Moment mal«, sagte Roux. »Weiß Vianne, dass du hier bist? Weiß sie, dass du mir das alles erzählst?«

Ich schüttelte den Kopf. »Nein, das weiß niemand.«

Er überlegte eine Weile, und ganz langsam wechselten seine Farben vom ruhigen Blau und Grün zu wilden Rot- und Orangetönen, und seine Mundwinkel gingen nach unten, seine Lippen wurden ganz schmal, und er war überhaupt nicht mehr der Roux, den ich kannte.

»Und sie hat die ganze Zeit keinen Ton gesagt? Ich habe eine Tochter, und ich weiß nichts davon?« Wenn er wütend ist, hört man seinen südfranzösischen Akzent viel deutlicher, und jetzt war er dermaßen stark, dass es fast so klang, als spräche er eine andere Sprache.

»Na ja – vielleicht hatte sie keine Gelegenheit dazu.«

Er knurrte böse. »Vielleicht denkt sie aber auch, ich eigne mich nicht als Vater.«

Ich wollte ihn umarmen, ich wollte machen, dass es ihm wieder besser ging, und ihm sagen, dass wir ihn lieben – wir alle. Aber er war so durchgedreht, dass er gar nicht zuhören konnte – das sah ich sogar ohne den Rauchenden Spiegel –, und auf einmal dachte ich, dass es vielleicht doch ein Fehler war, ihm alles zu erzählen. Hätte ich auf Zozies Rat hören sollen?

Plötzlich stand er auf, als hätte er gerade einen Entschluss gefasst, schlurfte über das Zeichen des Roten Affen Tezcatlipoca im Staub unter seinen Füßen.

»Ich hoffe, ihr habt euch alle gut amüsiert bei diesem Witz. Nur schade, dass ihr euch nicht noch ein bisschen länger amüsieren konntet – wenigstens bis ich mit der Wohnung fertig bin.« Er zog sich die Staubmaske vom Hals und warf sie wütend an die Wand. »Du kannst deiner Mutter ausrichten, mir reicht's. Sie soll ihre heiß ersehnte Sicherheit haben. Sie hat sich entschieden, und das akzeptiere ich. Und wenn du schon dabei bist, kannst du auch noch Le Tresset sagen, dass er seine Wohnung von jetzt an selbst renovieren muss. Ich gehe.«

»Wohin?«

»Nach Hause.«

»Was heißt das – zurück zu deinem Boot?«, fragte ich.

»Zu welchem Boot?«

»Du hast gesagt, du hast ein Boot.«

»Na ja.« Er schaute auf seine Hände.

»Soll das heißen, du hast kein Boot?«

»Natürlich habe ich ein Boot. Ein ganz tolles sogar.« Er schaute weg, und seine Stimme war sehr leise. Ich machte mit meinen Fingern den Rauchenden Spiegel und sah seine Farben, eine Mischung aus wütenden Rottönen und zynischem Grün, und ich dachte: *Bitte, bitte, Roux. Nur dieses eine Mal.*

»Wo liegt es?«, fragte ich.

»Im Port de l'Arsenal.«

»Wieso ausgerechnet dort?«

»Ich war auf der Durchreise.«

Also das war nun wirklich eine Lüge. Es dauert ganz schön lange, mit dem Boot vom Tannes hier hoch zu fahren. Monatelang, vielleicht. Und man kommt nicht einfach auf der Durchreise in Paris vorbei. Man muss sich beim Port de Plaisance anmelden und für einen Liegeplatz bezahlen. Und außerdem, wenn Roux ein Boot hätte, würde er dann überhaupt hier für Thierry arbeiten?

Aber wenn er log, wie konnte ich dann noch weiter mit ihm reden? Mein Plan (so weit er schon fertig war) basierte vor allem darauf, dass ich dachte, Roux würde sich richtig freuen, mich zu sehen. Ich hatte gehofft, er würde sagen, er habe mich und Maman so vermisst und es tue ihm sehr weh, dass sie Thierry heiraten will. Dann würde ich ihm von Rosette erzählen, und er würde verstehen, dass er nicht weggehen konnte, und er würde bei uns in der *Chocolaterie* leben, damit Maman Thierry nicht heiraten musste und wir eine richtige Familie sein konnten.

Na ja, wenn ich es mir überlege, dann finde ich jetzt auch, dass es ziemlich schmalzig klingt.

»Aber was ist mit mir und Rosette?«, sagte ich. »An Heiligabend machen wir ein großes Fest.« Ich holte seine Karte aus meiner Schultasche und hielt sie ihm hin. »Du musst unbedingt kommen«, drängte ich verzweifelt. »Jetzt hast du eine offizielle Einladung und alles.«

Er lachte bitter. »Ich soll kommen? Du musst an irgendeinen anderen Vater denken.«

Oh, Mann, dachte ich. Was für ein Chaos. Je mehr ich mit ihm zu reden versuche, desto wütender wird er, und mein neues System, das bei Nico und Mathilde und Madame Luzeron supergut funktioniert hat, bringt bei Roux überhaupt nichts.

*Wenn ich nur seine Puppe schon fertig hätte.*

Und dann hatte ich eine Inspiration.

»Deine Haare sind ja ganz staubig«, sagte ich und zerwuschelte ihm die Haare.

»Au!«, rief Roux.

»Entschuldigung«, murmelte ich.

»Kann ich dich morgen noch mal sehen?«, sagte ich dann. »Und mich richtig von dir verabschieden?«

Er schwieg so lange, dass ich schon dachte, er würde mir die Bitte abschlagen.

Dann seufzte er. »Wir treffen uns um drei auf dem Friedhof. Bei Dalidas Grab.«

»Einverstanden«, sagte ich und lächelte in mich hinein.

Roux bemerkte mein Lächeln. »Ich bleibe aber nicht hier«, sagte er.

*Ganz wie du meinst, Roux*, dachte ich.

Und ich öffnete die Hand: Drei rote Haare hatten sich zwischen meinen Fingern verfangen.

Denn diesmal wird Roux, der immer nur tut, was er will, zur Abwechslung einmal das tun, was ich will. Jetzt bin ich dran. Ich entscheide. Er muss zu unserem Fest an Heiligabend kommen, koste es, was es wolle. Wahrscheinlich will er nicht, aber er wird kommen – selbst wenn ich den Hurakan anrufen muss, damit der ihn anschleppt.

# 6

Freitag, 14. Dezember

Anrufung des Windes.

Zuerst die Kerzen anzünden. Rote Kerzen sind gut, sie bringen Glück und so, aber weiße sind natürlich auch nicht schlecht. Wenn man es ganz richtig machen will, nimmt man am besten schwarze Kerzen, weil Schwarz die Farbe des Jahresendes ist, der langsamen, dunklen Zeit zwischen dem *Día de los Muertos* und dem Dezembervollmond, wenn das Jahr sich wendet.

Dann mit gelber Kreide einen Kreis auf den Fußboden zeichnen. Das Bett müssen wir wegschieben und den blauen Flickenteppich auch, damit wir den Holzfußboden nehmen können. Wenn wir fertig sind, muss alles wieder zurück an seinen Platz, damit Maman keine Spuren findet. Maman würde das alles nicht verstehen, aber –

Maman braucht ja nichts zu erfahren.

Du wirst sehen, dass ich meine roten Schuhe trage. Ich weiß auch nicht, warum – irgendwie habe ich das Gefühl, sie bringen Glück. Als könnte mir nichts Schlimmes passieren, wenn ich diese Schuhe anhabe. Und dann muss man mit buntem Farbpulver oder mit buntem Sand (ich nehme Kristallzucker) die Punkte am Rand des Kreises markieren. Schwarz: Norden, Weiß: Süden, Gelb: Osten, Rot: Westen. Man muss den Sand rund um den Kreis verstreuen, um die kleinen Windgötter friedlich zu stimmen.

Und jetzt zu den Opfergaben – Weihrauch und Myrrhe. Das haben die drei Weisen aus dem Morgenland mitgebracht, weißt du, für das Jesuskind in der Krippe. Ich denke, wenn die Gaben gut genug waren für das Jesuskind, dann sind sie auch gut genug für uns. Und Gold – tja, ich nehme in Goldpapier gewickelte Schokolade. Das müsste genügen, findest du nicht? Zozie sagt, die Azteken haben den Göttern Schokolade dargebracht. Und Blut natürlich – aber ich hoffe, dass sie das nicht unbedingt von uns verlangen. Ein Nadelstich – aua – also, das reicht –, und jetzt zünden wir den Weihrauch an, und es kann losgehen.

Setze dich mitten in den Kreis, im Schneidersitz, und nimm deine Wäscheklammerpuppen in die Hände. Außerdem brauchst du noch eine Tüte mit rotem Kristallzucker, den du auf den Boden schüttest, damit du die Zeichen malen kannst.

Zuerst kommt das Zeichen des Mondhasen. Pantoufle kann das Zeichen für mich übernehmen, hier am Rand des Kreidekreises. Dann machen wir das Zeichen Blauer Kolibri Tezcatlipoca, für den Himmel links von mir, und das Zeichen Roter Affe Tezcatlipoca, für die Erde, auf deiner Seite. Bam hält auf der Seite Wache, und neben ihm ist das Zeichen Eins-Affe.

Also. Das hätten wir. Macht doch Spaß, oder? Wir haben das schon mal gemacht, weißt du noch? Da ist irgendetwas schiefgegangen. Aber diesmal klappt es bestimmt. Diesmal rufen wir den richtigen Wind. Nicht den Hurakan, sondern den Ehecatl, den Wind der Veränderung, weil es etwas gibt, das wir verändern müssen.

Okay? Jetzt zeichnen wir das Spiralzeichen in den roten Zucker auf dem Fußboden.

Als Nächstes kommt die Beschwörung. Ich weiß, du kannst den Text nicht, aber mitsingen kannst du trotzdem, wenn du willst. Sing –

*V'là l'bon vent, v'là l'joli vent –*

Genau. Aber bitte ganz leise.

Gut. Jetzt sind die Puppen dran. Die hier, das ist Roux. Du kennst Roux nicht, aber du wirst ihn bald kennenlernen. Und das hier ist Maman, siehst du? Maman in ihrem schönen roten Kleid.

Eigentlich heißt sie Vianne Rocher. Das habe ich ihr ins Ohr geflüstert. Und wer ist das, mit den Mangohaaren und den großen Augen? Das bist du, Rosette. Das bist du. Und die Püppchen stellen wir alle hier in den Kreis, mit den brennenden Kerzen und mit dem Zeichen des Ehecatl in der Mitte. Weil sie zusammengehören, wie die Leute im Stall von Bethlehem. Und bald sind sie auch wieder beieinander, und wir können eine Familie sein.

Und das – wer ist das, außerhalb des gelben Kreises? Das ist Thierry, mit seinem Handy. Wir wollen nicht, dass der Wind Thierry Schaden zufügt, aber er soll nicht mehr hier bei uns sein, weil du nur einen Vater haben kannst, Rosette, und Thierry ist nicht dein Vater. Deshalb muss er gehen. Tut mir leid, Thierry.

Hörst du den Wind draußen? Das ist der Wind der Veränderung, der immer näher kommt. Zozie sagt, man kann auf dem Wind reiten, sie sagt, der Wind ist wie ein wildes Pferd, das man zähmen und trainieren kann, damit es tut, was man will. Du kannst ein Drachen sein, ein Vogel; du kannst anderen Menschen ihre Wünsche erfüllen; du kannst deine Träume verwirklichen.

*Wenn Wünsche Pferde wären, würden die Bettler reiten.*

Komm, Rosette. Lass uns reiten.

# 7

Samstag, 15. Dezember

Verblüffend, nicht wahr, wie hinterlistig und raffiniert so ein Kind sein kann. Wie eine kleine Hauskatze, die tagsüber friedlich auf dem Sofa schnurrt, aber nachts ist sie eine stolze Königin, die geborene Mörderin, die für ihr anderes Leben nur Verachtung übrig hat.

Anouk ist kein Killer – jedenfalls noch nicht –, aber sie hat durchaus eine wilde Seite. Natürlich freut es mich, das zu sehen – an Haustieren habe ich kein Interesse –, aber ich muss sie im Auge behalten, damit sie nicht hinter meinem Rücken irgendwelche Aktionen startet.

Zuerst hat sie ohne mich Ehecatl angerufen. Ich hatte absolut nichts dagegen – im Gegenteil, ich bin stolz auf sie. Sie ist fantasievoll, einfallsreich, sie erfindet Rituale, wenn die bestehenden Riten unbefriedigend sind – kurz, von Natur aus eine Chaoistin.

Als Zweites – und das erscheint mir viel entscheidender – ist sie gestern zu Roux gegangen, heimlich und gegen meinen ausdrücklichen Rat. Zum Glück hat sie alles in ihr Tagebuch geschrieben, das ich in regelmäßigen Abständen inspiziere. Das ist ganz einfach – genau wie ihre Mutter bewahrt Anouk ihre Geheimnisse in einer Holzkiste hinten in ihrem Kleiderschrank auf, vorhersagbar, aber praktisch –, und seit ich hier bin, überprüfe ich beide Kisten immer wieder.

Und das ist gut so, wie sich herausstellt. Sie trifft ihn heute wieder, schreibt sie, auf dem Friedhof, um drei. In gewisser Weise könnte es nicht besser laufen. Meine Pläne für Vianne sind fast abgeschlossen, und bald wird die nächste Runde eingeläutet. Aber es ist viel leichter, ein Leben von einem Stück Papier zu stehlen als von einer realen Person – ein paar weggeworfene Rechnungen, ein Reisepass, auf dem Flughafen elegant aus einer Handtasche entfernt, oder auch der Name auf einem neuen Grabstein, und schon ist die Sache geritzt. Aber diesmal will ich mehr als einen Namen, mehr als eine Kreditkarte, viel mehr als nur Geld.

Es ist natürlich ein Strategiespiel. Und wie bei vielen Strategiespielen besteht der Trick darin, die einzelnen Spielsteine richtig zu platzieren, ohne dass der Gegenspieler ahnt, worauf man hinaus will, und dann zu entscheiden, welche man opfern muss, um als Sieger hervorzugehen. Letzten Endes wird es ein Zweikampf zwischen Yanne und mir – und ich muss gestehen, ich freue mich noch viel mehr darauf, als ich gedacht hätte. Die Vorstellung, ihr in der Schlussrunde gegenüberzutreten, wenn wir beide wissen, worum es für uns geht –

Das ist ein Spiel, bei dem sich der Einsatz wirklich lohnt.

Ich will meine bisherigen Schritte noch einmal zusammenfassen. Neben all den anderen Punkten, die mich interessieren, habe ich mich sehr intensiv um den Inhalt von Yannes *Piñata* bemüht und dabei Verschiedenes herausgefunden.

Erstens ist sie nicht Yanne Charbonneau.

Gut, das wussten wir bereits. Was aber noch um einiges spannender ist: Sie ist auch nicht Vianne Rocher. Jedenfalls legt das der Inhalt ihrer Kiste nahe. Mir war klar, dass mir bisher etwas Wichtiges entgangen sein musste, aber neulich habe ich, als sie nicht im Haus war, endlich genau das entdeckt, wonach ich die ganze Zeit gesucht habe.

Ich hatte es vorher schon gesehen, aber die Bedeutung dieses Gegenstandes war mir nicht bewusst gewesen, weil ich so auf Vianne Rocher fixiert war. Aber er befindet sich in der Kiste und hängt an einem verblassten roten Band: ein silberner Glücksbringer, der von einem billigen Armband stammen könnte oder von einem Weihnachtsknallbonbon. Es ist eine kleine Katze, die mit der Zeit schwarz angelaufen ist.

Genau wie ich reist Vianne mit leichtem Gepäck. Von den Gegenständen, die sie aufbewahrt, ist keiner nebensächlich. Jeder wurde aus einem ganz bestimmten Grund mitgenommen, und das gilt natürlich auch für den Glücksbringer. Er wird in dem Zeitungsartikel erwähnt, der so brüchig und vergilbt ist, dass ich es nicht gewagt hatte, ihn vollständig zu entfalten: Es ist der Bericht über die achtzehn Monate alte Sylviane Caillou, die vor einer Apotheke entführt wurde, vor mehr als dreißig Jahren.

Hat sie je versucht, der Sache auf die Spur zu kommen? Mein Gefühl sagt mir: nein. *Man sucht sich seine Familie aus*, wie sie sagt. Und die junge Frau – ihre Mutter, deren Name in dem Artikel gar nicht erwähnt wird – ist für sie nicht mehr als ihre DNA. Für mich jedoch –

Man kann mich neugierig nennen. Ich habe sie im Internet gesucht. Es hat eine ganze Weile gedauert – jeden Tag verschwinden Kinder, und es handelt sich ja um einen alten Fall, eine Akte, die längst geschlossen wurde und sowieso nie besonders interessant war –, aber dann habe ich doch etwas gefunden und landete schließlich beim Namen von Sylvianes Mutter. Sie war einundzwanzig, als das Baby entführt wurde, und laut Website ihres Schuljahrgangstreffens ist sie geschieden, hat keine Kinder, lebt immer noch in Paris und führt ein kleines Hotel.

Das Hotel heißt *Le Stendhal* und befindet sich an der Ecke Avenue Gambetta und Rue Matisse. Er hat nur zwölf Zimmer, einen schon etwas kahlen Weihnachtsbaum mit viel Lametta und ein plüschig ausgestattetes Foyer. Beim Kamin ist ein kleiner runder Tisch, auf dem unter einer Glasglocke eine Porzellanpuppe steht, steif und starr mit einem pinkfarbenen Seidenkleidchen. Eine zweite Puppe, in einem Brautkleid, hält am Fuß der Treppe Wache. Eine dritte – mit blauen Augen, in einem roten, pelzbesetzten Mantel und passender Mütze – schmückt die Rezeption.

Und dort, hinter dem Empfangstisch, steht Madame selbst: eine korpulente Frau mit verhärmtem Gesicht und schütteren Haaren – typisch für jemanden, der ständig eine neue Diät ausprobiert. Und mit den Augen ihrer Tochter –

»Madame?«

»Was kann ich für Sie tun?«

»Ich komme vom *Le Rocher de Montmartre*. Wir machen eine Werbeaktion für unsere selbst gemachten Pralinen, und ich wollte Sie fragen, ob ich Ihnen diese kleinen Kostproben überreichen darf –«

Madame verzog das Gesicht. »Nein, danke. Kein Interesse.«

»Es ist völlig unverbindlich. Versuchen Sie die Pralinen doch einfach und dann –«

»Nein, besten Dank.«

Selbstverständlich hatte ich genau diese Reaktion erwartet. Die Einwohner von Paris sind misstrauisch, und mein Angebot klang viel zu gut, um wahr zu sein. Trotzdem holte ich eine Schachtel mit unseren Spezialitäten aus der Tasche und stellte sie geöffnet auf die Theke. Zwölf Trüffel, in Kakaopulver gewälzt, jede in ihrer kleinen Kuhle aus knisterndem Goldpapier, eine gelbe Rose in der Ecke, das Symbol der Herrin des Blutmondes seitlich in den Deckel geritzt.

»In der Schachtel finden Sie unsere Karte«, sagte ich. »Falls die Pralinen Ihnen schmecken, können Sie direkt bei uns bestellen.« Ich zuckte die Achseln. »Es ist ein Geschenk des Hauses. Versuchen Sie eine. Dann können Sie sich ein Urteil bilden.«

Madame zögerte. Ich sah, wie ihr natürliches Misstrauen gegen den aus der Schachtel aufsteigenden Duft ankämpfte, gegen den rauchigen Espressoduft des Kakaos, gegen den Hauch von Nelke, Kardamom, Vanille und gegen das Armagnacaroma – der Duft einer verlorenen Zeit, die bittere Süße der untergegangenen Kindheit.

»Sie verteilen also Ihre Pralinen an sämtliche Hotels in Paris? Damit machen Sie aber nicht viel Profit, das kann ich Ihnen prophezeien.«

Ich lächelte. »Man muss erst investieren, um später zu profitieren.«

Sie nahm sich eine Trüffel.

Biss hinein.

»Hm. Nicht schlecht.«

Ich glaube, sie untertreibt. Ihre Augen sind halb geschlossen, ihre schmalen Lippen werden feucht.

»Schmeckt sie Ihnen?«

Es kann nicht anders sein. Das verführerische Zeichen des Blutmondes verleiht ihrem Gesicht einen rosigen Glanz. Jetzt sehe ich Vianne noch deutlicher in ihr, allerdings eine Vianne, die müde und alt geworden ist, verbittert durch die Jagd nach Wohlstand, eine kinderlose Vianne, die kein Ventil für ihre Liebe hat, außer ihrem Hotel und ihren Porzellanpuppen.

»Wirklich etwas Besonderes«, sagte Madame.

»Die Karte liegt in der Schachtel, wie gesagt. Kommen Sie doch mal bei uns vorbei.«

Mit geschlossenen Augen nickte Madame verträumt.

»Fröhliche Weihnachten«, sagte ich.

Madame antwortete nicht.

Und die blauäugige Puppe mit Mantel und Pelzmütze lächelte mir unter ihrer Glasglocke heiter zu, wie ein Kind, das in einer Eiskugel erstarrt ist.

# 8

Samstag, 15. Dezember

Ich konnte es kam erwarten, Roux wiederzusehen. Ich wollte wissen, ob sich etwas verändert hatte – ob es mir gelungen war, den Wind zu drehen. Ich hatte ein Zeichen erhofft. Schnee oder so etwas. Das Nordlicht. Oder einen überraschenden Wetterwechsel. Aber als ich heute Morgen aufgestanden bin, war der Himmel so gelb und die Straße so nass wie sonst, und obwohl ich Maman genau beobachtete, fiel mir auch an ihr nicht der geringste Unterschied auf – sie arbeitete in der Küche wie immer, die Haare vernünftig zurückgebunden und mit einer Schürze über ihrem schwarzen Kleid.

Klar, man muss diesen Dingen Zeit lassen. Sie verändern sich nicht so schnell, und ich glaube, es war nicht realistisch von mir zu erwarten, dass alles auf einmal passiert, in einer einzigen Nacht – dass Roux zurückkommt und Maman begreift, was mit Thierry los ist. Und dass es dann auch noch schneit. Also blieb ich ganz gelassen, zog mit Jean-Loup los und wartete sehnsüchtig auf den Nachmittag.

Drei Uhr, bei Dalidas Grab. Man kann es nicht übersehen – eine lebensgroße Statue, aber ich habe keine Ahnung, wer Dalida war, bestimmt irgendeine Schauspielerin. Ich kam ein paar Minuten zu spät, und Roux war schon da. Für zehn nach drei war es schon ziemlich dunkel, und als ich die Stufen zu dem Grab hinaufrannte, sah ich ihn auf einem Grabstein ganz in der Nähe sitzen. Er sah selbst aus wie eine Statue, ganz still in seinem langen grauen Mantel.

»Ich habe schon gedacht, du kommst nicht.«

»Es tut mir schrecklich leid, dass ich mich verspätet habe.« Ich umarmte ihn. »Aber ich musste erst noch Jean-Loup loswerden.«

Roux grinste. »Wie du das sagst, klingt es so makaber. Wer ist Jean-Loup?«

Ich wurde ein bisschen verlegen, als ich es ihm erklärte: »Ein Freund aus meiner Klasse. Er mag den Friedhof. Er fotografiert hier immer. Und er denkt, dass ihm vielleicht eines Tages mal ein Geist über den Weg läuft.«

»Na, da sind die Chancen gut«, sagte Roux und musterte mich fragend. »Also, was ist los?«

Oh, Mann. Ich wusste nicht, wie ich anfangen sollte. In den letzten Wochen ist so viel passiert und –

»Ehrlich gesagt, wir haben uns gestritten.«

Ich weiß, es ist doof, aber mir schossen Tränen in die Augen. Mit Roux hatte das nichts zu tun, und ich hatte ja auch nicht vorgehabt, darüber zu reden, aber jetzt hatte ich es doch gesagt und –

»Worüber?«

»Ach, was ganz Blödes. Nichts Wichtiges.«

Roux lächelte mich an. Es war ein Lächeln wie bei manchen von diesen Kirchenstatuen. Er sieht ja überhaupt nicht aus wie ein Engel, aber trotzdem, irgendwie schien es so geduldig, ein *Ich-kann-den-ganzen-Tag-warten-wenn-nötig*-Lächeln.

»Na ja, er will nicht in die *Chocolaterie* kommen.« Ich war sauer und hätte am liebsten losgeheult, und ganz besonders ärgerte ich mich über mich selbst, weil ich es Roux gesagt hatte. »Er behauptet, er fühlt sich nicht wohl da.«

Das war natürlich nicht alles, was er gesagt hatte. Der Rest war aber so bescheuert und so verquer, dass ich es nicht wiederholen wollte. Ich meine – ich habe Jean-Loup wirklich gern. Aber Zozie ist meine beste Freundin – außer Roux und Maman natürlich –, und es macht mir etwas aus, dass Jean-Loup so unfair zu ihr ist.

»Er kann Zozie nicht leiden?«, fragte Roux.

Ich zuckte die Achseln. »Er kennt sie doch gar nicht. Aber irgendwann hat sie ihn angefahren. Normalerweise ist sie nicht so. Sie kann es nur nicht leiden, wenn man sie fotografiert.«

Aber das war immer noch nicht alles. Er hat mir nämlich heute zwei Dutzend Fotos gezeigt, die er ausgedruckt hat. Sie stammten alle von seinem Besuch in der *Chocolaterie*: Bilder vom Adventshaus, von Maman und mir, von Rosette und dann noch vier Fotos von Zozie, alle aus einem komischen Winkel aufgenommen, als hätte er versucht, sie heimlich zu knipsen.

»Das ist nicht fair. Sie hat dir doch gesagt, du sollst das nicht.«

Jean-Loup machte ein trotziges Gesicht. »Schau sie dir aber trotzdem mal an.«

Ich schaute sie mir an. Die Fotos taugten nichts. Viel zu verschwommen, man konnte Zozie gar nicht richtig erkennen – das Gesicht war nur ein helles Oval, und der verzerrte Mund sah aus wie Stacheldraht –, und sie waren schlecht ausgedruckt, immer war ein dunkler Schatten um ihren Kopf und um diesen Schatten herum ein gelblicher Kreis.

»Du musst beim Ausdrucken irgendwas falsch gemacht haben«, sagte ich.

Er schüttelte den Kopf. »Nein, der Drucker war völlig in Ordnung.«

»Dann hat die Belichtung nicht gestimmt. Oder so.«

»Kann sein«, sagte er. »Oder es ist etwas ganz anderes.«

Ich schaute ihn an. »Was meinst du?«

»Du weißt schon«, sagte er. »Geisterlichter –«

Oh, Mann. Geisterlichter. Ich glaube, Jean-Loup wünscht sich schon so lange, endlich irgendwelche eigenartigen Sachen zu sehen, dass er schon vollkommen durchdreht. Ich meine – ausgerechnet Zozie. Noch mehr kann man sich ja kaum irren.

Roux musterte mich wieder mit diesem Engelsstatuenlächeln. »Erzähl mir von Zozie«, sagte er. »So wie es klingt, seid ihr richtig gute Freundinnen.«

Also erzählte ich ihm von dem Begräbnis und von den Bonbonschuhen und von Halloween und wie Zozie auf einmal in unser

Leben wehte, wie eine Erscheinung aus einem Märchen, und wie danach alles immer besser wurde –

»Deine Mutter sieht müde aus.«

Ich dachte: *Du musst gerade reden!* Er wirkte total erschöpft, sein Gesicht war noch blasser als sonst, und er müsste sich dringend die Haare waschen. Hatte er überhaupt genug zu essen? Vielleicht hätte ich ihm etwas mitbringen sollen.

»Na ja, jetzt ist viel Betrieb, weil bald Weihnachten ist und so –«

*Moment mal*, dachte ich.

»Hast du spioniert?«, fragte ich ihn.

Roux zuckte die Achseln. »Ich war ab und zu in der Gegend.«

»Wieso?«

Er zuckte wieder die Achseln. »Vielleicht aus Neugier?«

»Bist du deshalb noch in Paris? Weil du neugierig bist?«

»Ja, und weil ich das Gefühl hatte, dass deine Mutter irgendwie in Schwierigkeiten steckt.«

Darauf stürzte ich mich sofort. »Tut sie auch«, sagte ich. »Wir stecken alle in Schwierigkeiten.« Und ich erzählte ihm wieder von Thierry und von seinen Plänen und dass nichts mehr so war wie früher und dass ich mich nach der Zeit sehnte, als alles noch so einfach war –

Roux lächelte. »Einfach war es nie.«

»Aber wir haben wenigstens gewusst, wer wir sind«, sagte ich.

Roux zuckte nur mal wieder die Achseln und schwieg. Ich steckte die Hand in die Tasche. Da war seine Puppe, die von gestern Abend. Drei rote Haare, ein geflüstertes Geheimnis und das Spiralzeichen des Ehecatl, des Windes der Veränderung, mit Filzstift auf das Herz gemalt.

Ich umklammerte die Puppe mit den Fingern, ganz fest, als könnte ich ihn so zum Bleiben bringen.

Roux fröstelte und zog seinen Mantel dichter um sich.

»Also – du gehst nicht fort, oder?«, fragte ich.

»Ich hatte es eigentlich schon vor. Vielleicht sollte ich gehen. Aber es gibt noch etwas, was mich beschäftigt. Anouk – hattest du schon mal das Gefühl, dass irgendetwas passiert – ich meine, dass jemand dich ausnützt, dich manipuliert, und du hast keine Ahnung, wie und warum?«

Er schaute mich an, und zu meiner Erleichterung sah ich keine Wut in seinen Farben. Nur ein nachdenkliches Blau. Er redete ganz ruhig, und ich glaube, ich habe ihn noch nie so lange am Stück reden hören, denn normalerweise ist er ja eher wortkarg.

»Ich war extrem wütend gestern. Weil Vianne mir so etwas Wichtiges verschwiegen hat. Vor lauter Wut konnte ich gar nicht geradeaus denken, ich konnte nicht zuhören, nichts aufnehmen. Seither habe ich viel nachgedacht«, sagte er. »Ich frage mich, wie die Vianne Rocher, die ich gekannt habe, sich derart verändern konnte. Zuerst habe ich gedacht, es liegt nur an Thierry – aber ich kenne solche Typen. Und ich kenne Vianne. Ich weiß, sie ist zäh. Und ich weiß auch, sie würde es niemals zulassen, dass jemand wie Le Tresset ihr Leben bestimmt – nach allem, was sie durchgemacht hat –« Er schüttelte den Kopf. »Nein, wenn sie wirklich in Schwierigkeiten steckt, dann liegt es nicht an ihm.«

»An wem dann?«

Er schaute mich an. »Ich glaube, dass mit deiner Freundin Zozie irgendetwas nicht stimmt. Ich bekomme es nicht richtig zu fassen. Aber ich spüre es ganz deutlich, wenn sie da ist. Etwas an ihr ist zu perfekt. Etwas stimmt nicht. Es ist fast – gefährlich.«

»Was meinst du?«

Wieder zuckte Roux die Achseln.

So allmählich ärgerte ich mich echt. Erst Jean-Loup und jetzt auch noch Roux. Ich versuchte, ihm die Situation zu erklären.

»Sie hilft uns, Roux – sie arbeitet im Laden und passt auf Rosette auf, sie bringt mir alles Mögliche bei –«

»Was heißt alles Mögliche?«

Na ja, wenn er Zozie nicht leiden konnte, wollte ich ihm das natürlich nicht erzählen. Ich steckte wieder die Hand in die Tasche. Die kleine Puppe fühlte sich an wie ein in Stoff gewickelter Knochen. »Du kennst sie nicht, deshalb bist du misstrauisch. Du solltest ihr eine Chance geben.«

Roux machte ein verschlossenes Gesicht. Wenn er mal eine Idee hat, kann man ihn nicht so schnell davon abbringen. Es ist wirklich unfair – meine beiden besten Freunde!

»Wenn du sie kennen würdest, fändest du sie bestimmt nett. Das weiß ich. Sie kümmert sich um uns.«

»Wenn ich das glauben würde, hätte ich mich schon verabschiedet. Aber so wie es aussieht –«

»Du bleibst?«

Ich vergaß, dass ich böse auf ihn war, und fiel ihm um den Hals. »Du kommst zu unserer Party an Heiligabend?«

»Na ja –« Er seufzte.

»Super! Dann kannst du ja auch Zozie näher kennenlernen. Und Rosette – ach, Roux, ich bin so froh, dass du bleibst –«

»Ja, ich auch.«

Er klang allerdings nicht so, als würde er sich freuen. Im Gegenteil, er schien ehrlich besorgt. Aber mein Plan hat funktioniert, und das ist das Einzige, was zählt. Rosette und ich haben bewirkt, dass der Wind dreht –

»Wie sieht's denn mit Geld aus?«, fragte ich ihn. »Ich habe hier –« Ich kramte in meinem Geldbeutel. »Sechzehn Euro und ein paar Cent, wenn dir das was bringt. Ich wollte Rosette ein Geburtstagsgeschenk kaufen, aber –«

»Nein«, sagte er. Etwas zu scharf, fand ich. Geld konnte er noch nie gut annehmen, also war mein Angebot vielleicht ein Fehler gewesen. »Mir geht es gut, Anouk.«

Ich fand aber nicht, dass er aussah wie jemand, dem es gut geht. Und er bekam doch keinen Lohn mehr –

Ich machte das Mais-Zeichen und presste meine Handfläche gegen seine Hand. Das ist ein Glückszeichen: Reichtum, Wohlstand, Essen und alles. Ich weiß nicht, wie es funktioniert, aber es hilft wirklich. Zozie hat es in der *Chocolaterie* eingesetzt, damit mehr Kunden Mamans Trüffel kaufen. Das bringt Roux natürlich nichts, aber ich hoffe, dass das Zeichen auch irgendetwas anderes bewirken kann. Vielleicht findet er ja eine neue Stelle, oder er gewinnt im Lotto, oder er findet Geld auf der Straße. Und ich machte, dass es vor meinem inneren Auge glühte, wodurch es dann wie Glitzerstaub auf seiner Haut leuchtete. *Das sollte reichen, Roux*, dachte ich. *Und so ist es auch kein Almosen.*

»Kommst du vor Heiligabend bei uns vorbei?«

»Keine Ahnung. Auf jeden Fall muss ich vorher noch ein paar Dinge regeln.«

»Aber du kommst zur Party? Versprochen?«

»Versprochen.«

»Großes Ehrenwort?«

»Großes Ehrenwort.«

# 9

Sonntag, 16. Dezember

Roux ist heute nicht zur Arbeit erschienen. Er war schon das ganze Wochenende nicht auf der Baustelle. Offenbar ist er am Freitag früher gegangen, hat sich in der Pension, in der er wohnte, abgemeldet und sich seither dort nicht mehr blicken lassen.

Wahrscheinlich hätte ich das wissen müssen. Schließlich habe ich ihn ja gebeten zu gehen. Wieso fühle ich mich dann so allein und verlassen? Und warum halte ich ständig nach ihm Ausschau?

Thierry kocht vor Wut. In seiner Welt ist es eine Schande und eine Unverschämtheit, einen Job einfach hinzuschmeißen. Da lässt er keine einzige Ausrede gelten. Außerdem ist da noch irgendetwas mit einem Scheck, den Roux angeblich eingelöst hat – oder auch nicht eingelöst hat –

Ich habe Thierry am Wochenende kaum gesehen. Probleme mit der Wohnung, sagte er, als er am Samstagabend kurz vorbeigekommen ist. Er hat nur ganz nebenbei erwähnt, dass Roux nicht da sei – und ich wagte es nicht, nach den Einzelheiten zu fragen.

Heute hat er mir alles erzählt. Zozie war gerade dabei, den Laden zu schließen. Rosette spielte mit einem Puzzle. Sie versuchte erst gar nicht, die Puzzlestücke zusammenzufügen, sondern legte stattdessen komplizierte Spiralmuster auf dem Fußboden. Ich fing gerade mit den letzten Kirschtrüffeln an, da kam Thierry in die *Chocolaterie* gestürmt, sichtlich aufgebracht und feuerrot im Gesicht. Er sah aus, als wäre er kurz davor zu explodieren.

»Ich hab's doch gleich gewusst, dass mit ihm etwas nicht stimmt«, zeterte er. »Diese Typen sind alle gleich. Unzuverlässig, verlogen – nicht sesshaft.« Das sagte er so, als wäre es etwas ganz, ganz Übles, ein exotischer Fluch. »Ich weiß, er ist angeblich ein Freund von dir. Aber es kann dir doch nicht entgangen sein, was für ein windiger Kerl er ist! Wie kann er wortlos einen Job hinschmeißen – nur um meine Planung zu torpedieren! Ich zeige ihn an. Oder vielleicht schlage ich ihn auch nur zusammen, diesen rothaarigen Drecksack –«

»Thierry, bitte!« Ich schenkte ihm eine Tasse Kaffee ein. »Beruhige dich.«

Aber wenn es um Roux geht, kann er das nicht. Klar, die beiden sind grundverschieden. Thierry ist solide und fantasielos, hat in seinem Leben noch nie woanders gewohnt als in Paris, und seine Ablehnung alleinerziehender Mütter, alternativer Lebensstile und fremdländischer Speisen hat mich immer eher amüsiert – bis jetzt.

»Was findest du überhaupt an ihm? Wieso bist du mit ihm befreundet?«

Ich wandte mich ab. »Wir haben das doch alles schon durchgesprochen.«

Thierry funkelte mich böse an. »Wart ihr etwa ein Paar?«, fragte er. »Steckt das hinter allem? Hast du mit ihm geschlafen, mit diesem Schwein?«

»Thierry, bitte!«

»Sag mir die Wahrheit! Habt ihr gevögelt?«, schrie er.

Jetzt zitterten meine Hände. Wut stieg in mir hoch, und weil ich sie zu unterdrücken versuchte, wurde sie immer heftiger.

»Und wenn?«, fuhr ich ihn an.

So einfache Worte. So gefährliche Worte.

Fassungslos starrte er mich an. Sein Gesicht war plötzlich aschfahl, und ich begriff, dass sein ganzes Geschimpfe, auch wenn es noch so aufgebracht geklungen hatte, nichts weiter gewesen war als eine seiner dramatischen Gesten, vorhersagbar und letztlich bedeutungslos. Er hatte ein Ventil für seine Eifersucht gebraucht, für seinen Kontrollwahn, für seine unausgesprochene Frustration darüber, dass unsere Pläne nur so schleppend vorankamen.

Als er antwortete, bebte seine Stimme. »Du bist mir die Wahrheit schuldig, Yanne«, sagte er. »Ich habe viel zu lange schweigend zugeschaut. Ich weiß nicht einmal, wer du bist, Himmelherrgott. Ich habe dir vertraut, ich habe mich um dich gekümmert, um dich und deine Kinder – und hast du je ein Wort der Klage von mir gehört? Ein verwöhntes Gör und eine Behinderte –«

Er verstummte abrupt.

Ich fixierte ihn stumm. Er hatte eine unsichtbare Grenze überschritten.

Rosette blickte von ihrem Puzzle hoch. Die Glühbirne in der Lampe flackerte. Auf dem Tisch begannen die Plastikformen, die ich zum Keksmachen verwende, zu rattern, als würde ein Schnellzug vorbeifahren.

»Yanne – entschuldige. Bitte, sei mir nicht böse.« Thierry bemühte sich sofort um Schadensbegrenzung, wie ein Vertreter, der von Tür zu Tür geht, in der Hoffnung, dass er ein Geschäft, das ihm zu entgleiten droht, doch noch irgendwie in trockene Tücher bekommt.

Aber der Schaden war irreparabel. Das Kartenhaus, das wir so sorgfältig aufgebaut hatten, war mit einem einzigen Wort weggewischt worden. Und jetzt sehe ich, was mir vorher entgangen ist. Zum ersten Mal sehe ich Thierry. Ich habe schon vorher gemerkt, dass er kleinlich ist. Dass er sich über Leute, die ihm unterlegen sind, erhebt. Ich habe seine Arroganz gesehen, sein eingebildetes, eitles Gehabe. Aber jetzt kann ich auch seine Farben sehen, seine versteckten Empfindlichkeiten, die Unsicherheit hinter seinem Grinsen, die Spannung in seinen Schultern und dass er sich immer verkrampft, sobald er Rosette anschauen muss.

Dieses hässliche Wort.

Natürlich weiß ich schon lange, dass er sich nicht besonders wohlfühlt in Rosettes Gegenwart. Wie immer überkompensiert er sein Unbehagen durch Freundlichkeit, aber diese Freundlichkeit ist aufgesetzt, wie bei jemandem, der einen gefährlichen Hund streichelt.

Und jetzt wird mir auch klar, dass es nicht nur um Rosette geht. Der ganze Laden hier löst bei ihm Unbehagen aus, der Laden, den wir ohne seine Hilfe umgestaltet haben. Jede Portion Pralinen, jeder Verkauf, jeder Kunde, den wir namentlich begrüßen, sogar der Stuhl, auf dem er sitzt – alles erinnert ihn daran, dass wir drei unabhängig sind, dass wir ein Leben haben, das nichts mit ihm zu tun hat, dass uns eine Vergangenheit miteinander verbindet, in der Thierry Le Tresset keine Rolle spielte.

Aber Thierry hat seine eigene Vergangenheit. Die ihn zu dem Mann macht, der er heute ist. Alle seine Ängste haben dort ihre Wurzeln. Seine Ängste, seine Hoffnungen, seine Geheimnisse.

Ich schaute auf die vertraute Granitplatte hinunter, auf der ich die Schokolade abkühlen lasse. Die Platte ist sehr alt, schwarz von den Jahren. Sie war schon abgenutzt, als ich sie bekommen habe, und man sieht ihr an, dass sie viel gebraucht wurde. Im Stein sind Quarzflecken, die das Licht reflektieren, und ich sehe, wie sie glänzen, während die Schokolade abkühlt, bevor sie noch einmal von mir erhitzt und erneut abgekühlt wird.

Ich möchte deine Geheimnisse gar nicht erfahren, denke ich.

Aber die Granitplatte weiß es besser. Mit ihren Glimmerstellen blinzelt und funkelt sie mir zu, fängt meinen Blick ein, hält ihn fest. Ich kann sie schon fast sehen, die Bilder, die sich in dem Stein widerspiegeln. Während ich hinschaue, nehmen sie Gestalt an, bekommen eine Bedeutung, die Ereignisse der Vergangenheit, die Thierry zu dem Menschen machten, der er jetzt ist.

Da ist Thierry im Krankenhaus. Zwanzig Jahre jünger. Vielleicht noch mehr. Er wartet vor einer verschlossenen Tür. In der Hand hält er zwei Geschenke, beide mit einer Schleife – die eine rosarot, die andere hellblau. Er ist auf alle Eventualitäten vorbereitet.

Jetzt ist er in einem Wartezimmer. Die Wände sind mit Comicfiguren bemalt. Dicht neben ihm sitzt eine Frau mit einem Kind im Arm. Der Junge ist etwa sechs. Er starrt die ganze Zeit mit leerem Blick zur Decke, und nichts, weder Puh der Bär noch Tigger noch Mickymaus, bringt seine Augen zum Leuchten.

Ein Gebäude, kein richtiges Krankenhaus. Und ein Junge, nein, ein junger Mann am Arm einer hübschen Krankenschwester. Der junge Mann sieht aus wie fünfundzwanzig. Korpulent, wie sein Vater, aber nach vorn gebeugt, der Kopf scheint zu schwer für seinen Hals, und sein Lächeln ist so leer wie das einer Sonnenblume.

Und jetzt verstehe ich endlich. Das ist das Geheimnis, das er zu verstecken versucht. Ich verstehe das breite, freundliche Lächeln, wie bei einem Mann, der einem an der Haustür eine falsche Religion aufschwatzen will. Das ist der Grund, warum er nie über seinen Sohn spricht! Daher der extreme Perfektionismus, deshalb schaut er Rosette so an …

Ich seufzte tief.

»Thierry«, sagte ich. »Es ist in Ordnung. Du musst mich nicht mehr anlügen.«

»Dich anlügen?«

»Wegen deines Sohnes.«

Er erstarrte, und ich konnte auch ohne die Granitplatte sehen, wie seine innere Erregung immer stärker wurde. Er war bleich und fing an zu schwitzen, und die Wut, die vorübergehend von der Angst abgelöst worden war, kehrte mit Macht zurück, wie ein böser Sturm. Er stand auf, plötzlich groß wie ein Bär, warf seine Kaffeetasse um und verstreute die bunt eingewickelten Pralinen quer über den Tisch.

»Mit meinem Sohn ist alles in Ordnung«, verkündete er, viel zu laut für den kleinen Raum. »Alan arbeitet im Baugewerbe. Ganz der Vater. Ich sehe ihn nicht oft, aber das heißt nicht, dass er mich nicht respektiert – und es heißt auch nicht, dass ich nicht stolz auf ihn bin –« Jetzt brüllte er regelrecht, und Rosette hielt sich die Ohren zu. »Wer hat etwas anderes behauptet? Etwa dieser Roux? Hat der Mistkerl herumgeschnüffelt?«

»Mit Roux hat das gar nichts zu tun«, entgegnete ich. »Wenn du dich für deinen eigenen Sohn schämst, wie willst du dann für Rosette sorgen?«

»Yanne, bitte. Das ist doch ein völlig anderes Thema. Ich schäme mich nicht. Aber er ist mein Sohn. Sarah konnte keine Kinder mehr bekommen, und ich wollte doch nur, dass er –«

»Dass er perfekt ist. Ich weiß.«

Er nahm meine Hände. »Ich kann damit leben, Yanne. Ich verspreche es dir. Wir werden einen Spezialisten konsultieren, der ihren Fall behandeln soll. Sie wird alles bekommen, was man sich nur wünschen kann. Kindermädchen, Spielzeug –«

Noch mehr Geschenke. Als würde das etwas an seinen Gefühlen ändern. Ich schüttelte den Kopf. Das Herz verändert sich nicht. Man kann lügen, hoffen, sich etwas vormachen, aber kann man dem Element, mit dem man geboren wurde, je entgehen?

Er muss mein Gesicht gesehen haben. Seine Züge erschlafften, seine Schultern sackten herunter.

»Aber alles ist schon geplant«, sagte er.

Nicht *Ich liebe dich*, sondern *Alles ist schon geplant*.

Und trotz des bitteren Geschmacks in meinem Mund überkam mich plötzlich eine unbändige Freude. Als hätte sich etwas Vergiftetes, das in meiner Kehle gesteckt hatte, schlagartig gelöst.

Draußen klimperte das Windspiel, und ohne zu überlegen, machte ich mit den Fingern das Gabelzeichen, mit dem man Unheil abwehrt. Alte Angewohnheiten kann man nicht so schnell ablegen. Ich habe das Zeichen schon jahrelang nicht mehr gemacht. Aber ich fühlte mich nicht ganz wohl dabei. Als könnte schon so eine Kleinigkeit den Wind wieder aufwecken. Und als Thierry gegangen war und ich allein zurückblieb, glaubte ich Stimmen im Wind zu hören, die Stimmen der Wohlwollenden. Und irgendwo in der Ferne leises Lachen.

# 10

Montag, 17. Dezember

Es ist so weit. Erledigt. Super! Irgendein Streit wegen Roux, glaube ich, und ich konnte es kaum erwarten, ihm nach der Schule davon zu erzählen. Aber er war nirgends.

Ich versuchte es in der Pension in der Avenue de Clichy, wo er bis jetzt gewohnt hat, wie Thierry behauptet. Aber niemand machte auf, als ich klopfte, und dann kam ein alter Mann mit einer Flasche Wein und schimpfte, weil ich so einen Lärm machte. Er war auch nicht auf dem Friedhof, und in der Rue de la Croix hatte ihn ebenfalls niemand gesehen, also musste ich schließlich aufgeben. Ich hinterließ einen Zettel für ihn in der Pension, mit dem Vermerk *Dringend*. Wenn er heimkommt, muss er ihn sehen. Falls er überhaupt hingeht, heißt das. Denn inzwischen war die Polizei da, und niemand ging mehr irgendwohin.

Zuerst dachte ich, die Beamten wären meinetwegen gekommen. Es war schon dunkel – fast sieben Uhr abends –, und Rosette und ich aßen gerade in der Küche. Zozie war ausgegangen, und Maman trug ihr rotes Kleid, und zur Abwechslung waren mal nur wir drei zu Hause.

Dann kamen sie, zwei Männer, und mein erster Gedanke war, dass Thierry etwas zugestoßen war und dass es meine Schuld war, wegen der Sache am Freitagabend. Aber Thierry begleitete die Polizisten und sah kerngesund aus, nur dass er noch lauter und munterer und noch mehr *Salut-mon-pote*-mäßig war als sonst. In seinen Farben konnte ich allerdings irgendetwas sehen, was mich auf den Gedanken brachte, dass er nur so tat, als wäre er gut drauf, um die Leute, mit denen er zusammen war, zu täuschen, und das machte mich erst recht nervös.

Wie sich herausstellte, suchten sie nach Roux. Sie blieben etwa eine halbe Stunde im Laden, und Maman schickte mich mit Rosette nach oben, aber ich konnte trotzdem ziemlich gut hören, was gesprochen wurde, auch wenn ich nicht jedes Detail mitbekam.

Es ging um einen Scheck. Thierry sagt, er hat ihn Roux gegeben – er hatte einen Zettel, der es beweist –, aber angeblich hat Roux versucht, ihn zu fälschen, ehe er ihn auf seinem Konto gutschreiben ließ, so dass er viel mehr Geld bekommen hat als die Summe, auf die der Scheck eigentlich ausgestellt war.

Tausend Euro, sagten sie. Das nennt man Betrug, sagte Thierry, dafür kommt man ins Gefängnis, vor allem, wenn man einen falschen Namen angibt, um ein Konto zu eröffnen, und wenn man das Geld wieder abhebt, ehe es jemand erfährt, und dann spurlos verschwindet, ohne seine neue Adresse anzugeben.

Das sagten sie also über Roux. Total bescheuert, denn jeder weiß, dass Roux gar kein Konto hat und dass er nie etwas stehlen würde, nicht einmal von Thierry. Aber dass er spurlos verschwunden ist, das stimmt. Seit Freitag war er nicht mehr in der Pension, und bei der Arbeit war er natürlich auch nicht. Das heißt, ich bin vielleicht die Letzte, die ihn gesehen hat. Es heißt außerdem, dass er nicht mehr hierher kommen kann, denn sobald er auftaucht, würde er verhaftet. Dieser blöde Thierry! Ich hasse ihn. Ich würde ihm sogar zutrauen, dass er das alles nur erfindet, um Roux eins auszuwischen.

Maman und er stritten sich, nachdem die beiden Polizisten sich verabschiedet hatten. Man konnte Thierrys Gebrüll bis hier oben hören. Maman war vernünftig – sie sagte: »Es muss ein Irrtum vorliegen« –, und ich merkte, wie Thierry sich immer mehr in seine Wut hineinsteigerte: »Ich begreife nicht, wie du ihn immer noch verteidigen kannst«, brüllte er und beschimpfte Roux als Kriminellen und als verkommene Existenz – das heißt so viel wie Nichtstuer und jemand, dem man nicht vertrauen kann – und er sagte: »Yanne, es ist noch nicht zu spät« –, bis Maman ihn schließlich wegschickte. Er ging auch tatsächlich und hinterließ vor dem Laden eine dicke Farbwolke wie einen schlechten Geruch.

Maman weinte, als ich nach unten kam. Sie behauptete zwar, sie weint nicht, aber ich habe es genau gesehen. Und ihre Farben waren ganz konfus und dunkel, und ihr Gesicht war kalkweiß, bis auf zwei rote Flecken unter den Augen, und sie sagte, ich soll mir keine Sorgen machen, alles wird wieder gut, aber ich wusste, dass sie lügt. Ich merke es immer.

Es ist schon komisch, was die Erwachsenen den Kindern immer erzählen. *Es ist nicht schlimm. Alles wird wieder gut. Du bist nicht schuld, ich schimpfe nicht, es war ein Unfall* – aber während Thierry hier war, musste ich dauernd daran denken, wie ich mich mit Roux an Dalidas Grab getroffen habe und wie erschöpft er aussah und dass ich ihm das Mais-Zeichen gemacht habe, für Reichtum und Wohlstand.

Und jetzt frage ich mich, was ich damit angerichtet habe. Ich kann es fast vor mir sehen: Da ist der letzte Scheck von Thierrys Bank, und Roux sagt: »Ich muss vorher noch ein paar Dinge regeln«, und dann fügt er einfach noch eine Null hinzu –

Klar, es ist dumm. Roux ist kein Dieb. Ein paar Kartoffeln vom Ackerrand, Äpfel aus einem Garten, Mais von einem Feld, ein Fisch aus einem privaten Teich – aber doch kein Geld! Ganz bestimmt nicht.

Aber schon komme ich wieder ins Zweifeln. Was, wenn es eine Art Vergeltungsaktion sein sollte? Wollte er sich vielleicht an Thierry rächen? Oder noch schlimmer: *Was ist, wenn er es für mich und Rosette getan hat?*

Tausend Euro sind für jemanden wie Roux viel Geld. Damit kann man ein Boot kaufen. Vielleicht. Oder sich irgendwo niederlassen. Ein Konto eröffnen. Geld sparen, damit man eine Familie gründen kann.

Und dann fiel mir wieder ein, was Maman gesagt hat. *Roux tut, was er will. Schon immer. Er lebt das ganze Jahr auf dem Fluss, er schläft unter freiem Himmel, in einem Haus fühlt er sich nicht wohl. Wir könnten nicht so leben.*

Da war mir plötzlich alles sonnenklar: Es ist meine Schuld. Mit meinen Püppchen und Wunschformeln und Symbolen und Zeichen habe ich Roux zu einem Verbrecher gemacht. Und wenn er jetzt verhaftet wird? Wenn er ins Gefängnis muss?

Früher hat Maman öfter eine Geschichte erzählt, ein Märchen von drei kleinen Wichtelmännchen. Sie heißen *Pic Bleu*, *Pic Rouge* und *Colégram*. *Pic Bleu* kümmert sich um den Himmel, die Sterne, den Regen, die Sonne und die Vögel in der Luft. *Pic Rouge* kümmert sich um die Erde und um alles, was auf der Erde wächst und gedeiht, um Pflanzen, Bäume und Tiere. *Colégram* ist der Jüngste. Er soll sich um die Herzen der Menschen kümmern. Aber *Colégram* schafft es nie so richtig. Immer, wenn er jemandem einen Wunsch erfüllen will, passiert etwas Blödes. Einmal versucht er, einem armen alten Mann zu helfen, indem er die Herbstblätter in Gold verwandelt, aber der alte Mann ist so begeistert, als er das Gold sieht, dass er viel zu viel in seinen Sack packt und unter der Last tot zusammenbricht. Ich weiß nicht mehr, wie die Geschichte aufhört. Ich weiß nur noch, dass ich immer Mitleid mit *Colégram* hatte, weil er sich solche Mühe gibt und trotzdem immer alles falsch macht. Vielleicht bin ich auch so. Vielleicht kann ich einfach nicht mit den Herzen der anderen umgehen.

Mann, ist das ein Chaos! Dabei hat es so gut angefangen. Aber in sechs Tagen kann noch viel passieren, und der Wind hat noch nicht aufgehört, die Richtung zu wechseln. Und außerdem ist es jetzt sowieso zu spät. Wir können nicht mehr zurück. Wir sind zu weit gegangen, um umzudrehen und wegzulaufen. Ich glaube, noch eine Sitzung müsste reichen. Noch einmal den Wind der Veränderung anrufen. Vielleicht haben wir letztes Mal etwas falsch gemacht – eine Farbe, eine Kerze, ein Zeichen im Sand. Diesmal passen wir genau auf, Rosette und ich. Wir machen es richtig – ein für alle Mal.

# 11

Dienstag, 18. Dezember

Thierry war heute Morgen schon wieder hier und fragte nach Roux. Anscheinend denkt er, durch diese Angelegenheit ändert sich etwas zwischen uns. Als würde es meinen Glauben an ihn wiederherstellen, wenn Roux ins Zwielicht gerät.

Klar, das ist alles nicht einfach. Ich habe versucht, ihm meine Haltung zu erklären. Es geht nicht um Roux. Aber Thierry ist stur. Er hat Freunde bei der Polizei und hat seinen Einfluss schon geltend gemacht, damit diesem kleinen Betrugsfall mehr Aufmerksamkeit geschenkt wird, als er verdient. Aber Roux ist verschwunden, wie immer. Wie der Rattenfänger im Berg.

Im Gehen warf Thierry mir noch eine giftige Information vor die Füße, die angeblich von seinem Freund bei der Polizei stammte:

»Das Konto, das er benutzt hat, um seine Schecks einzulösen, gehört übrigens einer Frau«, rief er triumphierend und beobachtete mich lauernd. »So wie's aussieht, ist dein Freund nicht allein.«

Heute hatte ich wieder mein rotes Kleid an. Das ist bei mir ja eher eine Ausnahme, ich weiß, aber die Auseinandersetzungen mit Thierry, Roux' Verschwinden und das Wetter – immer noch trübe und mit Schnee in der Luft – hatten zur Folge, dass ich in meinem Leben ein bisschen Farbe haben wollte.

Vielleicht war das Kleid ja der Grund, oder vielleicht gab es einen wilden Wirbelwind, jedenfalls fing ich heute bei der Arbeit an zu singen, trotz meiner vielen Sorgen, trotz allem, was Thierry gesagt hat, und obwohl mir das Herz wehtut, wenn ich an Roux denke, obwohl ich nicht schlafen kann und ständig Angst habe.

Es ist, als wäre eine neue Seite aufgeschlagen worden. Ich fühle mich innerlich frei, zum ersten Mal seit Jahren, glaube ich. Frei von Thierry, sogar frei von Roux. Ich habe das Gefühl, endlich sein zu können, wer immer ich sein will, wobei ich allerdings nicht genau weiß, wer das ist.

Zozie ist heute Morgen weggegangen. Seit Wochen war ich wieder einmal allein im Laden, bis auf Rosette, die sich intensiv mit ihrem Malbuch und ihrer Knopfschachtel beschäftigte. Ich hatte fast vergessen, wie es sich anfühlt, in einer gut besuchten *Chocolaterie* hinter der Theke zu stehen, mit den Kunden zu reden, herauszufinden, was ihre Lieblingssorte ist.

Es war verblüffend, so viele Stammkunden zu sehen. Natürlich merke ich auch von der Küche aus, wer alles kommt, aber ich hatte noch nicht richtig registriert, wie viele Leute regelmäßig kommen. Madame Luzeron war im Laden, obwohl es gar nicht ihr Tag ist. Dann Jean-Louis und Paupaul, angelockt von der Aussicht, dass hier ein warmes Plätzchen auf sie wartet, wo sie malen können, und auch weil sie immer mehr Appetit auf meine Mokkasahnetorte haben. Nico – jetzt streng auf Diät, aber anscheinend ist es eine Diät, zu der es gehört, dass man massenhaft Makronen isst. Alice mit einem Bund Stechpalmen für den Laden und weil sie etwas von ihrer Lieblingssorte wollte, *Fudge-Carrés*. Madame Pinot, die sich nach Zozie erkundigte.

Da war sie nicht die Einzige. Alle unsere Stammkunden fragten nach Zozie, und Laurent Pinson, der frisch gewaschen und gestriegelt ankam und mich mit einer übertriebenen Verbeugung begrüßte, schien in sich zusammenzusacken, als er sah, dass ich es war, die da hinter der Theke stand. So als hätte er wegen des roten Kleides eine andere Frau an der Kasse erwartet.

»Ich habe gehört, Sie geben ein Fest«, sagte er.

Ich lächelte. »Nur eine kleine Feier. An Heiligabend.«

Er erwiderte mein Lächeln, genauso kriecherisch, wie er Zozie immer anlächelt. Von ihr weiß ich, dass er allein ist – keine Familie, keine Kinder an Weihnachten. Und obwohl ich ihn nicht besonders mag, bekam ich Mitleid mit ihm, wie er da so stand, mit seinem gestärkten gelben Kragen und dem hungrigen Hundelächeln.

»Wenn Sie möchten, können Sie natürlich gern kommen«, sagte ich. »Es sei denn, Sie haben schon andere Pläne für Heiligabend.«

Er runzelte die Stirn, als würde er versuchen, sich die Einzelheiten seines ausgebuchten Terminkalenders ins Gedächtnis zu rufen.

»Könnte sein, dass es klappt«, sagte er. »Ich habe viel zu tun, aber –«

Ich musste mir die Hand vor den Mund halten, damit er mein Grinsen nicht sah. Laurent gehört zu den Männern, die das Gefühl haben müssen, als würden sie einem einen riesigen Gefallen tun, wenn sie einen Gefallen annehmen.

»Wir würden uns freuen, Monsieur Pinson.«

Er zuckte großzügig die Achseln. »Na ja, wenn Sie darauf bestehen –«

Ich lächelte. »Wie schön.«

»Das Kleid steht Ihnen übrigens ausgezeichnet, wenn ich das mal sagen darf, Madame Charbonneau.«

»Nennen Sie mich doch Yanne.«

Er verbeugte sich wieder. Ein Hauch von Haaröl und Schweiß stieg mir in die Nase. Und ich fragte mich: Ist es das, was Zozie tut, Tag für Tag, während ich Pralinen mache? Ist das der Grund, weshalb wir so viele Kunden haben?

Eine Dame in einem türkisgrünen Mantel, auf der Suche nach Weihnachtsgeschenken. Ihre Lieblingssorte sind Karamellpralinen, und ich sage es ihr, ohne einen Moment zu zögern. Ihr Mann wird sich bestimmt über meine Aprikosenherzen freuen, und ihre Tochter mag meine vergoldeten Chilischokoecken …

Was ist nur los mit mir? Was hat sich verändert?

Auf einmal fühle ich mich wieder unternehmungslustig, voller Hoffnung, voller Selbstvertrauen. Ich bin nicht mehr ich selbst, sondern eher wieder Vianne Rocher, die vom Karnevalwind nach Lansquenet gepustet wurde.

Das Windspiel draußen ist ganz still, der Himmel dunkel von dicken Schneewolken. Das unnatürlich milde Wetter, das wir diese Woche hatten, ist vorbei, und jetzt ist es kalt genug, dass der Atem kleine Rauchfahnen bildet, wenn die Passanten in grauen Kolonnen über den Platz ziehen. An der Ecke steht ein Straßenmusiker, ich höre die Klänge eines Saxofons, das melancholisch mit fast menschlicher Stimme *Petite Fleur* spielt.

Ich denke: Er friert bestimmt.

Das ist ein eigenartiger Gedanke für Yanne Charbonneau. Echte Pariser können sich solche Überlegungen nicht leisten. Hier in der Großstadt gibt es so viele arme Menschen, so viele alte, obdachlose Menschen, die sich wie Heilsarmeepakete in Ladeneingängen und in dunklen Gassen zusammenrollen. Sie alle frieren, sie alle haben Hunger. Echte Pariser interessiert das nicht. Und ich will eine richtige Pariserin sein.

Aber die Musik spielt weiter. Sie erinnert mich an einen anderen Ort, an eine andere Zeit, und auch ich war damals eine andere, und die Hausboote auf dem Tannes lagen so dicht gedrängt, dass man fast von einer Seite des Flusses zur anderen laufen konnte. Es gab immer Musik, Stahltrommeln und Geigen, Pfeifen und Flöten. Für die Flussmenschen war die Musik das Lebenselixier, so schien es. Manche Dorfbewohner bezeichneten sie als Bettler, aber ich habe nie auch nur einen einzigen von ihnen betteln sehen. Damals hätte ich keine Sekunde gezögert ...

*Du hast ein Talent*, sagte meine Mutter immer. *Und Talente sind dafür da, dass man sie nutzt und weitergibt.*

Ich bereite ein Kännchen Schokolade, fülle einen Becher und bringe ihn dem Saxofonspieler – der verblüffend jung ist, nicht älter als achtzehn –, mit einem Stück Schokoladenkuchen. Es ist eindeutig die spontane Geste einer Vianne Rocher.

»Ein Geschenk des Hauses.«

»Oh, danke!« Sein Gesicht leuchtet auf. »Sie kommen sicher von der *Chocolaterie*? Ich habe schon von Ihnen gehört. Sie heißen Zozie, stimmt's?«

Ich lache. Ein bisschen zu laut vielleicht. Das Lachen fühlt sich bittersüß und seltsam an, wie alles an diesem seltsamen Tag, doch der Saxofonspieler scheint es nicht zu merken.

»Haben Sie einen Musikwunsch?«, fragt er mich. »Ich spiele, was Sie wollen. Ein Geschenk des Hauses«, fügt er grinsend hinzu.

»Ich –« Ich bin unsicher. »Kennen Sie *V'là l'bon vent?*«

»Ja, klar.« Er greift zu seinem Saxofon. »Speziell für Sie, Zozie.«

Und als er anfängt zu spielen, fröstelt es mich, aber nicht nur von der Kälte. Langsam gehe ich zurück zum *Le Rocher de Montmartre*, wo Rosette immer noch stillvergnügt auf dem Fußboden spielt, zwischen unzähligen Knöpfen in allen möglichen Formen und Farben.

# 12

DIENSTAG, 18. DEZEMBER

Den Rest des heutigen Tages habe ich in der Küche verbracht, während sich Zozie um die Kunden kümmerte. Wir haben mehr Kundschaft als je zuvor und vor allem viel mehr, als ich allein bewältigen könnte. Ich bin froh, dass Zozie immer noch so gern aushilft, denn je näher Weihnachten kommt, desto stärker wird der Eindruck, dass halb Paris plötzlich Geschmack findet an selbst gemachten Pralinen.

Der Kuvertürevorrat, von dem ich dachte, er würde bis nächstes Jahr reichen, war schon nach zwei Wochen aufgebraucht, und wir bekommen alle zehn Tage eine neue Lieferung, um mit der wachsenden Nachfrage mithalten zu können. Der Profit übertrifft alles, was ich je zu hoffen gewagt hätte, und Zozie sagt immer nur: *Ich hab's doch gewusst, dass sich der Umsatz vor Weihnachten steigern wird*, als gäbe es alle Tage solche Wunder ...

Und wieder einmal staune ich, wie schnell sich alles verändert hat. Vor drei Monaten waren wir hier noch Fremde, Schiffbrüchige auf dem Felsen von Montmartre. Jetzt gehören wir dazu, genau wie das *Chez Eugène* oder das *Le P'tit Pinson*, und die Einheimischen, die nicht gedacht hätten, dass sie je einen Touristenladen betreten würden, kommen ein paar Mal in der Woche vorbei (manche sogar jeden Tag), trinken Kaffee oder Schokolade und essen ein Stück Kuchen.

Was hat uns verändert? Zuerst und vor allem natürlich die Pralinen. Ich weiß, dass meine selbst gemachten Trüffel tausendmal besser sind als alles, was industriell hergestellt wird. Die neue Ausstattung des Ladens ist sehr viel freundlicher und einladender als vorher, und weil Zozie mir hilft, bleibt immer noch ein wenig Zeit, um sich hinzusetzen und zu plaudern.

Montmartre ist ein Dorf in der Großstadt und hat immer noch etwas sehr Nostalgisches, wenn es auch manchmal ein bisschen pseudo ist. Aber es gibt nach wie vor die engen Straßen und die alten Cafés und die ländlich anmutenden kleinen Häuser, die sommerlich weiß getüncht sind und sich mit falschen Fensterläden und leuchtenden Geranien in Terrakottatöpfen schmücken. Die Einwohner von Montmartre schweben über Paris, wo es nur so brodelt vor lauter Veränderungen, und sie fühlen sich manchmal so, als wohnten sie im letzten Dorf überhaupt, in einem Überbleibsel aus einer Zeit, als die Welt schöner und einfacher war, als man die Haustür nicht verschließen musste und jeder Schmerz, jedes Leid mit einem Stück Schokolade geheilt werden konnte.

Das ist alles nur eine Illusion, fürchte ich. Für die meisten Menschen hier hat es dieses goldene Zeitalter nie gegeben. Sie leben in einer Welt, die zum größten Teil aus Fantasie besteht, einer Welt, in der die Vergangenheit unter dem Wunschdenken verschwindet und die Leute schon fast an ihre eigene Fiktion glauben.

Man braucht sich nur Laurent anzusehen: Verbittert schimpft er auf die Immigranten, aber sein Vater war ein polnischer Jude, der während des Krieges nach Paris geflohen ist und seinen Namen geändert hat; dann hat er ein Pariser Mädchen geheiratet und war von nun an Gustave Jean-Marie Pinson, französischer als alle Franzosen, fest gemauert wie die Steine von Sacré Cœur.

Darüber redet Laurent natürlich nie. Aber Zozie weiß es, er muss es ihr erzählt haben. Und Madame Pinot mit ihrem silbernen Kruzifix und dem schmallippigen Lächeln, das immer vorwurfsvoll wirkt, und mit ihrem Schaufenster voller Gipsheiligen.

Sie ist gar keine Madame. Als sie jung war (behauptet Laurent, der es wissen muss), arbeitete sie als Tänzerin im *Moulin Rouge* und trug manchmal eine Nonnenhaube, Stöckelschuhe und ein schwarzes Satinkorsett, das so knapp saß, dass es ihr die Tränen in die Augen trieb. Wohl kaum die Art von Vorgeschichte, die man bei einer Verkäuferin frommer Souvenirs erwarten würde, und trotzdem ...

Selbst unser hübscher Jean-Louis und sein Freund Paupaul, die mit so viel Geschick die Touristen an der Place du Tertre bearbeiten und die Damen dazu bewegen, sich von ihrem Geld zu trennen, indem sie jede mit furiosen Komplimenten und vieldeutigen Anspielungen überschütten. Man sollte denken, dass wenigstens diese beiden das sind, was sie zu sein vorgeben. Aber nein – keiner der beiden hat je einen Fuß in eine Galerie gesetzt, sie haben auch nie die Kunsthochschule besucht, und trotz ihres maskulinen Charmes sind sie schwul, nicht besonders ostentativ, aber so überzeugt, dass sie eine zivile Eheschließung planen – vielleicht in San Francisco, wo so etwas häufiger vorkommt und weniger streng gesehen wird.

Das behauptet jedenfalls Zozie, die über alle Details informiert zu sein scheint. Auch Anouk weiß mehr, als sie mir erzählt, und ich mache mir zunehmend Sorgen um sie. Früher hat sie mir alles erzählt, aber in letzter Zeit wirkt sie so hektisch und geheimnistuerisch, sie verkriecht sich stundenlang in ihrem Zimmer, verbringt ihre Wochenenden meistens mit Jean-Loup auf dem Friedhof, und abends redet sie mit Zozie.

Es ist ja normal, dass ein Kind in ihrem Alter mehr Unabhängigkeit sucht. Aber bei Anouk spüre ich diese abwehrende Vorsicht, eine Kälte, derer sie sich selbst vielleicht gar nicht bewusst ist. Das gefällt mir nicht. Es ist, als hätte sich zwischen uns etwas verschoben, ein Mechanismus, der nicht aufzuhalten ist und uns langsam, aber sicher voneinander trennt. Sie hat mir doch immer alles erzählt. Jetzt wirkt das, was sie mir mitteilt, irgendwie zensiert, ihr Lächeln ist zu strahlend, zu erzwungen, um glaubhaft zu sein.

Hängt das mit Jean-Loup Rimbault zusammen? Man soll nicht glauben, dass mir nicht aufgefallen ist, wie selten sie jetzt von ihm redet. Und dann dieser aufgescheuchte Blick, wenn ich das Thema anspreche. Und sie zieht sich jetzt so sorgfältig für die Schule an, während sie sich früher kaum die Haare gebürstet hat ...

Hat es vielleicht etwas mit Thierry zu tun? Ist sie beunruhigt wegen Roux?

Ich habe versucht, sie ganz direkt zu fragen, ob irgendetwas nicht stimmt, in der Schule vielleicht, ob es Probleme gibt, von denen ich keine Ahnung habe. Aber sie antwortet immer nur *Nein, Maman*, mit dieser hellen Kleinmädchenstimme, und dann trabt sie nach oben, um ihre Hausaufgaben zu machen.

Aber später am Abend dringt aus Zozies Zimmer Gelächter zu mir in die Küche, und ich gehe ganz leise an den Fuß der Treppe und horche. Ich höre Anouks Stimme, wie eine ferne Erinnerung. Und ich weiß, wenn ich die Tür öffne, dann verstummt das Lachen sofort, und ihre Augen werden wieder kühl, und die Anouk, die ich von Weitem gehört habe, ist verschwunden, wie eine Gestalt aus einem Märchen.

Zozie hat das Adventsfenster wieder umdekoriert. Heute ging eine neue Tür auf. Ein Weihnachtsbaum, raffiniert gebastelt aus Tannenzweigen, steht jetzt im Flur des Puppenhauses. Die Mutter wartet in der Tür und blickt hinaus in den Garten, wo ein Chor von Weihnachtssängern (sie hat Zuckermäuse dafür genommen) sich in einem Halbkreis versammelt hat und hineinschaut.

Wir haben heute auch unseren Baum aufgestellt. Er ist ziemlich klein, aus dem Blumenladen ein Stück die Straße hinunter, aber er duftet wunderbar nach Nadeln und Harz, und die Silbersterne warten darauf, an die Zweige gehängt zu werden, genauso wie die weiße Lichterkette, die über alles drapiert werden soll. Anouk möchte den Baum gern schmücken, deshalb habe ich absichtlich noch nicht angefangen, damit wir, wenn sie von der Schule nach Hause kommt, uns gemeinsam daranmachen können.

»Was tut denn Anouk so in letzter Zeit?« Mein unbeschwerter Ton klingt verkrampft. »Ich habe den Eindruck, sie ist dauernd irgendwie unterwegs.«

Zozie lächelte. »Bald ist Weihnachten«, sagte sie. »Kinder sind in dieser Jahreszeit immer ein bisschen aufgeregt.«

»Hat sie nicht mit dir gesprochen? Meinst du, sie ist durcheinander wegen der Auseinandersetzungen zwischen Thierry und mir?«

»Nicht dass ich wüsste«, antwortete Zozie. »Ich würde denken, sie ist eher erleichtert.«

»Heißt das, es gibt nichts, was sie beunruhigt?«

»Höchstens das Fest«, sagte Zozie.

Das Fest. Ich weiß immer noch nicht so ganz, was sie damit bezweckt. Seit dem Tag, als sie das erste Mal darüber geredet hat, ist meine kleine Anouk eigensinnig und seltsam, sie macht Pläne, schlägt Gerichte vor, lädt alle möglichen Leute ein, ohne einen Gedanken darauf zu verschwenden, wie viel Platz und wie viele Sitzgelegenheiten wir haben.

»Kann ich Madame Luzeron einladen?«

»Natürlich, Nanou. Wenn du denkst, dass sie kommt.«

»Und Nico?«

»Einverstanden.«

»Und Alice. Und Jean-Louis und Paupaul.«

»Nanou, diese Leute haben ihre eigenen Familien, wieso denkst du –«

»Sie kommen«, sagt sie, als hätte sie es bereits arrangiert.

»Woher weißt du das?«

»Ich weiß es eben.«

Vielleicht stimmt das ja, sage ich mir. Sie scheint wirklich sehr viel zu wissen. Und da ist noch eine Sache – ein Geheimnis in ihrem Blick, irgendetwas, wovon ich ausgeschlossen bin.

Ich schaue in die *Chocolaterie*. Unser Laden sieht so warm und heimelig aus, so intim. Kerzen brennen auf den Tischen, das Adventsfenster erleuchtet ein rosiger Glanz. Es riecht nach den Orangen und Nelken von der Ambrakugel, die über der Tür hängt, nach Tannennadeln, nach Glühwein, den wir neben der gewürzten Schokolade anbieten, und nach frischen Lebkuchen, direkt aus dem Backofen. Das Aroma lockt die Menschen an – drei, vier auf einmal, Stammkunden, Fremde und Touristen. Sie bleiben vor dem Fenster stehen, atmen den Duft ein, und schon kommen sie durch die Tür, wirken fast ein wenig benommen, vielleicht wegen der vielfältigen Gerüche und Farben, und dann sind da ihre Lieblingssorten in den kleinen Glaskästen – Bitterorangepralinen, *Mendiants du Roi*, gewürzte Chiliecken, Pfirsichcognactrüffel, weiße Schokoladenengel, Lavendelkrokant –, und alles wispert unhörbar:

*Nimm mich. Iss mich. Genieß mich.*

Und Zozie mittendrin. Selbst wenn noch so viel Betrieb ist: Sie lacht, sie lächelt, sie scherzt, sie verteilt Pralinen auf Kosten des Hauses, sie redet mit Rosette und verleiht allem einen helleren Glanz, einfach dadurch, dass sie da ist.

Mir kommt es vor, als würde ich mich selbst sehen: die Vianne, die ich in einem früheren Leben war.

Aber wer bin ich jetzt? Ich laure hinter der Küchentür und kann den Blick nicht abwenden. Eine Erinnerung aus einer anderen Zeit taucht auf, ein Mann, der im Türrahmen steht und misstrauisch hereinspäht. Reynauds Gesicht, seine hungrigen Augen, der hasserfüllte, gehetzte Blick eines Mannes, den das, was er sieht, ekelt, und der trotzdem hinschauen muss.

Kann es sein, dass ich auch so geworden bin? Dass ich eine neue Version des Schwarzen Mannes bin? Ein zweiter Reynaud, gequält von der Lust, unfähig, die Freude anderer zu ertragen, zerfressen von Schuldgefühlen und Neid?

Absurd. Wie könnte ich auf Zozie neidisch sein?

Was noch schlimmer ist: Wie ist es möglich, dass ich Angst habe?

Um halb fünf kommt Anouk von den nebligen Straßen hereingeweht, mit blitzenden Augen und gefolgt von einem verräterischen Schimmer, der Pantoufle sein könnte, wenn es ihn gäbe. Sie begrüßt Zozie mit einer stürmischen Umarmung. Rosette schließt sich den beiden an. Sie drehen sich im Kreis und rufen *Bam-bam-bam!* Es ist ein Spiel, ein wilder Tanz, bis sie sich alle drei lachend und atemlos in die weichen rosaroten Sessel fallen lassen.

Und während ich die Szene von der Küchentür aus beobachte, kommt mir plötzlich eine Idee. Hier in diesen Räumen sind zu viele Geister. Gefährliche Geister, lachende Geister, Geister aus einer Vergangenheit, deren Wiederauferstehung wir uns nicht leisten können. Und das Komische ist, sie sehen so lebendig aus – als wäre ich, Vianne Rocher, der Geist, und die kleine Dreieinigkeit vorne im Laden wäre die Wirklichkeit, die magische Zahl, der Kreis, der nicht durchbrochen werden kann –

Das ist natürlich Unsinn. Ich weiß, ich bin real. Vianne Rocher ist nur ein Name, den ich früher hatte. Vermutlich nicht einmal mein wirklicher Name. Vianne kann keine Bestimmung haben, die darüber hinausgeht, sie kann außerhalb von mir keine Zukunft haben.

Aber ich muss trotzdem ständig an sie denken, wie an einen Mantel, den man sehr, sehr gern getragen hat, oder wie an Schuhe, die man aus einem Impuls heraus einem Heilsarmeeladen gegeben hat, damit jemand anderes sie tragen und sich an ihnen freuen kann.

Und nun frage ich mich:

Wie viel von mir selbst habe ich weggegeben? Und wenn ich nicht mehr Vianne bin – wer ist es dann?

## Sieben

### Der Turm

# I

Mittwoch, 19. Dezember

Oh, guten Tag, Madame. Ihre Lieblingssorte? Lassen Sie mich überlegen – Schokoladentrüffel, nach meinem Spezialrezept, markiert mit dem Zeichen der Herrin des Blutmondes und in etwas gewälzt, das die Zunge verwöhnt. Ein Dutzend? Oder vielleicht doch lieber zwei Dutzend? In einer Schachtel mit schwarzem Seidenpapier und mit einer knallroten Schleife –

Ich wusste, sie würde irgendwann kommen. So ist das nämlich, wenn man meine Spezialangebote genießt. Sie erschien kurz vor Ladenschluss, Anouk war oben und machte Hausaufgaben, und Vianne war wieder in der Küche und arbeitete am Konfekt für morgen.

Zuerst beobachte ich, wie sie den Geruch aufnimmt. Eine fantastische Mischung aus unzähligen Elementen: der Weihnachtsbaum in der Ecke, das etwas muffige Aroma des alten Hauses, Orangen und Nelken, frisch gemahlener Kaffee, heiße Milch, Patschuli, Zimt – und natürlich Schokolade, berauschend. Der Reichtum eines Krösus, die Dunkelheit des Todes.

Sie blickt sich um: Wandbehänge, Bilder, Glocken, Weihnachtsschmuck, Puppenhaus im Fenster, Teppiche auf dem Fußboden – in Chromgelb, Fuchsienrosa, Scharlachrot, Gold und Grün. *Das ist ja wie in einer Opiumhöhle hier drin*, hätte sie fast gesagt, dann wundert sie sich über sich selbst, dass ihr so etwas einfällt. Sie war ja noch nie in einer Opiumhöhle – so etwas kennt sie höchstens aus *Tausendundeine Nacht* –, aber dieser Laden hat etwas, denkt sie. Einen Hauch von – Magie.

Der gelbgrau leuchtende Himmel draußen verspricht Schnee. Im Wetterbericht heißt es zwar schon seit Tagen, dass es demnächst schneien wird, aber zu Anouks maßloser Enttäuschung war es bis jetzt zu mild, und wir hatten nur Schneeregen und dichten Nebel.

»Scheußliches Wetter«, murmelt Madame. Natürlich sieht sie das so, denn für sie haben die Wolken keinen Zauber, nein, sie sind nur ein Ausdruck der Umweltverschmutzung; sie erkennt in der Weihnachtsbeleuchtung nicht die Sterne, sondern sieht nur die Glühbirnen, sie spürt nicht die tröstliche Verheißung, nein, für sie gibt es nur endlose, hektische Menschenmassen, die sich ohne Wärme aneinanderreiben und in letzter Minute nach Geschenken fahnden, die dann ohne Freude ausgepackt werden, oder aber Leute, die zu irgendeinem Essen rennen, das sie nicht genießen werden, mit Bekannten, die sie seit Jahren nicht mehr getroffen haben und die sie auch jetzt lieber nicht sehen würden.

Durch den Rauchenden Spiegel studiere ich ihr Gesicht. In vieler Hinsicht ist es sehr hart, das Gesicht einer Frau, deren persönliches Märchen nie ein Happyend hatte. Sie hat ihre Eltern verloren, ihren Mann und ihr Kind, sie hat das alles übertüncht durch sture Arbeit, sie hat so viel geweint, dass sie schon seit Jahren keine Tränen mehr hat, und sie kann jetzt weder mit sich selbst noch mit sonst irgendjemandem Mitleid empfinden. Sie hasst Weihnachten, und Silvester ödet sie an.

All das sehe ich durch das Auge des Schwarzen Tezcatlipoca. Und nun, mit ein bisschen Konzentration, kann ich andeutungsweise erkennen, was sich hinter dem Rauchenden Spiegel befindet – die dicke Frau, die vor dem Fernseher sitzt und aus einem weißen Konditoreikarton Kuchen futtert, während ihr Mann bis spät in die Nacht schuftet, schon den dritten Abend in Folge; ich sehe das Schaufenster eines Antiquitätengeschäfts und eine Puppe mit Porzellangesicht unter einer Glasglocke; die Apotheke, in die sie damals ging, um Windeln und Milch für ihre kleine Tochter zu kaufen; das Gesicht ihrer Mutter, grob und streng und nicht weiter überrascht, als sie ihr die furchtbare Nachricht mitteilte.

Seither hat sich vieles für sie verändert. So vieles – und doch ist immer noch diese Leere in ihr, die gefüllt werden möchte –

»Zwölf Trüffel. Nein. Geben Sie mir zwanzig«, sagt sie. Sie weiß, dass Trüffel auch nichts helfen. Aber irgendwie sind diese Trüffel anders, denkt sie. Und die Frau hinter der Theke, mit den langen dunklen Haaren, in die kleine Kristallperlen geflochten sind, und mit den türkisblauen Schuhen, deren Absätze so schön schimmern – Schuhe, in denen man eigentlich abends tanzen geht, in denen man hüpfen und fliegen kann, dafür sind sie gemacht, sie sind für alles gut, nur nicht zum Gehen und Stehen –, diese Frau sieht auch irgendwie anders aus, anders als die übrigen Leute hier in der Gegend, lebendiger, realer –

Auf der Glastheke haben die Trüffel eine Spur dunkles Kakaopulver hinterlassen. Man kann also mühelos das Jaguar-Zeichen malen – die katzenhafte Seite des Schwarzen Tezcatlipoca. Die Frau starrt darauf, wie verzaubert von Farben und Duft, während ich die Pralinenschachtel verpacke und mir dabei viel Zeit lasse.

Dann kommt – wie bestellt – Anouk herein, mit zerzausten Haaren und lachendem Gesicht, weil Rosette gerade etwas Lustiges gemacht hat. Madame blickt auf, und plötzlich erschlaffen ihre Züge.

Merkt sie etwas? Kann es sein, dass die Begabung, die Vianne und Anouk im Überfluss besitzen, auch an der Quelle noch nicht versiegt ist? Anouk strahlt sie an, Madame erwidert das Lächeln, zuerst nur zögernd, aber als sich die Verbindung von Blutmond und Hasenmond mit dem Sog des Jaguars vereinen, wird ihr teigiges Gesicht fast schön vor lauter Sehnsucht.

»Und wer ist das?«, fragt sie.

»Das ist meine kleine Nanou.«

Mehr brauche ich gar nicht zu sagen. Ob Madame in dem Kind etwas sieht, was ihr vertraut erscheint, oder ob Anouk selbst sie fasziniert, mit ihrem Puppengesicht und ihren byzantinischen Haaren – wer soll das entscheiden? Aber Madames Augen leuchten plötzlich auf, und als ich ihr vorschlage, sie solle doch noch bleiben und eine Tasse Schokolade trinken (vielleicht mit einer meiner

Spezialtrüffel), nimmt sie die Einladung widerspruchslos an. Sie setzt sich an einen der kleinen Tische und beobachtet Anouk, die zwischen Küche und Laden hin und her pendelt. Sie beobachtet das Mädchen mit einer Intensität, die weit über reinen Hunger hinausgeht; sie verfolgt, wie Anouk Nico begrüßt, der gerade draußen vorbeigeht, und ihn auf eine Tasse Tee hereinruft; wie sie mit Rosette und ihrer Knopfschachtel spielt; wie sie über den morgigen Geburtstag redet; wie sie nach draußen rennt, um zu sehen, ob es endlich schneit; wie sie wieder hereinkommt; wie sie die Veränderungen am Adventshaus registriert; wie sie ein paar Figuren anders aufstellt und dann noch einmal nachschaut, ob es schneit – der Schnee wird schon kommen, wenigstens an Heiligabend muss es schneien, weil sie Schnee doch über alles liebt –

Es ist Zeit, den Laden zu schließen. Ja, es ist sogar schon zwanzig Minuten nach Ladenschluss, als Madame sich endlich aus ihrer Trance aufrafft.

»Was für ein entzückendes Kind Sie haben!«, sagt sie, als sie aufsteht und sich die Schokoladenkrümel wegbürstet. Wehmütig schaut sie zur Küchentür, hinter der Anouk gerade mit Rosette verschwunden ist. »Sie spielt mit dem anderen Mädchen wie mit einer Schwester.«

Das entlockt mir ein Lächeln, ich sage aber nichts.

»Haben Sie Kinder?«, frage ich sie.

Sie zögert einen Moment. Dann nickt sie. »Ja, eine Tochter.«

»Besuchen Sie Ihre Tochter an Weihnachten?«

Ach, welche Qualen so eine harmlose Frage verursachen kann – ich sehe es an ihren Farben, an dem grellen Licht, das wie ein Blitz durch alles hindurchsaust.

Sie schüttelt den Kopf, wagt nicht zu sprechen. Selbst jetzt, nach all den Jahren, ist das Gefühl immer noch so stark, dass es sie überwältigen kann. Wann wird der Schmerz endlich vergehen, wie ihr die Leute versprochen haben? Er lässt nicht nach, er übertönt alles andere: Ehemann, Geliebter, Mutter und Freunde werden nebensächlich, weil sich immer wieder dieser Abgrund der Verzweiflung auftut, den der Verlust eines Kindes aufreißt –

»Ich habe sie verloren«, murmelt sie leise.

»Ach, das tut mir leid.« Ich lege ihr die Hand auf den Arm. Ich trage kurze Ärmel, und mein Armband mit den Glücksbringern, mit all den hübschen kleinen Figürchen, klimpert unüberhörbar. Ihr Blick fällt auf das glitzernde Silber –

Die kleine Katze ist im Laufe der Jahre schwarz geworden, sie sieht eher aus wie der Jaguar des Schwarzen Tezcatlipoca als wie der billige Anhänger von damals.

Madame bemerkt die Katze und erstarrt, denkt natürlich sofort, es ist völlig absurd, solche Zufälle kann es gar nicht geben, es ist nur ein typisches Armband mit Glücksbringern und hat nichts zu tun mit dem Babyarmband und seinem kleinen Silberkätzchen –

Aber – was wäre, wenn es doch etwas damit zu tun hätte, denkt sie. Manchmal hört man von den seltsamsten Zufällen – nicht nur in Filmen, auch im wirklichen Leben –

»Da-das ist ein interessantes A-armband.« Ihre Stimme zittert so, dass sie die Wörter gar nicht richtig über die Lippen bringt.

»Danke. Ich habe es schon sehr lange.«

»Wirklich?«

Ich nicke. »Ja, jeder dieser Glücksbringer hat eine Geschichte. Der hier erinnert mich an den Tod meiner Mutter.« Ich deute auf den Anhänger, der aussieht wie ein Sarg. Er stammt aus Mexiko-Stadt, aus irgendeiner *Piñata*, und auf dem Sargdeckel ist ein kleines schwarzes Kreuz.

»Ihre Mutter ist – ?«

»Ja – aber ich habe sie nur so genannt. Meine richtigen Eltern habe ich nie kennengelernt. Den Schlüssel hier habe ich zu meinem einundzwanzigsten Geburtstag bekommen. Aber die kleine Katze ist mein ältester und wichtigster Talisman. Ich habe sie schon immer – ich glaube, schon bevor ich adoptiert wurde.«

Sie starrt mich an, ist wie gelähmt. Es kann nicht sein, und sie weiß es. Aber ihre weniger rationale Seite besteht darauf, dass Wunder geschehen, dass es Magie gibt. Es ist die Stimme der Frau, die sie früher war, der Frau, die sich – mit knapp siebzehn – in einen zweiunddreißigjährigen Mann verliebte, der ihr versicherte, er liebe sie, und dem sie glaubte.

Und was ist mit dem kleinen Mädchen? Hat sie nicht etwas in ihr erkannt? Etwas, das am Herzen zupft und zerrt, wie ein Kätzchen, das mit einem Wollknäuel spielt –

Manche Menschen – ich zum Beispiel – sind geborene Zyniker. Aber wer einmal glaubt, glaubt immer. Ich spüre, dass Madame zu den Glaubenden gehört. Ich habe es gleich gewusst, als ich die Porzellanpuppen im Foyer des *Le Stendhal* gesehen habe. Sie ist eine alternde Romantikerin, verbittert, enttäuscht und dadurch umso verletzlicher, und ich muss nur ein einziges Wort sagen, und ihre *Piñata* wird sich öffnen wie eine Blume.

Ein Wort? Ich meine natürlich: einen Namen.

»Ich muss jetzt leider den Laden schließen, Madame.« Ich schiebe sie sanft zur Tür. »Aber wenn Sie wiederkommen wollen – wir machen an Heiligabend ein Fest. Falls Sie keine anderen Pläne haben – vielleicht haben Sie ja Lust, auf ein Stündchen vorbeizuschauen?«

Sie sieht mich an, und ihre Augen sind hell wie Sterne.

»Oh, ja«, flüstert sie. »Danke. Ich komme gern.«

# 2

Mittwoch, 19. Dezember

Heute Morgen ist Anouk in die Schule gegangen, ohne sich zu verabschieden. Ich dürfte mich eigentlich nicht wundern – so macht sie das schon die ganze Woche: Sie erscheint spät zum Frühstück, begrüßt uns mit einem allgemeinen *Hallo*, schnappt sich ein Croissant und verschwindet in der Dunkelheit.

Aber das ist meine Anouk, die mir früher vor lauter Überschwang das Gesicht abküsste und quer über die Straße *Ich liebe dich* zugerufen hat – und jetzt ist sie so still und so mit sich selbst beschäftigt, dass ich mich allein und verlassen fühle und mich eine eisige Angst packt. Die Zweifel, die mich quälen, seit sie auf die Welt gekommen ist, werden immer stärker, von Woche zu Woche.

Klar, sie wird älter. Es interessieren sie andere Dinge. Ihre Schulfreundinnen. Die Hausaufgaben. Die Lehrer. Vielleicht ein Freund (Jean-Loup Rimbault?). Oder der süße Rausch der ersten Verliebtheit. Womöglich gibt es auch noch viel mehr, geflüsterte Geheimnisse, große Pläne – Dinge, die sie ihren Freundinnen erzählt, die ihre Mutter aber auf keinen Fall erfahren darf, weil sie sich schon beim Gedanken daran vor Peinlichkeit windet.

Alles absolut normal, sage ich mir. Und trotzdem kann ich das Gefühl der Zurückweisung fast nicht mehr ertragen. Wir sind nicht wie andere Leute. Anouk und ich sind anders. Das bringt zwar viele Unannehmlichkeiten mit sich, aber ich kann es nicht länger ignorieren.

Ich spüre, dass mich dieses Eingeständnis verändert. Ich bin gereizt und fange wegen jeder Kleinigkeit an zu nörgeln, und wie soll mein Sommerkind wissen, dass der Unterton in meiner Stimme nicht Ärger ist, sondern Angst?

Ging es meiner Mutter ebenso? Hat sie auch unter dieser Verlustangst gelitten, die schlimmer ist als die Angst vor dem Tod, während sie, wie alle Mütter, vergebens versuchte, das unerbittliche Rad der Zeit aufzuhalten? Ist sie mir gefolgt, so wie ich Anouk folge, und hat auf der Straße die Krümel aufgelesen? Die Spielsachen, die längst aussortiert wurden, die abgelegten Kleider, die Gutenachtgeschichten, die nicht erzählt wurden, alles achtlos weggeworfen, während das Kind voller Erwartung in die Zukunft läuft, weg von der Kindheit, weg von mir.

Es gibt eine Geschichte, die meine Mutter mir immer wieder erzählt hat: Eine Frau wünschte sich sehnlich ein Kind, aber weil sie nicht schwanger werden konnte, formte sie an einem kalten Wintertag ein Kind aus Schnee. Sie schenkte ihm ihre ganze Zuwendung, sie kleidete es an, sie liebte es und sang für es, bis die Winterkönigin Mitleid mit der Frau bekam und dem Schneekind Leben einhauchte.

Die Frau – die Mutter – war überwältigt. Sie dankte der Winterkönigin unter Freudentränen und versprach, ihrer neuen Tochter werde es nie an etwas mangeln und in ihrem ganzen Leben solle ihr kein Leid widerfahren.

»Aber Ihr müsst gut auf sie achtgeben, liebe Frau«, warnte die Winterkönigin. »Gleich und gleich gesellt sich gern, und alles verändert sich, und die Welt dreht sich, zum Guten oder zum Schlechten. Euer Kind darf nicht in die Sonne gehen, achtet auf strengen Gehorsam, solange Ihr nur könnt. Denn ein Kind der Sehnsucht ist niemals zufrieden, nicht einmal mit der Liebe einer Mutter.«

Doch die Mutter hörte ihr nicht richtig zu. Sie nahm das Kind mit nach Hause, sie liebte das Mädchen und sorgte gut für die Kleine, genau wie sie es der Winterkönigin versprochen hatte. Die Zeit verging, das Kind wuchs mit magischer Schnelligkeit heran, weiß wie Schnee und schwarz wie Schlehen und schön wie ein klarer Wintertag.

Dann kam der Frühling, der Schnee begann zu schmelzen, und

das Schneekind wurde immer unzufriedener. Sie wolle hinaus ins Freie, sagte die Kleine, und mit den anderen Kindern spielen. Selbstverständlich verbot die Mutter es ihr, aber das Mädchen gab keine Ruhe. Sie weinte, wurde kränklich, weigerte sich zu essen, bis die Mutter schließlich, wenn auch ungern, nachgab.

»Aber geh nicht in die Sonne«, warnte sie ihr Kind. »Und zieh weder deinen Mantel noch deine Mütze aus.«

»Ja, natürlich«, sagte das Kind und hüpfte davon.

Den ganzen Tag spielte das Schneekind draußen. Es war das erste Mal, dass sie andere Kinder sah. Sie spielte auch zum ersten Mal Verstecken, sie lernte Singspiele und Klatschspiele und Laufspiele und noch viel mehr. Als sie nach Hause kam, wirkte sie sehr müde, aber auch viel glücklicher, als ihre Mutter sie je gesehen hatte.

»Darf ich morgen wieder hinaus ins Freie?«

Schweren Herzens erklärte sich die Mutter einverstanden – solange sie Mantel und Mütze anbehalte –, und wieder war das Schneekind den ganzen Tag draußen im Freien. Sie schloss heimliche Freundschaften und schwor feierliche Schwüre, sie schürfte sich das erste Mal die Knie auf, und auch diesmal kam sie mit blitzenden Augen nach Hause und verkündete, sie wolle auch am nächsten Tag wieder hinaus.

Die Mutter protestierte – das Kind war so erschöpft! –, aber schließlich sagte sie doch wieder Ja. Und am dritten Tag entdeckte das Schneekind die lockenden Freuden des Ungehorsams. Zum ersten Mal in ihrem kurzen Leben brach sie ein Versprechen, zerschlug eine Fensterscheibe, küsste einen Jungen und zog in der Sonne Mantel und Mütze aus.

Die Zeit verging. Als der Abend kam und das Schneekind immer noch nicht zu Hause war, machte sich die Mutter auf die Suche. Sie fand den Mantel, sie fand die Mütze, aber von dem Schneekind war nirgends eine Spur, nur eine stumme Pfütze, wo vorher kein Wasser gewesen war.

Ich mochte dieses Märchen nie. Von allen Geschichten, die meine Mutter erzählte, machte diese mir am meisten Angst. Nicht wegen des Inhalts, sondern weil meine Mutter immer so ein komisches Gesicht dabei machte und weil ihre Stimme zitterte und weil sie mich so fest an sich drückte, dass es beinahe wehtat, und weil der Wind so wild heulte, draußen, in der winterlichen Dunkelheit.

Natürlich ahnte ich damals nicht, warum sie solche Angst hatte. Jetzt verstehe ich das. Es heißt, die größte Angst in der Kindheit sei es, von den Eltern im Stich gelassen zu werden. Diese Angst kommt in vielen Kindermärchen vor, Hänsel und Gretel, Schneewittchen, das von der bösen Königin verfolgt wird.

Aber jetzt bin ich diejenige, die sich im Wald verirrt hat. Trotz der Herdwärme in der Küche fröstelt es mich, und ich ziehe meine dicke Strickjacke fester um mich. In letzter Zeit spüre ich oft die Kälte, während Zozie sich immer noch so anziehen kann wie im Sommer, mit ihrem bunt gemusterten Rock und ihren Ballerinaschuhen, die Haare mit einer gelben Schleife zurückgebunden.

»Ich muss mal eine Stunde weg. Ist das okay?«

»Ja, natürlich.«

Wie könnte ich ihr die Bitte abschlagen, wenn sie immer noch kein Geld annimmt?

Und wieder frage ich mich stumm:

*Was ist dein Preis?*

*Was möchtest du?*

Draußen weht immer noch der Dezemberwind. Aber der Wind hat keine Macht über Zozie. Ich sehe, wie sie das Licht vorne im Laden ausmacht; sie summt leise vor sich hin, während sie die Fensterläden schließt, so dass die Schaufensterdeko verschwindet, wo sich die hölzernen Püppchen im Haus um einen Geburtstagstisch versammelt haben, während draußen, unter dem Verandalicht, ein Chor von Schokoladenmäusen, mit kleinen Liedertexten in den Pfoten, lautlos ein Lied singt, im weißen Kristallzuckerschnee.

# 3

Donnerstag, 20. Dezember

Thierry war heute wieder hier, aber Zozie hat sich um ihn gekümmert. Ich weiß nicht genau, was sie gemacht hat. Ich schulde ihr so viel, und das stört mich immer mehr. Aber ich habe nicht vergessen, was ich neulich in der *Chocolaterie* gesehen habe. Genauso wenig wie das unbehagliche Gefühl, als würde ich mich selbst sehen: die Vianne Rocher, die ich früher war, wiedergeboren als Zozie de l'Alba, die meine Methoden anwendet, meine Sätze spricht und mich zum Widerspruch reizt.

Ich habe sie heute den ganzen Tag heimlich beobachtet. Gestern auch schon. Und vorgestern. Rosette spielte friedlich. Die Geruchsmischung aus Nelken und Mäusespeck und Zimt und Rum wehte durch die warme Küche, meine Hände waren voller Puderzucker und Kakaopulver, das Kupfer glühte, der Kessel blubberte auf dem Herd. Es war alles so vertraut, so absurd tröstlich, und doch kam ein Teil von mir nicht zur Ruhe. Jedes Mal, wenn die Glocke bimmelte, schaute ich nach vorn in den Laden.

Nico kam vorbei, in Begleitung von Alice. Sie sahen beide wahnsinnig glücklich aus. Nico behauptet übrigens, er habe abgenommen, obwohl er nach Kokosmakronen süchtig ist. Ein oberflächlicher Betrachter kann den Unterschied nicht feststellen, aber Alice sagt auch, dass er fünf Kilo weniger wiegt und seinen Gürtel drei Löcher enger schnallen kann.

»So ist das, wenn man verliebt ist«, sagte er zu Zozie. »Da verbrennt man Kalorien oder was. Mensch, toller Baum. Supertoll. Möchtest du auch so einen Baum, Alice?«

Alices Stimme kann ich nicht so gut hören. Aber immerhin

redet sie, und ihr kleines, spitzes Gesicht hat heute sogar ein bisschen Farbe. Neben Nico sieht sie aus wie ein Kind, aber wie ein glückliches Kind, nicht mehr wie ein verlorenes, und sie schaut ihn immerzu an.

Ich dachte an das Adventshaus und an die beiden kleinen Figuren unter dem Weihnachtsbaum, die sich an ihren Pfeifenputzerhänden halten.

Dann ist da Madame Luzeron, die jetzt öfter kommt und mit Rosette spielt, wenn sie ihren Kaffee trinkt. Auch sie wirkt viel entspannter. Und heute trug sie ein knallrotes Twinset unter ihrem schwarzen Wintermantel, und sie kniete sogar auf dem Boden, um gemeinsam mit Rosette mit ernster Miene einen Holzhund über die Fliesen hin und her zu rollen.

Auch Jean-Louis und Paupaul gesellten sich dazu, ebenso wie Richard und Mathurin, die auf dem Weg zu ihrem *Pétanque*-Spiel eine Pause einlegten, und dann kam Madame Pinot vom Laden an der Ecke, die noch vor einem halben Jahr niemals auch nur einen Fuß in die *Chocolaterie* gesetzt hätte, und jetzt wird sie von Zozie mit Vornamen angesprochen (Hermine) und bestellt ganz selbstverständlich: *Wie immer!*

Die Zeit verging wie im Flug an diesem geschäftigen Nachmittag. Ich war gerührt, wie viele Kunden Geschenke für Rosette mitbrachten. Ich hatte nicht bedacht, dass die Leute sie immer mit Zozie sehen, während ich hinten in der Küche meine Pralinen mache, aber trotzdem war es verblüffend und zeigte mir wieder einmal, wie viele Freunde wir gewonnen haben, seit Zozie zu uns gekommen ist.

Rosette bekam einen Holzhund von Madame Luzeron, außerdem einen grün angemalten Eierbecher von Alice, einen Stoffhasen von Nico, ein Puzzle von Richard und Mathurin, ein Bild von einem Affen, gemalt von Jean-Louis und Paupaul. Madame Pinot brachte ein gelbes Haarband mit und kaufte Veilchenpralinen, die sie so gern mag, dass sie ganz gierig wirkt. Dann kam Laurent Pinson, wie üblich, um Zucker zu klauen und um mir mit fröhlicher Verzweiflung mitzuteilen, dass überall die Geschäfte schlecht laufen und dass er gerade eine Muslimin gesehen hat, die tief verschleiert die Rue des Trois Frères hinunterging, und als er sich wieder verabschiedete, legte er ein Päckchen auf den Tisch, in dem sich ein rosarotes Plastikarmband für Glücksbringer befand, vermutlich eine Gratisgabe von einer Teenie-Zeitschrift, aber Rosette ist total begeistert und will das Armband nicht mehr abnehmen, nicht einmal in der Badewanne.

Und dann, als wir gerade schließen wollten, erschien diese merkwürdige Frau, die gestern auch schon da war. Sie kaufte wieder eine Schachtel mit Trüffeln und ließ ein Geschenk für Rosette da. Ich wunderte mich, denn sie ist keine Stammkundin, und nicht mal Zozie weiß, wie sie heißt, aber als wir das Päckchen öffneten, staunte ich noch mehr. In dem Päckchen befand sich ein Karton mit einer Babypuppe, die zwar nicht besonders groß war, dafür aber offenbar ein Sammlerstück, mit einem weichen Körper und einem Porzellankopf, umhüllt von einer pelzbesetzten Mütze. Rosette findet die Puppe natürlich toll, aber von einer Fremden kann ich kein so teures Geschenk annehmen, also packte ich die Puppe wieder ein, um sie der Dame zurückzugeben, wenn sie – falls sie – wiederkommt.

»Mach dir doch keine Gedanken«, sagte Zozie. »Die Puppe hat wahrscheinlich ihren Kindern gehört oder so. Denk doch an Madame Luzeron und ihre Puppenhausmöbel –«

»Die hat sie uns nur geliehen«, entgegnete ich.

»Komm schon, Yanne! Warum bist du immer so misstrauisch? Du solltest den Menschen eine Chance geben –«

Rosette deutete auf die Schachtel und machte das Zeichen für *Baby*.

»Gut, meinetwegen. Aber nur heute Abend.«

Rosette stieß einen stummen Jubelschrei aus.

Zozie lächelte. »Siehst du? Es ist gar nicht so schwer.«

Trotzdem fühle ich mich nicht wohl. Man bekommt im Leben nichts umsonst. Es gibt kein Geschenk, für das man am Ende nicht bezahlen muss. Auch keine freundliche Geste. So viel hat mich die Erfahrung gelehrt. Deshalb bin ich heute viel vorsichtiger als früher. Und deshalb habe ich auch das Windspiel über die Tür gehängt, damit es mich vor den Wohlwollenden warnt, vor diesen Boten, die an die Tür kommen, um Schulden einzutreiben.

Heute Nachmittag kam Anouk wie immer von der Schule, ohne sich zu melden, ich hörte sie nur die Treppe zu ihrem Zimmer hinaufrennen. Ich versuchte mich daran zu erinnern, wann sie mich das letzte Mal so begrüßt hat wie früher, wann sie das letzte Mal zu mir in die Küche kam und mich umarmte und küsste und sofort anfing zu schnattern. Ich sagte mir, dass ich viel zu empfindlich bin. Aber es gab einmal eine Zeit, da hätte sie es nie und nimmer vergessen, mich zu küssen, so wenig wie sie Pantoufle vergessen hätte.

Ja, im Moment würde ich mich sogar darüber freuen. Ich wäre so dankbar, wenn ich Pantoufle kurz zu sehen bekäme, wenn Anouk ein paar Worte mit mir wechseln würde. Irgendein Zeichen, dass das Sommerkind, das ich kannte, nicht vollständig verschwunden ist. Aber ich habe Pantoufle seit Tagen nicht mehr gesehen, und Anouk hat kaum mit mir gesprochen –, weder über Jean-Loup Rimbault noch über ihre Schulfreundinnen, auch nicht über Roux oder Thierry und nicht einmal über das geplante Fest – obwohl ich weiß, wie sehr sie mit den Vorbereitungen beschäftigt ist. Sie schreibt Einladungen und verziert jede Karte mit einem Stechpalmenzweig und mit einem Affen, sie schreibt Speisekarten und plant Spiele.

Und nun beobachte ich sie beim Abendessen und staune, wie erwachsen sie aussieht und dass sie plötzlich fast beunruhigend hübsch ist, mit ihren dunklen Haaren und ihren stürmischen Augen und den immer stärker hervortretenden Wangenknochen in ihrem lebhaften Gesicht.

Ich beobachte sie mit Rosette, sehe, wie graziös und konzentriert sie sich über den Geburtstagskuchen mit dem gelben Zuckerguss beugt, wie zärtlich sie Rosettes kleine Hand in ihrer größeren hält. *Puste die Kerzen aus, Rosette*, sagt sie. *Nein, nicht sabbern. Blasen. So!*

Und ich beobachte sie mit Zozie.

Ach, Anouk, es geht so schnell, diese abrupte Umstellung von Licht auf Schatten. Zuerst ist man der Mittelpunkt der Welt, und dann ist man nur noch eine Randerscheinung, eine Gestalt im Dunkeln, unbeachtet, kaum noch sichtbar.

Als ich spätabends wieder in der Küche bin, stecke ich ihre Schulkleidung in die Waschmaschine. Kurz drücke ich sie an mein Gesicht, als würden die Sachen einen Teil von Anouk enthalten, den ich verloren habe. Sie riechen nach draußen und nach den Räucherstäbchen in Zozies Zimmer und nach ihrem süßlichen Schweiß. Ich fühle mich wie eine Frau, die in den Kleidern ihres Geliebten nach Beweisen für seine Untreue schnuppert.

Und in der Tasche ihrer Jeans finde ich etwas, das sie vergessen hat. Es ist eine Puppe aus einer hölzernen Wäscheklammer, so ähnlich wie die Puppen, die sie für das Adventsfenster gebastelt hat. Ich erkenne sofort, wer es sein soll. Ich sehe die Markierungen, die sie mit Filzstift darauf gemalt hat, und die drei roten Haare, die sie um die Taille gewickelt hat, und wenn ich die Augen zusammenkneife, sehe ich auch den Glanz, der die Puppe umgibt, so schwach und so ungeheuer vertraut, dass ich ihn unter anderen Umständen sicher nicht bemerkt hätte.

Ich gehe noch einmal zum Adventsfenster. Die morgige Szene ist schon aufgebaut. Die Tür führt ins Esszimmer, und alle haben sich um den Tisch versammelt, auf dem ein Schokoladenkuchen steht, der demnächst angeschnitten wird. Auf dem Tisch stehen kleine Kerzen und kleine Teller und Gläser, und jetzt, da ich genauer hinschaue, kann ich sie fast alle erkennen: den dicken Nico, Zozie, die kleine Alice in ihren klobigen Stiefeln, Madame Pinot mit ihrem Kruzifix, Madame Luzeron in ihrem Friedhofsmantel, Rosette, ich, sogar Laurent und Thierry, der nicht eingeladen wurde und draußen unter den schneebedeckten Bäumen steht.

Und alle sind von diesem Goldglanz umgeben.

So eine Kleinigkeit –

Und so gewaltig.

Aber ein Spiel schadet doch bestimmt niemandem, denke ich. Spiele sind das Medium, mit dessen Hilfe Kinder die Welt verstehen lernen, und Geschichten, selbst die dunkelsten, sind ein Mittel, das ihnen hilft, mit dem Leben fertig zu werden, mit Verlust, mit Grausamkeit, mit dem Tod.

Doch diese kleine Adventslandschaft zeigt noch etwas anderes. Die kuschelige Szene mit Familie und Freunden am Tisch mit Kerzen, dem Weihnachtsbaum und der *Bûche de Noël* findet im Haus statt. Draußen ist es anders: Eine dicke Schneeschicht in Form von Puderzucker bedeckt Boden und Bäume. Der See mit den Enten ist jetzt zugefroren, die Zuckermäuse mit ihren Liedertexten sind verschwunden, und lange, messerscharfe, mörderische Eiszapfen aus Zuckerguss hängen an den Zweigen.

Thierry steht direkt darunter, und ein Schneemann aus dunkler Schokolade, groß wie ein Bär, betrachtet ihn drohend aus dem Wald in der Nähe.

Ich schaue mir die kleine Puppe näher an. Sie sieht eindeutig aus wie Thierry, seine Kleidung, seine Haare, sein Handy, irgendwie sogar sein Gesichtsausdruck, obwohl er nur ganz knapp skizziert ist mit einem Strich und zwei Punkten für die Augen.

Und da ist noch etwas. Ein Spiralsymbol im Zuckerschnee, von einer kleinen Kinderfingerspitze gemalt. Ich habe es schon einmal gesehen, in Anouks Zimmer, auf ihrem Notizbrett, mit Farbstift auf einen Block gekritzelt, hundert Mal mit Knöpfen und Puzzlestücken auf dem Fußboden hier, der jetzt auch in diesem unleugbaren Glanz erstrahlt.

Und nun beginne ich zu verstehen. Die Zeichen unter der Theke. Die Medizinsäckchen, die über der Tür hängen. Der endlose Strom von Kunden, die vielen Freunde, die ganzen Veränderungen, die in den vergangenen Wochen hier stattgefunden haben. Das ist mehr als nur ein Kinderspiel. Dahinter steckt eine Strategie, es ist ein geheimer Feldzug, und gekämpft wird um ein Terrain, von dem ich nicht einmal wusste, dass es angegriffen wird.

Und wer ist der General, der diesen Feldzug führt?

Muss ich diese Frage überhaupt noch stellen?

# 4

Freitag, 21. Dezember
*Wintersonnwende*

Es ist immer verrückt am letzten Schultag. Im Unterricht wird gespielt oder aufgeräumt, in manchen Fächern wird gefeiert, es gibt Kuchen und Weihnachtskarten; manche Lehrer, die das ganze Jahre nicht gelächelt haben, tragen Weihnachtsmannmützen oder Ohrringe, die aussehen wie Christbaumschmuck, und andere verteilen Süßigkeiten.

Chantal und Co. halten schon die ganze Zeit Distanz. Letzte Woche sind sie in die Schule zurückgekommen, aber sie sind nicht mehr halb so beliebt wie vorher. Vielleicht liegt das an der Flechte. Suzes Haare sind nachgewachsen, aber sie trägt immer noch die ganze Zeit ihre Mütze. Chantal sieht okay aus, finde ich, aber Danielle, die so gemeine Sachen über Rosette gesagt hat, sind alle Haare ausgegangen. Und sogar die Augenbrauen. Die vier können unmöglich wissen, dass ich das gemacht habe – aber sie gehen mir trotzdem aus dem Weg, wie Schafe, die einen elektrischen Zaun meiden. Keine Spiele mehr, bei denen ich *Es* sein muss. Keine Gemeinheiten mehr. Keine Witze über meine Haare, keine Besuche in der *Chocolaterie*. Mathilde hat gehört, wie Chantal zu Suze sagte, ich sei ihr »unheimlich«. Jean-Loup und ich lachten wie verrückt. »Unheimlich«. Also ehrlich, wie lasch kann man eigentlich sein?

Aber jetzt sind es nur noch drei Tage – und von Roux immer noch keine Spur. Ich habe die ganze Woche nach ihm gesucht, aber niemand hat ihn gesehen. Heute bin ich sogar zur Pension gegangen, aber dort war weit und breit kein Mensch, und in der Rue de Clichy sollte man nicht allzu lange herumstehen – vor allem jetzt, wenn es so früh dunkel wird. Überall sind die Gehwege vollgekotzt, und die Betrunkenen schlafen zusammengerollt in den mit Eisengittern verrammelten Ladeneingängen.

Aber ich habe gedacht, er würde wenigstens gestern Abend auftauchen – zu Rosettes Geburtstag, wenn er schon sonst nie da ist –, aber er kam natürlich nicht. Ich vermisse ihn so! Irgendwie denke ich immer, dass etwas nicht stimmt. Hat er gelogen, als er mir von dem Boot erzählt hat? Hat er tatsächlich den Scheck gefälscht? Ist er endgültig fort? Thierry sagt, wenn er einigermaßen bei Verstand ist, lässt er sich nie mehr bei uns blicken. Zozie sagt, er ist vielleicht noch da und versteckt sich irgendwo in der Nähe. Maman sagt gar nichts.

Ich habe Jean-Loup alles erzählt. Von Roux und Rosette und dem ganzen Chaos. Ich habe ihm gesagt, dass Roux mein bester Freund ist und dass ich jetzt Angst habe, er könnte für immer fort sein, und da hat Jean-Loup mich geküsst und gesagt, er ist mein Freund.

Es war nur ein Kuss. Nichts irgendwie Krasses. Aber jetzt friere ich immer, und es kribbelt mich, als würde in meinem Bauch eine Triangel spielen oder so was, und ich denke, vielleicht –

O Mann.

Er sagt, ich soll mit Maman reden und versuchen, alles mit ihr zu besprechen, aber sie hat immer so viel zu tun, und manchmal ist sie beim Abendessen ganz still und schaut mich so traurig und enttäuscht an, als hätte ich etwas tun müssen, was ich nicht getan habe, und ich weiß nicht, was ich machen soll, damit alles wieder gut wird.

Vielleicht bin ich deswegen heute Abend ausgerutscht. Ich habe wieder über Roux und das Fest nachgedacht und ob ich wirklich glaube, dass er kommt. Es ist ja schon schlimm genug, dass er Rosettes Geburtstag verpasst hat, aber wenn er an Heiligabend auch nicht da ist, dann klappt nichts so, wie wir es geplant haben, weil er nämlich wie die wichtigste Zutat bei unserem Rezept ist, und ohne ihn geht es nicht. Und wenn es nicht funktioniert, dann wird es nie wieder so wie früher, aber es muss wieder so werden, es muss einfach, vor allem jetzt –

Zozie musste heute Abend weg, und Maman arbeitete wieder bis spät. Sie bekommt so viele Bestellungen, dass sie kaum nachkommt. Deshalb habe ich zum Abendessen einen Topf Spaghetti gekocht und habe meinen Teller mit hochgenommen in mein Zimmer, damit Maman genug Platz zum Arbeiten hat.

Es war schon zehn, als ich ins Bett ging, aber ich konnte trotzdem nicht einschlafen, also ging ich hinunter in die Küche, um ein Glas Milch zu trinken. Zozie war noch nicht zurück, und Maman machte Schokoladentrüffel. Alles roch nach Schokolade, Mamans Kleid, ihre Haare, sogar Rosette, die auf dem Küchenfußboden mit einem Stück Teig und ein paar Ausstechformen spielte.

Die Küche strahlte so eine Geborgenheit aus. Aber ich hätte wissen müssen, dass es nicht stimmte. Maman sah erschöpft und irgendwie angespannt aus, sie walkte die Trüffelmasse wie einen Brotteig, und als ich herunterkam, blickte sie kaum auf.

»Beeil dich, Anouk«, sagte sie. »Ich möchte nicht, dass du zu lange aufbleibst.«

Also wirklich, dachte ich, Rosette ist erst vier, und sie darf so spät noch auf sein!

»Es sind Ferien«, sagte ich.

»Ich will nicht, dass du krank wirst«, sagte Maman.

Rosette zupfte an meiner Schlafanzughose, weil sie mir ihre Plätzchen zeigen wollte.

»Sehr hübsch, Rosette. Sollen wir jetzt welche backen?«

Rosette grinste und machte ein Zeichen für *Hmm, lecker*.

Nur gut, dass es Rosette gibt, dachte ich. Immer gut gelaunt, immer lustig. Nicht wie die anderen Leute hier. Wenn ich groß bin, will ich mit Rosette zusammenleben. Wir könnten in einem Boot auf dem Fluss wohnen, wie Roux, und Würstchen direkt aus der Dose essen und am Flussufer Feuer machen, und vielleicht könnte ja auch Jean-Loup in der Nähe wohnen –

Ich stellte den Backofen an und holte ein Blech. Rosettes Plätzchen waren ein bisschen angeschmuddelt, aber das merkt man nicht mehr, wenn sie erst gebacken sind. »Wir backen sie zweimal, wie Zwieback«, sagte ich. »Dann können wir sie an den Weihnachtsbaum hängen.«

Rosette lachte und feuerte die Plätzchen durch die Glastür im Backofen an und machte ihnen Zeichen, sie sollten bald fertig werden. Darüber musste ich lachen, und eine Minute lang schien alles wunderbar zu sein, als wäre eine dunkle Wolke von uns gewichen. Aber dann fing Maman an zu reden, und die Wolke war wieder da.

»Ich habe etwas von dir gefunden«, sagte sie, während sie immer noch die Trüffelpaste bearbeitete. Was hatte sie gefunden? Und wo? In meinem Zimmer? Oder vielleicht in meinen Taschen? Manchmal habe ich das Gefühl, dass sie hinter mir her spioniert. Ich merke es immer, wenn sie meine Sachen durchwühlt hat, die Bücher liegen an einem anderen Platz, Zettel sind gewandert, Spielzeug ist plötzlich aufgeräumt. Ich habe keine Ahnung, wonach sie sucht – aber mein spezielles Versteck hat sie bis jetzt noch nicht gefunden. Es ist eine Holzkiste, ganz hinten unten in meinem Kleiderschrank, mit meinem Tagebuch, ein paar Fotos und verschiedenen anderen Sachen, die niemand sehen soll.

»Das gehört doch dir, oder?« Sie griff in die Küchenschublade und holte Roux' Puppe heraus, die ich in meiner Hosentasche gehabt hatte. »Hast du sie gemacht?«

Ich nickte.

»Warum?«

Zuerst sagte ich gar nichts. Was hätte ich auch sagen sollen? Ich glaube nicht, dass ich fähig gewesen wäre, es ihr zu erklären, selbst wenn ich es gewollt hätte. Dass ich alles wieder am richtigen Platz haben möchte. Dass ich Roux zurückholen will. Und nicht nur Roux –

»Du hast ihn gesehen, stimmt's?«, fragte sie.

Ich antwortete nicht. Sie wusste es ja sowieso schon.

»Warum hast du mir nichts davon erzählt, Anouk?«

»Na ja – warum hast du mir nicht erzählt, dass er Rosettes Vater ist?«

Maman erstarrte. »Wer hat dir das gesagt?«

»Niemand.«

»War es Zozie?«

Ich schüttelte den Kopf.

»Wer dann?«

»Ich bin von selbst draufgekommen.«

Sie legte den Löffel neben die Schüssel, warf einen Blick auf Rosettes Plätzchen, stellte den Backofen aus und setzte sich ganz, ganz langsam auf den Küchenstuhl. Da saß sie und schwieg.

Rosette spielte mit den Ausstechformen und stapelte sie jetzt aufeinander. Sie waren aus Plastik, sechs Stück, jede Form eine andere Farbe: eine violette Katze, ein gelber Stern, ein rotes Herz, ein blauer Mond, ein orangefarbener Affe und eine grüne Raute. Ich habe auch immer gern mit diesen Formen gespielt. Als ich noch klein war, habe ich Schokoladenplätzchen gemacht und Lebkuchen, die ich dann mit gelbem und weißem Zuckerguss aus einer Spritztülle verziert habe.

»Maman?«, sagte ich. »Ist dir nicht gut?«

Zuerst sagte sie nichts und schaute mich nur an, ihre Augen so dunkel wie die Ewigkeit. »Hast du es ihm gesagt?«, fragte sie schließlich.

Ich antwortete nicht. Das war auch gar nicht nötig. Sie konnte es in meinen Farben sehen, genauso wie ich es in ihren Farben sah. Ich wollte ihr sagen, dass das in Ordnung ist und sie mich nicht anlügen muss und dass ich inzwischen alles Mögliche weiß und dass ich ihr helfen kann –

»Tja, dann wissen wir wenigstens, warum er verschwunden ist.«

»Meinst du, er ist wirklich weg?«

Maman zuckte nur die Achseln.

»Aber deswegen würde er doch nicht abhauen!«

Jetzt lächelte sie erschöpft und hielt die Puppe vor sich hin, die vom Zeichen des Wechselnden Windes leuchtete.

»Es ist nur eine Puppe, Maman«, sagte ich.

»Nanou, ich habe geglaubt, du vertraust mir.«

Ich konnte wieder ihre Farben sehen, lauter traurige Grautöne und nervöses Gelb, wie alte Zeitungen, die man auf dem Speicher aufbewahrt und eigentlich wegwerfen wollte. Und jetzt konnte ich sehen, was Maman dachte – jedenfalls ein paar Fragmente. Es war so, als würde ich ein Notizbuch mit Gedanken durchblättern. Ich sah ein Bild von mir, wie ich mit sechs neben ihr an einer verchromten Theke sitze und wir beide wie verrückt grinsen, zwischen uns ein großes Glas Schokolade mit Sahne und zwei kleine Löffel. Ein Märchenbuch mit Bildern liegt aufgeschlagen auf einem Stuhl. Ein Bild, das ich gemalt habe, zwei krakelige Figuren, vielleicht Maman und ich, beide mit Lächelmündern, die aussehen wie große Wassermelonenschnitze, und die beiden Figuren stehen unter einem Baum mit lauter Bonbons. Ich, wie ich in Roux' Boot sitze und angle. Ich, jetzt, wie ich mit Pantoufle renne und auf etwas zulaufe, das ich nie erreiche –

Und etwas – ein Schatten – über uns.

Es machte mir Angst, sie so verängstigt zu sehen. Und ich wollte ihr ja vertrauen, ihr sagen, dass alles in Ordnung ist und dass nichts für immer verloren ist, weil Zozie und ich es zurückholen.

»Was holt ihr zurück?«

»Mach dir keine Sorgen, Maman. Ich weiß, was ich tue. Diesmal gibt es keinen Unfall.«

Ihre Farben loderten, aber ihr Gesicht blieb ruhig. Sie lächelte mir zu und sagte dann ganz langsam und geduldig, als würde sie mit Rosette sprechen: »Hör zu, Nanou. Das ist sehr wichtig. Du musst mir alles sagen.«

Ich zögerte. Ich hatte Zozie versprochen –

»Glaub mir, Anouk – ich muss es wissen.«

Also versuchte ich, ihr Zozies System zu erklären, die Farben, die Namen, die mexikanischen Symbole und den Wechselnden Wind und unsere Unterrichtsstunden in Zozies Zimmer und wie ich Mathilde und Claude geholfen habe und wie wir der *Chocolaterie* geholfen haben, damit sich das Geschäft endlich lohnt, und Roux und die Püppchen und dass Zozie gesagt hat, so etwas wie Unfälle gibt es gar nicht, es gibt nur normale Leute – und Leute wie uns.

»Du sagst immer, es gibt eigentlich keine richtige Magie«, sagte ich. »Aber Zozie sagt, wir sollen das, was wir haben, auch nutzen.

Wir sollen nicht so tun, als wären wir wie alle anderen. Wir sollen uns nicht mehr verstecken müssen –«

»Manchmal ist Verstecken die einzige Möglichkeit.«

»Nein, manchmal kann man sich wehren.«

»Sich wehren?«, sagte sie.

Dann erzählte ich ihr, was ich in der Schule gemacht hatte und wie Zozie mir gesagt hatte, dass man auf dem Wind reiten kann und den Wind für sich nutzen kann und dass wir keine Angst haben sollen. Und dann erzählte ich ihr auch noch von Rosette und mir und wie wir den Wechselnden Wind angerufen haben, damit er Roux zurückholt und wir eine Familie sein können.

Als sie das hörte, zuckte sie zurück, als hätte sie sich verbrannt.

»Und Thierry?«, fragte sie.

Tja, er musste leider gehen. Das sah Maman doch bestimmt auch so. »Es ist nichts Schlimmes passiert, oder?«, sagte ich. Außer –

*Vielleicht ist doch etwas Schlimmes passiert*, dachte ich. Wenn Roux doch den Scheck gefälscht hatte, dann war das vielleicht ein Unfall. Vielleicht ist es das, was Maman meint, wenn sie sagt: dass alles seinen Preis hat und dass auch bei der Magie jeder Kraft eine gleich große Kraft entgegenwirkt, wie uns Monsieur Gestin im Physikunterricht beigebracht hat.

Maman drehte sich zum Herd und fragte: »Ich mache mir eine Tasse Schokolade. Möchtest du auch eine?«

Ich schüttelte den Kopf.

Sie machte sich trotzdem eine Tasse, raspelte die Schokolade in die heiße Milch, gab Muskat und Vanille und eine Kardamomkapsel dazu. Es war schon spät – gleich elf –, und Rosette lag auf dem Fußboden und schlief schon fast.

Und einen Moment lang glaubte ich wieder, die Welt ist in Ordnung, und ich war froh, dass ich alles gesagt hatte, weil ich es gar nicht leiden kann, wenn ich etwas vor Maman verheimlichen muss, und ich dachte: Jetzt weiß sie alles und hat keine Angst mehr und kann wieder Vianne Rocher sein und dafür sorgen, dass es uns gut geht.

Sie drehte sich zu mir, und ich wusste, dass ich mich geirrt hatte.

»Nanou, bitte, bring Rosette ins Bett. Wir reden morgen weiter.«

Ich schaute sie an. »Du bist nicht böse auf mich?«, sagte ich.

Sie schüttelte den Kopf, aber ich konnte sehen, dass sie wütend war. Ihr Gesicht war kalkweiß und sehr ruhig, und ich sah ihre Farben, eine wilde Mischung aus Rottönen und verärgertem Orangegelb und Panikblitzen in Grau und Schwarz.

»Es ist nicht Zozies Schuld«, sagte ich.

An ihrem Gesicht konnte ich ablesen, dass sie anderer Meinung war.

»Du verrätst es ihr aber nicht, oder?«

»Geh bitte ins Bett, Nou.«

Ich ging nach oben und lag noch ganz lange wach, horchte auf den Wind und den Regen und beobachtete die Wolken und die Sterne und die weißen Weihnachtslichter, und hinter der nassen Fensterscheibe verschwamm alles ineinander, so dass ich nach einer Weile gar nicht mehr sagen konnte, welche Sterne echt waren und welche falsch.

# 5

Freitag, 21. Dezember

Es ist schon lange her, seit ich das letzte Mal hellgesehen habe. Ab und zu ein kurzer Einblick, ein Funke, wie Statik von der Hand eines Fremden – aber nichts Systematisches. Ich kann ihre Lieblingssorten sehen. Mehr nicht. Egal, welche Geheimnisse sie hüten – ich möchte sie gar nicht erfahren.

Aber heute Abend muss ich es versuchen. Was Anouk mir erzählt hat, war zwar unvollständig, aber ich sehe endlich, was los ist. Ich habe es geschafft, einigermaßen ruhig zu bleiben, bis sie im Bett war, ich konnte die Illusion, dass ich die Situation im Griff habe, aufrechterhalten. Aber jetzt höre ich den Dezemberwind, und die Wohlwollenden lauern vor der Tür.

Meine Tarotkarten helfen mir nicht weiter. Ich bekomme immer dieselben Bilder, dieselben Karten, nur in verschiedener Reihenfolge, egal, wie lange ich mische.

*Der Narr. Die Liebenden. Der Magus. Die Veränderung.*
*Der Tod. Der Erhängte. Der Turm.*

Diesmal nehme ich Schokolade. Eine Technik, die ich seit Jahren nicht mehr angewandt habe. Aber ich muss heute Abend meine Hände beschäftigen, und Trüffel zu machen ist so einfach, dass ich es sogar mit verbundenen Augen könnte, ich muss nur tasten, mir genügt der Geruch und das Geräusch der schmelzenden Kuvertüre, um die Temperatur richtig einzuschätzen.

Es ist Magie, muss man wissen. Meine Mutter fand es fürchterlich, sie sagte, es sei banal, nichts als Zeitverschwendung, aber es ist meine Art von Zauber, und meine eigenen Werkzeuge haben mir immer bessere Dienste geleistet als ihre. Klar, jeder Zauber hat Konsequenzen, aber ich glaube, wir haben uns deswegen schon viel zu viele Sorgen gemacht. Es war ein Fehler, dass ich versucht habe, Anouk etwas vorzumachen, und dass ich versucht habe, mich selbst zu belügen.

Ich arbeite sehr langsam, die Augen halb geschlossen. Ich rieche das heiße Kupfer vor mir, das Wasser kocht. Ein Geruch von Tradition und Metall. Diese Töpfe sind schon so viele Jahre bei mir, ich kenne ihre Form, jede Delle, die sie im Lauf der Zeit hinnehmen mussten, und an manchen Stellen sieht man die heller glänzenden Spuren meiner Hände auf der dunklen Patina.

Um mich herum scheint alles klarere Formen anzunehmen. Mein Kopf ist frei, der Wind weht, der Mittwintermond draußen wird in ein paar Tagen voll sein, und er reitet auf dem Wolkenmeer wie eine Boje im Sturm.

Das Wasser siedet, aber es darf nicht kochen. Jetzt rasple ich den Block Kuvertüre in den kleinen Keramiktopf. Fast sofort steigt der Geruch auf, dieser dunkle, erdige Geruch bitterer Schokolade. In dieser Stärke schmilzt sie nur langsam, weil sie kaum Fett enthält, und ich muss Butter und Sahne dazugeben, damit die Mischung die richtige Trüffelkonsistenz bekommt. Aber nun riecht man den Hauch der Geschichte, es duftet nach den Bergen und Wäldern Südamerikas, nach gefällten Bäumen, nach Harz, nach dem Rauch eines Lagerfeuers. Es riecht nach Räucherstäbchen und Patschuli, nach dem schwarzen Gold der Maya und dem roten Gold der Azteken, nach Stein und Staub und nach einem jungen Mädchen mit Blumen in den Haaren und einem Glas *Pulque* in der Hand.

Es ist absolut berauschend. Während die Schokolade schmilzt, beginnt sie zu glänzen, Dampf steigt auf, der Duft wird intensiver, erblüht mit Zimt und Nelkenpfeffer und Muskat, die dunklen Untertöne von Anis und Espresso, die helleren Noten von Vanille und Ingwer. Jetzt ist sie fast geschmolzen. Eine sanfte Wolke erhebt sich, nun haben wir das wahre *Theobroma*, die Speise der Götter in flüssiger Form, und in dem Nebel kann ich fast sehen.

Ein junges Mädchen, das mit dem Mond tanzt. Ein Kaninchen

folgt ihr auf den Fersen. Hinter ihr steht eine Frau, das Gesicht im Schatten, so dass sie einen Moment lang in drei Richtungen zu blicken scheint ...

Aber schon wird der Dampf zu dicht. Die Schokolade darf nicht wärmer werden als sechsundvierzig Grad. Zu heiß – und sie verfärbt sich und wird streifig. Zu kühl – und sie wird weißlich und stumpf. Nach all den Jahren brauche ich kein Zuckerthermometer mehr, ich merke am Geruch und an der Konsistenz des Dampfs, dass wir uns dem kritischen Punkt nähern. Ich nehme den Kupfertopf von der Flamme und stelle den Keramiktopf in kaltes Wasser, bis die Temperatur entsprechend gesunken ist.

Beim Abkühlen entsteht ein blumiger Duft. *Papier poudré*, mit Veilchen- und Lavendelaroma. Es riecht nach meiner Großmutter, wenn ich eine gehabt hätte, nach Hochzeitskleidern, sorgfältig auf dem Speicher in einem Karton aufbewahrt, nach Buketts unter Glas. Ja, ich kann das Glas fast sehen, eine runde Glasglocke, unter der eine Puppe steht, eine Puppe mit schwarzen Haaren und einem roten Mantel mit Pelzbesatz, die mich seltsam an jemanden erinnert, den ich kenne.

Eine Frau mit müdem Gesicht betrachtet wehmütig die schwarzhaarige Puppe. Ich glaube, ich habe sie irgendwo schon gesehen. Und hinter ihr steht eine andere Frau, deren Kopf durch das geschwungene Glas halb verdeckt ist. Auch diese Frau kenne ich, scheint mir, aber ihr Gesicht ist durch die Glasglocke verzerrt, sie könnte irgendjemand sein ...

Den Topf wieder in das siedende Wasser geben. Bei diesem Durchgang muss die Masse auf eine Temperatur von einunddreißig Grad kommen. Es ist meine letzte Chance, den Bildern einen Sinn abzuringen. Ich merke, wie meine Hände zittern, als ich in die geschmolzene Kuvertüre blicke. Sie riecht nun nach meinen Kindern, nach Rosette mit ihrem Geburtstagskuchen und nach Anouk, die im Laden sitzt, mit sechs, sie redet und lacht und macht Pläne ... Wofür?

Für ein Fest. Ein *Grand Festival du Chocolat*, mit Ostereiern und Schokoladenhennen und dem Papst in weißer Schokolade.

Was für eine kostbare Erinnerung. In dem Jahr haben wir dem Schwarzen Mann die Stirn geboten und gewonnen. Für eine Weile sind wir auf dem Wind geritten.

Aber nein, es ist nicht der richtige Moment für Nostalgie. Vertreibe den Dampf von der dunklen Oberfläche. Versuch's noch mal.

Wir sind im *Le Rocher de Montmartre*. Ein Tisch ist gedeckt, alle unsere Freunde sind gekommen. Wieder ein Fest. Ich sehe Roux am Tisch sitzen, er lächelt, er lacht und trägt eine Stechpalmenkrone auf den roten Haaren. Er hat Rosette auf dem Arm und trinkt ein Glas Champagner.

Aber das ist natürlich nur Wunschdenken. Wir sehen oft, was wir sehen wollen. Eine Sekunde lang bin ich fast zu Tränen gerührt.

Noch einmal streiche ich mit der Hand durch den Dampf.

Wieder ein anderes Fest. Mit Feuerwerk und Marschmusik und mit als Skelette verkleideten Menschen. Es ist der Tag der Toten, an dem die Kinder in den Straßen tanzen, es gibt Papierlaternen, auf die Dämonengesichter gemalt sind, und Totenköpfe aus Zucker auf Holzstäbchen und *Santa Muerte*, die durch die Straßen paradiert, mit ihren drei Gesichtern, die in alle Richtungen blicken.

Aber was hat dieses Fest mit mir zu tun? Wir waren nie in Lateinamerika, obwohl meine Mutter immer davon geträumt hat. Wir haben es nicht einmal bis Florida geschafft.

Ich strecke die Hand aus, um den Dampf wegzuwischen. Und da sehe ich sie. Ein acht- oder neunjähriges Mädchen mit mausbraunen Haaren. Sie geht Hand in Hand mit ihrer Mutter durch die Menschenmenge. Ich spüre, dass die beiden anders sind als die anderen – etwas an ihrer Haut, ihren Haaren –, und sie betrachten alles mit fassungslosem Staunen: die Tänzer, die Dämonen, die bunten *Piñatas* an langen spitzen Stöcken und mit Feuerwerkskörpern an den Schwänzen.

Noch einmal fahre ich mit der Hand über die Schokoladenoberfläche. Kleine Dampfwölkchen steigen auf, und jetzt rieche ich Schießpulver, was für ein ekelhafter Geruch, und dann überall Rauch und Feuer und Chaos.

Und schon sehe ich auch das Mädchen wieder, wie es mit einer Gruppe von Kindern in einer kleinen Gasse vor einer dunklen Schaufensterfront spielt. Über dem Eingang hängt eine *Piñata*, ein gestreiftes, märchenhaftes Tigerwesen, rot und gelb und schwarz. Die anderen rufen: *Schlag drauf! Schlag drauf!* Sie werfen Stöcke und Steine. Aber das kleine Mädchen hält sich zurück. In dem Laden ist etwas, denkt es. Etwas Interessanteres.

Wer ist dieses Mädchen? Ich habe keine Ahnung. Aber ich möchte ihr in den Laden folgen. In der Tür hängt ein Vorhang aus langen, bunten Plastikstreifen. Die Kleine streckt die Hand aus – ein schmales Silberarmband umschließt ihr Handgelenk –, blickt sich nach den anderen Kindern um, die immer noch versuchen, die Tiger-*Piñata* zu öffnen, dann geht sie zwischen den Plastikstreifen hindurch in den Laden.

»Gefällt dir meine *Piñata* nicht?«

Die Stimme kommt aus der Ecke. Sie gehört einer alten Frau, einer Großmutter, nein, einer Urgroßmutter, sie sieht aus wie mindestens hundert. Oder wie tausend, in den Augen des kleinen Mädchens. Eine Hexe aus dem Märchenbuch, überall Falten, müde Augen und krallenartige Finger. In der einen Hand hält sie einen Becher, und von diesem Becher weht ein eigenartiger Geruch zu dem Mädchen hinüber, etwas Berauschendes, Schwindelerregendes.

Auf den Regalen um sie herum stehen lauter Flaschen, Gläser, Phiolen und Töpfe; getrocknete Wurzeln hängen von der Decke herunter und verbreiten einen dumpfen Kellergeruch, und überall brennen Kerzen und lassen die Schatten winken und tanzen.

Vom obersten Regal grinst ein Totenkopf.

Zuerst denkt das Mädchen, der Totenkopf sei aus Zucker, wie die Totenköpfe bei dem Umzug, aber auf einmal ist sie sich nicht mehr so sicher. Und vor ihr auf der Theke steht ein schwarzer Gegenstand, etwa einen Meter lang, so groß wie ein Kindersarg.

Es ist eine Kiste aus Pappmaschee, angemalt mit schwarzer Farbe. Nur oben auf dem Deckel erkennt man ein rotes Zeichen: Es sieht aus wie ein Kreuz, aber nicht ganz.

*Wahrscheinlich auch eine Art Piñata*, denkt die Kleine.

Die Urgroßmutter lächelt und reicht ihr ein Messer. Ein sehr altes Messer, ziemlich stumpf. Ist es aus Stein? Neugierig betrachtet die Kleine das Messer, dann schaut sie wieder zu der alten Frau und ihrer eigenartigen *Piñata*.

»Öffne sie«, fordert die Urgroßmutter sie auf. »Öffne sie. Sie ist für dich. Nur für dich.«

Der Schokoladengeruch wird immer stärker. Jetzt ist die Temperatur genau richtig: die Schwelle von einunddreißig Grad, welche die Kuvertüre nicht übersteigen darf. Der Dampf verdichtet sich, das Bild wird unscharf, schnell nehme ich die Schokolade von der Flamme und gehe in Gedanken noch einmal durch, was ich gesehen habe.

*Öffne sie.*

Die Kiste riecht muffig und alt. Aber von innen hört sie etwas, keine Stimme, sondern lockende Geräusche, die ihr etwas zu versprechen scheinen.

*Sie ist nur für dich.*

Was ist es?

Der erste Schlag. Ein dumpfes Echo, als würde man gegen eine geheime Tür treten. Und gleichzeitig klingt es wie ein leerer Sarg, der viel größer ist als diese kleine schwarze Kiste.

Der zweite Schlag. Die Kiste bricht auf, es entsteht der Länge nach ein Riss. Das Mädchen lächelt, vor sich sieht sie schon die in Folie gewickelten Süßigkeiten, die Spielsachen, die Pralinen.

*Gleich hast du es geschafft. Noch ein Schlag!*

Und da erscheint endlich die Mutter des kleinen Mädchens. Sie teilt den Plastikvorhang und schaut herein. Erschrocken reißt sie die Augen auf, ruft einen Namen. Ihre Stimme ist schrill. Aber das Mädchen blickt sich nicht um. Sie konzentriert sich ganz darauf, dass sie nur noch einmal zuschlagen muss, dann wird die *Piñata* ihre Geheimnisse preisgeben.

Die Mutter ruft wieder. Zu spät. Das Kind ist nicht zu erreichen. Gierig beugt sich die Großmutter vor, sie schmeckt es schon, denkt sie, ein satter Geschmack, wie Blut, wie Schokolade.

Wieder trifft das Steinmesser auf den Deckel. Wieder dieses hohle Geräusch. Der Riss wird breiter ...

Sie denkt: *Ich hab's geschafft. Ich bin drin.*

Und jetzt ist der Dampf verflogen. Die Schokolade wird gut werden, sie wird schön glänzen und verlockend knacken. Und nun weiß ich auch, wo ich sie schon einmal gesehen habe, diese Kleine mit dem Messer in der Hand.

Ich kenne sie schon mein ganzes Leben, glaube ich. Wir sind jahrelang vor ihr geflohen, meine Mutter und ich, als wir wie Zigeuner von Stadt zu Stadt zogen. Wir sind ihr in den Märchen begegnet, sie ist die böse Hexe mit dem Pfefferkuchenhaus, sie ist der Rattenfänger, sie ist die Winterkönigin. Eine Weile kannten wir sie als Schwarzen Mann, aber die Wohlwollenden haben viele Verkleidungen, und ihre Freundlichkeit verbreitet sich wie ein Lauffeuer, sie geben den Ton an, verkünden die Veränderungen, umwerben uns mit Flötentönen, vertreiben alle unsere Probleme mit wunderschönen roten Schuhen ...

Und endlich sehe ich ihr Gesicht. Ihr wirkliches Gesicht, das hinter lebenslangem Zauber verborgen war, veränderlich wie der Mond und hungrig, so unglaublich hungrig. In dem Moment kommt sie zur Tür herein, in ihren Schuhen mit den Bajonettabsätzen, und sie mustert mich mit einem strahlenden Lächeln.

# 6

Freitag, 21. Dezember

Sie erwartete mich schon, als ich nach Hause kam. Ich kann nicht behaupten, dass mich das überraschte. Seit mehreren Tagen warte ich auf eine Reaktion, und ich finde, ehrlich gesagt, es ist höchste Zeit.

Zeit, die Dinge endlich zu klären. Ich habe lange genug die sanfte Hauskatze gespielt. Jetzt werde ich meine ungezähmte Seite zeigen und meiner Gegnerin auf ihrem Terrain gegenübertreten.

Sie war in der Küche, mit einem Schal um die Schultern, mit einer Tasse Schokolade, die längst kalt war. Es war schon nach Mitternacht, draußen regnete es noch, und es roch nach Plätzchen und Bitterschokolade.

»Hallo, Vianne.«

»Hallo, Zozie.«

Sie sieht mich an.

Wieder habe ich es geschafft. Ich bin drin.

Es gibt etwas, was ich bei den gestohlenen Leben sehr bedaure, und zwar, dass so vieles heimlich ablief und meine Gegenspieler nie davon erfuhren und deshalb nicht zu schätzen wussten, wie poetisch sich ihr Sturz gestaltete.

Meine Mutter – nicht gerade die Hellste – war ein, zwei Mal kurz davor, den Vorgang zu durchschauen, aber ich glaube nicht, dass sie je wirklich begriffen hat. Trotz ihrer okkulten Neigungen war sie nicht besonders fantasievoll und fand alberne Rituale wichtiger als alle wirksamen Maßnahmen.

Selbst Françoise Lavery, die, gebildet wie sie war, am Schluss etwas geahnt haben muss, konnte trotzdem nicht erfassen, in welch eleganten Prozess sie involviert war, und sie ahnte nicht, wie erstklassig die neu verpackte Version ihres Lebens aussehen würde.

Sie war immer ein bisschen labil gewesen. Wie meine Mutter, so ein mausgrauer Frauentyp – die ideale Beute für jemanden wie mich. Sie unterrichtete Geschichte, lebte in einer Wohnung nicht weit von der Place de la Sorbonne und fand mich ausgesprochen sympathisch (wie übrigens die meisten Leute), schon gleich bei unserer ersten Begegnung, als wir uns keineswegs zufällig bei einer Vorlesung im *Institut Catholique* über den Weg liefen.

Sie war dreißig, übergewichtig, mit depressiven Tendenzen, kannte kaum jemanden in Paris; außerdem hatte sie sich gerade von ihrem Freund getrennt und suchte eine Mitbewohnerin.

Es klang perfekt – ich bekam den Zuschlag. Unter dem Namen Mercedes Desmoines wurde ich ihre Beschützerin, ihre Vertraute. Ich hatte wie sie eine Vorliebe für Sylvia Plath. Ich zeigte größtes Verständnis für ihre Wut auf die dummen Männer und interessierte mich brennend für ihre extrem dröge Doktorarbeit über die Rolle der Frau im vorchristlichen Mystizismus. So etwas kann ich schließlich besser als alles andere, und nach und nach erfuhr ich ihre Geheimnisse. Ich verstärkte ihre Melancholie, und als es dann so weit war, übernahm ich ihr Leben.

Es war kein besonders schwieriges Unterfangen. Es gibt eine halbe Million Frauen wie sie, junge Frauen mit Milchgesichtern und langweiligen Haaren, einer sauberen Handschrift und einem schlechten Kleidergeschmack, Frauen, die ihre Enttäuschungen unter einem Mantel aus akademischer Bildung und gesundem Menschenverstand verbergen. Man könnte sogar sagen, ich habe ihr einen Gefallen getan, und als sie bereit war, besorgte ich ihr, um ein wenig nachzuhelfen, eine Substanz, die so gut wie keine Schmerzen verursacht.

Danach musste ich verschiedene Dinge regeln – Abschiedsbrief, Identifizierung, Feuerbestattung –, bevor ich Mercedes fallen lassen konnte. Ich sammelte nun alles ein, was von Françoise übrig geblieben war – Kontoauszüge, Pass, Geburtsurkunde –, und unternahm sozusagen gemeinsam mit ihr eine jener Auslandsreisen, von denen sie ständig gesprochen hatte, ohne ihre Pläne je in die Tat umzusetzen – während sich zu Hause die Leute vermutlich wunderten, wie eine Frau so spurlos verschwinden konnte und nichts, aber auch gar nichts zurückließ, keine Familie, keine Papiere, nicht einmal ein Grab.

Nach einer Weile sollte sie als Englischlehrerin am Lycée Rousseau wiederauferstehen. Inzwischen war sie natürlich weitgehend vergessen, begraben unter einem ganzen Wust bürokratischer Vorgänge. In Wahrheit ist so etwas den meisten Menschen völlig egal. Das Leben geht weiter, und zwar in einem solchen Tempo, dass man die Toten schnell vergisst.

Ich habe am Schluss versucht, bei ihr Verständnis zu wecken. Schierling ist eine ungemein praktische Droge, im Sommer sehr leicht zu beschaffen, und er macht das Opfer so gefügig. Innerhalb von Sekunden setzt die aufsteigende Lähmung ein, und danach ist alles gut, man hat noch jede Menge Zeit, um wichtige Dinge zu besprechen und sich auszutauschen – was in diesem Fall allerdings etwas einseitig ausfiel, weil Françoise nicht imstande war, sich zu äußern.

Das enttäuschte mich, offen gesagt. Ich hatte mich darauf gefreut, ihre Reaktion zu sehen, und obwohl ich nicht unbedingt mit Zustimmung gerechnet hatte, als ich es ihr sagte, hätte ich mir von einer Frau mit ihren intellektuellen Fähigkeiten doch etwas mehr erhofft.

Aber ich stieß auf absoluten Unglauben. Und dann dieses starre Gesicht, das schon zu guten Zeiten nicht gerade hübsch war! Sie glotzte mich nur an, und wenn ich dafür anfällig wäre, hätte ich sie garantiert im Traum wiedergesehen und die Erstickungsgeräusche gehört, die sie von sich gab, während sie vergeblich gegen die Wirkung des Tranks ankämpfte, den ja auch Sokrates zu sich genommen hatte.

Eigentlich eine hübsche Idee, fand ich. Aber bedauerlicherweise sah meine arme Françoise das völlig anders, denn ein paar Minuten vor dem Ende entdeckte sie plötzlich ihre große Liebe zum Leben. Und ich blieb wieder einmal mit einem Gefühl des Bedauerns zurück. Auch dieser Fall war viel zu einfach für mich gewesen. Françoise hatte mich vor keine wirklich reizvolle Aufgabe gestellt. Sie war nur eine Silbermaus an meinem Armband. Leichte Beute für jemanden wie mich.

Was mich wieder zu Vianne Rocher bringt.

In Vianne habe ich eine ebenbürtige Gegenspielerin – immerhin ist sie eine Hexe, und noch dazu keine schlechte, trotz ihrer albernen Skrupel und Schuldgefühle. Vielleicht die einzig würdige Kontrahentin, die mir bisher begegnet ist. Und da sitzt sie nun und wartet auf mich, mit diesem stummen Wissen in den Augen, und ich weiß, sie sieht mich endlich in aller Klarheit, sie erkennt meine wahren Farben, und es gibt keinen exquisiteren Augenblick als diese erste wirklich intime Begegnung.

Ich setze mich ihr gegenüber an den Tisch. Sie sieht aus, als würde sie frieren, eingewickelt in ihren ausgeleierten schwarzen Pullover, die weißen Lippen verkniffen von zu vielen unausgesprochenen Wörtern. Ich lächle sie an, und ihre Farben leuchten auf – seltsam, wie viel Zuneigung ich für sie empfinde, jetzt, da endlich die Messer gezückt sind.

Draußen tobt der Wind. Ein Killerwind, mit Schnee durchsetzt. Wer heute in einem Ladeneingang schläft, wird sterben. Hunde werden heulen, Türen knallen. Junge Liebespaare werden einander in die Augen blicken und zum ersten Mal stumm den Wert ihrer Schwüre anzweifeln. Die Ewigkeit ist so endlos lang – und hier, am Ende des Jahres, scheint der Tod auf einmal sehr nah.

Aber ist es nicht genau das, worum es bei diesem Fest der Winterlichter geht? Bei diesen kleinen Trotzgebärden gegen die Finsternis? Sie können es meinetwegen gern Weihnachten nennen, wenn Sie wollen, aber Sie und ich wissen, dass das Fest viel, viel älter ist. Und unter dem Lametta und den Weihnachtsliedern, unter den guten Wünschen und den Geschenken liegt eine dunklere, tiefer greifende Wahrheit.

Es ist eine Zeit existenzieller Verluste, eine Zeit, in der die Unschuldigen geopfert werden, eine Zeit der Angst, der Dunkelheit, der Unfruchtbarkeit und des Todes. Die Azteken wussten genauso wie die Maya, dass ihre Götter weit davon entfernt waren, die Welt retten zu wollen, sie wussten, dass ihr Ziel im Gegenteil die Zerstörung war und nur das Opferblut sie vorübergehend beschwichtigen konnte ...

Schweigend saßen wir da, wie zwei alte Freundinnen. Ich fingerte an den Glücksbringern an meinem Armband herum, sie starrte in ihre Tasse. Endlich schaute sie mich an.

»Was tust du eigentlich hier, Zozie?«

Nicht besonders originell – aber immerhin ein Anfang.

Ich lächelte. »Ich bin eine Sammlerin.«

»So nennst du das?«

»Es gibt keine bessere Bezeichnung dafür.«

»Und was sammelst du?«

»Zuerst sammle ich ein, was geschuldet wird. Ich sammle ein, was man versprochen hat.«

»Was schulde ich dir?«

»Lass mal überlegen.« Wieder lächelte ich. »Da wären verschiedene Dienstleistungen, Zauberformeln, Tricks, Schutzmaßnahmen. Stroh wurde in Gold verwandelt, Unheil wurde abgewandt, die Ratten mit der Flöte aus Hameln weggelockt. Alles in allem habe ich dir dein Leben zurückgegeben.« Ich merkte zwar, dass sie protestieren wollte, redete aber unbeirrt weiter. »Ich glaube, wir hatten uns darauf geeinigt, dass du mich angemessen bezahlen würdest.«

»Angemessen?«, wiederholte sie. »Ich weiß nicht, was du damit meinst.«

Natürlich verstand sie mich ganz genau. Es ist ein uralter Topos, und sie kennt ihn gut. Der Preis für einen Herzenswunsch ist dein Herz. Ein Leben für ein Leben. Eine Welt im Gleichgewicht. Wenn du ein Gummiband stark genug dehnst, schnappt es zurück in dein Gesicht.

Nenne es Karma, Physik, Chaostheorie, aber ohne diese Balance kippen die Pole, öffnet sich die Erde; die Vögel fallen vom

Himmel, die Meere verwandeln sich in Blut, und ehe man sich's versieht, geht die Welt unter.

Ich hätte jedes Recht, ihr das Leben zu nehmen. Aber heute will ich großzügig sein. Vianne Rocher hat zwei Leben – ich brauche nur eines. Allerdings sind Leben austauschbar; in der heutigen Welt können Identitäten hin und her geschoben werden wie Spielkarten, man kann sie mischen, noch einmal mischen und neu austeilen. Das ist alles, was ich will. Ich will deine Karten. Und du bist mir etwas schuldig. Das hast du selbst gesagt.

»Und wie heißt du?«, fragte Vianne Rocher.

Du willst meinen wirklichen Namen wissen?

Oh, ihr Götter, es ist schon so lange her, dass ich ihn fast vergessen habe. Was bedeutet schon ein Name? Trag ihn wie einen Mantel. Dreh ihn um, verbrenne ihn, wirf ihn weg und stiehl dir einen neuen. Der Name ist nicht wichtig. Nur die Schulden zählen. Und die treibe ich ein. Hier und jetzt.

Nur noch ein kleines Hindernis steht im Weg. Es heißt Françoise Lavery. Offenbar ist mir bei meinen Kalkulationen ein Fehler unterlaufen, ich muss beim großen Aufräumen etwas übersehen haben, denn ihr Geist lässt mir immer noch keine Ruhe. Sie wird jede Woche in der Zeitung erwähnt – nicht auf der Titelseite, zum Glück, aber trotzdem ist mir die Sache inzwischen extrem lästig, und diese Woche wurde zum ersten Mal darüber spekuliert, ob es sich um ein Kapitalverbrechen handeln könnte und nicht nur um einfachen Betrug. An Litfasssäulen und Laternenpfählen überall in der Stadt hängen Plakate mit ihrem Gesicht. Klar, ich sehe mittlerweile völlig anders aus. Aber eine Kombination aus diesen Plakaten und den Bildern der Überwachungskameras in der Bank könnte die Fahnder gefährlich nah zu mir führen, und dann braucht es nur noch einen dummen Zufall, und alle meine wohldurchdachten Pläne sind futsch.

Ich muss verschwinden – und zwar bald. Die beste Art, dies zu tun, wäre (und hier kommst du ins Spiel, Vianne), Paris für immer zu verlassen.

Aber genau da liegt das Problem. Weißt du, Vianne, mir gefällt es hier. Ich hätte nie gedacht, dass ich aus einer simplen *Chocolaterie* so viel Vergnügen – und so viel Profit – ziehen könnte. Mir gefällt es, was wir aus diesem Laden gemacht haben, und ich sehe sein Potenzial sehr viel deutlicher als du.

Du hast den Laden als Versteck betrachtet. Ich sehe ihn als das Auge des Sturms. Von hier aus können wir der Hurakan sein – wir können jede Menge Unheil anrichten, Leben formen, Macht ausüben: Das ist es nämlich, worum es bei diesem Spiel letztlich geht –, und natürlich können wir nebenher auch noch Geld verdienen, was in der käuflichen Welt von Heute immer von Vorteil ist.

Und wenn ich wir sage –

– meine ich selbstverständlich mich.

»Aber wieso Anouk?« Ihre Stimme war hart. »Warum ziehst du meine Tochter mit hinein?«

»Ich mag sie«, sagte ich.

Spöttisch verzog sie das Gesicht. »Du magst sie? Du hast sie benutzt. Sie korrumpiert. Du hast so getan, als wärst du ihre Freundin.«

»Wenigstens war ich immer ehrlich zu ihr.«

»Ich etwa nicht? Ich bin ihre Mutter.«

»Man sucht sich seine Familie aus.« Ich lächelte. »Du solltest lieber aufpassen, dass sie sich nicht mich aussucht.«

Sie überlegte. Äußerlich wirkte sie ruhig, aber ich sah die Turbulenzen in ihren Farben, die Unruhe, die Verwirrung. Ich sah allerdings auch noch etwas anderes – ein Wissen, das mir gar nicht gefiel –

Schließlich sagte sie: »Ich könnte dich auffordern zu gehen.«

Ich grinste. »Dann versuch es doch! Du kannst ja auch die Polizei alarmieren. Oder am besten gleich das Sozialamt. Sie bieten dir garantiert ihre Unterstützung an. Ich vermute, in Rennes haben sie immer noch deine Akte – oder war es in Les Laveuses?«

Sie ließ mich nicht weiterreden. »Was willst du von mir?«

Ich teilte ihr gerade so viel mit, wie sie wissen muss. Mir bleibt nicht mehr viel Zeit, aber das kann sie nicht wissen. Sie ahnt auch nichts von der armen Françoise – die demnächst in anderer Gestalt wieder auftauchen wird. Aber sie weiß jetzt, dass ich der Feind bin.

Ihre Augen funkelten, kalt und hellwach. Sie lachte geringschätzig (wenn auch ein wenig hysterisch angehaucht), als ich mein Ultimatum vortrug.

»Du meinst, ich soll gehen?«, fragte sie.

»Na ja, schon«, erwiderte ich nüchtern. »Oder meinst du etwa, Montmartre ist groß genug für zwei Hexen?«

Ihr Lachen klang wie splitterndes Glas. Klagend sang draußen der Wind seine gespenstischen Harmonien. »Wenn du denkst, ich packe wieder alles zusammen und laufe davon, nur weil du hinter meinem Rücken heimlich manipuliert hast, dann muss ich dich leider enttäuschen«, sagte sie. »Du bist nicht die Erste, die das versucht, musst du wissen. Da war dieser Priester –«

»Ich weiß«, sagte ich.

»Ja, und?«

Nicht übel. Ich mag diesen Trotz, den Widerstand. Genau darauf habe ich gehofft. Identitäten bekommt man so mühelos. Ich habe mir im Laufe der Zeit genug Leben angeeignet. Aber die Gelegenheit, einer Hexe entgegenzutreten, auf ihrem Terrain, mit den Waffen ihrer Wahl, und dann ihr Leben zu übernehmen, es an mein Armband zu hängen, zu dem schwarzen Sarg und den Silberschuhen –

Wie oft bekommt man eine solche Chance geboten?

Ich gebe mir noch drei Tage. Mehr nicht. Drei Tage, um zu gewinnen oder zu verlieren. Danach heißt es: Bis später, gute Nacht, und auf geht's zu neuen Gestaden. Ein freier Geist und all das. Gehen, wohin der Wind mich trägt. Die Welt da draußen ist riesengroß und voller Möglichkeiten. Ich werde bestimmt wieder etwas finden, was meinen Fähigkeiten entspricht.

Aber jetzt –

»Hör zu, Vianne. Ich gebe dir drei Tage. Bis nach dem Fest. Dann kannst du packen. Du darfst mitnehmen, was du willst, und ich werde nicht versuchen, dich aufzuhalten. Wenn du bleibst, übernehme ich keine Garantie für die Folgen.«

»Wieso? Was kannst du schon tun?«

»Ich kann dir alles nehmen. Stück für Stück. Dein Leben, deine Freunde, deine Kinder –«

Sie erstarrte. Klar, das ist ihr Schwachpunkt. Diese Kinder – vor allem unsere kleine Anouk, das hochbegabte Mädchen.

»Ich gehe nicht weg«, erwiderte sie.

Gut. Ich habe mir schon gedacht, dass du das sagst. Niemand gibt sein Leben freiwillig auf. Selbst Françoise, die unscheinbare Maus, wehrte sich am Schluss ein wenig, und von dir erwarte ich einiges mehr. Du hast drei Tage Zeit, dir eine Strategie zurechtzulegen. Drei Tage, um den Hurakan zu besänftigen. Drei Tage, um Vianne Rocher zu werden.

Es sei denn, ich bin zuerst da.

# 7

Samstag, 22. Dezember

*Bis nach dem Fest.* Was will sie damit sagen? Wir können doch jetzt kein Fest feiern, wenn diese unheimliche Drohung über uns schwebt. Das war jedenfalls meine erste Reaktion, als Zozie ins Bett ging und ich allein in der kalten Küche zurückblieb, um mir zu überlegen, wie ich mich verteidigen soll.

Mein Impuls ist, sie einfach rauszuwerfen. Ich weiß, dass ich es könnte. Aber wenn ich mir vorstelle, wie sich das auf Anouk und auch auf meine Kunden auswirken würde, dann sehe ich ein, dass es völlig unmöglich ist.

Und was das Fest betrifft – tja, mir ist schon länger klar, dass dieses Fest in den letzten Wochen eine Bedeutung angenommen hat, die viel umfassender ist, als irgendjemand vorher gedacht hätte. Für Anouk ist es ein Versuch, uns selbst zu feiern, es ist ein Ausdruck der Hoffnung (und vielleicht haben wir beide ja immer noch dieselbe Traumvorstellung, nämlich dass Roux zurückkommt und alles wie durch ein Wunder wieder von vorn beginnen kann).

Und für unsere Kunden – nein, unsere Freunde?

So viele haben in den letzten Tagen etwas beigetragen, haben Essen oder Wein gebracht oder Schmuck für das Adventshaus. Sogar der Weihnachtsbaum wurde von dem Blumenladen spendiert, in dem die kleine Alice arbeitet. Madame Luzeron hat Champagner gestiftet, die Gläser und das Besteck stammen von Nicos Restaurant, das Biofleisch von Jean-Loup und Paupaul, bei denen die Bezahlung vermutlich so aussah, dass sie die Frau des Metzgers um den Finger gewickelt und ein Porträt von ihr gemalt haben.

Sogar Laurent hat etwas beigesteuert (vor allem Zuckerstücke, muss ich zugeben). Ach, es ist so schön, wieder Teil einer Gemeinschaft zu sein, sich zugehörig zu fühlen und bei etwas mitzumachen, das größer ist als die kleinen Feuerstellen, die wir für uns selbst bauen. Ich hatte immer gedacht, Montmartre ist ein kaltes Viertel und die Menschen dort sind abweisend und hochnäsig mit ihrem *Vieux Paris*-Snobismus und ihrem Misstrauen gegenüber Fremden. Aber jetzt sehe ich, dass unter dem Kopfsteinpflaster ein Herz schlägt. So viel hat Zozie mir immerhin gezeigt. Zozie, die meine Rolle mindestens so gut spielt wie ich in meinen besten Zeiten.

Es gibt noch eine Geschichte, die meine Mutter gern erzählte, und wie in all ihren Geschichten ging es auch in dieser eigentlich um sie – das ist mir erst relativ spät aufgefallen, als die Zweifel, die ich in den endlosen Monaten vor ihrem Tod schon gehegt hatte, so schlimm wurden, dass ich sie nicht mehr ignorieren konnte und ich mich auf die Suche nach Sylviane Caillou machte.

Was ich herausfand, bestätigte alles, was meine Mutter im Delirium ihrer letzten Tage gesagt hatte. *Du suchst dir deine Familie selbst aus*, sagte sie damals immer wieder – und sie hatte mich ausgesucht, achtzehn Monate alt und irgendwie ihr Kind, wie ein Päckchen, das an der falschen Adresse abgeliefert worden war und das sie mit Fug und Recht für sich beansprucht hatte.

*Sie hätte dir nicht genug Zuwendung geschenkt*, sagte sie. *Sie war nicht achtsam genug. Sie hat dich gehen lassen.*

Aber das schlechte Gewissen war ihr über die Kontinente hinweg gefolgt, Schuldgefühle, die sich schließlich in eine furchtbare Angst verwandelten. Das war der eigentliche Schwachpunkt meiner Mutter – die Angst –, und diese Angst trieb sie ihr ganzes Leben lang um. Angst, dass jemand mich wegholen könnte. Angst, dass ich eines Tages die Wahrheit erfahren könnte. Angst, dass sie sich geirrt hatte, damals, vor vielen Jahren, dass sie eine Fremde um ihr Leben betrogen hatte und am Ende dafür bezahlen musste.

Hier ist die Geschichte:

Eine Witwe hatte eine Tochter, die sie über alles liebte. Die beiden wohnten in einer Hütte im Wald, und obwohl sie arm waren, lebten sie so glücklich und zufrieden wie zwei Menschen nur sein können.

Sie waren so glücklich, dass die Herzkönigin, die ganz in der Nähe wohnte, von ihnen hörte und sehr neidisch wurde. Die Herzkönigin wollte das Herz der Tochter gewinnen, denn obwohl sie tausend Liebhaber und mehr als hunderttausend Sklaven hatte, wollte sie immer mehr, und sie wusste, dass sie niemals Ruhe finden konnte, solange sie wusste, dass es auch nur ein einziges Herz gab, das jemand anderem gehörte und nicht ihr.

Und so kam es, dass die Herzkönigin heimlich zur Hütte der Witwe schlich. Sie versteckte sich hinter den Bäumen und beobachtete die Tochter, die ganz allein spielte. Die Hütte war nämlich sehr weit weg vom nächsten Dorf, und das Mädchen hatte keine Spielgefährten.

Die Königin, die gar keine Königin war, sondern eine mächtige Hexe, verwandelte sich in ein winziges schwarzes Kätzchen und trat mit hoch erhobenem Schwanz zwischen den Bäumen hervor.

Den ganzen Tag spielte das Kind mit der Katze, die herumtollte und hinter Wollfäden herjagte und auf Bäume kletterte und immer gleich angelaufen kam, wenn das Mädchen sie rief, und ihr aus der Hand fraß und zweifellos das verspielteste und niedlichste Kätzchen war, das ein Kind sich nur wünschen konnte.

Aber obwohl die kleine Katze schnurrte und sich putzte, gelang es ihr nicht, das Herz des Mädchens zu stehlen, und als der Abend kam, ging das Kind in die Hütte, wo die Mutter den Tisch gedeckt hatte, und die Herzkönigin jaulte unzufrieden durch die Nacht und riss vielen kleinen Nachtkreaturen das Herz aus der Brust, doch auch das genügte ihr nicht, und ihre Gier nach dem Herz des Kindes wuchs.

Deshalb verwandelte sie sich am zweiten Tag in einen schönen jungen Mann und wartete auf die Tochter der Witwe, als diese durch den Wald streifte, um das Kätzchen zu suchen. Nun hatte die Tochter noch nie einen jungen Mann gesehen, höchstens an Markttagen und nur aus der Ferne. Und dieser Mann war in jeder

Hinsicht bemerkenswert – schwarze Haare, blaue Augen, hübsch wie ein Mädchen und trotzdem männlich –, und sie vergaß das Kätzchen. Die Tochter und der junge Mann spazierten durch den Wald, redeten und lachten und hüpften herum wie junge Rehe.

Doch als es Abend wurde und er ihr einen Kuss stahl, gehörte das Herz der Tochter immer noch der Mutter. In dieser Nacht jagte die Königin viele Rehe, schnitt ihnen die Herzen aus der Brust und aß sie roh, doch auch das befriedigte sie nicht, und sie sehnte sich noch mehr nach dem Mädchen.

Am dritten Tag nun verwandelte sich die Hexe gar nicht, sondern hielt sich nur in der Nähe der Hütte auf, um alles zu beobachten. Und während die Tochter vergeblich nach ihrem Freund vom vergangenen Tag Ausschau hielt, nahm die Herzkönigin den Blick nicht von der Mutter des Mädchens. Sie sah, wie die Mutter die Wäsche im Fluss wusch, und wusste, dass sie selbst das viel besser konnte. Und sie sah, wie die Mutter das Haus putzte, und wusste, dass sie selbst es besser konnte. Als der Abend kam, verwandelte sie sich in die Mutter – das lächelnde Gesicht, die lieben Hände –, und als die Tochter nach Hause kam, waren da zwei Mütter, um sie zu begrüßen.

Was konnte die Mutter tun? Die Herzkönigin hatte sich alles an ihr genau eingeprägt, jede Geste, jede Angewohnheit. Man bemerkte keinen Unterschied. Was immer die Mutter tat, die Hexe konnte es besser, schneller, perfekter.

Die Mutter deckte also den Tisch auch für den Gast.

»Ich bereite das Abendessen zu«, sagte die Königin zu dem Mädchen. »Ich weiß, was du am liebsten magst.«

»Wir machen beide Abendessen«, entgegnete die Mutter. »Und dann wird meine Tochter entscheiden –«

»Meine Tochter«, fiel ihr die Hexe ins Wort. »Und ich glaube, ich kenne den Weg zu ihrem Herzen.«

Die Mutter war eine gute Köchin. Doch noch nie hatte sie sich bei einer Mahlzeit solche Mühe gegeben. Weder zu Ostern noch zum Julfest. Aber die Hexe hatte die Magie auf ihrer Seite, und ihr Zauber war wirkungsvoll. Die Mutter wusste, was die Tochter am liebsten aß, doch die Königin wusste, welche Gerichte das Mädchen erst noch entdecken würde, und diese Speisen brachte sie auf den Tisch, eine nach der anderen.

Sie begannen mit einer Wintersuppe. Die Mutter kochte sie liebevoll in einem Kupfertopf, mit einem Knochen, der noch vom Sonntag übrig war.

Doch die Hexe servierte eine leichte Bouillon, zubereitet mit feinsten Schalotten und gewürzt mit Ingwer und Zitronengras, dazu Croutons, die so klein und knusprig waren, dass sie im Mund zu schmelzen schienen.

Die Mutter brachte den zweiten Gang: Würstchen und Kartoffelbrei, ein tröstliches Gericht, welches das Kind sehr mochte, und dazu gab es klebriges *Confit d'oignons*.

Doch die Hexe brachte zwei Wachteln, die ihr Leben lang nur reife Feigen gepickt hatten und nun, mit Kastanien und Foie gras gefüllt, gebraten worden waren und an einem *Coulis* aus Granatapfel serviert wurden.

Die Mutter war der Verzweiflung nahe. Sie brachte den Nachtisch: einen üppigen Apfelkuchen nach einem Rezept ihrer Mutter.

Doch die Hexe hatte eine *Pièce montée* zubereitet: einen pastellfarbenen Zuckertraum aus Mandeln, Sommerfrüchten und luftigem Blätterteig, so leicht wie ein gehauchter Kuss, mit Rosenaroma verfeinert und mit Sahne verziert.

Und die Mutter sagte: »Einverstanden. Sie haben gewonnen.« Und ihr Herz zerbrach in zwei Stücke, mit einem lauten *Pling*, das klang wie Popcorn im Topf. Die Hexe lächelte und griff nach ihrer Beute.

Doch die Tochter erwiderte ihre Umarmung nicht, sondern fiel vor ihrer Mutter auf die Knie.

»Mutter, bitte, bitte, stirb nicht. Ich weiß, dass du es bist.«

Da stieß die Herzkönigin einen schrillen Wutschrei aus, weil sie begriff, dass ihr selbst jetzt, im Augenblick des höchsten Triumphs, das Herz des Kindes immer noch nicht gehörte. Und in ihrem tödlichen Zorn kreischte sie so laut, dass ihr der Kopf explodierte, wie ein Luftballon auf dem Rummelplatz, und so wurde aus der Königin der Herzen die Königin des Nichts.

Und wie endet die Geschichte?

Tja, das hing von der Laune meiner Mutter ab. In einer Version überlebte die Mutter, und Mutter und Tochter wohnten bis ans Ende ihrer Tage in ihrer Hütte im Wald. An dunkleren Tagen starb die Mutter, und das Mädchen blieb mit ihrem Schmerz allein zurück. Und es gab noch eine dritte Variante, in der die Hexe im letzten Moment ahnte, dass der Mutter das Herz brechen würde. Also mimte sie selbst einen Zusammenbruch, wodurch sie das Kind dazu brachte, ihr ewige Liebe zu geloben. Und die wahre Mutter stand stumm daneben, ausgestochen und machtlos, während die Hexe zu essen begann.

Diese Geschichte habe ich Anouk nie erzählt. Sie hat mir als Kind große Angst eingejagt und quält mich bis heute. In Geschichten finden wir die Wahrheit, und obwohl außer in Märchen nie jemand an gebrochenem Herzen stirbt, ist die Herzkönigin doch sehr real, auch wenn sie nicht immer unter diesem Namen auftritt.

Aber wir beide haben ihr schon früher ins Gesicht gesehen, Anouk und ich. Sie ist der Wind, der am Jahresende weht. Sie ist das Geräusch einer Hand, die klatscht. Sie ist der Knoten in der Brust deiner Mutter. Sie ist der abwesende Blick in den Augen deiner Tochter. Sie ist der Schrei der Katze. Sie sitzt im Beichtstuhl. Sie versteckt sich in der schwarzen *Piñata*. Vor allem aber ist sie der Tod, die gierige alte Mictecacihuatl selbst, *Santa Muerte*, die Verschlingerin der Herzen, die Grausamste der Wohlwollenden.

Und nun ist es wieder an der Zeit, ihr entgegenzutreten. Ich muss für das Leben kämpfen, das wir uns geschaffen habe. Aber dafür muss ich Vianne Rocher sein – wenn ich sie wiederfinde. Die Vianne Rocher, die beim *Grand Festival du Chocolat* den Schwarzen Mann besiegt hat. Die Vianne Rocher, die allen Leuten sagen kann, welche Pralinen sie am liebsten essen. Die süße Träume verkauft, kleine Verlockungen und Belohnungen, Flitterkram, Tricks, Genuss und Gaumenfreuden und Magie für den Alltag.

Hoffentlich finde ich sie rechtzeitig wieder.

# 8

☽

Samstag, 22. Dezember

In der Nacht muss es geschneit haben. Nur eine dünne Schicht, die sich ziemlich schnell in grauen Matsch verwandelt hat, aber es ist immerhin ein Anfang. Bald kommt noch mehr. Man sieht es an den Wolken, sie hängen schwer und dunkel über der *Butte*, so tief, dass sie praktisch die Kirchtürme berühren. Wolken sehen nur so aus, als wären sie leichter als Luft, aber eigentlich wiegt die Flüssigkeit in einer dieser Wolken Millionen von Tonnen, sagt Jean-Loup. Das ist ein ganzes Parkhaus da oben, voll mit Autos, und die warten nur darauf, heute oder morgen in kleinen Schneeflocken auf die Erde herunterzusegeln.

Die *Butte* ist jetzt wahnsinnig weihnachtlich. Auf der Terrasse des *Chez Eugène* sitzt ein fetter Weihnachtsmann, trinkt Café crème und jagt den kleinen Kindern Angst ein. Die Maler sind auch unterwegs, und direkt vor der Kirche spielt eine kleine Gruppe von Studenten Choräle und Weihnachtslieder. Ich hatte mich für heute Morgen mit Jean-Loup verabredet, und Rosette wollte (schon wieder) die Krippe sehen, also nahm ich sie mit, während Maman arbeitete und Zozie verschiedene Besorgungen machte.

Sie redeten beide nicht darüber, was gestern Abend passiert ist, aber sie sahen ganz okay aus. Deshalb vermute ich, dass Zozie alles geklärt hat. Maman trug ihr rotes Kleid, in dem sie sich immer so wohlfühlt, und sie redete über Rezepte, und alles klang fröhlich und richtig.

Jean-Loup wartete schon auf der Place du Tertre, als ich mit Rosette kam. Es war schon fast elf – mit ihr dauert alles so lange,

Anorak, Stiefel, Mütze und Handschuhe ... Jean-Loup hatte seine Kamera dabei, die große mit dem Spezialobjektiv, und er machte Fotos von den Leuten, die vorbeiliefen, von ausländischen Touristen, von den staunenden Kindern vor der Krippe, von dem dicken Weihnachtsmann, der eine Zigarre rauchte –

»Oh, hallo! Sie sind es!« Das war Jean-Louis mit seinem Skizzenblock, der mal wieder eine junge Touristin für ein Porträt gewinnen wollte. Er wählt die Frauen nach ihren Handtaschen aus, muss man wissen – er hat eine gestaffelte Preisskala, je nach Handtasche, und er erkennt sofort, wenn eine Marke gefälscht ist.

»Fälschungen sprechen mich einfach nicht an«, sagt er, »Aber zeig mir eine hübsche Louis Vuitton Tasche, und ich bin dabei.«

Jean-Loup lachte, als ich ihm das erzählte. Rosette lachte ebenfalls, aber ich glaube nicht, dass sie verstanden hat, worum es ging. Sie findet Jean-Loup und seine Kamera ganz toll. Wenn sie ihn sieht, macht sie immer das Zeichen für *Bilder*. Damit meint sie natürlich die Digitalkamera. Sie posiert gern für Fotos und will sich dann gleich sehen.

Dann schlug Jean-Loup vor, wir könnten doch auf den Friedhof gehen und dort nachsehen, ob vom Schnee noch etwas übrig war. Also gingen wir die Stufen bei der Seilbahn hinunter und dann die Rue Caulaincourt entlang.

»Siehst du die Katzen, Rosette?«, fragte ich sie, als wir von der Eisenbrücke auf den Friedhof hinunterschauten. Offenbar hatte jemand sie gefüttert, denn um den Eingang herum drängten sich über zwanzig Katzen, dort, wo es im unteren Teil des Friedhofs zu einem großen, runden Blumenbeet geht, von dem wie bei einem Kompass lauter lange, gerade Gräberstraßen ausstrahlen.

Wir gingen die Stufen zur Avenue Rachel hinunter. Dort war es dunkel – wegen der Brücke und weil die schweren Wolken von oben drückten. Jean-Loup hatte gesagt, auf dem Friedhof gebe es bestimmt mehr Schnee als auf den Straßen, und er hatte recht: Jeder Grabstein trug eine weiße Mütze. Aber der Schnee war nass und voller Löcher, und man konnte sehen, dass er sich nicht lange halten würde. Rosette liebt Schnee, sie nahm immer wieder ein bisschen zwischen die Finger und lachte lautlos, wenn er sich auflöste.

Und auf einmal sah ich, dass er auf uns wartete. Ich war gar nicht besonders überrascht. Reglos saß er neben Dalidas Grab, und nur die hellen Atemwölkchen verrieten, dass er lebendig war.

»Roux!«, rief ich.

Er grinste mich an.

»Was machst du hier?«

»Na, vielen Dank für die freundliche Begrüßung!« Mit einem Lachen wandte er sich Rosette zu und zog etwas aus der Tasche. »Alles Gute zum Geburtstag, Rosette«, sagte er.

Es war eine Flöte, aus einem einzigen Stück Holz geschnitzt und so fein poliert, dass sie seidig glänzte.

Rosette nahm sie und steckte sie in den Mund.

»Nein, nicht so. So!« Er zeigte es ihr und blies in die Öffnung. Die Pfeife gab ein lautes *Quiiiiiek* von sich, viel lauter, als man erwartet hätte, und auf Rosettes Gesicht erschien ein breites, glückliches Lächeln. »Sie gefällt ihr«, stellte er zufrieden fest. Dann fiel sein Blick auf Jean-Loup. »Und du bist bestimmt der Fotograf.«

»Wo hast du die ganze Zeit gesteckt?«, wollte ich wissen. »Bestimmte Leute haben dich gesucht.«

»Ich weiß«, sagte er. »Deshalb bin ich aus der Pension ausgezogen.« Er nahm Rosette auf den Arm und kitzelte sie. Sie griff vergnügt in seine Haare.

»Nein, im Ernst, Roux.« Ich musterte ihn vorwurfsvoll. »Die Polizei war da – und überhaupt! Sie behaupten, du hättest einen Scheck gefälscht, aber ich glaube das nicht, das muss ein Irrtum sein, so was würdest du doch nie tun!«

Vielleicht lag es ja an der Beleuchtung, jedenfalls konnte ich seine Reaktion nicht erkennen. Das Dezemberlicht! Die Straßenlaternen gehen so früh an. Und dann die Schneereste auf den Steinen – dadurch wirkte alles andere nur noch dunkler. Ich konnte einfach nichts sehen. Seine Farben waren wie auf Sparflamme, und ich konnte nicht entscheiden, ob er Angst hatte, ob er wütend war oder ob er sich wunderte.

»Denkt Vianne das auch?«

»Ich bin mir nicht sicher.«

»Sie hat wirklich enorm viel Vertrauen zu mir, was?« Er schüttelte betrübt den Kopf, aber ich sah, dass er grinsen musste. »Stimmt es, dass die Hochzeit abgeblasen wurde? Ich kann nicht behaupten, dass es mir das Herz bricht.«

»Du hättest echt Spion werden sollen«, sagte ich. »Wie hast du das alles so schnell herausgefunden?«

Er zuckte wie so oft die Achseln. »Die Leute reden. Ich höre zu.«

»Und wo wohnst du jetzt?«

Nicht in der Pension, das wusste ich schon. Aber er sah noch schlimmer aus als bei unserer letzten Begegnung, falls das überhaupt möglich war: bleich, unrasiert und total übermüdet. Und jetzt hatte ich ihn wieder auf dem Friedhof angetroffen –

Es gibt genug Menschen, die auf dem Friedhof schlafen. Die Wachmänner tun so, als würden sie nichts merken, solange sie keinen Müll hinterlassen. Aber manchmal findet man eine zusammengefaltete Decke oder einen alten Wasserkessel oder eine Mülltonne, die vollgestopft ist mit Brennmaterial, oder ein paar Dosen, säuberlich gestapelt in einer Kapelle, die nicht mehr benutzt wird, und abends kann man innerhalb der Friedhofsmauern oft ein halbes Dutzend kleine Feuer brennen sehen, an verschiedenen Stellen. Das behauptete jedenfalls Jean-Loup.

»Du schläfst hier, stimmt's?«, fragte ich.

»Ich schlafe auf meinem Boot«, sagte Roux.

Aber er log – das sah ich sofort. Und ich glaube sowieso nicht, dass er ein Boot hat. Wenn er eines hätte, wäre er jetzt nicht hier, und er hätte auch nicht in der Rue de Clichy gewohnt. Aber Roux redete nicht weiter, er spielte mit Rosette, kitzelte sie und brachte sie zum Lachen, sie machte mit ihrer neuen Flöte kleine Quiiiiek-Laute und lachte auf ihre typisch tonlose Art, den Mund so weit offen wie ein Frosch.

»Und was hast du jetzt vor?«, fragte ich ihn.

»Also, ich muss zum Beispiel an Heiligabend zu einem Fest. Oder hast du das schon vergessen?« Er zog eine Grimasse für Rosette, die sich lachend die Hände vors Gesicht schlug.

Ich glaubte allmählich, dass Roux das alles nicht ernst genug nahm. »Willst du wirklich kommen?«, fragte ich ihn. »Meinst du nicht, dass es gefährlich ist?«

»Ich habe es dir versprochen, stimmt's?«, sagte er. »Und außerdem habe ich eine Überraschung für dich.«

»Ein Geschenk?«

Er grinste. »Wart's ab.«

Ich konnte es kaum erwarten, Maman zu erzählen, dass ich Roux gesehen hatte. Aber nach gestern Abend wusste ich, dass ich vorsichtig sein musste. Es gibt Dinge, die ich ihr nicht erzählen kann, weil ich Angst habe, sie wird wütend oder versteht mich nicht.

Bei Zozie ist das ganz anders. Wir reden über alles. In ihrem Zimmer trage ich meine roten Schuhe, und wir sitzen auf ihrem Bett, mit der kuscheligen Decke auf den Knien, und sie erzählt mir Geschichten von Quetzalcoatl und Jesus, von Osiris und Mithras und von Sieben-Papagei – Geschichten, wie Maman sie mir früher erzählt hat. Aber die hat jetzt keine Zeit mehr dafür. Ich glaube, sie denkt, ich bin zu alt für solche Geschichten. Dauernd sagt sie zu mir, ich soll endlich erwachsen werden.

Zozie findet, das Erwachsensein wird überschätzt. Sie will nirgends für immer bleiben. Es gibt so viele Orte auf der Welt, die sie noch sehen möchte. Diesen Wunsch würde sie für niemanden aufgeben.

»Nicht einmal für mich?«, fragte ich sie heute Abend.

Sie lächelte, aber ich fand, sie sah dabei ganz traurig aus. »Nicht einmal für dich, kleine Nanou.«

»Aber du gehst nicht fort«, sagte ich.

Sie zuckte die Achseln. »Kommt drauf an.«

»Worauf?«

»Na ja – zum Beispiel auf deine Mutter.«

»Wie meinst du das?«

Sie seufzte. »Ich wollte es dir eigentlich nicht sagen«, sagte sie. »Aber deine Mutter und ich – wir hatten ein sehr ernstes Gespräch.

Und wir haben beschlossen – das heißt, sie hat beschlossen –, dass es vermutlich an der Zeit ist, dass ich hier ausziehe.«

»Dass du hier ausziehst?«

»Der Wind hat gedreht, Nanou.« Das hätte Maman genauso sagen können, und ich kam mir vor, als wäre ich wieder in Les Laveuses, beim Wind, bei den Wohlwollenden. Aber diesmal erinnerte ich mich nicht. Ich dachte an Ehecatl, den Wechselnden Wind, und ich sah die Dinge so, wie sie wären, wenn Zozie uns verlassen würde: ihr Zimmer leer, Staub auf dem Fußboden, alles wieder normal, nur ein kleines Pralinengeschäft, nichts Besonderes mehr –

»Das geht nicht«, sagte ich empört. »Wir brauchen dich hier.«

Sie schüttelte den Kopf. »Ihr habt mich gebraucht. Aber sieh dir doch an, wie sich alles verändert hat – der Laden brummt, ihr habt jede Menge Freunde. Ihr braucht mich nicht mehr. Und was mich betrifft – ich muss weiterziehen. Ich muss den Wind nutzen und dahin gehen, wohin er mich trägt.«

Da kam mir ein ganz furchtbarer Gedanke. »Es ist meinetwegen, stimmt's?«, sagte ich. »Es ist wegen der Sachen, die wir hier machen. Unser Unterricht und die Wäscheklammerpuppen und alles. Sie hat Angst, dass es wieder einen Unfall gibt, wenn du hierbleibst.«

Zozie zuckte die Achseln. »Ich will dir nichts vormachen. Aber ich hätte nicht geglaubt, dass sie so eifersüchtig sein könnte.«

Eifersüchtig? Maman?

»Ja, klar«, sagte Zozie. »Vergiss nicht: Sie war früher so wie wir. Sie konnte hingehen, wohin sie wollte. Aber jetzt hat sie andere Verpflichtungen. Sie kann nicht mehr einfach tun, was sie will. Und immer, wenn sie dich ansieht, Nanou – na ja, vielleicht erinnert dein Anblick sie einfach zu sehr an alles, was sie aufgeben musste.«

»Aber das ist nicht fair!«

Zozie lächelte. »Niemand hat gesagt, dass es fair ist«, erwiderte sie. »Hier geht es um Kontrolle. Um Macht. Du wirst erwachsen. Du entwickelst deine Fähigkeiten. Du wächst aus dem Einflussbereich deiner Mutter heraus. Das macht sie nervös, das jagt ihr Angst ein. Sie denkt, ich will dich von ihr wegholen, indem ich dir Dinge gebe, die sie dir nicht geben kann. Und deshalb muss ich gehen, Nanou. Ehe etwas passiert, was wir beide bereuen werden.«

»Aber was ist mit dem Fest?«, fragte ich.

»Wenn du willst, bleibe ich noch so lange.« Sie schlang die Arme um mich und drückte mich an sie. »Hör zu, Nanou. Ich weiß, es ist nicht leicht. Aber ich will, dass du etwas hast, was ich nie hatte. Eine Familie. Ein Zuhause. Ein eigenes Zimmer. Und wenn der Wind ein Opfer braucht, dann will ich das Opfer sein. Ich habe nichts zu verlieren. Und außerdem –« Sie seufzte leise. »Ich möchte mich ja nicht niederlassen. Ich will nicht mein ganzes Leben lang überlegen, was sich wohl hinter dem nächsten Hügel verbirgt. Ich wäre sowieso früher oder später aufgebrochen – also kann ich es genauso gut jetzt gleich machen.«

Sie zog die Decke über uns beide. Ich presste die Augenlider ganz fest zusammen, weil ich nicht weinen wollte, aber ich spürte einen dicken Kloß in der Kehle, als hätte ich eine ganze Kartoffel verschluckt, ohne sie zu kauen.

»Aber ich hab dich so gern, Zozie –«

Ich konnte ihr Gesicht nicht sehen (ich hatte die Augen immer noch geschlossen), aber ich hörte, dass sie tief seufzte – es war, als wäre die Luft ewig lange in einer versiegelten Schachtel gewesen oder unter der Erde –

»Ich dich auch, Nanou«, sagte sie.

So saßen wir ganz lange, auf dem Bett, unter der Decke. Draußen begann der Wind wieder zu wehen, und ich war froh, dass auf der *Butte* keine Bäume sind, denn so wie ich mich in dem Moment fühlte, hätte ich vielleicht gemacht, dass sie alle umstürzen, wenn das Zozie dazu gebracht hätte, bei uns zu bleiben, und ich hätte den Wind überredet, sich ein anderes Opfer zu suchen.

# 9

Sonntag, 23. Dezember

Was für ein Auftritt. Hab ich's nicht gesagt? In einem anderen Leben hätte ich im Filmgeschäft ein Vermögen verdienen können. Auf jeden Fall habe ich Anouk auf meine Seite gezogen – die Samen des Zweifels gehen perfekt auf –, was mir an Heiligabend bei der Durchführung meines Planes helfen sollte.

Ich glaube nicht, dass sie mit Vianne über unser Gespräch reden wird. Meine kleine Nanou behält vieles für sich, sie sagt nicht so schnell, was sie denkt. Und außerdem hat ihre Mutter sie enttäuscht, sie hat sie immer wieder belogen, und nun will sie auch noch ihre Freundin aus der Wohnung werfen –

Anouk kann sich auch verstellen, wenn nötig. Heute wirkte sie ein bisschen verschlossen, aber ich glaube nicht, dass Vianne das bemerkt hat. Sie ist viel zu sehr mit den Vorbereitungen für das morgige Fest beschäftigt, um sich zu überlegen, warum ihre Tochter plötzlich nicht mehr so enthusiastisch ist, oder um sich selbst zu fragen, wo sie die ganze Zeit war, während im Backofen die Kuchen buken und der Glühwein auf dem Herd köchelte.

Ich muss selbstverständlich auch noch mehrere Dinge regeln. Aber meine Projekte sind schwerpunktmäßig nicht kulinarisch. Viannes Magie – so weit es sie gibt – ist für meinen Geschmack viel zu häuslich. Denk nur nicht, ich würde nicht merken, was du tust, Vianne. Das Haus vibriert richtig vor kleinen Verlockungen: spezielle Leckereien mit Rosenaroma, Mirakel und Makronen. Und Vianne selbst – in ihrem roten Kleid und mit einer roten Seidenblume im Haar –

Wem willst du etwas vormachen, Vianne? Warum bemühst du dich überhaupt, wenn ich doch alles so viel besser kann?

Ich war den größten Teil des Tages gar nicht im Haus, weil ich Leute besuchen und Dinge erledigen musste. Heute habe ich alles entsorgt, was von meinen gegenwärtigen Identitäten noch übrig war, darunter auch Mercedes Desmoines, Emma Windsor und sogar Noëlle Marcellin. Ich muss zugeben, ein bisschen traurig hat es mich schon gemacht. Aber zu viel Ballast ist beschwerlich – und außerdem brauche ich sie alle nicht mehr.

Danach musste ich verschiedenen sozialen Verpflichtungen nachkommen: Madame vom Hotel *Le Stendhal*, die sich sehr positiv entwickelt; Thierry Le Tresset, der die *Chocolaterie* ständig beobachtet, in der vergeblichen Hoffnung, irgendwann Roux zu erwischen; sowie Roux selbst, der nicht mehr in der Pension beim Friedhof wohnt, sondern auf dem Friedhof, wo ihm eine kleine Kapelle als Unterkunft dient.

Ganz schön komfortabel, muss ich sagen. Diese Grabsteine wurden errichtet, um die reichen Toten mit einem Luxus zu verwöhnen, von dem die damals lebenden Armen nur träumen konnten. Ich habe ihn regelmäßig mit wohldosierten Fehlinformationen und Gerüchten versorgt, ich habe Verständnis gezeigt, ihn mit Schmeicheleien gelockt – vom Bargeld und von dem ständigen Nachschub an Spezialpralinen ganz zu schweigen. Trotz allem habe ich es immer noch nicht geschafft, sein Vertrauen und seine Zuneigung zu gewinnen, aber immerhin habe ich erreicht, dass er an Heiligabend kommt.

Er hielt sich im hinteren Teil des Friedhofs auf, bei der Mauer zur Rue Jean le Maistre. Dort ist man am weitesten von dem Wärterhäuschen beim Eingang entfernt. Zwischen Kompost und Abfalleimern liegen kaputte Grabsteine auf ungepflegten Gräbern, und die Obdachlosen versammeln sich hier um ein Feuer in einer Mülltonne aus Metall.

Heute waren es wieder mindestens fünf Männer, in viel zu großen Mänteln und mit Stiefeln, die so rissig und vernarbt sind wie ihre Hände. Die meisten waren alt – die jüngeren können sich ihr

Geld in Pigalle verdienen, wo Jugend immer gefragt ist –, und einer von ihnen hatte einen so erbärmlichen Husten, dass er sich alle paar Minuten fast die Lungen aus dem Leib bellte.

Die Männer musterten mich ohne große Neugier, als ich mir zwischen den vergessenen Gräbern hindurch einen Weg zu der kleinen Gruppe bahnte. Roux begrüßte mich wie immer betont gelangweilt.

»Da sind Sie ja schon wieder.«

»Wie nett, dass Sie sich freuen.« Ich reichte ihm eine Tüte mit Lebensmitteln – Kaffee, Zucker, Käse, ein paar Würstchen von der *Boucherie* um die Ecke und dazu Brötchen. »Aber bitte verteilen Sie diesmal nicht die Hälfte an die Katzen.«

»Danke.« Endlich ließ er sich zu einem Lächeln herab. »Wie geht es Vianne?«

»Gut. Sie fehlen ihr.« Das ist ein kleiner Köder, der nie seine Wirkung verfehlt.

»Und Monsieur Großkotz?«

»Er kapiert so langsam.«

Ich habe es geschafft, Roux davon zu überzeugen, dass Thierry die Polizei nur alarmiert hat, um Vianne wieder für sich zu gewinnen. Ich habe ihm nicht detailliert geschildert, was ihm vorgeworfen wird, sondern ihm weisgemacht, man habe die Anklage aus Mangel an Beweisen bereits wieder fallen lassen. Die einzige Gefahr bestehe jetzt darin, dass Thierry in einem Wutanfall Vianne aus der Wohnung werfe, wenn sie sich zu schnell Roux zuwende, und deshalb müsse er sich noch eine Weile gedulden – er solle warten, bis der Staub sich legt, und mir vertrauen, dass ich Thierry zur Vernunft bringe.

Solange tue ich so, als würde ich an sein Boot glauben, das angeblich im *Port de l'Arsenal* liegt. Die Existenz dieses Bootes macht ihn (auch wenn es nur eine Fiktion ist) zu einem Mann mit Besitztum, zu einem Mann, der seinen Stolz behält und der keineswegs Almosen annimmt, wenn ich ihm Lebensmittel und Geld bringe – nein, er tut uns allen einen Gefallen, weil er in der Nähe bleibt, um auf Vianne aufzupassen.

»Haben Sie heute schon nach Ihrem Boot geschaut?«

Er schüttelte den Kopf. »Später vielleicht.«

Das ist das zweite Märchen, das ich zu glauben vorgebe. Dass er jeden Tag zum *Port de l'Arsenal* geht, um nach seinem Boot zu sehen. Ich weiß selbstverständlich, dass er das nicht tut. Aber ich sehe es gern, wie er sich windet.

»Ich hoffe ja, dass Thierry bald zur Vernunft kommt«, sagte ich. »Aber wenn nicht, dann tröstet mich der Gedanke, dass Vianne und die Kinder eine Zeit lang bei Ihnen auf dem Boot unterkommen können. Wenigstens bis sie eine neue Wohnung finden – was um diese Jahreszeit gar nicht so einfach ist –«

Er funkelte mich böse an. »Ich will nicht, dass es so weit kommt.«

Ich lächelte nett. »Natürlich nicht«, sagte ich. »Aber es ist trotzdem gut zu wissen, dass es die Möglichkeit gibt – mehr nicht. Und wie sieht's mit morgen aus, Roux? Haben Sie irgendwelche Kleidungsstücke, die gewaschen werden müssen?«

Wieder schüttelte er den Kopf. Wie ist er eigentlich bisher durchgekommen? Um die Ecke ist ein Waschsalon, das stimmt, und in der Nähe der Rue Ganeron gibt es öffentliche Duschen. Vermutlich geht er dorthin. Er muss mich für bescheuert halten.

Aber ich brauche ihn – jedenfalls noch ein bisschen. Nach dem morgigen Tag hat sich das erledigt. Dann kann er meinetwegen zum Teufel gehen, wenn er will.

»Warum tun Sie das alles, Zozie?« Diese Frage hat er mir schon öfter gestellt, aber sein Argwohn wächst mit jedem meiner Verführungsversuche. Manche Männer sind eben so – unerreichbar für meine Art von Zauber. Trotzdem nagt es an mir. Er schuldet mir so viel, aber ich bekomme kaum je ein Wort des Dankes zu hören.

»Das wissen Sie doch ganz genau«, antwortete ich und ließ eine Spur von Gereiztheit in meiner Stimme mitschwingen. »Ich tue es für Vianne und die Kinder. Für Rosette, die einen Vater verdient hat. Und für Vianne, die nie über Sie hinweggekommen ist. Und ich tue es auch für mich selbst, das gebe ich gerne zu. Wenn Vianne gehen muss, dann muss ich nämlich auch gehen, und ich habe die

*Chocolaterie* inzwischen ins Herz geschlossen und sehe nicht ein, weshalb ich sie aufgeben sollte –«

Dass ihn das überzeugen würde, hatte ich schon im Voraus gewusst. Ein grundmisstrauischer Typ wie Roux ist immer skeptisch, wenn etwas nach Altruismus riecht. Was ja auch einleuchtet: Er selbst handelt immer absolut egoistisch, und er ist auch jetzt nur deswegen hier, weil er sich davon einen Profit erhofft. Vielleicht spekuliert er auf einen Anteil an Viannes einträglichem Geschäft, denn er weiß ja jetzt, dass Rosette sein Kind ist.

Es war drei Uhr, als ich in die *Chocolaterie* zurückkam, und es wurde schon langsam dunkel. Vianne bediente die Kunden und warf mir einen schnellen Blick zu, als ich eintrat, begrüßte mich aber ganz freundlich.

Ich weiß, was sie denkt. Die Leute mögen Zozie. Wenn sie sich jetzt mir gegenüber feindselig verhält, vor allen anderen, schadet sie nur sich selbst. Sie fragt sich schon, ob meine Drohungen von gestern Abend dazu dienen sollten, sie zu einem übereilten Angriff zu provozieren, bei dem sie ihre Farben zu früh zeigen und dadurch ihren Heimvorteil verlieren würde.

Die Schlacht wird morgen geschlagen, denkt sie. Canapés und frivole Desserts, süß genug, um einen Heiligen in Versuchung zu führen. Das werden die Waffen ihrer Wahl sein. Wie naiv von ihr zu denken, dass ich mich auch auf dieses Niveau begeben werde. Häusliche Magie ist dermaßen öde – Sie können jedes Kind fragen, und es wird Ihnen sagen, dass es in dem Buch, das es gerade liest, die Bösen interessanter findet als die Helden: Die bösen Hexen und die hungrigen Wölfe sind wesentlich faszinierender als die süßlichen Prinzen und Prinzessinnen.

Anouk bildet da keine Ausnahme, wette ich. Aber wir müssen abwarten. Also gut, Vianne – geh zurück an den Herd, kümmere dich um deine Töpfe. Sieh, was häuslicher Zauber bewirken kann, während ich an meinem eigenen Rezept tüftle. Angeblich geht die Liebe ja durch den Magen.

Ich bevorzuge eine direktere Methode.

## Acht

*Julfest*

# 1

🌙

Montag, 24. Dezember
*Heiligabend, 11 Uhr 30*

Endlich schneit es. Schon den ganzen Tag. Dicke fette Märchenflocken schweben kreisend aus dem Winterhimmel. *Der Schnee verändert alles*, sagt Zozie, und schon beginnt sein Zauber zu wirken, er verändert die Läden und die Häuser, die Parkuhren werden zu kuschelig weißen Wachposten, während der Schnee fällt und fällt, fast grau scheint er vor dem leuchtenden Himmel, und nach und nach verschwindet ganz Paris, der Ruß, die weggeworfenen Flaschen, die Chipstüten, der Hundedreck und die Bonbonpapiere – alles wird vom Schnee in etwas anderes verwandelt.

Das stimmt natürlich nicht. Aber es sieht so aus. Es sieht so aus, als könnte sich heute Abend wirklich alles ändern, als könnte alles wieder in Ordnung kommen – und nicht nur mit Zuckerguss überdeckt werden wie bei einem billigen Kuchen.

Die letzte Tür des Adventshauses ist jetzt offen. Dahinter befindet sich eine Weihnachtskrippe: Mutter, Vater und das Baby in der Krippe – na ja, eigentlich kein Baby mehr, es sitzt da und strahlt über das ganze Gesicht, und neben dem Baby kauert ein gelber Affe. Rosette ist begeistert – ich auch, aber irgendwie habe ich doch ein bisschen Mitleid mit meiner Puppe, die bei den anderen im Festzimmer ist, während die drei für sich feiern.

Das ist dumm, ich weiß. Ich sollte nicht traurig sein. *Man sucht sich seine Familie selbst aus*, sagt Maman, und es ist nicht wichtig, dass Roux nicht mein richtiger Vater ist und Rosette nur meine Halbschwester.

Heute habe ich an meinem Kostüm gearbeitet. Ich komme als

Rotkäppchen, denn dafür brauche ich eigentlich nur einen roten Umhang, mit Kapuze natürlich. Zozie hilft mir dabei, wir haben ein Stück Stoff von der Heilsarmee und Madame Poussins alte Nähmaschine. Der Umhang sieht richtig toll aus für selbstgenäht, und dann habe ich noch meinen Korb mit den roten Bändern. Rosette kommt als Affe, in ihrem braunen Overall, an den wir einen Schwanz genäht haben.

»Als was kommst du, Zozie?«, frage ich sie zum hundertsten Mal.

Zozie lächelt. »Wart's ab – sonst verdirbst du noch die Überraschung.«

# 2

Montag, 24. Dezember
*Heiligabend, 15 Uhr*

Die Ruhe vor dem Sturm. So fühlt es sich an: Rosette ist oben und hält einen Mittagsschlaf. Und der Schnee verleibt sich alles ein, still und gierig. Er ist nicht aufzuhalten, er verschluckt alle Geräusche, erstickt die Gerüche und stiehlt das Licht aus dem Himmel.

Überall auf der *Butte* lässt er sich nieder. Und jetzt ist natürlich kein Verkehr, der seinen Vormarsch aufhalten könnte. Die Leute, die vorbeikommen, haben ganz verschneite Mützen und Schals, und die Glocken von St.-Pierre-de-Montmartre klingen gedämpft und weit weg, als wären sie mit einem Bann belegt.

Ich habe Zozie den ganzen Tag kaum gesehen. Ich bin so mit meinen Festvorbereitungen beschäftigt, dass mir zwischen Küche, Kostümen und Kunden gar keine Zeit bleibt, meine Gegenspielerin zu beobachten. Sie hat sich in ihr Zimmer verkrochen und gibt nichts preis. Ich bin gespannt, wann sie losschlägt.

Die Stimme meiner Mutter, der Geschichtenerzählerin, sagt: *Es geschieht heute Abend beim großen Essen, wie in der Geschichte von der Tochter der Witwe*; aber es nervt mich, dass ich gar keine Vorbereitungen mitbekomme. Nicht einen einzigen Kuchen hat sie bis jetzt gebacken. Könnte es sein, dass ich mich täusche? Blufft Zozie vielleicht nur und zwingt mich, eine Karte zu spielen, von der sie weiß, dass sie meine Position hier schwächen wird? Ist es möglich, dass sie gar nichts tun will, während ich in meiner Ahnungslosigkeit die Aufmerksamkeit der Wohlwollenden auf mich lenke?

Seit Freitagabend hat es keine sichtbaren Auseinandersetzungen mehr zwischen uns gegeben, doch wenn wir allein sind, mustert sie mich mit spöttischen Blicken und zwinkert mir hämisch zu. Sie gibt sich wie immer gut gelaunt und ist genauso schön wie sonst, genauso dynamisch in ihren extravaganten Schuhen. Mir aber erscheint sie wie eine Parodie ihrer selbst, wenn sie so betont ihren Charme ausspielt und auf arrogante Art das Spektakel genießt, wie eine abgetakelte Nutte, die sich als Nonne verkleidet hat. Ich glaube, diese genüssliche Schadenfreude ärgert mich am allermeisten – ihre Art, sich für eine Loge mit nur einer Zuschauerin aufzuplustern. Für sie steht nichts auf dem Spiel. Ich hingegen spiele um mein Leben.

Ein letztes Mal lege ich mir die Karten.

*Der Narr. Die Liebenden. Der Magus. Die Veränderung.*
*Der Erhängte. Der Turm.*

Der Turm fällt zusammen. Polternd lösen sich Steine aus der Spitze, stürzten in die Dunkelheit. Winzige Gestalten purzeln von der Brustwehr und fallen fuchtelnd ins Nichts. Eine trägt ein rotes Kleid, oder ist es ein Umhang, mit einer kleinen Kapuze?

Die letzte Karte sehe ich mir gar nicht an. Ich habe sie schon viel zu oft gesehen. Meine Mutter, die unverbesserliche Optimistin, hat sie auf ganz verschiedene Arten gedeutet, doch für mich bedeutet diese Karte nur eines.

Der Tod grinst mir als Holzschnitt entgegen, neidisch, freudlos, mit hohlem Blick, hungrig und unersättlich. Der Tod ist nicht zu besänftigen. Der Tod ist das, was wir den Göttern schulden, die Schuld, die wir bezahlen müssen. Draußen liegt ziemlich viel Schnee, und obwohl es schon dunkel wird, leuchtet der Boden ganz hell, als hätten Straße und Himmel die Plätze getauscht. Es sieht völlig anders aus als die hübsche Bilderbuchszenerie des Adventshauses, aber Anouk ist hin und weg und findet immer wieder neue Gründe, weshalb sie unbedingt hinaus auf die Straße rennen muss. Gerade ist sie wieder draußen, von meinem Fenster aus sehe ich ihre bunte Gestalt vor dem ominösen Weiß. Sie wirkt so winzig: ein kleines Mädchen, das sich im Wald verlaufen hat. Was natürlich völlig absurd ist, denn hier gibt es keine Bäume und erst recht keinen Wald. Das ist ja einer der Gründe, weshalb ich diesen Ort ausgewählt habe. Aber durch den Schnee verändert sich alles, und die Magie setzt sich wieder durch. Die Winterwölfe schleichen durch die Gassen und Straßen der *Butte de Montmartre*.

# 3

Montag, 24. Dezember
*Heiligabend, 16 Uhr 30*

Jean-Loup ist heute Nachmittag vorbeigekommen. Er hatte mich morgens angerufen, um zu sagen, dass er mir ein paar Fotos zeigen will, die er neulich gemacht hat. Er entwickelt sie selbst, muss man wissen – jedenfalls die Schwarzweißaufnahmen –, und zu Hause hat er Hunderte von Fotos, alle beschriftet und in Ordner sortiert. Er klang irgendwie aufgeregt und atemlos, als hätte er eine Überraschung für mich, die nicht warten kann.

Ich dachte, er hätte es endlich geschafft, auf dem Friedhof die Geisterlichter zu fotografieren, von denen er immer redet.

Aber er brachte keine Friedhofsbilder mit, auch keine Aufnahmen von der *Butte*, von der Krippe und der Weihnachtsbeleuchtung und dem Zigarre kauenden Weihnachtsmann. Nein, es waren lauter Bilder von Zozie – die Schnappschüsse, die er in der *Chocolaterie* mit der Digitalkamera gemacht hat, und außerdem noch ein paar neuere Aufnahmen in Schwarzweiß. Auf einigen steht sie hier vor dem Laden, auf anderen sieht man sie in einer Menschenmenge, wie sie über den Platz zur Seilbahn eilt oder vor der Bäckerei in der Rue des Trois Frères Schlange steht.

»Was soll das?«, sagte ich. »Du weißt doch, sie will nicht –«

»Schau sie dir mal genau an, Annie«, sagte er.

Ich wollte sie mir aber nicht anschauen. Jean-Loup und ich haben uns nur ein einziges Mal gestritten, und das war wegen seiner blöden Bilder. Ich wollte nicht, dass das noch mal passiert. Aber warum hatte er die ganzen Fotos überhaupt gemacht? Irgendeinen Grund musste er ja gehabt haben –

»Bitte«, sagte Jean-Loup. »Sieh sie dir an, und wenn dir nichts an ihnen auffällt, dann werfe ich sie sofort weg, das verspreche ich dir.«

Mir war gar nicht wohl, als ich die Bilder durchging. Der Gedanke, dass Jean-Loup Zozie nachspioniert hatte – wie ein Stalker –, war ja schon schlimm genug, aber die Fotos hatten etwas, was das unangenehme Gefühl noch verstärkte.

Klar, man konnte Zozie erkennen. Das waren eindeutig ihre ausgeflippten Stiefel mit den dicken Plateausohlen, ihr Rock mit den Glöckchen am Saum. Ihre Haare sahen auch so aus wie immer. Und natürlich ihr Schmuck und die Basttasche, die sie zum Einkaufen nimmt.

Aber ihr Gesicht –

»Du musst beim Abziehen irgendwas falschgemacht haben«, sagte ich und schob ihm die Bilder wieder hin.

»Hab ich nicht – großes Ehrenwort, Annie. Und alle anderen Fotos auf dem Film waren völlig in Ordnung. Es hat etwas mit ihr zu tun. Sie macht das, irgendwie. Anders kann ich es mir nicht erklären.«

Ich wusste ja selbst nicht, was der Grund sein könnte. Manche Leute sehen auf Fotos immer toll aus. Solche Leute bezeichnet man als fotogen. Aber fotogen war Zozie offensichtlich nicht. Andere kommen einigermaßen gut rüber, aber selbst das konnte man bei Zozie nicht behaupten. Die Bilder waren alle miteinander richtig scheußlich. Ihr Mund war eklig verzerrt, ihre Augen waren winzig und hatten einen ganz merkwürdigen Ausdruck, und um ihren Kopf herum war ein Fleck, eine Art Schatten, so wie ein Heiligenschein, nur eben anders –

»Sie ist nicht besonders fotogen. Na und? Nicht alle Leute können fotogen sein.«

»Da ist noch was«, sagte Jean-Loup. »Hier, schau dir das mal an.« Und er holte einen zusammengefalteten Artikel aus der Tasche, den er aus einer der Pariser Tageszeitungen ausgeschnitten hatte. Neben dem Text war das unscharfe Gesicht einer Frau abgebildet. Sie hieß Françoise Lavery, stand da. Aber das Bild war ganz ähnlich wie die Fotos von Zozie: winzig kleine Augen und verkniffener Mund. Und sogar der komische Schatten war da.

»Und was soll das beweisen?«, fragte ich. Das Bild war stark vergrößert, so dass es ganz grobkörnig war, wie die meisten Zeitungsfotos. Man konnte nicht mal schätzen, wie alt die Frau war. Braver Pagenschnitt mit langem Pony. Kleine Brille. Total anders als Zozie! Bis auf den komischen Mund und die Augen und den Fleck.

Ich zuckte die Achseln. »Das kann doch irgendjemand sein.«

»Nein – das ist sie«, sagte Jean-Loup. »Ich weiß, es ist unmöglich, aber trotzdem – sie muss es sein.«

Völlig absurd, dachte ich. Und der Artikel selbst war auch ganz verrückt: Die Frau hatte als Lehrerin in Paris gearbeitet, und letztes Jahr war sie irgendwann verschwunden. Also wirklich – Zozie war doch nie Lehrerin, oder? Wollte Jean-Loup etwa andeuten, dass sie ein Geist sein könnte?

Aber er war sich natürlich auch nicht sicher. »Man liest immer wieder solche Sachen«, sagte er und steckte den Artikel sorgfältig zurück in den Umschlag. »Ich glaube, solche Leute nennt man *Walk-ins*, das ist eine Art Seelentransfer oder so.«

»Meinetwegen.«

»Du kannst dich ruhig lustig machen, aber irgendwas stimmt nicht. Ich spüre es auch, wenn Zozie da ist. Heute Abend bringe ich wieder meine Kamera mit. Ich möchte ein paar Nahaufnahmen machen – vielleicht beweisen die ja etwas.«

»Du und deine Geister!« So langsam ärgerte ich mich richtig. Er ist zwar ein Jahr älter als ich – aber was bildet er sich eigentlich ein? Wenn er nur die Hälfte von dem wüsste, was ich inzwischen weiß – von Ehecatl und Vier-Jaguar oder dem Hurakan –, bekäme er sofort einen Anfall. Und wenn er von Pantoufle wüsste oder dass ich und Rosette den Wind der Veränderung angerufen haben oder wenn er erfahren würde, was in Les Laveuses passiert ist, dann würde er endgültig durchdrehen.

Und deshalb tat ich etwas, was ich vielleicht nicht hätte tun sollen. Aber ich hatte keine Lust, mich mit ihm zu streiten, und mir war klar, dass wir uns in die Haare kriegen würden, wenn er weiterredete. Also machte ich ganz heimlich mit den Fingern das Affen-Symbol, das Zeichen des Schwindlers. Und dann schnippte ich es zu ihm, wie einen kleinen Kieselstein, von hinter meinem Rücken.

Jean-Loup runzelte verdutzt die Stirn und fasste sich an den Kopf.

»Was ist?«, fragte ich.

»Keine Ahnung«, sagte er. »Ich hatte plötzlich so ein leeres Gefühl. Wovon haben wir gerade geredet?«

Ich habe Jean-Loup wirklich sehr gern. Ich würde niemals wollen, dass ihm etwas zustößt. Aber er gehört zu den *normalen Menschen*, wie Zozie sagen würde, und nicht zu den *Menschen wie wir*. Normale Menschen halten sich an Regeln. Menschen wie wir stellen stattdessen neue auf. Es gibt so vieles, was ich Jean-Loup nicht sagen kann, weil er es nicht verstehen würde. Zozie kann ich alles sagen. Sie kennt mich besser als alle anderen.

Sobald Jean-Loup sich verabschiedet hatte, verbrannte ich den Artikel und die Fotos in dem Kamin in meinem Zimmer – er hatte nämlich vergessen, sie mitzunehmen. Ich schaute zu, wie die Ascheflocken sich weiß färbten und sich wie Schnee auf dem Rost niederließen.

Jetzt geht es mir besser. Was nicht heißen soll, dass ich Zozie misstraue, aber bei dem Gesicht mit dem verzerrten Mund und den giftigen kleinen Augen bekam ich ein komisches Gefühl. Habe ich es schon einmal gesehen? Könnte das sein? Im Laden oder auf der Straße oder vielleicht im Bus? Und dann dieser Name – Françoise Lavery. Kenne ich ihn? Es ist ein ganz normaler Name, das stimmt. Aber warum denke ich dabei an – eine Maus?

# 4

Montag, 24. Dezember
*Heiligabend, 17 Uhr 20*

Also, ich habe diesen Jungen ja noch nie gemocht. Ein nützliches Werkzeug, um sie vom Einfluss ihrer Mutter wegzulocken und empfänglicher für mich zu machen. Mehr war er nicht. Aber jetzt hat er eine Grenze überschritten – er wagt es, mich zu unterminieren –, und deshalb muss er gehen, fürchte ich.

Ich habe es in seinen Farben gesehen, als er aus dem Laden ging. Er war oben bei Anouk gewesen – sie haben Musik gehört oder Spiele gespielt, oder was auch immer die beiden zurzeit so treiben –, und er grüßte mich höflich, als er seinen Anorak von der Garderobe hinter der Tür nahm.

Manche Leute sind leichter zu lesen als andere. Und Jean-Loup ist zwar sehr klug, aber er ist trotzdem erst zwölf. Sein Lächeln war ein bisschen zu freundlich, etwas, was ich in meiner Zeit als Lehrerin mehr als einmal beobachtet habe. Es ist das Lächeln eines Jungen, der zu viel weiß und denkt, er kommt damit durch. Und was war in dem Ordner, den er gerade zu Anouk hochgebracht hat?

Waren es etwa – Fotos?

»Kommst du zu unserem Fest heute Abend?«

Er nickte. »Klar. Der Laden sieht toll aus.«

Stimmt. Vianne hat wirklich gewirbelt heute. Von der Decke hängen ganze Büschel mit Silbersternen, und Zweige mit Kerzen warten darauf, angezündet zu werden. Es gibt keinen großen Esstisch, also hat sie die kleinen Tische zusammengeschoben und mit den üblichen drei Tischtüchern bedeckt: ein grünes, ein weißes, ein rotes. Ein Kranz aus Stechpalmen hängt an der Tür. Zedernholz und frisch geschnittene Tannenzweige erfüllen die Luft mit einem würzigen Waldgeruch.

Über den ganzen Raum verteilt stehen die traditionellen dreizehn Weihnachtsdesserts in Glasschüsseln, *les treizes desserts*. Sie glitzern und funkeln, golden und topasfarben, wie Piratenschätze. Schwarzer Nougat für den Teufel, weißer Nougat für die Engel, außerdem Clementinen, Trauben, getrocknete Feigen, Mandeln, Honig, Datteln, Äpfel, Birnen, Quittenmarmelade, *Mendiants* mit Rosinen und Orangeat sowie *Fougasse*, mit Olivenöl zubereitet und wie ein Rad in zwölf Stücke aufgeteilt.

Und natürlich die Schokolade – die *Bûche de Noël*, die in der Küche abkühlt, dazu Nougat mit Krokantfüllung, Celestinen, Schokoladentrüffel, auf der Theke gestapelt und in duftendem Kakaopulver gewälzt.

»Nimm eine«, sage ich und reiche sie ihm. »Du wirst sehen, das ist deine Lieblingssorte.«

Er nimmt die Schokotrüffel mit verträumter Miene entgegen. Das Aroma ist überwältigend und ganz leicht erdig, wie bei Vollmond gesammelte Champignons. Tja, vielleicht befindet sich ja auch ein Stückchen Pilz in dieser Trüffel – meine Spezialrezepte enthalten immer mysteriöse Zutaten –, und außerdem wurde das Kakaopulver kunstvoll präpariert, um lästige kleine Jungs auszuschalten. Dass das Zeichen des Hurakan in das Pulver auf der Theke geritzt wurde, müsste genügen, um die gewünschte Wirkung zu erzielen.

»Bis heute Abend beim Fest«, sagt er.

Ich glaube nicht, dass wir uns da sehen, junger Mann. Meine kleine Nanou wird dich natürlich vermissen, aber nicht sehr lange, vermute ich. Denn schon bald wird der Hurakan das *Rocher de Montmartre* erreichen, und wenn das geschieht, dann –

Ja, wer weiß? Und wenn man es wüsste, würde das die Überraschung verderben, oder?

# 5

Montag, 24. Dezember
*Heiligabend, 18 Uhr 00*

Endlich ist die *Chocolaterie* geschlossen, und nur das Plakat in der Tür weist noch darauf hin, dass hier etwas los ist.

*Weihnachtsfeier – heute Abend, 19 Uhr 30!* steht da, über einem Muster aus Sternen und Affen.

*Verkleidung erwünscht.*

Ich weiß immer noch nicht, wie Zozies Kostüm aussieht. Bestimmt supertoll. Aber sie verrät mir nichts. Nachdem ich fast eine Stunde lang in den Schnee hinausgestarrt hatte, wurde ich ungeduldig und ging nach oben, um zu sehen, was sie macht.

Aber als ich in ihr Zimmer trat, erlebte ich eine ziemliche Überraschung. Es war überhaupt nicht mehr Zozies Zimmer! Die Wandbehänge waren abgenommen, der chinesische Morgenmantel hing nicht mehr hinter der Tür, der Lampenschirm war wieder kahl und ohne jeden Schmuck. Sogar ihre Schuhe waren vom Kaminsims verschwunden. Ich glaube, da habe ich den Ernst der Lage endgültig begriffen.

Als ich sah, dass die Schuhe nicht mehr da waren.

Ihre wunderbaren Schuhe.

Auf dem Bett stand ein Koffer, ein kleiner Koffer aus Leder, der aussah, als wäre er schon viel gereist. Zozie war am Packen, und als ich hereinkam, schaute sie mich an, und ich wusste, was sie sagen würde, ohne dass ich sie fragen musste.

»Ach, Nanou«, sagte sie. »Ich wollte es dir sagen. Ehrlich. Aber ich wollte dir nicht das Fest verderben.«

Ich konnte es nicht fassen. »Du gehst heute Abend?«

»Irgendwann muss ich ja gehen«, sagte sie nüchtern. »Und nach dem heutigen Abend ist es nicht mehr so wichtig.«

»Warum?«

Sie zuckte die Achseln. »Hast du nicht den Wind der Veränderung angerufen? Willst du nicht, dass ihr eine Familie seid, du und Roux und Yanne und Rosette?«

»Das heißt doch nicht, dass du gehen musst!«

Sie warf einen einzelnen Schuh in den Koffer. »Du weißt genau, dass das nicht geht. Man muss einen Preis bezahlen, Nanou. Immer.«

»Aber du gehörst doch auch zur Familie!«

Sie schüttelte den Kopf. »Es würde nicht funktionieren. Nicht mit Yanne. Sie hat zu viel an mir auszusetzen. Und vielleicht hat sie ja recht. Wenn ich in der Nähe bin, läuft alles nicht so glatt.«

»Aber das ist nicht fair! Wo gehst du jetzt hin?«

Lächelnd blickte Zozie auf.

»Wohin der Wind mich trägt«, sagte sie.

# 6

Montag, 24. Dezember
*Heiligabend, 19 Uhr 00*

Jean-Loups Mutter hat gerade angerufen, um zu sagen, dass ihr Sohn plötzlich krank geworden ist und leider nicht kommen kann. Anouk ist natürlich enttäuscht und auch ein bisschen um ihn besorgt, aber die Vorfreude auf das Fest überwiegt.

In ihrem roten Umhang mit der Kapuze sieht sie mehr denn je aus wie ein Christbaumschmuck, während sie vor Aufregung hin und her hüpft. »Sind sie noch nicht da?«, fragt sie immer wieder, obwohl auf der Einladung *halb acht* steht und die Kirchenuhr gerade erst sieben Mal geschlagen hat. »Siehst du draußen schon jemanden?«

Der Schnee fällt so dicht, dass ich die Straßenlaterne am anderen Ende des Platzes kaum sehen kann, aber Anouk presst dauernd die Nase so fest ans Fenster, dass auf der Scheibe ihr geisterhafter Abdruck zurückbleibt.

»Zozie!«, ruft sie. »Bist du fertig?«

Von Zozie, die seit zwei Stunden oben in ihrem Zimmer ist, kommt eine gedämpfte Antwort.

»Kann ich raufkommen?«, ruft Anouk.

»Noch nicht. Ich hab's dir doch gesagt – es ist eine Überraschung.«

Irgendwie hat Anouk heute Abend etwas Entrücktes. Ihre Aura ist zu einem Viertel Freude und zu drei Viertel Delirium. Sie sieht aus, als wäre sie gerade mal neun Jahre alt – und gleich darauf wirkt sie fast erwachsen, unglaublich hübsch in ihrem roten Umhang, die Haare wie eine Sturmwolke um ihr Gesicht.

»Beruhige dich«, sage ich ihr. »Sonst bist du nachher ganz erschöpft.«

Sie fällt mir spontan um den Hals, genau wie früher, als sie noch klein war, aber bevor ich ihre Umarmung erwidern kann, ist sie schon wieder weg, tanzt unruhig von einer Schüssel zur nächsten, von Glas zu Glas, arrangiert die Dekoration ein bisschen anders, die Stechpalmenzweige, die Efeuranken, die Kerzen, die mit knallrotem Band umwickelten Servietten, die bunten Kissen auf den Stühlen, die Kristallschüssel aus dem Heilsarmeeladen mit dem granatroten Winterpunsch, der mit Muskat und Zimt, mit Zitrone und Cognac zubereitet ist und in dem eine mit Nelken gespickte Orange schwimmt.

Rosette hingegen ist ungewöhnlich ruhig. In ihrem braunen Affenkostüm sitzt sie da und verfolgt alles mit großen Augen. Am meisten fasziniert sie das Adventshaus, weil sie da jetzt ihre eigene Krippenszene hat, mit rieselndem Schnee, umglänzt von einem hellen Heiligenschein und begleitet von einer Gruppe Affen – Rosette besteht darauf, dass der Affe ein Weihnachtskrippentier ist, während man ja eigentlich Ochs und Esel erwarten würde.

»Meinst du, er kommt?«

Natürlich redet Anouk von Roux. Sie hat schon so oft nach ihm gefragt, und mir tut es richtig weh, wenn ich mir ausmale, wie enttäuscht sie sein wird, wenn er nicht auftaucht. Warum sollte er kommen? Aus welchem Grund könnte er sich überhaupt noch in Paris aufhalten? Aber Anouk scheint fest davon überzeugt zu sein, dass er hier ist. Ob sie ihn gesehen hat? Bei dem Gedanken wird mir ganz schwindelig, als hätte ich mich irgendwie bei Anouk angesteckt. Sie denkt ja, dass Schnee am Julfest kein zufälliges Wetterphänomen ist, sondern ein magisches Ereignis, das die Vergangenheit auslöschen kann.

»Möchtest du, dass er kommt?«, fragt sie mich.

Ich denke an sein Gesicht, an den Geruch von Patschuli und Maschinenöl, an die Art, wie er den Kopf neigt, wenn er an etwas arbeitet, ich denke an sein Rattentattoo, an sein bedächtiges Lächeln. Ach, so lange schon sehne ich mich nach ihm. Doch ich wehre mich auch gegen ihn, gegen seine Zurückhaltung, seine Ablehnung aller Konventionen, gegen seine hartnäckige Weigerung, sich anzupassen.

Und ich denke an all die Jahre der Flucht, seit wir von Lansquenet nach Les Laveuses rannten und dann weiter nach Paris und zum Boulevard de la Chapelle mit der Neonreklame und der Moschee in der Nähe, bis zur Place des Faux-Monnayeurs und der *Chocolaterie*, und an jeder Station haben wir vergeblich versucht, uns einzufügen, uns zu verändern und normal zu sein.

Und ich denke an den langen Weg, an die Hotelzimmer und die Pensionen, an die Dörfer und Städte, an diese Zeit voller Sehnsucht und Angst, und ich frage mich:

Wovor bin ich eigentlich weggerannt? Vor dem Schwarzen Mann? Vor den Wohlwollenden? Vor meiner Mutter? Vor mir selbst?

»Ja, Nou. Ich möchte, dass er kommt.«

Was für eine Erleichterung, das endlich auszusprechen! Es zuzugeben, aller Vernunft zum Trotz. Ich habe mich so lange bemüht, bei Thierry, wenn schon keine Liebe, dann doch wenigstens eine Form der Zufriedenheit zu finden, aber jetzt kann ich mir eingestehen, dass manche Dinge einfach nicht rational zu erklären sind, dass Liebe keine Frage des Willens ist und dass man manchmal dem Wind nicht entrinnen kann.

Natürlich hat er nicht geglaubt, dass ich mich je irgendwo niederlassen würde. Er sagte immer, ich würde mir etwas vormachen; er erwartete, in seiner stillen Arroganz, dass ich mich eines Tages geschlagen geben würde. Ich möchte, dass er kommt. Aber trotzdem werde ich nicht weglaufen, ... auch nicht, wenn Zozie dafür sorgt, dass alles hier über mir zusammenbricht. Diesmal bleiben wir. Egal, was passiert.

»Es kommt jemand!« Das Windspiel klimpert. In der Tür steht eine Gestalt mit Lockenperücke, aber sie ist viel zu massig, um Roux sein zu können.

»Vorsicht, Leute, hier kommt ein Schwertransport mit Überbreite!«

»Nico!«, ruft Anouk und wirft sich auf den Koloss mit dem geschnürten Mantel, den Kniestiefeln und dem Goldschmuck, bei dem selbst ein König vor Neid erblassen würde. Er ist bepackt mit Geschenken, die er unter dem Weihnachtsbaum ablädt, und ich weiß zwar schon immer, dass der Raum nicht groß ist, aber mit seiner riesig guten Laune scheint Nico ihn ganz und gar auszufüllen.

»Wer bist du?«, fragt ihn Anouk.

»Heinrich der Vierte natürlich«, verkündet Nico mit majestätischer Gebärde. »Der kulinarische König Frankreichs. Hallo –« Er schnuppert. »Irgendwas riecht gut. Ich meine – wirklich gut. Was brutzelt auf dem Herd, Annie?«

»Ganz verschiedene Sachen.«

Hinter ihm ist Alice hereingekommen: als Fee, in einem Tutu und mit glitzernden Flügeln, obwohl Feen sonst natürlich keine so klobigen Stiefel tragen. Sie lacht fröhlich, und obwohl sie immer noch sehr schmal wirkt, ist ihr Gesicht doch nicht mehr ganz so spitz, was sie wesentlich hübscher macht und weniger zerbrechlich.

»Wo ist die Schuhkönigin?«, fragt Nico.

»Sie ist gleich fertig«, sagt Anouk, nimmt Nico an der Hand und zieht ihn zu seinem Platz an dem festlich gedeckten Tisch. »Komm, trink was, wir haben jede Menge –« Sie taucht den Schöpflöffel in den Punsch. »Aber stürz dich nicht gleich auf die Makronen. Es gibt genug Essen für eine ganze Armee.«

Als Nächste kommt Madame Luzeron. Sie ist viel zu vornehm, um sich zu verkleiden, aber in ihrem hellblauen Twinset wirkt sie sehr festlich. Nachdem sie ihre Gaben unter den Baum gelegt hat, nimmt sie von Anouk ein Glas Punsch entgegen, und meine kleine Rosette, die mit ihrem Holzhund auf dem Fußboden spielt, schenkt ihr ein süßes Lächeln.

Wieder bimmelt das Windspiel, und herein kommt Laurent Pinson, mit geputzten Schuhen und mit frischen Rasierspuren im Gesicht. Danach treffen Richard und Mathurin ein, Jean-Louis und Paupaul – der die schrillste gelbe Weste trägt, die ich je gesehen habe –, dann Madame Pinot, als Nonne verkleidet, und schließlich die ängstlich dreinschauende Dame, die Rosette die Puppe geschenkt hat (eingeladen von Zozie, nehme ich an), und plötzlich wimmelt es im Raum – Menschen, Gläser, Gelächter, Canapés und Süßigkeiten, und ich behalte immer die Küche im Auge, während Anouk an meiner Stelle die Gastgeberin spielt. Alice knabbert an einem *Mendiant*, Laurent nimmt sich eine Handvoll Mandeln, um sie später in seiner Tasche verschwinden zu lassen, und Nico ruft wieder nach Zozie. Ich bin gespannt, wann sie loslegt.

Klack-klack-klack. Schritte auf der Treppe.

»Tut mir leid, dass ich so spät dran bin«, sagt sie und lächelt, frisch und strahlend in ihrem roten Kleid. Einen Moment lang herrscht andächtige Stille. Nun sehen wir es alle: Sie hat sich die Haare auf Schulterlänge abgeschnitten, wie ich, und sie streicht sie sich hinter die Ohren, genau wie ich, sie hat meinen geraden Pony und die kleine Welle hinten, die nicht zu bändigen ist.

Die unbekannte Dame umarmt Zozie zur Begrüßung. Ich muss unbedingt herausfinden, wie sie heißt, aber im Moment starre ich wie gebannt auf Zozie, die jetzt ganz im Mittelpunkt steht und von den Gästen mit Lachen und Applaus empfangen wird.

»Und – wer bist du?«, fragt Anouk.

Zozie antwortet nicht, sondern wendet sich mir zu, mit einem vielsagenden Lächeln, das nur ich sehen kann.

»Na, Yanne, ist das nicht gelungen? Erkennst du mich nicht? Ich komme als du.«

# 7

Montag, 24. Dezember
*Heiligabend, 20 Uhr 30*

Ach, Sie wissen ja, manchen Leuten kann man es einfach nicht recht machen. Aber es hat sich gelohnt, schon wegen ihres entsetzten Gesichtsausdrucks – sie wurde kreidebleich und zitterte am ganzen Körper, als sie sich selbst die Treppe herunterkommen sah.

Ich muss sagen, das Ergebnis war wirklich erstklassig. Kleid, Frisur, Schmuck, alles – außer den Schuhen – perfekt kopiert und mit einem leisen Lächeln präsentiert –

»Mensch, man könnte denken, ihr seid Zwillinge!«, ruft der fette Nico mit kindischem Entzücken, während er sich noch ein paar Makronen in den Mund stopft. Laurent zuckt nervös, als hätte man ihn bei einer unerlaubten Fantasievorstellung ertappt. Natürlich können die Leute uns immer noch auseinanderhalten – mit Zaubertricks kann man nicht alles erreichen, und eine totale Verwandlung gehört ins Märchenreich –, aber trotzdem ist es unglaublich, wie mühelos ich in die Rolle schlüpfen kann.

Auch Anouk bemerkt natürlich die beabsichtigte Ähnlichkeit. Aber ihre Aufregung hat sich inzwischen fast ins Manische gesteigert, sie rennt ständig nach draußen, angeblich um den Schnee zu sehen, aber sie und ich, wir wissen beide, dass sie auf Roux wartet – und ich vermute, dass das Schillern in ihren Farben nichts mit ihrer allgemeinen Begeisterung zu tun hat, sondern mit einer fiebrigen Energie, die sie irgendwie loswerden muss, damit sie nicht verbrennt wie ein Papierlampion.

Roux ist nicht da. Jedenfalls noch nicht – und so allmählich muss Vianne das Essen servieren.

Mit einem gewissen Zögern beginnt sie. Es ist noch früh, vielleicht kommt er ja noch – sein Platz ist am unteren Ende des Tisches gedeckt, und wenn jemand fragt, dann wird sie sagen, das ist der Platz, den man zu Ehren der Toten deckt, eine alte Tradition, die an den *Día de los Muertos* erinnert, passend zu dem heutigen Fest.

Wir fangen mit einer Zwiebelsuppe an, rauchig und wohlriechend wie Herbstlaub, mit Croutons und geriebenem Gruyère und einem Hauch Paprika. Sie bedient die Gäste und behält mich dabei die ganze Zeit im Auge. Erwartet sie vielleicht, dass ich plötzlich einen noch viel perfekteren Gang aus dem Hut zaubere und ihre Bemühungen in den Schatten stelle?

Aber ich esse und unterhalte mich, ich lächle und lobe die Köchin, und das Klappern des Bestecks steigt ihr zu Kopfe, auf einmal fühlt sie sich leicht benommen. Na ja, *Pulque* ist ein mysteriöses Gebräu, und dass der Punsch damit durchsetzt ist, haben wir selbstverständlich meiner Wenigkeit zu verdanken. Das entspricht ja auch diesem großen Freudenfest. Um sich zu beruhigen, trinkt sie noch mehr. Die Nelken verströmen einen Duft, als wäre man lebendig begraben, und das Zeug schmeckt wie mit Feuer gewürztes Chili, und sie fragt sich: *Hört das je wieder auf?*

Der zweite Gang ist süße Foie gras, auf dünnem Toast, mit Quitten- und Feigenmarmelade. Es ist das feine Knacken, das diesem Gericht seinen Charme verleiht, ganz ähnlich wie bei richtig temperierter Schokolade, und die Foie gras kann man sich genüsslich auf der Zunge zergehen lassen, denn sie ist so weich wie eine Trüffel. Dazu trinkt man ein Glas eisgekühlten Sauternes, den Anouk nicht ausstehen kann, während Rosette gern ein Gläschen davon trinkt – das Gläschen ist nicht größer als ein Fingerhut, und auf ihrem Gesicht erscheint ein sonnig seliges Lächeln, und sie macht ein Zeichen, um zu signalisieren, dass sie noch mehr will.

Der dritte Gang ist *Lachs en papillotte,* in Folie zubereitet und ganz serviert, mit einer Sauce Béarnaise. Alice stöhnt, sie sei schon fast satt, aber Nico teilt seine Portion mit ihr, füttert sie mit kleinen Bissen und lacht über ihren Miniappetit.

Dann kommt der Hauptgang, die Gans, im heißen Backofen

lange gebraten, so dass das Fett in der Haut geschmolzen ist und diese ganz kross ist, und das Fleisch ist so zart, dass es sich lautlos von den Knochen löst, wie Seidenstrümpfe von den Beinen einer Frau. Umgeben ist die Gans von Kastanien und karamellisierten Kartoffeln, ebenfalls knusprig von dem goldenen Fett.

Nico ächzt, halb lustvoll, halb lachend. »Ich glaube, ich bin gerade gestorben und in den Kalorienhimmel gekommen«, sagt er und stürzt sich enthusiastisch auf die Gänsekeule. »So etwas Gutes habe ich seit Mamans Tod nicht mehr gegessen. Mein Kompliment an die Köchin. Wenn ich nicht so superverliebt wäre in die kleine Gespensterheuschrecke hier neben mir, dann würde ich sie sofort heiraten, ohne lange zu überlegen –« Und er fuchtelt freudig mit seiner Gabel und sticht in seiner Ekstase Madame Luzeron (die gerade noch rechtzeitig den Kopf wegdreht) fast das Auge aus.

Vianne lächelt. So langsam muss der Punsch seine Wirkung zeigen, und sie glüht vom Erfolg. »Vielen Dank«, sagt sie und erhebt sich. »Ich freue mich so, dass ihr alle heute Abend hier seid und ich euch endlich für eure Hilfe danken kann.«

Na, so was, denke ich. Was haben die anderen eigentlich getan?

»Ich danke euch dafür, dass ihr hier einkauft, ich danke euch für eure Unterstützung und eure Freundschaft in einer Zeit, als wir euch so dringend gebraucht haben«, fährt sie fort und lächelt wieder. Vielleicht spürt sie, wie die Zusatzstoffe, die ich dem Punsch beigemischt habe, ungehindert durch ihre Adern rauschen, wodurch sie verblüffend redselig und unbedacht wird, ja, fast tollkühn, wie eine sehr viel jüngere Vianne, aus einem anderen, längst vergessenen Leben.

»Ich hatte keine besonders stabile Kindheit. Eigentlich haben wir nie irgendwo richtig gelebt. Ich habe mich nirgends akzeptiert gefühlt, sondern immer wie eine Außenseiterin. Aber jetzt habe ich es geschafft, drei Jahre hier zu wohnen, und das habe ich alles euch zu verdanken.«

Gähn, gähn. Tolle Rede.

Ich schenke mir ein Glas Punsch ein und merke, dass Anouk mich anschaut. Sie scheint immer noch nervös zu sein. Vielleicht, weil Jean-Loup nicht da ist? Es geht ihm bestimmt gar nicht gut, dem armen Jungen. Sie glauben, dass er irgendetwas Falsches gegessen hat. Und bei seinem empfindlichen Herzen kann so was gefährlich sein. Eine Erkältung, ein Schüttelfrost, dazu ein Zauberspruch –

Hat sie vielleicht aus irgendeinem Grund ein schlechtes Gewissen?

Bitte, Anouk. Schieb solche Gedanken am besten weit weg. Warum solltest du dich verantwortlich fühlen? Du registrierst doch sowieso die kleinste negative Schwingung. Aber ich kann deine Farben sehen, und ich habe beobachtet, wie du meine kleine Krippenszene betrachtet hast: der magische Kreis aus drei Figuren, unter dem Lichtschein der elektrischen Sterne.

Apropos – einer fehlt noch. Er ist spät dran, was ja nicht anders zu erwarten war, aber er nähert sich unaufhaltsam, er schleicht durch die engen Gassen der *Butte,* wie ein schlauer Fuchs zum Hennenhaus. Sein Platz am Ende des Tischs ist noch gedeckt, Teller, Gläser, alles unberührt.

Vianne denkt, sie hat sich vielleicht getäuscht. Anouk selbst befürchtet, dass ihre ganzen Planungen und Beschwörungen vergeblich waren, dass sogar der Schnee nichts ändert und nichts mehr übrig bleibt, was sie hier halten könnte.

Aber noch ist Zeit. Die Mahlzeit geht ihrem Ende entgegen, mit Rotweinen aus dem Département du Gers, mit *P'tit's cendrés,* in Eichenholzasche gerollt, mit frischen, unpasteurisierten Käsesorten, mit altem, gereiftem Käse, mit altem *Buzet* und Quittenmarmelade und Walnüssen, grünen Mandeln und Honig.

Und nun bringt Vianne die dreizehn Desserts und die *Bûche de Noël,* mächtig wie der Arm eines Boxers und mit einer fingerdicken Schokoladenschicht, und alle, die dachten, sie seien endgültig satt, finden noch ein winziges Eckchen in ihrem Magen, um ein Stück zu essen, sogar Alice (beziehungsweise zwei oder drei Stücke, in Nicos Fall), und weil der Punsch aus ist, öffnet Vianne eine Flasche Champagner, und wir sprechen einen Toast aus.

*Aux absents –*

# 8

Montag, 24. Dezember
*Heiligabend, 22 Uhr 30*

Rosette ist schon ganz schläfrig. Während des ganzen Menüs hat sie sich richtig gut benommen, sie hat zwar mit den Fingern gegessen, aber ziemlich sauber, nicht so sabberig wie sonst, und nebenher hat sie sich (na ja, in Zeichensprache) mit Alice unterhalten, die neben ihrem kleinen Stuhl sitzt.

Sie liebt Alices Feenflügel, was sehr praktisch ist, weil Alice ihr auch ein Flügelpaar mitgebracht hat, das als Geschenk verpackt unter dem Weihnachtsbaum liegt. Rosette ist zu klein, um bis Mitternacht zu warten – eigentlich müsste sie längst im Bett sein. Deshalb haben wir gedacht, sie kann ihre Geschenke jetzt schon aufmachen. Aber nach den Feenflügeln hat sie aufgehört auszupacken. Die Flügel sind lila und silbern und ziemlich cool – ich hoffe ja, dass Alice mir auch welche schenkt, was gar nicht so unwahrscheinlich ist, weil das Päckchen, das sie mir mitgebracht hat, eine ganz ähnliche Form hat. Rosette ist jetzt ein fliegender Affe, und das gefällt ihr supergut, sie krabbelt durch die Gegend, in ihrem Affenkostüm mit den violetten Flügeln, und sie lacht Nico von unter dem Tisch zu, einen Schokoladenkeks in der Hand.

Aber jetzt ist es spät, und ich bin müde. Wo ist Roux? Warum ist er nicht da? Ich kann an nichts anderes mehr denken, nicht ans Essen, nicht mal an die Geschenke. Ich bin total zappelig. Mein Herz kommt mir vor wie ein aufgezogener Kreisel, der durchdreht und völlig außer Kontrolle gerät. Ich mache die Augen zu, und ich rieche Kaffee und die würzige Schokolade, die Maman trinkt, und ich höre das Klappern des Geschirrs, das jetzt abgeräumt wird.

Er kommt noch, denke ich. Er muss kommen.

Aber es ist schon so spät, und er ist immer noch nicht da. Habe ich alles richtig gemacht? Es war doch alles okay, oder? Die Kerzen, der Zucker, der Kreis, das Blut? Das Gold und der Weihrauch? Der Schnee?

Warum ist er noch nicht hier?

Ich will nicht weinen. Nicht an Heiligabend! Aber es hätte nicht so kommen dürfen, wie es jetzt ist. Ist das der Preis, den man bezahlen muss, wie Zozie immer sagt? Was ist die Gegenleistung dafür, dass man Thierry loswird?

Dann höre ich das Windspiel, und ich schlage die Augen wieder auf. Jemand steht in der Tür. Einen Moment lang sehe ich ihn ganz deutlich, in Schwarz, die roten Haare offen –

Aber als ich genauer hinsehe, merke ich, es ist nicht Roux. In der Tür steht Jean-Loup, und die rothaarige Frau neben ihm muss seine Mutter sein. Sie wirkt verlegen und gleichzeitig irgendwie sauer, aber Jean-Loup geht es offenbar blendend, er ist vielleicht ein bisschen blass, aber das ist er ja immer.

Ich springe auf. »Du hast es doch noch geschafft! Hurra! Geht's dir wieder gut?«

»Es ging mir noch nie besser«, sagt er und grinst. »Es wäre doch total lasch, wenn ich dein Fest verpasst hätte. Nachdem du so viel Zeit und Mühe investiert hast!«

Jean-Loups Mutter versucht zu lächeln. »Ich möchte nicht stören«, sagt sie. »Aber Jean-Loup wollte unbedingt –«

»Sie sind herzlich willkommen«, sage ich.

Und während Maman und ich schnell noch zwei Stühle aus der Küche holen, angelt Jean-Loup irgendetwas aus der Tasche. Es sieht aus wie ein Geschenk, in Goldpapier gewickelt, aber es ist winzig klein, höchstens so groß wie eine Praline.

Dieses Päckchen überreicht er Zozie. »Ich glaube, das ist doch nicht eine meiner Lieblingspralinen.«

Sie steht mit dem Rücken zu mir, das heißt, ich kann weder ihr Gesicht noch den Inhalt des Goldpapiers sehen. Aber offenbar hat Jean-Loup sich dazu durchgerungen, Zozie noch eine Chance zu geben, und ich bin dermaßen erleichtert, dass mir fast die Tränen kommen. Es läuft gut. Jetzt muss noch Roux kommen, und Zozie muss beschließen, bei uns zu bleiben.

Dann dreht sie sich um, und ich sehe ihr Gesicht. Eine Sekunde lang sieht sie überhaupt nicht aus wie Zozie. Bestimmt ist es eine optische Täuschung, aber irgendwie sieht sie so wütend aus – wütend? Nein, sie rast regelrecht vor Zorn – ihre Augen sind winzige Schlitze, ihr Mund scheint nur noch aus Zähnen zu bestehen, und mit der Hand umschließt sie das halb geöffnete Päckchen so fest, dass die Schokolade herausquillt wie Blut.

Na ja, wie gesagt, es ist schon spät. Meine Augen können gar nicht mehr richtig gucken. Denn sofort ist sie wieder wie sonst, sie lächelt strahlend und sieht einfach toll aus in dem roten Kleid und den roten Schuhen, und ich will gerade Jean-Loup fragen, was er trinken möchte, als das Windspiel wieder bimmelt und jemand hereinkommt, eine große Gestalt in einem roten Mantel mit einer Kapuze, die mit weißem Pelz besetzt ist, und dazu ein dicker falscher weißer Bart –

»Roux!«, schreie ich und renne los.

Roux zieht den Bart weg, und man kann sehen, wie er grinst.

Rosette ist auch sofort bei ihm, er hebt sie hoch und wirft sie in die Luft. »Ein Affe!«, ruft er. »Mein absolutes Lieblingstier. Und noch besser, ein fliegender Affe!«

»Ich habe schon gedacht, du kommst nicht!«, sage ich und falle ihm um den Hals.

»Na, jetzt bin ich ja hier.«

Alle verstummen. Da steht er. Rosette klammert sich an seinen Arm. Es sind so viele Menschen im Raum, aber sie hätten genauso gut nicht da sein können. Roux wirkt ganz entspannt, aber an der Art, wie er Maman anschaut, merke ich –

Ich mustere sie durch den Rauchenden Spiegel. Sie wirkt cool, aber ihre Farben strahlen. Sie macht einen Schritt auf ihn zu.

»Wir haben dir einen Platz gedeckt.«

Er schaut sie an. »Wirklich?«

Sie nickt.

Alle starren ihn an, und ich denke schon, gleich sagt er etwas, weil Roux es doch nicht leiden kann, wenn die Leute ihn anglotzen – er kann es schon nicht besonders leiden, wenn viele Leute da sind.

Aber dann geht sie zu ihm und küsst ihn sanft auf den Mund. Und Roux setzt Rosette auf den Boden und nimmt Maman in die Arme.

Jetzt brauche ich den Rauchenden Spiegel nicht mehr, um zu wissen, was los ist. Diese Situation kann niemand missverstehen, diesen Kuss. Die beiden passen einfach zusammen, wie zwei Puzzleteile. Und dann das Leuchten in ihren Augen, als sie seine Hand nimmt und sich lächelnd allen Anwesenden zuwendet.

*Komm schon*, sage ich mit meiner Schattenstimme. *Sag's ihnen. Sag es, sag es jetzt –*

Und dann schaut sie mich an. Nur eine Sekunde lang, aber ich weiß, dass sie meine Botschaft bekommen hat. Sie richtet den Blick auf unsere Freunde. Jean-Loups Mutter steht immer noch da und macht ein Gesicht wie eine ausgelutschte Zitrone. Maman zögert. Alle Augen sind auf sie gerichtet – und ich weiß, was sie jetzt denkt. Es ist ganz offensichtlich. Sie wartet darauf, dass die anderen diesen Blick bekommen, den Blick, den wir so oft gesehen haben und der sagt: *Ihr passt nicht hierher, ihr gehört nicht zu uns, ihr seid anders.*

Keiner am Tisch sagt etwas. Stumm schauen sie Maman an, mit rosigen Gesichtern und satt, außer Jean-Loup und seiner Mutter natürlich, die uns angafft, als wären wir ein Rudel Wölfe. Da ist der dicke Nico, Hand in Hand mit Alice, die ihre Feenflügel trägt; Madame Luzeron, ein bisschen deplatziert mit ihrem Twinset und der Perlenkette; Madame Pinot in ihrem Nonnenkostüm, die zwanzig Jahre jünger aussieht, weil sie die Haare offen trägt; Laurent mit dem Funkeln in den Augen, Richard und Mathurin, Jean-Louis und Paupaul, die sich eine Zigarette teilen, und keiner, kein einziger von ihnen hat diesen Blick.

Und es ist Mamans Gesicht, das sich verändert. Irgendwie wird es weicher. Als wäre ihr ein tonnenschwerer Stein vom Herzen gefallen. Und zum ersten Mal seit Rosettes Geburt sieht sie wieder aus wie Vianne Rocher, die Vianne, die nach Lansquenet kam und sich nicht darum kümmerte, was die Leute sagten.

Zozie lächelt.

Jean-Loup fasst seine Mutter an der Hand und zwingt sie Platz zu nehmen.

Laurents Mund klappt auf.

Madame Pinot wird rot wie eine Erdbeere.

Und Maman sagt: »Leute, ich möchte euch jemanden vorstellen. Das ist Roux. Er ist Rosettes Vater.«

# 9

Montag, 24. Dezember
*Heiligabend, 22 Uhr 40*

Ich höre den kollektiven Seufzer. Unter anderen Umständen wäre das sicher ein Zeichen von Missbilligung gewesen, aber heute, nach dem Essen und dem Wein und abgemildert durch die Weihnachtsgefühle und den ungewohnten Schneeglanz, klingt es wie das *Aaaah!* nach einer besonders spektakulären Feuerwerksrakete.

Roux macht ein eher skeptisches Gesicht, aber dann grinst er doch, nimmt von Madame Luzeron ein Glas Champagner entgegen und prostet uns allen zu.

Er folgte mir in die Küche, als das Gespräch wieder in Gang kam. Rosette krabbelte in ihrem Affenkostüm hinter ihm her, und mir fiel ein, wie fasziniert sie von ihm war, als er das erste Mal in den Laden kam, als hätte sie ihn sofort erkannt.

Roux beugte sich zu ihr hinunter und strich ihr über den Kopf. Die Ähnlichkeit zwischen den beiden ist so augenfällig, dass ich ein wehmütiges Ziehen im Herzen spürte, weil ich daran denken musste, was wir alles verpasst hatten. So vieles hat er nicht miterlebt: als Rosette das erste Mal den Kopf hob, ihr erstes Lächeln, ihre Tierzeichnungen, den Löffeltanz, der Thierry immer so nervte. Aber ich konnte von seinem Gesicht ablesen, dass er ihr nie Vorwürfe machen wird, weil sie anders ist als die anderen, er wird sich nie ihretwegen schämen, er wird sie nie mit den anderen Kindern vergleichen oder von ihr verlangen, anders zu sein, als sie ist.

»Wieso hast du es mir nicht gesagt?«, fragte er mich.

Ich zögerte. Welche Wahrheit sollte ich ihm sagen? Dass ich zu viel Angst hatte, dass ich zu stolz war, zu stur, um mich zu verändern, dass ich, genau wie Thierry, einer Fantasievorstellung hinterherlief, die sich, als sie endlich in Reichweite kam, nicht etwa als Gold herausstellte, sondern als Stroh?

»Ich wollte mich irgendwo niederlassen. Ich wollte, dass wir normal sind.«

»Normal?«

Ich erzählte ihm den Rest: von unserer Flucht von einem Ort zum andern, von dem falschen Ehering, von dem neuen Namen, vom Ende der Magie, von Thierry. Von dem Wunsch, um jeden Preis akzeptiert zu werden – und sei es um den Preis meines Schattens oder sogar meiner Seele.

Roux sagte eine Weile gar nichts, dann lachte er leise in sich hinein. »Und das alles für einen Pralinenladen?«

Ich schüttelte den Kopf. »Nein. Jetzt nicht mehr.«

Er hatte schon immer gesagt, ich würde mich viel zu sehr anstrengen und alles zu wichtig nehmen. Erst jetzt kann ich sehen, dass ich ausgerechnet die Dinge, die für mich wirklich eine tiefe Bedeutung haben, nicht wichtig genug genommen habe. Eine *Chocolaterie* besteht letztlich auch nur aus Sand und Mörtel, aus Stein und Glas. Sie hat kein Herz, kein Eigenleben, außer dem, das wir ihr verleihen. Und wenn wir das weggegeben haben ...

Roux hob Rosette hoch, die sich gar nicht wehrte, wie sonst bei fremden Leuten – nein, sie gab einen stummen Freudenglucker von sich und machte mit beiden Händen ein Zeichen.

»Was sagt sie?«

»Sie sagt, du siehst aus wie ein Affe«, übersetzte ich lachend. »Bei Rosette ist das ein Kompliment.«

Er grinste belustigt und legte den Arm um mich. Und einen Moment lang standen wir drei eng umschlungen da, Rosette umklammerte seinen Hals.

Und auf einmal wird alles still, das Windspiel klingelt, und die Tür wird weit aufgerissen, und ich sehe wieder eine Gestalt mit Kapuze im Türrahmen stehen, aber größer und massiger und mir so vertraut, dass ich trotz des falschen Bartes gar nicht erst die Zigarre in seiner Hand zu sehen brauche, um zu wissen, wer es ist.

Alle sind wie erstarrt, als Thierry eintritt, mit schweren, schlurfenden Schritten, die für ein gewisses Quantum an Alkohol sprechen.

Er fixiert Roux mit grimmiger Miene und ruft: »Wer ist sie?«

»Sie?«, fragt Roux zurück.

Mit drei großen Schritten durchquert Thierry den Raum, wirft unterwegs fast den Weihnachtsbaum um und verstreut die Geschenke auf dem Fußboden. Dann baut er sich vor Roux auf, streckt sein Gesicht mit dem weißen Bart vor und sagt:

»Sie wissen ganz genau, wen ich meine! Ihre Komplizin! Die Frau, die Ihnen geholfen hat, meinen Scheck einzulösen. Die Bank hat sie mit der Überwachungskamera gefilmt – und so wie's aussieht, hat sie dieses Jahr schon mehr als einen Trottel um sein Geld gebracht.«

»Ich habe keine Komplizin«, sagt Roux. »Und Ihren Scheck habe ich gar nicht –«

Und nun sehe ich etwas in seinem Mienenspiel, ich sehe, dass ihm etwas dämmert, aber es ist zu spät.

Thierry packt ihn am Arm. Die beiden stehen dicht voreinander, wie ein verzerrtes Spiegelbild, Thierry mit wildem Blick, Roux extrem blass –

»Die Polizei weiß über die Frau Bescheid«, fährt Thierry fort. »Aber sie waren ihr noch nie so dicht auf der Spur. Sie ändert ständig ihren Namen. Und sie arbeitet allein. Aber diesmal hat sie einen Fehler gemacht. Sie hat sich mit Ihnen zusammengetan, und Sie sind ein jämmerlicher Versager. Also, wer ist sie?« Inzwischen brüllt er richtig, und sein Gesicht ist mindestens so rot wie das des Weihnachtsmanns. Mit seinen besoffenen Augen glotzt er Roux an. »Wer zum Teufel ist Vianne Rocher?«

# 10

Montag, 24. Dezember
*Heiligabend, 22 Uhr 55*

Also, das ist die Eine-Million-Euro-Frage, oder?

Thierry ist betrunken, das sehe ich gleich. Er stinkt nach Bier und nach Zigarrenqualm. Der Gestank hängt in seinem Weihnachtsmannkostüm und in dem absurd festlichen Wattebart. Seine Farben sind düster und bedrohlich, aber ich merke, dass er in schlechter Form ist.

Ihm gegenüber steht Vianne, weiß wie eine Eisstatue, ihr Mund ist halb offen, ihre Augen blitzen. Sie schüttelt hilflos den Kopf. Sie weiß, dass Roux sie nicht ausliefern wird, und Anouk bringt kein Wort über die Lippen, sie ist doppelt verwirrt, einerseits wegen der rührenden kleinen Familienszene, die sie hinter der Küchentür beobachtet hat, und andererseits wegen dieses hässlichen Überfalls, nachdem endlich alles so perfekt schien –

»Vianne Rocher?«, wiederholt Yanne mit neutraler Stimme.

»Ganz genau«, sagt Thierry. »Außerdem heißt sie noch Françoise Lavery, Mercedes Demoines, Emma Windsor, um nur ein paar Namen zu nennen –«

Ich sehe, wie Anouk, die hinter Vianne steht, zusammenzuckt. Einer dieser Namen kommt ihr offensichtlich bekannt vor. Ist das wichtig? Ich glaube nicht. Im Gegenteil – ich denke, ich habe das Spiel gewonnen.

Thierry richtet nun seine Glotzaugen misstrauisch auf Yanne. »Er sagt doch immer Vianne zu dir.« Natürlich meint er Roux.

Wortlos schüttelt sie den Kopf.

»Willst du etwa behaupten, du hast den Namen noch nie gehört?«

Wieder schüttelt sie den Kopf, und ach! – dieser Blick, als sie merkt, dass sie in der Falle sitzt! Endlich begreift sie, wie zielstrebig sie genau an diesen Punkt geführt wurde – und dass ihr nur noch eine Hoffnung bleibt. Aber damit diese Hoffnung sich erfüllt, müsste sie sich selbst ein drittes Mal verleugnen –

Hinter ihnen steht Madame vom Hotel. Niemand beachtet sie. Während der Mahlzeit war sie still, hat höchstens mit Anouk ein paar Worte gewechselt. Aber jetzt starrt sie Thierry mit unverhohlenem Entsetzen an. Ich habe Madame selbstverständlich auf alles vorbereitet. Mit dezenten Andeutungen, mit subtilem Charme und Zauber und mit den erprobten chemischen Substanzen habe ich sie für diesen Moment der Offenbarung präpariert, und jetzt braucht es nur noch einen Namen, dann platzt die *Piñata* auf wie eine Kastanie im Feuer ...

*Vianne Rocher.*

Tja, das ist mein Stichwort. Entspannt stehe ich da, mir bleibt noch genug Zeit für einen letzten feierlichen Schluck Champagner, ehe sich alle Augen auf mich richten – hoffnungsvoll, ängstlich, wütend, bewundernd –, denn gleich werde ich mir meine Siegesprämie einfordern.

Ich lächle. »Vianne Rocher? Das bin ich.«

# 11

Montag, 24. Dezember
*Heiligabend, 23 Uhr 00*

Sie muss meine Papiere gefunden haben. In der Kiste meiner Mutter. Dann ist es kein Problem mehr, ein Konto auf meinen Namen zu eröffnen, einen neuen Pass zu beantragen, einen Führerschein, alles, was sie braucht, um Vianne Rocher zu werden. Sie sieht ja inzwischen sogar aus wie ich. Und sie hat Roux als Köder benutzt, um meine Identität auf eine Art zu verwenden, die uns dann irgendwann als Kriminelle abstempelt.

Ja, jetzt sehe ich die Falle. Zu spät durchschaue ich, was sie vorhat – wie immer in solchen Geschichten. Sie will mich zwingen, meine Karten offenzulegen, mich zu entblößen, damit sie mich wegpusten kann wie ein Blatt im Wind, verfolgt von neuen Furien.

Aber was ist schon ein Name? frage ich mich. Kann ich mir nicht einen neuen Namen aussuchen? Kann ich ihn nicht ändern, wie schon so oft, und Zozies Bluff aufdecken und sie zwingen zu gehen?

Thierry starrt sie fassungslos an. »Sie?«

Sie zuckt die Achseln. »Wundert Sie das?«

Die anderen sind völlig entgeistert.

»Sie haben das Geld gestohlen? Sie haben die Schecks eingelöst?«

Anouk ist totenbleich.

Nico meldet sich zu Wort. »Das kann nicht stimmen!«

Madame Luzeron schüttelt nur den Kopf.

»Zozie ist unsere Freundin«, flüstert die kleine Alice und wird feuerrot vor Schreck darüber, dass sie es tatsächlich wagt, vor so vielen Menschen den Mund aufzumachen. »Wir sind ihr alle zu Dank verpflichtet und –«

Jean-Louis mischt sich ein. »Ich habe ein Auge für Fälschungen und Betrug«, sagt er. »Und Zozie ist keine Fälschung, das schwöre ich.«

Aber jetzt spricht Jean-Loup. »Doch, es stimmt – ihr Bild war in der Zeitung. Sie kann sehr gut ihr Gesicht verändern, aber ich habe sie trotzdem erkannt. Meine Fotos –«

Zozie mustert ihn mit einem giftigen Lächeln. »Natürlich stimmt es. Alles stimmt. Ich hatte schon mehr Namen, als ich zählen kann. Ich habe mein ganzes Leben über von der Hand in den Mund gelebt. Ich hatte weder ein richtiges Zuhause noch eine Familie noch ein Geschäft oder sonst irgendetwas von den Dingen, die Yanne hier hat.«

Und nun wirft sie mir ein Lächeln zu, das verglüht wie eine Sternschnuppe, und ich kann nicht sprechen, kann mich nicht rühren, weil ich, genau wie alle anderen, von ihr gefesselt bin. Die Faszination ist so stark, dass ich das Gefühl habe, ich hätte Drogen genommen, mein Kopf summt wie ein Bienenkorb, die Farben im Zimmer verschwimmen, und auf einmal dreht sich alles wie ein Karussell.

Roux hält mich fest, damit ich nicht umkippe. Er ist anscheinend der Einzige, den diese Welle allgemeiner Fassungslosigkeit nicht ergriffen hat. Ich nehme vage wahr, dass Madame Rimbault – Jean-Loups Mutter – mich anstarrt. Ihr Gesicht ist ganz verkniffen vor lauter Empörung, bis in die Wurzeln ihrer gefärbten Haare. Man merkt, dass sie gehen möchte, aber auch sie ist wie gelähmt und will Zozies Geschichte hören.

Lächelnd fährt Zozie fort: »Man könnte sagen, ich bin eine Abenteurerin. Seit ich denken kann, lebe ich von meiner Klugheit, ich spiele, stehle, bettle, betrüge. Etwas anderes kann ich nicht. Ich habe keine Freunde, es gab nie einen Ort, den ich so gern hatte, dass ich bleiben wollte –«

Sie schweigt, und ich kann den Glamourzauber in der Luft fast spüren, die Räucherstäbchen, den Glitzerstaub, und ich weiß, dass sie das Publikum auf ihre Seite ziehen wird, dass sie alle um den kleinen Finger wickeln kann.

»Aber hier habe ich endlich ein Zuhause gefunden. Ich habe Menschen gefunden, die mich gern haben, Menschen, die mich so mögen, wie ich bin. Ich dachte, ich könnte mich hier neu orientieren, aber alte Gewohnheiten kann man nicht von einem Tag zum anderen ablegen. Es tut mir schrecklich leid, Thierry. Ich werde Ihnen das Geld zurückzahlen.«

Und als alle wieder anfangen zu reden, verwirrt, besorgt und unsicher, dreht sich die stille Frau zu Thierry, diese Dame, deren Namen ich nicht kenne und deren Gesicht jetzt totenbleich ist. Irgendetwas beschäftigt sie, aber sie kann es nicht richtig ausdrücken, und die Augen in ihrem harten Gesicht sind dunkel wie Achate.

»Wie viel schuldet sie Ihnen, mein Herr?«, fragt sie. »Ich bezahle für sie, samt Zinsen.«

Thierry starrt sie ungläubig an. »Warum?«

Die Dame strafft sich, so dass man sieht, wie groß sie eigentlich ist, aber neben Thierry wirkt sie trotzdem wie eine kleine Baumwachtel, die es mit einem Bären aufnehmen will.

»Sie haben bestimmt das Recht, sich zu beschweren«, sagt sie in ihrem nasalen Pariser Tonfall. »Aber ich habe allen Grund zu der Annahme, dass Vianne Rocher, wer auch immer sie sein mag, für mich sehr viel wichtiger ist als für Sie.«

»Wieso das denn?«, will Thierry wissen.

»Ich bin ihre Mutter.«

# 12

Montag, 24. Dezember
*Heiligabend, 23 Uhr 05*

Und das Schweigen, das sie die ganze Zeit wie ein eisiger Kokon umschlossen hat, bricht auf mit einem dumpfen Schrei. Vianne ist nicht mehr blass, nein, ihr Gesicht ist gerötet vom *Pulque* und von der Verwirrung, und sie tritt vor Madame, um die sich ein kleiner Halbkreis gebildet hat.

Über ihnen hängt ein Mistelzweig, und ich verspüre den wilden, hemmungslosen Wunsch, zu ihr zu laufen und sie auf den Mund zu küssen. Ach, sie ist so leicht zu manipulieren – wie alle anderen hier auch. Ich kann meine Belohnung schon fast kosten, ich spüre sie im Pulsschlag meines Blutes, kann sie hören wie die Brandung an einem fernen Strand, und sie schmeckt so süß, wie Schokolade –

Das Jaguar-Zeichen hat viele Eigenschaften. Absolute Unsichtbarkeit ist natürlich unmöglich, aber das Auge und das Gehirn können auf eine Art getäuscht werden, die bei einer Kamera oder beim Film nicht funktionieren würde, und während sie sich jetzt alle nur mit Madame beschäftigen, kann ich mich problemlos davonschleichen – nicht ganz unbemerkt – und meinen Koffer holen, den ich ja schon vorsorglich gepackt habe.

Anouk folgte mir, womit ich sowieso gerechnet hatte. »Warum hast du das gesagt?«, wollte sie wissen. »Warum hast du gesagt, du bist Vianne Rocher?«

Ich zuckte die Achseln. »Was habe ich zu verlieren? Ich wechsle meinen Namen wie andere Leute ihr Hemd, Anouk. Ich bleibe nie lange am selben Ort. Das ist der Unterschied zwischen uns. Ich könnte nie so leben. Ich könnte nie ein anständiges Mitglied der Gesellschaft sein. Mir ist es egal, was die anderen von mir denken, aber für deine Mutter steht sehr viel auf dem Spiel. Erstens Roux und dann Rosette und natürlich der Laden –«

»Aber wer ist diese Frau?«

Also erzählte ich ihr die traurige Geschichte von dem Kind in seinem Autositz und von dem kleinen Katzen-Talisman. Offenbar hat Vianne das alles für sich behalten. Was mich nicht weiter wundert.

»Aber wenn sie gewusst hat, wer sie ist, dann hätte sie ihre Mutter doch finden können, oder?«, sagte Anouk.

»Vielleicht hatte sie Angst«, antwortete ich. »Oder sie hat sich ihrer Adoptivmutter näher gefühlt. *Du suchst dir deine Familie selbst aus*, Nanou. Sagt sie das nicht immer? Und vielleicht –« Ich machte eine theatralische Pause.

»Und vielleicht was?«

Ich lächelte. »Menschen wie wir sind anders. Wir müssen zusammenhalten, Nanou. Wir müssen uns unsere Familie selbst aussuchen. Und außerdem, wenn sie dich in dem Punkt anlügen kann – woher willst du dann wissen, dass du nicht auch entführt worden bist?«, fragte ich lauernd.

Ich ließ ihr eine Weile Zeit, um darüber nachzudenken. Im anderen Raum hörte man Madame immer noch reden, ihre Stimme hob und senkte sich, im Rhythmus der geborenen Geschichtenerzählerin. Das hat sie mit ihrer Tochter gemeinsam, aber uns bleibt keine Zeit, um noch länger zu warten. Ich habe alles, meinen Koffer, meinen Mantel, meine Papiere. Wie immer reise ich mit leichtem Gepäck. Dann hole ich Anouks Geschenk aus der Tasche: ein kleines Päckchen in rotem Papier.

»Ich will nicht, dass du gehst, Zozie!«

»Nanou, ich habe keine andere Wahl.«

Das Geschenk leuchtet in dem roten Geschenkpapier. Es ist ein Armband, ein schmales Kettchen aus Silber, glänzend und neu. Und der einzige Glücksbringer, der daran hängt, bildet einen starken Kontrast: Es ist eine kleine, schwarz angelaufene Silberkatze.

Sie weiß, was das bedeutet, und schluchzt auf.

»Zozie, nein –«

»Es tut mir leid, Anouk.«

Schnell gehe ich durch die leere Küche. Teller und Gläser sind säuberlich gestapelt, neben den Resten des Festes. Auf dem Herd köchelt leise ein Topf Schokolade. Der aufsteigende Dampf ist das einzige Lebenszeichen im Raum.

*Nimm mich. Genieß mich*, flüstert er.

Es ist ein kleiner Zauber, die typische Alltagsmagie, und Anouk hat ihr in den letzten vier Jahren widerstanden, aber trotzdem lohnt es sich, auf Nummer sicher zu gehen, und auf dem Weg zur Hintertür stelle ich die Flamme unter dem Topf aus.

In der einen Hand trage ich meinen Koffer, mit der anderen werfe ich das Zeichen der Mictecacihuatl in die Luft, wie eine Handvoll Spinnweben. Der Tod – und ein Geschenk. Die elementare Verführung. Wesentlich wirksamer als Schokolade.

Und nun drehe ich mich um und lächle ihr zu. Wenn ich draußen bin, wird mich die Dunkelheit verschlucken. Der Nachtwind flirtet schon mit meinem roten Kleid. Die Schuhe im Schnee sind rot wie Blut.

»Nanou«, sage ich. »Wir haben alle eine Wahl. Yanne oder Vianne. Annie oder Anouk. Der Wind der Veränderung oder der Hurakan. Es ist nicht immer einfach, so zu sein wie wir. Wenn du es leicht haben willst, dann solltest du lieber hierbleiben. Aber wenn du auf dem Wind reiten möchtest –«

Kurz scheint sie noch zu zögern, aber ich weiß, dass ich gewonnen habe.

Gewonnen habe ich in dem Moment, als ich deinen Namen angenommen habe, Vianne, und damit auch den Ruf des Wechselnden Windes. Weißt du – ich hatte nie vor, hierzubleiben. Ich wollte auch nie deine *Chocolaterie*. Ich wollte überhaupt nichts von dem jämmerlichen kleinen Leben, das du für dich geschaffen hast.

Aber Anouk, mit all ihren Begabungen, ist unbezahlbar. So jung und schon so talentiert – und vor allem so leicht zu beeinflussen. Wir können morgen bereits in New York sein, Nanou, oder in London, Moskau, Venedig oder auch im guten alten Mexiko-Stadt. Viele Ort da draußen warten nur darauf, von Vianne Rocher und ihrer Tochter Anouk erobert zu werden. Und wir zwei werden fabelhaft sein, wir werden durch sie hindurchfegen wie der Dezemberwind, meinst du nicht auch?

Anouk schaut mich an, wie verzaubert. Es erscheint ihr alles so logisch, so richtig, dass sie sich fragt, warum sie das bisher gar nicht gemerkt hat. Ein fairer Tausch. Ein Leben für ein Leben.

Und bin ich jetzt nicht deine Mutter? Besser als das Leben und doppelt so viel Spaß? Wozu brauchst du Yanne Charbonneau? Warum brauchst du überhaupt jemanden?

»Aber was ist mit Rosette?«, protestiert sie.

»Rosette hat jetzt eine Familie.«

Sie überlegt. Ja, Rosette hat eine Familie. Sie muss sich nicht entscheiden. Sie hat Yanne, sie hat Roux –

Wieder schluchzt Anouk auf. »Bitte –«

»Komm schon, Nanou. Das ist es doch, was du willst. Magie, Abenteuer, ein Leben auf der Überholspur –«

Sie macht einen Schritt, dann hält sie wieder inne. »Versprichst du, dass du mich nie anlügst?«

»Ich habe dich noch nie belogen, und ich werde dich nie belügen.«

Wieder schweigt sie, und der Duft von Viannes Schokolade zupft an mir, flüstert *Nimm mich, genieß mich*, mit rauchig klagender, ersterbender Stimme.

Etwas Besseres bringst du nicht zustande, Vianne?

Aber Anouk kann sich immer noch nicht entschließen.

Sie blickt auf mein Armband, auf die silbernen Glücksbringer: Sarg, Schuhe, Maiskolben, Kolibri, Schlange, Totenkopf, Affe, Maus –

Sie runzelt die Stirn, als würde sie versuchen, sich an etwas zu erinnern, was schon fast da ist. In ihren Augen schimmern Tränen, als ihr Blick auf den Kupfertopf fällt, der auf dem Herd langsam abkühlt.

*Nimm mich. Genieß mich.* Eine letzte traurige Duftwolke schwebt durch die Luft, wie der Geist der Kindheit.

*Nimm mich. Genieß mich.* Ein aufgeschürftes Knie, eine kleine feuchte Handfläche, die Lebenslinie und die Herzlinie mit Kakaopulver nachgezeichnet.

*Nimm mich. Genieß mich.* Die Erinnerung daran, wie sie zusammen im Bett liegen, ein Bilderbuch zwischen ihnen, und Anouk lacht fröhlich über etwas, was Vianne gerade gesagt hat –

Wieder mache ich das Zeichen der Mictecacihuatl, der alten Todesherrin, der Verschlingerin der Herzen, ich werfe es Anouk in den Weg, wie schwarzes Feuerwerk. Die Zeit drängt, Madames Geschichte wird bald zu Ende sein, und dann wird man uns beide vermissen.

Anouk ist ganz benommen. Verträumt, wie im Halbschlaf, blickt sie auf den Herd. Durch den Rauchenden Spiegel kann ich den Grund sehen: ein kleines graues Wesen, das neben dem Topf sitzt, ein Schatten mit Schnurrhaaren und einem Schwanz –

»Also? Kommst du – oder kommst du nicht?«

# 13

Montag, 24. Dezember
*Heiligabend, 23 Uhr 05*

»Ich habe auf demselben Flur gewohnt wie Jeanne Rocher.« Sie hatte die typisch abgehackten Vokale der Pariserin. Als würde man mit Stilettoabsätzen auf die Wörter treten. »Sie war ein bisschen älter als ich und verdiente sich ihr Geld damit, dass sie Karten legte und den Leuten half, das Rauchen aufzugeben. Ich ging einmal zu ihr, ein paar Wochen bevor meine Tochter entführt wurde. Sie sagte, ich hätte mir überlegt, sie zur Adoption freizugeben. Ich habe sie als Lügnerin beschimpft. Aber es stimmte.«

Mit düsterer Miene fuhr sie fort: »Es war eine Einzimmerwohnung in Neuilly-Plaisance. Eine halbe Stunde von der Innenstadt. Ich hatte einen alten 2CV, zwei Kellnerinnen-Jobs in meinem Viertel, und manchmal bekam ich von Sylvianes Vater ein paar Francs. Ich hatte inzwischen begriffen, dass er sich nie und nimmer von seiner Ehefrau trennen würde. Ich war einundzwanzig, und mein Leben war zu Ende. Das bisschen, was ich verdiente, musste ich für die Tagesmutter bezahlen. Ich wusste nicht, was ich tun sollte. Es war ja nicht so, dass ich mein Kind nicht geliebt habe.«

Ganz kurz sehe ich den kleinen silbernen Katzen-Talisman vor mir. Irgendwie ist er rührend, der kleine silberne Glücksbringer mit dem roten Band. Hat Zozie ihn ebenfalls gestohlen? Wahrscheinlich schon. Ich nehme an, dass sie Madame Caillou damit getäuscht hat.

»Und zwei Wochen später ist sie dann verschwunden.« Ihr Gesicht wurde beim Gedanken an die Tragödie ganz weich. »Ich habe sie höchstens zwei Minuten aus den Augen gelassen, länger nicht.

Ich bin mir sicher, Jeanne Rocher hat mich beobachtet und den richtigen Zeitpunkt abgepasst. Als ich bei ihr vorbeigehen wollte, war sie schon auf und davon, aber ich hatte natürlich keine Beweise. Ich habe mich immer gefragt –« Sie wandte sich mir zu, mit strahlender Miene. »Und dann habe ich Ihre Freundin Zozie kennengelernt, mit ihrer kleinen Tochter, und da wusste ich es – ich habe es gleich gewusst –«

Ich schaute die fremde Frau an, die da vor mir stand. Eine durchschnittliche Frau um die fünfzig. Sie sieht ein bisschen älter aus, und ihre gezupften Augenbrauen hat sie mit einem feinen Strich nachgezeichnet. Ich hätte ihr tausendmal auf der Straße begegnen können und wäre an ihr vorbeigegangen, ohne auf die Idee zu kommen, dass es zwischen uns eine besondere Verbindung geben könnte. Aber jetzt blickte sie mich an, mit dieser fürchterlichen Hoffnung in den Augen, und das ist die Falle, ich weiß es genau, und ich weiß auch, dass mein Name nicht meine Seele ist.

Aber ich kann das nicht, ich kann sie unmöglich in dem Glauben lassen, dass –

Ich lächelte sie an. »Jemand hat sich einen grausamen Scherz mit Ihnen erlaubt. Zozie ist nicht Ihre Tochter. Gleichgültig, was sie Ihnen erzählt hat, sie ist es nicht. Und was Vianne Rocher angeht –«

Ich verstummte. Roux ließ sich nichts anmerken, aber er tastete nach meiner Hand und drückte sie. Thierry schaute mich ebenfalls an. Und in dem Moment wusste ich, dass ich keine andere Wahl hatte. Ein Mensch, der keinen Schatten wirft, ist nicht wirklich ein Mensch, und eine Frau, die ihren Namen aufgibt …

»Ich erinnere mich an den roten Plüschelefanten. An die Decke mit dem Blümchenmuster. Ich glaube, sie war rosa. Und der kleine Bär hatte schwarze Knopfaugen. Und dann war da noch der kleine silberne Anhänger, eine Katze mit einem roten Band –«

Jetzt schaute die Frau mich an, und ihre Augen unter den nachgezogenen Augenbrauen waren ganz hell.

»Ich habe sie alle immer bei mir gehabt. Der Elefant wurde im Laufe der Zeit immer heller. Schließlich war er so abgenutzt, dass die Füllung herausquoll, aber ich habe ihr nicht erlaubt, ihn wegzuwerfen. Ich hatte kein anderes Spielzeug, und ich hatte diese Sachen immer in meinem Rucksack, und die Tiere durften die Köpfe herausstrecken, damit sie Luft bekamen.«

Alle schwiegen. Die Frau atmete stoßweise.

»Sie hat mir beigebracht, wie man Handlinien liest«, sagte ich. »Und Tarotkarten. Und Teeblätter und Runen. Ich habe ihre Karten immer noch in einer Kiste oben. Ich benutze sie nicht oft, und sie sind auch kein richtiger Beweis, aber sonst habe ich nichts mehr von ihr.«

Sie starrte mich unverwandt an, mit geöffneten Lippen, und auf ihrem Gesicht spiegelten sich Emotionen, die zu komplex waren, um sie zu identifizieren.

»Sie hat gesagt, Sie hätten nicht richtig für mich gesorgt. Sie hat gesagt, Sie hätten nichts mit mir anzufangen gewusst. Aber sie hat den kleinen Glücksbringer bei ihren Tarotkarten aufbewahrt, und sie hat die Zeitungsausschnitte gesammelt, und bevor sie gestorben ist, wollte sie mir alles erzählen, denke ich, aber ich habe es ihr nicht geglaubt – ich wollte es damals einfach nicht glauben.«

»Ich habe immer dieses Lied gesungen. Ein Schlaflied. Erinnern Sie sich daran?«

Einen Moment lang schwieg ich. Ich war damals achtzehn Monate alt. Wie sollte ich mich da an ein Lied erinnern?

Und plötzlich fiel es mir ein. Das Schlaflied, das wir immer sangen, um den Wind abzuwenden, das Lied, das die Wohlwollenden besänftigt –

*»V'là l'bon vent, v'là l'joli vent,*
*V'là l'bon vent, ma mie m'appelle,*
*V'là l'bon vent, v'là l'joli vent,*
*V'là l'bon vent, ma mie m'attend –«*

Und nun öffnete sie den Mund und stieß einen Schrei aus, einen lauten, gequälten, hoffnungsvollen Schrei, der die Luft zerriss wie ein Flügelschlag. »Das war's. Genau das war's!« Ihre Stimme bebte, und sie stürzte mir entgegen, die Arme ausgebreitet wie ein ertrinkendes Kind.

Ich fing sie auf, sonst wäre sie hingefallen. Sie roch nach alten Veilchen und nach Kleidern, die zu lange nicht getragen wurden, nach Mottenkugeln, Zahncreme, Puder und Staub – so ganz anders als der vertraute Sandelholzduft meiner Mutter, dass mir fast die Tränen kamen.

»Vianne«, sagte sie. »Meine Vianne.«

Und ich hielt sie fest, genau wie ich meine Mutter in den Tagen und Wochen vor ihrem Tod festgehalten habe, und ich tröstete sie mit leisen Worten, die sie nicht hörte, die sie aber trotzdem ein wenig beruhigten, und schließlich begann sie zu schluchzen, es waren die tiefen, erschöpften Klagelaute einer Frau, die mehr gesehen hat, als ihre Augen ertragen konnten, die mehr gelitten hat, als ihr Herz verkraftete.

Geduldig wartete ich ab, bis das Schluchzen nachließ. Als nur noch ein leises Beben durch ihren Körper ging, wandte sie ihr tränennasses Gesicht den Gästen zu. Lange rührte sich niemand. Manche Dinge sind einfach zu viel, und diese Frau in ihrem nackten Schmerz ließ die anderen vor ihr zurückweichen, wie Kinder vor einem gequälten Tier, das auf der Straße stirbt.

Niemand reichte ihr ein Taschentuch.

Niemand blickte ihr in die Augen.

Niemand sagte ein Wort.

Doch dann meldete sich zu meinem Erstaunen Madame Luzeron zu Wort und sagte mit ihrer schneidenden Stimme: »Ach, Sie Ärmste. Ich weiß, wie Sie sich fühlen.«

»Wirklich?« Ihre Augen waren ein Mosaik aus Tränen.

»Ja, ich habe meinen Sohn verloren, wissen Sie.« Sie legte ihr die Hand auf die Schulter und führte sie zum nächsten Sessel. »Sie stehen unter Schock. Trinken Sie einen Schluck Champagner. Mein verstorbener Mann sagte immer, Champagner ist die beste Medizin.«

Nun lächelte sie zaghaft. »Sehr freundlich von Ihnen, Madame –«

»Héloise. Und wie heißen Sie?«

»Michèle.«

Das war also der Name meiner Mutter. Michèle.

Wenigstens kann ich auch weiterhin Vianne heißen, dachte ich und begann auf einmal so heftig zu zittern, dass ich fast zusammenklappte.

»Ist alles in Ordnung?«, fragte Nico besorgt.

Ich nickte und versuchte zu lächeln.

»Sie sehen auch so aus, als könnten Sie ein bisschen Medizin vertragen«, sagte er und reichte mir ein Glas Cognac. Er sah so ernst aus – und so deplatziert in dem geschnürten Mantel und mit seiner Perücke à la Heinrich IV. –, dass ich anfing zu weinen. Absurd, ich weiß, und einen Moment lang dachte ich gar nicht mehr an die kleine Szene, die durch Michèles Geschichte unterbrochen worden war.

Aber Thierry hatte sie im Gedächtnis behalten. Er war zwar betrunken, aber doch nicht betrunken genug, um zu vergessen, warum er Roux bis hierher verfolgt hatte. Er war auf der Suche nach Vianne Rocher, und endlich hatte er sie gefunden, auch wenn sie anders aussah, als er sie sich vorgestellt hatte. »Dann bist du also Vianne Rocher.« Er sprach leise, und seine Augen waren wie kleine Nadelstiche in glühender Kohle.

Ich nickte. »Ja, ich war Vianne Rocher. Aber ich bin nicht die Frau, die deine Schecks eingelöst hat –«

Er unterbrach mich. »Das ist mir völlig egal. Mich interessiert nur, dass du mich angelogen hast. Mich. Angelogen.« Empört schüttelte er den Kopf, aber irgendwie hatte diese Geste auch etwas Mitleiderregendes, als könnte er es nicht ganz fassen, dass das Leben wieder einmal seinen hohen Perfektionsansprüchen nicht gerecht geworden war.

»Ich war bereit, dich zu heiraten.« Er redete jetzt ganz schleppend vor lauter Selbstmitleid. »Ich hätte dir ein Zuhause geboten, dir und deinen Kindern. Die ja von einem anderen Mann sind. Und die eine deiner Töchter – also wirklich – schau sie dir doch an!« Er warf einen Blick auf Rosette in ihrem Affenanzug, und wie immer versteinerte sein Gesicht. »Schau sie dir an!«, wiederholte er. »Sie ist ja wie ein Tier. Krabbelt auf allen vieren. Kann noch nicht mal sprechen. Aber ich hätte für sie gesorgt – ich hätte ihren Fall den besten Spezialisten Europas vorgestellt. Dir zuliebe, Yanne. Weil ich dich geliebt habe.«

»Sie wollen behaupten, Sie hätten sie geliebt?«, rief Roux.

Alle Augen richteten sich auf ihn.

Er lehnte in der Küchentür, die Hände in den Hosentaschen. Seine Augen funkelten. Seinen Weihnachtsmannmantel hatte er geöffnet, darunter trug er Schwarz, und die Farben erinnerten mich so an den Rattenfänger auf der Tarotkarte, dass es mir fast den Atem verschlug. Und nun redete er, mit lauter, harter Stimme, Roux, der Menschenansammlungen nicht ausstehen kann, der Szenen vermeidet, wo er nur kann, und der nie und nimmer eine Rede hält.

»Sie geliebt?«, sagte er noch einmal. »Sie kennen sie doch gar nicht. Ihre Lieblingspralinen sind *Mendiants*, ihre Lieblingsfarbe ist Knallrot. Ihr Lieblingsduft ist die Mimose. Sie kann schwimmen wie ein Fisch. Sie hasst schwarze Schuhe. Sie liebt das Meer. Sie hat eine Narbe an ihrer linken Hüfte, weil sie einmal aus einem polnischen Güterzug gestürzt ist. Sie mag ihre lockigen Haare nicht, obwohl sie wunderschön sind. Sie mag die Beatles, aber nicht die Stones. Früher hat sie immer Speisekarten aus Restaurants geklaut, weil sie es sich nicht leisten konnte, dort zu essen. Sie ist die beste Mutter, die ich kenne –« Er schwieg einen Augenblick. »Und sie braucht Ihre Almosen nicht. Und was Rosette betrifft –« Mit diesen Worten hob er die Kleine hoch, so dass ihr Gesicht fast sein eigenes berührte. »Rosette ist kein *Fall*. Sie ist perfekt.«

Einen Moment lang schien Thierry völlig verdattert. Aber dann wurde ihm einiges klar. Seine Miene verfinsterte sich, sein Blick wanderte von Roux zu Rosette und von Rosette zurück zu Roux. Die Wahrheit ließ sich nicht verleugnen; Rosettes Gesicht ist zwar nicht so kantig, ihre Haare sind heller, aber sie hat seine Augen und seinen spöttischen Mund. Nein, jeder Zweifel war ausgeschlossen.

Thierry wollte auf dem frisch geputzten Absatz kehrtmachen, was als schnittige Bewegung gedacht war, aber leider dadurch etwas angekratzt wurde, dass er mit dem Hintern gegen den Tisch stieß und ein Champagnerglas auf den Boden warf, das auf den Fliesen zersplitterte, wie eine Explosion falscher Diamanten. Doch als Madame Luzeron die Scherben auflesen wollte –

»Hallo, Glück gehabt!«, rief Nico. »Ich würde schwören, ich habe gehört, wie –«

Es war genau wie bei dem Schälchen aus blauem Muranoglas, das mir vor ein paar Wochen hinuntergefallen ist, aber jetzt habe ich keine Angst mehr. Ich schaute Rosette an, auf dem Arm ihres Vaters, und ich war weder sauer noch verängstigt noch nervös, sondern unglaublich stolz.

»Na ja, demnächst ist hier sowieso Schluss.« Thierry stand in der Eingangstür, riesengroß in seinem roten Kostüm. »Hiermit kündige ich dir nämlich. Ein Vierteljahr bleibt dir noch, wie vereinbart, aber danach mache ich den Laden zu.« Er schaute mich an, mit dieser hinterhältigen Fröhlichkeit. »Oder hast du etwa gedacht, du könntest hierbleiben, nach allem, was passiert ist? Das Haus gehört mir, falls du das vergessen haben solltest, und ich habe Pläne, in denen du nicht mehr vorkommst. Ich wünsche dir noch viel Spaß mit deinem kleinen Pralinengeschäft. Und an Ostern heißt es dann: raus hier.«

Ich hörte das ja nicht zum ersten Mal. Als die Tür hinter ihm ins Schloss fiel, packte mich keineswegs die große Angst, nein, verblüffenderweise war ich wieder stolz. Das Schlimmste war eingetreten, und wir hatten es überlebt. Der Wind der Veränderung hatte wieder gesiegt, aber diesmal empfand ich es nicht als Niederlage. Im Gegenteil, ich war wie berauscht und bereit, den Furien entgegenzutreten.

Und dann kam mir plötzlich ein schrecklicher Gedanke. Ich ließ meinen Blick über die Gäste schweifen. Sie unterhielten sich wieder, noch etwas gedämpft, aber die Lautstärke nahm schon wieder zu. Madame Luzeron goss allen Champagner ein. Nico wandte sich Michèle zu, Paupaul flirtete mit Madame Pinot. So weit ich es mitbekam, war man sich allgemein einig, dass Thierry zu viel getrunken hatte und dass alle seine Drohungen nichts als heiße Luft waren – bestimmt war nächste Woche alles wieder vergessen, denn die *Chocolaterie* war längst ein Teil von Montmartre und konnte genauso wenig verschwinden wie das *Le P'tit Pinson*.

Aber jemand fehlte. Zozie war verschwunden.

Und nirgends ein Zeichen von Anouk.

# 14

☽

Montag, 24. Dezember
*Heiligabend, 23 Uhr 15*

Es ist schon so lange her, dass ich Pantoufle das letzte Mal gesehen habe! Ich hatte fast vergessen, wie es sich anfühlt, wenn er in der Nähe ist und mich mit seinen pechschwarzen Augen beobachtet oder sich ganz warm an meine Knie kuschelt oder wenn er nachts auf meinem Kopfkissen sitzt, falls ich Angst bekomme vor dem Schwarzen Mann. Aber Zozie wartet schon, und wir müssen den Wind der Veränderung erwischen.

Ich rufe Pantoufle mit meiner Schattenstimme. Ohne ihn kann ich nicht gehen. Aber er kommt nicht, er bleibt einfach beim Herd sitzen, und seine Barthaare zucken, und was für ein lustiges Gesicht er macht – komisch, ich kann mich nicht erinnern, dass ich ihn je so deutlich gesehen habe, jedes Härchen, jedes Barthaar, wie mit einem Scheinwerfer ausgeleuchtet. Und dann ist da dieser Geruch, der aus dem kleinen Topf herüberweht –

Es ist nur Schokolade, sage ich mir.

Aber irgendwie riecht sie anders. Wie die Schokolade, die ich als Kind immer getrunken habe, sahnig und heiß, mit Schokospänen und mit Zimt und mit einem Zuckerlöffel zum Umrühren –

»Also?«, sagt Zozie. »Kommst du – oder kommst du nicht?«

Wieder rufe ich Pantoufle. Aber auch diesmal hört er nicht auf mich. Klar, ich will gehen, ich will all die Orte sehen, von denen sie mir erzählt hat, ich will auf dem Wind reiten, ich will toll sein – aber da sitzt Pantoufle neben dem Kupfertopf, und irgendwie kann ich mich nicht losreißen.

Ich weiß, er ist nur ein imaginärer Freund, und da ist Zozie, so real und lebendig, aber in dem Moment fällt mir etwas ein, eine Geschichte, die Maman mir immer erzählt hat, von einem Jungen, der seinen Schatten verkauft –

»Komm schon, Anouk.« Ihre Stimme ist scharf. Der Wind fühlt sich hier in der Küche jetzt so eisig an, und auf der Schwelle und auf ihren Schuhen liegt Schnee. Und plötzlich höre ich ein Geräusch aus dem Laden, ich rieche die Schokolade und höre, wie Maman meinen Namen ruft.

Aber jetzt nimmt mich Zozie an der Hand und zieht mich durch die offene Hintertür. Ich rutsche über den Schnee, und die Kälte der Nacht kriecht unter meinen Umhang.

Pantoufle!, rufe ich ein letztes Mal.

Und endlich kommt er zu mir, ein Schatten, der über den Schnee hoppelt. Eine Sekunde lang sehe ich ihr Gesicht, nicht durch den Rauchenden Spiegel, sondern durch den Schatten von Pantoufle – und es ist das Gesicht einer Fremden, überhaupt nicht Zozies Gesicht, sondern verzerrt und zerdrückt wie eine Kugel aus Schrott, und alt, so alt, wie die älteste Ururgroßmutter der Welt, und statt Mamans rotem Kleid trägt sie einen Rock aus Menschenherzen, und ihre Schuhe sind Blut auf dem verwehten Schnee –

Mit einem Schrei versuche ich, mich loszureißen.

Sie macht das Jaguar-Zeichen, und ich höre, wie sie zu mir sagt, dass wir ein schönes Leben führen werden, dass ich keine Angst zu haben brauche, dass sie mich erwählt hat, dass sie mich will, mich braucht und dass sonst niemand sie versteht.

Und ich weiß, ich kann sie nicht aufhalten. Ich muss fort. Ich bin zu weit gegangen, mein Zauber ist nichts im Vergleich zu ihrem – aber der Schokoladenduft ist immer noch so stark, wie der Geruch im Wald, wenn es geregnet hat, und plötzlich sehe ich etwas anderes, ein verschwommenes Bild: Ich sehe ein kleines Mädchen, nur ein paar Jahre jünger als ich. Es ist in einem Laden, und vor ihr steht eine schwarze Kiste, die so ähnlich aussieht wie der Sarg-Talisman an Zozies Armband.

»Anouk!«

Das ist Mamans Stimme. Aber ich kann sie nicht sehen. Sie ist zu weit weg. Und Zozie zerrt mich in die Dunkelheit. Meine Füße folgen ihr durch den Schnee. Und das kleine Mädchen wird die Kiste öffnen, und in dieser Kiste ist etwas ganz Grauenhaftes, und wenn ich wüsste, was, dann könnte ich sie vielleicht aufhalten –

Wir sind gegenüber von unserem Pralinengeschäft. Wir stehen an der Ecke der Place des Faux-Monnayeurs, da, wo die gepflasterte Straße abzweigt. Hier steht eine Straßenlaterne, sie wirft ein helles Licht auf den Schnee, und unsere Schatten reichen bis zu den Stufen. Aus dem Augenwinkel kann ich sehen, wie Maman auf den Platz hinausschaut. Sie scheint hundert Kilometer weit entfernt zu sein, aber so groß kann die Distanz doch gar nicht sein! Und da sind die anderen: Roux und Rosette und Jean-Loup und Nico, aber ihre Gesichter sind irgendwie auch ganz weit weg, wie etwas, das man durch ein Teleskop betrachtet.

Die Tür geht auf. Maman kommt heraus.

Aus der Ferne höre ich Nicos Stimme. Er sagt: »Was geht denn hier ab?«

Hinter ihnen Stimmengemurmel, das in einem atmosphärischen Rauschen untergeht.

Der Wind wird stärker. Der Hurakan – und gegen diesen Wind kommt Maman bestimmt nicht an, obwohl ich sehe, dass sie es versuchen will. Sie wirkt ruhig und gelassen. Ja, sie lächelt fast. Und ich frage mich, wie ich oder sonst irgendjemand auf die Idee kommen konnte, dass sie auch nur die geringste Ähnlichkeit mit Zozie hat.

Auf Zozies Gesicht erscheint dieses Kannibalenlächeln. »Na, endlich mal ein kleiner Energieblitz?«, faucht sie. »Zu spät, Vianne. Ich habe das Spiel gewonnen.«

»Du hast überhaupt nichts gewonnen«, erwidert Maman. »Leute wie du gewinnen nie. Du denkst es vielleicht, aber der Sieg ist immer nur eine leere Hülse.«

Zozie faucht: »Woher willst du das wissen? Das Kind ist mir freiwillig gefolgt.«

Maman geht gar nicht auf sie ein. »Anouk, komm zu uns.«

Aber ich bin wie festgefroren unter dem kalten Licht. Ich möchte gehen – aber da ist noch etwas anderes, diese Flüsterstimme, ein eisiger Angelhaken in meinem Herzen, der mich in die andere Richtung zieht.

*Es ist zu spät. Du hast die richtige Entscheidung getroffen. Der Hurakan gibt nicht auf –*

»Bitte, Zozie. Ich möchte nach Hause.«

*Nach Hause? Welches Zuhause? Killer haben kein Zuhause, Nanou, Killer reiten auf dem Hurakan –*

»Aber ich habe niemanden getötet –«

*Ach, tatsächlich?*

Ihr Lachen klingt wie Kreide, die über eine Tafel kratzt.

Ich schreie: »Lass mich gehen!«

Wieder lacht sie. Ihre Augen sind wie verglühte Kohle, ihr Mund ist ein Stacheldraht, und ich weiß nicht mehr, wie ich sie je toll finden konnte. Sie riecht nach toten Krabben und nach Benzin. Ihre Hände sind nur Knochen, ihre Haare vermoderter Seetang. Und ihre Stimme ist die Nacht, und jetzt kann ich hören, wie hungrig sie ist, sie will mich verschlingen –

*Tsk-tsk, verschwinde!*

Zozie grinst mitleidig. Die Kette aus Herzen, die sie sich um die Taille geschlungen hat, wippt und schwingt wie das Röckchen eines Cheerleaders.

*Tsk, tsk, verschwinde!* Sie wehrt es wieder ab, doch diesmal sehe ich einen kleinen Lichtblitz, der über den Platz hüpft, auf Zozie zu, wie ein Funke von einem großen Feuer.

Aber auch jetzt grinst Zozie nur. »Zu mehr bist du nicht fähig?«, ruft sie höhnisch. »Häusliche Magie und Zaubersprüche, die jedes Kind lernen kann? Was für eine Verschwendung deiner Fähigkeiten, Vianne! Du könntest doch mit uns auf dem Wind reiten. Aber manche Menschen sind eben zu alt, um sich noch zu verändern. Und manche haben Angst davor, frei zu sein –«

Und sie macht einen Schritt auf Maman zu, und plötzlich sieht sie wieder vollkommen anders aus. Das ist ein Zaubertrick, klar. Aber sie ist jetzt wunderschön. Die blutigen Herzen sind verschwunden, und sie trägt eigentlich nur einen gewickelten Rock, der aussieht wie Jade. Dazu jede Menge Goldschmuck. Ihre Haut hat die Farbe von Mokkasahne, ihr Mund ist wie ein aufgeschnittener Granatapfel, und sie lächelt Maman strahlend an, als sie sagt:

»Warum kommst du nicht mit uns, Vianne? Es ist noch nicht zu spät. Wir drei – niemand könnte uns aufhalten. Wir wären stärker als die Wohlwollenden. Stärker als der Hurakan. Wir wären fantastisch, Vianne. Unwiderstehlich. Wir würden Verführungen und süße Träume verkaufen, nicht nur hier, sondern überall. Wir würden deine Pralinen global vertreiben. Filialen in sämtlichen Teilen der Welt. Alle würden dich lieben, Vianne, du würdest das Leben von Millionen Menschen verändern –«

Maman wird schwach. *Tsk, tsk, verschwinde!* Aber sie ist nicht mehr mit dem Herzen bei der Sache, der Funke verglüht, noch ehe er den Platz zur Hälfte überquert hat. Sie macht einen Schritt auf Zozie zu – sie ist höchstens ein Dutzend Schritte von uns entfernt, aber ihre Farben sind nicht mehr da, und sie sieht aus, als würde sie träumen.

Und ich möchte ihr sagen, dass alles nur Lug und Trug ist – Zozies Magie ist wie ein billiges Osterei, in glitzernde Folie verpackt, aber wenn man es auswickelt, ist nichts mehr da – und dann fällt mir ein, was Pantoufle mir vorhin gezeigt hat: das kleine Mädchen, den Laden, die schwarze Kiste und die Urgroßmutter, die in der Ecke sitzt und grinst, wie der große böse Wolf, der sich verkleidet hat –

Und plötzlich finde ich meine Stimme wieder, und ich schreie es hinaus, so laut ich kann, ohne richtig zu wissen, was die Wörter bedeuten, aber ich weiß, dass diese Wörter aus irgendeinem Grund eine ungeheure Macht besitzen, es sind Wörter, mit denen man etwas heraufbeschwören kann, Wörter, die den Winterwind aufhalten –

Ich rufe: »Zozie!«

Sie sieht mich an.

Und ich sage: »Was war in der schwarzen *Piñata?*«

# 15

Montag, 24. Dezember
*Heiligabend, 23 Uhr 25*

Das brach den Bann. Sie hielt inne. Sie starrte mich an, kam immer näher, bis ihr Gesicht ganz dicht vor meinem war. Ich roch den Gestank von toten Krabben, aber ich blinzelte nicht, ich schaute nicht weg.

»Du wagst es, mir diese Frage zu stellen?«, zischte sie.

Ich konnte ihren Anblick kaum noch ertragen. Ihr Gesicht sah wieder völlig anders aus, beängstigend, eine Riesin, ihr Mund eine Höhle mit verfaulten Zähnen. Das Silberarmband war ein Armband aus lauter Totenköpfen, und aus den Herzen, die ihren Rock bildeten, sickerte Blut – rotes Blut tropfte in den weißen Schnee. Sie war furchtbar, aber sie fürchtete sich, und hinter ihr sah ich Maman, mit einem komischen Lächeln auf dem Gesicht, als verstünde sie sehr viel besser als ich, was das alles zu bedeuten hatte.

Sie nickte mir ganz kurz zu.

Ich wiederholte den magischen Satz: »Was war in der schwarzen *Piñata*?«

Aus Zozies Kehle drang ein grässliches Krächzen. »Ich dachte, wir sind Freundinnen, Nanou«, schimpfte sie. Und plötzlich war sie wieder Zozie, die alte Zozie mit den Bonbonschuhen, mit dem scharlachroten Rock, den pinkfarbenen Strähnchen in den Haaren und den bunten Klimperperlen. Und sie sah so lebensecht aus, so vertraut, dass mir das Herz wehtat, weil sie sehr traurig zu sein schien. Ihre Hand auf meiner Schulter zitterte, und ihre Augen füllten sich mit Tränen, als sie flüsterte:

»Bitte, Nanou – bitte, zwing mich nicht, es zu sagen –«

Meine Mutter war nur noch zwei Meter weg. Hinter ihr standen die anderen auf dem Platz: Jean-Loup, Roux, Nico, Madame Luzeron, Alice, und ihre Farben waren wie das Feuerwerk am vierzehnten Juli, golden und grün und silbern und rot.

Und plötzlich wehte der Duft von Schokolade durch die offene Ladentür zu mir, und ich dachte an den Kupfertopf auf dem Herd und daran, wie der Dampf mit geisterhaft flehenden Fingern nach mir gegriffen hatte, und ich dachte an die Stimme, die ich fast zu hören glaubte, die Stimme meiner Mutter, die flüsterte: *Iss mich, genieß mich –*

Und ich dachte daran, wie oft sie mir Schokolade angeboten hat und wie oft ich Nein gesagt habe. Nicht, weil ich keine Schokolade mag, sondern weil ich sauer darüber war, dass sie sich so verändert hatte, weil ich ihr die Schuld gab, dass nichts mehr so war wie früher, und weil ich es ihr heimzahlen wollte und ihr zeigen, dass ich anders war.

Es ist nicht Zozies Schuld, dachte ich. Zozie ist nur der Spiegel, der uns zeigt, was wir sehen wollen. Unsere Hoffnungen, unseren Hass, unsere Eitelkeit. Aber wenn man genau hinschaut, ist der Spiegel auch nur ein Stück Glas.

Zum dritten Mal sagte ich laut und klar: »Was war in der schwarzen *Piñata?*«

# 16

Montag, 24. Dezember
*Heiligabend, 23 Uhr 30*

Ich sehe es jetzt alles deutlich vor mir, wie Bilder auf einer Tarotkarte. Der dunkle Laden, Totenköpfe auf den Regalen, das kleine Mädchen, die Ururgroßmutter mit dem gierigen Gesicht.

Ich weiß, dass Anouk das ebenfalls sieht. Selbst Zozie sieht es jetzt, und ihr Gesicht verändert sich dauernd, wird alt und wieder jung, mal Zozie, mal Herzkönigin, ihr Mund zuckt – sein Ausdruck geht von Verachtung und Unschlüssigkeit zu nackter Angst. Und jetzt ist sie nur noch neun Jahre alt, ein kleines Mädchen in einem Karnevalskostüm und mit einem silbernen Armband.

»Du willst wissen, was darin war? Du willst es wirklich wissen?«, fragt sie.

# 17

Montag, 24. Dezember
*Heiligabend, 23 Uhr 30*

Du willst es also wirklich wissen, Anouk?

Soll ich dir sagen, was ich gesehen habe?

Was hatte ich erwartet? Süßigkeiten, wahrscheinlich, Bonbons, Lutscher, Totenköpfe aus Schokolade, Halsketten aus Zuckerzähnen, den ganzen Kram, der zum Tag der Toten gehört. Hatte ich erwartet, dass all das aus der schwarzen *Piñata* herausregnen würde, wie dunkles Konfetti?

Oder hatte ich mit etwas anderem gerechnet, mit einer okkulten Offenbarung, mit dem Lichtstrahl Gottes, einem kurzen Blick ins Jenseits, vielleicht mit einer Bestätigung, dass die Toten noch unter uns sind, Gäste an unserer Tafel, unruhige Schläfer, Wächter eines elementaren Mysteriums, das sich eines Tages auch uns anderen enthüllen wird?

Ist es nicht das, was wir uns wünschen, wir alle? Zu glauben, dass Christus von den Toten auferstanden ist, dass die Engel uns beschützen, dass Fisch am Freitag manchmal fromm ist und dann wieder eine Todsünde, dass es wichtig ist, wenn ein Spatz zur Erde fällt und der eine oder andere Turm einstürzt, oder wenn ein ganzes Volk ausgelöscht wird im Namen irgendeiner trügerischen Gottheit, die kaum zu unterscheiden ist von einer ganzen Serie einzig wahrer Götter – ha! Herr, was für Narren diese Sterblichen doch sind, und der Witz dabei ist, dass wir samt und sonders Narren sind, sogar für die Götter, denn trotz der Millionen Menschen, die in ihrem Namen abgeschlachtet wurden, trotz aller Gebete und Opfer und Kriege und Offenbarungen: Wer erinnert sich heute wirklich noch an die alten Gottheiten – an Tlaloc und Coatlicue und Quetzacoatl und an die gierige alte Mictecacihuatl höchstpersönlich? Ihre Tempel sind zu Kulturdenkmälern verkommen, die Steine sind umgestürzt, ihre Pyramiden überwuchert, verloren im Gang der Geschichte.

Und was interessiert es uns schon, Anouk, ob in hundert Jahren aus Sacré Cœur eine Moschee wurde oder eine Synagoge oder etwas ganz anderes? Denn bis dahin werden wir alle wieder zu Staub geworden sein, außer dem Einen, der ewig währt, der Eine, der Pyramiden baut, Tempel errichtet, Märtyrer schafft, erhabene Musik komponiert, die Logik verleugnet, die Schwachen preist, die Seelen im Paradies empfängt, der Eine, der diktiert, was man tragen soll, der den Treulosen heimsucht, die Sixtinische Kapelle ausmalt, junge Männer antreibt, für die gerechte Sache zu kämpfen, Spielleute mit einer Fernbedienung in die Luft jagt, der viel verspricht und wenig abliefert, der keinen fürchtet und niemals stirbt, weil die Angst vor dem Tod so viel größer ist als Ehre oder Güte oder Glaube oder Liebe ...

Aber zurück zu deiner Frage. Was wolltest du wissen?

Ach ja, die schwarze *Piñata*.

Du glaubst, ich habe darin die Antwort gefunden?

Tut mir leid, Schätzchen. Überleg noch mal.

Du möchtest wissen, was ich gesehen habe?

Nichts. Ja, genau. Nichts, *nada*, *niente*.

Keine Antworten, keine Gewissheiten, keine Vergeltung, keine Wahrheit. Nur Luft. Nichts als Luft kam aus der schwarzen *Piñata*, ein Schwall modriger Luft, wie der Morgenatem nach tausendjährigem Schlaf.

»Das Schlimmste überhaupt ist das Nichts, Anouk. Keine Aussage, keine Botschaft, keine Dämonen, keine Götter. Wir sterben – und da ist nichts. Gar nichts.«

Sie betrachtet mich mit ihren dunklen Augen.

»Du irrst dich«, sagt sie. »Es gibt etwas.«

»Was denn? Denkst du wirklich, du hast etwas? Überleg doch noch mal. Das Pralinengeschäft? Thierry wirft euch an Ostern raus. Wie alle eitlen Männer ist er rachsüchtig. In weniger als vier Monaten könnt ihr wieder bei Null anfangen, ihr drei, ohne einen Cent, ohne eine Bleibe.

Du denkst, du hast Vianne? Auch das stimmt nicht, und du weißt es. Sie hat nicht den Mut, sie selbst zu sein, und sie traut sich erst recht nicht, deine Mutter zu sein. Du denkst, du hast Roux? Darauf würde ich mich an deiner Stelle lieber nicht verlassen. Er ist der größte Lügner von allen. Frag ihn doch mal nach seinem Boot, Anouk. Sag ihm, er soll dir sein sagenhaftes Boot zeigen –«

Aber sie entgleitet mir, das spüre ich. Sie schaut mich an, ohne jede Angst im Blick. Stattdessen ist da etwas anderes, das ich nicht recht deuten kann –

*Mitleid? Nein, das würde sie nicht wagen.*

»Es muss sehr einsam sein, Zozie.«

»Einsam?«, fauchte ich.

»Es ist bestimmt sehr einsam, du zu sein.«

Ich stieß einen stummen Wutschrei aus. Das ist der Jagdruf des Jaguars, des Schwarzen Tezcatlipoca in seiner grausigsten Eigenschaft. Aber das Kind zuckte nicht einmal zusammen. Nein, sie lächelte nur und ergriff meine Hand.

»All diese Herzen, die du gesammelt hast«, sagte sie. »Und trotzdem hast du selbst kein Herz. Wolltest du mich deswegen haben? Damit du nicht mehr allein bist?«

Ich starrte sie nur an, sprachlos vor Wut. Stiehlt der Rattenfänger die Kinder, um ihre Liebe zu gewinnen? Beschließt der große böse Wolf, Rotkäppchen zu verführen, weil er sich nach Gesellschaft sehnt? Ich bin die Verschlingerin der Herzen, du dummes Kind, ich bin die Todesangst, ich bin die böse Hexe, ich bin das grimmigste aller Märchen, und wage es nur ja nicht, mit mir Mitleid zu haben!

Ich schubste sie weg. Sie wollte nicht gehen. Sie fasste mich wieder an der Hand, und auf einmal, keine Ahnung, warum, bekam ich Angst –

Man kann es als Warnung bezeichnen, wenn man will. Oder als einen Anfall, ausgelöst durch die ganze Anspannung, durch den

Champagner und zu viel *Pulque*. Aber ich brach plötzlich in kalten Schweiß aus, mir wurde eng in der Brust, ich konnte nur noch stoßweise atmen. *Pulque* ist ein unberechenbares Getränk, manchen verschafft es eine gesteigerte Wahrnehmungsfähigkeit, Visionen, die sehr intensiv sein können, aber man kann auch ins Delirium verfallen oder übereilte Entscheidungen treffen und mehr von sich selbst preisgeben, als für jemanden wie mich gut ist.

Und nun begriff ich die Wahrheit: In meinem ungeduldigen Wunsch, dieses Kind mitzunehmen, war mir irgendwo ein Fehler unterlaufen. Ich hatte mein wahres Gesicht gezeigt, und diese plötzliche Intimität war verwirrend, unaussprechlich, und zerrte an mir wie ein hungriger Hund.

»Lass mich los!«

Anouk lächelte nur.

Und jetzt überkam mich echte Panik, und ich stieß sie mit aller Kraft von mir. Sie rutschte aus und landete rückwärts im Schnee, aber ich spürte trotzdem noch, wie sie nach mir griff, mit diesem mitleidigen Blick –

Unter bestimmten Umständen bleibt selbst so erfahrenen Personen wie mir nichts anderes übrig, als abzuhauen. Es gibt ja noch andere Gelegenheiten, sage ich mir. Neue Städte, neue Aufgaben, neue Geschenke. Heute wird bedauerlicherweise niemand mitgenommen.

Und erst recht nicht werde ich selbst das Opfer sein.

Ich renne los, blindlings durch den Schnee, ich schlittere über die Pflastersteine, weg, nur weg, und dann verliere ich mich im Wind, der von der *Butte* her wie schwarzer Rauch über Paris hinwegfegt, unterwegs nach wer weiß wohin –

# 18

Montag, 24. Dezember
*Heiligabend, 23 Uhr 35*

Ich bereitete ein Kännchen Schokolade. Das mache ich immer in schwierigen Momenten, und die befremdliche kleine Szene draußen vor dem Laden hatte nicht nur mich erschüttert. Es war bestimmt das Licht, meinte Nico, diese eigenartige Beleuchtung, wegen des Schnees. Oder zu viel Wein. Oder irgendetwas, was wir gegessen haben.

Ich ließ ihn in dem Glauben, genau wie alle anderen. Behutsam führte ich die zitternde Anouk in die Wärme und goss ihr eine Tasse Schokolade ein.

»Vorsicht – heiß, Nanou!«, warnte ich sie.

Es ist vier Jahre her, dass sie das letzte Mal meine Schokolade getrunken hat. Aber diesmal hatte sie keine Einwände. Ich hatte sie in eine Decke gewickelt, und sie schlief schon halb. Sie konnte uns nicht erzählen, was sie in den paar Minuten da draußen im Schnee gesehen hatte, so wenig wie sie erklären konnte, warum Zozie plötzlich verschwunden war, oder dieses seltsame Gefühl, das ich am Schluss gehabt hatte – das Gefühl, ihre Stimmen von weit weg zu hören –

Draußen hatte Nico etwas gefunden.

»Hallo, seht mal, sie hat einen Schuh verloren.« Er klopfte den Schnee von seinen Stiefeln, trat ein und stellte den Schuh mitten auf den Tisch. »Super! Schokolade! Ausgezeichnet!« Er goss sich eine Tasse randvoll.

Anouk nahm den Schuh. Es war ein Stöckelschuh mit offenen Zehen, überall bestickt mit Glitzerzauber, passend für eine Abenteurerin auf der Flucht.

*Nimm mich*, sagt er.

*Nimm mich. Genieß mich.*

Anouk runzelt die Stirn. Dann lässt sie den Schuh auf den Boden fallen. »Wisst ihr denn nicht, dass es Unglück bringt, wenn man einen Schuh auf den Tisch stellt?«

Ich lächle, aber hinter vorgehaltener Hand.

»Gleich ist Mitternacht!«, sage ich zu ihr. »Willst du jetzt deine Geschenke auspacken?«

Doch da schüttelt Roux den Kopf. Ich verstehe gar nichts mehr. »Fast hätte ich's vergessen«, sagt er. »Es ist zwar schon spät, aber wenn wir uns beeilen, reicht die Zeit noch.«

»Wofür?«

»Überraschung!«, sagt Roux.

»Besser als die Geschenke?«, fragt Anouk.

Roux grinst. »Das musst du schon selbst entscheiden.«

# 19

Montag, 24. Dezember
*Heiligabend, Mitternacht*

Zum *Port de l'Arsenal* sind es von der Place de la Bastille zehn Minuten zu Fuß. Wir nahmen die letzte Metro von Pigalle und waren ganz kurz vor Mitternacht da. Die Wolken waren inzwischen so gut wie weg, und an manchen Stellen konnte man den Sternenhimmel sehen, orangerot und golden umrandet. Es roch leicht nach Rauch, und im gespenstischen Abglanz des Schnees sah man, gar nicht so weit weg, die blassen Türme von Notre-Dame.

»Was machen wir hier?«, fragte ich.

Grinsend legte Roux den Finger an die Lippen. Er hatte Rosette auf dem Arm; sie schaute munter in die Gegend und verfolgte alles mit den großen Augen eines Kindes, das längst im Bett sein müsste und die Situation unglaublich genießt. Auch Anouk war wieder hellwach, aber ihr Gesicht war immer noch angespannt, was mich denken ließ, dass das, was sich da auf der Place des Faux-Monnayeurs abgespielt hatte, noch nicht ganz überstanden war. Die meisten Gäste waren in Montmarte geblieben, nur Michèle war mitgekommen. Sie wirkte ein bisschen verschüchtert, als hätte sie Angst, dass jemand sagen könnte, sie habe kein Recht, dabei zu sein. Zwischendurch fasste sie mich immer wieder am Arm, wie zufällig, oder sie strich Rosette über die Haare und schaute dann auf ihre Hände, als dächte sie, dass sie dort irgendetwas entdecken könnte – ein Zeichen, einen Fleck –, was beweisen würde, dass alles Wirklichkeit war.

»Möchten Sie Rosette ein bisschen auf den Arm nehmen?«, fragte ich sie.

Stumm schüttelte sie den Kopf. Sie hatte kein Wort mehr über die Lippen gebracht, seit ich ihr gesagt hatte, wer ich bin. Dreißig Jahre Schmerz und Sehnsucht haben bewirkt, dass ihr Gesicht aussieht wie etwas, was zu oft gefaltet und geknickt wurde. Dass man lächeln kann, scheint sie gar nicht zu wissen, und als sie es jetzt versucht, sieht sie aus wie eine Frau, die ein Kleid anprobiert, bei dem sie von vornherein weiß, dass es ihr nicht steht.

»Die Leute wollen einem immer helfen, auf Kummer und Verlust gefasst zu sein«, murmelte sie. »Aber sie kommen nie auf die Idee, einen auf das Gegenteil vorzubereiten.«

Ich nickte. »Das stimmt. Aber wir schaffen das schon.«

Sie lächelte. Diesmal gelang ihr das Lächeln schon viel besser, und in ihren Augen erschien ein zaghafter Glanz. »Das denke ich auch«, sagte sie und hakte sich bei mir unter. »Ich habe das Gefühl, das liegt in der Familie.«

In dem Moment schoss die erste der Feuerwerksraketen auf, ein Goldregen am anderen Ufer der Seine. Ein Stückchen weiter entfernt folgte die zweite und gleich noch eine dritte. Graziös stieg grüngoldenes Geflimmer über dem Fluss auf, um dann in der Luft zu verglimmen.

»Mitternacht! Fröhliche Weihnachten!«, rief Roux.

Man hörte fast nichts von dem Feuerwerk, weil es zu weit weg war und weil der Schnee alle Geräusche verschluckte, aber es dauerte fast zehn Minuten – glitzernde Spinnweben am Himmel, Raketenblumen, Sternschnuppen und Feuerwirbel in Blau und Silber, in Scharlachrot und Pink, sie riefen und winkten sich zu, von Notre-Dame bis zur Place de la Concorde.

Michèle beobachtete das Spektakel ganz gebannt. Ihr Gesicht war ruhig und schien von noch etwas anderem illuminiert als nur vom Widerschein des Feuerwerks. Rosette machte wie wild ihre Zeichen und juchzte vor Freude, während Anouk mit feierlichem Entzücken zuschaute.

»Das war das tollste Geschenk aller Zeiten«, schwärmte sie.

»Aber das war noch längst nicht alles«, sagte Roux. »Kommt mit!«

Wir gingen den Boulevard de la Bastille entlang zum Port de

l'Arsenal, wo Boote in allen Größen liegen, geschützt vor den Turbulenzen des Flusses.

»Sie hat behauptet, du hättest gar kein Boot.« Es war das erste Mal, dass Anouk von Zozie redete, seit der Szene vor dem *Le Rocher de Montmartre*.

Roux grinste wieder. »Dann schau mal nach.« Und er zeigte über den *Pont Morland*.

Anouk stellte sich auf die Zehenspitzen, die Augen weit aufgerissen. »Welches ist deines?«, fragte sie ungeduldig.

»Rat mal!«, sagte Roux.

Es gibt sicher grandiosere Boote im Port de l'Arsenal. Der Hafen nimmt Fahrzeuge mit einer Länge von bis zu fünfundzwanzig Metern an, und das Boot hier ist nicht einmal halb so lang. Es ist alt, das kann ich sogar von hier aus sehen, eher auf Bequemlichkeit als auf Tempo ausgerichtet, und es hat eine altmodische Form, weniger elegant als seine Nachbarn, aus stabilem Holz und nicht aus dem moderneren Fiberglas.

Und doch springt einem Roux' Boot sofort ins Auge. Selbst von weitem hat es etwas Bestechendes: die Form, der bunte Rumpf, die vielen Topfpflanzen auf dem Heck, das Glasdach, durch das man den Sternenhimmel sehen kann …

»Das ist dein Boot?«, fragt Anouk atemlos.

»Gefällt es dir? Aber das ist immer noch nicht alles. Wartet hier«, sagt Roux und rennt die Stufen hinunter zu dem Boot.

Einen Moment lang ist er verschwunden. Dann flammt ein Streichholz auf. Eine Kerze wird angezündet. Die Flamme bewegt sich, und das Boot erwacht zum Leben: Schon bald brennen Kerzen an Deck, auf dem Dach, auf allen Schwellen und Vorsprüngen, vom Heck bis zum Bug. Dutzende oder vielleicht sogar Hunderte von Kerzen leuchten in Marmeladengläsern, auf Untertassen, in Blechdosen und Blumentöpfen, bis Roux' Boot aussieht wie eine Geburtstagstorte. Jetzt sehen wir, was wir vorher nicht sehen konnten: die Markise, das Schaufenster, das Schild auf dem Dach …

Er winkt uns mit ausholender Gebärde zu sich. Anouk rennt

nicht los, sondern hält meine Hand fest. Ich spüre, wie sie zittert, und es wundert mich nicht, als ich Pantoufle bei unseren Füßen sehe – und ist da nicht noch etwas, ein hüpfendes Wesen mit einem langen Schwanz, das frech mit Pantoufle Schritt hält?

»Und – gefällt es euch?«, fragt Roux.

Einen Augenblick genügen uns schon die brennenden Kerzen, ein kleines Wunder, das sich in tausend kleinen Lichtpunkten in der stillen Wasseroberfläche widerspiegelt. Und in Rosettes Augen. Und Anouk, die mich immer noch an der Hand hält, stößt einen langen, genüsslichen Seufzer aus.

Michèle sagt: »Es ist wunderschön.«

Wie recht sie hat! Aber da ist noch mehr –

»Es ist eine *Chocolaterie*, oder?«

Ich sehe es ja sowieso. An dem Schild über der Tür (auf dem noch nichts steht) und an dem kleinen Schaufenster, das mit lauter Nachtlichtern erhellt ist, kann ich sehen, was daraus werden soll. Ich kann mir vorstellen, wie lange er gebraucht hat, um dieses kleine Wunder zu vollbringen – wie viel Zeit, Mühe und Liebe so ein Vorhaben kostet –

Er beobachtet mich, die Hände in den Taschen. In seinen Augen entdecke ich eine leise Nervosität.

»Ich habe es als Wrack gekauft«, erklärt er. »Ich habe es trocken gelegt und repariert. Und seither arbeite ich daran. Fast vier Jahre lang habe ich gebraucht, um es abzubezahlen. Aber ich habe immer gedacht, eines Tages –«

Meine Lippen auf seinem Mund zwingen ihn, den Satz zu unterbrechen. Und überall um uns herum brennen die Kerzen, und Paris leuchtet im Schnee, und die letzten Feuerwerkskörper verglühen jenseits der Place de la Bastille und –

»Oh, Mann. Ihr zwei! Nehmt euch ein Zimmer«, brummelt Anouk.

Wir haben beide nicht genug Luft, um zu antworten.

Unter dem Pont Morland ist es still. Wir schauen zu, wie die Kerzen herunterbrennen. Michèle schläft in der einen Koje, Rosette und Anouk teilen sich die andere, zugedeckt mit Anouks rotem Umhang, während Pantoufle und Bam sie vor bösen Träumen beschützen.

Von unserer Kajüte aus sehen wir durch das Glasdach den weiten Himmel, der sich über uns spannt, geheimnisvoll mit seinen unzähligen Sternen. Wir hören in der Ferne das Rauschen des Verkehrs von der Place de la Bastille. Es klingt fast wie die Brandung an einem einsamen Strand.

Ich weiß, es ist nur billige Alltagsmagie. Jeanne Rocher wäre nicht einverstanden gewesen. Aber es ist unsere Magie, meine und seine, und er schmeckt nach Schokolade und Champagner, und schließlich ziehen wir unsere Kleider aus und liegen eng umschlungen unter der Sternendecke.

Vom anderen Ufer weht Musik zu uns herüber, eine Melodie, die ich fast erkenne.

*V'là l'bon vent, v'là l'joli vent –*

Man spürt keinen Windhauch.

# Epilog

### Dienstag, 25. Dezember

Ein neuer Tag, ein neues Geschenk. Eine neue Stadt breitet die Arme aus. Paris war sowieso schon ein bisschen öde, und ich liebe New York um diese Jahreszeit. Schade um Anouk. Na ja, verbuchen wir es unter interessante Erfahrung.

Was ihre Mutter betrifft – nun, sie hatte ihre Chance. Wahrscheinlich muss sie sich kurzfristig mit kleineren Unannehmlichkeiten herumschlagen. Vor allem, weil Thierry garantiert auf seiner Anzeige wegen Betrugs beharrt. Ob er damit allerdings Erfolg haben wird, kann ich nicht abschätzen. Identitätsdiebstahl ist heutzutage so verbreitet – was er bald herausfinden wird, wenn er einen Blick auf seine Ersparnisse bei der Bank wirft. Ja, und Françoise Lavery – es gibt zu viele Menschen, die beschwören können, dass Vianne Rocher zu der Zeit in Montmartre lebte.

Und nun heißt es: auf zu neuen Ufern. In New York gibt es jede Menge Post, und selbstverständlich erreicht ein gewisser Prozentsatz der Sendungen nie den Adressaten. Namen, Adressen, Kreditkarten – ganz zu schweigen von Bankdaten, letzten Mahnungen, Fitnesscenter-Mitgliedskarten, Lebensläufe, all diese Banalitäten, aus denen sich ein Leben zusammensetzt und die nur darauf warten, von jemandem mit Initiative eingesammelt zu werden ...

Wer bin ich? Wer könnte ich sein? Ich könnte die nächste Person sein, der Sie auf der Straße begegnen. Ich könnte an der Supermarktkasse hinter Ihnen stehen. Ich könnte Ihre neue beste Freundin sein. Ich könnte irgendjemand sein. Vielleicht sogar Sie –

Ich bin ein freier Geist, vergessen Sie das nicht –

Und ich gehe, wohin der Wind mich trägt.

# DANK

Wieder einmal bedanke ich mich von ganzem Herzen bei allen, die dieses Buch von den Babyschuhen bis zu den High Heels begleitet haben. Bei Serafina Clarke, Jennifer Luithlen, Brie Burkeman und Peter Robinson; bei meiner fabelhaften Lektorin Francesca Liversidge; bei Claire Ward für ihre wunderbare Umschlaggestaltung, bei meiner fantastischen Pressefrau Louise Page-Lund und bei allen meinen Freunden von Transworld, London. Außerdem danke ich Laura Grandi in Mailand und Jennifer Brehl, Lisa Gallagher und überhaupt allen bei HarperCollins, New York. Mein Dank geht auch an meine Assistentin Anne, an Mark Richards, der sich um die Website kümmert, an Kevin, der sich um alles kümmert, an Anouchka für ihre Enchiladas und für *Kill Bill*, an Joolz, Anouchkas böse Tante, und an Christopher, unseren Mann in London. Ein ganz besonderer Dank gilt Martin Myers, dem Supervertreter, der mir dieses Jahr an Weihnachten meine mentale Gesundheit gerettet hat, und überhaupt allen Vertretern, sowie den Buchhändlern, Bibliothekaren und Lesern, die dafür sorgen, dass meine Bücher nach wie vor in die Regale kommen.

Kristina Springer
**Die Espressologin**
Roman
Deutsche Erstausgabe

ISBN 978-3-548-26944-3
www.ullstein-buchverlage.de

Einen dreifachen Espresso auf Eis – wer das bestellt, hat Klasse. Latte Macchiato mit entrahmter Milch und Süßstoff bedeutet dagegen: Zickenalarm! Jane, die in einem Coffeeshop arbeitet, nennt es »Espressologie« – die Kunst, Menschen anhand ihrer Kaffeevorlieben zu charakterisieren. Ihr neuestes Spiel besteht darin, für Single-Kunden den perfekten Partner zu finden. Trefferquote: 100%! Der kleine Coffeeshop wird zum Mekka der einsamen Herzen. Doch in ihrem Eifer, alle glücklich zu machen, übersieht Jane beinahe das Sahnehäubchen zu ihrem eigenen Moccaccino ...

Petra Durst-Benning
## Das Blumenorakel

Historischer Roman

ISBN 978-3-548-28047-9
www.ullstein-buchverlage.de

Baden-Baden, 1871: Die junge Flora trifft in der weltoffenen Kunststadt ein. Ihr größter Traum geht in Erfüllung: Sie wird das Handwerk der Blumenbinderei erlernen. Die vornehmen Kunden sind begeistert von ihren geschmackvollen Arrangements. Doch als Flora sich unsterblich verliebt, fordert sie das Glück heraus.

»Petra Durst-Benning versteht es wunderbar zu unterhalten und vergessene Orte mit Leben zu füllen.« *SWR*

# JETZT NEU

 Aktuelle Titel |  Login/ Registrieren |  Über Bücher diskutieren

Jede Woche vorab in einen brandaktuellen Top-Titel reinlesen, ...

... Leseeindruck verfassen, Kritiker werden und eins von **100** Vorab-Exemplaren gratis erhalten.

 **vorablesen.de**